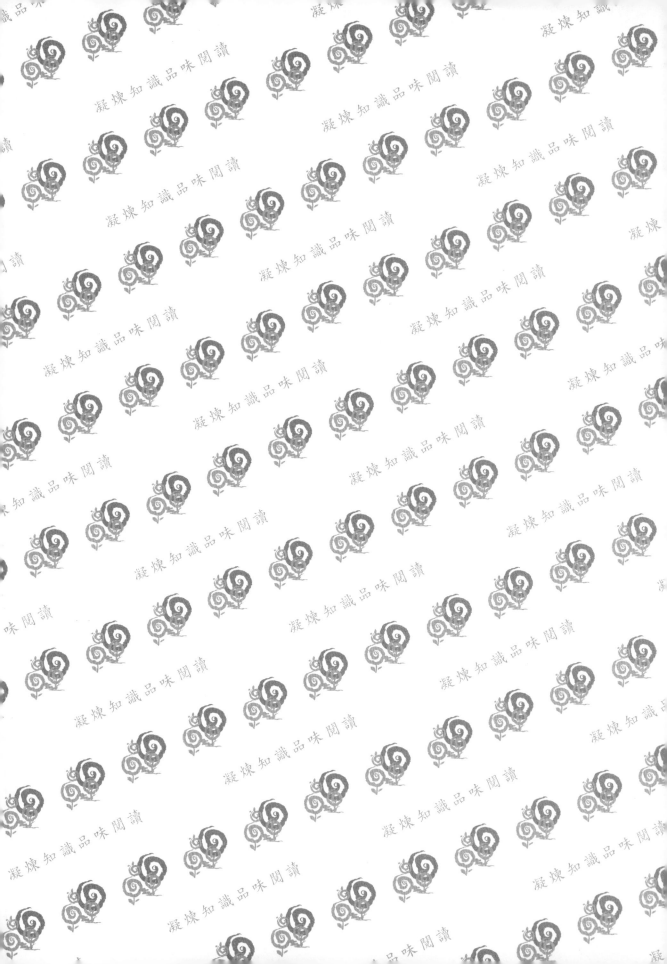

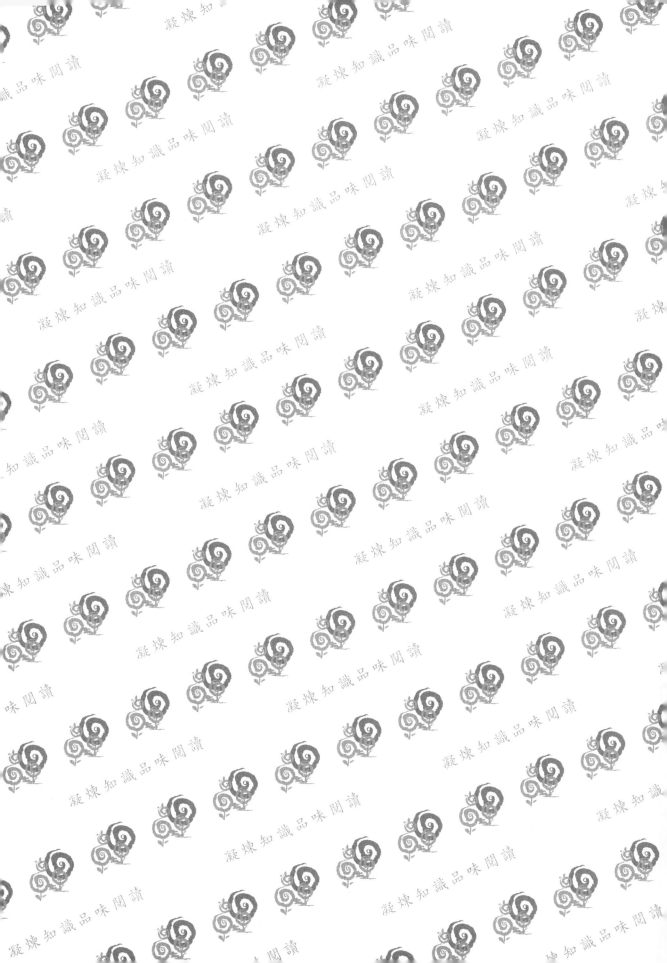

昭明文選

上

梁 蕭統◎編
唐 李善◎注
清 胡克家◎考異

第二版

五南圖書出版公司 印行

弁言

《文選》是南朝梁昭明太子蕭統（五〇一至五三一）主持下一些著名文人共同編選的，也稱《昭明文選》。它選錄了先秦至梁八九百年間、一百多個作者、七百餘篇各種體裁的文學作品，是我國現存編選最早的詩文總集。

蕭統，字德施，南蘭陵（今江蘇常州西北）人，武帝蕭衍長子。武帝天監元年（五〇二），立為太子。著有《文集》二十卷、《正序》十卷、《文章英華》二十卷，都已失傳，後人輯有《昭明太子集》。他是一個很淵博的學者，招集著名文士，商榷古今，聚書近三萬卷，研讀不倦。《梁書．昭明太子傳》記述當時盛況說：「名才並集，文學之盛，晉、宋以來未之有也。」《文選》就是在這種情況下依靠集體力量編成的。這部書選錄詩文辭賦，除了史書中少數贊、論、序、述被蕭統認為是文學作品以外，一般不收經、史、子等學術著作。作品入選的標準是「事出於沈思，義歸乎翰藻」（蕭統〈文選序〉），就是說，入選的作品必須情義與辭采內外並茂，偏於一面的概不錄取。蕭統有意識地把文學作品和學術著作區別開來，給文學作品和非文學作品之間劃出了一條界線。這反映了當時對文學作品的特色和範圍認識日趨明確，是有其進步意義的。

正由於當時具備如此有利的編著條件和明確的選擇標準，才能夠使《文選》成為一部規模宏大、選擇嚴格的詩文總集，使蕭統以前正統派的文章精華，基本上總結在這部書裡。其中比較精審地選錄了在思想上和藝術上各種有代表性的文學作品，同時能夠兼顧到各種體裁，各種流派，各種內容，在一定程度上反映了梁以前各個封建朝代的文學面貌，為以後文學研究提供了重要的資料。

如班固的〈兩都賦〉、張衡的〈兩京賦〉以及王延壽的〈魯靈光殿賦〉等，保存了古代都市建築規模的資料。左思〈三都賦〉、木華〈海賦〉、郭璞〈江賦〉，等於三部自然、人文及經濟地理著作。潘岳〈西征賦〉、孫綽〈遊天台山賦〉，則是韻文的遊記。幾篇關於音樂舞蹈的賦，就是古代音樂舞蹈的寫實。陸機〈文賦〉是極精湛的文學批評作品。其他不少的賦，寫景抒情，各有獨特的造詣，很少雷同。因此可以說，《文選》的前半部等於梁以前具有代表性的賦的結集，除了時間稍後、不及選入的名篇庾信〈哀江南賦〉以外，幾乎使人無遺珠可採。此外，它所選雖以辭賦和駢體文為主，但同時也選錄了其他文體，在詩歌方面，較多入選了漢魏以來如曹氏父子及阮籍、嵇康、左思、顏延之、鮑照、謝靈運、謝朓等代表作家的名篇；散文方面，有賈誼〈過秦論〉、司馬遷〈報任少卿書〉、諸葛亮〈出師表〉等名篇；學術和歷史論文方面，有卜子夏〈毛詩序〉、孔安國〈尚書序〉、杜預〈春秋左氏經傳集解序〉、干寶〈晉紀總論〉等代表作。就連歷來為人所傳誦的陶潛〈歸去來辭〉，也是《文選》最早選入才被後世的古文選家所重視的。

由於《文選》是一部具有代表性的大型詩文總集，其中選錄了很多辭藻華美的文章，因而後代文人學習前代作品時都要經過閱讀《文選》的階段，它對唐代及以後的文學產生了深遠的影響。唐、宋之世的學者，幾於人手一編，大詩人杜甫教導兒子說要「熟精《文選》理」（杜甫〈宗武生日〉），甚至流傳有「《文選》爛，秀才半」的諺語（陸游《老學菴筆記》）。所謂「選學」既見重於時，於是訓注家先後繼起。最早始於蕭統姪子蕭該的《文選音》，陳、隋以後的注家大都失傳，唐顯應年間，李善為之作注，改分原書三十卷為六十卷。唐開元六年（七一八），呂延祚將五臣（呂延濟、劉良、張銑、呂向、李周翰）注《文選》進表呈上，從此《文選》就有兩種不同的注釋本流傳下來。後人又將兩注合為一書，並加刪編，稱「六臣注」。李善注釋《文選》經多次易稿方才完成，搜集材料最多，徵引古籍達數百種，其中有的今已失傳。他的注釋，不僅有助於理解詞義典故，而且是文字訓詁和校勘輯佚的重要參考資料。後人對它評價很高，是一部和《文選》本書不可分割的集大成的學術著作。其缺點是偏重於釋事和辭藻的溯源，而忽略對文意的析解。

自《文選》六臣注盛行以後，李善注原書被埋沒了，令天所見到的《文選》李善注，都是後人從六臣注中輯錄出來的。李注和五臣注經過合而又分，使輯錄出來的李注，有的地方羼入了其他注釋，有的又被誤認為其他注釋而刪去了。我們細讀清人的校記和用敦煌石室發現的舊抄本《文選》殘卷相校，就不難理解這種錯亂複雜的情況。就是李善注本身，原來也存在著不少引書和注釋的錯誤。這一方面，清乾、嘉以後治「選學」的學者，做了大量的考證工作，並取得了顯著的成績。

清嘉慶年間，胡克家據南宋尤袤所刻《文選》李善注本覆刻，改正了尤刻本明顯的錯誤數百處之多（胡刻《文選考異》所糾正的還不包括在內），並根據幾種不同的版本作成《文選考異》十卷，成為校刊較好和最通行的《文選》李善注本。現即以胡克家重刊本為底本標點整理出版。胡克家的《考異》十卷，則分別附在所屬篇章之後，以便讀者查考。在整理過程中，並參校尤袤原刊本，改正了胡刻本的一些明顯錯誤。

本書卷末另附篇目及著者索引，以備查檢。

文選序

梁昭明太子　蕭統

式觀元始，眇覿玄風。冬穴夏巢之時，茹毛飲血之世，世質民淳，斯文未作。逮乎伏羲氏之王去聲天下也，始畫八卦，造書契，以代結繩之政，由是文籍生焉。易曰：「觀乎天文，以察時變；觀乎人文，以化成天下。」文之時義遠矣哉！若夫椎直追輪為大輅音路之始，大輅寧有椎輪之質；增冰為積水所成，積水曾作能微增冰之凜力錦。何哉？蓋踵音腫其事而增華，變其本而加厲；物既有之，文亦宜然。隨時變改，難可詳悉。

嘗試論之曰：詩序云：「詩有六義焉：一曰風，二曰賦，三曰比，四曰興去聲，五曰雅，六曰頌。」至於今之作者，異乎古昔，古詩之體，今則全取賦名。荀宋表之於前，賈馬繼之於末。自茲以降，源流寔繁。述邑居則有「憑虛」、「亡音無是」之作，戒畋遊則有長楊羽獵之制。若其紀一事，詠一物，風雲草木之興去聲，魚蟲禽獸之流，推而廣之，不可勝載矣！又楚人屈原，含忠履潔，君匪從流，臣進逆耳，深思遠慮，遂放湘南。耿介之意既傷，壹鬱之懷靡愬。臨淵有懷沙之志，吟澤有憔悴之容。騷人之文，自茲而作。

詩者，蓋志之所之也，情動於中而形於言。關雎七余麟趾音止，正始之道著；桑間濮音卜上，亡國之音表。故風雅之道，粲然可觀。自炎漢中葉，厥塗漸異。退傅有「在鄒」之作，降下江將著「河梁」之篇；四言五言，區以別入聲矣。又少則三字，多則九言，各體互興，分鑣彼嬌並驅丘遇。

頌者，所以游揚德業，褒讚成功。吉甫有「穆音目若」之談，季子有「至矣」之歎。舒布為詩，既言如彼；總成為頌，又亦若此。次則箴音針興於補闕，戒出於弼匡。論去聲則析洗激反理精微，銘則序事清潤。美終則誄發，圖像則讚興。又詔誥教令之流，表奏牋記之列，書誓符檄胡激之品，弔祭悲哀之作，答客指事之制，三言八字之文，篇辭引以進反序，碑碣誌狀，眾制鋒起，源流間去聲出。譬陶匏蒲包異器，並為入耳之娛；黼黻不同，俱為悅目之玩。作者之致，蓋云備矣！

余監音緘撫餘閑，居多暇日，歷觀文囿，泛覽辭林，未嘗不心遊目想，移晷音軌忘倦。自姬漢以來，眇焉悠邈，時更平聲七代，數去聲逾千祀。詞人才子，則名溢於縹匹沼囊；飛文染翰，則卷盈乎緗音相帙。自非略其蕪穢，集其清英，蓋欲兼功，太半難矣！若夫姬公之籍，孔父之書，與日月俱懸，鬼神爭奧，孝敬之准式，人倫之師友，豈可重去聲以芟音衫夷，加之剪截？老莊之作，管孟之流，蓋以立意為宗，不以能文為本，今之所撰，又以略諸。若賢人之美辭，忠臣之抗直，謀夫之話下快反，辨士之端，冰釋泉涌，金相玉振。所謂坐狙七余丘，議稷下，仲連之却秦軍，食音異其音饑之下齊國，留侯之發八難，曲逆之吐六奇，蓋乃事美一時，語流千載。概古害見墳籍，旁出子史，若斯之流，又亦繁博，雖傳之簡牘，而事異篇章，今之所集，亦所不取。至於記事之史，繫年之書，所以褒貶是非，紀別入聲異同，方之篇翰，亦已不同。若其讚論去聲之綜作宋緝此立辭采，序述之錯比文華，事出於沈思，義歸乎翰藻，故與夫篇什，雜而集之。遠自周室，迄于聖代，都為三十卷，名曰文選云耳。

凡次文之體，各以彙于貴聚。詩賦體既不一，又以類分；類分之中，各以時代相次。

唐李崇賢上文選注表

文林郎守太子右內率府錄事參軍崇賢館直學士臣　李善

臣善言：竊以道光九野，縟景緯以照臨；德載八埏，麗山川以錯峙。垂象之文斯著，含章之義聿宣。協人靈以取則，基化成而自遠。故羲繩之前，飛葛天之浩唱；媧簧之後，掞叢雲之奧詞。步驟分途，星躔殊建；球鍾愈暢，舞詠方滋。楚國詞人，御蘭芬於絕代；漢朝才子，綜鞶帨於遙年。虛玄流正始之音，氣質馳建安之體。長離北度，騰雅詠於圭陰；化龍東騖，煽風流於江左。爰逮有梁，宏材彌劭。昭明太子，業膺守器，譽貞問寢。居肅成而講藝，開博望以招賢。搴中葉之詞林，酌前修之筆海。周巡緜嶠，品盈尺之珍；楚望長瀾，搜徑寸之寶。故撰斯一集，名曰文選。後進英髦，咸資準的。

伏惟陛下，經緯成德，文思垂風。則大居尊，耀三辰之珠璧；希聲應物，宣六代之雲英。孰可撮壤崇山，導涓宗海。臣蓬衡蕞品，樗散陋姿。汾河委筴，夙非成誦；崇山墜簡，未議澄心。握玩斯文，載移涼燠；有欣永日，實昧通津。故勉十舍之勞，寄三餘之暇，弋釣書部，願言注緝，合成六十卷。殺青甫就，輕用上聞。享帚自珍，緘石知謬。敢有塵於廣內，庶無遺於小說。謹詣闕奉進，伏願鴻慈，曲垂照覽。謹言。顯慶三年九月日上表。

宋刻原序

貴池在蕭梁時寔為昭明太子封邑，血食千載，威靈赫然，水旱疾疫，無禱不應。廟有文選閣，宏麗壯偉，而獨無是書之板，蓋缺典也。往歲邦人嘗欲募眾力為之，不成。今是書流傳於世，皆是五臣注本。五臣特訓釋旨意，多不原用事所出。獨李善淹貫該洽，號為精詳。雖四明贛上各嘗刊勒，往往裁節語句，可恨。袤因以俸餘鋟木，會池陽袁史君助其費，郡文學周之綱督其役，踰年乃克成。既摹本藏之閣上，以其板寘之學宮，以慰邦人所以尊事昭明之意云。淳熙辛丑上巳日晉陵尤袤題。

重刻宋淳熙本文選序

賜進士出身通奉大夫江南蘇松常鎮太等處承宣布政使司布政使　胡克家　撰

文選於孟蜀時，毋昭裔已為鏤板，載五代史補。然其所刻何本，不可考也。宋代大都盛行五臣，又并善為六臣，而善注反微矣。淳熙中，尤延之在貴池倉使，取善注讎校鋟木。厥後單行之本，咸從之出。經數百年轉展之手，譌舛日滋，將不可讀。恭逢國家文運昭回，聖學高深，苞函藝府。受書之士，均思熟精選理，以潤色鴻業。而佳本罕覯，誦習為難，寧非缺事歟？往歲顧千里、彭甘亭見語，以吳下有得尤槧者，因即屬兩君遴手影摹，校刊行世。踰年工成，雕造精緻，勘對嚴審，雖尤氏真本，殆不是過焉。從此讀者開卷快然，非敢云是舉即崇賢功臣，抑亦學海文林之一助已。

其善注之并合五臣者，與尤殊別。凡資參訂，既所不廢；又尋究尤本，輒有致疑。鉤稽探索，頗具要領，宜諗來者。撰次為考異十卷，詳著義例，附列於後，而別為之敘云。嘉慶十四年二月既望序。

文選考異序

賜進士出身通奉大夫江南蘇松常鎮太等處承宣布政使司布政使　胡克家　撰

文選之異，起於五臣。然使有五臣而不與善注合并，若合并矣，而未經合并者具在，即任其異而勿考，當無不可也。

今世間所存，僅有袁本，有茶陵本，及此次重刻之淳熙辛丑尤延之本。夫袁本、茶陵本固合并者，而尤本仍非未經合并也。何以言之？觀其正文，則善與五臣已相羼雜，或沿前而有譌，或改舊而成誤，悉心推究，莫不顯然也。觀其注，則題下篇中，各當闌入呂向、劉良，頗得指名，非特意主增加，他多誤取也。觀其音，則當句每末刊五臣，注內間兩存善讀，割裂既時有之，刪削殊復不少。崇賢舊觀，失之彌遠也。然則數百年來徒據後出單行之善注，便云顯慶勒成，已為如此，豈非大誤？即何義門、陳少章齗齗於片言隻字，不能挈其綱維，皆繇有異而弗知考也。

余夙昔鑽研，近始有悟，參而會之，徵驗不爽。又訪於知交之通此學者，元和顧君廣圻、鎮洋彭君兆蓀，深相剖晰，僉謂無疑。遂廼條舉件繫，編撰十卷，諸凡義例，反覆詳論，幾於二十萬言。苟非體要，均在所略。不敢祕諸篋衍，用貽海內好學深思之士，庶其有取於斯。嘉慶十四年二月下旬序。

目錄

卷第二十一

詩乙

詠史

百一

遊仙

卷第二十二

招隱

反招隱

遊覽

卷第二十三

詩丙

詠懷

哀傷

贈答一

卷第二十四

贈答二

卷第二十五

詩丁

贈答三

卷第二十六

贈答四

行旅上

卷第二十七

詩戊

行旅下

卷第一

賦甲

賦甲者，舊題甲乙，所以紀卷先後。今卷既改，故甲乙並除，存其首題，以明舊式。

京都上

兩都賦二首

自光武至和帝都洛陽，西京父老有怨。班固恐帝去洛陽，故上此詞以諫。和帝大悅也。[1]

班孟堅

范曄後漢書曰：班固，字孟堅，北地人也。年九歲，能屬文，長遂博貫載籍。顯宗時，除蘭臺令史，遷為郎，乃上兩都賦。大將軍竇憲出征匈奴，以固為中護軍。憲敗，固坐免官，遂死獄中。

1 注「自光武至和帝都洛陽」下至「和帝大悅也」　何屺瞻焯校曰：案後漢書班固傳，則兩都賦明帝世所上，注和帝誤。陳少章景雲校曰：賦作於明帝之世，注中「故上此以諫，和帝大悅」，語未詳所據。今案：此一節，非善注也。善下引後漢書「顯宗時除蘭臺令史，遷為郎，乃上兩都賦」，不得有此注甚明。即五臣銑注亦言明帝云云。然則並非五臣注也。且此是卷首所列子目，其下本不應有注，決是後來竄入。凡善注失舊，有竄入五臣注者，有並非五臣注而亦竄入者，說詳在後。

兩都賦序

或曰：賦者，古詩之流也。毛詩序曰：詩有六義焉，二曰賦。故賦為古詩之流也。諸引文證，皆舉先以明後，以示作者必有所祖述也。他皆類此。昔成康沒而頌聲寢，王澤竭而詩不作。言周道既微，雅頌並廢也。史記曰：周武王太子誦立，是為成王。成王太子釗立，是為康王。毛詩序曰：頌者，以其成功告於神明者也。樂稽耀嘉曰：仁義所生為王。毛詩序曰：止乎禮義，先王之澤也。然則作詩稟乎先王之澤，故王澤竭而詩不作。作，興也。孟子曰：王者之跡息而詩亡。大漢初定，日不暇給。漢書曰：高祖，姓劉氏，立為漢王，滅項羽，即皇帝位。荀悅曰：諱邦，字季。史記曰：雖受命，而日有不暇給也。至於武宣之世，乃崇禮官，考文章，漢書曰：孝武皇帝，景帝中子。荀悅曰：諱徹。漢書曰：孝宣帝，武帝曾孫，戾太子孫。荀悅曰：諱詢，字次卿。內設金馬石渠之署，外興樂府協律之事，史記曰：金馬門者，宦者署門，傍有銅馬，故謂之曰金馬門。三輔故事曰：石渠閣在大祕殿北，以閣祕書。漢書曰：武帝定郊祀之禮，乃立樂府，以李延年為協律都尉。以興廢繼絕，潤色鴻業。言能發起遺文，以光讚大業也。論語，子曰：興滅國，繼絕世。然文雖出彼而意微殊，不可以文害意。他皆類此。論語，子曰：東里子產潤色之。劇秦美新曰：制成六經，洪業也。是以眾庶悅豫，福應尤盛，白麟赤鴈芝房寶鼎之歌，薦於郊廟。漢書武紀曰：行幸雍，獲白麟，作白麟之歌。又曰：行幸東海，獲赤鴈，作朱鴈之歌。又曰：甘泉宮內產芝，九莖連葉，作芝房歌。又曰：得寶鼎后土祠傍，作寶鼎之歌。神雀五鳳甘露黃龍之瑞，以爲年紀。漢書宣紀曰：神雀元年。應劭曰：前年神雀集長樂宮，故改年也。又曰：五鳳元年。應劭曰：先者，鳳皇五至，因以改元。又甘露元年，詔曰：乃者，鳳皇至，甘露降，故以名元年。又曰：黃龍元年。應劭曰：先是黃龍見新豐，因以改元焉。故言語侍從之臣，若司馬相如虞丘壽王東方朔枚皐王褒劉向之屬，朝夕論思，日月獻納；漢書曰：司馬相如，字長卿，為武騎常侍。又曰：虞丘壽王，字子貢，以善格五召待詔，遷為侍中中書，又曰：東方朔，字曼倩，上書自稱舉，上偉之，令待詔公車，後拜為太中大夫給事中。又曰：枚皐，字少孺，上書北闕，自稱枚乘之子，上得大喜，召入見待詔，拜為郎。又曰，王褒，字子淵，上令褒待詔，褒等數從獵，擢為諫大夫。又曰：劉向，字子政，為輦郎，遷中壘校尉。而公卿大臣，御史大夫倪寬、太常孔臧、太中大夫董仲舒、宗正劉德、太子太傅蕭望之等，時時間作。漢書曰：倪寬，脩尚書，以郡選詣博士孔安國，射策為掌固，遷侍御史。孔臧集曰：臧，仲尼之後，少以才博知名，稍遷御史大夫，辭曰：臣代以經學為家，乞為太常，專脩家業。武帝遂用之。漢書曰：董仲舒以脩春秋為博士，後為中大夫。又曰：劉德，字路叔，少脩黃老術，武帝謂之千里駒，為宗正。又曰：蕭望之，字長倩，以射策甲科為郎，遷太子太傅。或以抒下情而通諷諭，廣雅曰：抒，渫也。抒，食與切。諷，方鳳切。毛詩序曰：吟詠情性，以諷其上。楚詞曰：抒中情而屬詩。或以宣上德而盡忠孝，國語，泠州鳩曰：夫律，所以宣布哲人之令德。雍容揄揚，著於後嗣，抑亦雅頌之亞也。說文曰：揄，引也，以珠切。孔安國尚書傳曰：揚，舉也。毛詩序曰：言天下之事，形四方之風，謂之雅。故孝成之世，論而錄之，漢書曰：孝成皇帝，元帝太子也。荀悅曰：諱驁，字太孫。蓋奏御者千有餘篇，而後大漢之文章，炳焉與三代同風。蒼頡篇曰：炳，著明也，彼皿切。論語，子曰：三代之所以直道而行。馬融曰：三代，夏、殷、周。

且夫道有夷隆，學有麤密，因時而建德者，不以遠近易則。故皐陶歌虞，奚斯頌魯，同見采於孔氏，列于詩書，其義一也。尚書，皐陶歌曰：元首明哉，股肱良哉，庶事康哉。韓詩魯頌曰：新廟奕奕，奚斯所作。薛君曰：奚斯，魯公子也。言其新廟奕奕然盛。是詩，公子奚斯所作也。稽之上古則如彼，考之漢室又如此。斯事雖細，然先臣之舊式，國家之遺美，不可闕也。臣竊見海內清平，朝廷無事，蔡邕獨斷，或曰：朝廷亦皆依違尊者，都舉朝廷以言之[2]。諸釋義或引後以明前，示臣之任不敢專。他皆

---

[2] 注「亦皆依違尊者都舉朝廷以言之」 吴郡袁氏翻雕六臣本，茶陵陳氏刻增補六臣本，「都」上有「所」字，「舉」上有「連」字。案：此尤延之校改之也。袁本五臣居前、善次後，茶陵本善居前、五臣次後，皆取六家以意合並如此。凡各本所見善注，初不甚相懸，逮尤延之多所校改，遂致迥異。說見每條下。

類此。京師脩宮室，浚城隍，起苑囿，以備制度。公羊傳曰：京師者，天子之居也。京者何？大也。師者何？眾也。天子之居，必以眾大之辭言也。說文曰：城池無水曰隍。周禮曰：囿遊之獸。鄭玄曰：囿，今之苑。西土耆老，咸懷怨思，冀上之睠顧，而盛稱長安舊制，有陋雒邑之議[3]。長安在西，故曰西土。尚書曰：西土有眾。故臣作兩都賦，以極眾人之所眩曜，折以今之法度。其詞曰。

西都賦[4]

有西都賓問於東都主人曰：「蓋聞皇漢之初經營也，嘗有意乎都河洛矣。輟而弗康，寔用西遷，作我上都。主人聞其故而覩其制乎？」孝經鉤命決曰：道機合者稱皇。尚書曰：厥既得吉卜，乃經營。東都有河南洛陽，故曰河洛也。鄭玄論語注曰：輟，止也，張衛切。孔安國尚書傳曰：康，安也。穀梁傳曰：葬我君桓公。我君，接上下也。主人曰：「未也。願賓攄懷舊之蓄念，發思古之幽情。博我以皇道，弘我以漢京。」廣雅曰：攄，舒也。孔安國尚書傳曰：蓄，積也。論語，顏淵曰：夫子博我以文。賓曰：「唯唯。禮記曰：父召，無諾，唯而起。

「漢之西都，在於雍州，寔曰長安。漢書曰：秦地於禹貢時跨雍、梁二州，漢興，立都長安。左據函谷二崤之阻，表以太華終南之山。戰國策，蘇秦曰：秦，東有殽、函之固。鹽鐵論曰：秦左殽、函。漢書音義，韋昭曰：函谷關。左氏傳曰：崤有二陵，其南陵夏后皋之墓，其北陵文王所避風雨也。表，標也。山海經曰：華首之山西六十

---

3 有陋雒邑之議　袁本、茶陵本「雒」作「洛」。案：二本不著校語，詳賦正文及注俱用「洛」字，其後漢書所載賦亦作「洛」，蓋善自作「洛」也。

4 西都賦　案：賦下當有「一首」二字。東都賦下有，袁本、茶陵本無。蓋五臣每題俱無也。又上兩都賦序下，以三都賦序例之，亦當有。又東京賦、南都賦、吳都賦下同。

里曰太華之山。毛詩曰：終南何有？有條有枚。毛萇曰：終南，周之名山中南也。**右界褒斜隴首之險，帶以洪河涇渭之川。眾流之隈，汧湧其西**[5]。長楊賦曰：命右扶風發人，西自褒斜。梁州記曰：萬石城泝漢上七里有褒谷，南口曰褒，北口曰斜，長四百七十里。鹽鐵論曰：秦右隴阺。漢書，幸雍白麟歌曰：朝隴首，覽西垠。尚書曰：導河自積石，南至于華陰。山海經曰：涇水出長城北。尚書曰：導渭自鳥鼠同穴。**華實之毛，則九州之上腴焉；防禦之阻，則天地之隩區焉。**春秋文耀鉤曰：春致其時，華實乃榮。左氏傳，君子曰：澗溪沼沚之毛。漢書曰：秦地，九州膏腴。楊雄衛尉箴曰：設置山險，盡為防禦。說文曰：隩，四方之土可定居者也，於報切。**是故橫被六合，三成帝畿。周以龍興，秦以虎視。**漢書音義，文穎曰：關西為橫。孔安國尚書傳曰：被，及也。呂氏春秋曰：神通乎六合。高誘曰：四方上下為六合。三成帝畿，謂周、秦、漢也。樂稽嘉耀曰[6]：德象天地為帝。周禮曰：方千里曰王畿。史記曰：周后稷，名棄，堯、舜時為農師，號后稷，姓姬氏。至孫公劉，周之道興，至文王徙都豐，武王滅紂。孔安國尚書序曰：漢室龍興。史記曰：秦之先，帝顓頊之苗裔，至孝公作咸陽，政幷六國，稱皇帝。周易曰：虎視眈眈，其欲逐逐。**及至大漢受命而都之也，仰悟東井之精，俯協河圖之靈。**漢書曰：漢元年十月，五星聚于東井，沛公至霸上。又曰：以歷推之，從歲星也。此高祖受命之符。尚書雒書曰：河圖，命紀也。然五經緯，皆河圖也。春秋漢含孳曰：劉季握卯金刀，在軫北，字季，天下服。卯在東方，陽所立，仁且明。金在西方，陰所立，義成功。刀居右，字成章。刀擊秦，枉矢東流，水神哭祖龍。然則成功在西[7]，故都長安。**奉春建策，留侯演成。**漢書曰：高祖西都洛

5 眾流之隈汧湧其西　何云後漢書無此二句。陳云善此八字無訓釋，疑與范書同。案：各本皆有，恐五臣多此二句，合併六家，失著校語，尤以之亂善也。凡袁本、茶陵本所失著校語者，說具每條下，其尤本無誤，多不復出。

6 注「樂稽嘉耀曰」　案：「嘉耀」當作「耀嘉」。各本皆倒。

7 注「然則成功在西」　案：「則」字不當有。各本皆衍。凡「然則」，善例祇云「然」，全書盡同，其或衍者，當依此求之，不具出也。

陽，戍卒婁敬求見，說上曰：陛下都洛不便，不如入關，據秦之固。上問張良，良因勸上。是日車駕西都長安，拜婁敬為奉春君，賜姓劉氏。又曰：封張良為留侯也。蒼頡篇曰：演，引也。**天人合應，以發皇明。乃眷西顧，寔惟作京。**天，謂五星也。人，謂婁敬也。皇，謂高祖也。四子講德論曰：天人並應。毛詩曰：乃眷西顧，此惟與宅。**於是睎秦嶺，睋北阜。挾灃灞**[8]**，據龍首。**說文曰：睎，望也，呼衣切。秦嶺，南山也。漢書曰：秦地有南山。睋，視也，五哥切。北阜，山也。漢書，文帝曰：以北山石為槨。張揖上林賦注曰：豐水出鄠南山豐谷。漢書曰：灞水出藍田谷。山海經曰：華山之西，龍首之山也。**圖皇基於億載，度宏規而大起**[9]**。**長楊賦曰：規億載。孔安國尚書傳曰：十萬曰億。爾雅曰：載，年也。小雅曰：羌，發聲也。度與羌，古字通。度或為慶也[10]。**肇自高而終平，世增飾以崇麗。歷十二之延祚，故窮泰而極侈。**高，高祖。漢書[11]，張晏曰：為功最高[12]，而為漢帝太祖[13]，故特起名焉。漢書，孝平皇帝，元帝庶孫。荀悅曰：諱衎。漢自高祖至于孝平，凡十二帝也。國語曰：天地之所祚。賈逵曰：祚，祿也。**建金城而萬雉，呀周池而成淵。**鹽鐵論曰：秦四塞以為固，金城千里。鄭玄周禮注曰：雉，長三丈，高一丈。字林曰：呀，大空貌，火家切。說文曰：城有水曰池。**披三條之廣路，立十二之通門。**周禮曰：匠人營國，方九里，旁三門。鄭

---

8 挾灃灞　案：「灃灞」當作「豐霸」。「豐」字注可證。必善「豐霸」，五臣「灃霸」而亂之。「霸」字說見後。今注中亦作「灞」，非善舊也。餘依此求之。後漢書作「酆霸」，「豐」「酆」同字。

9 度宏規而大起　案：「度」當作「慶」，必善「慶」，五臣「度」。袁、茶陵二本所載五臣銑注云「度大規矩」，作「度」無疑。各本失著校語，尤以之亂善也。注亦失舊，見下。

10 注「度與羌古字通度或為慶也」　陳云「度」當作「慶」，是也。各本皆誤，下同。「慶」當作「度」。案：云「慶」與「羌」古字通者，正文作「慶」，與所引小雅廣言之「羌」古字通也，云「慶」或為「度」者，此賦作「慶」，或本為「度」，如今後漢書之作「度」也。五臣因此改「慶」為「度」，後來合并，又倒此注以就之，而不可通矣。今特訂正。

11 注「高高祖漢書」　袁本、茶陵本此五字作「漢書高祖」四字，是也。案：此尤校改之，下同。

12 注「為功最高」　袁本、茶陵本「為」上有「以」字，是也。

13 注「而為漢帝太祖」　袁本、茶陵本「太」作「之」，是也。

玄曰：天子十二門，通十二子也。內則街衢洞達，閭閻且千。九市開場，貨別隧分。人不得顧，車不得旋。闐城溢郭，旁流百廛。紅塵四合，煙雲相連。說文曰：街，四通也，音佳。爾雅曰：四達謂之衢。字林曰：閭，里門也。閻，里中門也。漢宮闕疏曰：長安立九市，其六市在道西，三市在道東。鄭玄周禮注曰：金玉曰貨。薛綜西京賦注曰：隧，列肆道也，音遂。鄭玄禮記注曰：填，滿也。填與闐同，徒堅切。又曰：廛，市物邸舍也，除連切。李陵詩曰：紅塵塞天地，白日何冥冥。於是既庶且富，娛樂無疆。都人士女，殊異乎五方。遊士擬於公侯，列肆侈於姬姜。論語曰：子適衛，冉有僕。子曰：庶矣哉！冉有曰：既庶矣，又何加焉？曰：富之。毛詩曰：惠我無疆。又曰：彼都人士。又曰：彼君子女。漢書曰：秦地五方雜錯，富人則商賈為利。列侯貴人，車服僭上。眾庶倣效，羞不相及。鄭玄周禮注曰：肆，市中陳物處也。左氏傳，君子曰：詩云：雖有姬姜，無棄憔悴也。鄉曲豪舉，遊俠之雄。節慕原嘗，名亞春陵。連交合眾，騁騖乎其中。莊子曰：治州閭鄉曲。史記，魏公子無忌曰：平原之遊，徒豪舉耳。文子曰：智過十人謂之豪。漢書曰：秦地豪桀，則游俠通姦。史記曰：平原君趙勝者，趙之諸公子也。諸子中勝最賢，賓客蓋至者數千人。又曰：孟嘗君，名文，姓田氏。孟嘗君在薛，招致諸侯賓客，食客數千人。又曰：春申君者，楚人也，名歇，姓黃氏。考烈王以歇為相，封春申君，客三千餘人。又曰：魏公子無忌者，魏安釐王弟也。安釐王封公子為信陵君，致食客三千。楚辭曰：朝騁騖乎江皐。說文曰：騁，直馳也。又曰：騖，亂馳也，音務。若乃觀其四郊，浮遊近縣，則南望杜霸，北眺五陵。名都對郭，邑居相承。英俊之域，紱冕所興。冠蓋如雲，七相五公。鄭玄周禮注曰：王國百里為郊。漢書曰：宣帝葬杜陵，文帝葬霸陵，高帝葬長陵，惠帝葬安陵，景帝葬陽陵，武帝葬茂陵，昭帝葬平陵。文子曰：智過萬人謂之英，千人謂之俊。蒼頡篇曰：紱，綬也。說文曰：冕，大夫以上冠也。毛詩曰：有女如雲。相，丞相也。漢書，韋賢為丞相，徙平陵。車千秋為丞相，徙長陵。黃霸為丞相，徙平陵。平當為丞相，徙平陵。魏相為丞相，徙平陵。公，御史大夫、將軍通稱也。漢書曰：張湯為御史大夫，徙杜陵。杜周為御史大夫，徙茂陵。蕭望之為前將軍，徙杜陵。馮奉世為右將軍，徙杜陵。史丹為大將軍，徙杜陵。然其餘不在七相之數者，並以罪國除故也。與乎州郡之豪傑，五都之貨殖。三選七遷，充奉陵邑。蓋以強幹弱枝，隆上都而觀萬國也[14]。文子曰：智過百人謂之傑，十人謂之豪。漢書曰：王莽於五都立均官[15]，更名雒陽、邯鄲、臨淄、宛、城都市長安[16]皆為五均司市師[17]。三選，謂選三等之人。七遷，謂遷於七陵也。漢書曰：徙吏二千石、高訾富人及豪傑兼并之家於諸陵，蓋亦以強幹弱枝，非獨為奉山園也。又元帝詔曰：往者，有司緣臣子之義，奏徙郡國人以奉園陵。自今所為陵者，勿置縣邑。然則元帝始不遷人陪陵。自元以上，正有七帝也。春秋漢含孳曰：強幹弱流，天之道。宋均曰：流，猶枝也。左傳曰：魯諸大夫曰：禹會諸侯於塗山，執玉帛者萬國。

「封畿之內，厥土千里。逴躒諸夏，兼其所有。漢書曰：雒邑與宗周通封畿，為千里。又曰：秦地沃野千里，人以富饒。逴躒，猶超絶也[18]。逴，音卓。躒，呂角切。論語，子曰：夷狄之有君，不如諸夏之亡也。其陽則崇山隱天，幽林穹谷。陸海珍藏，藍田美玉。上林賦曰：崇山嵸巃崔嵬。楊雄蜀都賦曰：蒼山隱天。韓詩曰：皎皎白駒，在彼空谷[19]。薛君曰：穹谷，深谷也。漢書，東方朔曰：漢興，去三河之地，止霸、滻以西，都涇、渭之南，北謂天下陸海之地[20]。范子計然曰：玉英出藍田。商洛緣其隈，鄠杜濱其足。源泉灌注，陂池交屬。漢書，弘農郡有商縣、上雒縣。扶風有鄠縣、杜陽縣。說文曰：隈，水曲也，於回切。孔安國尚書傳曰：濱，涯也。又曰：澤鄣曰

---

14 而觀萬國也　袁本、茶陵本無「也」字，何云後漢書無。

15 注「王莽於五都立均官」　茶陵本「於」下有「長安及」三字，「均官」作「五均」，袁本與此同。

16 注「城都市長安」　袁本「城」作「成」，茶陵本亦誤「城」。陳云「長」下衍「安」字，是也。各本皆衍。

17 注「司市師」　茶陵本「市」下有「稱」字，袁本與此同。

18 注「逴躒猶超絶也」　茶陵本此六字作「卓犖」，或作「逴躒」，袁本與此同。案：茶陵乃校語錯入注也。正文，善「逴躒」，後漢書「逴犖」，五臣「卓犖」。二本作「卓袁」者亂之。尤所見未誤，袁此注亦未誤。

19 注「在彼空谷」　何校「空」改「穹」，陳同，是也。各本皆譌。案：陸機苦寒行注引正作「穹」。

20 注「北謂天下陸海之地」　陳云「北」當作「此」，是也。各本皆譌。

陂，停水曰池。竹林果園，芳草甘木。郊野之富，號爲近蜀。言秦境富饒，與蜀相類，故號近蜀焉。漢書曰：秦地南有巴、蜀、廣、漢山林竹木蔬食果實之饒。爾雅曰：邑外曰郊，郊外曰野。其陰則冠古亂以九嵕子紅，陪以甘泉，乃有靈宮起乎其中。秦漢之所極觀古亂，淵雲之所頌歎，於是乎存焉。漢書，谷口縣九嵕山在西。戰國策，范雎說秦王曰：大王之國，北有甘泉谷口。漢書，公孫卿曰：仙人好樓居。於是上令甘泉作延壽館、通天臺。漢宮闕疏曰：甘泉林光宮，秦二世造。漢書曰：王子淵為甘泉頌。又曰：楊子雲奏甘泉賦。下有鄭白之沃，衣食之源。提封五萬，疆埸綺分。溝塍刻鏤，原隰龍鱗。決渠降雨，荷插成雲。五穀垂穎，桑麻鋪棻。史記曰：韓聞秦之好興事，欲罷，無令東伐。迺使水工鄭國間說秦，令鑿涇水，自中山西抵瓠口為渠，並北山東注洛，溉澤鹵之地四萬餘頃。收皆畝稅一鍾。命曰鄭國渠。又曰：趙中大夫白公，復奏穿渠引涇水，首起谷口，尾入櫟陽，注渭，溉田四千餘頃，因曰白渠。人得其饒，歌之曰：田於何所？池陽谷口。鄭國在前，白渠起後。舉插為雲，決渠為雨。涇水一石，其泥數斗。且溉且糞，長我禾黍。衣食京師，億萬之口。天子畿方千里，提封百萬井。臣瓚案：舊說云，提，撮凡也。言大舉頃畝也。韋昭曰：積土為封限也。毛詩曰：疆埸有瓜。周禮曰：十夫有溝。鄭玄曰：遂，廣深各二尺，溝倍之。說文曰：塍，稻田之畦也，音繩。爾雅曰：高平曰原，下濕曰隰。周禮曰：以五穀養病。漢書音義，韋昭曰：黍、稷、菽、麥、稻也。毛詩曰：實穎實栗。毛萇曰：穎，垂穎也。小雅曰：禾穗謂之穎。爾雅曰：鋪，布也，普胡切。王逸楚辭注曰：紛，盛貌也。棻與紛，古字通。東郊則有通溝大漕，潰渭洞河。泛舟山東，控引淮湖，與海通波。言通溝大漕，既達河渭，又可以汎舟山東，控引淮、湖之流，而與海通其波瀾。漢書武紀曰：穿漕渠道渭[21]。如淳曰：水轉曰漕。蒼頡篇曰：潰、旁決也，胡對切。說文曰：洞，疾流也。國語曰：秦汎舟於河，歸糴於晉。史記曰：滎陽下引河東南為鴻溝，以與淮、泗會也。西郊則有上囿禁苑，林麓藪澤，陂池連乎蜀漢。繚以周墻，四百餘里。離宮別館，

---

21 注「穿漕渠道渭」 袁本、茶陵本「道」作「通」，是也。

三十六所。神池靈沼，往往而在。上囿禁苑，即林苑也。羽獵賦曰：開禁苑。穀梁傳曰：林屬於山為麓。鄭玄周禮注曰：澤無水曰藪。漢書有蜀都漢中郡[22]。繚，猶繞也。三輔故事曰：上林連綿，四百餘里。繚，力鳥切。離、別，非一所也。上林賦曰：離宮別館，彌山跨谷。三秦記曰：昆明池中有神池，通白鹿原。毛詩曰：王在靈沼。其中乃有九眞之麟，大宛之馬。黃支之犀，條支之鳥[23]。踰崑崙，越巨海。殊方異類，至于三萬里。漢書，宣帝詔曰：九真獻奇獸。晉灼漢書注曰：駒形，麟色，牛角。又武紀曰：貳師將軍廣利斬大宛王首，獲汗血馬。又曰：黃支自三萬里貢生犀。又曰：條枝國臨西海，有大鳥，卵如甕。山海經曰：帝之下都，崑崙之墟，高萬仞。河圖括地象曰：崑崙在西北，其高萬一千里。子虛賦曰：東注巨海也。

「其宮室也，體象乎天地，經緯乎陰陽。據坤靈之正位，倣太紫之圓方。七略曰：王者師天地，體天而行。是以明堂之制，內有太室，象紫微宮；南出明堂，象太微。春秋元命苞曰：紫之言此也，宮之言中也。言天神圖法，陰陽開閉，皆在此中也。周易曰：坤，地道也。楊雄司命箴曰[24]：普彼坤靈，侔天作制。春秋合誠圖曰：太微，其星十二，四方。又曰：紫宮，大帝室也。樹中天之華闕，豐冠山之朱堂。因瓌材而究奇，抗應龍之虹梁。列棼橑以布翼，荷棟桴而高驤。列子曰：周穆王築臺，號曰中天之臺。漢書曰：蕭何立東闕、北闕。周易曰：豐其屋。漢書曰：蕭何作未央宮，潘岳關中記曰：未央宮殿，皆疏龍首山土作之。然殿居山上，故曰冠云，埤蒼曰：瓌瑋，珍琦也。應龍虹梁，梁形似龍而曲如虹也。廣雅曰：有翼曰應龍。爾雅曰：螮蝀，虹也。螮，音帝。蝀，音董。虹，音紅。說文曰：棼，複屋棟也，扶云切。又曰：橑，椽也，梁道切。又曰：翼，屋榮也。爾雅曰：棟謂之桴，音浮。雕玉瑱以居

22 注「漢書有蜀都漢中郡」　袁本、茶陵本「都」作「郡」，是也。
23 條支之鳥　袁本、茶陵本「支」作「枝」，是也。注中字各本皆作「枝」，後漢書亦是「枝」字。
24 注「楊雄司命箴曰」　何校「命」改「空」，陳云據范書注當作「空」，是也。各本皆誤。

楹，裁金璧以飾璫。言雕刻玉瑱，以居楹柱也。爾雅曰：玉謂之彫[25]。郭璞曰：治玉名也。廣雅曰：瑱，礩也。瑱與礩，古字通，並徒年切。說文曰：楹，柱也。上林賦曰：華榱璧璫。韋昭曰：裁金為璧以當榱頭。發五色之渥彩，光爓音豔朗以景彰。毛詩曰：顏如渥丹。鄭玄曰：渥，厚漬也，烏學切。字林曰：爓，火貌也。於是左墄右平，重軒三階。閨房周通，門闥洞開。列鍾虡於中庭，立金人於端闈。七略曰：王者宮中，必左墄而右平。摯虞決疑要注曰：凡太極乃有陛，堂則有階無陛也。左墄右平，平者，以文塼相亞次也；墄者，為陛級也，言階級勒墄然[26]，七則切。王逸楚辭注曰：軒，樓板也。周禮，夏后氏世室九階。鄭玄曰：南面三，三面各二也。爾雅曰：宮中門謂之闈，小者謂之閨。毛萇詩傳曰：闥，門內也。史記曰：始皇大收天下兵器，聚之咸陽，銷以為鍾鐻，鑄金人十二，重各千斤，置宮中。徐廣曰：鐻，音巨。毛詩曰：設業設虡。毛萇曰：植曰虡，與鐻古字通也。三輔黃圖曰：秦營宮殿，端門四達，以則紫宮。闥，他曷切。

仍增崖而衡閾，臨峻路而啓扉。爾雅曰：仍，因也。仍或為㞧，非也。孔安國論語注曰：閾，門限也，胡洫切。又曰：峻，高大也。爾雅曰：闔謂之扉。徇以離宮別寢，承以崇臺閒館。煥若列宿，紫宮是環。孔安國尚書傳曰：徇，循也。爾雅曰：室無東西廂，有室曰寢。又曰：四方而高曰臺。春秋合誠圖曰：紫宮，大帝室，太一之精也。漢書曰：中宮天極星，環之匡衛十二星，藩臣。皆曰紫宮也。清涼宣溫，神仙長年。金華玉堂，白虎麒麟。區宇若茲，不可殫論。三輔黃圖曰：未央宮有清涼殿、宣室殿、中溫室殿、金華殿、太玉堂殿、中白虎殿、麒麟殿，長樂宮有神仙殿。孔安國尚書傳曰：殫，盡也。長年亦殿名。增盤崔嵬，登降照爛。殊形詭制，每各異觀。乘茵步輦，惟所息宴。毛萇詩傳曰：崔，高大也，茲瑰切。王逸楚辭注曰：嵬，高也，才迴切。廣雅曰：炤，明也，音照。爛，亦明也，力旦切。應劭漢官儀曰：皇后、婕妤乘輦，餘皆以茵，四人輿以行。鄭玄禮記注曰：茵，蓐也，於

---

25 注「玉謂之彫」　袁本、茶陵本「彫」作「雕」，是也。

26 注「言階級勒墄然」　茶陵本「階」作「陛」，是也。袁本亦誤「階」。

申切。周易曰：君子以鄉晦入宴息也。後宮則有掖庭椒房，后妃之室。合歡增城[27]，安處常寧。茝若椒風，披香發越。蘭林蕙草，鴛鸞飛翔之列。漢書曰：詔掖庭養視。應劭曰：掖庭，宮人之官。漢官儀曰：婕妤以下皆居掖庭。三輔黃圖曰：長樂宮有椒房殿。漢書曰：班婕妤居增城舍。桓子新論曰：董賢女弟為昭儀，居舍號曰椒風。漢宮閣名，長安有合歡殿、披香殿、鴛鸞殿、飛翔殿。餘亦皆殿名。昭陽特盛，隆乎孝成。屋不呈材，牆不露形。裛以藻繡，絡以綸連。隨侯明月。錯落其間。金釭銜璧，是爲列錢。翡翠火齊，流耀含英。懸黎垂棘，夜光在焉。漢書曰：孝成趙皇后弟絶幸，為昭儀，居昭陽舍。其壁帶，往往為黃金釭，函藍田璧，明珠翠羽飾之。音義曰：謂壁中之橫帶也。引漢書注云音義者，皆失其姓名，故云音義而已。說文曰：釭，轂鐵也。列錢，言金釭銜璧，行列似錢也。釭，古雙切。說文曰：裛，纏也，於劫切。又曰：綸，糾青絲綬也。淮南子曰：隨侯之珠，和氏之璧，得之而富，失之而貧。高誘曰：隨侯，漢中國姬姓諸侯也[28]。隨侯見大蛇傷斷，以藥傳而塗之，後蛇於夜中銜大珠以報之，因曰隨侯之珠。蓋明月珠也。李斯上書曰：有隨、和之寶，垂明月之珠。張揖上林賦注曰：翡翠大小如爵，雄赤曰翡，雌青曰翠。韻集曰：玫瑰，火齊珠也。戰國策，應侯謂秦王曰：梁有懸黎，楚有和璞，而為天下名器。左氏傳曰：晉荀息請以垂棘之璧，假道於虞以伐虢。許慎淮南子注曰：夜光之珠，有似明月，故曰明月也。高誘以隨侯為明月。許慎以明月為夜光。班固上云隨侯明月，下云懸黎垂棘，夜光在焉。然班以夜光非隨珠明月矣。以三都合為一寶，經典不載夜光本末，故說者參差矣。西京賦曰：流懸黎之夜光。吳都賦曰：隨侯於是鄙其夜光。鄒陽云：夜光之璧。劉琨云：夜光之珠。尹文子曰：田父得寶玉徑尺，置於廡上，其夜明照一室。然則夜光為通稱，不繫之於珠璧也。於是玄墀釦砌，玉階彤庭。碝磩綵致，琳珉青熒。珊瑚碧樹，周阿而生。漢書曰：昭陽舍中庭彤朱，而殿上髹漆，砌皆銅沓，黃金塗，白玉階。然墀以髹漆，故

---

27 合歡增城　何校「城」改「成」，注同，是也。後漢書亦是「成」字。

28 注「漢中國姬姓諸侯也」　陳云「中」當作「東」，是也。各本皆誤。

曰玄也。釦砌，以玉飾砌也。說文曰：釦，金飾器，枯後切。廣雅曰：砌，阤也，且計切。說文曰：碝，石之次玉也，如兗切。碱，碝類也，音戚。鄭玄禮記注曰：致，密也。郭璞上林賦注：珉，玉名也。張揖上林賦注曰：珉，石次玉也。廣雅曰：珊瑚，珠也。淮南子曰：崑崙山有碧樹在其北。高誘曰：碧，青石也。韓詩曰：曲景曰阿。然此阿，庭之曲也。紅羅颯纚，綺組繽紛。精曜華燭，俯仰如神。薛綜西京賦注曰：颯纚，長袖貌也。颯，思合切。纚，山綺切。說文曰：綺，文繒也。孔安國尚書傳曰：組，綬也。楚辭曰：佩繽紛其繁飾。王逸曰：繽紛，盛貌也。繽，匹人切。戰國策，張儀謂楚王曰：彼鄭國之女，粉白黛黑，立於衢閭，非知而見之者以為神。後宮之號，十有四位。窈窕繁華，更盛迭貴。處乎斯列者，蓋以百數。漢書曰：大星正妃，餘三星後宮。又贊曰：漢興，因秦之稱號，帝正適稱皇后，妾皆稱夫人，號凡十四等云。昭儀位視丞相，婕妤視上卿，娙娥視中二千石，傛華視真二千石[29]，美人視二千石，八子視千石，充依視千石[30]，七子視八百石，良人視七百石，長使視六百石，少使視四百石，五官視三百石，順常視二百石，無涓、共和、娛靈、保林、良使、夜者，皆視百石。毛詩曰：窈窕淑女，君子好逑。史記，華陽夫人姊說夫人曰：不以繁華時樹本。方言曰：迭，代也，徒結切。娙，音刑。左右庭中，朝堂百寮之位。蕭曹魏邴，謀謨乎其上。尚書曰：百寮師師。漢書曰：蕭何，沛人。漢王即皇帝位，拜何為相國。又曰：曹參，沛人也，代蕭何為相國。又曰：魏相，字弱翁，濟陰人也。宣帝即位，代韋賢為丞相。又曰：邴吉，字少卿，魯國人也。宣帝即位，代魏相為丞相。孔安國尚書傳曰：謀，謨也。佐命則垂統，輔翼則成化。流大漢之愷悌，盪亡秦之毒螫。李陵報蘇武書曰：其餘佐命立功之士。易乾鑿度曰：代者赤兌：黃，佐命。宋衷曰：此赤兌者，謂漢高帝也。黃者，火之子，故佐命，張良是也。孟子曰：君子創業垂統，為可繼也。禮記曰：保者慎其身以輔翼之。長楊賦曰：今朝廷出愷悌，行簡易。四子講德論曰：秦之時，處位任政者並施螫毒。說文曰：螫，行毒也，舒

29 注「傛華視真二千石」 袁本、茶陵本「傛」作「容」。案：此尤校改之也。

30 注「充依視千石」 袁本、茶陵本「依」作「衣」。案：此尤校改之也。

亦切。故令斯人揚樂和之聲，作畫一之歌。功德著乎祖宗，膏澤洽乎黎庶。孔叢子曰：孔子曰：古之帝王，功成作樂。其功善者其樂和，樂和則天下且由應之，況百獸乎？漢書曰：蕭何薨，曹參代之。百姓歌之曰：蕭何為法，較若畫一。曹參代之，守而勿失。載其清淨，人以寧一。又景帝詔曰：謌者，所以發德；舞者，所以立功。申屠嘉奏曰：高皇帝宜為太祖，孝文帝宜為太宗。史記，太史公曰：成王作頌，沐浴膏澤，而歌詠勤苦。孟子曰：膏澤下於民。孔安國尚書傳曰：黎，眾也。又有天祿石渠，典籍之府。命夫惇誨故老，名儒師傅。講論乎六蓺，稽合乎同異。三輔故事曰：天祿閣在大殿北[31]，以閣秘書。石渠，已見上文。然同卷再見者，並云已見上文，務從省也。他皆類此。爾雅曰：惇，勉也。孔安國尚書傳曰：誨，教也。周禮曰：六藝：禮、樂、射、御、書、數。孔安國尚書傳曰：稽，考也。又有承明金馬，著作之庭。大雅宏達，於茲爲羣。元元本本，殫見洽聞。啓發篇章，校理秘文。漢書曰：嚴助為會稽太守，帝賜書曰：君猒承明之廬。張晏曰：承明廬在石渠門外。金馬，已見上文。大雅，謂有大雅之才者。詩有大雅，故以立稱焉。漢書，武帝曰：司馬相如之倫，皆辨智闓達。元元本本，謂得其元本也。孔叢子曰：萇弘曰：仲尼洽聞強記。孝經鉤命決曰：丘掇秘文。周以鉤陳之位，衛以嚴更之署。總禮官之甲科，羣百郡之廉孝。樂汁圖曰：鉤陳，後宮也。服虔甘泉賦注曰：紫宮外營，勾陳星也。然王者亦法之。薛綜西京賦注曰：嚴更，督行夜鼓也。漢書曰：奉常掌禮儀，屬官有五經博士。又曰：匡衡射策甲科，除太常掌故[32]。又曰：秦分天下為郡縣。又曰：興廉舉孝也。虎賁贅衣，閹尹閽寺。陛戟百重，各有典司。尚書，周公曰：綴衣虎賁。公羊傳曰：贅，猶綴也。贅，之銳切。周禮曰：內小臣奄，上士，又有閽人、寺人。漢書曰：太后盛服，坐武帳，武士陛戟，陳列殿下也。周廬千

---

31 注「天祿閣在大殿北」，何校「大」下添「秘」字，是也。各本皆脫。

32 注「除太常掌故」，袁本、茶陵本「故」作「固」。案：此尤校改之也。上序注，孔安國「射策為掌固」，茶陵「固」，袁「故」，尤亦未改。「固」即「故」字耳。凡尤改每未必是。

列，徼道綺錯。史記，衛令曰：周廬設卒甚謹。漢書音義，張晏曰：直宿曰廬。漢書曰：中尉掌徼循京師。如淳曰：所謂遊徼循禁，備盜賊也。輦路經營，脩除飛閣。輦路，輦道也。上林賦曰：輦道纚屬。如淳曰：輦道，閣道也。司馬彪上林賦注曰：除，樓陛也。自未央而連桂宮，北彌明光而亘長樂。淩隥道而超西墉，掍建章而連外屬。設璧門之鳳闕，上觚稜而棲金爵。漢書曰：高祖至長安，蕭何作未央宮。三輔舊事曰：桂宮內有明光殿。毛萇詩傳曰：彌，終也。方言曰：亘，竟也[33]。亘與絙古字通。漢書曰：高祖修長樂宮。薛綜西京賦注曰：隥，閣道也，丁鄧切。毛萇詩傳曰：墉，城也。方言曰：掍，同也，音義與混同，胡本切。漢書曰：建章宮，其東則鳳闕，高二十餘丈，其南有璧門之屬。漢書音義，應劭曰：觚，八觚有隅者也，音孤。說文曰：稜，柧也，柧與觚同。稜，落登切。三輔故事曰：建章宮闕上有銅鳳皇。然金爵則銅鳳也。內則別風之嶕嶢[34]，眇麗巧而聳擢。張千門而立萬戶，順陰陽以開闔。爾乃正殿崔嵬，層構厥高，臨乎未央。經駘盪而出馺娑，洞枍詣以與天梁。上反宇以蓋戴，激日景而納光。三輔故事曰：建章宮東有折風闕。關中記曰：折風，一名別風。廣雅曰：嶕嶢，高也。嶕，茲堯切。漢書曰：建章宮度為千門萬戶，前殿度高未央。然前殿則正殿也。長門賦曰：正殿塊以造天，其高臨乎未央。高之甚也。崔嵬，高貌也。關中記曰：建章宮有馺娑、駘盪、枍詣、承光四殿。馺，素合切。娑，蘇可切。駘，音殆。枍，烏詣切。天梁，亦宮名也。爾雅曰：蓋戴，覆也[35]。激日景而納光，言宮殿光輝，外激於日，日景下照，而反納其光也。神明鬱其特起，遂偃蹇而上躋。軼雲雨於太半，虹霓迴帶於棼楣。雖輕迅與僄狡，猶愕眙而不能

---

33 注「方言曰亘竟也」　案：「亘」當作「絙」，觀下注可見。各本皆誤。此所引在第六卷中，今本正作「絙」，後答賓戲引作「緪」，緪，即「絙」字也。

34 內則別風之嶕嶢　袁本、茶陵本無「之」字。案：後漢書有，或尤依彼添耳。

35 注「爾雅曰蓋戴覆也」　案：「爾」當作「小」。各本皆誤。此所引廣詁文。又章懷注後漢書所引，今本亦誤「小」為「爾」，皆不知小雅者改也。

階。漢書曰：孝武立神明臺。王逸楚辭注曰：偃蹇，高貌也。公羊傳曰：躋者何？躋，升也。三蒼曰：軼，從後出前也，餘質切。漢書音義，韋昭曰：凡數三分有二為太半。尸子曰：虹霓為析翳。棼，已見上文。爾雅曰：楣謂之梁，靡飢切。方言曰：僄，輕也，芳妙切。鄭玄禮記注曰：狡，疾也，古飽切。字書曰：愕，驚也，五各切。字林曰：眙，驚貌，勑吏切。攀井幹而未半，目眴轉而意迷。舍欞檻而卻倚，若顛墜而複稽。魂怳怳以失度，巡迴塗而下低。漢書曰：武帝作井幹樓，高五十丈，輦道相屬焉。幹，音寒。司馬彪莊子注曰：井幹，井欄也。然積木有若欄也。蒼頡篇云：眴，視不明也，侯遍切。說文，欞，楯間子也，力丁切。王逸楚辭注曰：檻，楯也，胡黯切。說文曰：稽，留止也。長門賦曰：神怳怳而外淫。王逸楚辭注曰：怳，失意也，況往切。既懲懼於登望，降周流以彷徨。步甬道以縈紆，又杳篠而不見陽。廣雅曰：懲，恐也。楚辭曰：寤從容以周流，聊逍遙而自恃。毛詩序曰：彷徨不忍去。淮南子曰：甬道相連。高誘曰：甬道，飛閣複道也。說文，縈紆，猶回曲也。又曰：杳，杳篠也。廣雅曰：窈窕，深也[36]。窈與杳同，烏鳥切。篠，他弔切。毛萇詩傳曰：陽，明也。排飛闥而上出，若遊目於天表，似無依而洋洋。廣雅曰：排，推也，薄階切。闥，門闥也。楚辭曰：忽反顧而遊目。王逸楚辭注曰：洋洋，無所歸貌。前唐中而後太液，覽滄海之湯湯。揚波濤於碣石，激神岳之嶈嶈[37]。濫瀛洲與方壺，蓬萊起乎中央。漢書曰：建章宮，其西則有唐中數十里，其北沼太液池，漸臺高二十餘丈，名曰太液，池中有蓬萊、方丈、瀛州、臺梁[38]，象海中仙山。如淳曰：唐，庭也。尚書曰：湯湯洪水方割。蒼頡篇曰：濤，大波。尚書曰：夾右碣石入於河。孔安國曰：海畔山也。毛詩曰：應門將將。說文曰：濫，泛也，力暫切。列子，渤海之中有大壑，其中有山，一曰岱輿，二曰員嶠，三曰方壺，四曰瀛州，五曰蓬萊。於是靈

---

36 注「窈窕深也」 陳云「窕」當作「篠」，是也。各本皆誤。

37 激神岳之嶈嶈 案：善引毛詩「應門將將」為注，似其本但作「將將」，袁、茶陵二本所載五臣濟注云「嶈嶈，水激山之聲」，或各本所見，皆以五臣亂善。後漢書作「嶈嶈」，章懷無注，而此與彼不必全同也。

38 注「臺梁」 何校「臺」改「壺」，陳同，是也。各本皆譌。

草冬榮，神木叢生。巖峻崷崒，金石崢嶸。神木、靈草，謂不死藥也。史記曰：三神山，仙人不死藥皆在焉。杜預左氏傳注曰：巖，險也。說文曰：峻，峭高也。峻，思俊切。崷，高貌也，慈由切。爾雅曰：崒者，厜㕒也，慈恤切。郭璞方言注曰：崢嶸，高峻也。崢，力耕切。嶸，胡萌切。抗仙掌以承露，擢雙立之金莖。軼埃堨之混濁，鮮顥氣之清英。言承露之高也。漢書曰：孝武又作柏梁、銅柱、承露仙人掌之屬矣。方言曰：擢，抽也，達卓切。金莖，銅柱也。王逸楚辭注曰：埃，塵也。許慎淮南子注曰：堨，埃也[39]，堨與壒同，於害切。鮮，絜也。楚辭曰：天白顥顥。說文曰：顥，白貌，胡暠切。鮮，或為鱻，非也。騁文成之丕誕，馳五利之所刑。庶松喬之羣類，時遊從乎斯庭。實列仙之攸館，非吾人之所寧。漢書曰：齊人李少翁以方術見上，拜少翁為文成將軍。言上卽欲與神通，宮室被服非象神物不至。乃作甘泉宮，中為臺，畫天、地、泰一諸鬼神，而置祭具以致天神。又曰：樂成侯登上書言欒大，天子見大悅。曰：臣之師，有不死之藥可得，仙人可致。乃拜大為五利將軍。毛萇詩傳曰：刑，法也。列仙傳曰：赤松子者，神農時雨師也。服水玉以教神農。又曰：王子喬者，周靈王太子晉也。道人浮丘公，接以上嵩高山。

「爾乃盛娛游之壯觀，奮泰武乎上囿。因茲以威戎夸狄，耀威靈而講武事。史記，相如封禪書曰：斯事天下之壯觀。禮記曰：西方曰戎，北方曰狄。又曰：孟冬之月，天子乃命將帥講武習射御。毛詩序曰：有常德以立武事。命荊州使起鳥，詔梁野而驅獸。毛羣內闐，飛羽上覆。接翼側足，集禁林而屯聚。尚書曰：荊及衡陽惟荊州。又曰：華陽黑水惟梁州。然則南方多獸，故命使之。枚乘兔園賦曰：翱翔羣熙，交頸接翼。水衡虞人，修其營表。種別羣分，部曲有署。周禮，水衡[40]。鄭玄曰：川，流水也；衡，平其大小也。周禮曰：虞人萊所田之野為表。鄭司農曰：表，所以識正行列也。司馬彪續漢書曰：將軍皆有部，大將軍營五部，部有校

---

39 注「堨埃也」 案：「堨」當作「壒」，觀下注可見。各本皆誤。

40 注「周禮水衡」 茶陵本「水」作「川」，是也。袁本亦誤「水」。

尉一人，部下有曲，曲有軍候一人。罘網連紘，籠山絡野。列卒周匝，星羅雲布。鄭玄禮記注曰：獸罟曰罘，扶流切。紘，罘之網也[41]，胡萌切。方言曰：絡，繞也，來各切。羽獵賦曰：渙若天星之羅。韓子曰：雲布風動。於是乘鑾輿[42]，備法駕，帥羣臣。披飛廉，入苑門。蔡雍獨斷曰：天子至尊，不敢渫瀆言之，故托於乘輿也。又曰：天子出，車駕次第，謂之鹵簿，有法駕。司馬彪曰：法駕，六馬也。漢書武紀曰：長安作飛廉館。遂繞酆鄗，歷上蘭。六師發逐，百獸駭殫。震震爚爚，雷奔電激。草木塗地，山淵反覆。蹂躪其十二三，乃拗怒而少息。世本曰：武王在酆、鄗。杜預左氏傳注曰：酆，在始平鄠東[43]，孚宮切。說文曰：鎬，在上林苑中。鎬與鄗同，胡道切。三輔黃圖曰：上林有上蘭觀。尚書曰：司馬掌邦政，統六師。又曰：百獸率舞。震震爚爚，光明貌也。震，之人切。字指曰：儵爚，電光也，弋灼切。說文曰：電，陰陽激耀也。漢書曰：一敗塗地，廣雅曰：塗，汙也。反覆，猶傾動也。字林曰：蹂，踐也，汝九切。說文曰：蹸，轢也。躪與蹸同，力振切。拗，猶抑也，於六切。爾乃期門佽飛，列刃鑽鍭，要趹追蹤。鳥驚觸絲，獸駭值鋒。機不虛掎，弦不再控。矢不單殺，中必疊雙。漢書，武帝與北地良家子期諸殿門，故有期門之號。又曰：佽飛，掌弋射。佽，音次。蒼頡篇曰：攢，聚也。鑽與攢同，作官切。爾雅曰：金鏃翦羽，謂之鍭，胡溝切。廣雅曰：趹，奔也，古穴切。孔安國尚書傳：機，弩牙也。說文曰：掎，偏引也，居蟻切。又曰：匈奴名引弓曰控。控，引也。颮颮紛紛，矰繳相纏。風毛雨血，灑野蔽天。颮颮

41 注「紘罘之網也」　案：「網」當作「綱」。各本皆譌。

42 於是乘鑾輿　案：「鑾」字衍也。注引獨斷以解乘輿，中間不得有「鑾」字甚明。考後漢書，章懷注引獨斷與此同，亦不得有「鑾」字。今本皆衍耳。上林賦曰：「於是乘輿弭節徘徊」。甘泉賦曰：「於是乘輿乃登夫鳳皇兮。」句例相似，孟堅之所出也。袁、茶陵二本「鑾」作「鸞」，詳五臣濟注，仍言「乘輿」，是其本初無「鸞」字，各本之衍，當在其後。讀者罕察，今特訂正。又東都賦「乘輿乃出」注云：「乘輿，已見上文。」指謂此，可借證。

43 注「酆在始平鄠東」　袁本、茶陵本「鄠」下有「縣」字，是也。

紛紛，眾多之貌也。說文曰：颮，古飈字也，俾姚切。周禮曰：矰，矢也。鄭玄曰：結繳於矢謂之矰。矰，高也。說文曰：繳，生絲縷也，之若切。又曰：灑，所買切。平原赤，勇士厲，猨狖失木，豺狼慴竄。郭璞山海經注曰：猨，似獮猴而大，臂長便捷，色黑。蒼頡篇曰：狖，似狸，與救切。爾雅曰：豺，狗足。郭璞曰：腳似狗也。說文曰：狼，似犬，銳頭白頰。淮南子曰：猨狖顛蹶而失木。鄭玄毛詩箋曰：慴，懼也，章涉切。爾乃移師趨險，並蹈潛穢。窮虎奔突，狂兕觸蹶。爾雅曰：潛，深也。慎子曰：獸伏就穢。字書曰：穢，蕪也。爾雅曰：兕，似牛。廣雅曰：蹶踶，跳也。蹶，居衛切。踶，徒帝切。跳，達彫切。許少施巧，秦成力折。掎僄狡，扼猛噬。脫角挫脰，徒搏獨殺。許少、秦成，未詳。說文曰：捉，搤也。搤與扼，古字通，於責切。王弼周易注曰：噬，齧也，音誓。鄭玄禮記注曰：挫，折也，祖過切。何休公羊傳曰：脰[44]，頸也，徒鏤切。爾雅曰：暴虎，徒搏也。郭璞曰：空手執曰搏，補洛切。挾師豹，拖熊螭。曳犀犛，頓象羆。超洞壑，越峻崖。蹶嶄巖，鉅石隤。松栢仆，叢林摧。草木無餘，禽獸殄夷。爾雅曰：狻猊，如虦貓，食虎豹。郭璞曰：即師子也。狻，先丸切。猊，五奚切。虦，音棧。貓，音苗。說文曰：拖，曳也，徒可切。熊，獸，似豕，山居，冬蟄。歐陽尚書說曰：螭，猛獸也，勑離切。郭璞山海經注曰：犀，似水牛而豬頭，黑色，有三蹄三角，一在頂上，一在額上，一在鼻上。又曰：犛，黑色，出西南徼外，力之切。又曰：象，獸之最大者也，長鼻，大者牙長一丈。爾雅曰：羆，似熊而黃色。毛萇詩傳曰：嶄巖，高峻之貌也[45]，七咸切。說文曰：仆，頓也。爾雅曰：殄，盡也。杜預左氏傳注曰：夷，殺也。於是天子乃登屬玉之館，歷長楊之榭。覽山川之體勢，觀三軍之殺獲。原野蕭條，目極四裔。禽相鎮壓，獸相枕藉。漢書宣紀曰：行幸長

44 注「何休公羊傳曰脰」 陳云「傳」下脫「注」字，是也。各本皆脫。

45 注「嶄巖高峻之貌也」 袁本、茶陵本「高」上有「石」字，是也。

楊宮屬玉觀[46]。服虔曰：以玉飾，因名焉。三輔黃圖曰：上林有長楊宮，爾雅曰：闍謂之臺[47]，有木謂之榭，辭夜切。羽獵賦曰：三軍忙然[48]。楚辭曰：山蕭條而無獸。左氏傳曰：投諸四裔，以禦螭魅。然後收禽會眾，論功賜胙。陳輕騎以行炰，騰酒車以斟酌。割鮮野食，舉烽命釂。左氏傳曰：歸胙于公。毛詩曰：炰之燔之。毛萇曰：以毛曰炰，薄交切。子虛賦曰：割鮮染輪。孔安國尚書傳曰：鳥獸新殺曰鮮。方言曰：烽，虞，望也。郭璞曰：今烽火是也。說文曰：釂，飲酒盡，子曜切。饗賜畢，勞逸齊。大路鳴鑾，容與徘徊。禮記，大路者，天子之車也。白虎通曰：天子大路。周禮曰：巾車掌玉輅。凡馭輅儀，以鑾和為節。鄭玄曰：鑾在衡，和在軾，皆以金鈴也。集乎豫章之宇，臨乎昆明之池。左牽牛而右織女，似雲漢之無涯。茂樹蔭蔚，芳草被堤。蘭茝發色，曄曄猗猗。若摛錦布繡[49]，燭燿乎其陂。三輔黃圖曰：上林有豫章觀。漢書曰：武帝發謫吏穿昆明池。漢宮闕疏曰：昆明池有二石人，牽牛、織女象。毛詩曰：倬彼雲漢。蒼頡篇曰：蔚，草木盛貌。說文曰：堤，塘也，都奚切。爾雅曰：芹茝，蘼蕪。郭璞曰：香草也。茝，齒改切。漢書曰：華曄曄，固靈根。說文曰：曄，草木白華貌。毛詩曰：瞻彼淇澳，綠竹猗猗。毛萇曰：猗猗，美貌。說文曰：摛，舒也，勑離切。楊雄蜀都賦曰：麗靡摛燭，若揮錦布繡。鳥則玄鶴白鷺[50]，黃鵠鵁鸛。鶬鴰鴇鶂，鳧鷖鴻鴈。朝發河海，夕宿江漢。沈浮往來，雲集霧散。上林賦曰：轥玄鶴。爾雅曰：鷺，舂鋤。郭璞曰：白鷺也。說文曰：鵠，黃鵠也。爾雅曰：鴢，頭鵁。郭璞曰：似鳧。鴢，鳥絞切。鵁，呼交切。毛萇詩傳曰：鸛，水鳥也。爾雅曰：鶬，麋鴰也。鴰，音括。郭璞曰：即鶬鴰也。郭璞上林賦注曰：鴇，似鴈，無後指。

---

46 注「行幸長楊宮屬玉館」　陳云「長」當作「萯」。案：所校「最是長楊」，別注在下。各本皆誤。此所引文，在甘露二年。

47 注「闍謂之臺」　何校「闍」改「闍」，陳同，是也。各本皆誤。

48 注「三軍忙然」　何校「忙」改「芒」，是也。各本皆譌。

49 若摛錦布繡　袁本、茶陵本「錦」下有「與」字。案：後漢書無，或尤依彼刪耳。

50 鳥則元鶴白鷺　何云：後漢書無「鳥則」二字。今據文義，當以後漢書為是。案：各本蓋傳寫衍。

鴇，音保。杜預左氏傳注曰：鶂，水鳥也，五激切。爾雅曰：舒鳧，鶩。毛萇詩傳曰：鳧，水鳥。鄭玄詩箋曰：鷖，鳧屬也。毛萇詩傳曰：大曰鴻，小曰鴈。孝經鈎命決曰：雲委霧散。於是後宮乘輚輅，登龍舟，張鳳蓋，建華旗。袪黼帷，鏡清流。靡微風，澹淡浮。埤蒼曰：輚，臥車也，士眼切。淮南子曰：龍舟鷁首，浮吹以虞。桓子新論曰：乘車，玉爪華芝及鳳皇三蓋之屬。上林賦曰：乘法駕，建華旗。高誘淮南子注曰：袪，舉也。劉歆甘泉賦曰：章黼黻之文帷。澹淡，蓋隨風之貌也。澹，達濫切。淡，徒敢切。櫂女謳，鼓吹震。聲激越，謍厲天。鳥羣翔，魚窺淵。方言曰：楫謂之櫂，直教切。說文曰：謳，齊歌也，於侯切。漢武帝秋風辭曰：簫鼓鳴兮發櫂歌。爾雅曰：越，揚也。聲類曰：謍，音大也，呼宏切。韓詩曰：翰飛厲天。薛君曰：厲，附也。說文曰：翔，回飛也。方言曰：窺，視也，缺規切。招白鷳，下雙鵠。揄文竿，出比目。西京雜記曰：閩越王獻高帝白鷳、黑鷳各一雙。爾雅曰：下，落也。戰國策，更嬴曰：臣能虛發而下鳥。說文曰：揄[51]，引也，音頭。文竿，竿以翠羽為文飾也。毛詩曰：籊籊竹竿。爾雅曰：東方有比目魚焉，不比不行，其名謂之鰈，他合切。撫鴻罿，御矰繳。方舟並鶩，俛仰極樂。爾雅曰：繴謂之罿。罿，罬也，竹劣切。郭璞曰：繴，音壁。爾雅曰：大夫方舟。郭璞曰：併兩船。莊子曰：俛仰之間。杜預左氏傳注曰：俛，俯也，音免。遂乃風舉雲搖，浮遊溥覽。前乘秦嶺，後越九嵕。東薄河華，西涉岐雍。宮館所歷，百有餘區，行所朝夕，儲不改供。孔安國尚書傳曰：薄，迫也。河，黃河也。華，華山也。漢書，右扶風美陽縣有岐山。又右扶風有雍縣也。禮上下而接山川，究休祐之所用。采遊童之讙謠，第從臣之嘉頌。尚書曰：並告無辜于上下神祇。又曰：望于山川。列子曰：昔堯理天下五十年，不知天下治歟？亂歟？堯乃微服遊於康衢，聞兒童謠曰：立我蒸人，莫匪爾極，不識不知，順帝之則。漢書曰：宣帝頗好儒術，王褒與張子僑等並待詔，所幸宮館，

---

51 注「說文曰揄」 袁本、茶陵本「說」上有「投與揄同」四字。案：此尤校刪之也。疑本云「揄與投同」，故五臣因此改正文作「投」，二本誤互易「揄」「投」二字耳。刪者未必是。

輒為歌頌，第其高下，以差賜帛也。于斯之時，都都相望，邑邑相屬。國藉十世之基，家承百年之業。士食舊德之名氏，農服先疇之畎畝。商循族世之所鬻[52]，工用高曾之規矩。粲乎隱隱，各得其所。周易曰：食舊德，貞厲終吉。漢書音義，如淳曰：今隴西俗，麻田歲歲糞種，為宿疇也。尚書曰：濬畎澮。孔安國曰：廣尺深尺曰畎，古犬切。淮南子曰：古者至德之時，賈便其肆，農安其業，大夫安其職，而處士循其道[53]。穀梁傳曰：古者有士人，有商人，有農人，有工人。

「若臣者，徒觀迹於舊墟，聞之乎故老。十分而未得其一端，故不能徧舉也。」

東都賦

東都主人喟然而歎曰：「痛乎風俗之移人也！子實秦人，矜夸館室，保界河山，信識昭襄而知始皇矣，烏睹大漢之云爲乎？論語曰：夫子喟然歎曰：吾與點也。漢書曰：人有剛柔緩急，音聲不同，繫水土之風氣，故謂之風。好惡取舍，動靜嗜欲，故謂之俗。鄭玄禮記注曰：矜，謂自尊大也。漢書，田肯曰：秦帶河阻山[54]。史記曰：秦武王卒，無子，立異母弟，是為昭襄王。又曰：莊襄王卒，子政立，是為始皇帝也。夫大漢之開元也，奮布衣以登皇位，由數朞而創萬代，蓋六籍所不能談，前聖靡得言焉[55]。漢書，高

---

52 商循族世之所鬻　袁本、茶陵本「循」作「脩」。案：後漢書亦是「脩」字。

53 注「而處士循其道」　何校「循」改「脩」，陳同，是也。各本皆譌。案：章懷注後漢書所引正作「脩」。

54 注「田肯曰秦帶河阻山」　袁本、茶陵本「田肯」作「婁敬」。案：二本非也，此所引高帝紀文，非婁敬傳之「秦地被山帶河」也。下注所云「婁敬已見上文」者，謂見西都奉春建策注。二本蓋因下注致誤。何、陳校皆據之改為「婁敬」，殊失之矣。凡二本有誤，及何、陳校之非者，多不復出。附辨一二，以為舉例，餘準是求之。

55 前聖靡得言焉　袁本、茶陵本「得」下有「而」字。案：後漢書亦有。

祖曰：吾以布衣提三尺劍取天下。高祖五年誅項羽，故曰數朞也。孔安國尚書傳曰：帀四時曰朞。六籍，六經也。封禪書曰：六經載籍之傳。左氏傳曰：籍談司晉之典籍。當此之時，功有橫而當天，討有逆而順民。故婁敬度勢而獻其說，蕭公權宜而拓其制。時豈泰而安之哉？計不得以已也。婁敬，已見上文。凡人姓名，皆不重見。餘皆類此。漢書曰：蕭何脩未央宮，上見其壯麗，甚怒。何曰：天下方未定，故可因遂就宮室。且夫天子以四海為家，非壯麗無以重威，且毋令後代有以加也。上說之。吾子曾不是睹，顧曜後嗣之末造，不亦暗乎。言吾子不覩度勢權宜之由，反以後嗣末造而自眩曜，不亦暗乎，言暗之甚也。儀禮曰：願吾子教之。鄭玄曰：吾子，相親辭也。吾，我也。子，男子美稱。今將語子以建武之治，永平之事。監于太清，以變子之惑志。東觀漢記曰：建武，光武年號也。永平，孝明年號也。淮南子曰：太清之化也，和順以寂漠，質直以素樸。高誘曰：太清，無為之化。

「往者王莽作逆，漢祚中缺。天人致誅，六合相滅。漢書曰：王莽，字巨君，王皇后之弟子也。初居攝，後卽天子位。賈逵國語注曰：祚，位也。尚書曰：我則致天之罰。六合，已見上文。于時之亂，生人幾亡，鬼神泯絕。壑無完柩，郛罔遺室。原野厭人之肉，川谷流人之血。秦項之災猶不克半，書契以來未之或紀。尚書曰：生人保厥居。杜預左氏傳注曰：幾，近也，渠機切。周禮，大宗伯掌天神人鬼之祀。禮記曰：在牀曰尸，在棺曰柩。杜預左氏傳注曰：郛，郭也，芳俱切。楊子法言，秦將白起長平之戰，四十萬人死，原野厭人之肉，川谷流人之血。史記曰：周孝王分非子土為附庸，邑秦，至始皇初幷天下。又曰：項籍，下相人，自立為西楚伯王。周易曰：上古結繩，後代聖人易之以書契。故下人號而上訴，上帝懷而降監。乃致命乎聖皇。尚書曰：並告無辜于上下神祇。孔安國曰：言百姓兆人，訴天地也。毛詩曰：皇矣上帝。又曰：天命降監，下人有嚴。命于下國，封建厥福。於是聖皇乃握乾符，闡坤珍。披皇圖，稽帝文。赫然發憤，應若興雲。霆擊昆陽，憑怒雷震。謂光武也。東觀漢記曰：光武皇帝，諱秀。王莽末，荊州下江平林兵起，王匡、王鳳為之渠率，上遂率舂陵子弟隨之。王莽懼，遣大司徒王尋、大司空王邑將兵來征。上入昆陽，城中兵下，昆陽觳少，留王鳳令守城。夜出城南門，二公兵到，遂還昆陽城。時上遂選精兵三千人奔陳，二公大奔北，殺王尋。昆陽城中兵亦出，中外並擊，二公大眾遂潰亂奔走，赴水溺死以萬數，溠水為之不流。爾雅曰：疾雷為霆。左氏傳，吳子之弟蹶由謂楚子曰：今君奮焉，震雷憑怒[56]。**遂超大河，跨北嶽。立號高邑，建都河洛。**東觀漢記曰：聖公為天子，以上為大司馬，遣之河北，安集百姓。尚書曰：至于北岳。東觀漢記曰：諸將請上尊號皇帝，於是乃命有司設壇場于鄗之陽千秋亭五成陌。皇帝即位，改鄗為高邑。又曰：建武元年十月，車駕入洛陽，遂定都焉。春秋漢含孳曰：天子受符，以辛日立號也。**紹百王之荒屯，因造化之盪滌。**禮記曰：百王之所同，古今之所一也。淮南子，大丈夫恬然無為，與造化逍遙。高誘曰：造化，天地也。樂緯曰：殷湯改制易正，盪滌故俗。**體元立制，繼天而作。**左氏傳，元年春正月，公即位。春秋元命苞曰：元年者何，元宜為一。謂之元何，曰君之始年也。杜預左氏傳注曰：凡人君即位，欲其體元以居正。穀梁傳曰：為天下主者，天也；繼天者，君也。周易曰：神農氏作。**系唐統，接漢緒。茂育羣生，恢復疆宇。勳兼乎在昔，事勤乎三五。**爾雅曰：系，繼也，奚計切。漢書，劉向高祖頌曰：漢帝本系出自唐帝。孔安國尚書傳曰：堯以唐侯升為天子。東觀漢記曰：光武皇帝，高祖九葉孫。漢書，王太后詔曰：奉天地而成施，化羣生而茂育。漢書曰：羣生啿啿。音湛。國語曰：古曰在昔，昔曰先人。史記，楚子西曰：孔丘述三、五之法，明周、召之業。春秋元命苞曰：伏羲、女媧、神農為三皇。史記五帝本紀曰：黃帝、顓頊、帝嚳、帝堯、帝舜也。**豈特方軌並跡，紛綸后辟，治近古之所務，蹈一聖之險易云爾哉[57]？**險易，喻治亂也。周易曰：辯有險易也。**且夫建武之元，天地革命。四海之內，更造夫婦，肇有父子。君臣初建，人倫寔始。斯乃伏犧氏之所以基皇德也。**周易曰：天地革而四時成。又曰：湯、武革命。爾雅曰：九

---

56 注「震雷憑怒」，袁本「雷」作「電」，是也。茶陵本亦誤「雷」。

57 蹈一聖之險易云爾哉，茶陵本無「哉」字，云五臣有「而已哉」字。袁本有「而已哉」。案：袁用五臣也，失著校語，非。後漢書無「而已」有「哉」，或尤依彼添耳。

夷、八蠻、六戎、五狄，謂之四海。周易曰：有天地然後有萬物，有萬物然後有男女，有男女然後有夫婦，有夫婦然後有父子，有父子然後有君臣。毛詩序曰：厚人倫。禮含文嘉曰：伏犧德洽上下，始畫八卦。分州土，立市朝，作舟輿，造器械，斯乃軒轅氏之所以開帝功也。漢書曰：昔在黃帝，畫野分州，周易曰：神農氏日中為市，致天下之人，聚天下之貨。黃帝、堯、舜氏刳木為舟，剡木為楫。禮記曰：聖人殊徽號，異器械。鄭玄曰：器械，禮樂之器及兵甲也。史記曰：黃帝名軒轅。龔行天罰，應天順人，斯乃湯武之所以昭王業也。尚書，武王曰：今予惟龔行天之罰。周易曰：湯、武革命，應乎天而順乎人。禮含文嘉曰：湯、武順人心應於天。史記曰：天乙立，是為成湯。湯伐夏桀，桀奔于鳴條，湯踐天子位。又曰：文王太子發之立，是為武王。伐殷紂，紂走，自燔死。武王革殷，受天明命。毛詩序曰：七月，陳王業也。遷都改邑，有殷宗中興之則焉；尚書曰：盤庚遷於殷。史記，盤庚之時，殷已都河北。盤庚渡河南，復居成湯之故都，行湯之政，然後殷復興也。謂盤庚為宗，班之誤歟？卽土之中，有周成隆平之制焉。尚書召誥曰：王來紹上帝，自服於土中。孔安國曰：今來居洛邑，地勢之中也。春秋命歷序曰：成、康之隆，醴泉踊出。孝經鉤命決曰：俱在隆平，優劣殊跡。不階尺土一人之柄，同符乎高祖。孟子曰：紂之去武丁未久也，尺地莫非其有也，一人莫非其臣也。又曰：舜、文王相去千有餘歲，若合符節也。克己復禮，以奉終始，允恭乎孝文。論語，顏回問仁，子曰：克己復禮為仁。孫卿子曰：生，人之始也；死，人之終也。終始俱善，人道必矣。尚書曰：允恭克讓。漢書曰：孝文皇帝，高帝中子也。荀悅曰：諱恒。憲章稽古，封岱勒成，儀炳乎世宗。司馬彪續漢書曰：建武三十二年，上齋，讀河圖會昌符，言九葉封禪。禮記曰：仲尼憲章文、武。尚書云：粵若稽古帝堯。漢書武紀曰：上登封泰山。又宣紀曰：尊孝武皇帝廟為世宗廟。案六經而校德，眇古昔而論功，仁聖之事既該，而帝王之道備矣。

「至乎永平之際[58]，重熙而累洽。盛三雍之上儀，脩袞龍之法服。鋪鴻藻，信景

58 至乎永平之際　袁本「乎」作「于」，茶陵本作「於」。案：後漢書作「于」，似「乎」字非也。

鑠。揚世廟，正雅樂[59]。人神之和允洽，羣臣之序既肅。東觀漢記曰：孝明皇帝，光武中子也，以東海王為皇太子。光武崩，皇太子卽位。永平二年正月，上宗祀光武皇帝於明堂，祀畢，登靈臺。二月，上初臨辟雍，行大射禮。漢書曰：武帝時，河間獻王來朝，對三雍宮。應劭曰：辟雍、明堂、靈臺也。東觀漢記，永平二年，上及公卿列侯始服冕冠衣裳。周禮曰：王之吉服，享先王，卽衮冕。鄭玄曰：衮，卷龍衣也。續漢書曰：明帝為光武起廟，號世祖廟。東觀漢記，孝明詔曰：璇璣鈐曰：有帝漢出，德洽作樂名雅[60]，會明帝改[61]其名郊廟樂曰太予樂，正樂官曰太予樂官[62]，以應圖讖。乃動大輅，遵皇衢。省方巡狩，躬覽萬國之有無[63]。考聲教之所被，散皇明以燭幽。東觀漢記曰：永平二年十月，西巡幸長安。周易曰：風行地上，觀。先王以省方觀民設教也。禮記逸禮曰：王者以巡狩之禮，尊天重人也。巡狩者何？巡者，循也；狩，牧也。謂天子巡行守牧也。有無，謂風俗善惡也。尚書曰：東漸于海，西被于流沙，朔南暨聲教。然後增周舊，脩洛邑。扇巍巍，顯翼翼。光漢京于諸夏，總八方而爲之極。論語，子曰：巍巍乎舜、禹之有天下也。毛詩曰：商邑翼翼，四方之極。諸夏，已見西都賦。其異篇再見者，並云已見某篇。他皆類此。於是皇城之

---

59 正雅樂　案：「雅」當作「予」。後漢書作「予」。章懷注「正予樂」，謂依讖文改「太樂」為「太予樂」也。困學紀聞曰：文選李善注亦引「太予」，五臣乃解為「正樂」。今本作「雅樂」，誤，蓋五臣本改為「雅」。王伯厚此說最是。善既引「太予」，則作「予」自甚明。袁本、茶陵本所載五臣銑注云：「雅樂，正樂也。」其作「雅」亦甚明。各本所見正文，皆以五臣亂善而失著校語耳。凡如此例者，全書不少，詳見每條下。

60 注「作樂名雅」　案：「雅」當作「予」，各本皆誤。此因誤改正文，又并誤改注也。後漢書明帝紀章懷注所引正是「予」字。

61 注「會明帝改」　袁本「明」作「昌」，「改」作「九」，是也。茶陵本誤與此同。案：「會昌帝九」以四字為一句，何於此節注，不得其讀，多所紛更。非，今不論。

62 注「正樂官曰太予樂官」　案：「正」下當有「太」字。各本皆脫。顏延之曲水詩序「太予協樂」注引此詔有，可證。

63 躬覽萬國之有無　袁本、茶陵本「躬」作「窮」。案：後漢書亦是「窮」字。

內[64]，宮室光明，闕庭神麗。奢不可踰，儉不能侈。言奢儉合禮，故奢者不可而踰，儉者不能更侈。外則因原野以作苑，塡流泉而爲沼。發蘋藻以潛魚，豐圃草以毓獸。制同乎梁鄒，誼合乎靈囿。順流泉而為沼，不更穿之也。昭明諱順，故改為填。毛詩曰：魚在在藻。蘋，亦水草，故連言之。說文曰：潛，藏也。韓詩曰：東有圃草。薛君曰：圃，博也。有博大茂草也。毓與育，音義同。毛詩傳曰：古有梁鄒[65]。梁鄒者，天子之田也。毛詩曰：王在靈囿，麀鹿攸伏。若乃順時節而蒐狩，簡車徒以講武。則必臨之以王制，考之以風雅。左氏傳，臧僖伯曰：春蒐、夏苗、秋獮、冬狩，皆於農隙以講事也。又曰：大閱，簡車馬。講武，已見上文。禮記王制曰：天子諸侯無事，則歲三田。田不以禮曰暴天物。風，國風，騶虞、駟鐵是也。雅，小雅，車攻、吉日是也。歷騶虞，覽駟鐵[66]。嘉車攻，采吉日。禮官整儀，乘輿乃出。毛詩序曰：騶虞，蒐田以時，仁如騶虞也。又曰：駟鐵，美襄公也，始命有田狩之事。又曰：車攻，宣王復會諸侯於東都，因田獵而選車徒焉。又曰：吉日，美宣王也，能慎微接下，無不自盡以奉其上焉。漢書：景帝詔曰：禮官具禮儀。乘輿，已見上文。於是發鯨魚，鏗華鐘。尚書大傳曰：天子左五鐘，天子將出則撞黃鐘，右五鐘皆應。薛綜西京賦注曰：海中有大魚曰鯨，海邊又有獸名蒲牢。蒲牢素畏鯨，鯨魚擊蒲牢，輒大鳴。凡鐘欲令聲大者，故作蒲牢於上，所以撞之者，為鯨魚。鐘有篆刻之文，故曰華也。登玉輅，乘時龍。鳳蓋棽麗，龢鑾玲瓏。天官景從，寢威盛容。輅，已見西都賦。周易曰：時乘六龍。鳳蓋，已見上文。劉歆

64 於是皇城之內　袁本、茶陵本「於是」作「是以」，案：後漢書亦作「是以」。

65 注「毛詩傳曰古有梁鄒」　何校「毛」改「魯」，案：所校是也。章懷注所引正是「魯」字。各本皆誤。又張載魏都賦注引，亦可證。

66 覽駟鐵　袁本「駟鐵」作「四驖」，茶陵本作「駟驖」。今案：袁、茶陵二本所載五臣銑注作「四驖」，其善注中作「駟鐵」，必善「駟鐵」，五臣「四驖」，失著校語也。茶陵及此「駟」字未相亂，何云後漢書作「驖」。今考此與彼仍不必全同。范書「駟鐵」與善「駟鐵」、五臣「四驖」互異，但當各依其本。

七略曰：羽蓋棽麗，紛循悠悠。說文曰：棽，大枝條[67]。棽，音林。麗，音離。和鑾，已見上文。埤蒼曰：玲瓏，玉聲也。玲，力經切。瓏，力東切。蔡雍獨斷，百官小吏曰天官。焦貢易林曰：龍渴求飲，黑雲景從。寖威，寖其威武也。寖或為侵[68]。龢與和，音義通。山靈護野，屬御方神。雨師汎灑[69]，風伯清塵。山靈，山神也。屬御，屬車之御也。方神，四方之神也。韓子曰：師曠謂晉平公曰：黃帝合鬼神於太山之上，風伯進掃，雨師灑道。風俗通曰：雨師，畢星也；風伯，箕星也。千乘雷起，萬騎紛紜。元戎竟野，戈鋋彗雲。羽旄掃霓，旌旗拂天。蔡雍獨斷曰：大駕，備千乘萬騎。毛詩曰：元戎十乘，以先啓行。說文曰：鋋，小矛也，音澶。又曰：彗，掃竹也，蘇類切。左氏傳曰：晉人假羽旄於鄭。焱焱炎炎，揚光飛文。吐爓生風，欱野歕山。日月爲之奪明，丘陵爲之搖震。說文曰：焱，火華也，弋劍切。字林曰：炎，火光，于拑切。說文曰：欱，啜也，火合切。歕，吹氣也，敷悶切。公羊傳曰：地震者何？地動也。震，協韻音真。遂集乎中囿，陳師按屯[70]。騈部曲，列校隊。勒三軍，誓將帥。毛詩曰：陳師鞠旅。漢書音義，臣瓚曰：律說云：勒兵而守曰屯。部曲，已見上文。騈，猶併也，步田切。漢書曰：從胡人大校獵。如淳曰：合軍聚眾，有幡校鼙鼓也。杜預左氏傳注曰：百人為一隊，徒對切。然後舉烽伐鼓，申令三驅。輶車霆激[71]，驍騎電騖。毛詩曰：鉦人伐鼓。鉦，之成切。孔安國尚書傳曰：師出以律，三申令之，重難之義。周易曰：王用三驅，失前禽也。毛詩曰：輶車鑾鑣。毛萇曰：輶，輕也。說文曰：驍，良馬也。由基發射，范氏施御。弦不睼

---

67 注「棽大枝條」　袁本、茶陵本「條」下有「棽灑也」三字，是也。

68 注「寖或為侵」　袁本、茶陵本「侵」作「祲」，是也。

69 雨師汎灑　袁本、茶陵本「汎」作「泛」，案：後漢書作「汎」，或尤依彼改耳。

70 陳師按屯　茶陵本「按」作「案」，云五臣作「按」。袁本作「按」，用五臣也。後漢書亦是「案」字。此以五臣亂善，非。

71 輶車霆激　袁本、茶陵本「輶」作「輕」，後漢書亦是「輕」字。案：此尤因善注引毛詩「輶車」而改之。其實善下引傳「輕也」，作「輕車」之注自通。二本無校語，未必非。善亦作「輕」，尤改蓋非。

禽，轡不詭遇。飛者未及翔[72]，走者未及去。左氏傳曰：養由基蹲甲而射之，徹七札焉。括地圖曰：夏德盛，二龍降之。禹使範氏御之，以行經南方。孟子曰：趙簡子使王良與嬖奚乘，終日不獲一禽。反曰：天下賤工也。王良請復之，一朝而獲十。反曰：良工也。簡子曰：吾使汝掌乘。王良曰：不可，吾為範我驅馳，終日不獲一焉。為之詭遇，一朝而獲十。劉熙曰：橫而射之曰詭遇。說文曰：睼，視也，音遞。指顧倏忽，獲車已實。樂不極盤，殺不盡物。馬踠餘足，士怒未泆。先驅復路，屬車案節。倏忽，疾也。高唐賦曰：舉功先得，獲車已實。鄭玄禮記注曰：極，盡也。爾雅曰：盤，樂也。踠，屈也，於遠切。先驅，則前驅也。周禮曰：王出入，則自左馭而前驅。漢書音義曰：大駕，車八十一乘[73]，作三行。子虛賦曰：案節未舒也。於是薦三犧，效五牲。禮神祇，懷百靈。左氏傳，鄭子大叔曰：為五牲三犧。杜預曰：五牲，麋、鹿、麏、狼、兔。三犧，祭天、地、宗廟三者之犧也。周禮曰：大宗伯掌天神地祇之禮。然天神曰神，地神曰祇也。毛詩曰：懷柔百神。覲明堂，臨辟雍。揚緝熙，宣皇風。登靈臺，考休徵。東觀漢記曰：永平三年正月[74]，上宗祀光武皇帝於明堂，禮畢，升靈臺。三月，上初臨辟雍，行大射禮。周書曰：明堂者，明諸侯之尊卑也。故周公建焉，而朝諸侯於明堂之位，制禮樂，頒度量。禮記曰：天子辟雍。毛詩曰：維清緝熙，文王之典。鄭玄毛詩箋曰：天子有靈臺，所以觀祲象，察氣之妖祥也。尚書曰：休徵。孔安國曰：敘美行之驗也。俯仰乎乾坤，參象乎聖躬。周易曰：庖犧氏仰則觀象於天，俯則觀法於地，近取諸身，遠取諸物。目中夏而布德，瞰四裔而抗稜。禮記曰：布德和令。字書曰：瞰，望也，苦暫切。漢書，詔曰：投諸四裔。又曰：威稜憺乎鄰國。李奇曰：神靈之威曰稜。西盪河源，東澹海漘。北動幽崖，南耀朱垠。漢書曰：漢使張騫窮河源。案：古圖書名河所出曰崑崙墟。毛詩

72 飛者未及翔　袁本、茶陵本「未」作「不」，下句同。案：後漢書此二字皆作「未」，或尤依之改耳。

73 注「大駕車八十一乘」　案：「車」上當有「屬」字。各本皆脫。

74 注「永平三年正月」　案：「三」當作「二」。各本皆譌。

曰：寘之河之漘兮。毛萇曰：漘，厓也。尚書曰：宅朔方，曰幽都。朱垠，南方也。甘泉賦曰：南煬丹崖。殊方別區，界絕而不鄰。自孝武之所不征，孝宣之所未臣。莫不陸讋水慄，奔走而來賓。孝武耀威，匈奴遠懾。孝宣脩德，呼韓入臣。舉前代之盛猶不如今。說文曰：讋，失氣也，章涉切。遂綏哀牢，開永昌。東觀漢記曰：以益州徼外哀牢王率眾慕化，地曠遠，置永昌郡也。春王三朝，會同漢京。是日也，天子受四海之圖籍，膺萬國之貢珍。內撫諸夏，外綏百蠻。漢書，董仲舒策曰：春秋之文，正次王，王次春。春者，天之所為也。正者，王之所為也。三朝，歲首朔日也。漢書，谷永上書曰：今年正月朔，日有蝕之於三朝之會。周禮曰：時見曰會，殷覜曰同。賈逵國語注曰：膺，猶受也。諸夏，已見上文。其事煩已重見及易知者，直云已見上文，而它皆類此。毛詩曰：因時百蠻也。爾乃盛禮興樂，供帳置乎雲龍之庭。陳百寮而贊羣后，究皇儀而展帝容。漢書成紀曰：三輔長無供帳繇役之勞。張晏曰：帳，帷帳也。洛陽宮舍記有雲龍門。百僚，已見上文。尚書曰：班瑞于羣后。於是庭實千品，旨酒萬鍾。列金罍，班玉觴。嘉珍御，太牢饗。左氏傳，孟獻子言於公曰：臣聞聘而獻物，於是有庭實旅百。毛詩曰：我有旨酒。說文曰：鍾，酒器也。孔叢子曰：堯飲千鍾。毛詩曰：我姑酌彼金罍。漢書音義曰：觴，爵也。珍，八珍也。大戴禮曰：牛曰太牢。爾乃食舉雍徹，太師奏樂。陳金石，布絲竹。鐘鼓鏗鍧，管弦燁煜。蔡雍禮樂志曰：漢樂有四品。一，天子樂[75]，郊祀陵廟殿中諸會食舉也。禮記曰：客出以雍徹。周禮曰：太師，下大夫。又曰：播之以八音：金、石、土、革、絲、木、匏、竹。鄭玄曰：金，鐘鎛也。石，磬也。土，塤也。革，鼓鼗也。絲，琴瑟也。木，柷敔也。匏，笙也。竹，管簫也。禮記曰：子夏曰：鐘聲鏗。鏗，苦耕切。鍧，亦聲也，呼萌切。燁煜，聲之盛。煜，由鞠切。抗五聲，極六律。歌九功，舞八佾。韶武備，泰古畢。左氏傳曰：子曰[76]：五聲

75 注「一天子樂」　何校「天子」改「太予」，云後漢注引作「太予」，陳同，是也。各本皆譌。

76 注「左氏傳曰子曰」　何校「子」上添「晏」字，陳同。案：上「曰」字當作「晏」。各本皆誤。

六律。杜預曰：五聲，宮、商、角、徵、羽也。六律，黃鐘、太蔟、姑洗、蕤賓、夷則、無射。陽為律，陰為呂。此十二月之氣也。尚書禹貢曰：水、火、金、木、土、穀惟修，正德、利用、厚生惟和，九功惟敘，九序惟歌。穀梁傳曰：舞夏，天子八佾。馬融論語注曰：佾，列也。八人為列，八八六十四人也。論語曰：子謂韶盡美矣，又盡善也。謂武盡美矣，未盡善也。泰古，泰古之樂也。四夷間奏，德廣所及。僸佅兜離，罔不具集。孔安國尚書傳曰：間，迭也，古莧切。毛萇詩傳曰：儛四夷之樂，大德廣所及也。孝經鉤命決曰：東夷之樂曰佅，南夷之樂曰任，西夷之樂曰株離，北夷之樂曰僸。毛萇詩傳曰：東夷之樂曰韎，南夷之樂曰任，西夷之樂曰朱離，北夷之樂曰禁。然說樂是一，而字並不同，蓋古音有輕重也。僸，音禁。佅，莫芥切。兜，丁侯切。萬樂備，百禮暨。皇歡浹，羣臣醉。降烟熅，調元氣。毛詩曰：烝畀祖妣，以洽百禮。周易曰：天地絪縕，萬物化醇。春秋命歷序曰：元氣正，則天地八卦孳也。然後撞鐘告罷，百寮遂退。撞，猶擊也。尚書大傳曰：天子將入，則撞蕤賓之鐘，左五鐘皆應之。

「於是聖上覩萬方之歡娛，又沐浴於膏澤，懼其侈心之將萌，而怠於東作也[77]，孝經曰：故得萬國之歡心。沐浴膏澤，已見西都賦。尚書曰：分命羲叔[78]，平秩東作。乃申舊章，下明詔。命有司，班憲度。昭節儉，示太素。去後宮之麗飾，損乘輿之服御。抑工商之淫業，興農桑之盛務。遂令海內棄末而反本，背偽而歸眞。女脩織紝，男務耕耘。器用陶匏，服尚素玄。恥纖靡而不服，賤奇麗而弗珍。捐金於山，沈珠於淵。左氏傳，季桓子曰：舊章不可忘也。漢書曰：文帝躬節儉素也。漢書，詔曰：農，天下之大本也，而人或不務本而事末，故生不遂。李奇曰：本，農也；末，

---

77 而怠於東作也　袁本、茶陵本無「也」字。案：後漢書有，或尤依彼添耳。下「翼翼濟濟也，而不知京、洛之有制也，而不知王者之無外也」三「也」字同。

78 注「分命羲叔」　袁本「叔」作「仲」，是也。茶陵本亦誤「叔」。

賈也。淮南子曰：守道順理者，不免於饑寒之患；而欲民之去末反本，是猶發其源而壅其流也。禮記曰：女織紝組紃。杜預左氏傳注曰：織紝，紃繒布也[79]。毛萇詩傳曰：耘，除草也。禮記曰：器用陶匏，尚禮殺也。莊子曰：捐金於山，藏珠於淵，不利貨財，不尚富貴也。於是百姓滌瑕盪穢，而鏡至清。形神寂漠，耳目弗營。嗜欲之源滅，廉恥之心生。莫不優游而自得，玉潤而金聲。楊雄集曰：滌瑕蕩穢而猶若然。毛萇詩傳曰：瑕，猶過也。字書曰：穢，不絜清也。淮南子曰：鏡大清者視大明。又曰：形者生之舍也，神者生之制也。又曰：和順以寂漠。尚書曰：弗役耳目，百度惟貞。淮南子曰：至人之治也，除其嗜欲，優游委縱。又曰：吾所謂有天下者，自得而已。禮記，孔子曰：君子比德於玉焉，溫潤而澤仁也。尚書傳曰：天下諸侯[80]，受命於周，莫不磬折，玉音金聲。是以四海以內，學校如林，庠序盈門。獻酬交錯，俎豆莘莘。下舞上歌，蹈德詠仁。漢書曰：平帝立學官，郡國曰學，縣道侯國曰校，鄉曰庠，聚曰序。韋昭曰：小於鄉曰聚。尚書曰：受率其旅若林。毛詩曰：韓侯顧之，爛其盈門。又曰：獻酬交錯。論語，孔子曰：俎豆之事，則嘗聞之矣。毛萇詩傳曰：莘莘，眾多也。莘，所巾切。禮記曰：歌者在上，匏竹在下，貴人聲也。詩序曰：嗟嘆之不足，故詠歌之；詠歌之不足，不知手之舞之，足之蹈之也。登降飫宴之禮既畢，因相與嗟歎玄德，讜言弘說。咸含和而吐氣，頌曰：盛哉乎斯世！毛詩曰：儐爾籩豆，飲酒之飫。毛萇曰：不脫屨升堂謂之飫。薛君韓詩章句曰：飲酒之禮，下跣而上坐者謂之宴。尚書曰：玄德升聞，乃命以位。字林曰：讜，美言也，音黨。淮南子曰：故聖人執中含和，不下廟堂而行于四海。

「今論者但知誦虞夏之書，詠殷周之詩。講羲文之易，論孔氏之春秋。罕能精古今之清濁，究漢德之所由。尚書有虞書、夏書。毛詩有周詩、商頌。周易曰：古者，庖犧氏始作八卦，以通神

---

79 注「織紝紃繒布也」　袁本、茶陵本「紃」作「織」，是也。

80 注「尚書傳曰天下諸侯」　何校「傳」上添「大」字，是也。各本皆脫。

明之德，以類萬物之情。又曰：易之興也，其當殷之末世，周之盛德邪，當文王與紂之事邪？史記，孔子曰：吾道不行矣。乃因史記作春秋。唯子頗識舊典，又徒馳騁乎末流。溫故知新已難，而知德者鮮矣！班固漢書遊俠傳論曰：不入於道德，苟放縱於末流。論語曰：溫故而知新，可以為師矣。又曰：由，知德者鮮矣！且夫僻界西戎，險阻四塞，脩其防禦。孰與處乎土中，平夷洞達，萬方輻湊？史記曰：秦僻在雍州。毛詩序，秦風曰：襄公能備其兵甲以討西戎。戰國策，蘇秦說孟嘗君曰[81]：秦，四塞之國也。高誘曰：四面有山關之固，故曰四塞之國。防禦，已見上文。文子曰：羣臣輻湊。張湛曰：如眾輻之集於轂。漢書，上曰：智略輻湊。秦嶺九嵕則工切，涇渭之川。曷若四瀆五嶽，帶河泝洛，圖書之淵？爾雅曰：江、河、淮、濟為四瀆。又曰：泰山為東岳，霍山為南岳，華山為西岳，恒山為北岳，嵩山為中岳。周易曰：河出圖，洛出書，聖人則之。建章甘泉，館御列仙。孰與靈臺明堂，統和天人？建章、甘泉，已見上文。禮含文嘉曰：天子靈臺，以考觀天人之際，法陰陽之會也。太液昆明，鳥獸之囿。曷若辟雍海流，道德之富？白虎通曰：天子立辟雍者何？所以宣德化也。壅以水，象教化流行也。三輔黃圖曰：辟雍，水四周於外，象四海也。游俠踰侈，犯義侵禮。孰與同履法度，翼翼濟濟也？游俠，已見上文。漢帝年紀曰：禁踰侈。爾雅曰：翼翼，恭也。毛詩曰：濟濟多士。毛萇曰：多威儀也。子徒習秦阿房之造天，而不知京洛之有制也；識函谷之可關，而不知王者之無外也。」史記曰：秦皇上林苑中作阿房宮，未成，欲更擇令名。作宮阿房，故天下謂之阿房宮。公羊傳曰：天王出居于鄭。王者無外，此其言出何？不能于母弟也。

主人之辭未終，西都賓矍然失容。逡巡降階，惵然意下，捧手欲辭。主人曰：

81 注「蘇秦說孟嘗君曰」 何校「孟嘗君」改「秦惠王」。案：何校誤也。章懷注所引亦是「孟嘗君」。此齊策孟嘗君將入秦章文。今本高注具存，姚宏跋戰國策，曾指此條為今本所無，其失檢與何正同，附訂正之。

「復位，今將授子以五篇之詩。」說文曰：矍，驚視貌也，許縛切。公羊傳，趙盾逡巡北面再拜。郭璞爾雅注曰：逡巡，却去也。周書曰：臨攝以威面氣悚[82]。悚，猶恐懼也，徒頰切。孔子三朝記曰：孔子受業而有疑，捧手問之，不當避席。賓既卒業，乃稱曰：「美哉乎斯詩！義正乎楊雄，事實乎相如。匪唯主人之好學，蓋乃遭遇乎斯時也。小子狂簡，不知所裁。既聞正道，請終身而誦之。」楊雄、相如，辭賦之高者，故假以言焉。非唯主人好學而富乎辭藻，抑亦遭遇太平之時，禮文可述也。論語，子曰：吾黨之小子狂簡，斐然成章，不知所以裁之。又曰：不忮不求，何用不臧，子路終身誦之。其詩曰[83]：

明堂詩

於昭明堂，明堂孔陽。毛詩曰：於昭于天。又曰：我朱孔陽。聖皇宗祀，穆穆煌煌。孝經曰：宗祀文王於明堂，以配上帝。毛詩曰：穆穆皇皇，宜君宜王。上帝宴饗，五位時序。漢書曰：天神之貴者太一，其佐曰五帝。河圖曰：蒼帝神名靈威仰，赤帝神名赤熛怒，黃帝神名含樞紐，白帝神名白招拒，黑帝神名汁光紀。楊雄河東賦曰：靈祇既饗，五位時序。誰其配之，世祖光武。東觀漢記曰：明帝宗祀五帝於明堂，光武皇帝配之。左氏傳，輿人誦：子產若死，其誰嗣之？普天率土，各以其職。毛詩曰：普天之下，莫非王土。率土之濱[84]，莫非王臣。孝經，子曰：四海之內，各以其職來祭。猗歟緝熙，允懷多福。毛詩曰：猗歟那歟！緝熙，已見上文。尚書曰：兆人允懷。又曰：永膺多福。

---

82 注「面氣悚」何校「面」改「而」，陳同，是也。各本皆譌。

83 其詩曰　袁本、茶陵本「詩」作「辭」。案：後漢書作「詩」。

84 注「率士之濱」袁本「濱」作「賓」，是也。茶陵本誤與此同。案：說見後。

辟雍詩

乃流辟雍，辟雍湯湯。孔安國尚書傳曰：湯湯，流貌。聖皇涖止，造舟爲梁。毛詩曰：方叔涖止。又曰：造舟為梁。皤皤國老，乃父乃兄。說文曰：皤，老人貌也，蒲河切。禮記曰：養國老於上庠。孝經援神契曰：天子尊事三老，兄事五更。應劭漢官儀曰：天子父事三老。抑抑威儀，孝友光明。毛詩：威儀抑抑。爾雅曰：善事父母為孝，善事兄弟為友。於赫太上，示我漢行。毛詩曰：於赫湯孫。漢書，上令薄昭與淮南厲王書曰：王欲以親戚之意，望於太上。如淳曰：太上，天子也。毛詩曰：示我顯德行。洪化惟神，永觀厥成。文子曰：執玄德於心，化馳如神。毛詩曰：我客戾止，永觀厥成。

靈臺詩

乃經靈臺，靈臺既崇。毛詩曰：經始靈臺，經之營之。帝勤時登，爰考休徵。東觀漢記曰：永平二年，詔曰：登靈臺，正儀度。休徵，已見上文。三光宣精，五行布序。淮南子曰：夫道，紘宇宙而章三光。高誘曰：三光，日、月、星也。尚書曰：五行：一曰水，二曰火，三曰木，四曰金，五曰土也。習習祥風，祁祁甘雨。毛詩曰：習習谷風。禮斗威儀曰：君乘火而王，其政頌平，則祥風至。宋均曰：即景風也，其來長養萬物。毛詩曰：興雨祁祁。尚書考靈耀曰：熒惑順行，甘雨時也。百穀蓁蓁，庶草蕃音繁廡音武。韓詩曰：帥時農夫，播厥百穀。薛君曰：穀類非一，故言百也。又曰：蓁蓁者莪。薛君曰：蓁蓁，盛貌也。尚書曰：庶草蕃廡。屢惟豐年，於皇樂胥。毛詩曰：綏萬國，屢豐年。又曰：於皇時周。又曰：君子樂胥。

寶鼎詩

嶽脩貢兮川效珍，吐金景兮歊浮雲。說文曰：歊，氣上出貌，呼朝切。寶鼎見兮色紛縕[85]。煥其炳兮被龍文。東觀漢記曰：永平六年，廬江太守獻寶鼎，出王雒山。漢書曰：武帝為人祠后土營旁，得鼎，有黃雲焉。公卿大夫議尊寶鼎，有司曰：今鼎至甘泉，光潤龍變，承休無疆也。登祖廟兮享聖神。昭靈德兮彌億年。東觀漢記，明帝曰：太常其以初祭之日[86]，陳鼎於廟，以備器用。尚書曰：公其以予萬億年，敬天之休。

白雉詩

啓靈篇兮披瑞圖，獲白雉兮效素烏。范曄後漢書曰：永平十年，白雉所在出焉。東觀漢記，章帝詔曰：乃者白烏神雀屢臻，降自京師也。嘉祥阜兮集皇都[87]。發皓羽兮奮翹英，容絜朗兮於純精[88]。楚辭曰：砥室翠翹絓曲瓊。王逸曰：翹，羽名。彰皇德兮侔周成。永延長兮膺天慶。韓詩外傳曰：成王之時，越裳氏獻白雉於周公。河圖曰：謀道吉，謀德吉，能行此大吉，受天之慶也。

---

85 寶鼎見兮色紛縕　袁本、茶陵本「縕」作「紜」。案：後漢書作「縕」。

86 注「太常其以初祭之日」　何校「初」改「礿」，陳同，是也。各本皆譌。

87 嘉祥阜兮集皇都　何云後漢書無此句，陳同。案：各本皆有。袁、茶陵不著校語，今無可考也。凡疑而未能明者，俱載之，以俟再詳，此其例也。

88 容絜朗兮於純精　袁本、茶陵本「純」作「淳」，是也。案：後漢書亦是「淳」字。

卷第二

京都上

西京賦

張平子 善曰：范曄後漢書曰：張衡，字平子，南陽西鄂人也，少善屬文。時天下太平日久，自王侯以下，莫不踰侈。衡乃擬班固兩都，作二京賦，因以諷諫。十年乃成。安帝雅聞衡善術學，公車徵拜郎中。出為河間相。乞骸骨，徵拜尚書，卒。楊泉物理論曰：平子二京，文章卓然。

薛綜注 善曰：舊注是者，因而留之，並於篇首題其姓名。其有乖繆，臣乃具釋，並稱臣善以別之。他皆類此。

有憑虛公子者，憑，依託也。虛，無也。言無有此公子也。善曰：博物志曰：王孫公子，皆古人相推敬之辭。憑，皮兵切。**心奓體忲**[1]奓、忲，言公子生於貴戚，心志奓溢，體安驕泰也。泰或謂忲習之忲，言習於麗好也。善曰：聲類曰：奓，侈字也，昌氏切。小雅曰：狃，忲也。**雅好博古，學乎舊史氏，**言公子雅性好博知古事，故學於舊史。舊史，太

---

1 心奓體忲　案：「忲」當作「泰」。注「奓」「忲」同。薛注云「體安驕泰」者，其本作「泰」，而如字解之也。又云「泰」或謂「忲習之忲」者，讀「泰」為「忲」，又一解也。善引小雅曰「狃，忲也」者，為薛後解申說也。然則善本必同薛作「泰」，今各本作「忲」，蓋不知者誤改之。

史掌圖典者也。是以多識前代之載。善曰：劉向七言曰：博學多識與凡殊。小雅曰：載，事也。言於安處先生公子為先生言也。安處，猶烏處，若言何處，亦謂無此先生也。鄭玄禮記注曰：先生，老人教學者。曰：「夫人在陽時則舒，在陰時則慘，此牽乎天者也。陽謂春夏，陰謂秋冬。牽，猶繫也。善曰：春秋繁露曰：春之言猶偆也，偆者，喜樂之貌也。秋之言猶湫也，湫者，憂悲之狀也。偆，充尹切。湫，子由切。處沃土則逸，處瘠土則勞，此繫乎地者也。善曰：國語，公甫文伯之母曰：沃土之人不材，淫也；瘠土之人莫不向義，勞也。韋昭曰：磽埆為瘠。沃，肥美也。慘則尠於驩，勞則褊於惠，能違之者寡矣。違，猶易也。言人慘戚則不能以驩逸，勞苦則不能以施惠，少有能易此者。善曰：尠，少也，與鮮通也。廣雅曰：褊，狹也，卑緬切。小必有之，大亦宜然。小，謂庶人。大，謂王者。善曰：庶人因沃瘠而勞逸殊，王者亦因險易而彊弱異也。故帝者因天地以致化，兆人承上教以成俗。言帝王必欲順陽時[2]，居沃土，歡逸其人，使下承而化之，以成奢泰之俗。善曰：管子曰：君據法而出令，百姓順上而成俗。化俗之本，有與推移。言化之本，還與沃瘠相隨逐推移也。善曰：淮南子曰：法其所以為法，與化推移也。何以覈諸？覈，驗也，胡革切[3]。秦據雍而彊，周即豫而弱。高祖都西而泰，光武處東而約。政之興衰，恒由此作。作，起也[4]。善曰：過秦論曰：秦孝公據雍州之地。呂氏春秋曰：河、漢之間為豫州也。按雍州厥土惟黃壤，厥田惟上上，是沃土也。故云秦據雍而彊，高祖都西而泰。荊、河惟豫州，厥土惟墳壚，厥田惟中上，是瘠土也。故云周即豫而弱，光武處東而約。左傳，晉叔向曰：存亡之道，恒由此興。周禮曰：夫筋之所由幨，恒由此作[5]。先生獨不見西京之事歟？請爲吾子陳之。善曰：鄭玄禮記注曰：吾子，相親之辭也。

---

2 注「言帝王必欲順陽時」 袁本、茶陵本無「陽」字。案：此尤校添也。

3 注「覈驗也胡革切」袁本、茶陵本無此六字，何校去。

4 注「作起也」袁本、茶陵本無此三字，何校去。

5 注「夫筋之所由幨恒由此作」袁本、茶陵本無「之所由幨」四字。案：此尤校添也。

「漢氏初都，在渭之涘。涘，涯也。善曰：漢書，東方朔曰：漢都涇、渭之南。毛詩曰：在渭之涘。秦里其朔，寔爲咸陽。里，居也。朔，北也。寔，是也。秦地居其北，是曰咸陽。善曰：史記曰：秦孝公作咸陽，徙都之。左有崤函重險，桃林之塞。崤及函谷關、桃林皆在長安東，故言左。善曰：殽、函，已見西都賦。左氏傳曰：以守桃林之塞。按桃林，弘農，在閿鄉南谷中。綴以二華，巨靈贔屭，高掌遠蹠，以流河曲，厥跡猶存。華，山名也。巨靈，河神也。巨，大也。古語云：此本一山，當河水過之而曲行，河之神以手擘開其上，足蹋離其下，中分為二，以通河流。手足之跡，于今尚在。贔屭，作力之貌也。善曰：賈逵國語注曰：綴，連也。山海經曰：太華之西，少華之山。遁甲開山圖曰：有巨靈胡者，偏得坤元之道，能造山川，出江河。楊雄河東賦曰：河靈矍踢，掌華蹈襄。贔，扶祕切。屭，許備切。蹠，之石切。矍，居縛切。踢，丑略切。右有隴坻之隘，隔閡華戎。善曰：漢書音義，應劭曰：天水有大阪曰隴。坻，丁禮切。廣雅曰：隘，狹也。說文曰：隔，塞也。小雅曰：閡，限也，五代切。岐梁汧雍，說文曰：岐山在長安西美陽縣界，山有兩岐，因以名焉。善曰：漢書，右扶風好畤縣有梁山。又汧山在扶風汧縣西。汧，音牽。陳寶鳴雞在焉。善曰：漢書曰：秦文公獲若石，于陳倉北坂城祠之[6]。其神光輝若流星，從東方來，集于祠城，則若雄雉，其聲殷殷云，野雞夜鳴[7]。以一太牢祠之，名曰陳寶。應劭曰：時以寶瑞作陳寶祠，在陳倉，故曰陳寶。於前則終南太一，二山名也[8]。善曰：尚書曰：終南惇物，至于鳥鼠[9]。漢書曰：太一山，古文以為終南。五經要義曰：太一，一名終南山，在扶風武功縣。此云終南、太一，不得為一山明矣[10]。蓋終南，南山之總名；太一，一山之別號耳。隆崛崔崒，隱轔鬱律。山形

---

6 注「于陳倉北坂城祠之」　袁本、茶陵本無「北」字。案：此尤校添也。

7 注「云野雞夜鳴」　袁本、茶陵本無「云」字。案：此尤校添也。

8 注「二山名也」　袁本、茶陵本此四字作「終南太一二名也」七字。案：二本是也。「二名也」者，謂一山有二名，觀下注可見，尤校改非。

9 注「至于鳥鼠」　袁本、茶陵本無此四字。案：無者是也。

10 注「此云終南太一不得為一山明矣」　袁本、茶陵本無「不得為一」四字。案：二本有脫文，今無以補之。尤所校添，未必闇

容也[11]。善曰：埤蒼曰：崛，特起也，魚勿切。崔，徂回切。崒，情律切。嶙，憐軫切。連岡乎嶓冢，善曰：爾雅曰：山脊曰岡。尚書曰：導嶓冢至於荊山。嶓，音波。抱杜含鄠音戶，杜陵、鄠縣，言終南、太一含裹之[12]。欱灃吐鎬，善曰：灃、鎬，二水名也，已見西都賦。說文曰：欱，歠也，呼合切。歠，昌悅切。爰有藍田珍玉，是之自出。藍田，弘農縣也。善曰：爾雅曰：爰有寒泉[13]。范子計然曰：玉英出藍田。是之自出，謂玉出自藍田之中也。於後則高陵平原，據渭踞涇。善曰：爾雅曰：大阜曰陵。又曰：高平曰原。毛萇詩傳曰：據，依也。大戴禮曰：獨坐不踞然。踞，卻倚也，音據。澶漫靡迤，作鎮於近。澶漫靡迤，陵原之形，為作近鎮也。善曰：子虛賦曰：登降迤靡，案衍澶漫。澶，徒旦切。漫，莫半切。其遠則九嵕甘泉[14]，涸陰冱寒。日北至而含凍，此焉清暑。九嵕甘泉，其處常陰寒。日北至，謂夏至時猶冱寒而有凍。帝或避暑於甘泉宮，故云清暑。善曰：左氏傳，申豐曰：涸陰冱寒。冱，胡故切。漢書曰：夏至于東井，北近極，故晷短為溫暑。上林賦曰：盛夏含凍裂地。爾乃廣衍沃野，厥田上上，善曰：鄭玄周禮注，下平曰衍。漢書曰：秦地沃野千里。尚書，雍州曰厥田惟上上。寔惟地之奧區神皐[15]。神皐，接神之聲。善曰：漢書曰：自古以雍州積高，神明之隩，故立時郊上帝，諸神祠皆聚之。廣雅曰：皐，局也，謂神明之界局也。昔者大帝說秦繆公而覲之，饗以鈞天廣樂。帝有醉焉，乃爲金策。錫用此土，而翦諸鶉首。大帝，天也。翦，盡也。善曰：山海經曰：浪風之山，或上倍之，是謂玄圃；或上倍之，是謂大帝之居。史記曰：趙簡子疾，扁鵲視之，曰：昔

同善舊也。

---

11 注「山形容也」　袁本、茶陵本「山」上有「隆崛之類皆」五字。案：尤校刪，非。

12 注「音戶杜陵鄠縣言終南太一含裹之」　袁本、茶陵本無此十四字。

13 注「善曰爾雅曰爰有寒泉」　袁本、茶陵本無「善曰」二字。案：各本皆有，誤也。「爾雅曰」與「爰有寒泉」，不相承接，今無以訂之。尤校添「善曰」，仍未為得善舊也。

14 其遠則九嵕甘泉　袁本、茶陵本「則」下有「有」字。案：此無以考也。

15 實惟地之奧區神皐　袁本、茶陵本「惟」作「為」。案：此無以考也。

繆公常如此，七日而寤。寤之日，告公孫支曰：我之帝所甚樂。帝告我，晉國且大亂。今主君之疾與之同。二日，簡子寤曰：我之帝所甚樂，與百神遊于鈞天，廣樂九奏萬舞，不類三代之樂，其聲動心。虞喜志林曰：嗲曰：天帝醉，秦暴金誤隕石墜。謂秦繆公夢天帝奏鈞天樂，已有此嗲。列仙傳讚曰：秦繆公受金策，祚世之業。漢書曰：自井至柳謂之鶉首之次，秦之分也。盡取鶉首之分，為秦之境也。**是時也，並爲強國者有六，**韓、魏、燕、趙、齊、楚。**然而四海同宅，西秦豈不詭哉？**宅，居也。詭，異也。初繆公夢，然後六國竟滅，秦果幷而居之，豈不異哉？

「自我高祖之始入也，五緯相汁，以旅于東井。善曰：五緯，五星也[16]。漢書曰：漢元年[17]十月，五星聚于東井，沛公至霸上。又曰：此高祖受命之符。已見西都賦。方言曰：汁，叶也，之十切。郭璞曰：叶，和也。**婁敬委輅，幹非其議。**善曰：漢書，婁敬脫輓委輅曰：臣願見上言便宜。又說上曰：陛下都洛陽，不如入關中。言婁敬貧乏之人，不合干上，妄議其說，允合帝心。漢書音義，應劭曰：輅，謂以木當胸以輓輦也。輅，胡格切。幹，音干。薛君韓詩章句曰：幹，正也。謂以其議非而正之。**天啓其心，**謂五星聚也。**人惎之謀。**惎，教也，謂婁敬之謀。善曰：惎，音忌。**及帝圖時，意亦有慮乎神祇。宜其可定以爲天邑。**言高帝圖此居之時，意亦以慮於天地陰陽，而思可宜定以為天邑。善曰：爾雅曰：圖，謀也。尚書曰：肆予敢求爾于天邑商[18]。**豈伊不虔思於天衢？**伊，惟也。虔，敬也。言此時豈惟不敬思居天氣四交之處邪？謂東京也。**豈伊不懷歸於枌榆？**懷，思也。枌榆，豐社，高祖所起也。豈惟不思歸處枌榆社之域，都於洛邑也？善曰：漢書曰：高祖禱豐枌榆社。張晏曰：枌，白榆也。社在豐東北一十五里，是也。**天命不滔[19]，疇敢以渝！**渝，易也。天使都長安，謂五星聚於東井也。善曰：左氏傳，子高曰：天命不滔。滔與謟，音義同。**於是量**

---

16 注「善曰五緯五星也」　茶陵本「善曰」在「也」字下，袁本與此同。案：似茶陵是也。

17 注「漢書曰漢元年」　袁本、茶陵本「曰」作「高紀」二字。

18 注「尚書曰肆予敢求爾于天邑商」　袁本、茶陵本「曰」上有「王」字，無「肆予」二字。

19 注「天命不滔」　案：「滔」當作「謟」，觀下注可見。各本皆譌。

徑輪，考廣袤。南北為徑，東西為廣。善曰：周禮，大司徒掌九州之地，廣輪之數。鄭玄曰：輪，縱也。說文曰：南北曰袤。莫又切。經城洫，營郭郛。洫，域池也[20]。善曰：周禮曰：廣八尺、深八尺謂之洫。呼域切。公羊傳曰：郛者何？域外大郭也。芳俱切。取殊裁於八都，豈啓度於往舊？裁，制也。八都，猶八方也。啓，開也。言採取八方異制，以為宮室之巧，非復遵往日之故法也。乃覽秦制[21]，跨周法。跨，越也。因秦制，故曰覽。比周勝，故曰跨之也。狹百堵之側陋，增九筵之迫脅。詩曰：築室百堵。今以為陋。周禮，明堂九筵。今又增之也。善曰：以九筵為迫脅，故增廣之。周禮曰：明堂度九筵，東西九筵各九尺。正紫宮於未央，表嶢闕於閶闔。天有紫微宮，王者象之。紫微宮門名曰閶闔。宮門立闕以為表。嶢者，言高遠也。善曰：辛氏三秦記曰：未央宮，一名紫微宮。然未央為總稱，紫宮其中別名。疏龍首以抗殿，狀巍峩以岌嶪。抗，舉也。善曰：三輔黃圖曰：日營未央，因龍首以制前殿。上林賦曰：嵯峨磼嶫。此之謂也。亘雄虹之長梁，亘，徑度也。虹，蝃蝀也。謂殿梁皆徑度，朱畫五色如蝃蝀。蝃蝀有雌雄，雄者色鮮好也。善曰：楚辭曰：建雄虹之采旄。亘，古鄧切。結棼橑以相接。善曰：棼橑，已見西京賦[22]。蔕倒茄於藻井，披紅葩之狎獵。茄，藕莖也。以其莖倒殖於藻井，其華下向反披。狎獵，重接貌。藻井，當棟中交木方為之，如井幹也。善曰：聲類曰：蔕，果鼻也。蔕，音帝。孔安國尚書傳曰：藻，水草之有文者也。風俗通曰：今殿作天井，井者，東井之像也。菱，水中之物，皆所以厭火也。說文曰：葩，華也，普華切。飾華榱與璧璫，華榱，畫其榱也。善曰：璧璫，已見

---

20 注「洫域池也」 案：「域」當作「城」，後「橫西洫而絕金墉」句注可證。下「郛者何域外大郭也」，何校「域」改「城」，是也。各本皆譌。

21 乃覽秦制 袁本、茶陵本「乃」上有「爾」字。案：此無以考也。

22 注「棼橑已見西京賦」 何校「京」改「都」，陳同，是也。袁本亦誤，茶陵本複出前注，更非。凡茶陵例改已見為複出，故其首題增補二字，以後悉放此。

西都賦也。流景曜之韡曄。曜，光也。韡曄，言明盛也。善曰：景，光景也。雕楹玉碣[23]，善曰：西都賦曰：雕玉瑱以居楹。說文曰：楹，柱也。廣雅曰：碣，磌也。碣與舃，古字通。繡栭雲楣。栭，斗也。楣，梁也。皆雲氣畫如繡也。善曰：王褒甘泉頌曰：采雲氣以為楣。三階重軒，鏤檻文梍。檻，蘭也。皆刻畫。又以大板廣四五尺加漆澤焉，重置中間蘭上，名曰軒。善曰：西都賦曰：重軒三階。王褒甘泉頌曰：編瑇瑁之文梍。聲類曰：梍，屋連緜也，婢祇切。右平左墄，墄，限也。謂階齒也。天子殿高九尺，階九齒，各有九級。其側階各中分左右，左有齒，右則滂沱平之，令輦車得上。善曰：西都賦曰：左墄右平也。青瑣丹墀。善曰：漢書曰：赤壁青瑣。音義曰：以青畫戶邊鏤中。王逸楚辭注曰：文如連瑣。漢官典職曰：丹漆地，故稱丹墀。刊層平堂，設切厓隒。刊，削也。善曰：郭璞山海經注曰：層，重也。宋衷太玄經注曰：堂，高也。切與砌，古字通。說文曰：隒，厓也，和檢切。坻崿鱗眴，棧齴巉嶮。殿基之形勢也。善曰：廣雅曰：山坻，除也[24]。文字集略曰：崿，崖也。埤蒼曰：眴，音荀。棧，士眼切。齴，音眼。巉，助奄切。嶮，魚檢切。鱗眴，無涯也。棧、嶮，皆高峻貌。襄岸夷塗，修路陵險。襄，謂高也。夷，平也。陵，陡也[25]。險，危也。重門襲固，姦宄是防。姦，邪也。竊寶曰宄。善曰：周易曰：重門擊柝，以待暴客。淮南子曰：闔門重襲，以避奸賊。郭璞爾雅注曰：襲，重也。孔安國尚書傳曰：寇賊在外曰姦，在內曰宄。仰福帝居[26]，陽曜陰藏。帝居，謂太微宮，五帝所居。福，猶同也。太微宮陽時則見，陰時則藏。言今長安宮，上與之同法矣。洪鐘萬鈞，猛虡趪趪。洪，大也。猛，怒也。三十

---

23 雕楹玉碣　案：「碣」當作「舃」。善引廣雅「碣」而云「碣」與「舃」古字通，謂賦文之「舃」與廣雅之「碣」通也，其作「舃」甚明。各本所見，蓋皆誤。

24 注「山坻除也」　袁本、茶陵本無「山」字。案：此初亦無，後修添之而誤耳。

25 注「陵陡也」　袁本「陡」作「斗」是也，茶陵本作「升」，即「斗」字之譌。

26 仰福帝居　何校「福」改「褔」，云顏氏匡謬正俗云：副貳之字本為「褔」，從衣，畐聲。西京賦「仰褔帝居」傳寫譌舛，轉「衣」為「示」，讀者便呼為「福祿之福」，失之遠矣。今案：所校是也，凡從「衣」之字，每與從「示」混，各本傳寫之誤，與顏云云正同，善自作「褔」，不作「福」也。

斤曰鈞。縣鐘格曰筍，植曰虡。趪趪，張設貌。言大鐘乃重三十萬斤，虡力猛怒，故能勝之焉。善曰：周禮曰：梟氏寫獸之形，大聲有力者，以為鐘虡。虡，音巨。趪，音黃。**負筍業而餘怒，乃奮翅而騰驤。**當筍下為兩飛獸以背負，又以板置上，名為業。騰，超也。驤，馳也。言獸負此筍業已重，乃有餘力奮其兩翼，如將超馳者矣。**朝堂承東，溫調延北。西有玉臺，聯以昆德。**皆殿與臺名也。善曰：爾雅曰：延，陳也。說文注曰[27]：聯，連也。**嵳峩崨嶫，**形勢也。**罔識所則。**不能名其所法則也。**若夫長年神僊，宣室玉堂。**四殿之名。善曰：並見西都賦。**麒麟朱鳥，龍興含章。**善曰：龍興、含章，皆殿名也。漢宮闕名有麒麟殿、朱鳥殿。**譬眾星之環極，**極，北極也。環，猶繞也。言宮觀臺榭樓閣之周於正殿，如眾星之繞北極也。善曰：中宮天極星，環之筐十二星，藩臣。西都賦曰：奐若列宿，紫宮是環。**叛赫戲以輝煌。**叛，猶煥也。赫戲，炎盛也。輝煌，光耀也。善曰：淮南子曰：焜昱錯眩，照耀輝煌。叛，音判。戲，音羲。輝，音輝。煌，音皇。**正殿路寢，用朝羣辟。**周曰路寢，漢曰正殿。羣辟，謂王侯公卿大夫士也。**大夏耽耽[28]，九戶開闢。**屋之四下者為夏。耽耽，深邃之貌也。都南切。善曰：三輔三代故事曰：大夏殿，始皇造銅人十枚在殿前。大戴禮曰：明堂者，古有之，凡九室。鄭玄禮記注曰：天子路寢，制如明堂。然則既有九室[29]，室有一戶也。說文曰：闢，開也。**嘉木樹庭，芳草如積。**善曰：韓詩曰：綠蕣如蕡。蕡，積也。薛君曰：蕡[30]，綠蕣盛如積也。蕣，音竹。**高門有閌，列坐金狄。**善曰：毛詩曰：臯門有伉。與閌同。鄭玄禮記注曰：臯之言高也。金狄，金人也。史記曰：始皇收天下兵，銷以為金人十二，各重千斤，致於宮中。**內有常侍謁者，**常侍，閹官。謁者，寺人也。**奉命當御。**善曰：

---

27 注「說文注曰」　案：「注」字不當有，各本皆衍。

28 大夏耽耽　袁本、茶陵本「夏」作「廈」。案：此疑善「夏」、五臣「廈」而失著校語。又二本注中字盡作「廈」，亦涉五臣亂之。

29 注「然則既有九室」　袁本、茶陵本無「既有」二字。案：「則」字亦衍。

30 注「蕡積也薛君曰蕡」　案：當作「薛君曰蕡積也」六字。各本皆誤。

奉傳詔命而遞當進也。左傳，子朱曰[31]：朱也當御。蔡邕獨斷曰：御，進也。凡進皆曰御也。蘭臺金馬[32]，遞宿迭居。蘭臺，臺名。善曰：金馬，已見西都賦序。爾雅曰：遞，迭也。小雅曰：迭，更也，徒結切。次有天祿石渠，校文之處。善曰：天祿、石渠，已見上文。重以虎威章溝，嚴更之署。虎威、章溝，未聞其意。嚴更，督行夜鼓。署，位也。徼道外周，千廬內附。衛尉八屯，警夜巡晝。衛尉帥吏士周宮外，於四方四角立八屯士，士則傳宮外向為廬舍，晝則巡行非常，夜則警備不虞也。徼，音叫。善曰：西都賦曰：徼道綺錯。漢書曰：衛尉掌門衛屯兵。孔安國尚書傳曰：警，戒也。植鎩懸瞂，用戒不虞。植，柱也。善曰：說文曰：鎩，鈹有鐔也。一曰鋋，似兩刃刀。方言曰：盾或謂之瞂。周易曰：君子以治戎器，戒不虞。鈹，芳皮切。鎩，山例切。瞂，音伐。

「後宮則昭陽飛翔，增成合驩。蘭林披香，鳳皇鴛鸞。皆後宮別名，善曰：皆殿名，已見西都賦。漢宮闕名有鳳皇殿。羣窈窕之華麗，嗟內顧之所觀[33]。觀，覩也。謂內顧所覩，皆盛好也。善曰：窈窕，已見西都賦。小雅曰：嗟，發聲也。三略曰：將內顧則士卒慕之也。故其館室次舍，善曰：周禮曰：宮正掌宮中次舍。鄭玄禮記注曰：次，自循止之處。采飾纖縟。采，五色也。纖，細也。善曰：說文曰：縟，繁采飾也，音辱。裛以藻繡，文以朱綠。善曰：西都賦曰：裛以藻繡。傅毅七激曰：楹桷雕藻，文以朱綠也。翡翠火齊，絡以美玉。善曰：翡翠，鳥名也。火齊，玫瑰珠也。六韜曰：紂作瓊室、鹿臺，飾以美玉。列子曰：穆王為中天之臺，絡以珠玉。齊，才計切。流懸黎之夜光，綴隨珠以爲燭。明月，大珠，夜則有光如燭也。善曰：懸黎、夜光、隨珠，已見西都賦。金戺玉階，彤庭煇音渾煇。彤，赤也。煇煇，赤色貌。善曰：廣雅曰：戺，砌也，音俟。西都賦曰：玉階彤庭。珊

---

31 注「左傳子朱曰」　袁本、茶陵本「左」下有「氏」字，無「子朱」二字，是也。

32 蘭台金馬　袁本、茶陵本「蘭」上有「外有」二字。案：此無以考也。疑善、五臣之異，二本失著校語，尤所見獨未誤耳。

33 嗟內顧之所觀　案：「嗟」當作「羌」，注同。善引小雅廣言「羌，發聲」為注，是其本作「羌」甚明。袁、茶陵二本所載五臣良注云「嗟，歎聲」，是其本改作「嗟」亦甚明。各本所見，以五臣亂善，又并注中字改為「嗟」，益不可通。特訂正之。

瑚琳碧，瑤珉璘彬。璘彬，玉光色雜也。善曰：珊瑚瑤珉，已見西都賦。璘，力神切。彬，方珉切。珍物羅生，煥若崑崙。珍美之物，羅列布見，煥焉如崑崙之所生者。善曰：山海經云崑崙之墟有珠樹、文玉樹。雖厥裁之不廣，侈靡踰乎至尊。謂其裁制，雖事事狹小於至尊，然其靡麗之好，乃過之也。善曰：喪服傳曰：天子至尊。裁，才再切。於是鉤陳之外，閣道穹隆。善曰：鉤陳，已見西都賦。穹隆，長曲貌。屬長樂與明光，徑北通乎桂宮。長樂、桂宮，皆宮名。明光，殿名也。漢書武帝故事[34]，上起明光宮、桂宮、長樂宮，皆輦道相屬，懸棟飛閣，北度從宮中西上城至神明臺。命般爾之巧匠，般，魯般，一云公輸之子，魯哀公時巧人。爾，王爾，皆古之巧者也。善曰：淮南子曰：魯般以木為鳶而飛之。般，音班。又曰：王爾無所錯其剞劂。盡變態乎其中。變，奇也。態，巧也。後宮不移[35]，樂不徙懸。善曰：上林賦曰：庖廚不徙，後宮不移。劉向新序曰：孟獻子聘於晉，韓宣子止而觴之，飲三徙，鐘石之懸，不移而具也。門衛供帳，官以物辨[36]。善曰：供帳，已見東都賦。門衛，已見上。恣意所幸，下輦成燕。窮年忘歸，猶弗能徧。善曰：孫卿子曰：知物之理，沒世窮年不能徧也。瑰異日新，殫所未見。瑰，奇也[37]。殫，盡也。言奇異之好，日日變易，皆所未嘗目見之物也。

「惟帝王之神麗，懼尊卑之不殊。雖斯宇之既坦，心猶憑而未攄。坦，大也。憑，滿也。攄，舒也。思比象於紫微，恨阿房之不可廬。廬，居也。時阿房已壞，故不得居也。覛往昔之遺

---

34 注「漢書武帝故事」　案：「漢」上當有「善曰」二字，茶陵本此作善注，其薛注「長樂桂宮」至「殿名也」十二字在上，別以「綜曰」冠之，最是。尤本自此至末三十七字錯入薛注，袁本「長樂」云云十二字錯入善注，皆大誤也。又何校去「書」字，陳同，各本皆衍。

35 後宮不移　袁本、茶陵本「後」上有「於是」二字。案：此無以考也。

36 官以物辨　袁本、茶陵本「辨」作「辦」。案：此疑善、五臣之異也。

37 注「瑰奇也」　袁本自此至末二十四字作善注，茶陵本與此同。案：似茶陵是也。

館，獲林光於秦餘。覛，視也。善曰：漢書音義，瓚曰：林光，秦離宮名也。覛，亡狄切。處甘泉之爽塏，乃隆崇而弘敷。甘泉，山名。應劭曰：甘泉在馮翊雲陽縣。爽，明也。隆崇，高也。弘敷，猶延蔓也。善曰：左氏傳曰：齊景公欲更晏子之宅，曰：請更諸爽塏者。杜預曰：就高燥也。既新作於迎風，增露寒與儲胥。善曰：漢書曰：武帝因秦林光宮，元封二年增通天、迎風、儲胥、露寒。托喬基於山岡，直墆霓以高居。墆霓，高貌也。善曰：墆，徒結切。霓，五結切。通天訬以竦峙，通天，臺名。武帝元封二年作。漢書舊儀云[38]：高三十丈，望見長安城。訬，高也。竦，立也。峙，住也。善曰：訬，音眇。徑百常而莖擢。徑，度也。倍尋曰常。莖，特也。擢，獨出貌也。上辬華以交紛，下刻陗其若削。辬華，敷大也。刻陗，升高也[39]。善曰：辬，音斑，又音葩。陗，七笑切。翔鶤仰而不逮，況青鳥與黃雀。鶤，大鳥。青鳥、黃雀，皆小鳥。翔。高飛也。善曰：穆天子傳曰：鶤雞飛八百里。郭璞曰：鶤即鵾鷄也。鵾與鶤同，音昆。左氏傳曰：青鳥氏司啓者也。杜預曰：青鳥，鶬鴳也。戰國策，莊辛曰：黃雀俯啄百粒。伏櫺檻而頫聽，聞雷霆之相激。伏，猶憑也。櫺，臺上蘭也。頫，低頭也。蒼頡篇曰：霆，霹靂也。言臺之高，於上低頭聽，雷聲乃在下。善曰：頫，古字[40]，音府。柏梁既災，越巫陳方。建章是經，用厭火祥。善曰：漢書曰：柏梁災。越俗有火災，復起屋，必以大，用勝服之。於是作建章宮。漢武故事曰：以香柏為之，香聞數十里。厭，於冉切。營宇之制，事兼未央。兼，猶倍也。所以順巫言也。善曰：漢書曰：劉向上疏曰：項籍燔其宮室營宇。圜闕竦以造天，若雙碣之相望。善曰：字書曰：圜，亦圓字也。甘泉賦曰：直嶢嶢以造天。音操。孔安國尚書傳曰：造，至也。又曰：碣石，海畔山也。又曰：三山，言相望也。鳳騫翥於甍標，咸遡風而欲翔。甍，棟也。標，

38 注「漢書舊儀云」 陳云「書」字衍，是也。各本皆衍。

39 注「刻陗升高也」 袁本「升」作「斗」，是也。茶陵本亦誤「升」。

40 注「頫古字」 陳云「古」下疑當有「俯」字，是也。各本皆脫。

末也。遡，向也。謂作鐵鳳凰，令張兩翼，舉頭敷尾，以函屋上[41]，當棟中央，下有轉樞，常向風如將飛者焉。善曰：楚辭曰：鳳騫翥而飛翔。說文曰：騫，飛貌也。騫，許言切。翥，之庶切。**閶闔之內，別風嶕嶢。**善曰：閶闔，已見上文。別風，已見西都賦。**何工巧之瑰瑋，交綺豁以疏寮。**瑰瑋，奇好也。疏，刻穿之也。善曰：交結綺文，豁然穿以為寮也。說文曰：綺，文繒也。廣雅曰：豁，空也。然此刻鏤為之。蒼頡篇曰：寮，小窗也。古詩曰：交疏結綺窗。**干雲霧而上達，狀亭亭以苕苕。**亭亭、苕苕，高貌也。干，犯也。**神明崛其特起，井幹疊而百增。**崛，高貌。善曰：廣雅曰：增，重也。神明、井幹，已見西都賦。**峙游極於浮柱，結重欒以相承。**峙，猶置也。三輔名梁為極，作遊梁置浮柱上。欒，柱上曲木，兩頭受櫨者。廣雅曰：曲枅曰欒[42]。釋名曰：欒，體上曲拳也。**累層構而遂隮，望北辰而高興。**齊，升也，子奚切。北辰，北極也。善曰：山海經曰[43]：層，重也。**消雰埃於中宸，集重陽之清澂。**消，散也。雰埃，塵穢也。宸，天地之交宇也。言神明臺高，既除去下地之埃穢，乃上止於天陽之宇，清澂之中。上為清陽，又為陽[44]，故曰重陽。善曰：楚辭曰：集重陽而入帝宮兮，造旬始而觀清都。雰，音氛。宸，音辰。**瞰宛虹之長鬐，察雲師之所憑。**鬐，脊也。雲師，畢星也。臺高悉得視之。善曰：鬐，渠祇切。廣雅曰：瞰，視也。如淳漢書注曰：宛，虹也。小雅曰：憑，依也。廣雅曰：雲師謂之豐隆。**上飛闥而仰眺，正睹瑤光與玉繩。**飛闥，突出方木也。善曰：春秋運斗樞曰：北斗七星，第七曰瑤光。春秋元命苞曰：玉衡北兩星為玉繩。**將乍往而未半，怵悼慄而慫兢。**怵，恐也。悼，傷也。慄，憂戚也。言恐墮也。善曰：廣雅曰：乍，暫也。方言曰，慫，慄也，先拱切。怵，音黜。**非都盧之輕趫，孰能超而究升？**善曰：漢書曰：自合浦南有都盧國。太康地志曰：都盧國，其人善緣栗，音栗。

---

41 注「以函屋上」 袁本、茶陵本「函」作「臿」，是也。

42 注「廣雅曰曲枅曰欒」 案：「廣」上當有「善曰」二字，茶陵本此作善注，最是。袁本與此同，皆非。

43 注「山海經曰」 陳云「經」下脫「注」字，是也。各本皆脫。

44 注「上為清陽又為陽」 袁本、茶陵本「清陽」作「陽清」，是也。

高。說文曰：趫，善緣木之士也，綺驕切。駁娑駘蕩，燾奡桔桀。枍詣承光，睽罛庨豁。駁娑、駘蕩、枍詣、承光，皆臺名。燾奡、桔桀、睽罛、庨豁，皆形貌。善曰：燾，徒到切。奡，五告切。桔，音吉。睽，呼圭切。罛，計狐切。庨，呼交切。橧桴重棼[45]，鍔鍔列列。善曰：鍔鍔、列列，皆高貌。反宇業業，飛簷𨏥𨏥。凡屋宇皆垂下向，而好大屋飛邊頭瓦皆更微使反上，其形業業然。橧，板承落也。𨏥𨏥，高貌。善曰：西都賦曰：上反宇以蓋戴。𨏥，魚桀切。流景內照，引曜日月。言皆朱畫華采，流引日月之光，曜於宇內。天梁之宮，寔開高闈。天梁，宮名。宮中之門謂之闈。此言特高大。旗不脫扃，結駟方蘄。爾雅曰：熊虎為旗。扃，關也。謂建旗車上，有關制之，令不動搖曰扃。每門解下之。今此門高，不復脫扃，結駕駟馬，方行而入也。蘄，馬銜也。善曰：左氏傳曰：楚人惎之脫扃。古熒切。蘄，巨衣切。楚辭曰：青驪結駟齊千乘。轢輻輕騖[46]，容於一扉。駁車欲馬疾，以棰櫟於輻，使有聲也。長廊廣廡，途閣雲蔓。謂閣道如雲氣相延蔓也。善曰：許慎淮南子注曰：廊，屋也。說文曰：廡，堂下周屋也，無宇切。閈汗庭詭異，門千戶萬。善曰：蒼頡篇曰：閈，垣也，胡旦切。說文曰：詭，違也。西都賦曰：張千門而立萬戶。重閨幽闥，轉相踰延。移賤切。宮中之門小者曰闥。言互相周通。望窈窱以徑廷，眇不知其所返。窈窱、徑廷，過度之意也。言入其中皆迷惑不識還道也。善曰：窱，他弔切。廷，他定切。返，方萬切。既乃珍臺蹇產以極壯，墱道邐倚以正東。蹇產，形貌也。墱，閣道也。邐倚，一高一下，一屈一直也。乃從建章館踰西城，東入於正宮中也。善曰：甘泉賦曰：珍臺閑館。西都賦曰：凌墱道而超西墉。墱，都亘切。邐，力氏切。倚，其綺切。似閬風之遐坂，橫西洫而絕金墉。閬風，崑崙山名也。洫，城池也。墉，謂城也。絕，度也。言閣道似此山之長遠，橫越西池而度金城也。西方稱之曰金。善曰：東方朔十洲記，崑崙其北角曰閬風之巔。洫，已見上文。城尉不弛柝，而內外潛

45 橧桴重棼　袁本、茶陵本「橧」作「增」。案：此尤誤。

46 轢輻輕騖　袁本、茶陵本「轢」作「櫟」。案：此尤誤，注作「櫟」，未改也。

通。弛，廢也。潛，嘿也。言城門校尉不廢擊柝之備，內外已自嘿通也。善曰：弛，詩紙切。鄭玄周禮注曰：欜，戒夜者所擊也。柝與欜同音。

「前開唐中，彌望廣潒。彌，遠也。善曰：唐中，已見西都賦。漢書曰：五侯大治第室，連屬彌望。彌，竟也。言望之極目[47]。字林曰：潒，水潒瀁也[48]，大朗切。顧臨太液，滄池漭沆。漭沆，猶洸潒，亦寬大也。善曰：太液，已見西都賦。漭，莫朗切。沆，胡朗切。漸臺立於中央，赫昈昈以弘敞。善曰：漸臺，高二十餘丈，已見西都賦。埤蒼曰：昈，赤文也，音戶。清淵洋洋，神山峩峩。列瀛洲與方丈，夾蓬萊而駢羅。上林岑以壘嶵，下嶄巖以嵒齬。三山形貌也。峩峩，高大也。善曰：三輔三代舊事曰：建章宮北作清淵海。毛詩曰：河水洋洋。三山，已見西都賦。駢，猶並也。壘，魯罪切。嶵，音罪。嶄，士咸切。齬，音吾。長風激於別隯，起洪濤而揚波。水中之洲曰隯，音島。善曰：高唐賦曰：長風至而波起。浸石菌於重涯，濯靈芝以朱柯。石菌、靈芝，皆海中神山所有神草名，仙之所食者。浸，濯也。重涯，池邊也。朱柯，芝草莖赤色也。善曰：菌，芝屬也。抱朴子曰：芝有石芝。菌，求隕切。海若游於玄渚，鯨魚失流而蹉跎。海若，海神。鯨，大魚。善曰：楚辭曰：令海若舞馮夷。又曰：臨沅、湘之玄淵。薛君韓詩章句曰：水一溢而為渚。三輔舊事曰：清淵北[49]，有鯨魚，刻石為之，長三丈。楚辭曰：驥垂兩耳，中坂蹉跎。廣雅曰：蹉跎，失足也。於是采少君之端信，庶欒大之貞固。善曰：史記曰：李少君亦以祠竈穀道卻老方見上，上尊之。少君者，故深澤侯舍人主方。欒大，見西都賦。凡人姓名及事易知而別卷重見者，云見某篇，亦從省也。他皆類此。立脩莖之仙掌，承雲表之清露。屑瓊蕊以朝飧，必性命之可度。善曰：漢

47 注「彌竟也言望之極目」 袁本、茶陵本無此八字。案：無者是也。袁本複衍「唐中已見西都賦」七字，亦非。

48 注「水潒瀁也」 袁本、茶陵本「瀁」作「潒」，是也。

49 注「三輔舊事曰清淵北」 袁本、茶陵本「輔」作「代」。案：此當「三輔」「三代」重有。三輔三代舊事屢引，尤校添而又脫「三代」耳。

書曰：孝武作柏梁、銅柱、承露仙人掌之屬。三輔故事曰：武帝作銅露盤，承天露，和玉屑飲之，欲以求仙。楚辭曰：屑瓊蕊以為糧。王逸曰：糜，屑也。**美往昔之松喬，要羨門乎天路。**善曰：松、喬，已見西都賦。史記曰：始皇之碣石，使燕人盧生求羨門。韋昭曰：羨門，古仙人也。枚乘樂府詩曰：美人在雲端，天路隔無期。要，烏堯切。**想升龍於鼎湖，豈時俗之足慕？**善曰：史記曰：齊人公孫卿曰：黃帝采首山銅，鑄鼎於荊山下。鼎既成，龍垂胡髯下迎黃帝，黃帝騎龍乃上去。名其處鼎湖。天子曰：嗟乎，誠得如黃帝，吾視去妻子如脫屣耳。**若歷世而長存，何遽營乎陵墓？**善曰：言若歷代而不死，何急營於陵墓乎？

「徒觀其城郭之制，則旁開三門，參塗夷庭。方軌十二，街衢相經。街，大道也。經，歷也。一面三門，門三道，故云參塗。塗容四軌，故方十二軌。軌，車轍也。夷，平也。庭，猶正也。善曰：方，言九軌之塗，凡有十二也。周禮曰：營國方三門。鄭玄儀禮注曰：方，併也。周禮曰：國中營途九軌。西都賦曰：立十二之通門。**廛里端直，甍宇齊平。**都邑之空地曰廛。甍，棟也。善曰：周禮曰：以廛任國中之地[50]。**北闕甲第，當道直啓。**第，館也。甲，言第一也。善曰：漢書曰：贈霍光甲第一區。音義曰：有甲乙次第，故曰第也。北闕，當帝城之北也。**程巧致功，期不陁陊。**言皆程擇好匠，令盡致其功夫，既牢又固，不傾陊也。善曰：方言曰：陁，壞也。陁，式氏切。說文曰：陁，落也[51]，直氏切。**木衣綈錦，土被朱紫。**言皆采畫如錦繡之文章也。善曰：說文云：綈，厚繒也。朱、紫，二色也。**武庫禁兵，設在蘭錡。**錡，架也。武庫，天子主兵器之官也。善曰：劉逵魏都賦注曰[52]：受他兵曰蘭，受弩曰錡，音蟻。**匪石匪董，疇能宅此？**善曰：漢書曰：石顯，字君房，少坐法腐刑，為黃門中尚書。元帝被疾，不親政事，事

---

50 注「以廛任國中之地」　案：「廛」下當有「里」字。各本皆脫。此載師職文也。

51 注「說文曰陁落也」　案：「陁」當作「陊」。各本皆誤。

52 注「劉逵魏都賦注曰」　案：此有誤也。吳都有「蘭錡內設」，魏都有「附以蘭錡」，今善於兩賦舊注中，皆不更見。此所引語，無以決其當為「劉逵吳都賦注曰」，或當為「張載魏都賦注曰」也。凡善各篇所留舊注，均非全文。

無大小，因顯口決。又曰：董賢，字聖卿。哀帝悅其儀貌，拜為黃門郎。詔將作監為賢起大第北闕下。土木之功，窮極技巧，柱檻衣以綈錦，武庫禁兵，盡在董氏。爾乃廓開九市，通闤帶闠。廓，大也。闤，市營也。闠，中隔門也。崔豹古今注曰：市牆曰闤，市門曰闠。善曰：九市，已見西都賦。蒼頡篇曰：闤，市門，胡關切。旗亭五重，俯察百隧。旗亭，市樓也。善曰：史記，褚先生曰：臣為郎，與方士會旗亭下。隧，已見西都賦。周制大胥，今也惟尉。善曰：周禮曰：司市胥師二十人[53]。然尊其職，故曰大。漢書曰：京兆尹，長安四市皆屬焉。與左馮翊、右扶風為三輔。然市有長丞而無尉，蓋通呼長丞為尉耳。瓌貨方至，鳥集鱗萃。瓌，奇貨也。方，四方也。奇寶有如鳥之集、鱗之萃也。鬻者兼贏，求者不匱。鬻，賣也。兼，倍也。贏，利也。匱，乏也。爾乃商賈百族，裨販夫婦[54]。坐者為商，行者為賈。裨販，買賤賣貴以自裨益。裨，必彌切。善曰：周禮曰：大市，日仄而市，百族為主。朝市，朝時而市，商賈為主。夕市，夕時為市，裨販夫婦為主。鬻良雜苦，蚩眩邊鄙。良，善也。先見良物，價定，而雜與惡物，以欺惑下土之人。善曰：周禮曰：辨其苦良而買之。鄭玄曰：苦讀為盬。蒼頡篇曰：蚩，侮也。廣雅曰：眩，亂也。杜預左氏傳注曰：鄙，邊邑也。何必昏於作勞，邪贏優而足恃。昏，勉也。邪，偽也。優，饒也。言何必當勉力作勤勞之事乎，欺偽之利自饒足恃也。善曰：尚書曰：不昏作勞。彼肆人之男女，麗美奢乎許史。言長安市井之人，被服皆過此二家。善曰：漢書曰：孝宣許皇后，元帝母。帝封外祖父廣漢為平恩侯。又曰：衛太子史良娣，宣帝祖母也，兄恭。宣帝立，恭已死，封恭長子高為樂陵侯。若夫翁伯濁質，張里之家。擊鍾鼎食，連騎相過。東京公侯，壯何能加？善曰：漢書食貨志曰：翁伯以販脂而傾縣邑。濁氏以胃脯而連騎。質氏以洗削而鼎食。張里以馬醫而擊鍾。晉灼曰：胃脯，今大官

---

53 注「司市胥師二十人」　案：「十」下當有「肆則一」三字。各本皆脫。此地官序官文也。

54 注「裨販夫婦為主」　袁本、茶陵本無「裨」字，「夫」下有「販」字。

以十日作[55]沸湯燖羊胃，以末椒薑坋之訖，曝使燥者也。燖，在鹽切。坋，步寸切。如淳曰：洗削，謂作刀劍削也[56]。張里，里名也。都邑遊俠，張趙之倫。齊志無忌，擬跡田文。善曰：漢書曰：長安宿豪大猾箭張回、酒市趙放，皆通邪結黨。一云，張子羅、趙君都，其長安大俠。具遊俠傳。輕死重氣，結黨連羣。寔蕃有徒，其從如雲。寔，實也。蕃，多也。徒，眾也。善曰：尚書曰：寔繁有徒。毛詩曰：齊子歸止，其從如雲。茂陵之原，陽陵之朱。趫悍虓豁，如虎如貙。善曰：原，原涉也。朱，朱安世也。史記曰：誅獟狎。獟與趫同，欺譙切。說文曰：悍，勇也，戶旦切。毛詩曰：闞如虓虎。呼交切。爾雅曰：貙獌，似狸。貙，勑珠切。睚眥蠆芥，屍僵路隅。僵，仆也。善曰：漢書曰：原涉，字巨先，自陽翟徙茂陵。涉外溫仁內隱忍，好殺，睚眥於塵中，觸死者甚眾。廣雅曰：睚，裂也。說文曰：眥，目匡也。淮南子曰：瞋目裂眥。睚，五解切。眥，在賣切。張揖子虛賦注曰：蔕介，刺鯁也。蠆與蔕同，並丑介切。丞相欲以贖子罪，陽石汙而公孫誅。善曰：漢書曰：公孫賀為丞相，子敬聲為太僕，擅用北軍錢千九百萬，下獄。是時詔捕陽陵朱安世。賀請逐捕，以贖敬聲罪。後果得安世。安世遂從獄中上書曰：敬聲與陽石公主私通。遂父子俱死獄中也。陽石，北海縣名也。若其五縣遊麗，辯論之士。街談巷議，彈射臧否。剖析毫釐，擘肌分理。善曰：五縣，謂五陵也。長陵、安陵、陽陵、武陵[57]、平陵，五陵也。已見西都賦。毛詩曰：未知臧否。聲類曰：毫，長毛也。漢書音義曰：十毫為釐，力之切。鄭玄周禮注曰：擘，破裂也，補革切。說文曰：肌，肉也。所好生毛羽，所惡成創痏。毛羽，言飛揚。創痏，謂瘢痕也。善曰：蒼頡曰[58]：痏，毆傷也，胡軌切。郊甸之內，鄉邑殷賑。五十里為

55 注「今大官以十日作」　案：「日」當作「月」。各本皆譌。

56 注「謂作刀劍削也」　袁本、茶陵本無「謂削也」三字，下有「晉灼曰」三字。案：漢書顏注引如淳曰「作刀劍削」者，尤依之校改也。「晉灼曰」三字誤去。

57 注「武陵」　何校「武」改「茂」，袁本亦作「武」，茶陵本所複出作「茂」。「茂」字是也。

58 注「蒼頡曰」　何校「頡」下添「篇」字，陳同，是也。各本皆脫。

之郊[59]，百里為甸師。殷賑，謂富饒也。善曰：尚書曰：五百里甸服。爾雅曰：賑，富也，之忍切。五都貨殖，既遷既引。遷，易也。引，致也。善曰：五都，已見西都賦。遷謂徙之於彼，引謂納之於此。商旅聯槅，隱隱展展。言賈人多，車枙相連屬。隱隱展展，重車聲也[60]，丁謹切。善曰：說文曰：槅，大車枙也，居責切。冠帶交錯，方轅接軫。冠帶，猶搢紳，謂吏人也。善曰：楊雄蜀都賦曰：方轅齊轂，隱隱軫軫。枚乘兔園賦曰：車馬接軫相屬，方輪錯轂。說文曰：軫，車後橫木也。封畿千里，統以京尹。善曰：毛詩曰：封畿千里，惟民所止。漢書曰：內史，周官，武帝更名京兆尹。張晏曰：地絕高曰京，十億曰兆。尹，正也。郡國宮館，百四十五。離宮別館在諸郡國者。善曰：三輔故事曰：秦時殿觀百四十五所。右極盩厔，并卷酆鄠。盩厔，山名，因名縣。善曰：漢書曰：右扶風有盩厔縣。盩，張流切。厔，張栗切。左暨河華，遂至虢土。暨言及也。華陰縣故屬京兆。善曰：漢書，右扶風有虢縣。

「上林禁苑，跨穀彌阜。跨，越也。彌，猶掩也。大陵曰阜。上林，苑名。禁，禁人妄入也。東至鼎湖，邪界細柳。鼎湖、細柳，皆地名也。鼎湖在華陰東，細柳在長安西北。掩長楊而聯五柞，長楊宮在盩厔。五柞亦館名，云有五株柞樹。善曰：鄭玄毛詩箋曰：掩，覆也。繞黃山而款牛首。繞，裹也。款，至也。善曰：漢書，右扶風槐里縣有黃山宮。三輔黃圖曰：甘泉宮中有牛首山。繚垣緜聯[61]，四百餘里。植物斯生，動物斯止。繚垣，猶繞了也。緜聯，猶連蔓也。四百餘里，苑之周圍也。善曰：今並以亘為垣。西都賦曰：繚以周牆。三輔故事曰：北有甘泉、九嵕，南至長楊、五柞，連緜四百餘里也。植物，草木。動物，禽獸[62]。善曰：周禮曰：動物宜毛物也，植物宜阜物

---

59 注「五十里為之郊」　袁本、茶陵本「之」作「近」，是也。

60 注「重車聲也」　袁本、茶陵本無「車」字，是也。

61 繚垣綿聯　陳云，善曰：今並以「亘」為「垣」。案：據此則正文及薛注中「垣」皆當作「亘」。案：所說是也。善但出「垣」字於注，其正文必同。薛作「亘」，至五臣銑注直云「垣牆」，是其本乃作「垣」，各本所見非。

62 注「植物草木動物禽獸」　袁本、茶陵本此八字在上文薛注之下。案：依尤本當以正文「植物斯生」一句別為節，而係以此注

也。眾鳥翩翻，羣獸駓騃。皆鳥獸之形貌也。善曰：薛君韓詩章句曰：趨曰駓，行曰騃。駓，音鄙。騃，音俟。散似驚波，聚以京峙。京，高也。水中有土曰峙。言禽獸散走之時，如水驚風而揚波；聚時如水中之高土也。善曰：峙，直里切。伯益不能名，隸首不能紀。善曰：列子曰：北海有魚名鯤，有鳥名鵬，大禹行而見之，伯益知而名之，夷堅聞而志之[63]。世本曰：隸首作數。宋衷曰：隸首，黃帝史也。林麓之饒，于何不有？木叢生曰林。善曰：穀梁傳曰：林屬於山曰麓。注曰：麓，山足也[64]。木則樅栝椶柟，梓棫楩楓。樅，松葉柏身也。栝，柏葉松身。梓，如栗而小。棫，白蕤也。楓，香木也。善曰：郭璞山海經注曰：椶，一名并閭。爾雅曰：梅，柟[65]。郭璞曰：柟木似水楊。又曰：棫，白桵。樅，七容切。栝，古活切。椶，子公切。柟，音南。梓，音姊。棫，音域。郭璞上林賦注曰：楩，杞也，似梓。楩，鼻緜切。楓，音風。嘉卉灌叢，蔚若鄧林。嘉，猶美也。灌叢、蔚若，皆盛貌也。善曰：山海經曰：夸父與日競走，渴飲河、渭，不足，北飲大澤，未至，道渴死，棄其杖，化為鄧林。鬱蓊薆薱，橚爽櫹椮。皆草木盛貌也。善曰：薱，徒對切。橚，音肅。櫹，音簫。椮，音森。吐葩颺榮，布葉垂陰。葩，華也。草則葴莎菅蒯，薇蕨荔苀。善曰：爾雅曰：葴，馬藍。郭璞曰：今大葉冬藍，音針。爾雅曰：薃，侯莎。又曰：白華，野菅。郭璞曰：菅，茅屬，古顏切。聲類曰：蒯，草中為索，苦怪切。毛萇詩傳曰：薇，菜也。爾雅曰：蕨，虌也。說文曰：荔，草似蒲，音隸。爾雅曰：苀，東蠡。郭璞曰：未詳。苀，胡郎切。王芻莔臺，戎葵懷羊。善曰：爾雅曰：菉，王芻。郭璞曰：今菉蓐也。爾雅曰：莔，貝母。郭璞曰：似韭，武行切。爾雅曰：臺，夫須。又曰：菺，茙葵。郭璞曰：今蜀葵。菺，音眉。茙，音戎。爾雅曰：蘾，懷羊。

及下「善曰云云」也。

63 注「夷堅聞而志之」 袁本、茶陵本無此六字。

64 注「注曰麓山足也」 袁本、茶陵本無此六字。

65 注「爾雅曰梅柟」 袁本、茶陵本「爾」上有「柟亦作枏」四字。案：此校語錯入注也。一本正文作「柟」，蓋善「枏」、五臣「柟」而著此耳。

郭璞曰：未詳。苯蕁蓬茸，彌皐被岡。彌，猶覆也。言草木熾盛，覆被於高澤及山岡之上也。善曰：苯，音本。蕁，子本切。筱簜敷衍，編町成篁。筱，竹箭也。簜，大竹也。敷，布也。衍，蔓也。編，連也。町謂畎畝。篁，竹墟名也。善曰：尚書曰：瑤琨筱簜既敷。町，音挺。山谷原隰，泱漭無疆。泱漭，無限域之貌。言其多無境限也。善曰：泱，烏朗切。迺有昆明靈沼，黑水玄阯。小渚曰阯。善曰：漢書曰：武帝穿昆明池。黑水玄阯，謂昆明靈沼之水沚也[66]。水色黑，故曰玄址也。周以金堤，樹以柳杞。金堤，謂以石為邊陳，而多種杞柳之木。善曰：金堤，言堅也。子虛賦曰：上金堤。杞，即梗木也。山海經曰：杞，如楊，赤理。豫章珍館，揭焉中峙。皆豫章木為臺館也。善曰：三輔黃圖曰：上林有豫章觀。說文曰：揭，高舉也，渠列切。牽牛立其左，織女處其右。善曰：已見西都賦。日月於是乎出入，象扶桑與蒙汜。善曰：言池廣大，日月出入其中也。淮南子曰：日出暘谷[67]，拂于扶桑。楚辭曰：出自陽谷，入于蒙汜。汜，音似。其中則有黿鼉巨鼈，鱣鯉鱮鮦。鮪鯢鱨魦[68]，修額短項。大口折鼻，詭類殊種。自鱣魦以上，皆魚名也。脩額至折鼻，皆魚形也。詭類殊種，多雜物也。善曰：郭璞山海經曰[69]：鼉，似蜥蜴，徒多切。郭璞爾雅注曰：鱣，似鱏，知連切。鄭玄詩箋曰：鱮，似魴，翔與切。爾雅曰：鱧，鮦也[70]，音童。毛萇詩傳曰[71]：鮪，似鮎[72]。鮪，乎軌切。鮎，奴謙切。又曰：鱨，揚也。魦，鮀也。鱨，音嘗。鳥則鷫鷞鴰鴇，駕鵝鴻

---

66 注「謂昆明靈沼之水沚也」 案：「沚」當作「阯」。各本皆譌。

67 注「日出暘谷」 案：「暘」當作「湯」。下「出自陽穀」，「陽」亦當作「湯」。各本皆誤。

68 鮪鯢鱨魦 袁本、茶陵本「魦」作「魦」，案：此尤誤。

69 注「郭璞山海經曰」 何校「經」下添「注」字，陳同，是也。各本皆脫。

70 注「鮦也」 案：「鮦」上當有「郭璞曰」三字。各本皆脫。說見下。

71 注「毛萇詩傳曰」 案：此五字當作「又曰」二字。各本與下互誤。說見下。

72 注「鮪似鮎」 案：「鮪」下當有「鱣屬鯢」三字。各本皆脫。說見下。

鶤。善曰：高誘淮南子注曰：鸕鷀，長脛綠色，其形似鴈。張揖上林賦注曰：駕鵝，野鵝。又曰[73]：鶤雞，黃白色，長頷赤喙。䴉鴇，已見西都賦。凡魚鳥草木，皆不重見。他皆類此。鸕，音肅。駕，音加。鶤，音昆。上春候來，季秋就溫。善曰：周禮曰：上春生種稑之種。禮記曰：孟春鴻來[74]。鄭玄曰：鴈自南方來，將北反其居也。又曰：季秋之月，鴻鴈來賓。鄭玄曰：來賓，止而未去也。列子曰：禽獸之智，違寒就溫。南翔衡陽，北棲鴈門。善曰：尚書曰：荊及衡陽惟荊州。孔安國曰：衡山之陽。漢書有鴈門郡。奮隼歸鳧[75]，沸卉軿訇。奮，迅聲也[76]。隼，小鷹也。善曰：周易曰：射隼高墉之上。軿，芳耕切。訇，火宏切。眾形殊聲，不可勝論。論，說也。善曰：廣雅曰：勝，舉也。

「於是孟冬作陰，寒風肅殺。寒氣急殺於萬物。孟冬十月，陰氣始盛，萬物彫落。善曰：禮記曰：孟秋天氣始肅，仲秋殺氣浸盛。雨雪飄飄，冰霜慘烈。飄飄，雨雪貌。慘烈，寒也。善曰：李陵書曰：邊土慘烈。百卉具零，剛蟲搏摯。草木零落，陰氣盛殺，鷹犬之屬，可摯擊也。善曰：毛詩曰：百卉具腓。禮記曰：季秋，豺祭獸戮禽也。爾乃振天維，衍地絡。維，綱也。絡，網也。謂其大如天地矣。振，整理也。衍，申布也。善曰：衍，以善切。蕩川瀆，簸林薄。林薄，草木叢生也。蕩，動也。簸，揚也。謂驅獸也。鳥畢駭，獸咸作。草伏木棲，寓居穴託。謂禽獸驚走，得草則伏，遇木則棲，非其常處，苟寄而居，值穴而託。為人窮迫之意。起彼集此，霍繹紛

73 注「又曰」 案：此二字當作「毛萇詩傳曰」五字。各本與上互誤。此節注所引「郭璞曰鮦也」在釋魚，所引「又曰鮪鱣屬鯢似鮎」亦在釋魚；所引「毛萇詩傳曰」云云在魚麗首章。今脫落顛倒，絕不可通，為之訂正如此。

74 注「孟春鴻來」 袁本、茶陵本「鴻」下有「鴈」字，是也。

75 奮隼歸鳧 袁本「奮」作「集」，校語云善作「奮」。茶陵本校語云五臣作「集」。案：各本所見，皆非也。薛自作「集」，「集隼」與「歸鳧」對文，承上四句而言，猶楊子雲以「鴈集」與「鳧飛」對文也。善必與薛同，則與五臣亦無異，傳寫譌「奮」耳。二本校語，但據所見而為之。凡如此例者，全書不少，詳見每條下。

76 注「奮迅聲也」 袁本、茶陵本無此四字。案：無者最是。詳袁、茶陵所載五臣濟注有「沸卉砰訇，鳥奮迅聲」之語，既不得於「奮」字讀斷，亦不得移作上句之解。尤不察所見正文「奮」為「集」之誤，乃割取五臣增多薛注以實之，斯誤甚矣。

泊。謂為彼人所驚，而來集此人之前。霍繹紛泊，飛走之貌。在彼靈囿之中，前後無有垠鍔。言禽獸之多，前卻顧視，無復齊限也。善曰：靈囿，已見東都賦。淮南子曰：出於無垠鄂之門。許慎曰：垠鍔，端崖也。虞人掌焉，爲之營域。虞人，掌禽獸之官。善曰：周禮曰：山虞，若大田獵，則萊山之野。焚萊平場，柞木翦棘。善曰：周禮曰：牧師贊焚萊。毛萇詩傳曰：萊，草也。賈逵國語曰[77]：槎，邪斫也。柞與槎同，仕雅切。左氏傳曰：翦其荊棘。結罝音嗟百里，迒杜蹊塞。罝，網也。迒，道也。蹊，徑也。皆以網杜塞之也。善曰：迒，公郎切。小雅曰：杜，塞也。麀鹿麌麌，駢田偪仄。鹿牝曰麀。麌麌，形貌。駢田偪仄，聚會之意。善曰：毛詩曰：麀鹿攸伏。麀，於牛切。麌，魚矩切。天子乃駕彫軫，六駿駮。彫，畫也。天子駕六馬。駮，白馬而黑畫為文如虎者。戴翠帽，倚金較。翠羽為車蓋，黃金以飾較也。古今注曰：車耳重較，文官青，武官赤。或曰：車蕃上重起如牛角也。善曰：毛詩曰：猗重較兮[78]。音角。說文曰：較，車輢上曲鉤也。較，工卓切。輢，一倚切。璿弁玉纓，遺光儵音叔爚。弁，馬冠也。又髦[79]以璿玉作之。纓，馬鞅也。以玉飾之。遺，餘也。儵爚，有餘光也。爚，音藥。建玄弋，樹招搖。玄弋，北斗第八星名，為矛頭，主胡兵。招搖，第九星名，為盾。今鹵簿中畫之於旗，建樹之以前驅。善曰：禮記曰：招搖在上，急繕其怒。鄭玄曰：繕讀曰勁。畫招搖星於其上，以起軍堅勁，軍之威怒，象天帝也。棲鳴鳶，曳雲梢。禮記曰：前有塵埃，則載鳴鳶。棲，謂畫其形於旗上。雲梢，謂旌旗之流，飛如雲也。善曰：高唐賦曰：建雲旆。弧旌枉矢，虹旃蜺旄。弧，星名。通帛為旃。雄曰虹，雌曰蜺。善曰：周禮曰：弧旌枉矢，以象牙飾[80]。楚辭曰：建雄虹之采旄。上林賦曰：拖蜺旌也。華蓋承辰，天畢前驅。華蓋星覆北斗，王者法而作之。畢，網也，象畢星也，前驅載之。善曰：劉歆遂初賦曰：奉華蓋於帝側。韓詩曰：伯也

---

77 注「賈逵國語曰」　何校「語」下添「注」字，陳同，是也。各本皆脫。

78 注「猗重較兮」　袁本、茶陵本「猗」作「倚」，是也。

79 注「馬冠也又髦」　案：「又」當作「叉」。各本皆譌。

80 注「弧旌枉矢以象牙飾」　案：「牙飾」當作「弧也」。各本皆誤。

執殳，為王前驅。**千乘雷動，萬騎龍趨。**善曰：東都賦曰：千乘雷起，萬騎紛紜。**屬車之箠，載獫獄獢。**大駕最後一乘懸豹尾，以前為省中侍御史載之。箠，副也。善曰：古今注曰：豹尾車，同制也[81]，所以象君豹變。言尾者謹也。屬車，已見東都賦。毛詩曰：輶車鸞鑣，載獫猲獢[82]。毛萇曰：獫、猲獢，皆田犬也。長喙曰獫，短喙曰猲獢。箠，初遘切。獫，呂驗切。獢，許喬切。**匪唯翫好，乃有祕書。小說九百，本自虞初。**小說，醫巫厭祝之術，凡有九百四十三篇。言九百，舉大數也。善曰：漢書曰：虞初周說九百四十三篇。初，河南人也[83]。武帝時以方士侍郎[84]，乘馬，衣黃衣，號黃車使者。小說家者流，蓋出於稗官[85]。應劭曰：其說以周書為本。**從容之求，寔俟寔儲。**持此祕術，儲以自隨，待上所求問，皆常具也。善曰：尚書曰：從容以和。爾雅曰：俟，待也。說文曰：儲，具也。**於是蚩尤秉鉞，奮鬣被般。**善曰：山海經曰：蚩尤作兵，伐黃帝。史記曰：黃帝與蚩尤戰於涿鹿之野。蒼頡篇曰：鉞，斧也。毛萇曰：鬣[86]般，虎皮也。上林賦曰：被班文。般與班，古字通。**禁禦不若，以知神姦。螭魅魍魎，莫能逢旃。**善曰：左氏傳曰：王孫滿謂楚子曰：昔夏鑄鼎象物，使人知神姦。故人入川澤，不逢不若，螭魅魍魎，莫能逢旃。杜預曰：若，順也。說文曰：螭，山神，獸形。魅，怪物。魍魎，水神。毛萇詩傳曰：旃，之也。**陳虎旅於飛廉，正壘壁乎上蘭。**陳，列也。善曰：周

---

[81] 注「同制也」　何校「同」改「周」，陳同，是也。各本皆譌。

[82] 載獫獄獢　案：「獄」當作「猲」。茶陵本作「猲」，校語云五臣作「獄」。袁本作「獄」，用五臣也。二本注中字，善「猲」，五臣「獄」，皆不誤。袁但正文失著校語。尤注中上二字「猲」，末一字并改為「獄」，歧出，非也。「猲」、「獄」同字。凡善、五臣之異，不必其字不可通也。各還所本來，而同字亦較然分別矣。全書例如此。

[83] 注「虞初周說九百四十三篇初河南人也」　袁本、茶陵本此十五字作「虞初者洛陽人明此醫術」十字。

[84] 注「以方士侍郎」　袁本、茶陵本無此五字。

[85] 注「小說家者流蓋出於稗官」　袁本、茶陵本「小」上有「周說九百四十三篇」八字，無「流」字、「於」字。案：此節注，初同二本，後尤修改也。

[86] 注「毛萇曰鬣」　案：「萇」當作「長」。各本皆譌。以四字為一句也。

禮，虎賁，下大夫。旅賁氏，中士也。飛廉、上蘭，已見西都賦。結部曲，整行伍。善曰：司馬彪續漢書曰：大將軍營五部，部有校尉一人，部下有曲，曲有軍候一人。左傳曰：行出犬雞。杜預云：二十五人為行，行亦卒之行列也。周禮曰：五人為伍。燎京薪，駴雷鼓。積高為京。燎謂燒之。善曰：周禮曰：鼓皆駭。鄭玄曰：雷擊鼓曰駭。駭與駴同。縱獵徒，赴長莽。莽，草。長，謂深且遠也。方言曰：草，南楚之間謂之莽。迾卒清候，武士赫怒。善曰：鄭玄禮記注曰：迾，遮也。迾，旅結切。清候，清道候望也。鄭玄毛詩箋曰：赫，怒意也。緹衣韎韐，睢盱拔扈。善曰：緹衣韎韐，武士之服。字林曰：緹，帛丹黃色，他迷切。毛詩曰：韎韐有奭。毛萇曰：韎者，茅蒐染也。字林曰：睢，仰目也。盱，張目也。睢，火隹切。盱，火于切。毛詩曰：無然畔援。鄭玄曰：畔換，猶拔扈[87]。拔與跋，古字通。光炎燭天庭，囂聲震海浦。燭，照也。海浦，四瀆之口。善曰：解嘲曰：未仰天庭。鄭玄周禮注曰：囂，讙也，許朝切。河渭為之波蕩，吳嶽為之陁雉堵。波蕩，搖動也。陁，落也。善曰：漢書曰：自華西名山七，一曰吳山。郭璞云：吳、岳，別名。百禽㥄遽，騤瞿奔觸。㥄，猶怖也。遽，促也。騤瞿，走貌。奔觸，唐突也。善曰：羽獵賦曰：虎豹之㥄遽。白虎通曰：禽，鳥獸之總名，為人禽制。㥄，音陵。遽，渠庶切。騤，音逵。瞿，巨駒切。喪精亡魂，失歸忘趨。投輪關輻，不邀自遇。言禽獸亡失精魂，不知所當歸趨也。反關入輪輻之間，不須邀逐，往自得之。趣，向也[88]。邀，遮也。飛罕潚箾，流鏑㩧爆。潚箾，罕形也。㩧爆，中聲也。善曰：說文曰：罕，網也。潚，音肅。箾，音朔。㩧，普麥切。爆，芳邈切。矢不虛舍，鋋不苟躍。舍，放也。躍，跳也。矢鋋跳躍，必有獲矣。善曰：說文曰：鋋，小戈也。當足見蹍，值輪被轢。音歷。足所蹈為碾，車所加為轢。善曰：蹍，女展切。僵禽斃獸，爛若磧七亦切礫。僵，仆

---

87 注「猶拔扈」 袁本、茶陵本「扈」下有「也」字，是也。「拔」疑「跋」之誤，正文作「拔」，下云「拔」與「跋」古字通，似善引箋作「跋」也。否則正文作「跋」，為與五臣無異。乃與此注相應耳。

88 注「趣向也」 案：「趣」當作「趨」。各本皆誤。

也。石細者曰礫。謂所獲禽鳥，爛然如聚細石也。但觀罝羅之所羂結，竿殳之所揘畢。羂，絓也。結，縛也。竿，竹也。殳，杖也。八稜長丈二無刃，或以木為之，或以竹為之。揘畢，謂撞挃也。善曰：羂，古犬切。揘，音橫。畢，于筆切，又音筆。叉蔟之所攙捔，徒搏之所撞挃。攙捔，貫刺之。撞挃，猶揘畢也。善曰：蔟，楚角切。攙，士銜切。捔，助角切。撞，直江切。挃，房結切。白日未及移其晷[89]，已獮思衍切其什七八。晷，景也。獮，殺也。言日景未移，禽獸什已殺七八矣。善曰：漢書，張竦曰：日不移晷，霍然四除。

「若夫游鷮高翬，絕阬踰斥。雉之健者為鷮，尾長六尺。詩云：有集唯鷮。翬，翬飛也[90]。斥，澤崖也。善曰：鷮，舉喬切。阬，音剛。斥，音尺。毚兔聯猭，陵巒超壑。毚，狡兔也。聯猭，走也。巒，山也。壑，阬谷也。自遊鷮至此，皆說禽獸輕狡難得也。善曰：毛詩曰：趯趯毚兔。音讒。猭，勑緣切。比諸東郭，莫之能獲。善曰：戰國策，淳于髡曰：夫韓國盧，天下之駿狗也；東郭㕙，海內之狡兔也。環山三，騰岡五，韓盧不能及之。鄭玄禮記注曰：比，猶比方也。孔安國尚書傳曰：諸，之也。乃有迅羽輕足，尋景追括。迅羽，鷹也。輕足，好犬也。括，箭括之御弦者[91]。鳥不暇舉，獸不得發。舉，飛也。發，駭走也。善曰：高唐賦曰：飛鳥未及起，走獸未及發。青骹摯於韝溝下，韓盧噬於緤末。青骹，鷹青脛者善。曰[92]韓盧犬，謂黑色毛也。摯，擊也。噬，齧也。緤，攣也。韝，臂衣。鷹下韝而擊，犬攣末而齧，皆謂急搏不遠而獲。善曰：說文曰：骹，脛也。戰國策[93]，淳于髡曰：韓國盧者，天下之駿狗也。骹，

---

89 白日未及移其晷　袁本、茶陵本無「其」字。案：此尤衍。

90 注「翬翬飛也」　茶陵本不重「翬」字，袁本與此同。案：似重者是。

91 注「括箭括之禦弦者」　陳云「御」當作「銜」。案：「之」字不當有。各本皆誤。

92 注「鷹青脛者善曰」　袁本無「曰」字，茶陵本與此同。案：袁本最是。「善」字屬上讀，以五字為一句，下文注「象鼻赤者怒」句例正同。自此下盡「不遠而獲」，皆薛注也。尤、茶陵甚誤。

93 注「戰國策」下至「天下之駿狗也」案：依善例，當作「韓盧已見上文」，此十七字不當有。各本皆誤。此類不盡出。

苦交切。緤，音薛。禮記曰：犬[94]則執緤。鄭玄注曰：緤、紖、靮，皆所以繫制之者。守犬、田犬問名，畜養者當呼之名，謂若韓盧、宋鵲之屬。**及其猛毅髬髵，隅目高匡。**髬髵，作毛鬣也。隅目，角眼視也。高匡，深瞳子也。皆謂猛獸作怒可畏者。善曰：髬，普悲切。髵，音而。**威懾兕虎，莫之敢伉。**兕，水牛類也。伉，當也。謂獸猛，兕虎且猶畏之，人無敢當之者。善曰：鄭玄毛詩箋曰：懾，恐懼也。伉，古郎切。**迺使中黃之士，育獲之儔，朱鬘鬣髽[95]，植髮如竿。**絳帕額，露頭髻，植髮如竿，以擊猛獸，能服之也。善曰：尸子曰：中黃伯曰：余左執泰行之獶，而右搏雕虎。戰國策，范睢說秦王曰：烏獲之力焉而死，夏育之勇焉而死。說文曰：鬘，帶髻頭飾也。通俗文曰：露髻曰鬣，以麻雜為髻，如今撮也。鬘，莫亞切。髽，士瓜切。鬣，作計切。**袒裼戟手，奎踽盤桓。**奎踽，開足也。盤桓，便旋也。善曰：毛詩曰：袒裼暴虎。左傳曰：戟其手。廣雅曰：盤桓，不進也。奎，欺棰切。踽，去禹切。**鼻赤象，圈巨狿。**象鼻赤者怒。巨狿，麢也。怒走者為狿。謂能戾象鼻，又穿麢以著圈。善曰：說文曰：圈，畜閑也，其兗切。狿，音延。**摣狒猬，批窳狻。**鸓，獸身人面，身有毛，被髮迅走，食人[96]。猬，其毛如刺。窳，窫窳也，類貙虎，亦食人。狻，狻猊也，一曰師子。摣、批，皆謂戟撮之。善曰：摣，子加切。狒，房沸切。猬，音謂。批，側倚切。窳，音庾。狻，音酸。猊，五奚切。**指枳落，突棘藩。**善曰：字林曰：指，摩也，口階切。說文曰：枳，木似橘，居紙切。杜預左氏傳注曰：藩，籬也。落，亦籬也。**梗林爲之靡拉，朴叢爲之摧殘。**靡拉、摧殘，言指突之，皆擗碎毀拆也。拉，郎答切。善曰：方言曰：凡草木刺人為梗，古杏切。毛萇詩傳曰：樸，包木也，補木切。**輕銳僄狡趫捷之徒，**輕銳，謂便利捷疾也。言如此者多也。**赴洞穴，探封狐。陵重巘，獵昆駼。**洞穴，深且通也。探，取也。封，大也。陵，猶升也。山之上大下小者曰巘。昆

---

94 注「禮記曰犬」下至「謂若韓盧宋鵲之屬」 袁本、茶陵本無此四十二字。

95 朱鬘鬣髽 案：「鬣」當作「鬣」。廣韻十三祭「鬣，露髻」，即出此。善注引通俗文「露髻曰鬣」及善音「作計切」也。各本所見，皆傳寫誤。

96 注「虎亦食人」 案：「亦」當作「爪」。各本皆誤。

駼，如馬，跂蹄，善登高。言能升重巘之嶺，而獵取昆駼之獸。善曰：巘，言兗切。駼，音途。杪木末，擭獑猢。杪，猶表也。獑猢，猨類而白，腰以前黑，在木表。擭，謂掘取之也。善曰：杪，音眇。擭，於白切。獑，在銜切。猢，音胡。超殊榛，摕飛鼯。殊，猶大也。榛，木也。摕，捎取之也。善曰：爾雅曰：鼯鼠，夷由。郭璞曰：狀如小狐，肉翅，飛且乳。摕，大結切。鼯，音吾。

「是時後宮嬖人昭儀之倫，嬖，幸也。昭儀，後宮官也。常亞於乘輿。亞，次也。乘輿，天子所乘車。慕賈氏之如皐，樂北風之同車。善曰：左氏傳曰：賈大夫惡，取妻三年不言不笑。御以如皐，射雉獲之，其妻始笑而言。杜預曰：賈國之大夫。詩北風曰：惠而好我，攜手同車。盤于游畋，其樂只且。盤，樂也。善曰：尚書曰：不敢盤于遊畋。毛詩曰：其樂只且。辭也[97]，子余切。於是鳥獸殫，目觀窮。殫，盡也。窮，極也。所觀畢也。遷延邪睨，集乎長楊之宮。遷延，退旋也。善曰：高唐賦曰：遷延引身也。說文曰：睨，斜視也，魚計切。息行夫，展車馬。息，休也。善曰：左氏傳曰：子反令軍吏，繕甲兵，展車馬。鄭玄禮記注曰：展，整也，張輦切。收禽舉胔，數課眾寡。胔，死禽獸將腐之名也。數，計。課，錄。校所得多少。善曰：胔取肉名，不論腐敗也。置互擺牲，頒賜獲鹵。互，所以挂肉。擺，謂破磔懸之。頒，謂以所鹵獲之禽獸賜士眾也。善曰：擺，芳皮切。漢書音義曰：鹵與虜同。割鮮野饗，犒勤賞功。謂饗食士眾於廣野中，勞勤苦，賞有功。善曰：子虛賦曰：割鮮染輪。杜預左氏傳曰[98]：犒，勞也。犒，苦到切。五軍六師，千列百重。善曰：漢官儀，漢有五營。五軍，即五營也。周禮，天子六軍。六師，即六軍也。尚書曰：張皇六師。千列，列千人也。酒車酌醴，方駕授饔。酒肴皆以車布之。善曰：鄭玄儀禮注曰：方，併也。杜預左氏傳注曰：熟曰饔。升觴舉燧，既釂鳴鐘。燧，火也。謂行

---

97 注「其樂只且辭也」　袁本、茶陵本重「且」字，是也。

98 注「杜預左氏傳曰」　何校「傳」下添「注」字，是也。各本皆脫。

酒舉烽火以告眾也。以釂，鳴鍾鼓也。善曰：升，進也。說文曰：釂，飲酒盡也，焦曜切。膳夫馳騎，察貳廉空。膳夫，宰夫也。察、廉，皆視也。貳為兼重也。空，減無也[99]。言宰人騎馬行視，肴有兼重及減無者。善曰：禮記曰：御同於長者，雖貳不辭。鄭玄曰：貳，重也。肴，膳也。炙炰夥，清酤𢾊。皇恩溥，洪德施[100]。詩有炰鼈。清酤，美酒也。善曰：史記曰：楚人謂多為夥。音禍。毛詩曰：既載清酤。音戶。廣雅曰：𢾊，日多也[101]。音支。皇，皇帝。普，博施也。徒御悅，士忘罷。善曰：毛詩曰：徒御不驚。毛萇曰：徒，輦者也。御，御馬也。罷，音皮。巾車命駕，迴斾右移。巾車，主車官也。回車右轉，將旋也。善曰：孔叢子，歌曰：巾車命駕，將適唐都。鄭玄周禮注曰：巾猶衣也。相羊乎五柞之館，旋憩乎昆明之池。相羊，仿羊也。池，即所謂靈沼也。善曰：楚辭曰：聊逍遙以相羊。憩，息也。登豫章，簡矰紅。豫章，池中臺也。簡，省也。繳，射矢，長八寸，其絲名矰。音曾。蒲且發，弋高鴻。善曰：列子，蒲且子之弋，弱矢纖繳，射乘風而振之，連雙鶬於青雲也。且，子余切。挂白鵠，聯飛龍。挂，矢絲挂鳥上也。飛龍，鳥名也。磻不特絓，往必加雙。沙石膠絲為磻。非徒獲一而已，必雙得之。善曰：說文曰：磻，似石著繳也[102]。磻，音波。絓，音卦。

「於是命舟牧，為水嬉。舟牧，主舟官。嬉，戲也。善曰：禮記曰：舟牧覆舟。琴道，雍門周曰：水嬉則艕龍舟。浮鷁首，翳雲芝。船頭象鷁鳥，厭水神，故天子乘之。翳，覆也。為畫芝草及雲氣以為船覆飾也。善曰：淮南子曰：龍舟鷁首。甘泉賦曰：登夫鳳皇而翳華芝。垂翟葆，建羽旗。謂垂羽翟為葆蓋飾，建隼羽為旌旗也。善曰：琴

---

99 注「空減無也」 袁本、茶陵本「減」作「滅」，下同。案：此尤改之也。

100 皇恩溥洪德施又注「皇皇帝普博施也」 茶陵本正文下校語云善無此二句。袁本有，無校語。尤初亦無，後脩改添入注七字。

101 注「𢾊日多也」 案：「日」字不當有。各本皆衍。

102 注「似石著繳也」 何校「似」改「以」，陳同，是也。各本皆譌。

道，雍門周曰：水嬉則建羽旗。齊枻女，縱櫂歌。善曰：枻女，鼓枻之女。漢書音義，韋昭曰：枻，楫也，楊至切。櫂歌，引櫂而歌也。西都賦曰：櫂女謳。漢武帝秋風辭曰：發櫂歌。方言曰：楫或謂之櫂。郭璞曰：今云櫂歌也，直教切。發引和，校鳴葭。奏淮南，度陽阿。發引和，言一人唱，餘人和也。葭，更校急之乃鳴。和，胡臥切。杜摯葭賦曰：李伯陽入西戎所造。漢書曰：有淮南鼓員[103]四人。謂舞人也。淮南子曰：足蹀陽阿之舞。感河馮，懷湘娥。善曰：感，動也。莊子曰：馮夷得道，以潛大川。說文曰：懷，念思也。楚辭曰：帝子降兮北渚。王逸曰：言堯二女娥皇、女英，隨舜不及，墮湘水中，因為湘夫人。驚蝄蜽，憚蛟蛇。蝄蜽，水神。蛟，龍類。驚、憚，謂皆使駭怖也。善曰：楊雄蜀都賦曰：其深則有水豹蛟蛇也。然後釣魴鱧，纚鰋鮋。纚，網如箕形，狹後廣前。魴、鱧、鰋、鮋，皆魚名。善曰：纚，所買切。鮋，長由切。摭紫貝，搏耆龜。搏、摭，皆拾取之名。耆，老也。龜之老者神。善曰：相貝經曰：赤電黑雲謂之紫貝。楚辭曰：耆蔡兮踴躍。王逸曰：蔡，龜也。摭，之石切。搤水豹，馽潛牛。水豹、潛牛，皆謂水處也。善曰：說文曰：搤，捉也。楊雄蜀都賦曰：水豹蛟蛇。說文曰：馽，絆馬也。上林賦曰：沈牛麈麋。南越誌：潛牛，形角似水牛。搤，音戹。馽，中立切。澤虞是濫，何有春秋？澤虞，主水澤官。濫，施罛罔也。言不順時節，常設之也。善曰：周禮曰：澤虞掌國澤之政。國語曰：魯宣公濫於泗流。擿漻澥，搜川瀆。布九罭[104]，設罜麗。漻澥，小水別名。擿、搜，謂一一周索也。善曰：毛詩曰：九罭之魚鱒魴。爾雅曰：九罭，魚網。國語，里革曰：罝禁罜麗[105]。韋昭曰：罜麗，小網也。擿，土狄切。漻，音了。澥，音蟹。罭與緎，古字通。罭，音域。罜，音獨。麗，音鹿。摷昆鮞，殄水族。昆，魚子。鮞，細魚[106]。

---

103 注「漢書曰有淮南鼓員」 案：「曰」字不當有。各本皆衍。

104 布九罭 案：「罭」當作「緎」。善注「罭」與「緎」古字通，謂引毛詩、爾雅之「罭」與正文之「緎」通也。蓋善「緎」、五臣「罭」，而各本亂之。

105 注「罝禁罜麗」 案：「罝」字不當有。此蓋有依國語記「罝」字於「罜」旁者，而誤在「禁」上也。

106 注「鮞細魚」 袁本「鮞」作「鱬」，茶陵本亦作「鮞」，下同。案：「鱬」即「鮞」別體字，蓋袁所見正文是「鱬」也。

族類也。摷、殄，言盡取之。摷，責交切。善曰：國語，里革曰：魚禁鯤鮞。鯤，音昆。鮞，音而。**蘧藕拔，蜃蛤剝。**蘧，芙蕖。蜃，蛤蚌也。善曰：蜃，音腎。**逞欲畋魰，效獲麑麌。**逞，極也。鹿子曰麑，麋子曰麌。善曰：左氏傳，季良曰：今民餒而君逞欲。廣雅曰：逞，快也。孔安國尚書傳曰：田，獵也。田與畋同。說文曰：魰，捕魚也。音魚。國語曰：獸長麑麌。麑，音迷。麌，烏老切。**摎蓼浶浪，**所求徧也。善曰：摎，古巧切。蓼，音老。浶，音勞。浪，音郎也。**乾池滌藪。**善曰：孔安國尚書傳曰：滌，除也。鄭玄禮記注曰：藪，大澤。**上無逸飛，下無遺走。攫胎拾卵，蚳蝝盡取。**善曰：國語曰：鳥翼鷇卵，蟲舍蚳蝝。韋昭曰：蚳，蟻子也，可以為醢。蝝，復陶也，可食。未乳曰卵。蚳，直尸切。蝝，音緣。取，蒼苟切。**取樂今日，遑恤我後？**皇，暇也。言且快今日之苟樂，焉能復顧後日之長久也。善曰：毛詩曰：我躬不閱，遑恤我後。**既定且寧，焉知傾陁？**天下已定，貴在安樂，極意恣心，何能復顧後日傾壞也。陁，音雉。

「大駕幸乎平樂，張甲乙而襲翠被。平樂館，大作樂處也。襲，服也。李尤樂觀賦曰[107]：設平樂之顯觀，處金商之維限。善曰：班固漢書贊曰：孝武造甲乙之帳，襲翠被，馮玉几。音義曰：甲乙，帳名也。左氏傳曰：楚子翠被。杜預曰：翠羽飾被。披義切。**攢珍寶之玩好，紛瑰麗以奓靡。**攢，聚也。紛，猶雜也。瑰，奇也。麗，美也。奓靡，奢放也。**臨迥望之廣場，程角觝之妙戲。**程，謂課其技能也。善曰：漢書曰：武帝作角觝戲。文穎曰：秦名此樂為角觝。兩兩相當，角力技藝射御，故名角觝也。**烏獲扛鼎[108]，都盧尋橦。**善曰：史記曰：秦武王有力士烏獲、

---

107 注「李尤樂觀賦曰」 案：「樂」上當有「平」字。各本皆衍。陳雲別本有，今未見。

108 烏獲扛鼎 案：「扛」當作「舡」。善注云「扛」與「舡」同，謂引說文之「扛」與正文之「舡」同也。蓋善「舡」、五臣「扛」，而各本亂之。

孟說，皆大官。王與孟說舉鼎。說文曰：扛，橫開對舉也[109]。扛與舡同[110]，古尨切。漢書曰：武帝享四夷之客，作巴俞、都盧。音義曰：體輕善緣。橦，直江切。**衝狹鷰濯，胸突銛鋒。**卷簟席，以矛插其中，伎兒以身投從中過。鷰濯，以盤水置前，坐其後，踴身張手跳前，以足偶節踰水，復卻坐，如鷰之浴也。善曰：漢書音義曰：銛，利也，息廉切。**跳丸劍之揮霍，走索上而相逢。**揮霍，謂丸劍之形也。索上，長繩繫兩頭於梁，舉其中央，兩人各從壹頭上，交相度，所謂儛絙者也。跳，都彫切。**華嶽峩峩，岡巒參差。神木靈草，朱實離離。**華山為西嶽。峩峩，高大貌。參差，低仰貌。神木，松柏靈壽之屬。靈草，芝英朱赤也。離離，實垂之貌。善曰：西都賦曰：靈草冬榮，神木叢生。毛詩曰：其桐其椅，其實離離。毛萇曰：離離，垂也。**總會僊倡，戲豹舞羆。白虎鼓瑟，蒼龍吹篪。**仙倡，偽作假形，謂如神也。羆豹熊虎[111]，皆為假頭也。**女娥坐而長歌，聲清暢而蜲蛇。**蜲蛇，聲餘詰曲也。善曰：女、娥，娥皇、女英也。**洪涯立而指麾，被毛羽之襳襹。**洪涯，三皇時伎人。倡家託作之，衣毛羽之衣。襳，衣毛形也[112]。善曰：襳，所炎切。襹，史宜切。**度曲未終，雲起雪飛。初若飄飄，後遂霏霏。**飄飄、霏霏，雪下貌。皆巧偽作之。善曰：班固漢書曰：元帝自度曲。瓚曰：度曲歌終，更授其次，謂之度曲。毛詩曰：雨雪霏霏。**複陸重閣，轉石成雷。**複陸，複道閣也。於上轉石，以象雷聲。**礔礰激而增響，磅礚象乎天威。**增響，委聲也[113]。磅礚，雷霆之音，如天之威怒。善曰：礔，敷赤切。磅，怖萌切。礚，古蓋切。**巨獸百尋，是為曼延**去聲**。**作大獸，長八十丈，所謂蛇龍曼延也。善曰：漢書曰：武帝作漫衍之戲也。**神山崔巍，欻從背見。**欻之言忽也。偽所作也。獸從東來，當觀

109 注「橫開對舉也」 案：「開」當作「關」。各本皆譌。
110 注「扛與舩同」 袁本、茶陵本「舩」作「舡」。案：此尤改之也。
111 注「羆豹熊虎」 案：「熊」當作「龍」。各本皆誤。
112 注「襳衣毛形也」 案：「衣」當作「襹」。各本皆誤。
113 注「委聲也」 袁本、茶陵本「委」作「重」，是也。案：此與上注「重聲也」可互證，皆尤改之而誤。

樓前。背上忽然出神山崔巍也。欻，許律切。熊虎升而挐攫，猨狖超而高援。皆偽所作也。善曰：挐攫，相搏持也。挐，奴加切。攫，居縛切。怪獸陸梁，大雀踆踆。皆偽所作也。陸梁，東西倡佯也。踆踆，大雀容也。七輪切。善曰：尸子曰：先王豈無大鳥怪獸之物哉？然而不私也。白象行孕，垂鼻轔囷。偽作大白象，從東來，當觀前，行且乳，鼻正轔囷也。善曰：轔，音鄰。囷，巨貧切。海鱗變而成龍，狀蜿蜿以蝹蝹。海鱗，大魚也。初作大魚，從東方來，當觀前，而變作龍。蜿蜿、蝹蝹，龍形貌也。善曰：蜿，於袁切。蝹，於君切。含利颬颬，化爲仙車。驪駕四鹿[114]，芝蓋九葩。含利，獸名。性吐金，故曰含利。颬颬，容也。驪，猶羅列駢駕之也。以芝為蓋，蓋有九葩之采也。善曰：颬，呼加切。蟾蜍與龜，水人弄蛇。作千歲蟾蜍及千歲龜，行舞於前也。水人，俚兒，能禁固弄蛇也。善曰：蟾，昌詹切。蜍，市余切。奇幻儵忽，易貌分形。儵忽，疾也。易貌分形，變化異也。善曰：幻，下辦切。吞刀吐火，雲霧杳冥。善曰：西京雜記曰：東海黃公，立興雲霧。漢官典職曰：正旦作樂，漱水成霧。楚辭曰：杳冥兮晝晦。畫地成川，流渭通涇。善曰：西京雜記曰：東海黃公，坐成山河。又曰：淮南王好方士，方士畫地成河。東海黃公，赤刀粵祝音呪。東海有能赤刀禹步，以越人祝法厭虎者，號黃公。又於觀前為之。冀厭白虎，卒不能救。善曰：西京雜記曰：東海人黃公，少時能幻，制蛇御虎，常佩赤金刀。及衰老，飲酒過度，有白虎見於東海，黃公以赤刀往厭之，術不行，遂為虎所食。故云不能救也。皆偽作之也。挾邪作蠱，於是不售。蠱，惑也。售，猶行也。謂懷挾不正道者，於是時不得行也。爾乃建戲車，樹修旃。樹，植也。旃，謂旝也。建之於戲車上也。侲僮程材，上下翩翻。侲之言善。善童，幼子也。程，猶見也。材，伎能也。翩翻，戲橦形也。善曰：史記，徐福曰：海神云，若侲

---

114 驪駕四鹿　案：「驪」當作「麗」，薛注云「驪猶羅列駢駕之也」。「驪」亦當作「麗」。唯薛正文作「麗」，故如此注之。若作「驪」不可通。善必與薛同。袁、茶陵二本所載五臣濟注云「仍以驪馬駕之」，是其本乃作「驪」。各本以之亂善而失著校語，又并薛注中字改為「驪」，甚非。

女即得之矣。侲，之刃切。突倒投而跟絓，譬隕絕而復聯。突然倒投，身如將墜，足跟反絓橦上，若已絕而復連也。善曰：投，他豆切。說文曰：跟，足踵也，音根。百馬同轡，騁足並馳。於橦子作其形狀。善曰：陸賈新語曰：楚平王增駕，百馬同行也。橦末之伎，態不可彌。彌，猶極也。言變巧之多，不可極也。彎弓射乎西羌，又顧發乎鮮卑。彎，挽弓也。鮮卑，在羌之東，皆於橦上作之。善曰：魏書曰：鮮卑者，東胡之餘也。別保鮮卑山，因號焉。

「於是眾變盡，心酲醉。盤樂極，悵懷萃。酲，飽也。萃，猶至也。於是遊戲畢，心飽於悅樂，悵然思念所當復至也。善曰：孟子曰：盤游飲酒，馳騁田獵。陰戒期門，微行要屈。要或為徼。善曰：期門，已見西都賦。漢書曰：武帝微行所出。張晏曰：騎出入市里，不復警蹕，若微賤之所為，故曰微行。要屈，至尊同乎卑賤也。降尊就卑，懷璽藏紱。天子印曰璽。紱，綬也。懷藏之自同卑者也。便旋閭閻，周觀郊遂。善曰：閭，里門也。閻，里中門也。郊，已見西都賦。周禮有六遂也。若神龍之變化，章后皇之為貴。龍出則昇天，潛則泥蟠，故云變化。章，明也。天子稱元后。皇，漢帝稱也。善曰：管子曰：龍被五色，欲小則如蠶蠋，欲大函天地也。然後歷掖庭，適驩館。掖庭今官[115]，主後宮，擇所驩者乃幸之。捐衰色，從嬿婉。嬿婉，美好之貌。善曰：毛詩序曰：華落色衰。韓詩曰：嬿婉之求。嬿婉，好貌。嬿，於見切。婉，於萬切。捐，棄也。促中堂之陿坐，羽觴行而無筭。中堂，中央也。善曰：楚辭曰：瑤漿蜜勺實羽觴。漢書音義曰：羽觴，作生爵形。儀禮曰：無筭爵。鄭玄曰：筭，數也。祕舞更奏，妙材騁伎。祕，言希見為奇也。更，遞也。奏，進也。妖蠱豔夫夏姬，美聲暢於虞氏。善曰：左氏傳，子產曰：在周易，女惑男謂之蠱。音古。又左氏傳曰：楚莊王欲納夏姬。杜預曰：夏姬，鄭穆公女，陳大夫御叔妻。七略曰：漢興，善歌者魯人虞公，發聲動梁上塵。暢，條暢也，勑亮切。蠱，媚也。始徐進而嬴形，似不任乎羅綺。嚼

115 注「掖庭今官」 陳云「今」當作「令」，是也。各本皆譌。

清商而卻轉，增嬋蜎以此豸音雉。清商，鄭音。嬋蜎、此豸，姿態妖蠱也。善曰：宋玉笛賦曰：吟清商，追流徵。嬋，音蟬。蜎，於緣切。紛縱體而迅赴，若驚鶴之羣罷[116]。縱體，舞容也。迅疾赴節相越也。相鶴經曰：後七年學舞，又七年舞應節。振朱屣於盤樽，振，猶掉也。朱屣，赤絲履也。奮長袖之颯纚。舞人特作長袖。颯纚，長貌也。善曰：韓子曰：長袖善舞。颯，素合切。纚，所倚切。要紹修態，麗服颺菁。要紹，謂嬋娟作姿容也。修，為也。態，嬌媚意也。菁，華英也。善曰：楚辭曰：夸容脩態。要，於妙切。菁，音精。眳藐流眄，一顧傾城。眳，眉睫之間。藐，好視容也。流眄，轉眼貌也。眳，亡井切。善曰：漢書，李延年歌曰：北方有佳人，絕世而獨立。一顧傾人城，再顧傾人國。展季桑門，誰能不營？善曰：國語曰：臧文仲聞柳下惠之言。韋昭曰：柳下，展禽之邑。季，字也。家語曰：昔有婦人，召魯男子，不往，婦人曰：子何不若柳下惠？然嫗不逮門之女也，國人不稱其亂焉。桑門，沙門也。東觀漢記，制楚王曰：以助伊蒲塞桑門之盛饌。說文曰：營，惑也。列爵十四，競媚取榮。後宮官從皇后以下凡十四等，競爭邪媚求榮愛也。善曰：列爵十四，見西都賦也。盛衰無常，唯愛所丁。善曰：爾雅曰：丁，當也。衛后興於鬒髮，飛燕寵於體輕。善曰：漢書曰：孝武衛皇后，字子夫。漢武故事曰：子夫得幸，頭解，上見其美髮，悅之。毛詩云：鬒髮如雲。之忍切。荀悅漢紀曰：趙氏善舞，號曰飛燕，上說之。事由體輕而封皇后也。爾乃逞志究欲，窮身極娛。逞，娛也。娛，樂也。善曰：楚辭曰：逞志究欲，心意安之也。鑒戒唐詩，他人是媮。唐詩，刺晉僖公不能及時以自娛樂，曰：子有衣裳，弗曳弗婁，宛其死矣，他人是媮。言今日之不極意恣嬌亦如此也。善曰：國語曰：鑒戒而謀。賈逵曰：鑒，察也。自君作故，何禮之拘？善曰：國語，魯侯曰：君作故事[117]。韋昭曰：君所作則為故事也。商君書曰：賢

---

116 若驚鶴之羣罷　袁本、茶陵本「罷」作「羆」，下「音媿美切」。案：此疑善「罷」、五臣「羆」也。「媿美切」，蓋善「罷」字之音。凡善音，合并六家，多所割裂失舊，尤又刪削不全。俱詳在後。

117 注「君作故事」　案：「事」字不當有，各本皆衍。

者更禮，不肖者拘焉。增昭儀於婕妤，賢既公而又侯。善曰：漢書曰：孝成帝趙皇后有女弟，為婕妤，絶幸，為昭儀。又曰：孝元帝傅婕妤有寵，乃更號曰婕妤，在昭儀上，尊之也。又曰：封董賢為高安侯，後代丁明為大司馬，即三公之職也。許趙氏以無上，思致董於有虞。善曰：漢書曰：成帝謂趙昭儀曰：趙氏故不立許氏，使天下無出趙氏上者。王閎爭於坐側，漢載安而不渝。渝，易也。善曰：漢書曰：上置酒麒麟殿，視董賢而笑曰：吾欲法堯禪舜，何如？王閎曰：天下乃高帝天下，非陛下有之。統業至重，天子無戲言。

「高祖創業，繼體承基。暫勞永逸，無為而治。善曰：劇秦美新曰：漢祖創業蜀、漢。漢書，平當曰：今漢繼體承基三百餘年。又楊雄曰：不一勞者不久佚。論語曰：無為而治，其舜也歟？耽樂是從，何慮何思？善曰：尚書曰：惟耽樂之從。周易曰：天下何思何慮？多歷年所，二百餘朞。朞，一帀也。從高祖至于王莽，二百餘年。善曰：尚書曰：殷禮配天，多歷年所。徒以地沃野豐，百物殷阜。沃，肥也。豐，饒也。殷，盛也。阜，大也。巖險周固，衿帶易守。謂左崤、函，右隴坻，前終南，後高陵。善曰：左氏傳曰：制，巖邑也。李尤函谷關銘曰：衿帶咽喉。管子曰：地形險阻，易守難攻。得之者強，據之者久。流長則難竭，柢深則難朽。故奢泰肆情，馨烈彌茂。言土地險固，故得放心極意而夸泰之，馨烈益以茂盛。鄙生生乎三百之外，傳聞於未聞之者。鄙生，公子自稱，謙辭也。三百，自高祖以下至作賦時也。善曰：孔叢子，子高謂魏王曰：君聞之於耳邪？聞之於傳邪？者，之與切。曾髣髴其若夢，未一隅之能睹。善曰：甘泉賦曰：猶髣髴其若夢。說文曰：彷佛，相似，見不諦也。論語曰：子曰：舉一隅而示之。此何與於殷人屢遷，前八而後五？居相圮耿，不常厥土。盤庚作誥，帥人以苦。善曰：廣雅曰：與，如也。言欲遷都洛陽，何如殷之屢遷乎？言似之也。尚書曰：自契至成湯[118]八遷。尚書序曰[119]：盤庚五遷。又曰：河亶甲居相，祖乙圮于耿。孔安國曰：河水所毀曰圮。盤庚遷于殷[120]，殷人弗適有居，率籲眾慼，出矢言。圮，平鄙切。方今聖上同天，號於帝皇，天稱皇天。帝，今漢天子號。皇帝兼同之。善曰：方今，猶正今也。尚書刑德放曰：帝者，天號也。天有五帝。春秋元命苞曰：皇者，煌煌也。掩四海而爲家，掩，覆也。善曰：禮記，孔子曰：大道既隱，天下為家。又曰：聖人能以天下為一家也。富有之業，莫我大也。三皇以來，無大於漢者。善曰：周易曰：富有之謂大業也。徒恨不能以靡麗爲國華，善曰：國語，季文子曰：吾聞以德為國華。韋昭曰：為國光華也。獨儉嗇以齷齪，忘蟋蟀之謂何？儉嗇，節愛也。蟋蟀，唐詩刺儉也。言獨為節愛，不念唐詩所刺邪？漢書注曰：齷齪[121]，小節也。王逸楚辭注曰：謂，說也。何休公羊傳注曰：謂據疑[122]問所不知者曰何也。豈欲之而不能，將能之而不欲歟？蒙竊惑焉，言我不解何故，反去西都從東京，置奢逸即儉嗇也。善曰：蒙，謙稱也。周易曰：匪我求童蒙也。願聞所以辯之之說也。」說，猶分別解說。

---

118 注「尚書曰自契至成湯」 案：「書」下當有「序」字。各本皆脫。

119 注「尚書序曰」 案：此四字不當有。各本皆衍。

120 注「盤庚遷于殷」 陳云「盤」上脫「尚書曰」三字，是也。各本皆脫。

121 注「漢書注曰齷齪」 茶陵本「漢」上有「善曰」二字。案：有者最是。袁本連上作薛注，誤與此同。

122 注「謂據疑」 袁本、茶陵本「謂」作「諸」，是也。

卷第三

賦乙

京都中

京都有三卷，此卷居中，故曰京都中[1]。

東京賦

東京謂洛陽，其賦意與班固東都賦同。

張平子　　薛綜注

安處先生於是似不能言，憮亡禹[2]然有間，有間，謂有頃之間也。先生聞公子稱西京奢泰之事，心怪其所貴者，謂違禮失道，故愕然有頃乃能言也。善曰：安，猶烏也。處，處也。言何處有此先生，蓋虛假之也。論語曰：孔子似不能言者。孟子曰：夷子憮然為間也。趙岐曰：憮然，猶悵然也。乃莞爾而笑曰：「若客所謂，末學膚受，貴

---

1 京都中注「京都」下至「故曰京都中」又東京賦注「東京」下至「與班固東都賦同」案：此二節，非善注也。袁、茶陵二本不冠注家名於首，恐并非五臣注，但後來竄入耳。

2 注「亡禹」　袁本作「憮亡禹切」。在注末，是也。茶陵本無，非也。

耳而賤目者也！莞爾，舒張面目之貌也。末學，謂不經根本。膚受，謂皮膚之不經於心胸。貴耳謂東京[3]，先生笑公子以西京為貴，以東為賤也。善曰：論語曰：莞爾而笑。又曰：膚受之愬。桓子新論曰：世咸尊古卑今，貴所聞，賤所見。苟有胸而無心，不能節之以禮，苟，猶誠也。言賓誠信胸臆之所聞，而心不能以禮節度其可否也。善曰：韓詩曰：鄙野之人，僻陋無心也。論語曰：不以禮節之。賈逵國語注曰：節，制也。宜其陋今而榮古矣！言人不能以禮節度其事情者，固宜薄陋今日之事，而以此所聞古事為榮貴也。善曰：夫尊古而卑今，學者之流也。由余以西戎孤臣，而悝苦灰[4]繆穆公於宮室，孤臣，謂孤陋之臣也。善曰：史記曰：由余本晉人，亡入西戎，相戎王，使來聘秦，觀秦之強弱。穆公示以宮室，引之登三休之臺。由余曰：臣國土階三尺，茅茨不翦，寡君猶謂作之者勞，居之者淫。此臺若鬼為之，則神勞矣；使人為之，則人亦勞矣。於是穆公大慚。鄭玄禮記注曰：凡穆或作繆。悝，猶嘲也。如之何其以溫故知新，研覈是非，近於此惑？如，奈也。覈，實也。研，審也。先生言由余但西戎孤陋之臣耳，尚知非秦宮室之大，如何公子雅好博古，溫故知新之德，當審實事理之是非，而返惑於此事？論語曰：溫故知新，可以為師矣。王褒責髯奴曰：研覈否臧。

「周姬之末，不能厥政，政用多僻。姬，周姓也。末，謂幽、厲二主。周末世之王多邪僻之政也。善曰：毛詩曰：民之多僻也。始於宮鄰，卒於金虎。鄰，近也。謂幽王近於宮室，惑於褒姒，卒有禍敗也。金虎，西方白虎神王金。金，白也。善曰：應劭漢官儀曰：不制之臣，相與比周。比周者，宮鄰金虎。宮鄰金虎，言小人在位，比周相進，與君為鄰，貪求之德堅若金，讒謗之言惡若虎也。嬴氏搏音附翼，擇肉西邑。嬴，秦姓也。周書曰：無為虎搏翼，將飛入邑，擇人而食也。搏翼，謂著翼也[5]。是時也，七雄並爭，競相高以奢麗。七雄，謂韓、魏、燕、趙、

[3] 注「貴耳謂東京」 陳云「耳」下脫「謂西京賤目」五字，是也。各本皆脫。

[4] 注「苦灰」 袁本作「枯灰切」三字，在注末，是也。茶陵本無，非也。

[5] 注「謂著翼也」 袁本、茶陵本此下有「搏與附同」四字，是也。

齊、楚、秦也。爭，謂各強盛而競相高以奢溢，將為國好，不復顧於禮法也。善曰：答賓戲曰：七雄虓闞。史記，張釋之曰：秦以苛察相高。尚書曰：弊俗奢麗也。**楚築章華於前，趙建叢臺於後。**左氏傳曰：楚子成章華之臺於乾谿，一朝叛之。於前，在春秋之時。史記曰：趙武靈王起叢臺，太子圍之三月。於後，在六國之時。善曰：鄒陽上書曰：全趙之時，武力鼎士，袨服叢臺之下。臣瓚曰：在邯鄲城內也。**秦政利觜長距，終得擅場，**言秦以天下為大場，喻七雄為鬬雞。利喙長距者，終擅一場也。史記曰：秦始皇，秦襄王子[6]，名政。說文曰：擅，專也。**思專其侈，以莫己若。**莫，無也。若，如也。言始皇所以思專擅其奢侈者，以天下之君無如於我也。**廼構阿房**傍**，起甘泉，**三輔故事：秦始皇上林苑中作離宮別觀一百四十六所，不足以為大會羣臣。二世胡亥起阿房殿，東西三里，南北三百步，下可建五丈旗。在山之阿，故號阿房也。甘泉，山名也。戰國策，范雎曰：秦北有甘泉宮。謂其下有甘泉水，因以名之。善曰：阿房、甘泉，已見上文。**結雲閣，冠南山。**結，連也。雲閣，閣名也，高如雲，故言雲。三輔故事曰：秦二世胡亥起雲閣，欲與山齊。冠，覆也。終南山在長安南。**征稅盡，人力殫。**言征稅之賦，盡於奢泰之用，天下之力，盡於長城與宮室也。殫，盡也。善曰：鄭玄禮記注曰：征，稅也。毛萇詩傳曰：稅，斂也。**然後收以太半之賦，威以參夷之刑。**漢書，伍被曰：秦作阿房宮，收太半之賦。韋昭曰：凡數，三分有二為太半。言秦造宮室奢麗，費用不足，乃復收其太半之賦，百姓賦稅不得者，誅其三族。漢書曰：秦用商鞅之法，造參夷之誅。參，三也。謂滅三族也。**其遇民也，若薙氏之芟**所銜**草，**遇，逢遇也。周禮，有薙氏掌山澤，芟除草菅。毛詩：載芟載柞也。**既蘊崇之，又行火焉！**左氏傳曰：周任有言曰：若農夫之務去草，芟夷蘊崇之。杜預曰：芟，殺。蘊，積也。崇，聚也。言秦始皇酷虐百姓，如芟草積而放火焉。**惵惵**徒頰切**黔首，豈徒跼**局**高天，蹐**籍**厚地而已哉？乃救死於其頸！**史記曰：秦皇更名民曰黔首，謂黑頭無知也。跼蹐，恐懼之貌也。毛詩曰：謂天蓋高，不敢不跼。跼，傴僂也。謂地蓋厚，不敢不蹐。蹐，累足也。謂此時之民，非徒跼高天，蹐厚

---

6 注「秦襄王子」 案：「秦」下當有「莊」字，各本皆脫。

地而已，乃晝夜畏死其頸。善曰：豈，非也。老子曰：聖人在，天下惵惵焉。國語，單襄公曰：兵在其頸，不可久也。毆以就役，唯力是視，謂不復知民有緩急與飢寒，唯趍毆令作力而已。善曰：左氏傳曰：除君之惡，唯力是視。言所觀者，唯力是求，餘無所顧也。百姓弗能忍，是用息肩於大漢而欣戴高祖。忍，堪也。言秦天下之民，若檐重物，不得休息，今來歸漢，得息肩膊。善曰：左氏傳曰：鄭成公疾，子駟請息肩於晉。杜預曰：以負檐喻也。國語曰：祭公謀父曰：商王大惡，庶民不忍，欣戴武王。賈逵曰：戴，奉也。

「高祖膺籙受圖，順天行誅，杖朱旗而建大號。膺籙，謂當五勝之籙。受圖，卯金刀之語。順天，謂順天命而起。又悟神姥之言，舉朱旗而大呼，天下之英雄，與其定事也。善曰：春秋命歷引曰：五德之運徵符合膺[7]籙次相代。周易曰：順乎天。漢書，高祖立為沛公，旗幟皆赤，故曰朱也。周易曰：渙汗其大號。鄭玄曰：號，令也。所推必亡，所存必固。言高祖所推擊者，使之亡，所存者，使之堅固。善曰：尚書曰：推亡固存，邦乃其昌。掃項軍於垓下，紲子嬰於軹紙[8]塗。掃，除也。項，項羽也。垓，地名。漢王圍項羽於垓下。羽聞四面有楚歌，乃與數百騎走。高祖使灌嬰追之，斬羽東城。紲，猶繫也。子嬰，秦子嬰也。善曰：史記，秦王子嬰乘素車白馬，繫頸以組降於軹道旁也。蘇林曰：軹，亭名，在長安城東十三里。因秦宮室，據其府庫。因，仍也。據，就也。府、庫，謂官吏所止為府，車馬器械所居曰庫也。作洛之制，我則未暇。作洛，謂造洛邑也。我，我高祖也。謂天下新造草創，不暇改作如制禮也[9]。是以西匠營宮，目翫阿房。西匠，謂秦之舊匠也。目，視也。翫，習也。阿房，宮名也。漢書曰：梧齊侯，陽城人，名延[10]，

---

7 注「徵符合膺」　袁本、茶陵本「膺」作「應」，是也。
8 注「紙」　袁本、茶陵本作「軹音紙」三字，在注末，是也。
9 注「如制禮也」　袁本、茶陵本「制禮」作「禮制」，是也。
10 注「陽城人名延」　何校「城」改「成」，去「人名」二字，是也。各本皆誤。案：所引功臣表文「人名」二字，乃或記於旁而竄入者，善注失舊，於此等可見矣。

為少府，作長樂、未央宮也。規摹踰溢，不度入不臧。規，圖也。踰，越也。溢，過也。度，法也。臧，善也。謂西匠所圖越過，不得禮法，皆言不善也。善曰：聲類曰：摹，法也。損之又損之[11]，然尚過於周堂。損，減也。言高祖雖數損減其制度，猶過於周家之堂。善曰：老子曰：損之又損之，以至於無為也。觀者狹而謂之陋，帝已譏其泰而弗康。觀，視也。陋，小也。康，安也。言觀者習見秦之夸麗，睹今日之減小，皆以為陋，然高祖猶已譏其泰而不安也。謂七年冬，上自將擊韓王信，蕭丞相留長安，營起未央宮，立東闕、前殿、武庫、太倉，高祖見其壯麗，怒曰：何修宮室之過也！

「且高既受命建家，造我區夏矣。高，高祖也。區，區域也。夏，華夏也。言高祖受上天之命，建立國家，制造區夏。善曰：毛詩曰[12]：文王受命作周也。鄭玄曰：受天命以王天下。尚書盤庚曰：永建乃家，用肇造我區夏。文又躬自菲薄，治致升平之德。文，文帝也。躬自菲薄，謂儉約。漢書曰：文帝欲作露臺，召匠計直百金，曰：吾奉先帝宮室，常恐太奢，何用臺為？故文、景之際，號為升平。升平，謂國太平也。善曰：禹菲薄飲食。孝經鉤命決曰：明王用孝，升平致譽。武有大啓土宇，紀禪肅然之功。武，武帝也。漢書武紀曰：定越地為南海七郡，北置朔方等五郡，故云大啓土宇。啓，開也。紀，記也。肅，敬也。謂登封太山，升禪肅然。善曰：尚書曰：建邦啓土，毛詩曰：大啓爾宇。宣重直用威以撫和，戎狄呼韓來享。宣，宣帝也。漢書宣紀曰：呼韓邪單于款五原塞，願奉國珍。毛詩曰：自彼氐、羌，莫敢不來。享，享獻也。撫，安也。戎、狄、呼韓，並國名也。左氏傳曰：子教寡人和戎、狄。言宣帝能和戎、狄。咸用紀宗存主，饗祀不輟，咸，皆也。紀，錄也。宗，太宗，文帝廟號也。主，木主，言刻木為人主神，置廟中而祭之。輟，止也。凡天子五世則廢。今廟不遷毀其主，各四時祭祀，無止絕時。善曰：漢書景紀曰：高皇帝為太祖廟，文皇帝為太宗廟，言天子宜世世獻祖宗之廟也。鄭玄論語注曰：輟，止也。銘勳彝器，歷世彌光。彝，常也。宗廟之器稱彝。勳，功

---

11 損之又損之　袁本、茶陵本無下「之」字。案：無者是也。此初亦無，與二本同，修改誤添之。

12 注「善曰毛詩曰」　陳云「詩」下脫「序」字，是也。各本皆脫。

也。歷，經也。彌，益也。銘，勒也。勒銘於宗廟之器于鐘鼎[13]，萬祀彌益光明。善曰：左氏傳，臧武仲曰：夫以大伐小，取所得彝器，銘其功烈，以示子孫也。字林曰：銘，題勒也。今舍純懿而論爽德，爾雅曰：純，大。懿，美也。爽，差也。今公子反舍四帝純大懿美之德，而專論說爽差之過失者也。善曰：國語曰：實有爽德。賈逵曰：爽，貳也。以春秋所諱而爲美談，春秋諱國之惡，今公子反以為美談也。善曰：公羊傳曰：大惡諱之，小惡書之。又云：魯人至今以為美談也。宜無嫌於往初，故蔽善而揚惡，祇吾子之不知言也。宜之言義也。無，猶不也。祇，是也。今公子之義，不嫌於蔽國之善，揚國之惡，是公子之不知言也。善曰：說苑，楚文侯曰：邑中豪好蔽善而揚惡，可親問之。論語，子曰：不知言，無以知人也。毛萇詩傳曰：祇，適也。必以肆奢爲賢，則是黃帝合宮，有虞總期，固不如夏癸之瑤臺，殷辛之瓊室也。肆，放也。賢，善也。謂黃帝明堂以草蓋之，名曰合宮。舜之明堂，以草蓋之，名曰總章。言難公子：黃帝等造此是守儉也。善曰：尸子曰：欲觀黃帝之行於合宮，觀堯、舜之行於總章。章，期，一也。汲冢古文曰：夏桀作傾宮瑤臺，殫百姓之財，殷紂作瓊室，立玉門也。湯武誰革而用師哉？湯，謂殷湯。武，謂武王。革，改也。言誰遣革改殷紂、夏桀而用師哉？以其奢侈淫放，所以湯、武順天命而行罰之。此譏西京公子也。善曰：湯、武革命，已見東都賦。孔叢子曰：舜、禹揖讓，湯、武用師，非相詭，乃時也。盍亦覽東京之事以自寤乎？盍，猶何不也。覽，視也。自寤，自覺寤也。言公子何不視東京之行事，心自覺寤耶？

「且天子有道[14]，守在海外。淮南子曰：若天下無道，守在四夷。天下有道，守在海外。言四夷皆為臣僕。善曰：鄭玄禮記注曰：道，謂仁義也。守位以仁[15]，綜作人[16]，不恃隘害。仁，謂眾庶也[17]。隘，險也。言要須擇任賢臣，

---

13 注「勒銘於宗廟之器於鐘鼎」 茶陵本無「於」字，袁本有，何校去，陳同。

14 且天子有道 袁本、茶陵本「且」下有「夫」字。案：此善有以否，無可考也。

15 守位以仁 案：「仁」當作「人」。薛注作「人」。善必與薛同，其注亦自可證，見下。蓋五臣「仁」各本所見亂之。

16 注「綜作人」 袁本無此三字，茶陵本有。案：於茶陵為校語，此誤存之也。

17 注「仁謂眾庶也」 袁本、茶陵本「仁」作「人」，是也。此所改甚非。

不以隘害為牢固。善曰：周易曰：何以守位？曰：仁也[18]。**苟民志之不諒，何云巖險與襟帶？**苟，誠也。諒，信也。公子稱巖險周固，襟帶易守，故今答曰：誠使人心不信，何用周固反易守乎[19]？善曰：李尤函谷關銘曰：襟帶、咽喉也。**秦負阻於二關，卒開項而受沛。**負，恃也。卒，終也。言負二關以為牢固，終受二人所入也。二人，謂高祖從武關入，項羽從函谷關入。善曰：漢書曰：沛公使兵守函谷關，項羽使黥布攻破之，至戲下。又云：沛公攻武關入秦。應劭曰：武關，秦南關。**彼偏據而規小，豈如宅中而圖大。**彼，謂秦也。據，依也。言彼秦偏據關西，所規近在二關之內，故云小也。豈如東京居天地之中，所圖者四海之外。善曰：尚書曰：自服于土中。孔安國曰：洛邑，地勢之中。孔叢子曰：子貢謂東郭充曰：今子位卑而圖大。

「昔先王之經邑也，先王，謂周成王也。邑，洛邑也。善曰：毛萇詩傳曰：經，度也。**掩觀九隩，靡地不營。**掩，猶及也。九隩，謂九州之內也。靡地不營，謂偏求之，卜瀍、澗及黎水，皆不吉。善曰：新序曰：營，度也。九隩，合道四海也。**土圭測景，不縮不盈。**鄭玄曰：土，度也[20]。縮，短也。盈，長也。謂圭長一尺五寸，夏至之日，竪八尺表，日中而度之，圭影正等，天當中也。若影長於圭，則太近北。圭長於影，則太近南。近北多寒，近南多暑，近東多風，近西多雨。**總風雨之所交，然後以建王城。**總，猶括也。王城，今河南也。周禮曰：土圭之法，測土深正日景，以求地中四時之所交，風雨之所會，陰陽之所和，乃建王國也。**審曲面勢，**審，度也。謂審察地形曲直之勢，而建王都。善曰：周禮曰：或審曲面勢，以飭五材，以辨民器。鄭司農曰：察五材曲直方面形勢之宜也。**泝**素**洛背河，左伊右瀍。**

---

18 注「何以守位曰仁也」　案：「仁」當作「人」，各本皆誤。考經典釋文云「曰人」。王肅、卞伯玉、桓元明、僧紹作「仁」。然則王弼本周易自作「人」，今本作「仁」者非。善亦必作「人」，乃與薛注相應，不知者妄改之，絕不可通，所當訂正。

19 注「何用周固反易守乎」　案：「反」當作「及」，各本皆譌。

20 注「土度也」　何校「土」改「測」。今案：此疑「土」下有脫，各本皆同，無以補也。

汭，向也。洛，洛水。河，黃河。伊，伊水。瀍，瀍水。善曰：尚書曰：予朝至於洛師，卜澗水東，瀍水西，惟洛食。孔安國曰：洛出上洛山，伊出陸渾山，瀍出河南北山。西阻九阿，東門于旋。謂東有旋門，在成皐西南十數里。阪形周屈，故曰于旋。善曰：穆天子傳曰：天子西升九阿。郭璞曰：旋，今新安縣十里有九阪。阻，險也。阿，曲也。盟津達其後，太谷通其前。孟津，四瀆之長，故武王為諸侯約誓於其上。尚書曰：東至于盟津。盟津，地名，在洛北。都道所湊，古今以為津。太谷在輔氏北、洛陽西也。洛陽記曰：太谷，洛城南五十里，舊名通谷。迴行道乎伊闕，邪徑捷乎轘轅。伊闕，山名也。轘轅，阪名也。迴，曲也。捷，邪也。謂大道迂曲，乃當伊闕之外，邪徑趣疾，當歷轘轅。善曰：賈逵國語注曰：道，由也。史記，吳起曰：桀之居伊闕。王逸楚辭注曰：捷，疾也。左氏傳注曰：捷，邪出也。漢書曰：沛公從轘轅。薛綜曰：轘轅坂[21]十二曲，道將去復還，故曰轘轅。臣瓚曰：在緱氏東南。大室作鎮，揭竭以熊耳。大室，嵩高別名也。揭，猶表也。言以嵩高之嶽，為國之鎮也。復表以熊耳之山。善曰：郭璞山海經注曰：大室在陽城縣西。羽獵賦曰：揭以崇山。熊耳，山名也。尚書傳曰：熊耳山在宜陽之西也。底柱輟流，鐔徒南以大岯。底柱，山名也，在河東縣東，南向，居河中，猶柱然也。輟，止也。善曰：尚書曰：導河至於底柱，東過大岯。韻集曰：鐔，劍口也。言大岯之險，同乎劍口也。莊子曰：天子之劍，以周宋為鐔。溫液湯泉，黑丹石緇。言泉水如湯，浴之可以除病，在河南梁縣界中也。黑丹石緇，謂黑石雜色也。言溫液即湯泉之流，黑丹石緇之所出。善曰：孝經援神契曰：德至于山陵，則出黑丹。張揖子虛賦注曰：玄厲黑石，可用磨也。王鮪岫居，能奴來鼈三趾。山有穴曰岫也。王鮪，魚名也，居山穴中。長老言：王鮪之魚，由南方來，出此穴中，入河水，見日目眩，浮水上，流行七八十里，釣人見之，取之以獻，天子用祭。其穴在河南小平山。善曰：周禮曰：春獻鮪。鄭玄曰：王鮪，魚之大者。山海經曰：陽狂水西南流，注于伊水中，有三足鼈。爾雅曰：鼈三足曰能。宓妃攸館，神用挺紀。攸，所也。館，舍也。傳曰：成王遷九鼎於洛邑，卜年七百，卜世三十，後皆如其言，故云神所挺紀。謂告年紀之

21 注「薛綜曰轘轅坂」下至「故曰轘轅」 袁本、茶陵本無此十八字。案：無者最是。

處也。善曰：楚辭曰：迎宓妃於伊、洛。王逸曰：宓妃，神女，蓋伊、洛之水精。龍圖授羲，龜書畀姒。尚書傳曰：伏羲氏王天下，龍馬出河，遂則其文，以畫八卦，謂之河圖。又曰：天與禹，洛出書。謂神龜負文而出，列於背。善曰：爾雅曰：畀，賜也。史記，禹姓姒氏。召伯相宅，卜惟洛食。相，視也。宅，居也。惟，有也。食，謂吉兆。善曰：尚書曰：召公既相宅，卜惟洛食。孔安國曰：卜必先墨畫龜，然後灼之，兆順食墨，吉也。周公初基，其繩則直。謂初造洛邑。言召公先相宅，卜之吉，周公繩度之，合於制度。善曰：尚書曰：周公初基，作新大邑于東國洛。毛詩曰：其繩則直。毛萇曰：言不失繩直之宜也。萇直良弘魏舒，是廓是極。萇弘，周大夫也。魏舒，晉大夫獻子也。廓，猶規也。極，致也。謂二人率諸侯曰，敬以致功，規度王城，三旬而立之。善曰：國語曰：敬王十年，劉文公與萇弘欲城周，為之告晉。左氏傳曰：晉魏舒合諸侯之大夫以城周也。經途九軌，城隅九雉。南北為經。途，道也。軌，車轍也。善曰：周禮：國中經途九軌。鄭玄曰：途容九軌，謂轍廣也。又周禮曰：王城隅之制九雉。鄭玄云：雉，度也。謂高一丈，長三丈為雉。度徒洛堂以筵，度室以几。堂，明堂也。筵，席也，長九尺。幾，俎也，長七尺。善曰：周禮曰：室中度以几，堂上度以筵。京邑翼翼，四方所視。京，大也。大邑，謂洛陽也。翼翼，禮儀盛貌。言常為四方觀，翼翼然也。善曰：毛詩曰：商邑翼翼，四方之極。漢初弗之宅[22]，故宗緒中圮痞。緒，統也。圮，絕也。漢家不居於洛，故宗廟之統，中途廢絕也。

「巨猾間去聲釁許覲，竊弄神器。巨，王莽字巨君也。猾，狡也。間，候也。釁，隙也。神器，帝位也。言王莽因成、哀無嗣，元后秉政，漢祚微弱，篡處高位。善曰：老子曰：天下神器，不可為也，為者敗之。韋昭漢書注曰：神器，天子璽也。歷載三六，偷安天位。載，年也。三六，十八年。謂王莽篡位一十八年也。天位，帝位也。善曰：尚書曰：天位艱哉。于時蒸民，罔敢或貳。于，於也。蒸，眾也。罔，無也。言是時眾民無敢有二心於莽者。毛詩曰：于時言言。尚書，蒸民乃粒。其取威也重矣！威，畏也。重，猶多也。謂為天下所畏己者多矣。善曰：左氏傳，先軫曰：

---

22 漢初弗之宅　袁本、茶陵本「宅」下有「也」字。案：此善有以否，無可考也。

報施救患，取威定霸。我世祖忿之，世祖，光武也。忿，恚。疾王莽威重如此也。乃龍飛白水，鳳翔參所今墟。白水，謂南陽白水縣也，世祖所起之處也。初為更始大司馬，討王郎於河北，北為參、虛分野[23]。龍飛鳳翔，以喻聖人之興也。善曰：周易曰：飛龍在天，大人造也。授鉞四七，共工是除。授，與也。鉞，斧鉞也。四七，二十八將也。共工，霸天下者，以喻王莽也。六韜曰：凡國有難，君召將以授斧鉞。漢書曰：顓頊有共工之陣，以定水災。欃槍旬始，羣凶靡餘。欃槍，星名也。謂王莽在位，如妖氣之在天。世祖除之，兇惡無餘。爾雅曰：彗星，為欃槍也。旬始，妖氣也。史記曰：旬始，狀如雄雞也。靡，無也。今言世祖除凶賊，無有遺餘也。區宇乂寧[24]，思和求中。天地之內稱寓。言海內既已乂安，思求陰陽之和，天地之中而居之。睿哲玄覽，都茲洛宮。睿，聖也。玄，通也。言通見此洛陽宮也。善曰：尚書曰：睿作聖，明作哲。老子曰：滌除玄覽。河上公曰：心居玄冥之處，覽知萬物，故謂之玄覽。王弼曰：玄，物之極也。廣雅曰：玄，遠也。曰止曰時，昭明有融[25]。曰，辭也。時，是也。融，長也。言當止居是洛邑，必有昭明之德，長久之道也。善曰：毛詩曰：曰止曰時，昭明有融。既光厥武，仁洽道豐。止戈曰武。諡法曰：功格天下曰光，尅定禍亂曰武。洽，合也。豐，盛也。世祖既能止戈，故諡光武。言仁義之道大豐盛也。善曰：洽，霑也。登岱勒封，與黃比崇。登，上也。岱，泰山也。謂王者功成作樂，治定制體，故封泰山，勒功於石，以紀號也。黃，黃帝也。史記曰：崇，高也。言世祖與黃帝比其尊號。善曰：史記曰：黃帝封泰山，禪云、亭。司馬彪續漢書曰：建武三十二年，乃封禪。孔安國尚書傳曰：崇，尊也。

「逮至顯宗，六合殷昌。逮，及也。殷，盛也。昌，熾也。顯宗，明帝號也。六合，天地四方也。善曰：呂

---

23 注「北為參虛分野」 何校「北」上添「河」字。今案：此疑衍「北」字也。

24 區宇乂寧 何校「宇」改「寓」。案：所改是也。此薛注字作「寓」。下文「威振八寓」、「德天覆」，正文皆作「寓」。善此無注者，詳在彼也。各本所見皆非。

25 注「昭明有融」 案：「昭」上當有「又曰」二字。各本皆脫。善例如此，餘不具出。

氏春秋曰：神通乎六合。高誘曰：四方上下為六合也。乃新崇德，遂作德陽。崇德、德陽，皆殿名也。崇德在東，德陽在西，相去五十步。啓南端之特闈，立應門之將將。啓，開也。端門，南方正門。應門，中門也。善曰：爾雅曰：宮中門謂之闈。洛陽宮舍記曰：洛陽有端門。毛詩曰：應門將將。毛萇曰：將將，嚴正之貌。昭仁惠於崇賢，抗義聲於金商。崇賢，東門名也。金商，西門名也。謂東方為木，主仁，如春以生萬物，昭天子仁惠之德，故立崇賢門於東也。西為金，主義，音為商，若秋氣之殺萬物，抗天子德義之聲，故立金商門於西。善曰：漢書曰：角為木為仁，商為金為義也。飛雲龍於春路，屯神虎於秋方。德陽殿東門稱雲龍門，德陽殿西門稱神虎門。神虎，金獸也。秋方，西方也。飛，飛龍也。易曰：雲從龍，為水獸[26]。春路，東方道也。善曰：漢書曰：東宮蒼龍。又曰：東方於時為春。宮殿簿，北宮有雲龍門。王逸楚辭注曰：屯，陳也。漢書曰：西宮白虎。又曰：西方於時為秋。宮殿簿，北宮有神虎門。建象魏之兩觀，旌六典之舊章。象魏，闕也，一名觀也。旌，表也。言所以立兩觀者，欲表明六典舊章之法。謂懸書于象魏，浹日而斂之。善曰：周禮曰：太宰掌建邦之六典：一曰治典，二曰教典，三曰禮典，四曰政典，五曰刑典，六曰事典。舊章，法令條章也[27]。左傳曰：舊章不可忘。其內則含德章臺，天祿宣明。溫飭迎春，壽安永寧。八殿皆以休令為名，美時君之德，在應門之內也。飛閣神行，莫我能形。言閣道相通，不在於地，故曰飛人。不見行往，故曰神形。謂天子之形容，言我無能說其形狀也。濯龍芳林，九谷八溪。洛陽圖經曰：濯龍，地名，故歌曰：濯龍望如海，河橋渡似雷。芳林，苑名。九谷八溪，養魚池也。芙蓉覆水，秋蘭被涯。音宜。芙蓉，荷華也。秋蘭，香草，生水邊，秋時盛也。善曰：楚辭曰：秋蘭兮青青。鄭玄注周易曰：蘭，香草也。被，亦覆也。渚戲躍魚，淵遊龜蠵。音惟。渚，水渚也。戲，游也。躍，跳也。毛詩曰：王在靈沼，於牣魚躍。蠵，龜類也。凡此物謂取有時，非時則恣之游戲，不驚動也。永安離宮，脩竹

26 注「為水獸」　袁本、茶陵本「水」作「木」，是也。

27 注「舊章法令條章也」　袁本、茶陵本無此七字。案：無者最是。

冬青。永安，宮名也。脩，長也。冬青，謂不彫落也。陰池幽流，玄泉洌清。水稱陰。幽流，謂伏溝，從地下流通於河也。水黑色，故曰玄泉。洌，清澄貌。善曰：楚辭曰：臨沅、湘之玄淵。毛詩曰：洌彼下泉。鵯匹鶋居秋棲，鶻骨鵃竹交春鳴。爾雅曰：鸒斯[28]，鵯鶋。郭璞曰：鵯鶋，匹鳥，腹下白也。又曰：鶌鳩，鶻鵃。郭璞曰：鶻鵃，似山鵲，頭尾青黑色[29]。秋棲、春鳴，謂各得其性也[30]。鵙七余鳩麗離黃，關關嚶嚶。爾雅曰：鵙鳩，王鵙也。郭璞曰：鵙，鶻鵃類也[31]。又曰：鶬鶊，鵹黃也。郭璞曰：鸝，黃黑也。關關嚶嚶，謂音聲和也[32]。於南則前殿靈臺[33]，龢驩安福。前殿，露寢也。靈臺，臺名也。龢驩、安福，二殿名，並在德陽殿之南。謻直移門曲榭，邪阻城洫。謻門，冰室門也。臺有木曰榭。阻，依也。洫，城下池。冰室門及榭皆屈曲邪行，依城池為道也。奇樹珍果，鉤盾垂允所職。奇，異也。珍，貴也。鉤盾，今官[34]主小苑。善曰：鉤盾，五丞也。爾雅曰：職，主也。西登少華，亭候修勑。登，升也。並有亭有候也。修，治也。勑，整也。謂西園中有少華之山。九龍之內，寔曰嘉德。九龍，本周時殿名也。門上有三銅柱，柱有

---

28 注「爾雅曰鸒斯」　何校「爾」上添「善曰」二字，陳同。下節首「爾雅曰鵙鳩」上亦然。今案：所校是也。袁本、茶陵本此二節亦作薛注，皆誤。凡賦多誤善注為薛，其引書為薛注所不及見，如此爾雅郭璞注之類，較然易辨。又有疑無以明者，難於輒定，當俟再詳。

29 注「頭尾青黑色」　袁本、茶陵本「頭」作「短」，是也。

30 注「謂各得其性也」　袁本「也」下有「鵯音匹鶋音居鶻音骨鵃竹交切」十字。茶陵本與此同。案：袁本乃真善音之舊，尤所見與茶陵皆誤。

31 注「鵙鶻鵃類也」　袁本、茶陵本「鶻鵃」作「鳩鵰」，是也。

32 注「謂音聲和也」　袁本「也」下有「鵹麗古字通音離」七字。茶陵本有「鵹麗古字通」五字。案：袁是也。鵹下仍當有「與」字，蓋脫。

33 於南則前殿靈臺　茶陵本「靈」下校語云五臣「雲」，袁本作「雲」。案：此南宮雲臺也。德陽殿西有靈臺，別在下文，「靈」但傳寫誤耳。薛注「靈」亦「雲」字誤。下文靈臺，薛亦別有注，可見此薛與善並非「靈」字。

34 注「鉤盾今官」　陳云「今」當作「令」，是也。各本皆誤。

三龍相糺繞，故曰九龍。嘉德，殿名，在九龍門內也。西南其戶，匪雕匪刻。毛詩曰：西南其戶，不雕不刻[35]。尚質也。言殿舍之多，其戶或西或南也。我后好約，乃宴斯息。我后，謂明帝也。宴，安也。息，止也。善曰：周易曰：君子以嚮晦入宴息也。於東則洪池清蘌[36]語，淥水澹澹徒敢。內阜川禽，外豐葭菼。洪，池名也，在洛陽東三十里。阜，多也。豐，饒也。內多魚鼈，外饒蘆薍也。善曰：漢書音義：應劭曰：蘌，在池水上作室，可用棲鳥，鳥入則捕之[37]。高唐賦曰：水澹澹而盤紆。說文曰：澹澹，水搖貌也。爾雅曰：葭，葦也。菼，薍也。薍，五患切。獻鼈蜃與龜魚，供蝸古花蠯蒲佳與菱芡。蝸，螺也。菱，芰也。芡，雞頭也。善曰：周禮曰：春獻鼈蜃，秋獻龜魚，祭祀供蜱蠃。鄭玄曰：蜃，大蛤也。杜子春曰：蜃，蜯也。蜱與蠯同。禮記曰：蝸，醢而苽食。周禮曰：加籩豆之實[38]，有菱芡也[39]。其西則有平樂都場，示遠之觀。平樂，觀名也。都，謂聚會也。為大場於上以作樂，使遠觀之，謂之平樂。在城西也。龍雀蟠盤蜿紆元，天馬半漢。龍雀，飛廉也。天馬，銅馬也。蟠蜿、半漢，皆形容也。善曰：華嶠後漢書曰：明帝至長安，迎取飛廉并銅馬，置上西門平樂觀也。瑰異譎詭，燦爛炳煥。瑰，奇也。譎詭，變化也。燦爛炳煥，絜白鮮明之貌。奢未及侈[40]，儉而不陋。言皆合於禮，故奢不至侈，故儉不至陋也[41]。規遵王度，動中得趣[42]。規，摹

---

35 注「不雕不刻」 袁本「雕」作「彫」，是也。茶陵本亦誤「雕」。案：此正文及下「雕」輦，皆「彫」之誤也。

36 則洪池清蘌 茶陵本「蘌」作「籞」，注同。袁本皆作「籞」。何校改「籞」。案：「蘌」即「籞」別體字耳。

37 注「則捕之」 袁本、茶陵本「之」下有「音圉」二字，是也。

38 注「周禮曰加籩豆之實」 何校去「豆」字，是也。案：「曰」字亦不當有。各本皆衍。

39 注「有菱芡也」 袁本、茶陵本「也」下有「音儉」二字，是也。

40 奢未及侈 袁本「侈」作「奓」，茶陵本與此同。案：「奓」字是也。二本薛注作「奓」可證。尤幷改作「侈」，甚非。

41 注「故儉不至陋也」 茶陵本無「故」字，是也。袁本亦衍。

42 動中得趣 案：「趣」當作「趨」。注中此字兩見，袁、茶陵二本皆作「趨」，是薛與善自是「趨」字，蓋五臣作「趣」而亂之。尤幷改注中盡作「趣」，甚非。

也。遵，循也。趣，意也。度，先王之法度，舉動合禮之意也。家語，孔子曰：公甫之婦，動中得趣。

「於是觀禮，禮舉儀具[43]**。**具，足也。言觀王之光明禮儀皆備具也。善曰：左氏傳曰：諸侯宋、魯於是觀禮。**經始勿亟**居力**，成之不日。**勿，猶不也。亟，急也。成之不日，言不用一日即成之。善曰：毛詩曰：經始勿亟，庶人于來。毛萇曰：經，度也。又曰：庶民攻之，不日成之。**猶謂為之者勞，居之者逸。**勞，苦也。逸，樂也。善曰：賈子曰：翟王使使者之楚，楚王饗客于章華之臺。楚王曰：翟亦有臺乎？使者曰：翟王茅茨不剪，采椽不斲。猶以作者大勞，居者大逸也。**慕唐虞之茅茨，思夏后之卑室。**唐，唐堯也。虞，虞舜也。夏后，夏禹也。善曰：墨子曰：堯，舜茅茨不剪，采椽不刊。說文曰：茅茨，蓋屋也。論語云：禹卑宮室，而盡力於溝洫也。**乃營三宮，布教頒**班**常。**三宮，明堂、辟雍、靈臺。頒，布也。常，舊典也。所以行教化，布典禮之宮也。**複**福**廟重屋，八達九房。**複廟，重覆也。重屋，重棟也。謂明堂廟屋，前後異制。善曰：禮記曰：複廟、重檐、達鄉，謂天子廟飾也。大戴禮曰：明堂九室而有八牖，然九室，則九房也，八牖，八達也。**規天矩地，授時順鄉。**謂宮室之飾，圓者象天，方者則地也。鄉，方也，言頒政賦教常[44]，隨時月而居其方。月令曰：孟春，居蒼龍左个。善曰：大戴禮曰：明堂者，上圓下方。范子曰：天者，陽也，規也；地者，陰也，矩也。三輔黃圖曰：明堂方象地，圓象天。又曰：明堂順四時行令也。**造舟清池，惟水泱泱**央**。**造舟，以舟相比次為橋也。毛詩曰：造舟為梁。泱泱，水流貌。善曰：毛詩曰：瞻彼洛矣，惟水泱泱。**左制辟雍，右立靈臺。**言德陽殿東有辟雍，於西有靈臺。謂于其上班教令者曰明堂，大合樂射鄉者曰辟雍[45]，司歷紀候節氣者曰靈臺也。**因進距衰，表賢簡能。**進，善也。衰，老也。言因其進則舉而用之，衰減者拒而退之。謂擇賢以大射，所以表明德行，簡錄其能否，

---

43 禮舉儀具　袁本、茶陵本「儀」作「義」，注同。案：此無以考也。

44 注「言頒政賦教常」　袁本、茶陵本無「教」字，是也。

45 注「大合樂射鄉者曰辟雍」　陳云「鄉」當作「饗」，是也。各本皆誤。

謂辟雍也。善曰：尸子曰：治國有四術：一忠愛，二無私，三用賢，四簡能。爾雅曰：簡，猶擇也。馮皮冰相息亮觀祲浸，祈禠絲禳災。善曰：周禮曰：春官宗伯，馮相氏掌歲日月星辰之位，辨其災祥，以為時候。鄭玄曰：馮，乘也。相，視也。祲，謂陰陽氣相浸漸以成災也。祈，求福也。禳，除也。災，禍也。謂求祈福而除災害也。爾雅曰：禠，福也。鄭玄周禮曰[46]：卻變異曰禳。

「於是孟春元日，羣后旁戾。尚書曰：正月元日，舜格于文祖。孟春，正月也。元日，正日也。羣后，公卿之徒也。旁，四方也。戾，至也。言諸侯正月一日從四方而至，各來朝享天子也。百僚師師，于斯胥洎。尚書曰：百僚師師。百僚，謂百官也。師師，謂相師法也。胥，相也。洎，及也。言元日百官於此相連及而來朝賀也。藩國奉聘，要荒來質。綜曰[47]：謂王侯藩稱國也。言要荒之外，所奉聘令者盡來朝見。善曰：周禮曰：鎮服外五百里曰藩服。魏相上封曰[48]：顯明功臣，以鎮藩國。鄭司農周禮注曰：衆來曰頫，寡來曰聘。尚書曰：五百里要服，又五百里荒服。漢書曰：樓蘭王遣子質漢也。具惟帝臣，獻琛執贄。具之言俱也。獻，貢也。琛，寶也。執，持也。贄，禮也。言藩國來貢者，謂隨土所出寶而貢之也。善曰：萬邦黎獻[49]，具惟帝臣。毛詩曰：來獻其琛。封禪書曰：百蠻執贄。周禮曰：以六禽作六贄。鄭玄曰：贄之言至也，所執以自致也。當覲乎殿下者，蓋數萬以二。覲，見也。言於此之時，當入見於殿下者可數萬人，分於闕下夾道為二部。爾乃九賓重平，臚廬人列。言鴻臚所主，羌胡之人，皆羅列於朝廷也。善曰：漢書曰：羣臣朝十月儀，大行人設九賓，臚句傳。韋昭曰九賓，則周禮曰九儀，謂公、侯、伯、子、男、孤、卿、大夫、士也。臚，傳也，次以傳上

---

46 注「鄭玄周禮曰」　何校「禮」下添「注」字，陳同，是也。各本皆脫。
47 注「綜曰」　案：此二字不當有。此初無，後修改誤添。袁、茶陵二本每節有之，不可相證。
48 注「魏相上封曰」　何校「封」下添「事」字，是也。各本皆脫。
49 注「善曰萬邦黎獻」　何校「曰」下添「尚書曰」三字，陳同。各本皆脫。

令也。蘇林曰：上傳語告下臚，下傳告上句。臚，猶行也。二訓雖殊，皆以行上語為臚也。**崇牙張，鏞**庸[50]**鼓設**。崇牙，栒虡上板作劍鎝者。橫曰栒，植曰虡。張，謂樹之以縣鍾鼓也。善曰：毛詩曰：崇牙樹羽。又曰：鏞鼓有斁。毛萇詩傳，大曰鏞。**郎將司階，虎戟交鎩**殺。言虎賁中郎將主夾階而立。虎賁，或執戟，或持鎩而相對也。交鎩，謂交加而設兵器也。善曰：漢書曰：儀兵郎中夾階。說文曰：鎩，鈹有鐔。**龍輅充庭，雲旗拂霓**。馬八尺曰龍。輅，天子之車也，故曰龍輅。充，滿也。庭，朝廷[51]。旗，謂熊虎為旗，為高至雲，故曰雲旗也。楚辭曰：載雲旗之逶夷。拂，至也。霓，天邊氣也。**夏正三朝，庭燎晢晢**。夏家建寅之正，漢家所用也。三朝，歲月日朝。晢晢，大光明也。善曰：東都賦曰[52]：春王三朝。三朝，歲首朔日也。毛詩曰：夜如何其？夜未艾，庭燎晣晣。**撞洪鍾，伐靈鼓**，撞，鏗也。伐，擊也。靈鼓，六面鼓也。善曰：周禮曰：靈鼓靈鼗。**旁震八鄙，軯**普耕**磕**苦代**隱訇**火宏。旁，四方也。震，驚也。八鄙，四方與四角也。軯磕隱訇，鍾鼓之聲也。**若疾霆轉雷而激迅風也**。霆，霹靂也。迅，疾也。言鍾鼓之聲，又若雷霆之相轉，亦如急風之迅疾也。

「是時稱警蹕已下雕輦於東廂。警，謂清道也[53]。輦，人挽車。彫，謂有彫飭也。殿東西次為廂。善曰：漢書儀注曰：皇帝輦動，則左右侍帷幄者稱警。孔安國尚書傳曰：雕，刻鏤也。**冠通天，佩玉璽**，通天，冠名也。佩，帶也。玉璽，天子印也。蔡雍獨斷曰：天子冠通天。**紆皇組，要干將**。紆，垂也。皇，大也。組，綬也。干將，劍名也。越絕書曰：楚王令歐冶子、干將為鐵劍三枚，一曰龍淵，二曰太阿，三曰工市也。吳越春秋曰：干將者，吳人，造劍二枚，一曰干將，二曰莫耶。**負斧扆，次席紛純**，白與黑謂之斧。扆，屏風，樹之坐後也。次席，竹席也。紛純，謂以組為

---

50 注「庸」 袁本作「音庸」二字，在注末，是也。茶陵本與此同，非。

51 注「庭朝廷」 袁本、茶陵本「廷」作「也」，是也。

52 注「東都賦曰」下至「歲首朔日也」 袁本此十五字作「三朝已見東都賦」，是也，茶陵本複出，非。

53 注「謂有彫飭也」 茶陵本「飭」作「飾」，是也。袁本亦誤「飭」。

緣。善曰：禮記曰：天子負斧扆，南向而立。鄭玄曰：負之言背也。周禮曰：大朝覲，王設黼依，設莞席紛純，次席黼純，左右玉几[54]。次席紛純，謂二席俱設，互言之。左右玉几而南面以聽矣。周禮曰：天子左右玉几，鄭玄曰：左右有几，優至尊也。善曰：周易曰：離者，明也，南方之卦也。聖人南面聽天下，嚮明而治。蓋取於此也。然後百辟乃入，司儀辨等，百辟，諸侯也。司，主也。儀，法也。辨，別也。言百官有分別者，謂司主之次也。善曰：百辟其刑之[55]。周禮曰：司儀主禮，掌九儀之賓客，分別五等之諸侯。左傳，臧僖伯曰：明貴賤，辯等差。尊卑以班，璧羔皮帛之贄既奠，班，位次也。謂尊卑有等差也。善曰：國語曰：班爵貴賤以列之。周禮曰：子執穀璧，孤執皮帛，卿執羔，大夫執鴈，士雉，各有次第。奠，置也。天子乃以三揖之禮禮之。善曰：周禮曰：王土揖庶姓，時揖異姓，天揖同姓。鄭玄曰：庶姓，無親者也。土揖，推手小下之也。異姓，昏姻也。時揖，平推手也。天揖，推手小舉之。又曰：諸侯，心平手禮。伯男，手在心下禮。外國君，在心上禮。穆穆焉，皇皇焉，濟濟焉，將將焉，信天下之壯觀也。壯觀，言天下之人壯大觀覽也。禮記曰：天子穆穆，諸侯皇皇，大夫濟濟，士將將。鄭玄曰：威儀容止之貌。史記曰：天下之壯觀也。乃羨公侯卿士，登自東除，羨，延也。登，進也。謂命之上殿也。天子從中階，諸侯從東西階。善曰：東除，堦也。訪萬機，詢朝政，尚書曰：一日二日萬機[56]。言機微之事，日有萬種。詢，謀也，謂與謀朝政，有所先後者也。勤恤民隱，而除其眚。恤，憂也。隱，痛也。眚，病也。言有隱痛不安者，今憂恤之也[57]。善曰：國語，祭公謀父曰：勤恤民隱，而除其害也。人或不得其所，若己納之於隍。隍，城下坑無水者。善曰：孟子曰：伊尹思天下之民，匹夫匹婦不與被堯

---

54 左右玉幾　袁本、茶陵本「幾」下有「穆穆」二字。此初同，二本有，修改無。案：不當有也，蓋尤校改正之。

55 注「善曰百辟其刑之」　何校「曰」下添「毛詩曰」三字，陳同。各本皆脫。

56 注「尚書曰一日二日萬機」　袁本、茶陵本此九字作善注，是也。當在薛注下，而首有「善曰」二字。

57 注「今憂恤之也」　陳云「今」當作「令」，是也。各本皆譌。

舜之澤者，若己推而納之於溝中也。鄭玄毛詩箋曰：納，內也。說文曰：城池無水曰隍[58]。荷天下之重任，匪怠皇以寧靜。荷，負也。怠，懈也。皇，暇也。言無有懈怠於寧靜者，謂常有所憂也。善曰：孫卿子曰：國者，天下之大器也，重任也，可不善擇而後錯之？毛詩曰：不敢迨遑[59]。發京倉，散禁財。發，開也。京，大也。禁，藏也。善曰：尚書曰：散鹿臺之財，發鉅橋之粟。毛詩曰：曾孫之庾，如坻如京。賚皇寮，逮輿臺。賚，賜也。皇寮，百官也。逮，及也。言天子散發禁庫之財，無問貴賤，皆賜及之。善曰：左氏傳曰：人有十等：王臣公，公臣大夫，大夫臣士，士臣皁，皁臣輿，輿臣隸，隸臣寮，寮臣僕，僕臣臺。漢書，公卿言曰：陛下出禁錢以振元元。應劭曰：少府掌山澤陂池之稅，名曰禁錢，以給私養。命膳夫以大饗，饔餼浹乎家陪。周禮曰：膳夫，主食之官。孰曰饔，腥曰餼。浹，徧也。家陪，謂公卿大夫之家。善曰：毛詩曰：牲牢饔餼[60]。論語曰：陪臣執國命。春醴惟醇，燔炙芬芬。醇，厚也。燔炙，謂炙肉也。芬芬，香氣盛也。善曰：毛詩曰：為此春酒。又曰：燔炙芬芬。呂氏春秋曰：厚酒肥肉。君臣歡康，具醉熏熏。康，樂也。具，俱也。熏熏，和說貌。言君臣皆歡樂而和說也。善曰：毛詩曰：公尸來止熏熏。毛萇曰：熏，和悅也。千品萬官，已事而踆七旬。已，止也。踆，退也。謂品秩官僚等，並止事而退還也。善曰：國語曰：觀射父曰：百姓、千品、萬官、億醜。管仲曰：有司已事而竣。踆與竣同也。勤屢省昔井，懋幹幹。屢，數也。省，察也。懋，勉也。乾乾，敬也。善曰：尚書曰：屢省乃成。周易曰：君子終日乾乾也。清風協於玄德，淳化通於自然。協，同也。淳，厚也。玄，天也。自然，通神明也。言帝如此清惠之風，同於天德，淳厚之化，通於神明也。善曰：孔安國尚書傳曰：風，教也。老子曰：為而不

58 注「說文曰城池無水曰隍」 袁本此八字作「隍已見東都賦」，是也。茶陵本複出，非。

59 注「不敢迨遑」 案：「迨」當作「怠」。各本皆譌。陳云別本作「怠」，今未見。但陳所云別本，似即茶陵耳。其不合者，恐有誤，亦不具論。

60 注「毛詩曰牲牢饔餼」 案：「詩」下當有「序」字。各本皆脫。

持，長而不宰[61]，是謂玄德。王弼曰：玄德者，皆有德不知其至，出于幽冥者也。老子曰：天法道，道法自然。王弼曰：自然者，無稱之言，窮極之辭。憲先靈而齊軌，必三思以顧愆。憲，法也。先靈，先聖之神靈，即謂堯、舜也。愆，過也。齊，同也。軌，跡也。言有事能思，信與先聖同軌跡也。善曰：論語曰：季文子三思而後行。招有道於側陋，開敢諫之直言。招，明也。有道[62]，言使郡國於側陋之中，舉有道之士而用之也。直言，謂直諫者也。善曰：尚書曰：明明揚側陋。漢書曰：舉能直言極諫者。聘丘園之耿絜，旅束帛之戔戔。耿，清也。旅，陳也。謂有清絜者也。言丘園中有隱士，貞絜清白之人，聘而用之。束帛，謂古招士必以束帛加璧於上。周易曰：六五[63]，賁於丘園，束帛戔戔。王肅云：失位無應，隱處丘園。蓋蒙闇之人，道德彌明，必有束帛之聘也。戔戔，委積之貌也。上下通情，式宴且盤。上謂君，下謂臣。式，用也。盤，樂也。言君情通於下，臣情達於上，故能國家安，而君臣歡樂也。善曰：墨子曰：古者，聖王惟能審以尚同，是故上下通情。毛詩曰：嘉賓式宴以樂也。

「及將祀天郊，報地功，善曰：將，欲也。白虎通曰：祭天必在郊者，天體至清，故祭必於郊，取其清絜也。周禮以正月上辛，郊祀告于上帝，祭天而郊，以報去年土地之功。京房易占曰：立秋報地功。祈福乎上玄，思所以爲虔。祈，求也。玄，天也。玄黃天地。言天子祭天地之際，思念所以盡其忠敬。善曰：禮記曰：共皇天上帝之神，以為人祈福。周易曰：天玄而地黃也。肅肅之儀盡，穆穆之禮殫。殫，盡也。善曰：毛詩頌曰：至止肅肅。禮記曰：天子穆

---

61 注「為而不持長而不宰」 袁本、茶陵本無「而不持長」四字。

62 注「招明也有道」 案：此「有」誤也。陳云「有」上似脫「明」，但「招」本不訓，「明」詳下注，蓋訓為「舉」，陳所說未是，今無以訂之。

63 注「周易曰六五」 案：「周」上當有「善曰」二字。各本皆脫。何云：綜以赤烏六年卒，安得見王肅易注而引用之？指此注下文也。其說是矣。但因而疑綜注假託則非。蓋何未悟其自是善注耳。善演連珠注，亦引此王肅注也。

穆[64]。然後以獻精誠，奉禋祀，曰：『允矣，天子者也。』獻，進也。允，信也。天子，言是天帝之子也。善曰：國語曰：精意以享謂之禋祀。周禮曰：以禋祀祀昊天上帝。毛詩曰：允矣君子。乃整法服，正冕帶。整，理也。冕，所謂平天冠也。言天子素帶朱裏，謂三皇已來始冕，制有數種。鄭玄曰：長一尺七寸，廣八寸，前圓後方，以珠玉飾之也。法服，謂衣服並有法度。善曰：孝經曰：非先王之法服不敢服。珩行紞丁敢紘宏綖，玉笄綦其會。笄，簪也，謂以玉飾之。善曰：左氏傳曰：珩紞紘綖，昭其度也。杜預曰：珩，維持冠者。紘，纓從下上者。紞，冠之垂者也。綖，冠上覆者。周禮曰：王之五冕，玉笄也。又曰：王之皮弁，會五采玉琪。鄭玄曰：會，縫中。琪如綦[65]。綦，謂結皮弁於縫中，每貫結五采玉十二以為飾，謂之綦會。火龍黼黻，藻繂律鞶厲。善曰：左氏傳曰：火龍黼黻，昭其文也。藻繂鞞鞛，鞶厲斿纓，昭其數也。杜預曰：火，畫火也。龍，畫龍也。白與黑謂之黼，兩己相戾也。藻繂，以韋為之，所以藉玉。鞞，佩刀削上飾；鞛，下飾。鞶厲，紳帶之垂者。斿，旌旗之斿。纓，在馬膺前。結飛雲之袷輅，樹翠羽之高蓋。袷輅，次車也，次車樹翠羽為蓋，如雲飛也。今世謂之羽蓋車也。善曰：高唐賦曰：翠為蓋。建辰旒之太常，紛焱一作飆[66]悠以容裔。辰，謂日、月、星也。畫之於旌旗，垂十二旒，名曰太常，上畫三辰[67]，以象天明也。謂天子十二旒，諸侯九旒，大夫三旒。紛，盛也。悠，從風貌。容裔，高低之貌。焱，火花也。言風鼓動旌旗，紛紜盛亂如火花之飛起。善曰：周禮曰：日月為常。左氏傳曰：三辰旂旗，昭其明也。六玄虬之弈弈，齊騰驤而沛艾。六，六馬也。玄，黑也。天子駕六馬。騰驤，趣走也。弈弈，光明。沛艾，作姿容貌也。善曰：甘泉賦曰：六玄虬。毛詩曰：四牡弈弈。司馬相如大人賦曰：沛艾赳螑。龍輈華轙蟻，金鋄亡犯鏤鍚。輈，車轅，轅端上刻作龍頭也。華，采畫也。善曰：爾雅曰載轡謂之轙。郭璞曰：在軾

64 注「禮記曰天子穆穆」　袁本此七字作「穆穆已見上」，是也。茶陵本複出，非。
65 注「琪如綦」　案：「如」上當有「讀」字。各本皆脫。
66 注「一作飆」　袁本無此三字，正文作「飆」。茶陵本作「五臣作飆」四字。案：此校語之誤存者也。
67 注「垂十二旒名曰太常上畫三辰」　袁本、茶陵本「名曰太」三字作「也」。案：此尤校改之耳。

上，環鑾所貫也。蔡雍曰：金鍐者，馬冠也。高廣各五寸，上如玉華形，在馬髦前。鏤，彫飾也，當顱刻金為之[68]。毛詩曰：鉤膺鏤鍚。**方釳**乞**左纛，鉤膺玉瓌**音襄。方釳，謂轅旁以五寸鐵鏤鍚，中央低[69]，兩頭高，如山形，而貫中以翟尾，結著之轅兩邊，恐馬相突也。左纛，以旄牛尾大如斗，置騑馬頭上，以亂馬目，不令相見也。鉤膺，當胸也。瓌，馬帶玦，以玉飾也。善曰：廣雅曰：釳，許乞切。**鑾聲噦噦，和鈴鉠鉠**於良切。鑾在衡，和在軾，皆以金為鈴也。噦噦，和鳴聲。鉠鉠，小聲。善曰：毛詩曰：鑾聲噦噦，和鈴鉠鉠。**重輪貳轄，疏轂飛軨**零[70]。蔡雍獨斷曰[71]：乘輿重轂外復有一轂，副轄其外，乃復設轄然。重輪即重轂也。飛軨，以緹紬廣八尺[72]，長柱地，畫左青龍，右白虎，繫軸頭，取兩邊飾。蔡雍月令章句曰：疏，鏤也。**羽蓋威蕤，葩瑵**爪**曲莖**。羽蓋，以翠羽覆車蓋也。威蕤，羽貌。葩爪，悉以金作華形。莖皆曲，蔡雍獨斷曰：凡乘輿車皆羽蓋金華。爪與瑵同[73]。**順時服而設副，咸龍旂而繁纓**。五時之服，各隨其車，車各一色，以為副貳。副車各一乘，今謂之五帝車也。龍旗者，交龍為旂也。鞶，今之馬大帶也。纓，馬鞅也。善曰：毛詩曰：龍旗陽陽。周禮曰：玉路鍚樊纓。鄭玄曰：樊，讀如鞶，謂今之馬大帶也。繁與鞶古字通。**立戈迤戛，農輿輅木**。戈，謂木勾矛戟也[74]。戛，長矛也。矛，置車上，邪柱之，是謂戎輅。農輿無蓋[75]，所謂耕根車也。言耕稼於藉田，乘馬無飾，故稱木。善曰：

---

68 注「當顱刻金為之」　陳云「當」上疑脫「鍚」字，是也。各本皆脫。

69 注「鏤鍚中央低」　陳云「鍚」字疑衍，是也。各本皆衍。

70 注「零」　袁本、茶陵本作「軨音零」三字，在注末，是也。

71 注「蔡雍獨斷曰」　陳云此注及下注凡三引蔡雍說，其上疑並脫「善曰」二字，以「然重輪即重轂」語觀之，自是李氏文體，與薛注不類。今案：所說是也，當以正文「重輪貳轄」別為節，而注「善曰」至「即重轂也」於下。

72 注「廣八尺」　案：「尺」當作「寸」。續漢書輿服志注引可證。各本皆誤。

73 注「與瑵同」　袁本「同」下有「祖狡切」三字，是也。茶陵本無，非。

74 注「謂木勾矛戟也」　陳云「木」字衍。「矛」當作「孑」，是也。各本皆誤。案：續漢書輿服志注引無「木」字。

75 注「農輿無蓋」　何校「無」改「三」，依續漢志，是也。各本皆誤。案：志注引正作「三」。

迺，邪也[76]。屬車九九，乘軒並轂。副車曰屬。言相連也[77]。屬車有藩者曰軒。皆在後為三行，故曰並轂。善曰：漢雜事曰：諸侯貳車九乘，秦滅九國，兼其車服，故大駕屬車八十一乘。珥伏[78]弩重旃，朱旄青屋。通帛曰旃，朱旄。旄，牛尾赤色者也。青屋，青作蓋裏也。善曰：說文曰：珥，車蘭間皮筐以安其弩也。徐廣車服志曰：輕車置弩於軾上，載以屬車，然置弩於珥，曰珥弩。奉引既畢，先輅乃發。奉引，謂引道者，言引道之次已定，前車乃發。善曰：漢官儀曰：大駕則公卿奉引。尚書曰：先路在左塾之前。鸞旗皮軒，通帛綪旆。鸞旗，謂以象鸞鳥也。皮軒，以虎皮為之。善曰：蔡邕車服志曰：鸞旗，俗人名曰雞翹。上林賦曰：前皮軒，後道斿。通帛曰旗。國語曰：分魯公以少帛綪茷。韋昭曰：綪茷，大赤也[79]。雲罕九斿，闟戟轇膠輵葛。雲罕，旌旗之別名也。九斿，亦旗名也。闟，鋋也。轇輵，雜亂貌。善曰：上林賦曰：載雲罕。說文曰：斿，旍施流也。史記曰：趙良謂衛鞅曰：君之出也，操闟戟者旁車而趨。王逸楚辭注曰：轇輵，參差縱橫也[80]。髶而利髦被繡，虎夫戴鶡。髶髦，髦頭葺騎也。善曰：漢書羿為髦頭。應劭曰：繡衣，在天子乘輿之前。鶡，鷙鳥也。鬬至死乃止，令武士戴之，取猛也。司馬彪續漢書曰：虎賁騎皆鶡冠。駙承華之蒲梢，飛流蘇之騷殺桑葛。駙，副馬也。承華，廄名也。言取華廄之蒲梢，以為副馬也。漢官儀有承華廄。善曰：後宮[81]蒲梢汗血之馬。流蘇，五采毛雜之，以為馬飾而垂之。續漢書曰：駙馬赤珥流蘇。摯虞決疑要注曰：凡下垂為蘇。騷殺，垂貌。總輕武於後陣，奏嚴鼓之嘈囐才達。後陣者，謂北軍五營兵在後陣列。嘈囐，鼓聲。善曰：漢書曰：隤銅丸以撾鼓[82]，聲中嚴鼓之節。晉灼

---

76 注「迺邪也」袁本「也」下有音「弋氏切」三字，是也。茶陵本無，非。
77 注「言相連也屬」案：「也屬」當作「屬也」。各本皆倒。續漢書輿服志注引可證。
78 注「伏」袁本作「音伏」二字。在注末，是也。茶陵本與此同，非。
79 注「綪茷大赤也」袁本、茶陵本「也」下有「茷音旆」三字，是也。
80 注「參差縱橫也」袁本「也」下有「轇音膠輵音葛」六字，是也。茶陵本無，非。
81 注「善曰後宮」陳云「後」上脫「漢書曰」三字，是也。各本皆脫。
82 注「以撾鼓」何校「撾」改「擿」，是也。各本皆譌。

曰：疾擊鼓。戎士介而揚揮，戴金鉦而建黃鉞。戎，兵也。士，士卒也。介，甲也。揮，為肩上絳幟，如燕尾者也。金鉦，鐲鐃之屬也。黃鉞，以黃金飾之。善曰：左氏傳，廚人濮曰：揚徽者，公徒也。徽與揮古字通。蔡邕獨斷曰：乘輿後有金鉦黃鉞。清道案列，天行星陳。清道，謂蹕止行者。列，猶次也。言天子行如上天之星行，羅列有次。善曰：司馬相如上疏曰：清道而後行。周易曰：天行健。尚書大傳曰：明明上天，爛然星陳。肅肅習習，隱隱轔轔。肅肅，敬貌。習習，行貌。隱隱，眾多貌。轔轔，車聲也。殿坫未出乎城闕，旆已反乎郊畛[83]諸鄰。殿，後軍也。旆，前軍也。郊畛，謂郊界也。言從之多後猶未出城闕，前已迴於郊界也。善曰：論語曰：孟之反不伐，奔而殿。宋衷太玄經注曰：畛，界也[84]。盛夏后之致美，爰敬恭於明神[85]。盛，猶嘉也。夏后，禹也。言今嘉欲行禹之事，爰布恭敬於神明也[86]。善曰：論語曰：惡衣服而致美於黻冕，菲飲食而致孝於鬼神。毛詩曰：恭敬明神也。

「爾乃孤竹之管，雲和之瑟。孤竹，國名，出竹。善曰：周禮曰：孤竹之管，雲龢之瑟。和與龢古字通。鄭玄曰：孤竹，特生者也，雲和，山名也。出美木，用為瑟，其聲清亮也。雷鼓鼝鼝，六變既畢。雷鼓，八面鼓也。凡樂六變為一成，則更奏。畢，盡也。善曰：周禮曰：雷鼓路鼗奏之，若樂六變，一變，川澤之神見；二變，山林之神見；三變，丘陵之神見；四變，墳衍之神見；五變，地神見；六變，天神見。毛詩，鼓鼝鼝[87]。冠華秉翟，列舞八佾。冠華，以鐵作之，上闊下狹，以翟雉尾飾之，舞人頭戴。一行羅列八人，八八六十四人。謂今麥策花也。穀梁傳曰：舞夏天子八佾。善曰：蔡

83 旆已反乎郊畛　茶陵本「反」作「迴」，云五臣「反」，袁本「反」無校語。案：此蓋以五臣亂善。

84 注「畛界也」　袁本「也」下有「諸鄰切」三字，是也。茶陵本無，非。

85 爰敬恭於明神　袁本、茶陵本「敬恭」作「恭敬」。案：二本是也，蓋尤誤因注而改。善注之例，但取意同，不拘語倒，如引「敬恭明神」以注此「恭敬於明神也」。不知者，凡屬此例，多所改易，俱失其意，條見於後。

86 注「恭敬明神也」　何校乙「恭敬」二字，是也。各本皆倒。

87 注「毛詩鼓鼝鼝」　袁本、茶陵本「詩」下有「曰」字。又袁本末有「音淵」二字，是也。茶陵本無，非也。

邕獨斷曰：大樂郊祀，舞者冠建華冠。毛詩曰：右手秉翟。馬融論語注曰：佾，列也[88]。元祀惟稱，羣望咸秩。元，大也。祀，祭也。稱，舉也。謂大祭天地之禮既舉，羣岳眾神望以祭祀之，皆有秩次。善曰：尚書曰：咸秩無文。王肅曰：秩，序也。左氏傳曰：乃有事于羣望。孔安國尚書傳曰：在遠者望而祭之。颺槱由燎之炎煬樣，致高煙乎太一[89]。颺，飛揚也。槱之言聚也。謂聚薪焚之，揚其光炎，使上達于天也。太一，天之尊神也，曜魄寶也。善曰：周禮曰：以槱燎祀司中司命。郭璞方言注曰：火熾猛為煬。說文曰：致，送也。漢書曰：中宮天極星，其一明者，太一常居也。神歆馨而顧德，祚靈主以元吉。歆，饗也。顧，眷也。祚，報也。靈，明也。元，大也。吉，福也。言天神覩人主之明肅，顧饗其馨香之祭，故報之以大福。尚書曰：明德惟馨。周易曰：黃裳元吉。然後宗上帝於明堂，推光武以作配。宗，尊也。上帝，太微中五帝也。配，對也。言尊祭五帝於明堂，以光武配之。漢書曰：明帝宗祀五帝於明堂，光武皇帝配之。辯方位而正則，五精帥而來摧徂回切。辯，別也。方位，謂四方中央之位也。則，法也。五精，五方星也。帥，循也。摧，至也。言五帝總集至明堂。善曰：漢書曰：祀五帝於明堂，坐位各處其方。孝經鉤命決曰：宗祀文王於明堂，以配上帝五精之神。爾雅曰：摧，至也。尊赤氏之朱光，四靈懋而允懷。赤氏，謂漢火德所統，赤帝熛怒也。河圖曰：四靈，蒼帝神名靈威仰，赤帝神名赤熛怒，黃帝神名含樞紐，白帝神名白招拒，黑帝神名協光紀。今五云四靈，謂除赤，餘有四。懋，悅也。懷，安也。善曰：尚書曰：民其允懷。孔安國曰：民信歸之。於是春秋改節，四時迭代。改，易也。迭，更也。代，謝也。言感四時之謝，而欲享祀也。善曰：易幹鑿度，孔子曰：天地有春秋冬夏節，故生四時。又曰：五行迭終，四時更廢。蒸蒸之心，感物曾思。廣雅曰：蒸蒸，孝也[90]。感物，謂感四時之物，即春韭卵，夏麥魚，秋黍肫，冬稻鴈。孝子感此新

---

88 注「馬融論語注曰佾列也」 袁本此九字作「八佾已見東都賦」，是也。茶陵本複出，非。

89 致高煙乎太一 茶陵本「乎」下校語云善作「於」。袁本作「於」。蓋善「乎」、五臣「於」，校語有倒錯也。上文當覩乎殿下者。袁、茶陵亦作「於」，不著校語，似失之耳。

90 注「廣雅曰蒸蒸孝也」 案：「廣雅曰」二字，不當有。各本皆衍。此非薛注所得引，乃或記於旁而竄入者。

物，則思祭先祖也。善曰：尚書曰：虞舜烝烝。廣雅曰：感，傷也。躬追養於廟祧吐堯，奉烝嘗與禴祠。言祭皆追感孝養之道，故躬自為之。躬，猶身也。善曰：禮緯曰：祭者，所以追養繼孝也。禮記曰：遠廟為祧。毛詩曰：禴祠烝嘗。公羊傳曰：春曰祠，夏曰禴，秋曰嘗，冬曰蒸。物牲辯徧省，設其楅衡。物牲，謂祭祀之牲物，皆徧省視之也。橫木於牲角端，以備抵觸，謂之楅衡。善曰：周禮曰：牧六牲而阜蕃其物，以供祭祀。凡祭祀，飾其牛牲，設其楅衡。杜子春曰：楅衡，所以持令不得抵觸人也。毛炰炮豚胉博，亦有和羹。善曰：鄭玄曰：周禮注曰：毛炰者[91]，豚胉去其毛[92]而炰之，以備八珍。毛詩曰：毛炰胾羹。周禮曰：飲食之豆[93]，其實豚胉。杜子春曰：以胉為膊，謂脇也[94]。毛詩曰：亦有和羹。滌濯靜嘉，禮儀孔明。滌濯，謂洗滌也。靜，絜也。嘉，善也。孔，甚也。言禮儀甚鮮明也。善曰：周禮曰：大祭祀，眡滌濯。鄭玄曰：滌，溉祭器也。毛詩曰：籩豆靜嘉。又曰：禮儀既備。又曰：祀事孔明。萬舞奕奕，鍾鼓喤喤。萬舞，干也。奕奕，舞形也。喤喤，鼓聲也。善曰：毛詩曰：萬舞奕奕，鍾鼓喤喤。靈祖皇考，來顧來饗平聲。靈、皇，神名，謂先帝也。言先帝之神顧惄子孫，享其食也。神具醉止，降福穰穰。神，謂先神也。具，俱也。止，已。降，下也。穰穰，眾多也。善曰：毛詩曰：神具醉止，降福穰穰。

「及至農祥晨正，土膏脉起。農祥，天駟，即房星也。晨時，正中也，謂正月初也。善曰：國語曰：虢文公曰：太史順時視土[95]，農祥晨正，土乃脉發。太史告稷曰：土膏其動。韋昭曰：農祥，房星也。晨正，謂立春之日，晨中於午

---

91 注「鄭玄曰周禮注曰毛炰者豚」 案：「周」上衍「曰」字。「者豚」當作「豚者」，各本皆誤。下注「杜子春曰」，各本亦衍「曰」字也。

92 注「胉去其毛」 案：「胉」當作「爓」，各本皆誤。此所引在地官封人也。

93 注「飲食之豆」 案：「飲」當作「饋」，各本皆誤。此所引天官醢人文。

94 注「謂脇也」 袁本、茶陵本「也」下有「方薄切」二字，是也。案：凡此為真善音，其正文下「博」字，乃五臣音耳。全書中俱依此例求之。

95 注「太史順時視土」 案：「視」當作「覛」，各本皆譌。

也。脉，理也。膏，土潤也。**乘鑾輅而駕蒼龍**，善曰：禮記曰：孟春之月，乘鑾輅，駕蒼龍。鄭玄曰：鑾輅，有虞氏之車也，有鑾和之飾，而飾之以青輪。春，東方色青也。馬八尺為龍。**介馭間以剡**以冉[96]**耜**。天子車，帝在左，御在中，介處右。善曰：禮記曰：天子祈穀于上帝，親載耒耜，措之於參保介之御間。鄭玄曰：保介，車右，置耒耜於車右與御者之間，明以勸農。又使勇士衣甲而參乘，備非常也。保，猶衣也。毛詩曰：以我覃耜。毛萇曰：覃，利也。鄭玄禮記注曰：耜，耒之金也。覃與剡同。**躬三推於天田，修帝籍之千畝**。善曰：東觀漢記[97]曰：永明四年，詔書曰：朕親耕于籍田，以祈農事。禮記曰：躬耕帝籍，天子三推，為籍千畝。楊雄上林苑箴曰：芒芒天田，芃芃作穀。**供禘郊之粢盛，必致思乎勤己**。禘郊，謂祭天於南郊也。言天子籍田千畝，必須親耕者，為敬其祖考，用充宗廟之粢盛，故云勤己。善曰：禮記曰：王者禘其祖之所自出。鄭玄曰：禘，大祭也。又曰：天子籍田千畝。以事天地，以為齊盛。毛萇詩傳曰：器實曰粢，在器曰盛。鄭玄禮記注曰：致之言至也。**兆民勸於疆埸，感懋力以耘耔**音子。兆民，謂百姓也。疆，田畔也。耘，去草。耔，壅本也。善曰：毛詩曰：疆埸有瓜，或耘或耔。爾雅曰：懋，勉也。**春日載陽，合射辟雍**。陽，暖也。言春三月之時，與諸侯合射辟雍，行禮教。善曰：毛詩曰：春日載陽。鄭玄曰：載之言則也。東觀漢記，永平三年三月，上初臨辟雍，行大射禮。**設業設虡，宮懸金鏞**。設，施也。業，栒上板刻為鴈齒，捷業然，植者為虡，橫者為栒，以施設懸之宮中也。鏞，大鍾也。善曰：毛詩曰：設業設虡。周禮曰：正樂懸之位，王宮懸。鄭司農曰：宮懸，四面也。鏞，已見上文。**鼖鼓路鼗，樹羽幢幢**。鼖，大鼓也。鼗，小鼓也。幢幢，羽貌。善曰：周禮曰：以鼖鼓軍事。又曰：路鼓路鼗[98]。毛詩曰：崇牙樹羽。毛萇曰：置羽於栒上，以為飾也。**於是備物，物有其容**。言備具也。物，禮物也。射之禮物並有容飾也。

---

96 注「以冉」　袁本作「以冉切」三字，在注末，是也。茶陵本與此同，非。

97 注「東觀漢記」下至「行大射禮」　袁本此十九字作「合射辟雍已見東都賦」，是也。茶陵本複出，非。

98 注「路鼓路鼗」　袁本「鼗」下有「鼖扶云切鼗音逃」七字，是也。茶陵本無，非。

善曰：左氏傳，屠蒯曰：事有其物，物有其容。伯夷起而相儀，后夔坐而爲工。伯夷，唐虞時明禮儀之官也。后夔，舜臣，掌樂之官。言禮以行施，故云起；樂以靜陳，故曰坐。善曰：左氏傳曰：孟僖子不能相儀。又曰：昔玄妻，樂正后夔取之。儀禮曰：大射工六人。張大侯，制五正。善曰：毛詩曰：大侯既抗。毛萇曰：大侯，君侯也。周禮曰：王射三侯五正。鄭司農曰：王張五采之侯，即五正之侯也。謂天子五正，諸侯三正，大夫、士二正。以布畫取五方正色於大侯之上也。設三乏，厞司旌。言大射張三侯，故設三乏。乏以革為之，護旌者之御矢也。司旌，謂執旌司射，中當舉之。周禮曰：服不氏，射則以旌居乏而待獲。杜子春曰：乏，音為匱乏之乏[99]。爾雅曰：厞，隱也，音翡。幷夾既設，儲乎廣庭。幷夾，鉗矢者。周禮曰：射則取矢也。言侯高則以幷夾取之也。儲，待也。廣，大也。謂張設於大庭，以待天子也。於是皇輿夙駕[100]，蠢於東階，蠢之言卻也。謂卻於東階下，天子未乘之時也。善曰：毛詩曰：皇輿夙駕。蠢，音柴。以須消啓明。掃朝霞，登天光於扶桑。須，俟也。消，不見也。掃，滅也。言晨時啓明先見，尚有餘光，日出乃不見。霞，日邊赤氣也。謂天子須啓明光消霞滅，日上扶桑，乃就乘輿也。禮：天子日出乃視朝。善曰：毛詩曰：東有啓明，西有長庚。淮南子曰：登於扶桑，爰始將行，是謂朏明也。天子乃撫玉輅，時乘六龍。玉輅，謂玉飾之也。鄭玄禮記注曰：撫，猶據也。東都賓曰：登玉輅，乘時龍。善曰：周易曰：時乘六龍。此謂各隨其時而乘之。發鯨魚，鏗華鍾。發，舉也。鏗，猶擊也。華鐘，謂有篆刻文，故言華也。善曰：東都賦曰：發鯨魚，鏗華鐘。大丙弭節，風后陪乘。善曰：淮南子曰：若夫鉗且、大丙之御也，馬莫使之而自走。高誘曰：二人，太一之御也。楚辭曰：吾令羲和弭節兮。王逸曰：弭，按節徐行也。史記曰：黃帝舉風后以理人。鄭玄曰：風后，黃帝三公也。應劭漢官儀曰：常伯任侍中，出即陪乘也。攝提運衡，徐至於射宮。攝提有六星。玉衡，北斗中星，主迴轉。並飾於車上，徐行至於射宮。射宮，謂辟雍也。善曰：漢書曰：攝

---

99 注「乏音為匱乏之乏」 案：「音」當作「讀」，各本皆誤。

100 注「皇輿夙駕」 何校「皇輿」改「星言」，陳同，是也。各本皆誤。

提失方。音義曰：攝提隨斗杓所建十二月也。杓，匹遙切。春秋保乾圖曰：斗節運衡。何休公羊傳曰[101]：運，轉也。禮事展，樂物具。展，謂舒陳器物也。物具，謂器物皆具備也。王夏闋，騶側留虞奏。王夏，樂名也，天子初出奏也。闋，終也。善曰：周禮曰：出入則奏王夏。又曰：凡射，王奏騶虞之樂。決拾既次，彫弓斯彀古候。決，以象骨著右手巨指，所以鉤弦也。拾，韝捍著左臂也。彫弓，謂有刻畫也。彀，張也。善曰：毛詩曰：決拾既次。鄭玄曰：次，謂手指相比也。達餘萌於暮春，昭誠心以遠喻。昭，明也。誠心，謂天子之心也。善曰：禮記曰：季春，勾者畢出，萌者盡達。白虎通曰：天子所以親射何？助陽氣達萬物也。名之為侯者何？明諸侯不朝者，則當射之。然則射者，帝誠心遠喻於下也。文子曰：誠心可以懷也。進明德而崇業，滌饕叨餮他結之貪欲。射義曰：射所以觀德也。崇，猶興也。業，射業也。滌，蕩去也。言有貪婪嗜慾者，皆滌蕩去之也。善曰：漢書，明帝詔曰：親射泰侯，蓋選士威惡，助微達陽也。周易曰：君子進德修業。杜預左氏傳注曰：貪財曰饕，貪食曰餮。仁風衍而外流，誼方激而遐騖。衍，布也。方，道也。激，感也。遐，遠也。騖，馳也。善曰：典引曰：仁風翔乎海表。禮記曰：射者，仁道也。又曰：古諸侯之射，所以明君臣之義也。廣雅曰：方，正也。日月會於龍狵[102]闞，恤民事之勞疚。狵，尾也。日月會於尾，謂十月時也。疚，病也。民勞病於歲事，到此月乃終也，故天子愍恤勞來之。善曰：國語云：日月會於龍狵，國家於是乎蒸嘗也。賈逵曰：狵，龍尾也。月令，孟冬日在尾。漢書曰：東宮蒼龍。因休力以息勤，致歡忻於春酒。謂田事畢，休民力，息勤勞也。善曰：禮記曰：孟冬之月，勞農以休息。春酒，謂春時作，至冬始熟也。毛詩曰：春酒惟淳[103]。執鑾刀以祖割，奉觴豆於國叟。言天子親執鑾刀，祖右膊而割牲，以示敬也。善曰：東觀漢記曰：永明二年，詔曰：十月元日，始尊事三老，兄事五更，朕親祖割

---

101 注「何休公羊傳曰」　何校「傳」下添「注」字，陳同，是也。各本皆脫。

102 日月會於龍狵　袁本、茶陵本「狵」作「狵」，注同，是也。又袁本注末有「狵丁遘反」四字，是也。茶陵本無，非。

103 注「毛詩曰春酒惟淳」　何校改「春酒惟淳」作「為此春酒」。陳云，因此賦上文有「春酒惟醇」之語，傳寫錯誤。案：此當有誤，但何陳所改未見必然，蓋無以訂也。

牲。毛詩曰：執其鸞刀。孝經援神契曰：天子親臨辟雍，袒割。禮記曰：食三老五更於太學，天子袒而割牲，執醬而饋，執爵而酳。降至尊以訓恭，送迎拜乎三壽。降，下也。至尊，天子也。三壽，三老也。言天子尊而養此三老者，以教天下之敬，故來拜迎，去拜送焉。善曰：左傳曰：享以訓恭儉。蔡邕獨斷曰：天子事三老，使者安車輭輪送迎而至家，天子獨拜。毛詩曰：三壽作朋也。敬慎威儀，示民不偷以朱反，協韻。敬，宜也。儀，禮也。毛詩曰：敬慎威儀，視民不恌。毛萇曰：恌，偷也。我有嘉賓，其樂愉愉。嘉賓，謂三老、五更也。愉愉，和悅之貌也。善曰：毛詩曰：我有嘉賓。聲教布濩[104]護，盈溢天區。布濩，猶散被也。天區，謂四方上下也。言天子教愛及之。尚書曰：聲教訖于四海[105]。

「文德既昭，武節是宣。既，已也。昭，明也。宣，猶發也。言文武之教，無處不臨。善曰：尚書曰：誕敷文德。漢書，武帝詔曰：躬秉武節。三農之隙，曜威中原。隙，閒也。曜威，謂治兵也。善曰：國語曰：三時務農，一時講武。韋昭曰：三時，春夏秋。西都賦曰：曜威而講武事也。歲惟仲冬，大閱西園。西園，上林苑也。善曰：周禮曰：仲冬，教大閱。公羊傳曰：大閱者何？簡車馬也。後漢書曰：先帝左開鴻池，右作上林苑。虞人掌焉，先期戒事。先期，謂期日[106]敕戒羣吏脩獵具也。善曰：周禮，虞人掌山澤之官，度知禽獸多少。戒，猶告也。悉率百禽，鳩諸靈囿。悉，盡也。率，斂也。鳩，聚也。囿，苑也。囿，謂集禽獸於靈囿之中[107]。善曰：毛詩曰：悉率左右，以燕天子。

---

104 聲教布濩　案：「濩」當作「護」。茶陵本作「護」，云五臣作「濩」。袁本作「濩」，用五臣也，但失著校語。尤以五臣亂善，非。其辥注中俱是「護」字，尤幷改作「濩」，更非。南都賦「布濩」，善無注，各本皆作「濩」，似亦以五臣亂善而失著校語。此及彼「濩」下皆音護，即五臣音耳。凡諸家用字，互有不同，其一家之中而復歧異，即恐有誤，餘不悉出，準此例求之。

105 注「尚書曰聲教訖于四海」　袁本此九字作「聲教已見東都賦」，是也。茶陵本複出，非。

106 注「先期謂期日」　袁本、茶陵本無「謂期」二字，是也。

107 注「囿謂集禽獸於靈囿之中」　案：「謂」上「囿」字不當有，各本皆衍。

毛萇曰：驅禽獸於王之左右。鄭玄曰：率，循也。悉率驅禽獸，順其左右之宜，以安待王之射。毛詩曰：王在靈囿[108]。獸之所同，是謂告備。同，亦聚也。備，具也。言禽獸皆已合聚，田物具備也。善曰：毛詩曰：獸之所同。禮曰：告備于王[109]。乃御小戎，撫輕軒。毛詩曰：小戎俴收。謂小戎之車輕便宜田獵。鄭玄曰：輕車，驅逆之車。中畋四牡，既佶其栗且閑。中畋馬，謂調良馬可用獵者。佶，健也。閑，習也。毛詩曰：四牡既佶，既佶且閑。戈矛若林，牙旗繽紛。若林，言多也。繽紛，風吹貌。兵書曰：牙旗者，將軍之旌。謂古者天子出，建大牙旗，竿上以象牙飾之，故云牙旗。迄上林，結徒營[110]。迄，至也。結，止也。徒，眾也。營，域也。上林，苑名。善曰：說文曰：營，市居也。次一作敘[111]和樹表，司鐸授鉦。次，比也。和，軍之正門為和也。表，門表也。司，主也。鉦鐸，所以為軍節。善曰：周禮曰：大閱，虞人為表，以旌為左右和門。又曰：教振旅，辨鼓鐸鐲鐃之用也。坐作進退，節以軍聲。言聲中進退，取鍾鼓旌之節。善曰：周禮曰：司馬執鐸，以教坐作進退疏數之節。三令五申，示戮斬牲。示，教也。言三令五申，示眾人畢。有不用命者，斬之若牲也。善曰：尹文子曰：將戰，有司讀誥誓，三令五申之，既畢，然後即敵。史記曰：孫子約束既布，三令五申之。周禮曰：大閱，斬牲以徇陣，曰：不用令者斬之。陳師鞠旅，教達禁成。陳師，猶列師眾也。鞠之言告也。教達，謂三令五申，禁令已行，軍法成也。善曰：毛詩曰：陳師鞠旅。火列具舉，武士星敷。具，俱也。敷，布也。言武士獵徒如星之布也。善曰：毛詩曰：火列具舉。毛萇曰：列，人持火也。鵝鸛灌魚麗離，箕張翼舒。鵝、鸛、魚麗，並陣名也。謂武士發於此而列行，如箕之張，如翼之舒也。善曰：左氏傳曰：晉荀吳與華氏戰於赭丘，鄭翩願為鸛，

---

108 注「毛詩曰王在靈囿」　袁本此七字作「靈囿已見上文」，是也。茶陵本複出，非。

109 注「禮曰告備于王」　案：「禮」上當有「周」字，各本皆脫。此所引小宗伯職文也。

110 迄上林結徒營　袁本、茶陵本「迄」下有「于」字。「徒」下有「為」字。茶陵校語云，善無「于」字「為」字。袁無校語，何云匡謬正俗作「迄于上林結徒為營」。今案：依文義，善亦當有，或但所見傳寫脫耳。

111 注「一作敘」　袁本無此三字，正文作「敘」。茶陵本作「五臣作敘」四字。案：此校語之誤存者也。

其御願為鵝。左氏傳曰：王伐鄭，鄭原繁為魚麗之陣。軌塵掩迒岡，匪疾匪徐。掩，覆也。迒，跡也。謂車軌之塵，適自覆跡，言得遲疾之中也。善曰：穀梁傳曰：蒐于紅，車軌塵，馬候蹄也。馭不詭遇，射不翦毛。孟子曰：為之詭遇[112]，一朝而獲十。劉熙曰：橫而射之曰詭遇。毛萇詩傳曰：面傷不獻，翦毛不獻。升獻六禽，時膳四膏。升，進也。四膏者，禮記曰：牛膏香，犬膏臊，雞膏腥，羊膏羶。善曰：周禮曰：庖人掌供六禽。鄭司農曰：六禽、鴈、鶉、鴽、雉、鳩、鴿也。馬足未極，輿徒不勞。極，盡也。輿，眾也。勞，罷勞也。善曰：韋昭漢書注曰：輿，車士也。成禮三毆一作驅，解罘伏侯放麟。大鹿曰麟。解，散也。罘，罔也。周易曰：王用三毆，失前禽也。毆與驅同。善曰：穀梁傳曰：四時之田用三焉，一曰乾豆，二曰賓客，三曰充君之庖。不窮樂以訓儉，不殫物以昭仁。窮，極也。訓，教也。殫，盡也。物，謂禽獸也。言殺禽獸不盡，即昭明人君行仁之道，謂崇儉故也。善曰：列女傳曰：周宣王姜后曰：好奢必樂，窮樂者亂之所興。左傳曰：享以訓躬儉[113]。慕天乙之弛罟，因教祝以懷民。天乙，殷湯名也。弛，廢也。善曰：呂氏春秋曰：湯見罔置四面，湯拔其三面，置其一面，祝曰：昔蛛蝥作罔，今之人學紓，欲高者高，欲下者下，吾取其犯命者。漢南之國聞之曰：湯德至禽獸，三十國歸之。高誘曰：紓，緩也。毛萇詩傳曰：懷，來也。儀姬伯之渭陽，失熊羆而獲人。儀，則也。姬伯，文王為西伯也。善曰：史記曰：太公望呂尚，東海人，以漁釣干周西伯。西伯將出獵，卜曰：所獲非龍，非彲，非虎，非羆，所獲霸王之輔。西伯獵，果遇太公渭之陽，與語大說。文王勞之，太公曰：臣聞君子樂其志，小人樂其事。遂載與俱歸。澤浸昆蟲，威振八寓。浸，潤也。八寓，八方區宇也。善曰：毛詩序曰：文王德及鳥獸昆蟲焉。鄭玄禮記注曰：昆，明也。明蟲者，陽而生，陰而藏也。蒼頡篇曰：宇，邊也。說文曰：寓，籀文宇字。好樂無荒，允文允武。允，信也。無荒，言不好荒淫之樂。信與文王、武王等其功德也。善曰：毛詩曰：好樂無荒，允文允武，昭假烈

112 注「孟子曰」下至「曰詭遇」 袁本此二十二字，作「詭遇已見東都賦」，是也。茶陵本複出，非。

113 注「左傳曰享以訓躬儉」 袁本此八字作「訓儉已見上文也」，是也。茶陵本複出，非。

祖。薄狩于敖，既璅璅一作瑣[114]焉。敖，鄭地，今之河南滎陽也。謂周王狩也。璅璅，小也。言鄙陋不足說也[115]。詩曰[116]：建旐設旄，薄獸於敖。岐陽之蒐，又何足數。岐陽，岐山之陽，謂成王所狩之地，亦以小不足可數也。善曰：左氏傳曰：成王有岐陽之蒐[117]。

「爾乃卒歲大儺奴何，毆除羣厲。卒，終，謂一歲之終。儺，逐疫鬼。善曰：漢舊儀曰：昔顓頊氏之有三子，已而為疫鬼，一居江水為瘧鬼；一居若水為罔兩蜮鬼；一居人宮室區隅，善驚人，為小鬼。於是以歲十二月，使方相氏蒙虎皮，黃金四目，玄衣丹裳，執戈持盾，帥百隸及童子而時儺，以索室中而毆疫鬼也。方相秉鉞，巫覡胡激操茢音例。善曰：周禮曰：方相氏，黃金四目，玄衣朱裳，執戈揚盾也。國語曰：在男謂之覡，在女謂之巫也。說文曰：操，把持也。左傳曰：襄公乃使巫以桃茢先祓殯。杜預曰：茢，乃黍穰也。侲震子萬童，丹首玄製。侲子，童男童女也。朱，丹也。玄製，皁衣也。善曰：續漢書曰：大儺，謂逐疫。選中黃門子弟十歲以上十二以下百二十人為侲子，皆赤幘皁製，以逐惡鬼於禁中。桃弧棘矢，所發無臬牛列切。飛礫雨散，剛癉亶必斃。桃弧，謂弓也。棘，矢箭也。癉，難也。言鬼之剛而難者皆盡死也。善曰：漢舊儀，常以正歲十二月，命時儺，以桃弧葦矢且射之，赤丸五穀播洒之，以除疾殃。左氏傳曰：桃弧棘矢，以除其災。說文曰：臬，射埻的也[118]。煌火馳而星流，逐赤疫於四裔。煌，火光也。馳，競也。赤疫，疫鬼惡者也。四裔，謂四海也。星流，謂羣鬼競走。煌煌然如火光之與星流也。善曰：續漢書曰：儺持火炬，送疫出端門外，騶騎傳炬

---

114 注「一作瑣」袁本無此三字。茶陵本作「綜作璅」。正文皆作「瑣」。案：此校語之誤存者也。

115 注「言鄙陋不足說也」袁本、茶陵本無「陋」字，是也。

116 注「詩曰」袁本「詩」作「善」。茶陵本「詩」上有「善曰」二字。案：似茶陵是也。

117 注「成王有岐陽之蒐」 何校去「王」字，是也。各本皆衍。

118 注「臬射埻的也」袁本、茶陵本「也」下有「臬牛列切埻之尹切」八字，是也。

出宮[119]。五營騎士，傳火棄洛水中。星流，言疾也。左氏傳曰：投諸四裔，以御魑魅。然後凌天池，絕飛梁。凌，升也。善曰：莊子曰：北溟者，天池也。如淳漢書注曰：直渡曰絕。甘泉賦曰：歷倒景而絕飛梁。捎所交切魑魅，斮側角[120]獝其筆狂。魑魅，山澤之神。獝狂，惡戾之鬼名。捎，殺也。斮，擊也。善曰：諸鬼之說者各異，今隨所釋而載之，不改易也。斬蟃紆危[121]蛇移，腦方良。方良，草澤之神也。腦，陷其頭也。善曰：莊子，蟃蛇之狀，其大若轂，其長若轅，紫衣而朱冠也。囚耕父於清泠零，溺女魃蒲葛[122]於神潢黃。清泠，水名，在南陽西鄂山上。神潢，亦水名，未知所在。善曰：山海經曰：有神耕父處豐山，常游清泠之淵，出入有光。又曰：大荒之中，有山名不勾，有人衣青衣，名曰黃帝女魃，所居不雨。殘夔魖虛與罔像[123]，殪煙計野仲而殲子廉游光。殘，猶殺也。夔，木石之怪，如龍有角，鱗甲光如日月，見則其邑大旱。說文曰：魖，耗鬼也。罔象，木石之怪。殪，殺也。殲，滅也。野仲、游光，惡鬼也，兄弟八人，常在人間作怪害。八靈爲之震慴之涉，況鬾巨宜[124]蜮域[125]與畢方。鬾，小兒鬼。畢方，老父神，如鳥兩足一翼者，常銜火在人家作怪災也。善曰：楚辭曰：合五嶽與八靈。王逸曰：八靈，八方之神也。爾雅曰：震慴，懼也。漢舊儀曰：魊，鬼也。魊與蜮古字通。度朔作梗哽，守以鬱壘。神荼副焉，對操七刀索葦。東海中度朔山有二神，一曰神荼，二曰鬱壘，領眾鬼

---

119 注「駘騎傳炬出宮」 案：「駘」當作「騶」，各本皆誤。所引禮儀志文也。

120 注「側角」 又注「其筆」袁本作「斮側略切獝其出切」八字，在注末，是也。茶陵本無，非。此去注末善音，存正文下，五臣音與茶陵同而誤。

121 注「紆危」 又注「移」袁本作「蟃紆危切蛇音移」七字，在注末，是也。茶陵本無，非。此移善音於正文下，與茶陵正文下五臣音不同而亦誤。

122 注「蒲葛」 袁本作「扶葛切」三字，在注末，是也。茶陵本與此同，非。

123 殘夔魖與罔像 袁本、茶陵本「像」作「象」。案：「象」是也，注正是「象」字。

124 注「巨宜」 袁本、茶陵本作「鬾巨宜切」四字，在注中「鬾鬼也」下，是也。

125 注「域」 袁本作「音域」二字，在注末是也。茶陵本與此同，非。

之惡害者，執以葦索而用食虎。善曰：風俗通曰：黃帝書，上古時有神荼、鬱壘昆弟二人，性能執鬼。度朔山上有桃樹[126]，下常簡閱百鬼，鬼無道理者，神荼與鬱壘，持以葦索，執以飼虎。是故縣官常以臘祭夕，飾桃人垂葦索，畫虎於門，以禦凶也。毛詩傳曰：梗，病也。謂為人作梗病者。目察區陬子侯[127]，司執遺鬼。察，觀也。區陬，隅隟之閑也。司，主也。謂於度朔山主執遺餘之鬼也。京室密清，罔有不韙。密，靜也。清，潔也。罔，無也。韙，善也。謂無復疫癘，皆得安善也。

「於是陰陽交和，庶物時育。庶，眾也。漢書曰：陰陽和，風雨時，言疫癘既無，陰陽乃和，眾物育養也。卜征考祥，終然允淑。征，巡行也。考，問也。祥，吉也。允，信也。淑，善也。善曰：左氏傳，石奐曰：先王卜征五年，而歲卜其祥，祥習則行。周易曰：視履考祥。毛詩曰：終然允臧也。乘輿巡乎岱嶽，勸稼穡於原陸。乘輿，天子也。岱，泰山也。種曰稼，收曰穡。謂春勑東方諸侯，課民以耕種，故尚書云：二月東巡狩，至於岱宗，柴[128]。同衡律而壹軌量，齊急舒於寒燠於六。衡，稱也。軌，法也。寒燠，猶苦樂。同、壹、齊，皆使中不參差也。善曰：尚書曰：同律度量衡。又曰：謀恒寒若[129]，豫恒燠若。省幽明以黜陟，乃反旆而回復。省，察也。幽，闇也。黜，退也。陟，昇也。謂有功者進，無功者退也。故尚書曰：三載考績，黜陟幽明也。反旆，謂迴還也。望先帝之舊墟，慨長思而懷古！先帝，先神也。舊墟，長安也。慨，歎息也。古，往也。謂前漢初也。俟閶風而西遐，致恭祀乎高祖。俟，待也。閶風，秋風也。祠，謂祭祀，高祖廟也。遐，逝也。善曰：東觀漢記曰：永明二年十月，幸長安祠高廟。周書曰：恭明祠，專明刑。易說曰：秋，閶闔風至。既春游以發生，啓諸蟄於潛戶。春游，謂仲春巡行岱嶽，是時蟄蟲皆開戶，帝乃東巡，助宣氣也。善曰：爾雅曰：春為發生。禮記曰：仲春之月，蟄蟲咸動，啓戶始出。度秋豫

---

126 注「有桃樹下」茶陵本「樹」下有「二人於樹」四字，是也。袁本亦脫。
127 注「子侯」 袁本作「善曰陬音子侯切」七字。茶陵本作「善曰陬子侯切」六字，在注末。案：茶陵是也。
128 注「至於岱宗柴」 袁本、茶陵本無「柴」字。
129 注「謀恒寒若」 袁本、茶陵本「謀」作「急」，是也。

以收成，觀豐年之多稌他杜[130]。秋行曰豫。謂秋行禮高祖廟，此時萬物始成。善曰：晏子曰：吾王不游，吾曷以休？吾王不豫，吾曷以助？一游一豫，為諸侯度。爾雅曰：秋為收成。毛詩曰：豐年多稌[131]。毛萇曰：稌，稻也。**嘉田畯之匪懈，行致賚于九扈。**嘉，善也。畯，主田官也。九扈，農正，知田事。扈，正也。言天子行慶福，致賚于九扈，使民不淫放。善曰：毛詩曰：田畯至喜。又曰：夙夜匪懈，左氏傳曰：郯子曰：九扈為九農正。杜預曰：扈有九種也：春扈頒鶥[132]，夏扈竊玄，秋扈竊藍，冬扈竊黃，棘扈竊丹，行扈唶唶，宵扈嘖嘖，桑扈竊脂，老扈鷃鷃，以九扈為九農之號，各隨其宜，以教人事也。**左瞰**勘**暘谷**[133]**，右睨玄圃。**暘谷，日出之處。玄圃，在崑崙山上。瞰，望也。睨，視也。善曰：淮南子曰：日出于暘谷，浴于咸池也。又曰：懸圃在崑崙閶闔之中。玄與懸古字通。**眇天末以遠期，規萬世而大摹**莫補**，**叶韻。眇，視也。摹，法也。言帝之巡狩，眇然以天末為遠期，規欲以為萬代之大法也。善曰：劇秦美新曰：創億兆，規萬世。**且歸來以釋勞，膺多福以安悆**羊主**。**悆，寧也。歸，謂西征旋，乃釋吏士之劬勞，祭祀受多福，以安寧也。善曰：尚書曰：永膺多福[134]。**總集瑞命，備致嘉祥。**總，會也。集，聚也。祥，神也，即騶虞、澤馬之屬也。瑞，應也，即鸞鳳之屬也。善曰：墨子曰：禹親抱天之瑞命也。孝經鈎命決曰：帝王起緯合宿，嘉瑞貞祥。**圉**語**林氏之騶**鄒**虞，擾澤馬與騰黃。**圉，牢養也。林氏，山名也。騶虞，義獸也。善曰：山海經曰：林氏有珍獸，大若虎，五采畢具，尾長於身，其名騶吾，乘之日行千里。劉芳詩義疏曰：騶虞或作吾。應劭漢書注曰：擾音柔。擾，馴也。陰嬉讖曰：聖人為政，澤出馬。山海經

---

130 注「他杜」　袁本、茶陵本作「他杜切」三字，在注末，是也。

131 注「豐年多稌」　案：「多」下當有「黍多」二字。各本皆脫。

132 注「春扈頒鶥」　袁本、茶陵本「頒」作「鳻」，是也。

133 左瞰暘谷　案：「暘」當作「湯」。注同。蜀都賦「汩若湯谷之揚濤」，注云「湯谷已見東京賦」，即指此，可證也。吳都賦「包湯谷之滂沛」，善「湯」、五臣「暘」，此賦亦然。各本所見以五臣亂善而失著校語。

134 注「尚書曰永膺多福」　袁本此七字作「多福已見東都賦」，是也。茶陵本複出，非。

曰：大封國有文馬，縞身朱鬣，名曰吉良，乘之壽千歲。瑞應圖曰：騰黃，神馬，一名吉光。然吉良、騰黃，一馬而異名也。鳴女床之鸞鳥，舞丹穴之鳳皇。女床，山名，在華陰西六百里。山海經曰：女床之山有鳥焉，其狀如鶴，五色文，名曰鸞鳥，見即天下安寧。又曰：丹穴之山有鳥焉，其狀如鵠，五采，名曰鳳皇。是鳥也，飲食自歌自舞，見則天下安寧。植華平於春圃，豐朱草於中唐。植，猶種也。華平，瑞木也。天下平其華則平；有不平處，其華則向其方傾。中唐，堂塗也。善曰：孝經援神契曰：德至於地，則華平盛也。瑞應圖曰：木名也。宮閣記有春王圃。鶡冠子曰：聖王之德，下及萬靈，則朱草生。抱朴子曰：朱草長三尺，枝葉皆赤，莖似珊瑚也。如淳漢書注曰：唐，庭也。毛詩曰：中唐有甓。惠風廣被，澤洎幽荒。惠，恩也。洎，及也。幽荒，九州外，謂四夷也。北爕素頰丁令，南諧越裳。爕、諧，皆和也。越裳，南蠻，今九真是也。丁令，國名。善曰：漢書曰：匈奴北服丁令也。韓詩外傳曰：成王之時，越裳氏重九譯而至，獻白雉於周公[135]。西包大秦，東過樂浪音郎[136]。善曰：司馬彪續漢書曰：大秦國名犁鞬，在西海之西。漢書有樂浪郡。重舌之人九譯，僉稽首而來王。重舌，謂曉夷狄語者。九譯，九度譯言始至中國者也。善曰：國語曰：夫戎狄坐諸門外，而使舌人體委與之。韋昭曰：舌人能達異方之志，象胥之官也。韓詩外傳曰：成王之時，越裳氏重九譯而至，獻白雉於周公。晉灼漢書注曰：遠國使來，因九譯言語乃通也。說文曰：譯，傳四夷之語者。尚書曰：禹拜稽首，四夷來王。

「是以論其遷邑易京，則同規乎殷盤。京，京師也。規，法也。盤庚，殷王之名也。改奢即儉，則合美乎斯干。斯干，謂周宣王儉宮室之詩也。今漢光武改西京奢華，而就儉約，合斯干之美。善曰：韓詩曰：宋襄公去奢即儉。登封降禪，則齊德乎黃軒。登，謂上泰山封土。降，謂下禪梁父也。言光武登上泰山，下禪梁父，則與黃

---

135 注「韓詩外傳曰」下至「獻白雉於周公」 袁本此二十三字作「越裳見下句」，是也。茶陵本誤與此同。

136 注「音朗」 袁本、茶陵本此在注末，是也。

帝軒轅齊其功德。善曰：黃帝封泰山[137]。為無為，事無事，永有民以孔安。為，作也。事，業也。永，長也。孔，甚也。以無為為功，以無事為業，澹然不煩瀆也。善曰：老子曰：為無為，事無事，我無為而民自化，我無事而民自富。遵節儉，尚素樸。遵，循也。樸，質也。言遵循節儉，尚其樸素也。善曰：漢書曰：文帝躬節儉。莊子曰：同乎無欲，是謂素樸。思仲尼之克己，履老氏之常足。孔子曰：克己復禮。馬融曰：克己，約身。善曰：老子曰：知足常足也。將使心不亂其所在，目不見其可欲。善曰：老子曰：不見可欲，使心不亂。河上公曰：放鄭聲，遠美人，使心不亂，不邪淫也。賤犀象，簡珠玉。簡，猶略也。善曰：長楊賦曰：賤瑇瑁而疏珠璣。藏金於山，抵紙璧於谷。藏、抵，皆謂不取之，謂儉故也。善曰：莊子曰：藏金於山，藏珠於淵。說文曰：抵，側擊也[138]。翡翠不裂，瑇瑁不蔟音族。翡翠，鳥名也。瑇瑁，珍名。不裂，不折其羽以為玩飾也。不蔟，不叉蔟取之為器也。所貴惟賢，所寶惟穀。善曰：尚書曰：所寶惟賢，則邇人安。范子計然曰：五穀者，萬人之命，國之重寶。民去末而反本，咸懷忠而抱愨若角切。詐偽為末，忠信為本。善曰：淮南子云：守道順理者，不免於飢寒之患，而欲人之去末反本，是猶發其原而壅其流也。說文曰：愨，謹也。於斯之時，海內同悅，曰：『吁！漢帝之德，侯其禕於離而！』言於此之時，皆同歡樂也。于，於也。悅，樂也。吁，驚也。禕，美也。蓋蓂莢為難蒔神志也，故曠世而不覿。覿，見也。蓂莢，瑞應之草。王者賢聖，太平和氣之所生。生於階下，始一日生一莢，至月半生十五莢；十六日落一莢，至晦日而盡，小月則一莢厭不落。王者以證知月之小大。堯時夾階生之謂不世見，故云難蒔也。善曰：田俅子曰：堯為天子，蓂莢生於庭，為帝成歷。范曄後漢書，班固議曰：漢興以來，曠世歷年。惟我后能殖之，以至和平，方將數所主諸朝階。后，帝也。惟我帝有至和之德，故必能殖之，方當生於朝陛，得以數知月之大小也。謂上文蓂莢也。善曰：鄭玄毛詩箋

137 注「黃帝封泰山」　袁本「山」下有「已見上文」四字，是也。茶陵本複出，非。

138 注「抵側擊也」　袁本、茶陵本「也」下有「徵氏切」三字，是也。

曰：方，直也[139]。然則道胡不懷，化胡不柔？胡，何也。懷，來也。柔，安也。言皆安之也。聲與風翔，澤從雲游。翔、游，皆行也。風者，天之號令；雲雨者，天之膏潤，故聲教與風皆翔，恩澤與雲俱行也。萬物我賴，亦又何求？我賴，賴我也。言萬物皆賴帝之恩惠以得所，無復他求也。德寓天覆赴，輝烈火燭。寓，猶蓋也。帝之德蓋如天之覆，日月之光輝照於遠近也。善曰：國語，勃鞮曰：君之德宇何不寬裕也。寓與宇同。禮記，孔子曰：天無私覆。狹三王之趢祿起七木，軼五帝之長驅。狹，謂陋也。趢起，局小貌也。軼，過也。驅，馳也。言以三王禮法為局小狹陋，過五帝而遠馳，則繼三皇之跡也。善曰：戰國策曰：樂毅長驅至齊。踵二皇之遐武，誰謂駕遲而不能屬？踵，繼也。二皇，伏羲、神農也。遐，遠也。武，跡也。屬，逮也。誰敢謂今所駕者遲而不能逮。言必能逮也。東京之懿未罄，值余有犬馬之疾，不能究其精詳。懿，美也。罄，盡也。先生言東京之美未盡，遇我有疾，故不能究其美事也。善曰：孔叢子謂魏王曰：臣有犬馬之疾，不任國事。毛萇詩傳曰：詳，審也。故粗爲賓言其梗槩如此。粗，猶略也。賓，西京也。梗槩，不纖密，言粗舉大綱如此之言也。

「若乃流遁忘反，放心不覺，樂而無節，後離其戚，言若流情放心，不自反寤，恣意所為，淫樂無禮以無節，終後卒當罹其憂禍，即秦皇、王莽是也。善曰：淮南子曰：凡亂之所由生，皆在流遁。廣雅曰：遁，去也。孟子曰：人有放心，不知求學問之道也。一言幾渠衣於喪國，我未之學也。幾，近也。先生責公子云：取樂今日，皇恤我後，言今非之也。善曰：論語曰：一言可以喪邦乎？且夫挈苦結缾之智，守不假器。言挈缾之小智耳，尚不妄以假人也。善曰：左氏傳曰：人有言曰，雖有挈缾之智，守不假器，禮也。況纂祖管帝業，而輕天位。纂，繼也。今如公子言，皆淫心放意之事，此乃輕居天王之尊位，而禪於董賢。善曰：長楊賦曰：恢帝業。尚書曰：天位艱哉[140]。瞻仰二

---

139 注「方直也」 陳云「直」當作「且」，是也。各本皆誤。

140 注「尚書曰天位艱哉」 袁本此七字作「天位已見上文」，是也。茶陵本複出，非。

祖，厥庸孔肆。庸，功也。孔，甚也。肆，勤也。言瞻望高祖，功庸甚勤苦而得之也。常翹翹以危懼，若乘奔而無轡。言居天子之位，常若奔馬而無轡，履冰而負重也。善曰：毛詩曰：予室翹翹。毛萇曰：翹翹，危也。鄧析曰：明君之御民，若乘奔而無轡。白龍魚服，見困豫且子余切。說苑曰：吳王欲從民飲，伍子胥曰：昔白龍下清泠之淵，化為魚，豫且射中目。白龍不化，豫且不射。君今棄萬乘之位，而從於臣，恐有豫且之患。此言先生責公子陰戒期門，微行要屈。雖萬乘之無懼，猶怵惕於一夫[141]。萬乘，天子也，即秦始皇也，高祖也。昔秦始皇東游，為張良所擊，中其副車。漢高祖於栢人亭，殆為貫高所中。善曰：尚書曰：怵惕惟厲。孔安國曰：怵惕，悚懼也。方言曰：戒，備也。過秦論曰：一夫作難。惕，驚也[142]。終日不離其輜重[143]，獨微行其焉如？輜重，車也。焉，言安也。如，往也。公子說微行要屈，故先生問之，言欲何往也。善曰：老子曰：終日行不離輜重。張揖曰：輜重，有衣車也。漢書曰：武帝微行始出也。夫君人者，黈纊塞耳，車中不內顧[144]。黈纊，言以黃綿大如丸，懸冠兩邊當耳，不欲妄聞不急之言也。內顧，謂不外視臣下之私也。善曰：大戴禮，孔子曰：黈纊塞耳，所以塞聽也。魯論語曰：車中不內顧。崔駰車左銘曰：正位授綏，車中不

---

141 猶怵惕於一夫　案：「怵惕」當作「惕戒」。善引尚書以注「惕」，引方言以注「戒」，引過秦論以注「一夫」，循其次序有「戒」字在「惕」下「一夫」上，甚明。又其下「惕驚也」三字，乃薛注。若如今本不容去「怵」注「惕」，可見正文無「怵」字，但有「惕」字，亦甚明，不知何人誤認善注中「怵惕」以為正文如此而改之，其實與注轉不相應，非也。各本所見皆誤，今特訂正。

142 注「惕驚也」　案：此乃薛注，當在善曰上。各本皆誤贅於善注下，甚非。凡薛注與善注舛錯失舊者，多此例也。

143 終日不離其輜重　袁本、茶陵本「其」作「於」。案：此無可考也。

144 車中不內顧　案：「不」字不當有。薛注無「不」字，可證也。各本所見皆衍。又善注「魯論語曰車中不內顧」，亦不當有「不」字。考論語釋文云「車中不內顧」，魯讀「車中內顧」，然則各本衍「不」字，甚明。近盧學士文弨鍾山劄記曾舉正此條云：漢書成帝紀贊，顏注云：今論語「車中內顧」。內顧者，說者以為「前視不過衡軛，旁視不過輢轂」云云。其說是矣。但失引證釋文耳。

顧[145]。塵不出軌，鸞以節步。珮以制容，鑾以節塗。珮為行容，鑾為車節。善曰：禮記曰：君子在車則聞鑾和之聲，行則鳴珮玉也。行不變玉，駕不亂步。行合容則玉聲應，馬步齊則鑾和響。並謂君之禮法。卻走馬以糞車，何惜騕烏皎褭寧少與飛兔。卻，退也。老子曰：天下無道，戎馬生於郊。天下有道，卻走馬以糞。河上公曰：糞者，糞田也。兵甲不用，卻走馬以務農田。然今言糞車者，言馬不用，而車不敗，故曰糞車也。何惜，言不愛之也。善曰：呂氏春秋曰：飛兔騕褭，古之駿馬。方其用財取物，常畏生類之殄也。方，將也。生類，謂天下萬物之類也。殄，盡也。賦政任役，常畏人力之盡也。謂任役使人，常畏人力盡也。取之以道，用之以時。論語曰：敬事而信，節用而愛人，使民以時，此之謂也。善曰：毛萇詩傳曰：太平而微物眾多，取之有時，用之有道。山無槎仕假枿五葛，畋不䴠烏夭胎。斜斫曰槎。斬而復生曰枿。不䴠胎者，言不如公子所道。擭胎拾卵，校獲麛䴠也。漢書曰：昔先王山不槎蘖，畋不殺胎。草木蕃廡武，鳥獸阜滋。蕃，滋也。廡，盛也。阜，大也。滋，益也。善曰：尚書曰：庶草蕃廡。班固漢書序曰：蕃阜庶物。民忘其勞[146]，樂輸其財。民，謂百姓也[147]。言民不以力役為勞苦，不以財賦為損費，故文王有子來之人。武帝時卜式入錢，以助官也。善曰：周易曰：悅以使人，人忘其勞也。百姓同於饒衍，上下共其雍熙。言富饒是同，上下咸悅，故能雍和而廣也。論語曰：百姓足，君孰與不足。善曰：尚書曰：黎民於變時雍。又曰：庶績咸熙。洪恩素蓄，民心固結。洪，大也。蓄，積也。固，牢固也。謂高祖已下，積恩施惠，人心固結。故王莽之時，皆謳吟而思漢也。善曰：四子講德論曰：洪恩所潤，不可究陳。國語，甯莊子曰：民無結，不可以固。孫子曰：吾將固其結也。執誼顧

---

145 注「車中不顧」　案：「不」當作「内」。各本皆誤。古文苑載此銘，作「車不内顧」。「不」當作「中」，皆或記「不」字於旁，此誤以改「内」，彼誤以改「中」，可互訂也。鍾山劄記引彼，又載「車右銘内顧自勑車後銘望衡顧轂」為證，而不言此銘「内」字，彼未誤，蓋據誤本古文苑也。

146 民忘其勞　袁本「民」作「人」。茶陵本校語云善作「人」，下「民心固結」同。案：此尤以五臣亂善。

147 注「民謂百姓也」　袁本作「人謂民也」。茶陵本與此同。案：此當作「人謂百姓也」。薛注作「民」。唐諱改「人」。袁本蓋誤。

主，夫懷貞節。夫，猶人人也。言執禮義之心，顧思漢德，人懷貞正之志分也。楚辭曰：原生受命于貞節。忿姦慝之干命，怨皇統之見替音鐵，叶韻。慝，惡也。統，嗣也。替，廢也。謂忿王莽之逆命，怨漢統之替廢也。玄謀設而陰行，合二九而成譎。玄，神也。譎，變也。謂王莽之謀，陰行十八年而成變計也。登聖皇於天階，章漢祚之有秩。聖皇，光武也。章，明也。秩，常也。言明漢家之常秩也。善曰：甘泉賦曰：聖皇穆穆。東都賦曰：漢祚中缺。若此，故王業可樂焉。若，如此也。言如此即王業之可樂也。善曰：毛詩曰：致王業之艱難[148]。

「今公子苟好勦子小[149]民以媮逾樂，忘民怨之爲仇也；勦，盡也。媮，猶僥倖也。仇，讎也。今公子所言，苟好盡人以僥倖須臾之樂，不知人好共怨己[150]，當成大讎也。善曰：左氏傳，晉桓子曰：無及於鄭而勦民。杜預曰：勦，勞也。左氏傳，師服曰：怨耦曰仇。好殫物以窮寵，忽下叛而生憂也。殫，盡也。寵，驕也。忽，忘也。生憂，謂生己之憂患也。言好盡人之財，以寵極驕逸之樂，忘人叛己之為大患也。漢書，谷永曰：財竭則下叛，下叛則上亡。夫水所以載舟，亦所以覆舟。覆，敗也。善曰：孫卿子曰：君者，舟也。人者，水也。所以載舟所以覆舟。堅冰作於履霜，尋木起於蘖魚竭栽。言事皆從微至著，不可不慎之於初。所以尋木起於牙蘖，洪波出於涓泉。善曰：周易曰：履霜，堅冰至。說文曰：尋，八尺也。山海經曰：尋木長千里。枚乘上書曰：十圍之木，始生而蘖。孔安國尚書傳曰：用生枿栽。韋昭曰：株生曰蘖。鄭玄禮記注曰：栽，植也。蘖與枿古字同。昧旦丕顯，後世猶怠。昧，早也。丕，大也。顯，明也。怠，懈也。謂起行大明之道，後世子孫猶尚懈怠。善曰：左氏傳，讒鼎之銘曰：昧旦丕顯，後世猶怠。況初制於甚泰，服者焉能改裁去聲，叶韻？譬如為人裁衣，始制之洪大，服者得而衣之，何能更小之乎？善曰：賈逵國語注

148 注「毛詩曰致王業之艱難」 何校，「詩」下添「序」字。陳同，是也。各本皆脫。
149 注「子小」 袁本作「子小切」三字，在注中「勦勞也」下，是也。茶陵本與此同，非。
150 注「不知人好共怨己」 陳云「好」字衍，是也。各本皆衍。

曰：裁，制也。故相如壯上林之觀，楊雄騁羽獵之辭。雖系計以隤牆填壍七念，亂以收罝嗟解罘浮。系，繼也。亂，理也。司馬相如上林賦，其卒曰：乃命有司，隤牆填壍，使山澤之人得至焉。楊雄羽獵賦，其末曰：放雉兔，收罝罘也。卒無補於風規，祇以昭其愆尤。規，猶諫也。祇，適也。愆，短也。尤，過也。言不能補其愆過。臣濟奓以陵君，濟，謂度也。度於奢侈，謂僭也。陵踰君法，若季氏八佾舞於庭。左氏傳，萇弘曰：毛得以濟侈於王都。忘經國之長基。言尊卑所以為國，今反陵之，故非所以經國。故函谷擊柝託於東，西朝顛覆而莫持。柝，守夜所擊木也。顛，隕也。持，扶也。謂王莽之兵，猶擊柝守函谷關，而三輔兵已自入長安宮，朝廷顛隕無復扶持也。東謂函谷，在京之東，西朝，則京師也。善曰：周易曰：重門擊柝。凡人心是所學，體安所習。所習，為心所好愛者即學。善曰：尚書曰：夫常人[151]安於俗學，溺於所聞。鮑肆不知其臰一作臭[152]，翫其所以先入。翫，習也。先入，言久處其俗也。善曰：家語，孔子曰：入善人之室，如入芝蘭之室，久而不知其香；入不善之室，如入鮑魚之肆，久而不知其臰。皆猶體所習，故今言公子以長安為好亦然也。咸池不齊度於䵷烏瓜[153]咬烏交[154]，而眾聽或疑[155]。齊，同也。咸池，堯樂也。䵷咬，淫聲也。言咸池之音本不與䵷咬同，而眾聽者乃有疑惑。善曰：樂動聲儀曰：黃帝樂曰咸池。賓戲曰[156]：淫䵷不可聽者，非寵宴之樂也。李奇曰：淫䵷，不正也。傅毅琴賦曰：絕激哇之淫。法言曰：哇則鄭。李軌曰：哇，邪也。舞賦曰：吐哇咬則發皓齒。然哇與䵷同。咬亦不正之聲也。咬或作蛟，非也。能不惑者，其唯子野乎？」子野，師曠字，曉

151 注「尚書曰夫常人」　案：「尚」當作「商君」二字。各本皆誤。此所引在更法篇也。

152 注「一作臭」　袁本、茶陵本無此三字。案：此校語也，二本正文作「臭」，可借證。蓋尤所見有而誤存之。

153 注「烏瓜」　袁本作「烏佳切」三字，在注中「淫䵷不正也」下，是也。茶陵本與此同，非。

154 注「烏交」　袁本、茶陵本作「烏交切」三字，在注中「或作蛟」上，是也。

155 而眾聽或疑　袁本、茶陵本「聽」下有「者」字。案：此無可考。

156 注「賓戲曰」　茶陵本「賓」上有「答」字，是也。袁本亦脫。

音曲者，以喻安處先生也。言西京奢泰肆情，不依禮度，東京儉約，依禮行事。眾人觀之，謂是其一，唯安處先生得知其指也。善曰：左氏傳，叔向曰：子野之言君子哉！

客既醉於大道，飽於文義。客斥公子，謂聞東京文義之道，若醉飽焉。**勸德畏戒，喜懼交爭。**勸德，謂公子見先生說東京禮法，自勸勉行其道德，又畏懼先生之戒也。**罔然若酲，朝罷夕倦，奪氣褫魄之爲者，**罔然，猶惘惘然也。酲，病酒也。朝罷夕倦，曉夜不臥，惘然如神奪其精氣。又若魂魄亡離其身，今公子亦如之也。善曰：說文曰：褫，奪也[157]。**忘其所以爲談，失其所以爲夸。**公子本以奢侈為美談，今見先生述東京之德，所以忘美失夸也。**良久乃言曰：「鄙哉予乎！習非而遂迷也，**良久，頃乃復能言也。自鄙其迷惑所學者非正也。善曰：論語曰：荷蕢曰：鄙哉硜硜乎。廣雅曰：鄙，固陋不惠。楊子法言曰：習非之勝是，況習是之勝非乎。**幸見指南於吾子。**言己之惑，不知南北，今先生指以示我，我則足以三隅反也。善曰：桓譚上便宜曰：管仲，桓公之指南。**若僕所聞，華而不實；**若，如也。公子言：如僕所聞西京之事，蓋是虛華而無實錄。善曰：左氏傳，甯羸曰[158]：晉陽處父華而不實，怨之所聚。**先生之言，信而有徵。**先生，安處先生也。徵，驗也。言先生之言，信有徵驗也。善曰：左氏傳，叔向曰：君子之言，信而有徵。**鄙夫寡識，而今而後，乃知大漢之德馨，咸在於此。**公子重自鄙曰：如今日後日，乃知大漢之德在於此耳。善曰：論語曰：鄙夫不可以事君。尚書曰：明德惟馨。**昔常恨三墳五典既泯。**三墳，三皇之書也。五典，五帝之書也。泯，滅也。善曰：左氏傳，楚子曰：左史倚相能讀三墳、五典、八索、九丘也。**仰不睹炎帝帝魁之美，**睹，見也。炎帝，神農後也。帝魁，神農名，並古之君號也。善曰：管子曰：管仲對桓公曰：神農封泰山，炎帝封泰山。孝經鈎命訣曰：佳已感龍生帝魁。鄭玄曰：佳已，帝魁之母也。魁，神名。宋衷春秋傳曰：帝魁，黃帝子

157 注「褫奪也」 袁本、茶陵本「也」下有「直氏切」三字，是也。

158 注「甯羸曰」 案：「羸」當作「嬴」。各本皆譌。

孫也。得聞先生之餘論。則大庭氏何以尚茲？先生，安處先生也。大庭，古國名也。尚，高也。善曰：子虛賦曰：願聞先生之餘論。莊子曰：昔容成氏、大庭氏結繩而用之，若此時則至治也。茲，此也[159]。走雖不敏，庶斯達矣。」走，公子自稱走使之人，如今言僕矣。不敏，猶不達也。公子言我雖不敏於大道，庶幾先生之說遂達矣。善曰：司馬遷書曰：太史公牛馬走。孝經，曾子曰：參不敏。

159 注「茲此也」，袁本、茶陵本無此三字。

卷第四

京都中

南都賦　摯虞曰：南陽郡治宛，在京之南，故曰南都。

張平子

於烏顯樂都，既麗且康！毛萇詩傳曰：於，歎辭[1]。詩曰：適彼樂國。陪京之南，居漢之陽。京，謂洛陽也。尚書曰：嶓冢導漾，東流為漢。鄭玄曰：漾水至武都為漢。割周楚之豐壤，跨荊豫而爲疆。西京賦曰[2]：周即豫而弱。呂氏春秋曰：河、漢之間為豫州也。漢書地理志注曰：南陽屬荊州。又曰：荊州，楚故都。體爽塏以閑敞，紛郁郁其難詳。爽塏，已見西京賦。楊雄豫州箴曰，郁郁京河[3]，伊、洛是經也。

---

1 注「於歎辭」　袁本、茶陵本辭下有「於孤切」三字，是也。其正文下「烏」字乃五臣音也。凡合併六家之本，於正文下載五臣音，於注中載善音，而善音之同於五臣者每被節去。袁、茶陵二本，又各多寡不齊，蓋合併不一，故所節去不一耳。至尤本於正文下五臣音，往往未嘗區別刊正，而注中善音，則節去彌甚，其失善舊，亦彌甚矣。今取二本善音之可考者，悉皆訂正。其二本已節去在前，則末由考之。間有可借正文下五臣音推知崖略者，然既非明文，難以稱說，當俟再詳。全書善音之例，均準此。

2 注「西京賦曰」下至「為豫州也」　袁本此二十二字作「周居豫州已見西京賦」，是也。茶陵本複出，非。

3 注「郁郁京河」　袁本、茶陵本「京」作「荊」，是也。

爾其地勢，則武關關其西，桐柏揭竭其東。武關山為關在西也[4]。漢書音義，文穎曰：武關山為關而在西，弘農界也。漢書曰：南陽之平陽縣有桐柏山。流滄浪而為隍，廓方城而為墉。尚書曰：漢水又東為滄浪之水。左氏傳，屈完曰：楚國方城以為城，漢水以為池。說文曰：城池無水曰隍。毛萇詩傳曰：墉，城也[5]。湯谷湧其後，淯育水蕩其胸。盛弘之荊州記曰：南陽郡城北有紫山，紫山東有一水，無所會通，冬夏常溫，因名湯谷。山海經曰：攻離之山，淯水出焉。南流注于漢。郭璞曰：今淯水在淯陽縣南。盪，他浪切[6]。推淮引湍，三方是通。淮水自此而去，故曰推。湍水自彼而來，故曰引。說文曰：推，排也。山海經曰：翼望之山，湍水出焉。郭璞曰：湍，鹿摶切。今湍水徑南陽穰縣而入淯也。三方，東西及南也。

其寶利珍怪，則金彩玉璞，隨珠夜光。彩，金之彩也。璞，玉之未理者。淮南子曰：隨侯之珠，和氏之璧，得之而富，失之而貧。高誘曰：隨侯，漢中國姬姓諸侯也。隨侯見大蛇傷斷，以藥傳而塗之，後蛇於夜中銜大珠以報之，因曰隨侯之珠，蓋明月珠也。鄒陽曰夜光之璧，劉琨云夜光之珠。尹文子曰：田父得寶玉徑尺，置於廡上，其夜明照一室。然則夜光為通稱，不繫之於珠璧也[7]。銅錫鉛鍇苦駭，赭堊惡[8]流黃。鄭玄周禮注曰：錫，鑞也。說文曰：鉛，青金。又曰：九江謂鐵為鍇。山海經曰：陸郈之山，其下多堊；若之山，其上多赭。郭璞曰：赭，赤土也。堊似土，白色也。郈，音跪。本草經曰：石流黃生東海牧陽山谷中。本草言其所出，此亦兼而有之。博物志曰：雄黃似石流黃。綠碧紫英，青雘烏郭丹

4 注「武關山為關在西也」 茶陵本無此八字。袁本有，何、陳校皆去。觀下注，似不當有。

5 注「說文曰」下至「墉城也」 袁本此十七字作「隍已見上文墉已見西京賦」，是也。茶陵本複出，非。

6 注「盪他浪切」 袁本、茶陵本無此四字。茶陵有「淯音育」三字，袁亦無，案：茶陵是也。

7 注「淮南子曰隨侯之珠」下至「不繫之於珠璧也」 袁本、茶陵本無此一百十七字。袁有「隨珠夜光已見西都賦」九字，茶陵有「隨珠夜光見西都注」八字，案：袁本是也。茶陵例改，已見為複出，此條其遺漏者，尚屬善舊。尤乃複出，甚非。

8 注「惡」 袁本、茶陵本作「堊音惡」三字，在注中「郈音跪」下，是也。

粟。廣志曰：碧有縹碧，有綠碧。本草經曰：紫石英生太山之谷。山海經曰：景山之西曰驕山，其下多青雘。郭璞曰：雘，黝屬，音瓠。山海經曰：荊山之首曰景山，睢水出焉。其中多丹粟。郭璞曰：細沙如粟。太一餘糧，中黃瑴角玉。本草經曰：太一禹餘糧，一名石腦，生山谷。博物志曰：石中黃子黃石脂。又曰：欲得好瑴玉，用合漿，於襄鄉縣舊穴中鑿取，大者如魁斗，小者如雞子。松子神陂，赤靈解角。習鑿齒襄陽耆舊記曰：神陂在蔡陽縣界，有松子亭，下有神陂也。赤靈，赤龍也。解角，脫角也。事未詳。耕父揚光於清泠之淵，游女弄珠於漢皋之曲。山海經曰：有神耕父處豐山，常游清泠之淵，出入有光[9]。韓詩外傳曰：鄭交甫將南適楚，遵波漢皋臺下，乃遇二女，佩兩珠，大如荊雞之卵。

其山則崆口江𡸣五江嶱苦葛嵑五葛，嵣大朗㟐莽嶚遼刺力割。崆、𡸣、嶱、嵑，山石高峻之貌。字書曰：崆，山貌也。嵣㟐，山石廣大之貌也[10]。嶚，山高而相戾也。廣雅曰：嶚，高也[11]。說文曰：刺，戾也。岝仕白峉額嶵祚迴嵬五迴，嶔香金巇許宜屹魚乞嶭五結。埤蒼曰：岝峉，山不齊也[12]。說文曰：嶵嵬，山石崔嵬，高而不平也[13]。嶔巇，山相對而危險之貌也。屹嶭，斷絕之貌也。幽谷嶜岑岑吟，夏含霜雪。毛詩曰：出自幽谷。楊雄蜀都賦曰：玉石嶜岑。又曰：夏含霜雪。嶜岑，高峻之貌也[14]。或峮丘筠嶙鄰而纚力氏連，或豁爾而中絕。峮嶙，相連之貌[15]。鞠九六[16]巍巍

9 注「山海經曰」下至「出人有光」　袁本此二十一字作「耕父已見東京賦」，是也。茶陵本複出，非。

10 注「嵣㟐山石廣大之貌也」　袁本、茶陵本此下有「嵣音蕩㟐音莽」六字，是也。

11 注「嶚高也」　袁本、茶陵本此下有「力彫切」三字，是也。

12 注「岝峉山不齊也」　袁本、茶陵本此下有「岝仕革切」四字，是也。

13 注「高而不平也」　袁本、茶陵本此下有「嶵昨迴切嵬牛回切」八字，是也。

14 注「高峻之貌也」　袁本、茶陵本此下有「嶜士林切」四字，是也。

15 注「相連之貌」　袁本、茶陵本此下有「峮丘貧切嶙音鄰纚力是切」十一字，是也。

16 注「九六」　袁本、茶陵本作「九六切」三字，在注中「鞠高貌也」下，是也。

其隱天，俯而觀乎雲霓五結。鞠，高貌也。班孟堅西都賦曰：其陽則崇山隱天。楊雄蜀都賦曰：蒼山隱天[17]。若夫天封大狐，列仙之陬子侯。天封，未詳，或曰山名也。南郡圖經曰：大胡山，故縣縣南十里。張衡云：天封，大胡也。薛綜注曰：區陬，隅隙之間也[18]。上平衍而曠蕩，下蒙籠而崎溪嶇區。孫子兵法曰：草樹蒙山籠。廣雅曰：崎嶇，傾側也[19]。坂坻遲巀在結嶭五結而成巘魚勉，谿壑錯繆謬而盤紆。郭璞上林賦注曰：坻，岸也。又曰：巀嶭，高峻也[20]。毛萇詩傳曰：巘[21]，小山，別大山也[22]。錯繆，雜亂貌也。芝房菌奇殞[23]蠢生其隈，玉膏滵密[24]溢流其隅。芝房，芝生成房也。菌蠢，是芝貌也。山海經曰：密山，丹水出焉，其中多白玉，是有玉膏。滵溢，流貌。崑崙無以奓，閬浪風不能踰。東方朔十州記曰：崑崙其北角曰閬風之顛[25]。

其木則樫勑貞松楔更黠櫻即，槾萬柏杻橿彊。樫似柏而香。爾雅曰：楔曰荊桃。郭璞曰：櫻桃也[26]。郭璞山

---

17 注「班孟堅」下至「蒼山隱天」　袁本此二十四字作「隱天已見西都賦」，是也。茶陵本複出，非。

18 注「薛綜注曰區陬隅隙之間也」　袁本此十一字作「陬已見西京賦」，是也。茶陵本複出，非。

19 注「傾側也」　袁本、茶陵本此下有「崎丘宜切嶇丘嵎切」八字，是也。

20 注「巀嶭高峻也」　袁本、茶陵本此下有「巀在結切」四字，是也。

21 注「毛萇詩傳曰巘」　袁本「巘」作「巚」，茶陵本亦作「巘」。案：各本皆非也。當作「甗」，乃與正文相應。茶陵本校語云善作「甗」，否則善當有「巘」，「甗」異同之注，今刪削不全。又案：西京賦「陵重巘」，正文及注皆作「巘」，而毛詩皇矣正義所引則為「甗」字，恐彼亦善「甗」、五臣「巘」，各本亂之。如袁本之此正文作「巘」，而失著校語也。

22 注「小山別大山也」、袁本、茶陵本此下有「魚蹇切」三字，是也。

23 注「奇殞」　袁本作「其殞切」三字，在注中「是芝貌也」下，是也。茶陵本與此同，非。

24 注「密」　袁本「滵音密」三字在注末，是也。茶陵本與此同，非。

25 注「東方朔」下至「閬風之顛」　袁本此十七字作「崑崙閬風已見西京賦」，是也。茶陵本複出，非。

26 注「櫻桃也」　袁本、茶陵本此下有「革黠切」三字，是也。

海經注曰：櫻似松柏有刺[27]。櫻，荊也[28]。又曰：杻似桑而細葉。又曰：櫨，中車材[29]。楓柙櫨櫪，帝女之桑。爾雅曰：楓，聶。楓，音風。聶，之涉切。劉逵吳都賦注曰：柙，香木。智甲切[30]。郭璞上林賦注：櫨，橐。櫨，力胡切。櫪與櫟同，來的切。山海經曰：宣山有桑焉，其枝四衢，名帝女之桑。郭璞曰：婦人主蠶，因以名桑也。楈胥枒邪栟幷櫚閭，柍於兩柘檍憶檀。郭璞上林賦注曰：楈枒似栟櫚，皮可作索[31]。張揖注上林賦曰：栟櫚，椶也，皮可以為索[32]。柍，未詳[33]。爾雅曰：杻，檍。郭璞曰：似桑[34]。蒼頡篇曰：檀，木名。結根竦本，垂條嬋蟬媛袁。結，猶同也。廣雅曰：竦，上也。嬋媛，枝相連引也。布綠葉之萋萋，敷華蘂之蓑蓑素回反。毛萇詩傳曰：萋萋，茂盛貌。王逸楚辭注曰：蘂，實貌也。劉淵林蜀都賦注曰：蘂，一曰花頭點也[35]。蓑蓑，下垂貌。玄雲合而重陰，谷風起而增哀。淮南子曰：玄雲素朝。毛詩曰：習習谷風。攢在官立叢駢，青冥盰瞑音眠。言林木攢羅，眾色幽昧也。楚辭曰：遠望兮芊眠。王逸曰：芊眠，遙視闇未明也。芊眠與盰瞑音義同。杳藹蓊鬱於谷底，森蓴蓴祖本而刺天。皆茂盛貌也。司馬相如弔二世曰：眾樹之蓊鬱兮。虎豹黃熊游其下，縠呼穀玃居縛猱奴刀挻廷戲其巔。六韜曰：散宜生得黃熊而獻之紂。說文曰：縠，類犬，腰以上黃，以下黑[36]。爾雅曰：玃父善顧。郭璞曰：似獮猴而大，蒼黑色。鄭玄禮記注曰：猱，獮猴也。

---

27 注「有刺」 袁本、茶陵本此下有「子力切」三字，是也。

28 注「荊也」 袁本、茶陵本此下有「音萬」二字，是也。

29 注「中車材」 袁本、茶陵本此下有「音姜」二字，是也。

30 注「智甲切」 袁本作「音甲」二字，茶陵本無。案：似袁本是也。

31 注「皮可作索」 袁本此下有「楈音胥枒以奢切」七字，是也。茶陵本無「楈音胥」，非。

32 注「皮可以為索」 袁本此下有「栟音幷櫚音驢」六字，是也。茶陵本無，非。

33 注「柍未詳」 袁本、茶陵本此下有「於良切」三字，是也。

34 注「似桑」 袁本此下有「檍音憶」三字，是也。茶陵本無，非。

35 注「花頭點也」 案：「花」下當有「鬚」字。各本皆脫。又袁本、茶陵本此下有「而體切」三字，是也。「體」當作「髓」。

36 注「以下黑」 袁本、茶陵本此下有「縠呼木切」四字，是也。

張載吳都賦注曰[37]：狖，猨屬。鸑鷟岳鵷鶵翔其上，騰猨飛蠝壘棲其間[38]。國語曰：周之興也，鸑鷟鳴於岐山。賈逵曰：鸑鷟，鳳之別名也。山海經曰：南禺之山有鵷鶵。郭璞曰：鳳屬也。上林賦曰：蜼玃飛蠝。張揖曰：蠝，飛鼠也。蠝與𤢖同，並音壘。其竹則籦鍾籠龍䈽謹篾銘決，篠蘇了簳幹箛孤箠追。戴凱之竹譜曰：籦籠，竹名也。伶倫吹以為律。竹菫皮白如霜[39]，大者宜為篙。篠，出魯郡山，堪為笙。孔安國曰：篾，桃枝也。簳，小竹也。宋玉笛賦曰：奇簳[40]。箛、箠，二竹名[41]，其形未詳。緣延坻遲阪，澶徒幹漫陸離。陸離，猶參差也[42]。阿烏可那奴可蓊烏孔茸如湧，風靡雲披。阿那，柔弱之貌。說文曰：蓊，竹貌也[43]。埤蒼曰：茸，竹頭有文也。風靡雲披，言隨風而靡，如雲之披也。

爾其川瀆，則滍雉[44]澧濼藥濜自吝[45]，發源巖穴。水經曰：滍水出南陽縣西堯山。山海經曰：澧水出雅山。郭璞曰：今出南陽[46]。字書曰：濼水出泚陽。泚，音此。酈善長水經注曰：濜水出襄鄉縣東北陽中山。潛㠔於臘洞出，沒滑骨[47]瀎蔑潏決。㠔，山傍穴也，言水洞出此穴。沒滑瀎潏，疾流之貌也[48]。布濩戶漫汗，漭莽沆胡朗洋溢。

---

37 注「張載吳都賦注曰」　案：張載當作「劉逵」。各本皆誤。

38 騰猨飛蠝棲其間　茶陵本「蠝」作「𤢖」，袁本作「𤢖」。案：「𤢖」字是也。注云「蠝」與「𤢖」同，謂正文之「𤢖」，可證也。

39 注「竹菫皮白如霜」　案：「竹菫」當作「䈽」，蓋一字誤分為二。袁本亦誤。茶陵本改「菫」為「䈽」，非。

40 注「宋玉笛賦曰奇簳」　袁本、茶陵本此下有「古罕切」三字，是也。案：古文苑載此賦云「奇篠異幹」，此疑脫。彼「幹」即「簳」字耳。

41 注「二竹名」　袁本、茶陵本此下有「箛公都切箠竹隨切」八字，是也。

42 注「陸離猶參差也」　袁本無此六字，茶陵本有。案：此六字，袁在所載五臣向注中，無者是也。

43 注「蓊竹貌也」　袁本此下有「於孔切」三字，是也。茶陵本無，非。

44 注「雉」　袁本、茶陵本作「音雉」，二字在注中「堯山」下，是也。

45 注「自吝」　袁本、茶陵本作「濜自吝切」四字，在注末，是也。

46 注「今出南陽」　袁本此下有「音禮」二字，是也。茶陵本無，非。

47 注「骨」又注「蔑」　袁本作「滑音骨瀎音蔑」六字，在注末，是也。

48 注「言水洞出此穴沒滑瀎潏疾流之貌也」　袁本無「言水洞出此穴疾之」八字，是也。茶陵本幷善入五臣，與此同誤。

言廣大也[49]。漭沆，已見西京賦。總括趨欱呼答，箭馳風疾。言江海欱受諸水，故總括而趨之。說文曰：欱，歠也[50]。慎子曰：西河下龍門，其流敵於竹箭。孫子曰：其疾如風。流湍投濺戩，砏普貧汃八輣普耕軋烏八。許慎淮南子注曰：湍，水行疾也[51]。埤蒼曰：濺，水行出也[52]。砏汃輣軋，波相激之聲也。埤蒼曰：砏，大聲也[53]。長輸遠逝，漻流淚力計淢域汩為筆反。廣雅曰：輸，寫也。韓詩外傳曰：漻[54]，清貌也。淮南子曰：水淚破舟[55]。說文曰：淢，疾流也[56]。王逸楚辭注曰：汩，去貌。其水蟲則有蠳龜鳴蛇，潛龍伏螭。抱朴子曰：蠳龜噉蛇。山海經曰：鮮水多鳴蛇，其狀如蛇，四翼，其音如磬，見則其邑大旱。說文曰：螭若龍而黃也。鱏尋鱣張連鰅隅鱅，黿鼉鮫䲔以規反。鱏、鱣，已見上文。郭璞上林賦注曰：鰅魚有文采[57]。鱅似鰱而黑[58]。山海經注曰：鮫，鯌屬也，皮有班文而堅。鮫䲔已見東京賦。巨蜯函含珠，駮剝瑕委蛇。楊雄蜀都賦曰：蜯函珠而擘裂。蜯與蚌同[59]，函與含同。郭璞爾雅注曰：蝦大者長二丈。委蛇，長

---

49 注「言廣大也」　袁本、茶陵本無此四字，是也。案：二本在所載良注中。

50 注「說文曰欱歠也」　袁本此六字作「欱已見上文」，是也。茶陵本複出，非。

51 注「水行疾也」　袁本、茶陵本此下有「他鸞切」三字，是也。

52 注「水行出也」　袁本、茶陵本此下有「徂立切」三字，是也。

53 注「大聲也」　茶陵本此下有「汃普八切」四字。袁本無。案：茶陵是也。

54 注「韓詩外傳曰漻」　案：「外」字不當有。各本皆衍。凡本篇引韓詩外傳曰「鄭交甫」云云一條，韓詩曰「醴甜而不泲也」一條，韓詩外傳曰「逍遙也」一條，及此一條，皆當作「韓詩傳曰」，如東都賦注引「魯詩傳曰」之例。傳者蓋所謂「內傳」。其「逍遙也」句有脫，各本皆同，無以補之。

55 注「水淚破舟」　袁本、茶陵本此下有「音戾」二字，是也。

56 注「疾流也」　袁本此下有「音域」二字，是也。茶陵本無，非。

57 注「鰅魚有文采」　袁本、茶陵本此下有「音禺」二字，是也。

58 注「似鰱而黑」　袁本、茶陵本此下有「鰱音連」三字，是也。

59 注「蜯與蚌同」　袁本、茶陵本此下有「步項切」三字，是也。

貌。瑕與蝦古字通[60]。

於其陂澤[61]，則有鉗盧玉池，赭陽東陂。杜預表曰：所領部曲，皆居南鄉界，所近鉗盧大陂，下有良田。舊說曰：玉池在宛也。貯知旅[62]水渟亭洿汙，亘望無涯宜。說文曰：貯，積也。廣雅曰：渟，止也。說文曰：洿，濁水不流也。方言曰：亘，竟也。上林賦曰：察之無涯。其草則藨平表苧直呂薠煩莞[63]桓，蔣將蒲孤蒹葭。說文曰：藨，蒯之屬[64]。又曰：苧可以為索。郭璞山海經注曰：薠，青薠，似莎而大[65]。鄭玄毛詩箋曰：莞，小蒲也[66]。說文曰：蔣，菰蔣也[67]。爾雅曰：蒹，薕也。葭，蘆也。藻茆卯菱芡渠儼，芙蓉含華。從風發榮，斐披芬葩。藻，已見西京賦。爾雅曰：茆，鳧葵[68]。菱芡、芙蓉，並見東京賦。其鳥則有鴛鴦鵠鷖烏兮，鴻鴇保鴐加鵝。鶡苦札[69]鶂雅札鸊步覓鷉吐雞[70]，鷫肅鷞所良鵾昆鸕盧。毛詩曰：鴛鴦于飛。班孟堅[71]西都賦曰：黃鵠鵁鶄，鳧鷖鴻鴈。張平子西京賦曰：鷫鷞鵠鴇，鴐鵝鴻鶤。說文曰：鶡鶂，鳧屬。方言曰：野鳧，甚小而好沒水中者，南楚之外，謂之鸊鷉。鵾與鶤同。蒼頡篇

60 注「古字通」 袁本、茶陵本此下有「胡加切」三字，是也。

61 於其陂澤 袁本無「於」字，何校去。茶陵初刻無，脩者有。案：無者是也。

62 注「知旅」 袁本、茶陵本作「知旅切」三字，在注中「積也」下，是也。

63 其草則藨苧薠莞 袁本、茶陵本「則」下有「有」字，案：有者是也。

64 注「蒯之屬」 何校「蒯」改「蔮」。案：當作「蒯」，「蒯」即「蔮」字也。

65 注「似莎而大」 袁本、茶陵本此下有「扶袁切」三字，是也。

66 注「小蒲也」 袁本、茶陵本此下有「胡官切」三字，是也。

67 注「菰蔣也」 袁本、茶陵本此下有「蔣子詳切菰音孤」七字，是也。案：「菰音孤」善自音注中字耳，正文「蒲」下「孤」乃因此竄入，誤之甚者也。

68 注「茆鳧葵」 袁本、茶陵本此下有「茆亡絞切」四字，是也。

69 注「苦札」 袁本作「苦札切」，在注中「鳧屬」下，是也。茶陵本與此同，非。

70 注「步覓」又注「吐雞」 袁本作「鸊步覓切鷉土雞切」八字，在注中「謂之鸊鷉」下，是也。茶陵本與此同，非。

71 注「班孟堅」下至「鴐鵝鴻鶤」 袁本此三十字作「餘已見上注」，是也。茶陵本複出，非。

曰：鶬鷀似鶂而黑。鷀，音磁[72]。嚶嚶烏耕和鳴，澹徒濫淡徒敢隨波。言自恣也。毛詩曰：鳥鳴嚶嚶。爾雅曰：關關嚶嚶，聲之和也。上林賦曰：隨風澹淡。

其水則開竇灑所蟹[73]流，浸彼稻田。鄭玄周禮注曰：竇，孔穴也，音豆。漢書音義曰：灑，分也。毛詩曰：浸彼稻田。溝澮脉連，隄塍繩相輑丘筠反。爾雅曰：水注溝曰澮。韋昭國語注曰：脉，理也。隄塍已見西都賦。輑，相連之貌。朝雲不興，而潢潦老[74]獨臻。左氏傳曰：潢汙行潦之水。說文曰：潢，積水池也。潦，雨水。決渫薛則暵罕，爲溉古愛爲陸。冬稌杜夏穱側角，隨時代熟。說文曰：渫，去除也[75]。又曰：暵，乾也[76]。又曰：溉，灌也。稌，已見東京賦。楚辭曰：稻粢穱麥挐黃粱。其原野則有桑漆麻苧直旅[77]，菽麥稷黍。百穀蕃廡，翼翼與與。說文曰：苧，麻屬。鄭玄毛詩箋曰：菽，大豆也。百穀蕃廡，並已見東京賦。毛詩曰：我黍與與，我稷翼翼。

若其園圃，則有蓼了葴側立蘘而羊荷，藷之餘蔗薑䔡煩，菥析蓂覓[78]芋瓜。說文曰：蓼，辛菜也[79]。風土記曰：惢，香菜[80]，根似茆根，蜀人所蒩香。惢與葴同。說文曰：蘘荷，葍蒩也。葍，普卜切。蒩，子余也。漢書音義

---

72 注「鷀音磁」　袁本、茶陵本「鷀」上有「鶬良都切」四字，是也。

73 注「所蟹」　袁本、茶陵本作「所蟹切」三字，在注中「灑分也」下，是也。

74 注「老」　袁本、茶陵本作「音老」二字，在注末，是也。

75 注「去除也」　袁本、茶陵本此下有「息列切」三字，是也。

76 注「乾也」　袁本、茶陵本此下有「呼但切」三字，是也。

77 注「直旅」　袁本、茶陵本作「直旅切」三字，在注中「麻屬」下，是也。

78 注「之餘」又注「煩」又注「析」又注「覓」　袁本、茶陵本作「藷之餘切」四字，在注中「甘柘也」下，「音煩」二字在「小蒜也」下，「菥音析蓂音覓」六字在末，是也。

79 注「蓼辛菜也」　袁本、茶陵本此下有「力鳥切」三字，是也。

80 注「惢香菜」　案：「惢」當作「[illegible]」，下同。各本皆譌。集韻廿六緝云「[illegible]，香菜」，即本此。

曰：諸蔗，甘柘也。字書曰：蟠，小蒜也。爾雅曰：菥蓂大薺。乃有櫻梅山柿，侯桃梨栗。漢書音義曰：櫻桃，含桃也。郭璞爾雅注曰：梅似杏，實酸。說文曰：柿，赤實果也。曹毗魏都賦注曰：侯桃，山桃。子如麻子。楟郢棗若留，穰橙鄧橘。說文曰：楟棗，似楝，如兗切。廣雅曰：石留，若榴也。漢書，南陽郡有穰縣、鄧縣。說文曰：橙，橘屬也[81]。其香草則有薜萍計荔力計蕙若，薇蕪蓀萇。王逸楚辭注曰：薜荔，香草也。郭璞山海經注曰：蕙，香草也，若，杜若也。本草經曰：蘼蕪一名薇蕪。陶隱居注曰[82]：蕙葉似蛇牀而香。王逸楚辭注曰：蓀，香草也。萇，萇楚也。爾雅曰：蓀楚，銚戈也[83]。銚，音遙。晻於感曖愛蓊烏揔蔚，含芬吐芳。言草木闇瞑而茂盛也。說文曰：晻，不明貌。王逸楚辭注曰：曖，闇昧貌。

若其廚膳，則有華薌重秬渠舉，滍秩履皐香秔公行反。華薌，鄉名也。毛萇詩傳曰：秬，黑黍，一稃二米，故曰重也。稃，音敷[84]。滍皐，滍水之澤也。廣雅曰：秔，秈也。秈，音仙。歸鴈鳴鶂陟滑[85]，黃稻鱻胥連魚，以爲芍張略藥音略。鴈能候時去來，故曰歸。史記曰：楚人有以弱弓微繳，加歸鴈之上。爾雅曰：鶂鳩，寇雉。郭璞曰：鶂，大如鴿，羣飛，出北方沙漠。聲類曰：鱻，小魚也[86]。子虛賦曰：芍藥之和具而後進也。文穎曰：五味之和。酸甜滋味，百種千名。說文曰：甜，美也[87]。春卵夏筍，秋韭冬菁音精[88]。爾雅曰：筍，竹萌也。廣雅曰：韭，其華

---

81 注「橘屬也」　袁本此下有「除耕切」三字，是也。茶陵本無，非。
82 注「陶隱居注曰」　袁本、茶陵本無「注」字，是也。
83 注「蓀楚銚戈也」　何校「蓀」改「萇」，陳同，是也。「戈」當作「弋」，各本皆誤。又袁本此下有「萇音長」三字，是也。茶陵本無，非。
84 注「稃音敷」　袁本「稃」上有「秬音巨」三字，是也。茶陵本無，非。
85 注「陟滑」　袁本、茶陵本作「鶂陟滑切」四字，在注中「寇雉」下，是也。
86 注「鱻小魚也」　袁本「也」下有「與鮮同」三字，茶陵本有「胥連切」三字。案：此當兩有「與鮮同胥連切」六字。
87 注「甜美也」　袁本、茶陵本此下有「徒兼切」三字，是也。
88 注「音精」　袁本、茶陵本此在注末，是也。

謂之菁。**蘇蔱**殺**紫薑，拂徹羶**尸然[89]**腥。**爾雅曰：蘇，桂荏。字書曰：蔱，茱萸也。司馬彪上林賦注曰：紫薑，紫色之薑也。杜預左氏傳注曰：徹，猶去也。**酒則九醞**於問[90]**甘醴，十旬兼清。醪敷徑寸，浮蟻若蓱。**魏武集，上九醞酒，奏曰：三日一釀，滿九斛米止。廣雅曰：醞，投也。韓詩曰：醴，甜而不泲也。十旬，蓋清酒百日而成也。鄭玄周禮注曰：清酒，今之中山冬釀接夏而成也。漢書音義，晉灼曰：百日之末酒也。說文曰：醪，汁滓酒也。徑寸，蓋酒膏之徑寸也。釋名曰：酒有汎齊，浮蟻在上，汎汎然如蓱之多者。**其甘不爽，醉而不醒。**老子曰：五味令人口爽。廣雅曰：爽，傷也。毛萇詩傳曰：病酒曰酲。

及其糺宗綏族，禴祠蒸嘗。左氏傳曰：召公思周德之不類，故糺合宗族于成周。爾雅曰：綏，安也。毛詩曰：禴祠蒸嘗，于公先王[91]。**以速遠朋，嘉賓是將。揖讓而升，宴于蘭堂。**儀禮曰：速賓。鄭玄曰：速，召也。論語曰：有朋自遠方來。毛詩曰：我有嘉賓，鼓瑟吹笙；吹笙鼓簧[92]，承筐是將。儀禮曰：若四方賓燕，則揖讓而升。賈逵國語注曰：不脫履升堂[93]。漢書曰：祓蘭堂。**珍羞琅玕，充溢圓方。**爾雅曰：珍，美也。方言曰：羞，熟。以羞之美，故喻於玉也。圓方，器也。尚書曰：厥貢琅玕。又曰：惟辟玉食。**琢琱狎獵，金銀琳琅。**爾雅曰：玉謂之琱[94]。琱與彫古字通也。爾雅曰：理玉曰琢，都角切。狎獵，飾之貌，胡甲切。獵，士甲切。尚書曰：厥貢球琳琅玕。**侍者蠱媚，巾構鮮明。**蠱，已見西京賦。毛萇詩傳曰：綦巾，女服也。字書曰：構，上衣。**被服雜錯，履躡華英。**雜錯，

---

89 注「殺」又注「尸然」　袁本、茶陵本作「音殺」二字，在注中「茱萸也」下，「羶尸然切」四字在注末。是也。

90 注「於問」　袁本、茶陵本作「於問切」三字，在注中「醞投也」下，是也。

91 注「于公先生」　袁本、茶陵本「于公」作「祭于」。案：此尤所校改也。

92 注「鼓瑟吹笙吹笙鼓簧」　袁本、茶陵本無「吹笙吹笙」四字。茶陵「簧」作「琴」，袁亦作「簧」。案：此尤所校改也。

93 注「不脫履升堂」　案：下當有「曰宴」二字，各本皆脫。

94 注「玉謂之琱」　案：「琱」當作「彫」，觀下注可見。各本皆誤。

非一也。華英，光耀也。被，皮義切。**儇才齊敏，受爵傳觴。**方言曰：儇，急疾也，呼緣切。齊，在雞切。毛萇詩傳曰：敏，疾也。**獻酬既交，率禮無違。**毛詩曰：獻酬交錯。左氏傳，晉侯曰：魯侯自郊勞至于贈賄，禮無違者。東觀漢記曰：朱浮上疏曰：陛下率禮無違。**彈琴擫籥，流風徘徊。**言樂聲之結風也。說文曰：擪，一指按也。擪與擫同，烏牒切。鄭玄周禮注曰：籥，舞者所吹也，如篴三孔。籥，音藥。篴，音敵。**清角發徵，聽者增哀。**言既奏清角而又發徵聲，故增哀也。韓子，師曠曰：清徵之聲，不如清角。許慎淮南子注曰：清角絃急，其聲清也。**客賦醉言歸，主稱露未晞。**毛詩曰：鼓咽咽，醉言歸。又曰：湛湛露斯，匪陽不晞。厭厭夜飲，不醉無歸。**接歡宴於日夜，終愷樂之令儀。**毛詩曰：愷樂飲酒。又曰：莫不令儀。

於是暮春之禊，元巳之辰，方軌齊軫，祓于陽瀕。毛詩曰：惟暮之春。史記曰：武帝禊霸上。續漢書曰：三月上巳，宮人皆禊於東流水上，祓除宿垢疾也。周禮曰：女巫掌歲時祓除。楊雄蜀都賦曰：相與如乎陽瀕。**朱帷連網[95]，曜野映雲。**網，維網也。**男女姣服，駱驛繽紛。**駱驛繽紛，往來眾多貌。**致飾程蠱，便紹便娟。**廣雅曰：程，示也。便娟，則蟬蜎也。蠱及便紹便娟，已見西京賦。**微眺流睇，蛾眉連卷。**鄭玄禮記注曰：睇，傾視也，徒計切。毛詩曰：螓首蛾眉。郭璞爾雅注曰：蠶蛾也。連卷，曲貌。卷，音權。**於是齊僮唱兮列趙女。**齊、趙，二國名也。楊惲書曰：婦，趙女也。**坐南歌兮起鄭舞。白鶴飛兮繭曳緒。**呂氏春秋曰：禹行水見塗山之女，禹未之遇，而省南土，塗山之女乃令其妾往候禹于塗山之陽，女乃作歌曰：候人猗兮！實始為南音。周公、召公取風焉。高誘曰：取南音以為樂歌也。楚辭曰：二八齊容起鄭舞。王逸曰：鄭國舞也。白鶴飛兮繭曳緒，皆舞人之容。**脩袖繚繞而滿庭，羅襪躡蹀而容與。**繚繞，袖長貌。躡蹀，小步貌。說文曰：躡，蹈也，徒頰切。許慎淮南子注曰：蹀，蹈也，蘇

---

95 朱帷連網　案：「網」當作「網」。注「網維網也」，二「網」字亦當作「網」。茶陵本云五臣作「網」。袁本云善作「網」。各本所見皆非也。

協切。翩緜緜其若絕，眩將墜而復舉。毛萇詩傳曰：緜緜，長而不絕貌。國語曰：觀美而眩。賈逵曰：眩，惑也。翹遙遷延，蹴躃蹁躚。翹遙，輕舉貌。遷延，卻退貌。上林賦曰：便跚蹩屑。蹴，蒲結切。躃，素結切。蹁，步先切。躚，素田切。結九秋之增傷，怨西荊之折盤。古樂府有歷九秋妾薄相行歌，辭曰：齊謳楚舞紛紛，歌聲上徹青雲。西荊，即楚舞也。折盤，舞貌。張衡有七盤舞賦，咸以折盤為七盤也[96]。彈箏吹笙，更爲新聲。毛詩曰：吹笙鼓簧。史記曰：衛靈公見晉平公曰，今者未聞新聲，請奏之。更，古衡切。寡婦悲吟，鵾雞哀鳴。寡婦曲，未詳。古相和歌有鵾雞之曲。坐者悽欷，蕩魂傷精。楚辭曰：憯悽增欷，傷精神也。神女賦曰：精神相依憑。

於是羣士放逐，馳乎沙場。逐，馳逐也。騄驥齊鑣，黃間機張。騄、驥，駿馬之名也。穆天子傳，八駿有赤驥、騄耳，音錄。說文曰：鑣，馬銜也，彼驕切。漢書曰：李廣以大黃射其裨將。鄭氏曰：黃間，弩淵中黃牙。尚書曰：若虞機張。孔安國曰：機，弩牙。足逸驚飆，鏃析毫芒。言馬疾而矢利。析，音錫。俯貫魴鱮；仰落雙鶬音倉。魴鱮，已見西京賦。列子曰：蒲且子連雙鶬於青雲之上。鶬，已見西都賦。魚不及竄，鳥不暇翔。言急遽也。高唐賦曰：飛鳥未及起，走獸未及發。爾乃撫輕舟兮浮清池，亂北渚兮揭南涯。浮，已見西都賦。爾雅曰：水正絕流曰亂。說文曰：揭，高舉也[97]。汰太瀺仕減灂仕角兮船容裔，陽侯澆兮掩鳧鷖。楚辭曰：齊吳榜以激汰。王逸曰：汰，水波也[98]。上林賦曰：瀺灂隕隊[99]。戰國策曰：塞漏舟而輕陽侯之波，則舟覆矣。淮南子曰：武王伐紂，渡于孟津，陽侯之波，逆流而擊之。高誘曰：陽侯，陽國侯也，溺死於水，其神能為大波。王逸楚辭注曰：回波為澆[100]。毛詩曰：鳧

96 注「咸以折盤為七盤也」　案：「咸」當作「或」，各本皆譌。
97 注「揭高舉也」　袁本、茶陵本此下有「丘別切」三字，是也。
98 注「水波也」　袁本、茶陵本此下有「徒蓋切」三字，是也。
99 注「瀺灂隕隊」　袁本、茶陵本此下有「瀺士減切」四字，是也。
100 注「回波為澆」　袁本、茶陵本此下有「公堯切」三字，是也。

鶩在淚。追水豹兮鞭蝄蜽，憚丁達夔龍兮怖蛟螭。水豹，已見西京賦。說文曰：蝄蜽，山川之精物也。蛟螭，若龍而黃[101]。國語曰：木石之怪夔，水之怪龍。韋昭曰：木石為山也。夔一足也。於是日將逮昏[102]，樂者未荒。毛詩曰：好樂無荒。收驪命駕，分背迴塘。孔叢子曰：巾車命駕。廣雅曰：塘，堤也。車雷震而風厲，馬鹿超而龍驤。雷震，言多也。風厲，言疾也。毛詩曰：戎車焞焞，如霆如雷。毛萇詩傳曰：雷出地奮，震驚百里。古詩曰：涼風率已厲。杜預左氏傳注曰：厲，猛也。韓子曰：馬如鹿者千金。鄒陽上書曰：蛟龍驤首。舞賦曰：龍驤橫舉，揚鑣飛沫。周禮曰：凡馬八尺已上為龍。夕暮言歸，其樂難忘。此乃游觀之好，耳目之娛。未睹其美者，焉足稱舉。言此游觀耳目之樂，非極美也。夫南陽者，眞所謂漢之舊都者也[103]。遠世則劉后甘厥龍醢海，視魯縣而來遷[104]。左氏傳曰：劉累學擾龍于豢龍氏，以事孔甲。龍一雌死，潛醢以食夏后，夏后饗之，既又使求之，懼而遷於魯縣。漢書曰：南陽郡魯陽縣即御龍氏所遷。奉先帝而追孝，立唐祀乎堯山。先帝，謂堯也。皇甫謐曰：堯始封於唐，今中山唐縣是也。後徙晉陽。及為天子，都平陽，於詩為唐國。是堯以唐侯升為天子也[105]。水經曰：南陽縣西堯山。酈元曰：魯縣立堯祠於西山，謂之堯山也。固靈根於夏葉，終三代而始蕃音繁。言劉氏植根於夏葉，終三代而始蕃昌也。毛萇詩傳曰：葉，世也。三代，已見班固兩都序。非純德之宏圖，孰能揆求癸[106]而處旃！孔安國尚書傳曰：揆，度也。鄭玄毛詩箋

---

101 注「說文曰蝄蜽」下至「若龍而黃」　袁本此十七字作「蝄蜽蛟螭已見西京賦」，是也。茶陵本複出，與此不同，皆非。

102 於是日將逮昏　袁本、茶陵本「逮」下校語云善作「遙」。案：「遙」但傳寫誤，此蓋尤校改正之也。

103 眞所謂漢之舊都者也　袁本、茶陵本無「者」字，是也。

104 視魯縣而來遷　案：「視」當作「覛」。袁本云善作「視」。茶陵本云五臣作「覛」。各本所見皆非，善亦當作「覛」，但傳寫誤「視」耳。

105 注「皇甫謐曰」下至「升為天子也」　袁本此四十二字作「堯以唐侯升為天子已見上文」，是也。茶陵本複出，非。

106 注「求癸」　袁本、茶陵本作「求癸切」三字，在注中「揆度也」下，是也。

曰：旃，之也。

近則考侯思故，匪居匪寧。穢長沙之無樂，歷江湘而北征。東觀漢記曰：舂陵節侯，長沙定王中子買。節侯生戴侯，戴侯生考侯。考侯仁以舂陵地勢下濕，難以久處，上書願徙南陽守墳墓，元帝許之，於是北徙。考或為孝，非也。曜朱光於白水，會九世而飛榮。朱光，火德也。已見東京賦。東觀漢記曰：考侯仁徙封南陽白水鄉。又曰：世祖光武皇帝，高祖九世孫，承文、景之統，出自長沙定王。榮，光榮也。封禪書曰：發號榮。察茲邦之神偉[107]，啓天心而寤靈。言考侯既察此都之神偉，且啓上天之心，又寤先靈之意，使之而王也。說文曰：偉，奇也。

於其宮室，則有園廬舊宅，隆崇崔嵬。說文曰：崔[108]，高大也。御房穆以華麗，連閣煥其相徽。御房，帝舊房也。相徽，言俱美。孔安國尚書傳曰：徽，美也。聖皇之所逍遙，靈祇之所保綏。聖皇，謂光武也。逍遙，謂潛龍之日。韓詩外傳曰：逍遙也[109]。靈祇，天地之神也。毛詩曰：神保是饗。又曰：綏以多福也。章陵鬱以青蔥，清廟肅以微微。東觀漢記曰：建武中，更名舂陵為章陵。光武過章陵，祠園廟。爾雅曰：青謂之蔥，林木茂盛之貌。微微，幽靜貌。皇祖歆而降福，彌萬祀而無衰。毛詩曰：獻之皇祖。說文曰：歆，神食氣也。毛詩曰：降福孔夷。爾雅曰：彌，終也。又曰：祀，年也。帝王臧其擅美，詠南音以顧懷。帝王，光武也。顧懷，過章陵祠園廟之時也。爾雅曰：臧，善也。說文曰：擅，專也。左氏傳，楚鍾儀囚於晉，與之琴，操南音。劇秦美新曰：后土顧懷。且其君子，弘懿明叡，允恭溫良。容止可則，出言有章。進退屈伸，與時抑揚。班固說東平王蒼曰：體弘懿之姿。叡，哲也。已見東京賦。尚書曰：允恭克讓。論語，子貢曰：夫子溫、良、恭、儉、讓。孝經

---

107 察茲邦之神偉　袁本云善作「邦」。茶陵本云五臣作「都」。案：注中仍云此「都」，似善亦作「都」也。

108 注「說文曰崔」　袁本、茶陵本無此四字，是也。

109 注「逍遙也」　何校「遙」下添「遊」字，陳同。案：各本皆無，未審其所據也。

曰：容止可觀，進退可度。毛詩曰：其容不改，出言有章。周易曰：往者屈也，來者伸也，屈伸相感，而利害生焉。班固漢書，叔孫通述曰：叔孫奉常，與時抑揚。

方今天地之睢虛惟刺力達，帝亂其政，豺虎肆虐，眞人革命之秋也。漢書音義曰：方，向也。謂高祖之時。蒼頡篇曰：今，時辭也，謂光武。天地，猶天下也。睢刺，喻禍亂也，謂秦二葉也。淮南子曰：萬物盱睢。楚辭曰：獨乖刺而無當。王逸曰：刺，邪也[110]。帝謂高祖也。馬融論語注曰：亂，理也。豺狼貪殘，謂王莽也。眞人，光武也。文子曰：得天地之道，故謂之眞人。革命，已見東都賦。爾其則有謀臣武將，皆能攫九縛戾執猛，破堅摧剛。排揵件陷扃古熒[111]，躛蹈咸陽。蒼頡篇曰：攫，搏也。說文曰：揵，距門也。又曰：扃，外閉之關也。高祖階其塗，光武攬其英。漢書曰：沛公圍宛城，南陽守齮降，引兵西，無不下者。爾雅曰：階，因也。齮音蟻。東觀漢記曰：鄧禹、吳漢並南陽人。三略曰：主將之體，務在攬英雄之心。是以關門反距，漢德久長。言居西而距東，居東而距西，故言反也。杜篤論都賦曰：是時山東翕然狐疑，意聖朝之西都，懼關門之反距。及其去危乘安，視人用遷。去危乘安，謂太平也。視人用遷，謂觀人所安而設教。周召之儔，據鼎足焉，以庀匹婢王職。史記曰：周公旦者，周武王弟也，輔武王。又召公奭，姓姬氏。成王時，召公為三公。漢書曰：夫三公，鼎足之輔也。賈逵國語注曰：庀，由理也。縉紳之倫，經綸訓典，賦納以言。漢書音義，臣瓚曰：縉，赤白色。紳，大帶也。周奇曰[112]：搢，插笏於大帶。周易曰：君子以經綸。國語曰：修其訓典。尚書曰：敷納以言也。是以朝無闕政，風烈昭宣也。春秋考異郵曰：後雖殊世，風烈猶合於持方。宋均曰：持方，受命者名。於是乎鯢齒眉壽，鮐背之叟，皤皤然被

110 注「刺邪也」　袁本、茶陵本此下有「睢許規切」四字，是也。

111 注「古熒」　袁本、茶陵本作「古熒切」三字，在注末，是也。

112 注「周奇曰」　陳云「周」當作「李」，是也。各本皆誤。

黃髮者，毛詩曰：以介眉壽。毛萇曰：眉壽，毫眉也。爾雅曰：黃髮、齯齒、鮐背、耇老，壽也。皤皤，已見東京賦。喟然相與歌曰：「望翠華兮葳蕤，建太常兮裶裶音霏。上林賦曰：建翠華之旗。葳蕤，翠華貌。太常已見東京賦。上林賦曰：衯衯裶裶[113]。駟飛龍兮騤騤逵，振和鸞兮京師[114]。飛龍，言疾也。周易曰：飛龍在天。毛詩曰：四牡騤騤。鄭玄禮記注曰：鑾輅，有虞氏之車也。有鑾和之節[115]。總萬乘兮徘徊，按平路兮來歸。」萬乘，見東京賦。毛萇詩傳曰：迴，遲也。然徘徊即遲遲也。毛詩曰：行道遲遲。南陽舊居，故曰來歸。毛詩曰：來歸自鎬。豈不思天子南巡之辭者哉！遂作頌曰：毛詩曰：豈不爾思。尚書曰：五月南巡狩。

皇祖止焉，光武起焉。皇祖，高祖也。周易曰：庖犧氏沒，神農氏作[116]。據彼河洛，統四海焉。河、洛，謂東都也。西都賦曰：嘗有意乎都河、洛。本枝百世，位天子焉。毛詩曰：文王子孫[117]，本枝百世。永世克孝，懷桑梓焉。毛詩曰：永世克孝。又曰：維桑與梓，必恭敬止。眞人南巡，覩舊里焉。東觀漢記曰：光武征秦豐，幸舊宅。酈元水經注曰：光武征秦豐，張衡以為真人南巡，觀舊里焉。

三都賦序

左太沖 善曰：臧榮緒晉書曰：左思，字太沖，齊國人。少博覽文史，欲作三都賦，乃詣著作郎張載，訪

---

113 注「衯衯裶裶」 袁本、茶陵本此下有「芳非切」三字，是也。

114 振和鸞兮京師 袁本、茶陵本「鸞」作「鑾」，是也。

115 注「鄭玄禮記注曰」下至「有鑾和之節」 袁本此十九字作「和鑾已見上文」，是也。茶陵本複出，非。

116 注「神農氏作」 陳云下有脫文。今案：當連引注「作起也」，以注正文「起焉」，而各本脫去。乾「聖人作」，釋文載鄭云「起也」。但未審善果引何家耳。

117 注「文王子孫」 案：「子孫」當作「孫子」。各本皆倒。

岷、邛之事。遂構思十稔，門庭藩溷，皆著紙筆，遇得一句，即疏之。徵為秘書。賦成，張華見而咨嗟，都邑豪貴，競相傳寫。三都者[118]，劉備都益州，號蜀；孫權都建業，號吳；曹操都鄴，號魏。思作賦時，吳、蜀已平，見前賢文之是非，故作斯賦以辨眾惑。

劉淵林注　三都賦成[119]，張載為注魏都，劉逵為注吳、蜀，自是之後，漸行於俗也。

蓋詩有六義焉，其二曰賦。善曰：子夏詩序文也。楊雄曰：「詩人之賦麗以則。」善曰：法言文也。班固曰：「賦者，古詩之流也。」善曰：兩都賦序文。先王采焉，以觀土風。善曰：禮記曰：命太師陳詩，以觀民風。鄭玄曰：陳詩，謂采其詩以觀視之。見「綠竹猗猗」於宜，則知衛地淇澳於六之產；善曰：毛詩衛風曰：瞻彼淇澳，綠竹猗猗。見「在其版屋」，則知秦野西戎之宅。善曰：毛詩秦風曰：在其版屋，亂我心曲。毛萇曰：西戎版屋也。故能居然而辨八方。善曰：河圖龍文曰：鎭星光明，八方歸德。難蜀父老曰：六合之內，八方之外。然相如賦上林而引「盧橘夏熟」，楊雄賦甘泉而陳「玉樹青蔥」，班固賦西都而歎以出比目，張衡賦西京而述以遊海若。凡此四者，皆非西京之所有也。假稱珍怪，以爲潤色，若斯之類，匪啻先至於茲。善曰：茲，此也，假稱珍怪也。若斯珍之流，不啻於此多。尚書曰：不啻如自其口出。考之果木，則生非其壤；校之神物，則出非其所。於辭則易爲藻飾，於義則虛而無徵。蓋韓非所謂畫鬼魅易為好，畫狗馬難為工之類。且夫玉巵紙移無當去聲，雖寶非用；巵，一名觶，酒器也。當，底也。善曰：韓子，堂溪公謂韓昭侯曰：今有白玉之巵無當，有瓦巵有當，君甯何取？曰：取瓦巵也。侈言無驗，雖麗非經。善曰：劉廙答丁儀刑禮書曰：崇飾侈言，欲其往來。而論去聲者莫不詆丁禮

118 注「三都者」下至「以辨眾惑」　袁本無此四十六字，有「偏于海內」四字，是也。茶陵本幷五臣入善，與此同，非。

119 注「三都賦成」　袁本「三」上有「臧榮緒晉書曰」六字，是也。茶陵本與此同，非。

訐斤謁其研精，作者大氏音旨[120]舉爲憲章。善曰：墨子曰：雖有詆訐之人，無所依矣。說文曰：詆，訶也。訐，面相序罪也[121]。尚書序曰：研精覃思。司馬遷書曰：詩三百篇，大氏賢聖發憤之所為也。禮記曰：憲章文武。積習生常，有自來矣。傳曰：習實生常。善曰：左傳，叔孫曰：叔出季處，有自來矣。

余既思摹莫蒲二京而賦三都，其山川城邑則稽之地圖，其鳥獸草木則驗之方志。善曰：周禮曰：外史掌四方之志。鄭玄曰：志，記也。風謠歌舞，各附其俗；魁梧忤[122]長者，莫非其舊。善曰：漢書音義，應劭曰：魁梧，丘墟壯大之意也。韓子曰：重厚自尊，謂之長者。何則？發言爲詩者，詠其所志也；善曰：毛詩序曰：詩者，志之所之，在心為志，發言為詩。升高能賦者，頌其所見也。善曰：毛萇詩傳曰：升高能賦，可以為大夫。美物者貴依其本，讚事者宜本其實。善曰：釋名曰：稱人之美曰讚。匪本匪實，覽者奚信？且夫任土作貢，虞書所著；辯物居方，周易所慎。虞書曰[123]：禹別九州，任土作貢。定其肥磽之所生也，而著九州貢賦之法也。周易曰：君子以慎辯物居方。聊舉其一隅，攝其體統，歸諸詁訓焉。

蜀都賦

有西蜀公子者，言於東吳王孫，善曰：聖主得賢臣頌曰：今臣僻在西蜀。史記，武王得仲雍曾孫周章，封之東吳。漢書曰：漂母謂韓信曰：吾哀王孫而進食。蘇林曰：如言公子也。博物志曰：王孫、公子，皆相推敬之辭。曰：

---

120 注「音旨」　袁本、茶陵本作「氏音旨」三字，在注末，是也。

121 注「面相序罪也」　案：「序」當作「斥」，各本皆譌。陳云別本作「斥」，今未見。

122 注「忤」　袁本、茶陵本作「音忤」，在注中「丘墟壯大之意也」下，是也。

123 注「虞書曰」　陳云「書」下脫「序」字，是也。各本皆脫。

「蓋聞天以日月爲綱，地以四海爲紀。九土星分，萬國錯跱。崤胡交函有帝皇之宅，河洛爲王者之里。非日月無以觀天文，非四海無以著地理，故聖人仰觀俯察、窮神盡微者，必須綱紀也。崤，東、西崤也。函，函谷關也。賈生過秦曰：以崤、函為宮。里，居也。言周、漢皆以河、洛為都邑。善曰：越絕書，范蠡曰：天貴持盈，不失日月星辰之綱紀。毛詩曰：滔滔江、漢，南國之紀。周禮曰：以星土分辨九州之地所封域。尚書曰：萬國咸寧[124]。張衡靈憲曰：星體生於地，列居錯峙。崔駰河南尹箴曰：唐、虞、商、周，河、洛是居。吾子豈亦曾聞蜀都之事歟？請爲左右揚搉古學而陳之。韓非有揚搉篇。班固曰：揚搉古今，其義一也。善曰：許慎淮南子注曰：揚搉，粗略也。

「夫蜀都者，蓋兆基於上世，開國於中古。廓靈關以爲門，包玉壘而爲宇。帶二江之雙流，抗峨眉之重阻。楊雄蜀王本紀曰：蜀王之先，名蠶叢、拍濩、魚鳧、蒲澤、開明。是時人萌椎髻左言，不曉文字，未有禮樂。從開明上到蠶叢，積三萬四千歲，故曰兆基於上代也。秦惠王討滅蜀王，封公子通為蜀侯。惠王二十七年，使張若與張儀築成都城。其後置蜀郡，以李冰為守。地理志曰：蜀守李冰鑿離堆，穿兩江，為人開田，百姓饗其利。是時蜀人始通中國，言語頗與華同，故言開國於中古也。靈關，山名，在成都西南漢壽界[125]。在前，故曰門也。玉壘，山名也，湔水出焉，在成都西北岷山界。在後，故曰宇也。江水出岷山，分為二江，經成都南，東流經之，故曰帶也。楊雄蜀都賦曰：兩江珥其前。峨眉，山名也，在成都南犍為界。面之，故曰抗也。水陸所湊，兼六合而交會焉；豐蔚所盛，茂八區而菴烏覽藹焉。八區，四方四隅也。地理志曰：巴、蜀土地肥美，有山林菓實之饒。班固西都賦曰：郊野之富，號為近蜀。美其豐盛。善曰：六合，已見西都賦。長楊賦曰：洋溢八區。

---

124 注「尚書曰萬國咸寧」　袁本此七字作「萬國已見上」，是也。茶陵本複出，非。

125 注「在成都西南漢壽界」　案：「壽」當作「嘉」，謂漢嘉郡也。各本皆誤。下所言在成都西北岷山界，謂岷山郡，晉書地理志之汶山郡也。「岷」、「汶」二字，古每通用。所言在成都南犍為界，謂犍為郡，句例正同。

「於前則跨躡犍乾牂臧，枕之鳩輢交趾。經途所亘，五千餘里。山阜相屬，含谿懷谷。崗巒糺紛，觸石吐雲。阜，大山也。巒，山長而狹也。一曰山小而銳也。水注川曰谿，注壑曰谷。善曰：漢書志有犍為郡、牂牁郡，並屬益州，又有交趾郡，屬交州。輢，寄也，於蟻切。春秋元命包曰：山有含精藏雲，故觸石而出也。鬱葐汾蒀於文以翠微，崛魚物巍巍峩峩。干青霄而秀出，舒丹氣而為霞。翠微，山氣之輕縹也。霞，赤雲也。嚴夫子哀時命曰：紅霓紛其朝霞。山澤氣通，故曰舒丹氣以為霞也。善曰：甘泉賦曰：騰青霄而軼浮景。河圖曰：崑崙山有五色水，赤水之氣，上蒸為霞而赫然也。龍池澋胡角[126]瀑步角濆扶刎其隈，漏江伏流潰胡內其阿。汩骨若湯谷之揚濤，沛普賴若濛汜似之湧波。龍池在朱堤南十里[127]，地周四十七里。漏江在建寧，有水道，伏流數里復出。故曰漏江。湯谷，日所出也。濛汜，日所入也。善曰：澋瀑，水沸之聲也。公羊傳曰：濆泉者何，涌泉也。淮南子曰[128]：日出于湯谷，浴于咸池。楚辭云：日出于陽谷，入于濛汜。濛汜，見西京賦。於是乎邛竹緣嶺，菌桂臨崖宜。旁挺龍目，側生荔枝。布綠葉之萋萋，結朱實之離離。迎隆冬而不凋，常曄曄以猗猗。邛竹出興古盤江以南，竹中實而高節，可以作杖。神農本草經曰：菌桂出交阯，圓如竹，為眾藥通使。一曰：菌，薰也，葉曰蕙，根曰薰。南裔志曰：龍眼，荔枝，生朱堤南廣縣，犍為僰道縣。隨江東至巴郡江州縣，往往有荔枝樹，高五六丈，常以夏生，其變赤可食。龍眼似荔枝，其實亦可食。邛竹、菌桂、龍眼、荔枝，皆冬生不枯，鬱茂於山林。善曰：王逸荔枝賦曰：緣葉蓁蓁。又曰：朱實叢生。孫卿子曰：松柏經隆冬而不凋，蒙霜雪而不變。曄曄、猗猗，已見西都賦。孔翠羣翔，犀象競馳。白雉朝雊，猩猩生夜啼。金馬騁光而絕景，碧鷄儵忽而曜儀。火井沈熒於幽泉，

---

126 注「胡角」又注「步角」又「扶刎」　袁本作「澋胡角切瀑步角切」八字，在注中「水沸之聲也」下，「濆扶刎切」四字，在「湧泉也」下，是也。茶陵本有「澋呼角切」四字，餘無，皆刪削也。但「胡」作「呼」為是。

127 注「在朱堤南十里」　陳云「堤」當作「提」。下「生朱堤南廣縣」，何改「提」，陳同，是也。各本皆譌。

128 注「淮南子曰」下至「入於濛汜」　袁本此二十五字作「湯谷已見東京賦」，是也，茶陵本複出，非。

高爓飛煽扇於天垂。孔，孔雀也。翠，翠鳥也。孔雀特出永昌南涪縣。翡翠常以二月、九月羣翔興古十餘[129]。白雉出永昌。猩猩生交趾封溪，似猨，人面，能言語，夜聞其聲，如小兒啼。春秋傳曰：豕人立而啼。服子慎曰：啼，呼也。淮南子曰：猩猩知往。地理志曰：金馬、碧鷄，在越巂青蛉縣禺同山。漢宣帝時，方士言益州有金馬、碧鷄之神，可以醮祭而置也[130]。宣帝使諫議大夫王褒持節而求之，褒道病卒，竟不能致也。蜀郡有火井，在臨邛縣西南。火井，鹽井也。欲出其火，先以家火投之，須臾許，隆隆如雷聲，爓出通天，光輝十里，以筩盛之，接其光而無炭也。煽，熾也。善曰：廣雅曰：熒，光也。說文曰：爓，火焰也，音艷[131]。天垂，天四垂也。其間則有虎珀丹青，江珠瑕英。金沙銀礫[132]歷，符采彪筆尤炳，暉麗灼酌爍舒藥切。永昌博南縣出虎珀。牂牁有白曹山，出丹青、曾青、空青也。本草經云：皆出越巂郡。瑕，玉屬也。楊雄蜀都賦云：瑕英江珠。永昌有水出金，如糠在沙中。興古盤町山出銀。符采，玉之橫文也。灼爍，艷色也。善曰：博物志曰：虎珀，一名江珠。

「於後則卻背華容，北指崑崙。緣以劍閣，阻以石門。華容，水名，在江由之北。崑崙，山名也。楊雄蜀都賦曰：北屬崑崙。劍閣，谷名，自蜀通漢中道，一由此，背有閣道，在梓潼郡東北。石門，在漢中之西，褒中之北。此二處，蜀之險隘於是在焉。流漢湯湯傷，驚浪雷奔。望之天迴，即之雲昏。水物殊品，鱗介異族。或藏蛟螭勑知，或隱碧玉。嘉魚出於丙穴，良木攢於褒谷。有鱗曰蛟螭。蛟螭，水神也，一曰雌龍也，一曰龍子也。相如上林賦曰：蛟龍赤螭。碧玉，謂水玉也。尸子曰：龍淵生玉英。丙穴，在漢中沔陽縣北，

---

129 注「羣翔興古十餘」　陳云「餘」下疑脫「日」字，是也。各本皆脫。

130 注「可以醮祭而置也」　陳云「置」當作「致」，是也。各本皆脫。

131 注「火焰也音艷」　袁本、茶陵本「焰」作「爓」，又袁「艷」下有「煽音扇」三字，是也。茶陵無，非也。

132 金沙銀礫　茶陵本「礫」作「鑠」，云五臣作「礫音歷」。袁本作「礫」，用五臣也。尤以五臣亂善，非。下「歷」亦五臣音耳。

有魚穴二所，常以三月取之。丙，地名也，褒中縣南口斜谷，水源在北，南流經褒中，故北口曰斜，南口曰褒，同一谷耳，長四百七十里。褒、斜出良材。漢書曰：斜谷之木，不足為我械。善曰：枚乘七發曰：波湧而濤起，橫奔似雷行。任豫益州記曰：嘉魚，鱗似鱒魚。**其樹則有木蘭梫**寢[133]**桂，杞櫹**蕭**椅**於其**桐，椶枒**邪**楔**耕八**樅**七松**。梗**頻縣**柟**南**幽藹於谷底，松柏蓊鬱於山峯。**木蘭，大樹也，葉似長生，冬夏榮。常以冬華，其實如小柿，甘美，南人以為梅，其皮可食。楊雄蜀都賦曰：樹以木蘭。梫桂，木桂也。傳曰：杞梓之木。櫹，大木也。詩曰：其桐其椅。椶枒出蜀，其皮可作繩履。楔，似松有刺也。樅，柏葉松身。梗、柟，二樹名，皆大木也。**擢脩幹，竦長條。扇飛雲，拂輕霄。羲和假道於峻岐，陽烏迴翼乎高標。**言山木之高也。善曰：楚辭曰：吾令羲和弭節兮。廣雅曰：日御謂之羲和。左傳曰：假道於虞。春秋元命包曰：陽成於三，故日中有三足烏。烏者，陽精。**巢居栖翔，聿兼鄧林。穴宅奇獸，窠宿異禽。**鄧林，林名也。窠，鳥巢也。善曰：鄧林，已見西京賦。**熊羆咆**步交**其陽，鵰鶚鴥**聿**其陰。猨狖**弋狩**騰希而競捷，虎豹長嘯而永吟。**鶚，其形如鵰，皆鷙鳥也。枚乘曰：鷙鳥累百，不如一鶚。鴥，疾貌也。善曰：楚辭曰：虎豹鬭兮熊羆咆。說文曰：咆，嘷也[134]。毛詩曰：鴥彼晨風。春秋元命包曰：猛虎嘯，谷風起。杜篤連珠曰：長吟永嘯。

「於東則左緜巴中，百濮音卜**所充。**濮，夷也。傳曰：麋人率百濮。今巴中七姓有濮也。**外負銅梁於宕**徒浪**渠，內函要害於膏腴。**銅梁，山名。宕渠，縣名。銅梁在巴東，宕縣在巴西[135]，出鐵。要害，地險隘也。

---

133 注「寑」　袁本、茶陵本作「善曰梫音寑」五字，在劉注之下，是也。

134 注「咆嘷也」　袁本、茶陵本此下有「步包切」三字，是也。

135 注「宕渠縣名銅梁在巴東宕縣在巴西」　袁本、茶陵本無「名銅梁在巴東宕縣」八字。案：此尤校添之。劉昭注續漢書郡國志引銅梁山在巴東也。下「縣」當作「渠」。

膏腴，土地肥沃也。其中則有巴菽巴戟，靈壽桃枝。樊以蒩資覩[136]圃，濱以鹽池。巴菽，巴豆也。巴戟，巴戟天也。靈壽，木名也，出涪陵縣。桃枝，竹屬也，出墊江縣。二者可以為杖。樊，蕃也。詩曰：營營青蠅，止于樊。蒩，草名也，亦名土茄，葉覆地而生，根可食，人飢則以繼糧。鹽池，出巴東北新井縣，水出地[137]如湧泉，可煮以為鹽。善曰：埤蒼曰：蒩，蕺也。蕺，側及切。蟞必滅蛦音啼山棲，黿元龜水處[138]。潛龍蟠於沮子預澤，應鳴鼓而興雨。蟞蛦，鳥名也，如今之所謂山鷄，其雄色班，雌色黑，出巴東。黿，大龜也[139]。譙周異物志曰：涪陵多大龜，其甲可以卜，其緣中又[140]似瑇瑁，俗名曰靈。又沮，有菜澤也。巴東有澤水，人謂有神龍，不可鳴鼓，鳴鼓其傍，即便雨也。善曰：李尤七嘆曰[141]：龍鼉水處。方言曰：未升天龍，謂之蟠龍。綦毋邃孟子注曰：澤生草言蒩。沮與蒩同。丹沙赩許力熾昌志[142]出其坂，蜜房郁毓被其阜。山圖采而得道，赤斧服而不朽。涪陵、丹興二縣出丹砂。丹砂出山中，有穴。尚書禹貢曰：厥土赤埴[143]。巴西漢昌縣多野蜂蜜蠟。山圖，隴西人也。隨道士之名山採藥，身輕不食，莫知所如。赤斧，巴人也，

---

136 注「資覩」　袁本、茶陵本作「蒩資覩切」四字，在注中「蒩蕺也」下，是也。

137 注「出巴東北新井縣水出地」　案：「新」字當在「縣」字下。「北井」二字當連文，縣名也。晉太康以前屬巴東郡，見華陽國志。「出巴東北井縣」為一句，「新水出地」為一句。

138 黿龜水處　案：「黿」當作「元」。茶陵本作「黿」，云五臣作「元」。袁本作「元」，無校語。此當是茶陵、尤所見因劉注中「元龜」二字誤為「黿」字，而改正文者耳。袁所見正文及注，皆是「元龜」字，為不誤也。又正文下有「元」字，乃割裂所見之校語以為音。茶陵亦尚無之。恐讀者不察，將致執此音以定善字，特為訂正焉。

139 注「黿大龜也」　袁本「黿」作「元龜」二字，是也。茶陵本與此同，非。案：說已見上。劉以「大」解「元」，益顯然可知也。

140 注「其緣中又」　案：「又」當作「叉」，下「靈叉」同。見華陽國志涪陵郡下。

141 注「李尤七嘆曰」　袁本、茶陵本「嘆」作「歎」。案：各本皆非也，當作「款」。

142 注「昌志」　袁本、茶陵本作「昌志切」三字，在注「熾赤也」下，是也。

143 注「厥土赤埴」　案：「埴」當作「熾」，觀正文及下善注可見。各本皆誤。又尚書徐、鄭、王皆讀曰「熾」，見釋文，亦其證也。

能煉丹砂與消石，服之身體毛髮盡赤。皆古仙者也。見列仙傳。善曰：毛萇詩傳曰：赩，赤貌也。鄭玄尚書注曰：熾，赤也。班固終南頌曰：蜜房溜其巔。郁毓，盛多也。若乃剛悍汗生其方，風謠尚其武。奮之則賨在宗[144]旅，翫之則渝舞。銳氣剽於中葉，蹻綺驕容世於樂府。善曰：廣雅曰：悍，勇也。應劭風俗通曰：巴有賨人，剽勇，高祖為漢王時，閬中人范目說高祖募取賨人，定三秦，封目為閬中慈鳧鄉侯；并復除目所發賨人，盧、朴、沓、鄂、度、夕、襲七姓，不供租賦。閬中有渝水，賨人左右居，銳氣喜舞。高祖樂其猛銳，數觀其舞，後令樂府習之。楊雄荊州箴曰：風飄以悍，氣銳以剛。毛詩曰：昔在中葉。漢書曰：武帝樂府[145]。

「於西則右挾故蝶岷山，湧瀆發川。陪以白狼，夷歌成章。江水出岷山也。白狼夷在漢壽西界[146]，漢明帝時，作詩三章以頌漢德，益州刺史朱輔驛傳其詩奏之[147]。語在輔傳也。坰野草昧，林麓黝於糾儵式六。交讓所植，蹲存鴟所伏。交讓，木名也。兩樹對生，一樹枯則一樹生，如是歲更，終不俱生俱枯也。出岷山，在安都縣[148]。蹲鴟，大芋也，其形類蹲鴟，故卓王孫曰：吾聞岷山之下沃野，下有蹲鴟，至死不飢。善曰：黝儵，茂盛貌。百藥灌叢，寒卉冬馥。異類眾夥禍，于何不育？其中則有青珠黃環，碧砮芒消。或豐綠荑啼，或蕃伐元丹椒。蘪蕪布濩護於中阿[149]，風連莚餘戰蔓萬於蘭皐。紅葩紫飾，柯葉漸苞。

---

144 注「在宗」 袁本、茶陵本作「賨在宗切」四字，在注中「氣銳以剛」下，是也。

145 注「武帝樂府」 何校「帝」下添「立」字，陳同，是也。各本皆脫。

146 注「在漢壽西界」 案：「壽」當作「嘉」。各本皆誤，說見前。下注「九折坂在漢壽嚴道縣」云云，「壽」亦當作「嘉」也。

147 注「驛傳其詩奏之」 案：「驛」當作「譯」。各本皆誤。事在范書西南夷傳也。

148 注「出岷山在安都縣」 案：「在」字不當有，「安都」當作「都安」。各本皆誤。下注「金堤在岷山都安縣西」，又「岷山都安縣有兩山相對立如闕」，皆可證。晉書地理志汶山郡有都安縣也。

149 蘪蕪布濩於中阿 袁本、茶陵本「蘪」作「蘼」。案：注中作「蘼」，「蘼」、「蘪」古通用。或太沖自用「蘼」字。

敷蘂葳蕤，落英飄颻。青珠，出蜀郡平澤。黃環，出蜀郡。碧石生越嶲郡無會縣[150]。砮可作箭鏃。禹貢，梁州厥貢砮石。芒消出蜀郡廣陽山。綠荑、辛荑、蘪蕪，皆香草也。蘪蕪出岷山替陵山[151]。風連出岷山，一曰出廣都山[152]。岷山特多藥草，其椒尤好，異於天下。漸苞，相苞裹而同長也。書曰：草木漸苞。蘂者，或謂之華，或謂之實。一曰花鬚頭點也。楚辭曰：採薜荔之落英。**神農是嘗，盧跗是料**聊。**芳追氣邪，味蠲癘痟**音消。扁鵲，盧人，古良醫。楊雄法言曰：扁鵲，盧人，而醫多盧。癘氣，不和之氣也。痟，亦頭病也。周禮，四時皆有癘疾，春多痟首之疾，漢書，相如常有痟病。善曰：淮南子曰：神農乃始教人播種五穀，嘗百草之滋味。史記曰：虢中庶子謂扁鵲曰：臣聞上古之時，醫有俞跗，醫病不以湯液。**其封域之內，則有原隰墳衍，通望彌博。演以潛沫**武蓋[153]**，浸以緜雒。**禹貢梁州云，沱、潛既道。有水從漢中沔陽縣南流至梓橦漢壽縣[154]入穴中，通岡山下，西南潛出，今名複水。舊說云：禹貢潛水也。又有水出岷山之西，東流過漢壽，南流[155]有高山上合下開，水經其中曰沫水。水潛行曰演。此二水伏流，故曰演以潛、沫。緜水在緜竹縣，出紫巖山。雒水在上雒縣，出桐柏山[156]。周禮曰：揚州，其浸五湖，言益州之有緜、雒，猶揚州之有五湖，故曰浸以緜、雒也。潛、沫、緜、雒四水所

---

150 注「生越嶲郡無會縣」 案：「無會」當作「會無」。各本皆倒。

151 注「出岷山替陵山」 案：「替」當作「蠶」，「山」字不當有。各本皆誤。晉書地理志汶山郡有蠶陵縣也。此注三言岷山，皆謂汶山郡。

152 注「一曰出廣都山」 案：「山」字不當有。各本皆衍。晉書地理志廣都屬蜀郡也。

153 注「武蓋」 袁本、茶陵本作「善曰沫武蓋切」六字，在劉注之後，是也。

154 注「有水從漢中沔陽縣南流至梓橦漢壽縣」 案：「漢中」二字不當有，「沔」當作「江」，「漢」當作「晉」。各本皆誤。續漢書郡國志犍為郡江陽，劉昭注引賦此注「從縣南流」云云，當據之訂正。江陽，晉書地理志屬江陽郡，或「漢中」亦「江陽」之誤。水經潛水注引庾仲雍云：墊江有別江出晉壽縣，即潛水也。晉書地理志晉壽屬梓潼郡，當據之訂正。又袁本「橦」作「潼」，是也。茶陵本亦誤「橦」。

155 注「過漢壽南流」 案：「壽」當作「嘉」。各本皆誤。水經沫水注云過漢嘉郡，可證。

156 注「雒水在上雒縣出桐柏山」 案：「上」字、「桐」字衍，「出」下當有「漳山一曰在梓潼縣出」九字。水經江水注曰：洛

經，本皆蜀郡，故皆謂之封域之內也。溝洫脈散，疆里綺錯。黍稷油油，粳古衡稻莫莫。指渠口以爲雲門，灑滮扶彪[157]池而爲陸六澤。雖星畢之滂普郎沲度羅，尚未齊其膏液。廣深四尺為溝，倍溝為洫。左氏傳曰：先王疆理天下。謂地勢縱橫之宜也。莫莫，茂也。李冰於湔山下造大堋以壅江水，分散其流，溉灌平地。故曰指渠口以為雲門也。滮，流貌。詩曰：滮池北流，浸彼稻田。蔡邕曰：凝雨曰陸。尚書洪範曰：星有好雨。月失道而入畢，則多雨。詩曰：月離于畢，俾滂沲矣。善曰：鄭玄周禮注曰：黃帝樂曰雲門，言黃帝之德，如雲之出門也。然此唯取雲門之名，不取樂也。爾乃邑居隱賑之忍，夾江傍山。棟宇相望，桑梓接連。家有鹽泉之井，戶有橘柚之園。隱，盛也。賑，富也。梓，木名，可以為琴瑟。蜀都臨邛縣[158]、江陽漢安縣皆有鹽井。巴西充國縣有鹽井數十。大曰柚，小曰橘。犍為南安縣出黃甘橘。地理志曰：蜀都嚴道、巴郡朐忍魚複二縣出橘，有橘官。善曰：楊雄蜀都賦曰：夾江緣山。又曰：西有鹽泉鐵冶，橘林銅陵。其園則林檎枇杷，橙柹梬郢楟亭[159]。榹心移桃函含列，梅李羅生。皆菓名也。林檎實，似赤柰而小，味如梨。枇杷，冬華黃實，本出蜀。蜀有給客橙，冬夏華實相繼。張揖曰：楟，山梨。善曰：爾雅曰：榹桃，山桃也。百果甲宅坼，異色同榮。朱櫻春熟，素柰夏成。善曰：周易曰：百果草木皆甲坼[160]。鄭玄曰：木實曰果。皆讀如人倦之解，解[161]謂坼呼，皮曰甲，根曰宅。宅，居也。呼，火亞切。漢書，叔孫通曰：古有春嘗果，令

水出洛縣漳山，一言出梓潼縣柏山，即本此。當據之訂正。「洛」即「雒」字。漢書地理志「漳」作「章」。「漳」即「章」字，何駁善此注，恐誤。蓋未知水經注有其證，故不悟各本皆脫衍，而善自不誤也。

157 注「扶彪」又注「六」又注「普郎」又注「度羅」　袁本、茶陵本作「滮扶彪切陸音六滂普忙切沲度羅切」十五字，在注末，是也。

158 注「蜀都臨邛縣」　案：「都」當作「郡」，各本皆譌。下「蜀都嚴道」同。

159 注「亭」　袁本作「楟音亭」三字，在注中「善曰」下，是也。茶陵本與此同，非。

160 注「百果草木皆甲坼」　袁本「坼」作「宅」。茶陵本亦作「坼」。案：作「宅」最是。善讀「宅」如字，觀下注所引「根曰宅宅居也」可知。五臣乃音「宅」為「坼」，今竄「坼」音入正文下，又改此注「宅」為「坼」以就之，俱大誤也。

161 注「皆讀如人倦之解解」　案：「之解」當作「解之」。各本皆倒。「皆」字複舉下以七字為一句也。

櫻桃熟[162]可嘗也。素柰，白柰也。王逸荔枝賦曰：酒泉白柰。若乃大火流，涼風厲列。白露凝，微霜結。詩曰：七月流火。禮記月令，孟秋涼風至。善曰：毛萇詩傳曰：火，大火也。流，下也。毛詩曰：白露為霜。楚辭曰：微霜結兮眇眇。紫梨津潤，樼側鄰栗罅呼亞發。蒲陶亂潰胡對，若榴競裂。甘至自零，芬芬酷苦毒烈[163]。詩云：樹之榛栗。傳曰：榛栗棗脩。罅發，栗皮坼罅而發也。甘至，言熟也。善曰：西京雜記曰：上林有紫梨。郭璞□上林賦注曰[164]：蒲陶似燕薁，可作酒。馬融西第頌曰：紫房潰漏。又曰：胡桃自零若榴，已見兩都賦[165]。上林賦曰：酷烈淑郁。榛與樼同[166]。

其園則有蒟俱宇蒻弱茱萸[167]，瓜疇芋于句區。甘蔗之夜辛薑，陽蓲許于[168]陰敷。蒟，蒟醬也。緣樹而生，其子如桑椹，熟時正青，長二三寸，以蜜藏而食之，辛香，溫調五臟[169]。蒻，草也，其根名蒻，頭大者如斗，其肌正白，可以灰汁，煮則凝成，可以苦酒淹食之。蜀人珍焉。茱萸，一名藙也。疇者，界埒小畔際也。楊雄太元經曰[170]：陽蓲萬物。言陽氣蓲煦生萬物也。陰敷，薑生於陰也。日往菲薇，月來扶疎。任土所麗，眾獻而儲。任土，任其土地所生也。尚書所謂任土作貢也。易曰：百穀草木麗乎土。其沃瀛盈[171]則有攢在官蔣將叢蒲，綠菱紅蓮。雜以蘊藻，

---

162 注「令櫻桃熟」　陳云「令」當作「今」。各本皆譌。

163 芬芬酷烈　袁本、茶陵本下「芬」字作「芳」字，是也。案：此尤本譌字。

164 注「郭璞□上林賦注曰」　袁本、茶陵本空格有「曰」字，此初亦衍，後修去。

165 注「若榴已見兩都賦」　陳云「兩」當作「南」，是也。袁本亦譌「兩」，茶陵本複出，非。

166 注「榛與樼同」　袁本、茶陵本此下有「側鄰切罅呼亞切」七字，是也。

167 其園則有蒟蒻茱萸　袁本云善作「園」。茶陵本云五臣作「圃」。案：各本皆非也，「園」但傳寫譌耳。

168 注「俱宇」又注「許于」　袁本作「善曰蒟俱羽切蓲許于切」十字，在劉注之後，是也。茶陵本無「蒟俱羽切」，非。

169 注「溫調五臟」　袁本、茶陵本「臟」作「藏」，是也。

170 注「楊雄太元經曰」　何云「元」避諱。陳云宋人避當時諱改。袁本、茶陵本不改，尤所改僅此一處。凡宋人諱字每不畫一也。

171 注「盈」　袁本、茶陵本作「善曰瀛音盈」五字，在劉注之後，是也。

糅女又以蘋蘩。楚辭曰：倚沼畦瀛。王逸云：瀛，澤中也。班固以為畦。蔣，菰名也。蘊、藻、蘋、蘩，皆水草也。蘊，叢也。總莖柅柅乃禮[172]，裛於業葉蓁蓁臻。蕡墳實時味，王公羞焉。柅柅、蓁蓁，盛茂貌也。詩曰：爾肴既將[173]。傳曰：苟有明信，澗、谿、沼、沚之毛，蘋、蘩、蘊、藻之菜，可薦於鬼神，可羞於王公。善曰：毛詩曰：敦彼行葦，維葉柅柅。又曰：桃之夭夭，其葉蓁蓁。又曰：桃之夭夭，有蕡其實。其中則有鴻儔鵠侶，振鷺鵜徒兮[174]鶘胡。晨鳧旦至，候鴈銜蘆。皆水鳥名。鴻鵠多羣飛，故言侶儔也。振鷺、鵜鶘，二鳥名也。晨鳧，常以晨飛也。鴈，候時南北，故曰候鴈。銜蘆以禦繒繳，令不得截其翼也。淮南子曰：鴈銜蘆而翔，以備繒繳。善曰：毛詩曰：振鷺于飛。爾雅曰：鵜，洿澤也。郭璞曰：即鵜鶘也。說苑曰：魏文侯嗜晨鳧。呂氏春秋曰：季秋之月，候鴈來。木落南翔，冰泮北徂。雲飛水宿，哢吭胡剛[175]清渠。其深則有白黿命鼈，玄獺上祭。鱣陟連鮪于鬼鱒在本魴，鮷啼鱧禮魦鱨。木落者，葉落也。木葉落，秋時也。冰泮，春時也。善曰：淮南子曰：木葉落而長年悲。家語曰：冰泮而農桑起。爾雅曰：吭，鳥嚨。禮記月令，孟春，獺祭魚，將食之，先以祭也。鱣，鮔鱧也[176]。鮷，似鰌。魦，似鮒。鱒、魴，皆見詩也。楚辭曰：乘白黿兮逐文魚。張衡應問曰[177]：黿鳴而鼈應。命，呼也。差鱗次色，錦質報章。躍濤戲瀨，中流相忘。莊周云：泉涸，魚相與處陸。相呴以濕，相濡以沫，不若相忘於江湖。善曰：毛詩曰：終日七襄，不成報章。

「於是乎金城石郭，兼帀中區。既麗且崇，實號成都。金石，言堅也。故朝錯曰：神農之

---

172 注「乃禮」又注「墳」　袁本、茶陵本作「乃禮切」三字，在「維葉柅柅」下，「扶云切」三字在注末，是也。「墳」是五臣音。

173 注「爾肴既將」　袁本「將」作「時」，是也。茶陵本亦誤「將」。

174 注「徒兮」又注「胡」　袁本、茶陵本作「鵜乃兮切鶘音胡」七字，在注末，是也。

175 注「胡剛」　袁本作「胡剛切」三字，在注中「吭鳥嚨」下，是也。茶陵本「剛」作「江」，非。

176 注「鱣鮔鱧也」　案：「鱣」當作「鮪」，各本皆誤。吳都賦「筌鮔鱧」善注「鮔鱧鮪也」，可借證。

177 注「張衡應問曰」　案：「問」當作「閒」。各本皆譌。

教，雖有金城湯池也。闢二九之通門，畫方軌之廣塗。營新宮於爽塏愷，擬承明而起廬。漢武帝元鼎二年，立成都十八門。周禮，經塗九軌。畫，言端直也。爽塏，高明也。善曰：左氏傳曰[178]：齊景公欲更晏子之宅，曰：請更諸爽塏者。杜預曰：就高燥也。漢書曰：嚴助為會稽太守，帝賜書曰：君猒承明之廬。張晏曰：承明廬在石渠門外。結陽城之延閣，飛觀榭乎雲中。開高軒以臨山，列綺窗而瞰苦檻江。陽城，蜀門名也[179]。善曰：淮南子曰：延閣棧道。高軒，堂左右長廊之有窗者。張載魯靈光殿賦注曰：軒檻，所以開明也。古詩曰：交疏結綺窗。內則議殿爵堂，武義虎威。宣化之闥，崇禮之闈。議殿、爵堂，殿堂名也。武義、虎威，二門名也。宣化、崇禮，皆闈闥之名也。華闕雙邈，重門洞開。金鋪交映，玉題相暉。金鋪，門鋪首以金為之。玉題，以玉為之。孟子曰：榱題數尺。楊雄曰：旋題玉英。善曰：西都賦曰：樹中天之華闕。長門賦曰：擠玉戶而撼金鋪。外則軌躅直錄八達，里閈汗對出。比屋連甍，千廡音武萬室。閈，里門也。管子曰：閭閈不可以無闔。盧綰與高祖同里。班固曰：綰自同閈。廡，庌也。蘇秦說魏襄王曰：廬廡之數也。善曰：漢書，班嗣與桓生書曰：伏孔氏之軌躅。音義曰：三輔說牛蹄處為躅。爾雅曰：八達謂之崇期。孫炎曰：崇，多也。多道會期於此。亦有甲第，當衢向術。壇徒蘭[180]宇顯敞，高門納駟。術，道也。楚辭九章曰：燕雀烏鵲，巢堂壇兮。王逸曰：壇，猶堂也。漢于公高其門，使容駟馬高蓋。此言甲第高門，可以納駟。善曰：西京賦曰：北闕甲第，當道直啓。李尤高安館銘曰：增臺顯敞，禁室靜幽。庭扣苦后鍾磬，堂撫琴瑟。匪葛匪姜，疇能是恤。疇，誰也。善曰：蜀志曰：諸葛亮為丞相。又曰：姜維初為亮倉曹掾，稍遷為大將軍。

178 注「左氏傳曰」下至「在石渠門外」袁本此六十字作「爽塏已見上文承明已見西都賦」，是也。茶陵本複出，非。

179 注「陽城蜀門名也」袁本「城」作「成」，茶陵本亦作「城」。案：「門名」不悮更言「城」，必「成」字也。以此訂之，正文亦當作「成」。今各本皆有誤。

180 注「徒蘭」袁本、茶陵本作「壇徒蘭切」四字，在注末，是也。

「亞以少城，接乎其西。市廛所會，萬商之淵。列隧百重，羅肆巨千。賄呼罪貨山積，纖麗星繁。少城，小城也，在大城西，市在其中也。都人士女，袨縣[181]服靚才姓粃。賈音古貿莫構墆直例鬻，舛竞錯縱橫。異物崛詭，奇於八方。布有橦華，麪有桄光榔郎。邛杖傳節於大夏之邑，蒟句醬流味於番潘禺愚之鄉。蘇林曰：袨服，謂盛服也。張揖曰：靚謂粉白黛黑也。墆，貯也。橦華者，樹名橦，其花柔毳，可績為布也，出永昌。桄榔，樹名也，木中有屑如麪，可食，出興古。張騫傳曰：臣在大夏時，見邛竹杖、蜀布，問安得此？大夏國人曰：吾賈人往市之身毒國。身毒國在大夏東南，可數千里。南越傳曰：使唐蒙諷曉南越，食蒙以蒟醬，蒙問所從來？答曰：西北牂牁江廣數里，出番禺城下。故漢書曰：感蒟醬、竹杖，則開牂牁、越嶲也。邛竹杖以節為奇，故曰傳節也。善曰：都人士女。已見西都賦。漢書曰：富商大賈，或墆財八方，已見上三都序。輿輦雜沓徒合，冠帶混并。累轂疊跡，叛衍相傾。諠譁鼎沸，則哤莫江[182]聒公達宇宙；囂許驕塵張陟亮天，則埃𡏖烏蓋曤靈。叛，亂也。莊周曰：何貴何賤，是謂叛衍。善曰：蔡邕月令章句曰：冠，首飾也。帶，大帶，所以束身也。司馬彪莊子注曰：叛衍，猶漫衍也。國語，管子曰：四人雜處，則其言哤。說文曰：聒，讙語也。文子曰：四方上下曰宇。說文曰：宙，舟輿所極覆也。西都賓曰：軼埃𡏖之混濁。楚辭曰：角宿未旦，耀靈焉藏。廣雅曰：耀靈，白日也[183]。闤闠之裏，伎巧之家。百室離房，機杼相和。貝錦斐成，濯色江波。黃潤比毗二筩，籯盈金所過。闤，市巷也。闠，市外內門也。貝錦，錦文也。譙周益州志云：成都織錦既成，濯於江水，其文分明，勝於初成；他水濯之，不

181 注「縣」又注「直例」又注「光」又注「郎」　袁本作「袨音縣墆音直例切桄音光榔音郎」十四字，在注末，是也。茶陵本無「袨音縣」，非。

182 注「莫江」又注「公達」　袁本、茶陵本作「莫江切」三字，在注中「則其言哤」下，「公達切」三字在「讙語也」下，是也。

183 注「白日也」　案：「白」字不當有，各本皆衍。

如江水也。黃潤，謂筒中細布也。司馬相如凡將篇曰：黃潤纖美宜制禪[184]。揚雄蜀都賦曰：筒中黃潤，一端數金。籯，賸也。韋賢傳曰：黃金滿籯。善曰：毛詩曰：百室盈止。古詩曰：札札弄機杼。毛詩曰：萋兮斐兮，成是貝錦也。**侈侈隆富，卓鄭埒**劣**名。公擅山川，貨殖私庭。藏鏹**九兩**巨萬**[185]**，鈲**浦覓[186]**摫**規**兼呈。亦以財雄，翕習邊城。**漢書貨殖傳曰：蜀卓氏之臨邛，公擅山川銅鐵，上爭王者之利，下錮齊人之業，富至僮八百人。程鄭亦冶鑄，富埒卓氏。司馬相如傳云：臨邛富人程鄭，僮亦數百人。鏹，錢貫也。殖貨志曰[187]：藏鏹千萬。揚雄方言云：鈲、摫，裁也。梁、益之間，裁木為器曰鈲，裂帛為衣曰摫。兼呈者，皆有常課，至擬於王者。亦以財雄，猶班壹以財雄邊城也。漢書班氏敘傳，當孝惠、高后時，以財雄邊，出入弋獵，旌旗鼓吹。以臨邛是蜀郡之邊縣，故云邊城。善曰：藏鏹，管子之文也。**三蜀之豪，時來時往。養交都邑，結儔附黨。**三蜀，蜀郡、廣漢、犍為也。本一蜀國，漢高祖分置廣漢，漢武帝分置犍為。善曰：孫卿子曰：偷合苟容，以持祿養[188]。**劇談戲論，扼腕抵**紙**掌**[189]**。出則連騎，歸從百兩。**劇，甚也。鬼谷先生書有抵戲篇。桓譚七說曰[190]：戲談以要譽。張儀傳曰：天下之士，莫不扼腕以言。戰國策曰：蘇秦說趙王：華屋之下，抵掌而

---

184 注「黃潤纖美宜制禪」 茶陵本「禪」作「襌」，袁本亦作「襌」。案：似「襌」字是也。

185 藏鏹巨萬 案：「鏹」當作「繈」，注同。漢書食貨志作「繈」，劉引之可證。廣韻云「繈」俗作「鏹」。太沖時未必有此俗字也。

186 注「九兩」又注「浦覓」 袁本、茶陵本作「鏹九兩切音覓切」在注末，是也。茶陵本無，非。

187 注「殖貨志曰」 何校「殖」改「食」，陳同。袁本亦誤「殖」。茶陵本作「貨殖」，更非。

188 注「以持祿養」 案：「養」下當有「交」字。各本皆脫。此所引臣道篇文也。

189 扼腕抵掌 案：「抵」當作「抵」，注同。袁本善注末有「抵音紙」三字，最是。茶陵本割裂「紙」字入正文下，非。尤又改「紙」為「紙」，益非。廣韻四紙：抵，抵掌。說文云：側手擊聲也。與十一薺之「抵」，迥然有別。甚明。西征賦、為蕭揚州作薦士表、廣絕交論用「抵掌」者，放此。今皆作「抵」，蓋誤由五臣而各本亂之。集韻，「抵」下重文有「抵」，云或作「抵」，可見其不分別久矣。其羣書此字之誤，不悉數。

190 注「桓譚七說曰」 案：「譚」當作「麟」。各本皆誤。後漢書本傳章懷注：案摯虞文章志，麟文見在者七說一首云云，後七

言，皆談說之客也。百兩，百乘也。詩雲：之子于歸，百兩御之。善曰：漢書曰：楊雄口吃不能劇談。連騎，已見西京賦。若其舊俗，終冬始春。吉日良辰，置酒高堂，以御嘉賓。楊雄蜀都賦曰：其俗迎春送冬，百金之家，千金之公。善曰：楚辭曰：吉日兮良辰[191]。曹植箜篌引曰：置酒高殿上。毛詩曰：以御賓客，且以酌醴。金罍中坐，肴槅四陳。觴以清醥，鮮以紫鱗。羽爵執競，絲竹乃發。巴姬彈弦，漢女擊節。鮮，魚鱠也。詩云：炮鱉鱠鯉。巴姬，漢之美人，猶衛之雅質[192]，蔡之幼女。善曰：毛詩曰：肴核維旅。鄭玄曰：肴，菹醢也。核，桃梅之屬也。左氏傳，楚共王有巴姬。槅與核義同。起西音於促柱，歌江上之飆（寮）厲。紆長袖而屢舞，翩躚躚以裔裔。昔周昭王涉漢，中流而隕，其右辛游靡拯王，遂卒不復還。周乃侯其子于西翟，實為長公。楚徙宅西河，長公思故處[193]，始作西音。長公繼是音以處西山，秦國之風，蓋取乎此。見呂氏春秋。韓子曰：長袖善舞。詩曰：屢舞躚躚。合樽促席，引滿相罰。樂飲今夕，一醉累月。言頻飲也。善曰：東方朔六言詩曰：合樽促席相娛。漢書曰：趙、李侍中，皆引滿舉白。毛詩曰：今夕何夕。又曰：一醉日富。

「若夫王孫之屬，郤（卻戟）公之倫。從禽于外，巷無居人。並乘驥子，俱服魚文。玄黃異校，結駟繽紛。王孫，卓王孫也。貨殖傳曰：卓王孫田宅射獵之樂，擬於人君。郤公，豪俠也。楊雄蜀都賦曰：若其漁弋郤公之徒，相與如乎巨野，羅車百乘，觀者萬堤[194]。服，箭服。詩云：象弭魚服。善曰：周易曰：即鹿無虞，以從

命注、祭屈原文注皆引桓麟七說，可證。

191 注「吉日兮良辰」 陳云「良辰」當乙，是也。各本皆倒。

192 注「猶衛之雅質」 案：「雅」當作「稚」。各本皆譌。

193 注「楚徙宅西河長公思故處」 案：「楚」當作「整」，「長公」二字不當有。各本皆誤。此音初文。今本作「殷整甲徙居西河猶思故處」，此引多節也。

194 注「觀者萬堤」 案：「萬」當作「方」。各本皆誤。

禽也。毛詩曰：叔于田，巷無居人。桓子新論曰：善相馬者曰薛公，得馬，惡貌而正走，名驥子。周禮，六廐成校，校有左右。楚辭曰：青驪結駟齊千乘。西踰金隄，東越玉津。朔別期晦[195]，匪日匪旬。金隄在岷山都安縣西，隄有左右口，當成都西也。璧玉津在犍為之東北，當成都之東也。楊雄羽獵賦，前曰邪界虞淵，後曰浮彭蠡。張衡羽獵，前曰逐息崑崙，後曰勞許公于箕隅。道里遼迴，非一日所遊。金堤、玉津，東西分行，所欲經營，亦非一所。其間悠遠，故曰朔別晦期也。若云一月之中，乃能周徧，不以旬日者也。蹴秋六蹈蒙籠，涉蹻寥廓。鷹犬倏眒勝胤，罻尉羅絡幕。倏眒，疾速也。罻羅，鳥獸網也。絡幕，施張之貌也。善曰：蒙籠，已見南都賦。桓譚新論曰：道路皆蒿草，寥廓狼籍。子雲賦曰：倏眒倩浰。毛羣陸離，羽族紛泊匹各[196]。翕響揮霍，中網林薄。毛羣，獸也。羽族，鳥也。陸離，分散也。紛泊，飛薄也。翕響揮霍，奄忽之間也。屠麖京麋，翦旄麈。帶文蛇，跨彫虎。皆獵之所得也。麖麋體大，故屠之；旄麈有尾，故翦之；蛇虎可畏，而帶跨之。言其勇也。尸子曰：中黃伯云：余左執太行之獶，而右搏彫虎。善曰：越人衣文蛇[197]。志未騁，時欲晚。追輕翼，赴絕遠。出彭門之闕，馳九折之坂。經三峽之崢嶸，躡五屼兀之蹇滻。岷山都安縣有兩山，相對立如闕，號曰彭門。楊雄蜀都賦曰：彭門鴻屼[198]。九折坂在漢壽嚴道縣邛萊山。三峽，巴東永安縣有高山相對，相去可二十丈左右，崖甚高，人謂之峽，江水過其中。五屼，山名也。一山有五重，在越嶲，當犍為南安縣之南也。楊雄蜀都賦曰：五屼參差。善曰：楚辭曰：下崢嶸兮無地。子虛賦曰：蹇滻溝瀆。戟食鐵之獸，射噬毒之鹿。皛胡了切。當為拍。拍，普格切。貙丑于氓於葽於堯草，彈言鳥於森木。貊獸，毛黑白臆，似熊而小，以舌舐鐵，須臾便數十斤，出建寧郡也。有神鹿兩頭，主食毒草，名之食毒鹿，出雲南郡。此二事，

---

195 朔別期晦　茶陵本「期晦」作「晦期」，袁本與此同。案：注「故曰朔別晦期也」，所複舉如此，知正文作「晦期」為是。

196 注「匹各」　袁本、茶陵本作「善曰泊匹各切」六字，在劉注之後，是也。

197 注「善曰越人衣文蛇」　案：「善曰」下當有脫文。各本皆同，無以補之。

198 注「彭門鴻屼」　案：「屼」當作「峴」。各本皆譌。

魏完南中志所記也[199]。易曰：噬臘肉，遇毒。貙氓，謂貙人也。言鳥，鸜鵒之屬。皆出南中。文立蜀都賦：虎豹之人[200]。善曰：方言曰：噬，食也。博物志曰：江、漢有貙人，能化為虎。說文曰：拍，拊也[201]。漢書音義曰：蔞，盛貌[202]。**拔象齒，戾**歷結**犀角。鳥鎩**所札**翮，獸廢足。**鎩翮不能飛，廢足不能行也。善曰：淮南子曰：飛鳥鎩羽，走獸廢足。許慎曰：鎩，殘也。

「殆而朅綺列**來相與，第如滇**丁田**池**[203]**，集于江洲。試水客，艤**音蟻[204]**輕舟。娉江斐，與神遊。**朅，去也。第，且也。相如傳曰：第如臨邛。譙周異物志曰：滇池在建寧界，有大澤水，周二百餘里。水乍深廣，乍淺狹，似如倒池，故俗云滇池。江洲在巴郡。楊雄蜀都賦曰：分川並注，合乎江洲。滇池、江洲非一處也，今連之者，說或有在滇池時，或有在江洲時，無有常也。應劭曰：艤，正也。一曰南方俗謂正船迴濟處為艤[205]。項羽傳曰：烏江亭長艤船待羽江斐二女，遊於江濱，逢鄭交甫挑之，不知其神女也。遂解珮與之，交甫悅，受珮而去。數十步，空懷無珮，女亦不見。語在列仙傳。**罨**奄**翡翠，釣鰋**偃**鮋**長流**。下高鵠，出潛虯。**鰋鮋，魚名。**吹洞簫，發櫂**宅孝**謳。感鱏**尋**魚，動陽侯。**洞簫，長簫無底也，王褒所頌者也。漢元帝能吹洞簫。櫂謳，鼓櫂而歌也。鱏魚出江中，頭與身正半，口在腹下。

---

199 注「魏完南中志所記也」　袁本、茶陵本「完」作「宏」，是也。

200 注「文立蜀都賦虎豹之人」　袁本、茶陵本無「立」至「人」八字。茶陵本「文」作「又」，袁本亦作「文」，皆與下「鎩翮」相接連。尤分節不當有「又」，蓋幷衍也。晉有文立，劉並時人，決非所引，尤添甚誤。

201 注「說文曰拍拊也」　袁本、茶陵本「說」上有「晶當為拍」四字，「也」下有「晶胡了切拍普格切貙丑于切」十二字。案：此善注之斷不容割裂者，尤誤甚矣。

202 注「蔞盛貌」　袁本、茶陵本此下有「於堯切」三字，是也。

203 相與第如滇池　袁本「第」作「弟」，茶陵本亦作「第」。案：袁五臣注中作「弟」，劉注中作「第」，仍不著校語。「第」即「弟」俗字，似劉亦作「弟」，但傳寫作「第」耳。袁所見五臣本不誤，茶陵所見亦改為「第」矣。

204 注「音蟻」　袁本、茶陵本作「善曰艤音蟻」五字，在劉注之後，是也。

205 注「俗謂正船迴濟處為艤」　案：「迴」當作「向」。各本皆誤。

淮南子曰：瓠巴鼓琴，鱏魚出聽。善曰：櫂謳，已見西都賦。陽侯已見南都賦。騰波沸涌，珠貝汜浮。若雲漢含星，而光耀洪流。管子曰：若江湖之人，求珠貝者不舍也。言魚駭波動，珠貝浮見也。善曰：相貝經曰：素質紅裏，謂之珠貝。將饗獠力召者，張帟幕，會平原。酌清酤戶[206]，割芳鮮。飲御酣，賓旅旋。車馬雷駭，轟轟闐闐。若風流雨散，漫乎數百里間[207]。獠，獵也。帟，平帳也。周禮曰：田則張幕設帟。月令曰：躬耕帝籍，反乃執爵。命曰勞酒，言以宴羣臣也。鮮，新殺者也，一曰生肉也。善曰：既載清酤。毛萇詩曰[208]：酤，酒也。斯蓋宅土之所安樂，觀聽之所踴躍也。焉獨三川，爲世朝市？

「若乃卓犖呂角奇譎，倜儻罔已。一經神怪，一緯人理。遠則岷山之精，上爲井絡。天帝運期而會昌，景福肸喜筆饗而興作。碧出萇弘之血，鳥生杜宇之魄。妄變化而非常，羌見偉於疇昔。張儀曰：爭名者於朝，爭利者於市。今三川周室，天下之朝市也。河圖括地象曰：岷山之地[209]，上為井絡，帝以會昌，神以建福。上為天井，言岷山之地，上為東井維絡，岷山之精，上為天之井星也[210]。昌，慶也。言天帝於此會慶建福也。莊周曰：萇弘死於蜀，藏其血，三年化為碧。蜀記曰：昔有人姓杜名宇，王蜀，號曰望帝。宇死，俗說云宇化為子規。子規，鳥名也。蜀人聞子規鳴，皆曰望帝也。善曰：降丘宅土[211]。劉向雅琴賦曰：觀聽之所至，乃知其美也。漢書音義，韋昭曰：有河、洛、伊，故曰三川。上林賦曰：肸饗布寫。近則江漢炳丙靈，世載其英。蔚若相如，皭在

206 注「戶」　袁本、茶陵本作「音戶」二字，在注末，是也。
207 漫乎數百里間　袁本、茶陵本「間」上有「之」字。案：此似善、五臣之異也，今無以考之。
208 注「善曰既載清酤毛萇詩曰」　袁本、茶陵本無「詩」字，陳云「善曰」下當有「詩曰」二字。各本皆脫。
209 注「河圖括地象曰岷山之地」　案：「地」當作「精」。各本皆誤。水經江水注引作「精」也。
210 注「上為天井言岷山之地上為東井維絡岷山之精上為天之井星也」　袁本、茶陵本無「絡」字。案：此注各本皆有誤，今無以訂之。
211 注「善曰降丘宅土」　何校「善曰」下添「尚書曰」三字。陳云脫，是也。各本皆脫。

爵[212]若君平。王褒韡曄而秀髮，楊雄含章而挺生。幽思絢呼絹道德，摛勑離藻掞傷豔天庭。考四海而爲儁俊，當中葉而擅名。是故游談者以爲譽，造作者以爲程也。相如，司馬長卿也。君平，嚴遵也。王褒，字子淵。楊雄，字子雲。皆蜀人。君平作老子指歸，子雲作太玄、法言，故曰幽思絢道德也。鄭玄曰：文章成謂之絢。漢武帝讀相如子虛賦而善之，吾獨不得與此人同時哉！元帝善王褒所作甘泉洞簫頌，令後宮貴人左右皆誦之。楊雄奏羽獵賦，天子異焉。又云：班固述雄傳曰：初擬相如，獻賦黃門，故曰摛藻掞天庭也。漢書禮樂志曰：長麗前掞光耀明。善曰：史記曰：屈原浮游於塵埃之外，皭然泥而不滓者也。徐廣曰：皭，疎淨之貌也。周易曰：含章可貞。馮衍德誥曰：沈情幽思，引六經之精微。毛詩曰：昔在中葉。戰國策，蘇秦曰：外客遊談之士，無敢自進於前也。至乎臨谷爲塞，因山爲障。峻岨塍繩埒劣長城，豁險吞若巨防。蘇秦曰：齊南有太山，東有琅邪，北有渤海，西有清河，所謂四塞之國也。史遷述蒙恬傳曰：據河為塞。大曰隄，小曰塍。云峻岨之嚴，視長城若塍埒也。豁，深貌也。戰國策曰：齊有長城巨防，足以為塞也。一人守隘，萬夫莫向。善曰：淮南子曰：一人守隘，千夫莫向。公孫躍馬而稱帝，劉宗下輂而自王。善曰：范曄後漢書曰：公孫述，字子陽，扶風人也。王莽時，為導江卒正，更始立，述恃其地險眾附，遂自立為天子。蜀志曰：先主姓劉，諱備，漢靖王勝後也[213]。益州牧劉璋使人迎先主，令討張魯，先主遂進圍成都。璋出降，先主即皇帝位。備漢後，故曰宗。由此言之，天下孰尚？故雖兼諸夏之富有，猶未若茲都之無量也。」論語曰：夷狄之有君，不如諸夏之亡。周易曰：富有之謂大業也。又論語曰：惟酒無量。

---

212 注「在爵」　袁本、茶陵本作「在爵切」三字，在注中「皭疎淨之貌也」下，是也。

213 注「漢靖王勝後也」　陳云「靖」上當有「中山」二字，是也。各本皆脫。

賦丙

京都下

吳都賦[1]

吳都者，蘇州是也。後漢末，孫權乃都於建業，亦號吳[2]。

左太沖　劉淵林注

東吳王孫囅然而咍[3]，囅，大笑貌。莊周云：齊桓公囅然而笑。楚人謂相笑為咍。楚辭曰：眾兆所咍。善曰：囅，勑忍切。咍，呼來切。曰：「夫上圖景宿，辨於天文者也。下料聊物土，析於地理者也。謂天垂其象，而分野形；地以別土，而區域殊。料，度也。善曰：文子曰：天道為文，地道為理。古先帝代，曾覽八紘

1 吳都賦　袁本、茶陵本此下有「左太沖劉淵林注」七字，是也。尤脫「左太沖」三字，「劉淵林注」四字倒錯入上行，非。

2 注「吳都者蘇州是也後漢末孫權乃都於建業亦號吳」　案：此一節非善注也。袁、茶陵二本不冠注家名於首，說已見前。

3 東吳王孫囅然而咍　何校「囅」改「辴」。陳云「囅」當作「辴」，注同，是也。各本皆譌。

之洪緒。一六合而光宅，翔集遐宇。鳥策篆素，玉牒石記[4]。烏聞梁岷有陟方之館、行宮之基歟？淮南子曰：九州外有八澤，方千里。八澤之外，有八紘，亦方千里，蓋八索也。一六合而光宅者，并有天下而一家也。說文曰：牒，札也。石記，刻石書傳記也。烏，安也。梁，梁州也；岷，岷山，皆蜀地也。書云：舜陟方，謂南巡守也。光武紀云：濟陽有武帝行過宮。善曰：呂氏春秋曰：神通乎六合[5]。高誘曰：四方上下為六合。尚書序曰：光宅天下。鳥策，鳥書於策也。春秋運斗樞曰：黃龍負圖出，置帝前。鳥文，漢書音義曰：大篆，蟲書、鳥書是也。鄭玄禮記注曰：筴，簡也。篆素，篆書於素也。楊雄書曰：齎油素四尺。東觀漢記曰：封禪其玉牒文，秘天子事也。說文曰：諜，記也。牒與諜同。孝經鉤命訣曰：封禪，刻石紀號也。天子行所立名曰行宮。陟，升也。方，道也。巡狩，謂舜也[6]。而吾子言蜀都之富，禺同之有。瑋其區域[7]，美其林藪。矜巴漢之阻，則以爲襲險之右。徇蹲鴟之沃，則以爲世濟陽九。齷齪而筭[8]，顧亦曲士之所歎也[9]。旁魄而論都[10]，抑非大人之壯觀也。吾

---

4 玉牒石記　案：「牒」當作「諜」。茶陵本云五臣作「諜」。袁本作「諜」，無校語。「牒」但傳寫誤，茶陵校語非。劉注「說文曰牒札也」六字，當作「諜札也」三字。後注㠯引說文稱為許氏記字，此非劉元文明甚。善注「說文曰諜記也」，「諜記」當作「牒札」，因劉以「札」注「諜」，而「諜」乃間諜字，故引說文「牒」以明之。下云「牒」與「諜」同，正謂所引之「牒」與賦及劉注之「諜」同。各本皆誤，絕不可通。

5 注「呂氏春秋曰」下至「為六合」　袁本此二十字作「六合已見兩都序」，是也。茶陵本複出，非。

6 注「陟升也」下至「謂舜也」　袁本、茶陵本無此十一字。案：無者是也。說見下。

7 瑋其區域　茶陵本「瑋」作「偉」，云五臣作「瑋」。袁本作「瑋」。案：袁用五臣也，失著校語，此以五臣亂善，皆非。

8 齷齪而筭　案：「齷」當作「握」。茶陵本云善作「握」。此以五臣亂善，非。袁本失著校語，而善注引漢書作「握」，未誤，此幷改「齷」，益非。

9 顧亦曲士之所歎也　袁本、茶陵本「顧」作「固」，陳云當作「固」。案：似「固」字是也。

10 旁魄而論都　何校稱潘稼堂耒云「都」字衍，涉下「論都」而誤。今案：所說是也。「旁魄而論」與上「握齪而筭」偶句，各四字，不當偏贅一字。

子，謂西蜀公子。言蜀地富饒之禺同之所有也。瑋，美也。蜀都賦云：左綿、巴中，百濮所充；緣以劍閣，阻以蜀門。矜夸其險也。徇，營也。亡身從物曰徇，夸物示人亦曰徇。卓王孫曰：吾聞岷山之野，下有蹲鴟，至死不飢。三年不收，其形如蹲鴟，故號也[11]。越巂郡蜻蛉縣禺山[12]有金馬、碧雞之神。巴、漢之阻，巴郡之扞關也。漢中廣漢，其路由於劍閣、褒、斜也。易無妄曰：災氣有九。陽阨陰阨，四合為九[13]，一元之中，四千六百一十七歲，各以數至陽阨，故云百六之會。王孫言公子徇其土地，自生蹲鴟，可以救代飢儉，度陽九之厄[14]。漢書律歷志具有其事。齷齪，好苛局小之貌。曲，謂僻也。言筭量蜀地，亦是曲僻之士。旁魄，取寬大之意。王孫謂寬大之意論西都也。善曰：楊雄城門校尉箴曰：磐石唐芒，襲險重固。漢書，酈食其曰：其將齷齪好苛禮。齪，楚角切。文子曰：曲士不可言至道。莊子曰：將旁礴萬物以為一。司馬彪曰：旁礴，猶混同也。礴與魄同。鵩鳥賦曰：大人不曲。**何則？土壤不足以攝生，山川不足以周衛。公孫國之而破，諸葛家之而滅。茲乃喪亂之丘墟，顛覆之軌轍。安可以儷**戾**王公而著風烈也**[15]**？**攝，持也。老子曰：善攝生。漢書，公孫述，王莽末時王蜀[16]，為光武將吳漢破之。魏志曰：漢末諸葛亮輔劉備而為臣，都於蜀，終於魏將鄧艾所平。麗，著也。凡天

---

11 注「吾子謂西蜀公子」下至「其形如蹲鴟故號也」　袁本、茶陵本無此九十三字。案：無者最是。尤延之初刻亦無，後乃添入，故修改之迹，至今尚存。凡此等語，皆五臣以後，不知何人記在行間者，尤校此書，意主改舊，遂悉取以增多，而讀者相沿，罕能辨正。幸袁、茶陵二本均未嘗誤，各得反覆推驗，決知其非，特詳載之，用俟刊正。以下盡同此也。

12 注「蜻蛉縣禺山」　案：「蜻」當作「青」，「禺」下當有「同」字。各本皆誤。續漢書郡國志可證。

13 注「四合為九」　袁本、茶陵本無此四字。

14 注「各以數至」下至「度陽九之厄」　袁本、茶陵本無此三十六字，有「有九厄陽厄五陰厄四合為九」十二字。案：二本最是。此所增多，繆戾不可讀。

15 安可以儷王公而著風烈也　案：「儷」當作「麗」，「著」當作「奢」。劉注引「麗王公也」，「麗」字之證。善注「奢，靡也」，尚書曰「弊化奢麗」，「奢」字之證。袁、茶陵二本所載五臣銑注云云，作「儷」作「著」。各本皆以五臣亂善，與注不相應，甚非。

16 注「王莽末時王蜀」下至「麗著也」　袁本、茶陵本無此四十二字，有「王此土而亡諸葛亮相此國而敗」十三字。案：二本最

下存亡，唯繫乎人。然強弱有常勢，利害有常地，必有不可守之土，不可興之國矣。易曰：六五之吉，麗王公也。善曰：漢武柏梁臺衛尉詩曰[17]：周衛交戟禁不時。毛詩曰：喪亂弘多。呂氏春秋，燭過曰：子胥諫而不聽，故吳為丘墟。毛詩序曰：閔周室之顛覆。奢，靡也。尚書，周公曰：獘化奢麗。風烈，已見南都賦。**翫其磧礫而不窺玉淵者，未知驪龍之所蟠也。習其獘邑而不覩上邦者，未知英雄之所躔也。**磧礫，淺水見沙石之貌。玉淵，水深之處，美玉所出也。尸子曰：龍淵生玉英。莊子曰：千金之珠，在九重之淵，驪龍頷下。故曰，不窺玉淵者，不知驪龍之蟠也。善曰：上林賦曰：下磧礫之坻。說文曰：磧，水渚有石也，且歷切。驪音離。左氏傳曰：衛州吁曰：獘邑與陳、蔡從。上邦，猶上國也。方言曰：躔，歷行也。

「子獨未聞大吳之巨麗乎？且有吳之開國也，造自太伯，宣於延陵。蓋端委之所彰，高節之所興。建至德以揔洪業，世無得而顯稱。由克讓以立風俗[18]，輕脫躧於千乘。若率土而論都，則非列國之所觖望也。戰國策曰：黑齒、彫題，大吳之國也。昔周太伯三以天下讓，延陵季子辭國而不處，遂化荊蠻之方，與華夏同風，二人所興。左氏傳曰：太伯端委以治。端委，禮衣委貌。謂冠袖長而裳齊委至地也。孔子曰：太伯三以天下讓，人無得而稱焉。善曰：端委、至德，大伯也。高節、克讓，延陵也。左傳曰：吳子諸樊既除喪，將立季札，札曰：聖達節，次守節，下失節，為君非吾節也。遂讓不受。史記曰：壽夢欲立季札，讓不可，乃立諸樊也。漢書，武帝曰：吾去妻子如脫躧耳。聲類曰：躧，或為鞿。說文曰：鞿，鞮屬也，亦所解切。諸侯，故言千乘之國。論語曰：導千乘

是。

17 注「漢武柏梁臺衛尉詩曰」　袁本、茶陵本無「衛尉」二字。

18 由克讓以立風俗　茶陵本云五臣有「俗」字，袁本無校語。案：此與「建至德以揔洪業」偶句，「俗」似傳寫脫，尤校改正之也。

之國。漢書曰：上欲王盧綰，為羣臣觖望。臣瓚曰：觖，謂相觖而怨望也。觖，音決。故其經略[19]，上當星紀。拓音托土畫疆，卓犖呂角兼并。包括干越[20]，跨躡蠻荊。左傳曰：天子經略土地，定城國，制諸侯。略，分界也。一曰遠界為經略也。爾雅曰：星紀，斗、牽牛，吳分野。斗者，日月五星之所經始，故謂之星紀。意者斗為星紀，則其分域亦所以能為綱維，故曰卓犖兼并也。越，今之蒼梧、鬱林、合浦、交阯、九真、南海、日南，皆越地，吳之所幷也。荊蠻，吳所得。荊州四郡：零陵、桂陽、長沙、武陵。善曰：漢書曰：戎狄之與干越，不相入也。音義曰：干，南方越名也。春秋曰：干越入吳。杜預注曰：干，越人發語聲。詩曰：蠢爾蠻荊。婺女寄其曜，翼軫寓其精。指衡岳以鎮野，目龍川而帶坰。婺女越分，翼、軫楚分，非吳分，故言寄曜寓精也[21]。善曰：漢書曰：越地婺女之分野，楚地翼、軫之分野。周禮曰：正南曰荊州，其鎮衡山。漢書：南海有龍川縣。南越志，縣北有龍穴山。舜時有五色龍，乘雲出入此穴[22]。爾雅曰：林外謂之坰。

「爾其山澤，則嵬嶷嶢屼，巊冥鬱岪。潰渱泮汗，滇㴐淼漫。或涌川而開瀆，或吞江而納漢。磈磈巍巍，滮滮涆涆。碒硿乎數州之間，灌注乎天下之半。山之大者衡嶽，澤之大者彭蠡。地理志曰：彭蠡澤在豫章彭澤西，會稽余姚縣蕭山，潩水所出[23]。嵬嶷，高大貌。巊冥鬱岪，山氣暗昧之狀[24]。潰

---

19 故其經略　茶陵本「故」下校語云「善作固」，袁本無校語。案：「固」似傳寫誤，尤校改正之也。

20 包括干越　袁本「干」作「于」，注同。茶陵本作「干」，與此同，注亦作「干」。今案：正文當作「干」。善引漢書及音義當作「干」，引春秋杜預注當作「于」。「春秋曰」上當有「一曰」二字。今注或盡作「于」，或盡作「干」，皆未是。

21 注「婺女越分翼軫楚分非吳分故言寄曜寓精也」　袁本、茶陵本作「越楚地皆割屬吳故言婺女翼軫寄曜寓精也」。案：二本最是，尤改甚非。

22 注「南越志」下至「出入此穴」　袁本、茶陵本無此二十一字。

23 注「會稽餘姚縣蕭山潩水所出」　何校「姚」改「暨」，「潩」改「潘」，陳同。案：據漢書地理志，校是也。各本皆譌。劉昭注續漢書郡國志引賦此注。今本「潘」作「潛」。考顏師古「潘音甫元反」，然則「潩」、「潛」皆非。

24 注「嵬嶷高大貌」下至「山水闊遠無崖之狀」　袁本、茶陵本無此三十七字。

虹洋汗，謂直望無崖也。滇湎淼漫，山水闊遠無崖之狀。錢塘縣，武林水所出龍川[25]，故曰涌川。九江經廬山而東，故曰開瀆。禹貢曰：三江既入，震澤厎定，故曰吞江。又曰：漢水東為滄浪，南入于江，故曰納漢。磈磈，石在山中之貌。渀渀，水流行聲勢也。[石歛]礆，山深險連延之狀[26]。荊、揚、交、廣數州之間[27]，土地闊遠，故曰天下之半。善曰：嶷，魚力切。字指曰：宂，禿山也，五骨切。埤蒼曰：岪，鬱山貌，扶勿切。渱，胡東切。滇，通見切。湎，莫見切。淼，水貌，音眇。磈，胡罪切。礧，力罪切。

渀，古旦切。百川派別，歸海而會。控清引濁，混濤并瀨。濆薄沸騰，寂寥長邁。濞焉洶呼恭切洶，隱焉礚礚。字說曰：水別流為派。濤，大波也。瀨，急湍也。長邁，不回之意[28]。礚，苦蓋切。善曰：尚書大傳曰：百川趨于海。洶洶、礚礚，皆水聲也。出乎大荒之中，行乎東極之外。經扶桑之中林，包湯谷之滂沛。潮波汨起，迴復萬里。歊霧漨浡，雲蒸昏昧。大荒，謂海外也。爾雅曰：孤竹、北戸、西王母、日下，謂之四荒。孤竹在北，北戸在南，日下在東，西王母在西，皆四方荒昏之國也。又曰：東至大遠，西至邠國，南至濮鉛，北至祝栗，謂之四極。謂四方之極。極，遠也，言大荒、東極、扶桑、湯谷者，謂海外彌廣，無所不連也。潮波汨起，言水彌廣汨急疾，無所不至。歊霧，水霧之氣，似雲蒸昏暗不明也[29]。善曰：扶桑、湯谷，已見上文。漨，薄工切。浡，蒲昧切。泓澄奫潫[30]，澒溶沆戶朗瀁余兩。莫測其深，莫究其廣。澶湉漠而無涯，惣有流而爲長。瓌異

---

25 注「武林水所出龍川」 袁本、茶陵本作「武陵龍川出其垌」。案：各本皆非也，當作「武板水出其山」，謂漢書地理志錢唐之武林山，武林水所出也。二本涉上節正文而誤。尤所校改未是。

26 注「磈磈」下至「山深險連延之狀」 袁本、茶陵本無此二十五字。

27 注「數州之間」 袁本、茶陵本「數」上有「故曰」二字，是也。

28 注「長邁不回之意」 袁本、茶陵本無此六字。

29 注「潮波汨起」下至「昏暗不明也」 袁本、茶陵本無此二十九字。

30 注「奫潫」 袁本、茶陵本無「潫」字。

之所叢育，鱗甲之所集往。善曰：說文曰：泓，下深大也。澄，湛也。奫潫，迴復之貌。皆水深廣闊也。奫[31]，於旻切。潫，於權切。澒，胡孔切。溶，余腫切。澶湉，安流貌。澶，音纏。湉，音恬。瓌異、龜魚，皆在水中生長[32]。

「於是乎長鯨吞航，修鯢吐浪。躍龍騰蛇，鮫鯔琵琶。王鮪偉鯸鮐，鮣印龜鱕鯌。烏賊擁劍，𪓰古侯鼊辟鯖鰐。涵泳乎其中。航，舡之別名[33]。異物志云：鯨魚，長者數十里，小者數十丈[34]，雄曰鯨，雌曰鯢，或死於沙上，得之者皆無目，俗言其目化為明月珠。鄧析子曰：釣鯢者不於清池。一說曰：鯨猶言鳳，鯢猶言皇也。異物志曰：朱崖有水蛇，鮫魚出合浦，長二三尺，背上有甲，珠文堅強，可以飾刀，口可以為鑢。鯔魚形如鯢，長七尺，吳、會稽、臨海皆有之。琵琶魚無鱗，其形似琵琶，東海有之。鯸鮐，魚狀如科斗，大者尺餘，腹下白，背上青黑，有黃文。性有毒，雖小，獺及大魚不敢餤之。蒸煮餤之肥美，豫章人珍之。鮣魚長三尺許，無鱗，身中正四方如印。扶南俗云：諸大魚欲死，鮣魚皆先封之。鱕鯌有橫骨在鼻前，如斤斧形，東人謂斧斤之斤為鱕[35]，故謂之鱕鯌。魚二十餘種，此其尤異者。此魚所擊，無不中斷也。有出入鯌子，朝出求食，暮還入母腹中，皆出臨海。烏賊魚腹中有藥[36]。擁劍，蟹屬也，從廣二尺許，有爪，其螯偏大，大者如人大指，長二寸餘，色不與體同，特正黃而生光明，常忌護之如珍寶矣，利如劍[37]，故曰擁劍。其一螯尤細，主取食，出南海、交趾。𪓰鼊，龜屬也，其形如笠，四足縵胡無指，其甲有黑珠，文采如瑇瑁，可以飾物，肉如龜肉，肥美可食。鯖魚出交趾、合浦諸郡。鰐魚長二丈餘，有四足，似鼉，喙長三尺，甚利齒，虎及大鹿渡水，鰐擊之皆中斷。生則出在沙上乳卵，卵如

---

31 注「皆水深廣闊也奫」　袁本、茶陵本無此七字。

32 注「瓌異龜魚皆在水中生長」　袁本、茶陵本無此十字。

33 注「航舡之別名」　袁本、茶陵本無此五字。

34 注「長者數十里小者數十丈」　袁本、茶陵本「數」上有「有」字，「十」作「千」，無「小者數十丈」五字。

35 注「東人謂斧斤之斤為鱕」　案：「鱕」當作「鐇」。各本皆譌。

36 注「烏賊魚腹中有藥」　袁本、茶陵本無「腹」字、「有」字。案：「中」「藥」最是。

37 注「如珍寶矣利如劍」　袁本、茶陵本「矣」作「以」，是也。「以」字下屬。

鴨子，亦有黃白，可食。其頭琢去齒，旬日間更生，廣州有之。涵，沉也。楊雄方言曰：南楚謂沉為涵。泳，潛行也，見爾雅。言已上魚龍，潛沒泳其中[38]。善曰：莊子曰：吞舟之魚，蕩而失水。周易曰：見龍在田，或躍在淵。楚辭曰：螣蛇兮後從。文子曰：螣蛇無足而騰。鯔，音菑。鮐，音夷。鱕，甫袁切。鯌，甫亦切。鰐，五洛切。涵，音含。葺七入鱗鏤甲，詭類舛錯。泝素洄順流，噞喁沈浮。葺，累也。甲，謂龜甲也。楚辭曰：魚葺鱗以自別。噞喁，魚在水中羣出動口貌。善曰：毛詩曰：泝洄從之，道阻且長。淮南子曰：水濁則魚噞喁[39]。噞，牛檢切。喁，魚凶切。鳥則鶡鷄鸀燭䳭玉，鸘霜鵠鷺鴻。鶢爰鶋居避風，候鴈造七報江。鸂鶒鷛鷞，鶄鶴鶖鶬。鸛鷗鷁七激鸕，氾濫乎其上。鶡鷄，鳥也，好鳴[40]。鸀䳭，水鳥也。鶖，如鷺而大，長頸赤目，其毛辟水毒，丹陽、鄱陽皆有之。鶢鶋，鳥也，似鳳。左傳曰：海鳥爰居，止魯東門外三日，臧文仲使國人祭之，不知其鳥，以為神也。鸂鶒，水鳥也，色黃赤，有斑文，食短狐蟲，在水中，無毒，江東諸郡皆有之。鷛鷞，似鴨而鷄足。鶄鶴，出南海、桂陽諸郡。善曰：候鴈，已見南都賦。毛詩曰：有鶖在梁。毛萇詩傳曰：禿鶖也。蒼頡篇曰：鷗大如鳩。郭璞山海經注曰：鷗，水鴞也。鷛，音庸。鷞，音渠。鶖，音秋。湛淡羽儀，隨波參差。理翮整翰，容與自翫。彫啄蔓藻，刷蕩漪瀾。湛淡，迅疾貌。漪瀾，水波也。彫啄，鳥食貌。蔓藻，海藻之屬也。善曰：說文曰：刷，刮也。漪，蓋語辭也[41]。毛詩曰：河水清且漣漪。爾雅曰：大波為瀾。魚鳥聱耴，萬物蠢昌允生。芒芒黖黖，慌呼廣罔奄欻許勿，神化翕忽，函幽育明。窮性極形，盈

[38] 注「言已上魚龍潛沒泳其中」 袁本、茶陵本無此十字。

[39] 注「淮南子曰水濁則魚噞喁」 袁本、茶陵本「淮南」作「文」。案：二本是也。「喁」字不當有。此善自引文子，尤以淮南子主術訓改之，其兩見皆無「喁」。各本涉正文而衍。

[40] 注「鶡鷄鳥也好鳴」 袁本、茶陵本無此六字。

[41] 注「漪蓋語辭也」 袁本、茶陵本「漪」作「猗」，下同。案：二本是也。劉注為「漪」，善注為「猗」，尤幷改善作「漪」，甚非。

虛自然。蚌蛤珠胎，與月虧全。巨鼇贔備屓許器，首冠靈山。大鵬繽翻，翼若垂天。振盪汪流，雷抃重淵。殷上聲動宇宙，胡可勝原！蠢，動也。黖黖，絕遠貌。奄欻，去來不定之意。翕忽，疾貌[42]。函幽育明，皆謂珠玉光耀之狀也。窮性極形，物皆極之也[43]。呂氏春秋曰：月望則蚌蛤實，月晦則蚌蛤虛。列仙傳曰：鼇負蓬萊山而抃滄海之中。贔屓，用力壯貌。莊子曰：北溟有魚名鵾，化為鵬，怒而飛，翼若垂天之雲。鵬之將徙於南溟，水擊三千里，摶扶搖而上九萬里。示振盪之狀也。汪流，水深貌，其聲勢之不可勝盡也。淮南子曰：虛廓生宇宙，宇宙生天地者也。善曰：聱耴，眾聲也。埤蒼云：聱，不聽也，魚幽切。耴，牛乙切。杜篤論都賦曰：蠢生萬類。黖黖，不明貌，許既切。春秋保乾圖曰：日以圓照，月以虧全。宋均曰：全，十五日時也。列子，夏革曰：渤海之東曰歸塘，其中有五山焉。帝命禺強使巨鼇十五舉首而戴五山，峙而不動。玄中記曰：鼇，巨龜也。西京賦曰：巨靈贔屓。王逸楚辭注曰：擊手曰抃，音卞。

「島嶼序綿邈，洲渚馮平隆崇。曠瞻迢遞，迥眺冥蒙。珍怪麗，奇隙充。徑路絕，風雲通。洪桃屈盤，丹桂灌叢。瓊枝抗莖而敷蘂，珊瑚幽茂而玲瓏。島，海中山也。嶼，海中洲，上有山石。魏武蒼海賦曰：覽島嶼之所有。綿邈，廣遠貌[44]。水中可居曰洲，小洲曰渚。曠瞻迢遞，謂島嶼也。馮隆，高貌。迢遞，遠貌[45]。迥眺冥蒙，謂洲渚[46]深奧之貌。言珍怪之物，麗於島嶼之中[47]。徑路絕者，人道斷絕，風雲通者，唯風雲能交通也。意者謂奇怪之徒，因風雲以交通。水經曰：東海中有山焉，名曰度索，上有大桃，屈盤三千里。桂生蒼梧、交趾、合浦以南山

42 注「黖黖」下至「疾貌」　袁本、茶陵本無此十七字。
43 注「物皆極之也」　袁本、茶陵本「之」作「大」，是也。
44 注「綿邈廣遠貌」　袁本、茶陵本無此五字。
45 注「馮隆高貌迢遞遠貌」　袁本、茶陵本無此八字。
46 注「謂洲渚」　袁本、茶陵本「渚」下有「也」字，是也。
47 注「深奧之貌」下至「麗於島嶼之中」　袁本、茶陵本無此十五字。

中，所在叢聚，無他雜木也，其枝葉皆辛。木叢生曰灌。瓊樹生，其華蘂仙人所食[48]，令人長生。楚辭曰：精瓊蘂以為糧。蓬萊三山，神仙所居，故宜有焉。漢書，歌曰[49]：上蓬萊，咀瓊英。珊瑚樹赤色，有枝無華[50]。扶南傳曰：漲海中有磐石，珊瑚生其上。玲瓏，明貌[51]。善曰：後漢黎陽山碑曰：山河馮隆，有精英兮。朱稱鬱金賦曰[52]：丹桂植其東。莊子曰：南方積石千里，名瓊枝，高百二十仞。增岡重阻，列眞之宇。玉堂對霤，石室相距。藹藹翠幄，嫋嫋素女。江斐於是往來，海童於是宴語。斯實神妙之響象，嗟難得而覼縷[53]！玉堂、石室，仙人居也。海童，海神童也。吳歌曲曰：仙人齎持何，等前謁海童。爾雅曰：嗟，楚人發語端也。善曰：馮衍爵銘曰：富如江海，壽配列真。道書曰：上曰神，次曰仙人，下曰真人[54]。楚辭曰：紫貝闕兮玉堂。鄭玄禮記注曰：堂前有承霤。列仙傳曰：赤松子常止西王母石室中。藹藹，盛貌[55]。徐幹齊都賦曰：翠幄浮遊。埤蒼曰：嫋嫋，美也，奴鳥切。史記曰：泰帝使素女鼓五十絃瑟。神異經曰：西海有神童，乘白馬，出則天下大水[56]。王延壽王孫賦曰：嗟難得而覼縷。覼，力戈切。

---

48 注「生其華蘂仙人所食」　袁本、茶陵本「生」作「食」，無「仙人所食」四字。

49 注「漢書歌曰」　袁本、茶陵本無「書」字。

50 注「無華」　袁本、茶陵本無此二字。

51 注「玲瓏明貌」　袁本、茶陵本無此四字。

52 注「朱稱鬱金賦曰」　案：「稱」當作「穆」。各本皆譌。魯靈光殿賦注引作「穆」，不誤。

53 嗟難得而覼縷　案：「嗟」當作「羌」，注同。袁本皆作「羌」，是也。茶陵本亦誤「嗟」。又案：劉注：「爾雅曰：嗟，楚人發語端也。」爾雅無此文，疑「爾」當作「小」，即西都賦善注所引之「小雅曰：羌，發聲也」耳。又案：蜀都賦「羌見偉於疇昔」，劉氏不注，五臣改為「嗟」，此未改。魯靈光殿賦「羌瓌譎而鴻紛」，張載有注，五臣亦未改。前說善「羌」、五臣「嗟」，乃其大槩，仍不可執一為例有如此。

54 注「道書曰」下至「下曰真人」　袁本、茶陵本無此十四字。

55 注「藹藹盛貌」　袁本、茶陵本無此四字。

56 注「神異經曰」下至「出則天下大水」　袁本、茶陵本無此十八字。

「爾乃地勢坱圠，卉木䖤蔓。遭藪爲圃，値林爲苑。異荂蘛蘛育，夏曄于輒冬蒨。方志所辨，中州所羨。坱圠，莽沕也，高下不平貌也。卉，百草總名，楚人語也。有木曰苑，有草曰圃。言林藪非一，所在皆為苑圃，有國有家者，因天地之自然，不復假人功為園圃也。爾雅曰：荂，榮也。蘛，華也[57]。敷蘛，華開貌。南土草木通□冬生[58]，故曰蒨。善曰：鵩鳥賦曰：坱圠無垠。坱，烏朗切。圠，烏八切。廣雅曰：䖤，長也，烏老切。荂，枯瓜切。爾雅曰：蕍，榮也。郭璞曰：蕍猶敷蕍，亦草之貌也。蘛與蕍同，庾俱切。蘛與敷同，無俱切。草則藿蒳豆蔻，薑彙非一。江蘺之屬，海苔之類。綸組紫絳，食葛香茅莫侯。石帆水松，東風扶留。異物志曰：藿香，交趾有之。豆蔻生交趾，其根似薑而大，從根中生，形似益智，皮殼小厚，核如石榴，辛且香。蒳，草樹也，葉如栟櫚而小，三月採其葉，細破，陰乾之，味近苦而有甘，幷雞舌香食之，益美。薑彙，大如累，氣猛，近於臭，南土人擣之以為虀。葰，一名廉薑，生沙石中，薑類也。其累大，辛而香，削皮以黑梅幷鹽汁漬之則成也，始安有之。彙，類也。易曰：拔茅連茹，以其彙，征吉。所謂薑彙非一也。江蘺，香草也。楚辭曰：扈江蘺。海苔，生海水中，正青，狀如亂髮，乾之亦[59]鹽藏，有汁，名曰濡苔，臨海出之。爾雅曰：綸似綸，組似組，東海有之。紫，紫菜也。生海水中，正青，附石生，取乾之，則紫色，臨海常獻之。絳，絳草也，出臨賀郡，可以染食。葛，蔓生，與山葛同，根特大，美於芋也，豫章間種之。香茅生零陵。石帆生海嶼石上，草類也，無葉，高尺許，其華離婁相貫連[60]，雖無所用，然異物也。死則浮水中，人於海邊得之，希有見其生者。水松，藥草，生水

57 注「蘛華也」　袁本、茶陵本無此三字。

58 注「通□冬生」　袁本、茶陵本「□」作「曰」。案：疑「曰冬」當作「冬曰」也。

59 注「乾之亦」　袁本、茶陵本「亦」作「赤」，是也。以三字為一句。

60 注「其華離婁相貫連」　袁本、茶陵本「婁」作「樓」，是也。

中，出南海交趾。東風，亦草也，出九真。扶留，藤也，緣木而生，味辛，可食。檳榔者[61]，斷破之，長寸許，以合石賁灰[62]，與檳榔并咀之，口中赤如血，始興以南皆有之。善曰：葯，音納。蔻，火豆切。彙，音謂。綸，古頑切。**布濩皋澤，蟬聯陵丘。夤緣山嶽之岊，羃歷江海之流。扤白蔕，銜朱蕤。鬱兮茷茂，曄兮菲菲。光色炫晃，芬馥肸蠁。職貢納其包匭，離騷詠其宿莽。**布濩，遍滿貌。蟬聯，不絕貌。夤緣，布藤上貌。羃歷，分布覆被貌[63]。許氏記字曰：岊，陬隅而山之節也。扤，搖也。蔕，花本也。菲菲，花美貌也[64]。方言曰：凡草生而初達謂之茷。芬馥，色盛香散狀[65]。包，裹也。匭，猶結也。尚書禹貢曰：包匭菁茅。菁茅生桂陽，可以縮酒，給宗廟，異物也，重之，是故既包裹而又纏結之。一曰，匭，柙也。爾雅曰：卷葹草，拔其心不死。江、淮間謂之宿莽。屈原嘉之以其志，故離騷曰：夕覽洲之宿莽。善曰：毛萇詩傳曰：扤，動也。淮南子曰：草木之勾萌，銜翠載實。說文曰：蕤，草木華垂貌。肸蠁，已見蜀都賦。夤緣，出也。岊，音節。茷，以稅切。蕤，汝誰切。**木則楓柙**甲**櫲樟**[66]**，栟櫚枸**古候**桹。緜杬杶櫨，文欀楨橿**薑**。平仲桾櫏**[67]**，松梓古度。楠榴之木**[68]**，相思之樹。**楓、柙，皆香木名也。櫲樟，木也。異物志曰：栟櫚，椶也，皮可作索。枸桹，樹也，直而高，其用與栟櫚同。栟櫚出武陵山，枸桹出廣州。木緜樹高大，其實如酒杯，皮薄，中

---

61 注「可食檳榔者」 陳云「食」下脫一「食」字。今案：此蓋當衍「可」字耳。各本皆衍。

62 注「以合石賁灰」 案：「石」當作「古」，見下注。各本皆譌。

63 注「布濩」下至「分布覆被貌」 袁本、茶陵本無此二十三字。

64 注「蔕花本也菲菲花美貌也」 袁本、茶陵本無此十字。

65 注「芬馥色盛香散狀」 袁本、茶陵本無此七字。

66 木則楓柙櫲樟 袁本、茶陵本「櫲樟」作「豫章」，注同，是也。案：此尤誤改。

67 平仲桾櫏 袁本、茶陵本作「君遷」，是也。案：此尤誤改，注仍作「君遷」未改，可證。字書雖有「桾櫏」字，但劉既不從「木」，善又與劉同，不得取而改之。凡今所論是非，意皆專主善何作。

68 楠榴之木 案：「楠」當作「南」，注中作「南」，各本皆同。袁、茶陵二本「楠」下有「南」音，蓋五臣「楠」而亂之。「南榴」複二字，為一木名，與「枏」之別體作「楠」無涉，五臣誤也。

有如絲綿者，色正白，破一實得數斤，廣州、日南、交趾、合浦皆有之。杬，大樹也，其皮厚，味近苦澀，剝乾之，正赤，煎訖以藏眾果，使不爛敗，以增其味，豫章有之。杶、櫨，二木名。文，文木也，材密緻無理，色黑如水牛角，日南有之。欀木，樹皮中有如白米屑者，乾擣之，以水淋之，可作餅，似麵，交趾盧亭有之。楨、櫨，二木名。劉成曰：平仲之木，實白如銀。君遷之樹，子如瓠形。松、梓，二木名，古度，樹也，不華而實，子皆從皮中出，大如安石榴，正赤，初時可煮食也，廣州有之。楠榴，木之盤結者，其盤節文尤好，可以作器[69]；建安所出最大長也。相思，大樹也，材理堅，邪斫之則文，可作器；其實如珊瑚，歷年不變，東冶有之。善曰：桹，音郎。杬，音元。杶，勑倫切。欀，音襄。楨，音貞。

宗生高岡，族茂幽阜。擢本千尋，垂蔭萬畝。攢柯挐莖，重葩殗葉。輪囷虯蟠，埴塡鱗接。榮色雜糅，綢繆縟繡。宵露霮徒感䨴徒外，旭日晻烏感㫲。與風颻搖颺樣，颮瀏颼飀。鳴條律暢，飛音響亮。蓋象琴築竹并奏，笙竽俱唱。

宗生，宗類而生於高山之脊，故名宗生。族茂，言種族繁多也。擢本，高聳貌。八尺曰尋。言婆娑覆萬畝之地[70]。莊子曰[71]：匠石見樹百圍，其臨千仞，而後有枝，此大樹之屬也。善曰：許慎淮南子注曰：挐，亂也，女居切。殗，重也，葉重疊貌[72]，於劫切。鄒陽上書曰：輪囷離奇。輪囷，謂屈曲貌[73]。虯蟠，謂樹如龍蛇之盤屈相糾也。埴塡，枝柯相重疊貌[74]。埴，楚立切。塡，除立切。縟繡，言草木花光似繡文。綢繆，花朵密貌。霮䨴，露垂貌[75]。毛詩曰：旭日始旦。㫲，亦闇也，房妹切。颮瀏，風聲也。颮，於酉切。瀏，力久切。颼，所求切。飀，音留。律，謂籟也，殷仲文所謂幽律是也。言木枝葉

69 注「尤好可以作器」　袁本、茶陵本無「好」字，是也。
70 注「宗生」下至「覆萬畝之地」　袁本、茶陵本無此四十字。
71 注「莊子曰」　袁本、茶陵本「子」作「周」，是也。
72 注「葉重疊貌」　袁本、茶陵本無此四字。
73 注「輪囷謂屈曲貌」下至「相糾也」　袁本、茶陵本無此十九字。
74 注「枝柯相重疊貌」　袁本、茶陵本無「枝柯」二字，「疊」作「之」。
75 注「縟繡」下至「露垂貌」　袁本、茶陵本無此二十一字。

與風搖盪作聲，如律呂之暢[76]。說文曰：築似箏，五絃之樂也。世本曰：隨作竽。鄭玄周禮注曰：三十六簧也。其上則猨父哀吟[77]，猑子長嘯。狖鼯吾猓古火然，騰趠飛超。爭接縣垂[78]，競游遠枝。驚透沸亂，牢落翬散。吳越春秋曰：越有處女，出於南林之中，越王使使聘問以劍戟之事。處女將北見於越王，道逢老翁，自稱袁公，問處女：吾聞子善為劍術，願一觀之。女曰：妾不敢有所隱，唯公試之。於是袁公即跳於林竹，槁折墮地，處女即接末，袁公操本以刺處女，女應節入，三入，因舉枝擊之，袁公即飛上樹，化為白猿，遂引去。猑子，猿類，猿身人面，見人嘯[79]。異物志曰：狖，猿類，露鼻，尾長四五尺，居樹上[80]，雨則以尾塞鼻，建安臨海北有之。鼯，大如猿，肉翼，若蝙蝠，其飛善從高集下，食火煙，聲如人號，一名飛生，飛生子故也，東吾諸郡皆有之[81]。猓然，猿狖之類，居樹，色青赤有文，日南、九真有之。楊雄方言曰：透，驚也。善曰：山海經曰：獄法之山有獸，狀如犬，人面，見人則笑，名猑。猑，胡奔切。枚乘兔園賦曰：上涌雲亂葉翬散[82]。狖，余幼切。趠，吐教切。超，士弔切。其下則有梟羊麡齊狼，猰貐貙勑俱象。烏菟之族，犀兕之黨。鉤爪鋸牙，自成鋒穎。精若耀星，聲若震霆。名載於山經，形鏤於夏鼎。爾雅曰：梟羊，一名萬萬，如人，面長脣黑，身有毛及踵，見人則笑，左手操管。海南經所云也。異物志云：麡狼，大如麋，角前向，有枝下出反向上，長者四五尺，廣州有之，常居平地，不得入山林。山海經曰：南海之外有猰貐，狀如貙，龍首，食人。貙，虎屬

76 注「言木枝葉」下至「如律呂之暢」 袁本、茶陵本無此十五字。

77 其上則猨父哀吟 袁本、茶陵本「則」下有「有」字，「猨」作「猿」，是也。

78 爭接縣垂 茶陵本「接縣」作「縣接」，云五臣作「爭接縣垂」。袁本作「接縣」，用五臣也。此蓋亦尤改耳。

79 注「猑子」下至「見人嘯」 袁本、茶陵本無此十一字。

80 注「居樹上」 袁本、茶陵本作「樹上居」，是也。

81 注「東吾諸郡皆有之」 案：「東吾」當作「江東」。各本皆誤。下注「箭」亦有此句，是其證也。

82 注「上涌雲亂葉翬散」 袁本、茶陵本「上」作「騰」，是也。陳云「亂」下有「枝」字，案：古文苑所載有，陳據之校耳。

也，或曰能化為人也。象生九真、日南山中，大者其牙鼻長一丈。於菟，虎也，江、淮間謂虎為於菟[83]。犀，狀如水牛，頭似豬，四足類象，倉黑色，一角當額上，鼻上角亦墮也，又有小角長五寸，不墮，性好食棘，口中灑血，武陵已南山中有之。兕，獸也，似牛。左傳曰：昔夏之方有德也，遠方圖物，貢金九牧，鑄鼎象物，而為之備，使人知神姦，故人入山澤林藪，不逢不若，魑魅魍魎[84]，莫能逢之。故曰形鏤於夏鼎。善曰：釁，在西切。猰，於八切。貐，以主切。淮南子曰：勾爪鋸牙，於是摯矣。禮記曰：刀卻刃授穎。鄭玄曰：穎，鋒也[85]。摯伯陵答司馬遷書曰：有能見鋒穎之狀。

「其竹則篔簹箖箊[86](於)，桂箭射筒。柚(由)梧有篁[87]，篻簩有叢。皆竹名也。異物志曰：篔簹，生水邊，長數丈，圍一尺五六寸，一節相去六七尺，或相去一丈，廬陵界有之。始興以南，又多小桂，夷人績以為布葛。箖箊，是袁公所與越女試劍竹者也。桂竹，生於始興小桂縣，大者圍二尺，長四五丈。箭竹細小而勁實，可以為箭，通竿無節，江東諸郡皆有之。射筒竹，細小通長，長丈余，亦無節，可以為射筒。筒及由梧竹[88]皆出交趾、九真。篻竹，大如戟槿，實中勁強，交趾人銳以為矛，甚利。簩竹，有毒，夷人以為觚，刺獸中之則必死。篔，于君切。篻，芳眇切。簩，音勞。苞筍抽節，往往縈結。綠葉翠莖，冒霜停雪。橚矗(蓄森)萃，蓊茸(而勇)蕭瑟。檀欒蟬蜎，玉潤碧鮮。梢雲無以踰，嶰谷弗能連。鸑鷟食其實，鵷鶵擾其間。苞筍，冬筍也。出合浦，其味美於春夏時筍也。

---

83 注「於菟虎也江淮間謂虎為於菟」　袁本二「菟」字皆作「塗」。茶陵本初刻同，後改「菟」。案：「塗」是也。依此則正文當是「塗」字。袁、茶陵二本「菟」下有「徒」音，蓋五臣「菟」而各本亂之矣。

84 注「魑魅魍魎」　袁本「魑」作「螭」，是也。茶陵本亦誤「魑」。

85 注「穎鋒也」　案：「鋒」當作「鐶」。各本皆誤。

86 則篔箖箊　袁本、茶陵本「箖」作「林」，注同，是也。案：此尤誤改。

87 柚梧有篁　案：「柚」當作「由」，注中作「由」，各本皆同。「柚」下「由」乃五臣音，蓋五臣「柚」而亂之。

88 注「可以為射筒筒及由梧竹」　案：「射筒」當作「筒射」。各本皆倒。「筒」句絕，「射」下屬。詳劉注意，篔簹也，林箊也，桂也，箭也，射筒也，由梧也，篻也，簩也，凡八竹，此但可以為「筒」耳，非單名筒也。

見馬援傳。漢書天文志曰：見梢雲。其說，梢如樹也。嶰谷，崑崙北谷也。漢書律歷志[89]，黃帝詔伶倫為音律，伶倫乃之崑崙山之陰、嶰谷之中，取竹斬之，以其厚均者吹之[90]，以為黃鍾之管。鸑鷟，鳳鶵也[91]。鵷鶵，周本紀曰[92]：鳳類也，非梧桐不棲[93]，非竹實不食。黃帝時，鳳集東園，食帝竹實，終身不去。馴，擾善也[94]。善曰：檽矗，長直貌。蓊茸[95]，茂盛貌。蕭瑟，聲也[96]。冒，犯也。嬋娟，言竹妍雅也[97]。檽，所六切。矗，醜六切。枚乘兔園賦曰：脩竹檀欒，夾水碧鮮。言竹似之也。梢雲，山名，出竹[98]。**其果則丹橘餘甘，荔枝之林。檳榔無柯，椰葉無陰。龍眼橄欖，棎榴禦霜[99]。結根比景之陰，列挺衡山之陽。**薛瑩荊揚已南異物志曰：餘甘，如梅李，核有刺，初食之，味苦，後口中更甘，高涼建安皆有之。荔枝樹生山中，葉綠色，實赤，肉正白，味大甘美[100]。檳榔樹，高六七丈，正直無枝，葉從心生，大如楯，其實作房，從心中出，一房數百實，實如鷄子皆有殼，肉滿殼中，正白，味苦澀，得扶留藤與古賁灰合食之，則柔滑而美，交趾、日南、九真皆

89 注「漢書律歷志」　袁本、茶陵本無此五字。

90 注「伶倫乃之崑崙山之陰嶰谷之中取竹斬之以其厚均者吹之」　袁本、茶陵本此二十四字作「伶倫乃之崑崙陰取嶰谷之竹斬其厚均者而吹之」二十字，是也。

91 注「鳳鶵也」　袁本、茶陵本無此三字。

92 注「周本紀曰」　袁本、茶陵本無此四字，有「皆」字，屬下。

93 注「非梧桐不棲」　袁本、茶陵本無此五字。

94 注「馴擾善也」　案：當作「擾馴也」。各本皆譌。

95 注「長直貌蓊茸」　袁本、茶陵本無此五字。

96 注「蕭瑟聲也」　袁本、茶陵本無此四字。

97 注「嬋娟言竹妍雅也」　袁本、茶陵本無此七字。

98 注「碧鮮」下至「出竹」　袁本、茶陵本無此十三字。

99 棎榴禦霜　茶陵本「榴」下校語云善作「劉」。袁本作「榴」，用五臣也。此蓋亦尤改耳。各本注中皆作「榴」，疑注字有譌，而尤誤據之。

100 注「味大甘美」　袁本、茶陵本無「大」字、「美」字。

有之。椰樹似檳榔無枝條，高十餘尋，葉在其末，如束蒲，實大如瓠，繫在樹頭，如掛物也。實外有皮如胡桃，核裏有膚，膚白如雪，厚半寸，如豬膏[101]，味美如胡桃，膚裏有汁升餘，清如水，美如蜜，飲之可以愈渴，核作飲器也。龍眼，如荔枝而小，圓如彈丸，味甘勝荔枝，蒼梧、交趾、南海、合浦皆獻之，山中人家亦種之。橄欖，生山中，實如雞子，正青，甘美，味成時食之益善。始興以南皆有之，南海常獻之。棎，棎子樹也。生山中，實似梨，冬熟，味酸，丹陽諸郡皆有之。榴，榴子樹也。出山中，實亦如梨，核堅，味酸美，交趾獻之。善曰：橄，音敢。欖，音覽。棎，市瞻切。漢書音義，如淳曰：比景，日中於頭上，景在己下，故名之比景。比，方利切。一作北景[102]，云漢武時日南郡置北景縣，言在日之南，向北看日，故名。宋玉笛賦曰：余嘗觀於衡山之陽。

素華斐，丹秀芳。臨青壁，系紫房。鷓鴣南翥而中留，孔雀綷羽以翱翔。山雞歸飛而來棲，翡翠列巢以重行。鷓鴣，如雞，黑色，其鳴自呼。或言此鳥常南飛不北，豫章已南諸郡處處有之。孔雀，尾長六七尺，綠色有華彩，朱崖、交趾皆有之，在山草中。山雞，如雞而黑色，樹棲晨鳴。今所謂山雞者，鷩蛦也。合浦有之。翡翠，巢於樹顛生子，夷人稍徙下其巢，子大未飛，便取之。皆出於交趾鬱林郡。

其琛賂則琨瑤之阜，銅鍇之垠。火齊之寶，駭雞之珍。頳丹明璣，金華銀樸。紫貝流黃，縹碧素玉。隱賑崴裹，雜插幽屛必井。精曜潛穎，硩陊直氏山谷。碕岸爲之不枯，林木爲之潤黷。隋侯於是鄙其夜光，宋王於是陋其結綠。琛，寶也。賂，貨也。詩曰：來獻其琛，大賂南金。琨、瑤，皆美石也。鍇，金屬也。禹貢，揚州貢金三品，謂金、銀、銅也。異物志曰：火齊，如雲母，重沓而可開，色黃赤，似金，出日南。頳，赤也。丹，丹砂也。出山中，有穴。禹貢，荊州貢丹。璣，珠屬也。朱崖出珠。金華，采者[103]。銀樸，銀之在石者。紫貝，以色言之。流黃，

---

101 注「如豬膏」　袁本、茶陵本「膏」作「脂」，是也。

102 注「一作北景」下至「故名」　袁本、茶陵本無此二十六字。

103 注「金華采者」　案：此各本皆有脫，無可補。何、陳校添「金有華」於「采」上，云別本。今未見，恐誤涉下善注耳。

土精也。淮南子曰：夏至而流黃澤。標碧素玉者，亦以色言也。皙者，言其如皙擿[104]而隊落山谷者。淮南子曰：積疊琁玉，以純脩碕。張衡南都賦曰：隋珠夜光。張祿先生曰：宋有結綠。隋侯、宋王於此各鄙其寶也。善曰：尚書曰：瑤琨篠蕩。孝經援神契曰：神靈滋液，則犀駭雞。宋衷曰：角有光，鷄見而駭驚也[105]。劉欣期交州記曰：金華出珠崖，謂金有華采者。埤蒼曰：崴裹，不平也，又重累貌[106]。崴，烏乖切。裹，故乖切。幽屏，謂生處也。潛穎，謂潛深而有光穎[107]。說文，皙，擿空青珊瑚墮之，珠玉潛伏土石[108]間，隨四時長，故皙毀隊落山谷之土石也。潤，膩也。黷，黑茂貌。皙，勑列切。孫卿子曰：言無小而不聲，行無隱而不形。玉在山而木潤，淵生珠而崖不枯。許慎淮南子注曰：碕，長邊也，巨依切。

「其荒陬子侯譎詭，則有龍穴內蒸，雲雨所儲。陵鯉若獸，浮石若桴。雙則比目，片則王餘。窮陸飲木，極沈水居。泉室潛織而卷綃，淵客慷慨而泣珠。開北戶以向日，齊南冥於幽都。

陬，四隅，謂邊遠也[109]。湘東新平縣有龍穴，穴中黑土，天旱，人人便共以水沾穴[110]，則暴雨應之，常以此請雨也。陵鯉，有四足，狀如獺，鱗甲似鯉，居土穴中，性好食蟻。楚辭曰：陵魚曷止。王逸曰：陵魚，陵鯉也。

---

104 注「言其如皙擿」　袁本「如」上有「有」字，是也。茶陵本亦脫。

105 注「鷄見而駭驚也」　袁本、茶陵本無「驚」字。

106 注「又重累貌」　袁本、茶陵本無此四字。又下「崴烏乖切裹故乖切」八字，亦無。案：下八字當有。凡音各本不同，二本刪耳。

107 注「潛穎謂潛深而有光穎」茶陵本二「穎」字，皆作「頴」。袁本亦作「穎」。案：依文義「頴」字為是。依此則正文當是「頴」字。茶陵校語云五臣作「頴」，與尤所見皆傳寫誤。袁本作「頴」，用五臣，唯無校語，或所見未譌歟？

108 注「珠玉潛伏土石」下至「黷黑茂貌」　袁本、茶陵本無此二十九字。又下「皙勑列切」四字亦無。案：下四字當有，二本刪者，因正文下有「勑列」二字也。下放此，不更出。

109 注「四隅謂邊遠也」　袁本、茶陵本無「謂邊遠」三字。

110 注「沾穴」　袁本、茶陵本「沾」下有「此」字。

浮石，體虛輕浮，在海中，南海有之。桴，舟也[111]。比目魚，東海所出。王餘魚，其身半也。俗云：越王鱠魚未盡，因以殘半棄水中[112]為魚，遂無其一面，故曰王餘也。朱崖海中有渚，東西五百里，南北千里，無水泉，有大木，斬之，以盆甕承其汁而飲之。水居，鮫人水底居也。俗傳鮫人從水中出，曾寄寓人家，積日賣綃，綃者，竹孚俞也。鮫人臨去，從主人索器，泣而出珠滿盤，以與主人。日南人北戶，猶日北人南戶也。善曰：尚書曰：宅朔方曰幽都。謂日既在北，則南冥與幽都同。王餘、泉客，皆見博物志。窮陸，見後漢書。史記曰：秦始皇地南至北向戶，北據河為塞。其四野，則畛畷無數，膏腴兼倍。原隰殊品，窊隆異等。象耕鳥耘，此之自與。穱捉秀菰孤穗詞翠切，於是乎在。畛畷，謂地廣道多也。舊井田間有徑有畛[113]。善曰：鄭玄毛詩箋曰：畛，舊田有徑路也，之引切。說文曰：畷，兩陌間道也，知衛切，又陟劣切。說文曰：窊，汙邪，下也，於瓜切。越絕書曰：舜葬蒼梧，象為之耕；禹葬會稽，鳥為之耘。左傳曰：生人之道，於是乎在。煑海為鹽，採山鑄錢。國稅再熟之稻，鄉貢八蠶之緜。善曰：史記曰：吳有豫章郡銅山，吳王濞則招致天下亡命者，盜鑄錢，煮海為鹽，國用富饒。異物志，交趾稻夏熟，農者一歲再種。劉欣期交州記曰：一歲八蠶繭，出日南也。

「徒觀其郊隧之內奧，都邑之綱紀。霸王之所根柢帝，開國之所基趾。郛郭周匝，重城結隅。通門二八，水道陸衢。所以經始，用累千祀[114]。憲紫宮以營室，廓廣庭之漫漫。寒暑隔閡五蓋於邃宇，虹蜺迴帶於雲館。所以跨跱焕炳萬里也。爾雅曰：柢，本也。吳與周並，世世稱王。自泰伯至闔閭二十五世矣。夫差益強大，得為盟主[115]。故曰霸王之所根柢也。越絕書曰：吳郭周匝

111 注「桴舟也」 袁本、茶陵本無此三字。

112 注「因以殘半棄水中」 袁本、茶陵本「殘」作「其」，「水中」作「之」，是也。

113 注「畛畷」下至「有徑有畛」 袁本、茶陵本無此十六字。

114 用累千祀 袁本、茶陵本「祀」下有「也」字。茶陵云善無。袁無校語。案：此與下文「焕炳萬里也」偶句，恐無者傳寫脫。

115 注「二十五世矣夫差益強大得為盟主」 袁本、茶陵本「矣夫差益強大得」七字作「益強夫差」四字。

六十八里六十步，大城周匝[116]四十七里二百一十步。水門八，陸門八，其二有樓名門者，車船並入。昌門今見在，銅柱石填地。大城中有小城，周十二里，亦有水陸門，皆[117]闔閭宮，在高平里。言經營造作之始[118]，使子孫累代保居也。漫漫，長遠貌。寒暑所閡，謂冬溫夏涼。善曰：西都賦曰[119]：虹蜺迴帶於棼楣。造姑蘇之高臺，臨四遠而特建，帶朝夕之濬池，佩長洲之茂苑。窺東山之府，則壞寶溢目；覼海陵之倉，則紅粟流衍。姑蘇，吳臺名也。善曰：越絕書曰：吳王夫差[120]起姑胥之臺，五年乃成，高見三百里。史記曰：越伐吳，敗之姑蘇。漢書，伍被曰：子胥去，見麋鹿遊姑蘇之臺。然姑胥即姑蘇也。漢書，枚乘上書曰：夫漢諸侯方輸，□錯出[121]其珍怪，不如東山之府；轉粟西向，不如海陵之倉；修治上林，圈守禽獸，不如長洲之苑；遊曲臺，臨上路，不如朝夕之池。蔡邕月令章句[122]，穀藏曰倉。蒼頡篇曰：覼，索視之貌，師蟻切。漢書，太倉之粟，紅腐而不可食。起寢廟於武昌，作離宮於建業。闡闔閭之所營，采夫差之遺法。抗神龍之華殿，施榮楯而捷獵。崇臨海之崔巍，飾赤烏之韡曄。吳志曰：前吳都武昌，在豫章[123]；後都建業，在丹陽。孫權自會稽徙治丹陽，建業人皆不樂徙，故為歌曰：甯飲建業水，不向武昌居[124]。言離宮

---

116 注「大城周匝」　袁本、茶陵本無「匝」字。

117 注「亦有水陸門皆」　案：「皆」下當有「有樓」二字。各本皆脫。

118 注「言經營造作之始」下至「長遠貌」　袁本、茶陵本無此二十字。

119 注「西都賦曰」　袁本、茶陵本「賦」作「賓」，是也。

120 注「越絕書曰吳王夫差」　袁本、茶陵本無「夫差」二字。

121 注「夫漢諸侯方輸□錯出」　袁本、茶陵本「□」作「謂」。此初亦衍，而後去之。

122 注「蔡邕月令章句」　袁本、茶陵本「句」下有「曰」字。又「漢書」下同。袁「邕」作「雍」。茶陵本作「邕」。案：疑善盡作「雍」，今「雍」、「邕」錯見，乃後人改之。

123 注「前吳都武昌在豫章」　袁本、茶陵本「前吳」作「吳前」，無「在豫章」三字。

124 注「在丹陽孫權自會稽」下至「不向武昌居」　袁本、茶陵本無此三十三字。何云「不樂徙乃孫皓時事」。是矣，但未悟非劉注。案：此不知何人謬記云云，尤乃取以增多，誤之甚者也。

者，明非吳舊都也。神龍，建業正殿名。臨海、赤烏，皆建業吳大帝所太初宮[125]殿名也。捷獵，高顯貌[126]。越絕書曰：昔越王勾踐欲伐吳，大夫種[127]對以九術。於是作榮楯，嬰以白璧，鏤以黃金，狀類龍蛇，以獻吳王夫差，夫差大悅[128]。子胥諫曰：王勿受也。王不聽，遂受之以飾殿也[129]。闔閭造吳城郭宮室，其子[130]夫差嗣，增崇侈靡。孫權移都建業，皆學之[131]，故曰闔閭之所營，采夫差之遺法，而施榮楯也。春秋左氏傳曰：夫差，次有臺榭陂池焉！玩好必從，歡樂是務。**東西膠葛，南北崢嶸。房櫳對櫎**晃**，連閣相經。閽闥譎詭，異出奇名。左稱彎碕，右號臨硎。**善曰：膠葛，長遠貌[132]。崢嶸，深邃貌[133]。魯靈光殿賦曰：洞膠葛其無垠。說文曰：櫳，房室之疏也。又曰：櫎，帷屏屬。然則門牎之廡，通名櫎。櫎，音榥[134]，音義同。彎碕、臨硎，閽闥名也。吳後主起昭明宮於太初之東，開彎碕、臨硎二門。彎碕，宮東門；臨硎，宮西門。碕，巨依切[135]。硎，口耕切。**彫欒鏤楶，青瑣丹楹。圖以雲氣，畫以仙靈。雖茲宅之夸麗，曾未足以少寧。思比屋於傾宮，畢結瑤而構瓊。**梁，栭也。瑣，戶兩邊以青畫為瑣文。楹，柱也[136]。汲郡地中古文

125 注「皆建業吳大帝所太初宮」　袁本、茶陵本無此十字，有「二」字屬下。案：此增多云「吳大帝」，上下增多云「孫權」，一人之稱，乖剌如此，誤中之誤，不勝辨正。凡今於二本所無當刊削者，譌誤亦不復論。
126 注「捷獵高顯貌」　袁本、茶陵本無此五字。
127 注「大夫種」　袁本、茶陵本「種」下有「蠡」字。案：此尤刪，似是也。
128 注「以獻吳王夫差夫差大悅」　袁本、茶陵本無「夫差夫差」四字，有「王」字。
129 注「以飾殿也」　袁本、茶陵本無此四字。
130 注「其子」　袁本、茶陵本無此二字。
131 注「孫權移都建業皆學之」　袁本、茶陵本無此九字。
132 注「長遠貌」　袁本、茶陵本「貌」上有「之」字。
133 注「崢嶸深邃貌」　袁本、茶陵本無此五字。
134 注「櫎音榥」　茶陵本「音」作「與」，是也。袁本亦誤「音」。
135 注「吳後王」下至「碕巨依切」　袁本、茶陵本無此三十三字。
136 注「梁栭也」下至「為瑣文楹柱也」　袁本、茶陵本無此十六字。

冊書曰：棨築傾宮，飾瑤臺。紂作瓊室，立玉門。言其夸麗。善曰：鄭玄禮記注曰：栭，謂之楶，音節。左氏傳曰：丹桓宮楹。杜預曰：楹，柱也。高闈有閌，洞門方軌。朱闕雙立，馳道如砥。樹以青槐，亘以綠水。玄蔭眈眈，清流亹亹。善曰：李尤德陽殿賦曰：朱闕巖巖。漢書音義，應劭曰：馳道，天子之道。毛詩曰：周道如砥。言其平直也。漢書，賈山上書曰：秦為馳道，樹以青松。然古之表道，或松或槐也。亘，引也。眈眈，樹陰重貌[137]。韓詩曰：亹，水流進貌[138]。列寺七里，俠棟陽路。屯營櫛比，解署棊布。橫塘查下，邑屋隆夸。長干延屬，飛甍舛互。吳自宮門南出苑路，府寺相屬[139]，俠道七里也。解，猶署也。吳有司徒大監，諸署，非一也。橫塘在淮水南，近家渚，緣江築長堤，謂之橫塘。北接柵塘查下。查浦在橫塘，西隔內江。自山頭南上十里，至查浦。建業南五里有山崗，其間平地，吏民雜居。東長干[140]中有大長干、小長干，皆相連[141]。大長干在越城東，小長干在越城西，地有長短，故號大、小相干[142]。韓詩曰：考盤在干。地下而黃曰干。櫛比，喻其多也。藏官物曰公廨。醫巫所居曰署。飛甍舛互，言室屋之多相連下之貌[143]。善曰：應劭風俗通曰：今尚書、御史、謁者所止，皆曰寺。俠棟，棟相俠也。古洽切。陽路，路陽也。毛詩曰：其崇如墉，其比如櫛。

---

137 注「亘引也眈眈樹陰重貌」 袁本、茶陵本無此九字。

138 注「亹水流進貌」 袁本、茶陵本作「亹進也」。案：此當作「亹亹進也」，一本脫重「亹」字。所引當是「亹亹文王」之傳或章句文，尤改大誤，後來考韓詩者從而認為「鳧鷖在亹」，誤中之誤也。

139 注「吳自宮門南出苑路府寺相屬」 袁本、茶陵本此十二字作「建業宮前宮寺」六字。

140 注「橫塘在淮水南」下至「吏民雜居東長干」 袁本、茶陵本無此六十二字，有「橫塘查下皆百姓所居之區名江東謂山岡間為干建鄴之南有山其間平地吏民居之故號為干」三十八字。

141 注「皆相連」 袁本、茶陵本「連」作「屬」，是也。

142 注「大長干」下至「故號大小相干」 袁本、茶陵本此二十四字作「疑是居稱干也」六字。

143 注「櫛比」下至「相連下之貌」 袁本、茶陵本無此三十二字。

「其居則高門鼎貴，魁岸豪傑。虞魏之昆，顧陸之裔。歧嶷繼體，老成弈世。躍馬疊跡，朱輪累轍。陳兵而歸，蘭錡內設。冠蓋雲蔭，閭閻闐噎。魁岸，大度也。漢書曰：江充為人魁岸。又于公高門以待封。又賈捐之傳曰：石顯方鼎貴[144]。應劭曰：鼎，始也。乃祖乃父已來皆貴，故曰鼎貴也。虞，虞文秀。魏，魏周。顧，顧榮。陸，陸遜。隆吳之舊貴也[145]。昆、裔，皆後世也。歧嶷，謂有識知也。老成德之人，養之乞言[146]。躍馬，騰躍之謂，言富貴也[147]。蔡澤傳曰：躍馬肉食。西京賦曰：武庫禁兵，設在蘭錡。閭閻闐噎，言人物遍滿之貌[148]。善曰[149]：毛詩曰：克歧克嶷。又曰：雖無老成人。謝承後漢書曰：王公位二千石，弈世相襲。楊惲書曰：方家隆盛時，乘[150]朱輪者十人。其鄰則有任俠之靡，輕訬之客。締交翩翩，儐從弈弈。出躡珠履，動以千百。里讌巷飲，飛觴舉白。翹關扛鼎，拚射壺博。鄱陽暴謔，中酒而作。靡，美也。楊子法言曰：聶政、荊軻，刺客之靡。締，結也。賈誼過秦論曰：締交。白，罰爵名也。漢書曰：引滿舉白。鄱陽人俗性暴急。何晏云：鄱陽惡戲，難與曹也。鄱陽本豫章縣。善曰：漢書曰：季布為任俠。如淳曰：相與信為任，同是非為俠。漢書述曰：江都輕訬[151]。謂輕薄

144 注「魁岸大度也」下至「石顯方鼎貴」　袁本、茶陵本無此三十三字。

145 注「虞虞文秀魏魏周顧顧榮陸陸遜隆吳之舊貴也」　袁本、茶陵本作「虞魏顧陸吳之舊姓也」。案：二本最是，何陳校改云云，皆未悟非劉注，今不取。

146 注「歧嶷」下至「養之乞言」　袁本、茶陵本無此十六字，有「賈捐之傳石顯方鼎貴」九字。案：此九字疑亦後人添之。

147 注「言富貴也」　袁本、茶陵本無「言富貴」三字，「也」屬上。

148 注「閭閻闐噎言人物遍滿之貌」　袁本、茶陵本無此十一字。

149 注「善曰」　袁本、茶陵本此下有「後漢書云江充為人魁岸」。案：「後」字衍，「云」當作「曰」。尤延之移入劉注，非。

150 注「方家隆盛時乘」　袁本、茶陵本無此六字。

151 注「江都輕訬」　案：「輕訬」當作「訬輕」。各本皆倒。

為訬也[152]。締，結也。翩翩，往來貌。弈弈，輕靡之貌[153]。高誘淮南子注曰：訬，輕利急疾也。訬，音眇。史記曰：趙平原君使人於楚，楚相春申君處[154]趙使欲夸楚，為玳瑁簪，刀劍室皆以珠飾之。請春申君。春申君客三千餘人，其上客皆躡珠履而迎之，趙[155]使大慙。翹關扛鼎，皆逞壯力之勁，能招門開也[156]。列子曰：孔子勁，能招國門之關，而不肯以力聞。招與翹同。扛，舉也。漢書曰：項羽力能扛鼎[157]。又漢書贊曰：元帝時覽拚射。孟康曰：手搏為拚。壺，投壺也。禮有投壺。論語曰：不有博弈者乎。

「於是樂只衎而歡飫無匱，都輦殷而四奧來暨。水浮陸行，方舟結駟。唱櫂轉轂，昧旦永日。

昧旦，清晨也。左傳曰：昧旦丕顯。善曰：毛詩曰：其樂只且。又曰：嘉賓式宴以衎。飫，已見上文。輦，王者所乘，故京邑之地，通曰輦焉。漢書曰：殺身靡骨，死事輦轂下。四隩來暨，言四方之人皆來。唱櫂轉轂，言遠人唱歌擿船，乘車轉轂，以向吳都[158]。楚辭曰：青驪結駟齊千乘。漢書曰：轉轂百數。毛詩曰：且以永日。衎，苦旦切。飫，一據切。

開市朝而並納[159]，橫闤闠而流溢。混品物而同廛，并都鄙而爲一。士女佇眙，商賈駢坒。紵衣絺服，雜沓從萃[160]。輕輿按轡以經隧，樓船舉颿帆而過肆。果布輻湊而常然，致遠流離與珂苦何珬。

混，同也。佇眙，立視也。今市聚人，謂之立眙。南方多絺葛，故曰紵衣絺服也。樓船，

---

152 注「謂輕薄為訬也」　袁本、茶陵本無「謂輕訬」三字。案：此不當有，見下。

153 注「締結也翩翩往來貌弈弈輕靡之貌」　案：此三句，亦不當有。上引景十三王逑，下引淮南高注，相連接解「輕訬」，後人添之，隔截其間，非。凡尤本誤取增多之外，袁、茶陵二本亦有失善舊者，如此是矣。

154 注「使人於楚楚相春申君處」　袁本、茶陵本無「楚楚相處」四字。

155 注「而迎之趙」　袁本、茶陵本無此四字。

156 注「翹關扛鼎」下至「能招門開也」　袁本、茶陵本無此十五字。

157 注「漢書曰項羽力能扛鼎又」　袁本此十字作「扛鼎已見西京賦」，是也。茶陵本所複出，不同，亦非。

158 注「四隩來暨」下至「以向吳都」　袁本、茶陵本無此三十字。

159 開市朝而並納　袁本、茶陵本「並」作「普」。案：此蓋善「並」、五臣「普」，二本失著校語。

160 雜沓從萃　袁本、茶陵本「從」作「縱」。案：此蓋善「從」、五臣「縱」，二本失著校語。又二本注中亦作「縱」非。

船有樓也。䑺者，船帳也。地理志曰：越多犀象、玳瑁、珠璣、銅銀、果布之湊。黃支國多異物，入海市明珠流離。果，橘柚之屬。布，箋紵之屬。近海多寶物。湊，會處也。珬，老鶡化西海為珬，已裁割若馬勒者謂之珂；珬者，珂之本，璞也。日南郡出珂珬。善曰：楚辭曰：覽涕而佇眙。許慎淮南子注曰：坒，相連也，扶必切。羽獵賦曰：萃從沇溶。埤蒼曰：從，走貌，先鞏切。隧，向市路。肆，市路也[161]。漢書有樓船將軍。珬音戌。𦆭賄紛紜，器用萬端。金鎰磊砢[162]力可，珠琲步對闌干。桃笙象簟，韜於筒中；蕉葛升越，弱於羅紈。𦆭，蠻夷貨名也。扶南傳曰：𦆭貨布帛曰賄。金二十四兩為鎰。史記曰：趙孝成王一見虞卿[163]，賜黃金百鎰。磊砢，眾多貌。琲，貫也，珠十貫為一琲。闌干，猶縱橫也[164]。桃笙，桃枝簟也，吳人謂簟為笙。又折象牙以為簟也[165]。蕉葛，葛之細者。升越，越之細者。𦆭，音捷。㒤譶𡃿𤠣[166]，交貿相競。諠譁喤呷，芬葩蔭映。揮袖風飄而紅塵晝昏；流汗霢脈霂沐而中逵泥濘。善曰：㒤，所立切。蒼頡篇曰：譶，不止也，佇立切。𡃿𤠣，眾相交錯之貌。𡃿，胡巧切。方言曰：𤠣，猥也，奴巧切。方言曰：諠，吁橫切。諠，通也[167]。說文曰：呷，吸也，呼甲切。紛葩，謂舒張貿物使覆映[168]。史記，蘇秦說齊王，舉袂成帳，揮汗成雨。毛萇詩

---

161 注「隧向市路肆市路也」 袁本、茶陵本無此八字。

162 金鎰磊砢 袁本、茶陵本「鎰」作「溢」，注同，是也。案：此尤誤改耳。

163 注「史記曰趙孝成王一見虞卿」 袁本、茶陵本「記」下有「虞卿傳」三字，「見」下無「虞卿」二字。

164 注「闌干猶縱橫也」 袁本、茶陵本無此六字。

165 注「又折象牙以為簟也」 袁本、茶陵本無「折」字。

166 㒤譶𡃿𤠣 袁本、茶陵本「㒤」作「澀」。案：此蓋善「㒤」、五臣「澀」，二本失著校語。琴賦「紛㒤譶以流漫」，廣韻二十六緝「㒤譶言不止」，皆可借證也。又考集韻云「㒤譶言不止」，疑五臣「澀」，又「㒤」之譌耳。

167 注「諠吁橫切諠通也」 袁本二「諠」字皆作「喤」。茶陵本作「喤通也」，無「吁橫切諠」四字。案：各本皆非也。方言有「諠音也」，在十二卷，別無「諠通也」。此當作「諠音也吁橫切諠與喤通」。今所誤不可讀。

168 注「紛葩謂舒張貨物使覆映」 袁本、茶陵本無此十字。

傳曰：小雨謂之霡霂[169]。杜預左氏傳注曰：濘，泥也，奴定切。

「富中之甿，貨殖之選。乘時射利，財豐巨萬。競其區宇，則并疆兼巷；矜其宴居，則珠服玉饌。越絕書曰：富中，大唐中也，勾踐治以為田[170]，肥饒，故謂之富中。珠服，珠襦之屬，以珠飾之也。玉饌者，尚書曰：惟辟玉食[171]。言富中之食，貨殖之選者各利[172]，所以能豐其財也。并疆，踰田畝也。兼巷，踰里閭也。言農人之富，自相夸競[173]。善曰：說文曰：甿，田人也。孔安國尚書曰：自賢曰矜。射，賓亦切。趫起喬材悍壯，此焉比廬。捷若慶忌，勇若專諸。危冠而出，竦劍而趨。扈帶鮫函，扶揄屬鏤力駒切。秦零陵令上書曰：荊軻挾匕首，卒刺陛下，陛下以神武，扶揄長劍以自救[174]。韓非子曰：解其長劍，免其危冠。離騷曰：扈江離。楚人謂被為扈。鮫函，鮫魚甲，可為鎧。淮南子曰：鮫革犀兕為甲冑也。周禮曰：燕無函。孟子曰：矢人豈不仁於函人哉。左傳曰：吳賜子胥屬鏤[175]以死。凡此皆其器用之事義，亦其土俗所能出，有嘉服用也。善曰：成公綏洛禊賦曰：趫才逸態，習水善浮。呂氏春秋曰：吳王欲殺王子慶忌，謂要離曰：吾常以馬逐之江上而不能及，射之，矢左右滿抱而不能中。高誘曰：慶忌，吳王僚之子也。走追奔

---

169 注「謂之霡霂」 袁本、茶陵本「霂」下有「霡音脈」三字，是也。

170 注「富中大塘中也句踐治以為田」 袁本、茶陵本「塘」下無「中也」二字，「田」上有「義」字，是也。案：此所引記地傳文。

171 注「尚書曰惟辟玉食」 袁本、茶陵本無「惟辟」二字。

172 注「言富中之食貨殖之選者各利」 案：「食」當作「人」。陳云「各利」當有脫文。各本皆同，無可補也。以意揣之，似當云「各乘其時而射利」。

173 注「言農人之富自相夸競」 袁本、茶陵本無此九字。

174 注「以自救」 袁本、茶陵本「救」下有「謂此也」三字。

175 注「左傳曰吳賜子胥屬鏤」 袁本、茶陵本無「左」字，是也。

獸，接及飛鳥[176]。左傳曰：吳公子光享王，鱄諸寘劍於全魚中[177]以進，抽劍刺王，遂殺闔閭[178]。藏鍦於人，去戫自閭。家有鶴膝，戶有犀渠。軍容蓄用，器械兼儲。吳鉤越棘，純鈞湛盧。戎車盈於石城，戈船掩乎江湖。鍦，矛也。楊雄方言曰：吳、越以矛為鍦。戫，楯也。鶴膝，矛也。矛骹如鶴脛，上大下小[179]，謂之鶴膝。犀渠，楯也，犀皮為之[180]。國語曰：奉父犀渠[181]。軍容，軍之容表，言矛劍等也。司馬法曰：古者軍容不入國，國容不入軍。軍容入國，則人德廢；國容入軍，則人德弱。越絕書曰：闔閭既重莫耶，乃復命國中作金鉤，有人貪王賞之重，殺其兩兒，以血釁鉤，遂成二鉤，獻之闔閭，詣宮求賞。王曰：為鉤者眾多，而子獨求賞，何以異於眾人之鉤乎？曰：我之作鉤也，殺二子成兩鉤。王曰：舉鉤以示之，何者是也？於是鉤師嚮鉤而哭，呼其兩子之名吳鴻、扈稽，曰：我在此，王不知汝之神也。聲未絕於口，兩鉤俱飛著於父之背。吳王大驚，曰：嗟乎！寡人誠負子。廼賞之百金，遂服其鉤。爾雅曰：棘，戟也。純鈞、湛盧，劍名也。越絕書曰：昔越王勾踐有寶劍五，聞於天下，客有能相劍者，名薛燭，王召而問之，對曰：歐冶子因天地之精，悉其伎巧，一百純鈞，二曰湛盧，三曰莫耶，四曰豪曹，五曰巨闕。石城，石頭隖也，在建業西，臨江，其中有庫，藏軍儲。戈船，船下有戈也。江、湖，二水名也。善曰：禮記曰：越棘大弓，天子之戎器也。鄭玄曰：越，國名也。考工記曰：越鐵利，可以為戟[182]。環濟吳紀曰：建安十七年，城石頭。越絕書，伍子胥船有戈。

「露往霜來，日月其除。草木節解，鳥獸腯膚。觀鷹隼，誡征夫。坐組甲，建祀

176 注「走追奔獸接及飛鳥」　袁本、茶陵本無此八字。

177 注「鱄諸寘劍於全魚中」　袁本、茶陵本無「全」字。

178 注「遂殺闔閭」　袁本「闔閭」作「王僚」，是也。茶陵本亦誤「闔閭」。

179 注「上大下小」　袁本、茶陵本無此四字，有「者」字，屬上。

180 注「犀皮為之」　袁本、茶陵本無此四字。

181 注「奉父犀渠」　案：「父」當作「文」。各本皆譌。此所引吳語文，今本「犀」下有「之」字，疑亦脫也。

182 注「考工記曰越鐵利可以為戟」　袁本、茶陵本無此十一字。

姑。命官帥而擁鐸，將校獵乎具區。詩曰：今我不樂，日月其除。國語曰：本見而草木節解。本，氐也。謂霜降之後，生氣既衰，草木枝葉，皆節理解落也[183]。腯，肥也。左氏傳曰：肥腯，謂畜之碩大蕃滋也。漢書曰：鷹隼未擊，矰弋不施於蹊隧，於此時也，可以戒戎夫。左氏傳曰：裹糧坐甲。又曰：組甲三千。馬融曰：組甲，以組為甲。祀姑，幡名，麾旗之屬也。國語曰：吳王夫差出軍，與晉爭長，昏乃戒，夜中令服兵擐甲，陳王卒[184]，官帥擁鐸，建祀姑。此吳軍容之舊制也。鐸，施號令而振之也[185]。周禮，校人中大夫，掌王田獵之馬，一校千二百九十六匹[186]。具區，澤名也，在吳之西。善曰：爾雅曰：吳、越之間有具區。

烏滸忽古狼𦢊呼光，夫南西屠。儋都含耳黑齒之酋自由，金鄰象郡之渠。驫駥飍矞，鞁霅警捷，先驅前塗。異物志曰：烏滸，南夷別名也，其落在深山之中。其種族為人所殺，則居其死所，且伺殺主，若有過之者，是與非則仇而食之。狼𦢊人，夜鬻金，知其良不[187]。夫南，特有才巧，不與眾夷同。西屠，以草染齒，染白作黑。儋耳人，鏤其耳匡。夫南之外，有金鄰國，去夫南可二千餘里，土地出銀，人眾多，好獵大象，生得，其死則取其牙。酋、渠，皆豪帥也。象郡，今日南郡也，又有象林郡[188]。善曰：驫駥飍矞，眾馬走貌。驫，必幽切。駥，呼橘切。飍，香幽切。矞，以出切。鞁霅，走疾貌。鞁，素合切。霅，徒合切。

俞騎騁路，指南司方。出車檻檻，被練鏘鏘。吳王乃巾玉輅，軺翊焦驌驦。旂魚須，常重光。攝烏頰烏號，佩干將。羽旄揚蕤，雄戟耀芒。貝冑象弭，織文鳥章。六軍袀翊遵服，四騏龍驤。管子曰：桓公北征孤竹，見人長尺，而人物具焉。冠而右

---

183 注「皆節理解落也」 袁本、茶陵本無「落」字。

184 注「陳王卒」 袁本、茶陵本「王」作「士」，是也。

185 注「鐸施號令而振之也」 袁本、茶陵本無此八字。

186 注「一校千二百九十六匹」 袁本、茶陵本無「一」字，是也。案：此節鄭注而引之，乃五種合之數，尤所添甚誤。

187 注「狼𦢊人夜鬻金知其良不」 袁本、茶陵本無「人夜其不」四字。

188 注「又有象林郡」 案：「又」字不當有。「郡」當作「縣」。各本皆誤。晉書地理志云：交州日南郡，秦置象郡，漢武帝改名焉「統縣五，象林云云，可證也。

袪衣，走馬。管仲曰：登山之神，有俞兒者，長尺，人物具焉。霸王之君興，登山之神見，且走馬前導也。袪衣，示前有水也。右袪衣，從右方涉也。至卑耳之溪，有贊水者，從左方涉，其深及冠；從右方涉，其深至膝，已涉大濟也。指南，指南車也。鬼谷子曰：鄭人取玉，必載司南之車，為其不惑也。鏘鏘，行步貌也。左傳曰：被練三千。馬融曰：被練，為甲者所服也。玉輅，以玉飾車也。驌驦，馬也。左氏傳曰：唐成公如楚，有兩驌驦馬，子常欲之，不與。三年止之，唐人竊馬而獻子常，子常歸唐侯。馬融曰：驌驦，鳥也，馬似之。旂，旌旗之屬。周禮有巾車官[189]。又交龍為旂，以魚須為柄也。日月為常，重光。謂日月畫於旂上也。攝，持也[190]。烏號，柘名，以為弓。淮南子曰：烏號之弓，不能[191]無弦而射。列女傳曰：柘枝體動，烏集其上，被即舉彈，烏乃哀號，故號之[192]，干將，劍名，冑，兜鍪，以貝飾之。弭，弓末，以象飾之。鳥章，染絲織鳥，畫為文章，置於旌旗也[193]。左氏傳曰：袀服振振，袀，同也[194]。騏，馬名[195]。善曰：毛詩曰：大車檻檻。子虛賦曰：靡魚須之撓旃。史記，趙良曰：屈盧之勁矛，干將之雄戟。又曰：冑貝朱綅。又曰：象弭魚服。又曰：織文鳥章。又曰：乘其四騏。南都賦曰：馬鹿超而龍驤。**峭格周施，罿罻普張。罼罕瑣結，罠蹏連綱。阹以九疑，禦以沅湘。輶軒蓼擾，彀騎煒煌[196]。**莊

189 注「周禮有巾車官又」 袁本、茶陵本無此七字。
190 注「日月為常重光謂日月畫於旂上也攝持也」 袁本，茶陵本此十七字作「有日月為常重光謂日月重光也」十三字。
191 注「不能」 袁本、茶陵本無此二字。
192 注「列女傳曰」下至「故號之」 袁本、茶陵本無此二十三字。
193 注「染絲織鳥畫為文章置於旌旗也」 袁本、茶陵本此十三字作「鳥為章也」四字。
194 注「袀同也」 案：當作「袀服，皁服也」。各本皆涉五臣謂「下同服」而脫誤。劉昭注續漢書輿服志引賦此注，云「袀，皁服也」，可證，但彼「袀」下仍當有「服」字耳。
195 注「騏馬名」 袁本、茶陵本無此三字。
196 彀騎煒煌 袁本、茶陵本「煒」作「焆」。案：此蓋亦尤改耳。

子曰：峭格羅絡。謂張網周遍[197]。罿罻、罼罕，皆鳥網也。瑣結，似瑣連結也。連網，言不絕也[198]。罠，麋網。䍣，兎網[199]。周易曰[200]：蹄所以在兔，得兔而忘蹄。陆，闌也。因山谷以遮獸也。禦，禁也。謂因沅、湘為藩落也[201]。楊雄羽獵賦曰：禦自汧、渭。九疑，山名。沅、湘，水名。輶，輕也。詩云：輶車鑾鑣。彀騎，張弓弩之騎也。峭，七肖切。罿，音沖。罻，音尉。罼，音畢。罠，無貧切。陆，音祛。禦，音語。彀，古候切。袒裼徒搏，拔距投石之部。猿臂骿脅[202]，狂趭獷猤。鷹瞵鶚視，趻䞡犰猱。若離若合者，相與騰躍乎莽罠之野。爾雅曰：袒裼，肉袒也。詩云：袒裼暴虎。拔距，謂兩人以手相案，能拔引之也。超，踰躍也。投石，舉石以投擿也。王翦傳曰：投石拔距。猿臂，通肩也。漢書，李廣猿臂，為武騎常侍。骿脅，今駢幹也。骿、駢通[203]。史記商君傳，趙良謂鞅曰：君之出，多力而駢脅者參乘。左傳曰：晉文公駢脅。趭，走也。鷹瞵鶚視，言勇士似之也[204]。善曰：司馬相如大人賦曰：騰而狂趭。子召切。說文曰：犬獷不可附也[205]。子猛切。猤，壯勇之貌，其翠切。說文曰：瞵，目精也，力辰切。趻䞡犰猱，相隨驅逐，眾多貌。趻，七感切。犰，力荅切。猱，徒合切。莽罠，廣大貌。莽，莫浪切。罠，音浪[206]。干鹵殳鋋，暘以良切夷勃盧之旅。長殺短兵，直髮馳騁。儇許緣佻坌並，銜枚無聲。悠悠旆旌者，相與聊浪郎乎昧莫之垌。干、鹵，皆楯也。越絕書曰：越

---

197 注「謂張網周遍」　袁本、茶陵本無此五字。
198 注「瑣結」下至「言不絕也」　袁本、茶陵本無此十三字。
199 注「䍣兎網」　袁本、茶陵本無此三字。
200 注「周易曰」　何校「易」下添「略例」二字，陳同，是也。各本皆脫。
201 注「禦禁也謂因沅湘為藩落也」　袁本、茶陵本「禁」下有「苑」字，無「因沅湘」三字。
202 猿臂骿脅　袁本、茶陵本「猿」作「猨」，「骿」作「駢」。案：此尤誤改也。
203 注「骿脅今駢干也骿駢通」　袁本、茶陵本無此九字。
204 注「鷹瞵鶚視言勇士似之也」　袁本、茶陵本無此十字。
205 注「犬獷不可附也」　案：「犬獷」當作「獷犬」。各本皆倒。今說文「獷，犬獷獷不可附也」，蓋善節引。
206 注「說文曰瞵」下至「罠音浪」　袁本脫此注，非。茶陵本無「犰猱莽罠」四音，刪也。

王身披暘夷之甲，扶勃盧之矛。短兵，刀劍也。尚書曰：稱爾干[207]。過秦論曰：流血漂鹵。廣雅曰：殺，矛也，呼狄切。楚辭曰：車錯轂兮短兵接。史記曰：荊軻怒發直衝冠[208]。方言曰：儇佻，疾也。佻，他弔切。漢書曰：相如弔二世曰：坌入曾宮之嵯峨。音義曰：坋，並也，步寸切。周禮，銜枚氏下士。鄭玄曰：止言語囂讙也。枚，大如箸，橫銜之。毛詩曰：有聞無聲。又曰：蕭蕭馬鳴，悠悠旆旌。悠悠，流貌。昧莫，廣大貌。聊浪，放曠貌。鉦征鼓疊山，火烈熛林。飛爓浮煙，載霞載陰。菈擸雷硠，崩巒弛直氏岑。鳥不擇木，獸不擇音。疊，振疊也。熛，火爓也[209]。左傳曰：鳥則擇木。又曰：鹿死不擇音。鹿得美草，呦呦而鳴，至於困迫將死，不暇復擇出音。急之至也。凡閑暇而有好聲，逼急不擇音，獸皆然，非唯鹿也。莊子亦曰：獸死不擇音。以雷硠之至，故云鳥不擇木，獸不擇音[210]。善曰：說文曰：鉦，鐃也。菈擸雷硠，崩弛之聲。菈，朗答切。擸，音獵。硠，音郎。爾雅曰：巒山墮。山小而高曰岑。虣甝虪，馽麋麖。䴥六駮，追飛生。彈鸞鵕，射猱挺。白雉落，黑鴆零。陵絕嶚尞嶕兹遙，聿越巉鋤咸險。跇踰竹柏，獼猨杞柟。封狶葹，神螭掩。剛鏃祖祿潤，霜刃染。馽，絆前兩足也。莊子曰：連之羈馽。音聳。麖，大麋也。桂林有麋[211]。山海經曰：駮，如馬[212]，白身黑尾，一角，鋸牙，虎爪，音如鼓，能食虎也。詩曰：隰有六駮。飛生，鼯也。師

207 注「尚書曰稱爾干」　案：「尚」上當有「善曰」二字。各本皆脫。袁本、茶陵本「干」下衍「戈」字，益非。又此節注，二本無「佻，他弔切，又步寸切」兩音，刪也。

208 注「史記曰荊軻怒髮直衝冠」　袁本、茶陵本無此十字。

209 注「熛火爓也」　袁本、茶陵本無此四字。有「鳥擇木而棲」五字。

210 注「故云鳥不擇木獸不擇音」　袁本無此十字，茶陵本有。案：袁本有脫誤，茶陵、尤所補亦未是。

211 注「麖大也桂林有麋」茶陵本二「麋」字作「麋」，袁本亦作「麋」。案：各本皆非也，當作「麇」。

212 注「如馬」又注「鋸牙」又注「能食虎也」　袁本、茶陵本無此八字。

曠曰：南方有鳥曰羌鶂，黃頭赤目，五色備也。猱，似猿，奴刀切。猻，音亭[213]。鴆鳥，一名雲白[214]，黑色，長頸赤喙，食蝮蛇，體有毒，古人謂之鴆毒，江東諸大山中皆有之。左氏傳曰[215]：叔牙飲酖酒而死。聿越，豹走貌。霜刃，言其殺利也。善曰：毛詩曰：不敢暴虎。毛萇曰：暴虎，空手以搏也。虣與暴同。爾雅曰：虦，白虎，明甘切。虪，黑虎，音叔。說文曰：驀，上馬也。鶁，音京。史記曰：跐萬里。如淳曰：跐，超踰也，恥曳切。埤蒼曰：獑猭，逃也。獑，丑珍切。猭，恥傳切。淮南子，申包胥曰：吳為封豨修蛇。方言曰：南楚人謂豬為豨，虛豈切。豟，豨聲，呼學切。

「於是弭節頓轡，齊鑣駐蹕。徘徊倘佯，寓目幽蔚。覽將帥之拳勇[216]，與士卒之抑揚[217]。羽族以觜距爲刀鈹披，毛羣以齒角爲矛鋏古業，皆體著池著而應卒倉忽。所以挂扢而爲創瘡痏，衝踤而斷筋骨。莫不衂銳挫芒，拉捭摧藏。雖有石林之岸蹟崿，請攘臂而靡之；雖有雄虺之九首，將抗足而跐之。離騷曰：抑志弭節。蹕，止行者也。王者出入警蹕。倘佯，猶翱翔。言吳之將帥，皆有拳勇[218]。羽族，鳥屬也。毛羣，獸屬也。鈹，兩刃小刀也。鋏，刀身劍鋒，有長鋏短鋏。體著者，著體而生也。楚辭天問篇曰：烏有石林。此本南方楚圖畫，而屈原難問之。於義，則石林當在南也。楚辭招魂曰：南方不可以止，雄虺九首，往來倏忽。雖有石林，雖有雄虺者，蓋張誕之云，非必臨時所遇。善曰：左氏傳曰：得臣寓目焉。毛詩曰：無拳無勇。拳與

---

213 注「猱似猿奴刀切猻言亭」 袁本、茶陵本無此九字。案：二本刪音也。「似猿」二字，尤增。

214 注「一名雲白」 案：「白」當作「日」。各本皆譌。羣書或言「運日」，或言「暉日」，或言「䳒日」。「運」、「暉」、「䳒」與此「雲」皆同字。

215 注「左氏傳曰」下至「豹走貌」 袁本、茶陵本無此十六字。

216 覽將帥之拳勇 陳云據注「拳」當作「權」。案：所說是也。善注毛詩曰「無拳無勇」，「拳」與「權」同，謂引詩之「拳」與此賦之「權」同也。疑五臣以此改正文為「拳」，但於注無明文耳。

217 與士卒之抑揚 何校「抑揚」改「揚抑」。陳云「抑叶韻」。各本皆同，蓋倒也。

218 注「言吳之將帥皆有拳勇」 袁本、茶陵本無此九字。又此節注茶陵以下多脫，不具論。

權同。楚辭曰：帶長鋏之陸離。廣雅曰：扢，摩也。公紇切。蒼頡篇曰：痏，毆傷也，為軌切。說文曰：踤，觸也，材律切。屻，折傷也，女六切。拉，頓折也[219]。捭，兩手擊絶也[220]，布買切。靡，碎也[221]。廣雅曰：跐，蹋也，且爾切。顛覆巢居，剖破窟宅。仰攀鵕鸃，俯蹴七六豺獏。刲剞几熊羆之室，剽掠虎豹之落。猩猩啼而就禽，𥝦笑而被格。屠巴蛇，出象骼。斬鵬翼，掩廣澤。山海經曰：猩猩，豕身人面。異物志曰：出交趾，封溪有猩猩，夜聞其聲，如小兒啼也。𥝦𥝦，梟羊也，已解上章矣。梟羊善食人，大口，其初得人喜而笑，却脣上覆額，移時而後食之。人因為筒[222]貫於臂上，待執人，人即抽手從筒中出，鑿其脣於額而得禽之。張衡玄圖曰：梟羊喜獲，先笑後愁。山海經曰：巴蛇食象，三歲而出其骨。骼，骨也。其為蛇，青黃赤黑。鵬翼，大垂天也。善曰：許慎淮南子注曰：鵕鸃，鷩雉也。鵕，思俊切。鸃，音儀。爾雅曰：獏，白豹，音陌。剞，亦刲也[223]。廣雅曰：落，居也。𥝦，扶沸切。骼，音格。輕禽狡獸，周章夷猶。狼跋乎紘橫中，忘其所以睒睗，失其所以去就。魂褫氣懾之葉而自踢跌者，應弦飲羽[224]，形僨景僵者，累積而增益，雜襲錯繆。傾藪薄，倒岬岫。巖穴無豜豵，翳薈無麢鷚。思假道於豐隆，披重霄而高狩。籠烏兔於日月，窮飛走之棲宿。周章，謂章皇周

---

219 注「女六切拉頓折也」　袁本、茶陵本無此七字。案：二本刪音也。下四字，尤增。

220 注「捭兩手擊絶也」　袁本、茶陵本無「絶」字。

221 注「靡碎也」　袁本、茶陵本無此三字。

222 注「人因為筒」下至「而得禽之」　袁本、茶陵本無此二十八字。又此上「梟羊善食人」下至「而後食之」二十五字，袁有，茶陵無。

223 注「剞亦刲也」　袁本此下有「居綺切」三字，是也。茶陵本無，非。

224 應弦飲羽　袁本、茶陵本「飲」上有「而」字。案：此上自「魂褫氣攝」下及「雜襲錯繆」，似各本皆有誤，今無以訂之也。又後文自「若此者」下及「曲度難勝」亦然，附出於此，以俟再詳。

流也225。楚辭曰：君不行兮夷猶。王逸曰：夷猶，猶豫也。紭，網綱也。踶跋，促遽貌226。踢趹，皆頓伏也。飲羽，謂所射箭沒其箭羽也。闞子曰：宋景公以弓人之弓，升虎圈之臺，東向而射，箭集彭城之東，其餘力逸勁，猶飲羽於石梁。雜襲227，重疊也。錯繆，聊亂貌。薄，不入之叢。藪，澤別名。言欲假道豐隆，非實事也。然欲窮高極遠，究變化，備幽明之故，設此云。善曰：毛詩曰：狼跋其胡。說文曰：睒，蹔視也，式冉切。睗，疾視也，式亦切。褫，奪也，直示切。聲類曰：踢，跌也，徒郎切。漢書音義曰：趹，崩也，蒲北切。爾雅曰：僨，僵也，方問切。許慎淮南子注曰：岬，山旁，古押切。爾雅曰：山有穴曰岫。毛萇詩傳曰：獸三歲曰豜，公妍切。爾雅曰：豕生三子曰豵，子公切。說文曰：麜，麛也。音須。又曰：鷚，鳥大鶵也，力幼切。楚辭曰：吾令豐隆乘雲兮。王逸曰：豐隆，雲師也228。春秋元命苞曰：日月229兩設，以蟾蠩與兔者陰雙居。月中有兔，已見蜀都賦。

「嶰澗闃，岡岵童。罾罘滿，效獲衆。迴靶乎行邪230，睨觀魚乎三江。汎舟航於彭蠡，渾萬艘而既同。闃，空也。易曰：闃其無人。爾雅曰：山多草木曰岵。岡，山脊也。童，無草木也，若童無角。靶，轡革也。彭蠡，澤名。善曰：爾雅曰：小山別大山曰嶰，山夾水曰澗。毛萇詩傳曰：太平，山不童，澤不竭。聖主得賢臣頌曰：王良執靶。左氏傳曰：公觀魚於棠。尚書曰：三江既入，震澤底定，彭蠡既豬。說文曰：艘，船惣名。眾，一作深。深，水會也。嶰，古買切。航，船別名231。弘舸連舳，巨檻接艫。飛雲蓋海，制非

225 注「周章謂章皇周流也」 袁本、茶陵本無此八字。
226 注「踶跋促遽貌」 袁本、茶陵本無此五字。
227 注「雜襲」下至「澤別名」 袁本、茶陵本無此十九字。
228 注「王逸曰豐隆雲師也」茶陵本有此八字，袁本無。
229 注「春秋元命苞曰日月」 案：「日」字不當有。各本皆衍。
230 迴靶乎行邪睨 袁本、茶陵本無「邪」字。案：此蓋尤取西京賦之「遷延邪睨」改「行」為「邪」，仍未去「行」字，而兩有「行」、「邪」耳。
231 注「說文曰艘」下至「船別名」 袁本、茶陵本無此二十三字。

常模。疊華樓而島跱，時髣髴於方壺。比鷁首而有裕，邁餘皇於往初。楊雄方言曰：江湖凡大船曰舸。舳，船前也。艫，船後也。船上下四方施板者曰艦也[232]。飛雲、蓋海，吳樓船之有名者，皆彫鏤采畫，有軒櫎華檻之船也。島峙，謂似方壺、蓬萊二山有宮闕。左氏傳曰：楚敗吳師，獲其乘舟餘皇，吳子光請於眾曰：喪先君之乘舟，豈唯光罪，眾亦有焉。善曰：釋名曰：上下重牀曰艦。江表傳曰：孫權乘飛雲大船。吳志曰：賀齊所乘船，彫刻丹鏤，望之若山。方壺，已見上文。張組幃，構流蘇。開軒幌，鏡水區。槁工檝師[233]，選自閩禺。習御長風，狎翫靈胥。責千里於寸陰，聊先期而須臾。流蘇，謂翦繒綵垂於彫文之樓也。水區，河中也。言開文軒，光輝如鏡照川也。閩，越名也。秦幷天下，以其地為閩中郡。班固述兩越傳曰：悠悠外宇，閩越東甌。禺，番禺也。其彼地人便水。方言云：刺船曰槁。檝，橈也。淮南子曰：來溪谷之流以象禺。長風，遠風也。靈胥，伍子胥神也。昔吳王殺子胥於江，沈其尸於江，後為神[234]，江海之間莫不尊畏子胥。將濟者，皆敬祠其靈，以為性命，舟檝之師，獨能狎翫之也。千里，路之長也。寸陰，晷之短也。言水靈輯睦，浪濤弭息，取長路於短景，獨能先期而到，故有須臾之暇也。善曰：西京賦曰：長風激於別島。越絕書曰：子胥死，王使捐於大江口，乃發憤馳騰，氣若奔馬，乃歸神大海，蓋子胥水仙也。櫂謳唱，簫籟鳴。洪流響，渚禽驚。弋磻波放，稽鷦鵬。虞機發，留鵁鶄。弋，繳射也[235]。鷦鵬，鳥也。楚辭曰：從玄鶴與鷦鵬。尚書曰：若虞機張。鄭氏注曰：虞主田獵之地者也。機，弩牙也。鵁鶄，鳥也，似鳧，頭上揔毛羽。善曰：櫂謳，已見西都賦。說文曰：籟，三孔龠也。磻，已見西京賦。鉤餌縱

232 注「船上下四方施板者曰艦也」　袁本此十一字作「艦大船也」四字。茶陵本此節注多脫。
233 槁工檝師　袁本、茶陵本「槁」作「篙」，注同。案：尤取方言改「篙」為「槁」，而又譌成「槁」也。
234 注「昔吳王」下至「後為神」　袁本、茶陵本無此十六字。
235 注「弋繳射也」　袁本、茶陵本無此四字。

橫，網罟接緒。術兼詹公，巧傾任父。筌䱎(亘)鰽，鱺鱨魦[236]。罩(勑教)兩魪，罺(側梢)鰝鰕。乘鱟(胡豆)黿鼉，同罛共羅。沈虎潛鹿，馽(縶)䶨僒束。徽鯨輩中於羣犗，攙搶暴出而相屬。雖複臨河而釣鯉，無異射鮒(附)於井谷。易曰：結繩而為網罟，以畋以漁。詹公，詹何也。任父，任公子也。莊周曰：任公子為大鉤巨緇，五十犗牛以為餌，蹲會稽，投竿東海。已而大魚食巨鉤，鉤沒而下，驚揚奮鬐，白波若山，海水震蕩。任公子得若魚，離餌之，制河以東，蒼梧以西，莫不猒此魚者。筌，捕魚器。今之斗回也[237]。筌，所以得魚也。莊子曰：得魚而忘筌。罩，籗也。編竹籠魚者也。詩云：南有嘉魚，烝然罩罩。魪，左右魪，一目，所謂比目魚也。云須兩魚並合乃能游，若單行，落魄著物，為人所得，故曰兩魪，丹陽、吳會有之。罺，抑魚之器也。鱟，形如惠文冠，青黑色，十二足，似蟹，足悉在腹下，長五六寸，雌常負雄行，漁者取之必得其雙，故曰乘鱟，南海、朱崖、合浦諸郡皆有之。罛，魚網也。詩云：施罛濊濊。虎魚，頭身似虎，或云變而成虎。鹿頭魚，有角似鹿。同罛共羅，言皆為網罟所制獲也。縶䶨僒束者，陷網罟之中，見僒束也。徽鯨，魚之有力者也。魚大者莫若鯨也，故曰徽鯨也。攙搶，星也[238]。淮南子曰：鯨魚死而彗星出。易井卦曰：九二，井谷射鮒。鄭玄云：九二，坎爻也，坎為水，上直魚。生一[239]，艮爻也，艮為山，山下有井。必因谷水所生魚無大魚，但多鮒魚耳。言微小也[240]。夫感動天地，此魚之至大，射鮒井谷，此魚之至小，故以相況。善曰：列子曰：詹何，楚人也，以獨繭絲為綸，芒針為

---

236 鱺鱨魦　案：「鱺」字誤也。劉、善皆無注。袁、茶陵二本下音「所買」。西京賦「鱺鰋鮋」薛注云「纚網如箕形，狹前廣後」；善曰「纚，所買切」。蓋此賦字本與彼同，故善不更注。「所買」即善音，二本割裂入正文下，尤刪削之。善音失舊，每如此也。又江賦云「筩灑連鋒」，善引舊說曰「筩、灑，皆釣名也。灑，所蟹切」。彼「灑」亦即「纚」也。或為網，或為釣，說之者有不同耳。可證「鱺」字各本所見皆傳寫誤。

237 注「筌捕魚器今之斗回也」　袁本、茶陵本無此九字。

238 注「攙搶星也」　袁本、茶陵本無此四字。

239 注「上直魚生一」　袁本、茶陵本「魚」作「巽」，「一」作「三」，是也。案：「生」當作「九」。各本皆誤。

240 注「言微小也」　袁本、茶陵本無此四字。

鈎，荊篠為竿，剖粒為餌，引盈車之魚，於百仞之淵。鮔鱒，鮪也。鮔，古贈切。鱛魦，已見西京賦。魪，音介。爾雅曰：鰝，大魚。鰕，音遐[241]。鱟，音候。鼉，已見西京賦。又曰：龓，兼有也[242]，力公切。鵩鳥賦曰：傫若囚。拘，求殞切。黴，音輝。說文曰：犗，騬牛也。犗，古邁切。騬，以陵切。

「結輕舟而競逐，迎潮水而振緡密巾。想萍實之復形，訪靈夔於鮫人。精衛銜石而遇繳，文鰩夜飛而觸綸。北山亡其翔翼，西海失其遊鱗。繳，弋綸也。緡、綸，皆釣繳也。詩曰：其釣惟何[243]，惟絲伊緡。善曰：家語曰[244]：楚昭王渡江，得物如斗，入王舟中，王怪之，使問孔子[245]。孔子曰：此為萍實，可剖而食之[246]，其甘如蜜。唯王者能獲此吉祥也。云先時童謠曰：楚王渡江，得萍實，大如斗，赤如日，剖而食之，甘如蜜。引此事，言今乘江流，想復遇斯事也。山海經曰：東海中有獸如牛，蒼身無角，一足，入水則風，其聲如雷，以其皮冒鼓，聞五百里，名曰夔。鮫人居水中，故訪之。北山經曰：飛鳩之山有鳥，狀如烏而文首，白喙，赤足，名精衛，其鳴自呼。赤帝之女，姓姜，遊於東海，溺而死，不反；常取西山木石，以填東海。西山經曰：秦器之山，濩水出焉，是多鰩魚，狀如鯉，魚身而鳥翼，蒼文而白首，赤喙，常行西海，而遊於東海，夜飛而行。言吳之綸繳得此鳥魚[247]，故西海、北山失其鱗翼也。戰國策曰[248]：夏水浮輕舟。楊雄蜀

---

241 注「鰝大魚鰕音遐」　案：「魚」字不當有，「鰕」屬上讀。袁本、茶陵本無「鰕音遐」三字，乃刪音而誤於衍字絕其句也。又上「魪」下「犗」兩音，二本無，亦刪。

242 注「又曰龓兼有也」　案：「又」當作「說文」二字，各本皆脫誤。

243 注「其釣惟何」　袁本、茶陵本「惟」作「伊」。案：此尤改，非是。

244 注「善曰家語曰」　袁本無此五字。案：無者最是，說見下。茶陵本亦無，但移此下「楚昭王云云」入後善注中，而依家語改其文，大誤。

245 注「使問孔子」　袁本無「使」字，是也。

246 注「可剖而食之」　袁本「可」作「令」，是也。

247 注「得此鳥魚」　袁本、茶陵本無「魚」字。案：此尤補也。下注「失其鱗翼也」，「失」上似各本脫「亡」字。

248 注「戰國策曰」　袁本「戰」上有「善曰萍實見家語」七字。案：有者最是。茶陵本亦有「善曰」，但改「萍實見家語」為

都賦曰：行舟競。雕題之士，鏤身之卒。比飾虯龍，蛟螭與對。簡其華質，則亄費錦繢會。料遼其虓勇，則鵰悍狼戾。善曰：水經云：雕題國在鬱林水南。漢書曰：昔少康之庶子，封於會稽，文身斷髮，以避蛟龍之害。蛟螭，龍子也[249]。亄費，錦文貌。於既切。詩曰：闞如虓虎。火交切。戰國策曰：趙王狼戾無親。戾，力計切。相與昧潛險，搜瓌奇。摸蝳蝐，捫觜蠵。剖巨蚌於迴淵，濯明月於漣漪。昧，冒也。巨蚌，育明珠者。列仙傳曰：高后時，會稽朱仲獻三寸四寸珠，此非回淵巨蚌不出之也[250]。風行水成文曰漣漪。詩曰：河水清且漣漪。明月珠，珠之至光者。清且漣漪者，水極麗也。濯光珠於麗水，蓋美之。善曰：回淵，水也[251]。觜，子規切。蠵，呼圭切，大龜也。言天下川澤魚鳥蟲獸瑰奇之物，隱翳之處，搜索使盡也。說文曰：昧，目不明也，門撥切。謂之潛隱之穴也[252]。

「畢天下之至異，訖無索而不臻。谿壑爲之一罄，川瀆爲之中去聲貧。哂澹臺之見謀，聊襲海而徇珍。載漢女於後舟，追晉賈而同塵。徇，求也。襲，入也[253]。干寶搜神記曰：澹檯子羽齎璧渡河，風波忽起，兩龍夾舟，子羽奮劍斬龍，波乃止。登岸投璧於河，河伯三歸之。子羽毀璧而去。漢女、賈大夫，已見西京賦。老子曰：和其光，同其塵。汩乘流以砰宕，翼颸風之颲颲。直衝濤而上瀨，常沛沛以悠

「家語楚昭王云云」，大誤，說在上。

249 注「蛟螭龍子也」 袁本、茶陵本無此五字。

250 注「不出之也」 袁本、茶陵本「之」下有「珠」字。

251 注「善曰淵水也」 案：當作「善曰說文曰淵回水也」。各本皆脫誤。魏都賦「回淵漼」善注可證也。

252 注「大龜也」下至「目不明也門撥切謂之潛隱之穴也」 袁本、茶陵本無此四十三字。案：此尤所添，最誤。劉注「昧冒也」，與目不明之「昧」迥不相涉，又於賦文義難通。「門撥切」一音，乃尤幷添，不在善音二本刪之例。

253 注「徇求也襲入也」 袁本、茶陵本無此六字。案：無者是也，但當有「善曰」二字，觀下注可見。袁、茶陵作「劉曰」，「劉」即「善」字之誤也。

悠。汔可休而凱歸，揖天吳與陽侯。

汩：疾也。砰宕，舟擊水貌。颾颾，風初貌[254]。颾，疾風。瀨，水大波。沛沛，行貌。悠悠，亦行貌。離騷曰：溘颾風兮上征。班固曰：颾，疾也。凱，樂也。左氏傳曰：振旅凱入於晉。山海經曰：朝陽之谷神為天吳，是水伯。揖之者，辭水靈而歸。善曰：詩曰：汔可小康。鄭玄曰：汔，幾也，虛乞切。陽侯，見南都賦。

指包山而爲期，集洞庭而淹留。數軍實乎桂林之苑，饗戎旅乎落星之樓。置酒若淮泗，積肴若山丘。飛輕軒而酌綠酃，方雙轡而賦珍羞。

班固曰：洞庭，澤名。王逸曰：太湖在秣陵東[255]，湖中有包山，山中有如石室，俗謂洞庭。吳有桂林苑、落星樓，樓在建鄴東北十里。左傳曰：以數軍實。外傳曰：射不過講軍實。鄭氏曰：軍所以討獲曰實[256]。善曰：周處風土記曰：陽羨太湖中有包山。左傳，晉穆子曰：有酒如淮，有肉如坻。史記云紂為肉山也。湘州記曰：湘州臨水縣有酃湖，取水為酒，名曰酃酒。車騎行酒肉，已見西京賦。

飲烽起，釂鼓震真。士遺倦，眾懷欣。幸乎館娃烏佳之宮，張女樂而娛羣臣。羅金石與絲竹，若鈞天之下陳。

吳俗謂好女為娃。楊雄方言曰：吳有館娃宮。善曰：飲烽、釂鼓、鈞天，並見西京賦。左傳曰：女樂二八。

登東歌，操南音。胤陽阿，詠韎莫介任。荊豔楚舞，吳愉越吟。翕習容裔，靡靡愔愔。

晏子春秋曰：桀作東歌。南音，徵引也，南國之音也。左氏傳曰：鍾儀在晉，使與之琴[257]，操南音。商、角、徵、羽各有引。鍾儀，楚人，思在楚，故操南音。呂氏春秋曰：禹行水，見塗山之女，未之遇而南省南土。塗山之女乃令其妾往候禹于塗山之陽。女乃作歌曰：候人猗。實始作為南音，周公、召公取風焉。胤，繼也。呂氏春秋曰：陽阿，古樂曲。周禮曰：韎，東樂名。任，南樂名[258]。豔，楚歌也。

---

254 注「風初貌」　案：「初」當作「利」。各本皆譌。

255 注「太湖在秣陵東湖中」　袁本、茶陵本「在秣陵東」四字作「也」字，「湖」下有「水」字。

256 注「軍所以討獲曰實」　袁本、茶陵本作「軍實所獲也」五字。

257 注「鍾儀在晉使與之琴」　袁本、茶陵本無此八字。

258 注「允繼也」下至「任南樂名」　袁本、茶陵本無此二十四字。

漢書，四面楚歌也。愉，吳歌也。楚辭曰：吳歈蔡謳[259]。翕習容裔，音樂之狀。靡靡愔愔，言樂容與閑麗也[260]。善曰：韎、任，已見東都賦。曹植妾薄相行曰：齊謳楚舞紛紛。登樓賦曰：莊舃顯而越吟。史記曰：紂作靡靡之樂。左傳曰：楚右尹子革曰，祈招之詩曰：祈招之愔愔。

「若此者，與夫唱和之隆響，動鍾鼓之鏗耾橫。有殷坻丁禮頹於前，曲度難勝。皆與謠俗汁協，律呂相應。其奏樂也，則木石潤色；其吐哀也，則淒風暴興。或超延露而駕辯，或踰綠水而采菱。軍馬弭髦而仰秣，淵魚竦鱗而上升。詩曰：唱予和女[261]。解嘲曰：聲若坻頹。坻頹，崩聲也。天水之大坂，名曰隴坻，因為隴坻之曲[262]。楚辭曰：伏羲駕辯。伏羲作琴，始造此曲。淮南子曰：瓠巴鼓琴[263]，鱏魚出聽，伯牙鼓琴，駟馬仰秣。善曰：戰國策，司馬喜曰：臣觀人萌謠俗。列子曰：鄭師文鼓琴，當春而叩商弦，以召南呂，涼風至，草木實。及秋叩角弦，以激夾鍾，溫風徐迴，草木發榮。銜子曰：皆與謠俗協。言雖遐方異樂，皆上合律呂，下應謠俗，故能奏和樂之音，則木石潤色也。淮南子曰：夫歌采菱，發陽阿，鄙人聽之，不若延露以和。高誘曰：延露，鄙曲也[264]。淮南子曰：互會綠水之趣。高誘曰：綠水，古詩也。趣，節也。鏗耾，大聲。汁，猶愜也[265]。酣湑思與半，八音并。歡情留，良辰征。魯陽揮戈而高麾[266]，迴曜靈於太清。將轉西日而再中，齊既往之精誠。

259 注「吳歈蔡謳」 袁本、茶陵本「歈」作「愉」，是也。

260 注「翕習容裔」下至「容與閑麗也」 袁本、茶陵本無此十九字。

261 注「詩曰唱予和女」 袁本、茶陵本無此六字。

262 注「坻頹崩聲也」下至「因為隴坻之曲」 袁本、茶陵本無此十九字。

263 注「瓠巴鼓琴」 袁本、茶陵本「瓠」作「瓠」，是也。

264 注「鄙曲也」 袁本、茶陵本無「鄙」字。

265 注「汁猶愜也」 茶陵本「愜」作「叶」，是也。袁本作「叶猶汁也」，誤。

266 魯陽揮戈而高麾 何校「揮」改「援」。案：以「揮」、「麾」文複言之，蓋是也。各本皆誤耳。

酣，酒洽也。湑，樂也。辰，時也。爾雅曰：不辰，不時也。楚辭曰：日吉兮辰良[267]。淮南子曰：魯陽公，楚將也[268]。與韓遘[269]，戰酣，日暮，援戈而麾之，日為之反三舍。太清，謂天也。此言酣飲與音樂，蓋是其中半幷會之際，歡情之所以留連，良辰之所以覺也[270]。故追述魯陽迴日之意，而將轉西日於中盛之時，以適己之盛觀也[271]。昔光武合呼沱水，鄒衍有隕霜之應，精誠之感通天地，人神以相應。魯陽公麾日，抑亦此之謂也。苟曰可麾而迴，則精誠可庶而幾，故曰齊精誠於既往。蓋是酣樂之至，逼時之晏者，所以慷慨髣髴，是故引而況焉。善曰：曜靈，已見蜀都賦。鶡冠子曰：上及太清，下及太寧也。

「昔者夏后氏朝羣臣於茲土，而執玉帛者以萬國。蓋亦先生之所高會，而四方之所軌則。春秋之際，要盟之主。闔閭信其威，夫差窮其武。內果伍員之謀，外騁孫子之奇。勝彊楚於柏舉，棲勁越於會稽。闕掘溝乎商魯，爭長於黃池。左傳曰：禹會諸侯於塗山，執玉帛而朝者[272]萬國。先王，謂舜等也。信，讀為申[273]。國語曰：吳王夫差起軍，與齊、晉爭衡，晉文踐土之盟，齊桓邵陵之會，奮其威強，未能過也。伍員，楚大夫，出仕於吳，吳王因其謀伐楚。孫武，吳人，善用兵，作書號孫子兵書[274]。北征闕池，為深溝於商、魯之間，北屬之濟，以會晉定公於黃池。吳、晉爭長，吳先歃，晉惡之[275]。善曰：左傳曰：楚師陳於柏舉，闔閭之弟夫

---

267 注「楚辭曰日吉兮辰良」　袁本、茶陵本無此八字。

268 注「楚將也」　袁本、茶陵本無此三字。

269 注「與韓遘」　何校「遘」下添「難」字，陳同，是也。各本皆脫。

270 注「良辰之所以覺也」　袁本、茶陵本「也」作「速」，是也。

271 注「以適己之盛觀也」　袁本、茶陵本「觀」作「歡」，是也。

272 注「執玉帛而朝者」　袁本、茶陵本無「而朝」二字。

273 注「先王謂舜等也信讀為申」　袁本、茶陵本無此十字。

274 注「與齊晉爭衡」下至「號孫子兵書」　袁本、茶陵本無此五十五字。案：無者最是。上文「起軍」，下文「北征」，四字為句，盡「晉亞之」，皆引吳語文。五十五字在其間，誤甚矣。可見凡增多者之決不當有也。

275 注「晉惡之」　袁本、茶陵本「惡」作「亞」，是也。

槩王先擊楚子常，楚師大敗。國語曰：越王勾踐棲於會稽之上。難蜀父老曰：南馳使以誚勁越。徒以江湖嶮陂，物產殷充。繞霤李救未足言其固，鄭白未足語其豐。士有陷堅之銳，俗有節概蓋之風。睚五賣眦助賣則挺劍，喑蔭嗚烏故則彎弓。漢書，王莽策命前將軍曰：繞霤之固，南當荊楚。鄭、白，二渠名。意者謂吳江湖之阻，洞庭之嶮，土地之沃，物產之豐，雖關中所謂繞霤之固，鄭、白之豐，未足以為言也。凡天下言豐者，皆多稱關中，故引焉。韓信曰：項羽喑嗚叱吒。善曰：太公陰符經曰：無堅不陷也。楊惲曰：西河魏土，凜然皆有節槩。睚眥，已見西京賦。家語，孔子曰：公良儒者，有勇力，挺劍而令眾也。孟子曰：越人彎弓而射我。擁之者龍騰，據之者虎視。麾城若振槁，搴旗若顧指。雖帶甲一朝，而元功遠致。雖累葉百疊，而富彊相繼。樂湑衍苦旱其方域，列仙集其土地。桂父練形而易色，赤須蟬蛻稅而附麗。賈誼傳曰：權制天下，顧指如意。叔孫通列傳曰：斬將搴旗之士。顧指，諭疾且易也。葉，猶世也[276]。列仙傳曰：桂父，象林人也，常服桂葉，以龜腦和之，顏色如童[277]，時黑時白時赤，南海人尊事之累世。赤須子，豐人也，豐中傳世見之，秦穆公之主魚吏也，數道豐界災異水旱，十不失一。食柏實石脂，絕穀，齒落更生，細髮復出，後去之吳山。言此人等仙，如蟬之脫殼[278]。爾雅曰：麗，附也。莊子曰：附離不以膠漆。赤須子本非吳人，故言附麗也。夫土地險固以致彊，豐沃以致盛，而天下之美皆歸焉，霸王之功皆存焉。故賦者既舉其富強之業，而載其神仙之事。善曰：長楊賦曰：麾城摲邑。商君曰：秦師至鄢、郢，舉若振槁。槁，葉落[279]。漢書曰：吳晉爭長，吳為帶甲三萬。史記曰：維祖元功，輔臣股肱。新序曰：齊侯相管仲，國既富強。楚辭曰：濟江海兮蟬蛻。淮南子曰：蟬飲而不食，

276 注「叔孫通列傳曰」下至「猶世也」袁本、茶陵本無此二十三字。
277 注「如童」袁本、茶陵本無此二字。
278 注「山言此人等仙如蟬之脫殼」袁本、茶陵本無此十一字。
279 注「槁葉落」袁本、茶陵本無此三字。

三十日而蛻。中夏比焉，畢世而罕見，丹青圖其珍瑋[280]，貴其寶利也。舜禹游焉，沒齒而忘歸，精靈留其山阿，翫其奇麗也。中夏貴其珍寶而不能見，徒以丹青畫其象類也。楚辭九歌曰：九疑繽兮並迎。謂舜神在九疑山也。言聖帝明王，存亡而淹留於是者，貴其奇麗也。書曰：舜南巡狩陟方死[281]。山海經曰：南方蒼梧之丘，有九疑山焉，舜之所葬。吳越春秋，禹老，嘆曰：吾年壽將盡，止死斯乎！乃命羣臣葬我於會稽之山。論語曰：管仲奪伯氏駢邑，沒齒無怨言也。剖判庶士，商搉角萬俗。國有鬱鞅而顯敞，邦有湫子小阨烏介而踡拳跼。伊茲都之函弘，傾神州而韞櫝。仰南斗以斟酌，兼二儀之優渥。湫，下也。阨，小也。函弘，寬大也。左氏傳，齊景公欲更晏子之宅，曰：子宅湫隘[282]，不可以居。禹所受地說書曰：崑崙東南方五千里，名曰神州，帝王居之[283]。楚辭曰：八柱何以東南傾。吳國在地勢所傾寫，故曰傾神州而韞櫝也。論語曰：韞櫝而藏諸。廣雅曰：商，度也。搉，粗略也。言商度其粗略。天官星占曰：南斗主爵祿，其宿六星。春秋說題辭曰：南斗為吳。詩曰：既優既渥。

「緜此而揆之，西蜀之於東吳，小大之相絕也，亦猶棘林螢燿，而與夫檮木龍燭也[284]。否泰之相背也，亦猶帝之懸解，而與桱桔疏屬也[285]。庸可共世而論巨細，同年而議豐确胡角乎？崔寔政論云：使賢不肖相去如日月之與螢火，雖頑嚚之人猶察。山海經曰：檮木長千里。又曰：鍾山之神，名曰燭龍，視為晝，瞑為夜。莊子曰：老子死，秦失弔之，三號而出。弟子曰：非子之交耶？曰：然。然弔若是可乎？曰：

---

280 畢世而罕見丹青圖其珍瑋　袁本、茶陵本無「而」字，其下有「象」字。案：此尤添刪之，觀下文偶句，蓋是也。詳劉注云「象類」者，解上文「比焉」之「比」，非正文有「象」，或誤認而衍之耳。

281 注「書曰舜南巡狩陟方死」　袁本、茶陵本無此九字，有「善曰」二字。案：二本最是。

282 注「子宅湫隘」　袁本、茶陵本「隘」作「阨」，茶陵脩改亦作「隘」。案：此蓋劉引，自作「阨」。

283 注「帝王居之」　袁本、茶陵本無此四字。

284 而與夫檮木龍燭也　袁本、茶陵本「檮」作「尋」，注同。案：此蓋亦尤改之耳。

285 而與桱桔疏屬也　袁本、茶陵本「與」下有「夫」字。案：此尤本脫耳。

始也，吾以其人也，而今非也。適為夫子時也[286]，適去夫子順也。安時而處順，憂樂不能入也。古者謂是帝之懸解。莊子曰：有繫謂之懸，無謂之解。郭璞曰：懸絕曰解[287]。山海經曰：二負殺猰貐，帝乃梏之疏屬之山，桎其右足，反縛兩手。漢宣帝時，擊磻石於上郡，陷得石室，其中有反縛械人，劉向曰：此二負之臣也。帝曰：何以知之？以山海經對。帝，天也，人生稟命於天，受拘俗之性，憂虞終身不解，此乃自終執縛，為天所繫。夫安時處順，憂樂不能入，此自然放肆為天所解也。天在上者，故曰帝之懸解，性之永放者也。桎梏疏屬，形之永拘者也，相背之甚，故以相況焉。凡物安於所守，思不易方，處窮塞而不識天下之通塗，亦如此也。善曰[288]：棘聚而成林。郭象玄莊子注曰：生曰懸，死曰解。過秦論曰：不可同年而語矣。确，薄也。**暨其幽遐獨邃，寥廓閑奧。耳目之所不該，足趾之所不蹈。倜儻之極異，詘**君屈**詭之殊事[289]，藏理於終古，而未寤於前覺也。若吾子之所傳，孟浪之遺言，略舉其梗概，而未得其要妙也。」**倜儻、詘詭，皆謂非常詭異之事。終古，猶永古也。周禮考工記曰：輪已崇，則人不能登也。輪已庳[290]，則終古登阤。離騷曰：吾焉能忍此終古。孟子曰：伊尹云：天之生斯人也，使先知覺後知，先覺覺後覺也。予，天民之先覺者也。孟浪，猶莫絡也，不委細之意[291]。莊子曰：夫子以為孟浪之言，我以為妙道之行。善曰：司馬彪莊子注曰：孟浪，鄙野之語。東京賦曰：粗謂賓言其梗槩[292]。梗槩，粗言也[293]。

---

286 注「適為夫子時也」 袁本、茶陵本「為」作「來」，是也。

287 注「莊子曰有繫」下至「懸絕曰解」 袁本、茶陵本無此十九字。

288 注「亦如此也善曰」 袁本、茶陵本「也」下有「确薄也」三字。善注末無此三字，是也。

289 詘詭之殊事 袁本、茶陵本「詘」作「崫」，注同。案：此蓋亦尤改之耳。

290 注「輪已崇則人不能登也輪已庳」 袁本「登也輪」三字作「升」字，二「已」皆作「以」。案：袁本是也。劉引自如此，茶陵本與此同，皆取考工記改之耳。

291 注「不委細之意」 袁本、茶陵本無此五字。

292 注「粗謂賓言其梗槩」 案：「謂」當作「為」。各本皆誤。陳云別本「為」。今未見。

293 注「梗槩粗言也」 袁本、茶陵本無此五字。

卷第六

京都下

魏都賦

魏曹操都鄴，相州是也。太沖賦三都，以吳、蜀遞相頓折，以魏都依制度[1]。

左太沖[2]

魏國先生有睟其容，乃盱衡而誥曰：「异乎交益之士，孟子曰：君子所性，仁義禮智根於心，其生色睟然見於面，不言而喻。趙岐曰：睟，潤澤貌也。眉上曰衡。盱，舉眉大視也。异，異也。尚書堯典，四岳曰：异哉！善曰：漢書曰：武帝置交州；又改梁曰益，有益州。又曰：公盱衡厲色，振揚武怒。音義曰：眉上曰衡，謂舉眉揚目也。字林曰：盱，張目也。爾雅曰：誥，告也。蓋音有楚夏者，土風之乖也；善曰：孫卿子曰：人居楚而楚，居夏而夏，非天性也，積靡使然也。史記曰：淮北沛、陳、汝南、南郡，此西楚也。潁川、南陽，夏人之居，故至今謂之夏人。情有險易者，習俗之殊也。論語曰：性相近，習相遠也。善曰：周易曰：辭有險易。春秋說題辭曰：中國之性，習俗常操。雖

---

1 魏都賦注「魏曹操都鄴」下至「以魏都依制度」　袁本、茶陵本無此一節注，是也。案：此二本亦尚未竄入，其並非五臣注更明。

2 左太沖　茶陵本此下有「劉淵林注」四字，袁本無。案：各本皆非也，當有「張載注」三字。何云前注「張載為注魏都」，陳云賦末「善曰張以愯先隴反云云」，則知卷首本題張孟陽注，與前合，後來誤作劉淵林耳。所說是也。袁、茶陵賦中每節注首「劉曰」，皆非，蓋合併六家時已誤其題矣。

則生常，固非自得之謂也。傳曰：習實生常。善曰：孟子曰：使自得之。趙岐曰：使自得其本善性也。昔市南宜僚弄丸，而兩家之難解。聊爲吾子復翫德音，以釋二客競于辯囿者也。莊子曰：市南宜僚弄丸，而兩家之難解。又曰：公孫龍，辯者之徒，飾人之心，易人之意，能勝人之口，不能服人之心，辯者之囿也。善曰：毛詩曰：德音孔昭。

「夫泰極剖判，造化權輿。善曰：周易曰：易有太極，是生兩儀。史記曰：鄒衍稱引天地剖判以來。淮南子曰：大丈夫無為，與造化逍遙。爾雅曰：權輿[3]，始也。劇秦美新序曰[4]：權輿天地未祛也。班固漢書述曰：彰其剖判[5]。體兼晝夜，理包清濁。善曰：列子曰：昏明之分察，故一晝一夜。又曰：夫有形者生於無形，清輕者上為天，濁重者下為地。流而爲江海，結而爲山嶽。善曰：班固終南山賦曰：流澤遂而成水，停積結而為山。列宿分其野，荒裔帶其隅。巖岡潭淵，限蠻隔夷，峻危之竅也。潭，淵也。屈平卜居曰：橫江潭而漁。善曰：漢書曰：秦地於天官東井、輿鬼之分野。楊雄交州箴曰[6]：交州荒裔，水與天際。方言曰：竅，空也。蠻陬子侯夷落，譯導而通，鳥獸之氓也。陬、落，蠻夷之居處名也。一名聚居為陬。善曰：廣雅曰：落，居也。杜篤通邊論曰：親錄譯導，緩步四來[7]。論衡曰：四夷入諸夏，因譯而通。說文曰：譯，傳四夷之語者。漢書，賈捐之上書曰：駱越之人，與禽獸無異。毛萇詩傳曰：氓，民也。正位居體者，以中夏爲喉，不以邊垂爲襟也[8]。易曰：正位居體，美在其中，而暢於四

3 注「爾雅曰權輿」　袁本、茶陵本無「爾雅曰」三字。
4 注「劇秦美新序曰」　案：「序」字不當有。各本皆衍。
5 注「班固漢書述曰彰其剖判」　袁本、茶陵本無此十字。
6 注「楊雄交州箴曰」　袁本、茶陵本無「交」字。案：漢書曰「作州箴」，餘所引有「某州箴者」，疑皆後人所添而此為是也。
7 注「杜篤通邊論曰親錄譯導緩步四來」　袁本、茶陵本無「通錄四來」四字。案：尤校添之也。
8 以中夏為喉不以邊垂為襟也　袁本、茶陵本「喉」下有「舌」字，「襟」下有「帶」字。案：詳注皆不當有，一本非。又

支。善曰：喉、衿，以身及衣為喻也。戰國策，頓子曰：韓，天下之喉咽也；魏，天下之胸腹也。李尤函谷關銘曰：衿帶咽喉。聲類曰：衿，衣交領也。長世字甿者，以道德爲藩，不以襲險爲屏也。善曰：左氏傳，北宮文子曰：有其國家，令問長世。周書，成王曰：朕不知字民之道，敬問伯父。說文曰：甿，田民也。東方朔集曰：文帝以道德為籬，以仁義為藩。毛萇詩傳曰：藩，屏也。楊雄城門校尉箴曰：磐石唐芒，襲險重固。毛萇詩傳曰：屏，蔽也。而子大夫之賢者，尚弗曾庶翼等威，附麗皇極。思稟正朔，樂率貢職。善曰：言不曾與眾庶翼戴上者，等其威儀，而附著於大中之道也[9]。國語，越王勾踐曰：苟聞子大夫之言。賈逵曰：親而近之，故曰子大夫。尚書曰：庶明厲翼。孔安國曰：眾庶皆明其教而自勉厲，翼戴上命。左氏傳曰：士會曰：貴有常尊，賤有等威。莊子曰：附麗不以膠漆。王弼周易注曰：麗，著也。尚書曰：皇極，皇建其有極。孔安國曰：皇，大；極，中也。謂大中之道也。又曰：稟，受也。論語比考讖曰：正朔所加，莫不歸義。又撰考讖曰：穿胸儋耳，莫不貢職[10]。漢書曰：單于非正朔所加。東觀漢記曰：百蠻貢職[11]。而徒務於詭隨匪人[12]，宴安於絕域。榮其文身，驕其險棘。善曰：詭隨匪人，言詭善隨惡[13]，同於匪人，又自宴安於其絕域也。毛詩曰：無縱詭隨，以謹無良。毛萇曰：詭隨，詭人之善，隨民之惡[14]。毛詩曰：獨為匪民。左氏傳，管仲曰：宴安酖毒，不可懷也。李陵書曰：出徵絕域。漢書曰：少康之庶子，封於會稽，文身斷髮。蔡雍樊陵碑曰：進路孔夷，人情險棘。毛萇詩傳曰：棘，急

「襟」依注字善作「衿」，蓋五臣「襟」而各本亂之。

9 注「而附著於大中之道也」　袁本、茶陵本「而」作「又不」，無「於」字。

10 注「莫不貢職」　袁本、茶陵本「貢職」作「來貢」。案：尤校改之也。

11 注「漢書曰單于」下至「百蠻貢職」　袁本、茶陵本無此十九字。

12 而徒務於詭隨匪人　茶陵本「人」作「民」，云五臣作「人」。袁本作「人」，無校語。案：「民」字是也。尤以五臣亂善，又並注「同於匪民」亦改「人」，皆非。

13 注「詭隨匪人言詭善隨惡」　袁本、茶陵本「詭隨匪人言」五字作「徒務於」三字。

14 注「詭隨詭人之善隨民之惡」　袁本、茶陵本無上「詭隨」二字，「惡」下有「者也」二字。

也。**繆默語之常倫，牽膠言而踰侈。飾華離以矜然，假倔**渠屈**強**巨兩**而攘臂。非醇粹之方壯，謀踳**舛**駮於王義。孰愈尋靡蓱於中逵，造沐猴於棘刺。**李剋書曰：言語辯聰之說，而不度於義者，謂之膠言。周官曰：形方氏掌制邦國之地域，而正其封彊，無華離之地。班固云：不變曰醇，不雜曰粹。莊子曰：惠施多方，其書五車，其道踳駮。言惡也[15]。楚辭天問曰：靡蓱九逵，枲華安居。韓子曰：燕王好微巧，衛人曰：臣能以棘刺之端為母猴。王悅之，養以五乘之奉。王曰：吾請觀客為棘刺之母猴。衛人曰：臣為棘刺之母猴也，人主欲觀之，必半歲不入宮，不飲酒食肉，雨霽日出，視之晏陰之間，而棘刺之母猴乃可見。燕王因養衛人，而不能觀母猴。鄭人有臺下之冶者，謂王曰：臣為削者，諸微巧必以削削之，所削必大於削。今棘刺之端不容削，王試觀客之削，則能與不能可知也。王曰：客為棘刺之母猴，何以理之？曰：以削。王曰：吾欲觀客之削也。客曰：臣請取之。因逃。冶人謂王曰：上之無度量，言談之士，多棘刺之說也。善曰：周易曰：君子或默或語。廣雅曰：膠，欺也。鄭玄禮記注曰：矜，謂自尊大也。毛萇詩傳曰：然，是也。漢書，伍被曰：倔彊江、淮間。孟子曰：馮婦善搏虎，攘臂下車，眾皆悅之。楚辭曰：王色頩以開顏，精純粹而始壯。華，口哇反。司馬彪莊子注曰：踳，讀曰舛。舛，乖也。駮，色雜不同也。頩，普丁反。王逸楚辭注曰：寧有蓱草蔓衍於九逵之道？靡，蔓也。**劍閣雖嶛，憑之者蹶，非所以深根固蔕也。**善曰：劍閣，蜀境也。酈元水經注曰：小劍戍去大劍[16]，飛閣通衢，故謂之劍閣。廣雅曰：嶛嵲，高也，力彫反。又曰：蹶，敗也。善曰[17]：老子曰：有國之母，可以長久。是謂深根固蔕，長生久視之道。聲類曰：蔕，果鼻也。**洞庭雖濬，負之者北，非所以愛人治國也。**善曰：洞庭，吳境也。史記，吳起曰：三苗氏，左洞庭而右彭蠡，恃此險也，禹滅之。毛萇詩傳曰：濬，深也。鄭玄周禮注曰：負，性恃也。漢書音義，服虔曰：師敗曰北，南北之

---

15 注「言惡也」　袁本、茶陵本無此三字。

16 注「小劍戍去大劍」　袁本、茶陵本無「戍」字。案：此尤校添「戍」字而譌耳。

17 注「蹶敗也善曰」　袁本、茶陵本無「善曰」二字。案：有者非也。

北。老子曰：愛人治國，能無知乎？彼桑榆之末光，踰長庚之初輝。善曰：東觀漢記，光武曰：失之東隅，收之桑榆。毛詩曰：東有啓明，西有長庚。況河冀之爽塏苦改，與江介之湫子小湄。善曰：左氏傳，齊景公欲更晏子之宅，曰：子之宅，湫隘囂塵，請更諸爽塏。楚辭曰：長江介之遺風。薛君韓詩章句曰：介，界也。毛萇詩傳曰：水草交曰湄。

故將語子以神州之略，赤縣之畿。魏都之卓犖呂角，六合之樞機。鄒衍以為儒者所謂中國者，於天下八十一分居一耳。中國名赤縣神州，赤縣神州內自有九州[18]，禹之所敘九州也，是以不得為州數。中國外，若赤縣神州者九，所謂九州者也。范雎說秦王曰：魏、韓，中國處而天下之樞也。善曰：河圖括地象曰：崑崙，謂東南[19]地方五千里，名曰神州，帝王居之。小雅曰：略，界也。周禮曰：方千里曰王畿。西都賦曰：卓躒諸夏。卓犖與卓躒音義同。呂氏春秋曰：神通乎六合。

「于時運距陽九，漢網絕維。姦回內贔備，兵纏紫微。翼翼京室，眈耽眈帝宇，巢焚原燎，變為煨燼，故荊棘旅庭也。殷殷寰內，繩繩八區，鋒鏑縱橫，化為戰場，故麋鹿寓城也。不飲酒而怒曰贔。詩曰：內贔於中國。漢室之亂，起於閹官，故曰內贔也。紫微宮在南城下，于時兵所圍繞[20]。光熹元年四月，靈帝崩。八月，大將軍何進入省見太后，黃門張讓、郭進等斬進。進部曲將兵突入尚書閣，閣閉。虎賁中郎將袁術等攻閣。日暮，術等起火燒閣。初平元年十二月，董卓遷都長安，其夜燒洛陽南北宮。易曰：鳥焚其巢。尚書曰：若火之燎于原。春秋穀梁傳曰：寰內諸侯，非天子之命，不得出會。尹更始曰：天子以千里為寰。伍被謂淮南王曰：昔伍子胥諫吳王，吳王不用，乃曰：臣今見麋鹿遊姑蘇臺也。臣今見宮中荊棘[21]露沾衣也。善曰：春秋保乾圖曰：五運七變，各以類驚。宋衷曰：五運，五行用事之運也。孔安國尚書傳曰：距，至也。漢書，陽九厄曰：初入，百六，陽九。音義曰：易傳所謂陽九之厄。漢書曰：漢

---

18 注「名赤縣神州赤縣神州內自有九州」 袁本、茶陵本無下「赤縣神州」四字。

19 注「崑崙謂東南」 袁本無「謂」字，是也。茶陵本亦衍。

20 注「于時兵所圍繞」 袁本、茶陵本「繞」作「也」，是也。

21 注「臣今見宮中荊棘」 袁本、茶陵本「荊」上有「生」字。

興，禁網疎闊。管子曰：國有四維，四維不張則滅。王逸楚辭注曰：維，紘也。尚書曰：崇信姦回。毛詩曰：商邑翼翼。漢書，客謂陳涉曰：夥，涉之為王沈沈者。應劭曰：沈沈，宮室深邃之貌[22]。沈，長含切[23]，與眈音義同。謝承後漢書曰：陽球為司隸校尉，虎視帝宇。廣雅曰：煨，燼也，烏瓌反。廣雅曰：煨，煙也[24]。杜預左氏傳注曰：燼，火之餘木也，似進反。毛萇詩傳曰：殷，眾也。毛詩曰：子孫繩繩兮。長楊賦曰：洋溢八區。言廣大也。說文曰：鋒，兵端也。又曰：矢，鋒也[25]。戰國策曰：綴甲厲兵，效勝於戰場。**伊洛榛曠，崤函荒蕪。**善曰：服虔漢書注曰：榛，木叢生也。賈逵國語注曰：蕪，穢也。**臨菑牢落，鄢郢丘墟。**善曰：漢書，齊郡有臨菑縣。牢落，猶遼落也。洞簫賦曰：翩連綿以牢落[26]。東觀漢記曰：第五倫自度仕宦牢落。漢書，南郡有故鄢縣。呂氏春秋，燭過曰：子胥諫而不聽，故吳為丘墟。**而是有魏開國之日，締構之初。萬邑譬焉，亦獨犨**昌由**麋之與子都**[27]**。培塿之與方壺也。**善曰：周易曰：開國承家。廣雅曰：締，結也。犨麋，古之醜人也。呂氏春秋曰：陳有惡人焉，曰敦洽犨麋，椎顙廣頞，色如漆赭[28]，陳侯悅之。毛詩曰：不見子都。子都，美丈夫也[29]。左氏傳曰：太叔曰：培塿無松栢。培，步苟反。塿，路苟反。方壺，二山名，已見上文[30]。

---

22 注「宮室深邃之貌」　袁本、茶陵本無「宮」字。

23 注「沈長含切」　袁本、茶陵本「切」作「反」。案：「反」字是也。凡善本云「反」，合併以後改為「切」，其僅存者皆不當改也。

24 注「廣雅曰煨燼也烏瓌反廣雅曰煨煙也」　案：此有誤也。考廣雅並無「煨，燼也」。又其下不當又云「廣雅曰」。各本皆同，無以訂之。唯釋詁云「煨，熅也」，下「煙」必「熅」之誤。

25 注「又曰矢鋒也」　陳云「矢」上脫「鏑」字，是也。各本皆脫。

26 注「牢落」下至「翩連綿以牢落」　袁本、茶陵本無此十六字。

27 亦獨犨麋之與子都　袁本、茶陵本「獨」作「猶」。案：「猶」字是也。尤誤。

28 注「色如漆赭」　袁本、茶陵本無「赭」字。

29 注「子都美丈夫也」　袁本、茶陵本無此六字。

30 注「二山名已見上文」　袁本、茶陵本無「已見上文」四字。案：「二」當作「三」。各本皆誤。

「且魏地者，畢昴之所應，虞夏之餘人。先王之桑梓，列聖之遺塵。考之四隈，則八埏延之中；測之寒暑，則霜露所均[31]。卜偃前識而賞其隆，吳札聽歌而美其風。雖則衰世，而盛德形於管絃；雖踰千祀，而懷舊蘊於遐年。詩譜云：魏地，畢昴之分野，虞舜及禹所都之地，在禹貢冀州，雷首之北，析城之西，周以封同姓。其後晉獻公滅魏，以封大夫畢萬。在晉之南河曲，故其詩云：彼汾一曲，寘之河之干。隈，猶隅也。鄒衍曰：四隈不靜。司馬相如封禪文曰：下泝八埏。國語曰：卜偃云：魏，大名也，以是始賞，天啓之矣。左傳曰：吳公子札來聘，使工為之歌魏，曰：美哉，大而婉，儉而易，行以德輔，此則為明主也[32]。善曰：毛詩曰：惟桑與梓，必恭敬止。王逸楚辭注曰：考，校也。周禮曰：以土圭測日影，以求地中，日南多暑，日北多寒。禮記曰：日月所照，霜露所墜。左氏傳，史趙曰：盛德必百世祀。吳越春秋，樂師曰：君王之德，可記之於管絃。毛詩序曰：懷其舊俗。方言曰：蘊，積也。爾其疆域，則旁極齊秦，結湊冀道。開胸殷衛，跨躡燕趙。山林幽岟烏朗切，川澤迴繚。恒碣碪碍於青霄，河汾浩涆而皓溔。南瞻淇澳於六，則綠竹純茂；北臨漳滏父，則冬夏異沼。神鉦迢遞於高巒，靈響時驚於四表。溫泉毖秘涌而自浪，華清蕩邪而難老。善曰：史記[33]，蘇秦說魏襄王曰[34]：南有鴻溝，東有淮潁，西有長城，北有河外。地理志曰：魏，觜觿、參之分野也，自高陵以東，河東、河內，南有陳[35]及汝南之郚陵、隱強、新汲、西華、長平，潁川舞陽、郾、許、鄢樊陵[36]，河南之開

31 則霜露所均　茶陵本「均」作「鈞」，云五臣作「均」。袁本作「均」，無校語。案：袁用五臣也。尤蓋以五臣亂善。

32 注「則為明主也」　袁本無「為」字，是也。茶陵本無上「左傳」至此，脫。

33 注「善曰史記」　袁本、茶陵本作「劉曰當魏襄王時」。案：二本最是。「當魏襄王時」者，上數所賦以前也，尤改誤。又二本每節首有「劉曰」，於此例當去，改為「善曰」，更誤。

34 注「蘇秦說魏襄王曰」　袁本、茶陵本無「襄」字。

35 注「南有陳」　何校「陳」下添「留」字，是也。各本皆脫。

36 注「潁川舞陽郾許鄢樊陵」　袁本、茶陵本無「樊」字。案：無者是也。「川」下當依漢志補「之」字，各本皆脫。潁川，郡

封、中牟、陽武、酸棗、卷，皆魏分也。魏武皇帝初封魏公，南得河內、魏郡，北得趙國、中山、常山、鉅鹿、安平、甘陵，東得平原，西得東平，凡十郡，以此為魏之本國，蓋冀州之地。恒山，北岳也。碣石，山名也。詩云：瞻彼淇澳，綠竹猗猗。漢書溝洫志曰：下淇園之竹。漳、滏，二水名，經鄴西北。滏水熱，故曰滏口。水有寒有溫，故曰冬夏異沼也。冀州圖，鄴西北鼓山，山上有石鼓之形，俗言時自鳴。劉邵趙都賦曰：神鉦發聲。俗云：石鼓鳴，則天下有兵革之事。詩云：毖彼泉水。溫水，在廣平都易縣[37]，俗以治疾洗百病。華清，井華水也。善曰：王逸楚辭注曰：湊，聚也。冀、道，亦二國名也。爾雅曰：兩河間曰冀州。左氏傳曰：江、黃、道、柏，方睦於齊。杜預曰：道國在汝南。胸，猶前也。南都賦曰：涓水蕩其胸[38]。漢書地理志曰：河內本殷舊都，周分為邶、鄘、衛。碪碍，高貌。碪，五感反。鄭玄周禮注曰：汾水出汾陽縣。浩，古老切。汧，古旦反。上林賦曰：滈溔潢漾。廣雅曰；浩溔，大也。皓，故老反。溔，餘眇反。山海經曰：少山，清漳水出焉。郭璞曰：至武安南入濁漳。山海經曰：神囷山，滏水出焉。郭璞曰：經鄴西北入漳。說文曰：泌，水駃流也。泌與毖同，音秘。魚豢典略曰：浪井者，弗鑿而成。毛詩曰：永錫難老。

墨井鹽池，玄滋素液。厥田惟中，厥壤惟白。原隰畇畇，墳衍斥斥。或嵬壘力罪**而複陸，或黋**苦光**朗而拓落。乾坤交泰而絪緼，嘉祥徽顯而豫作。是以兆朕振古，萌柢疇昔。藏氣讖緯，閟象竹帛。迥時世而淵默，應期運而光赫。暨聖武之龍飛，肇受命而光宅。**

鄴西高陵西伯陽城西有石墨井，井深八丈。河東猗氏南有鹽池，東西六十四里，南北七十里。尚書禹貢，冀州厥土惟白壤，厥田惟中中。閟，閉也。詩云：閟宮有洫[39]。善曰：周禮曰：辨其墳衍原隰之名。鄭玄曰：水厓曰墳，下平曰衍。毛詩

也。舞陽以下，皆縣也。潁川郡屬縣有郾陵，尤添「樊」字於其間，甚誤。

---

37 注「溫水在廣平都易縣」何校「都」改「郡」，「易」下添「陽」字，是也。各本皆誤。晉書地理志之廣平郡易陽縣也。陳云別本「都」作「郡」，今未見。

38 注「涓水蕩其胸」 案：「涓」當作「淯」。各本皆譌。

39 注「閟宮有洫」 袁本「洫」作「侐」。茶陵本亦作「洫」。案：「侐」是也。

曰：昀昀原隰。以純反。斥斥，廣大之貌也。蒼頡篇曰：斥，大也。嵬壘，不平之貌。嵬，烏罪切。爣朗，光明之貌。拓落，廣大之貌[40]。周易曰：天地交泰。又曰：天地絪緼。西京賦曰：備致嘉祥。文帝答曹植詔曰：所獻詩二篇，徽顯成章。兆，猶機事之先見者也。淮南子曰：欲與物接而未成朕兆者也。許慎曰：朕，兆也，直軫反。毛詩曰：振古如茲。毛萇曰：振，自也。廣雅曰：萌，始也。爾雅曰：柢，本也，丁計反。禮記曰：余疇昔之夜夢。鄭玄曰：疇，發語聲也。說文曰：讖，驗也。河、洛所出書曰讖。毛萇詩傳曰：閟，閉也。墨子曰：以其所書於竹帛，傳於後代子孫。春秋說題辭曰：尚書者，所以推期運、明命授之際。魏志曰：太祖武皇帝，姓曹諱操，為丞相，封魏王。文帝受禪，追尊曰武皇帝。東京賦曰：世祖乃龍飛白水。毛詩序曰：文王受命作周也。鄭玄曰：受天命而王天下也。東京賦曰：漢初弗之宅。

「爰初自臻，言占其良。謀龜謀筮，亦既允臧。修其郛郭，繕其城隍。經始之制，牢籠百王。畫雍豫之居，寫八都之宇。鑒茅茨於陶唐，察卑宮於夏禹。古公草創，而高門有閌苦浪；宣王中興，而築室百堵。兼聖哲之軌，并文質之狀。商豐約而折中，准當年而爲量。思重爻，摹大壯。覽荀卿，采蕭相。僝拱木於林衡，授全模於梓匠[41]。謀龜謀筮[42]，猶周公之卜都洛邑也。毛詩云：爰契我龜，又曰：卜云其吉，終然允臧。重爻，易爻也。大壯，易卦名也。易曰：上古穴居而野處，後世聖人易之以宮室，上棟下宇，以禦風雨。蓋取諸大壯，謂壯觀也。荀卿曰：宮室臺榭，以避

40 注「蒼頡篇斥」下至「廣大之貌」　袁本、茶陵本無此二十九字。

41 授全模於梓匠　袁本校語云善作「令模」。茶陵本作「全模」，校語但云五臣作「謨」。案：尤所見與茶陵同，注無明文，未審善果何作。

42 注「謀龜謀筮」　袁本、茶陵本作「尚書曰謀及卜筮」。案：蓋各本皆非也。載注但當有「謀及卜筮」四字。下文善注首「尚書曰謀及卜筮」七字，茶陵本無，非也；袁有，是也。如下節載注「陂，傾也」，善注鄭玄禮記注曰「陂，傾也」，可以例此。

燥濕[43]。養德，別輕重也，非為夸泰，將以明人之大通仁順也。春秋左傳曰：山林之木，衡鹿守之。治木器曰梓。尚書有梓材之篇也。善曰：尚書曰：謀及卜筮。淮南子曰：太一者，牢籠天地。雍，西京也。豫，東京也。西京賦曰：取殊裁於八都。墨子曰：堯、舜茅茨不翦。論語，子曰：禹卑宮室。毛詩美古公亶父曰：高門有閌。又美宣王曰：築室百堵。說文曰：僝，具也，饌勉反。又曰：僝，取也，子軟切[44]。孟子曰：梓匠輪輿，能與人規矩，不能使人巧。趙岐曰：梓匠，木工也。遐邇悅豫而子來，工徒擬議而騁巧。闡鉤繩之筌緒，承二分之正要。揆日晷，考星耀。建社稷，作清廟。築曾宮以迴匝，比岡隒魚檢而無陂。造文昌之廣殿，極棟宇之弘規。𡾊若崇山崫起以崔嵬，髣徒感若玄雲舒蜺以高垂。二分，春秋之中者也。詩，定之方中[45]，作為楚宮。揆之以日，作為楚室。定，營室星。營室中可以興土功也。陂，傾也。易曰：無平不陂。文昌，正殿名也。蜺，龍形而五色。善曰：難蜀父老曰：遐邇一體。豫或為務。西都賦序曰：眾庶悅豫。毛詩曰：庶人子來。周易曰：擬之而後言，議之而後動，擬議以成其變化。甘泉賦曰：王爾投其鉤繩。杜預左傳注：銓，次也，與筌同。周禮曰：匠人建國，晝參謀日中之景，夜考之極星，以正朝夕。鄭玄曰：極星，北辰也。周禮曰：左宗廟，右社稷。說文曰：隒，崖也。鄭玄禮記注曰：陂，傾也。周易曰：上棟下宇，以避風雨。𡾊，高貌也。景福殿賦曰：若仰崇山而戴垂雲。髣，垂貌也。淮南子曰：玄雲素朝。瓌材巨世，㙐楚洽𡑞除立參差。枌音汾橑音老複結，欒櫨疊施。丹梁虹申以並亘，朱桷森布而支離。綺井列疏以懸蔕，華蓮重葩而倒披。齊龍首而涌霤，時梗概於滮被尤池。爾雅曰：桷謂之榱。善曰：西都賦曰：因瓌材而究奇，

---

43 注「以避燥濕」袁本、茶陵本「燥濕」作「溫涼」。案：此尤以今荀子校改之，孟陽引不必同，改者未是。

44 注「又曰僝取也子軟切」袁本、茶陵本無此八字。

45 注「詩定之方中」袁本、茶陵本「詩」下有「云」字，是也。

抗應龍之虹梁[46]。廣雅曰：曲枅謂之欒。說文曰：欂櫨，柱枅也。然欒、櫨一也，有曲直之殊耳。西京賦[47]，蔕倒茄於藻井，披紅葩之狎獵。又曰：疏龍首以抗殿[48]。齊龍首而涌霤，謂畫為龍首於椽[49]，承檐四隅，而以寫霤也。說文曰：霤，屋水流也。東京賦曰：其梗概如此。毛詩曰：滮池北流也。旅楹閑列，暉鑒抰烏浪振[50]。榱題黮䨴，階陏嶙峋[51]。長庭砥平，鍾簴夾陳。風無纖埃，雨無微津。詩云：旅楹有閑。抰，中央也。振，屋宇穩也。文昌殿前有鍾簴，其銘曰：惟魏四年，歲在丙申，龍次大火，五月丙寅，作蕤賓鍾，又作無射鍾。建安二十一年七月，始設鍾簴於文昌殿前，所以朝會四方也。善曰：鄭玄毛詩箋曰：旅楹，眾也。薛君韓詩章句曰：閑，大也，謂閑然大也。暉鑒，言楹柱光輝遠照。抰，振也。廣雅曰：鑒，照也。聲類曰：黮，深黑色也[52]，直感反。䨴，亦黑也，徒對反。應劭上林賦注曰：楯，闌橫也。西京賦曰：抵鍔嶙峋[53]。埤蒼曰：嶙峋，山崖之貌也。毛詩曰：風雨攸除。墨子曰：聖王作為宮室，邊足以禦風寒，上足以待露。巖巖北闕，南端逌遵。竦峭雙碣，方駕比輪。西闢延秋，東啓長春。用覲羣後，觀享頤賓。文昌殿前值端門。端門之前，南當南止車門，又有東西止車門。端門之外，東有長春門，西有延秋門。文昌殿所以朝會賓客，享四方。善曰：德陽殿賦曰[54]：朱闕巖巖。凡南方正門，皆謂之端。春秋說題辭曰：血書魯端門。西京賦曰：圓闕竦以造天，若雙闕之相

---

46 注「西都賦曰因壞材而究奇抗應龍之虹梁」　袁本、茶陵本無此十六字。

47 注「西京賦」　袁本、茶陵本「西」上有「西都賓曰抗應龍之虹梁」十字。

48 注「又曰疏龍首以抗殿」　袁本、茶陵本無此八字。案：彼賦「龍首」與此夐然不涉，尤增多，誤甚。

49 注「謂畫為龍首於椽」　袁本、茶陵本無「畫於椽」三字。

50 暉鑒抰振　案：「抰振」當作「柍桭」，注同。各本皆譌。柍桭見甘泉賦，太沖用其語，彼不誤，可證也。

51 階陏嶙峋　案：「陏」當作「楯」，善引應劭上林賦「宛虹杝於楯軒」句注可證。袁、茶陵二本所載五臣翰注云「階陏，階道上處」。蓋五臣改為「陏」，而各本亂之。茶陵本並善注中字亦改為「陏」，大誤。

52 注「深黑色也」　袁本、茶陵本無「深」字、「黑」字。

53 注「抵鍔嶙峋」　茶陵本「抵」作「柢」，袁本與此同。案：各本皆非也，當作「坻」。

54 注「德陽殿賦曰」　何校「德」上添「李尤」二字，是也。各本皆脫。

望[55]。毛萇詩傳曰：覯，見也。尚書曰：肆覲羣後。周易曰：觀頤，觀其所養也。頤養，亦享也，故曰觀享頤賓。許兩切。

「左則中朝有艴，聽政作寢。匪樸匪斲，去泰去甚。木無彫鎪所留，土無綈題錦。玄化所甄，國風所稟。中朝，內朝也。漢氏大司馬、侍中、散騎諸吏為中朝，丞相六百石以下為外朝也。文昌殿東有聽政殿，內朝所在也[56]。墨子曰：堯之為君，采椽不斲。晏子春秋曰：明堂之制，下之濕潤不能及也，上之寒暑不能入也。土事不文，木事不鏤，示民知節也。老子曰：去甚去泰。爾雅曰：鏤，鎪也。善曰：毛萇詩傳曰：艴，赤貌也。尚書曰：既勤樸斲。孔安國曰：樸，治；斲，削也。西京賦曰：木衣綈錦。說文曰：綈，厚繒也。蔡雍陳留太守頌曰[57]：玄化洽矣，黔首用寧。漢書音義，如淳曰[58]：陶人作瓦器，謂之甄。吉然反。毛詩序曰：一國之事，繫一人之本，謂之風。於前則宣明顯陽，順德崇禮。重闈洞出，鏘鏘濟濟。珍樹猗猗，奇卉萋萋。蕙風如熏[59]，甘露如醴。聽政殿聽政殿門[60]，聽政門前升賢門[61]，升賢門左崇禮門，崇禮門右順德門[62]，三門並南嚮。升賢門前宣明門，宣明門前顯陽門，顯

55 注「西京賦曰」下至「若雙闕之相望」 袁本、茶陵本無此十六字。

56 注「內朝所在也」 袁本、茶陵本「所在」作「存」。案：此尤改也。

57 注「蔡雍陳留太守頌曰」 袁本、茶陵本「蔡」上有「玄化自此陶甄而成國風於是有稟承也」十六字。案：有者是也。尤誤脫去。

58 注「漢書音義如淳曰」 袁本、茶陵本作「如淳漢書注曰」。案：此亦尤改也。

59 蕙風如熏 何引潘校「蕙」改「惠」。案：所校是也，善注可證。袁、茶陵二本所載五臣銑注云「蕙，香草」，是五臣改為「蕙」而各本亂之。

60 注「聽政殿聽政殿門」 袁本、茶陵本此七字作「聽政殿前」四字。案：各本皆非也。當作「聽政殿前聽政闥」七字為一句。

61 注「聽政門前升賢門」 案：上「門」字當作「闥」，下節注云「升賢門內聽政闥外」，與此相承接，各本皆譌。

62 注「崇禮門右順德門」 案：「崇禮門」三字不當有，乃誤複上文。各本皆衍。

陽門前有司馬門[63]。闈，守門也。周官，閽人守王門[64]。爾雅曰：宮中之門謂之闈。洞，達也。南北外內、東西左右掖門，皆洞達相通。善曰：禮記曰：大夫濟濟，庶士鏘鏘。毛萇詩傳曰：猗猗、萋萋，茂盛貌也。音此禮切，叶韻。東京賦曰：惠風橫被[65]。邊讓帝臺賦曰[66]：惠風如春施。家語，舜曰：南風之熏兮。王肅曰：熏，風至之貌也。論衡曰：甘露味如飴蜜，王者太平則降。鄭玄周禮注曰：醴，今甜酒。禁臺省中，連闥對廊。直事所繇，典刑所藏。藹藹列侍，金蜩齊光。詰朝陪幄，納言有章。亞以柱後，執法內侍。符節謁者，典璽儲吏。膳夫有官，藥劑有司。肴醳亦順時，腠理則治。升賢門內聽政闥，向外[67]東入有納言闥、尚書臺。宣明門內升賢門，升賢門外[68]東入有內醫署。顯陽門內宣明門外，東入最南有謁者臺閤，次中央符節臺閤，最北禦史臺閤，三臺並別西向。符節臺東有丞相諸曹。善曰：魏武集，荀欣等曰：漢制，王所居曰禁中，諸公所居曰[69]省中。淮南子曰：連闥通房，人所安也。直事，若今之當直也。蔡邕獨斷曰：直事尚書一人，典刑。周禮六典八刑也。建安十八年，始置侍中、中尚書[70]、御史、符節、謁者。金蜩，金蟬。蔡邕獨斷曰：侍中、常侍皆冠惠文，加貂附蟬。左氏傳曰：詰朝將見。杜預曰：詰朝，平旦也。周禮曰：幕人掌幄帟[71]。鄭玄曰；

63 注「顯陽門前有司馬門」　袁本、茶陵本無「顯陽」二字。

64 注「閽守門也」下至「守王門」　袁本、茶陵本無此十一字。

65 注「音此禮切」下至「惠風橫被」　袁本、茶陵本無此十四字。

66 注「邊讓帝臺賦曰」　何校「帝」改「章華」二字，陳同，是也。各本皆誤。

67 注「聽政闥向外」　袁本、茶陵本無「向」字。案：無者最是，四字為一句。

68 注「宣明門內升賢門升賢門外」　案：「升賢門」三字不當重。「宣明門內」四字為一句，與上之「升賢門內」、下之「顯陽門內」句例同也。「升賢門外」四字為一句，與上之「聽政闥外」、下之「宣明門外」句例同也。又袁本上「升賢門」下有「而」字，茶陵本有「內」字。何校云然此四字疑衍，陳同，是矣。

69 注「禁中諸公所居曰」　袁本、茶陵本無此七字。

70 注「始置侍中中尚書」　袁本、茶陵本無下「中」字。

71 注「幕人掌幄帟」　袁本、茶陵本作「帟人掌幄」。案：當作「幕人掌幄」，此無取「帟」也。尤改未是。

王所居之帳也。尚書舜典曰：龍，命汝作納言。應劭漢書注曰：納言，如今尚書官，王之喉舌也。毛詩曰：出言有章。漢書音義曰：柱後，以鐵為柱，今法冠是。如淳曰：御史冠也。符節掌璽，故云典璽。漢有尚符璽。謁者受事，故曰儲吏。漢書，謁者掌讚受事。周禮：膳夫，上士。又曰：醫師掌毒藥，共醫事。鄭玄周禮注曰：劑，和也。又禮記注曰：舊醳之酒，謂昔酒也。呂氏春秋：伊尹曰：用新去陳，腠理遂通。高誘曰：腠理，肌脈也。於後則椒鶴文石，永巷壼術。楸梓木蘭，次舍甲乙。西南其戶，成之匪日。丹青煥炳[72]，特有温室。儀形宇宙，歷像賢聖。圖以百瑞，綷以藻詠。芒芒終古，此焉則鏡。有虞作繪，茲亦等競。近世王者後宮，以椒房為通稱。聽政殿后有鳴鶴堂、楸梓坊、木蘭坊、文石室，後宮所止也。壼，宮中巷也。術，道也。鳴鶴堂之前，次聽政殿之後，東西二坊之中央有溫室，中有畫像讚。尚書，咎繇薦，舜曰[73]：予欲觀古人之象，日月星辰，山龍華蟲，作繪粉米。永巷，掖庭之別名。善曰：列女傳曰：姜后待罪永巷。周禮曰：正宮掌宮中次舍[74]。甲乙謂次舍之名，以甲乙紀之也[75]。毛詩曰：築室百堵，西南其戶。又曰：不日成之。藻詠，文藻頌詠也[76]。綷，子對切。芒芒，遠貌也。楚辭曰：長無絕兮終古。廣雅曰：鑒謂之鏡，照也。鄭玄論語注曰：繪，畫也。

「右則疎圃曲池，下畹高堂。蘭渚莓莓，石瀨湯湯。弱蔓係實，輕葉振芳。奔龜躍魚，有睩呂梁。馳道周屈於果下，延閣胤宇以經營。飛陛方輦而徑西，三臺列峙以崢嶸。亢陽臺於陰基[77]，擬華山之削成。上累棟而重霤，下冰室而沍冥。文昌殿西有銅爵

72 丹青煥炳　袁本、茶陵本「煥炳」作「炳煥」。案：此疑善、五臣之異，今無以考之也。

73 注「咎繇薦舜曰」　何云「薦」疑作「謩」。陳云當作「謩」，是也。各本皆誤。

74 注「周禮曰正宮掌宮中次舍」　袁本、茶陵本無此十字。

75 注「謂次舍之名以甲乙紀之也」　袁本、茶陵本「名」作「處」，「紀」作「緣」。案：此亦尤改也。

76 注「文藻頌詠也」　袁本、茶陵本「頌」上有「而」字。

77 亢陽臺於陰基　袁本、茶陵本「臺」下校語云善作「高」。案：此以五臣亂善，非。

園，園中有魚池堂皇[78]。班固曰：畹，三十畝也。離騷曰：既滋蘭之九畹[79]。石瀨，湍也。水激石間，則怒成湍。蓤，木之細枝者也。楊雄方言曰：青、齊、兗、豫之間謂之蓤，故傳曰：慈母怒子，折蓤而笞之，其惠存焉。子紅切。係，古計切。莊子曰[80]：呂梁懸水三十仞，流沫三十里，黿鼉魚鼈之所不能遊也[81]。漢殿舊有樂浪所獻果下馬，高三尺，以駕輦車。銅爵園西有三臺，中央有銅爵臺，南則金虎臺，北則冰井臺，有屋一百一間[82]。金虎臺有屋一百九間。冰井臺有屋[83]百四十五間[84]，上有冰室。三臺與法殿[85]皆閣道相通，直行為徑，周行[86]為營。建安十五年作銅雀臺。山海經曰：太華之山，削成四方。沍，堅也。春秋左氏傳曰：固陰沍寒。善曰：楚辭曰：坐堂伏檻臨曲池。曹植責躬詩曰：夕宿蘭渚。左氏傳曰：原田莓莓。杜預曰：若原田之草莓莓然。莓，莫來反。楚辭曰：石瀨兮淺淺。說文曰：睩，察也，千例反。漢書曰：太子不敢絕馳道。應劭曰：天子道也，若今之中道。延，相連延也。淮南子曰：延樓棧道。魯靈光殿賦注：飛陛，揭孽；方輦，言廣也。甘泉賦曰：似紫宮之崢嶸[87]。魯靈光殿賦曰[88]：榭而高大

---

78 注「文昌殿西有銅爵園園中有魚池堂皇」 袁本、茶陵本無上「有」字，不重「園」字。

79 注「既滋蘭之九畹」 袁本、茶陵本無「既」字、「之」字。

80 注「莊子曰」 袁本、茶陵本「子」作「周」。案：二本最是，此稱莊周，舊注例也；若稱莊子，善注例也。餘舊注誤者准此，不更出。

81 注「流沫三十裡黿鼉魚之所不能遊也」 袁本、茶陵本「三」作「四」，無「魚鼈」二字。

82 注「有屋一百一間」 袁本、茶陵本「有」上有「銅雀臺」三字，是也。

83 注「一百九間冰井臺有屋」 此九字袁本、茶陵本無。案：尤校添者，是也，蓋依水經濁漳水注。凡二本之誤，多不具論。唯此等經尤延之而改正，讀者所當知，故詳出之。

84 注「百四十五間」 袁本、茶陵本「四」作「三」。案：水經注作「四」，尤依校改。

85 注「上有冰室三臺與法殿」 袁本、茶陵本「上」上有「冰室臺」三字，「室三臺」作「三室」。案：尤校改者，是也。水經注云：「上有冰室」。詳賦云「下冰室而沍冥」，「上」字必皆「下」字之譌。

86 注「為徑周行」 此四字袁本、茶陵本無。案：二本脫也。

87 注「魯靈光殿賦曰」下至「似紫宮之崢嶸」 袁本、茶陵本無此二十五字。

88 注「魯靈光殿賦曰」 袁本、茶陵本「賦」下有「注」字。

謂之陽，基在小故曰陰基。周軒中天，丹墀臨猋。增構峩峩，清塵彯彯。雲雀踶甍而矯首，壯翼摛鏤於青霄。雷雨窈冥而未半，皦日籠光於綺寮。習步頓以升降，禦春服而逍遙。八極可圍於寸眸，萬物可齊於一朝。丹墀，以丹與蔣離合用塗地也。爾雅曰：扶搖謂之猋。猋，上也，風從下升也。班固西都賦說鳳闕曰：上觚棱而棲金雀。凡鳥之棲也，羽翼戢弭，以今揆古，言棲非所覩之形也。張衡西京賦曰：鳳騫翥於甍標，感悤風而欲翔。此鳳之有定有住，尚向風而無一方[89]，則不宜言悤風也。但鳥踦則形定翼住，飛則斂足絕據，踶則舉羽翮用勢，若將飛而尚住，故言雲雀踶甍而矯首也。踶，音提。王吉傳曰：進退步趨以實下。言人不行則膝脛以下虛弱不實也。眸，眸子也[90]。王褒甘泉賦曰：十分未升其一，增惶懼而目眩；若播岸而臨坑，登木末以闚泉。楊雄甘泉賦說臺曰[91]：鬼魅不能自逮，半長途而下顛。班固西都賦說臺曰：攀井幹而未半，目眩轉而意迷。舍靈檻而卻倚，若顛墮而復稽。張衡西京賦說臺曰：將乍往而未半，怵悼慄而竦兢，非都盧之輕蹻，孰能超而究升？此四賢所以說臺榭之體，皆危峴悚懼，雖輕捷與鬼神，由莫得而自逮也。非夫王公大人，聊以雍容升高，彌望得意之謂也[92]。異乎老子曰若春升臺之為樂焉[93]，故引習步頓以實下，稱八方之究遠，適可以圍於徑寸之眸子，言其理曠而當情也。莊子有齊物之論。善曰：軒，長廊之有牕也。列子曰：周穆王築臺，號中天臺。漢典職儀曰：以丹漆地，故稱丹墀。西都賦曰：正殿崔嵬曾構。七發曰：蒙清塵。毛萇詩傳曰：壯，健也。摛鏤，摛布其彫鏤也。說文曰：窈窕，深遠也。冥，幽昧也。毛詩曰：有如皦日。西京賦曰：交綺豁以疏寮。論語：曾點曰：春服既成。毛詩曰：於焉逍遙。

89 注「此鳳之有定有住尚向風而無一方」 案：此當作「此鳳之住有定向」七字為一句，「而風無一方」五字為一句。各本皆誤，絕不可通，今訂正之。

90 注「眸眸子也」 袁本、茶陵本無此四字。

91 注「班固西都賦說臺曰」 袁本、茶陵本無「說臺曰」三字。

92 注「彌望得意之謂也」 袁本、茶陵本「得意之謂」作「意之得」。

93 注「若春升臺之為樂焉」 袁本、茶陵本無「春」字。

淮南子曰：八紘之外，乃有八極。趙岐孟子章句曰：眸，目童子也。長塗牟首，豪徼古弔互經。晷漏肅唱，明宵有程。附以蘭錡魚九，宿以禁兵。司衛閑邪，鉤陳罔驚。牟者，閣道有說者也。霍光傳，說昌邑王輦道牟首，鼓吹歌舞。豪，徼道也。晷漏，漏刻也[94]。善曰：說文曰：晷，景[95]，故曰晷漏。漢書，房中歌曰：肅倡和聲。字書，倡，亦唱字也，充向反。程，猶限也。程，與呈通。西京賦曰：武庫禁兵，設在蘭錡。建安二十二年，初置衛尉。漢書曰：漢尉掌宮門衛屯兵。周易曰：閑邪存其誠。樂汁圖曰[96]：鉤陳，後宮也。服虔甘泉注曰[97]：紫宮外營鉤陳星。於是崇墉濬洫，嬰堞帶涘。四門⿰車獻⿰車獻魚竭，隆廈重起[98]。憑太清以混成，越埃壒烏害而資始。藐藐標危，亭亭峻趾。臨焦原而不怳，誰勁捷而無⿰犭恩？與岡岑而永固，非有期乎世祀。陽靈停曜於其表，陰祇濛霧於其裏。墉，城也。濬，深也。洫，城溝也。張衡西京賦曰：經城洫。堞，城上女牆也。賈誼曰：翟伐衛，寇俠城堞[99]。涘，厓也。毛詩云：夏屋渠渠[100]。又曰：既成藐藐。尸子曰：莒國有石焦原者，廣尋長五十步[101]，臨百仞之

---

94 注「晷漏漏刻也」 袁本、茶陵本下「漏」作「之」。又「也」下有「西上東門北漏有刻屋也」十字。案：有者是也。尤誤脫去。「上東」當作「止車」，前注「南當南止車門」，又有「東西止車門」。袁、茶陵「止車」皆作「上東」。考水經注說「長明溝南徑止車門下」，然則「上東」非也，此亦當同彼矣。「屋」當作「室」。

95 注「晷景」 案：「景」下當有「也」字。各本皆脫。

96 注「樂汁圖曰」 案：「圖」下當有「徵」字。各本皆脫。

97 注「服虔甘泉注曰」 何校「泉」下添「賦」字，陳同，是也。各本皆脫。

98 隆廈重起 案：「廈」當作「夏」。載注引詩「夏屋」，善必與之同。蓋五臣「廈」而各本亂之。下文「廈屋一揆」，亦如此。

99 注「寇俠城堞」 袁本、茶陵本無「堞」字。案：此尤校添也。

100 注「毛詩云夏屋渠渠」 袁本、茶陵本無「毛」字。案：無者最是。此稱詩，舊注例也；若稱毛詩，善注例也。其有不合者，非。餘各本皆誤者準此，不更出。凡劉淵林、張孟陽諸人之注，皆未必是毛詩，覯下「腜腜坰野」句注，即可知矣。

101 注「廣尋長五十步」 袁本、茶陵本無「長」字。案：此尤校添也。

谿，莒國莫敢近也。有勇以見莒子者，獨却行齊踵焉，所以服莒國也。善曰：薛綜西京賦注曰：巘巘，高貌也。鶡冠子曰：上及太清，下及太寧。老子曰：有物混成，先天地生。西都賦曰：軼埃壒之混濁。周易曰：萬物資始。王逸楚辭注曰：藐藐，遠也。說文曰：標，末也。鄭玄禮記注曰：危，棟上也。西京賦曰：狀亭亭以苕苕。說文曰：址，基也。論語曰：慎而無禮則葸。愢與葸同，思子反。陽靈，天神也。甘泉賦曰：齊乎陽靈之宮。周禮曰：掌地祇之禮也。苑以玄武，陪以幽林。繚了垣開囿，觀宇相臨。碩果灌叢，圍木竦尋。篁篠懷風，蒲陶結陰[102]。回淵漼，積水深。蒹葭贙[103]，藋胡官蒻弱森。丹藕凌波而的皪，綠芰泛濤而浸七心潭以心。羽翮頡頏，鱗介浮沈。栖者擇木，雊者擇音。若咆步交渤澥與姑餘[104]，常鳴鶴而在陰。表清籞，勒虞箴。思國卹，忘從禽。樵蘇往而無忌，即鹿縱而匪禁。玄武苑在鄴城西，苑中有魚梁釣臺竹園，蒲陶諸果。詩曰：集於灌木。春秋左氏傳曰：鳥則擇木。又曰：鹿死不擇音。皆自得之謂也。雊者，舉雉兔之類，不傷其時，況其巨者乎！楊雄曰：勃澥之鳥。淮南子曰：軼鶤雞於姑餘。易曰：鳴鶴在陰，其子和之。張衡東京賦曰：江池清籞[105]。虞箴，虞人之箴也，事見春秋。其辭曰：芒芒禹跡，畫為九州，經啓九道。人有寢廟，獸有茂草，各有攸處，德用不擾。在帝夷羿，冒于原獸，忘其國恤，思其麀牡。武不可重，是用不恢于夏家。獸臣司原，敢告僕夫。周易曰：即鹿無虞，往從禽也。孟子，齊宣王問曰：文王之囿方七十里，有諸？孟子對曰：於傳有之。曰：若是其大乎？答曰：民猶以為小也。曰：寡人之囿方四十里，民猶以為大，何也？答曰：文王之囿方七十里，芻蕘者往焉，雉兔者往焉，與民同之。民以為小，不亦宜乎？臣始至於境，問國之大禁，然後敢入。臣聞

102 蒲陶結陰　茶陵本「蒲」下校語云善作「蒱」。袁本無校語。案：此尤改未必是也。袁本載注，字亦作「蒱」。然則所見與茶陵同，失著校語耳。尤並注改作「蒲」，非。

103 蒹葭贙　袁本、茶陵本「贙」作「贙」，注同，是也。「贙」俗字耳，廣韻所謂倒一虎者，非是矣。

104 若咆渤澥與姑餘　案：「渤」當作「勃」，載注引楊雄曰「勃澥之鳥」，善必與之同。蓋五臣「渤」而各本亂之。

105 注「江池清籞」　袁本、茶陵本「江」作「淵」。案：尤依東京賦改「淵」作「洪」，而又誤其字耳。

郊關之內有囿方四十里[106]，殺其麋鹿者[107]如殺人之罪。則是四十里為阱於國中[108]。民以為大，不亦宜乎？言樵蘇往而無忌，即鹿縱而匪禁者，蓋同乎周文之德，異乎齊宣之意。善曰：西都賦曰：幽林穹谷。西京賦曰：繚垣緜連。周易曰：碩果不食。莊子曰：見巨木其絜百圍。孫子曰：水深則回。說文曰：淵，回水也。毛詩曰：有漼者泉。文子曰：積水成海。說文曰：贙，分別也，胡犬反。本草曰：藕，一名水芝。爾雅曰：荷，芙蕖，其根藕。此文云淩波而的皪，即藕為偏名，非唯根矣。的皪，光明也。上林賦曰：的皪江靡。鄭玄周禮注曰：陵，芰也。說文曰：白濤，大波也[109]。浸潭，漸漬也，隨波之貌[110]。洞簫賦曰：玉液浸潭而承其根。毛萇詩傳曰：飛而上曰頡，飛而下曰頏[111]。周禮曰：川澤宜鱗物，墳衍宜介物。鄭玄曰：鱗，魚龍之屬。介，龜之屬，水居陸生者也。漢書音義，晉灼曰：樵，取薪也；蘇，取草也。膴膴坰野，奕奕菑畝。甘荼伊蠢，芒種斯阜。西門溉其前，史起灌其後。墱流十二，同源異口。畜為屯雲，泄為行雨。水澍粳古衡稌徒五，陸蒔稷黍。黝黝桑柘，油油麻紵。均田畫疇，蕃廬錯列。薑芋充茂，桃李蔭翳音咽，叶韻。家安其所，而服美自悅。邑屋相望武方，而隔踰奕世。膴膴，美也。詩云：周原膴膴，堇荼如飴。爾雅曰：田一歲曰菑。詩云：薄言采芑，于此菑畝。周官曰：澤草所生，種之芒種。鄭司農曰：芒種，稻麥也。今鄴下有十二墱天井優[112]，在城西南，分為十二墱[113]。丁鄧切。微子麥秀之歌曰：黍苗油油。漢制，列侯、公主田無過三十頃者，其餘各以

106 注「方四十里」　袁本、茶陵本「里」下有「耳」字。案：此尤依今孟子改也，下同。

107 注「殺其麋鹿者」　袁本無「鹿」字，茶陵本有。

108 注「為阱於國中」　袁本、茶陵本無「於」字。

109 注「鄭玄周禮注」下至「大波也」　袁本、茶陵本無此十七字。

110 注「隨波之貌」　袁本、茶陵本無此四字。

111 注「飛而下曰頏」　袁本、茶陵本無此五字。案：此二本脫，而尤添之，是也。

112 注「今鄴下有十二墱天井優」　案：「優」當作「堰」，水經濁漳水注有「天井堰」，可證也。各本皆誤。

113 注「分為十二墱」　袁本、茶陵本「墱」下有「者也」二字。

官次。哀帝時，董賢賜田猥多，王嘉上疏：均田之制，從此隳壞。疇者，界也。埒，畔際也[114]。詩云：中田有廬。孟子曰：五畝之宅，樹之以桑。故曰蓄廬錯列。老子曰：甘其食，美其服，樂其俗，安其居。鄰里相望，雞犬之聲相聞，人至老死不相與往來。善曰：韓詩曰：周原膴膴。莫來反。毛詩曰：奕奕粱山，維禹甸之。賈逵國語曰[115]：皐，長也。河渠書[116]曰：西門豹引漳水溉鄴，以富魏之河內。漢書曰[117]：史起為鄴令，遂引漳水溉鄴，人歌之曰：鄴有賢令兮為史公，決漳水兮灌鄴旁。終古潟鹵兮[118]生稻粱。水陸，謂高下之田也。二渠之利，下則澍生粳稌，高則植立稷黍也。說文曰：澍，時雨，所以澍生萬物者也。之樹反。方言曰：蒔，更也[119]。郭璞曰：謂更種也[120]。時吏切。爾雅曰：黑謂之黝。郭璞曰：黝，黑貌也。聲類曰：油油，麻肥也。莊子曰：治邑屋，曷嘗不法聖人哉！謝承後漢書曰：王翁位二千石，奕世相襲。

「內則街衝輻輳，朱闕結隅。石杠飛梁，出控漳渠。疏通溝以濱路，羅青槐以蔭塗。比滄浪平而可濯，方步櫩以占而有踰。習習冠蓋，莘莘所巾蒸徒。斑白不提，行旅讓衢。設官分職，營處署居。夾之以府寺，班之以里閭。鄴城內諸街[121]，有赤闕黑[122]闕正當東西南北城門，最是其通街也。石竇橋在宮東，其水流入南北里。爾雅曰：石杠謂之倚。郭璞曰：石橋，音江[123]。疏，通也。魏武帝時堰漳

---

114 注「界也埒畔際也」 案：上「也」字不當有。各本皆衍。「界埒畔際也」五字為一句。

115 注「賈逵國語曰」 案：「語」下當有「注」字。各本皆脫。陳云別本有。

116 注「河渠書」 袁本、茶陵本作「史記曰」。案：此尤改也。

117 注「漢書曰」 袁本、茶陵本作「又曰」。案：此尤改也。

118 注「終古潟鹵兮」 袁本、茶陵本「潟」作「寫」。案：「寫」乃「舄」字之訛，尤改未為是也。

119 注「蒔更也」 袁本、茶陵本「更」作「植立」二字，是也。

120 注「郭璞曰謂更種也」 袁本、茶陵本無此七字。

121 注「鄴城內諸街」 袁本、茶陵本「鄴」上有「言」字，「街」作「衢」。案：此亦尤改也。

122 注「有赤闕黑」 案：「黑」當作「里」。各本皆誤。「有赤闕里」四字為一句。

123 注「謂之倚郭璞曰石橋音江」 袁本、茶陵本作「謂石橋也」四字。案：以四字為一句，二本最是。載注不得引郭景純爾雅，

水，在鄴西十里，名曰漳渠堰。東入鄴城，經宮中東出，南北二溝夾道，東行出城，所經石竇者也。楚辭曰：滄浪之水清，可以濯吾纓。善曰：杜預左氏傳注曰：衢，交道也，齒容反。文子曰：羣臣輻湊。李尤德陽殿賦曰：朱闕巖巖。晉灼漢書注曰：飛梁，浮道之橋。小雅曰：控，引也。步櫩，長廊也。楚辭曰：曲屋步櫩宜擾畜。上林賦曰：步櫩周流，長途中宿。蔡雍胡憶碑曰：祁祁我君，習習冠蓋。毛萇詩傳曰：莘莘，眾多也。禮記曰：斑白者不提挈。鄭玄曰：雜色曰斑。家語曰：虞、芮二國爭田，入文王境，行者讓路。周禮曰：設官分職，以為民極。小雅曰：班，次也。其府寺則位副三事，官踰六卿。奉常之號，大理之名。廈屋一揆，華屏齊榮。肅肅階闢，重門再扃。師尹爰止。毗代作楨。當司馬門南出，道西最北東向相國府，第二南行御史大夫府，第三少府卿寺。道東最北奉常寺，次南大農寺。出東掖門正東，道南西頭太僕卿寺，次中尉寺。出東掖門，宮東北行北城下，東入大理寺。宮內大社西郎中令府。城南有五營。魏武帝為魏王時，太常號奉常，廷尉號大理。建安十八年，始置侍中、尚書、御史、符節、謁者、郎中令、太僕[124]、大理、大農、少府、中尉。二十一年，大理鍾繇為相國，始置太常宗正。二十二年，以軍師華歆為御史大夫。初置衛尉時，武帝為魏王，置相國、御史大夫，故云位副三事。置卿近九，故曰官踰六卿。善曰：毛詩曰：三事大夫，莫肯夙夜。夏屋，已見上注。鄭玄禮記注曰：畫，華也。爾雅曰：屏謂之樹。鄭玄禮記注曰：榮，屋翼也。爾雅曰：兩階間曰闢，許亮反。周易曰：重門擊柝。說文曰：扃，門之關也。毛詩曰：赫赫師尹。毛萇曰：太師，周之三公也。尹氏為太師。毛詩曰：天子是毗。又曰：王國克生，維周之楨。毛萇曰：楨，幹也。其閭閻則長壽吉陽，永平思忠。亦有戚里，寘宮之東。閈出長者，巷苞諸公。都護之堂，殿居綺窗。輿騎朝猥，蹀𨡉其中。長壽、吉陽、永平、思忠，四里名也。長壽、吉陽二里在

尤增多，甚誤。

124 注「侍中尚書御史符節謁者郎中令太僕」 袁本、茶陵本無此十五字。案：此亦尤添也。「侍中」至「謁者」在前「符節謁者」劉注中，此無取其事，蓋皆未是也。

宮東，中當石竇。吉陽南入[125]，長壽北入，皆貴里。都護者，將軍曹淵也。漢書萬石君傳曰：徙其家長安戚里，以姊為美人故。善曰：古詩云：交疏結綺窗。廣雅曰：猥，眾也，烏罪反。聲類曰：蹀，躡也，徒協反。說文曰：啟，隔也，丘知反。營客館以周坊，飭賓侶之所集。瑋豐樓之閈閎，起建安而首立。葺牆冪室，房廡雜襲。剞居綺劂罔掇，匠斲積習。廣成之傳無以疇，槀街之邸不能及。鄴城南有都亭，城東亦有都道，北有大邸[126]，起樓門臨道，建安中所立也。古者重客館，故舉年號也。春秋左傳曰：高其閈閎，繕完葺牆，以待賓客。圬人以時冪館宮室。子產曰：僑聞文公之為盟主也，宮室卑埤，以崇大諸侯之館，館如公寢。爾雅曰：閎，巷門也。一曰：閎，門中所從出入也。葺，覆也。圬人，塗人也。冪，墁也。館宮室，諸侯傳也。史記，藺相如奉璧西入秦，秦舍相如廣城傳[127]。善曰：說文曰：廡，堂下周屋也。許慎淮南子注曰：剞劂，曲刀也。劂，九月反。鄭玄論語注曰：輟，止。掇，古字通[128]。張晏漢書注曰：疇，等也。漢書曰：郅支首懸槀街蠻夷邸間。晉灼曰：黃圖，在長安城內也。廓三市而開廛，籍平逵而九達。班列肆以兼羅，設闤闠以襟帶。濟有無之常偏，距日中而畢會。抗旗亭之嶢薛五結，侈所覞之博大[129]。周禮，大市，日昃而市；朝市，朝時而市；夕市，日夕而市。此三市之謂也。達，已見上章[130]。傳曰：達市在達之上。

---

125 注「長壽吉陽二里在宮東中當石竇吉陽南入」 此十七字袁本、茶陵本無。案：此蓋二本脫。

126 注「鄴城南有都亭城東亦有都道北有大邸」 袁本、茶陵本「南」作「東」。案：各本皆有誤。此節賦「邸」，注必說「邸」可知。然則當作「鄴城東有都亭邸」為一句。「東城下有都道」為一句，「道北有大邸」為一句。尤改「東」為「南」，欲以通之，而彌不可讀，今訂正。此賦前注有「北城下」，後注有「西城下」，可證此之「東城下」也。

127 注「秦舍相如廣城傳」 茶陵本「城」作「成」，是也。袁本亦誤「城」。

128 注「輟止掇古字通」 案：「止」下當有「也輟與」三字。各本皆脫。

129 侈所覞之博大 袁本、茶陵本「覞」作「眺」，注同。案：此疑太沖自用「眺」字，故善以爾雅「眺」解之，「眺」即「覞」耳。善引書之例有如此者，尤延之因爾雅作「覞」改，未必是也。

130 注「達已見上章」 案：「達」當作「逵」，下同。各本皆譌。

易曰：日中為市，致天下之人，聚天下之貨，交易而退，各得其所。善曰：有無，謂貨物之多少也。二者常偏，此能濟之也。孟子曰：古之為市也，以其所有，易其所無。西京賦注曰：旗亭，市樓也。嶤嶭，高峻之貌。爾雅曰：覘，視也，他吊反。百隧轂擊，連軫萬貫，憑軾捶馬，袖幕紛半。壹八方而混同，極風采之異觀。質劑子遺平而交易，刀布貿而無筭。軾，車橫覆膝，人所憑也。周官曰：聽賣買以質劑[131]。又曰：以質劑結信而止訟。鄭玄曰：質劑，謂兩書一札而別之也，若今下手書，保物要還矣。質，大賈也。劑，小賈也。刀布，錢刀之謂。荀卿書曰：省刀布之斂。善曰：西京賦曰：俯察百隧。史記，蘇秦曰：臨菑之塗，車轂擊，人肩摩，連衽成帷，舉袂成幕。左傳曰：楚子玉謂晉侯曰：君憑軾而觀之。說文曰：捶，擊也。河圖龍文曰：八方歸德。淮南子曰：采俗者，所以一羣生之短脩，明九夷之風采。高誘曰：風，俗。采，事也。財以工化[132]，賄以商通。難得之貨，此則弗容。器周用而長務，物背窳而就攻。不鬻邪而豫賈古，著馴風之醇醲。周官曰：百工飭貨八材，商賈阜通貨賄。漢書貨殖傳曰：桓、文之後，禮義大壞，上下相冒，於是商通難得之貨，工作無用之器。攻者，堅也。詩曰：我車既攻。通物曰商，居賣曰賈。禮記王制曰：器用不中度，不鬻於市；布帛精麤不中數，幅廣狹不中量，不鬻於市；姦色亂正色，不鬻於市；禽獸魚鼈不中殺，不鬻於市。此皆不鬻邪之義。史記曰：子產治鄭，不鬻賈[133]。周官曰：平肆展成。鄭玄曰：展，整也。成，平也。市者[134]使定物賈，防誑豫也。善曰：廣雅曰：財，貨也。財與材古字通。爾雅曰：賄，財也。廣雅曰：長，常也。言常習之。史記曰：舜居河濱，器不苦窳[135]。晉

131 注「聽賣買以質劑又曰」　袁本、茶陵本無此八字。
132 財以工化　案：「財」當作「材」。茶陵本校語云五臣作「材」，袁本作「材」，詳載注。善注並作「材」，但傳寫誤作「財」也。
133 注「史記曰子產治鄭不鬻賈」　袁本、茶陵本無此十字。
134 注「成平也市者」　袁本、茶陵本無「也」字。
135 注「舜居河濱器不苦窳」　袁本、茶陵本無「舜居」二字。

灼曰：窳，病也，餘乳反。淮南子曰：黃帝治天下，市不豫賈。周易曰：馴致其道。仲長子昌言曰：淑清穆和之風既宣[136]，醇醲之化既浹。孔安國尚書傳曰：醇，粹也。說文曰：醲，厚酒也，女龍切。優偓[137]，然以酒之醲以喻政厚也。**白藏**平**之藏**去**，富有無隄。同賑大內，控引世資，賨幏積墆，琛幣充牣**仞**。關石之所和鈞，財賦之所底慎。燕弧盈庫而委勁，冀馬塡廄**救**而駔駿。**白藏庫在西城下，有屋一百七十四間。爾雅曰：秋為白藏，因以為名也。大內，京邑都內寶藏也。漢書，淮南王安上疏曰：越人貢財之奉，不輸大內。食貨志曰：或墆財。夏書曰：關石和鈞，王府則有。此夏之逸書。禹貢曰：庶土交正，底慎財賦，咸則三壤。鄴城西下有乘黃廄。燕，幽州也。弧，弓也。爾雅曰：北方之美者，有幽都之筋角焉。春秋左傳曰：冀之北土，馬之所生。善曰：周易曰：富有之謂大業。漢書，東方朔曰：不足以危無隄之輿。蘇林曰：隄，限也。爾雅曰：賑，富也。風俗通曰：槃瓠之後，輸布一匹二丈，是謂賨布。廩君之巴氏，出幏布[138]八丈。賨，在宗反。幏音稼。墆音滯。賈逵國語注曰：關，通也。鄭玄儀禮注曰：和，調也。孔安國尚書傳曰：金鐵曰石，供民器用，通之使和平。子虛賦曰：充仞其中。說文曰：駔，壯馬也，子朗反。

「至乎勍敵糾紛，庶土罔寧。聖武興言，將曜威靈。介冑重襲，旍旗躍莖。弓珧以焦解檠巨景**，矛鋋飄英。三屬之甲，縵**莫韓**胡之纓**[139]**。控絃簡發，妙擬更**平**嬴。**建安十九年五月，立魏公，位諸侯王上[140]，赤紱，遠遊冠。二十一年，進爵為王。二十二年，得設天子旍旗，出警入蹕，賜朱冠，冕十二旒，

136 注「淑清穆和之風既宣」袁本、茶陵本無此八字。

137 注「優偓」袁本、茶陵本無此二字。案：無者是也。又茶陵刪此上「女龍切」、此下「然」，皆非。

138 注「是謂賨布廩君之巴氏出幏布」袁本、茶陵本「賨布廩君之」作「廩君之賨」。案：此尤校改也，蓋據後漢書南蠻傳。

139 縵胡之纓　案：「縵」當作「漫」。袁本、茶陵本載注中字作「漫」，此並改作「縵」，非。其五臣銑注中字作「縵」，然則乃各本亂之而失著校語。今莊子作「曼」，釋文引司馬彪云「曼胡之纓謂麤纓無文理也，漫曼同字」，可借為證。

140 注「立魏公位諸侯王上」袁本、茶陵本無「立」字。

金根車，駕六馬，建太常，設五時副車。爾雅曰：弓以蜃者謂之珧。蜃，骨也。檠，弓柙也。詩云：二矛重英。漢書刑法志曰：魏氏武卒，衣三屬之甲。趙惠文王好劍，劍士夾門而客者三千人。趙太子悝謂莊周曰：吾王所見劍士，皆蓬頭突鬢，垂冠縵胡之纓，短後之衣，瞋目而語難者，王乃悅之。戰國策，更羸謂魏王曰：臣能虛發而下鴈。魏王曰[141]：然則射可至於此乎？更羸曰：可。有鴈從南方來，更羸虛發而鴈下。善曰：左氏傳曰：子魚曰：勍敵之人，隘而不成列。杜預曰：勍，強也。尚書曰：庶士交正。毛詩曰：庶士有揭。又曰[142]：興言出宿。長楊賦曰：以露威靈。金匱曰：良弓非勍檠不張。說文曰：鋋，小矛。史記曰：冒頓自立為單于，控弦之士三十萬。班固漢書李廣述曰：控弦貫石，威動北鄰。爾雅曰：簡，擇也。謂擇處而發也。齊被練而銛息廉戈，襲偏裻以讀會列。畢出征而中律，執奇正以四伐。碩畫精通，目無匪制。推鋒積紀，鋋氣彌銳。三接三捷，既晝亦月。剋翦方命，吞滅咆白交烋虛交。雲撤叛換，席卷虔劉。祲子鴆威八紘，荒阻率由。洗兵海島，刷馬江洲[143]。振旅輷輷[144]，反旆悠悠。凱歸同飲，疏爵普疇。朝無刓五官印，國無費留。春秋左傳曰：被練三千。馬融曰：練為甲裏。史記，蘇代曰：強弩在前，銛戈在後。司馬法曰：師多則讀。孫武曰：奇正還相生，若環之無端。莊子曰：庖丁為文惠君屠牛[145]，手之所觸，

141 注「臣能虛發而下鴈魏王曰」　袁本、茶陵本無此十字。案：二本有脫。考楚策，尤所添亦未是。

142 注「庶士有揭又曰」　袁本、茶陵本無此六字。案：無者最是。陳云注必有誤，未悟為增多耳。

143 刷馬江州　案：「刷」當作「唰」，注同。載注引「唰嗽」為注，是其本作「唰」，善必與之同。五臣向注作「刷」，云乃「洗刷兵馬」云云，各本亂之而失著校語。又案：善赭白馬賦「日刷幽燕」注引作「刷」，必太沖集別本，與張孟陽注者不同。此之謂各隨所用而引之。善固已自舉其例矣。

144 振旅輷輷　案：「輷輷」當作「輷輷」。善注有明文，其云「今為輷字音田」者，猶西京賦注之「今並以亘為垣」耳。五臣因此改，故正文下有「田」字音，各本亂之而失著校語。集韻「轟」字重文有「輷」，即本此，亦可證。載注、善注兩見「輷輷」，皆同。

145 注「庖丁為文惠君屠牛」　袁本、茶陵本無「君」字。案：下文兩云「文君」，疑此本亦云「文君」耳。

莫不中音，合於桑林之舞。文君曰：善哉技！庖丁對曰：臣好者道，進乎技矣。臣始解牛時，所見無非牛者。三年之後，未嘗見全牛也。今臣以神遇而不以目視也。良庖歲更刀，割也；族庖月更刀，折也。今臣刀十九年矣，所解數千牛也。而刀刃若新發於硎。若彼節者有間，而刀刃者無厚；以無厚入有間，恢乎其於遊刃必有餘地矣。文君曰：善。吾聞丁之言，得養生焉。一紀，十二年。推鋒積紀，謂魏武帝從初平元年起兵，至建安二十五年[146]，軍無不剋，抑亦庖丁用刀十九年之義也。孫武曰：避其銳氣。謂銳氣之利甚於鋒刃也。易曰：晉，康侯用錫馬蕃庶，晝日三接。詩云：一月三捷。既晝亦月者，蓋取其頻繁之數，或日或月也。方命，放棄王命也[147]。尚書曰：咈哉方命。剋翦方命者，謂始起兵誅董卓之首亂漢室也。咆烋，猶咆哮也，自矜健之貌也。詩云：咆烋於中國。吞滅咆烋者，剋默韓暹、楊奉之專用王命也。叛換，猶恣睢也。漢書曰：項氏叛換。雲撤換叛者，謂討破袁紹，猶勝項羽也。虔劉，殺也。春秋左傳，呂相絕秦曰：虔劉我邊陲。席卷虔劉者，謂擒呂布於徐州，剋袁術於揚州，平韓約、馬超於雍州，降劉表於荊州之屬也[148]。綅威八紘、荒阻率由者，謂北羈單于于白屋[149]，東懷孫權於吳會，西攝劉備於巴蜀也。刷，小嘗也。司馬相如梨賦曰：唰嗽其漿。史記，蘇秦曰：輷輷殷殷，若三軍之眾。穀梁傳曰：入曰振旅，兵事以嚴終也[150]。春秋左傳曰：凡公行，告於宗廟，反行飲至。漢書曰：疏爵而貴之。疏爵音疇，疇其爵邑者。刓印，印角刓也。韓信傳曰：項王有功當封爵，印刓忍不能與。孫子兵法曰：戰勝而不脩其賞者凶，命曰費留。善曰：國語曰：公使申生伐東山。韋昭注曰：東山，臯落氏也[151]。衣之偏裻之衣。韋昭注曰：裻在中，左右異，故曰偏裻，音督。說文曰：讀列，中止也。然讀列，或止或列。周易曰：師出以律。漢書，楊雄上疏

---

146 注「建安二十五年」 袁本、茶陵本無「五」字。案：此尤添也。

147 注「剋默韓暹楊奉之專用王命也」 袁本「默」作「黜」，是也。茶陵本亦誤「默」。

148 注「降劉表於荊州之屬也」 袁本、茶陵本無「之屬」二字，是也。何校「表」改「琮」，陳同。各本皆作「表」，或此本云「表」耳。

149 注「北羈單于于白屋」 案：「于」字不當重有。各本皆衍。說見後九錫文下。

150 注「兵事以嚴終也」 袁本、茶陵本「兵」作「無」，「終」作「眾」。案：此亦尤改也。

151 注「韋昭注曰東山臯落氏也」 袁本、茶陵本無此十字。

曰：石畫之臣甚眾。史記曰：秦穆公與晉惠公戰於韓地，秦人見穆公窘，亦皆推鋒爭死。尚書曰：方命圮族。春秋感精符曰：楚圖宋，更相吞滅。春秋推誠圖曰：諸侯冰散席卷，各爭恣妄。西都賦[152]曰：祲威盛容。淮南子曰：八澤之外，乃有八紘。尚書曰：率由典常，以藩王室。魏武兵接要曰：大將將行，雨濡衣冠，是謂洗兵。刷，猶飲也，所劣切[153]。劉劭七華曰：漱馬河源，遊目崑崙。蒼頡篇曰：輷輷，眾車聲也，呼萌切。今為輷字，音田。毛詩曰：悠悠旆旌。魏武孫子注曰：賞不以時，但留費也。

「喪亂既弭而能宴，武人歸獸而去戰。蕭斧戢柯以柙刃，虹旍攝麾以就卷。斟洪範，酌典憲。觀所恒，通其變。上垂拱而司契，下緣督而自勸。道來斯貴，利往則賤。囹圄寂寥，京庾流衍。尚書曰：往伐歸獸。桓譚新論，雍門周說孟嘗君曰：以強秦之勢伐弱燕[154]，譬猶礰蕭斧以伐朝菌也。馬融廣成頌曰：建雄虹之長旍。洪範，箕子陳政術之篇也。易曰：觀其所恒，而天地萬物之情可見矣。又曰：通其變，使人不倦。老子曰：聖人執左契而不責於人，有德司契，無德司徹。善曰：毛詩曰：喪亂既平[155]，周公攝政，弘化弭亂。司馬法曰：以戰去戰，雖戰可也。柙，胡甲反。尚書曰：垂拱而天下治。莊子曰：緣督以為經，可以保身，可以全生。司馬彪曰：緣，順也。督，中也。順守道中，以為常也。禮記曰：仲春省囹圄。文子曰：法寬刑緩，囹圄空虛。毛詩曰：曾孫之庾，如坻如京。鄭玄曰：庾，露積穀也。於時東鯷即序，西傾順軌。荊南懷憓惠，朔北思韙偉。緜緜迴塗，驟山驟水。襁負賮贄，重譯貢篚。髽首之豪，鐻耳之傑。服其荒服。斂衽而審魏闕。置酒文昌，高張宿設。其夜未遽，庭燎晰晰。有客祁祁，載華載裔入聲，協韻。岌岌冠縰

152 注「楊雄上疏曰」下至「西都賦」　袁本、茶陵本無此七十六字。案：一本以上「漢書」，下接「曰祲威盛容」，當有脫，尤所添，但亦未是。

153 注「刷猶飲也所劣切」　袁本、茶陵本無此七字。

154 注「伐弱燕」　袁本、茶陵本「燕」作「韓」，是也。

155 注「毛詩曰喪亂既平」　袁本、茶陵本無此七字。案：下「周公攝政」，陳云「上脫引書名」，是也。各本皆同，無以補之。

所綺，纍纍辮髮。清酤戶如濟，濁醪如河。凍醴流澌，溫酎躍波。豐肴衍衍[156]，行庖皤皤。愔愔醧一據讌，酣湑無譁呼瓜反。地理志曰：會稽海外，有東鯷人[157]，分為二十餘國，以歲時獻見。尚書禹貢曰：織皮西傾，因桓是來。織皮，西戎國也。憓，順也。司馬相如封禪書曰：義征不憓。淮南子曰：三苗髽首。賮，禮贄也。周官曰：九州之外，謂之藩國，世一見，各以其所貴寶為贄。孟子曰：將有遠行，行者必以賮。蒼頡篇曰：賮，財貨也[158]。建安二十一年，匈奴南單于呼韓廚泉將其名王大人來朝，待以客禮。張衡南都賦曰：九醞甘醴，十旬兼清。蘇秦曰：齊有清濟濁河。楚辭小招魂曰[159]：挫糟凍飲酎清涼。王逸曰：凍，冷也。酎，三重釀醇酒也。韓詩云：賓爾籩豆，飲酒之醧。能者飲，不能者已，謂之醧。許氏曰：醧，酒美也。善曰：尚書曰：西戎即序。尸子曰：荊者非無東西也，而謂之南，其南者多也[160]。杜預左氏傳注曰：韙，是也。論語曰：襁負其子。博物志曰：織縷為之，以約小兒於背上。尚書曰：厥貢漆絲，厥篚織文。山海經曰：青要之山，魋武羅司之，穿耳以鐻。郭璞曰：鐻，金銀之器名。魋，音神。鐻，音渠。漢書曰：高張四縣[161]。晉灼曰：樂四縣也。周禮曰：凡樂事宿縣。毛詩曰：夜未央。鄭玄曰：未渠央也。毛詩曰：庭燎晣晣。又曰：采繁祁祁[162]。楚辭曰：高余冠之岌岌。鄭玄禮記注曰：纚，今之幘也。纚與縰同。漢書曰：諸侯纍纍從楚。又，終軍曰：解辮髮，削左衽。毛詩曰：既載清酤。說文曰：澌，流冰也。周易曰：鴻漸于磐，飲食衎衎。王肅曰：衎衎，寬饒之貌也。皤皤，豐多貌也。韓詩曰：愔愔夜飲。薛君曰：愔愔，和悅之貌也。孔

---

156 豐肴衍衍　何云「衍衍」據善注當作「衎衎」。陳同。案：所說是也。袁、茶陵二本所載五臣向注字作「衍」，或各本亂之。

157 注「有東鯷人」　袁本、茶陵本無「東」字。案：此亦尤添也。

158 注「蒼頡篇曰賮財貨也」　袁本、茶陵本無此八字。善注「以約小兒於背上」句下有「蒼頡篇曰賮財貨」七字，是也。

159 注「楚辭小招魂曰」　茶陵本無「魂」字。袁本無「曰」字。案：茶陵是也。「小招」者，對「大招」之言也。

160 注「其南者多也」　袁本、茶陵本「多」作「分」，是也。

161 注「高張四縣」下至「毛詩曰」　袁本、茶陵本無此二十二字。案：二本以上「漢書曰」下接「夜未央」，當有脫。尤所添，但亦未是。

162 注「又曰采蘩祁祁」　袁本、茶陵本無此六字。

安國尚書傳曰：樂酒曰酣。毛詩曰：迨我暇矣，飲此湑矣。毛詩曰：湑[163]，茜也。鄭玄曰：沛，茜之也[164]。一曰：湑，樂也。謳，乙據反。**延廣樂，奏九成。冠韶夏，冒六莖[165]。僣響起，疑震霆。天宇駭，地盧驚。億若大帝之所興作，二嬴之所曾聆。**善曰：賈逵國語注曰：延，陳也。尚書曰：簫韶九成，鳳皇來儀。樂動聲儀曰：帝嚳樂曰六英，帝顓頊曰五莖，舜曰大韶，禹曰大夏。宋衷曰：六英，能為天地四時六合也。五莖，能為五行之道，立根本也。漢書曰：顓頊作六莖。夏，大承二帝也。韶，繼堯也。僣與曹古字通。西京賦曰：大帝說秦穆公[166]而覲之，饗以鈞天廣樂。史記曰：趙簡子病，扁鵲視之曰：昔秦穆公嘗如此[167]，七日而寤。寤之日，告公孫支曰：我之帝所甚樂。帝告我晉國且大亂。今主君之疾與之同。二日，簡子寤曰[168]：我之帝所甚樂，與百神遊於鈞天，廣樂九奏萬舞，不類三代之樂。又曰：趙氏之先，與秦同祖。然則秦、趙同姓，故曰二嬴也。博雅曰：聆，聽也。**金石絲竹之恒韻，匏土革木之常調。干戚羽旄之飾好去，清謳微吟之要妙。世業之所日用，耳目之所聞覺。雜糅紛錯，兼該泛博。鞮鞻所掌之音，韎**邁**昧任**而金**禁**金**之曲。以娛四夷之君，以睦八荒之俗。**鞮鞻，周掌樂官名也。周官，鞮鞻氏掌四夷之樂與其聲歌。韓詩內傳曰：王者舞六代之樂，舞四夷之樂，大德廣之所及。善曰：周禮曰：播之以八音：金、石、土、革、絲、木、匏、竹。禮記□曰[169]：干戚羽旄謂之樂。鄭玄曰：干，盾也。戚，斧也。武舞所執。羽，翟羽也。旄，旄牛尾。

---

163 注「毛詩曰湑」　案：「詩」當作「萇」。各本皆誤。

164 注「沛茜之也」　案：「沛」當作「泲」。各本皆譌。

165 冒六莖　袁本、茶陵本「六莖」作「六英五莖」，云善無「六英」二字。何云以韶夏例之，當作「英」、「莖」，陳同。案：其說是也。各本皆非。

166 注「昔秦穆公」　袁本作「昔繆公言」。茶陵本作「昔繆公嘗言」。案：蓋袁本是也。

167 注「嘗如此」下至「甚樂」　袁本、茶陵本無此二十一字。

168 注「簡子寤曰」　袁本、茶陵本「寤」下有「之」字。案：依趙世家訂之，疑「語」字之誤。

169 注「禮記□曰」　袁本、茶陵本空格作「注」。案：此初與二本同衍而脩去之也。

文舞所執。魏文帝樂府曰：短歌微吟不能長。孔叢子曰：世業不替。周易曰：百姓日用而不知。鄭玄周禮注曰：鞮鞻，四夷舞者扉也。鞮，都泥反。鞻，俱具反。毛萇詩傳曰：東夷之樂曰韎。孝經鉤命決曰：東夷曰昧，南夷曰任，西夷之樂曰株離，北夷之樂曰禁。然韎、昧皆東夷之樂，而重用之，疑誤也。甘泉賦曰：八荒協兮萬國諧。

「既苗既狩，爰遊爰豫。藉田以禮動，大閱以義舉。備法駕，理秋御。顯文武之壯觀，邁梁騶之所著。夏獵曰苗，冬獵曰狩。建安二十一年三月，魏武帝親耕藉田于鄴城東。建安二十二年十月甲午，治兵，上親執金鼓，以詔進退。大閱，講武也。魯詩傳曰：古有梁騶。梁騶，天子獵之田曲也[170]。善曰：孟子，夏諺曰[171]：吾王不遊，吾何以休？吾王不豫，吾何以助？一游一豫，為諸侯度。禮記曰：天子為藉田千畝。公羊傳曰：大閱者何？簡車馬也。蔡邕獨斷曰：天子有法駕。莊子曰：尹需學御三年而無所得，夜夢受秋駕於其師。明日往朝其師，其師望而謂之曰：吾非獨愛道也，恐子之未可與也。今將教子以秋駕。司馬彪曰：秋駕，法駕也。史記曰：此天下之壯觀也。林不槎枿，澤不伐夭。斧斨以時，罾罷以道。德連木理，仁挺芝草。皓獸爲之育藪，丹魚爲之生沼。矞雲翔龍，澤馬亍阜。山圖其石，川形其寶。莫黑匪烏，三趾而來儀。莫赤匪狐，九尾而自擾。嘉穎離合以蓴蓴，醴泉涌流而浩浩。顯禎祥以曲成，固觸物而兼造。蓋亦明靈之所酬酢，休徵之所偉兆。草木未成曰夭。斨，方銎斧也[172]。詩曰：取彼斧斨，以伐遠揚。延康元年，木連理，芝草生於樂平郡，白鹿白麞見於郡國，赤魚見於太原郡。黃初元年十一月，黃龍高四五丈，出雲中。張口正赤。矞雲者，外赤內青也。楊雄太玄經曰[173]：紫霓矞雲。澤馬見於上黨郡。瑞石靈圖出於張掖之柳谷，始見於建安，形成於黃初，文備於大和，周圍七

---

170 注「天子獵之田曲也」袁本、茶陵本無「獵之曲」三字。案：無者是也。東京賦善注引作「天子之田也」可證，尤誤添。

171 注「孟子夏諺曰」袁本、茶陵本「子」下有「曰」字。

172 注「方銎斧也」袁本、茶陵本無「銎」字。案：此尤添也。

173 注「楊雄太玄經曰」袁本、茶陵本無「經」字。

尋，中高一仞，旁厚一里，蒼質素章，龍馬鳳凰仙人之象，粲然盛著，是以有魏詩雲鳥之書。黃初[174]二年，醴泉出，河內郡玉璧一枚。延康元年，三足烏、九尾狐見於郡國，嘉禾生，醴泉出。易曰：顯道而神德行[175]。是故可與酬酢，可與佑神矣。賓主俱飲，主人先舉，名曰酬。客酌主人酒，名曰酢。酢者，報也。行道德，宇神明，而祥瑞皆至。此蓋明靈感應之理，其與人事交報之義也，故曰蓋亦明靈酬酢也。善曰：國語，里革曰：山不槎蘖，澤不伐夭。槎，士雅切。枿，五割切。夭，烏老切。斨，七羊切。罾，子能切。文子曰：鷹隼未擊，羅罔不得張谷；草木未落，斤斧不得入山林。孝經援神契曰：德至草木，則木連理。古瑞命記曰：王者慈仁，則芝草生。說文曰：亍，步也[176]，丑赤反。毛詩曰：莫赤匪狐，莫黑匪烏。尚書曰：鳳凰來儀。應劭漢書曰：擾，音擾[177]，馴也。說文曰：穎，穗也。蕁，茂盛貌，子本切。蒼頡篇曰：禎，善也。周易曰：曲成萬物而不遺。尚書，有休徵。孔安國曰：序美行之驗也。說文曰：偉，大也。

「旼旼率土，遷善罔匱。沐浴福應，宅心醰徒南粹。餘糧栖畝而弗收，頌聲載路而洋溢。河洛開奧，符命用出。翩翩黃鳥，銜書來訊叶韻，音悉。人謀所尊，鬼謀所秩。劉宗委馭，巽其神器。窺玉策於金縢，案圖籙於石室。考歷數之所在，察五德之所蒞。量寸旬，涓吉日。陟中壇，即帝位。改正朔，易服色。繼絕世，脩廢職。徽幟以變，器械以革。顯仁翌明，藏用玄默。菲言厚行，陶化染學。讎校篆籀，篇章畢覿。優賢著於揚歷，匪孽形於親戚。河、洛開奧，河出圖，洛出書也。黃初元年，黃鳥銜丹書，晝見河尚臺。易曰：

174 注「文備於大和」下至「是以有魏詩雲鳥之書黃初」 袁本、茶陵本無此四十四字。案：疑此乃記三國志注文於旁。尤取以增多而又有譌誤也。
175 注「顯道而神德行」 茶陵本無「而」字，是也。袁本亦衍。
176 注「于步也」 袁本、茶陵本「步」上有「小」字，是也。
177 注「應劭漢書曰擾音擾」 何校下「擾」字改「柔」，陳同。又云「書」下當有「注」字，是也。各本皆脫誤。

人謀鬼謀，百姓與能。玉策，玉牒也。尚書曰：納策于金縢。縢，緘也。楊雄遺劉歆書曰：得觀書於石室。莅，臨也。詩曰：方叔莅止。司馬法曰：明不寶咫尺之玉，而愛寸陰之旬。旬，時也。禮記曰：聖人南面而治天下，改正朔，易服色，殊徽號，異器械。易曰：顯諸仁，藏諸用。讎校，所為讎校者也。魏文帝好書，作皇覽，諸文章辭藻，多奏御，故曰讎校。尚書盤庚曰：優賢揚歷。歷，試也。善曰：封禪書曰：旼旼穆穆。周易曰：君子見善則遷，有過必改。史記，太史公曰：成王作頌，沐浴膏澤。尚書曰：宅山阜猥積。醰，美也。廣雅曰：粹，純也。淮南子曰：昔容成之時，置餘糧於畝首。蔡雍胡廣碑曰：餘糧栖于畝畝。公羊傳曰：古者什一而籍，而頌聲作矣。毛詩曰：厥聲載路。毛萇曰：路，大也。七略曰：鄒子有終始五德，從所不勝，木德繼之，金德次之，火德次之，水德次之。魏志曰：文帝諱丕，字子桓，武帝太子，為魏王。漢帝以眾望在魏，遂禪位，乃為壇於繁陽。王升壇即阼，改元為黃初。尚書曰：將遜于位。遜與巽同。涓，擇也，古玄切。淮南子曰：君人之道，儼然玄墨[178]。馬融論語注曰：菲，薄也。論語曰：君子薄於言而厚於行[179]。風俗通曰：案劉向別錄，讎校[180]，一人讀書，校其上下得繆誤，為校；一人持本，一人讀書，若怨家相對。漢書音義曰：周宣王太史大篆也[181]。籀，音冑。漢書，晁錯曰：今陛下不孽諸侯。應劭曰：接之以禮，不以庶孽畜之也。本枝別幹，蕃屏皇家。勇若任城，才若東阿。抗旍則威噉秋霜，摛翰則華縱春葩。英喆知列雄豪，佐命帝室。相兼二八，將猛四七。赫赫震震，開務有謐。故令斯民覩泰階之平，可比屋而爲一。建安二十三年，代郡烏丸反，魏武帝以鄢陵侯彰為北中郎將，行驍騎將軍。入涿

178 注「詩曰方叔莅止」下至「儼然元墨」 此三百七字袁本、茶陵本無。案：此初無，與二本同，脩改添之。蓋無者脫，而尤得之，計當時存本尚眾，或有不失善舊者，惜尤延之未能精擇，每誤取增多，若準此條，固無嫌耳。何校改「宅山阜猥積」為「宅心知訓」，陳同。又「讎校所為讎校者也」句亦有譌，無以正之。

179 注「論語曰君子薄於言而厚於行」 此十二字袁本、茶陵本無。案：蓋二本脫。

180 注「讎校」下至「漢書音」 此三十一字袁本、茶陵本無案：蓋二本脫。又案：「若怨家相對」下當有「為讎」二字。

181 注「大篆也」 袁本、茶陵本「大」上有「作」字。

郡界，叛胡數千騎卒至，彰唯有步卒千人，騎數百疋，身自搏戰，追胡，大破之，斬首五千餘級。二八者，八元八凱也。四七者，漢光武二十八將也。黃帝泰階六符經曰：泰階者，天之三階也。上階，上星為天子，下星為女主。中階，上星為諸侯三公，下星為卿大夫。下階，上星為元士，下星為庶人。三階平，則陰陽和，風雨時，歲大登，民人息，天下平，是謂太平。善曰：毛詩曰：本支百世。說文曰：幹，本也。左氏傳，富辰曰：封建懿親，以蕃屏周。蔡邕述行賦曰：皇家赫而天居。彰後為任城王，植為東阿王。漢書，終軍曰：驃騎抗旌，昆耶左衽。噞，猶猛也，魚贍反。荀悅申鑒曰：人主怒如秋霜。答賓戲曰：摛藻如春華。易乾鑿度曰：代者赤兌黃佐命。應劭漢官儀曰：帝室，猶古言王室。毛詩曰：赫赫師尹[182]。周易曰：夫易開物成務。爾雅曰：謐，靜也，音密。尚書大傳曰：周人可比屋而封。

「筭祀有紀，天祿有終。傳業禪祚，高謝萬邦。皇恩綽矣，帝德沖矣。讓其天下，臣至公矣。榮操行之獨得，超百王之庸庸。追亘卷領與結繩，睠留重華而比蹤。尊盧赫胥，羲農有熊。雖自以爲道，洪化以爲隆[183]。世篤玄同，奚遽不能與之踵武而齊其風？淮南子曰：古者有督而卷領以王天下，其為德，生而不殺。莊周曰：昔者軒轅氏、赫胥氏、尊盧氏、虙戲、神農氏，當是時，人結繩而用之。若此之時，則至治也。黃帝一號有熊氏。踵，繼也。武，跡也。楚辭曰：及前王踵之武[184]。善曰：幽通賦曰：旦筭祀于契龜。音義曰：筭，數也。尚書曰：天祿永終。王逸楚辭注曰：謝，去也。西京賦曰：皇恩溥。尚書曰：帝德廣運。老子曰：大滿若沖。字書曰：沖，虛也。魏志曰：陳留王奐即皇帝位，後禪位於晉嗣王。魏世譜曰：魏封帝為陳留王。臣至公，謂帝為臣於晉，至公之道也。仲長子昌言曰：人主臨之以至公。司馬相如弔二世文曰：操行之不得。班固曰：漢承百王

---

182 注「毛詩曰赫赫師尹」　袁本、茶陵本無此七字。

183 雖自以為道洪化以為隆　何云下「以為」二字，傳寫誤加。陳云「道洪化隆」中間不當有「以為」二字。案：所說是也。各本皆非。

184 注「及前王踵之武」　案：「踵之」當作「之踵」。各本皆倒。

之弊。馮衍顯志賦曰：非庸庸之所識。庸，謂凡常無奇異也。史記曰：舜字重華。高誘淮南子注曰：隆，盛也。老子曰：知者不言，言者不知，是謂玄同。韓子曰：雖厚愛之，奚遽不亂。是故料聊其建國，析其法度。諮其考室，議其舉厝。復之而無斁，申之而有裕。非疏糲魯葛之士所能精，非鄙俚之言所能具。詩云：斯干，宣王考室也。疏糲，麤也。韓非曰：糲糧之飲，黎藿之羹。斁，猒也。漢書司馬遷傳曰：質而不俚。俚，鄙也。善曰：說文曰：析，量也。爾雅曰：諮，謀也。陳琳檄吳將校曰：豈輕舉厝也哉！毛詩曰：無斁於人斯。又曰：綽綽有裕。

「至於山川之倬詭，物產之魁殊。或名奇而見稱，或實異而可書。生生之所常厚，洵美之所不渝。其中則有鴛鴦交谷，虎澗龍山。掘鯉之淀，蓋節之淵。猳猳精衛，銜木償怨。常山平干[185]，鉅鹿河間。列真非一，往往出焉。昌容練色，犢配眉連。玄俗無影，木羽偶仙。琴高沈水而不濡，時乘赤鯉而周旋。師門使火以驗術，故將去而林燔。老子曰：人之輕死，以其生生之厚也。謂適生生之情[186]以自厚也。鴛鴦水在南和縣西。交谷水在鄴南。虎澗在鄴西南。龍山在廣平沙縣[187]。掘鯉淀在河間莫縣之西。淀者，如淵而淺也。蓋節淵在平原鬲縣北。山海經曰：發鳩之山有鳥，狀如烏，文首，白喙，赤足，名曰精衛。赤帝之女，名曰女娃。女娃遊於海，溺而不反。精衛[188]常取西山之木石，以堙東海焉。列真，謂列仙也。列仙傳，昌容者，常山道人也，自稱殷王女。食蓬累根二百餘年，而顏色如年二十人。故曰鍊色。犢子者，鄴人也。時壯時老，時好時醜，乃知其仙人也。陽都女者，生而連眉，耳細而長，眾以為異，俗皆言此天人也。會犢子來過都女，都女悅之，遂留相奉待，出門共牽犢耳而走，莫能追之。玄俗者，自言河間人也。餌巴豆雲英，賣藥於市，七丸一錢，治百病。王病癡，

---

185 常山平干　袁本、茶陵本「干」作「于」，注同。案：二本是也。
186 注「謂適生生之情」　袁本、茶陵本「適」作「通」，「情」作「精」。案：此亦尤改也。
187 注「在廣平沙縣」　袁本、茶陵本「沙」作「涉」。案：二本是也。晉書地理志廣平郡有涉縣，可證。
188 注「溺而不反精衛」　陳云「反」下當有「化為」二字，是也。各本皆脫。

服藥，用下蚍十餘頭。王家老舍人自言，父甘見俗[189]，俗形無影。王呼俗著日中，實無影。河間，故趙也，文帝二年以為國。木羽者，鉅鹿南和人也。母貧賤，常助產婦，兒生，自下唼母，母大怖。暮，夢見大冠赤幘守兒，言此兒司命君也，當報汝恩，使子與木羽俱仙。母陰信識之，後兒生，字之為木羽。兒至年十五，夜有車馬來迎之，呼：木羽木羽，為我御來。遂俱去。琴高者，趙人也。浮遊冀州二百餘年，後辭入碭水中[190]，取龍子，與諸弟子期。期日皆絜齊待於傍，設屋祠，果乘赤鯉來，出坐祠中。留一月，復入水去。師門者，嘯父弟子，亦能使火，為孔甲龍師。孔甲不能修其心意，殺而埋之外野。一旦，風雨迎之，訖，則山木皆燔。孔甲祠而禱之，未還而道死。嘯父，冀州人也，在曲周市上[191]。曲周屬廣平郡，漢武帝征和二年，嘗為平干國，故曰常山平干也。師門者，本嘯父弟子，故附冀州。善曰：廣雅曰：倬，絕也。薛綜西京賦注曰：詭，異也。王逸楚辭注曰：魁，大也。鄭玄周禮注曰：生，猶養也。劉瓛周易義曰：自無出有曰生。毛詩曰：洵美且仁。鄭玄曰：洵，信也。毛詩曰：舍命不渝。毛萇曰：渝，變也。淀，音殿。說文曰：翍，亦翄字。翼，翄也，叔豉切，今音祇。翍，飛貌[192]。馮衍爵銘曰：壽配列真。劉歆移曰：天下衆書，往往頗出。左傳，太史尅曰：奉以周旋。

易陽壯容，衛之稚質。邯鄲躧步，趙之鳴瑟。眞定之梨，故安之栗。醇酎中山，流湎千日。淇洹之筍，信都之棗。雍丘之粱，清流之稻。錦繡襄邑，羅綺朝歌。綿纊房子，縑緫清河。若此之屬，繁富夥禍夠古侯。非可單究，是以抑而未罄也。

枚乘兔園賦曰：易陽之容。淮南子曰：蔡之幼女，衛之稚質。史遷記曰：趙中山鼓鳴瑟，跕躧[193]。真定屬中山郡，出御梨。故安屬范陽，出御栗。楊雄幽州箴曰：蕩蕩幽州，惟冀之別。禹貢無幽州，故安今見屬中山郡。

---

189 注「自言父甘見俗」 袁本、茶陵本「甘」作「世」，是也。

190 注「後辭入碭水中」 袁本、茶陵本「碭」作「碭」。案：此亦尤改也。

191 注「在曲周市上」 袁本、茶陵本「周」作「州」，下同。案：此亦尤改也。

192 注「翍飛貌」 案：「翍」字當重有。各本皆脫。

193 注「跕躧躧」 袁本、茶陵本無「躧」字。案：此尤改「躍」為「躧」，而兩存也。所引貨殖列傳文，今本云「跕屣」，漢書

中山出好酎酒，其俗傳云：昔有人曰玄石者，從中山酒家酤酒，酒家與之千日之酒，語其節度，比歸數百里[194]可至於醉。如其言飲之，至家而醉。其家不知其醉，以為死也，棺斂而葬之。中山酒家計向千日，憶曰：玄石前來酤酒，其醉向解也。遂往問其鄰人，曰：玄石死來三年，服已闋矣。於是與其家至玄石家上，掘而開其棺，玄石於是醉始解，起於棺中。其俗語曰：玄石飲酒，一醉千日。信都屬安平，出御棗。雍丘屬陳留也。地理志曰：魏，參之分野，南有陳留。桓斌曰：雍丘之糧。清流鄴西，出御稻。襄邑屬陳留，舊有服官。中都賦曰：朝歌羅綺。又，房子出御緜。清河出練總。清河一名甘陵也。善曰：漢書音義，臣瓚曰：跕為躧[195]。跕，都牒反。躧，所解反。薛君韓詩章句曰：均眾謂之流，閉門不出容[196]謂之湎。淇園，已見上文。杜預左氏傳注曰：水出洹汲郡[197]。汲，即衛地也。洹或為園。洹，音垣。孔安國尚書傳曰：纊，細緜。廣雅曰：總，絹也。廣雅曰：夠，多也[198]。

蓋比物以錯辭，述清都之閑麗。雖選言以簡章，徒九復而遺旨。覽大易與春秋，判殊隱而一致[199]。末上林之隤牆，本前脩以作系胡計切。

逸詩：九變復貫，知言之選。擇來比物，謂屬變而還復舊貫，則知言之選[200]，擇來比物錯辭，物土之敘也。屈原遠遊曰：造旬始，觀清都。言雖選言簡章，徒至九復，而猶遺其精旨也。春秋推見以至隱，易本隱以之顯，所言雖殊，其合德一也。故曰末上林之隤牆，本前脩以作系也。前脩，謂前賢也。離騷，攓吾法夫

地理志作「跕躧」，顏注「躧」字與「屣」同，是「趾躍」二字仍「跕躧」二字之誤。

194 注「比歸數百里」　袁本、茶陵本無「數」字。

195 注「臣瓚曰跕為躧」　案：此當作「躡跟為跕，掛指為躧」。各本皆脫，絕不可通。依漢書顏注引如此也。

196 注「閉門不出容」　案：「容」當作「客」。各本皆譌。陳云別本「客」，今未見。

197 注「水出洹汲郡」　案：「水出洹」當作「洹水出」。各本皆倒。

198 注「夠多也」　袁本此下有「古侯切」三字，是也。茶陵本脫此注，非。

199 判殊隱而一致　何校「判殊」改「殊顯」。案：以「判殊」意複言之，蓋是也。各本皆誤耳。

200 注「知言之選擇來比物謂屬變而還復舊貫則知言之選擇來」　案：此皆誤也。當作「知言之選」為一句，「選擇采也」為一句，「謂屢變而還復舊貫」為一句，「則知言之擇采」為一句。各本譌舛，絕不可通，今訂正。

前脩。司馬相如上林賦曰：頹牆填塹，使山澤之人得至。楊雄羽獵賦後曰：放雉兔，收罝罘，與百姓共之。亂者，理也。傳曰：有亂臣十人。此皆二賦以其後居正之義，理其前過甚之事也。張衡東京賦曰：相如壯上林之觀，楊雄騁羽獵之辭，雖系以隤牆填塹，亂以收其罝罘，卒無補於風規。蓋易有系辭之義，而以本於前脩以為系亂之意也。系者，亂也。且易之系，述而辨，至於相如初壯上林之觀，後說隤牆之事，首尾相副，非本系辭之流也。而張衡云系以隤牆，謂為系辭同音[201]，於義有未安焉。諸文賦之後亂者，與本絕。於隤牆、收罝罘，雖不與本文絕義，張氏同諸系辭之別，可知也。善曰：韓子曰：連類比物。列子曰：周穆王暨及化人之宮[202]，王以為清都紫微。班固漢書司馬相如贊文曰：推見至隱。言大易、春秋隱顯殊而合德若一，故觀覽而法則之。上林則頹牆填塹，雖本前修而作系，所謂勸百而諷一，故輕末而鄙賦。

「其軍容弗犯，信其果毅。糾華綏戎，以戴公室。元勳配管敬之績，歌鍾析邦君之肆。則魏絳之賢有令聞也。國語曰：鄭伯納女樂二八，歌鐘二肆。公錫魏絳女樂一八，歌鍾一肆，曰：子教寡人和戎狄而政諸華，於今八年，七合諸侯，寡人無不得志，與子共之。管敬仲相桓公九合諸侯，魏絳輔晉悼公七合諸侯，故謂之元勳配管敬之績也。悼公得二肆而賜魏絳一肆，故諸侯歌鍾析邦君之肆也[203]。善曰：司馬法曰：古者國容不入軍，軍容不入國。禮記曰：介冑有不可犯。鄭玄禮記注曰：信，讀如屈伸之伸，假借字也。左氏傳，君子曰：殺敵為果，致果為毅。班固漢書述曰：太祖元勳，啓立輔臣。毛詩曰：令問令望。**閑居隘巷，室邇心遐。富仁寵義，職競弗羅。千乘爲之軾廬，諸侯爲之止戈。則干木之德自解紛也。**呂氏春秋曰：段干木者，魏文侯敬之，過其廬而軾之。其僕曰：干木，布衣耳，而君軾其廬，不亦過乎？文侯曰：干木不趣俗役，懷君子之道，隱處窮巷，聲馳千里之外，未肯以己易寡人

201 注「謂為系辭同音」 案：「音」當作「旨」。各本皆誤。
202 注「周穆王暨及化人之宮」 袁本、茶陵本無「及」字。
203 注「故諸侯歌鍾析邦君之肆也」 陳云「諸侯」當作「謂之」。袁本亦誤。茶陵本脫此注，非。

也。寡人光乎勢，干木富於義。勢不如德尊，財不如義高，吾安敢不軾乎？秦欲攻魏，而司馬康諫曰：段干木，賢者，而魏禮之，天下皆聞，無乃不可加乎兵[204]。秦君以為然，乃止。干木寂然不競於俗，故曰職競弗羅也。逸詩云：兆云詢多，職競弗羅。善曰：漢書曰：司馬相如稱疾閒居。毛詩曰：誕寘之隘巷。又曰：其室則邇。老子曰：解其紛也。貴非吾尊，重士踰山。親御監門，嗛嗛同軒。搦女格秦起趙。威振八蕃。則信陵之名若蘭芬也。史記曰：魏有隱士曰侯嬴，年七十，家貧，為大梁夷門監者。公子方置酒大會賓客。坐定，從車騎，虛左，自迎侯生。秦兵圍邯鄲。公子姊為平原君夫人，平原使使讓公子。公子數請王，及賓客辯士說王萬端。王畏秦，終不聽公子。公子用侯生策，使朱亥椎殺將軍晉鄙，而奪其軍，進擊秦軍。秦軍解去，邯鄲遂存。秦兵伐魏，公子篤歸，救魏王，魏王以上將授公子。公子使徧告諸侯，諸侯各進兵救魏。公子率五國之兵破秦，至函谷關，秦兵不敢出。當是之時，公子威振天下。善曰：史記曰：侯生直上載，欲以觀公子。公子執轡愈恭。然親御，謂身自為御也。監門，即侯嬴也。周易曰：謙謙君子，卑以自牧。嗛，古謙字。說文曰：搦，按也[205]。英辯榮枯，能濟其厄。位加將相，窒知逸隙之策。四海齊鋒，一口所敵，張儀、張祿[206]亦足云也。史記，張儀者，魏人也。始嘗與蘇秦俱事鬼谷先生學術，蘇秦自以不及張儀。儀以學而遊說諸侯。嘗從楚相飲，楚相亡璧。楚相門下意張儀，曰：儀貧無行，此必盜相君璧。共執儀，掠笞數百，不服，釋之。張儀相秦，使於諸侯，皆說之，散其合從之謀。秦封儀為武信君。為秦將取陝，築上郡塞。范睢者，魏人也。遊說欲事魏王，家貧無以自資，乃事魏中大夫須賈。賈怨范睢，以告魏將魏齊，笞擊折脅折齒。睢佯死，即盛以簀中。範睢謂守者曰：公能出我，我必厚謝公。守者乃請棄簀中死人。遂伏匿，更名張祿先生，隨秦謁者王稽入秦，謂昭王曰：臣居山東時，聞齊有田單，而不聞其有王也。聞秦有太后、穰侯，不聞其有王

---

204 注「無乃不可加乎兵」　案：「乎兵」當作「兵乎」。各本皆倒。陳云別本「兵乎」，今未見。

205 注「說文曰搦按也」　袁本、茶陵本無此六字。

206 張儀張祿　袁本、茶陵本句上有「則」字，是也。案：此尤本脫。

也。今太后擅行不顧，穰侯出使不報，華陽、涇陽專斷不請。四貴備而國不危者，未之有也。昭王懼，乃疑穰侯，收其印，而相張祿，為應侯。應侯之相秦，蔡澤說曰：今君相秦，計不下席，謀不出廊廟，坐制諸侯，六國不得合從，使天下皆畏秦也。善曰：曹植輔臣論曰：英辯博通。張升及論曰[207]：噓枯則冬榮。解嘲曰：窒隙蹈瑕，而無所屈也。

「搉惟庸蜀與鴝鵒同窠[208]，句吳與鼃黽同穴。善曰：許慎淮南子注曰：搉，揚搉，略也。尚書曰：及庸蜀人。孔安國曰：庸在江、漢之南。左氏傳曰：鸜鴒株株。鸜，具瑜反。株，音誅。世本曰：吳孰姑徙句吳。注：孰姑，壽夢也。句吳，太伯始所居地名句吳。句，音溝。說文曰：鼃，蝦蟆也，胡蝸反。鄭玄周禮注曰：黽，蝦蟇屬也。黽，莫耿切。一自以爲禽鳥，一自以爲魚鼈。善曰：漢賈捐之上書曰：駱越之人，譬猶魚鼈，何足貪也！鍾會蒭蕘論曰[209]：吳之玩水若魚鼈，蜀之便山若禽獸。山阜猥積而踦嶇，泉流迸集而咉咽。隰壤瀸漏而沮洳，林藪石留力又而蕪穢。山阜猥積，蜀也。泉流迸集，吳也。戰國策：段規謂韓王曰：分地必取成皐，韓王曰：成皐石留之地，無所用之也。石留之地，喻土地多石，猶人物之有留結也。一曰：壤漱而石也。或作溜字。善曰：廣雅曰：踦嶇，傾側也。字書曰：迸，散走也[210]。咉咽，流不通也。咉，烏朗反。公羊傳曰：瀸者何？漬也。作廉反。周易曰：甕敝漏。然漏猶滲也。滲，所禁反。毛詩曰：彼汾沮洳。毛萇曰：沮洳，其漸洳也。漢書楊惲曰：蕪穢不治。窮岫泄雲，日月恒翳。宅土熇暑，封疆障癘。吳、蜀皆暑濕，其南皆有瘴氣。善曰：泄，猶出也。埤蒼曰：熇，熱貌，許妖切。蔡莽螫適刺力割，昆蟲毒噬。蔡莽螫刺，多毒草也。昆蟲毒噬，蝮蛇鴆鳥之屬也。善曰：王逸楚辭注曰：蔡，草莽也。方言曰：莽，草也，南楚曰莽。

---

207 注「張升及論曰」　袁本「及」作「反」，是也。茶陵本亦誤「及」。

208 搉惟庸蜀與鴝鵒同窠　案：「鴝」當作「鸜」。善注中字作「鸜」，可證。袁、茶陵二本所載五臣良注字作「鴝」。各本皆以五臣亂善而失著校語。

209 注「鍾會蒭蕘論曰」　袁本、茶陵本無「蒭蕘」二字。案：此尤添之也。

210 注「迸散走也」　袁本、茶陵本無此四字。

鄭玄禮記注曰：昆，明也。明蟲者，陽而生，陰而藏。詩序曰：文王德及鳥獸昆蟲[211]。漢罪流禦，秦餘徙帤。楊雄蜀都賦曰：秦、漢之徙，充以山東。貨殖傳曰：秦破趙、遷卓氏於蜀。漢時，日南、北景、合浦、九真亦皆有徙者，息夫躬、孫寵之屬焉。善曰：左氏傳：舜流四凶族，以禦螭魅。廣雅曰：帤，餘也，力制反。宵貌蕞罪陋，稟質遳脆蔣衛。巷無杼直呂首，里罕耇耊。地理志曰：江南卑濕，丈夫多夭。巴、蜀輕易淫泆，柔弱褊阨。漢書曰：人宵天地之貌。方言曰：燕記曰：豐人杼首。杼首，長首也。燕謂之杼。交、益之人，率皆弱陋，故曰無杼首也。善曰：左氏傳曰：蕞爾小國。杜預曰：蕞爾，小貌也。廣雅曰：質，軀也。遳，亦脆也，七戈反。說文曰：脆，少耎易斷也。左氏傳曰：王使宰孔謂齊侯曰：伯舅耊老。杜預曰：七十曰耊。或魋直追髻而左言，或鏤膚而鑽髮。或明發而嬥歌，或浮泳而卒歲。楊雄蜀記曰：蜀之先代，人椎結左語，不曉文字。嬥，謳歌，巴土人歌也[212]。何晏曰：巴子謳歌，相引牽連手而跳歌也。潛行為泳。詩曰：漢之廣矣，不可泳思。善曰：漢書，淮南王曰：越鑽髮文身之人。張揖以為古翦字也，子踐反。文身，即鏤膚也。毛詩曰：明發不寐。爾雅曰：嬥嬥契契[213]，愈遐急也。郭璞曰；賦役不均，賢人憂歎，遠急切也。恌或作嬥，音葦苕，一音徒了反[214]。毛詩曰：何以卒歲？風俗以韰果爲嫿，人物以戕害爲藝。善曰：楊雄反騷曰：何文肆而質韰。應劭曰：韰，狹也，下介切。方言曰：惈，勇也。果與惈古字通。說文曰：嫿，靜好也，音畫。左氏傳曰：自內害其君曰殺，自外曰戕。七良反。威儀所不攝，憲章所不綴。禮記曰：孔子憲章文、武。善曰：毛詩曰：朋友攸攝，攝以威儀。賈逵國語注曰；

211 注「詩序曰文王德及鳥獸昆蟲」　袁本、茶陵本無此十一字。

212 注「嬥謳歌巴土人歌也」　袁本無「謳」字，是也。茶陵本無「嬥」字，非也。

213 注「嬥嬥契契」　案：「嬥嬥」當作「恌恌」。各本皆誤。陳云別本「恌」，今未見。

214 注「一音徒了反」　袁本、茶陵本無此五字。案：袁本正文下有「徒了」音，茶陵有「徒召」音，疑此或尤取五臣音添，非如其餘真善音被刪者也。

綴，連也。由重山之束阨烏介，因長川之裾勢[215]。距遠關以闚闟俞，時高櫟而陛制。重山束阨，謂蜀也。長川裾勢，謂吳也。漢書曰：形束壤制。善曰：束扼，拘束其民[216]，由於湫厄也。据勢，依据川之形勢也。闚闟，望尊位也[217]。陛制，亦以高櫟之陛，而能約制其民也。漢書音義，言其土地形勢[218]足以束制其人也。据，古據字，九禦切。薄戍緜冪，無異蛛蝥之網；弱卒瑣甲，無異螳蜋之衛。善曰：緜冪，微貌。呂氏春秋，湯祝曰：蛛蝥作罔罟，今之人學之。蛛，音株。蝥，莫侯反。莊子，蘧伯玉謂顏闔曰：汝不知夫螳蜋乎？怒其臂以當車轍，不知其不勝任也。

「與先世而常然，雖信險而剿絕。揆既往之前跡，即將來之後轍。成都迄已傾覆，建鄴則亦顛沛[219]。善曰：尚書曰：天用剿絕其命。剿，子小反。左傳，呂相絕秦曰：傾覆我社稷。論語曰：顛沛必於是。馬融曰：顛沛，僵仆也。顧非累卵於疊棊，焉至觀形而懷怛！善曰：言其危懼易見，不俟觀形也。說苑曰：晉靈公造九層臺，孫息聞之，求見曰：臣能累十二博棊，加九雞子其上。公曰：子作之。孫息以棊子置下，加九雞子于其上。靈公曰：危哉！孫息曰：是不危，復有危於此者。九層之臺，三年不成，鄰國將欲興兵，社稷亡滅，君欲何望？公即壞臺。賈逵國語注曰：怛，懼也。權假日以餘榮，比朝華而菴奄藹。善曰：權，猶苟且也。楚辭曰：聊假日以須時。說文曰：木堇，朝華暮落。覽麥秀與黍離，可作謠於吳會。」善曰：尚書大傳曰：微子將□朝周[220]，過殷之墟，見麥

---

215 因長川之裾勢　何校「裾」改「据」，注同。案：所校是也。善「据」，五臣「裾」，此及袁、茶陵二本所載五臣向注皆有明文，各本亂之，而失著校語。

216 注「拘束其民」　袁本、茶陵本無「拘」字。

217 注「窺望尊位也」　袁本、茶陵本無此六字。

218 注「而能約制其民也漢書音義言其土地形勢」　袁本、茶陵本無「也漢書音義言其土」八字。案：此節注各本皆有誤，今無以正之。尤所添非。

219 建鄴則亦顛沛　袁本、茶陵本「鄴」作「業」，是也。案：此尤本誤也。前吳都賦注中亦有「業」作「鄴」者，放此不更出。

220 注「微子將□朝周」　袁本、茶陵本空格作「相」。案：此與二本同衍而脩去之也。

秀之漸漸，曰：此父母之國，宗廟社稷所立也。志動心悲，欲哭則為朝周，俯泣則婦人推而廣之，作雅聲。毛詩序曰：黍離，閔宗周。大夫行役，過故宗廟宮室，盡為禾黍，而作是詩。

先生之言未卒，吳蜀二客，矆焉相顧[221]，䁯焉失所[222]。有靦瞢容，神惢形茹。㢮氣離坐，怏墨而謝。 矆，懼也。左傳曰：駉氏矆懼。毛詩曰；有靦面目。瞢，愧也。左傳曰：亦無瞢焉。楊雄方言曰：慙也，荊楊之間曰怏。善曰：張以㦜，先攏反。今本並為矆。矆，大視，呼縛反。說文曰：䁯，失意視[223]，他狄反。字書曰：蘂，垂也，謂垂下也。惢，與蘂同，而髓切[224]。說文曰：惢，心疑也，亦而髓反[225]。呂氏春秋曰：以茹魚驅蠅，蠅愈至而不可禁。然茹，臭敗之義也，如舉反。廣雅曰：㢮，釋也，施紙反。怏，勑典反。杜預左氏傳注曰：墨，色下也。說文曰：謝，辭也。**曰：**

「僕黨清狂，怵迫閩濮卜。習蓼蟲之忘辛，翫進退之惟谷。非常寐而無覺，不覩皇輿之軌躅。 漢書，昌邑王賀傳曰：賀清狂不慧[226]。注，色理清徐而心不慧，故曰清狂也。賈誼鵩鳥賦曰：怵迫之徒，或趨西東。善曰：閩，已見吳都賦。孔安國尚書注曰：濮國在江、漢之南。楚辭注曰：蓼蟲不知從乎葵藿。王逸曰：蓼蟲處辛剌，食苦惡，不從葵藿食甘美。毛詩曰：人亦有言，進退惟谷。又曰：尚寐無覺。楚辭曰；恐皇輿之敗[227]。班固漢書，班嗣曰：伏周、孔

---

221 矆焉相顧　陳云「矆」當作「㦜」，注同。案：所說是也。袁本、茶陵本云善作「㦜」。載注「春秋傳曰駟氏矆」，各本作「駟氏矆懼」，甚誤。說文心部「愯」下引左氏「駟氏愯」，集韻二腫載「愯」「㦜」「悚」三形，「㦜」字即本此，可為證也。尤以五臣亂善，非。又二本載注云云，亦誤與此同，於其校語不相應，甚非，不更出。

222 䁯焉失所　案：「䁯」當作「睄」。善「睄」、五臣「䁯」，各本皆以五臣亂善也。說見下。

223 注「說文䁯失意視」　袁本「䁯」作「睄」，茶陵本亦作「䁯」。案：「睄」字最是也。所引目部文依此，是善自作「睄」。袁、茶陵二本所載五臣向注字乃作「䁯」。茶陵、尤因正文之誤，並改此注，甚非。

224 注「而髓切」　袁本、茶陵本「而」上有「並」字，是也。

225 注「說文曰惢心疑也亦而髓反」　袁本、茶陵本無此十一字。

226 注「賀清狂不慧注」　袁本、茶陵本無「注」字。

227 注「恐皇輿之敗」　袁本、茶陵本「敗」下有「績」字。案：「績」之譌也。尤刪，非。

氏之軌躅。音義曰：躅，跡也[228]。過以仉剽之單慧，[229]歷執古之醇聽。楊雄方言曰：仉剽，輕也。善曰：鄭玄禮記注曰：過，猶誤也。王逸楚辭注曰：歷，逢也。老子曰：執古之道。仉，敷劍切。剽，匹妙反。兼重悂以貤繆，偭辰光而罔定。善曰：言既重其悂而又累其繆也。廣倉曰：悂，用心幷誤也，方奚反。說文曰：貤，重次第物也，弋豉反。漢書音義應劭曰：偭，背也，音面。國語曰：次序三辰。賈逵曰：日月星也。先生玄識，深頌靡測。得聞上德之至盛，匪同憂於有聖。老子曰：古之士微妙玄通，深不可識。夫惟不可識，故強為之頌，故曰先生玄識，深頌靡測。又曰：上德無為而無不為。易曰：顯諸仁，藏諸用，鼓萬物而不與聖人同憂，盛德大業，至矣哉！夫聖人親憂其事，然後能立。易體無為而無不為，自然動物，而不與聖人同憂。蓋謂治合造化，出於形器之表者，聖人無所復聞，無復恤也，故曰鼓萬物而不與聖人同憂。其上賦中云顯仁翌明，藏用玄默，故下覆報言之也。善曰：王弼周易注曰[230]：不與聖人之憂[231]，憂君子之道不長，小人之道不消，黍稷之不茂，茶蓼之蕃殖。至於乾坤，簡易是常，無偏於生養，無擇於人物，不能委曲與彼聖人，同此憂之。抑若春霆發響，而驚蟄飛競。潛龍浮景，而幽泉高鏡。善曰：二客聞言，朗然心悟，猶春霆響，驚蟄紛然而競飛，龍彩幽泉，煥然而照也。呂氏春秋曰：聞春始雷，則蟄蟲動矣。詩推度客曰[232]：震起而驚蟄睹。周易曰：潛龍勿用也。雖星有風雨之好，人有異同之性。庶覿蔀家與剝廬，非蘇世而居正。尚書洪範曰：庶人

---

228 注「音義曰躅跡」　袁本、茶陵本無此五字，下「也」字屬上。

229 過以仉剽之單慧　袁本、茶陵本「仉」作「泛」，注同。案：此尤延之依今方言改「汎」為「仉」也。今方言「剽」作「僄」，仍未改。「汎剽」與「仉僄」同字。孟陽在景純之前，其所見方言蓋為「汎剽」，太沖讀方言蓋亦為「汎剽」耳。尤改非。

230 注「王弼周易注曰」　袁本「弼」作「肅」，茶陵本亦作「弼」。案：「肅」字最是。陳云今本周易王注中無此文，乃未知善固引肅注耳。

231 注「不與聖人之憂」　案：「不與」二字不當有。各本皆衍。

232 注「詩推度客曰」　案：「客」當作「災」。各本皆誤。

惟星，星有好風，星有好雨，言人心之不同如星之所好異。易曰：豐其屋，蔀其家，小人剝廬。楚辭九章曰：蔀也必獨立。春秋公羊傳曰：君子大居正。善曰：言己因此幸見蔀家剝廬之凶，非謂悟世而居正道也。爾雅曰：庶，幸也。王弼周易注曰：蔀，覆曖鄣光明之物也。既豐其屋，又覆其家，屋厚家覆，闇之甚也。王逸楚辭注曰：蘇，寤之也。**且夫寒谷豐黍，吹律暖之也。昏情爽曙，箴規顯之也。**劉向別錄曰：鄒衍在燕，有谷，地美而寒，不生五穀。鄒子居之，吹律而溫至黍生，今名黍谷。善曰：孔安國尚書注，爽，明也。說文曰：曙，旦明也。**雖明珠兼寸，尺璧有盈。曜車二六，三傾五城，未若申錫典章之爲遠也。**太史書曰：田敬仲世家傳曰[233]：齊威王二十四年，與魏惠王會田於郊。魏王問曰：王亦有寶乎？曰：無有也。魏王曰：若寡人小國也，尚有徑寸之珠，照車前後十二乘者十枚，奈何以萬乘之國而無寶乎！善曰：尹文子曰：田父得寶玉徑寸，置於廡上，其夜照一室。史記曰：趙惠文王得楚和璧，秦昭王聞之，願以十五城請易璧。毛詩曰：申錫無疆。

「亮曰：日不雙麗，世不兩帝。天經地緯，理有大歸。安得齊給守其小辯也哉！」二客自言安能守此者自晦也[234]。荀卿子曰：辯說譬論，齊給便利，而不愼義，謂之姦說。善曰：禮記曰：天無二日，主無二王。漢書文帝賜尉他書云：兩帝並立。新序單襄公曰：經之以天，緯之以地，經緯不爽，天之象也。家語，孔子曰：小辨害義，小言破道也。

---

233 注「太史書曰田敬仲世家傳曰」案：「書」上當有「公」字，下當無「曰」字。又「家」下當無「傳」字。各本皆誤。以此推之，疑凡載注皆稱「太史公書」，今多失其舊也。

234 注「二客自言安能守此者自晦也」袁本、茶陵本無此十二字。案：無者最是也。在二本所載五臣向注中，此以五臣注竄入載注，甚誤。

卷第七

賦丁

郊祀

祭天曰郊，郊者言神交接也。祭地曰祀，祀者敬祭神明也。郊天正於南郊。郭外曰郊。

甘泉賦 并序

楊子雲 善曰：漢書曰：楊雄，字子雲，蜀郡成都人也[1]。雄少好學，年四十餘，自蜀來遊京師，大司馬王音召以為門下史，薦雄待詔，歲餘，為郎中，給事黃門，卒。桓譚新論曰：雄作甘泉賦一首，始成，夢腸出，收而內之，明日遂卒[2]。然舊有集注者並篇內具列其姓名，亦稱臣善以相別。佗皆類此。

孝成帝時，客有薦雄文似相如者，善曰：雄答劉歆書曰：雄作成都城四隅銘，蜀人有楊莊者，為郎，誦之於成帝，以為似相如，雄遂以此得見。上方郊祀甘泉泰畤、汾陰后土，以求繼嗣，善曰：上謂成帝

---

1 注「蜀郡成都人也」 袁本、茶陵本無「成都」二字。

2 注「明日遂卒」 何云據班書，非新論本然也。今案：此蓋「卒」字有誤。文賦注引新論作「及覺，病喘悸少氣」，或「卒」當作「病」。

也。漢書曰：武帝幸甘泉，令祠官具太乙祠壇，太一所用，如雍時物[3]。又立后土於汾陰脽上。孟康曰：時，音止，神靈之所止也。脽，音雖。召雄待詔承明之庭。善曰：諸以材術見知，直於承明，待詔即見，故曰待詔焉。承明，已見上文。正月，從上甘泉還，奏甘泉賦以風。善曰：漢書曰：永始四年正月，行幸甘泉。七略曰：甘泉賦，永始三年正月，待詔臣雄上。漢書三年無幸甘泉之文，疑七略誤也。毛詩序曰：下以風刺上。音諷。不敢正言謂之諷。其辭曰：

惟漢十世，將郊上玄，善曰：惟，有也，是也。十世，成帝也。上玄，天也。定泰時，雍神休，尊明號，晉灼曰：雍，祐也。休，美也。言見祐護以休美之祥也。明號，下同符三皇也。善曰：言將祭泰時，冀神擁祐之以美祥，因尊己之明號也。廣雅曰：將，欲也。雍，音擁。同符三皇，錄功五帝，文穎曰：符，合也。善曰：言同符契於三皇，錄功勤於五帝也。郇胤錫羨，拓迹開統。應劭曰：郇，憂也。胤，續也。錫，與也。羨，饒也。拓，廣也。時成帝憂無繼嗣，故修祠泰時、后土。言神明饒與福祥，廣迹而開統也。李奇曰：統，緒也。善曰：羨，弋戰反。於是乃命羣僚，歷吉日，協靈辰，善曰：爾雅曰：命，告也。楚辭曰：歷吉日吾將行。郭璞上林賦注曰：歷，選也。爾雅注曰：辰，時也。星陳而天行。善曰：星陳、天行，已見西京賦。詔招搖與太陰兮[4]，伏鉤陳使當兵。張晏曰：禮記曰：招搖在上，急繕其怒。太陰，歲後三辰也。服虔曰：鉤陳，神名也，紫微宮外營陳星也。善曰：句陳，已見上文。鄭玄禮記注曰：當，主也。主，謂典領也。屬堪輿以壁壘兮，捎夔魖而抶獝狂。張晏曰：堪輿，天地總名也。孟康曰：木石之怪曰夔，如龍有角，人面。魖，耗鬼也。獝狂，亦惡鬼也。今皆捎而去之。善曰：杜預左氏傳注曰：屬，託也。淮南子曰：堪輿行雄以知雌。許慎曰：堪，天道也。輿，地道也。說文曰：抶，擊也，丑乙切。八神奔而警蹕兮，振殷轔而軍裝。服虔曰：自招搖遊神之屬也。張晏曰：堪輿至獝狂，八神也。善曰：言上諸神各有職役，夔、魖之屬，又捎去

---

3 注「如雍時物」　袁本、茶陵本無「物」字。

4 詔招搖與太陰兮　茶陵本云「太」善作「泰」，袁本作「太」，用五臣也。漢書正作「泰」。

之，故令八方之神，奔走而警蹕，殷轔之盛而以軍裝也。轔，栗忍切。漢書武帝紀曰：用事八神。文穎曰：八方之神也。薛君韓詩章句曰：振，奮也。殷轔，言盛多也。軍裝，如軍戎之裝者也。蚩尤之倫帶干將而秉玉戚兮，飛蒙茸而走陸梁。張晏曰：玉戚，以玉為戚柲也。晉灼曰：飛者蒙茸而亂，走者陸梁而跳，謂猛士之輩。善曰：蚩尤，已見西京賦。干將，已見東京賦。禮記曰：朱干玉戚。鄭玄曰：戚，斧也。又考工記注曰：柲，猶柄也。音祕。茸，而恭反。齊總總以撙撙，其相膠轕兮[5]，猋駭雲迅[6]，奮以方攘。晉灼曰：方攘，半散也。善曰：王逸楚辭注曰：總總撙撙，束聚貌也。膠葛，已見上文。鄭玄禮記注曰：奮，迅也。撙，子本切。迅，音信。攘，人羊切。駢羅列布，鱗以雜沓兮，柴虒參差，魚頡而鳥䀮。善曰：駢，猶併也。張揖上林賦注曰：柴虒，不齊也。頡䀮，猶頡頏也。柴，初蟻切。虒，音豸。頡，胡結切。䀮，胡剛切。翕赫曶霍，霧集而蒙合兮，半散昭爛，粲以成章。善曰：翕赫，盛貌。曶霍，疾貌。爾雅曰：天氣下，地氣不應曰霧。霧與蒙同[7]。曶，音忽。

於是乘輿迺登夫鳳皇兮而翳華芝，韋昭曰：鳳皇為車飾也。翳，隱也。服虔曰：華芝，華蓋也。善曰：言以華蓋自翳也。駟蒼螭兮六素虯，蠖略蕤綏，灕虖襂纚。善曰：高唐賦曰：乘玉輿兮駟蒼螭。上林賦曰：乘鏤象，六玉虯。說文曰：虯，龍無角者。春秋命曆序曰：皇伯駕六龍。蠖略蕤綏，龍行之貌也。灕虖襂纚，龍翰下垂之貌也。蠖，於钁切。灕，音離。襂，音森。纚，所宜切。帥爾陰閉，霅然陽開，晉灼曰：帥，聚也。霅，散也。善曰：文子曰：與陰俱閉，與陽俱開。霅，於甲切。騰清霄而軼浮景兮，夫何旟旐郅偈之旖旎也！張晏曰：軼過云

---

5 其相膠轕兮　案：「轕」當作「葛」。注云「膠葛已見上文」，謂見吳都賦「東西膠葛」也。蓋善作「葛」，五臣作「轕」，各本亂之。漢書正作「葛」。羽獵賦「從橫膠轕」，漢書作「轕」，善及顏皆音葛。此及彼，皆同漢書耳。

6 猋駭雲迅　茶陵本云「迅」善作「訊」。袁本作「迅」，用五臣也。漢書正作「訊」。

7 注「地氣不應曰霧霧與蒙同」　陳云別本兩「霧」字並作「雺」。案：今未見。老爾雅釋文，「雺」或作「霧」，字同，亡公、亡侯二反。善引即「或作」而讀「亡公反」也。

與倒景也。服虔曰：旖旎，從風柔弱貌。善曰：薛君韓詩章句曰：騰，乘也。何休公羊傳注曰：軼，過也[8]。浮景，流景也。神女賦曰：夫何神女之妖麗。何休公羊傳注曰：據疑問所不知者曰何。周禮曰：鳥隼為旟，龜蛇為旐。郅偈，竿之貌也。郅，音質。偈，音桀。旖，於綺切。旎，女氏切。**流星旄以電燭兮，咸翠蓋而鸞旗。**善曰：言星旄之流，如電之光也。周書曰：樓煩星旄者，羽旄也。鄭玄曰：可以為旌旗也。高唐賦曰：蜺為旌，翠為蓋。蔡邕獨斷曰：天子出，前驅有鸞旗者，編羽毛，列繫橦傍。**敦萬騎於中營兮，方玉車之千乘。**善曰：敦與屯同。王逸楚辭注曰：屯，陳也。鄭玄儀禮注曰：方，併也。玉車，以玉飾車也。**聲駍隱以陸離兮，輕先疾雷而馺遺風。**善曰：廣雅曰：陸離，參差也。方言曰：馺，馳也。郭璞曰：馺，疾也。聖主得賢臣頌曰：追奔電，逐遺風。駍，普萌切。馺，先合切。**凌高衍之嵱嵸兮，超紆譎之清澄。**孟康曰：衍，無崖岸也。紆譎，曲折也。李奇曰：嵱，音踊。嵸，音竦。如淳曰：嵱嵸，上下眾多貌。**登椽欒而狃天門兮，馳閶闔而入凌兢。**服虔曰：椽欒，甘泉南山也。凌兢，恐懼貌也。李奇曰：狃，音貢。蘇林曰：狃，至也。善曰：楚辭曰：令帝閽開閶闔而望予[9]。王逸曰：閶闔，天門也。兢，鉅陵切。

是時未轃夫甘泉也，迺望通天之繹繹。善曰：轃與臻同。至也[10]。通天，臺名，已見上文。薛君韓詩章句曰：繹繹，盛貌。**下陰潛以慘廩兮，上洪紛而相錯。**善曰：慘廩，寒貌也。廩，來感切。**直嶢嶢以造天兮，厥高慶而不可乎彌度。**善曰：七發曰：條上造天。孔安國尚書傳曰：造，至也。爾雅曰：彌，終也。言高不可終竟而度量也。慶，音羌。度，大各切。彌或為強。**平原唐其壇曼兮，列新雉於林薄。**鄧展曰：唐，道也。服虔曰：新雉，香草也。雉、夷聲相近。善曰：子虛賦曰：案衍壇曼。新雉，辛夷也。本草：辛夷，一名辛引。廣雅曰：草藂

---

8 注「何休公羊傳注曰軼過也」　袁本、茶陵本無此十字。

9 注「令帝閽開閶闔而望予」　案：「令」上當有「吾」字，「開」下當有「關兮倚」三字。各本皆脫。

10 注「至也」　袁本、茶陵本無此二字，有「或作轃」三字，乃校語錯入注。

生曰薄。壇，徒旦切。曼，莫旦切。攢并閭與茇葀兮，紛被麗其亡鄂。善曰：蒼頡篇曰：攢，聚也。并櫚，椶也[11]。茇葀，草名也。被麗，分散貌也。風賦曰：被麗披離。鄂，垠鄂也。茇，步末切。葀，音括。被，皮義切。麗，音隸。崇丘陵之駊騀兮，深溝嶔巖而爲谷。蘇林曰：駊騀，音叵我。善曰：駊騀，高大貌也。嶔岩，深貌也。嶔，口銜切。迋迋離宮般以相燭兮，封巒石關施靡乎延屬。應劭曰：言秦離宮三百，武帝復往往脩理之也。善曰：說文曰[12]：迋，古文往字也。往往，言非一也。般，布也，與班同。三輔黃圖曰：甘泉有石關觀、封巒觀。施靡，相連貌也。施，弋爾切。鄭玄喪服傳注曰：屬，連也。屬，之欲切。

於是大廈雲譎波詭，摧嶉而成觀。孟康曰：言廈屋變巧，乃為雲氣水波相譎詭也。摧嶉，林木崇積貌也[13]。善曰：言大廈之高，而成觀闕也。摧，子罪切。嶉，子水切。觀，工喚切。仰撟首以高視兮，目冥眴而亡見。善曰：王逸楚辭注曰：撟，舉也。撟與矯同。冥眴，昏亂之貌。冥，莫見切。眴，音縣。正瀏濫以弘惝兮，指東西之漫漫。孟康曰：瀏，清也。服虔曰：惝，大貌也，音敞。善曰：瀏濫，猶言清淨而氾濫也。漫漫，無厓際之貌也。瀏，音劉。徒徊徊以徨徨兮，魂眇眇而昏亂[14]。善曰：言迷惑也。據軨軒而周流兮，忽坱圠而亡垠。韋昭曰：軨，欄也。軒，檻板也。善曰：軨與櫺同。周流，流行周遍也。軮軋[15]，廣大貌也。服鳥賦曰：軮軋無垠。軨，音零。坱，烏朗切。圠，烏黠切。翠玉樹之青蔥兮，璧馬犀之瞵㻞。善曰：漢武帝故事曰：上起神屋，前庭植玉

---

11 注「并櫚椶也」 袁本、茶陵本「櫚」作「閭」，是也。

12 注「說文曰」 袁本、茶陵本無此三字，有「往往作迋」四字，乃校語錯入注。

13 注「林木崇積貌也」 案：「林」當作「材」，漢書注可證。各本皆譌。

14 魂眇眇而昏亂 袁本、茶陵本「魂」下有「魄」字，云善本去「魂」作「魄固」。案：漢書作「魂固」，蓋善自作「魂固」。袁、茶陵所見「魂」作「魄」者，非。尤本誤涉五臣脫「固」字，益非。

15 注「軮軋」 袁本、茶陵本「軮軋」作「坱圠」，下「軮軋無垠」同。案：二本是也。正文善「坱圠」及音皆可證。

樹，珊瑚為枝，碧玉為葉。璧馬犀，言作馬及犀為璧飾也。埤蒼曰：瞵瑞，文貌也。應劭曰：瞵，音鄰。晉灼曰：瑞，音豳。金人仡仡其承鍾虡兮，嵚巖巖其龍鱗。善曰：孔安國尚書傳曰：仡仡，壯勇之貌也。嵚，開張之貌也。龍鱗，似龍之鱗也。仡，魚乞切。嵚，火敢切。揚光曜之燎爥兮，垂景炎之炘炘。晉灼曰：景，大也。善曰：廣雅曰：炘，熱也，音欣。配帝居之縣圃兮，象泰壹之威神。服虔曰：曾城、縣圃、閬風，崑崙之山三重也，天帝神在其上。善曰：春秋[16]合誠圖曰：紫宮帝室，太一之精。洪臺崛其獨出兮[17]，㰏北極之嶟嶟。應劭曰：崛，特貌也。㰏，至也。晉灼曰：嶟嶟，穊緻也。善曰：爾雅曰：北極謂之北辰。崛，其勿切。㰏，竹指切。嶟，千旬切。列宿迺施於上榮兮，日月纔經於柍桭。韋昭曰：榮，屋翼也。服虔曰：柍，中央也。桭，屋梠也。善曰：施，式支切。柍，於兩切。桭音辰。雷鬱律於巖窔兮，電儵忽於牆藩。善曰：鬱律，小聲也。上林賦曰：巖窔洞房。釋名曰：窔，幽也。儵忽，疾貌也。藩，籬也。窔，一吊切。鬼魅不能自逮兮，半長途而下顛。善曰：逮，及也。爾雅曰：顛，隕也。歷倒景而絕飛梁兮，浮蠛蠓而撇天。張揖曰：陵陽子明經曰：倒景，氣去地四千里，其景皆倒在下[18]。如淳郊祀志注曰：在日月之上，日月返從下照，故其景倒。又曰：絕，度也[19]。服虔曰：浮，高貌也。晉灼曰：飛梁，浮道之橋也。善曰：孫炎爾雅曰[20]：蠛蠓，蟲，小於蚊。張揖三蒼注曰：撇，拂也。蠓，莫孔反。撇，匹列反。左欃槍而右玄冥兮，前熛闕而後應門。晉灼曰：大人賦曰：攬欃槍以為旗。又曰：左玄冥而右黔雷。

16 注「善曰春秋」下至「太一之精」　袁本、茶陵本無此十六字。
17 洪臺崛其獨出兮　茶陵本云「崛」，善作「掘」。袁本作「崛」，用五臣也。漢書正作「掘」。
18 注「其景皆倒在下」　袁本、茶陵本無此六字。
19 注「又曰絕度也」　袁本、茶陵本無此五字，有「在下」二字。
20 注「孫炎爾雅曰」　何校「曰」上添「注」字，是也。陳云別本有。

雄擬相如，故云爾也。熛闕，赤色之闕也。南方之帝曰赤熛怒。應門，正門，在熛闕之內也。善曰：應劭曰：大人賦注曰[21]：欃槍，奔星也。張揖曰：玄冥，北方黑帝佐也。熛，必遙切。蔭西海與幽都兮，涌醴汩以生川。如淳曰：言闕之高，乃蔭西海也。善曰：山海經曰：北海之內，有山名曰幽都，黑水出焉。涌醴，醴泉涌出也。方言曰：汩，疾也，于筆切。蛟龍連蜷於東厓兮，白虎敦圉乎崑崙。善曰：連蜷，長曲貌也。敦圉，盛怒貌也。春秋漢含孳曰：天一之帝居，左青龍，右白虎。服虔曰：象崑崙山在甘泉宮中也。蜷，音拳。敦，徒昆切[22]。覽樛流於高光兮，溶方皇於西清。服虔曰：高光，宮名也。晉灼曰：樛流，猶繚繞。善曰：樛流，高曲之貌也。溶，盛貌也。方皇，即彷徨，觀名也。漢書曰：甘泉有高光、旁皇。旁，音傍。西清，西廂清淨之處也。上林賦曰：象輿偃蹇於西清。前殿崔巍兮，和氏玲瓏[23]。晉灼曰：以黃金為璧帶，含藍田璧。玲瓏，明見貌也。善曰：前殿，正殿也，諸宮皆有之。漢書曰：未央宮立前殿。炕浮柱之飛榱兮，神莫莫而扶傾。善曰：炕，舉也。舉浮柱之飛榱，言檐宇高峻，若神清淨而扶其傾危也。炕與抗古字同。毛詩曰：君婦莫莫。毛萇曰：莫莫，清淨也。閌閬閬其寥廓兮，似紫宮之崢嶸。善曰：閌，高也。說文曰：閌閬，高大之貌也。寥廓，虛靜貌。紫宮及崢嶸，並已見上文。閬，音浪。寥，音僚。駢交錯而曼衍兮，峻[山皋]隗乎其相嬰。善曰：駢，列也[24]。曼衍，分布也。埤蒼曰：峻，山長貌。[山皋]隗，高貌。嬰，繞也。衍，弋戰切。峻，他賄切。[山皋]，音皐。隗，五賄切。乘雲閣而上下兮，紛蒙籠以棍成。服虔曰：蒙籠，膠葛貌。棍成，言自然也。善

---

21 注「應劭曰大人賦注曰」　案：「劭」下當去「曰」字。各本皆衍。

22 注「敦徒昆切」　袁本、茶陵本此下有「與屯同」三字，是也。

23 和氏玲瓏　袁本作「瓏玲」，云善作「玲瓏」。茶陵本云五臣作「瓏玲」。案：各本所見皆非也。陳云漢書作「瓏玲」，此韻腳，不容同異，當乙。其說是矣。凡袁、茶陵皆據所見為校語，非必善真如此，每有牴牾，詳見各條下。注「玲瓏，明見貌也」，亦當乙。漢書注可證。太玄、法言皆有「瓏玲」，亦可互證。法言「玲」作「瓕」同字也。

24 注「善曰駢列也」　袁本無「列也」二字，有「已見上文」四字。案：尤本此處脩改，必初刻同。袁本謂「駢猶並也，已見上注」也。茶陵本複出之，亦可證所改之非。

曰：雲閣，言高連雲也。老子曰：有物混成。棍與混同。**曳紅采之流離兮，颺翠氣之宛延。**善曰：言宮觀之高，故紅采翠氣，流離宛延，在其側而曳颺之[25]。**襲琁室與傾宮兮，若登高眇遠，亡國[26]肅乎臨淵。**服虔曰：襲，繼也。桀作琁室，紂作傾宮，以此微諫也。應劭曰：登高遠望，當以亡國為戒，若臨深淵也。善曰：晏子春秋曰：夏之衰也，其王桀作為琁室；殷之衰也，其王紂作為傾宮。

回猋肆其碭駭兮，翍桂椒而鬱移楊。服虔曰：回猋，回風也。善曰：毛萇詩傳曰：肆，疾也。碭，過也。廣雅曰：駭，起也。翍與披同。說文曰：鬱，木聚生也。爾雅曰：棠棣，移也。楊，楊樹也。言回風碭駭，披散桂椒，又鬱眾移楊也[27]。碭，徒浪切。移，音移。**香芬茀以穹隆兮，擊薄櫨而將榮。**善曰：言香氣芬茀，穹隆而盛，乃拂擊薄櫨，而及屋榮也。說文曰：薄櫨，柱上枅也。薛君韓詩章句曰：將，辭也。茀，房物切。薄，房隔切。櫨，力都切。**薌呹肸以棍批兮，聲駍隱而歷鍾。**善曰：薌，亦香字也。禮記曰：燔燎羶薌。呹，疾貌也。說文曰：肸，蠁布也。司馬彪上林賦注曰：肸，過也[28]。棍，同也。批，擊也。歷鍾，經歷至鍾也。呹，余日切。肸，許一切。棍，下本切。批，薄結切。駍，普耕切。**排玉戶而颺金鋪兮，發蘭惠與芎藭。**李奇曰：鋪，門鋪首也。善曰：言風飄香氣，既排玉戶而颺金鋪，又發揚蕙蘭與芎藭也。長門賦曰：擠玉戶以撼金鋪。司馬注子虛賦曰：芎藭，似槀本[29]。**帷弸環其拂汨兮，稍暗暗而靚深。**善曰：弸環，風吹帷帳之聲也。拂汨，鼓動之貌。暗暗，深空之貌。靚，即靜字耳。弸，普萌切。環，音

---

25 注「而曳颺之」　袁本、茶陵本無此四字。

26 若登高眇遠亡國　袁本「眇」下有「而」字，「遠」下無「亡國」二字，云善正文作「登高眇遠亡國」。茶陵本云五臣作「若登高眇而遠」。陳云漢書無「亡國」二字。今案：各本所見皆非也。注應劭曰「當以亡國為戒」者，但說賦意，非舉賦文也。傳寫善本因注引應而誤添正文。又五臣衍「而」字，漢書亦無。

27 注「又鬱眾移楊也」　案：「眾」當作「聚」，漢書注「而移楊鬱聚也」可證。陳云別本「聚」。

28 注「司馬彪上林賦注曰肸過也」　袁本、茶陵本無此十一字。

29 注「長門賦曰」下至「芎藭似槀本」　袁本、茶陵本無此二十三字。

宏。汨，于密切。暗，烏感切。陰陽清濁穆羽相和兮，若夔牙之調琴。張晏曰：聲細不過羽，穆然相和也。善曰：莊子：黃帝曰：一清一濁，陰陽調和。尚書曰：夔典樂，教胄子。列子曰：伯牙善鼓琴。般倕棄其剞劂兮，王爾投其鉤繩。應劭曰：剞，曲刀也。劂，曲鑿也。善曰：尚書曰：倕，汝作共工[30]。般，魯般也。爾，王爾也。並已見西京賦。般與班同。倕，音垂。雖方征僑與偓佺兮，猶彷佛其若夢。晉灼曰：方，常也。征，行也。言宮觀之高峻，雖使仙人行其上[31]，恐遽不識其形觀，猶髣髴若夢也。善曰：鄭玄毛詩箋曰：方，且也。征僑，姓征名僑也。司馬相如大人賦曰：廝征伯僑。漢書曰正伯僑，並同也。餘依晉說。列仙傳曰：偓佺，槐里采藥父也。食松實，形體生毛數寸，能飛行逮走馬。說文曰：彷佛，相似視不諟也。楚辭曰：時彷佛以遙見。諟即諦字，音帝。

於是事變物化，目駭耳回，善曰：蒼頡篇曰：駭，驚也。回，謂回皇也。蓋天子穆然，珍臺閒館，琁題玉英，蜵蜎蠖濩之中。應劭曰：題，頭也。榱椽之頭，皆以玉飾，言其英華相燭也。張晏曰：蜵蜎蠖濩，刻鏤之形也。善曰：范子曰：玉英出藍田。孝經援神契曰：玉英，玉有英華之色。閒，音閑。蜵，音淵。蜎，於緣切。蠖，烏郭切。濩，胡郭切。惟夫所以澄心清魂，儲精垂恩，善曰：鄭玄毛詩箋曰：惟，思也。文子曰：澄心清意。言儲蓄精神，冀神垂恩也。感動天地，逆釐三神者；服虔曰：釐，福也。韋昭曰：逆，迎也，迎受福釐也。善曰：三神，天地人也。釐，音熙。迺搜逑索偶皋伊之徒，冠倫魁能，韋昭曰：搜，擇也。逑，匹也。索，求也。偶，對也。應劭曰：冠其羣倫魁桀也。善曰：皋，皋繇，堯臣也。伊，伊尹，湯臣也。函甘棠之惠[32]，挾東征之意，善曰：毛詩序曰：甘棠，美邵伯也。又曰：東山，周公東征也。相與齊乎陽靈之宮。善曰：韓康伯周易注曰：洗心曰齊。齊，

---

30 注「倕汝作共工」　袁本、茶陵本「倕」上有「咨」字，無「作」字。

31 注「雖使仙人行其上」　案：「行」上當有「常」字，漢書注可證。各本皆脫。

32 函甘棠之惠　袁本、茶陵本云「惠」善作「恩」，蓋所見不同也。漢書作「惠」。

側皆反。祭天之所，故曰陽靈。靡薜荔而爲席兮，折瓊枝以爲芳。善曰：靡，謂偃靡之，藉地而為席也。楚辭曰：折瓊枝以繼佩。吸清雲之流瑕兮[33]，飲若木之露英。善曰：淮南子曰：志厲青雲，非夸矜也。司馬相如大人賦曰：呼吸沆瀣餐朝霞。霞與瑕古字通。山海經曰：灰野之山，有赤樹青葉，名曰若木。露英，英之含露者。集乎禮神之囿，登乎頌祇之堂。善曰：禮神，謂祭天也。晉灼曰：后土，歌祭之處也。善曰：為歌頌以祭地祇。建光耀之長旓兮，昭華覆之威威。服虔曰：昭，明也。華覆，華蓋也。善曰：埤蒼曰：旓，旌旗斿也。旓，所交切。威，猶葳蕤也。攀琁璣而下視兮，行遊目乎三危。善曰：漢書曰：北斗七星，所謂琁璣玉衡。楚辭曰：忽反顧以游目。尚書曰：導黑水至于三危。陳眾車於東阬兮，肆玉軑而下馳。如淳曰：東阬，東海也，苦庚切。晉灼曰：軑，車轄也。韋昭曰：軑，徒計切。善曰：賈逵國語注曰：肆，恣也。楚辭曰：齊玉軑而並馳。軑，音大。漂龍淵而還九垠兮，窺地底而上回。應劭曰：龍淵在張掖。服虔曰：九垠，九重也。善曰：言從東阬下馳，遂浮龍淵而繞其九重，乃窺地底而上歸也。說文曰：漂，浮也。莊子曰：千金之珠，在九重之淵驪龍頷下。廣雅曰：垠，厓也，厓亦重之義也。還，音旋。風漎漎而扶轄兮[34]，鸞鳳紛其銜蕤[35]。善曰：漎漎，疾貌也，音竦。晉灼曰：蕤，緌也。梁弱水之濎濙兮，躡不周之逶蛇。服虔曰：崑崙之東有弱水，渡之若濎濙耳。善曰：濎濙，小水貌也。字林曰：濙，絕小水也。廣雅曰：躡，履也。山海經曰：西海之外，有山不合，名曰不周。逶蛇，欲平貌也。濎，吐定切。濙，音熒。蛇，音移。想西王

---

33 吸清雲之流瑕兮　茶陵本「吸」作「噏」，云五臣作「吸」。袁本作「吸」，用五臣也。漢書正作「噏」。

34 風漎漎而扶轄兮　袁本云「漎」善作「從」。茶陵本作「從」，云五臣作「漎」。案：茶陵是也。尤誤以五臣亂善，非也。漢書作「傱」。集韻二腫有「從」「傱」，云「從從，疾貌，或人」。上字據此，下字據漢書也。袁本當云善作「從」，今有誤。羽獵賦「萃傱沇溶」，五臣亦作「漎」，可互證。

35 鸞鳳紛其銜蕤　陳云「銜」漢書作「御」，顏注或作「銜」，俗妄改也。今案：五臣注作「銜」，有明文，善注不見此字，或未必與五臣同，但無可考。袁、茶陵二本亦不著校語也。

母欣然而上壽兮，屏玉女而卻宓妃。善曰：言既臻西極，故想王母而上壽，乃悟好色之敗德，故屏除玉女而及宓妃，亦以此微諫也。山海經曰：玉山，西王母所居也。神異經曰：東荒中有大石室，東王公居之，常與玉女共投壺。宓妃，已見東京賦。玉女亡所眺其清矑兮，宓妃曾不得施其蛾眉。服虔曰：矑，目童子也。善曰：毛詩曰：螓首蛾眉。方攬道德之精剛兮，侔神明與之爲資。晉灼曰：等天地之計量也。善曰：說文曰：攬，撮持也，音覽。精剛，精微剛強也。

於是欽柴宗祈，善曰：恭敬燔柴，尊宗所祈也。尚書曰：至於岱宗，柴。燎熏皇天，應劭曰：牲玉之香也。皐搖泰壹[36]。如淳曰[37]：皐，挈皐也。積柴於挈皐頭，置牲玉於其上，舉而燒之，欲近天也。張晏曰：招搖、泰一，皆神名。善曰：搖與遙同。舉洪頤，服虔曰：洪頤，旌名也。應劭曰：旌旆布也。樹靈旗。李奇曰：欲伐南越，告禱太一，畫旗樹太一壇上，名靈旗，以指所伐之國也。見漢書郊祀志。樵蒸昆上，配藜四施。張晏曰：配藜，披離也。善曰：言燔燎之盛，故樵蒸之光同上，而披離四布也。周禮曰：共祭祀之薪蒸。鄭玄曰：麄曰薪，細曰蒸。說文曰：昆，同也。昆或為焜。字書曰：焜，煌火貌。東燭滄海，西耀流沙。北熿幽都，南煬丹厓。服虔曰：丹水之厓也。善曰：尚書曰：弱水餘波入于流沙。幽都，已見吳都賦。熿與晃，音義同。方言曰：煬，炙也。玄瓚觩𧤛，秬鬯泔淡。服虔曰：以玄玉飾之，故曰玄瓚。張晏曰：瓚受五升，口徑八寸，以大圭為柄，用灌鬯。觩𧤛，其貌也。應劭曰：泔淡，滿也。善曰：孔安國尚書傳曰：黑黍曰秬，釀以鬯草。觩，音求。𧤛，力幽切。泔，胡敢切。淡，大敢切。肸蠁豐融，懿懿芬芬。善曰：言

---

[36] 皐搖泰壹　案：「皐」當作「招」，茶陵本作「皐」，云五臣作「招」。今考漢書作「招」，善與之同，故如淳解讀作「皐」，張晏解「招如字」，而兩引之。不知者但據如解改為「皐」，而張解不可通矣。袁本作「招」，不著校語，可知非五臣與善異，所見當未誤。

[37] 注「如淳曰」　袁本、茶陵本「曰」下有「招作皐」三字。案：有者是也，說已見上。尤因所見賦誤「招」為「皐」，遂刪此注，以就正文，失之矣。

秬鬯分布，芬芳盛美也。肸蠁，已見上文。炎感黃龍兮[38]，熛訛碩麟。韋昭曰：碩，大也。善曰：言焱熛熾盛，感動神物也。字林曰：焱，火光也。說文曰：熛，火飛也。毛萇詩傳曰：訛，動也。熛，必遙切。選巫咸兮叫帝閽，開天庭兮延羣神。服虔曰：令巫祝叫呼天門也。善曰：山海經曰：大荒中有靈山，巫咸從此升降。王逸楚辭注曰：巫咸，古神巫也。楚辭曰：吾令帝閽闢開兮[39]。鄭玄禮記注曰：延，導也。儐暗藹兮降清壇，瑞穰穰兮委如山。張晏曰：儐，贊也。善曰：鄭玄周禮注曰：接賓曰儐，然謂贊禮者也。暗藹，眾盛貌也。委，積也。暗，烏感切。

於是事畢功弘，迴車而歸，度三巒兮偈棠黎[40]。晉灼曰：黃圖無三巒，相如傳有封巒觀。善曰：三巒即封巒觀也。漢書曰：甘泉有封巒、棠黎。韋昭曰：偈，息也，音憩。天閫決兮地垠開，八荒協兮萬國諧。善曰：鄭玄禮記注曰：閫，門限也。決，亦開也。言門決以出德澤，故八荒萬國，俱協諧也。登長平兮雷鼓磕，天聲起兮勇士厲。如淳曰：長平，坂名，在池陽南。善曰：字指曰：磕，大聲也，口蓋切。天聲，如天之聲，言其大也。杜預左氏傳注曰：厲，猛也。雲飛揚兮雨滂沛，于胥德兮麗萬世。善曰：言恩澤之多，若雲行雨施，君臣皆有聖德，故華麗至于萬世也。毛詩曰：于胥樂兮。鄭玄曰：于，於也。胥，皆也。麗，光華也[41]。

亂曰：善曰：王逸楚辭注曰：亂，理也，所以發理辭指，總撮所要也。崇崇圜丘，隆隱天兮。善曰：崇崇，高貌也。廣雅曰：圜丘，大壇祭天也。登降峛崺，單埢垣兮。善曰：登降，上下也。峛崺，邪道也。單，大貌。

---

38 炎感黃龍兮　案：「炎」當作「焱」。據善注云「言焱熛熾盛，感動神物也」。字林曰：「焱，火光也」云云，作「焱」甚明。其五臣注作「炎」，各本亂之。漢書作「炎」，則與此不必全同也。

39 注「吾令帝閽闢開兮」　袁本、茶陵本無「闢」字。案：當於「開」下添「關」字。各本皆譌。

40 偈棠黎　茶陵本「黎」作「棃」，云五臣作「黎」。袁本作「黎」，用五臣也。漢書正作「棃」。案：此尤本以五臣亂善，非也。

41 注「麗光華也」　袁本、茶陵本無此四字。

捲垣，圜貌。峛，力爾切。崺，弋爾切。單，音蟬。捲，音拳。**增宮嵾差，駢嵯峨兮。**善曰：嵾與參同，初林切。駢，步千切。嵯，材何切。峨，音俄。**岭嶒嶙峋，洞無厓兮。**善曰：埤蒼曰：岭嶒嶙峋，深無厓之貌。岭，音零。嶒，音熒。嶙，音鄰，峋，音旬。**上天之縡，杳旭卉兮。**善曰：縡，事也。杳，深遠也。旭卉，幽昧之貌[42]。毛詩曰：上天之載，無聲無臭。縡與載同。**聖皇穆穆，信厥對兮。**李奇曰：對，配也，能與天相對配也。善曰：詩曰：帝作邦作對。**俫祇郊禋[43]，神所依兮，**善曰：言來郊禋而甚敬，故為神祇之所依也。俫，古來字。**徘徊招搖，靈迉迡兮[44]。**善曰：招搖，猶彷徨也。迉迡，即棲遲也。毛萇詩傳曰：棲遲，遊息也。招，必遙切。迉，音棲。迡，大夷反。**光燀眩耀，降厥福兮。子子孫孫，長無極兮。**

耕藉

藉田賦

臣瓚漢書注曰：景帝詔曰：朕親耕。本以躬親為義。藉，謂蹈藉之也。

臧榮緒晉書曰：泰始四年正月丁亥，世祖初藉於千畝，司空掾潘岳作藉田頌也。

潘安仁

臧榮緒晉書，潘岳，字安仁，滎陽中牟人。總角辯惠，摛藻清豔，鄉邑稱為奇童。弱冠辟司空太尉府，舉秀才，高步一時，為眾所疾。然藉田、西征咸有舊注，以其釋文膚淺，引證疏略，故並不取焉。

伊晉之四年正月丁未，皇帝親率羣后藉于千畝之甸，禮也。晉書曰：丁亥藉田，戊子大

---

42 注「幽昧之貌」 袁本、茶陵本作「難知也」三字，是也。

43 俫祇郊禋 茶陵本「祇」作「祗」，云善作「祇」。案：茶陵所見及尤本非也。顏注漢書與善此注皆以「敬」解「祗」，其非異字可知。袁本作「祗」而不著校語，所見當未誤。

44 靈迉迡兮 茶陵本「迉迡」作「棲遲」，云善作「迉迡」。案：茶陵所見及尤本皆非也。袁本云「棲遲」善作「屖迡」；其載善音則云「屖音棲」。漢書作「遲」，顏注「遲音栖」。考集韻十二齊有「屖」「遲」，別無「迉」字重出其下。然則但傳寫誤耳。當依袁所見訂正。陳云「迡」當作「追」，從漢書校也。

赦。今為丁未，誤也。千畝，已見西京賦。禮記曰：天子籍田千畝[45]。於是乃使甸帥清畿，野廬掃路。周禮曰：甸師掌帥其屬，而耕耨王籍。鄭玄曰：師，猶長也。然師而為帥者，避晉景帝諱也。周禮曰：野廬氏，掌達國之道路也。封人壝宮，掌舍設枑。周禮曰：封人，掌設王之社壝，為畿封而樹之。鄭玄曰：聚土曰封。壝，謂壇及埒也。周禮曰：掌舍，掌王之會同之舍，設梐枑再重[46]。杜子春讀為梐枑。梐枑，行馬也。壝，以委切[47]。枑，音互。青壇蔚其嶽立兮，翠幕黕以雲布。國語，虢文公曰：古者，王命司空，除壇于籍。楊脩許昌宮賦曰：華殿炳而嶽立。鄭玄周禮注曰：帷覆上曰幕。魏文帝愁霖賦曰：玄雲黕其四塞。黕，黑貌也。封禪書曰：雲布霧散。黕，丁敢切。結崇基之靈趾兮，啓四塗之廣阼。崇基，謂壇也。於壇四面而為階也。說文曰：趾，基也。又曰：阼，主階也。沃野墳腴，膏壤平砥。墳腴、平砥，已見上文。史記曰：京師膏壤，沃野千里。毛詩曰：周道如砥[48]。清洛濁渠，引流激水。子虛賦曰：激水推移。遐阡繩直，邇陌如矢。史記曰：秦孝公壞井田，開阡陌。風俗通曰：南北曰阡，東西曰陌。繩直，已見上文。詩曰：其直如矢。緫犗服于縹軛兮，紺轅綴於黛耜。緫犗，帝耕之牛也。說文曰：緫，帛青色，音蔥。犗牛，已見吳都賦。又曰：縹，帛青白色。轅軛，犂轅軛也。鄭玄周禮注曰：轅端壓牛領曰軛，於革切。說文曰：紺，染青而揚赤色也。鄭玄禮記注曰：耜，耒之金。儼儲駕於廛左兮，俟萬乘之躬履。駕牛儼然在於廛左，以待天子躬親履之，耕以儲畜，故曰儲駕也。說文曰：儼，好貌也。晉灼漢書曰[49]：廛，一百畝也。然古耕以耒而今以牛者，蓋晉時創制，不沿於古也。百僚先置，位以職分。百僚，已見上文。羽獵賦曰：先置乎白楊之南。漢書曰：六卿各有徒屬職分也。自上下

45 注「禮記曰天子籍田千畝」　袁本、茶陵本無此九字。
46 注「設梐枑再重」　何校「枑」改「柜」，陳同。各本皆譌。
47 注「壝以委切」　袁本、茶陵本「委」作「季」，是也。
48 注「毛詩曰周道如砥」　袁本、茶陵本無此七字。
49 注「晉灼漢書曰」　陳云「書」下當有「注」字。各本皆脫。

下，具惟命臣。周易曰：自上下下，其道大光。西京賦曰：具惟帝臣。鄭玄儀禮注曰：命者，加爵服之名。襲春服之萋萋兮，接游車之轔轔。司馬彪上林賦注曰：襲，服也。禮記曰：孟春衣青衣。春服，已見魏都賦。薛君韓詩章句曰：萋萋，盛也。文穎漢書注曰：天子出，游車九乘。毛詩曰：有車轔轔。微風生於輕幰，纖埃起於朱輪。幰，車幰也。釋名曰：車幰，所以御熱也。朱輪，見吳都賦。森奉璋以階列，望皇軒而肅震。森，盛貌也。毛詩曰：奉璋峨峨，髦士攸宜。階，爵之次也。爾雅曰：震，懼也。若湛露之晞朝陽，似眾星之拱北辰也[50]。毛詩曰：湛湛露斯，匪陽不晞。毛萇曰：晞，乾也。言露見日而乾，以喻諸侯承命而施敬也。論語：子曰：為政以德，譬如北辰，居其所，而眾星共之。

於是前驅魚麗，屬車鱗萃。周禮曰：王出入，則自左馭而前驅。鄭玄曰：前驅，如今導引也。魚麗，已見東京賦。屬車，已見西京賦。子虛賦曰：珍怪鳥獸，萬端鱗萃。閶闔洞啟，參塗方駟。洛陽宮舍記曰：洛陽有閶闔門。西京賦曰：旁開三門，參塗夷庭。羽獵賦曰：方駕千駟[51]。常伯陪乘，太僕秉轡。尚書曰：左右常伯。應劭曰：漢官儀曰[52]：侍中，周成王常伯任侍中，殿下稱制，出即陪乘。鄭玄周禮注曰：陪乘，參乘也。漢舊儀曰：漢乘輿大駕儀，公卿奉引，太僕御也。后妃獻穜稑之種，司農撰播殖之器。周禮曰：上春，詔王后帥六宮之人，而生穜稑之種，而獻于王。鄭司農曰：先種後熟謂之穜，後種先熟謂之稑。漢書曰：大農令，武帝更名大司農。孔安國論語注曰：撰，具也。史記曰：后稷播植百穀[53]。孔安國尚書傳曰：播，布也。蒼頡篇曰：殖，種也。挈壺掌升降之節，宮正設門閭之蹕。周

50 似眾星之拱北辰也　袁本、茶陵本無「似」字，晉書無。又上句末及「輕幰階列離坎發揮」下有「兮」字，袁本、茶陵本「離坎」下無，餘同。案：此等或善、五臣不同，但不著校語，無可考。

51 注「方駕千駟」　袁本、茶陵本「駕」作「馳」，是也。

52 注「應劭曰漢官儀曰」　陳云上「曰」字衍，是也各本皆衍。

53 注「后稷播植百穀」　袁本、茶陵本「植」作「殖」，是也。

禮有挈壺氏。周禮曰：宮正，凡邦之事蹕宮中。鄭玄曰：正，長也。宮中之長也。鄭司農曰：蹕，謂止行者清道，若今時警蹕。**天子乃御玉輦，蔭華蓋。**臧榮緒晉書曰：大駕鹵簿有大輦，華蓋，中道。玉輦，大輦也。華蓋，已見西京賦。**衝牙錚鎗，綃紈綷繚。**禮記曰：凡帶必有佩，佩玉有衝牙。鄭玄曰：衝牙[54]，居中央，以前後觸也。錚鎗，玉聲也。錚，义耕切。鎗，义行切。鄭玄禮記注曰：綃，綺屬也。許慎淮南子注曰：紈，素也。漢書班婕妤賦曰：紛綷繚兮紈素聲。綃，思樵切。紈，音丸。綷，七悴切。繚，七大切。**金根照耀以炯晃兮，龍驥騰驤而沛艾。**司馬彪續漢書曰：漢承秦制，御為乘輿，金根安車，五采文畫輈。西京賦曰：乃奮翅而騰驤。龍驥、沛艾，已見上文。**表朱玄於離坎，飛青縞於震兌。中黃曄以發揮，方彩紛其繁會。**謂鹵簿之儀，車騎旌旗，各依方色。表，猶摽也。周易曰：離，南方之卦也；坎者，正北方之卦也；震者，東方；兌，正西秋也。周禮曰：東方謂之青，南方謂之赤，西方謂之白，北方謂之黑。毛萇詩傳曰：縞，白色也。縞，古老切。周禮曰：地謂之黃。臧榮緒晉書，鹵簿，曰青立車、青安車、赤立車、赤安車、黃立車、黃安車、白立車、白安車、黑立車、黑安車，合十乘，並駕駟，建旗十二，如車色。**五輅鳴鑾[55]，九旗揚旆。**周禮曰：王之五路：一曰玉路，二曰金路，三曰象路，四曰革路，五曰木路。又曰：掌九旗之物名：日月為常，蛟龍為旂，通帛為旃；雜帛為物，熊虎為旗，鳥隼為旟；龜蛇為旐，全羽為旞，析羽為旌。**瓊鈒入蘂，雲罕晻藹。**臧榮緒晉書曰：雲罕車駕駟，戟車載[56]。闟與鈒音義同也。蒼頡篇曰：蘂，聚也。楚辭曰：揚雲霓之晻藹。鈒，音吸。晻，音烏感切。**簫管嘲哳以啾嘈兮，鼓鞞硡隱以砰磕。**簫管，已見上文。楚辭曰：鵾鷄嘲哳而悲鳴。蒼頡篇曰：啾，眾聲也。嘈，已見上文。

---

54 注「鄭玄曰衝牙」 袁本、茶陵本無此五字。

55 五輅鳴鑾 案：「輅」當作「路」。各本善注中字皆作「路」。袁本所載向注則作「輅」。蓋善「路」、五臣「輅」而亂之也。晉書正作「路」。

56 注「戟車載」 茶陵本「戟車」作「闟」。尤本「戟車」二字處脩改，袁本亦然。案：此當云「闟戟車載戟」，各本皆脫誤。晉書輿服志云「闟戟車，長戟邪偃向後」，是其義。「闟」、「闟」亦同字。

文。周禮曰：鍾師掌鞞。鄭玄曰：擊鞞以和樂。字林曰：鼙，小鼓也。鞞與鼙同，步迷切。硡與訇音義同，火宏切。字書曰：砰，大聲也。字指曰：磕，大聲也。砰，披萌切。磕，苦蓋切。**筍簴嶷以軒翥兮，洪鍾越乎區外。**筍簴、軒翥，已見西京賦。天子之行，擊左右鍾，已見西都賦。**震震塡塡**[57]**，塵騖連天，以幸乎藉田。**震震，盛也。郭璞爾雅注曰：闐闐，羣行聲也。東觀漢記曰：王邑旗幟蔽野，埃塵連天。騖或為霧，非也。**蟬冕頻以灼灼兮，碧色肅其千千**[58]**。**蟬冕，已見魏都賦。千千，碧貌。**似夜光之剖荊璞兮，若茂松之依山巔也。**

於是我皇乃降靈壇，撫御耦。降，謂臨幸也。應劭漢官儀曰：天子東耕之日，天子升壇，上空無祭[59]，天子耕於壇，舉耒三推而已。論語曰：長沮、桀溺耦而耕。鄭玄曰：耜廣五寸，二耜為耦。王逸楚辭注曰：撫，持也。**坻場染屨，洪縻在手。**方言曰：坻，場也。蚳蜉犂鼠之場謂之坻。場，浮壤之名也，音傷。說文曰：縻，牛轡也，忙皮反。**三推而舍，庶人終畝。**三推，已見上文。國語，虢文公曰：王耕一墢，班三之，庶人終于千畝。韋昭曰：一墢，一耜之墢也。班，次也。三之，下各三其上。王一，公三，卿九，大夫二十七，庶人盡耕也。既云以牛而又言推者，蓋沿古成文，不可以文而害實也。墢，扶發切。然國語與禮記不同，而潘雜用之。**貴賤以班，或五或九。**禮記曰：帝藉，三公五推，卿諸侯九推。**于斯時也，居靡都鄙，民無華裔。**都，謂京邑也。杜預左傳注：鄙，邑也[60]。左傳，孔子曰：裔不謀夏，夷不亂華。王肅家語注曰：裔，邊裔也。**長幼雜遝以交集，士女頒斌而咸戾。**雜遝，眾多貌也。頒斌，相雜之

---

57 震震塡塡　案：「塡塡」當作「闐闐」。各本善注中字皆作「闐」，袁、茶陵二本所載良注則作「塡」，蓋善「闐」、五臣「塡」而亂之也。晉書作「塡」，與五臣所據同。

58 碧色肅其千千　袁本、茶陵本作「芊芊」。案：尤本是也。高唐賦「肅何千千」，安仁用其語。袁、茶陵作「芊芊」者，五臣字如此，所載向注可考。彼賦善「千」、五臣「芊」，正有明文。晉書作「芊」，與五臣所據同。又二本皆脫去善此節注，亦非。

59 注「上空無祭」　袁本「上」作「壇」。案：「壇」字是也。茶陵本亦誤「上」。

60 注「都謂京邑杜預左傳注鄙邑也」　袁本、茶陵本無此十三字。

貌也。爾雅曰：戾，至也。被褐振裾，垂髫總髮[61]，老子曰：被褐而懷玉。杜預左氏傳注曰：振，整也。說文曰：褐者，粗衣也。爾雅曰：衱，謂之裾。郭璞曰：衣後裾也。衱，音劫。魏志，毛玠曰：臣垂髫執簡，埤蒼曰：髫，髦也，大聊切。毛詩曰：總角之宴。毛萇曰：總角，結髮也。躡踵側肩，掎裳連襼。說文曰：躡，追也。躡其踵，所以為追逐也。聲類曰：踵，足根也。史記：馮驩曰：夫朝趨市者，側肩爭門而入。賈逵國語注曰：從後牽曰掎。方言曰：複襦，江湖之間或謂之籯襼。郭璞方言注曰：襼，即袂字也。說文曰：袂，袖也。黃塵爲之四合兮，陽光爲之潛翳。山陽公載記曰：賈詡鳴鼓雷震，黃塵蔽天。西都賦曰：紅塵四合。動容發音而觀者，莫不抃儛乎康衢，謳吟乎聖世。列子曰：一里老幼，喜躍抃儛。康衢，已見上文。吾丘壽王[62]驃騎論功曰：遊童牧豎，詠德謳吟。情欣樂於昏作兮，慮盡力乎樹蓺。昏作，已見西京賦。韓詩外傳曰：子路治蒲，孔子曰：我入其境，田疇甚易，草萊甚辟，故其人盡力也。周禮曰：正月之吉，頒職事，二曰樹蓺。鄭玄毛詩箋曰：蓺，猶樹也。靡誰督而常勤兮，莫之課而自厲。說文曰：誰，何也，謂責問之也。字書曰：督，察也。王逸楚辭注曰：課，試也。躬先勞以說使兮，豈嚴刑而猛制之哉[63]！周易曰：說以使民，民忘其勞。史記曰：秦繁法嚴刑，而天下不振。

有邑老田父，或進而稱曰：蓋損益隨時，理有常然。周易曰：損益盈虛，與時偕行。又曰：隨時之義大矣哉！晏子春秋曰：物有必至，事有常然，古之道也。高以下爲基，民以食爲天。老子曰：貴必以賤為本，高必以下為基。漢書，酈食其曰：王者以人為天，而民以食為天。正其末者端其本，善其後者慎其先。言治國之道，以商為末而農為本，以貨為後而食為先也。陸賈新語注曰：治末者調其本。李奇漢書注曰：本，農也。末，賈也。漢

---

61 垂髫總髮　袁本、茶陵本「髮」作「髫」，云善作「髮」，晉書作「髫」。案晉書、五臣非也。「髮」字去聲，協霽、祭諸韻之字。魏都賦「纍纍辮髮」或「鏤膚而鑽髮」，兩見皆然，不知韻者改之耳。或有謂「髫」是「髮」非者誤，附訂於此。

62 注「吾丘壽王」　袁本、茶陵本「吾」作「虞」。案：「虞」字是也。「虞」「吾」雖通，但此自為「虞」耳。

63 豈嚴刑而猛制之哉　袁本、茶陵本無「之」字，晉書無。案：此尤所見衍。

書，詔曰：農，天下之本也，而人或不務本而事末，故生不遂。禮記曰：善終者如始。尚書大傳曰：八政何以先食。傳曰：食者萬物之始。人事之本也，故八政先食。夫九土之宜弗任，四人之務不壹。國語，展禽曰：共工氏之子曰后土，能平九土。韋昭曰：九土，九州之土。尚書曰：禹別九州，任土作貢。管子曰：士農工商四民者，國之正民也。孔安國尚書傳曰：壹，專一也。野有菜蔬之色，朝靡代耕之秩。禮記曰：三年耕，必有一年食，雖有凶旱水溢，人無菜色。又曰：夫祿足以代其耕。無儲穡以虞災，徒望歲以自必。言無儲穡以度荒災，空自必望於歲也。崔寔四民月令曰：十月，五穀既登，家有儲穡。禮記曰：國無九年之蓄曰不足。韋昭曰：虞，度也。左氏傳，王曰：余一人閔閔焉，如農夫之望歲也。三季之衰，皆此物也。國語：郭偃曰：夫三季王之亡，宜也。韋昭曰：季，末也。三季王，桀、紂、幽王也。今聖上昧旦丕顯，夕惕若慄。昧旦丕顯，已見東京賦。周易曰：君子夕惕若厲。爾雅曰：慄，懼也。圖匱於豐，防儉於逸。言常節約以戒不虞，故圖乏者必於豐殷，禦儉者在於奢逸也。廣雅曰：儉，少也。欽哉欽哉，惟穀之卹[64]。尚書曰：欽哉欽哉，惟刑之恤哉！展三時之弘務，致倉廩於盈溢。國語，虢文公曰：三時務農，一時講武。韋昭曰：三時，春、夏、秋也。管子曰：倉廩實則知禮節。蔡邕月令章句曰：穀藏曰倉，米藏曰廩。固堯湯之用心，而存救之要術也。漢書，董仲舒對策曰：陛下親耕籍田，以為農先，此亦堯舜之用心也。若乃廟祧有事，祝宗諏日。廟祧，已見西京賦。禮記曰：宗祝在廟。鄭玄曰：宗，宗人也。祝，接神者也。毛詩箋曰：后稷既為郊祀之酒，則諏謀其日。應劭漢書注曰：諏，謀也。簠簋普淖，則此之自實。周禮曰：舍人，凡祭祀，共簠簋，實之陳之。儀禮曰：孝孫某敢用嘉薦[65]。鄭玄曰：普淖，黍稷也。普，大也。淖，和也。德能大和，乃有黍稷，故以為號云。淖，乃孝切。縮鬯蕭茅，又於是乎出。左氏傳，管仲曰：爾貢苞茅不入，王祭不供，無以縮酒。周禮曰：鬯人，釀秬以為酒。又曰：甸

---

64 惟穀之卹　袁本、茶陵本「卹」作「恤」，晉書作「恤」。案：各本注中引尚書字皆作「恤」，或注有譌也。

65 注「敢用嘉薦」　何校下添「普淖」二字，陳同。今案：當乙下文「普淖」二字於此。

師，祭祀共蕭茅。杜子春曰：蕭，香蒿也。鄭玄曰：既薦，然後爇蕭合馨香，茅以縮酒。國語，虢文公曰：上帝之粢盛，於是乎出。黍稷馨香，旨酒嘉栗。左氏傳，季良奉酒醴以告曰：嘉栗旨酒。謂其上下皆有嘉德而無違心，所謂馨香無讒慝。杜預曰：栗，謹敬也。宜其民和年登，而神降之吉也[66]。左氏傳，季梁奉粢盛以告曰：潔粢豐盛。謂其三時不害，而人和年豐也。鄭玄周禮注曰：登，成也。左氏傳曰：致其禋祀，於是乎人和而神降之福。古人有言曰：聖人之德，無以加於孝乎！夫孝，天地之性，人之所由靈也。孝經，曾子曰：敢問聖人之德，無以加於孝乎？子曰：天地之性人為貴，人之行莫大於孝。夫聖人之德，又何以加於孝乎？漢書曰：人，有生之最靈者也。昔者明王以孝治天下[67]，其或繼之者，鮮哉希矣！孝經，子曰：昔者明王之以孝理天下也。論語，子曰：其或繼周者，雖百世可知也。逮我皇晉，實光斯道。鄭玄毛詩箋曰：光，明也。斯道，謂孝道也。儀刑孚于萬國，愛敬盡於祖考。毛詩曰：儀刑文王，萬國作孚。毛萇曰：孚，信也。孝經，子曰：愛敬盡於事親，而德教加於百姓。故躬稼以供粢盛，所以致孝也。尚書大傳曰：王者躬耕，所以供粢盛。五經要義曰：天子藉田千畝，所以先百姓而致孝敬也。勸穡以足百姓，所以固本也。西京賦曰：勸穡於原陸。論語，孔子曰：百姓足，君孰與不足？尚書曰：民惟邦本，本固邦寧。何晏論語注曰：本，基也。能本而孝，盛德大業至矣哉！周易曰：盛德大業至矣哉。此一役也，而二美具焉。一役，謂籍田也。二美，謂能本而孝也。左氏傳，陰飴甥曰：此一役也。秦可以霸。不亦遠乎，不亦

---

66 而神降之吉也　何云「吉」字後人誤改「福」字，本協。今案：各本及晉書盡同，何因注引左傳而云然也。考賦自「四人之務不壹」至「旨酒嘉栗」，所用皆質、術韻之字。「福」字古音「別」，協職、德韻。又案：西征賦以此句與曰、室、一協，夏侯常侍誄以此句與秩、疾、卒協，是安仁自作「吉」。善彼二注亦引左傳，皆是注「神降之」，而不取「福」字。善注如此例者甚多，何說非是。

67 以孝治天下　袁本、茶陵本「治」作「理」，云善作「治」，晉書作「治」。案：注中引孝經字作「理」。考「治」字，唐諱也。李濟翁資暇錄曰：李氏依舊本不避國朝廟諱，五臣易而避之，宜矣。其有李本本作「泉」及「年代」字云云，是在當時已錯出不一也。今全書中經五臣以後迴改者又不少矣，皆不復具論。

重乎！論語文也。敢作頌曰：

思樂甸畿，薄采其茅[68]。茅，即上甸師之所供者。毛詩曰：思樂泮水，薄采其芹。毛萇曰：薄，辭也。大君戾止，言藉其農。周易曰：大君有命。毛詩曰：魯侯戾止，言觀其旂。毛萇曰：戾，來也。止，至也。其農三推，萬方以祗。禮記曰：耕藉，然後諸侯知所以敬。爾雅曰：祗，敬也。耨我公田，實及我私。鄭玄周禮注曰：耨，耘耔也，奴豆切。毛詩曰：雨我公田，遂及我私。我簠斯盛，我簋斯齊。禮記曰：天子藉田，以事天地山川，以為齊盛。毛萇詩傳曰：器實曰齊，在器曰盛。齊，音資。我倉如陵，我庾如坻。毛詩曰：我倉既盈，我庾惟億。又曰：曾孫之庾，如坻如京。鄭玄曰：庾，露積穀也。坻，水中高地。念茲在茲，永言孝思。言念此黍稷，在此祭祀也。尚書，禹曰：念茲在茲。毛詩曰：永言孝思。人力普存，祝史正辭。左氏傳，季梁曰：上思利人，忠也。祝史正辭，信也。故奉牲以告曰：博碩肥腯，謂人力之普存也。神祇攸歆，逸豫無期。左氏傳，楚子曰：能歆神人。杜預曰：歆，享也。毛詩曰：爾公爾侯，逸豫無期。一人有慶，兆民賴之。尚書，王曰：一人有慶，兆民賴之。

畋獵上

鄭玄禮記注曰：田者，所以供祭祀庖廚之用。王制曰：天子諸侯無事則歲三田。馬融曰：取獸曰畋。

子虛賦

善曰：漢書曰：相如游梁，乃著子虛賦。後蜀人楊得意為狗監，侍上。上讀子虛賦，曰：朕獨不得與此人同時哉！得意曰：臣邑人司馬相如自言為此賦。上乃召相如。相如曰：此乃諸侯之事，未足觀，請

---

[68] 薄采其茅　袁本「茅」作「芳」，云善作「茅」。茶陵本云五臣作「芳」，晉書作「芳」。案：晉書、五臣非也。賦文作「茅」，觀善注及上文「縮鬯蕭茅」句注，灼然可知。何云「茅音蒙」，其說甚是。凡「茅」聲之字，協東韻者多矣。或乃疑此，故附辨之。凡晉書此賦與善異者每誤，不詳論也。

為天子遊獵之賦。以子虛，虛言也，為楚稱；烏有先生，烏有此事也，為齊難；亡是公者，亡是人也，欲明天子之義。故虛藉此三人為辭，以風諫焉。

郭璞注

司馬長卿 善曰：漢書曰：司馬相如，字長卿，蜀郡人。少好讀書，為武騎常侍，後拜文園令，病卒。

楚使子虛使於齊，王悉發車騎與使者出畋。司馬彪曰：畋，獵也。善曰：家語曰：孔子在齊，齊侯出畋。本或云境內之士，備車騎之眾，非也。畋罷，子虛過奼烏有先生，張揖曰：奼，誇也，丑亞切，字當作詫。亡是公存焉。坐定，烏有先生問曰：「今日畋樂乎？」子虛曰：「樂。」「獲多乎？」曰：「少。」「然則何樂？」對曰：「僕樂齊王之欲夸僕以車騎之眾，而僕對以雲夢之事也。」張揖曰：楚藪也，在南郡華容縣。善曰：廣雅曰：僕，謂附著於人[69]，然自卑之稱也。夢，莫諷切。曰：「可得聞乎？」

子虛曰：「可。王車駕千乘，選徒萬騎，畋於海濱。郭璞曰：濱，涯也。列卒滿澤，罘網彌山。郭璞曰：彌，覆也。善曰：罘，已見上文。掩兔轔鹿，射麋腳麟。司馬彪曰：轔，轢也，音吝。韋昭曰：腳，謂持其腳也。善曰：鄭玄毛詩箋曰：掩者，覆也。鶩於鹽浦，割鮮染輪。張揖曰：海水之厓，多出鹽也。李奇曰：鮮，生也。染，擩也。切生肉，擩車輪，鹽而食之也。善曰：擩，搵也。擩，而緣切。搵，一頓切。射中獲多，矜而自功，郭璞曰：伐其功也。善曰：鄭玄禮記注曰：矜，自尊大也。顧謂僕曰：『楚亦有平原廣澤遊獵之地，饒樂若此者乎？楚王之獵孰與寡人乎？』郭璞曰：與，猶如也。僕下車對曰：郭璞曰：下車，謙也。『臣，楚國之鄙人也。廣雅曰：鄙，小也。幸得宿衛十有餘年，時從出游，游於

---

69 注「廣雅曰僕謂附著於人」案：「雅」當作「蒼」。各本皆譌。樊恭廣倉見隋志。上林賦注引「若蹈足貌」。茶陵本亦譌「蒼」為「雅」也。

後園，覽於有無，然猶未能徧覩也，善曰：覽於有無，謂或有所見，或復無也。又焉足以言其外澤乎？』齊王曰：『雖然，略以子之所聞見而言之。』

「僕對曰：『唯唯。臣聞楚有七澤，嘗見其一，未覩其餘也。臣之所見，蓋特其小小者耳。郭璞曰：特，獨也。名曰雲夢。雲夢者，方九百里，其中有山焉。其山則盤紆岪鬱，隆崇嵂崒。郭璞曰：隆崇，竦起也。善曰：岪，音佛。岑崟參差，日月蔽虧。張揖曰：高山擁蔽，日月虧缺半見也。善曰：崟，音吟。交錯糾紛，上干青雲。郭璞曰：言相摎結而峻絕也。善曰：孔安國尚書傳曰：干，犯也。罷池陂陀，下屬江河。郭璞曰：言旁穨也。屬，連也。罷，音疲。陂，音婆。陀，音駝。文穎曰：南方無河也。冀州凡水大小皆謂之河，詩賦通方言耳。晉灼曰：文章假借協陀之韻也。其土則丹青赭堊，雌黃白坿，錫碧金銀。張揖曰：丹，丹沙也。青，青臒也。赭，赤土也。堊，白土也。蘇林曰：白坿，白石英也。坿，音附。善曰：高誘淮南子注曰：碧，青石也。眾色炫耀，照爛龍鱗。郭璞曰：如龍之鱗彩也。其石則赤玉玫瑰，琳瑉昆吾。張揖曰：琳，珠也。瑉者，石之次玉者。昆吾，山名也。出美金。尸子曰：昆吾之金。晉灼曰：玫瑰，火齊珠也。郭璞曰：琳，玉名。瑊玏玄厲，張揖曰：瑊玏，石之次玉者。玄厲，黑石可用磨也。如淳曰：瑊，音緘。玏，音勒。碝石碔砆。張揖曰：碝石、碔砆，皆石之次玉者。碝石，白者如冰，半有赤色。碔砆，赤地白采，蔥蘢白黑不分。郭璞曰：碝，而兗切。善曰：管子曰：陰山碝瑉。戰國策曰：白骨疑象，碔砆類玉。其東則有蕙圃，衡蘭芷若，穹藭菖蒲[70]。張揖曰：蕙圃，蕙草之圃也。衡，杜衡也。其狀若葵，其臭如蘪蕪。芷，白芷也。若，杜若也。司馬彪曰：芎藭，似藁本。善曰：薛綜西京

---

70 穹藭菖蒲　袁本、茶陵本「穹」作「芎」。案注中字作「芎」。考說文艸部「营藭，香艸也」。重文「芎」，司馬相如說「营」或从「弓」，謂凡將如此。史記、漢書作「穹」者，假借也。字書別未載「穹」字，當是尤延之以改「芎」為「穹」，遂成此形耳。甘泉賦「發蘭蕙與穹藭」，正文及注皆誤。

賦注曰：蘭，香草也。芷若下或有射干，非也。**茳蘺蘪蕪**[71]**，諸柘巴苴。**張揖曰：江離，香草也。蘪蕪，蘄芷也，似蛇床而香。諸柘，甘柘也。郭璞曰：江蘺，似水薺。文穎曰：巴苴，草名，一名巴蕉。善曰：苴，子余切。**其南則有平原廣澤，登降陁靡，案衍壇曼。**司馬彪曰：陁靡，邪靡也。案衍，窊下也。壇曼，平博也。善曰：陁，弋爾切。衍，弋戰切。壇，徒旦切。曼，莫干切。**緣以大江，限以巫山。**張揖曰：巫山在南郡巫縣。**其高燥則生葴菥苞荔，**張揖曰：葴，馬藍也。菥，似燕麥也。苞，藨也[72]。荔，馬荔也。蘇林曰：菥，斯曆切。善曰：葴，之林切。苞，音包。荔，音隸。藨，皮表切。**薛莎青薠。**張揖曰：薛，藾蒿也。莎，蒿侯也。青薠，似莎而大，生江湖，鴈所食。善曰：薠，音煩。**其埤濕則生藏莨蒹葭，**郭璞曰：藏莨，草名，中牛馬芻。張揖曰：蒹，薕；葭，蘆也。善曰：埤，音婢。莨，音郎。**東蘠彫胡。**張揖曰：東蘠，實可食。彫胡，菰米也。**蓮藕觚盧，**張揖曰：蓮，荷之實也，其根藕。張晏曰：觚盧，扈魯也。**菴閭軒于。**張揖曰：菴閭，蒿也，子可醫疾。軒于，蕕草也，生水中，揚州有之。善曰：菴，音淹。蕕，音猶。**眾物居之，不可勝圖。**郭璞曰：圖，畫也。**其西則有湧泉清池，激水推移。**郭璞曰：波抑揚也。**外發芙蓉菱華，內隱鉅石白沙。**應劭曰：芙蓉，蓮花也。**其中則有神龜蛟鼉，瑇瑁鼈黿。**張揖曰：蛟狀魚身而蛇尾，皮有珠也。**其北則有陰林，其樹楩枏豫章。**服虔曰：陰林，山北之林也。善曰：尸子曰：水積則生吞舟之魚，土積則生楩楠豫章。本或林下有巨字[73]，樹下有則字，非也。**桂椒木蘭，檗離朱楊。**郭璞曰：木

---

71 茳蘺蘪蕪　案：「茳」當作「江」，注中「江」字兩見，皆不從艸，史記、漢書亦作「江」。考上林賦「被以江蘺」，茶陵本云五臣作「茳」，袁本無校語。蓋此賦亦善「江」、五臣「茳」而亂之，故袁、茶陵二本皆不著校語。何校改作「江」，據史、漢。陳云別本作「江」，未詳其何本也。

72 注「苞藨也」　案：「藨」當作「麃」。史記、漢書注可證。各本皆譌。下「藨皮表切」。茶陵本未誤。

73 注「本或林下有巨字」　案：「有」當作「作」，謂「林」下「其」字作「巨」也。不云「其」作「巨」者，因正文有兩「其」字，以此分別之。史記、漢書及五臣同，或本作「巨」。

蘭，皮辛可食。張揖曰：檗，皮可染者。離，山梨也。郭璞曰：朱楊，赤莖柳也。善曰：蓋山之國，東有樹[74]，赤皮幹，名曰朱木楊柳也。樝梨梬栗，橘柚芬芳。張揖曰：樝，似梨而甘也。梬，梬棗也。善曰：說文曰：梬棗似柿而小，名曰㮕，而兗切。蘇林曰：梬，音郢都之郢。然諸說雖殊而木一也。今依蘇音。其上則有鵷鶵孔鸞，騰遠射干。張揖曰：孔，孔雀也。鸞，鸞鳥也。射干，似狐能緣木。服虔曰：騰遠，獸名也。善曰：射，弋舍切。其下則有白虎玄豹，蟃蜒貙犴。郭璞曰：蟃蜒，大獸，似貍，長百尋。貙，似貍而大。犴，胡地野犬也，似狐而小。蟃，音萬。善曰：山海經曰：鳥鼠同穴之山，其上多白虎。又曰：幽都之山，其上有玄豹。郭璞曰：黑豹也。

「『於是乎乃使剸諸之倫，手格此獸。善曰：剸諸，已見吳都賦。楚王乃駕馴駮之駟，張揖曰：馴，擾也。駮，如馬，白身黑尾，一角鋸牙，食虎豹，擾而駕之，以當騶馬也。乘彫玉之輿。郭璞曰：刻玉以飾車也。靡魚須之橈旃，張揖曰：以魚須為旃柄，驅馳逐獸也。橈，靡也[75]。善曰：橈，女教切。曳明月之珠旗。張揖曰：以明月珠綴飾旗也。善曰：孝經援神契曰：蛟珠旗。宋均曰：蛟魚之珠有光耀，可以飾旗。建干將之雄戟，張揖曰：干將，韓王劍師也。雄戟，胡中有鮔者，干將所造也。善曰：雄戟，已見吳都賦。鮔，音巨。左烏號之雕弓，張揖曰：黃帝乘龍上天，小臣不得上，挽持龍鬚，須拔，墮黃帝弓，臣下抱弓而號，名烏號也。郭璞曰：雕，畫也。右夏服之勁箭。服虔曰：服，盛箭器也。夏后氏之良弓名繁弱，其矢亦良，即繁弱箭服，故曰夏服也。陽子驂乘，孅阿為御。張揖曰：陽子，伯樂字也。秦繆公臣，姓孫名陽。郭璞曰：孅阿，古之善御者，見楚辭。孅，音纖。善曰：楚辭曰：孅阿不御焉。案節未舒，即陵狡獸。司馬彪曰：案節，行得節。未舒，馬足未舒也。狡獸，狡健之獸也。善曰：天文志曰：案節徐

---

74 注「善曰蓋山之國東有樹」 袁本、茶陵本「蓋」上有「有」字，無「東」字。案：二本是也。此所引大荒西經文，依善例「曰」下當有「山海經曰」四字，二本仍皆脫。

75 注「驅馳逐獸也橈靡也」 案：上「也」當作「正」，漢書注可證，以八字為一句也。各本皆譌。

行。服虔曰：謂行遲也。蛩蛩蛩，轔距虛。張揖曰：蛩蛩，青獸，狀如馬。距虛，似蠃而小。善曰：說苑，孔子曰：蛩蛩、距虛，見人將來，必負蟨以走。二獸者，非性心愛蟨也，為得甘草而貴之故也。軼野馬，轊陶駼。張揖曰：軼，過也。野馬，似馬而小。海外經曰：北海內有獸，狀如馬，名陶駼。郭璞曰：轊，車軸頭也。善曰：軼、轊，言車之疾能過野馬及陶駼也。軼不言車，轊不言過，互文也。轊，音衛。陶，音逃。駼，音塗。乘遺風，射游騏。張揖曰：遺風，千里馬也。呂氏春秋曰：遺風之乘。爾雅曰：嶲，如馬，一角；不角者騏。嶲，音攜。倏眒倩浰，張揖曰：皆疾貌。善曰：倏，式六切。眒，式刃切。倩，千見切。浰，音練。雷動猋至，星流霆擊。郭璞曰：霆，劈歷。弓不虛發，中必決眥。李奇曰：射之巧妙，決於目眥。善曰：說文曰：眥，目匡也。眦、眥，俱同。洞胸達掖，絕乎心繫。張揖曰：自左射之，貫胸通右髃，中絕系也[76]。善曰：說文曰：髃，肩前也，五口切，一音五俱切。繫，音系。獲若雨獸，揜草蔽地。善曰：言所在眾多[77]，若天之雨獸。雨，于具切。毛萇詩傳曰：揜，覆也。於是楚王乃弭節徘徊，翺翔容與。郭璞曰：弭，猶低也。節，所仗信節也[78]。翺翔容與，言自得也。善曰：王逸楚辭注曰：弭，案也。覽乎陰林，觀壯士之暴怒，與猛獸之恐懼。徼䣳受詘，郭璞曰：䣳，疲極也。䣳，音劇。司馬彪曰：徼䣳，遮其倦者。善曰：受屈，取其力屈也。詘與屈同，丘勿切。殫覩眾物之變態。郭璞曰：殫，盡也。變態，姿貌也。

「『於是鄭女曼姬，如淳曰：鄭女，夏姬也。曼姬，楚武王夫人鄧曼也。被阿緆[79]，揄紵縞。張揖曰：

---

[76] 注「中絕系也」　袁本、茶陵本「中」下有「心」字。案：漢書注正有，此脫。

[77] 注「言所在眾多」　袁本「所在」下有「射獲」二字。茶陵本脫此注。

[78] 注「弭猶低也節所仗信節也」　袁本無此十字，茶陵本亦無。案：漢書注有之。考史記索隱引郭璞曰「言頓轡也」，集解引郭璞曰：「或云節，今之所仗信節也」，善此注引王逸「弭，案也」，意謂即上文「案節未舒」，與郭「頓轡」之解相近，無取或云也。尤延之從漢書注添，未是。

[79] 被阿緆　案：「緆」當作「錫」。注云「緆與錫古字通」，必善作「錫」，故有此語。今各本皆作「緆」者以五臣作「緆」而亂之，遂不可通，非也。史記、漢書皆作「錫」。袁、茶陵井削善此注，益非。

阿，細繒也。緆，細布也。揄，曳也。司馬彪曰：縞，細繒也。善曰：列子曰：鄭、衛之處子，衣阿緆。戰國策：魯連曰：君後宮皆衣紵縞。緆與錫古字通。**雜纖羅，垂霧縠。**司馬彪曰：纖，細也。張揖曰：縠細如霧，垂以為裳也。善曰：神女賦曰：動霧縠以徐步。**襞積褰縐**[80]**，紆徐委曲**[81]**，鬱橈谿谷。**張揖曰：襞積，簡齰也。褰，縮也。縐，裁也。其縐中文理茀鬱，有似於谿谷也。善曰：襞，必亦切。縐，側救切。齰，詐白切。**衯衯裶裶，揚袘戌削，**郭璞曰：衯衯、裶裶，皆衣長貌也。張揖曰：揚，舉也。袘，衣袖也。戌削，裁制貌也。善曰：裶，音非。袘，弋爾切。戌，音卹。**蜚纖垂髾。**司馬彪曰：纖，袿飾也。髾，燕尾也。善曰：纖與燕尾，皆婦人袿衣之飾也。蜚，古飛字也。纖，音纖。髾，所交切。**扶輿猗靡，**張揖曰：扶持楚王車輿相隨也。善曰：猗，於綺切。**翕呷萃蔡。**張揖曰：翕呷，衣起張也。萃蔡，衣聲也。善曰：呷，火甲切。萃，音翠。**下靡蘭蕙，上拂羽蓋。**善曰：垂髾飛纖，飄揚上下，故或摩蘭蕙[82]，或拂羽蓋。**錯翡翠之威蕤，**張揖曰：錯其羽毛以為首飾也。**繆繞玉綏。**張揖曰：楚王車之綏以玉飾之也。郭璞曰：綏，登車所執。言手纏絞之。**眇眇忽忽，若神仙之髣髴**[83]**。**郭璞曰：言其容飾奇豔，非世所見也。若神，已見上文。

「『於是乃相與獠於蕙圃，善曰：說文曰：獠，獵也，力笑切。**媻姍敎窣，上乎金隄。**韋昭

---

80 襞積褰縐　袁本、茶陵本「積」作「襀」，音積。案：史記、漢書皆作「襀」，袁、茶陵二本善注中引張揖字仍作「積」，蓋善「積」、五臣「襀」而音「積」，袁、茶陵所見亂之，故不著校語。尤本獨未誤。

81 紆徐委曲　何校云漢書無此四字，無者為勝。案：以李注引張揖詳之，本無此四字。今史記有。而集解引漢書音義，索隱引小顏、孟康，似二家史記亦與漢書同，並不當有。唯五臣向注云「紆徐委曲，裙下垂貌」。蓋五臣較多四字而亂之也。各本皆非。

82 注「故或摩蘭蕙」　案：善正文作「靡」，此「摩」字誤。五臣作「摩」，袁、茶陵二本有明文。今史記、漢書作「摩」，而張守節正義及顏注中仍作「靡」，「靡」者古「摩」字之通用，恐亦「靡」是「摩」非也。

83 若神仙之髣髴　袁本、茶陵本云善無「仙」字。案：詳注意，善不當有甚明。尤本此處脩改添入，乃其誤也。漢書無，今史記亦誤衍，並正義所引戰國策末亦贅以「仙」字，誤之甚矣。凡史記與此同誤，皆後人所改耳。

曰：媻姍教窣，匍匐上也。司馬彪曰：金隄，隄名也。善曰：媻，音盤。姍，先安切。窣，先忽切。揜翡翠，射鵔鸃。善曰：方言曰：揜，取也。鵔鸃，已見上文。微矰出，孅繳施。善曰：矰繳，已見上文。弋白鵠，連駕鵝[84]。善曰：言既弋白鵠，而因連駕鵝也。雙鶬下，玄鶴加。善曰：雙鶬，見上注。爾雅曰：下，落也。戰國策，更羸曰：臣能虛發而下鳥[85]。淮南子注曰：加，制也。列子曰：蒲且子連雙鶬於青雲之上[86]。戰國策，莊辛曰：黃鵠不知射者修矰繳，將加己也。怠而後發，游於清池。郭璞曰：怠，倦也。浮文鷁，揚旌栧。張揖曰：鷁，水鳥也，畫其象於船首也。張揖曰：揚，舉也。析羽為旌，建於船上也。郭璞曰：栧，船舷，樹旌於上。善曰：栧，依郭說。栧，音曳。張翠帷，建羽蓋。郭璞曰：施之船上也。善曰：翠帷羽蓋，謂以翠羽飾帷蓋。罔瑇瑁，鉤紫貝。郭璞曰：紫貝，紫質黑文也。善曰：瑇瑁、紫貝，已見西京賦。摐金鼓，韋昭曰：摐，擊也，音窻。郭璞曰：金鼓，鉦也。吹鳴籟。張揖曰：籟，簫也。榜人歌，張揖曰：榜，船也。月令曰：命榜人。榜人，船長也，主唱聲而歌者也。善曰：榜，方孟切。聲流喝。郭璞曰：言悲嘶也。善曰：喝，一介切。嘶，蘇奚切。水蟲駭，波鴻沸。郭璞曰：魚鼈躍，濤浪作。涌泉起，奔揚會。郭璞曰：暴溢激相鼓薄也。善曰：溢，普頓切。礧石相擊，硠硠礚礚。善曰：礧，力對切。若雷霆之聲，聞乎數百里之外。

---

84 連駕鵝　茶陵本云「駕」，善作「鴐」。案：注云「而因連駕鵝也」，字正作「駕」，史記、漢書亦皆作「駕」。考「駕」者，「駉」之假借。左傳「榮駕鵝」，唐石經、宋槧本下皆從「馬」，古今人表所載亦然。相如此賦用字古矣。唯中山經「是多駕鳥」，郭注未詳也。或曰「駕」宜為「鴐」，駕鵝也。然則「駕」字晉代不復行用之。袁本正文及注並改為「鴐」，而不著校語。又上林賦「駕鵝屬玉」，各本作「鴐」，皆誤，以五臣亂善，非也。西京賦「駕鵝鴻鶤」，平子用「駕」字，是為異人用字不同之例。全書此類極多，皆不更著。

85 注「戰國策更羸曰臣能虛發而下鳥」　袁本無此十三字，有「見西都賦高誘」六字。茶陵本例改已見者為複出，故亦有。尤本脩改添入，未是。又「高誘」二字屬下，不當刪之也。

86 注「列子曰蒲且子連雙鶬于青雲之上」　袁本無此十四字，茶陵本有。案：尤本脩改添入，未是。說在上條。

「『將息獠者，擊靈鼓，起烽燧。文穎曰：靈鼓，六面鼓。車按行，騎就隊。應劭曰：按，按次第也。善曰：服虔左氏傳注曰：隊，部也。行，胡郎切。隊，大內切。纚乎淫淫，般乎裔裔。司馬彪曰：皆行貌也。善曰：纚，音屣。般，音盤。於是楚王乃登雲陽之臺，孟康曰：雲夢中高唐之臺，宋玉所賦者，言其高出雲之陽。怕乎無爲，憺乎自持。郭璞曰：養神氣也。善曰：老子曰：我獨怕然而未兆。說文曰：怕，無為也。廣雅曰：憺，怕，靜也。神女賦曰：頩薄怒以自持。憺與澹同，徒濫切。怕與泊同，蒲各切。芍藥之和具，而後御之。服虔曰：具，美也。或以芍藥調食也。文穎曰：五味之和也。晉灼曰：南都賦曰歸鴈鳴鵽，香稻鮮魚，以為芍藥，酸恬滋味，百種千名之說是也[87]。善曰：服氏一說[88]，以芍藥為藥名，或者因說今之煮馬肝，猶加芍藥，古之遺法。晉氏之說，以芍藥為調和之意。枚乘七發曰：芍藥之醬。然則和調之言，於義為得。韋昭曰：勺，丁削切。藥，旅酌切。不若大王終日馳騁，曾不下輿。脟割輪焠，自以爲娛。韋昭曰：焠，謂割鮮焠輪也。郭璞曰：焠，染也。善曰：脟，音臠。焠，七內切。臣竊觀之，齊殆不如。』善曰：毛萇詩傳曰：殆，近也。於是齊王無以應僕也。」

烏有先生曰：「是何言之過也！足下不遠千里，來貺齊國，郭璞曰：言有惠賜也。善曰：戰國策，秦王謂蘇秦曰：今先生不遠千里而庭教。高誘曰：不以千里之道為遠。王悉發境內之士，備車騎之眾，與使者出畋，善曰：家語曰：越悉起境內之士三千人助吳。乃欲戮力致獲[89]，以娛左右，晉灼曰：謙不斥言，故云左右，言使者左右也。善曰：國語曰：戮力一心。賈逵曰：戮，并力也。何名爲夸哉！問楚地之有無者，願聞大國之風烈，先生之餘論也。善曰：風烈，已見上文。先生，謂子虛也。張晏曰：願聞先賢之

---

87 注「之說是也」 案：「之」當作「文」，漢書注可證。各本皆譌。

88 注「服氏一說」 案：「一」當作「之」。各本皆譌。

89 乃欲戮力致獲 袁本、茶陵本「戮」作「勠」。案：史記、漢書皆作「戮」，蓋善「戮」、五臣「勠」，二本所見亂之，而不著校語。「戮」「勠」同字耳。劇秦美新曰：「戮力咸陽。」餘同此者，不更出。

遺談美論也。今足下不稱楚王之德厚，而盛推雲夢以爲高，郭璞曰：以為高談。奢言淫樂而顯侈靡，郭璞曰：顯，明也。奢，闊也。竊爲足下不取也。必若所言，固非楚國之美也。無而言之，是害足下之信也。彰君惡，傷私義，善曰：史記，樂毅與燕惠王書曰[90]：恐傷先王之明，有害足下之義。彰君惡，害私義[91]，非楚國之美，彰君惡也；害足下之信，傷私義也。本或云有而言之，是彰君之惡者，非也。二者無一可。而先生行之，必且輕於齊而累於楚矣。文穎曰：必見輕於齊，輕易於齊也。善曰：使者失辭，為輕於齊；使非其人，為累於楚也。累，力瑞切。且齊東陼巨海，南有琅邪。蘇林曰：小洲曰陼。司馬彪曰：齊東臨大海為渚也。張揖曰：琅邪，臺名也。在渤海間。善曰：呂氏春秋：辛寬曰：太公望封於營丘，渚海阻山也。聲類曰：陼，或作渚。觀乎成山，張揖曰：觀，闕也。成山在東萊掖縣[92]，於其上築宮闕也。射乎之罘。晉灼曰：之罘山在東萊腄縣，獵其上也。善曰：腄，直瑞切。浮渤澥，應劭曰：渤澥，海別枝也。澥，音蟹。游孟諸。文穎曰：宋之大澤也。故屬齊。邪與肅愼爲鄰，郭璞曰：肅慎，國名，在海外，北接之。右以湯谷爲界。司馬彪曰：湯谷，日所出也，以為東界也。善曰：言為東界，則石當為左字之誤也。秋田乎青丘，服虔曰：青丘國在海東三百里。善曰：山海經曰：青丘，其狐九尾。傍徨乎海外。善曰：毛詩曰：海外有截。吞若雲夢者八九，於其胸中曾不蔕芥。善曰：蔕芥，已見西京賦。若乃俶儻瑰瑋，異方殊類。郭璞曰：俶儻，猶非常也。善曰：廣雅曰：瑰瑋，琦玩也。俶，佗歷切。珍怪鳥獸，萬端鱗崪。善曰：高唐賦曰：珍怪奇偉，不可稱論。張揖曰：崪與萃同，集也。充牣其中，不可勝記。禹不能名，卨不能計。張揖曰：禹為堯司空，辨九州名山，別草木。卨為堯司徒，敷五教，率萬事。應劭曰：

---

90 注「善曰史記樂毅與燕惠王書曰」 袁本、茶陵本無「史記惠」三字。

91 注「彰君惡害私義」 袁本、茶陵本無此六字。

92 注「成山在東萊掖縣」 案：漢書注引「掖」作「不夜」，史記集解徐廣亦曰：「在東萊不夜縣」。考史記封禪書、漢書武帝紀、郊祀志、地理志，「不夜」是，「掖」非。各本皆譌也。

契善計也[93]。善曰：廣雅曰：充牣，滿也。然在諸侯之位，不敢言游戲之樂，苑囿之大。先生又見客，如淳曰：見賓客，禮待故也。善曰：言見先生是客也。是以王辭不復，司馬彪曰：復，答也。何爲無以應哉！」

93 注「契善計也」　袁本此下有「契禼同」三字，茶陵本無。案：有者是也。

卷第八

畋獵中

上林賦

司馬長卿　郭璞注

亡是公听然而笑善曰：說文曰：听，笑貌也，牛隱切。曰：「楚則失矣[1]，而齊亦未爲得也。夫使諸侯納貢者，非爲財幣，所以述職也[2]；郭璞曰：諸侯朝於天子曰述職。善曰：尚書大傳曰：古者諸侯之於天子，五年一朝見，述其職。述職者，述其所職也。封疆畫界者，非爲守禦，所以禁淫也。郭璞曰：天下有道，守在四夷。立境界者，欲以杜絕淫放耳。善曰：小雅曰：淫，過也。今齊列爲東藩，而外私肅慎，郭璞曰：私與通也。捐國踰限，越海而田，其於義固未可也。且二君之論，不務明君臣之義[3]，正諸侯之禮，徒事爭於游戲之樂，苑囿之大，欲以奢侈相勝，荒淫相越，此不

---

1 曰楚則失矣　茶陵本有校語云善作「是」，蓋所見本「楚」譌為「是」也。袁本無。史記、漢書皆作「楚」。

2 所以述職也　茶陵本云善無「也」字。袁本無校語。史記、漢書皆有。

3 不務明君臣之義　袁本、茶陵本云善無「臣」字。史記、漢書皆有。

可以揚名發譽，而適足以甹君自損也4。晉灼曰：甹，古貶字也。善曰：鄧析子曰：因勢而發譽。毛萇詩傳曰：祇，適也。

「且夫齊楚之事又烏足道乎？君未覩夫巨麗也，獨不聞天子之上林乎？左蒼梧，右西極。文穎曰：蒼梧郡屬交州，在長安東南，故言左。爾雅曰：至於豳國，為西極，在長安西，故言右也。丹水更其南，應劭曰：丹水出上洛冢領山，東南至析縣入汋水。更，公衡切。紫淵徑其北。文穎曰：河南穀羅縣5有紫澤，在縣北6，於長安為在北也。終始灞滻，出入涇渭。張揖曰：灞、滻二水終始盡於苑中，不復出也。涇、渭二水從苑外來，又出苑去也。酆鎬潦潏，紆餘委蛇，經營乎其內。張揖曰：酆水出鄠縣南山酆谷，北入渭。鎬在昆明池北。善曰：潦，即澇水也。說文曰：澇水出鄠縣，北入渭。潏水出杜陵，今名沇水7，自南山黃子陂8西北流經至昆明池9入渭。郭璞曰：經營其內，周旋苑中也10。蕩蕩乎八川分流，相背而異態。郭璞曰：變態不同也。善曰：潘岳關中

4 而適足以甹君自損也　案：「甹」當作「⿱臼寸」，各本皆譌。其字上「臼」下「寸」，在說文巢部。今漢書作「甹」，亦譌也。史記作「貶」，與五臣同。

5 注「河南穀羅縣」　陳云「河南」漢書注作「西河」為是。案：史記正義引亦作「西河」。今漢書地理志「西河郡穀羅，武澤在西北」。依文穎此注，似其本「武」作「紫」也。

6 注「在縣北」　案：「北」上當有「西」字，漢書注可證，地理志亦可證，各本皆脫。

7 注「今名沇水」　陳云「沇」當作「沈」，詳漢書顏注。今案：陳說非也，當作「泬」。史記索隱引姚氏云「今名泬水」，善全取彼文與顏注「此即今所謂沈水」迥異。

8 注「黃子陂」　袁本、茶陵本「黃」作「皇」。案：史記索隱引姚氏正作「皇」，「皇」字是也。漢書注亦作「皇」，陳校依漢注。

9 注「經至昆明池」　袁本、茶陵本無「經」字。案：史記索隱引姚氏云「注昆明池」，漢書顏注云「經昆明池」。此尤延之校改「至」作「經」，因誤兩存也。

10 注「周旋苑中也」　袁本、茶陵本「周」上有「言」字。

記曰：涇、渭、灞、滻、酆、鄗、潦、潏，凡八川。東西南北，馳鶩往來。郭璞曰：言更相錯涉也。來，盧代切。出乎椒丘之闕，服虔曰：丘名也。兩山俱起，象雙闕者也。善曰：楚辭曰[11]：馳椒丘兮焉且。且，止也，音昌呂切[12]。行乎洲淤之浦。張揖曰：淤，漫也。浦，水崖也。淤，於庶切。善曰：方言曰：水中可居者曰洲。三輔謂之淤也。經乎桂林之中，張揖曰：桂林，林名也。南海經曰：桂林八樹在番禺東也。過乎泱漭之壄。張揖曰：山海經所謂大荒之野。如淳曰：大貌也。泱，烏朗切。汩乎混流，順阿而下，蘇林曰：楊雄方言曰：汩，徑疾也。汩，于筆切。郭璞曰：混，并也。阿，大陵也。赴隘陿之口。郭璞曰：夾岸間為陿。隘，於懈切。陿，音狹。觸穹石，激堆埼，張揖曰：穹石，大石也。埼，曲岸頭也。郭璞曰：堆，沙堆也，丁回切。埼，巨依切。沸乎暴怒，郭璞曰：沸，水聲也，音拂。洶涌彭湃。司馬彪曰：洶涌，跳起也。彭湃，波相戾也。洶，許勇切。湃，蒲拜切。滭弗宓汩，蘇林曰：滭，音畢。宓，音密。司馬彪曰：畢弗[13]，盛貌也。宓汩，去疾也。汩，於筆切。偪側泌瀄。郭璞曰：泌瀄，音筆櫛。司馬彪曰：偪側，相迫也。泌瀄，相揳也。偪字與逼同。揳，先結切。橫流逆折，轉騰潎洌。司馬彪曰：逆折，旋回也。孟康曰：轉騰，相過也。潎洌，相撇也。潎，匹列切。洌，音列。滂濞沆溉，司馬彪曰：滂濞，水聲也。沆溉，徐流也。郭璞曰：滂，音匹亨切。濞，匹祕切。溉，胡慨切。韋昭曰：沆，胡郎切。穹隆雲橈，郭璞曰：寵起回窊也。善曰：雲橈，如雲屈橈也。橈，女教切。宛潬膠盭。司馬彪曰：宛潬，展轉也。膠盭，邪屈也。宛，音婉。潬，音善。盭，古戾字。踰波趨浥，涖涖下瀨。司馬彪曰：踰波，後波凌前波也。趨浥，輸於淵也。涖涖，水聲也。浥，於俠切。涖，音利。批巖衝擁，奔揚

11 注「善曰楚辭曰」　袁本、茶陵本無「善曰」二字，有「郭璞曰椒丘見」六字。今案：當作「郭璞曰椒丘見楚辭善曰楚辭曰」十三字，各本皆脫。

12 注「馳椒丘兮焉且且止也音昌呂切」　袁本、茶陵本無「焉且且止也」五字，袁本有「且且」二字，茶陵本有「焉且且」三字。案：各本皆譌，當作「馳椒丘且焉止息也且音昌呂切」。此離騷經文。

13 注「司馬彪曰畢弗」　案：「畢」當作「滭」，史記索隱引可證。各本皆譌。

滯沛。司馬彪曰：擁，曲隈也。善曰：說文曰：批，擊也。滯沛，奔揚之貌也。滯，直制切。沛，蒲蓋切。臨坻注壑，瀺灂霣墜。鄧展曰：坻，水中山也。坻，音遲。善曰：字林曰：瀺灂，小水聲也。霣，即隕字也。墜，直類切。沈沈隱隱，砰磅訇礚。善曰：沈沈，深貌也。隱隱，盛貌也。司馬彪曰：砰磅訇礚，皆水聲也。砰，普冰切。磅，普萌切。潏潏淈淈，湁潗鼎沸。善曰：說文曰：潏，水涌出也。淈，水出貌[14]。周成雜字曰：湁潗，水沸貌也。淈，音骨。湁，勑立切。潗，子入切。馳波跳沫，汩㴔漂疾[15]，司馬彪曰：汩㴔，水聲也。韋昭曰：㴔，許及切。善曰：汩，于筆切。漂，匹姚切。悠遠長懷。郭璞曰：懷亦歸，變文耳。寂漻無聲，肆乎永歸。善曰：說文曰：漻，清深也[16]。漻，音聊。杜預左氏傳注曰：肆，放也。言水奔放而長歸於淵海也。然後灝溔潢漾，郭璞曰：皆水無涯際貌也。灝，音皓。溔，弋少切。潢，胡廣切。漾，弋丈切。安翔徐回。郭璞曰：言運轉也。翯乎滈滈，郭璞曰：水白光貌也。翯，胡角切。滈，音鎬。東注太湖，郭璞曰：太湖在吳縣，尚書所謂震澤也。衍溢陂池。郭璞曰：其形狀而出也[17]。陂池，江旁小水。於是乎蛟龍赤螭，文穎曰：龍子為螭。張揖曰：赤螭，雌龍也。䲔䲛漸離，李奇曰：周洛曰鮪，蜀曰䲔䲛，出鞏山穴中。司馬彪曰：漸離，魚名也。張揖曰：其形狀未聞[18]。䲔，音亘。䲛，音懵。鰅鰫鰬魠，郭璞曰：鰅，魚有文彩。鰫，似鰱而黑。鰬，似鱓。魠，鱤，一名黃曰頰[19]。鰅，音顒。鰫，嘗容切。鰬，音乾。魠，音托。鱓，音善。鱤，音感。禺

---

14 注「淈水出貌」 袁本、茶陵本無此四字。

15 汩㴔漂疾 袁本「㴔」作「急」，云善作「㴔」。茶陵本云五臣作「急」。案：各本所見皆非也。史記、漢書皆作「急」。善引韋昭曰「急，許及切」，即漢書音正作「急」可知。彼載晉灼「華給反」，郭璞「許立反」，史記索隱同，諸家無作「㴔」者。又各本注中亦譌「㴔」。

16 注「說文曰漻清深也」 袁本、茶陵本無此七字。

17 注「其形狀而出也」 袁本、茶陵本「其形狀」作「言溢」。漢書注作「言溢溢」。陳云別本作「言溢」為是。

18 注「張揖曰其形狀未聞」 袁本、茶陵本無「其形狀」三字。

19 注「魠鱤一名黃曰頰」 袁本、茶陵本無「曰」字。案：依漢書注無「曰」字，鱤下當有「也」字。

禺魼鰨。郭璞曰：禺禺魚，皮有毛，黃地黑文。魼，比目魚，狀似牛脾，細鱗紫色，兩相合得乃行[20]。鰨，鯢魚也，似鮎，有四足，聲如嬰兒。禺，音顒。魼，音榻。鰨，奴榻切。揵鰭掉尾，振鱗奮翼，郭璞曰：揵，舉也。鰭，背上鬣也。善曰：高唐賦曰：振鱗奮翼。揵，巨言切。掉，徒釣切。潛處乎深巖。郭璞曰：隱岸坻也[21]。魚鼈讙聲，萬物眾夥。善曰：小雅曰：夥，多也。明月珠子，的皪江靡，應劭曰：靡，邊也。明月珠子，生於江中，其光耀乃照於江邊也。張揖曰：靡，厓也。善曰：說文曰：玓瓅，明珠光也。玓瓅與的皪音義同。蜀石黃碝，水玉磊砢。張揖曰：蜀石，石次玉者也。郭璞曰：碝，碝石，黃色。水玉，水精也。磊砢，魁礨貌也。善曰：山海經曰：常庭之山[22]其上多水玉。碝，如兗切。砢，洛可切。磷磷爛爛，采色澔汗，郭璞曰：皆玉石符采映耀也。磷，音吝。澔，音皓。藂積乎其中。鴻鷫鵠鴇，駕鵝屬玉。張揖曰：鴻，大鴈也。郭璞曰：鷫，鷫鷞也。屬玉，似鴨而大，長頸赤目，紫紺色者。交精旋目，郭璞曰：交精，似鳧而腳高，有毛冠，辟火災。司馬彪曰：旋目，鳥名也。煩鶩庸渠。郭璞曰：煩鶩，鴨屬也。庸渠，似鳧，灰色而雞腳，一名章渠。鶩，音木。箴疵鵁盧，張揖曰：箴疵，似魚虎而倉黑色。鵁，鵁頭鳥。郭璞曰：盧，鸕鷀也。箴，音鍼。疵，音資。鷀，音慈也。羣浮乎其上。汎淫氾濫，隨風澹淡。郭璞曰：皆鳥任風波自縱漂貌也。汎，音馮。泛，敷劍切。與波搖蕩，奄薄水渚。張揖曰：奄，覆也。郭璞曰：薄，猶集也。唼喋菁藻，咀嚼菱藕。郭璞曰：菁，水草也。善曰：通俗文曰：水鳥食謂之啑，與唼同，所甲切。喋，丈甲切。咀，才汝切。嚼，才削切。

「於是乎崇山矗矗，巃嵸崔巍。郭璞曰：皆高峻貌也。巃，力孔切。嵸，音揔。深林巨木，嶄巖

20 注「兩相合得乃行」 袁本、茶陵本無「合」字。案：漢書注有，蓋尤依彼添。陳云「得乃」當從漢書注作「乃得」。

21 注「隱岸坻也」 袁本、茶陵本「坻」作「底」，漢書注作「底」。案：當以尤為是，即海賦云「巖坻之隈」者也，一本及漢書注皆傳寫譌耳。

22 注「常庭之山」 袁本、茶陵本「常」作「重」。案：今本山海經作「堂」，一作「常」，疑善引自異。

嵾差。郭璞曰：皆峯嶺之貌也。嶃，仕銜切。嵾，楚林切。嵳，楚宜切。九嵕巀嶭，南山峩峩。郭璞曰：巀嶭，高峻貌也。善曰：九嵕、南山，已見西都賦。巀，音截。嶭，音齧。峩，音娥。巖陁甗錡，摧崣崛崎[23]。司馬彪曰：陁，靡也。甗，甑也。錡，欹也。上大下小，有似欹甑也。張揖曰：摧崣，高貌也。崛崎，斗絶也。摧，作罪切。崣，卒鄙切。郭璞曰：崛，音掘。崎，音錡。振溪通谷，蹇產溝瀆。張揖曰：振，拔也[24]。水注川曰谿，注谿曰谷。蹇產，詰曲也。郭璞曰：自溪及瀆，皆水相通注也。善曰：言山石收斂溪水而不分泄。谽呀豁閜，阜陵別隝。司馬彪曰：谽呀，大貌。豁閜，空虛也。郭璞曰：隝，水中山也。谽，呼含切。呀，呼加切。閜，呵下切。隝，音擣。崴磈嵔瘣，丘虛堀礨。郭璞曰：皆其形勢也。崴，於鬼切。磈，魚鬼切。嵔，惡罪切。瘣，胡罪切。虛，音袪。堀，音窟。礨，音磊。隱轔鬱𡾰，登降施靡，郭璞曰：隱轔鬱壘[25]，堆壟不平貌。轔，洛盡切。𡾰，音壘。施，式氏切。陂池貏豸。郭璞曰：陂池，旁穨貌也。陂，音皮。貏，音被。豸，直爾切。善曰：貏豸，漸平貌。沇溶淫鬻，張揖曰：水流谿谷之間也。沇，以水切。溶，音容。淫，以舟切。鬻，音育。散渙夷陸。司馬彪曰：布平地也。亭皋千里，靡不被築。服虔曰：皐，澤也。隄上十里一亭。郭璞曰：皆築地令平也。被，皮義切。揜以綠蕙，被以江蘺。張揖曰：揜，覆也。綠，王芻也。蕙，熏草也。郭璞山海經曰[26]：蕙，香草，蘭屬也。糅以蘪蕪，雜以留夷。張揖曰：留夷，新夷也。善曰：王逸楚辭注曰：留夷，香草。布結縷，郭璞曰：結縷，蔓生，如縷相結。攢戾莎，司馬彪曰：戾莎，莎名也。揭車衡蘭，

---

23 推崣崛崎　袁本、茶陵本「摧」作「重」，史記、漢書皆作「推」。案：此尤本之誤，注同。

24 注「振拔也」　袁本、茶陵本「拔」作「收」。何云下言「收斂溪水」，當從「收」。今案：漢書注、史記索隱引皆作「拔」。

25 注「隱轔鬱壘」　茶陵本「壘」作「𡾰」，袁本與此同。案：下云「𡾰音壘」，蓋茶陵本是也。今本漢書亦正文「𡾰」、注「壘」，歧誤正同此。

26 注「郭璞山海經曰」　何校「經」下添「注」字，陳同。各本皆脫。

應劭曰：揭車，一名乞輿，香草也。揭，去竭切。乞，巨乞切。槀本射干。郭璞曰：槀本，槀茇也。方末切。司馬彪曰：射干，香草也。射，弋舍切。茈薑蘘荷，張揖曰：茈薑，子薑也。茈，音紫。蘘，人羊切。葴持若蓀。如淳曰：葴，音鍼。韋昭曰：持，音懲。張揖曰：葴持，闕。若，杜若。郭璞曰：蓀，香草也。鮮支黃礫，司馬彪曰：鮮支，支子也。張揖曰：皆香草也。蔣芧青薠[27]。張揖曰：蔣，菰也。芧，三稜也。郭璞曰：芧，音杼。布濩閎澤，延曼太原。郭璞曰：布濩，猶布露也。善曰：閎，大也。濩，音護。延，弋戰切。離靡廣衍，善曰：離靡，離而邪靡，不絕之貌也。孟康甘泉賦注曰：衍，无厓岸也。離，力爾切。應風披靡。吐芳揚烈，善曰：烈，酷烈，香氣盛也。披，丕蟻切。郁郁菲菲。眾香發越，郭璞曰：香氣射散也。菲，音妃。肸蠁布寫，晻薆咇茀。司馬彪曰：肸，過也。芬芳之過，若蠁之布寫也。郭璞曰：香氣盛馝馞也。善曰：說文曰：肸，蠁布也。馝馞、咇茀，音義同。說文曰：馣馤[28]，香氣奄藹也。馣與晻，馤與薆，音義同。晻，音奄。咇，步必切。茀，音勃。

「於是乎周覽泛觀，縝紛軋芴，孟康曰：縝紛，眾盛也。軋芴，緻密也。縝，丑人切。芴，音勿。芒芒怳忽。郭璞曰：言眼亂也。芒，莫朗切。視之無端，察之無涯。日出東沼，入乎西陂。張揖云：日朝出苑之東池，暮入於苑西陂中。善曰：漢宮殿簿曰：長安有西陂池、東陂池。其南則隆冬生長，涌水躍波。張揖曰：其苑南陽煖，則盛冬十月，草木生長也。郭璞曰：躍波，言不凍也。善曰：孫卿子曰：松柏經隆冬而不彫。其獸則㺊旄貘犛，沈牛麈麋。郭璞曰：㺊，似牛，領有肉堆也。音容。張揖曰：旄，旄牛也，其狀如牛而四節毛。貘，白豹。

---

27 蔣芧青薠　案：「芧」當作「茅」，史記、漢書皆作「茅」，各本及注中俱譌，五臣作「芋，云句切」，大誤。又案：玉篇「芋」、「芧」同，與此賦之「茅」迥別，彼乃說文所云「草可以為繩」者，此張揖解為「三稜」。三稜類詳見政和經史證類本草，實異名同，不可援以相證，決為譌字無疑。

28 注「說文曰馣馤」　案：此「曰」下有脫也。各本皆同，無以補之。或因此謂說文有「馣馤」，非。羣書引說文而未見者，皆不必今本脫去也。

犛牛，黑色，出西南徼外。沈牛，水牛也，能沈沒水中。麈，似鹿而大。善曰：南越志曰：潛牛，形角似水牛，一名沈牛也。赤首闤題，窮奇象犀。張揖曰：題，頟也。窮奇，狀如牛而蝟毛，其音如嘷狗，食人者也。其北則盛夏含凍裂地，涉冰揭河。司馬彪曰：揭，舉衣也。善曰：尸子曰：寒凝冰裂地。其獸則麒麟角端，騊駼橐駝。郭璞曰：麒，似麟而無角。角端，似貊，角在鼻上，中作弓。韋昭曰：背上有肉似橐，故曰橐駝也。蛩蛩驒騱，駃騠驘。郭璞曰：驒騱，駏驉類也。駃騠，生三日而超其母。驒，音顛。騱，音奚。駃，音玦。騠，音提。騾、贏同[29]。

「於是乎離宮別館，彌山跨谷。善曰：鄭玄周禮注曰：彌，偏也。高廊四注，重坐曲閣。司馬彪曰：廊廡上級下級皆可坐，故曰重坐。曲閣，閣道委曲也。華榱璧璫，輦道纚屬。韋昭曰：裁金為璧，以當榱頭也。如淳曰：輦道，閣道也。司馬彪曰：纚屬，連屬也。張揖曰：纚，力爾切。屬，之欲切。步櫩周流，長途中宿。善曰：步櫩，步廊也。周流，周徧流行也。楚辭曰：曲屋步櫩。郭璞曰：中途，樓閣間陛道[30]。司馬彪曰：中宿，乃至其上。夷嵕築堂，累臺增成。如淳曰：嵕，山也。張揖曰：平此山以作堂者也。重累而成之，故曰增成。嵕，子公切。巖窔洞房。郭璞曰：言於巖窔底為室，潛通臺上也。善曰：窔，一吊切。頫杳眇而無見，仰攀橑而捫天。善曰：聲類曰：頫，古文俯字。說文曰：頫，低頭也。楚辭曰：遂倏忽而捫天。晉灼曰：𢮦，古攀字也。捫，摸也。橑，音老。捫，音門。奔星更於閨闥，宛虹拖於楯軒。善曰：奔，流星也，行疾，故曰奔。如淳曰：宛虹，屈曲之虹也。應劭曰：楯，欄檻也。司馬彪曰：軒，楯下版也。更，工衡切。青龍蚴蟉於東葙[31]，郭璞曰：蚴蟉，龍行貌也。善曰：孫炎爾雅注

29 注「騾贏同」　案：當作「贏騾同」，誤倒也。正文，五臣作「騾」，史記亦作「騾」。凡五臣每取善注以改字或取他書，皆此類。漢書作「驘」。袁本、茶陵本刪此注，非。

30 注「中途樓閣間陛道」　案：「中」字不當有。史記集解引無。各本皆衍。

31 青龍蚴蟉於東葙　案：「葙」當作「箱」。史記、漢書皆作「箱」，善與之同。今各作「葙」，凡偏旁「竹」「艹」每相混耳。五臣改作「廂」，非也。

曰：葙，夾室前堂也。蚴，一糾切。蟉，力糾切。象輿婉僤於西清。張揖曰：山出象輿，瑞應車也。西清者，葙中清淨處也。善曰：婉僤，動貌也。僤，音善。靈圄燕於閒館，張揖曰：靈圄，眾仙之號也。楚辭曰：坐靈圄而來謁，閒，讀曰閑。偓佺之倫暴於南榮。郭璞曰：偓佺，仙人也。暴，謂偃臥日中也。榮，屋南檐也。醴泉涌於清室，通川過於中庭。郭璞曰：醴泉，瑞水也。善曰：言醴泉於室中涌出，而通流為川，而過中庭。磐石振崖[32]，李奇曰：振，整也。以石整頓池水之涯也。振，之刃切。嶔巖倚傾，郭璞曰：嶔巖，欹貌也。嶔，口銜切。倚，於綺切。嵯峨嶕嶫，刻削崢嶸。郭璞曰：言自然若彫刻也。司馬彪曰：崢嶸，深貌也。善曰：嶕，音捷。嶫，音業。玫瑰碧琳，珊瑚叢生。善曰：並已見上文。瑉玉旁唐，玢豳文鱗。郭璞曰：旁唐，言盤礡也。玢豳，文理貌也，音紛彬。善曰：宋玉笛賦曰：其處磅磄千仞[33]。赤瑕駁犖，雜臿其間，張揖曰：赤瑕，赤玉也。郭璞曰：言雜廁崖石中。駁犖，采點也。犖，洛角切。晁采琬琰，和氏出焉。司馬彪曰：晁采，玉名。善曰：晁，古朝字。尚書曰：弘璧琬琰在西序。

「於是乎盧橘夏熟[34]，應劭曰：伊尹書曰：箕山之東，青鳥之所，有盧橘夏熟。晉灼曰：此雖賦上林，博引異方珍奇，不係於一也。盧，黑也。黃甘橙楱。郭璞曰：黃甘，橘屬而味精。楱，亦橘之類也。音湊。張揖曰：楱，小橘也，出武陵。善曰：說文曰：橙，橘屬也。枇杷橪柿，楟奈厚朴[35]。張揖曰：枇杷，似斛樹，長葉，子如杏。亭，山梨也。厚朴，藥名也。郭璞曰：橪，橪支木也。橪，音煙。朴，步角切。楟棗楊梅，張揖曰：楊梅，其實似穀子[36]而有核，其味

---

32 磐石振崖　案：「振」當作「裖」，注同。史記、漢書皆作「裖」。高唐賦「裖陳磑磑」，善注云「裖，已見上林賦」。彼五臣作「振」，然則此賦亦為五臣亂之，而失其校語也。

33 注「其處磅磄千仞」　案：此下當有「磅磄與旁唐音義同」一句，各本皆無，蓋脫也。

34 盧橘夏熟　袁本、茶陵本云「熟」善作「熱」。案：二本所見誤也。史記、漢書皆作「孰」，善與之同。「孰」即「熟」字。

35 楟柰厚朴　「楟」當作「亭」，注引張揖曰「亭山梨也」，蓋善作「亭」，五臣作「楟音亭」，而各本亂之也。漢書作「亭」，史記作「楟」，善此賦大略文同漢書者較多。

36 注「其實似穀子」　袁本、茶陵本「穀」作「穀」，無「子」字。案：「穀」，亦譌也。此字從「木」不從「禾」，楮也。漢

酸，出江南也。**櫻桃蒲陶**。善曰：櫻桃，蒲陶，見南都賦。**隱夫薁棣**，張揖曰：隱夫，未詳。薁，山李也。郭璞曰：棣，實似櫻桃也。薁，於六切。棣，徒計切。**荅遝離支**。張揖曰：荅遝，似李，出蜀。晉灼曰：離支，大如雞子，皮麤，剝去皮，肌如雞子中黃，味甘多酢少。遝，音沓。離，力智切。**羅乎後宮，列乎北園。貤丘陵，下平原**。司馬彪曰：貤，延也，羊氏切。**揚翠葉，扤紫莖**。張揖曰：扤，搖也，音兀。**發紅華，垂朱榮。煌煌扈扈，照曜鉅野**。郭璞曰：言其光采之盛也。煌，音皇。**沙棠櫟櫧**，張揖曰：沙棠，狀如棠，黃華赤實，其味如李，無核，呂氏春秋曰：果之美者，沙棠之實。櫧，似柃，葉冬不落。應劭曰：櫟，採木也[37]。櫧，音諸，柃，音零。採，音采。**華楓枰櫨**。張揖曰：華，皮可以為索。楓，攝也，脂可以為香。郭璞曰：枰，平仲木也。櫨，已見南都賦。華，胡化切。**留落胥邪，仁頻并閭**。郭璞曰：留，未詳。落，檴也。中作器。胥邪，似并閭，皮可作索。孟康曰：仁頻，椶也。善曰：仙藥錄曰：檳榔，一名椶，然仁頻即檳榔也。胥邪、并閭，已見南都賦。檴，音鑊。**欃檀木蘭**，孟康曰：欃檀，檀別名也。欃，音讒。**豫章女貞**。張揖曰：女貞木，葉冬不落。**長千仞，大連抱**。司馬彪曰：七尺曰仞。**夸條直暢，實葉葰楙**。郭璞曰：夸，張布也。司馬彪曰：葰，大也。葰，音峻。**攢立叢倚，連卷欐佹**。司馬彪曰：欐佹，支重累也。倚，於綺切。卷，巨專切。欐，力爾切。佹，音詭。善曰：蒼頡篇曰：攢，聚也。**崔錯癹骫**[38]，郭璞曰：崔錯，交雜。癹骫，蟠戾也。崔，千賄切。癹，步葛切。骫，古委字。**坑衡閜砢**。郭璞曰：坑衡，徑直貌。閜砢，相扶持也[39]。坑，口庚

書注、史記索隱皆云「縠子」，尤依添，但「縠」字益譌。

37 注「採木也」 何校「採」改「棌」，下「採音采」同。漢書注作「采音菜」。

38 注「崔錯交雜癹骫蟠戾也」 袁本、茶陵本作「錯相樛也」四字。考史記索隱引郭璞云「崔錯癹骫者，蟠戾相樛也」。袁、茶陵二本有脫，尤所添改，在今漢書顏注，亦未是，當作「蟠戾相樛也」五字。

39 注「郭璞曰坑衡徑直貌閜砢相扶持也」 袁本、茶陵本無「閜砢相扶持」五字。案：史記索隱引郭璞云「坑衡、閜砢者，揭孽傾欹貌也」，尤所添，在今漢書顏注，亦未是。或「坑衡徑直貌也」一句，係善注誤連為郭耳。

切。問，烏可切。砢，來可切。垂條扶疏，落英幡纚。善曰：說文曰：扶疏，四布也。呂氏春秋曰：樹肥無使扶疏。英，謂華也[40]。張揖曰：幡纚，飛揚貌也。纚，山爾切。紛溶萷蔘，猗狔從風。郭璞曰：紛溶萷蔘，支竦擢也。張揖曰：猗狔，猶阿那也。溶，音容。萷，音蕭。蔘，音森。猗，憶靡切。狔，女爾切。藰莅芔歙，司馬彪曰：眾聲貌也。藰，音劉。莅，音利。芔，古卉字。歙，音翕。蓋象金石之聲，管籥之音。善曰：金石、管，已見上文。籥，已見南都賦。偨池茈虒，旋還乎後宮。張揖曰：偨池，參差也。茈虒，不齊也。如淳曰：茈，音此。虒，音豸。郭璞曰：還，繞也。偨，音差。雜襲絫輯，郭璞曰：相重被也。善曰：絫，古累字。輯與集同。被山緣谷，循阪下隰，視之無端，究之無窮。

「於是乎玄猨素雌，蜼玃飛蠝[41]，張揖曰：蜼，似母猴，卬鼻而長尾。玃，似獼猴而大。飛蠝，鼠也[42]，其狀如兔而鼠首，以其髯飛。郭璞曰：蠝，鼯鼠也，毛紫赤色，飛且生，一名飛生。蜼，音遺。蠝，音誄。善曰：玄猨，言猨之雄者玄色也。素雌，猨之雌者素色也。玃，音钁。蛭蜩蠼猱，司馬彪曰：山海經曰：不咸之山，飛蛭四翼。蜩，蟬也。蠼猱，獮猴也。郭璞曰：蛭蜩，未聞。如淳曰：蛭，音質。猱，奴刀切。獑胡豰蛫，張揖曰：獑胡，似獮猴，頭上有髦，要以後黑。郭璞曰：豰，似貔而大，要以後黃，一名黃要，食獼猴。蛫，未聞也。獑，音讒。豰，呼谷切。蛫，音詭。棲息乎其間。長嘯哀鳴，翩幡互經，郭璞曰：互經，互相經過也。夭蟜枝格，偃蹇杪顛。郭璞曰：皆獼猴在樹暴戲姿

40 注「英謂華也」　袁本、茶陵本無此四字。案：在今漢書顏注。

41 蜼玃飛蠝　茶陵本「蠝」作「蠝」。案：注中三見，下二字不從「土」，漢書作「蠝」，史記作「鼺」，單行本索隱仍作「蠝」。考集韻五旨，「鼺」下重文有六，而不載「蠝」，可證其非。袁本正文作「蠝」，注皆作「蠝」，以南都賦互證，疑五臣本之誤，而又相亂也。

42 注「飛蠝鼠也」　案「鼠」上當有「飛」字。案漢書注、史記集解、索隱有。陳云別本有，各本皆脫。南都賦注引「蠝，飛鼠也」，脫上「飛」字，當互訂。

態也[43]。天蟜，頻申也。善曰：埤蒼曰：格，木長貌也。說文曰：杪，末也[44]。廣雅曰：顛，末也。蟜，音矯。隃絕梁，騰殊榛，郭璞曰：梁，石絕水也。張揖曰：殊榛，異枅也。善曰：隃字與踰同。榛，仕人切。枅，五曷切。捷垂條，掉希間。張揖曰：捷持懸垂之條，掉往著稀疏無支之間也。郭璞曰：掉，懸擿也，託釣切。牢落陸離，郭璞曰：羣奔走也。善曰：牢落，猶遼落也。廣雅曰：陸離，參差也。爛漫遠遷。郭璞曰：崩騰羣走貌也。

「若此者數百千處，娛遊往來[45]，宮宿館舍。善曰：說文曰：娛，戲也，許其切。郭璞曰：皆離宮別館，出入所幸也。庖廚不徙，後宮不移，百官備具。郭璞曰：言所在有也。

「於是乎背秋涉冬，天子校獵。李奇曰：以五校兵出獵也。乘鏤象，六玉虯。張揖曰：鏤象，象路也，以象牙疏鏤其車輅。六玉虯，謂駕六馬，以玉飾其鑣勒，有似虯[46]。龍也無角[47]曰虯也。郭璞曰：韓子曰：黃帝駕象車，六蛟龍。善曰：此依古成文而假言之，非謂似也。今依郭說。拖蜺旌，靡雲旗。張揖曰：析羽毛，染以五采，綴以縷為旌，有似虹蜺之氣也。畫熊虎於旒為旗，似雲氣也。善曰：此亦假言也。高唐賦曰：蜺為旌。雲旗，已見東京賦。前皮軒，後道游。文穎曰：皮軒，以虎皮飾車。天子出，道車五乘，游車九乘，在乘輿車前，賦頌為偶辭耳。善曰：言皮軒最居前，

---

43 注「在樹暴戲姿態也」　陳云「暴」當作「共」。案：漢書注、史記正義引作「共」。各本皆誤。

44 注「說文曰杪末也」　袁本、茶陵本無此六字。

45 娛遊往來　案：「娛」當作「娭」。各本皆譌。注引說文「娭，許其切」，非「娛」甚明。史記作「嬉」，「娭」、「嬉」同字也。今本漢書及注誤與此同。又見羽獵賦。

46 注「有似虯」　何校引徐七來惇復曰：「似」下脫「玉」字，據漢書注校，是也。各本皆脫。

47 注「龍也無角」　何校引徐曰「子」誤「也」，據漢書注校。袁本「無」作「有」，茶陵本亦作「無」。案：漢書注作「有」。說文「虯，龍子有角者」，稚讓所本，故其廣雅亦云「有角曰蘢龍，蘢即虯，上艹者，角也」，此注決不當自為兩解。唯王逸注離騷「有角曰龍，無角曰虯」。善彼注仍之，所以各存異說，或不知者用彼以改此也。

而道游次皮軒之後，此為前後相對為偶辭耳，非謂道游在乘輿之後。**孫叔奉轡，衛公參乘。**李善曰：孫叔者[48]，太僕公孫賀也，字子叔。衛公者，大將軍衛青也。大駕，太僕御，大將軍參乘。**扈從橫行，出乎四校之中。**晉灼曰：扈，大也。張揖曰：跋扈縱橫，不案鹵簿也。文穎曰：凡五校，今言四者，中一校隨天子乘輿也。**鼓嚴簿，縱獵者，**張揖曰：鼓，嚴鼓也。簿，鹵薄也。善曰：言擊嚴鼓簿鹵之中也[49]。**河江爲阹[50]，泰山爲櫓。**郭璞曰：因山谷遮禽獸為阹。櫓，望樓。**車騎靁起，殷天動地。**郭璞曰：殷，猶震也。善曰：靁，古雷字。殷，音隱。**先後陸離，離散別追。**郭璞曰：各有所逐也。善曰：廣雅曰：陸離，參差。**淫淫裔裔，緣陵流澤，雲布雨施。**郭璞曰：言徧山野也。善曰：韓子曰：雲布風動。周易曰：雲行雨施也。**生貔豹，搏豺狼。**韋昭曰：生，謂生取之也[51]。郭璞曰：貔，執夷，虎屬，音毗。**手熊羆，足壄羊。**張揖曰：熊，犬身，人足，黑色。羆，如熊，黃白色。壄羊，麢羊也，似羊而青。郭璞曰：足，謂踏也。**蒙鶡蘇，**孟康曰：鶡，鶡尾也。蘇，析羽也。張揖曰：鶡，似雉，鬭死不卻。善曰：蒙，謂蒙覆而取之。鶡以蘇為奇，故特言之以成文耳。鶡，音曷。**絝白虎。**郭璞曰：絝，謂絆絡之也[52]。善曰：絝，音袴。**被班文，**善曰：班文，虎豹之皮也。司馬彪漢書曰[53]：虎賁騎皆虎文單衣。**跨壄馬。**善曰：跨，謂騎之也。**陵三嵕之危，**善曰：漢書音義曰：陵，上也。郭璞三倉注曰：三嵕山在聞喜。**下磧歷之坻。**張揖曰：磧歷，不平也。坻，下阪道也。坻，

---

48 注「李善曰孫叔者」 袁本、茶陵本「李善」作「鄭玄」。案：「玄」當作「氏」，漢書注作「氏」，最是。「鄭氏」，見顏師古敘例臣瓚云「鄭德」者也。

49 注「言擊嚴鼓簿鹵之中也」 袁本、茶陵本「簿鹵」作「鹵簿」，是也。陳云別本二字乙。

50 河江為阹　茶陵本作「江河」，云善作「河江」。袁本作「江河」，無校語。史記、漢書皆作「江河」。

51 注「生謂生取之也」 袁本、茶陵本「謂生取」三字作「抗」字。案：尤所添改，在今漢書顏注，亦未是。「抗」當作「執」，「生執之也」四字一句讀。五臣向注「生，生執」，即襲韋，可借為證。

52 注「絝謂絆絡之也」 袁本、茶陵本無「謂絆之」三字。案：史記集解引有此三字。尤延之蓋依彼添。

53 注「司馬彪漢書曰」 何校「漢」上添「續」字，陳同。各本皆脫。

音遲。徑峻赴險，越壑厲水。郭璞曰：厲，以衣渡水。椎蜚廉[54]，弄獬豸。郭璞曰：飛廉，龍雀也，鳥身鹿頭。張揖曰：獬豸，似鹿而一角，人君刑罰得中則生於朝廷，主觸不直者，今可得而弄也。獬，音蟹。豸，文介切。格蝦蛤，鋋猛氏。孟康曰：蝦蛤、猛氏，皆獸名。郭璞曰：今蜀中有獸，狀如熊而小，毛淺有光澤，名猛氏。蝦，音遐。蛤，音閤。善曰：說文曰：鋋，小矛也，市延切。羂騕褭，射封豕。張揖曰：騕褭，馬金喙赤色，一日行萬里者。郭璞曰：封豕，大豬也。善曰：聲類曰：羂，係取也，工犬切。左氏傳：申包胥曰：吳為封豕長蛇。箭不苟害，解脰陷腦。弓不虛發，應聲而倒。張揖曰：脰，項也。善曰：脰，音豆。史記：陷，苦念切。

「於是乘輿弭節徘徊，翱翔往來。郭璞曰：言周旋也。善曰：楚辭曰：颯弭節而高厲。睨部曲之進退，覽將帥之變態。善曰：部曲，已見上文。然後侵淫促節，郭璞曰：言疾驅也。善曰：侵淫，漸進之貌。儵敻遠去。郭璞曰：儵忽，長逝也。善曰：曹大家幽通賦注曰：敻，遠也。流離輕禽，蹴履狡獸。張揖曰：流離，放散也。輕禽，飛鳥也。晉灼曰：輕小之禽。善曰：張說是也。轊白鹿，捷狡兔。郭璞曰：狡兔健跳，故曰捷耳。捷，音接。軼赤電，遺光耀。張揖曰：軼，過也。郭璞曰：皆妖氣為變怪，游光之屬也。追怪物，出宇宙。張揖曰：怪物，奇禽也。彎蕃弱，滿白羽。文穎曰：彎，牽也。蕃弱，夏后氏良弓之名。引弓盡箭鏑為滿。以白羽為箭[55]，故言白羽也。善曰：左氏傳，衛子魚曰：分魯公以封父之繁弱。蕃與繁古字通。國語曰：吳素甲白羽之矰，望之如荼。射游梟，櫟蜚遽。張揖曰：梟，惡鳥也，故射之。櫟，梢也。飛遽，天上神獸也，鹿頭而龍身。郭璞曰：梟羊也。善曰：高

---

[54] 椎蜚廉　案：「椎」史記、漢書皆作「推」。顏注云「推，亦謂弄之也」，其字從「手」。今流俗讀作「椎擊之椎」，失其義矣。考五臣銑注「椎謂擊殺」，其本作「椎」之明文。善既不注此字，袁、茶陵二本又俱無校語，未審何作也。凡偏傍「才」「木」每相混。

[55] 注「以白羽為箭」　袁本、茶陵本「為」作「羽」。案：重「羽」最是。上「羽」言體，下「羽」言用。漢書注、史記正義引皆可證。

誘淮南子注，梟羊，山精也，似遽類。高說是也。梟，工聊切。遽，音巨。**擇肉而后發，先中而命處。**郭璞曰：言必如所志也。善曰：廣雅曰：命，名也。**弦矢分，藝殪仆。**文穎曰：所射準的為藝，壹發死為殪。善曰：說文曰：仆，頓也。殪，音翳。仆，音赴。

「然后揚節而上浮，郭璞曰：言騰游也。善曰：楚辭曰：鳥託乘而上浮。**凌驚風，歷駭猋，乘虛無，與神俱。**張揖曰：郭璞老子經注曰[56]：虛無寥廓，與元通靈[57]，言其所乘氣之高，故能出飛鳥之上而與神俱者也。**躪玄鶴，亂昆雞。**張揖曰：昆雞，似鶴，黃白色。郭璞曰：躪，踐也。亂者，言亂其行伍也。**遒孔鸞。促鵕鸃。**郭璞曰：遒、促，皆迫捕貌。遒，才由切。**拂翳鳥，**張揖曰：山海經曰：九疑之山有五采之鳥，名曰翳鳥。**捎鳳凰。捷鵷鶵，掩焦明。**張揖曰：焦明，似鳳，西方之鳥也。善曰：方言曰：掩，取也。樂汁圖[58]，焦明，狀似鳳皇。宋衷曰：水鳥也。

「道盡途殫，迴車而還。消搖乎襄羊，降集乎北紘。司馬彪曰：消搖，逍遙也。張揖曰：淮南子云：八澤之外，乃有八紘，北方之紘曰委羽。郭璞曰：襄羊，猶彷徉也。**率乎直指，**郭璞曰：率，徑馳去也[59]。**晻乎反鄉。**郭璞曰：忽然疾歸貌。**蹷石闕[60]，歷封巒。過鳷鵲，望露寒。**郭璞曰：蹷，蹋也，音厥。張揖曰：

---

56 注「郭璞老子經注曰」 陳云此七字衍。張氏乃曹魏時人，不當引郭語。老子又無郭注。其說是矣。各本皆衍。

57 注「與元通靈」 陳云「元」當作「天」，漢書注可據。今案：漢書注譌也。史記正義正作「元」。鄭禮記注引孝經說曰「上通元莫」，即此「元」字之義。

58 注「樂汁圖」 案：「圖」下當有「徵」字。史記索隱引有。各本皆脫。

59 注「率徑馳去也」 袁本、茶陵本「徑」作「然」。案：考漢書顏注曰「率然直去意」，或尤改「馳」為「徑」而誤去「然」字。

60 蹷石闕 袁本、茶陵本「闕」作「關」，而不著校語。案：依此善與五臣同作「關」也。漢書作「關」，史記作「闕」，善引張揖漢書注則作「關」，未為非。恐此是尤延之依史記改。前卷及漢書楊雄傳俱作「關」字。

此四觀，武帝建元中作，在雲陽甘泉宮外。鳷，音支。下棠棃，息宜春，張揖曰：棠棃，宮名，在雲陽東南三十里。郭璞曰：宜春，宮名，在渭南杜縣東。西馳宣曲，張揖曰：宣曲，宮名也，在昆明池西。濯鷁牛首。張揖曰：牛首，池名，在上林苑西頭。善曰：漢書曰：鄧通以濯舡為黃頭郎。音義曰：善濯舡於池中也。一說能持櫂行船也。韋昭曰：櫂，今棹也，並直孝切。登龍臺，張揖曰：觀名也，在豐水西北，近渭也。掩細柳。郭璞曰：觀名也，在昆明池南。善曰：方言曰：掩者，息也。觀士大夫之勤略，司馬彪曰：略，巡行也。均獵者之所得獲。郭璞曰：平其多少也。徒車之所轥轢，郭璞曰：徒，步也。轢，輾也。善曰：輾，女展切。步騎之所蹂若，人臣之所蹈籍。善曰：廣倉曰：若，蹈足貌。與其窮極倦谻，驚憚讋伏。郭璞曰：窮極倦谻，疲憊者也。驚憚讋伏，怖不動貌也。谻，音劇。憚，丁曷切。讋，之涉切。不被創刃而死者，他他籍籍。郭璞曰：言交橫也。他，徒河切。塡阬滿谷，掩平彌澤。善曰：廣雅曰：大野曰平。

「於是乎遊戲懈怠，置酒乎顥天之臺，張揖曰：臺高上干顥天也。張樂乎膠葛之寓。郭璞曰：言曠遠深貌也。撞千石之鍾，張揖曰：千石，十二萬斤也。立萬石之虡。張揖曰：虡，獸，重百二十萬斤，以俠鍾旁。建翠華之旗，樹靈鼉之鼓，張揖曰：以翠羽為葆也，以鼉皮為鼓也。郭璞曰：華，葆也。奏陶唐氏之舞，如淳曰：舞咸池也。善曰：尚書曰：惟彼陶唐。孔安國曰：陶唐，堯氏也。聽葛天氏之歌。張揖曰：葛天氏，三皇時君號也。其樂，三人持牛尾，投足以歌八曲：一曰載民[61]，二曰玄鳥，三曰育草木，四曰奮五穀，五曰敬天常，六曰徹帝功，七曰依地德，八曰總禽獸之極。韋昭曰：葛天氏，古之王者，其事見呂氏春秋。善曰：呂氏春秋云：葛天氏之樂，以歌八闋：一曰載民，三曰遂草木，六曰建帝功。今注以闋為曲，以民為氏，以遂為育，以建為徹，皆誤。千人唱，萬人和。山

61 注「一曰載民」案：「民」當作「氏」。各本皆譌，下有明文。漢書注誤與此同。

陵爲之震動，川谷爲之蕩波。郭璞曰：波浪起也。巴渝宋蔡，淮南干遮[62]，郭璞曰：巴西閬中有渝水，獠居其上，皆剛勇[63]好舞。初高祖募取以平三秦，後使樂府習之，因名巴渝舞也。張揖曰：樂記曰：宋音燕女溺志。蔡人謳員三人，淮南鼓員四人。干遮，曲名。文成顛歌。文穎曰：文成，遼西縣名也。其縣人善歌。顛，益州顛縣，其人能作西南夷歌也。顛與滇同也。族居遞奏，金鼓迭起。張揖曰：族，聚也。郭璞曰：遞，迭也，徒結切。鏗鎗闛鞈，洞心駭耳。善曰：鏗鎗，鍾聲也。闛鞈，鼓音也。毛詩曰：擊鼓其鏜。字書曰：鞨，鼓聲。闛與鏜，鞨與鞈，古字通。闛，託郎切。鞈，音榻。荊吳鄭衛之聲，郭璞曰：皆淫哇也。善曰：禮記曰：鄭衛之音，亂世之音也。韶濩武象之樂，文穎曰：韶，舜樂也。濩，湯樂也。大武，武王樂也。張揖曰：象，周公樂也。南人服象，為虐於夷，成王命周公以兵追之，至於海南，乃為三象樂。陰淫案衍之音。郭璞曰：流沔曲也。衍，弋戰切。鄢郢繽紛，激楚結風。李奇曰：鄢，今宜城縣也。郢，楚都也。繽紛，舞也。張揖曰：楚，歌曲也。文穎曰：衝激，急風也[64]；結風，亦急風也[65]。楚地風氣既自漂疾，然歌樂者猶復依激結之急風為節也，其樂促迅哀切也。俳優侏儒，狄鞮之倡，善曰：三蒼曰：俳，倡也。優，樂也。禮記曰：夫新樂及優侏儒。郭璞曰：狄鞮，西戎樂名也。鞮，丁奚切。所以娛耳目樂心意者，麗靡爛漫於前，郭璞曰：言恣所觀也。靡曼美色。張揖曰：靡，細也。曼，澤也。善曰：言作樂於前者，皆是靡曼美色也。下或云[66]於後，非也。

---

62 淮南干遮　何云「干」史、漢作「于」。案：善及小司馬皆引張揖漢書注，不當有異文，蓋今各本作「於」並譌耳。

63 注「皆剛勇」　袁本、茶陵本無此三字。案：史記索隱引無，集解有，尤蓋依彼添。

64 注「衝激急風也」　袁本、茶陵本「衝」上有「激」字，單行本索隱有，舞賦及七發注有，七命注「衝激」作「激衝」，脫下「激」字，當互訂。

65 注「結風亦急風也」　案：單行本索隱「結風」下有「回風」二字，舞賦、七發、七命注皆有，依文義，有者是也。各本此注脫。

66 注「皆是靡曼美色也下或云」　袁本、茶陵本「美色也」三字作「也色」二字。案：「也」句絕，「色」屬下，尤添改失之。

「若夫青琴宓妃之徒，伏儼曰：青琴，古神女也。如淳曰：宓妃，伏羲氏女，溺死洛，遂為洛水之神。絕殊離俗，郭璞曰：離俗，無雙也。妖冶嫺都。善曰：字書曰：妖，巧也。說文曰：嫺，雅也，或作閑。小雅曰：都，盛也。靚糚刻飾，便嬛綽約。郭璞曰：靚糚，粉白黛黑也。刻，刻畫鬋鬢也。便嬛，輕利也。綽約，婉約也。善曰：莊子曰：綽約若處子。嬛，音翾。靚，音淨。柔橈嫚嫚[67]，嫵媚孅弱。郭璞曰：柔橈嫚嫚，皆骨體耎弱長豔貌也。孅弱，弱顏也。善曰：埤蒼曰：嫵媚，悅也。孅弱，謂容體孅細柔弱也。方言曰：自關而西，凡物小謂之孅。橈，女教切。嫚，於圓切。嫵，音武。孅，即纖字。曳獨繭之褕絏，眇閻易以卹削。張揖曰：褕，襜褕也。絏，袖也。郭璞曰：獨繭，一繭之絲也。閻易，衣長大貌也。卹削，言如刻畫作之也。善曰：褕，音踰。絏，音曳。易，弋示切。便姍嫳屑，與俗殊服。郭璞曰：衣服婆娑貌。善曰：便，步千切。姍，音先。嫳，步結切。芬芳漚鬱，酷烈淑郁。皓齒粲爛，宜笑的皪。郭璞曰：香氣盛也。漚，一候切[68]。又曰：鮮明貌也。善曰：楚辭曰：美人皓齒嫮以姱[69]。又曰：嫮目宜笑娥眉曼。皪，音礫。長眉連娟，微睇緜藐。郭璞曰：連娟，言曲細也。緜藐，遠視貌。善曰：娟，一全切。睇，大計切。藐，音邈。色授魂與，心愉於側。張揖曰：彼色來授，我魂往與接也。愉，音踰。

「於是酒中樂酣，郭璞曰：中，半也，中仲切。天子芒然而思，似若有亡，司馬彪曰：亡，喪也。曰：『嗟乎，此大奢侈！朕以覽聽餘閒，無事棄日。善曰：言聽政既有餘暇，無事而虛棄時日也。順天道以殺伐，郭璞曰：因秋氣也。善曰：家語，孔子曰：啓蟄不殺，則順天道也。時休息於此。郭璞曰：閒，音閑。

67 柔橈嫚嫚　案：「嫚嫚」當作「嬽嬽」，漢書作「嬽」，可證也。善注「於圓切」，正為「嬽」字作音，或五臣誤為「嫚」，而各本亂之耳。史記作「嬛」，亦「嬽」字之譌。徐廣曰「音娟」。「嬽」即「娟」字，古人每以同字為音也。小司馬引廣雅「嬽嬽，容也」。今索隱盡作「嬛」，大誤。

68 注「香氣盛也漚一候切又曰」　袁本、茶陵本無此十字。

69 注「嫮以姱」　袁本、茶陵本「嫮」作「姱」。案：此尤校改也。

璞曰：謂苑囿中也。恐後葉靡麗，遂往而不返，非所以爲繼嗣創業垂統也。』郭璞曰：言不可以示將來也。善曰：為，于偽切。孟子曰：君子創業垂統，為可繼也。於是乎乃解酒罷獵，而命有司曰：『地可墾闢，悉爲農郊，以贍萌隸，張揖曰：邑外謂之郊。郊，田也。詩曰：稅于農郊。韋昭曰：萌，民也。司馬彪曰：隸，小臣也。善曰：爾雅曰：命，告也。蒼頡篇曰：墾，耕也。小雅曰：贍，足也。隤牆填塹，使山澤之人得至焉。郭璞曰：芻蕘者往也，雉兔者往也。實陂池而勿禁，虛宮館而勿仞。司馬彪曰：養魚鱉滿陂池，而不禁民取也。郭璞曰：虛，言不聚人眾其中也。仞，滿也。發倉廩以救貧窮，補不足。善曰：蔡邕月令章句曰：穀藏曰倉，米藏曰廩。孟子：齊景公興發補不足。趙岐曰：興惠政，發倉廩，以振貧而補不足也。恤鰥寡，存孤獨。出德號，省刑罰。郭璞曰：號，號令也。改制度，郭璞曰：變宮室車服。易服色。郭璞曰：衣尚黑。革正朔，郭璞曰：更以十二月為正[70]，平旦為朔。與天下爲更始。』郭璞曰：新其事。

「於是歷吉日以齋戒，張揖曰：歷，筭也。善曰：周易曰：聖人以此齋戒。韓康伯曰：洗心曰齋，防患曰戒。襲朝服，乘法駕，司馬彪曰：襲，服也。法駕，六馬也。建華旗，鳴玉鸞，郭璞曰：鸞，鈴也。善曰：楚辭曰：鳴玉鸞之啾啾。游于六藝之囿，馳騖乎仁義之塗。郭璞曰：六藝：禮、樂、射、御、書、數也。論語曰：游於藝。塗，道也。善曰：藝，六經也。覽觀春秋之林，如淳曰：春秋義理繁茂，故比之於林藪也。射貍首，兼騶虞。郭璞曰：貍首，逸詩篇名，諸侯以為射節。騶虞，召南之卒章，天子以為射節也。弋玄鶴，舞干戚。郭璞曰：干，楯也。戚，斧也。善曰：言古者舞玄鶴以為瑞，令弋取之而舞干戚也。尚書大傳曰：舜樂歌曰和伯之樂，舞玄鶴。公羊傳曰：朱干玉戚，以舞大夏。載雲罕，揜羣雅。張揖曰：罕，罼也，前有九流雲罼之車。揜，捕也。詩小雅之材七十四

70 注「更以十二月為正」　何校引徐曰「二」當作「三」。案：所校是也。漢書武紀「太初元年以正月為歲首」。師古曰：「謂建寅之月為正也。」郭取彼事為義。「夏以十三月為正」，原出緯書，不知者誤改之。

人，大雅之材三十一人，故曰羣雅也。善曰：先用雲罕以獵獸，今載之於車而捕羣雅之士也。悲伐檀，張揖曰：其詩刺賢者不遇明王也。樂樂胥。善曰：毛詩曰：君子樂胥，受天之祜。言王者樂得材智之人使在位，故天與之福祿也。胥，先呂切。脩容乎禮園，郭璞曰：禮，所以整威儀自脩飾也。翺翔乎書圃。郭璞曰：尚書，所以疏通知遠者，故遊涉之。述易道，郭璞曰：脩絜靜精微之術。放怪獸。張揖曰：苑中奇怪之獸，不復獵。登明堂，坐清廟。郭璞曰：明堂者，所以朝諸侯處。清廟，太廟也。善曰：禮記月令曰：天子居太廟太室。鄭玄曰：太廟太室，中央室也。次羣臣，奏得失。四海之內，靡不受獲。善曰：得恩德也。於斯之時，天下大說，鄉風而聽，隨流而化，芔然興道而遷義。郭璞曰：芔，猶勃也，許貴切。刑錯而不用，德隆於三王[71]，而功羨於五帝。善曰：包咸論語注曰：錯，置也，千故切。司馬彪曰：羨，溢也。若此，故獵乃可喜也。

「若夫終日馳騁，勞神苦形。罷車馬之用，抗士卒之精。郭璞曰：精，銳也。抗，損也，音翫。費府庫之財，而無德厚之恩。善曰：管子曰：國雖盛滿，無德厚以安之，國非其國也。務在獨樂，不顧眾庶。善曰：鄭玄毛詩曰[72]：顧，念也。忘國家之政，貪雉兔之獲。則仁者不繇也。郭璞曰：繇，道也，音由。從此觀之，齊楚之事，豈不哀哉！地方不過千里，而囿居九百，是草木不得墾辟，而人無所食也。善曰：蒼頡篇曰：墾，耕也。薛君韓詩章句曰：辟，除也。夫以諸侯之細，而樂萬乘之侈[73]，僕恐百姓被其尤也。」

71 德隆於三王　茶陵本云五臣作「皇」，袁本云善作「王」。案：各本所見皆非也。史記、漢書皆作「皇」，善自與之同，傳寫譌耳。

72 注「鄭玄毛詩曰」　案：「詩」下當有「箋」字。各本皆脫。

73 而樂萬乘之侈　袁本「之」下有「所」字，云善無。茶陵本云五臣有「所」，漢書有。何云「萬乘之所侈，謂天子猶謂此太奢侈者也」。今案：史記亦有，或各本所見脫之。

於是二子愀然改容，超若自失，郭璞曰：愀然，變色貌也，材誘切。善曰：禮記曰：孔子愀然作色而對也。逡巡避廗，善曰：公羊傳曰：逡巡北面再拜。廣雅曰：逡巡，却退也。孝經曰：曾子避席。廗與席古字通。曰：「鄙人固陋，不知忌諱，善曰：廣雅曰：鄙，小也。乃今日見教，謹受命矣。」

羽獵賦[74] 并序

楊子雲

孝成帝時羽獵，服虔曰：士卒負羽也。善曰：高唐賦曰：傳言羽獵。雄從。以爲昔在二帝三王，應劭曰：堯、舜、夏、殷、周也。善曰：春秋說題辭曰：尚書者，二帝之跡，三王之義，所以推期運，明命授之際。宮館臺榭，沼池苑囿，林麓藪澤，財足以奉郊廟，御賓客，充庖廚而已，善曰：財與纔同。毛萇詩傳曰：御，進也。禮記曰：天子無事，歲三田：一為乾豆，二為賓客，三為充君之庖也。不奪百姓膏腴穀土桑柘之地。女有餘布，男有餘粟，善曰：孟子曰：以羨補不足，則農有餘粟，女有餘布也。國家殷富，上下交足。故甘露零其庭，醴泉流其唐，善曰：禮記曰：天降膏露，地出醴泉。孝經援神契曰：甘露，一名膏露。應劭曰：爾雅曰：廟中路，謂之唐也。鳳凰巢其樹，黃龍游其沼，麒麟臻其囿，神爵棲其林。善曰：禮記曰：鳳皇麒麟，皆在郊藪，龜龍在宮沼。漢書注曰：神雀，大如鷄，斑文。昔者禹任益虞而上下和，草木茂，善曰：尚書，帝曰：疇若予上下草木。禹曰：益哉。帝曰：汝作朕虞。孔安國曰：上謂山，下謂澤也。成湯好田而天下用足；善曰：呂氏春秋曰：湯見網罝四面，湯拔其三面也。文王囿百里，民以爲尚小；齊宣王囿四十里，民以爲大：裕民之與奪民也。善曰：孟子：齊宣王問孟子曰：文王之囿方七十里，有諸？曰：有

---

74 羽獵賦　案：賦下當有「一首」二字，後每題盡同。袁、茶陵本無。說見前。又前第七、八，後第十三、十四、十六各卷首子目亦放此。

之。若是其大乎？答曰：民猶以為小也。寡人之囿方四十里耳，民猶以為大，何也？答曰：文王之囿，與人同之，民以為小，不亦宜乎？王之囿四十里，殺其麋鹿，如殺人之罪，人以為大，不亦宜乎？孫卿子曰：足國之道，節用裕民，而善藏其餘。不知節用裕民，雖好取侵奪，猶將寡獲也。武帝廣開上林，東南至宜春[75]，鼎湖御宿昆吾，晉灼曰：鼎湖宮，黃圖以為在藍田。昆吾，地名，上有亭。善曰：宜春，已見上文。三秦記曰：樊川，一名御宿。旁南山西，至長楊五柞，善曰：漢書曰：盩厔有長楊、五柞宮。旁，步浪切。北繞黃山，濱渭而東[76]，善曰：漢書曰：槐里有黃山之宮。濱，涯也。言循渭水之涯而東也。公羊傳，濤塗曰：濱海而東。濱與賓同音也。周袤數百里。善曰：說文曰：南北曰袤。穿昆明池，象滇河，瓚曰：西南夷有昆明國，又有滇池，故作昆明池以象之，以習水戰。營建章鳳闕神明馺娑，孟康曰：馺娑，殿名也。善曰：鄭玄毛詩箋曰：營，治也。建章，宮名也。神明，臺名也。漸臺泰液，象海水周流方丈瀛洲蓬萊。善曰：漢書曰：建章，其北治太液池，漸臺高二十餘丈，名曰泰液，中有蓬萊、方丈、瀛洲，象海中仙山。服虔曰：海中三山名，法効象之。游觀侈靡，窮妙極麗。雖頗割其三垂以贍齊民，善曰：三垂，謂西方、南方、東方。武帝侵三垂以置郡，故謂之割。漢書：杜鄴上書曰：三垂蠻夷。又雄上書曰：北狄，中國之堅敵，三垂比之縣矣。爾雅曰：邊，垂也。如淳曰：齊，等也。無有貴賤，故謂之齊人，若今言平人矣。晉灼曰：中國被教齊整之民。然至羽獵甲車戎馬器械儲侍禁禦所營，善曰：說文曰：儲侍，待也。應劭曰：禦，禁也，謂禁止往來。營，謂造作

---

[75] 東南至宜春　何云漢書無「東」字，疑衍。案：據史文，此云「南至」，下云「西至」，又下云「北繞」，又下云「頗割其三垂」，故何云即指「上林之三垂」而言，是也。其東濱渭，則云「濱渭而東」而已，無所開廣，亦無所割，此句不得有「東」字。但善解「三垂」為武帝侵西南東三方以置郡，豈所見漢書有「東」字與下「濱渭而東」相接連，以上林為不僅有三垂耶？然所解實未安。

[76] 濱渭而東　案：「濱」當作「賓」。注云「濱」與「賓」同音也。蓋善正文作「賓」，所引公羊作「濱」，故有此語。今各本以五臣作「濱」而亂之。難蜀父老「率土之濱」注「本或作賓」，可為此作「賓」之證。今漢書作「瀕」，又異本耳。袁、茶陵二本無注「濱與賓同音也」六字，誤謂此專發音，與五臣「濱音賓」重複而削去，益非。

也。即賦云禦自汧、渭，經營酆、鄗。甲或為田，非也。尚泰奢麗誇詡，善曰：毛萇詩傳曰：詡，大也，許羽切。非堯舜成湯文王三驅之意也。善曰：三驅，已見西都賦。又恐後世復脩前好，不折中以泉臺[77]，服虔曰：魯莊公築臺[78]，非禮也，至文公毀之。公羊讖云：先祖為之而毀之，勿居而已。今楊雄以宮觀之盛，非成帝所造，勿脩而已，當以泉臺為折中也。韋昭曰：制或為折也。故聊因校獵賦以風之。善曰：七略曰：羽獵，永始三年十二月上。校獵，已見上文。其辭曰：

或稱羲農，豈或帝王之彌文哉？善曰：假為或人之意[79]，言古之樸素而合禮者，咸稱羲、農，是則豈或謂後代帝王彌加文飾而不合禮哉。故論者答之於下。論者云否，各以並時而得宜[80]，奚必同條而共貫？善曰：論者，雄自謂也。言帝王文質各並時而得宜，何必同條而共貫乎？言必不然也。尚書大傳曰：否，不也。漢書，武帝制曰：帝王之道，豈不同條共貫也？則泰山之封，焉得七十而有二儀？孟康曰：封禪各言異也[81]。善曰：管子曰：古之封太山禪梁父者七十二家，而夷吾所記者，十有二焉。是以創業垂統者俱不見其爽，遐邇五三孰知其是非？張晏曰：爽，差也。不差其優劣，誰知其賢愚也。善曰：言創業垂統者，各隨時立制，皆不見其差爽，故五帝、三王，誰知其是非乎？但文質不同，明無是非也。廣雅曰：爽，差也。遂作頌曰：麗哉神聖，處於玄宮。富既與地乎侔訾，貴正與天乎比崇。善曰：玄，北方也。禮記月令曰：季冬，天子居玄堂右个。蔡邕月令章句曰：玄，黑

---

77 不折中以泉臺　案：「折」當作「制」，善引韋昭曰「制或為折也」，是其證矣。蓋五臣作「折」，而各本亂之。顏注漢書作「折」，即韋所云「或為」耳。

78 注「魯莊公築臺」　陳云「築」下當有「泉」字，是也。各本皆脫。

79 注「假為或人之意」　袁本、茶陵本「為」下有「人也」二字。

80 各以並時而得宜　袁本、茶陵本「以」作「亦」，案：漢書作「亦」，此疑尤本誤也。

81 注「封禪各言異也」　陳云別本「言」字在「封」上為是。案：今未見，但漢書注如此。

也，其堂尚玄。莊子曰：夫道，顓頊得之以處玄宮。又曰：莫神於天，莫富於地，莫大於帝王，故曰帝王之德配天地。齊桓曾不足使扶轂，楚嚴未足以為驂乘。狹三王之阨僻，嶠高舉而大興。善曰：史記曰：齊公子小白立，是為桓公。又曰：楚穆王卒，子莊王侶立。春秋感精記曰：黃池之會，重吳子，滕、薛夾轂，魯、衛驂乘。鄭氏曰：阨僻，陋小也。王逸楚辭注曰：嶠，舉也。嶠，音矯。曆五帝之寥廓，涉三皇之登閎。善曰：寥廓，高遠也。韋昭曰：登，高也。閎，大也。建道德以為師，友仁義與之為朋。

於是玄冬季月，天地隆烈，善曰：北方水色黑，故曰玄冬。隆烈，陰氣盛。萬物權輿於內，徂落於外，善曰：爾雅曰：權輿，始也。大戴禮曰：孟春，百草權輿。帝將惟田于靈之囿，開北垠，受不周之制，善曰：薛君韓詩章句曰：惟，辭也。孟康曰：西北為不周風，謂冬時也。以奉終始顓頊玄冥之統。[82]應劭曰：顓頊、玄冥，皆北方之神，主殺戮者。迺詔虞人典澤，東延昆鄰，西馳閶闔。善曰：孔安國尚書傳曰：虞，掌山澤之官。又曰：延，及也。張晏曰：東至昆明之邊也。善曰：閶闔，已見上文。儲積共偫，戍卒夾道。善曰：郭舍人爾雅注曰[83]：共，具物也。偫，具事也。漢書曰：廷中陳車騎戍卒衛官也。斬叢棘，夷野草。善曰：杜預左氏傳注曰：夷，殺也。禦自汧渭，經營酆鎬。善曰：孔安國尚書傳曰：經營，規度也。章皇周流，出入日月，天與地沓。善曰：章皇，猶彷徨也。周流，周匝流行也。出入日月，言其廣大，日月似在其中出入也。張晏曰：日出扶桑，入湯谷。應劭曰：沓，合也。爾迺虎路三嵏以為司馬，圍經百里而為殿門。晉灼曰：路，音落。落，纍也。[84]服虔曰：以竹虎落此山也。應劭曰：外門為司馬門，殿門在內也。善曰：三嵏，已見上文。外則正南極海，邪界

---

82 以奉終始顓頊玄冥之統　袁本、茶陵本無「奉」字。案：漢書無，疑尤本誤。

83 注「郭舍人爾雅注曰」　陳云爾雅郭注，與所引不同，則知非景純也。下文「移珍來享」句，又引犍為舍人爾雅注。今案：其說是也。爾雅犍為郡文學卒史臣舍人注三卷，見陸氏釋文敘例。必「犍為」二字各本誤改作「郭」。

84 注「落纍也」　袁本、茶陵本無此三字。案：在今漢書顏注。

虞淵。應劭曰：虞淵，日所入也。善曰：爾雅曰：極，至也。淮南子曰：至于虞淵，是謂黃昏。鴻蒙沆茫，揭以崇山。韋昭曰：鴻蒙沆茫，水草廣大貌也。善曰：薛綜東京賦注曰：揭，猶表也。鴻，胡孔切。濛，莫孔切。沆，胡朗切。茫，音莽。揭，音竭也。營合圍會，然後先置乎白楊之南，昆明靈沼之東。張晏曰：先置供具於前也。服虔曰：白楊，觀名也。善曰：三秦記曰：昆明池中有靈沼神池。賁育之倫，蒙盾負羽，杖鏌邪而羅者以萬計。善曰：說苑曰：勇士孟賁，水行不避蛟龍，陸行不避虎狼。育，夏育也，已見西京賦。說文曰：鏌邪，大戟也。鏌，音莫。邪，弋奢切。其餘荷垂天之畢，張竟壄之罘。善曰：言畢之大，垂天之邊也。靡日月之朱竿，曳彗星之飛旗。善曰：朱竿，太常之竿也。周禮：日月為太常，王建太常。穆天子傳曰：日月之旗，七星之文。河圖曰：彗星者，天地之旗也。楚辭曰：攬彗星以為旗。青雲為紛，紅蜺為繯，屬之乎崑崙之虛。韋昭曰：紛，旗旒也。繯，旗上繫也。善曰：鄭玄喪服傳注曰：屬，連也。爾雅曰：河出崑崙虛。繯，下犬切。屬，之欲切。虛，音墟。渙若天星之羅，浩如濤水之波。善曰：天星之羅，言光明也。濤水之波，言廣大也。淫淫與與，前後要遮。善曰：淫淫與與，皆行貌也。欃槍為闉，明月為候。孟康曰：闉，戰鬬自障蔽，如城門外女垣也。善曰：杜預左傳注曰：候，望敵者。熒惑司命，天弧發射。張晏曰：熒惑法[85]使司命不祥[86]。天弧，虛上二星。善曰：樂緯稽耀嘉曰：熒惑主命。禮記曰：凡生於天地之間者，皆曰命。漢書曰：狼下有四星曰弧。鮮扁陸離，駢衍佖路。服虔曰：鮮扁，戰鬬軍陣貌也。駢衍，軍壘駢衍也。晉灼曰：佖，滿也。善曰：扁，音篇。佖，頻一切。徽車輕武，鴻絧緁獵。晉灼曰：徽，疾貌也，音揮。善曰：廣雅曰：武，健也。鴻絧，相連貌也。緁獵，相次貌也。鴻，胡弄切。絧，徒弄切。緁，音捷。殷殷軫軫，被陵緣阪。窮敻極遠者，相與列乎高原之上。善曰：殷軫，盛貌也。敻或為冥。殷，音

---

85 注「熒惑法」　案：「法」上當有「執」字。「熒惑或謂之執法」，見廣雅。各本及今漢書注皆脫。

86 注「使司命不祥」　案：「命」字不當有。各本皆衍。漢書注無。

隱。羽騎營營，昈分殊事。韋昭曰：騎負羽也。蘇林曰：昈，明也。善曰：毛萇詩傳曰：營營，往來貌。昈分，謂羽騎明白分別，各殊其事也。昈，音戶。繽紛往來，轠轤不絕。若光若滅者，布乎青林之下。孟康曰：轠轤，連屬貌也。如淳曰：轠，音雷。轤，音盧。

於是天子乃以陽晁始出乎玄宮，善曰：陽朝，陽明之朝[87]。晁，古字同也。撞鴻鍾，建九旒，善曰：尚書大傳曰：天子將出，則撞黃鍾之鍾。禮記曰：龍旗，九旒也。六白虎，載靈輿。善曰：杜業奏事曰[88]：輬車駕白虎四。白虎，馬名。服虔曰：靈輿，天子輿也。蚩尤並轂，蒙公先驅。善曰：韓子曰：黃帝駕象車，異方並轂，蚩尤居前。楚辭曰：選眾以並轂。漢書音義曰：蒙公，蒙恬也。如淳曰：蒙公，髦頭也。晉灼曰：此多說天子事，如說是。並，步浪切。立歷天之旂，曳捎星之旃。韋昭曰：歷，干也。捎，拂也。霹靂烈缺，吐火施鞭。應劭曰：霹靂，雷也。烈缺，閃隙也。火，電照也。善曰：言威德之盛，役使百神，故霹靂烈缺，吐火施鞭，而為衛也。閃，失染切。萃從沇溶，淋離廓落，戲八鎮而開關。應劭曰：四方四隅為八鎮。如淳曰：不言九者，一鎮在中，天子居之故也。善曰：埤蒼曰：從，走貌也。沇溶，盛多之貌也。上林賦曰：沇溶淫鬻。從，先勇切。沇，以永切。溶，音容。戲，音麾。飛廉雲師，吸嚊潚率，鱗羅布烈[89]，攢以龍翰。善曰：楚辭曰：後飛廉使奔屬。王逸曰：飛廉，風伯也。雲師，已見吳都賦。說文曰：吸，喘息也[90]。埤蒼曰：嚊，喘息聲也。潚率，吸嚊之貌。鱗羅，若鱗之羅也。攢以龍翰，若龍翰之聚也。

---

87 注「陽朝陽明之朝」　案：上「朝」字當作「晁」，此善以「朝」解「晁」，故下云「晁古字同也」，各本皆譌。

88 注「杜業奏事曰」　袁本、茶陵本無「奏事」二字。案：此文今在漢書霍光傳注中，云「杜延年奏載霍光柩以輬車」云云，非「杜業」明甚。宋孝武宣貴妃誄「晨輼解鳳」注所引云云，亦在霍光傳注。然則當作「杜延年奏曰」。各本皆誤。

89 鱗羅布烈　茶陵本云五臣作「列」，袁本云善作「烈」。今案：各本所見皆非也。漢書作「列」，善自與之同，但傳寫譌耳。又案上文「霹靂烈缺」，二本校語亦云然，彼漢書仍作「列」，而以應劭「閃隙」之義求之，作「烈」自通，善、顏亦不盡同也。恐此涉彼而加「火」。

90 注「吸喘息也」　袁本、茶陵本「喘」作「內」。案：二本是也，「喘」字誤。

鄭玄尚書大傳注曰：翰，毛之長大者。嘷，普利切。潚，音肅。啾啾蹌蹌，入西園，切神光。善曰：郭璞三蒼解詁曰：啾啾，眾聲也。啾或為秋。蹌蹌，行貌。楚辭曰：鳴玉鸞之啾啾。張晏曰：切，近也。神光，宮名也。望平樂，徑竹林。張揖曰：平樂，館名。晉灼曰：在上林中也。蹂蕙圃，踐蘭唐。善曰：蕙圃，已見子虛賦。服虔曰：蘭唐，蘭生唐中也。舉熢烈火，轡者施技，善曰：轡者，執轡之人也。方馳千駟，狡騎萬帥。晉灼曰：狡健之騎也。善曰：鄭玄毛詩箋曰：方，併也。虓虎之陳，從橫膠輵。猋拉雷厲，驞駍駖礚。服虔曰：虓，音哮。鄧展曰：拉，音獵。善曰：毛詩曰：闞如虓虎。拉，風聲也。哮，火交切。輵，音葛，驞，疋人切。駍，普萌切。駖，力莖切。洶洶旭旭，天動地岋。善曰：洶洶旭旭，鼓動之聲也。韋昭曰：岋，動貌也。洶，旭勇切。岋，五合切。羨漫半散，蕭條數千里外。善曰：羨，弋戰切。

若夫壯士忼慨，殊鄉別趣。善曰：鄉，音向。毛萇詩傳曰：趣，趨也。東西南北，騁耆奔欲。善曰：言各隨其耆欲而奔騁也。耆，音嗜。拕蒼狶，跋犀犛[91]，蹷浮麋。韋昭曰：跋，蹋也。應劭曰：蹷，頓也。善曰：廣雅曰：拕，引也，音他。浮麋，過麋也。跋，步末切。蹷，居月切。斮巨狿，搏玄猨。韋昭曰：斮，斬也，側略切。服虔曰：巨狿，獸名也。善曰：廣雅曰：搏，擊也。狿，已見上林賦。騰空虛，距連卷。張晏曰：連卷，木也。善曰：距，古岠字也。孔安國尚書傳曰：距，至也。卷，音拳。踔夭蟜，娭澗間。張晏曰：踔夭蟜之枝也。善曰：三蒼詁訓曰：踔，踰也，丑孝切。莫莫紛紛，山谷爲之風猋，林叢爲之生塵。善曰：莫莫紛紛，風塵之貌也。及至獲夷之徒，蹷松柏，掌蒺藜[92]。服虔曰：獲夷，能獲夷狄者。善曰：蹷，踏也。掌，以掌擊之也。爾雅曰：

---

91 跋犀犛　袁本、茶陵本云善無「犀」。案：二本所見非也。漢書有，尤本獨未譌。

92 掌蒺藜　茶陵本「藜」作「蔾」，注同。袁本正文「藜」，注「蔾」。案：漢書作「疾梨」。考字書「藜」、「蒺」二字有分別，據此知「蒺蔾」乃變體加「艹」，非借「藜藿」字。當依茶陵本。

茨，蒺藜。獵蒙蘢，轔輕飛。善曰：蒙蘢，已見上文。輕飛，輕獸飛禽也。履般首，帶脩蛇。如淳曰：般，音班。班首，虎之頭也。善曰：履，謂踐履之也。淮南子曰：吳為封豕長蛇。鉤赤豹，摼象犀。韋昭曰：摼，扼也。善曰：摼，古牽字。跇巒阬，超唐陂。如淳曰：跇，超踰也。音義曰：巒，山小而銳。阬，大坂也。車騎雲會，登降闇藹。善曰：闇藹，眾盛貌。闇，烏感切。泰華爲旒，熊耳爲綴。張晏曰：旒幡，綴旌也。善曰：綴，亦旒也。司馬相如大人賦曰：垂絳幡之素蜺。張揖曰：以赤氣為幡，綴以白氣也。木仆山還，漫若天外。如淳曰：還，音旋，言山為之回旋也。善曰：宋玉大言賦曰：長劍耿介倚天外。儲與乎大浦，聊浪乎宇內。服虔曰：儲與，相羊貌也。浦，水涯也。善曰：淮南子曰：陰陽儲與。聊浪，放蕩也。與，音餘。浦，音普。浪，音琅。

於是天清日晏，善曰：許慎淮南子注曰：晏，無雲之處也。逢蒙列眥，羿氏控弦。善曰：吳越春秋曰：黃帝作弓，後有楚狐父以其道傳羿，羿傳逢蒙。說文曰：匈奴名引弓曰控弦。皇車幽輵，光純天地，服虔曰：皇車，君車也。李奇曰：純，緣繞也。善曰：幽輵，車聲也。方言曰：純，文也。輵，一轄切。純，之允切。望舒彌轡，服虔曰：望舒，月御也。如淳曰：楚辭曰：前望舒使先駈。善曰：彌轡，按行貌也。彌與弭古字通。彌，莫爾切。翼乎徐至於上蘭。晉灼曰：上蘭觀在上林中也。移圍徙陣，浸淫蹵部。善曰：部，軍之部伍也。毛萇詩傳曰：蹵，促也。蹵，古字通，子育切。曲隊堅重，各按行伍[93]。善曰：隊，徒內切。行，胡郎切。壁壘天旋，神抶電擊，善曰：言威之盛也。埤蒼曰：抶，笞擊也。逢之則碎，近之則破。善曰：六韜：太公曰：當之者破，近之者亡。鳥不及飛，獸不得過。善曰：高唐賦曰：飛鳥未及起，走獸未及發。軍驚師駭，刮野掃地。善曰：言殺獲皆盡，野地似乎掃刮也。宋衷春秋緯注曰：驚，動也。廣雅曰：駭，起也。刮，古滑切。掃，先早切。及至罕車飛揚，

93 各按行伍　袁本、茶陵本云「伍」善作「五」。案：漢書作「伍」，或善作古字也。蹵部注「軍之部伍也」，當同此。

武騎聿皇。善曰：罕，畢罕也[94]。聿皇，輕疾貌。**蹈飛豹，羂嘄陽。**善曰：嘄陽，即狒狒也，已見上文。羂，工犬切。**追天寶，出一方。**應劭曰：天寶，陳寶也。晉灼曰：天寶鷄頭而人身。**應駍聲，擊流光。野盡山窮，囊括其雌雄。**如淳曰：陳寶神來下時[95]，駍然有聲，又有光精。應劭曰：下時窮極山川天地之間，然後得其雌雄也。善曰：太康記曰：秦文公時，陳倉人獵得獸，若彘，而不知其名，道逢二童子，曰：此名為糟弗述。糟弗述亦語曰：彼二童子名為寶鷄，得雄者王，得雌者霸。陳倉人舍糟弗述，逐二童子，化為雉，雄止陳倉化為石，雌如楚止南陽也。糟，浮謂切。**沇沇溶溶，遙噱乎紘中。**晉灼曰：口之上下名為噱。言禽獸奔走倦極，皆遙張噱吐舌於紘網之中也。善曰：噱，其略切。**三軍芒然，窮冘閼與。**孟康曰：冘，行也。閼，止也。言三軍之盛，窮閼禽獸，使不得逸漏也。善曰：孟康之意，言窮其行止，皆無逸漏。如淳曰：窮，音穹。冘者，懈怠也。晉灼曰：閼與，容貌也。如、晉之意，言三軍芒然懈倦，容貌閼與而舒緩也。今依如、晉之說也。芒，莫郎切。冘，音滛。閼，於庶切。與，音豫。**亶觀夫剽禽之紲隃，犀兕之抵觸。**韋昭曰：亶，音但。善曰：古但字。紲與跇同，已見上文。文子曰：兕牛之動，以抵觸也。**熊羆之挐攫，虎豹之凌遽。**韋昭曰：挐攫，惶遽也。善曰：說文曰：凌，越也。遽，窘也。**徒角槍題，注蹴竦讋。怖魂亡魄[96]，觸輻關脰。**晉灼曰：徒，但也。服虔曰：獸以角觸地也。善曰：蹴與蹙同。爾雅曰：竦、慴，懼也。讋與慴同。觸輻關脰，言觸車輻因關其頸也。槍，七羊切。蹴，子育切。脰，音豆。**妄發期中，進退履獲。**善曰：言矢雖妄發而期於必中，進退之際，必踐履而獲之也。韓子曰：新砥礪殺矢，彀弩而射，雖冥而妄發，其端未嘗不中秋毫者也。**創淫輪夷，丘累陵**

---

94 注「畢罕也」　袁本、茶陵本「畢」作「畢」。案：「畢」字是也。上「荷垂天之畢」，漢書作「畢」。或善「畢」、五臣「畢」而亂之。尤幷此亦改為「畢」，未是。「太元畢格，禽鳥之貞」，用「畢」字，亦可證。

95 注「應劭曰下時」　袁本、茶陵本無「劭曰」二字。案：漢書注有。

96 魂亡魄　袁本、茶陵本下有「失」字，云善無。案：各本所見皆非也。漢書有，善自與之同，傳寫脫耳。陳云上當以「徒角槍題注」為句，而「蹴竦讋怖」、「魂亡魄失」各以四字為句也。

聚。張晏曰：淫，過也。夷，平也。言獸被創過大，血流與車輪平也[97]。音義曰：創血流平於車輪也。善曰：丘累陵聚，言積獸之多也。

於是禽殫中衰，善曰：中，竹仲切。相與集於靖冥之館，以臨珍池。晉灼曰：靖冥，深閑之館也。服虔曰：珍池，山下之流。灌以岐梁，溢以江河。晉灼曰：梁，梁山。善曰：尚書曰：治梁及岐。孔安國曰：治山通水，故以山名。東瞰目盡，西暢無崖。善曰：目盡，盡目而望也。無崖，廣遠也。隨珠和氏，焯爍其陂。善曰：焯，古灼字。爍，式藥切。玉石嶜崟，眩燿青熒。善曰：玉石，玉之與石也。李彤單行字曰：嶜崟，高大貌。青熒，光明貌。漢女水潛，怪物暗冥，不可殫形。應劭曰：漢女，鄭交甫所逢二女也。善曰：不可殫形，不能盡其形也。高唐賦曰：曾不可殫形也。玄鸞孔雀，翡翠垂榮。善曰：榮，光榮也。王睢關關，鴻鴈嚶嚶。羣娛乎其中[98]，噍噍昆鳴。善曰：毛詩曰：關關睢鳩。毛萇曰：睢鳩，王睢也。又曰：鳥鳴嚶嚶。噍與啾同，子由切。說文曰：昆，同也。鳧鷖振鷺，上下砰磕，聲若雷霆。善曰：言鳥飛上下，翅翼之聲若雷霆也。乃使文身之技，水格鱗蟲。服虔曰：文身，越人也，能入水取物也。淩堅冰，犯嚴淵，探巖排碕，薄索蛟螭。善曰：嚴，言可畏也。巖，岸側嶔巖之處也。孔安國尚書傳曰：薄，迫也。賈逵國語注曰：索，求也。嶔，口銜切。蹈獱獺，據黿鼉，善曰：郭璞三蒼解詁曰：獱，似狐，青色，居水中，食魚。服虔曰：音賓。善曰：廣雅曰：據，引也。抾靈蠵。鄭玄曰：抾，音袪[99]。韋昭曰：抾，捧也。服虔曰：蠵，觜蠵。入洞穴，出蒼梧。晉灼曰：洞穴，

---

97 注「言獸被創過大血流與車輪平也」　袁本、茶陵本無「大血流車」四字。案：無者是也。言「獸被創過」，解「創淫」；「與輪平也」，解「輪夷」，即謂獲獸平輪耳。張此解與下引音義迥別，尤所添改複沓，非是。

98 羣娛乎其中　袁本、茶陵本「娛」作「嬉」，云善作「娛」。案：所見皆非也。漢書作「娭」，音許其反，說見上林賦「娭遊往來」下。又案：上文「娭澗閭」，袁、茶陵本亦云善作「娛」，此本獨未譌，或尤延之依漢書校正。

99 注「鄭玄曰抾音袪」　案：「玄」當作「氏」。各本皆誤。又下注「鄭玄曰：彭咸也」之「玄」，亦當作「氏」。「鄭氏」說

禹穴也。善曰：郭璞山海經注曰：吳縣南太湖，中有包山，山下有洞庭道也。言濳行水底，無所不通也。乘巨鱗，騎京魚。善曰：京魚，大魚也，字或為鯨。鯨亦大魚也。浮彭蠡，目有虞。應劭曰：彭蠡，大澤，在豫章。善曰：有虞，謂舜也。方椎夜光之流離，剖明月之珠胎，善曰：鄭玄毛詩箋曰：方，且也。明月珠，蚌子珠，為蚌所懷，故曰胎。椎，直追切。鞭洛水之宓妃，餉屈原與彭胥。鄭玄曰：彭咸也。晉灼曰：胥，伍子胥也。皆水沒也。善曰：楚辭曰：願依彭咸之遺制[100]。王逸曰：殷賢大夫自投水而死。宓妃，已見上。子胥，已見吳都賦。

於茲乎鴻生鉅儒，俄軒冕，雜衣裳，韋昭曰：俄，卬也。車有蕃曰軒。冕，大冠也。善曰：管子曰：先王制軒冕，足以章貴賤。雜衣裳，言衣裳殊色也。脩唐典，匡雅頌，揖讓於前。昭光振燿，蠁曶如神。善曰：蠁曶，疾也。蠁與響同。曶與忽同。仁聲惠於北狄，武誼動於南鄰。善曰：南鄰，南方之邑。是以旃裘之王，胡貉之長，移珍來享，抗手稱臣。如淳曰：以物與人曰移。善曰：周禮曰：職方掌九貉。鄭司農曰：北方曰貉。犍為舍人爾雅注曰：獻珍物曰珍，獻食物曰享。毛詩曰：自彼氐羌[101]，莫敢不來享。爾雅曰：享，獻也。抗手，舉手而拜者也。貉，莫白切。前入圍口，後陳盧山。孟康曰：單于南庭山[102]。羣公常伯陽朱墨翟之徒[103]，善曰：常伯，侍中也，已見籍田賦。陽朱、墨翟，取古賢以為喻。列子曰：陽朱南遊沛，逢老聃。高誘呂氏春秋注以為宋人[104]。喟然並稱曰：「崇哉乎德，雖有唐虞大夏成周之隆，何以侈茲！善曰：周易曰：先王以作見上林賦內。

---

100 注「願依彭咸之遺制」　案：「制」當作「則」。各本皆譌。陳云別本作「則」，今未見。

101 注「自彼氐羌」　袁本、茶陵本無此四字。

102 注「單于南庭山」　袁本、茶陵本「南庭」作「庭南」。案：「庭南」是也。今本漢書注亦誤倒。

103 陽朱墨翟之徒　袁本、茶陵本「陽」作「楊」，注同。案：「陽」蓋尤本之譌，漢書作「楊」。

104 注「高誘呂氏春秋注以為宋人」　袁本、茶陵本無此十一字。

樂宗德。樂錄圖曰：成、康之隆，妖孽滅也。夫古之觀東嶽，禪梁基，舍此世也，其誰與哉？」善曰：東嶽，泰山也；梁，梁父也，已見上文。上猶謙讓而未俞也，張晏曰：俞，然也。方將上獵三靈之流，下決醴泉之滋。如淳曰：三靈，日、月、星垂象之應也。服虔曰：受福流也。善曰：賈逵國語注曰：獵，取也。發黃龍之穴，窺鳳凰之巢，臨麒麟之囿，幸神雀之林。奢雲夢，侈孟諸。善曰：言以雲夢、孟諸為奢侈而非之也。雲夢，楚藪澤名也。左氏傳曰：楚靈王與鄭伯田于江南之雲夢。孟諸，宋藪澤也。又曰：楚穆王欲伐宋，昭公導以田孟諸也。非章華，是靈臺。善曰：言以楚章華為非，而以周之靈臺為是。左傳：楚子成章華之臺。罕徂離宮而輟觀游。善曰：罕徂，言希往也。土事不飾，木功不彫，善曰：晏子曰：土事不文，木事不鏤。丞民乎農桑，勸之以弗怠，善曰：聲類曰：丞，亦拯字也。說文曰：拯，上舉也。儕男女使莫違。善曰：杜預左氏傳注曰：儕，等也。莫違，謂以時為婚，無違於期也。毛詩序曰：男女多違。儕，士階切。恐貧窮者不徧被洋溢之饒，開禁苑，散公儲，創道德之囿，弘仁惠之虞。善曰：虞與娛古字通。馳弋乎神明之囿，覽觀乎羣臣之有亡。善曰：言馳弋神明之囿，冀以齊其聖德，觀其有無而加恩施。放雉兔，收罝罘。麋鹿芻蕘與百姓共之，善曰：毛萇詩傳曰：芻蕘，薪采者也。蓋所以臻茲也。於是醇洪鬯之德，豐茂世之規。善曰：鬯與暢同。暢，通也。加勞三皇，勗勤五帝，不亦至乎！乃祗莊雍穆之徒，善曰：祗，敬也。雍，和也。立君臣之節，崇賢聖之業，未遑苑囿之麗，游獵之靡也。因回軫還衡，背阿房，反未央。善曰：麗，光華也。鄭玄禮記注曰：靡，奢侈也。

卷第九

賦戊

畋獵下

長楊賦 并序

楊子雲

明年，上將大誇胡人以多禽獸。善曰：明年，謂作羽獵賦之明年，即校獵之年也。班欲敘作賦之明年。漢書成紀曰：元延二年冬，幸長楊宮，縱胡客大校獵，是也。七略曰：羽獵賦，永始三年十二月上。然永始三年去校獵之前，首尾四載，謂之明年，疑班固誤也。又七略曰：長楊賦，綏和元年上。綏和在校獵後四歲，無容元延二年校獵，綏和二年賦，又疑七略誤。蔡邕曰：上者，尊位所在。呂忱曰：誇，大言也。說文曰：誇，誕也。秋，命右扶風發民[1]入南山，善曰：冬將校獵，故秋先命之也。爾雅曰：命，告也。漢書曰：武帝以右內史更名右扶風。扶風，在涇州界[2]。南山，終南山也。西自褒斜，東至弘農，南驅漢中，善曰：褒斜，谷名，已見上。漢書，有弘農郡，武帝置；又有漢中郡，秦置。張

---

1 命右扶風發民　袁本、茶陵本云善無「發民」二字。案：今本漢書有，蓋尤依之添也。

2 注「在涇州界」　陳云「涇」，「雍」誤，是也。各本皆誤。

羅罔罝罘，捕熊羆豪豬虎豹狖玃狐兔麋鹿，善曰：山海經曰：竹山有獸，其狀如豚，白毛，毛大如笄而黑端，以毛射物，名豪。豪，彘也[3]。廣雅曰：狖，蜼也，尾長四五尺。郭璞爾雅曰[4]：玃，似獮猴。豹，形如虎而圓文。鄭玄曰：鳥罟曰羅。狖，弋又切。玃，九縛切。載以檻車，善曰：劉熙釋名曰：檻車，上施欄檻以格猛獸，亦因禁罪人之車也。漢書音義曰：或曰檻車，有封檻也。輸長楊射熊館。善曰：三輔黃圖曰：長楊宮有射熊館，在盩厔。以網爲周阹，李奇曰：阹，遮禽獸圍陣也。阹，音袪。縱禽獸其中，令胡人手搏之，自取其獲，上親臨觀焉。服虔曰：令胡客自取其得也。善曰：廣雅曰：搏，擊也。是時，農民不得收斂。雄從至射熊館，還，上長楊賦，聊因筆墨之成文章，故藉翰林以爲主人，子墨爲客卿以風。韋昭曰：翰，筆也。善曰：翰林，文翰之多若林也。詩大雅曰：有壬有林。君也。此云林，即文翰林，猶儒林之義也。胡廣云：博士為儒雅之林，是也。說文曰：毛長者曰翰。詩序曰：下以風刺下[5]。其辭曰：

子墨客卿問於翰林主人曰：「蓋聞聖主之養民也，仁霑而恩洽，動不爲身。今年獵長楊，先命右扶風，左太華而右褒斜，顏師古曰：動不為身[6]，言憂百姓也。山海經曰：松梁之山西六十里曰太華山，今在弘農縣華陰西也。長安東，故言左。高五千仞，廣十里。善曰：太華，已見西都賦。椓巀嶭而爲弋，紆南山以爲罝。服虔曰：巀嶭，山名也。孟康曰：在池陽北。顏師古曰：巀嶭，即今謂嵳峩也。善曰：說文曰：弋，橜也。又曰：紆，詘也。椓，音卓。巀，音截。嶭，音齧。羅千乘於林莽，列萬騎於山隅。帥軍踤阹，錫戎獲胡。漢書音義曰：踤，聚也。顏監曰：踤，足蹴也。善曰：錫戎獲胡，言以禽獸錫戎，令胡自獲之。胡、戎一也，變

---

3 注「名豪豪彘也」 袁本、茶陵本不重「豪」字。

4 注「郭璞爾雅曰」 袁本、茶陵本「曰」上有「注」字。

5 注「詩序曰下以風刺上」 袁本、茶陵本無此八字。案：無者是也。注具甘泉賦，下羽獵賦已不更出，此亦當爾矣。

6 注「顏師古曰動不為身」 袁本、茶陵本「師古」二字作「監」，下再見皆同。案：此尤本誤改。

文耳。踤，音崒。方言曰：踤，蹴蹋也。搤熊羆，拖豪豬。善曰：搤，拖，已見西都賦。木擁槍纍，以爲儲胥。顏師古曰：胥，須也。言有儲畜[7]以待所須也。蘇林曰：木擁柵其外，又以竹槍纍為外儲胥也。韋昭曰：儲胥，蕃落之類也。槍，七羊切。纍，力委切。此天下之窮覽極觀也。雖然，亦頗擾于農人。三旬有餘，其廑至矣，而功不圖，善曰：古今字詁曰：廑，今勤字也。爾雅曰：圖，謀也。凡人之所為，皆有所圖，今則百姓甚勞而無所圖[8]。言勞而無益也。慎子曰：無法之勞，不圖於功。恐不識者，外之則以爲娛樂之游，內之則不以爲乾豆之事，豈爲民乎哉！善曰：禮記曰：天子無事歲三田，一為乾豆也。且人君以玄默爲神，澹泊爲德，善曰：玄默，謂幽玄恬默也。玄默，已見魏都賦。澹泊與憺怕同，已見子虛賦。今樂遠出以露威靈，善曰：露，暴露也。數搖動以罷車甲，本非人主之急務也，蒙竊惑焉。」善曰：周易曰：蒙者，蒙也。韓康伯曰：蒙昧，幼少之象也。前年獵長楊，故言數。

翰林主人曰：「吁，客何謂之茲耶[9]！善曰：孔安國尚書傳曰：吁，疑怪之辭也。若客，所謂知其一未睹其二，見其外不識其內也。善曰：莊子曰：識其一，不知其二；治其內，而不治其外。僕嘗倦談，不能一二其詳，善曰：毛萇詩傳曰：詳，審也。請略舉其凡，而客自覽其切焉。」善曰：廣雅曰：都，凡也。顏監曰：凡，大指也。張晏曰：切，近也。覽其近於義也。

7 注「言有儲畜」　袁本、茶陵本「言有」作「高其」，是也。案：今本漢書注與此同誤。

8 注「而無所圖」　袁本、茶陵本無「所」字。

9 客何謂之茲耶　袁本、茶陵本無「之」字，尤本此處脩改。案：今本漢書作「謂之茲耶」，詳顏注云「謂茲邪猶言何為如此也」，仍當有「何」字、無「之」字。蓋漢書傳寫譌，尤延之據添，非也。袁、茶陵二本所見與未脩改正同，是矣。又案：難蜀父老曰「烏謂此乎」。烏，何也；此，茲也；乎，邪也。子雲好擬相如，此亦用彼語，不當衍「之」字甚明。

客曰：「唯，唯。」主人曰：「昔有彊秦，封豕其土[10]，窫窳其民，鑿齒之徒相與摩牙而爭之。應劭淮南子注云[11]：堯之時，窫窳、封豕、鑿齒，皆為人害。窫窳，類貙，虎爪，食人。服虔曰：鑿齒，齒長五尺，似鑿，亦食人。李奇曰：以喻秦貪婪，殘食其人也。晉灼曰：鑿齒之徒，謂六國。窫，烏黠切。窳，音庾。豪俊麋沸雲擾，羣黎爲之不康。善曰：如麋之沸，若雲之擾，言亂之甚也。廣雅曰：麋，饘也。毛詩曰：羣黎百姓。爾雅曰：康，安也。於是上帝眷顧高祖，高祖奉命，順斗極，運天關。服虔曰：隨天斗極運轉也。善曰：毛詩曰：乃睠西顧。孔安國尚書傳曰：奉天成命。春秋元命苞曰：命者，天之令。雒書曰：聖人受命，必順斗極。宋均尚書中候注曰：順斗機為政也。爾雅曰：北極謂之北辰。天官星占曰：北辰一名天關。又星經曰：牽牛神一名天關。橫鉅海，漂昆侖。善曰：橫度大海也。漂，搖盪之也，匹昭切。提劍而叱之，所過麾城摲邑，下將降旗。顏監曰：摲，舉手擬也[12]。蒼頡篇曰：摲，拍取也。善曰：鄭玄禮記注曰：摲之言芟也。字林曰：摲，山檻切。一日之戰，不可殫記。當此之勤，頭蓬不暇梳，飢不及餐。善曰：頭蓬，發亂如蓬也。鞮鍪生蟣虱，介冑被霑汗。善曰：說文曰：鞮鍪，首鎧也。韓子曰：攻戰無已，甲冑生蟣虱。鄭玄禮記注曰：介，被甲也。孔安國尚書傳曰：冑，兜鍪也。鞮鍪，即兜鍪也。鞮，丁奚切。鍪，音牟。蟣，居綺切。虱，所乙切。以爲萬姓請命乎皇天。善曰：淮南子曰：高皇帝奮袂執銳，以為百姓請命于皇天。家語曰：孔子曰：分於道謂之命。王肅曰：分於道，始得為人也。廼展人之所

---

10 封豕其土　袁本「土」作「士」。何云漢書作「土」。案：「土」是也。茶陵本作「士」，與尤所見同，非也。

11 注「應劭淮南子注云」　案：「劭」下當有「曰」字，「子」下當衍「注」字，漢書注可證。各本皆誤。

12 注「顏監曰摲舉手擬也」　案：顏漢書正文字作「掶」，上引李奇音車幰之幰而解云「掶，舉手擬之也」。蓋其字音義與左氏傳乃掀公之掀相近。善文選正文作「摲」，與顏不同，別引鄭氏禮記注釋義，字林釋音，乃所以改顏也。傳寫者並顏注亦為「摲」，失之矣。又「蒼頡篇曰摲拍取也」八字，非漢書注，乃善引以證顏者，字亦當是「掶」也。又漢書注「擬」下有「之」字，此無，似亦脫。

詘，振人之所乏。善曰：方言曰：展，申也。詘，古屈字也。賈逵國語注曰：振，救也。規億載，恢帝業。善曰：杜預左氏傳注曰：恢，大也。七年之間而天下密如也。善曰：高祖五年誅羽，自六年至十二年崩，凡七載。爾雅曰：密，靜也。

「逮至聖文，隨風乘流，方垂意於至寧。善曰：隨風乘流，言順從高祖之風流也。躬服節儉，綈衣不弊，革鞜不穿。善曰：言不穿不弊，不更為也。漢書，東方朔曰：孝文皇帝身衣弋綈之衣，履革舄。六韜曰：堯衣履不弊盡，不更為。服虔曰：鞜，舄也，音沓。大廈不居，木器無文。善曰：晏子曰：土事不文，木事不鏤。於是後宮賤瑇瑁而疏珠璣，善曰：廣雅曰：疏，亦賤也。字書曰：疏，遠也[13]。璣，小珠也，音祈。却翡翠之飾，除彫瑑之巧。善曰：爾雅曰：玉謂之琱。又曰：治玉曰瑑也。惡麗靡而不近，斥芬芳而不御，善曰：廣雅曰：斥，推也。抑止絲竹晏衍之樂，憎聞鄭衛幼眇之聲，善曰：禮記曰：絲竹，樂之器也。晏衍，邪聲也。禮記曰：鄭、衛之音，亂世之音也。衍，弋戰切。幼，一笑切。眇，音妙。是以玉衡正而太階平也。韋昭曰：玉衡，北斗也。善曰：春秋運斗樞曰：北斗七星，第五曰玉衡[14]。元命苞曰：常一不易，玉衡正，太階平。出黃帝六符經。

「其後熏鬻作虐，東夷橫畔。服虔曰：熏鬻，堯時匈奴也。東夷，東越也。一云：呂嘉殺其國王立，國人殺嘉也。善曰：橫，自縱也，胡孟切。羌戎睚眥，閩越相亂。晉灼曰：睚眥，瞋目貌也，又猜忌不和貌。善曰：漢書曰：立無諸為閩越王。又曰：武帝建元四年，尉佗孫胡為南越王，閩越王郢興兵擊南越邊邑。遐眠爲之不安[15]，中

---

13 注「疏亦賤也字書曰疏遠也」　袁本、茶陵本作「疏遠也字書曰」六字。案：此亦尤增多之誤也。

14 注「春秋運斗樞曰北斗七星第五曰玉衡」　袁本、茶陵本無此十五字，袁本注末多「已見魏都賦」五字。案：袁本是也。此亦尤增多之誤，茶陵本注末複出「魏都賦注云云」可為證。

15 遐眠為之不安　袁本、茶陵本「眠」作「氓」。案：此皆非也。正文當作「萌」，注當作「韋昭曰萌音氓萌人也」。今作「眠音萌」，誤倒。漢書作「萌」，善自與之同。蓋五臣作「氓」而各本亂之，因又改韋注也。上林賦「以贍萌隸」注「韋昭曰：

國蒙被其難。韋昭曰：甿，音萌。萌，人也。於是聖武勃怒，爰整其旅。善曰：毛詩曰：王赫斯怒，爰整其旅。迺命驃衛，應劭曰：驃，驃騎霍去病也。衛，衛青也。善曰：漢書曰：霍去病為驃騎將軍，凡六出擊匈奴。又曰：衛青字仲卿，為大將軍，凡七出擊匈奴。汾沄沸渭，雲合電發。善曰：汾沄沸渭，眾盛貌也。汾，音紛。沄，音雲。猋騰波流，機駭蠭軼。善曰：爾雅曰：扶搖謂之飆。機駭蠭軼，言其疾也。猋與飆古字通也。疾如奔星，擊如震霆。碎轒輼，破穹廬。應劭曰：轒輼，匈奴車也。音義曰：穹廬，旃帳也。服虔曰：轒輼，百二十步兵車，或可寢處。善曰：轒，扶云切。輼，於云切。腦沙幕，髓余吾。服虔曰：破其頭腦，塗沙幕也。余吾，水名。北山經曰：北鮮之山，多馬，鮮水出焉，而北經余吾水。應劭曰：在朔方北。鄭氏曰：折其骨，使髓膏水也。通俗文曰：骨中脂曰髓，古髓字。遂躐乎王庭。孟康曰：匈奴王庭。善曰：王逸楚辭注曰：躐，踐也。敺橐駝，燒熐蠡。張晏曰：熐蠡，乾酪母[16]，燒之，壞其養生之具也。張揖曰：熐蠡，山名。熐，音覓。蠡，來戈切。分剺單于，磔裂屬國。韋昭曰：剺，割也，音如梨。顏師古曰[17]：凡言屬國者，存其國號而屬朝。善曰：單于，匈奴王號。漢書曰：單于，廣大之貌也，言其象天單于然也。廣雅曰：磔，張也。漢書曰：置屬國以處匈奴降者。韋昭曰：外國，羌胡，來屬漢者也。夷阬谷，拔鹵莽，刊山石。善曰：毛詩傳曰：夷，平也。鹵莽中生草莽也[18]。說文曰：鹵，西方鹹地也。鄭玄禮記注曰：刊，削也。拔莽削石以通道。蹂尸輿廝，係累老弱。服虔曰：蹂尸，踐尸也。顏師古曰：死則蹂踐其尸，破傷者，輿而行。如淳曰：輿廝，輪踐其

萌，民也」。張景陽七命「羣萌反素」袁、茶陵皆有校語云五臣作「氓」，最可證。又如顏延年侍遊蒜山作詩「留滯感遺萌」，亦善「萌」、五臣「氓」相亂，彼二本仍云五臣作「氓」，唯此為各本所見皆誤，故無校語耳。

16 注「乾酪母」何校「酪」下添「也以為酪」四字。案：依漢書注，是也。各本皆脫。

17 注「顏師古曰」何校「師古」改「監」。各本皆譌。下「顏師古曰死則云云」，同。

18 注「鹵莽中生草莽也」袁本「中」上有「鹵」字，末無「也」字，是也。茶陵本亦脫衍。

廝徒也。善曰：賈逵國語注曰：係，繫也。杜預左氏傳注曰：累，係也。**啶鋋瘢耆**[19]**、金鏃淫夷者數十萬人，**如淳曰：啶，括也。孟康曰：瘢耆，馬脊耆創瘢處。善曰：如氏之說，以為箭括及鋋所中，皆為創瘢於馬耆。孟氏以為耆被金鏃過傷者甚眾也。服虔曰：耆，鬐。傷者或矛殰內未出，其瘡如含，然或箭插其項未拔，蘩若鬐焉。孔安國尚書傳曰：淫，過也。杜預左氏傳注曰：夷，傷也。吮，辭兖切。**皆稽顙樹頷，扶服蛾伏。**如淳曰：叩頭時項下向[20]，則頷樹上向也。韋昭曰：頷，音蛤。善曰：說文曰：匍匐，手行也。扶服與匍匐音義同。蛾伏，如蟻之伏也。蛾，古蟻字。**二十餘年矣，尚不敢惕息。**善曰：漢書曰：漢不復出兵擊匈奴。三年，武帝崩。前此者漢兵深入窮邊[21]二十餘年，匈奴極苦之，單於常欲和親。賈逵國語注曰：惕，疾也。說文曰：息，喘也。**夫天兵四臨，幽都先加。**善曰：天兵，言兵威之盛如天也。尚書曰：宅朔方，曰幽都。**迴戈邪指，南越相夷。**善曰：漢書曰：南越王胡上書曰：今東越擅興兵侵臣。天子為興師往討閩越，閩越王弟餘善殺郢以降。廣雅曰：夷，滅也。**靡節西征，羌棘東馳。**服虔曰：僰，夷名也。善曰：漢書音義曰：節，所杖信節也。僰，蒲北切。**是以遐方疏俗，殊鄰絕黨之域。**善曰：絕，遠也。**自上仁所不化，茂德所不綏。**善曰：尚書曰：有夏先后，方楙厥德。**莫不蹻足抗首**[22]**，請獻厥珍。**服虔曰：蹻，舉足也，音矯。**使海內澹然，**善曰：廣雅曰：澹，安也，徒濫切**永亡邊城之災，金革之患。**善曰：史記，士蔿曰：邊

---

19 啶鋋瘢耆　茶陵本云五臣作「吮辭兖切」，袁本作「吮」。案：茶陵及尤所見非也，蓋此賦有作「吮」、作「兖」兩本，小顏以作「兖」為是，故今本漢書字如此。善以作「吮」為是，故最後引服虔云「其瘡如含然」，乃訓吮為含也。「啶」字他無所見，恐是或改「吮」為「尧」而誤成此形耳。袁本無校語，其所見善正文自是「吮」字，尤本注末音云「吮，辭兖切」，不作「啶」，亦其一證。又臣佖校漢書以為「鈗」，與顏、李二家迥異，恐屬臆說，難以為證。

20 注「項下向」　袁本、茶陵本「項」作「頂」。案：「頂」是也。今本漢書注與此同誤。

21 注「漢兵深入窮邊」　案：「邊」當作「追」。各本皆譌。

22 莫不蹻足抗首　茶陵本云五臣作「手」，袁本云善作「首」。今案：所見皆非也，漢書作「手」，羽獵賦「抗手稱臣」善「抗手」注具彼下，此不更出，非作「首」也。

城少寇。禮記，子夏曰：三年之喪卒，金革之事[23]無避也，禮歟？

「今朝廷純仁，遵道顯義，并包書林，聖風雲靡。英華沈浮，洋溢八區。善曰：英華，草木之美者，故以喻帝德焉。沈浮，言多也。禮斗威儀曰：帝者得其英華[24]，王者得其根荄。八區，八方之區也。普天所覆，莫不沾濡。善曰：禮記曰：天之所覆。難蜀父老曰：羣生霑濡矣。士有不談王道者則樵夫笑之。意者以爲事罔隆而不殺，物靡盛而不虧。善曰：廣雅曰：意，疑也。鄭玄周禮注曰：殺，減也。文子曰：物盛則衰。故平不肆險，安不忘危。服虔曰：肆，棄也。顏監云：肆，放也。不放心於險也。善曰：孫卿子曰：平則慮險，安則慮危。迺時以有年出兵，整輿竦戎。善曰：言時不常也[25]。穀梁傳曰：有年，五穀皆熟為有年。方言曰：西秦之間，相勸曰聳。竦與聳古字通。振師五柞，習馬長楊。善曰：杜預左氏傳注曰：振，整也。盩厔有五柞宮也。柞，音作。簡力狡獸，校武票禽。善曰：爾雅曰：簡，擇也。賈逵國語注曰：簡，習也。廣雅曰：狡，健也。賈逵國語注曰：校，考也。票禽，輕疾之禽也，匹妙切。迺萃然登南山，瞰烏弋。晉灼曰：萃，集也。服虔曰：三十六國，烏弋最在西。西域傳曰：去長安萬二千二百里，其地暑熱莽平，近日所入。善曰：廣雅曰：瞰，視也。西厭月䯍，東震日域。服虔曰：䯍，音窟，月所生也。善曰：何休公羊傳注曰：厭，服也。爾雅曰：震，懼也。日域，日出之域也。厭，一涉切。又恐後代迷於一時之事，常以此爲國家之大務，淫荒田獵，陵夷而不禦也。顏監曰：禦，止也。善曰：漢書，張釋之曰：秦陵夷至于二世，天下土崩。韓詩曰：無矢我陵。薛君章句曰：四平曰陵。爾雅曰：禦，禁也。是以車不安軔，日未靡旃。從者彷彿，骫屬而還。韋昭曰：不暇稅駕支車也。張晏曰：從者彷彿，

---

23 注「卒金革之事」 案：「卒」下當有「哭」字。各本皆脫。

24 注「帝者得其英華」 袁本、茶陵本「英華」作「華英」，是也。

25 注「言時不常也」 袁本、茶陵本「言時」作「時言」，是也。

委釋而迴旋。善曰：王逸楚辭注曰：軔，支輪木。日未靡旃，言日未移旌旗之影也。委屬而還，謂委釋其事，連屬而迴還也。張以釋為委。軔，如振切。彷佛，或作髣髴。骫，古委字也。屬，之欲切。亦所以奉太尊之烈，遵文武之度。善曰：太尊，高祖也。爾雅曰：烈，業也。復三王之田，反五帝之虞。善曰：三王之田，文王三驅是也。已見上文。尚書，帝曰：益，汝作朕虞。使農不輟耰，工不下機。韋昭曰：耰，所以覆種，音憂。顏監曰：摩田器也。晉灼云：以耒推塊曰耰。善曰：工，女功也。漢書，酈食其曰：農夫釋耒，工女下機。婚姻以時，男女莫違。善曰：毛詩序曰：婚姻失時，男女多違也。出凱弟，行簡易。善曰：毛詩曰：愷悌君子，人之父母。周易曰：乾以易知，坤以簡能，易則易知，簡則易從，易簡而天下之理得矣。矜劬勞，休力役。善曰：毛萇詩傳曰：矜，憐也。毛詩曰：之子于征，劬勞于野。孫卿子曰：罕興力役，無奪農時。見百年，存孤弱。善曰：禮記曰：百年者就見之。說文曰：存，恤問也。春秋說題辭曰：存恤幼孤。帥與之，同苦樂。然後陳鐘鼓之樂，鳴鞀磬之和，建碣磍之虡。孟康曰：碣磍之簴，刻猛獸為之，故其形碣磍而盛怒也。善曰：鄭玄禮記注曰：鞀，如鼓而小，有柄，賓至搖之以奏樂。碣，一轄切。磍，音轄。鞀，徒刀切。拮隔鳴球，掉八列之舞。韋昭曰：拮，擽也。鳴球，玉磬也。古文隔為擊[26]。善曰：賈逵國語注曰：掉，搖也。八列，八佾也。拮，居黠切。球，音求。掉，徒釣切。酌允鑠，肴樂胥。張揖曰：允，信也。鑠，美也。言酌信美以當酒，帥禮樂以為肴。善曰：毛詩曰：允矣君子，展也大成。又曰：於鑠王師。又曰：君子樂胥。聽廟中之雍雍，受神人之福祜。善曰：毛詩曰：雍雍在宮，肅肅在廟。又曰：受天之祜。爾雅曰：祜，福也，音怙。歌投頌，吹合雅。服虔曰：聲之相投也。其勤若此，故眞神之所勞也。張揖曰：詩云，愷弟君子，神所勞

---

26 注「古文隔為擊」　袁本、茶陵本此上有「韋昭戞擊為拮隔」，乃校語錯入注，因正文用五臣「戞擊」，故云然。案：此云古文者，韋所見之古文尚書也，意謂「隔者擊也」耳。子雲用「拮隔」，漢書及史記樂書俱有其證，楊倞注荀子亦極明晰。五臣乃援東晉古文改竄，荒陋甚矣。宋人校語以「拮隔」屬韋，更繆。尤本無之，是矣。

矣。方將俟元符，晉灼曰：元符，大瑞也。以禪梁甫之基，增泰山之高。史記，管子曰：古者禪梁父[27]。善曰：難蜀父老曰：增太山之封，加梁甫之事。延光于將來，比榮乎往號。張晏曰：往號，三、五也。善曰：李軌法言注曰：五帝三王，延光至今不絕也。豈徒欲淫覽浮觀，馳騁秔稻之地，周流棃栗之林，蹂踐芻蕘，誇詡眾庶，盛狖玃之收，多麋鹿之獲哉！善曰：孔安國尚書傳曰：浮，過也。說文曰：秔，稻屬也。聲類以為秔，不黏稻也。漢書，東方朔曰：涇、渭之南，又有秔稻棃栗之饒。芻，馬草也。禮記曰：蹴路馬芻。說文曰：蕘，草薪也。毛萇詩傳曰：詡，大也。且盲者不見咫尺，而離婁燭千里之隅；善曰：莊子，南榮趎曰：盲者不能自見。賈逵國語注曰：八寸曰咫。孟子曰：離婁之明。趙岐曰：古之明目者也。蓋黃帝時人。趎，音樞。客徒愛胡人之獲我禽獸，曾不知我亦已獲其王侯。」善曰：說文曰：曾，辭之舒也。

言未卒，墨客降席再拜稽首曰：「大哉體乎！允非小人之所能及也。善曰：體，猶法也。廼今日發矇，廓然已昭矣！」善曰：禮記曰：昭然若發蒙矣。矇與蒙古字通。廓，除貌。

射雉賦

潘安仁　善曰：射雉賦序曰：余徙家于琅邪，其俗實善射，聊以講肄之餘暇，而習媒翳之事，遂樂而賦之也。

徐爰注　媒者，少養雉子，至長狎人，能招引野雉，因名曰媒。翳者，所隱以射者也。晉邦過江，斯藝乃廢。歷代迄今，寡能厥事。嘗覽茲賦，昧而莫曉，聊記所聞，以備遺忘。

涉青林以游覽兮，樂羽族之羣飛。樂羽翮之類，或羣或飛，飲啄恣性也。善曰：七發曰：游涉乎雲林，薛君韓詩章句曰：青，靜也。鸚鵡賦曰：羽族之可貴者。聿采毛之英麗兮，有五色之名翬。聿，述也。述序羽

27 注「史記管子曰古者禪梁父」　袁本、茶陵本無此十字。

族之中，采飭英麗[28]，莫過翬也。翬，雉也。伊、洛以南，素質五采皆備成章曰翬。英者，雄果之目。名者，聲聞之稱也。一本聿作偉。善曰：翬見爾雅。厲耿介之專心兮，奓雄豔之姱姿。厲，嚴整也。耿介，專一也。奓，豐也。姱，好也。美色曰豔，言雉嚴整其不羣之性，奮揚其雄豔之貌，見敵必戰，不容他雜，此之謂英麗也。奓，赤氏切。姱，苦瓜切。善曰：薛君韓詩章句曰：雉，耿介之鳥也。巡丘陵以經略兮，畫墳衍而分畿。巡，行也。言周行丘陵，因其墳衍以為疆界，分而護之不相侵越也。青、幽之間，土高且。大者，通之曰墳，雉一界之內，要以一雄為主，餘者雖眾，莫敢鳴鴝也。此以上言雉之形性也。善曰：左傳，楚無宇曰：天子經略。廣雅曰：巡略，行也。孔安國尚書傳曰：分其圻界，圻與畿同。

於時青陽告謝，朱明肇授。時四月也。善曰：爾雅曰：春為青陽，夏為朱明。楚辭曰：青春受謝。王逸曰：謝，去也。靡木不滋，無草不茂。草木具榮。初莖蔚其曜新，陳柯槭以改舊[29]。蔚然，初生之莖，曜其新暉。槭然陳宿之柯，變其舊色，言新舊咸茂也。槭，彫柯貌也。所腷切。天泱泱以垂雲，泉涓涓而吐溜。涓涓，清新之色，泱，音英。涓，古玄切。善曰：毛詩曰：英英白雲。毛萇曰：英英，白雲貌。泱與英古字通。家語，金人銘曰：涓涓不壅，終為江河。溜，水流貌也。麥漸漸以擢芒，雉鷕鷕而朝鴝。漸漸，含秀之貌也。微子曰：麥秀漸漸。鷕鷕，雉聲也。又云：雉之朝鴝，尚求其雌。雌雉不得言鴝。顏延年以潘為誤用也。案：詩有鷕雉鳴，則云求牡，及其朝鴝，則云求雌。今云鷕鷕朝鴝者，互文以舉雄雌皆鳴也。此以上序節物氣候，雉可射之時也。鷕，以少切。眄箱籠以揭驕，睨驍媒之變態。揭驕，志意肆也。箱籠竹器，盛媒者也。凡竹器，箱方而密，籠圓而疎，盛媒器，籠形者，養鳥宜圓也。箱密者，不欲令見明也。言感辰景之韶淑，樂山梁之榮茂，悟翬雉之奮逸，思騁藝之肆志，顧視箱籠詳察驍媒，恣睢揭驕，意願得也。楚辭揭驕字作拮矯。揭，居桀切。睨，音詣。善曰：楚辭曰：意恣睢以拮矯。王逸曰：縱心肆志，所意願高也。奮勁骹以角

---

28 注「采飭英麗」 袁本、茶陵本「飭」作「飾」，是也。

29 陳柯槭以改舊 袁本、茶陵本「槭」作「摵」，注同。案：此從「扌」「木」二字並通，未審善果何作？餘如此者，不盡出。

槎，瞵悍目以旁睞。骹，脛也。角，邪也。槎，斫也。悍，戾也。瞵，視貌。睞，視也。奮其堅勁之脛，以利距邪斫；瞵其剛戾之目，以旁視其敵也。骹，苦交切。槎，千荷切。瞵，力新切。睞，力代切。善曰：曹植鬭雞詩曰：悍目發朱光。鸎綺翼而䞓撾，灼繡頸而衮背。鸎，文章貌也。詩云：有鸎其羽，翼如綺文。䞓則赤也。撾，肶也。灼，盛貌也。頸毛如繡，背如衮章，言五采備也。䞓，勑呈切。撾，都瓜切。善曰：肶，音陛。鬱軒翥以餘怒，思長鳴以效能。鬱，暴怒也。軒，起望也。方言云：翥，舉也。鬱然暴怒，軒舉長鳴，思見野敵，效其才能也。此以上言媒之形勢。能，怒代切。

爾乃擎場拄翳，停僮蔥翠。擎者，開除之名也。今傖人通有此語。射者聞有雉聲，便除地為場，拄翳於草。停僮，翳貌也。蔥翠，翳色也。擎，步何切。拄，株庾切。善曰：廣雅曰：擎，除也。綠柏參差，文翮鱗次。蕭森繁茂，婉轉輕利。翳，上加木枝，衣之以葉。上則蕭森，下則繁茂而實。綢繆，輕利也。婉轉，綢繆之稱。衷料戾以徹鑒，表厭躡以密緻。料戾，小而徹也。厭躡，重而密也。翳外觀密緻，與草木無別，內視洞徹，多所覩見也。此以上序翳之形飾。厭，於輒切。恐吾游之晏起，慮原禽之罕至。遊，雉媒名。江、淮間謂之游，游者，言可與游也。言既芟場拄翳，又恐媒起不早，野雉希至。原禽，雉也。雉不處下濕，故曰原禽也。甘疲心於企想，分倦目以寓視。企想雉出，專視草際，心為之疲，目為之倦也。此以上言拄翳之後，遲獲之意也。善曰：說文曰：企，舉踵也。左氏傳楚子玉曰：得臣與寓目焉。杜預曰：寓，寄也。何調翰之喬桀，邈疇類而殊才。調翰，謂媒也。媒性調良，故謂調翰。喬桀，俊逸也，言邈絕疇類，殊異才氣也。善曰：何，疑問之辭也。候扇舉而清叫，野聞聲而應媒。扇，布也，形如手巾。叫，鳴也。將欲媒雊，振布令有聲，媒便清叫，野雉聞即應而出也。褰微罟以長眺，已踉蹡而徐來。褰，開也。罟，網也。古者當以細網，掩翳窗上，視外處，其制未聞也，今則以板矣。言聞野雉應媒之聲，知其必出，開翳戶長視，已見踉蹡徐來也。踉蹡，乍行乍止，不迅疾之貌也。善曰：踉蹡，欲行也。廣雅曰：蹡，走也。踉音亮。蹡，七亮切。

摛朱冠之赩赫，敷藻翰之陪鰓。赩赫，赤色貌。陪鰓，奮怒之貌也。善曰：廣雅曰：摛，舒也。藻翰，翰有華藻也。摛，勑知切。絶，許力[30]。首药綠素，身拕黼繪。方言曰：药，纏也，猶纏裹也。言雉首綠色，頸药素也。黼，繡也。繪，畫文也。身采如繪也。药，烏角切。青鞦莎靡，丹臆蘭綷。鞦，夾尾間也。莎，草名。楚辭曰：青莎雜樹，則莎色青也。言雉尾間青毛如莎草之靡也。臆，膺也，膺色如秋蘭之色也。綷，同也。宋、衛之間，謂混為綷也。鞦，音秋。善曰：小雅曰：雜采曰綷。音最。或蹶或啄，時行時止。皆得意之形容也。善曰：賈逵曰：蹶，走也。鄭玄曰：蹶，行遽貌。字林曰：啄，鳥食也。莊子曰：澤雉十步一啄，百步一飲也。蹶，居衛切。周易曰：時止則止，時行則行。廣雅曰：蹶，踶跳[31]。班尾揚翹，雙角特起。雄壯之勢也。此以上言野雉之狀貌也。善曰：說文曰：翹，尾之長毛也。

良遊呃喔，引之規裏。良遊，媒也。言媒呃喔其聲，誘引令入可射之規內也。呃，於隔切。喔，於角切。應叱愕立，擢身竦峙。峙，立也。既入可射之內，來迅不止，因便叱之，雉聞叱即驚，竦身而立者也。善曰：杜子春周禮注曰：愕，驚也。捧黃間以密彀，屬剛罫以潛擬。捧，舉也。黃間，弩名也。張衡云：黃間機張。一名黃肩。善曰：說文曰：彀，張弓弩也。屬，謂注矢於弦也。剛罫，弩矢鏃也。以鐵為之，形如十字，各長三寸，方似罔罫，故曰罫焉。罫，古買切。挂同。倒禽紛以迸落，機聲振而未已。射應也。禽被箭，躍起而反落，弩聲猶未歇，言其矢來疾也[32]。山鷩悍害，猋迅已甚。鷩雉，似山雞而小，冠背毛黃，腹下赤，項綠色，其性悍戾憨害，飛走如風之猋也。爾雅曰：扶搖謂之猋，謂暴風從下上也。善曰：字書曰：憨，愚也。呼甘切。越壑凌岑，飛鳴薄廩。鷩性悍憨，聞媒聲便越澗凌岑，且飛且鳴，徑來翳前也。廩，翳中盛飲食處，今俗呼翳名曰倉也。善曰：薄，至也。方言曰：憋，惡也。裨列切。鯨牙低鏃，心平望審。鯨，當作擎，舉也。舉弩牙低矢鏑以射之。善曰：禮記曰：心平體正，持弓矢審固也。毛體摧

---

30 注「絶許力」 案：「力」下當有「反」字。各本皆脫。

31 注「廣雅曰蹶踶跳」 案「踶」字當衍，「跳」下當有「也」字。各本皆譌。廣雅釋詁「一跳也」條，共釋十字，有「蹶」無「踶」，可證。

32 注「言其矢來疾也」 袁本、茶陵本無「矢」字。案：蓋尤校改「來」為「矢」，遂兩有也。

落，霍若碎錦。雉當不止[33]，於飛中射之，毛體披散，如錦之分碎也。逸羣之儁，擅場挾兩。逸羣儁異之雉，不但欲擅一場而已，又挾兩雌也。善曰：西京賦曰：秦政[34]利觜長距，終得擅場。說文曰：擅，專也。櫟雌妬異，倏來忽往。櫟，擊搏也。聞他雄鳴，擊搏其雌。倏忽往來，無時暫止也。善曰：楚辭曰：荷衣兮蕙帶，倏而來兮忽而逝。六韜曰：倏然而往，忽然而來。忌上風之餮切，畏映日之儻朗。餮切，微動之聲。儻朗，不明之狀。言其忌聲而畏光也。餮音鐵。屏發布而累息，徒心煩而技懩。屏除其布，不敢散氣，意者恐微有所聞，便驚而逝，既無由使媒鳴，欲射則紛紜不定，空心煩而技懩。有伎藝欲逞曰技懩也。音養。善曰：難蜀父老曰：心煩於慮。應劭風俗通曰：高漸離變姓易名，庸保於宋子之家。久作苦，聞其家堂客擊筑，伎養不能毋出言也。伊義鳥之應敵，啾擭地以厲響。義鳥，媒也。為人致敵，故名曰義媒。見野雉紛紜難中，啾然擭地而鳴，引令來鬬。埤蒼曰：擭地[35]，爪持也。三蒼曰：啾，聲也。彼聆音而徑進，忽交距以接壤。彼野雉聞媒聲，便逕來鬬，交距蹶地，土壤相接。善曰：廣雅曰：壤，塵也。彤盈窗以美發，紛首頹而臆仰。彤，赤也。盈，滿也。言其光彩滿當於窗，美取其意而發矢。又曰：既與媒戰，形當翳窗，發弩極美，正射其頸，首頹向後，臆仰卻斃也。

或乃崇墳夷靡，農不易壟。墳，大防，今呼為塘也。夷，靡也。頹，弛也[36]。易，脩也。農不脩壟，此言田塘荒廢也。善曰：毛詩曰：禾易長畝。稊菽蘩糅，藹薈萃茸。稊，稗類也。菽，豆也。謂勞豆之屬野生也。田既荒

33 注「雉當不止」　袁本、茶陵本「當」作「尚」，是也。

34 注「西京賦曰秦政」茶陵本「西」作「東」，袁本作「西」。案：「西」乃「兩」之譌也。餘注放此者，不更出。

35 注「埤蒼曰擭地」　案：「地」字當去。各本皆衍，因正文云「擭地」而誤耳。又案：韻會舉要「攫」下引說文「扟也，爪持也」，今徐鼎臣本無下三字。然則「擭」即「攫」之異文，故五臣改正文為「攫」，亦可證此注不當有「地」字。

36 注「夷靡也頹弛也」　袁本、茶陵本無上「也」字。此處尤本修改。案：「夷靡」乃複出正文，不得有「也」字，尤所據添者，誤本耳。

廢，雜草繁茂。翳薈菶茸。深概貌。菶，蒲動切。茸，如隴切。善曰：孫子兵法曰：林木翳薈。西京賦曰：萃菶茸。鳴雄振羽，依于其冢。冢，山巔也。爾雅曰：山頂曰冢。言野之雄雉，振其羽翼，鳴鳴高墳之上。善曰：毛詩曰：莎雞振羽。撊降丘以馳敵，雖形隱而草動。撊，疾貌也。言雉鳴於高丘之頂，撊然降下向敵，不見其形，而見草動也。撊，一本或作撋。撊，尸黯切。撋，而專切。善曰：尚書，是降丘宅土。瞻挺穟之傾掉，意淰躍以振踊。挺穟，草莖也。掉，動也。覩草莖傾動，冀雉將出，意淰躍踊逸也。善曰：淰，失冉切。躍，失藥切。暾出苗以入場，愈情駭而神悚。暾，漸出貌也。楚辭曰：暾將出兮東方，向覩草動，冀雉當至，暾然而出，果其所願，情神愈驚動。望鷹合而翳皛，雉脥肩而旋踵。言雉出苗，望諸處鷹然闇合，唯翳皛然獨顯，仍斂翼旋反也。人斂身謂之脥肩。鷹，烏篁切。善曰：說文曰：皛，顯也。漢書，公孫玃曰：脅肩低首。呂氏春秋，管仲曰：車不結軌，士不旋踵。皛，胡了切。脥，許結切。俽余志之精銳，擬青顱而點項。雉既反歸，乃從後射，正中項也。顱，頭也。俽音欣。亦有目不步體，邪眺旁剔。目不步體，視與體違也。邪眺旁剔，視瞻不正，常驚惕也。善曰：國語，單襄公曰：晉侯目不在體，而足不步目。說文曰：惕，驚也。剔與惕古字通。靡聞而驚，無見自⿱脉鳥[37]。⿱脉鳥，音脉。字亦從脉。方言云：脉，俗謂黠為鬼脉。言雉性驚鬼黠。周環回復，繚繞磐辟。皆回從往復[38]，不正之貌也。善曰：漢書曰：何武所舉者，磐辟雅拜。戾翳旋把，縈隨所歷。戾，轉也。把，翳內所執處也。言轉翳回旋[39]，隨雉所趣，取其便也。善曰：戾，力結切。彳亍中

37 無見自⿱脉鳥　案：「⿱脉鳥」當作「⿱脈鳥」，注同。徐云「⿱脈鳥音脉，字亦從脉」者，謂「⿱脈鳥」之或體字作「⿱脉鳥」也：云方言云「脉」者，謂此賦之「⿱脈鳥」即方言之「脉」也：云俗謂「黠為鬼脉」者，方言注云然也。此必五臣用徐注改正文作「⿱脉鳥」，後遂以亂善。於是賦及注中各本皆不見「⿱脈鳥」字，而徐爰所云絕不可通矣。唯集韻二十一麥載「⿱脉鳥」字從「脉」，二十三錫載「⿱脈鳥」字從「脈」，皆云「鳥驚視」，其所據此賦未誤也。凡此等全失善舊，所宜訂正。

38 注「皆回從往復」　袁本「從」作「旋」，是也。茶陵本亦誤「從」。

39 注「言轉翳回旋」　袁本、茶陵本「回旋」作「旋回」，是也。

輟，馥焉中鏑。彳亍，止貌也。輟，止也。鏑，矢鏃也。馥，中鏃聲也。彳，丑亦切。亍，丑錄切。馥，被逼切。善曰：今本並云彳亍中輒。張衡舞賦曰：蹇兮宕往，彳兮中輒。以文勢言之，徐氏誤也[40]。前剟重膺，傍截疊翮。正橫射也。剟，割也。前割重膺，傍斷兩翮也。剟，魯跌切。

若夫多疑少決，膽劣心狷。雉性怯而多疑、膽劣而心戾者。善曰：說文曰：狷，急也。古縣切。內無固守，出不交戰。內，心也。固，堅也。心無堅守，外無鬬意也。善曰：管子曰：民無恥，外不可應敵，內不可以固守。賈逵國語注曰：交，共也。來若處子，去如激電。處子，處女也。莊周云：藐姑射之山，有神人居，綽約若處子。來若處女之畏人，去若激電之迅疾也。善曰：司馬兵法曰：始如處女。答賓戲曰：風颺電激[41]。闚閃蠲葉，幎歷乍見。蠲，麥稩也。謂在麥田中蠲葉間，闚閃於外，乍見乍隱，不敢出場也。閃，丑占切。善曰：蠲與稩並同，古玄切。幎，音覓。於是筭分銖，商遠邇。分銖，弩牙後刻畫，定矢所至遠近之處也。雉既不出，將就草射之，故計其分銖，商其遠近也。揆懸刀，騁絕技。懸刀，弩牙後刀也。一名機。揆，度也。籌量可發而發，故言騁絕技也。善曰：釋名曰：弩牙，外曰郭，下曰懸刀，其形然也。西京賦曰：妙材騁伎。薛君韓詩章句曰：騁，施也。如轋如軒，不高不埤。言至平也。善曰：毛詩曰：如輊如軒。輊與轋同。鄭玄周禮注曰：埤，短也[42]。埤與庳古字通。轋，竹二切。埤，貧美切。當咮值胸，裂膆破觜。射面也。膆喉受食處也。觜，喙也。裂喉破喙也。字書曰：咮，鳥口也。咮，竹秀切。膆，音素。夷險殊地，馴麤異變。地有平險之殊，雉有馴麤之異，隨變而應，不可為一准也。昊不暇食，夕不告勸。言樂之者忘飢倦也。昔賈氏之如臯，始解顏於一箭。善曰：左氏傳曰：昔賈大夫惡，取妻三年，不言不笑，御以如臯射雉，獲之，其妻始

40 注「徐氏誤也」 袁本、茶陵本「也」作「之」。案：「之」是也。謂以文勢言，當為彳兮，而並云彳亍，非潘賦本然，由徐乃爾耳。

41 注「風颺電激」 茶陵本「颺」作「颮」，袁本作「颺」。案：「颮」是也。又江賦注引此。各本皆譌，不更出。

42 注「埤短也」 案：「埤」當作「庳」。各本皆譌。

笑始言。列子曰：列子師老商氏，五年之後，夫子始一解顏而笑也。醜夫爲之改貌，憾妻爲之釋怨。妻所以愁恨者，怨其夫之醜也。今見獲雉而言笑，則是斯藝能使醜夫變貌、恨妻釋忿者也。憾，胡闇切。彼遊田之致獲，咸乘危以馳騖。騖，疾也。田，獵也。言遊獵馳車騁馬，飛鷹走犬，陵山越澗，常乘危險也。何斯藝之安逸，羌禽從其己豫。善曰：言斯藝極安，從禽最逸。豫，言禽來就己，故豫不勞。清道而行，擇地而住。人多則雉驚，故辟除人從[43]，清道而行，擇善地而住為場也。善曰：司馬相如上疏曰：清道而後行。班固漢書贊曰：馮參鞠射履方[44]，擇地而行。尾飾鑣而在服，肉登俎而永御。豈唯皁隸，此焉君舉！舉，音據。善曰：說文曰：鑣，馬銜也。董巴輿服志曰：馬並以黃金為叉髦，插以翟尾，先多用雉尾。周禮，王后六服，有褕翟闕翟。儀禮，上大夫庶羞，有雉兔鶉鴽。左氏傳，臧僖伯曰：鳥獸之肉，不登於俎，則公不射，若夫山林川澤之實，皁隸之事，非君所及。又曹劌曰：君舉必書。

若乃耽槃流遁，放心不移。槃，樂也。善曰：東京賦曰：若乃流遁忘返，於心不覺也[45]。忘其身恤，司其雄雌。恤，憂也。司，主也。善曰：左氏傳，虞人箴曰：忘其國恤，思其麀牡。樂而無節，端操或虧。善曰：東京賦曰：樂而無節。楚辭曰：內惟省以端操。此則老氏所誡，君子不爲[46]。老子曰：馳騁畋獵，令人心發狂。善曰：歸田賦曰：感老氏之遺誡。孫卿子曰：此小人之所務，而君子之所以不為也。

---

43 注「故僻除人從」　案：「僻」當作「辟」。各本皆譌。

44 注「馮參鞠射履方」　陳云「射」當作「躬」。各本皆譌。

45 注「於心不覺也」茶陵本「於」作「放」，是也。袁本亦誤「於」。

46 此則老氏所誡君子不為　袁本、茶陵本「氏」下有「之」字，「子」下有「之所」二字。案：此疑善、五臣之異，但二本無校語，今不可考，當各仍其舊。此類亦未全出。

紀行上

北征賦

流別論曰：更始時，班彪避難涼州，發長安，至安定，作北征賦也。

班叔皮

漢書曰：班彪，字叔皮，扶風安陵人也。性好莊、老。祖況，成帝時為越騎校尉。父稚，哀帝時為廣平太守。彪年二十，遭王莽敗，劉聖公立未定，乃去京師，往天水郡，歸隗囂。囂時據隴擁眾。囂不禮彪。彪後知囂必敗，乃避地於河西，就大將軍竇融，勸融歸光武。光武問融曰：比來文章所奏誰作？答云：班彪也。融知彪有才，舉茂才，為徐令，卒。亦為望都長。

余遭世之顛覆兮，罹填塞之阨災。毛詩序曰：閔周室之顛覆。孔安國尚書傳曰：罹，被也。王道不通，故曰填塞。廣雅曰：填，塞也。王逸楚辭注曰：險阨，傾危也。**舊室滅以丘墟兮，曾不得乎少留。**呂氏春秋，燭過曰：子胥諫而不聽，故吳為丘墟。楚辭曰：欲少留此靈瑣。**遂奮袂以北征兮，超絕迹而遠遊。**淮南子曰：奮袂執銳。莊子曰：絕跡易。廣雅曰：絕，滅也。楚辭曰：願輕舉而遠遊。

朝發軔於長都兮，夕宿瓠谷之玄宮。楚辭曰：朝發軔於天津兮，夕余至乎西極。長都，長安也。晉灼漢書注曰：有宮觀故稱都。楚辭曰：夕宿兮帝郊。爾雅曰：周有焦穫。郭璞曰：音護。今扶風池陽縣瓠中是也。按瓠谷、玄宮皆地名，在長安西。羽獵賦曰：處於玄宮。**歷雲門而反顧，望通天之崇崇。**雲陽古縣在池陽西北，屬右扶風。雲門即雲陽縣門也。漢書，左馮翊有雲陽縣。楚辭曰：忽反顧而遊目。通天，臺名，已見上文。**乘陵崗以登降，息郇邠之邑鄉。**漢書，右扶風栒縣有豳鄉。詩，豳國[47]，公劉所治邑也。栒與郇同。豳與邠同。應劭曰：左傳云：畢、原、豐、

---

47 注「栒縣有豳鄉詩豳國」，袁本、茶陵本作「有栒縣豳國」五字。案：此尤延之據地理志改補，是也。

郇，文之昭也。郇侯賈伯伐晉是也。臣瓚曰：按汲郡古文，晉武公滅郇以賜大夫原黯，是為郇叔。又云：文公城郇[48]。然則當在晉之境內，不得在右扶風之界也。今河東有郇城，即古郇國也。廣雅曰：乘，陵也。爾雅曰：大阜曰陵。郇音荀。邠與豳同，方旻切。**慕公劉之遺德，及行葦之不傷。**尚書曰：公劉克篤前烈。孔安國曰：公，爵。劉，名也。莊子，盜跖曰：此父母之遺德也。毛詩序曰：行葦，忠厚也。詩曰：敦彼行葦，牛羊勿踐履。**彼何生之優渥，我獨罹此百殃[49]？**毛詩曰：既優既渥。鄭玄禮記注曰：殃，禍惡也。毛詩曰：我生之後，逢此百殃。**故時會之變化兮，非天命之靡常。**故時會者，言此乃時君不能修德致之，故使傾覆，非天命無常也。時，亦世也[50]。言人吉凶乃時會之變化，豈天之命無常乎？爾雅曰：時，會也。毛詩曰：侯服於周，天命靡常。天命，上天之命也。

登赤須之長坂，入義渠之舊城。赤須坂，在北地郡。義渠，城名，在北地，王莽改為義溝。酈善長水經注曰：赤須水出赤須谷，西南流注羅水，然坂因水以得名也。漢書，北地郡有義渠道。**忿戎王之淫狡，穢宣后之失貞。嘉秦昭之討賊，赫斯怒以北征。**史記秦本紀曰：昭襄王母，楚人，姓羋氏，號宣太后。秦昭王時[51]，義渠戎王與宣太后亂，有二子。宣太后詐而殺義渠戎王於甘泉，遂起兵伐滅義渠而得其地[52]。杜預左氏傳注曰：狡，猾也。赫怒，已見上注。**紛吾去此舊都兮，騑遲遲以歷茲。**杜預左氏傳注曰：紛，亂也，謂心緒亂也。楚辭曰：紛吾乘兮玄雲。舊都，北地郡也。說文曰：騑，傍馬也。毛詩曰：行道遲遲。楚辭曰：喟憑心而歷茲。

---

48 注「又云文公城郇」　袁本、茶陵本無「文」字。案：此亦據志，是也。

49 我獨罹此百殃　茶陵本「罹」作「離」，云五臣作「罹」字。袁本云善作「離」。案：此尤本以五臣亂善，非也。五臣以「離」是古「罹」字，故從而改之，其實班自用「離」字矣。

50 注「時亦世也」　袁本、茶陵本無「亦」字。

51 注「秦昭王時」　袁本「秦」上有「又匈奴列傳曰」六字。茶陵本與尤同。說見下。

52 注「而得其地」　袁本作「於是秦有隴西北地上郡築長城以拒胡」十六字。茶陵本與尤同。案：此及上條，皆茶陵、尤所見，非。袁本是也。匈奴列傳可證。

遂舒節以遠逝兮[53]，指安定以爲期。舒節，將行，舒其志節也。淮南子曰：縱志舒節，以馳大區。漢書，安定郡，武帝元鼎三年置，在涇、渭之間，去長安三百五十里。涉長路之緜緜兮，遠紆回以樛流。毛萇詩傳曰：緜緜，長不絕貌也。劉歆遂初賦曰：路脩遠而緜緜。說文曰：紆，屈也。樛流，曲折貌也。樛音虯。過泥陽而太息兮，悲祖廟之不脩。漢書，北地郡有泥陽縣。漢書曰：班壹，始皇之末，避地於樓煩，故泥陽有班氏之廟也。泥，奴雞切。釋余馬於彭陽兮，且弭節而自思。孝武帝傷李夫賦曰[54]：釋余馬於椒丘。楚辭曰：步余馬於蘭皋。漢書，安定郡有彭陽，即今彭原是也。楚辭曰：吾令羲和弭節兮。司馬彪上林賦注曰：弭節，安志也。日晻晻其將暮兮，覩牛羊之下來[55]。楚辭曰：日晻晻下而頹。說文曰：晻，不明也，於感切。毛詩云：日之夕矣，牛羊下來。君子行役，如之何勿思。寤曠怨之傷情兮[56]，哀詩人之歎時。思君子為怨曠，嗟行役為歎時。毛詩序曰：大天久役，男女怨曠。廣雅曰：歎，傷也。

越安定以容與兮，遵長城之漫漫。楚辭曰：遵赤水而容與。又曰：路曼曼其脩遠。漫與曼古字通。劇蒙公之疲民兮，爲彊秦乎築怨。說文曰：劇，甚也。史記曰：蒙恬，齊人也。為秦將，拜為內史。秦使蒙恬築長城。劉歆遂初賦曰：劇彊秦之暴虐兮。舍高亥之切憂兮，事蠻狄之遼患。不耀德以綏遠[57]，顧厚固

---

53 遂舒節以遠逝兮　茶陵本無「兮」字，云五臣有。袁本有。又下文「過泥陽而太息兮」句，袁、茶陵二本皆無「兮」字，但不著校語。

54 注「傷李夫賦曰」　袁本、茶陵本「夫」下有「人」字。案：有者是也。

55 注「牛羊下來」　案：「牛羊」當作「羊牛」，此因正文云「牛羊」，因依以改注耳。凡引古但取義同，不嫌語倒。善每知此。各本皆非。

56 寤曠怨之傷情兮　袁本、茶陵本「曠怨」作「怨曠」。案：注複舉正文云「思君子為怨曠」，蓋尤本誤倒。

57 不耀德以綏遠　袁本、茶陵本下有「兮」字，亦不著校語。下文「隮高平而周覽」、「遊子悲其故鄉」、「撫長劍而慨息」三句同。

而繕藩。言不光耀道德，以綏遠方，反為厚固繕藩而已。廣雅曰：切，近也。史記曰：周穆王將征犬戎，祭公謀父諫曰：不可，昔我先生耀德不觀兵。杜預左氏傳注曰：繕，脩也。首身分而不寤兮，猶數功而辭諐。何夫子之妄說兮，孰云地脉而生殘。史記曰：趙高者，諸疏遠屬也[58]。為中車府令，事公子胡亥。始皇崩，高得幸胡亥，欲立為太子，太子已立，遣使以罪賜蒙恬死。蒙恬喟然太息，我何罪於天，無過而死。良久徐曰：恬罪固當死矣。起臨洮，屬之遼東，城壍萬餘里，此其中不能毋絶地脉哉？乃恬之罪也。吞藥自殺。

登鄣隧而遙望兮[59]，聊須臾以婆娑。蒼頡篇曰：障，小城也。漢書，武帝謂狄山曰：使居一障間。說文曰：隧，塞上亭，守烽火者也，篆文從火，古字通，詞醉切。班固漢書贊曰：不脩障隧。其義並同。隧或為墜[60]。說文曰：墜，古文地字也。須臾，少時也。楚辭曰：何須臾而忘反。婆娑，容與之貌也。毛詩曰：市也婆娑。閔獯鬻之猾夏兮，弔尉卬於朝那。史記文紀曰：匈奴謀入邊為寇，攻朝那塞，殺北地都尉卬。徐廣曰：姓孫。尚書曰：蠻夷猾夏。漢書曰：安定郡有朝那縣。姚察曰：卬姓段。從聖文之克讓兮，不勞師而幣加。惠父兄於南越兮，黜帝號於尉他。聖文，文帝也[61]。尚書曰：允恭克讓。幣加，加之幣帛也。史記文紀曰：南越王尉他自立為武帝，上召他兄弟，以德報之，他遂去帝稱臣。又曰：南越王尉他者，真定人，姓趙氏，為南海尉。然為尉，故曰尉他。又云：他，秦時為龍川令，使南越王[62]，值秦亂，遂不歸，自立為越王。降几杖於藩國兮，折吳濞之逆邪。史記曰：吳王濞，高帝兄劉仲之子也。高祖立為吳王。孝文時，稍失藩臣之禮，稱病不朝，天子賜吳王几杖，老不朝，其謀亦益不解也。惟太宗之蕩蕩兮，豈曩

---

58 注「諸疏遠屬也」　案：「諸」下當有「趙」字，蒙恬列傳文也。各本皆脫。陳云別本有「趙」字。

59 登鄣隧而遙望兮　袁本、茶陵本「鄣」作「障」。茶陵本有校語云善作「鄣」。案：注中「障」字三見，皆不作「鄣」，疑校語未是。

60 注「或為墜說文曰墜」　袁本、茶陵本二「墜」字皆作「墬」。案：「墬」是也。

61 注「聖文文帝也」　袁本、茶陵本無此五字，而所載五臣濟注有之。案：此蓋尤所見有也。

62 注「使南越王」　袁本、茶陵本無「王」字。

秦之所圖。言文帝知加幣以懷邊，豈如彊秦繕藩而禦遠也。史記，丞相申屠嘉議曰：孝文皇帝廟宜為帝者太宗之廟。尚書曰：王道蕩蕩。曩，猶向時也。

隮高平而周覽，望山谷之嵯峨。漢書，安定有高平縣。高唐賦曰：周覽九土。野蕭條以莽蕩，迥千里而無家。楚辭曰：山蕭條而無獸。爾雅曰：迥，遠也。劉歆遂初賦曰：迥百里而無家。風猋發以漂遙兮，谷水灌以揚波。言水灌注且以揚波也。管子曰：山水之溝，命曰谷水。列女傳津吏女歌曰：水揚波兮杳冥冥。飛雲霧之杳杳，涉積雪之皚皚。楚辭曰：眴兮杳杳。王逸曰：杳杳，深冥貌也。說文曰：皚皚，霜雪，白之貌也，牛哀切。劉歆遂初賦曰：漂積雪之皚皚，涉凝露之隆霜。鴈邕邕以羣翔兮，鵾雞鳴以嚌嚌。毛詩曰：雍雍鳴鴈。楚辭曰：鵾雞啁哳而悲鳴。嚌嚌，眾聲也，音階。

遊子悲其故鄉，心愴悢以傷懷。漢書，高祖曰：遊子悲故鄉。廣雅曰：愴愴悢悢，悲也。悢，力上切。毛詩曰：嘯歌傷懷。蒼頡篇曰：懷，抱也。撫長劍而慨息，泣漣落而霑衣。左氏傳曰：晉子朱怒撫劍從之。說文曰：慨，太息也。周易曰：泣血漣如。古詩曰：淚下霑衣裳。攬余涕以於邑兮，哀生民之多故。楚辭曰：思美人兮攬涕而竚眙。又曰：氣於邑而不可止。又曰：哀生人之長勤。國語，桓公問於史伯曰：王室多故。夫何陰曀之不陽兮，嗟久失其平度。陰曀，喻昏亂也。楚辭曰：欲俟時而須臾，日陰曀其將暮。毛萇詩傳曰：陰而風曰曀。於計切。諒時運之所爲兮，永伊鬱其誰愬？爾雅曰：諒，信也。宋衷春秋緯注曰：五運，五行用事之運也。楚辭曰：獨鬱結其誰語。說文曰：愬，亦訴字。

亂曰：夫子固窮遊藝文兮，樂以忘憂惟聖賢兮？論語，子曰：君子固窮。又曰：遊於藝。又曰：樂以忘憂。達人從事有儀則兮，行止屈申與時息兮？毛詩曰：我從事獨賢。莊子曰：形體保神，各有儀則。周易曰：時止則止，時行則行，動靜不失，其道光明。家語，孔子曰：君子之行己也，可以屈則屈，可以伸則伸。周易曰：天地盈虛，與時消息是也。君子履信無不居兮，雖之蠻貊何憂懼兮？周易曰：履信思乎順。論語曰：子張問行，子曰：言忠信，行篤敬，雖蠻貊之邦行矣。

東征賦 大家集曰：子穀為陳留長，大家隨至官，作東征賦。流別論曰：發洛至陳留，述所經歷也。

曹大家 范曄後漢書曰：扶風曹世叔妻者[63]，同郡班彪之女也，名昭，字惠姬[64]。年十四，嫁世叔。和帝數召入宮[65]，令皇后、貴人師事焉，號曰大家。兄固修漢書，不終而死，大家續之。時馬融受業於大家。

惟永初之有七兮，余隨子乎東征。惟，是也。東觀漢記曰：和帝年號永初。**時孟春之吉日兮，撰良辰而將行。**禮記曰：孟春之月，日在營室。鄭玄禮記注曰：撰，猶擇也。楚辭曰：吉日兮良辰[66]。毛萇詩傳曰：辰，時也。**乃舉趾而升輿兮，夕予宿乎偃師。**左氏傳曰：鬬伯比曰：莫敖舉趾高。杜預注曰：趾，足也。漢書，河南郡有偃師縣，在洛陽東三十里。洛陽故事云：帝嚳所都，後為西亳，即古之易亭。周、秦之世，為偃師，盤庚所遷處也。**遂去故而就新兮，志愴悢而懷悲！**楚辭曰：愴怳懭悢兮，去故而就新。

明發曙而不寐兮，心遲遲而有違。毛詩曰：明發不寐。又曰：行道遲遲，中心有違。**酌鐏酒以弛念兮，喟抑情而自非。**漢書，東方朔曰：銷憂者莫若酒。廣雅曰：弛，絕也。爾雅曰：念，思也。**諒不登樔而椓蠡兮，得不陳力而相追。**登樔椓蠡，謂上古未有君臣，又無宮室，不知火化之時也。言信不能同於上古登樔而椓蠡，得不陳力就列而相追乎。禮記曰：昔者未有宮室，夏則居橧巢[67]。韓子曰：上古之世，人民少而禽獸眾，人不勝禽獸蟲蛇，聖人作，構木為巢以羣居，天下號曰有巢氏。民食果蓏蚌蛤，腥臊惡臭，聖人作，鑽燧取火，以化腥臊，天下號曰燧人氏。鄭玄周

---

63 注「曹世叔妻者」　袁本無「者」字。茶陵本脫此注。

64 注「名昭字惠姬」　袁本「惠」下有「班一名」三字。茶陵本脫此注。

65 注「和帝數召入宮」　袁本無「和」字。茶陵本脫此注。

66 注「吉日兮良辰」　案：「良辰」當作「辰良」，此亦引古不嫌語倒。各本皆非。

67 注「禮記曰」下至「夏則居橧巢」　袁本、茶陵本無此十四字。

禮注曰：椓，擊也。淮南子曰：古者人茹草飲水，食蠃蚌之肉。陳思王遷都賦曰：覽乾元之兆域兮，本人物乎上世，紛混沌而未分，與禽獸乎無別。椓蠡蜇而食疏，摭皮毛以自蔽。然陳思之言蓋出於此也。尸子曰：卵生曰琢，胎生曰乳。琢與椓，蠡與蠃，古字通。蠡，力戈切。蜇，力兮切。蚌，蒲講切。論語，子謂冉有曰：周任有言，陳力就列，不能者止。且從眾而就列兮，聽天命之所歸。論語曰：吾從眾。就列，已見上注。墨子曰：貧富治亂，固有天命，不可損益也。遵通衢之大道兮，求捷徑欲從誰？楚辭曰：夫唯捷徑以窘步。王逸曰：徑，邪道也。乃遂往而徂逝兮，聊游目而遨魂！楚辭曰：忽反顧而游目。韓詩曰：聊樂我魂。薛君曰：魂，神也。

歷七邑而觀覽兮，遭鞏縣之多艱。史記曰：秦莊襄王滅東、西周。徐廣曰：周比亡之時，凡七縣：河南、洛陽、穀城、平陸、偃師、鞏、緱氏。漢書河南郡有鞏縣。楚辭曰：路脩遠以多艱。鞏，居勇切。望河洛之交流兮，看成皋之旋門。郭璞曰：山海經注曰[68]：洛水東至河南鞏縣入河。廣雅曰：交，合也。漢書河南郡有成皋縣。旋門，已見東京賦。成皋縣，今虎牢是也。既免脫於峻嶮兮，歷滎陽而過卷[69]。漢書，河南郡有滎陽縣。應劭曰：卷，故虢國，今虢亭是也。卷，丘圓切。食原武之息足，宿陽武之桑間。漢書河南郡有原武縣、陽武縣。涉封丘而踐路兮[70]，慕京師而竊歎！漢書，陳留郡有封丘縣。應劭曰：即春秋所謂敗狄於長丘。史記曰：紂醢九侯，西伯聞之竊歎也。小人性之懷土兮，自書傳而有焉。論語，子曰：君子懷德，小人懷土。孔安國曰：懷，安也。遂進道而少前兮，得平丘之北邊。家語曰：孔子適齊，驅而少前。漢書陳留郡有平丘縣。入匡郭

---

68 注「郭璞曰山海經注曰」　陳云上「曰」字衍。各本皆譌。

69 歷滎陽而過卷　袁本、茶陵本「卷」上有「武」字。案：一本非也。善引應劭曰「卷，故虢國」，不云「武卷」，唯五臣向注乃云「滎陽、武卷皆縣名」。今考漢書地理志，河南郡有卷，無武卷，五臣讀誤本而望文為解耳。袁、茶陵不著善無「武」字校語，失之。唯尤本為未誤。

70 涉封丘而踐路兮　茶陵本云五臣有「兮」。袁本有。

而追遠兮，念夫子之厄勤。彼衰亂之無道兮，乃困畏乎聖人。論語，子畏於匡。又曰：慎終追遠。史記曰：孔子將適陳，過匡，匡人聞之，以為魯之陽虎。虎嘗暴於匡人，匡人遂止孔子。悵容與而久駐兮，忘日夕而將昏。神女賦曰：時容與以微動。漢書，門卒謂韓延壽曰：明府久駐未出。蒼頡篇曰：駐，主也[71]。到長垣之境界，察農野之居民。漢書，陳留郡有長垣縣也。睹蒲城之丘墟兮，生荊棘之榛榛。丘墟，已見上文。漢書，伍被曰：臣見宮中生荊棘[72]。惕覺寤而顧問兮，想子路之威神。衛人嘉其勇義兮，訖于今而稱云。長門賦曰：惕寤覺而無見。韓詩外傳曰：周公無所顧問。史記徐廣注曰：長垣縣有匡城蒲鄉。史記曰：子路為蒲邑大夫。論語，子曰：君子有勇而無義為亂。又曰：民到于今稱之，稱或為祠。蘧氏在城之東南兮，民亦尚其丘墳。蘧氏，蘧瑗也。陳留風俗傳曰：長垣縣有蘧鄉，有蘧伯玉冢。廣雅曰：墳，高也。春秋說題辭曰：丘者，墓也。唯令德爲不朽兮，身既沒而名存。毛詩曰：顯顯令德。左氏傳，穆叔曰：太上有立德，此之謂不朽。論語曰：文王既沒。

惟經典之所美兮，貴道德與仁賢。老子曰：莫不尊道而貴德。尹文子曰[73]：親疏係乎勢利，不係乎不肖與仁賢也。吳札稱多君子兮，其言信而有徵。左氏傳曰：吳季札適衛，說蘧瑗、史狗、史鰌、公子荊、公叔發，謂公子朝曰：衛多君子，未有患也。又叔向曰：君子之言信而有徵。後衰微而遭患兮，遂陵遲而不興。史記衛世家曰：成侯貶號曰侯[74]。平侯子嗣君更貶號曰君[75]。朝魏[76]，魏殺懷君。至君角，秦二世廢為庶人，衛絕祀。孫卿子曰：百

---

71 注「駐主也」　陳云「主」疑「止」。各本皆譌。

72 注「丘墟」下至「臣見宮中生荊棘」　袁本、茶陵本無此十八字。

73 注「尹文子曰」　袁本、茶陵本無「尹」字。

74 注「成侯貶號曰侯」　袁本、茶陵本無下「侯」字。案：尤依世家校添。

75 注「平侯子嗣君更貶號曰君」　袁本、茶陵本無「子嗣君」三字。案：尤依世家校添。

76 注「朝魏」　案：「朝」上依世家當有「子懷君」三字。各本皆脫，尤亦失校添也。

仞之山，而豎子憑而游焉，陵遲故也。今夫世之陵遲亦久矣，而能使勿踰乎？漢書，劉向上書曰：周室多禍，遂陵夷不能復興。王肅家語注曰：陵遲，猶陂陀也。知性命之在天，由力行而近仁。論語，子夏曰：死生有命，富貴有天。家語，孔子曰：形於一謂之性。王肅曰：人各受陰陽剛柔之性，故曰形於一也。命已見上文。禮記，子曰：好學近乎知，力行近乎仁。勉仰高而蹈景兮，盡忠恕而與人。毛詩曰：高山仰止，景行行止。論語，子貢問曰：有一言而終身行之者乎？子曰：其恕乎？己所不欲，勿施於人。老子曰：天道無親，常與善人。好正直而不回兮，精誠通於明神。毛詩曰：靖恭爾位，好是正直，神之聽之，介爾景福。又曰：求福不回。鄭玄曰：不違先祖之道也。文子曰：精誠通於形[77]，動氣於天。庶靈祇之鑒照兮，祐貞良而輔信。楚辭曰：招貞良與明智。

亂曰：君子之思，必成文兮。盍各言志，慕古人兮。楊子法言曰：君子言則成文，動則成德。論語曰：顏淵、季路侍，子曰：盍各言爾志。先君行止，則有作兮。雖其不敏，敢不法兮。先君，謂彪也。有作，謂北征賦也。論語，顏淵曰：回雖不敏，請事斯語矣。貴賤貧富，不可求兮。正身履道，以俟時兮。論語，子曰：富而可求，雖執鞭之士，吾亦為之；如不可求，從吾所好。周易曰：履道坦坦。孫卿子曰：君子博學深謀，脩身端行，以俟其時。脩短之運，愚智同兮。靖恭委命，唯吉凶兮。靖恭，已見上注。鶡冠子曰：縱軀委命。敬慎無怠，思嗛約兮。清靜少欲，師公綽兮。毛詩曰：敬慎威儀。尚書曰：無怠無荒。周易曰：人道惡盈而好謙。嗛與謙音義同，苦兼切。封禪書曰：上猶嗛讓而未俞也。老子曰：清淨為天下正。論語曰：子路問成人子曰：若公綽之不欲。馬融曰：孟公綽也。

---

77 注「精誠通於形」袁本、茶陵本無「通」字。

卷第十

紀行下

西征賦

臧榮緒晉書曰：岳為長安令，作西征賦，述行歷，論所經人物山水也。

潘安仁 岳，滎陽中牟人。晉惠元康二年，岳為長安令，因行役之感而作此賦。岳家在鞏縣東，故言西征。

歲次玄枵許喬，月旅蕤賓。丙丁統日，乙未御辰。岳傷弱子序曰：元康二年五月，余之長安。以歷推之，元康二年，歲在壬子，乙未，五月十八日也。爾雅曰：太歲在子曰困敦。左氏傳，梓慎曰：歲在星紀，而淫於玄枵。杜預曰：歲，歲星也。玄枵在子，虛危之次也。然玄枵，歲星所歷；困敦，太歲所次。今論太歲而曰玄枵，疑誤也。鄭玄周禮注曰：旅，猶處也。禮記曰：仲夏之月，律中蕤賓。鄭玄曰：中，猶應也。仲夏氣至，則蕤賓律應也。呂氏春秋曰：仲夏，其日丙丁。高誘曰：丙丁，火日也。然夏為火德，故以丙丁統夏也。左氏傳雲：日月之會是謂辰，故以配日。杜預曰：一歲，日月十二會，所會謂之辰。配曰，謂子醜配甲乙也，然其日值乙未也。鄭玄禮記注曰：御，猶主也。潘子憑軾西征，自京徂秦。潘子，岳自謂也。馮衍揚節賦曰：馮子耕於酈山之阿。憑軾，已見魏都賦。爾雅曰：徂，往也。迺喟然歎曰：論語，夫子喟然歎曰：吾與點也。

古往今來，邈矣悠哉！寥廓惚恍，化一氣而甄三才。寥廓惚恍，未分之貌也。鵩鳥賦曰：寥廓忽荒。列子曰：太易者，未見氣也。易變而為一。又曰：一者，形變之始也。輕清者上為天，重濁者下為地，中和之氣者為人。張湛曰：所謂易者，窈冥惚恍，不可變也。一氣恃之而作化，故寄名變耳。甄，已見魏都賦。易曰：兼三才而兩之。漢書音義曰：陶人作瓦器謂之甄[1]。此三才者，天地人道。唯生與位，謂之大寶。周易曰：天地之大德曰生，聖人之大寶曰位。生有脩短之命，位有通塞之遇。鬼神莫能要，聖智弗能豫。東征賦曰：脩短之運，愚智同。通塞，猶窮達也。班固覽海賦曰：運之脩短，不脩期也。

當休明之盛世，託菲薄之陋質。左氏傳，王孫滿曰：德之休明。楚辭曰：質菲薄而無由。馬融論語注曰：菲，薄也。納旌弓於鉉台，贊庶績於帝室。臧榮緒晉書曰：岳弱冠辟太尉府掾。孟子曰：夫招士以旂，大夫以旌。左氏傳，陳敬仲曰：詩云，翹翹車乘，招我以弓。周易曰：鼎金鉉。鄭玄曰：金鉉，喻明道能舉君之官職也。鄭玄尚書注曰：鼎，三公象也。春秋漢含孳曰：三公在天，法三台也。尚書曰：庶績其凝。應劭漢官儀曰：帝室，猶言王室者也。嗟鄙夫之常累，固既得而患失。無柳季之直道，佐士師而一黜。臧榮緒晉書曰：岳遷廷尉平，為公事免官。論語，子曰：鄙夫不可與事君，其未得之，患得之；既得之，患失之。又曰：柳下惠為士師，三黜。人曰：子未可以去乎？曰：直道而事人，焉往而不三黜。

武皇忽其升遐，八音遏於四海。臧榮緒晉書武紀曰：帝諱炎，字世安，崩，謚曰武。禮記曰：天王崩，告喪曰：天王登遐。尚書曰：帝乃徂落，三載，四海遏密八音。孔安國尚書傳曰：遏，絕；密，靜也。天子寢於諒闇，百官聽於冢宰。臧榮緒晉書惠紀曰：帝諱衷，字正度。武帝崩，太子即皇帝位。禮記曰：高宗諒闇，三年不言。幹寶晉紀曰：楊駿為太傅，百官總己以聽於駿。尚書曰：百官總己，以聽於冢宰。彼負荷之殊重，雖伊周其猶殆。伊尹之

---

1 注「易曰兼三才而兩之漢書音義曰陶人作瓦器謂之甄」袁本「易」上有「周」字，「曰」下有「有天道焉有地道焉有人道焉」十二字，無「漢書音義」以下十三字。茶陵本同，唯上注「甄已見魏都賦」作「如淳漢書注曰陶人作瓦器謂之甄」十四字。案：此尤本脩改之誤也。茶陵例以已見者複出，尤本、袁本俱不然，其不當更贅十三字明矣，因此而刪善引易，益非。

相太甲，致桐宮之師；周旦之輔成王，有流言之謗。左氏傳曰：子產曰：其父析薪，其子弗克負荷。爾雅曰：殆，危也。窺七貴於漢庭，譸一姓之或在？七姓，謂呂、霍、上官、趙、丁、傅、王也。庾亮表曰：向使西京七族，皆非姻黨。從而悉全[2]，决不盡敗。聲類曰：譸，亦疇字也。爾雅曰：疇，誰也。無危明以安位，祇居逼以示專。陷亂逆以受戮，匪禍降之自天[3]。言無見危之明以安其位，秖為逼主以示己專也。幹寶晉紀曰：駿被誅。禮記曰：明於順，然後能守危。鄭玄曰：能守自危之道。周易曰：危者，安其位者也。毛詩曰：亂匪降自天，生自婦人。孔隨時以行藏，蘧與國而舒卷。苟蔽微以繆章，患過辟之未遠。言孔、蘧有知微知章之鑒，故隨否泰而行藏，與治亂而舒卷。中庸之流，苟蔽繆於斯術，故患此過常之辟，未遠其身也。周易曰：隨時之義大矣哉！論語，子謂顏淵曰：用之則行，舍之則藏，唯我與爾有是夫！又曰：君子哉蘧伯玉。邦有道，則仕；邦無道，可卷而懷之。周易注曰：君子知微謂幽昧，知章謂明顯也。爾雅曰：辟，罪[4]。未遠，不離其身也。辟，匹亦切。悟山潛之逸士，卓長往而不反。班固漢書，贊曰：山林之士，往而不能反。陋吾人之拘攣，飄萍浮而蓬轉。言己闕行藏之明，而有蔽繆之累，故悟山潛之為是，陋拘攣之宦非。謝承後漢書，鄭玄戒子書曰：黃巾為害，萍浮南北。東觀漢記，太史官曰：票駭蓬轉，因遇際會。寮位儡其隆替，名節漼以隳落。危素卵之累殼，甚玄燕之巢幕。心戰懼以兢悚，如臨深而履薄。說文曰：儡，壞敗之貌，洛罪切。漼亦壞貌，七罪切。累卵，已見魏都賦。左氏傳，吳公子札曰：夫子在此，猶鷰巢幕上也。杜預曰：夫子，孫文子也。毛詩曰：戰戰兢兢，如臨深淵，如履薄冰。殼，苦角切。夕獲歸於都外，宵未中而難作。王隱晉書曰：潘岳為楊駿府主簿，駿被誅日，岳取急，對人朱振代夷三族。匪擇木以棲集，尠林焚而鳥

---

2 注「從而悉全」　陳云「從而」當作「縱不」，是也。各本皆譌。

3 匪禍降之自天　袁本、茶陵本「禍降」作「降禍」，不著校語，無可考也。

4 注「爾雅曰辟罪」　案：「罪」下當有「也」字。各本皆脫。

存。擇木，已見魏都賦。爾雅曰：尠，寡也。遭千載之嘉會，皇合德於乾坤。聖主得賢臣頌曰：上下歡然交欣，千載一會。周易曰：亨者，嘉之會也。乾坤，天地也。張超宣尼頌曰：合量乾坤。周易曰：大人者，與天地合其德。弛秋霜之嚴威，流春澤之渥恩。韋昭漢書注曰：弛，廢也。荀悅申鑒曰：人主怒如秋霜。漢書，孫寶勑侯文曰：今鷹隼始擊，當從天氣取姦惡，以成嚴霜之威。古□長歌行曰[5]：陽春布德澤，萬物生光輝。洞簫賦曰：蒙聖主之渥恩。甄大義以明責，反初服於私門。宋均尚書緯注曰：甄，表也。楚辭曰：進不入以離尤兮，退將復脩吾初服。戰國策，蘇子說魏王曰：破公家而成私門。

皇鑒揆余之忠誠，俄命余以末班。末班，謂長安令也。楚辭曰：皇鑒揆余於初度。何休公羊傳注曰：俄者，須臾之間。牧疲人於西夏，攜老幼而入關。周禮曰：以嘉石平疲民。陳思王述征賦曰：恨西夏之不綱。戰國策曰：薛人攜老幼迎孟嘗君道中。丘去魯而顧歎，季過沛而涕零。伊故鄉之可懷，疚聖達之幽情。韓詩外傳曰：孔子去魯，遲遲乎其行也。漢書曰：上過沛，留，置酒沛宮，乃起舞，忼慷傷懷[6]，泣下數行，謂沛父老曰：游子悲故鄉。爾雅曰：疚，病也。舞賦曰：幽情形而外揚。矧匹夫之安土，邈投身於鎬京。爾雅曰：矧，況也。漢書，元帝詔曰：安土重遷，黎人之性。毛詩序曰：王居鎬京。猶犬馬之戀主，竊託慕於闕庭。曹植責躬表曰：不勝犬馬戀主之情。東都賦曰：闕庭神麗。眷鞏洛而掩涕，思纏綿於墳塋。鞏、洛，二縣名也[7]。河南郡圖經曰：潘岳父冢，鞏縣西南三十五里。楚辭曰：長太息以掩涕。張升與任彥堅書曰：纏緜恩好，庶蹈高蹤。漢書音義，如淳曰：塋，家田也，音營。

---

5 注「古□長歌行曰」　袁本、茶陵本「古」下有「今」字。案：此尤知其字衍，脩改去之，是也。

6 注「忼慷傷懷」　案：「慷」當作「慨」。各本皆譌。

7 注「鞏洛二縣名也」　袁本、茶陵本無此六字，所載五臣翰注有之。案：蓋尤所見有。

爾乃越平樂，過街郵。秣馬皐門，稅駕西周。平樂，館名也。酈善長水經注曰：梓澤西，有一原，古舊亭處，即街郵也。石卷瀆口，高三丈，謂之皐門橋。左氏傳曰：秣馬利兵。毛萇詩曰[8]：秣，粟也。韓子曰：衛靈公至濮水之上，稅馬而牧。法言曰：仲尼之駕，稅矣。李軌曰：稅，舍也，失銳切。西周，見下注解。遠矣姬德，興自高辛。思文后稷，厥初生民。率西水滸，化流岐豳。祚隆昌發，舊邦惟新。左氏傳，劉子曰：美哉禹功，明德遠矣。史記曰：帝嚳高辛者[9]，黃帝曾孫也。姜嫄為帝嚳元妃，生弃，號曰后稷，別姓姬氏。毛詩曰：思文后稷，克配彼天。又曰：厥初生人，時維姜嫄。又曰：古公亶父，來朝走馬，率西水滸，至於岐下。史記曰：后稷之孫慶節立國於邠。後古公為戎狄攻之，遂去邠，止於岐下。公季卒，子昌立，曰文王。文王崩，太子發立，是為武王。毛詩曰：周雖舊邦，其命惟新。俈與嚳同。邠與豳同。旋牧野而歷茲，愈守柔以執競。尚書曰：武王與受戰於牧野。茲，此也，謂此周也。北征賦曰：騑遲遲兮歷茲。老子曰：守柔曰強。毛詩曰：執競武王，無競維烈。鄭玄曰：競，強也。能材強道者[10]，惟有武王爾。夜申旦而不寐，憂天保之未定。楚辭曰：獨申旦而不寐。史記曰：武王望商邑，至于周，自夜不寐。周公旦曰：曷為不寐？王曰：我未定天保，何暇寐也。惟泰山其猶危，祀八百而餘慶。言武王滅商[11]，雖有泰山之固，尚以為危，故能載祀八百，猶有餘慶也。郭璞爾雅注曰：惟，發語辭也。戰國策，呂不韋曰：周凡三十七王，八百六十七年。然今言八百，舉全數也。周易曰：積善之家，必有餘慶。鑒亡王之驕淫，竄南巢以投命。坐積薪以待然，方指日

8 注「毛萇詩曰」 陳云「詩」下當有「傳」字，是也。各本皆脫。
9 注「史記曰帝嚳高辛者」 袁本「嚳」作「俈」。案：「俈」是也，後注「俈與嚳同」可證。茶陵本亦誤「嚳」。又下云「姜嫄為帝嚳元妃」，「嚳」亦當作「俈」。各本皆誤。
10 注「能材強道者」 袁本、茶陵本無「材強」二字，陳云別本「材」作「持」。案：考詩箋是「持」字，無者益非。
11 注「言武王滅商」 袁本、茶陵本「滅商」二字作「基」。案：「基」是也。

而比盛。亡王，謂桀也[12]。言武王居安而慮危，而桀處險而逾泰也。尚書曰：成湯放桀於南巢。范曄後漢書，趙壹曰：奚異涉海之失柂，坐積薪而待然。尚書大傳曰：伊尹入告於王曰：大命之去有日矣。王曰：天之有日，猶吾之有人，日有亡哉？日亡吾亦亡。鄭玄曰：自比於天，言常在也。比於日，言去復來也。人度量之乖舛，何相越之遼迥！人，謂武王與桀也。安危異情，故曰乖舛也。喻巴蜀檄曰：人之度量相越，豈不遠哉！乖舛，不齊也。爾雅曰：迥，遠也。今協韻，為呼瞑切。

考土中於斯邑，成建都而營築。既定鼎于郟鄏，遂鑽龜而啓繇。尚書曰：成王欲宅洛邑，周公曰：王來紹上帝，自復于土中。毛詩曰：考卜惟王。鄭玄曰：考，稽也。東都賦曰[13]：建都河、洛。左氏傳曰：王孫滿曰：成王定鼎於郟鄏，卜世三十，卜年七百。杜預左氏傳注曰：繇，卜兆辭也。平失道而來遷，緊二國而是祐。史記曰：平王東遷于雒邑。二國，晉、鄭也。左氏傳，桓公曰：我周之東遷，晉、鄭焉依？杜預左氏傳注曰：緊，語助也。豈時王之無僻？賴先哲以長懋。言周末之王，豈無邪僻之行，但賴前聖之德，所以長茂也。左傳，韓厥曰：三代之令王，皆數百年保天之祿，夫豈無僻王，賴前喆以免也。漢書策詔曰：大禹能亡失德，夏以長懋。說文曰：懋，盛也。望圉北之兩門，感虢鄭之納惠。討子頹之樂禍，尤闕西之効戾。言鄭伯以子頹樂及徧舞為樂禍而討之。既尤之矣，及乎享王闕西，備樂，是乃効其為戾也。左氏傳曰：初王姚嬖於莊王，生子頹。子頹有寵。及惠王即位，衛師、燕師伐周，立子頹。享五大夫，樂及徧舞。鄭伯聞之，見虢叔曰：寡人聞之，哀樂失時，殃咎必至。今王子頹歌舞不倦，樂禍也，盍納王乎？虢公曰：寡人之願也，同伐王城。鄭伯將王自圉門入，虢叔自北門入，殺子頹。鄭伯享王于闕西辟，樂備。原伯曰：鄭伯効尤，其亦將有咎[14]。包咸論語注曰：尤，過也。爾雅曰：戾，罪也。重戮帶以定襄，弘大順以霸世。左氏傳曰：

---

12 注「亡王謂桀也」袁本、茶陵本無此五字，所載五臣向注有之。案：蓋尤所見有。

13 注「東都賦曰」 袁本、茶陵本「賦」作「主人」二字。案：前注「東都賦曰：闕庭神麗」，一本「賦」亦作「主人」。考今注中有「西都賓」、「東都主人」，亦「東都賦」、「西都賦」，疑作「賦」者皆後人所改。

14 注「左氏傳曰初」下至「其亦將有咎」 此一百二十八字袁本、茶陵本無，蓋因五臣同善而節去也。尤本有者是。

太叔帶以狄師伐周，襄王出，適鄭。晉侯迎王，王入于城，取太叔於溫，殺之。鄭玄毛詩箋曰：弘，廣也。重，晉文侯重耳。**靈壅川以止鬭，晉演義以獻說。**國語曰：靈王二十二年，穀、洛二水鬬，欲毀王宮。王欲壅之，太子晉諫曰：不可。晉聞古之長人，不隳山，不防川。今吾執政實有所辟，而禍夫二川之神。賈逵曰：鬬者，兩會似於鬬。小雅曰：演，廣遠也。**諮景悼以迄丏，政凌遲而彌季。俾庶朝之構逆，歷兩王而干位。**孔安國尚書傳曰：咨，嗟也。左氏傳曰：王子朝有寵於景王。王崩，子朝因舊官之喪職秩者以作亂。單子逆悼王於莊宮以歸，子朝奔京。王子猛卒，敬王即位。王子朝入于尹。劉子以王如劉，王子朝入於王城。單子如晉告急，晉智躒帥師納王。子朝奔楚。王人殺子朝于楚。杜預曰：悼，王子猛也。敬，王子猛母弟子丏也。賈逵國語注曰：子朝，景王之長庶子也。爾雅曰：迄，至也。呼乞切。丏，音蓋。毛詩序曰：禮義凌遲。左氏傳，晏子曰：此季世也。毛詩曰：我日構禍。毛萇曰：構，成也。左氏傳，衛彪傒曰：魏子干位，以令大事。**踰十葉以逮赧，邦分崩而爲二。竟橫噬於虎口，輸文武之神器。**史記曰：景王崩，子悼王立。崩，弟敬王立。崩，子元王立。崩，子定王立。崩，子哀王立。弟殺哀王自立為思王。弟殺思王自立為考王。崩，子威烈王立。崩，子安王立。崩，子烈王立。崩，弟立為顯王。崩，子慎靚王立。崩，子赧王立。東、西周分治，王赧徙都西周。初，考王封其弟于河南。桓公卒，威公立。卒，子惠公立，乃封其少子于鞏，以奉王，號東周惠公。秦莊襄王滅東、西周。爾雅曰：逮，及也。論語，子曰：邦分崩離析。虎口，喻秦也。漢書曰：秦二世拜叔孫通為博士，通出曰：我幾不免虎口。老子曰：天下神器，不可為也，為者敗之。

澡孝水而濯纓，嘉美名之在茲。澡，水經注作濟[15]。字林曰：孝水，在河南郡。酈元曰：在河南城西十餘里。楚辭曰：滄浪之水清，可以濯吾纓。毛萇詩傳曰：濯，滌也。**夭赤子於新安，坎路側而瘞之。亭有千秋**

---

15 注「澡水經注作濟」　袁本、茶陵本無此六字。案：尤本此處脩改，未知其為別本如此，抑或有記水經注之異於旁者，而尤延之取以入注也。

之號，子無七旬之期。雖勉勵於延吳，實潛慟乎余慈。傷弱子序曰：三月壬寅，弱子生。五月之長安。壬寅，次于新安之千秋亭。甲辰而弱子夭，乙巳瘞于亭東。廣雅曰：夭，折也。書曰：若保赤子。字書曰：瘞，埋也，猗例切。禮記曰：延陵季子適齊，於其反也，其長子死，葬於嬴、博之間，其坎深不至於泉。列子曰：魏有東門吴者，子死而不憂。其相室曰：公之愛子也，天下無有。子死而不憂者，何也？東門吴曰：吾嘗無子之時[16]，不憂。今子死，乃與向無子時同，吾奚憂也？戰國策以吴為吾。

眄山川以懷古，悵攬轡於中塗。虐項氏之肆暴，坑降卒之無辜。激秦人以歸德，成劉后之來蘇。事回泬而好還，卒宗滅而身屠。東都賦曰：慨長思而懷古。楚辭曰：攬騑轡而下節。杜預左氏傳注曰：肆，極也。史記曰：章邯降項王，秦吏卒多竊言曰：今能入關破秦，大善；即不能，秦必盡誅吾父母妻子。諸將聞其計，以告項羽。於是楚軍夜擊，坑秦卒二十餘萬新安城南。後羽敗垓下，至烏江自刎。尚書曰：后來其蘇。韓詩曰：謀猷回泬。薛君曰：回，邪僻也[17]。老子曰：其事好還。

經澠池而長想，停余車而不進。漢書弘農郡有澠池縣。舞賦曰：遠思長想。秦虎狼之彊國，趙侵弱之餘燼。超入險而高會，杖命世之英藺。戰國策，楚王曰：秦，虎狼之國也。左氏傳，齊賓媚人曰：請收合餘燼，背城借一。杜預曰：燼，火餘之木也。高會，已見吴都賦。孟子曰：五百年必有王者興，其間必有命世者。廣雅曰：命，名也。李陵書曰：命世之才。恥東瑟之偏鼓，提西缶而接刃。辱十城之虛壽，奄咸陽以取儁。史記曰：趙王與秦王會於澠池，秦王曰：寡人聞趙王好音，請奏瑟。趙王鼓瑟。相如前曰：趙王竊聞秦王善為秦聲，請奏缶。秦王怒，不許。相如曰：請得以頸血濺大王矣。左右欲刃相如，相如叱之，皆靡。秦王不懌，為一擊缶。秦之羣臣請以趙十五

---

16 注「吾嘗無子之時」　袁本重「無子」二字。案：重者是也。尤本此處脩改，蓋誤依五臣向注刪。茶陵本全刪此注，益非。

17 注「回邪僻也」　案：「僻」上當有「泬」字，曹大家注幽通賦可證。彼「泬」作「穴」，同字也。各本皆脫。

城為秦王壽。藺相如亦曰：請以秦咸陽為趙王壽。秦王終不能加勝於趙[18]。爾雅曰：盎謂之缶。呂氏春秋曰：兵不接刃，而人人服化。說文曰：奄，覆也。取儁，自取雄儁也。**出申威於河外，何猛氣之咆勃。入屈節於廉公，若四體之無骨。**河外，謂之澠池。史記曰：秦王使使告趙王為好會於西河外澠池。咆勃，怒貌也。史記曰：廉頗曰：我為趙將，有攻城野戰之功，而藺相如徒以口舌為勞，而位居我上。我見相如，必辱之。相如出，見廉頗，引車避匿[19]。荀悅申鑒曰：高祖申威於秦、項。宋玉笛賦曰：悲猛氣兮飄疾。家語，子夏曰：今夫子欲屈節以救父母之國。論語，丈人曰：四體不勤。尸子曰：徐偃王有筋而無骨也。**處智勇之淵偉，方鄙吝之忿悁。雖改日而易歲，無等級以寄言。**智勇，相如也。忿悁，廉頗也。言以相如之比廉頗，雖以一日之促，方一歲之永，猶未足以寄言。言相去遠也。史記，繆賢曰：臣舍人藺相如，勇士，有智謀。太史公曰：其處智勇，可謂兼之矣。范曄後漢書，陳蕃曰：鄙之萌，復存乎心。戰國策，張儀曰：秦忿悁含怒之日久也。

當光武之蒙塵，致王誅于赤眉。異奉辭以伐罪，初垂翅於回谿。不尤眚以掩德，終奮翼而高揮。東觀漢記曰：馮異，字公孫，拜為征西將軍，與赤眉相距。上命諸將士屯澠池，為赤眉所乘，反走，上回谿阪。異復合兵追擊，大破之殽底。璽書勞異曰：垂翅回谿，奮翼澠池。左氏傳，臧文仲曰：天子蒙塵于外。東都賦曰：天人致誅。東觀漢記曰：樊崇欲與王莽戰，恐其眾與莽兵亂，乃皆朱其眉，以相別識，由是號曰赤眉。尚書曰：奉辭伐罪。左傳，秦穆公曰[20]：吾不以一眚掩大德。西京賦曰：游鶮高翬。薛綜曰：翬，飛也。揮與翬古字通。**建佐命之元勳，振皇綱而更維。**佐命，已見西都賦。答賓戲曰：廓帝紘，恢皇綱。鄭玄周禮注曰：維，猶連結也[21]。

---

18 注「史記曰趙王」下至「終不能加勝於趙」　此一百二十字袁本、茶陵本無，蓋因五臣同善而節去也。尤本有者是。

19 注「史記曰廉頗曰」下至「引車避匿」　此四十九字袁本、茶陵本無，蓋因五臣同善而節去也。尤本有者是。

20 注「左傳秦穆公曰」　袁本、茶陵本無「秦穆公」三字。

21 注「維猶連結也」　袁本、茶陵本「也」作「之」。

登崤坂之威夷，仰崇嶺之嵯峨。韓詩曰：周道威夷。薛君曰：威夷，險也。嵯峨，已見上文。皐記墳於南陵[22]，文違風於北阿。蹇哭孟以審敗，襄墨縗以授戈。曾只輪之不反，統三帥以濟河。左氏傳曰：秦穆公召孟明、西乞、白乙，使出師襲鄭。蹇叔之子與師，哭而送之曰：晉人禦師必於殽。殽有二陵焉，其南陵，夏后皐之墓也；其北陵，文王之所避風雨也。必死是間，余收爾骨焉。秦師還，晉文公子墨縗經[23]敗秦師於殽，獲百里孟明視、西乞術、白乙丙以歸。文嬴請三帥，公許之。杜預曰：公未葬[24]，故襄公稱子。公羊傳曰：晉人敗秦師於殽，匹馬隻輪而無反者[25]。值庸主之矜愎，殆肆叔於朝市。任好綽其餘裕，獨引過以歸己。明三敗而不黜，卒陵晉以雪恥。豈虛名之可立，良致霸其有以。言若值庸主，矜而愎諫，殆戮三帥，陳之市朝，而賴任好綽然寬裕，故直引過而歸諸己。爾雅曰：庸，常也。鄭玄禮記注曰：矜，自尊大也。左氏傳曰：慶鄭曰：愎諫違卜。杜預曰：愎，戾也。論語，子服景伯曰：吾力猶能肆諸市朝。鄭玄曰：陳其尸曰肆。史記，秦繆公曰任好。孟子曰：吾進退豈不綽然有餘裕哉？左氏傳曰：秦伯不廢孟明，曰：孤之罪也。又曰：秦孟明視伐晉，晉侯禦之，戰于彭衙[26]，秦師敗績。又曰：晉先且居伐秦，取汪、彭衙而還，以報彭衙之役，斯三敗矣[27]。又曰：秦伯伐晉，取王官及郊，晉人不出，封殽尸而還，遂霸西戎，用孟明也[28]。

---

22 皐記墳於南陵　袁本、茶陵本「記」作「託」，云善作「記」。案：此善亦作「託」，但傳寫譌為「記」，二本校語及尤所見皆非。

23 注「晉文公子墨縗經」　陳云「晉文」二字當在後「杜預曰」下，「公」字衍。各本皆誤。

24 注「杜預曰公未葬」　案：「曰」下脫字，見上。

25 注「而無反者」　陳云「而」字衍，是也。各本皆衍。

26 注「戰于彭衙」　袁本、茶陵本無此四字。

27 注「又曰晉先且居伐秦」下至「斯三敗矣」　袁本、茶陵本無此二十四字。案：無者是也。善明云「止二敗，言三未詳」，更不得有此。當是或駁善注而記於其旁，尤延之不審，取以入注耳。考此役，秦未嘗乃晉師戰，其非孟明將而敗，無待言，故難數之以足三也。於此可知善義例之精矣。

28 注「封殽尸而還」下至「用孟明也」　袁本、茶陵本無此十三字。

然止二敗，言三，未詳。史記，秦穆公謂三將曰：子其悉雪恥[29]。古詩曰：虛名復何益。楚辭曰：名不可以偽立。毛詩曰：何其久也，必有以也。鄭玄曰：必以有功德也。卒或為雜，非也。

降曲崤而憐虢[30]，託與國於亡虞。貪誘賂以賣鄰，不及臘而就拘。垂棘反於故府，屈產服於晉輿。德不建而民無援，仲雍之祀忽諸。劉澄之地理書曰：肴有純石，或謂石肴。如淳漢書注曰：相與友善為與國。與，黨與也。左氏傳曰：晉荀息請以屈產之乘，垂棘之璧，假道於虞以伐虢，虞公許之。宮之奇曰：虞不臘矣。晉滅虢，虢公醜奔京師，還館於虞，遂襲虞，滅之。穀梁傳曰：後晉舉虞，荀息牽馬操璧而前曰：璧猶是，馬齒加長矣。燕丹子，夏扶曰：馬無服輿之伎，則未可與決良。左氏傳曰：臧文仲聞六與蓼滅，曰：皐陶庭堅，不祀忽諸，德之不建，人之無援，哀哉！杜預曰：忽然而亡也。史記曰：武王求仲雍之後，得虞仲，封於周之北，故夏墟之地。

我徂安陽，言陟陜郛。行乎漫瀆之口，憇乎曹陽之墟。漢書，弘農郡有陜縣。酈善長水經注曰：槖水出槖山，北流出穀，謂之漫澗。與安陽溪水合，又西經陜縣故城南，又合一水，謂之瀆谷水。漫澗水北有逆旅亭，謂之漫口客舍。弘農郡圖經曰：曹陽，桃林縣東十二里。**美哉邈乎！茲土之舊也，固乃周邵之所分，二南之所交。麟趾信於關雎，騶虞應乎鵲巢。**公羊傳曰：自陜以東，周公主之；自陜以西，召公主之。毛詩序曰：關雎、麟趾之化，王者之風也，故繫之周公。鵲巢、騶虞之德，諸侯之風也，故繫之邵公。周南、邵南，正始之道，王化之基。

愍漢氏之剝亂，朝流亡以離析。卓滔天以大滌，劫宮廟而遷迹。俾萬乘之盛尊，降遙思於征役。顧請旋於僵汎，既獲許而中惕。追皇駕而驟戰，望玉輅而縱鏑。

---

29 注「子其悉雪恥」　袁本、茶陵本「恥」下有「又曰穆公遂霸西戎」八字。案：此一節注皆當以袁本、茶陵本為是也。尤所添刪俱失善意。

30 降曲崤而憐虢　案：注引劉澄之地理書「肴有純石，或謂石肴」。今正文末見當引此為注之處，疑「曲崤」善作「石肴」也。五臣良注曰「曲崤，地名」，或其本亂善耳。

魏志曰：董卓，字仲穎，隴西人，為相國。卓以山東豪傑並起，乃徙天子都長安，燔燒洛陽宮室。卓至西京，呂布誅卓。卓將李傕、郭汜擅朝政。傕質天子於營。傕將楊奉叛傕，傕眾稍衰，天子乃得出，至新豐。楊奉、董承以天子還洛陽。傕、汜悔遣天子，復相與追及天子於弘農之曹陽，大戰，奉兵敗。左氏傳，子朝曰：單旗、劉狄，剝亂天下。毛詩曰：民卒流亡。離析，已見上注。孔安國尚書傳曰：滌，除也。左氏傳，晉趙括謂楚曰：寡君使羣臣遷大國之迹於鄭。淮南子曰：雖有盛尊之親。萬乘，已見上文。

痛百寮之勤王，咸畢力以致死。分身首於鋒刃，洞胸腋以流矢。有褰裳以投岸，或攘袂以赴水。傷桴檝之編小，撮舟中而掬指。

華嶠後漢書曰：李傕等大戰弘農，百官士卒死者不可勝數。董承率眾擊傕，大破之，乘輿乃得進。承先具舟船，帝以絹挽而下，餘人匍匐岸側，或自投死。范曄後漢書，獻帝下登船，諸不得渡者皆爭攀船，船上人刃擽其指，舟中之指可掬。左氏傳，狐偃曰：求諸侯莫如勤王。東觀漢記，太史曰：忠臣畢力。尉繚子曰：未有不能得其力而致其死。北征賦曰：首身分而不寤。子虛賦曰：洞胸達腋。禮記曰：流矢在白肉。毛詩曰：褰裳涉洧。又曰：攘袂而興[31]。左氏傳曰：晉中軍、下軍爭舟，舟中之指可掬。

升曲沃而惆悵，惜兆亂而兄替。枝末大而本披，都偶國而禍結。

左氏傳曰：晉穆侯之夫人姜氏，以條之役生太子，命之曰仇；其弟以千畝之戰生，命之曰成師。師服曰：今君命太子曰仇，弟曰成師，始兆亂矣。兄其替乎？復封桓叔于曲沃。師服曰：吾聞國家之立也，本大而末小，是以能固。天子建國，諸侯立家。今晉，甸侯也，本既弱矣，其能久乎？後曲沃莊伯伐翼，殺孝侯。曲沃武公伐翼，獲翼侯。然孝侯、翼侯，仇之後也；莊伯、武公，桓叔、成師之後也。翼、晉都也。曲沃在河東聞喜縣。酈善長水經注曰：春秋，晉侯使詹嘉[32]守桃林之塞，處此以備秦，時以曲沃之官守之，故有曲沃之名。然此曲沃在西，因彼曲沃而得名。今因名而說彼。楚辭曰：惆悵而私自憐。爾雅曰：替，廢也。左氏傳，申無宇曰：末大必折。漢書

---

31 注「又曰攘袂而興」 陳云「又」字當作「七啓」二字，是也。各本皆誤。

32 注「晉侯使詹嘉」 袁本、茶陵本無「侯」字。

曰：田蚡曰：枝大於幹，脛大於股，不折必披。或云：枝本大而末披。左氏傳，辛伯曰：大都偶國，亂之本也。臧札飄其高厲，委曹吳而成節。何莊武之無恥，徒利開而義閉[33]！左氏傳曰：吳子諸樊將立季札，季札辭曰：曹宣公之卒也，諸侯與曹人不義曹君，將立子臧，子臧去之，遂不為也，以成曹君。君子曰：能守節矣。君，義嗣也，誰敢奸君？有國非吾節也。札雖不才，願附於子臧，以無失節。王逸楚辭注曰：委，弃也。范曄後漢書，李固奏記梁商曰：夫義路閉則利門開，利門開則義路閉。躡函谷之重阻，看天險之衿帶。迹諸侯之勇怯，筭嬴氏之利害。廣雅曰：躡，履也。函谷，已見西都賦。鸚鵡賦曰：崎嶇重阻。周易曰：天險不可升也。險，山川丘陵。衿帶，已見上文。孫卿子曰：勇怯，勢也。或開關以延敵，競遯逃以奔竄。言其利也。過秦論曰：諸侯以百萬之眾，叩關而攻秦，秦人開關延敵。九國之師遯逃而不敢進也。有噤門而莫啓，不窺兵於山外。言其害也。戰國策，范雎謂秦王曰：秦今反閉關而不敢窺兵於山東者，穰侯為國謀不忠，大王計有所失也。楚辭曰：噤閉而不言。然噤亦閉也。噤，巨蔭切。連雞互而不棲，小國合而成大。言小國異乎連雞也。戰國策，秦惠王謂寒泉子曰：蘇秦約于諸侯，諸侯之不可一，猶連雞之不能俱止棲亦明矣。豈地勢之安危，信人事之否泰！言崤、函之險，未嘗暫改，或開關延敵，或噤門莫啓，明此不徒在地勢，亦由在人也。湯曰[34]：吾欲因其地勢所有而敵之[35]。否、泰，周易二卦名也。周易曰：泰，上下交而其志同也；否，上下不交而天下無邦。

漢六葉而拓畿，縣弘農而遠關。六葉，武帝也。難蜀父老曰：德茂存乎六世。應劭漢書注曰：拓，廣也。漢書，元鼎三年，徙函谷關於新安，以故關為弘農縣也。厭紫極之閑敞，甘微行以遊盤。長傲賓於柏

---

33 徒利開而義閉　茶陵本「徒」作「徙」，云五臣作「徒」。袁本云善作「徒」。案：「徙」但傳寫譌也。

34 注「湯曰」　陳云別本「湯」上有「周書」二字。案：此周書王會解文，有者是。但今未見其本耳。

35 注「而敵之」　案：「敵」當作「獻」，王會解可證。各本皆譌。

谷，妻覩貌而獻餐。疇匹婦其已泰，胡厥夫之繆官！紫極，星名。王者為宮以象之[36]。曹植上表曰：情注于皇居，心在乎紫極。南都賦曰：體爽塏以閑敞。蒼頡篇曰：敞，高顯也。漢武帝故事曰：帝即位，為微行，嘗至柏谷，夜投亭長宿。亭長不納，乃宿逆旅。逆旅翁要少年[37]十餘人，皆持弓矢刀劍，令主人嫗出遇客。婦謂其翁曰：吾觀此丈夫，非常人也。且有備，不可圖也。天寒，嫗酌酒，多與其夫。夫醉，嫗自縛其夫。諸少年皆走。嫗出謝客，殺雞作食。平旦上去。還宮，乃召逆旅夫妻見之，賜嫗金千斤，擢其夫為羽林郎。疇，猶訓也。昔明王之巡幸，固清道而後往。懼銜橜之或變，峻徒禦以誅賞。東觀漢記曰：西巡幸長安，司馬相如上疏曰：夫清道而後行，猶將有銜橜之變。漢書音義，張揖曰：銜，勒也。司馬彪莊子注曰：橜，騑馬口中長銜也。橜，巨月切。淮南子曰：陗法刻刑。許慎曰：陗，峻也[38]。毛詩曰：徒御不驚。彼白龍之魚服，掛豫且之密網。輕帝重于天下，奚斯漸之可長？白龍，已見東京賦，帝重，帝位之重也。言輕帝位之重于天下，此乃陵上之漸，何可長乎。弔戾園於湖邑，諒遭世之巫蠱。探隱伏於難明，委讒賊之趙虜。加顯戮於儲貳，絕肌膚而不顧。作歸來之悲臺，徒望思其何補？漢書曰：戾太子據與江充有隙。會巫蠱事起，充遂至太子宮，掘得桐木人。太子無以自明，乃斬江充。與丞相劉屈氂戰，兵敗，東至湖邑，自縊而死。車千秋訟太子冤。上憐太子無辜，乃作思子宮，為歸來望思之臺於湖。宣帝即位，謚曰戾，以湖邑閿鄉為戾園。又太子罵充曰：趙虜乃亂吾父子也。蒼頡篇曰：委，任也。尚書，王曰：弗迪有顯戮。漢書，疏廣曰：太子，國儲副君。宋均元命苞注曰：儲君，副主。言設以待之。王命論曰：高四皓之名，刻肌膚之愛[39]。幽通賦曰：雖覆醢其何補？

---

36 注「紫極星名王者為宮以象之」　袁本、茶陵本無此十一字。

37 注「乃宿逆旅逆旅翁要少年」　袁本、茶陵本不重「逆旅」二字，「要」作「惡」。

38 注「淮南子曰」下至「陗峻也」　袁本、茶陵本無此十四字。

39 注「刻肌膚之愛」　陳云「刻」當作「割」，是也。各本皆譌。

紛吾既邁此全節，又繼之以盤桓。問休牛之故林，感徵名於桃園[40]。言吾紛然行此全節之野，又繼之以盤桓而不前。楚辭曰：紛吾乘兮玄雲。北征賦曰：紛吾去此舊都，騑遲遲而歷茲。爾雅曰：邁，行也。全節，即漢書全鳩里[41]，戾太子死處。圖經曰：全節，閿鄉縣東十里鳩澗西[42]。廣雅曰：盤桓，不進也。周易曰：初九，盤桓。尚書武成曰：放牛於桃林之野，示天下弗服。東征記曰：全節，地名，其西名桃原，古之桃林也。發閿鄉而警策，愬黃巷以濟潼。眺華岳之陰崖，覿高掌之遺蹤。漢書，湖，縣名，今虢州閿鄉、湖城二縣皆其地也[43]。曹子建應詔詩曰：僕夫警策。鄭玄周禮注曰：警，勑戒之也。薛綜西京賦注曰：愬，向也[44]。愬與遡古字通。獻帝春秋曰：興平二年十一月丙寅，車駕東行，到黃巷亭；庚午到弘農。述征記曰：河自關北東流，水側有坂[45]，謂之黃巷坂。雍州圖經曰：潼水在華陰縣界。水經曰：北流注河。西京賦曰：綴以二華，巨靈贔屓，高掌遠蹠，以流河曲。閿，音聞。憶江使之反璧，告亡期於祖龍。史記曰：秦始皇帝三十六年，鄭使者從關東來，至華陰之野，有持與使者璧曰：為我遺鎬池君。因言曰：明年祖龍死。置璧而去，忽不見。始皇使人視璧，乃二十八年渡江所沈璧也。蘇林曰：祖，始也；龍，人君之象。謂始皇也。不語怪以徵異，我聞之於孔公。論語曰：子不語怪力亂神。

---

40 感徵名於桃園　何云「園」疑作「原」。案：何校據善注「其西名桃原」而云然，五臣銑注云「桃園則桃林也」，疑善與五臣之異，但袁、茶陵二本不著校語。又水經注河水四引此賦亦作「園」，然則未當改也。

41 注「即漢書全鳩里」　陳云別本「全」作「泉」。案：今未見，戾太子傳是「泉」字。

42 注「閿鄉縣東十里鳩澗西」　何校「十」下添「五」字，「鳩」上添「泉」字。案：何校據戾太子傳顏注云「泉鳩水今在閿鄉縣東南十五里」而添也。此注各本盡同，未審善有以否。

43 注「漢書湖縣名今虢州閿鄉湖城二縣皆其地也」　袁本、茶陵本此十八字作「漢書湖有閿鄉」六字。案：二本是也。但此六字實續漢書郡國志文，疑「漢」上脫「續」字，善以注正文「閿鄉」，尤延之取顏戾太子傳之注「湖」者添改，不知此正文並無「湖」字，甚非。

44 注「愬向也」　案：「愬」當作「遡」。各本皆譌。

45 注「水側有坂」　袁本、茶陵本「坂」上有「長」字。案：有者是也。匡謬正俗所謂「過此長巷」者也。

愠韓馬之大憝，阻關谷以稱亂。何晏論語注曰：愠，怒也。魏志曰：建安十六年，關中諸將馬超、韓遂等反。超等屯潼關。尚書曰：元惡大憝。孔安國曰：憝，惡也。杜預左氏傳注曰：阻，恃也。關、谷，潼關、函谷也。尚書曰：敢行稱亂。孔安國曰：稱，舉也。魏武赫以霆震，奉義辭以伐叛。彼雖眾其焉用，故制勝於廟筭。魏志曰：曹公西征，與超等夾關為戰，大破之。尚書曰：奉辭伐罪。左氏傳，隨武子曰：伐叛，刑也；柔服，德也。又屈完曰：雖君之眾，無所用之。孫子曰：水因地而制行，兵因敵而制勝。又曰：夫未戰而廟勝，得筭之多者也。漢書，楊雄即趙充國圖畫而頌之曰：料敵制勝[46]。砰揚桴以振塵，繣瓦解而冰泮。超遂遁而奔狄，甲卒化爲京觀。字書曰：砰，大聲也。魏志曰：韓遂、馬超走涼州。楚辭曰：揚桴兮拊鼓。左氏傳曰：援枹而鼓。說文曰：枹，鼓椎也。東觀漢記，馮衍說吳漢曰：得道之兵，鼓不振塵。鄭玄禮記注曰：振，動也。繣，破聲也，呼麥切。春秋運斗樞曰：不能宣德，天下瓦解。漢書曰：徐樂上書曰：何謂瓦解？吳、楚、齊、趙之兵是也。當此之時，安土樂俗之人眾，故諸侯無境外之助，此之謂瓦解。淮南子曰：冰泮而農桑起。左氏傳，潘黨曰：君盍收晉尸以為京觀。杜預曰：積尸封土其上，謂之京觀。砰，普耕切。

倦狹路之迫隘，軌踦嶇以低仰。倦，極也。司馬相如大人賦曰：區中之隘狹。廣雅曰：踦踽，傾側也。蹈秦郊而始辟，豁爽塏以宏壯。黃壤千里，沃野彌望。華實紛敷，桑麻條暢。班固高紀述曰：粵蹈秦郊。尚書曰：雍州，厥土惟黃壤。杜篤論都賦曰：沃野千里，原隰彌望，保植五穀，桑麻條暢。春秋文耀鉤曰：春致其時，華實乃榮。洞簫賦曰：標紛敷以扶疏。廣雅曰：暢，長也。邪界褒斜，右濱汧隴，褒、斜、汧、隴，並已見上文。寶雞前鳴，甘泉後涌。寶雞、甘泉，並已見上文。面終南而背雲陽，跨平原而連嶓冢。漢書，武功山有太一，古文以為終南。此賦下云太一，明與終南別山。西京賦曰：於前則終南、太一。二山明矣。漢書，左馮翊有雲陽縣。西京賦曰：後則高陵、平原。又曰：連崗乎嶓冢。九嵕巀嶭，太一巃嵸。並已見上文。吐清風之飂

46 注「漢書楊雄」下至「料敵制勝」袁本、茶陵本無此十八字。

戾，納歸雲之鬱蓊。孔叢子，孔子曰：夫山者，興吐風雲，以通乎天地之間。四子講德論曰：虎嘯而風寥戾。思玄賦曰：馮歸雲而遐逝。楚辭曰：望溪谷兮滃鬱。南有玄灞素滻，湯井温谷。玄、素，水色也。灞、滻，二水名也。楚辭曰：臨沅、湘之玄淵。又曰：舍素水而蒙深。湯井，温湯也。雍州圖曰：温湯在新豐縣界。温谷，即温泉也。雍州圖曰：温泉在藍田縣界。北有清渭濁涇，蘭池周曲。毛萇詩傳曰：涇、渭相入而清濁異。三輔黃圖曰：蘭池觀在城外。長安圖曰：周氏曲，咸陽縣東南三十里，今名周氏陂，陂南一里，漢有蘭池宮。浸決鄭白之渠，漕引淮海之粟。鄭玄周禮注曰：浸者，可以為陂灌溉者[47]。鄭白，已見上文。西都賦曰：通溝大漕，控引淮、湖，與海通波也。林茂有鄠之竹，山挺藍田之玉。並已見上文。班述陸海珍藏，張敘神皋隩區。此西賓所以言於東主，安處所以聽於憑虛也，可不謂然乎？西都賦曰：陸海珍藏。西京賦曰：寔惟地之奧區神皋。

勁松彰於歲寒，貞臣見於國危。論語，子曰：歲寒然後知松柏之後凋。老子曰：國家昏亂有貞臣。入鄭都而抵掌[48]，義桓友之忠規。竭股肱於昏主，赴塗炭而不移。世善職於司徒，緇衣弊而改爲。史記曰：鄭桓公友者，周厲王少子也。犬戎殺幽王於酈山下，並殺桓公。鄭人共立其子為武公。抵掌，已見蜀都賦。左氏傳，荀息曰：竭其股肱之力。尚書，帝曰：臣作股肱。又曰：民墜塗炭。毛詩序曰：緇衣，美武公也。父子並為周司徒，善於其職。詩曰：緇衣之宜兮，弊予又改為兮。

履犬戎之侵地，疾幽后之詭惑。舉僞烽以沮眾，淫嬖褒以縱慝。軍敗戲水之上，身死驪山之北。赫赫宗周，威爲亡國。史記，宣王崩，子幽王宮涅立。幽王嬖愛褒姒，竟廢申后及太子，而以褒姒為后。褒姒不好笑，幽王為烽燧大鼓，有寇至，舉烽火。諸侯悉至，至而無寇，褒姒乃大笑。幽王悅之，為數舉烽

---

47 注「鄭玄周禮注曰浸者可以為陂灌溉者」　袁本、茶陵本無此十五字。

48 入鄭都而抵掌　案：「抵」當作「抵」。各本皆非也，說見前。

火。其後不信，諸侯益亦不至。廢后之父申侯，乃與西夷犬戎共攻幽王。幽王舉烽火徵兵，兵莫至。遂殺幽王驪山下。毛萇詩傳曰：沮，止也。又曰：慝，邪也。國語，里革曰：厲流于彘，幽滅於戲。毛詩曰：赫赫宗周，褒姒威之。毛萇曰：威[49]，呼滅切。

又有繼於此者，異哉秦始皇之爲君也！傾天下以厚葬，自開闢而未聞。匠人勞而弗圖，俾生埋以報勤。外羅西楚之禍[50]，內受牧豎之焚。漢書，劉向上疏曰：秦始皇葬驪山之阿，石槨為遊館，生埋工匠。後項籍燔其宮室營宇。其後牧兒亡羊入其鑿中，牧者持火照求羊，失火，燒其藏槨。自古至今，葬未有盛始皇也，數年之間，外被項籍之災，內離牧豎之禍，豈不哀哉！尚書考靈耀曰：天地開闢，勞而不圖。言匠人勞苦，而不圖謀其賞。生埋報勤，謂反以生埋之事，以報其功勤也。語曰：行無禮必自及。此非其効與？左氏傳，君子曰：志有之，所謂行無禮，必自及者也。

乾坤以有親可久，君子以厚德載物。周易曰：乾以易知，坤以簡能。易知則有親，易從則有功。有親則可久，有功則可大。可久則賢人之德，可大則賢人之業。又曰：君子以厚德載物，方論高祖之德，故以乾坤為喻焉。觀夫漢高之興也，非徒聰明神武、豁達大度而已也。漢書班固高紀述曰：寔天生德，聰明神武。漢書曰：高祖仁愛，意豁如也，常有大度。乃實慎終追舊，篤誠款愛。澤靡不漸，恩無不逮。論語曰：慎終追遠。左氏傳，季孫行父曰：明允篤誠。廣雅曰：款，誠也。說苑，晏子謂景公曰：今君愛老，而恩無不逮也。率土且弗遺[51]，而況於隣里乎？況於卿士乎[52]？

---

49 注「毛萇曰威」　袁本、茶陵本無此四字。陳云下當有「滅」也。案：此尤延之添改而仍脫誤。

50 外羅西楚之禍　袁本、茶陵本「羅」作「離」。案：「離」是也。

51 率土且弗遺　袁本、茶陵本「且」下有「猶」字。案：此亦無可考也。

52 況於卿士乎　袁本作「而況於卿士乎矣」，云善無七字。茶陵本作「而況於卿士乎」，亦雲善無六字。尤本此處修改乃取五臣五字以亂善，非也。

于斯時也，乃摹寫舊豐，制造新邑。故社易置，枌榆遷立。街衢如一，庭宇相襲。渾雞犬而亂放，各識家而競入。三輔舊事曰：太上皇不樂關中，思慕鄉里。高祖徙豐、沛屠兒酤酒煮餅商人，立為新豐。西京雜記曰：高祖既作新豐，幷徙舊社，放犬羊雞鴨於通途，亦競識其家。孟子曰：變置社稷。趙岐曰：更置立之。漢書曰：高祖禱豐枌榆社。張晏曰：枌，白榆。社在豐東北十五里。尚書曰：欲遷其社。孔安國尚書傳曰：襲，因也。渾，胡本切。

籍含怒於鴻門，沛局蹐而來王。范謀害而弗許，陰授劍以約莊。撛白刃以萬舞，危冬葉之待霜。履虎尾而不噬，寔要伯於子房。漢書曰：項羽欲西入關，聞沛公已定關中，大怒，遂至戲，於是饗士，旦日合戰。羽季父項伯素善張良，夜馳見良，具告事實。良與項伯俱見沛公，沛公曰：吾豈敢反，願伯明言，不敢背德。戒沛公早自來謝。沛公旦見羽鴻門，因留沛公飲。范曾數目羽擊沛公，羽不應。范曾起出，謂項莊曰：汝入以劍舞，因擊沛公殺之。不者，女屬且為所虜。莊拔劍起舞，項伯亦起舞，常翼蔽沛公。周書，武王曰：吾含怒深矣。毛詩曰：謂天蓋高，不敢不跼；謂地蓋厚，不敢不蹐。尚書曰：四夷來王。毛詩曰：莫敢不來王。撛，挺也，力刃切。周易曰：履虎尾，不咥人，亨。鄭玄注本為噬。噬，齧也，音誓。樊抗憤以巵酒，咀彘肩以激揚。漢書曰：樊噲聞事急，乃持楯撞入。項羽目之，問之為誰，張良曰：沛公參乘樊噲。項羽曰：壯士！賜之巵酒彘肩。噲飲酒，拔劍切肉食之。項羽曰：能復飲乎？曰：臣死且不辭，豈特巵酒乎？又谷永上疏曰：贊命之臣，靡不激揚也。忽蛇變而龍攄，雄霸上而高驤。曾遷怒而橫撞，碎玉斗其何傷？史記曰：褚先生曰：丈夫龍變。傳曰：蛇化為龍，不變其文；家化為國，不變其姓。漢書曰：元年十月，沛公至霸上。鄒陽上書曰：蛟龍驤首奮翼。漢書曰：沛公獻璧，羽受之。又獻玉斗於范曾，曾怒，撞其斗，曰：吾屬今為沛公虜矣！論語曰：不遷怒。又曰：何傷乎？

嬰罥組於軹塗，投素車而肉袒。漢書曰：秦王子嬰素車白馬，係頸以組，降軹道傍[53]。軹塗，已見東京賦。左氏傳曰：鄭伯肉袒牽羊以逆。杜預曰：肉袒，示服為臣僕也。疎飲餞於東都，畏極位之盛滿。漢書曰：疎廣，字仲翁，為太子太傅，兄子受為少傅。廣謂受曰：吾聞知足不辱，知止不殆。今官成名立不去，懼有後悔。遂上疏乞骸骨，上皆許之。故人邑子為設祖道，供帳東都門外[54]。蘇林曰：長安東門也。毛詩曰：飲餞于禰。毛萇曰：祖而舍軷，飲酒於其側曰餞。漢書曰：劉德妻死，霍光欲以女妻之，德不敢取，畏盛滿也。金墉鬱其萬雉，峻嵃峭以繩直。西京賦曰：橫西洫而絕金墉。西都賦曰：建金城而萬雉。嵃，謂棧嵃，嶮貌也。繩直，已見東京賦。戾飲馬之陽橋，踐宣平之清閾。爾雅曰：戾，至也。長安圖曰：漢時七里渠有飲馬橋。夏侯嬰冢在橋南三里。陽，橋之陽也。三輔黃圖曰：長安東出北頭第一城門名宣平門。清，謂華而且清也。都中雜遝，戶千人億。華夷士女，駢田逼側。展名京之初儀，即新館而蒞職。勵疲鈍以臨朝，勗自強而不息。長安舊都，故曰名京。潘子初臨，故曰新館。蒞職，謂釐政也。毛萇詩傳曰：蒞，臨也。孔安國尚書傳曰：勵，勉也。又曰：勗，勉也。周易曰：君子以自強不息。於是孟秋爰謝，聽覽餘日。楚辭曰：青春爰謝[55]。王逸曰：謝，去也。上林賦曰：聽覽餘閑。舞賦曰：餘日怡蕩。巡省農功，周行廬室。街里蕭條，邑居散逸。營宇寺署，肆廛管庫，蕞芮於城隅者，百不處一。言今之寺署，蕞芮在於城隅。方之昔時，雖復百分不能處一也。漢書，劉向上疏曰：項籍燔其宮室營宇。風俗通曰：今尚書、御史、謁者所止，皆曰寺。漢書百官表，少府有諸僕射署。鄭玄周禮注曰：肆，市中陳物處。鄭司農周禮注

53 注「漢書曰」下至「降軹道旁」　此十九字袁本、茶陵本無。案：有者是。

54 注「漢書曰疎廣」下至「東都門外」　此六十八字袁本無，因五臣同善而節也。茶陵本亦有。有者是。

55 注「青春爰謝」　案：「爰」當作「受」。此大招文也。正文云「孟秋爰謝」，善引此及王逸注者，但取「謝」字耳。其楚詞之「春受」，潘賦之「秋爰」，各自為義。五臣乃改賦作「孟春受謝」，不知岳以仲夏憑軾，及此莅職，初不改歲，何言春乎？各本又因善正文之「爰」回改注「受」字，亦為失之。其它篇注誤為「爰」者，不盡出。

曰：廛，市中空地。禮記曰：管庫之士。鄭玄曰：管，管鍵也。庫，物所藏也。字林曰：蕞，聚貌也，音在外切。說文曰：芮，小貌，而銳切。處一，或為一處，非也。所謂尚冠脩成，黃棘宣明。建陽昌陰，北煥南平。皆夷漫滌蕩，亡其處而有其名。皆里名也。漢書曰：宣帝舍長安尚冠里。又曰：武帝同母姊金王孫女，號脩成君。餘未詳。爾乃階長樂，登未央。汎太液，凌建章。縈駊娑而款駘盪，轢枍詣而轢承光。徘徊桂宮，惆悵柏梁。已上並見西京賦。鷟雉雊於臺陂，狐兔窟於殿傍。何黍苗之離離，而余思之芒芒！鷟雉，已見射雉賦。黍苗，已見魏都賦。尚書曰：予思日孜孜[56]。洪鍾頓於毀廟，乘風廢而弗縣。史遊急就章曰：乘風縣鍾華祠樂[57]。禁省鞠為茂草，金狄遷於灞川[58]。如淳漢書注曰：本名禁中。漢儀注，孝元皇后父名禁，避之，故曰省。毛詩曰：踧踧周道，鞠為茂草。毛萇曰：鞠，窮也。潘岳關中記曰：秦為銅人十二，董卓壞以為錢，餘一枚，魏明帝欲徙詣洛，載到霸城，重不可致[59]。今在霸城次道南[60]。銅人，即金狄也。

懷夫蕭曹魏邴之相，並已見西都賦。辛李衛霍之將。漢書曰：辛慶忌，字子真，為左將軍。匈奴西域親附，敬其威信。本狄道人。又曰：李廣，隴西人也，為右北平太守。匈奴號曰漢飛將軍，避之。數歲不入界。衛、霍，已見長楊賦。銜使則蘇屬國，震遠則張博望。漢書，孫寶銜命奉使，職在刺舉。又曰：蘇武字子卿，杜陵人也。武以中郎將，使持節送匈奴使留在漢者。匈奴乃徙武北海上。武杖漢節牧羊。武留匈奴凡十九歲，乃還，拜為典屬國。又曰：張騫，漢中人也。以郎應募，使月氏，去十三年，得還。騫以校尉從大將軍擊匈奴，知水草處，軍得以不乏。封騫為博望侯。教敷而

---

56 注「尚書曰予思日孜孜」　袁本、茶陵本無此八字。

57 注「乘風懸鍾華祠樂」　案：「祠」當作「洞」。袁本、茶陵本作「獨」，亦誤。

58 金狄遷於灞川　袁本、茶陵本「灞」作「霸」。案：「霸」是也。注中皆作「霸」。

59 注「潘岳關中記」下至「重不可致」　此三十六字袁本、茶陵本無，因五臣同善而節也。有者是。

60 注「次道南」　袁本、茶陵本「次」作「大」，是也。

彝倫敘，兵舉而皇威暢。敷教，蕭、曹也。舉兵，衛、霍也。尚書曰：彝倫攸敘。臨危而智勇奮，投命而高節亮。臨危，張騫也。智勇，已見上文。投命，蘇武也[61]。吳子曰：一人投命，足懼千人。杜預左氏傳注曰：投，棄命也。史記曰：魯連好持高節。暨乎秺侯之忠孝淳深，小雅曰：暨，及也。漢書曰：金日磾，字翁叔，本匈奴休屠王太子也。武帝拜為侍中駙馬都尉。莽何羅矯制發兵。明旦，上臥未起，何羅從外入。日磾奏廁心動，立入坐內戶下。何羅褏白刃從東廂上，日磾抱何羅呼曰：何羅反！得禽縛之。繇是著忠孝節，封為秺侯。音妒。陸賈之優游宴喜[62]。漢書曰：陸賈，楚人也。高祖拜賈為太中大夫，有五男。分其子，子二百金，令為生產。賈常乘安車駟馬，從歌鼓瑟侍者十人。謂其子曰：與女約，過女，女給人馬酒食。後陳平乃以奴婢百人、車馬五十乘、錢五百萬遺賈為食飲費。賈以此游漢庭公卿間，名聲籍甚。答賓戲曰：陸子優游，新語以興。毛詩曰：吉甫燕喜，既多受祉。長卿淵雲之文，子長政駿之史。司馬長卿、王子淵、楊子雲也[63]。史記曰：司馬遷字子長，為太史令。修史記，歷黃帝以來至太初，凡百三十篇。漢書曰：劉向字子政，元帝擢為宗正。著疾讒、摘要、救危及世頌，凡八篇：又著五行傳、列女傳、新序、說苑。又曰：劉歆字子駿，為中壘校尉。為七略。趙張三王之尹京，定國釋之之聽理。漢書曰：趙廣漢，字子都，涿郡人，守京兆大尹，發姦擿伏如神。又曰：張敞，字子高，河東人也。守京兆尹，枹鼓稀鳴，市無偷盜。又曰：王遵，字子貢，涿郡人也。為諫大夫，守京輔都尉，行京兆尹事，旬月間，盜賊清。又曰：王章，字仲卿，泰山人也。章以選為京兆尹。又曰：王駿，琅邪人也，為京兆尹。趙廣漢、張敞、王章至駿，皆有能名，故京師稱曰前有趙、張，後有三王。又曰：于定國，字曼倩，東海人也。為廷尉，其決疑平法，務在哀鰥寡，罪疑惟輕，朝廷稱之。又曰：張釋之，字子季，南陽人也，為廷尉。周亞夫見釋之持議平，乃結為親友，繇此天下稱之也。汲長

---

61 注「臨危」下至「蘇武也」 此十六字袁本、茶陵本無。案：有者是。

62 陸賈之優游宴喜 何校「宴」改「燕」。案：據注引毛詩也。其實「宴」、「燕」同字，亦未當改。廣絕交論「陸大夫宴喜西都」注正引此。

63 注「司馬長卿王子淵楊子雲也」 此十一字袁本、茶陵本無。案：有者是。

孺之正直，鄭當時之推士。漢書曰：汲黯，字長孺，濮陽人也，為主爵都尉，數直諫。又曰：鄭當時，字莊，陳人也，為大司農，每朝，候上間說，未嘗不言天下長者；聞人之善，進之上唯恐後。班固贊曰：汲黯之正直，鄭當時之推賢。終童山東之英妙，賈生洛陽之才子。漢書曰：終軍，字子雲，濟南人也，年十八選為博士弟子。上書言事，武帝異其文，拜為謁者。死時年二十餘，故世謂之終童。又曰：賈誼，雒陽人也，年十八，以能誦詩屬書稱於郡中。文帝召以為博士，時年二十餘。曹植自試表曰：終軍以妙年使越。飛翠緌，拖鳴玉，以出入禁門者眾矣。鄭玄禮記注曰：緌，纓之飾也。禮記曰：君子行則鳴佩玉。東觀漢記，杜詩上書曰：伏湛宜出入禁門，補缺拾遺是也。或被髮左袵，奮迅泥滓。謂日磾也。論語曰：吾其被髮左袵矣。凡人沈於卑賤，故曰泥滓。東觀漢記曰：趙熹奮迅行伍。李陵與蘇武書曰：言為瑕穢，動增泥滓。說文曰：滓，澱也。或從容傅會，望表知裏。謂陸賈也。班固漢書贊曰：陸賈從容平、勃之間，附會將相。尚書大傳，孔子謂子夏曰：子見表，未見其裏。或著顯績而嬰時戮，謂廣漢之屬也。或有大才而無貴仕。謂賈誼之屬也。皆揚清風於上烈，垂令聞而不已。想珮聲之遺響，若鏗鏘之在耳。胡廣曰[64]：建鴻德，流清風。毛詩曰：令聞令望。左氏傳，穆嬴曰：今君雖終，言猶在耳。當音鳳恭顯之任勢也，乃熏灼四方，震耀都鄙。漢書曰：王鳳與元后同母，為大司馬大將軍，用事。上遂謙讓無所專。鳳薨，從弟音代鳳為司馬車騎將軍。又曰：弘恭，沛人，坐法腐刑。為中尚書，明習法令故事。石顯，已見西京賦。漢書，谷永曰：許、班之貴，熏灼四方。范曄後漢書曰：鄧騭寵靈顯赫，光震都鄙。而死之日，曾不得與夫十餘公之徒隸齒。才難，不其然乎？論語曰：齊景公死之日，民無德而稱焉。十餘公之徒，謂蕭、曹之屬也。張湛列子注曰：隸，猶羣輩也。一云，徒隸，賤人也。漢書，賈誼曰：握重權大官，而有徒隸無恥之心乎？高誘呂氏春秋注曰：齒，列也。論語，子曰：才難，不其然乎？望漸臺而扼腕，梟巨猾而餘怒。漢書曰：更始兵從宣平城門入，王莽之漸臺上，商人杜吳殺莽，取其綬。

---

[64] 注「胡廣曰」 案：「廣」下當有「書」字。後屢引。各本皆脫。

史記曰：天下之士，莫不扼腕而言。西京賦曰：巨猾間釁。漢書音義曰：懸首於木上曰梟。揖不疑於北闕，軾樗里於武庫。漢書曰：雋不疑字曼倩，勃海人也，為京兆尹。有一男子乘黃犢車詣北闕，自謂衛太子。公車以聞，丞相、二千石至者莫敢發言。不疑後到，叱從吏收縛，曰：昔蒯聵違命出奔，輒距而不納，春秋是之。衛太子得罪先帝，亡不即死，今來自詣，此罪人也。遂送詔獄。史記曰：樗里子者，名疾，秦惠王之弟也，卒葬于渭南章臺之東。曰：後百歲，當有天子之宮夾我墓。至漢興，長樂宮在其東，未央宮在其西，武庫正直其墓也。酒池鑒於商辛，追覆車而不寤。漢書贊曰：武帝設酒池肉林。賈逵國語注曰：鑒，察也。六韜，太公曰：桀、紂王天下之時，積糟為阜，以酒為池，脯肉為山林。晏子春秋曰：諺曰：前車覆，後車戒。賈誼過秦曰：三主惑而終身不寤也。曲陽僭於白虎，化奢淫而無度。漢書曰：王根為曲陽侯。五侯大僭第室，起土山漸臺，洞門高廓[65]。百姓歌之曰：五侯初起，曲陽最怒。壞決高都，連竟外杜。土山漸臺，象西白虎。毛詩序曰：遊蕩無度。命有始而必終，孰長生而久視？家語，孔子曰：命者，性之始也；死者，生之終也。有始必有終矣。老子曰：長生久視之道。武雄略其焉在，近惑文成而溺五利。文成將軍李少翁，五利將軍欒大，皆方術士，說武帝作宮觀以延神仙。帝眈溺之，其雄才大略亦何在也[66]。侔造化以制作，窮山海之奧秘。淮南子曰：大文夫無為，與造化逍遙。靈若翔於神島，奔鯨浪而失水。爆鱗骼於漫沙，隕明月以雙墜。擢仙掌以承露，干雲漢而上至。西都賦曰：抗仙掌以承露，擢雙立之金莖。西京賦曰：干雲霧以上達[67]。致邛蒟

---

65 注「洞門高廓」　陳云「廓」別本作「廊」。案：今未見。外戚傳是「廊」字。

66 注「文成將軍李少翁」下至「亦何在也」　此一節注四十字，袁本係「五臣良曰」下，其善注作「班固漢書贊曰如武帝有雄才大略文成已見上文」二十字。案：此尤本所見，以五臣語當善，反失真善注，誤甚，幸袁本訂正之。但袁「文成」下尚少「五利」二字，引漢書「有」當作「之」，為小誤。茶陵本載善注上十四字與袁同，下「文成」、「五利」悉複出，亦非。

67 注「西都賦曰抗仙掌」下至「干雲霧以上達」　袁本無此二十六字，其善注作「並已見上文」。案：袁本是也。茶陵本悉複出，與此全異，亦非。

其奚難，惟余欲而是恣。縱逸遊於角觝，絡甲乙以珠翠。忍生民之減半，勒東岳以虛美。班固漢書西域贊曰：孝武之時，感蒟醬邛竹杖，開牂柯、越嶲。漢書曰：武帝作角抵戲。又東方朔曰：甲乙之帳。臣瓚曰：興造甲乙之帳，絡以隋珠和璧[68]。漢書贊曰：孝武奢侈，海內虛耗，戶口減半。漢書曰：武帝登封泰山。封禪書曰：勒功中岳[69]。續漢書曰：羣臣上言，宜封泰山。詔曰：遠遣吏上壽，盛稱虛美。餘並已見上文。超長懷以遐念，若循環之無賜。尚書大傳曰：三王之統，若循連環，周則復始，窮則反本。方言曰：賜，盡也。

較面朝之煥炳，次後庭之猗靡。言先明面朝，次至後庭也。廣雅曰：較，明也。周禮曰：面朝後市。子虛賦曰：飛纖垂髾，扶輿猗靡。較，音校。壯當熊之忠勇，深辭輦之明智。漢書曰：孝元馮昭儀，上幸虎圈鬥獸，熊佚出圈，攀檻欲上殿，左右貴人、傅昭儀皆走，馮婕妤直前，當熊而立。左右格殺熊。上問：人情驚懼[70]，何故當熊？婕妤對曰：猛獸得人而止，妾恐熊至御坐，故身當之。元帝嗟歎，以此倍敬重焉。傅昭儀等皆慚[71]。又曰：成帝遊於後庭，嘗欲與班婕妤同輦載。婕妤辭曰：觀古圖畫，賢聖之君，皆有名臣在側。三代末主，乃有嬖女。今欲同輦，得無近似之乎？楚辭曰：招貞良與明智。衛鬢髮以光鑒，趙輕體之纖麗。漢武故事曰：衛子夫得幸，頭解，上見其美髮，悅之[72]。左傳，叔向母曰：昔有仍氏生女，黰黑而甚美，光可以鑑。廣雅曰：鑑，照也。荀悅漢紀曰：趙氏善舞，上悅之，事由體輕[73]。咸善立而聲

---

68 注「漢書曰武帝作角抵戲」下至「絡以隋珠和璧」　袁本無此三十三字。案：不當有也。善下注所謂「餘並已見上文」，即指此等耳。茶陵本悉複出，仍與此不同，亦非。

69 注「漢書曰武帝」下至「勒功中岳」　袁本、茶陵本無此十七字。案：不當有也。說在上條。

70 注「人情驚懼」　袁本、茶陵本無此四字。

71 注「傅昭儀等皆慚」　袁本、茶陵本無此六字。

72 注「漢武故事曰衛子夫」下至「悅之」　袁本無此十九字。其善注作「衛趙已見西京賦」。案：袁本是也。茶陵本有，乃取西京賦注而複出也。彼全書於善云已見者例如此，蓋尤所見本亦然，而誤依添耳。

73 注「廣雅曰鑑照也」下至「事由體輕」　袁本無此二十二字。案：袁本是也。茶陵本有，仍與此不同。說在上條。唯「廣雅曰

流，亦寵極而禍侈。以奇見幸，故曰聲流。緣廢自裁，故曰禍侈。

津便門以右轉，究吾境之所暨。漢書武帝紀曰：三年，作便門橋。杜預左氏傳注曰：暨，至也。掩細柳而撫劍[74]，快孝文之命帥。周受命以忘身，明戎政之果毅。距華蓋於壘和，案乘輿之尊轡。肅天威之臨顏，率軍禮以長撎。輕棘霸之兒戲，重條侯之倨貴。方言曰：掩，止也。掩與揜同。漢書曰：孝文後六年，匈奴大入邊，遣宗正劉禮軍霸上，祝茲侯徐厲軍棘門，河內守周亞夫軍細柳。帝勞軍至霸上、棘門，直馳入；而之細柳軍，軍士吏被甲持滿，上至，不得入。於是上使使詔將軍曰：吾欲勞軍。亞夫乃傳言開壁。壁門士謂車騎曰：將軍約，軍中不得驅馳。天子乃案轡徐行，至中營，亞夫持兵揖曰：介冑之士不拜，請以軍禮見。文帝曰：嚮者，霸上、棘門軍如兒戲，至於亞夫，可得而犯耶？左氏傳曰：子朱怒，撫劍從之。六韜曰：為將者，受命忘家，當敵忘身。左氏傳，君子曰：殺敵為果，致果為毅。華蓋，已見上文。壘，營也。和，軍營之正門也。左氏傳，齊侯曰：天威不違顏咫尺。說文曰：撎，拜舉手下也，因利切。漢書曰：丞相條侯，至貴倨也。杜預左傳注曰：倨，傲也。

索杜郵其焉在，云孝里之前號。惘輟駕而容與，哀武安以興悼。爭伐趙以徇國，定廟筭之勝負。扞矢言而不納，反推怨以歸咎。未十里於遷路，尋賜劍以刎首。嗟主闇而臣嫉，禍於何而不有？杜郵，亭名，在咸陽西，今謂之孝里。辛氏三秦記曰：畢陌西北有孝里，畢陌西有白起墓。惘，猶罔罔，失志之貌也。楚辭曰：遵赤水而容與。史記曰：白起者，郿人也，善用兵，事秦昭王，為武安君。秦使王陵攻趙邯鄲，少利。秦王欲使武安君代陵將，武安君曰：邯鄲未易攻也。王自命不行，乃使應侯請之，終不肯行[75]。秦圍邯鄲，弗

鑑照也」六字，非取西京注，或當有。

74 掩細柳而撫劍　案：注云「方言曰掩止也掩與揜同」，蓋善「揜」、五臣「掩」而亂之。袁、茶陵二本不著校語，及尤所見，皆非。

75 注「終不肯行」　袁本、茶陵本「肯」作「可」，是也。

能拔。武安君曰：不聽臣言[76]，今何如矣。秦王聞之怒，遣白起不得留咸陽中。既行，出咸陽西門十里至杜郵。秦王乃使使者賜之劍，自殺。昭王，昭襄王也[77]。廟筭，已見上文。尚書曰：率籲眾戚，出矢言。何休公羊注曰：刎，割也。孫卿子曰：主闇於上，臣詐於下，俱害之道。杜篤弔比干文曰：闇主之在上，豈忠諫之是謀[78]。西京賦曰：林麓之饒，于何不有？

窺秦墟於渭城，冀闕緬其堙盡。覓陛殿之餘基，裁岥岮以隱嶙。聲類曰：墟，故所居也。史記曰：秦孝公作為咸陽，築冀闕。緬，盡貌也，亡衍切。岥岮，頹貌也。司馬相如哀二世曰：登岥岮之長。隱嶙，絕起貌。**想趙使之抱璧，瀏睨楹以抗憤。**史記曰：秦王得趙璧，無意償趙城。相如曰：璧有瑕，請指示王。王授璧。相如因持璧卻立倚柱，曰：臣觀大王無償趙王城邑[79]，故臣復取璧。大王必欲急臣，臣頭今與璧俱碎於柱矣。相如持其璧睨柱，欲以擊柱[80]，秦王乃辭謝。瀏睨，目清貌也。**燕圖窮而荊發，紛絕袖而自引。**史記曰：荊軻獻燕督亢之地圖，圖窮匕首見。因左手把秦王之袖，而右手持匕首揕之。未至身，秦王驚，自引而起，袖絕。以其匕首揕秦王，不中。揕，丁鴆切。**筑聲厲而高奮，狙潛鉛以脫臏。**史記曰：荊軻之客高漸離，變名姓為人庸保，以擊筑聞於秦始皇。始皇召見，人有識者，乃高漸離。秦帝矐其目，使擊筑。稍益近之，高漸離乃以鉛置筑中，舉筑扑秦皇帝，不中，遂誅。論衡曰：高漸離舉筑擊秦王，中臏。秦王病瘡死。蒼頡篇曰：狙，伺候也，七豫切。尚書刑德放曰：臏者，脫去人之臏也。郭璞三蒼解詁曰：臏，膝蓋。矐，音各，一音格字。**據天位其若茲，亦狼狽而可愍！**尚書曰：伊尹曰：天位艱哉！文字集略曰：狼狽，猶狼跋

---

76 注「不聽臣言」 袁本、茶陵本「言」作「計」，是也。

77 注「昭王昭襄王也」 袁本作「暗主昭王也」。案：袁本最是。正文云「主暗」而注云「暗主」者，如上注云「敷教舉兵」，正文云「教敷兵舉」之例也。茶陵本全刪此注，益非。

78 注「杜篤吊比干文曰」下至「豈忠諫之是謀」 袁本、茶陵本無此十八字。

79 注「無償趙王城邑」 袁本「邑」作「色」。案：「色」是也。茶陵本亦誤「邑」。

80 注「欲以擊柱」 袁本、茶陵本無「柱」字。

也。孔叢子曰：吾於狼狽，見聖人之志。荀悅漢紀論曰：周勃狼狽失據，塊然囚執。狽，音貝。簡良人以自輔，謂斯忠而鞅賢。寄苛制於捐灰，矯扶蘇於朔邊。史記曰：商君者，衛之諸庶孽子也，名鞅，姓公孫氏。商君之法，刑弃灰於道者。又曰：李斯者，上蔡人也。始皇以斯為丞相。始皇長子扶蘇監兵上郡。始皇崩，與趙高謀，詐為受始皇命，立子胡亥為太子，為書賜長子扶蘇曰：扶蘇不孝，其賜劍以自裁。扶蘇為人仁，即自殺。賈逵國語注曰：苛，煩也。鄭玄周禮注曰：矯，稱詐以為是。儒林塡於坑穽，詩書煬而爲煙。史記曰：盧生為始皇求仙藥，亡去，始皇大怒，使御史案問諸生。諸生犯禁者四百六十四人，皆坑之咸陽。又曰：李斯曰：臣請非博士官所職，天下敢有藏詩書百家語，詣守尉雜燒之。廣雅曰：穽，阬也，才性切[81]。郭璞方言注曰：今江東呼火熾猛為煬，余亮切。國滅亡以斷後，身刑轘以啓前[82]。商法焉得以宿，黃犬何可復牽？史記曰：秦孝公卒，太子立，公子虔之徒告商君反。商君亡至關下，欲舍客舍，人不知其是商君，曰：商君之法，舍人無驗者坐之。商君喟然歎曰：嗟乎！為法之弊，一至於此哉！秦惠王車裂商君。鄭玄周禮注曰：車裂曰轘。史記曰：李斯具五刑，出獄，與其中子俱執，顧謂其子曰：吾欲與若復牽黃犬俱出上蔡東門，逐狡兔，可得乎？遂夷三族。商鞅、李斯各有食邑，故曰國也。刑轘之辟，二人為首，故曰啓前。野蒲變而成脯，苑鹿化以爲馬。風俗通曰：秦相趙高指鹿為馬，束蒲為脯，二世不覺。史記曰：趙高欲為亂，恐羣臣不聽，乃先驗，持鹿於二世曰：馬也。二世笑曰：丞相誤耶？謂鹿為馬也。假讒逆以天權，鉗眾口而寄坐。春秋元命苞曰：赤受命，持天權。莊子曰：鉗墨翟之口。兵在頸而顧問[83]，何不早而告我？頤黔黎其誰聽，惟請死而獲可。國語，單襄公曰：兵在

[81] 注「廣雅曰穽阬也才性切」　袁本、茶陵本無此九字。案：蓋尤所見有。

[82] 身刑轘以啓前　袁本云善作「先」，茶陵本作「先」，云五臣作「前」。案：二本與尤所見不同也。但各本於注中皆云「故曰啓前」，似善自作「前」字也。

[83] 注「國語單襄公曰」下至「惕覺寤而顧問」　袁本無此二十三字，茶陵本有。案：袁是也。善明云「兵在頸已見東京賦」，茶陵複出，尤增多，皆於注末，所云不可通。

其頸，不可久。東征賦曰：惕覺寤而顧問。史記曰：趙高恐二世怒，誅及其身，與其女壻閻樂謀易置上，樂遂斬衛令。二世怒，召左右，皆惶擾，不鬭。傍有宦者一人侍，不敢去。二世入內謂曰：公何不蚤告我？宦者曰：臣不敢言，故得全；使臣蚤言，皆已誅，安得至今。閻樂前，即告二世曰：足下其自為計。二世曰：吾願得郡[84]為王。弗許。又曰：願為萬戶侯。弗許。願與妻子為黔首。弗許。閻樂麾其兵陵二世，乃自殺。兵在頸，已見東京賦。健子嬰之果決，敢討賊以紓禍。勢土崩而莫振，作降王於路左。史記曰：趙高立公子嬰為秦王，子嬰與其子二人謀曰：今使我齋見廟，此欲因廟中殺我。我稱病不行，丞相必自來，來則殺之。高果自往，子嬰遂刺殺高於齋宮。廣雅曰：果，能也。杜預左氏傳注曰：紓，除也。漢書，徐樂上書曰：臣聞天下之患，在於土崩，秦之末世是也。人困而主不恤，下怨而上不知，此之謂土崩。賈逵國語注曰：振，救也。子嬰降，已見上文。蕭收圖以相劉，料險易與眾寡。史記，沛公至咸陽，蕭何獨先入，收秦丞相、御史圖書藏之。漢所以具知天下阨塞、戶口多少者，以何具得秦圖書也。說文曰：料，量也。孫卿子曰：地者遠近險易[85]。又曰：識眾寡之用者勝也。羽天與而弗取，冠沐猴而縱火。史記曰：客有說張耳曰：天與不取，反受其咎。又曰：或說項王，關中可都。項王見秦皆已燒殘破，又心懷思欲東歸。說者曰：人言楚人沐猴而冠耳，果然。張晏曰：沐猴，獮猴也。漢書曰：羽屠咸陽[86]，燒其宮室。楚辭曰：若縱火於秋蓬。貫三光而洞九泉，曾未足以喻其高下也。鄧析子曰：賢愚之相覺，若九地之下與重天之顛。淮南子曰：大道含吐陰陽而章三光。許慎曰：三光，日、月、星也。燕丹子曰：死懷恨入於九泉。

感市閭之菆井，歎尸韓之舊處。丞屬號而守闕，人百身以納贖。豈生命之易投，誠惠愛之洽著。訏望之以求直，亦余心之所惡。思夫人之政術，實幹時之良具。

---

84 注「吾願得郡」　袁本、茶陵本「郡」上有「一」字。案：有者是也，史記文。

85 注「地者遠近險易」　袁本「者遠近」作「有近遠」。案：袁本是也。茶陵本作「者近遠」，「者」亦「有」之誤。

86 注「羽屠咸陽」　袁本「羽」下有「因」字，茶陵本有「西」字。案：有「西」字是也。史記文。

苟明法以釋憾，不愛才以成務。弘大體以高貴，非所望於蕭傅。漢書曰：韓延壽，字長公，燕人也，為東郡太守，為天下最，代蕭望之為左馮翊。望之遷御史大夫。延壽在東郡時，放散官錢千餘萬。會御史問事東郡，望之因令并問之，延壽知，即案劾望之在馮翊時，廩犧官錢，放散百餘萬。上令窮竟所考，望之卒無事實，而延壽竟坐弃市。吏民數千人送至渭城，百姓莫不流涕[87]。說文曰：菆，麻蒸也，阻留切。然菆井即渭城，賣蒸之市也。延壽被誅，丞屬無守闕者，而趙廣漢就戮，則有之。恐潘誤。毛詩曰：如可贖兮，人百其身。論語，子貢曰：賜也，亦有惡乎？惡訐以為直者。說文曰：訐，面相斥罪。左氏傳，穆叔曰：齊人釋憾於弊邑之地。又，魏犨，公欲殺之，而愛其材。周易曰：開物成務。莊子曰：襄公之應司馬曰夷[88]，知大體者也。漢書曰：蕭望之左遷太子太傅。

造長山而慷慨，偉龍顏之英主。胸中豁其洞開，羣善湊而必舉。漢書曰：高祖隆準而龍顏。又曰：高祖葬長陵。三秦記曰：秦名天子家曰長山[89]，漢曰陵，故通名山陵。漢書曰：高祖意豁如也。王命論曰：英雄陳力，羣冊畢舉，此高祖之大略也。潘元茂九錫文曰：羣善必舉也。存威格乎天區，亡墳掘而莫禦。臨揜坎而累抃，步毀垣以延佇。尚書，周公曰：時則有若伊尹，格于皇天。范曄後漢書曰：赤眉焚西京宮室，發掘園陵。又光武詔曰：脩復西京園陵。爾雅曰：揜，蓋也。郭璞曰：謂覆蓋。王逸楚辭注曰：擊手曰抃。楚辭曰：結幽蘭而延佇。

越安陵而無譏，諒惠聲之寂寞。漢書曰：惠帝葬安陵。谷梁傳曰：公會齊侯于讙，無譏乎？楚辭曰：欲寂漠而絕端。薛君韓詩章句曰：寂，無聲之貌也。漠，靜也。弔爰絲之正義，伏梁劍於東郭。漢書曰：爰盎字絲，楚人也，為楚相，病免家居。梁孝王欲求為嗣，盎進說，王以此怨盎，使人刺殺盎安陵郭門外。盎，烏浪切。訊景皇於陽

---

87 注「漢書曰韓延壽」下至「莫不流涕」此一百十八字，袁本、茶陵本無，因五臣同善而節去也。尤本有者是。

88 注「襄公之應司馬曰夷」陳云「曰」當作「目」，是也。各本皆譌。

89 注「秦名天子塚曰長山」案：「長」字當去。各本皆衍。水經注渭水下所引無，可證也。

丘，奚信譖而矜謔？隕吳嗣於局下，蓋發怒於一博。成七國之稱亂，飜助逆以誅錯。恨過聽而無討，茲沮善而勸惡。廣雅曰：訊，問也。何休公羊傳注曰：如其事曰訊，加誣曰譖。爾雅曰：戲，謔也。漢書曰：景帝葬陽陵。又景帝為太子，吳太子侍飲博弈，爭道不恭。皇太子引博局提吳太子殺之。景帝即位，晁錯說上，令削吳地。及書至，吳王起兵，誅漢吏二千石以下。膠西、膠東、淄川、濟南、楚、趙亦皆反。七國反書聞，爰盎曰：吳、楚相遺書，言賊臣晁錯擅迫諸侯，削奪之地，以故反為名，而共誅錯。方今計獨斬錯，發使赦七國，則兵可無血刃。上從其議，遂斬錯。又，鄧公謂上曰：錯患諸侯強大，請削之地，計畫始行，卒受大戮，內杜忠臣之口，外為諸侯報仇。帝曰：公言善，吾亦恨之。又曰：晁錯，潁川人，為御史大夫。錯，七故切。今協韻，七各切。漢書，成帝曰：過聽將作大匠解萬年[90]言，昌陵三年可成。無討，謂不誅盎也。左氏傳，子鮮曰：賞罰無章，何以沮勸？沮，才與切。漢書，谷永曰：虧德沮善。毛萇詩傳曰：沮，止也。

呰孝元於渭塋，執奄尹以明貶。漢書曰：元帝葬渭陵。奄尹，謂弘恭、石顯也。班固漢書述曰：閹尹之呰，穢我明德。韋昭曰：呰，病也，疾移切。鄭玄禮記注曰：呰，毀也，子爾切。何休公羊傳注曰：貶，損也。褒夫君之善行，廢園邑以崇儉。褒，猶讚美也。夫君，元帝也。漢書曰：元帝罷衛思園及戾園。又詔曰：初陵勿置縣邑。

過延門而責成，忠何辜而爲戮？陷社稷之王章，俾幽死而莫鞠。漢書曰：成帝葬延陵。爾雅曰：辜，罪也。漢書曰：成帝時，日有蝕之。王章奏封事，召見，言王鳳不可任用。帝謂章曰：微京兆直言，吾不聞社稷計。後上不忍退鳳，章遂為鳳所陷，章罪至大逆，死獄中。爾雅曰：俾，使也。漢書曰：趙王幽死。張晏漢書曰：鞠[91]，窮也，謂窮問囚情也。一曰勒。毛萇詩傳注曰：勒，告也[92]。忲淫嬖之匈忍，剿皇統之孕育。小雅曰：狃，忲也。淫嬖，謂趙飛燕也。漢

---

90 注「過聽將作大匠解萬年」　袁本、茶陵本無「解」字。案：無者是也。

91 注「張晏漢書曰鞠」　案：「曰」上脫「注」字，見下，「鞠」當作「鞫」。各本皆譌。

92 注「一曰勒毛萇詩傳注曰勒告也」　陳云「注」字當在上。「張晏漢書」下兩「勒」字，並當作「鞠」，所引乃采三章傳，是也。各本皆譌。

書曰：司隸解光奏言：許美人及宮史曹宮，皆御幸孝成皇帝，產子，隱不見。又掖庭中，御幸生子者輒死。又飲藥傷惰者無數。左氏[93]，楚令尹子上曰：蜂目而豺聲，忍人也。杜預曰：忍，行不義也。尚書曰：天用剿絕其命。孔安國曰：剿，截也。截絕其命，是也。張舅氏之姦漸，貽漢宗以傾覆。廣雅曰：張，開也。舅氏，諸王也。爾雅曰：貽，遺也。左氏傳，呂相曰：傾覆我國家。

刺哀主於義域，僭天爵於高安。欲法堯而承羞，永終古而不刊。漢書曰：哀帝葬義陵。王莽奏曰：王者父事天，故爵稱天子[94]。又曰：封董賢為高安侯。已見西京賦。論語曰：不恒其德，或承之羞。楚辭曰：長無絕兮終古。鄭玄禮記注曰：刊，削也。瞰康園之孤墳，悲平后之專絜。殃厥父之篡逆，蒙漢恥而不雪。激義誠而引決，赴丹爓以明節。投宮火而焦糜，從灰熛而俱滅。漢書曰：平帝葬康陵。又曰：孝平王皇后，莽女也。及漢兵誅莽，燔燒未央宮，后曰：何面目以見漢家！自投火中而死。後不合葬，故曰孤墳。

鶩橫橋而旋軫，歷敝邑之南垂。潘岳關中記曰：秦作渭水橫橋。橫，音光。雍州圖曰：在長安北二里橫門外也。門磁石而梁木蘭兮，構阿房之屈奇。疏南山以表闕，倬樊川以激池。役鬼傭其猶否，矧人力之所爲？工徒斲而未息，義兵紛以交馳。宗祧汙而爲沼，豈斯宇之獨隳？三輔黃圖曰：阿房前殿，以木蘭為梁，磁石為門。懷刃者止之。史記曰：始皇南山之巔[95]以為闕。毛萇詩傳曰：倬，大也。三秦記曰：長安正南秦嶺，嶺根水流為秦川，一名樊川。漢武上林，唯此為盛。史記，由余曰：役鬼為之，則神怒矣；使人為之，則人亦苦矣。鄭玄周禮注曰：傭與庸通。漢書，高祖曰：吾以義兵誅殘賊。禮記曰：遠廟為祧。又邾婁定公曰：臣弑君，殺其人，壞

93 注「左氏」　陳云下當有「傳」字，是也。各本皆脫。
94 注「王莽奏曰」下至「故爵稱天子」　袁本、茶陵本無此十四字。
95 注「始皇南山之巔」　陳云「南」上當有「表」字，是也。袁本亦脫。茶陵本全刪此注，益非。

其室，洿其宮而瀦焉。汙與洿古字通，音烏。方言曰：隳，壞也。由僞新之九廟，夸宗虞而祖黃。驅吁嗟而妖臨，搜佞哀以拜郎。漢書，王莽下書曰：定有天下，號曰新。又王莽九廟：一曰黃帝，二曰虞帝，三曰陳王，四曰齊敬王，五曰濟北惠王，六曰濟南伯王，七曰元城孺王，八曰陽平頃王，九曰新都顯王。又曰：鄧曄、于匡起兵南鄉，莽愈憂不知所出。崔發曰：周禮，國有大災，則哭以厭之。莽乃率羣臣至南郊，搏心大哭。諸生甚悲哀，及能誦策文，除以為郎也。誦六藝以飾姦，焚詩書而面牆。心不則於德義，雖異術而同亡。漢書曰：王莽立樂經，徵天下通一藝，皆詣公車。焚詩書，已見上文。尚書曰：不學牆面。左氏傳，富辰曰：心不則德義之經為頑。班固漢書王莽贊曰：昔秦焚詩書，以立私義；莽誦六藝，以文姦言，同歸殊塗，俱用滅亡。

宗孝宣於樂游，紹衰緒以中興。漢書音義，應劭曰：宣帝廟曰樂遊。又宣紀贊曰：可謂中興，侔德殷宗、周宣矣。不獲事于敬養，盡加隆於園陵。兆惟奉明，邑號千人。訊諸故老，造自帝詢。隱王母之非命，縱聲樂以娛神。漢書，孝武衛皇后生戾太子，太子納史良娣，產子男進，號曰史皇孫。太子敗，皆遇害。太子遺孫一人，史皇孫子，王夫人男，是為孝宣。帝即位，乃葬衛后，追諡曰思后，故太子諡曰戾，史良娣曰戾夫人，史皇孫曰悼，母曰悼后。悼園稱奉明園。潘岳關中記曰：宣帝父曰悼皇考，母曰悼夫人，墓曰奉明園，后曰思后。以倡優雜伎千人樂思后園，今所謂千人鄉者是也。兆，塋也。詢，宣帝名也。毛詩曰：召彼故老，訊之占夢。毛萇詩傳曰：隱，痛也。王母，思后也。爾雅曰：父之妣為王母。雖靡率於舊典，亦觀過而知仁。爾雅曰：率，循也。尚書曰：舊典時式。論語，子曰：人之過也，各於其黨；觀過，斯知仁矣。

憑高望之陽隈，體川陸之汙隆。廣雅曰：憑，登也。長安圖曰：高望堆，延興門南八里。隈，厓也。鄭玄周禮注曰：體，分也。漢書音義，或曰：汙，下也。開襟乎清暑之館，游目乎五柞之宮。曹植閑居賦曰：遡寒風而開襟。清暑，謂甘泉也。西都賦曰：九嵕甘泉。固陰沍寒。日北至而含凍，此焉清暑。楚辭曰：忽反顧而游目。五柞在盩厔[96]。交渠引漕，激湍生風，漕渠，已見上文。乃有昆明池乎其中。漢書，武帝發謫穿昆明池[97]。其池則湯湯汗汗，滉瀁瀰漫，浩如河漢。西都賦曰：集乎豫章之宇，臨乎昆明之池，左牽牛而右織女，似雲漢之無厓。古詩曰：皎皎河漢女[98]。日月麗天，出入乎東西，旦似湯谷，夕類虞淵。周易曰：日月麗乎天。西京賦曰：日月於乎出，象扶桑與濛汜。淮南子曰：日出湯谷。又曰：日入虞淵之汜，曙於濛谷之浦[99]。昔豫章之名宇，披玄流而特起。三輔黃圖曰：上林有豫章觀。西京賦曰：神池靈沼，黑水玄沚，豫章珍館，揭焉中峙[100]。儀景星於天漢，列牛女以雙峙。儀，謂法象之也。毛萇詩傳曰：京，大也。大戴禮曰：漢，天漢。宮閣疏曰：昆明池有二石，牽牛，織女象也[101]。圖萬載而不傾，奄摧落於十紀。孔安國尚書傳曰：十二年曰紀。武帝元狩三年，穿昆明池。至王莽之敗，凡一百一十三年。今云十紀，言其大數耳。擢百尋之層觀，今數仞之餘趾。鄭玄周禮注曰：八尺曰尋。包咸論語注曰：七尺曰仞。說文曰：趾，基也[102]。振鷺于飛，鳧躍鴻漸。毛詩曰：振鷺于飛。周易曰：鴻漸于干[103]。乘雲頡頏，隨波澹淡[104]。毛萇詩傳曰：飛而上曰頡，飛而下曰頏。上林賦曰：浮淫汎濫，隨波澹淡[105]。瀺灂驚

---

96 注「五柞在盩厔」　袁本作「五柞已見上文」。案：袁本是也。茶陵本複出，亦非。

97 注「漢書武帝發謫穿昆明池」　袁本無此十字，正文不另分節。

98 注「西都賦曰集乎豫章之宇」下至「皎皎河漢女」　袁本無此三十七字，其善注作「並已見上文」，詳下。

99 注「周易曰日月麗乎天」下至「曙於濛谷之浦」　袁本無此四十五字，其善注作「並已見上文」，詳下。

100 注「三輔黃圖曰」下至「揭焉中峙」　袁本無此三十一字，正文不另分節。

101 注「毛萇詩傳曰」下至「牽牛織女象也」　袁本無此三十一字，其善注作「餘並已見上西京賦」。案：以上各條皆袁本是也。善注例自如此，尤增多，茶陵本複出，互有不同，皆非。

102 注「鄭玄周禮注曰」下至「趾基也」　袁本無此二十六字，正文并在上節。案：袁本是也。

103 注「毛詩曰」下至「鴻漸于干」　袁本無此十四字，正文不另分節。

104 隨波澹淡　袁本、茶陵本「波」作「流」。案：尤此處皆脩改，蓋「流」字是。

105 注「毛萇詩傳曰飛而上」下至「隨波澹淡」　袁本無此二十七字，正文不另分節。

波，唼喋菱芡。瀺灂，出沒之貌。高唐賦曰：巨石溺以瀺灂。西京賦曰：散似驚波。上林賦曰：唼喋菁藻[106]。華蓮爛於淥沼，青蕃蔚乎翠瀲。說文曰：蕃，草茂也，夫袁切。瀲，波際也，力奄切。

伊茲池之肇穿，肄水戰於荒服。志勤遠以極武[107]，良無要於後福。釋穿池之意也。言志在勤於遠略，以極武功，良無要於已後之福也。福，謂水物之利。漢書曰：越欲與漢用船戰，遂乃脩昆明池，賈逵國語注曰：肄，習也。左氏傳，周宰孔曰：齊侯不務德而勤遠略。鍾會檄曰：窮武極戰。杜預左氏傳注曰：要，邀也。而菜蔬芼實，水物惟錯，乃有贍乎原陸。在皇代而物土，故毀之而又復。西都賓曰：華實之毛。尚書曰：海物惟錯。字書曰：贍，足也。皇代，謂晉也。言在皇代，物其土宜，故前毀之，而今又復。左氏傳，賓媚人曰：先王疆理天下物土之宜。杜預曰：播殖之物，各從土宜。凡厥寮司，既富而教。咸帥貧惰，同整檝樛。收罟課獲，引繳舉效。鰥夫有室，愁民以樂。論語，冉有曰：既富矣，又何加焉？曰：教之。廣雅曰：課，第也，謂品第也。謂品第其所獲也[108]。杜預左氏傳曰[109]：效，致也。謂其舉所致多少也。徒觀其鼓枻回輪，灑釣投網[110]，垂餌出入，挺叉來往。言欲迴輪必先鼓枻也。郭璞方言曰[111]：今江東人呼枻為軸。舊說曰：輪，釣輪也。謂為車以收釣緡也。輪或為綸。毛萇詩傳曰：緍，綸也。灑，亦投也。挺，拔也。叉，取魚叉也。西京賦曰：叉蔟之所攙捔。纖經連白，鳴桹

---

106 注「瀺灂出沒之貌」下至「唼喋菁藻」　袁本無此三十二字，其善注作「並已見上文」。案：皆袁本是也。茶陵本所複出，互有不同，亦非。

107 志勤遠以極武　袁本、茶陵本云「勤」，善作「懃」。案：此處尤本皆脩改，下文「心翹懃以仰止」，亦五臣「勤」、善「懃」，二本所見是矣。

108 注「謂品第也謂品第其所獲也」　茶陵本無「也謂品第」四字，是也。袁本亦衍。

109 注「杜預左氏傳曰」　袁本重「曰」字，茶陵本「左」上有「春秋」二字。案：皆非也。陳云「傳」下當有「注」字。

110 灑釣投網　袁本云善作「罔」。茶陵本作「罔」，云五臣作「網」。案：二本所見是也。

111 注「郭璞方言曰」　陳云「言」下脫「注」字，是也。各本皆脫。

厲響。貫鰓弓尾，掣三牽兩。纖經連白，網也。連白，以白羽連綴，網經其上於水中，二人對引之。說文曰：桹，高木也。以長木叩舷為聲。言曳纖經於前，鳴長桹於後，所以驚魚，令入網也。淮南子曰：魚者扣舟。弓，猶擊也，音的。字書曰：掣，牽也。於是弛青鯤於網鉅[112]，解頳於黏徽。杜預左氏注曰：弛，解也。鯉、鯤，二魚名。孔安國論語注曰：網者，為大網，以繳繫鉤羅屬著網。鉅，鉤也。說文曰：黏，相著也，女廉切。又曰：徽，大索也。言魚黏於網，故曰黏徽也。華魴躍鱗，素鱮揚鬐。鬐，已見子虛賦。雍人縷切[113]。鸞刀若飛。應刃落俎，靃靃霏霏。周禮曰：內饔中士。鄭玄曰：饔者，割烹煎和之稱也。鸞刀，已見東京賦。紅鮮紛其初載，賓旅竦而遲御。既餐服以屬厭，泊恬靜以無欲。迴小人之腹，爲君子之慮。傅毅七激曰：膾其鯉魴，積如委紅。張衡七辨曰：鞏、洛之鱒，割以為鮮。薛君韓詩章句曰：載，設也。毛萇詩傳曰：南方有魚[114]，遲之也；然遲，思待之也。毛詩曰：以御賓客。左氏傳曰：梗陽有獄，其大宗賂以女樂，魏子將受，閻沒女寬將諫，饋入三歎曰：始至，恐其不足，是以歎。中置自咎曰，豈將軍食之而有不足，是以再歎。及饋之畢，願以小人之腹，為君子之心，屬厭而已。獻子辭梗陽人賂[115]。廣雅曰：恬，泊靜也。老子曰：我好靜而民自正，我无欲而民自朴。

---

112 於是弛青鯤於網鉅　袁本作「綱」，云善作「網」。茶陵本亦作「網」，無校語。案：所見皆非也。善作「綱」，故引孔安國論語注，必「子釣而不綱」之注也。今并注中三「綱」字盡譌為「網」。尤及茶陵遂不見「綱」字，袁本又以「綱」轉屬之五臣，全失善意。

113 雍人縷切　袁本云善作「雍」。茶陵本云五臣作「饔」。案：各本注中皆作「饔」，疑善自作「饔」字。

114 注「毛萇詩傳曰南方有魚」　陳校「毛萇傳」改「鄭玄箋」。案：此節箋文也。但善引毛、鄭每不甚分別，蓋其時傳、箋久并，故致如此耳。陳校悉以為誤而改之。當仍其舊。他條亦不更出。

115 注「獻子辭梗陽人賂」　袁本無「賂」字，是也。茶陵本刪「陽」以添「賂」，益誤。

爾乃端策拂茵，彈冠振衣。言將還也。許慎淮南子注曰[116]：策，杖也[117]。茵，車中蓐也。毛詩曰：文茵暢轂。楚辭曰：新沐者必彈冠，新浴者必振衣。徘徊酆鎬[118]，如渴如飢。心翹懃以仰止，不加敬而自祗。酆、鄗，周所居也。孔叢子，子思曰：君若飢渴待賢。企佇也[119]。毛詩曰：高山仰止。禮記曰：宗廟之中，未施敬而人敬。豈三聖之敢夢，竊十亂之或希。琴操曰：崇侯譖文王於紂曰：西伯昌，聖人也。長子發、中子旦，皆聖。三聖合謀，將不利於君。論語，孔子曰：吾不復夢見周公。尚書曰：予有亂臣十人。馬融論語注曰：周公旦、召公奭、太公望、畢公、榮公、太顛、閎夭、散宜生、南宮適。其一人謂文母也。廣雅曰：希，庶也。經始靈臺，成之不日。惟酆及鄗，仍京其室。庶人子來，神降之吉。積德延祚，莫二其一。靈臺，已見上文。毛詩曰：作邑於酆。又曰：宅是鎬京。左氏傳，季梁曰：人和而神降之福。史記曰：古公積德行義，國人皆戴之。漢書，翼奉上書曰：永世延祚，不亦優乎？莫二其一，謂周祚延之長，唯有其一，莫能為二。蔡邕胡黃公頌曰[120]：參其二也[121]。永惟此邦，云誰之識？越可略聞，而難臻其極。言誰之識，言難識也。馬融廣成頌曰：三、五以來，越可略聞。周禮嘉量銘曰：允臻其極。子嬴鋤以借父，訓秦法而著色。耕讓畔以閑田，沾姬化而生棘。蘇張喜而詐騁，虞芮愧而訟息。漢書，賈誼曰：商君遺禮義，秦俗日敗，借父耰鋤，慮有德色。音義曰：假與父鋤而德之。尚書傳曰：虞人與芮人質其

---

116 注「許慎淮南子注曰」　袁本、茶陵本無此七字。

117 注「策杖也」　袁本、茶陵本「杖」作「馬檛」二字。

118 徘徊酆鎬　袁本云善作「鎬」。茶陵本作「鎬」，云五臣作「鄗」。案：各本注中皆作「鄗」，似善自作「鄗」字。下文「惟酆及鄗」，亦各本俱作「鄗」。

119 注「企佇也」　陳云「企」上脫「翹」字。案：為正文「翹」字作注也。各本皆脫。

120 注「蔡邕胡黃公頌曰」　案：「公」上當有「二」字，皇太子釋奠會作詩注所引可證。

121 注「參其二也」　案：「參」上當有「莫」字，皇太子釋奠會作詩注所引可證。今後漢書胡廣傳注及蔡中郎集皆作「莫與為二」，更誤。

成於文王，入文王之境，則見其人萌讓為士大夫，入其國，則見士大夫讓為公卿。二國相謂曰：此其君亦讓以天下而不居也。讓其所爭，以為閑田。毛萇詩傳曰：耕者讓畔，行者讓路。蘇秦、張儀，已見上文。由此觀之，土無常俗，而教有定式。上之遷下，均之埏埴。漢書，董仲舒曰：上之化下，下之從上，猶泥之在鈞，唯甄者之所為。如淳曰：陶家作器於鈞上。杜預左氏傳注曰：均，平也。老子曰：埏埴以為器。河上公曰：埏，和也。埴，土也。謂和土以為器也。埏，失然切。埴，市力切。五方雜會，風流溷淆。惰農好利，不昬作勞。密邇獫狁，戎馬生郊。漢書曰：秦地五方雜錯，風俗不純，富人則商賈為利。說文曰：溷，亂也。溷或為渾。尚書曰：惰農自安，不昬作勞。左氏傳曰：以魯國之密邇仇讎。毛詩曰：獫狁孔熾。老子曰：天下無道，戎馬生郊。而制者必割，實存操刀。言在於化也。漢書，賈誼曰：黃帝云，操刀必割。左氏傳，子產曰：大官大邑，而使學者制焉，猶未能操刀而使之割。人之升降，與政隆替。杖信則莫不用情，無欲則賞之不竊。左氏傳，子展曰：杖德莫如信，杖信以待晉，不亦可乎？論語，子曰：上好信，則人莫敢不用情。又曰：季康子患盜，孔子曰：苟子之不欲，雖賞之不竊也。雖智弗能理，明弗能察；信此心也，庶免夫戾[122]。言己雖無才能，然任其才信無欲之心[123]，庶足以理。左氏傳，太史克曰：庶幾免於戾乎？戾下或有劣字，非。如其禮樂，以俟來哲。論語，冉求曰：如其禮樂，以俟君子。幽通賦曰：訊來哲以通情。

---

122 庶免夫戾　何校「夫」改「大」，陳云別本作「大」。案：何、陳所言皆誤。「夫」是，「大」非。今各本亦未見有作「大」者。

123 注「然任其才信無欲之心」　陳云「才」當作「杖」，是也。各本皆譌。

卷第十一

賦己

遊覽

登樓賦

盛弘之荊州記曰：當陽縣城樓，王仲宣登之而作賦。

王仲宣 魏志曰：王粲，字仲宣，山陽人。獻帝西遷，粲從至長安。以西京擾亂，乃之荊州，依劉表。後太祖辟為右丞相掾。魏國建，為侍中，卒。

登茲樓以四望兮，聊暇古雅[1]**日以銷憂。**馮衍顯志賦曰：伏朱樓而四望，采三秀之華英。孫卿子曰：多暇日者，其出入不遠也。賈逵國語注曰：暇，閑也。暇或為假。楚辭曰：遷逡次而勿驅，聊假日以消時。邊讓章華臺賦曰：冀彌日以銷憂。漢書，東方朔曰：銷憂者莫若酒。**覽斯宇之所處兮，實顯敞而寡仇。**說文曰：屋宇邊，謂樓之宇也[2]。

---

1 注「古雅」　袁本、茶陵本無此二字，注末有「假古雅切」四字。案：二本是也。此音注「或為假」之「假」，不當移入正文「暇」字下。

2 注「說文曰屋宇邊謂樓之宇也」　袁本、茶陵本無此十三字。案：有者蓋誤衍。

西京賦曰：雖斯宇之既坦。李尤高安館銘曰：增臺顯敞，禁室靜幽。蒼頡篇曰：敞，高顯也。爾雅曰：仇，匹也。挾清漳之通浦兮，倚曲沮之長洲。挾，猶帶也。山海經曰：荊山，漳水出焉，而東南注于睢。漢書地理志曰：漢中房陵東山，沮水所出，至郢入江。睢與沮同。背墳衍之廣陸兮，臨皐隰之沃流。杜預左氏傳注曰：陸，道也。孟康漢書注曰：沃，灌溉也。北彌陶牧，西接昭丘。爾雅曰：彌，終也，謂終極也。盛弘之荊州記曰：江陵縣西有陶朱公冢，其碑云是越之范蠡而終於陶。爾雅曰：郊外曰牧。荊州圖記曰：當陽東南七十里有楚昭王墓，登樓則見，所謂昭丘。華實蔽野，黍稷盈疇。春秋文耀鉤曰：春致其時，華實乃榮。說文曰：疇，耕治之田也。賈逵國語注曰：一井為疇。雖信美而非吾土兮，曾何足以少留？楚辭曰：雖信美而無禮。北征賦曰：曾不得乎少留。說文曰：曾，謂辭之舒也。

遭紛濁而遷逝兮，漫踰紀以迄今。紛濁，喻代亂也。楚辭曰：吸精粹而吐紛濁。孔安國尚書傳曰：十二年曰紀。毛詩曰：以迄于今。毛萇曰：迄，至也。情眷眷而懷歸兮，孰憂思之可任？韓詩曰：眷眷懷顧。毛詩曰：豈不懷歸。毛萇曰：懷，思也。杜預左氏傳注曰：任，當也。憑軒檻以遙望兮，向北風而開襟。言感北風逾增鄉思也。小雅曰：馮，依也。漢書曰：天子自軒檻上隤銅丸。韋昭曰：軒檻，殿上欄軒上板也。風賦曰：有風颯然而至，王乃披襟而當之。平原遠而極目兮，蔽荊山之高岑。楚辭曰：目極千里傷春心。漢書，臨沮縣，荊山在東北也。爾雅曰：山小而高曰岑。路逶迤而脩迥兮，川既漾以上[3]而濟深。逶迤，長貌也。爾雅曰：迥，遠也。韓詩曰：江之漾矣，不可方思。薛君曰：漾，長也。毛詩曰：濟有深涉。爾雅曰：濟，渡也。悲舊鄉之壅隔兮，涕橫墜而弗禁。楚辭曰：忽臨睨夫舊鄉。漢中山王勝曰[4]：不知涕泣之橫集。昔尼父之在陳兮，有歸歟之歎音。左氏傳曰：孔丘卒，公誄之曰：尼父，無自律。論語，子在陳曰：歸歟！歸歟！鍾儀幽而楚奏兮，莊舄顯而越吟。左

---

3 注「以上」　袁本、茶陵本作「漾以上切」，在注末，是也。

4 注「漢中山王勝曰」　陳云「漢」下當有「書」字。各本皆脫。案：謂景十三王傳也。

氏傳曰：晉侯觀於軍府，見鍾儀問曰：南冠而縶者誰也？有司對曰：鄭人所獻楚囚也。使稅之，問其族，對曰：伶人也。使與之琴，操南音。公曰：樂操土風，不忘舊也。史記曰：陳軫適楚，秦惠王曰：子去寡人之楚，亦思寡人不？陳軫對曰：昔越人莊舄仕楚執珪，有頃而病。楚王曰：舄，故越之鄙細人也，今仕楚執珪，富貴矣，亦思越不？對曰：凡人之思[5]故，在其病也。彼思越則越聲，不思越則且楚聲。人往聽之，猶尚越聲也。今臣雖棄逐之楚，豈能無秦聲者哉！**人情同於懷土兮，豈窮達而異心？**窮，謂鍾儀。達，謂莊舄。論語，子曰：小人懷土。孔安國曰：懷，思也。呂氏春秋曰：道德於此[6]，窮達一也。

惟日月之逾邁兮，俟河清其未極。尚書云：日月逾邁，若弗云來。左氏傳，鄭子駟曰：周詩有之，俟河之清，人壽幾何？杜預曰：逸詩也。爾雅曰：極，至也。**冀王道之一平兮，假高衢而騁力。**賈逵國語注曰：覬，望也。冀與覬同。尚書曰：王道正直。孔安國曰：王道平直也。高衢，謂大道也。薛君韓詩章句曰：騁，馳也。**懼匏瓜之徒懸兮，畏井渫之莫食。**論語，子曰：吾豈匏瓜也哉，焉能繫而不食！鄭玄曰：我非匏瓜，焉能繫而不食者，冀往仕而得祿。周易曰：井渫不食，為我心惻。鄭玄曰：謂已浚渫也，猶臣脩正其身以事君也。張璠曰：可為惻然，傷道未行也，然不食以被任用也。**步棲遲以徙倚兮，白日忽其將匿。**毛詩曰：衡門之下，可以棲遲。楚辭曰：步徙倚而遙思。杜預左氏傳注曰：匿，藏也。**風蕭瑟而並興兮，天慘慘而無色。**楚辭曰：蕭瑟兮草木搖落而變衰。通俗文曰：暗色曰黲。慘與黲古字通。**獸狂顧以求羣兮，鳥相鳴而舉翼。**楚辭曰：狂顧南行。王逸曰：狂，猶遽也。大戴禮夏小正曰：鳴也者，相命也。**原野闃其無人兮，征夫行而未息。**原野闃無農人，但有征夫而已。周易曰：闚其戶，闃其無人。埤蒼曰：闃，靜也。毛詩曰：駪駪征夫。**心悽愴以感發兮，意忉怛**丁達[7]**而憯**七感切**惻。**廣

5 注「對曰凡人之思」 何校「對」上添「中謝」二字，是也。此陳軫傳文，各本皆脫。

6 注「道德於此」 陳云「德」當作「得」，是也。各本皆譌。

7 注「丁達」 袁本、茶陵本作「怛丁達切」，在注末，是也。

雅曰：感，傷也。毛詩曰：勞心忉忉。毛萇曰：憂，勞也[8]。又曰：勞心怛怛。毛萇曰：怛怛，猶忉怛也[9]。循堦除而下降兮，氣交憤於胸臆於力切[10]。司馬彪上林賦注曰：除，樓階也。杜預左氏傳注曰：交，戾也。王逸楚辭注曰：憤，懣也。說文曰：臆，胸也。夜參半而不寐兮，悵盤桓以反側。方言曰：參，分也。韓子曰：衛靈公泊濮水[11]，夜分而聞有鼓瑟者[12]。毛詩曰：耿耿不寐。易曰：初九，盤桓，利居貞。廣雅曰：盤桓，不進也。毛詩曰：輾轉反側。

游天台山賦

孫興公 并序 支遁天台山銘序曰：余覽內經山記云：剡縣東南有天台山。何法盛晉中興書曰：孫綽，字興公，太原人也。為章安令，稍遷散騎常侍，領著作郎，尋轉廷尉卿，卒。于時才筆之士，綽為其冠。

天台山者，蓋山嶽之神秀者也[13]。廣雅曰：秀，異也。涉海則有方丈蓬萊，登陸則有四明天台。方丈、蓬萊，皆海中名山也。爾雅曰：高平曰陸。謝靈運山居賦注曰：天台、四明相接連。四明方石四面，自然開窗。皆玄聖之所遊化，靈仙之所窟宅。名山略記曰：天台山，即是定光寺諸佛所降葛仙公山也。夫其峻極之狀，嘉祥之美，毛詩曰：嵩高維嶽，峻極于天。東京賦曰：備致嘉祥。窮山海之瓌富，盡人神之壯麗矣。埤蒼曰：瑰瑋，珍琦也。所以不列於五嶽，闕載於常典者，爾雅曰：太山為東嶽，華山為西嶽，衡山為

---

8 注「憂勞也」　袁本、茶陵本此下有「音刀」二字，是也。

9 注「猶忉怛也」　案：「怛」當作「忉」，各本皆譌。此齊風甫田傳文。猶者，猶上章。

10 注「於力切」　袁本、茶陵本在注末，是也。

11 注「衛靈公泊濮水」　案：「泊」當作「宿」，各本皆譌。王正長雜詩注引有其證。

12 注「而聞有鼓瑟者」　袁本、茶陵本「瑟」作「琴」。案：「琴」是也。此韓子十過文，又載史記樂書，亦是「琴」字。

13 注「蓋山嶽之神秀者也」　袁本、茶陵本無「者」字。

南嶽，常山為北嶽，嵩山為中嶽。常典，五經之流也。豈不以所立冥奧，其路幽迥。冥奧者，冥冥深奧也。幽迥，遐遠也。或倒景於重溟，或匿峯於千嶺。重溟，謂海也。山臨水而影倒，故曰倒景也。始經魑魅之塗，卒踐無人之境。杜預左氏傳注曰：魑，山神。魅，怪物。莊子曰：其道幽遠而無人。舉世罕能登陟，王者莫由禋祀。劉兆穀梁注曰：舉，盡也。楚辭曰：舉世皆然將誰告。孔安國尚書傳曰：精意以享謂之禋。故事絕於常篇，名標於奇紀。廣雅曰：絕，滅也。篇，即常典也。廣雅曰：標，書也。奇紀，即內經山記。

然圖像之興，豈虛也哉！非夫遺世翫道，絕粒茹芝者，烏能輕舉而宅之？列仙傳曰：赤松子好食松實，絕穀。孔安國尚書傳曰：米食曰粒，音立。列仙傳讚曰：呑水須，茹芝莖，斷食休糧，以除穀氣。廣雅曰：茹，食也，讓慮切。楚辭曰：願輕舉而遠遊。非夫遠寄冥搜，篤信通神者，何肯遙想而存之？言非寄情遐遠，搜訪幽冥，篤信善道，通神感化者，何肯存之也。余所以馳神運思，晝詠宵興，俛仰之間，若已再升者也。莊子，老聃謂崔瞿曰：其疾也哉，俛仰之間，再撫四海之外也。王弼周易注曰：若，辭也。瞿，音劬。方解纓絡，永託茲嶺。方，猶將也。纓絡以喻世網也。說文曰：嬰，繞也。纓與嬰通。郭璞山海經注曰：絡，繞也。不任吟想之至，聊奮藻以散懷。歸田賦曰：揮翰墨以奮藻。

太虛遼廓而無閡，運自然之妙有，太虛，謂天也。自然，謂道也。無閡，謂無名。妙有，謂一也。言大道運彼自然之妙一而生萬物也。管子曰：虛而無形謂之道。鵩鳥賦曰：寥廓忽荒。老子曰：天法道，道法自然。鍾會曰：莫知所出，故曰自然。王弼曰：自然，無義之言，窮極之辭也。又曰：妙者，極之微也[14]。老子曰：道生一。王弼曰：一數之始，而物之極也。謂之為妙有者，欲言有，不見其形，則非有，故謂之妙；欲言其[15]物由之以生，則非無，故謂之有也。斯乃無中之有，謂

---

14 注「老子曰天法道」下至「極之微也」　此四十三字袁本、茶陵本無。案：此以尤所校添為是。

15 注「欲言其」　袁本、茶陵本「其」下有「無」字。案：有者是也。

之妙有也。阮籍通老子論曰：道者自然，易謂之太極，春秋謂之元，老子謂之道也。融而為川瀆，結而為山阜。老子曰：三生萬物。鍾會曰：散而為萬物也。融，猶銷也。班固終南山賦曰：流澤遂而成水，停積結而為山。嗟台嶽之所奇挺，寔神明之所扶持。廣雅曰：挺，出也。魯靈光殿賦序曰：豈非神明依憑支持者也。蔭牛宿以曜峯，託靈越以正基。天台，越境，故云牛宿也。漢書曰：越地，牽牛之分野。結根彌於華岱，直指高於九疑。結，猶固也。南都賦曰：結根竦本。華、岱、九疑皆山名也。劉瓛周易義曰：彌，廣也。應配天於唐典，齊峻極於周詩。配，猶對也。左氏傳，周史謂陳侯曰：姜，太嶽之後也。山嶽則配天。杜預曰：姜姓之先，為堯四嶽，故曰唐典也。

邈彼絕域，幽邃窈窕。王逸楚辭注曰：邈，遠也。絕，遠也。魯靈光殿賦曰：琁室㛹娟以窈窕，洞房叫窱而幽邃。王逸曰：邃，深也。近智以守見而不之[16]，之者以路絕而莫曉。近智，猶小智也。爾雅曰：之，往也。言近智守所見而不之，假有之者，以其路斷絕，莫之能曉也。方言曰：曉，知也。哂夏蟲之疑冰，整輕翮而思矯。言淺近小智，同乎夏蟲，今既哂之，故整翮思矯也。馬融論語注曰：哂，笑也。莊子，北海若謂河伯曰：夏蟲不可以語於冰者，篤於時也。司馬彪曰：厚信其所見之時也。方言曰：矯，飛也。理無隱而不彰，啓二奇以示兆。劉向列女傳曰：名無細而不聞，行無隱而不彰。二奇，赤城、瀑布也。賈逵國語注曰：兆，形也。赤城霞起而建標卑遙[17]，瀑布飛流以界道。支遁天台山銘序曰：往天台當由赤城山為道徑。孔靈符會稽記曰：赤城山名色皆赤[18]，狀似雲霞。懸霤千仞，謂之瀑布。飛流灑散，冬夏不竭。天台山圖曰：赤城山，天台之南門也。瀑布山，天台之西南峯。水從南巖懸注，望之如曳布。建標立物，以為之表識也。戰國策曰：舉標甚高。界道，謂為道彊界也。法華經曰：黃金為繩，以界八道。

---

16 近智以守見而不之　袁本、茶陵本「智」下有「者」字。案：二本不載校語，無可考也。

17 注「卑遙」　袁本、茶陵本作「卑遙切」，在注中「舉標甚高」下，是也。

18 注「名色皆赤」　案：「名」當作「石」。各本皆譌而屬上，非也。

覩靈驗而遂徂，忽乎吾之將行。仍羽人於丹丘，尋不死之福庭。楚辭曰：仍羽人於丹丘兮，留不死之舊鄉。王逸曰：因就眾仙於明光也。丹丘，晝夜常明。山海經有羽人之國，不死之民。苟台嶺之可攀，亦何羨於層城？薛君韓詩章句曰：羨，願也。淮南子曰：掘崐崙墟以下，地中有層城九重是也。釋域中之常戀，暢超然之高情。老子曰：域中有四大。漢書音義曰：暢，通也。老子曰：雖有榮觀，宴處超然。被毛褐之森森，振金策之鈴鈴。七啓曰：余好毛褐，未暇此服也。金策，錫杖也。鈴鈴，策聲。披荒榛之蒙蘢，陟峭崿之崢嶸。高誘淮南子注曰：叢木曰榛。孫子曰：草樹蒙蘢。文字集略曰：崿，崖也。字林曰：崢嶸，山高貌。濟楢由溪而直進，落五界而迅征。顧愷之啓蒙記注曰：之天台山，次經油溪。謝靈運山居賦曰：凌石橋之莓苔，越楢溪之縈紆。注曰：所居往來，要經石橋、過楢溪，人迹不復過此。楢字雖殊，並酉留切。落，邪行也。五界，五縣之界。孔靈符會稽記曰：此山舊名，五縣之餘地。五縣：餘姚、鄞、句章、剡、始寧。服虔漢書注曰：鄞，音銀。跨穹隆之懸磴丁鄧[19]，臨萬丈之絕冥。穹隆，長曲貌。西京賦曰：閣道穹隆。懸磴，石橋也。顧愷之啓蒙記曰[20]：天台山石橋，路徑不盈尺，長數十步，步至滑，下臨絕冥之澗。冥，幽深也。踐莓苔之滑石，搏壁立之翠屏。莓苔，即石橋之苔也。翠屏，石橋之上石壁之名也。異苑曰：天台山石[21]有莓苔之險。孔靈符會稽記曰：赤城山上，有石橋懸度，有石屏風橫絕橋上，邊有過逕，纔容數人。仲長子昌言曰：斧帳翠屏之不坐。莓，音梅。攬樛居求木之長蘿，援葛藟力鬼[22]之飛莖。顧愷之啓蒙記注曰：濟石橋者，搏岩壁，援女蘿葛藟之莖。毛詩曰：南有樛木，葛藟纍之。毛萇曰：木下曲曰樛。爾雅曰：女蘿，兔絲。賈逵國語注曰：援，引也。雖一冒於垂堂，乃永存乎長生。漢爰盎諫上曰：臣聞千金之子，坐不垂堂。老子曰：長生久視之

---

19 注「丁鄧」 袁本、茶陵本作「磴丁鄧切」，在注中「下臨絕冥之澗」下，是也。

20 注「顧愷之啓蒙記曰」 袁本、茶陵本「記」下有「注」字，是也。

21 注「異苑曰天台山石」 何校「石」下添「橋」字。各本皆脫。

22 注「居求」又注「力鬼」 袁本、茶陵本作「居虯切」，「藟，力鬼切」，在注中「木下曲曰樛」下，是也。

道。東方朔十洲記曰：桂英流丹，服之長生。必契誠於幽昧，履重嶮而逾平。幽昧，謂道也。鍾會老子注曰：幽冥晦昧，故稱為玄。

既克隮於九折，路威夷而脩通。言其道嶮，曲折有九也。杜篤首陽山賦曰：九折萎嶵而多艱。韓詩曰：道威夷者也[23]。恣心目之寥朗，任緩步之從容。列子曰：晏平仲問養生於管夷吾曰：恣目之所欲視，恣意之所欲行。寥朗，謂心虛目明也。說文曰：寥，虛空也。毛萇詩傳曰：朗，明也。列子曰：子華之容，緩步闊視。尚書曰：從容以和。藉萋萋之纖草，蔭落落之長松。以草薦地而坐曰藉。楚辭曰：春草生兮萋萋。杜篤首陽山賦曰：長松落落，卉木濛濛。覿翔鸞之裔裔，聽鳴鳳之嗈嗈。裔裔，飛貌也。爾雅曰：嗈嗈，和也，謂聲之和也。過靈溪而一濯，疏煩想於心胸。靈溪，溪名也。廣雅曰：濯，洗也。賈逵國語注曰：疏，除也。蕩遺塵於旋流，發五蓋之遊蒙。因一濯而假言也。六塵虛假而能不住，故曰蕩。雖遣而未能盡，故曰遺。中論曰：六塵，色、聲、香、味、觸、法。高誘淮南子注曰：旋流，深淵也。身意皆淨而能不離，故曰發。五蓋非真而蔽己善行，故曰遊。大智度論曰：五蓋，貪欲、瞋恚、睡眠、調戲、疑悔。禮記曰：昭然發蒙。五蓋或為神表。追羲農之絕軌，躡二老之玄蹤。羲、農，伏羲、神農也。廣雅曰：軌，跡也。又曰：躡，履也。二老，老子、老萊子也。史記曰：老子者，楚苦縣人，名耳，字聃，姓李氏。見周之衰，乃遂去。西至關，關令曰：子將隱矣，強為我著書。乃著上下二篇，言道德之意。又曰：老萊子，亦楚人也。著書十五篇，言道家之用，脩道而養壽也。劉向別錄曰：老萊子，古之壽者。

陟降信宿，迄于仙都。毛詩曰：陟降廷止。毛萇曰：陟降，上下。左氏傳曰：凡師一宿為舍，再宿為信。爾雅曰：迄，至也。十洲記曰：滄浪海島中有石室，九老仙都治處，仙官數萬人。雙闕雲竦以夾路，瓊臺中天而懸居。朱闕玲瓏於林間，玉堂陰映于高隅。顧愷之啓蒙記注曰：天台山列雙闕於青霄中，上有瓊樓、瑤林、醴

---

23 注「道威夷者也」陳云別本「道」上有「周」字，無「者也」。案：此脫「周」字，衍「者」字。別本今未見。

泉，仙物畢具。十洲記曰：承淵山金臺玉樓，流精之闕，瓊華之室，西王母之所治，真官仙靈之所宗也。晉灼漢書注曰：玲瓏，明見貌[24]。**彤雲斐亹**亡匪[25]**以翼櫺，曒**公鳥**日烱晃於綺疏。**斐亹，文貌。翼，猶承也。櫺，窗間子也。毛詩曰：有如曒日。烱晃，光明也。李尤東觀銘曰：房闥內布，綺疏外陳。薛綜西京賦注曰：疎，刻穿之也。然刻為綺文，謂之綺疎也。**八桂森挺以凌霜，五芝含秀而晨敷。**山海經曰：桂林八樹，在賁隅東。郭璞曰：八樹成林，言其大也。賁隅音番禺。神農本草經曰：桂葉冬夏常青不枯。又曰：赤芝一名丹芝，黃芝一名金芝，白芝一名玉芝，黑芝一名玄芝，紫芝一名木芝。馮衍顯志賦曰：食五芝之茂英。**惠風佇芳於陽林，醴泉涌溜於陰渠。**邊讓章華臺賦曰：惠風春施。宁，猶積也。佇與宁同[26]。毛萇詩傳曰：山南曰陽。鄭玄周禮注曰：陽林生於山南[27]。史記曰：崑崙山上有醴泉。白虎通曰：醴泉者美泉，狀如醴。陰渠，山北之渠。**建木滅景於千尋，琪樹璀璨而垂珠。**淮南子曰：建木在廣都，眾帝所自上下。日中無景，呼而無響，蓋天地之中也。山海經曰：神人之丘，有建木，百仞無枝。又曰：崐崘之墟，北有珠樹、文玉樹、玕琪樹。璀璨，珠垂貌。玕，羽俱切。璀，七罪切。**王喬控鶴以沖天，應真飛錫以躡虛。**列仙傳曰：王子喬者，周靈王太子晉也。道人浮丘公接以上嵩高山。三十餘年後，人於山上見之。告我家於七月七日待我於緱氏山頭。果乘白鶴駐山頭。毛萇詩傳曰：控，引也。史記，楚莊王曰：有鳥不蜚，蜚乃沖天。百法論曰：并及八輩應真僧。然應真，謂羅漢也。大智度論曰：菩薩常應二時，頭陀常用錫杖、經傳、佛像。**騁神變之揮霍，忽出有而入無。**言眾仙既登正道，故能騁其神變，出於眾有而入無為也。淮南子曰：出於無有，入於無為。

---

24 注「玲瓏明見貌」 案：「玲瓏」當作「瓏玲」，此楊雄傳「和氏瓏玲」注也。善取同義，不拘語倒。其例全書盡然，不知者依正文乙轉，非也。

25 注「亡匪」 袁本、茶陵本作「亹亡匪切」，在注中「文貌」下，是也。

26 注「宁猶積也佇與宁同」 陳云「宁」當作「貯」，是也。各本皆譌。

27 注「陽林生於山南」 案：「林」當作「木」，此「地官山虞」注也。善以「陽木」注「陽林」，不知者依正文改字，非也。

於是遊覽既周，體靜心閑。王逸楚辭注曰：閑，靜也。**害馬已去，世事都捐。**莊子曰：黃帝將見大隗于具茨之山，適遇牧馬童子。黃帝曰：請問為天下？小童曰：夫為天下者，亦奚以異乎牧馬者哉？亦但去其害馬者而已矣！郭璞曰：馬以過分為害。歸田賦曰：與世事乎長辭。**投刃皆虛，目牛無全。**莊子曰：庖丁為文惠君屠牛。文惠君曰：善哉技。庖丁對曰：臣好者道，進乎技矣。臣始解牛時，所見無非牛者，三年之後，未嘗見全牛也。今臣以神遇，而不以目視也。**凝思幽巖，朗詠長川。**廣雅曰：凝，止也。朗，猶清徹也。**爾乃羲和亭午，遊氣高褰。**楚辭曰：吾令羲和弭節兮。王逸曰：羲和，日御也。午，日中。徐爰射雉賦注曰：褰，開也。**法鼓琅以振響，眾香馥以揚煙。**法華經曰：擊大法鼓。又曰：燒眾名香。**肆覲天宗，爰集通仙。**天宗，謂老君也。通仙，謂眾仙也。其通猶通侯也。尚書曰：肆覲羣后。孔安國曰：肆，遂也。**挹以玄玉之膏**[28]**，嗽以華池之泉。**毛萇詩傳曰：挹，斟也[29]。山海經曰：密山是生玄玉，玉膏之所出。郭璞曰：言玉膏中又出黑玉。史記曰：崑崙其上有華池。**散以象外之說，暢以無生之篇。**象外，謂道也。周易曰：象者，像也。荀粲列傳[30]，粲答兄俁云：立象以盡意，此非通乎象外者也。象外之意，故蘊而不出矣。無生，謂釋典也。維摩詰曰：是天女所願具足，得無生忍。俁，牛矩切。**悟遣有之不盡，覺涉無之有間；**言道釋二典，皆以無為宗。今悟有為非而遣之，遣之而不盡，覺無為是而涉之，涉之而有間，言皆滯於有也。說文曰：悟，覺也。小雅曰：間，隙也。**泯色空以合跡，忽即有而得玄。**言有既滯有，故釋典泯色空以合其跡，道教忽於有而得於玄。郭象莊子注曰：泯，平泯也。又曰：本末內外，暢然俱得，泯然無跡。維摩經，喜見菩薩曰：色色空為二，色即是空，非色滅空。色性自空，如是受想行識。識空為二，識即是空，非識性自空，於其中通而達者，為入不二法門，有，謂有形也。王弼老子

---

28 挹以玄玉之膏　案：「挹」當作「揖」。乃善「揖」、五臣「挹」而亂之，說見下。

29 注「挹斟也」　袁本、茶陵本此下有「揖與挹同」四字。案：二本有者最是也。善引詩傳「挹」以注「揖」，故有是語，五臣因改為「挹」。袁、茶陵皆正文用五臣亂善而不載校語。尤本并刪此注，幾莫可考，甚非。

30 注「荀粲列傳」　案：「列」當作「別」。各本皆誤。三國魏志荀彧傳注有其證也。

注曰：凡有皆始於無。又曰：有之所始，以無為本，然王以凡有皆以無為本，無以有為功，將欲寤無，必資於有，故曰，即有而得玄也。王弼又曰：玄，冥嘿無有也。**釋二名之同出，消一無於三幡。**釋，謂解說令散也。二名，即有名物始，無名物母也。言二名雖異，釋之令同出於道也。老子曰：無名天地之始，有名萬物之母，故常無欲以觀其妙，常有欲以觀其徼，此兩者，同出而異名，同謂之玄。王弼曰：兩者謂始與母也，同出於玄也。異名，所施不同也，在首則謂之始，終則謂之母也。訓暢令盡也。三幡：色一也。色空二也。觀三也。言三幡雖殊，消令為一，同歸於無也。郄敬輿與謝慶緒書論三幡義曰：近論三幡，諸人猶多欲，既觀色空，別更觀識，同在一有，而重假二觀，於理為長，然敬輿之意，以色空及觀為三幡，識空及觀亦為三幡。**恣語樂以終日，等寂默於不言。**夫言從道生，道因言暢，道之因言，理歸空一，故終日語樂，等乎不言。莊子曰：言而足，則終日言而盡道也。又曰：言無言，終身未嘗言，終身不言，未嘗不言。**渾萬象以冥觀，兀同體於自然。**妙悟玄宗，則蕩然都遣，不知己之是己，不見物之為物，故渾齊萬像以冥觀，兀然同體於自然。孝經鉤命決曰：地以舒形，萬象咸載。冥，昧也，言不顯視也。兀，無知之貌也。自然，已見上文。

蕪城賦

四言[31]　集云：登廣陵故城[32]。漢書曰：廣陵國，高帝十一年屬吳，景帝更名江都，武帝更名廣陵。江都易王非、廣陵厲王胥皆都焉。

鮑明遠

沈約宋書：鮑昭，字明遠，文辭贍逸。世祖時，昭為中書舍人，上好為文章，自謂物莫能及，昭悟其旨，為文多

---

31 蕪城賦注「四言」　袁本無此二字。案：無者是也。凡四言、五言，皆詩題下注，賦不得有。茶陵本亦衍，與尤所見同誤。或連之於下注「集云」讀更誤。集者，鮑明遠集。茶陵本於「集云」上隔以「善曰」二字，則雖衍而未嘗以為「四言集」也。今鮑集正有所云，亦可證。

32 注「登廣陵故城」　陳云下當有「作」字。案：此依集校，是也。各本皆脫。

鄙言累句，當時咸謂昭才盡，實不然也。臨海王子瑱為荊州，昭為前軍[33]掌書記之任。子瑱敗，為亂兵所殺。

瀰弭**迤**以爾**平原，**瀰，相連漸平之貌也。廣雅曰：迤，斜也。平原，即廣陵也。**南馳蒼梧漲**張**海，北走**去聲**紫塞鴈門。**南馳、北走，言所通者遠也。漢書有蒼梧郡。謝承後漢書曰：陳茂常渡漲海。如淳漢書注曰：走，音奏，趨也。崔豹古今注曰：秦所築長城土色皆紫，漢塞亦然，故稱紫塞。漢書有鴈門郡。**柂以漕渠[34]，軸以崑崗。**廣雅曰：柂，引也。漕渠，邗溝也。左氏傳曰：吳城邗溝，通江、淮。杜預曰：通糧道。說文曰：漕，水轉穀也。又曰：軸，持輪也。崑崗，廣陵之鎮平也，類車軸之持輪。河圖括地象曰：崑崗之山，橫為地軸。柂或為陁，軸或為袖。**重江複關之隩，四會五達之莊。**南臨江曰重，濱帶江南曰複[35]。蒼頡篇曰：隩，藏也。洛陽記曰：銅駞二枚在四會道頭。爾雅曰：五達謂之康，六達謂之莊。**當昔全盛之時，車挂轊**衛**，人駕肩。**全盛，謂漢時也。史記，蘇秦說齊王曰：臨菑之塗，車轂擊，人肩摩。說文曰：轊，車軸端。杜預左氏傳注曰：駕，陵也，謂相迫切也。**廛閈撲**卜**地，歌吹沸天。**鄭玄周禮注曰：廛，民居區域之稱。說文曰：閈，閭也。方言曰：撲，盡也。郭璞曰：今種物皆生，云撲地出也。**孳**茲**貨鹽田[36]，鏟利銅山。**聲類曰：孳，蕃也。孳、滋古字通也。海賦曰：陸死鹽田。蒼頡篇曰：鏟，削平也，初產切。史記曰：吳有豫

---

33 注「昭為前軍」　何校下添「行參軍」三字。陳云當有，是也。各本皆脫。

34 柂以漕渠　袁本、茶陵本云「柂」，善作「弛」。案：二本及尤所見，皆非也。考善注引廣雅「拖引也」，必作「拖」字。其五臣濟注「柂舟具也」，乃改之使配下句「軸」耳。不當以亂善，亦不得謂善別作「弛」也。注中「拖」字，尤、茶陵亦誤「柂」。袁本尚未譌，可據以訂正。

35 注「南臨江曰重濱帶江南曰複」　袁本、茶陵本「臨」下有「二」字，「帶」上無「濱」字。案：二本是也。又案：據此注似集云「重關複江」者，恐是誤倒。何校正文取之，非矣。

36 孳貨鹽田　案：「孳」當作「滋」，注云：「孳，蕃也，孳、滋古字通也。」善必作「滋」字，故有是語。五臣因改為「孳」。各本所見以之亂善，袁、茶陵又不載校語，皆非。下文「奓秦法」，善「奓」、五臣「侈」。尤自不誤，而二本亦無校語，正同此誤。

章郡銅山，吳王濞盜鑄錢，煮海水為鹽。才力雄富，士馬精妍。班固傳贊曰：材力有餘，士馬強盛。范曄後漢書曰：王元說隗囂曰：今天水完富，士馬最強。故能爹秦法，佚周令。聲類曰：爹，侈字也。軼，過也。佚與軼通。西都賦曰：覽秦制，跨周法。劃崇墉，刳濬洫，圖脩世以休命。字林曰：佳刀曰劃[37]。刳，謂除消其土也。周易曰：刳木為舟。薛綜西京賦注：墉，謂城；洫，池也。左氏傳，北宮文子曰：其有國家，令問長世。尚書曰：俟天休命。春秋元命苞曰：命者，天之命也。

是以板築雉堞之殷，井幹寒烽櫓之勤。郭璞曰：三蒼解詁曰[38]：板，築牆上下板。築，杵頭鐵沓也。鄭玄周禮注曰：雉，長三丈，高一丈。杜預左氏傳注曰：堞，女牆也。殷，盛也。淮南子曰：大構架，興宮室，雞棲井幹。許慎曰：皆屋構飾也。郭璞上林賦注曰：櫓，望樓也。格高五嶽，袤廣三墳。蒼頡篇曰：格，量度也。五嶽，已見天台賦。南北曰袤。三墳未詳，或曰：毛詩曰，遵彼汝墳。又曰：鋪敦淮墳。爾雅曰：墳莫大於河墳。此蓋三墳。崪慈聿若斷岸，矗丑六似長雲。崪，高峻也。矗，齊平也。制磁石以禦衝，糊赬壤以飛文。三輔黃圖曰：阿房宮以磁石為門，懷刃者止之。廣雅曰：衝，突也。字書曰：糊，黏也，戶徒切。毛萇詩傳曰：赬，赤也。七啓曰：燿飛文。觀基扃之固護，將萬祀而一君。說文曰：扃，外閉之關也。凡文士之言基扃，泛論城闕，猶車稱軫，舟謂之艫耳，非獨指扃也。固護，言牢固也。出入三代五百餘載，竟瓜剖而豆分！王逸廣陵郡圖經曰：郡城，吳王濞所築。然自漢迄于晉末，故云出入三代五百餘載也。漢書，賈誼上疏曰：高帝瓜分天下，王功臣也。

澤葵依井，荒葛罥塗。王逸楚辭注曰：風萍，水葵，生於池中。罥，猶絓也。壇羅虺吁鬼蜮羽逼，階鬬

---

37 注「佳刀曰劃」　茶陵本「佳」作「注」。案：皆誤也。當作「錐」，說文如此。陳云別本作「錐」。袁本仍作「佳」，亦誤。

38 注「郭璞曰三倉解詁曰」　陳云上「曰」字衍，是也。各本皆衍。

麏居筠鼯。王逸楚辭注曰：壇，堂也。毛詩曰：為鬼為蜮。毛萇曰：蜮，短狐也。公羊傳曰：有麇而角。劉兆曰：麇，麏也。麏與麇音義同。鼯，鼯鼠也。木魅莫魄山鬼，野鼠城狐。說文曰：魅，老物精也，莫愧切。楚辭九歌有祭山鬼。漢書曰：蘇武掘野鼠草實而食之。魏明帝長歌行曰：久城育狐兔，高墉多鳥聲。風嗥雨嘯，昏見晨趨。左氏傳曰：豺狼所嗥也。胡高切。飢鷹厲吻，寒鴟嚇雛。厲，摩也。鄭玄周禮注曰：吻，口邊也，亡粉切。鄭玄毛詩箋曰：口拒人曰嚇，火嫁切。郭璞爾雅注曰：雛生而能自食者，謂鳥子也。伏虣藏虎，乳血飧膚。字書曰：虣，古文暴字，蒲到切。虣或為彪。爾雅曰：彪，白虎。彪，戶甘切。

崩榛塞路，崢嶸古馗。服虔漢書注曰：榛，木叢生也。廣雅曰：崢嶸，深冥也。韓詩曰：肅肅兔罝，施于中馗。薛君曰：中馗，馗中九交之道也。仇悲切。白楊早落，塞草前衰。崔豹古今注曰：白楊葉圓。李陵書曰：涼秋九月，塞外草衰。塞或為寒。稜稜霜氣，蔌蔌風威。稜稜霜氣，嚴冬之貌。蔌蔌風聲，勁疾之貌。蔌，素鹿切。孤蓬自振，驚砂坐飛。無故而飛曰坐飛。灌莽杳而無際，叢薄紛其相依。廣雅曰：灌，叢也。王逸楚辭注曰：草木交曰薄。通池既已夷，峻隅又已頹。通池，城濠也。峻隅，城隅也。直視千面外，唯見起黃埃。王逸楚辭注曰：埃，塵也。凝思寂聽，心傷已摧。天台山賦曰：凝思高巖。

若夫藻扃黼帳，歌堂舞閣之基。璿淵碧樹，弋林釣渚之館。藻扃，扃施藻畫也。司馬相如美人賦曰：芳香芬烈，黼帳高張。璿淵，玉池也。碧樹，玉樹也。吳蔡齊秦之聲，魚龍爵馬之玩。楚辭曰：吳歈、蔡謳。漢書藝文志有齊歌、秦歌。西京賦曰：海鱗變而成龍。又曰：大雀踆踆。又曰：爵馬同轡[39]。皆熏歇燼滅，光沉響絕。杜預左氏傳注曰：熏，香草也。又曰：燼，火之餘木。東都妙姬，南國麗人。蕙心紈質，玉貌

---

39 注「爵馬同轡」案：「爵」當作「百」，此因正文云「爵馬」而誤，不知「爵」字上引「大雀踆踆」，已注訖，此但注「馬」字也。各本皆誤。

絳唇。陸機擬東城一何高曰：京洛多妖麗，玉顏侔瓊蕤。然京洛即東都也。曹子建詩曰：南國有佳人，華容若桃李。左九嬪武帝納皇后頌曰：如蘭之茂。好色賦曰：腰如束素。蘭蕙同類，紈素兼名，文士愛奇，故變文耳。宋玉笛賦曰：頩顏臻，玉貌起。楊雄蜀都賦曰：姚朱顏，離絳唇。莫不埋魂幽石，委骨窮塵。委，猶積也。豈憶同輿之愉樂，離宮之苦辛哉！魏志曰：明帝悼毛皇后有寵，出入與帝同輿輦。長門賦曰：期城南之離宮。

天道如何？呑恨者多！抽琴命操，爲蕪城之歌。韓詩外傳曰：孔子抽琴按軫[40]，以授子貢。廣雅曰：命，名也。琴道曰：琴有伯夷之操。夫遭遇異時，窮則獨善其身，故謂之操。歌曰：邊風急兮城上寒，井逕滅兮[41]丘隴殘。周禮曰：九夫為井。又曰：夫間有遂，遂上有徑。千齡兮萬代，共盡兮何言！莊子曰：化窮數盡謂之死。

宮殿

魯靈光殿賦 并序

王文考 范曄後漢書曰：王逸，字叔師，南郡宜城人也。子延壽，字文考，有雋才，遊魯作靈光殿賦。後蔡邕亦造此賦，未成，及見延壽所為，甚奇之，遂輟翰而止。後溺水死，時年二十餘。

張載注

魯靈光殿者，蓋景帝程姬之子恭王餘之所立也。善曰：漢書景帝十三王傳曰：程姬生魯恭王餘。初，恭王始都下國，好治宮室，善曰：漢書曰：恭王徙魯，好治宮室。毛詩曰：命于下國。韋昭國語注曰：曲

40 注「孔子抽琴按軫」 袁本「按」作「去」。案：「去」字是也。茶陵本亦誤「按」。

41 井逕滅兮 袁本、茶陵本「逕」作「徑」。案：「徑」字是也。

沃在絳下，故曰下國。然以天子為上國，故諸侯為下國。遂因魯僖基兆而營焉。昔魯僖公使大夫公子奚斯，上新姜嫄之廟，下治文公之宮，故曰遂因魯僖基兆而營焉。善曰：史記，季友奉公子申立，是為釐公。釐與僖同。爾雅曰：兆，域也。

遭漢中微，盜賊奔突，突，唐突也。詩云：昆夷突矣。自西京未央建章之殿，皆見隳壞，未央、建章，西京二殿之名。杜預左氏傳注曰：隳，毀也。而靈光巋丘軌[42]然獨存。巋然，高大堅固貌也。善曰：孔叢子，孔子曰：夫山者巋然高。意者豈非神明依憑支持以保漢室者也。善曰：廣雅曰：意，疑也。然其規矩制度，上應星宿音秀，亦所以永安也。善曰：上應星宿，謂觜陬也。賦曰：規矩應天，上憲觜陬。予客自南鄙，觀藝於魯，南鄙，荊州也。廣雅曰：鄙，國也。藝，六經也。魯有周公、孔子在焉。覩斯而眙丑吏切。愕視曰眙。本為藝而來，見此驚也。曰：嗟乎！詩人之興，感物而作。見可嗟之物，為作詩作賦。故奚斯頌僖，歌其路寢，而功績存乎辭，德音昭乎聲。善曰：韓詩曰：新廟奕奕，奚斯所作。薛君曰：奚斯，魯公子也。言其新廟奕奕然盛。是詩公子奚斯所作也。左氏傳，司馬侯曰：先王務脩德音，以享神人。毛詩曰：我有嘉賓，德音孔昭。物以賦顯，事以頌宣，匪賦匪頌，將何述焉？遂作賦曰：

粵若稽古帝漢，祖宗濬哲欽明。若，順也。稽，考也。言能順天地，考行古之道者，帝也。濬，深也。哲，智也。又有深知欽明。詩云：濬哲維商。書云：放勳欽明。善曰：書曰：粵若稽古帝堯。又曰：濬哲文明。殷五代之純熙，紹伊唐之炎精。善曰：殷，盛也。五代，周、殷、夏、唐、虞也。言漢盛於五代純熙之道。而紹帝堯火德之運。毛詩曰：時純熙矣。爾雅曰：純，大也。孔安國尚書傳曰：熙，廣也。爾雅曰：紹，繼也。詩含神務曰：慶都生伊堯。孔安國尚書傳曰：堯以唐侯升為天子。李尤德陽殿賦曰：若炎唐[43]稽古作先。東觀漢記序曰：漢以炎精布耀，或幽而光。又馮衍說鮑永曰：

42 注「丘軌」　袁本、茶陵本作「巋丘軌切」，在注末，是也。

43 注「若炎唐」　案：「若」上當有「粵」字。各本皆脫。

社稷復存，炎精更輝。荷天衢以元亨，廓宇宙而作京。衢，道也。易曰：荷天之衢，道大行也。元，善之長也。亨，嘉之會也。天所覆為宇，中所由為宙也。善曰：方言曰：張小使大謂之廓。鄭玄周易注曰：人君在上位，負荷天之大道。敷皇極以創業，協神道而大寧。皇極，皇建其有極，謂得中也。協和神明之道，而天下大寧，皆謂初漢之盛時也。善曰：孟子曰：君子創業垂統，謂可繼也。周易曰：聖人以神道設教。於是百姓昭明，九族敦序，乃命孝孫，俾侯于魯。善曰：尚書曰：百姓昭明。又曰：敦敘九族。孔安國曰：九族。高祖玄孫之親也。爾雅曰：命，告也。毛詩曰：孝孫有慶。又曰：建爾元子，俾侯于魯。錫介珪以作瑞，宅附庸而開宇。介，大也。圭長尺二寸謂之介。瑞，信也。諸侯錫大圭以為瑞信，又以為寶。申伯之封云：錫爾介圭，以作爾寶。古者附庸百里，魯五百里之封也。成王以周公有大功，錫二十四等附庸，方七百里，以是開居也。善曰：毛詩曰：錫之山川，土田附庸。又曰：大啓爾宇，為周室輔。乃立靈光之秘殿，配紫微而為輔。詩云：秘宮有侐。紫微至尊宮，斥京師也。善曰：毛萇詩傳曰：秘，神也。西京賦曰：思比象於紫微。春秋合誠圖曰：北辰，其星七，在紫微中。承明堂於少陽，昭列顯於奎之分野。善曰：言承漢明堂而在少陽之位，其光昭列，顯於奎之分野也。爾雅曰：分，次也[44]。漢書曰：泰山郡奉高縣有明堂，武帝造。又曰：少陽，東方也。又曰：魯地，奎、婁之分野也。一曰春秋說題辭曰：心為天，明堂以布政教，言靈光承天之明堂，在少陽之地。

瞻彼靈光之為狀也，則嵯峨嶵罪嵬隗，峞巍㠥㟪。皆其形也。善曰：皆高峻之貌。峞，羌軌切。巍，五軌切。㠥，盧罪切。㟪，枯罪切。吁！可畏乎其駭人也。駭，驚也，故覩斯而眙。孔安國尚書傳曰：吁[45]，疑怪之辭。迢嶢倜儻，豐麗博敞，洞轇轕乎其無垠也。又其形也。博，廣也。敞，高平也。善曰：迢嶢，高貌

---

44 注「爾雅曰分次也」　袁本「爾」作「小」。案：「小」，是也。茶陵本亦誤「爾」。今廣詁「次也」條，脫此字。

45 注「孔安國尚書傳曰吁」　袁本、茶陵本此在善注。案：二本是也。尤本上脫去「善曰」二字，甚非。凡東晉尚書傳，盡善所引耳。又案：上注「杜預左氏傳注曰：隳，毀也」、「廣雅曰：鄙，國也」，下注「楚辭曰：流星墜兮成雨」。疑亦善引而係之於載注者，各本皆然，恐失其舊。

也。倜儻，非常也。上林賦曰：張樂乎膠葛之寓。郭璞曰：言曠遠深邈貌。邈希世而特出，羌瓌譎而鴻紛。羌，辭也。羌，亦乃也。善曰：瑰，異。譎，詭也。甘泉賦曰：上洪紛而相錯。屹魚乙山峙以紆鬱，隆崛魚勿岉勿乎青雲。屹，猶孽也，高大貌。詩云：臨衝茀茀，崇墉屹屹。隆屈也[46]。西京賦曰：終南太一，隆屈崔崒。崛岉乎青雲，言此物上逮青雲。善曰：廣雅曰：峙，止也。鬱坱鞅圠烏黠以嶒七耕峵宏，崱助力繒綾陵[47]而龍鱗。崱，崱嶷然皆其形也。善曰：坱圠，無齊限之貌。嶒峵，深空貌。繒綾，不平貌。甘泉賦曰：嶔巖其龍鱗[48]。汩于筆磑磑五哀以璀璨，赫燡燡亦而燭坤。皆其形貌光輝也。善曰：汩，淨貌。磑磑，高貌。璀璨，眾材飾貌。燡，光明貌。燭坤，光照下土。狀若積石之鏘鏘[49]，又似乎帝室之威神。威神，言尊嚴也。善曰：積石，山名。西都賦曰：激神岳之蔣蔣。帝室，天帝之室。春秋合誠圖曰：紫宮，太帝室也。崇墉岡連以嶺屬，朱闕巖巖而雙立。墉，牆也。善曰：李尤德陽殿賦曰：朱闕巖巖。高門擬于閶闔，方二軌而並入。閶闔，天門也。王者因以為門。善曰：二軌，謂容兩車也。鄭玄儀禮注曰：方，併也。周禮曰：應門二轍。鄭玄周禮注曰：軌，謂轍廣。

於是乎乃歷夫太階，以造其堂。俯仰顧眄，東西周章。造其堂、觀其狀而賦之。善曰：孔安國尚書傳曰：造，至也。彤彩之飾，徒何為乎？澔澔涆涆，流離爛漫。善曰：澔澔涆涆，光明盛貌。澔，古老切。涆，古旦切。流離爛漫，分散遠貌。皓壁暠曜以月照，丹柱歙絕而電烻。霞駮雲蔚，若陰

46 注「隆屈也」 陳云「屈也」二字誤，或有脫文。今案：此當重「隆」字。「隆屈也」解「隆」，猶下注以「崱嶷然」解「崱」也。各本皆譌。

47 注「陵」 袁本、茶陵本作「繒如字，綾音陵」，在注末，是也。

48 注「嵌巖其龍鱗」 袁本重「巖」字，是也。茶陵本亦脫。

49 狀若積石之鏘鏘 何校「鏘」改「蔣」。陳云當作「蔣蔣」。案：皆據注引「西都蔣蔣」校也。考彼賦蓋當作「將將」。後漢書作「蔣蔣」。此五臣翰注作「鏘鏘」。未審善果何作。

若陽。其色狀也。善曰：暠，白也，古老切。崔駰七依曰：丹柱雕牆，烻光盛起。烻，弋戰切。灌濩燐亂，煒煒煌煌。善曰：采色眾多，眩曜不定也。灌，音霍。濩，音穫。隱陰夏以中處，霐寥窲以崢嶸。善曰：陰夏，向北之殿也。韋仲將景福殿賦曰：陰夏則有望舒涼室。亦與此同。霐寥窲、崢嶸，皆幽深之貌。霐，烏宏切。寥，魚夭切。窲，音巢。鴻爌炾以爣閬，飂蕭條而清泠。鴻，大也。爌炾、爣朗[50]，皆寬明也。善曰：飂蕭條，清涼之貌。爌，苦晃切。炾，呼廣切。爣，土黨切。閬，音朗。動滴瀝以成響，殷雷應其若驚。善曰：言簷垂滴瀝，纔成小響，室內應之，其聲似雷之驚也。說文曰：滴瀝，水下滴瀝之也。耳嘈嘈以失聽，目矎矎而喪精。言炫燿也。矎矎，目不正也[51]。善曰：埤蒼曰：嘈嘈，聲眾也。廣雅曰：矎，視也。洞簫賦曰：愍眸子之喪精。矎，火縣切。駢密石與琅玕，齊玉璫與璧英。琅玕，珠也，似玉。尚書曰：球琳琅玕。善曰：李軌法言注曰，駢，並也。國語曰：天子之室，加密石焉。韋昭曰：密，密理，謂砥也。然彼以密石磨琢，此亦為飾也。西都賦曰：裁金璧以飾璫。璧英，璧玉之英也。孝經援神契曰：玉英，玉有英華之色。

遂排金扉而北入，霄靄靄而晻曖[52]。言深邃也。霄，冥也。旋室㛹娟以窈窕，洞房叫窱而幽邃。善曰：淮南子曰：傾宮、旋室，在崐崘閶闔之中。徐幹七喻曰：連觀飛榭，旋室迴房，旋室，曲屋也。㛹娟，迴曲貌。楚辭曰：姱容脩態亘洞房。西京賦曰：望叫窱以經廷。西廂踟蹰以閑宴，西廂，西序也。踟蹰，連閣傍小室也。閑，清閑也，可以燕會。踟或移字[53]。善曰：踟蹰，相連貌。毛萇傳曰：宴，安也，言安靜也。東序重深而奧祕。東序，東廂

---

50 注「爌炾爣朗」 案：正文各本皆作「閬」，善注末云「閬音朗」。茶陵本載善「音朗」。此注似有誤，蓋當為「閬」也。集韻三十七蕩有「閬云爣閬寬明貌」，即取此，亦是一證。其射雉賦云「畏映日之爣朗」，則安仁用字不同也。

51 注「言炫燿也矎矎目不正也」 袁本、茶陵本作「矎矎言炫燿而目不正也」。案：二本是也。

52 霄靄靄而晻曖 袁本、茶陵本「霄」作「宵」。案：「宵」是也。

53 注「踟或移字」 茶陵本作「踟或作移」。袁本有「字」無「作」，與此同。案：各本皆非也。當云：「踟或作移字」，互有

也。互言之，文相避耳。爾雅曰：東西廂謂之序。善曰：廣雅曰：奧，藏也。字書曰：祕，密也。屹鏗瞑以勿罔，屑醫以懿濞。寂寞之形也。善曰：瞑，莫耕切。魂悚悚其驚斯，心猥猥而發悸。驚斯，於此驚也。善曰：蘇林漢書注曰：葸葸，懼貌。猥與葸同。說文曰：悸，心動也，渠季切。悸或為欻。

於是詳察其棟宇，觀其結構。欲安心定意[54]審其事也。善曰：高誘呂氏春秋注曰：結，交也。構，架也。規矩應天，上憲觜陬。應天文星宿也。憲，法也。善曰：爾雅曰：觜陬之星，營室東壁也。毛詩曰：定之方中，作為楚宮。毛萇曰：定，營室也。觜，子移切。陬，子瑜切。倔佹雲起，嶔崟離摟[55]。善曰：甘泉賦曰：大夏雲譎波詭。離摟，眾木交加之貌。長門賦曰：羅丰茸之遊樹，離摟梧而相撐。倔，渠物切。佹，君委切。摟，力朱切。三間四表，八維九隅。室每三間，則有四表。四角四方為八維，并中為九。萬楹叢倚，磊砢相扶。楹，柱也。善曰：磊砢，壯大之貌。浮柱岧嵽以星懸，漂嶢峴而枝拄[56]。枝柱，言無根而倚立也。善曰：甘泉賦曰：抗浮柱之飛榱。漂，輕貌。嶢峴，不安之貌。峴，五結切。蒼頡篇曰：柱，枝也，誅僂切。飛梁偃蹇以虹指，揭蘧蘧而騰湊。善曰：甘泉賦：歷倒景而絕飛梁。西都賦曰：抗應龍之虹梁。崔駰七依曰：夏屋蘧蘧。高也，音渠。王逸楚辭注曰：湊，聚也。層櫨磥垝以岌峩，曲枅要紹而環句。善曰：說文曰：欂櫨，柱上枅。蒼頡篇曰：枅，柱上方木。然枅櫨為一，此重言之。蓋有曲直之殊爾。要紹，曲貌。芝栭欑羅以戢孴，枝牚杈枒而斜據[57]。芝栭，山節，方小木為之。牚，

脫耳。下注「牚或作棖字」，是其例。又案：爾雅曰「連謂之簃」，郭注今呼之「簃厨」，「簃」即「移」也。此賦蓋本是「移厨」，亦又為「踟厨」，故張載以為「連閣傍小室」。李善云「相連貌」，五臣不解，妄云「緩步不進」，然則「厨」字有「足」旁，乃今善本為所亂也，并訂之如此。

54 注「欲安心定意」　袁本、茶陵本「欲」上有「詳謂」二字。案：有者是也。

55 嶔崟離摟　袁本、茶陵本「摟」作「樓」，注同。案：「樓」字是也。長門賦可證。

56 漂嶢峴而枝拄　袁本、茶陵本「拄」作「柱」。案：「柱」字是也。此本注中亦皆作「柱」。

57 枝牚杈枒而斜據　袁本、茶陵本「杈枒」作「扠拐」，注同。案：此或善、五臣有異，但不著校語，無可考也。

眉梁之上也。各長三尺。牚或作棖字。善曰：說文曰：栭，枅上檽。蒼頡篇曰：欑，聚也。戢舂，眾貌。舂，乃立切。說文曰：牚，柱也，恥孟切。杈枒，參差之貌。杈，楚加切。枒，音牙。毛萇詩傳曰：據，依也。傍夭蟜以橫出，互黝糾而搏負。善曰：夭蟜、黝糾，特出之貌。蟜，巨表切。黝，於糾切。搏負，負荷而攢搏也。下岪蔚以璀錯，上崎嶬而重注。善曰：岪蔚，特起貌。璀錯，眾盛貌。岪，扶弗切。崎嶬，危嶮貌。崎，音綺。嶬，音蟻。注，猶屬也。捷獵鱗集，支離分赴。善曰：捷獵，相接貌。支離，分散也。縱橫駱驛，各有所趣。善曰：縱橫，四散也。駱驛，不絕。

爾乃懸棟結阿，天窗綺疎。天窗，高窗也。綺，文也。疎，刻鏤也。善曰：周書曰：明堂咸有四阿，屋四垂也。綺疎，已見上文。圓淵方井，反植荷蕖。反植者，根在上而葉在下。爾雅曰：荷，芙蕖，種之於員淵方井之中，以為光輝。善曰：鄭玄周禮注曰：植，根生之屬。發秀吐榮，菡萏披敷。綠房紫菂，窋咤垂珠[58]。綠房，芙蕖之房，刻繒為之[59]，綠色。紫菂，菂中芍也。爾雅曰：其中菂。珠，珠之實窋吒也[60]。善曰：爾雅曰：荷，其華菡萏。菡，胡感切。萏，徒感切。菂與芍同音的。說文曰：窋，物在穴中貌，張滑切。咤亦窋也，竹亞切。雲楶藻梲，龍桷雕鏤。雲節[61]，畫雲氣為山節也。梲，梁上楹，又畫水草之文。龍桷，畫椽為龍。善曰：爾雅曰：栭謂之節。郭璞曰：節，櫨也。楶與節同。論語曰：山節藻梲。包咸曰：梲者，梁上楹，畫為藻文。鄭玄禮記注曰：栭謂之梁[62]。楚辭曰：仰觀刻桷畫龍蛇。飛禽

---

58 窋咤垂珠　袁本、茶陵本「咤」作「⿱穴宅」，注同。案：「⿱穴宅」字是也。

59 注「刻繒為之」　案：「繒」當作「繪」，言刻為房及菂，繪為綠及紫也。各本皆譌。景福殿賦注云「謂繪五彩於刻鏤之中」，此「刻繪」之明證。

60 注「珠珠之實窋吒也」　陳云「珠之」似當作「菂之」，是也。各本皆誤。

61 注「雲節」　案：「節」當作「楶」，此複舉正文，不當改字。下乃以「節」解之，如上以「芍」解「菂」之例，各本皆誤。

62 注「栭謂之梁」　案：「梁」當作「楶」。各本皆譌。此禮器注文，今本作「節」，蓋善引自不同。

走獸，因木生姿。為之形也。善曰：高唐賦曰：狀似走獸，或象飛禽。奔虎攫挐以梁倚[63]，仡奮釁而軒鬐。善曰：攫挐，相搏持也。羽獵賦曰：熊羆之挐攫。張揖漢書注曰：梁倚，相著也。仡，舉頭也。郭璞曰：鬐，背上鬣也。杜預左氏傳注曰：釁，動也。虯龍騰驤以蜿蟺，頷若動而躨跜。善曰：杜預左氏傳注曰：頷，搖頭也，牛感切。李尤辟廱賦曰：萬騎躨跜以攫挐。躨跜，動貌。躨音逵。跜音尼。朱鳥舒翼以峙衡，騰虵蟉虯而遶榱。榱，亦椽也。有三名，一曰椽，二曰桷，三曰榱。善曰：春秋漢含孳曰：太一之常居前朱鳥。衡，四阿之長衡也。淮南子曰：桁題不枅。文字曰：騰[64]，蟉虯，曲貌。蟉，力鳥切。虯，巨繞切。白鹿孑蜺於欂櫨，蟠螭宛轉而承楣。善曰：古王子喬辭曰：王子喬參駕，白鹿雲中遨。孑蜺，延首之貌。孑，甄熱切。蜺，詣結切。方言曰：未升天龍，謂之蟠龍。狡兔跧伏於柎側，猨狖攀椽而相追。善曰：說文曰：跧，蹴也，壯攣切。柎，音父。玄熊舑舕以齗齗，卻負載而蹲跠。跠，踞也。善曰：舑舕，吐舌貌。舑，吐玷切。舕，吐暫切。蒼頡篇曰：齗，齒根也，牛斤切。廣雅曰：蹲跠，踞也。齊首目以瞪眄，徒脈脈而狋狋。齊首目以瞪眄，騈頭而相觀視。脈脈、狋狋，視貌。善曰：埤蒼曰：瞪，直證切。爾雅曰：脈，相視也，莫革切。說文曰：狋，大怒貌，牛飢切。胡人遙集於上楹，儼雅跽而相對[65]。仡欺猥以鵰䀏，䴉顤顟而睽睢，狀若悲愁於危處，憯嚬蹙而含悴。皆胡、夷之畫形也。人尊於鳥獸，故著在上楹。儼雅而相對，言敬恭也。善曰：儼雅，跽貌。說文曰：跽，長跪也，奇几切。欺猥，大首也。鵰䀏，如鵰之視也。聲類曰：瞲，驚視也。䀏與瞲同，呼穴切。䴉鷍顟，大首深目之貌。䴉，烏交切。鷍，呼交切。顟，力交切。睽睢，張目貌。

[63] 奔虎攫挐以梁倚　袁本云善作「玃」，注中皆為「玃」字。案：袁本是也。羽獵賦可證。茶陵本作「攫」，云五臣作「钁」，依袁本「钁」者五臣音「攫」之字也。其所見必誤。

[64] 注「文字曰騰」　袁本、茶陵本此下有「蛇無足而騰」五字。案：有者是也。何校「字」改「子」。陳云見第十五卷思玄賦注。各本皆誤。

[65] 注「儼雅而相對」　案：「雅」下當有「跽」字。此複舉正文，全句如上「齊首目以瞪眄」之例也，各本皆脫。

孟子曰：嚬蹙而言。嚬蹙，憂貌。神仙岳岳於棟間，玉女闚窗而下視。神女之人，又彌高也。善曰：岳岳，立貌。李尤函谷關銘曰：玉女流眄而下視。忽瞟眇以響像，若鬼神之髣髴。善曰：瞟眇，視不明之貌。說文曰：瞟，睽也[66]。廣雅曰：眇，莫也。響像，猶依俙，非正形聲也。說文曰：彷佛相似，視不諟也。諟與諦同。

圖畫天地，品類羣生。雜物奇怪，山神海靈。寫載其狀，託之丹青。千變萬化，事各繆形。隨色象類，曲得其情。言委曲得情也。善曰：列子曰：千變萬化，不可窮極。繆形，形不同也。淮南子曰：以鏡視形，曲得其情。上紀開闢，遂古之初。更畫太古開闢之時帝王之君也。善曰：尚書考靈耀曰：天地開闢，曜滿舒光。楚辭曰：遂古之初，誰傳道之。五龍比翼，人皇九頭。善曰：春秋命曆序曰：皇伯、皇仲、皇叔、皇季、皇少五姓，同期俱駕龍，周密與神通，號曰五龍。又曰：人皇九頭，提羽蓋，乘雲車，出暘谷，分九河。宋均曰：九頭，九人也。提羽蓋，鳥之羽。伏羲鱗身，女媧蛇軀。女媧，亦三皇也。善曰：列子曰：伏羲、女媧，蛇身而人面，有大聖之德，玄中記曰：伏羲龍身，女媧蛇軀。鴻荒朴略，厥狀睢盱。鴻，大也。朴，質也。略，野略。上古之世，為鴻荒之世也。畫其形亦質而略。睢盱，質朴之形。善曰：法言曰：鴻荒之世，聖人惡之。尚書璇璣鈐曰：帝嚳以上朴略，有象難傳。西京賦曰：睢盱跋扈。字林曰：睢，仰目也。盱，張目也。煥炳可觀，黃帝唐虞。至於煥炳可觀，唯黃帝、堯、舜以來。易曰：黃帝、堯、舜垂衣裳而天下治。善曰：尚書璿璣鈐曰：帝堯煥炳，隆興可觀。軒冕以庸，衣裳有殊。車曰軒，冠曰冕。庸，用也。作此車服，以賜有功，章有德。書曰：車服以庸。上曰衣，下曰裳。有功者賞，無功者否，故曰殊也。下及三后，婬妃亂主。皆畫其形也。三後，夏、殷、周也。善曰：國語，史蘇曰：昔夏桀，妹嬉有寵而亡夏；殷辛，妲己有寵而亡殷；周幽，褒姒有寵，周於是乎亡。忠臣孝子，烈士貞女。忠臣，屈原、子胥之等。孝子，申生、伯奇之等。烈士，豫讓、聶政之等。貞女，梁寡、昭薑之等。賢愚成敗，靡不載敘。善曰：列子曰：但伏羲以

---

66 注「瞟睽也」 案：「睽」當作「際」。各本皆譌。

來，賢愚好醜，成敗是非，無不消滅也。惡以誡世，善以示後。善曰：家語曰：孔子觀於明堂，覩四墉有堯、舜、桀、紂之象，而各有善惡之狀，興廢之誡焉。孔叢子，子思曰：古者則有國史，書之以示後也。善以為示，惡以為誡也。於是乎連閣承宮，馳道周環。馳道，馳馬之道，旋宮而帀。毛萇詩傳曰：年不順成，馳道不脩。善曰：馳道，人君所行之道也。君必乘車馬，故以馳為名也。陽榭外望，高樓飛觀[67]。大殿無內室，謂之榭。春秋傳曰：宣榭災。榭而高大，謂之陽。長途升降，軒檻曼延。長途升降，閣道上下也。軒檻所以開明也。善曰：上林賦曰：長途中宿。郭璞曰：途，樓閣間陛道。漸臺臨池，層曲九成。善曰：言重高九層也。呂氏春秋曰：有娀氏有二佚女，為九成之臺也。屹然特立，的爾殊形。高徑華蓋，仰看天庭。高徑，所徑高亢，上至華蓋也。善曰：楚辭曰：登華蓋兮乘陽谷。答賓戲曰：未仰天庭而覩白日。飛陛揭孽，緣雲上征。善曰：揭孽，高貌。中坐垂景[68]，頫視流星。言臺之高，自中坐而乘日景也。楚辭曰：流星墜兮成雨。千門相似，萬戶如一。千門萬戶，言眾多也。相似如一，言皆好也。善曰：漢書曰：建章宮度為千門萬戶。巖突洞出[69]，逶迤詰屈。善曰：子虛賦曰：巖突洞房。周行數里，仰不見日。或二或三為數，非正之辭也。論語，孔子曰：加我數年，可以學易。何宏麗之靡靡，咨用力之妙勤。善曰：小雅曰：靡靡，細也[70]。郭璞方言注曰：靡靡，細好也。妙勤，精妙功勤也。非夫通神之俊

---

67 陽榭外望高樓飛觀　又注「大殿無內室謂之榭春秋傳曰宣榭災榭而高大謂之陽」　袁本校語云善無「陽榭外望高樓飛觀」二句。今茶陵本有，改校語小字而升之為正文耳，其初亦無也。注二十二字袁、茶陵皆無。案：善魏都賦注引此賦注曰「榭而高大謂之陽」，然則正文當有「陽榭」云云，似無者為傳寫脫也。其注「大殿至宣榭災」，未審尤何所出。

68 中坐垂景　案：注云「自中坐而乘日景」，是。「垂」當作「乘」。各本皆誤。蓋五臣作「垂」也。又案：甘泉賦「垂景炎之炘炘」，漢書「垂」作「乘」，亦恐善「乘」、五臣「垂」，但善彼無注，又各本不著校語，無以考之。

69 巖突洞出　案：「突」當作「宊」，注同。各本皆誤。上林賦作「窔」，「宊」與「窔」同字也。一吊切。史記司馬相如傳可證。今漢書亦作「突」，皆傳寫之譌。又此注引「上林」作「子虛」，或善誤記耳。

70 注「小雅曰靡靡細也」　案：「靡」字不當重。此廣言文也。各本皆衍。

才，誰能剋成乎此勳？善曰：移太常博士曰：聖上德通神明。漢書曰：益州刺史王襄，聞王褒有俊才。爾雅曰：勳，功也。

據坤靈之寶勢，承蒼昊之純殷。易曰：地勢坤。蒼、昊，皆天之稱也。春為蒼天，夏為昊天。純，大；殷，中也。言魯承天之大中也。包陰陽之變化，含元氣之烟熅。烟熅，天地之蒸氣也。善曰：孫卿子曰：陰陽大化。周易曰：四時變化。春秋命曆序曰：元氣正則天地八卦孳。周易曰：天地絪縕，萬物化醇。玄醴騰涌於陰溝，甘靈被宇而下臻。醴泉出地，故曰陰溝也。善曰：春秋元命包曰：天樞得則醴泉出。孝經援神契曰：德至天則甘露降。朱桂黝儵於南北，蘭芝阿那於東西。黝儵、阿那，皆茂盛之貌。善曰：尚書大傳曰：德光地序，則朱草生。禮斗威儀曰：君乘金而王其政平，則蘭芝常生。鄭玄曰：主調和也。伏儼子虛賦注曰：芍藥，以蘭桂調食也。然蘭既為瑞，桂亦宜同。春秋運斗樞曰：搖光得陵黑芝[71]。朱穆鬱金賦曰：丹桂植其東。祥風翕習以颯灑，激芳香而常芬。風之散物，如灑颯然，及激溉草木，出其芳滋，故云翕習以灑颯。善曰：禮斗威儀曰：君乘火而王，其政平，則祥風至。翕習，盛貌。颯，素合切。神靈扶其棟宇，歷千載而彌堅。善曰：甘泉賦曰：神莫莫而扶傾。爾雅曰：彌，益也。永安寧以祉福，長與大漢而久存。實至尊之所御，保延壽而宜子孫。善曰：喪服傳曰：天子至尊。高唐賦曰：延年益壽千萬歲。毛詩曰：宜爾子孫振振兮。苟可貴其若斯，孰亦有云而不珍？毛萇詩傳曰：云，言也。爾雅曰：珍，美也。

亂曰：彤彤靈宮，巋嶵穹崇，紛厖鴻兮。善曰：皆高大之貌。嶵，助軌切。厖，莫董切。鴻，胡董切。崱屴嵫釐，岑崟崰嶷，駢巃嵸兮。善曰：皆峻嶮之貌。崱，助力切。屴，音力。嵫，音茲。釐，音貍。崰，音菑。嶷，音疑。連拳偃蹇，崘菌踡嵼，傍欹傾兮。善曰：皆特起之貌。崘，音倫。菌，巨貧切。踡，巨

71 注「搖光得陵黑芝」　袁本、茶陵本「陵」下有「山」字。案：有者是也。

皃切。嵼，音產。歇欻幽藹[72]，雲覆霮䨴，洞杳冥兮。善曰：皆幽邃之貌。歇，許乞切。欻，許勿切。霮，杜咸切。䨴，杜對切。蔥翠紫蔚，礧碨瓌瑋，含光晷兮。善曰：蔚，文貌。埤蒼曰：礧，碨礧也。礧，力罪切。碨，於賄切。郭璞山海經注曰：礧硌，大石也，音洛。埤蒼曰：瓌瑋，珍琦也。窮奇極妙，棟宇已來，未之有兮。善曰：周易曰：上棟下宇，以庇風雨。神之營之，瑞我漢室，永不朽兮。

景福殿賦

洛陽宮殿簿曰：許昌宮景福殿七間。

何平叔 典略曰：何晏，字平叔，南陽人也。尚金鄉公主。有奇才，頗有材能[73]，美容貌。魏明帝將東巡，恐夏熱，故許昌作殿，名曰景福。既成，命人賦之，平叔遂有此作。平叔為散騎常侍，遷尚書主選。後曹爽反，為司馬宣王斬於東市。

大哉惟魏，世有哲聖。武創元基，文集大命。武，武帝。文，文帝。並見魏都賦。毛詩曰：世有哲王。尚書，伊尹曰：天監厥德，用集大命。孔安國曰：集王命於其身。皆體天作制，順時立政。東都賦曰：體元立制，順時立政。謂依月令而行也。禮記曰：凡舉事必順其時。尚書有立政篇。至于帝皇，遂重熙而累盛。魏志曰：明皇帝諱叡，字元仲，文帝太子也。生數歲而有岐嶷之姿，武皇異之[74]。文帝崩，即皇帝位。東都賦曰：至乎永平之際，重熙而累

---

72 歇欻幽藹　茶陵本「藹」作「靄」，云五臣作「藹」，袁本作「藹」。案：此尤所見以五臣亂善也。

73 注「頗有材能」　茶陵本無此四字。袁本以此上此下注係之於「五臣銑曰」，而無「散騎常侍遷曹爽反」等字。其善注作「典略曰何晏字平叔南陽人也尚金鄉公主頗有材能為散騎常侍遷尚書主選及曹爽反誅晏並收斬東市」四十二字。案：袁本是也。茶陵例於大略相同，便稱某同某注，其實文句非全同也。此幷銑於善耳。尤所見者亦然，又將他本善注「頗有材能」四字校添，益不可通。

74 注「生數歲」下至「武皇異之」　袁本、茶陵本無此十三字。

洽也。遠則襲陰陽之自然，近則本人物之至情。周易曰：一陰一陽之謂道。阮籍通老子論曰：道法自然。漢書晁錯對策曰[75]：計安天下，莫不本於人情也。上則崇稽古之弘道，下則闡長世之善經。稽古，已見靈光殿賦。尚書序曰：謂之三墳，言大道也。左氏傳曰：北宮文子曰：有其國家，令問長世。又隨武子曰：兼弱攻昧，武之善經。庶事既康，天秩孔明。尚書，咎繇曰：庶事康哉。又曰：天秩有禮。毛詩曰：祀事孔明。故載祀二三，而國富刑清。歲三月，東巡狩，至于許昌。魏志明紀曰：大和六年三月，行幸東巡。四月，行幸許昌宮。春秋說題辭曰：國富民康。周易曰：聖人以順動，則刑罰清。班固漢書述曰：國富刑清。尚書曰：歲二月，東巡狩至于岱宗，柴。望祠山川，考時度方。存問高年，率民耕桑。禮記王制曰：歲二月，東巡狩，望祠山川，問百年者，就見之，考時月，定禮樂制度，衣服，正之。史記曰：撫萬民，度四方。王齊曰：隔定四方[76]而安撫之。司馬彪續漢書曰：凡郡國掌治民，常以春行所至縣，勸民農桑。越六月既望，林鍾紀律，大火昏正。桑梓繁廡，大雨時行。尚書曰：惟五月既望。孔安國曰：十五日，日月相望也。又越，於也。禮記曰：季夏之月，昏火中。又曰：律中林鍾。是月也，大雨時行。尚書曰：庶草蕃廡。三事九司，宏儒碩生。三事，三公也。毛詩曰：三事大夫，莫肯夙夜。九司，九卿也。春秋漢含孳曰：九卿象河海。劇秦美新曰：耆儒碩老。爾雅曰：宏、碩，大也。感乎溽暑之伊鬱，而慮性命之所平。禮記曰：季夏，是月也，土潤溽暑。伊鬱，煩熱貌。周易曰：乾道變化，各正性命。家語，孔子對魯哀公曰：分於道謂之命，形於一謂之性。王肅曰：分於道始得為人也。各受陰陽剛柔之性，故曰形於一。惟岷越之不靜，寤征行之未寧。岷、越，吳、蜀二境也。尚書曰：西土人亦不靜也。

---

75 注「晁錯對策曰」　袁本、茶陵本「晁錯」作「董仲舒」。案：此尤校改者是。

76 注「王齊曰隔定四方」　案：「齊」當作「肅」，「隔」當作「商」。此所引家語五帝德注也。史記集解亦載其語可證。各本皆誤。

乃昌言曰：「昔在蕭公，暨于孫卿。皆先識博覽，明允篤誠。尚書曰：禹拜昌言。蕭公，何也。荀卿子曰：宮室臺榭，以避燥濕，養德別輕重也。長笛賦序曰：博覽典雅。左氏傳曰：高陽氏有才子，明允篤誠。莫不以爲不壯不麗，不足以一民而重威靈。不飭不美[77]，不足以訓後而永厥成。漢書曰：蕭何治未央宮，上見其壯麗，甚怒。何曰：天子以四海為家，非令壯麗，亡以重威；且亡令後世有以加也。賈逵連珠曰：夫君人者，不飾不美，不足以一民。國語，屈建曰：不可以訓後嗣，不可以私欲干國。毛詩曰：我客戾止，永觀厥成。故當時享其功利，後世賴其英聲。杜預左氏傳注曰：享，受也。史記司馬季曰：助上養下，多其功利。封禪書曰：飛英聲。且許昌者，乃大運之攸戾，圖讖之所旌。獻帝紀曰：太史丞許芝奏故白馬令李雲上書曰：許昌氣見於當塗高者，昌於許。當塗高者，魏也。今魏基昌於許。漢微絕於許。春秋元命包曰：許昌為周當塗。春秋說題辭曰：大運在五。雒書摘亡辭曰：五德之運。杜預左氏傳注曰：戾，定也。賈逵國語注曰：旌，表也。苟德義其如斯，夫何宮室之勿營？」帝曰：「俞哉！」廣雅曰：何，問也。尚書，帝曰：俞。孔安國曰：俞，然也。玄輅既駕，輕裘斯御。禮記曰：孟冬之月，天子乘玄輅。又曰：是月也，天子始裘。論語，子曰：衣輕裘。蔡邕月令章句曰：凡衣服加於身曰御。乃命有司，禮儀是具。禮記曰：乃命有司。漢書，景帝詔曰：禮官具禮儀。審量日力，詳度費務。漢書曰：王延世功費約省，用日力寡。孫子曰：必先筭其費務。鳩經始之黎民，輯農功之暇豫。左氏傳，郯子曰：以鳩其氏。爾雅曰：鳩，聚也。毛詩曰：經始靈臺。孔安國尚書傳曰：黎，眾也。又輯，集也。左氏傳，呂相絕秦曰：芟夷我農功。國語，優施曰：我教暇豫之事君。韋昭曰：暇，間也。豫，樂也。因東師之獻捷，就海孽之賄賂。魏志，明帝六年九月，脩許昌宮。十月，田豫討大將[78]周賀於成山，殺賀。東師獻捷，蓋謂此也。左氏傳曰：齊侯來獻戎捷。漢書曰：蟲豸之妖謂之孽。

---

[77] 不飭不美　袁本、茶陵本「飭」作「飾」。案：「飾」字是也。

[78] 注「田豫討大將」　袁本「大」作「吳」，是也。茶陵本亦誤「大」，何校據改。

以吳僻居海曲而稱亂，故曰海孽。魚列切。爾雅曰：賄，財也。立景福之秘殿，備皇居之制度。魏志，明紀曰：脩許昌宮，起景福殿。魯靈光殿賦曰：立靈光之秘殿。

爾乃豐層覆之耽耽，建高基之堂堂。西京賦曰：大廈耽耽。史記曰：楚國，堂堂之大也。羅疏柱之汨王筆越，肅坻直夷鄂五各之鏘鏘。羅，列也。疏柱，畫柱也。汨越，光明貌。坻，殿基也。鄂，垠鄂也。西京賦曰：坻鍔鱗眴。飛櫩翼以軒翥，反宇巘魚桀以高驤。西京賦曰：反宇業業。飛櫩巘巘。又曰：鳳騫翥於甍標。西都賦曰：荷棟桴而高驤。流羽毛之威蕤，垂環玭之琳琅。言宮室以羽毛為飾。又垂環玭及琳琅也。西都賦曰：翡翠火齊。威蕤，羽毛之貌。爾雅曰：肉好若一謂之環。說文曰：玭，珠也。蒲眠切。參旗九旒，從風飄揚。周禮曰：熊旗六斿以象伐。毛萇詩傳曰：參，伐也。然伐一星[79]，以旗象參，故曰參旗。周禮曰：龍旗九旒。今云參旗九旒，蓋一指旗名，一言旒數，可以相明也。皓皓旰旰，丹彩煌煌。旰旰、煌煌，皆盛貌。故其華表，則鎬鎬杲鑠鑠，赫奕章灼，若日月之麗天也。華表，謂華飾屋外之表也。鎬鎬鑠鑠，赫奕章灼，皆謂光顯昭明也。周易曰：日月麗乎天。鎬，古皓切。鑠，舒藥切。其奧秘則蘙蔽曖昧，髣髴退概，若幽星之纚連也。魯靈光殿賦曰：西序重深而奧秘。蘙蔽曖昧、髣髴退概，皆謂幽深不明也。幽，猶夜也。曖，音愛。概，古愛切。纚，相連之貌，力氏切。既櫛比明逸而攢集，又宏璉以豐敞。毛詩曰：其比如櫛。璉，未詳。一曰宏連，大連眾木也。王逸楚辭注曰：橫木關柱為連。璉與連古字通。兼苞博落，不常一象。博落，謂所繞者廣也。郭璞山海經注曰：絡，繞也。落與絡古字通。遠而望之，若摛朱霞而耀天文；迫而察之，若仰崇山而戴垂雲。廣雅曰：摛，舒也。宋衷易緯注曰：天文者謂三光。王褒甘泉賦曰：卻而望之，鬱乎似積雲；就而察之，罶乎若太山。羌瓌瑋以壯麗，紛彧彧其難分，此其大較角也。南都賦曰：紛郁郁其難詳。大較，猶大略也。孔安國尚書傳曰：大較，三品也。若乃高甍萌崔嵬，

79 注「然伐一星」　案：「然」下當有「參」字。各本皆脫。

飛宇承霓。薛綜西京賦注曰：甍，棟也。縣蠻黮徒感䨴徒會，隨雲融泄。韓詩曰：縣蠻黃鳥。薛君曰：縣蠻，文貌。黮䨴，黑貌。黮，徒感切。䨴，徒對切。融泄，動貌也。鳥企山峙，若翔若滯。言屋形高竦，如鳥之企，如山之竦。若翔若滯，山鳥之貌。毛詩曰：如鳥斯企。說文曰：企，舉踵也，去豉切。魯靈光殿賦曰：屹山峙以紆鬱。峨峨嶫業，罔識所屆。西京賦曰：嵯峨捷業，罔識所則。雖離朱之至精，猶眩曜而不能昭晣也。趙岐孟子章句曰：離朱，即離婁也。淮南子曰：離朱之明，察箴末於百步之外。箴，古針字。王逸楚辭注曰：眩曜，惑亂貌。說文曰：昭晣，明也。晣，之逝切。

爾乃開南端之豁達，張筍虡之輪囷。凡正門皆謂之端門。春秋說題辭曰：血書魯端門。豁達，門通之貌。輪囷，其形也。華鍾杌其高懸，悍獸仡以儷陳。言端門之內為筍以懸華鍾。又植悍獸為虡以負之，仡然相對而陳列之。東都賦曰：鏗華鍾，獸負鍾。已見西京賦。何休公羊傳注曰：仡然，壯勇貌。賈逵國語注曰：儷，偶也。儷，力計切。體洪剛之猛毅，聲訇普安磤其若震音真。毛詩傳曰：磤，雷聲也，於謹切。爰有遐狄，鐐質輪菌。遐狄，即長狄也。以鐐為質。輪菌然也。爾雅曰：白金謂之銀，美者謂之鐐。郭璞曰：音遼。廣雅曰：質，軀也。輪，音倫。菌，其旻切。坐高門之側堂，彰聖主之威神。言為金狄坐於高門側堂之中，以明聖主之有威神。晏子曰：景公坐於堂側。芸若充庭，槐楓被宸。禮記曰：仲冬之月，芸始生。鄭玄曰：芸，香草也。若，杜若也。何休公羊傳注曰：充，滿也。槐、楓，二木名。說文曰：宸，屋宇也，音辰。綴以萬年，綷以紫榛。賈逵國語注曰：綴，連也。晉宮闕銘曰[80]：華林園萬年樹十四株。綷，猶雜也。毛詩曰：山有紫榛[81]。毛萇曰：榛，木名。或以嘉名取寵，或以美材見珍。萬年，嘉名之屬。紫榛，美材之屬。結實商秋，敷華青春。禮記曰：孟秋之月，其音商。楚辭曰：青春

[80] 注「晉宮闕銘曰」 案：「銘」當作「名」。各本皆譌。

[81] 注「山有紫榛」 案：「紫」字不當有。各本皆衍。

爰謝。王逸曰：青，東方為春位，其色青。藹藹萋萋，馥馥芬芬。爾其結構，則脩梁彩制，下褰上奇。修梁跨迴，故曰褰。眾彩殊制，故曰奇。徐爰射雉賦注曰：褰，開也。說文曰：奇，異也。桁梧複疊，勢合形離。桁，梁上所施也。桁與衡同。梧，柱也，音悟。艴如宛虹，赫如奔螭。宛虹、奔螭，梁上之飾也。如淳漢書注曰：宛虹，屈虹也。南距陽榮，北極幽崖宜。任重道遠，厥庸孔多。言椽栱交結，南自陽榮而北至幽崖，故云任重道遠，其功甚多。多當為趨。廣雅曰：趨，多也[82]，紙移切。郭璞上林賦注曰：榮，屋南簷也。在南曰陽。論語曰：任重而道遠。

於是列髹休形之繡桷，垂琬琰之文璫。言桷以髹漆飾之而為藻繡，以琬琰之玉而為文璫。漢書曰：殿上髹。周禮曰：王之喪車髹飾。鄭玄曰：赤多黑少謂之髹。韋昭曰：刷漆為髹。尚書曰：弘璧琬琰在西序。上林賦曰：華榱璧璫。蝹於云若神龍之登降，灼若明月之流光。神龍，繡桷也。明月，文璫也。薛綜西京賦注曰：蝹，龍貌。爰有禁楄補沔，勒分翼張。楄，附陽馬之短桷也。說文曰：楄，署也[83]。扁從戶冊者，署門戶也。桷、署雖殊，為文之義則一也。扁與楄同，一音必緜切。冊，楚責切。勒分翼張，言如獸勒之分，鳥翼之張。釋名曰：勒與肋古字通。承以陽馬，接以員方。陽馬，四阿長桁也。禁楄列布，承以陽馬，眾材相接，或員方也。馬融梁將軍西第賦曰：騰極受檐，陽馬承阿。斑間賦白，疎密有章。廣雅曰：斑，分也。毛萇詩傳曰：賦，布也。考工記曰：畫繢之事，赤與白謂之章。飛枊鳥踊，雙轅是荷。飛枊之形，類鳥之飛。又有雙轅任承檐，以荷眾材。今人名屋四栱曰欂枊也。劉梁七舉曰：雙轅覆井，芰荷垂英。枊，吾郎切。赴險凌虛，獵捷相加。其眾材相加，或凌虛赴嶮。獵捷，相接之貌。皎皎白間，離

---

82 注「多當為趨廣雅曰趨多也」 案：二「趨」字皆當作「趍」。今廣雅釋詁三作「敪」，兩京賦「清酤敪」注亦引廣雅「敪，多也」。「趍」與「敪」同字耳。

83 注「說文曰楄署也」 案：「楄」當作「扁」，下文可證。各本皆譌。

離列錢。白間，青瑣之側，以白塗之，今猶謂之白間。列錢，金釭也。西京賦曰：金釭銜璧，是為列錢。晨光內照，流景外烻。晨光，日景也。日光照於室中，而流景外發而延起也。西都賦曰：激日景而納光。烻，起貌，式延切。列若鉤星在漢，煥若雲梁承天。言宮殿烈然光明，若鉤星之在河漢。煥然高廣，又似雲梁而承於天也。廣雅曰：辰星，或謂之鉤星。雲梁，以雲為梁也。騧徙增錯，轉縣成郛。騧或為蝸，言合眾板上為井欄，而形文錯若蝸之徙，遞轉縣之，各成郛郭。茄蔤倒植，吐被芙蕖。爾雅曰：荷芙蕖，其莖茄，其本蔤。郭璞曰：莖下白蒻，在泥中者。蔤音密。蒼頡篇曰：植，種也。繚了以藻井，編以綷子會疏；紅葩⿰革甲胡甲⿱艹⿰革禾直甲，丹綺離婁力俱反。廣雅曰：繚，繞纏也。西京賦曰：蔕倒茄於藻井，披紅葩之狎獵。又曰：何工巧之瑰瑋，交綺豁以疏寮。綷疏，謂繪五彩於刻鏤之中。離婁，刻鏤之貌。劉向熏爐銘曰：彫鏤萬獸，離婁相加。菡萏艳翕[84]，纖縟紛敷。菡萏，已見上文。䓘與菡同。說文曰：縟，采飾也。繁飾累巧，不可勝書。廣雅曰：勝，舉也。言不可勝而書。

於是蘭栭積重，窶數矩設。蘭，木蘭也。以木蘭為栭，言蘭栭重疊交互以相承，有似窶數，故借其名焉。蘇林漢書注曰：窶數，四股鉤。窶，其矩切。數，所柱切。欂子兼櫨各落以相承，欒栱夭蟜而交結。欂，即枊也。欂，子廉切。說文曰：櫨，柱上枅也。薛綜西京賦注曰：欒，柱上曲木，兩頭受櫨者。栱，欒類而曲也。夭蟜，欒栱長壯之貌。蟜，其夭切。金楹齊列，玉舄承跋。金楹，金柱也，而以玉礩承柱之跋也。西京賦曰：彫楹玉舄。廣雅曰：碣，礩也。禮記曰：燭不見跋。鄭玄曰：跋，本也，方末切。青瑣銀鋪，是為閨闥。言以青瑣銀鋪，是為閨闥之飾。漢書曰：赤墀青瑣。銀鋪，以銀為鋪首也。長門賦曰：擠玉戶而撼金鋪。雙枚既脩，重桴乃飾。雙枚，屋內重檐也。重桴，重棟也。在內謂之雙枚，在外謂之重桴。言重檐既長，因達于外而為重棟，以施采飾也。枚，莫回切。槐梠緣邊，周

84 菡萏艳翕　案：「菡」當作「⿱艹頷」。注云「菡萏已見上文」者，謂魯靈光殿賦「菡萏披敷」也。云「⿱艹頷」與「菡」同者，謂此賦之「⿱艹頷」字與彼賦之「菡」字同也。善正文必是「⿱艹頷」字無疑，五臣乃改為「菡」，各本亂之而失著校語。

流四極。言以榥梠緣屋邊隅，周帀流移至於四極。說文曰：榥梠，秦名屋櫋聯，楚謂之梠也。榥，頻移切。侯衛之班，藩服之職。言榥梠之居四極，若五服之鎮外藩也。周書有侯衛藩服。小雅曰：班，次也。温房承其東序，涼室處其西偏。温房、涼室，二殿名。卞蘭許昌宮賦曰：則有望舒涼室，羲和温房。然卞、何同時，今引之者，轉以相明也。他皆類此。開建陽則朱炎豔，啓金光則清風臻。建陽門在東，金光在西。白虎通曰：炎者太陽。韋仲將景福殿賦曰：昭剛義於金光，崇柔惠於建陽。爾雅曰：臻，至也。故冬不淒寒，夏無炎燀。言寒暑猶門，故無寒燀之患。毛萇詩傳曰：淒，寒風也。國語，太子晉曰：水無沉氣，火無炎燀。韋昭曰：燀，炎起貌，昌延切。鈞調中適，可以永年。呂氏春秋曰：衷也者，適也。高誘曰：適，中也。舞賦曰：永年之術。墉垣碭基，其光昭昭。爾雅曰：牆謂之墉。說文曰：碭，文石也，徒浪切。昭，之紹切。周制白盛，今也惟縹。墉之色也。周禮曰：掌蜃共白盛之蜃。鄭玄注曰：盛，猶成也，謂飾墉使白之蜃也。今東萊用蛤，謂之义灰。劉梁七舉曰：丹墀縹壁，紫柱紅梁。落帶金釭，此焉二等。落帶，壁帶也。而交落之，上施金釭而為二等。漢書曰：昭陽舍，其壁帶往往為黃金釭，函藍田璧。明珠翠羽，往往而在。漢書曰：昭陽舍，往往明珠翠羽飾之。欽先王之允塞，悅重華之無爲。尚書曰：重華濬哲文明，溫恭允塞。孔安國曰：舜有深智、文明、溫恭之德，信充塞四表上下也。論語曰：無為而治者其舜也歟。命共工使作繢[85]，明五采之彰施。尚書，帝曰：垂，命汝作共工。又曰：予欲觀古人之象，作會宗彝，以五采彰施于五色，作服汝明。鄭玄曰：繢，讀曰繪[86]，凡畫者為繪，胡對切。圖像古昔，以當箴規。韋昭國語注曰：箴，箴刺王闕。鄭玄毛詩

---

[85] 命共工使作繢　案：「繢」當作「繪」。注引鄭尚書注可證。「繪」字通作「繢」，蓋五臣改之，各本正文皆以亂善而不著校語。

[86] 注「繢讀曰繪」　袁本「繢」作「會」。案：「會」字是也。茶陵本亦誤「繢」，蓋校者初欲以「繢」改下「繪」字，而誤改「會」字也。

箋曰：規，正圓之器，以思親正君[87]曰規也。椒房之列，是準是儀。漢舊儀曰：皇后稱椒房。詩曰：椒聊之實，蔓延盈升。美其繁興也。觀虞姬之容止，知治國之佞臣。列女傳曰：齊虞姬者，名損之，齊威王之姬也。威王即位，諸侯並侵之，其佞臣周破胡專權擅勢，嫉賢妬能，即墨大夫賢而日毀之；阿大夫不肖反日譽之。虞姬謂王曰：破胡諛讒之佞臣也，不可不退。齊有北郭先生者，賢明於道，可置左右。王乃封即墨大夫以萬戶，烹阿大夫與周破胡，遂收故侵地，齊國大治。見姜后之解佩，寤前世之所遵。列女傳曰：周宣王姜后者，齊侯之女，宣王之后也。宣王嘗夜臥而晏起，後夫人不出於房。姜后既出，乃脫簪珥待罪於永巷，使其傅母通言於王曰：妾不才，妾之淫心見矣，致君王失禮而晏朝。注云：永巷，堂塗是也。賢鍾離之讜言，懿楚樊之退身。列女傳曰：鍾離春者，齊無鹽邑之女也，為人極醜，自詣宣王，願乞一見。宣王召見之，乃舉手拊膝曰：殆哉！殆哉！宣王曰：願聞命。對曰：今西有橫秦之患，南有強楚之讎，春秋四十，壯勇不立[88]，此一殆也。漸臺五層，萬民疲困，此二殆也。賢者伏匿山林，諂諛強於左右，此三殆也。酒漿沉湎[89]，以夜繼日，女樂俳優，縱橫大笑，此四殆也。宣王喟然而歎：寡人之殆幾不全。拜無鹽君以為王后。漢書，成帝曰：久不見班生，今日復聞讜言。聲類曰：讜，善言也。列女傳曰：楚莊王樊姬者，楚莊王之夫人也。王嘗聽朝而罷晏。樊姬曰：何罷之晏也？王曰：今旦與賢者語。樊姬曰：王之所謂賢者，諸侯之客與，將國中士也！王曰：虞丘子也。樊姬揜口而笑曰：妾幸得充後宮，妾所進者九人，今賢於妾者二人，與妾同列者七人。今夫虞丘子之相楚十餘年矣，其所薦者非其子孫則族昆弟，未嘗聞其進賢而退不肖，夫知賢而不進，是不忠也；若不知賢，是無知也，豈可謂賢哉？嘉班妾之辭輦，偉孟母之擇鄰。漢書曰：成帝遊於後庭，嘗與班婕妤同輦。婕妤辭曰：三代末主，乃有嬖女，今欲同輦，得無近似之？列女傳曰：孟軻母者，即孟子母也，號曰孟母。其舍近墓。孟子之少

87 注「以思親正君」 陳云別本「思」作「恩」。案：「恩」是也。此沔水箋文，但今未見其本耳。

88 注「壯勇不立」 案：「勇」當作「男」。各本皆譌。

89 注「酒漿沉湎」 袁本、茶陵本「沉」作「流」，是也。何校據改。

也，嬉戲為墓間之事，踊躍築埋。孟母曰：此非所以居處子也。乃去。舍市傍，其子嬉戲為賈。又曰：此非所以居處子也。乃舍學宮之傍。其子遊戲，乃設俎豆，揖讓進退。曰：此可以居子。遂居。及孟子長，學六藝，卒成大儒。故將廣智，必先多聞。文子曰：聰明廣智，守以愚；多聞博辯，守以儉。國語曰：晉公使趙衰為卿，辭曰：胥臣多聞，臣不若也。多聞多雜，多雜眩眞。楊子曰：雜乎雜。人病多知為雜，惟聖人為不雜。賈逵國語注曰：眩，惑也。不眩焉在，在乎擇人。左氏傳：士文伯謂晉侯曰：務三而已，一曰擇人。杜預曰：擇賢人也。故將立德，必先近仁。言將欲立德，必先近於仁賢也。左氏傳，穆叔曰：太上立德。禮記曰：力行近乎仁也。欲此禮之不諐去乾，是以盡乎行道之先民。大戴禮記曰[90]：禮義之不諐，何恤人言。禮記，孔子曰：行道之人。國語曰：古曰在昔，昔曰先民也。朝觀夕覽，何與書紳？言朝夕觀覽圖畫，何如書紳之事乎。論語曰：子張書諸紳。

若乃階除連延，蕭曼雲征。蕭曼，蕭條曼延，言高遠也。西京賦曰：途閣雲曼。魯靈光殿賦曰：飛陛揭孽，緣雲上征。櫺檻邳張，鉤錯矩成。西京賦曰：伏櫺檻而頫聽。薛綜曰：櫺檻，臺上欄也。邳或為丕。孔安國尚書傳曰：丕，大也。鉤以正曲，矩以正方也。莊子曰：曲者不以鉤，方者不以矩。錯猶治也。楯類騰蛇，槢音習似瓊英。榮楯彫鏤，形類騰蛇。眾槢文采，又似瓊英。越絶書曰：越王句踐欲伐吳，大夫文種於是作榮楯，嬰以白璧，鏤以黃金，狀類龍蛇，以獻吳王。一曰，應劭漢書注曰：楯，欄橫也。司馬彪莊子注曰：槢，槭楔也。瓊英，玉英也。此既施之於櫺檻，然凡楔皆謂之槢，辭立切。楔，先結切。如螭之蟠，如虯之停。廣雅曰：無角曰螭龍，有角曰虯龍。蟠，已見上文。玄軒交登，光藻昭明。司馬彪上林賦注曰：軒楯，下板也，上加漆，故曰玄軒。楯，階除之欄，故曰交登。鄭玄周禮注曰：登，升也。騶虞承獻，素質仁形。言為騶虞以乘軒板，狀軒軒然。毛萇詩傳曰：騶虞，白虎黑文。毛詩序曰：仁如騶虞，則王道成矣。劉熙孟子注曰：獻，猶軒，軒在物上之稱也。廣雅曰：質，地也。彰天瑞之休顯，照遠戎之來庭。

---

90 注「大戴禮記曰」 袁本「記」作「詩」。茶陵本「記曰」作「引詩」。案：袁本是也。

司馬相如封禪書騶虞頌曰：厥塗靡從，天瑞之徵。王褒四子講德論曰：南郡獲白虎，是以北狄賓也。陰堂承北，方軒九戶。在北，故曰陰堂也。方軒，併窗也。西京賦曰：九戶開闢。右个清宴，西東其宇。杜預左氏傳注曰：个，東西廂也。清宴，殿名。韋誕景福殿賦曰：離殿別館，粲如列星，安昌延休，清宴永寧。連以永寧，安昌臨圃。洛陽宮殿簿曰：許昌宮永寧殿七間，安昌殿十間。臨圃，殿名。遂及百子，後宮攸處。韋誕景福殿賦曰：美百子之特居，嘉休祥之令名。鄭玄毛詩箋曰：大姒十子，眾妾則宜百子。其殿之名，蓋取於此。處之斯何，窈窕淑女。毛詩曰：窈窕淑女，君子好仇。思齊徽音，聿求多祜。毛詩曰：思齊大任，文王之母。又曰：大姒嗣徽音，則百斯男。又曰：靡有不克[91]，自求伊祜。其祜伊何，宜爾子孫[92]。宜爾子孫，已見上文。克明克哲，克聰克敏。蔡邕橋玄碑曰：克明克哲，實叡實聰。毛詩曰：農夫克敏。永錫難老，兆民賴止。錫之以難老，令其壽考。毛詩曰：既飲旨酒，永錫難老。尚書曰：一人有慶，兆民賴之。於南則有承光前殿，賦政之宮。洛陽宮殿簿曰：許昌宮承光殿七間。納賢用能，詢道求中。西京賦曰：表賢簡能。毛萇詩傳曰：親戚之謀為詢也。疆理宇宙，甄陶國風。左氏傳，齊賓媚人謂晉人曰：先王疆理天下。楊子法言曰：甄陶天下，其在和乎。李聃曰[93]：埏埴為器曰甄陶，王者亦甄陶其民也。埏，失然切。雲行雨施，品物咸融。周易曰：雲行雨施，品物流形。融，猶通也。其西則有左墄右平，講肄之場。七略曰：蹵鞠者，傳言黃帝所作。王者宮中，必左墄而右平。墄，猶國也。言有國當治之也。蹵鞠亦有治國之象，

---

91 注「靡有不克」 案：「克」當作「孝」。各本皆譌。

92 宜爾子孫 袁本作「孫子」，云善作「子孫」。茶陵本云五臣作「孫子」。案：各本所見皆非也。注云「宜爾子孫已見上文」者，謂毛詩已引在魯靈光殿賦也。詩之「子孫」與賦之「孫子」，語倒而意不異，無嫌取證，不知者遂依注以改正文，乃失其韻矣。

93 注「李聃曰」 案：「聃」當作「軌」，謂李軌，注：法言也。各本皆誤。

左城而右平。侯權景福殿賦曰[94]：乃造彼鞠室。講肄，謂習武也。賈逵國語注曰：肄，習也。二六對陳，殿翼相當。二六蓋鞠室之數，而室有一人也。李尤鞠室銘曰：圓鞠方牆，放象陰陽，法月衝對，二六相當。卞蘭許昌宮賦曰：設御坐於鞠域，觀奇材之曜暉。二六對而講功，體便捷其若飛。僻脫承便，蓋象戎兵。言相僻脫似承敵人之便，以象戎兵習戰之術也。七略曰：蹋鞠，兵勢也。漢書音義曰：捽胡，若今相僻臥輪之類。僻，匹赤切。察解言歸，譬諸政刑。將以行令，豈唯娛情。言察之既解，而各言歸，斯實譬之政刑，非為戲樂而已。七略曰：蹋鞠，其法律多微意，皆因嬉戲以講練士，至今軍士羽林無事，使得蹋鞠。歸田賦曰：聊以娛情。鎮以崇臺，寔曰永始。永始，臺名，倉廩所居也。韋仲將景福殿賦曰：時襄羊以劉覽[95]，步華輦於永始，知稼穡之艱難，壯農夫之克敏。複閣重闈，倡狂是俟。莊子曰：倡狂，妄行也。京庾之儲，無物不有。毛詩曰：曾孫之庾，如坻如京。鄭玄曰：庾，露積穀也。西京賦曰：于何不有。不虞之戒，於是焉取。言有不虞之戒，取京庾以給之。周易曰：君子以除戎器，戒不虞。

爾乃建凌雲之層盤，浚虞淵之靈沼。凌雲，層，盤名也，為之以承甘露也。虞淵，靈沼名也。韋仲將景福殿賦曰：虞淵靈沼，淥水泱泱。毛詩曰：王在靈沼。清露瀼瀼，淥水浩浩。清露，層盤之露也。毛詩曰：零露瀼瀼。而羊切。尚書曰：浩浩滔天。樹以嘉木，植以芳草。西京賦曰：嘉木樹庭，芳草如積。悠悠玄魚，暀暀白鳥。孔叢子，孔子歌曰：黃河洋洋，悠悠之魚。毛詩曰：白鳥翯翯。毛萇曰：翯翯，肥澤也。翯與暀音義同。沈浮翱翔，樂我皇道。言魚鳥得所。若乃蚪龍灌注，溝洫交流。言為蚪龍之形，吐水灌注，以成溝洫，交橫而流[96]。東征賦曰：望河、洛之交流。陸設殿館，水方輕舟。爾雅曰：大夫方舟。郭璞曰：併兩船。篁棲鶡鷺，

---

94 注「侯權景福殿賦曰」 案：「侯」上當有「夏」字，「權」上當有「稚」字。各本皆脫。安陸昭王碑注引作「夏侯稚」，當互訂。稚權名惠，見魏志夏侯淵傳注。

95 注「時襄羊以劉覽」 陳云「劉」當作「瀏」，「瀏覽」與西征賦「劉睨」同義。其說是也。各本皆譌。

96 注「言為蚪龍之形吐水灌注以成溝洫交橫而流」 袁本無此十八字。茶陵本無「之形吐水注以成」七字。案：此所見不同也。

瀨戲鰋鮋音由。服虔漢書注曰：篁，叢竹也。鶡、鷺，二鳥名。鰋、鮋，二魚名[97]。豐侔淮海，富賑山丘。字林曰：侔，齊等也。馮衍爵銘曰：富如江海。孫卿子曰：節用裕民，且有富厚丘山之積矣。爾雅曰：賑，富[98]。叢集委積，焉可殫籌？鄭玄周禮注曰：少曰委，多曰積。儀禮注曰：籌，筭也。雖咸池之壯觀，夫何足以比讎？春秋漢含孳曰：咸池主五穀[99]。宋均曰：咸池，取池水灌注生物以為名也。元命包曰：其星五者各有職，以蓄積為作恃五穀。爾雅曰：讎，匹也，視周切。

於是碣以高昌崇觀，表以建城峻廬。薛綜東京賦注曰：高昌、建城，二觀名也[100]。韋仲將景福殿賦曰：北看高昌，邪睨建城。碣，揭同[101]。岧嶢岑立，崔嵬巒居。爾雅曰：山小而高曰岑。又曰：巒，山墮。郭璞曰：山形長狹者，荊州謂之巒。飛閣干雲，浮堦乘虛。西都賦曰：脩塗飛閣。西京賦曰：干雲霧而上達。浮堦，飛陛也。遙目九野，遠覽長圖。謂建城也。淮南子曰：上通九天，下貫九野。高誘曰：九天，八方中央，九野亦如之。周禮曰：遂人掌邦之野，以土地之圖經田野。俯眺三市，孰有誰無？謂高昌也。韋仲將景福殿賦曰：踐高昌以北眺，臨列隊之京市。周禮曰：大市，日仄而市。朝市，朝時為市。夕市，夕時為市。孟子曰：古之為市，以其所有，易其所無。覩農人之耘耔，亮稼穡之艱難。惟饗年之豐寡，思無逸之所歎。毛詩曰：或耘或耔[102]，黍稷薿薿。尚書無逸，周公

---

97 注「服虔漢書注曰篁叢竹也鶡鷺二鳥名鰋鮋二魚名」又注「字林曰侔齊等也」　袁本無此二十七字。茶陵本無兩「名」字。案：此所見不同也。

98 注「賑富」　案：「富」下當有「也」字，各本皆脫。

99 注「為作恃五穀」　袁本、茶陵本「作恃」作「天持」，是也。

100 注「薛綜東京賦注曰高昌建城二觀名也」　袁本、茶陵本無此十五字。案：此所見不同。袁、茶陵是，而尤非也。何云東京賦無此語，謂賦文既無「高昌建城」，則薛注自不得有矣。其說最是。凡尤校此書，專主增多，故往往幷他本衍文而取之。

101 注「碣揭同」　袁本、茶陵本無此三字。案：蓋五臣以此改正文「碣」為「揭」，而二本去此注耳。

102 注「毛詩曰或耘或耔」　袁本此注首有「謂九野也」四字，最是。茶陵本無，尤所見與之同，皆誤脫。

曰：嗚呼，君子所其無逸，先知稼穡之艱難乃逸。又曰：我聞在昔，殷王中宗享國七十有五年，高宗之享國五十有九年。自是厥後立王，生則逸，或五六年，或四三年。感物眾而思深，因居高而慮危。謂三市也。感，猶思也。周易曰：日中為市，聚天下之貨。又曰：君子安而不忘危。惟天德之不易，懼世俗之難知。周易曰：用九，天德不可為首也。尚書曰：爾亦弗知天命不易也。觀器械之良窳，察俗化之誠僞。文子曰：器械不惡，而職事不慢也。鄭玄禮記曰[103]：器械，禮樂之器及兵甲也。史記曰：舜陶河濱，器不苦窳。晉灼曰：窳，病也。班固漢書贊曰：孝宣之治，至於器械。自元、成間鮮能及之，亦足以知吏稱其職，民安其業。瞻貴賤之所在，悟政刑之夷陂。晏子春秋，景公謂晏子曰：子之宅近市，則識貴賤乎？對曰：既竊利之，敢不識乎？公曰：何貴何賤？是時也，景公繁於刑。晏子對曰：踊貴而屨賤。公是以省刑。孔安國尚書傳曰：夷，平也。陂，險也。亦所以省風助教，豈惟盤樂而崇侈靡？省風，觀器械也。國語，伶州鳩曰：天子省風以作樂助教，察政刑也。班固漢書述曰：威實輔德，刑亦助教。子虛賦曰：奢言淫樂而顯侈靡也。屯坊列署[104]，三十有二。星居宿陳，綺錯鱗比。聲類曰：坊，別屋也。方與坊古字通。釋名曰：坊，別屋名。星，散也。列位，布散也。宿，星宿也。比，比相次也。扶至切。辛壬癸甲，為之名秩。辛壬癸甲，十干之名，今取以題坊署，以別先後也。房室齊均，堂庭如一。出此入彼，欲反忘術。廣雅曰：術，道也。惟工匠之多端，固萬變之不窮。楚辭曰：亦多端而膠加。又曰：萬變之情，豈其可盡。物無難而不知，乃與造化乎比隆。列子曰：穆王見偃師歎曰：人之巧，乃與造化同功。造化，已見東都賦注。雝天地以開基，並列宿而

103 注「鄭玄禮記曰」 案：「記」下當有「注」字。各本皆脫。

104 屯坊列署 袁本、茶陵本「坊」作「方」。案：二本是也。

作制。制無細而不協於規景[105]，作無微而不違於水臬[106]五結切。無細不合，皆言合也[107]。無微而違，言不違也。周禮，匠人建國，水地以縣，置槷以縣，眡其景，為規識日出之景與日入之景，鄭玄曰：於四角立植，而縣以水，望其高下，高下既定，乃為位而平地也。槷，古文臬，假借字也。於所平之地，中樹八尺之臬，以縣正之，眡之其景，將以正四方也。故其增構如積，植木如林。區連域絕，葉比枝分。離背別趣，駢田胥附。離背別趣，各有所施也。駢田胥附，羅列相著也。縱橫踰延，各有攸注。公輸荒其規矩，匠石不知其所斲。墨子曰：公輸般為雲梯。鄭玄禮記注曰：公輸若，匠師也。般、若之族多技巧也。孔安國尚書傳曰：荒，廢也。莊子曰：匠石之齊，見櫟社樹。觀者如市，匠伯不顧。司馬彪曰：匠石字伯。說文曰：斲，竹句切。既窮巧於規摹，何彩章之未殫。爾乃文以朱綠，飾以碧丹。言既極規摹之巧，而未盡采章之盛，故文之以朱綠，而飾之以碧丹也。傳毅七激曰：文以朱綠。殫下或有駮字。非也。點以銀黃，爍以琅玕。黃謂黃金。漢書曰：楊僕懷銀黃也。光明熠以入爚藥，文彩璘班[108]。說文曰：熠，盛光也[109]。爚，火光也。埤蒼曰：璘班，文貌。清風萃而成響，朝日曜而增鮮。雖崑崙之靈宮，將何以乎侈旃。穆天子傳曰：天子升於崑崙之丘，觀黃帝之宮。規矩既應乎天地，舉措又順乎四時。太玄經曰：天道成規，地道成矩。文子曰：舉措廢置，不可不審。順乎四時，即順時立政也。是以六合元亨，九有雍熙。呂氏春秋曰：神通乎六合。高誘曰：四方上下為六合。元亨，已見上文。毛詩曰：方命厥後，奄

---

105 制無細而不協於規景　案：當衍「而」字。說見下。

106 作無微而不違於水臬　案：當衍「不」字。注云：「無細不合，皆言合也；無微而違，言不違也。」正文上句無「而」字，下句無「不」字，甚明白易知。各本皆誤衍。又案：考五臣濟注云「無微不違，言不違」，當是。其本乃衍。袁、茶陵二本不著校語，則所見皆以五臣亂善也。

107 注「無細不合皆言合也」　案：上「合」當作「協」，「皆言」當倒。各本皆誤。

108 文彩璘班　袁本「班」作「㻞」，云善作「班」。茶陵本云五臣作「㻞」。案：注引埤蒼作「㻞」，疑校語未是。

109 注「熠盛光也」　袁本、茶陵本無「盛」字。案：此尤依說文校添。

有九有。毛萇曰：九有，九州也。東京賦曰：上下共其雍熙。尚書曰：黎民於變時雍。又曰：庶績咸熙。家懷克讓之風，人詠康哉之詩。尚書曰：允恭克讓。又：咎繇乃歌曰：元首明哉，股肱良哉，庶事康哉。莫不優游以自得，故淡泊而無所思。毛詩曰：優哉游哉。鄭玄曰：優游，自安止也。東都主人曰：莫不優游而自得，玉潤而金聲。淮南子曰：所謂有天下者，自得而已。老子曰：道之出口，淡乎其無味。說文曰：泊，無為也。莊子曰：知反於帝宮，見黃帝而問焉，曰：何思何慮則知道？黃帝曰：無思無慮則知道也。歷列辟而論功，無今日之至治。直之反。封禪書曰：歷選列辟。李尤平樂觀賦曰：披典籍以論功，蓋罔及乎大漢。莊子曰：容成氏、大庭氏，若此時至治也。彼吳蜀之湮滅，固可翹足而待之。封禪書曰：湮滅而不稱。新序，趙良謂商君曰：君亡可翹足而待也。廣雅曰：翹，舉也。

然而聖上猶孜孜靡忒，求天下之所以自悟。孟子曰：雞鳴而起，孳孳為善者，舜之徒也。孳與孜同。鄭玄毛詩箋曰：忒，變也。家語，魯君曰：微夫子，寡人無出自悟也。招忠正之士，開公直之路。漢書，谷永上書曰：崇諫爭之官，廣開忠直之路。想周公之昔戒，慕咎繇之典謨。周公昔戒，謂無逸也。咎繇典謨，謂康哉之歌也。除無用之官，省生事之故。史記曰：吳起如楚，捐不急之官。漢書，蕭望之曰：生事於外夷，漸不可長。公羊傳曰：遂者何，生事也。何休曰：生，猶造也。賈逵國語注曰：故，謀也。絕流遁之繁禮，反民情於太素。淮南子曰：凡亂之所由生者，皆在流遁。流遁之所生者五，或遁於木，或遁於水，或遁於土，或遁於金，或遁於火。此五者一足以亡天下也。說文曰：遁，遷也。尚書曰：禮煩即亂。太素，樸素也。東都賦曰：昭節儉，示太素。故能翔岐陽之鳴鳳，納虞氏之白環。國語，周內史過曰：周之興也，鸑鷟鳴於岐山。世本曰：舜時，西王母獻白環及佩。蒼龍覿於坡塘，龜書出於河源。魏志文紀曰：青龍見於靡陂[110]。魏略文紀曰：神龜出於靈池。東京賦曰：龜書畀姒。班固漢書贊曰：漢使窮河源也。醴泉涌於池圃，靈芝生於丘園。魏志曰：延康元年，醴泉出，芝草生於樂平郡。總神靈

110 注「魏志文紀曰青龍見於靡陂」 何校「文」改「明」，「靡」改「摩」，陳同。案：依魏志校也。各本皆譌。

之貺祐[111]，集華夏之至歡。王逸楚辭注曰：總，合也。春秋元命包曰：通三靈之貺。長楊賦曰：受神人之福祐。爾雅曰：貺，賜也。祐，福也。尚書曰：華夏蠻貊。方四三皇而六五帝，曾何周夏之足言！鄭玄毛詩箋曰：方，且也。燕丹子，夏扶謂荊軻曰：何以教太子？軻曰：高欲令四三王，下欲令六五霸，於君何如也。

111 總神靈之貺祐　案：「祐」當作「祜」，注同。各本皆然，但傳寫譌耳。

卷第十二

江海

海賦

木玄虛　今書七志曰：木華，字玄虛。華集曰：為楊駿府主簿。傅亮文章志曰：廣川木玄虛為海賦，文甚儁麗，足繼前良。

昔在帝嬀古為巨唐之代[1]，帝嬀，謂舜也。尚書序曰：昔在帝堯。尚書曰：釐降二女於嬀汭。孔安國曰：舜所居嬀水之汭也。左氏傳，季文子使太史克對宣公曰：舜臣堯，舉八愷使主后土。杜預曰：為堯臣也。天綱浡蒲沒潏以出，爲凋爲瘵側界反。言水之廣大，為天綱紀。浡潏，沸涌貌。桓子新論曰：夏禹之時，鴻水浡潏。說文曰：潏，水涌出也。又說文曰：凋，半傷也。爾雅曰：瘵，病也。尚書曰：湯湯洪水方割。孔安國曰：割，害也。洪濤瀾汗，萬里無際。瀾汗，長貌。西京賦曰：起洪濤而揚波。長波涾徒答沲杜我，迆羊氏涎延[2]八裔。涾沲，相重之貌。迆涎，邐迆相連也。八裔，

[1] 巨唐之代　袁本「巨」作「臣」，云善作「巨」。茶陵本云五臣作「臣」。案：各本所見皆非也。陳云觀此注中「臣堯」之解，則善本亦作「臣」也，「巨」乃傳寫之誤，其說最是。

[2] 注「延」　袁本、茶陵本作「涎音延」三字，在注末，是也。

猶八方也。於是乎禹也，乃鏟臨崖之阜陸，決陂潢而相㳄[3]。孟子曰：當堯之時，洪水橫流，氾濫天下。堯獨憂之，舉舜，舜使禹疏九河，瀹濟、漯[4]。蒼頡篇曰：鏟，削平也。淮南子曰：禹有洪水之患，陂塘之事。高誘曰：陂，畜也；塘，堤也。說文曰：潢，積水池也。㳄，灌也。啓龍門之岝㠋，墾陵巒而嶄七咸鑿。尚書琁璣鈐曰：禹開龍門，導積石。鄭玄注曰：龍門，山名也。岝㠋，高貌。岝，助格切。㠋，五格切。廣雅曰：墾，治也。墾與墾音義同。廣雅曰：鐫謂之鏨，仕咸切。鏨與嶄古字通。羣山既略，百川潛渫息列切。孔安國尚書傳曰：治山通水，故以山名。尚書曰：嵎夷既略。孔安國曰：用功少曰略。周書曰：禹渫七十川，大利天下。尚書大傳曰：百川趨於海。爾雅曰：潛，深也。說文曰：渫，除去也。泱思朗漭莫廣澹徒敢泞，騰波赴勢。泱漭，廣大也。澹泞，澄深也。泞，音紵。江河既導，萬穴俱流。尚書曰：岷山導江，又曰：導河積石。淮南子曰：溏有萬穴。掎居蟻拔五嶽，竭涸九州。掎拔、竭涸，言水既除，掎拔而出，竭涸而乾也。掎，引也。廣雅曰：拔，出也。五嶽：泰、華、霍、恒、嵩。賈逵國語注曰：涸，竭也。尚書序曰：禹別九州。瀝滴滲淫七林[5]，薈烏外蔚雲霧。涓流泱烏黨瀼乃朗[6]，莫不來注。說文曰：瀝滴，水下滴瀝也。滲淫，小水津液也。滲，音侵。薈蔚，雲霧霑潤也。毛詩曰：薈兮蔚兮，南山朝隮。涓流，小流也。泱瀼，渟淤也。漢書，杜欽曰：屯氏河羨溢，有填淤反瀼之害。說文曰：注，灌也。於廓靈海，長爲委輸。毛萇詩傳曰：於，歎辭也。爾雅

---

3 決陂潢而相㳄　案：「㳄」當作「沃」，注「㳄灌也」同。茶陵本云善作「㳄」，袁本云善作「湲」，所見皆誤也。「沃」與下句「鑿」協，字譌而失其韻。

4 注「瀹濟漯」　陳云「瀹」別本作「瀹」，下注引同。案：茶陵本作「瀹」，袁本仍皆作「瀹」，似善讀孟子不同也。

5 注「七林」　陳云二字似當在「滲」字下，袁、茶陵二本正如此。今案：此衍字也。袁、茶陵有者，為五臣「滲」字音，其善「滲音侵」自在注中，尤所見因誤在「淫」字下，遂兩存之，正以「七林」當「淫」字音耳。又案：凡善音各本，多失其舊，今於其可考者，悉加訂正。

6 注「烏黨」又注「乃朗」　茶陵本作「泱烏黨反瀼乃蕩切」，在注中「有填淤反瀼之害」下。袁本但有「泱烏黨反」四字。又案：凡善音皆云反，今本作切者，後人所改，此則改而未盡者也。餘準此，不悉出。

曰：廓，大也。孟子曰：舜使禹疏九河，瀹濟、漯，而注諸海。禮記曰：三王之祭川也，或源或委。鄭玄曰：委流所聚。淮南子曰：河水九折注海，而流不絕者，崑崙之輸也。

其爲廣也，其爲怪也，宜其爲大也。爾其爲狀也，則乃浟由湙亦瀲力冉灩以冉，浮天無岸。浟湙，流行之貌。瀲灩，相連之貌。玄中記曰：天下之多者水焉，浮天載地。說文曰：浮，泛也。沖沖瀜沆胡廣瀁余兩，渺眇瀰彌湠炭漫。沖瀜沆瀁，深廣之貌。渺瀰湠漫，曠遠之貌[7]。波如連山，乍合乍散。莊子曰：白波若山。嘘噏許急百川，洗滌淮漢。嘘噏，猶吐納也。百川，已見上文。淮漢之流小而且穢，故洗滌之。襄陵廣舄，漻交㵧葛浩汗。尚書曰：懷山襄陵。又曰：海濱廣斥。史記曰：斥為舄[8]，古今字也。漻㵧，廣深之貌。若乃大明攄彼苗[9]轡於金樞之穴，言月將夕也[10]。大明，月也。周易曰：懸象著明，莫大乎日月。攄，猶攬也。月有御，故言轡。金，西方也。河圖帝覽嬉曰：月者金之精，月有窟，故言穴。伏韜望清賦曰[11]：金樞理轡，素月告望。義出於此。翔陽逸駭於扶桑之津。言日初出也。翔陽，日也。淮南子曰：日，陽之主也。日中有烏，故言翔。逸駭，言出疾也。廣雅曰：駭，起也。山海經曰：湯谷上有扶木者，扶桑也，十日所浴。彯匹遙沙礐苦角石，蕩飂以出島濱。言此二時風尤疾也。易通卦驗曰：巽風不至[12]，則大風發屋揚沙。說文曰：礐，石聲也。春秋命歷序曰：大風飄石。飂，風疾貌。說文曰：島，海中往往有山可居曰島。於是鼓怒，溢浪揚浮。言風既疾，而波鼓怒也。上林賦曰：沸乎暴怒。更相觸搏，飛沫

---

7 注「曠遠之貌」　袁本、茶陵本此下有「瀜音融」三字，是也。

8 注「史記曰斥為舄」　案：「曰」當作「以」，各本皆譌。西徵賦注云「戰國策以吳為吾」，其句例也。

9 注「彼苗」　袁本、茶陵本作「攄彼苗切」，在注末，是也。

10 注「言月將夕也」　袁本、茶陵本「月」作「日」。又此五字在「大明月也」下。其下節注作「翔陽日也」，言日初出也。

案：此蓋尤本誤倒。

11 注「伏韜望清賦曰」　何校「韜」改「滔」，「清」改「濤」，各本皆譌。

12 注「巽風不至」　案：「風」當作「氣」，各本皆誤。舞鶴賦注引正作「氣」字。

起濤。蒼頡篇曰：濤，大波也。狀如天輪，膠戾而激轉；呂氏春秋曰：天地如車輪，終則復始。高誘曰：輪，轉也。上林賦曰：宛潬膠盭。又似地軸，挺拔而爭迴。河圖括地象曰：地下有四柱，廣十萬里，有三千六百軸。廣雅曰：挺，出也。岑嶺飛騰而反覆，五嶽鼓舞而相磓丁迴反[13]。岑嶺、五嶽，言波濤之形，遞相觸激，故或反覆，故或相磓也。爾雅曰：山小而高曰岑。五嶽，已見上文。磓，猶激也。潤謂潰淪而滀丑六潔他答，鬱沏切迭而隆頹。潤，亂貌。潰淪，相糺貌。滀潔，攢聚貌。鬱，盛貌。沏迭，疾貌。隆頹，不平貌[14]。盤盓乙于[15]激而成窟，𣶏七笑㴙士含[16]濼桀而爲魁。盤盓，旋遶也。𣶏㴙，峻波也。毛萇詩傳曰：傑，特立也。濼與傑同[17]。賈逵國語注曰：川阜曰魁。潤失冉泊匹帛栢而迆以爾颺余諒，磊洛罪匒答[18]匌苦合而相豗呼迴反。潤，疾貌。泊栢，小波也。迆颺，邪起也。磊，大貌。匒匌，重疊也。相豗，相擊也。驚浪雷奔，駭水迸集，七發曰：波湧而濤起，橫奔似雷。字書曰：迸，散也。開合解會，瀼瀼傷濕濕。瀼瀼濕濕，開合之貌。葩華踧子六沑女六，泂頂濘奴冷[19]濼側立㵾女及反。葩華，分散也。踧沑，蹙聚也。泂濘，沸貌。濼㵾，沸聲。

若乃霾莫排曀一計潛銷，莫振莫竦。爾雅曰：風而雨土為霾，陰而風為曀。霾，音埋[20]。說文曰：潛，藏

13 注「丁迴返」　袁本、茶陵本在注末，是也。「反」作「切」，非。

14 注「不平貌」　袁本、茶陵本此下有「潤音謂潔音累迭徒結切」十字，是也。

15 注「乙于」　案：此五臣音。袁本、茶陵本有「盓音洿」三字，在注末，是也。尤存此刪彼，非。

16 注「士含」　茶陵本云「吐甘切」五臣作「士含切」，袁本作「士含」。案：茶陵校語是也。袁本用五臣，尤與之同，非。

17 注「濼與傑同」　袁本、茶陵本無此四字。案：所見不同也，似有者是矣。

18 注「答」　案：此五臣音，袁本有「匒直合切」四字，在注中「重疊也」下，是也。茶陵本幷此節注「於翰而去」四字，尤與之同，非。

19 注「奴冷」　袁本作「濘奴冷反」四字，在注中「沸貌」下，是也。茶陵本亦誤去，說見上。

20 注「霾音埋」　袁本、茶陵本無此三字。案：無者非也。此善音，正文下「莫排」二字，乃五臣音，尤所見未檢照而兩存，然足訂二本之失。凡善音各本皆非其舊，或袁、茶陵非而尤是，此條其例也。

也。廣雅曰：振，動也。竦，亦動也。輕塵不飛，纖蘿不動。爾雅曰：唐蒙，女蘿。猶尚呀呼加呷，餘波獨湧。言風雖靜而餘波猶壯。呀呷，波相吞吐之貌[21]。澎匹宏濞灪於勿碨烏罪磊山壟。澎濞，水聲。洞簫賦曰：澎濞，慷慨。灪碨，高峻貌。碨磊，不平貌。爾其枝岐潭以審淪藥，渤蕩成汜音似。管子，管仲對桓公曰：水，別於他水，入於大水及海者，命曰枝。穆天子傳曰：飲于枝洔之中。郭璞曰：水岐成洔。洔，小渚也，音止。潭淪，動搖之貌。毛詩曰：江有汜。毛萇曰：決復入為汜也。乖蠻隔夷，迴互萬里。若乃偏荒速告，王命急宣。列子曰：殊方偏國。張湛曰：偏，邊也。毛詩曰：肅肅王命。飛駿鼓楫，汎海淩山。爾雅曰：駿，速也。郭璞曰：駿，猶迅速，亦疾也。方言曰：楫，謂之橈。東方朔對詔曰：淩山越海，窮天乃止。於是候勁風，揭桀百尺。廣雅曰：揭，舉也。百尺，帆檣也。維長綃所交，掛帆席。綃，今之帆綱也，以長木為之，所以挂帆也。劉熙釋名曰：隨風張幔曰帆，或以席為之，故曰帆席也。望濤遠決，冏九永然鳥逝。蒼頡篇曰：冏，光也。鷸聿如驚鳧之失侶，倏如六龍之所掣充制反[22]。鷸，疾貌。蘇武答李陵書曰：雖乘雲附景，不足以比速，晨鳧失羣，不足以喻疾。春秋命歷序曰：皇伯登出扶桑日之陽，駕六龍以上下。說文曰：掣，引而縱也。一越三千，不終朝而濟所屆。左氏傳曰：子文訓兵於睽，終朝而畢。爾雅曰：濟，度也。孔安國尚書傳曰：屆，至也。

若其負穢臨深，虛誓愆祈。負穢，言身有罪，若負荷然。尚書曰：負罪引慝。杜預左氏傳注曰：愆，失也。鄭玄周禮注曰：祈，禱也。則有海童邀路，馬銜當蹊。吳歌曰：仙人齎持何，等前謁海童。爾雅曰：邀，遮也。陸

21 注「波相吞吐之貌」　袁本、茶陵本此下有「呷呀甲切」四字。案：「呀」當作「呼」，此善「呷」字之音也，尤誤刪。

22 注「充制反」　袁本、茶陵本在注末，是也。「反」作「切」，非。

綏海賦圖云：馬銜，其狀馬首一角而龍形。杜預左氏傳注曰：蹊，徑也。天吳乍見而髣髴[23]，蝄像[24]暫曉而閃式染[25]屍。山海經曰：朝陽之谷，神為天吳，為水伯。說文曰：髣髴[26]，見不諟也。楚辭曰：時彷彿以遙見。國語，仲尼曰：丘聞之，水之怪龍罔象，木之怪夔魍魎。韋昭曰：罔象食人。閃屍，暫見之貌。羣妖遘迕，眇䁠余沼冶夷。爾雅曰：遘，遇也。小雅曰：迕，犯也。眇䁠，視貌。冶夷，妖媚之貌。決帆摧橦直江，戕風起惡去聲。橦，百尺也。杜預左氏傳注曰：戕，卒暴之名也。起惡，起為暴惡也。廓如靈變，惚怳幽暮。廓，猶開也，言廓然暫開，如神之變，惚怳之頃，而又幽暮也。鄭玄禮記注曰：幽闇者，不明也。氣似天霄，靉愛靅費雲布。言海神吐氣，類於天霄。靉靅，昏闇貌。韓子曰：雲布風動。黤叔昱絕電，百色妖露。黤昱，疾貌。妖露，為妖而呈露也。呵欻許勿掩鬱，矆居縛睒失冉無度。呵欻掩鬱，不明貌。說文曰：矆，大視也。又曰：睒，暫視也。飛澇勞[27]相磢楚爽，激勢相沏楚櫛反。言戕風迅疾而波浪相衝也。澇，大波也。郭璞方言注曰：漺，錯也。漺與磢同。沏，摩也，楚乙切[28]。崩雲屑雨，浤浤火宏汩汩。屑雨，飛灑之貌，言波浪飛灑，似雲之崩，如雨之屑也。李尤辟雝賦曰：興雲動雷，飛屑風雨。浤浤汩汩，波浪之聲也。浤，音宏。踸勑甚踔丑角湛以甚瀿藥，沸潰渝溢。踸踔湛瀿，波前卻之貌。潰，亂流也。渝，亦溢也。濯

---

23 天吳乍見而髣髴　案：「髣髴」當作「彷彿」。善注可證。見下甘泉賦「猶彷彿其若夢」注「彷彿」亦引說文、楚辭。彼五臣作「髣髴」，有明文，此亦各本亂之而不著校語。

24 蝄像　案：「蝄像」當作「罔象」，善注可證。考袁本、茶陵本於善注字則作「罔象」，於五臣向注字則作「蝄像」，截然有別，無可疑也。唯正文不著校語，為以五臣亂善，而讀者乃不辨耳。

25 注「式染」　袁本、茶陵本作「閃式染切」，在注末，是也。

26 注「說文曰髣髴」　袁本、茶陵本作「彷彿」。案：二本是也。尤所改非，下引楚詞仍未改可證，說見上。又甘泉賦，漢書作「仿佛」，二注所引說文字亦在「亻」部，但善引說文多不合，未必與顏同作「仿佛」也。

27 注「勞」　袁本作「音勞」二字，在注中「澇大波也」下，是也。茶陵本誤，與此同。

28 注「楚乙切」　袁本無此三字。茶陵本在「沏摩也」上作「楚兩切」。案：茶陵本最是也。此善「磢」字之音，正文下「楚爽」二字，乃五臣音，尤本誤倒入下文，改「兩」為「乙」，失之矣。

霍泋卉濩鑊[29]渭，蕩雲沃日。灌泋濩渭，眾波之聲。於是舟人漁子，徂南極東。言風起而浪驚，故漂浮而無定。毛萇詩傳曰：極，至也。或屑沒於黿鼉之穴，或挂罥於岑㟧敖[30]之峯。言被漂溺死，非一所也。屑，猶碎也。禮記曰：屑桂與薑。聲類曰：罥，係也。爾雅曰：山多小石曰㟧。或掣充制掣洩余制洩於裸人之國，或汎汎悠悠於黑齒之邦。掣掣洩洩，任風之貌。汎汎悠悠，隨流之貌。淮南子曰：自西南至東南，有裸人國，黑齒民。許慎曰：其民不衣也，其人黑齒也[31]。或乃萍流而浮轉，或因歸風以自反。謝承後漢書，鄭玄戒子書曰：黃巾為害，萍浮南北。徒識觀怪之多駭，乃不悟所歷之近遠。蒼頡篇曰：駭，驚也。說文曰：悟，覺也。

爾其爲大量[32]也，則南澰斂朱崖，北灑天墟音虛。廣雅曰：澰，漬也。東都主人曰：南燿朱垠。垠亦崖也。爾雅曰：北陸虛也[33]。東演析木，西薄青徐。說文曰：演，長流也。言流至析木之境。爾雅曰：析木謂之天津，海在青、徐之東，故雲西薄。小雅曰：薄，迫也。尚書曰：海、岱惟青州。又曰：海、岱及淮惟徐州。經途瀴烏泠溟莫泠[34]，萬萬有餘。鄭玄周禮注曰：經，謂里數也。瀴溟，猶絕遠杳冥也。吐雲霓，含龍魚。淮南子曰：四海之雲湊。隱鯤鱗，潛靈居。鯤鱗，或為昆山。昆山，方壺之屬也。靈居，眾仙所處也。豈徒積太顛之寶貝，與隨侯之明珠。琴操曰：紂徙文王於羑里，擇日欲殺之，於是太顛、散宜生、南宮适之屬，得水中大貝以獻紂，立出西伯。

---

29 注「鑊」 袁本、茶陵本作「濩音鑊」，在注末，是也。

30 注「敖」 案：此五臣音，茶陵本有「牛高切」，在注末「㟧」字下，乃善音。袁本亦誤去，與尤本皆非。

31 注「其人黑齒也」 茶陵本「黑齒」作「齒黑」，無「也」字。案：「齒黑」是也。袁本亦誤與此同。

32 爾其為大量也 袁本、茶陵本無「為」字。案：此無可考也。

33 注「虛也」 袁本、茶陵本作「天墟」，下有「音區」二字，正文下無「音虛」二字。案：此尤用今爾雅改，其實非善意也。今爾雅郭讀「虛」如字，不得引以注此賦，必他家讀為「墟域」之「墟」，故曰「音區」。又「天」字，善因是釋天文而增之，如下引「析木謂之天津」，「天」字亦本文所無，何云注誤，未得其解。

34 注「莫泠」 袁本、茶陵本作「溟莫泠切」，在注末，是也。

墨子曰：和氏之璧，隋侯之珠。將世之所收者常聞，所未名者若無。言世之所收者，常聞其名，其或未名者，若本無也。且希世之所聞，惡烏[35]審其名？言希世乃一聞之，故不能審其名。魯靈光殿賦曰：邈希世而特出。故可仿像其色，靉於愷霼虛氣其形。仿像、靉霼，不審之貌。

爾其水府之內，極深之庭。劉劭趙都賦曰：其東則有天浪水府，百川是理。則有崇島巨鼇，峌庭結峴五結孤亭。擘洪波，指太清。崇島，五嶽也。巨鼇，大鼇也。列仙傳曰：巨鼇負蓬萊山而抃滄海之中。列子曰：渤海之東，名曰歸墟，其中有五山，帝命禺強使巨鼇十五，舉首載五山，峙而不動。說文曰：海中往往有山可依止曰島。峌峴，高貌。山居海中，故云擘。峻極際天，故云指。鄭眾周禮注曰：擘，破裂也。東方朔十洲記曰：冥海洪波百丈。鶡冠子曰：上及泰清，下及太寧。竭磐石，栖百靈。鄭玄禮記注曰：竭，猶載也。聲類曰：盤，大石也。百靈，眾仙。颺凱風而南逝，廣莫至而北征。言巨鼇多力，遡風而行也。呂氏春秋曰：南方曰凱風，北方曰廣莫風。其垠銀則有天琛水怪，鮫人之室。天琛，自然之寶也。尚書曰：天球在東序。水怪奇石，生乎水濱也。尚書曰：鈆松怪石。曹子建七啓曰：戲鮫人。劉淵林吳都賦注曰：鮫人，水底居。瑕石詭暉，鱗甲異質。說文曰：瑕，玉之小赤色者也。詭暉，別色。說文曰：詭，變也。異質，殊形也。廣雅曰：質，軀也。若乃雲錦散文於沙汭之際，綾羅被光於螺蚌之節。言沙汭之際，文若雲錦；螺蚌之節，光若綾羅也。毛萇詩傳曰：芮，崖也，芮與汭通。曹植齊瑟行曰：蚌蛤被濱崖，光采如錦紅。繁采揚華，萬色隱鮮。說文曰：隱，蔽也。陽冰不冶，陰火潛然。言其陽則有不冶之冰，其陰則有潛然之火也。晏子春秋曰：陰冰凝，陽冰厚五寸。說文曰：冶，銷也。熺許眉炭重燔煩，吹烱古永九泉。熺炭，炭之有光也。廣雅曰：熺，熾也。重燔，猶重然也。吹，猶然也。漢書，趙氏無吹火焉。說文曰：烱，光也，言火之光下照九泉。地有九重，故曰九泉。朱爓焰綠煙，腰一眇眇蟬蜎一緣反。腰眇蟬蜎，煙豔飛騰之貌。爓與爛同。

---

[35] 注「烏」，袁本、茶陵本作「惡音烏」，在注末，是也。

魚則橫海之鯨，突扤孤遊[36]。弔屈原曰：橫江湖之鱣鱏。郭璞山海經注曰：橫，塞也。突扤，高貌。戛巖嶅，偃高濤。戛，猶槩也。茹鱗甲，吞龍舟。廣雅曰：茹，食也。莊子曰：吞舟之魚，碭而失水。高誘淮南子注曰：龍舟，大舟。噏虛及波則洪漣踧蹜，吹澇則百川倒流。劉劭趙都賦曰：巨鼇冠山，陵魚吞舟，吸潦吐波，氣成雲霧。蹜，蹙聚貌。踧，子六切。蹜，所六切。或乃蹭七鄧[37]蹬鄧窮波，陸死鹽田。蹭蹬，失勢之貌。鹽田，海邊也。張揖上林賦注曰：海水之崖，多出鹽也。巨鱗插雲，鬐鬣刺天[38]。郭璞上林賦注曰：鰭，魚背上鬣也。南都賦曰：森蓴蓴而刺天。顱盧[39]骨成嶽，流膏爲淵。廣雅曰：顱謂之顴顙。魏武四時食制曰：東海有魚如山，長五六里，謂之鯢，時死岸上，膏流九頃。春秋元命包曰：積骨成山，流血成淵。

若乃巖坻直夷之隈，沙石之嶔音欽。郭璞上林賦注曰：坻，岸也。說文曰：隈，水曲也。嶔，沙石嶔岑也。毛翼產鷇苦候，剖卵成禽。爾雅曰：生哺鷇。郭璞曰：鳥子須母食也。剖，猶破也。鳧雛離褷所宜，鶴子淋滲所今反。西京雜記曰：太液池，其間鳧雛、鶴子，布滿充積。離褷、淋滲，毛羽始生之貌。羣飛侶浴，戲廣浮深。翔霧連軒，洩余世洩淫淫。軒，舉也。洩洩淫淫，飛翔之貌。翻動成雷，擾翰爲林。翻，動貌。漢書，趙王曰：聚蚊成雷。孔安國尚書傳曰：擾，亂也。王弼周易注曰：翰，高飛貌。更相叫嘯，詭色殊音。詭，異也[40]。

---

36 突扤孤遊　袁本、茶陵本「扤」作「杌」，是也。注同。

37 注「七鄧」又注「鄧」　袁本、茶陵本作「蹭七鄧切蹬音鄧」，在注中「失勢之貌」下，是也。

38 鬐鬣刺天　案：「鬐」當作「鰭」。考善注引上林賦注，各本皆作「鰭」，而袁本、茶陵本於所載五臣濟注則作「鬐」，截然有別，唯不著校語，為以五臣亂善，尤本所見亦然，皆非也。又江賦「揚鰭掉尾」正文不誤，而注引上林為「鬐」，亦因二本用五臣作「鬐」相涉，而轉輾致譌也。

39 注「盧」　袁本、茶陵本作「音盧」二字，在注中「謂之顴顙」下，是也。

40 注「詭異也」　袁本、茶陵本無此三字。案：無者是也。以二本考之，乃五臣銑注，尤本誤係之於善耳。

若乃三光既清，天地融朗。淮南子曰：夫道，紘宇宙而章三光。杜預左氏傳注曰：融，朗也。不汎陽侯，乘蹻去喬絕往。淮南子曰：武王渡于孟津，陽侯之波，逆流而擊。曹植苦寒行曰：乘蹻追術士，遠在蓬萊山。抱朴子曰：乘蹻可以周流天下。蹻道有三法，一曰龍蹻，二曰氣蹻，三曰鹿盧蹻。覿安期於蓬萊，見喬山之帝像[41]。列仙傳曰：安期先生謂始皇曰：後千歲求我蓬萊山下。史記曰：武帝祭黃帝冢橋山。上曰：吾聞黃帝不死，今有冢，何也？或對曰：黃帝已仙上天，羣臣葬其衣冠也。羣仙縹匹妙眇[42]，餐玉清涯音宜。縹眇，遠視之貌。魯靈光殿賦曰：忽瞟眇以響像。列仙傳曰：赤松子服水玉。履阜鄉之留舄，被羽翮之襂所今纚所宜反。列仙傳曰：安期先生，琅邪阜鄉人，自言千歲。秦始皇與語，賜金數千萬於阜鄉亭，皆置去，留書以赤玉舄一量為報。言仙人以羽翮為衣。漢書曰：天道將軍衣羽衣。襂纚，羽垂之貌。翔天沼，戲窮溟。莊子曰：窮髮之北有溟海者，天池也。甄古然有形於無欲，永悠悠以長生。言眾仙雖表有形而無情欲，故能久視長生也。鄭玄尚書緯注曰：甄，表也。淮南子曰：有形之類，莫尊於水。莊子曰：同乎無欲。老子曰：常無欲以觀其妙。又曰：長生久視之道。

且其為器也，包乾之奧，括坤之區。周易曰：乾為天，坤為地。孔安國尚書傳曰：奧，內也。又曰：區，域也。惟神是宅，亦祇是廬。神祇，眾靈之通稱，非惟天地而已。禮記曰：有天下者，祭百神也。何奇不有？何怪不儲？說文曰：儲，積也。芒芒積流[43]，含形內虛。班彪覽海賦曰：余有事於淮浦，觀滄海於茫茫。孫卿子曰：不積小流，無以成河海。含形內虛，言水能含眾形，內虛，似乎謙也。孫卿子曰：水清則見物之形。周易曰：君子以虛

---

41 見喬山之帝像　案：「喬」當作「橋」。考善注引史記，各本皆作「橋」，而袁本、茶陵本於所載五臣良注則作「喬」，截然有別，唯不著校語，為以五臣亂善，尤本所見亦然也。

42 羣仙縹眇　何校「縹」改「瞟」，注同。案：所改是也。善作「瞟」，注「瞟眇，遠視之貌」，引魯靈光殿賦「瞟眇」證之。五臣作「縹」，向注「縹眇，高遠貌」。各本皆以五臣亂善而不著校語，唯注引「忽瞟眇」句未譌也。

43 芒芒積流　袁本、茶陵本「芒芒」作「茫茫」，是也。

受人。曠哉坎德，卑以自居。周易曰：坎為水。家語，金人銘曰：江海雖左長百川，以其卑也。周易曰：謙謙君子，卑以自牧。管子曰：夫人皆赴高，水獨赴下，卑也，而水以為都居也。弘往納來，以宗以都。自海而往，弘之而令大，自外而來，納之而不逆。尚書曰：江、漢朝宗于海。山海經曰：和山實惟河之九都。郭璞曰：九水所潛，故曰九都。品物類生，何有何無！言諸品物以類相生，何所不有，何者而無。言其多也。韓詩外傳曰：夫水，羣物以生，品物以正。李尤翰林論曰[44]：木氏海賦，壯則壯矣，然首尾負揭，狀若文章，亦將由未成而然也。

江賦

釋名曰：江者，公也，出物不私，故曰公也。風俗通曰：江者，貢也，為其出物可貢。晉中興書曰：璞以中興，三宅江外，乃著江賦，述川瀆之美。

郭景純

臧榮緒晉書曰：郭璞，字景純，河東人。璞性放散，不脩威儀，為佐著作。後轉王敦記室參軍。敦謀逆，為敦所害。又云：有人見其睡形變鼉，云是鼉精也。

咨五才之並用[45]，寔水德之靈長。左氏傳，宋子罕曰：天生五材，人並用之，廢一不可。杜預曰：金、木、水、火、土也。淮南子曰：夫水者，大不可極，深不可測，無公無私，水之德也。惟岷山之導江，初發源乎濫觴。惟，發語之辭也。岷山導江，東別為沱[46]。南都賦曰：發源巖穴。家語，孔子謂子路曰：夫江始於岷山，其源可以濫觴。及其至於江津，不舫舟，不避風，則不可以涉。王肅曰：觴，所以盛酒者，言其微也。聿經始於洛沫昧，攏萬川乎

---

44 注「李尤翰林論曰」　陳云：案「尤」當作「充」，見晉書文苑傳，與東漢李尤時代夐殊。今案：所校是也。李尤遠在木前，亦不撰翰林論。各本皆譌。

45 咨五才之並用　案：「才」當作「材」。善注中引左傳，各本皆作「材」可證也。袁本所載五臣向注作「才」，茶陵本已刪。度其所刪，亦必是「才」耳。皆不著校語，與尤本同為以五臣亂善。

46 注「東別為沱」　袁本作「已見上文」，是也。茶陵本複出，與尤同誤。

巴梁。薛君韓詩章句曰：聿，辭也。漢書，廣漢郡雒縣有漳山，雒水所出，入湔。雒與洛通。湔，音煎。說文曰：沫[47]水出蜀西塞外，東南入江。沫，武蓋切。攏，猶括束也。巴，郡名也。梁，州名也。衝巫峽以迅激，躋江津而起漲。盛弘之荊州記曰：信陵縣西二十里[48]有巫峽。方言曰：躋，登也。酈元水經注曰：馬頭崖北對大岸，謂之江津。漲，水大之貌。極泓烏宏量而海運，狀滔天以淼茫。鄭玄禮記注曰：極，窮也。莊子曰：大鵬海運，則將徙南溟。司馬彪曰：運，轉也。尚書曰：浩浩滔天。總括漢泗，兼包淮湘。并吞沅澧禮，汲引沮七餘漳。南都賦曰：總括趨歙。郭璞山海經注曰：泗水出魯國卞縣，至臨淮下相縣入淮。孟子曰：禹決汝、漢，排淮、泗，而注之江。景福殿賦曰：兼苞博落。郭璞山海經注曰：湘水出鄙陵營道縣陽朔山。過秦論曰：并吞八荒之心。山海經曰：沅水出象郡而東注江，合洞庭中。應劭漢書地理志曰[49]：武陵郡充縣歷山，澧水所出，入沅，水經云入江。說文曰：汲，引水也。山海經曰：景山，睢水出焉，南注于沔江。又曰：荊山、漳水出焉，而東南流注于睢。沮與睢同。源二分於崌居崍來，流九派乎潯陽。山海經曰：岷山東北百四十里崍山，江水出焉；又東百五十里崌山，江水出焉，而東流注于大江。郭璞曰：崍山，中江所出也，崌山，北江所出也。水別流為派。尚書曰：荊州，九江孔殷。應劭漢書注曰：江自廬江潯陽，分為九也。漢書，廬江郡有潯陽縣。鼓洪濤於赤岸，淪餘波乎柴桑。洪濤，已見海賦。七發曰：凌赤岸。或曰：赤岸在廣陵興縣[50]。廣雅曰：淪，沒也。餘波，濤

---

47 注「說文曰沫」　案：孝說文此字從「末」，但善難蜀父老音「妹」，顏師古音漢書亦然。又索隱云音「妹」，又音「末」，唯小司馬又音為從「末」耳。然則在當時往往從「末」作矣。善引說文多不合，當仍其舊。又案：蜀都賦善音「武蓋反」，亦從「末」也。

48 注「信陵縣西二十里」　案：「信」當作「江」，郡國志所載荊州南郡江陵縣也。各本皆譌。

49 注「應劭漢書地理志曰」　何校「志」下添「注」字，陳同。今案：此下所引皆班志文，蓋善元作「應劭漢書地理志注曰：沅水出牂柯，漢書地理志曰」云云，今各本脫「注」下十二字而不可通也。引應「沅水出牂柯」，與上引「山海經出象郡」異說，正下文「入沅，水經云入江」之例。

50 注「在廣陵興縣」　何校「興」改「輿」，是也。各本皆譌。

之餘波也，言濤之餘波至柴桑而盡也。尚書曰：餘波入于流沙。漢書，豫章郡有柴桑縣。綱絡羣流，商搉苦角涓古玄澮古外反。廣雅曰：商，度也。許慎淮南子注曰：揚搉粗略也。涓澮，小流也。爾雅曰：注溝曰澮也。表神委於江都，混流宗而東會。委及宗並見上文。漢書曰：廣陵國有江都縣，東會于海。尚書曰：東會于泗、沂。注五湖以漫漭，灌三江而漰普萌沛普會反。墨子曰：禹治天下，南為江、漢、淮、汝，東流之，注五湖之處，以利荊、楚、干、越之民。史記，太史公曰：余登姑蘇，望五湖。張勃吳錄曰：五湖者，太湖之別名也，周行五百餘里。尚書曰：三江既入，震澤底定。孔安國曰：自彭蠡，江分為三，入震澤。又曰：震澤，吳南太湖名也。滈胡道汗六州之域，經營炎景之外。六州，益、梁、荊、江、揚、徐。臧榮緒晉書曰：華陽黑水惟梁州，部巴東郡。益州，梁州之南地，部蜀郡。江州，本荊州之東界，揚州之南境也。海、岱及淮惟徐州，部廣陵郡。上林賦曰：經營于其內。南方火，故曰炎景。所以作限於華裔，壯天地之嶮介。言江波之濬，既作限於華夷，天地嶮介，因之益壯也。吳錄曰：魏文帝臨江歎曰：天所以隔南北也！周易曰：天嶮不可升。地嶮，山川丘陵。郭璞爾雅注曰：介，閡也。

呼吸萬里，吐納靈潮。自然往復，或夕或朝。呼吸萬里，言其疾也。抱朴子曰：麋氏云朝者，據朝來也；言夕者，據夕至也。激逸勢以前驅，乃鼓怒而作濤。峨嵋爲泉陽之揭，玉壘作東別之標。峨嵋、玉壘，二山名也。泉陽，即陽泉也。顧野王輿地志云：益州陽泉縣，蜀分緜竹立。揭、標，皆表也。水經曰：江水又東別為沲，開明之所鑿。尚書曰：岷山導江，東別為沲。戰國策曰：舉標甚高。衡霍磊落以連鎮，巫廬嵬魚鬼崫危勿而比嶠。周禮曰：荊州之鎮山曰衡山。鄭玄曰：在湘水南，鎮山名，安地德者也[51]。爾雅曰：霍山為南岳。郭璞曰：今在廬江西。漢書曰：南郡巫縣，巫山在西南。釋慧遠廬山記曰：山在江州潯陽之南。爾雅曰：山銳而高曰嶠，其廟切，協韻，音橋。協靈通氣，濆忿薄相陶。流風蒸雷，騰虹揚霄。莊子曰：川谷通氣，故飄風。老子曰：陰陽陶冶萬

51 注「山名安地德者也」 案：「山名」當作「名山」，各本皆倒。

物。韋昭國語注曰：蒸，升也。出信陽而長邁，淙悰[52]大壑與沃焦。信陽即信陵之陽也。臧榮緒晉書曰：建平郡有信陵縣。吳都賦曰：寂寥長邁。說文曰：淙，水聲也。列子曰：渤海之東，不知幾萬億里，有大壑，無底之谷，其下無底，名歸墟。玄中記曰：天下之大者，東海之沃焦焉，水灌之而不已。沃焦，山名也，在東海南方三萬里。

若乃巴東之峽，夏后疏鑿。盛弘之荊州記，古歌曰：巴東三峽巫峽長，猨鳴三聲淚沾裳。禹疏三江，已見上文。絕岸萬丈，壁立赮駮。赮駮，如赮之駮也。赮，古霞字。虎牙嵥桀豎樹以屹魚乙崒慈聿，荊門闕竦而盤礴。盛弘之荊州記曰：郡西泝江六十里南岸有山，名曰荊門，北岸有山，名曰虎牙，二山相對，楚之西塞也。虎牙，石壁紅色，間有白文，如牙齒狀。荊門上合下開，開達山南[53]，有門形，故因以為名。嵥，特立貌。屹崒，高峻貌。闕竦，如闕之竦也。西京賦曰：圜闕竦以造天。盤礴，廣大貌。圓淵九回以懸騰，湓普寸流雷呴呼后而電激。淮南子曰：藏志九旋之淵。許慎曰：九旋之淵至深。說文曰：騰，水涌也。蒼頡篇曰：湓，水聲也。聲類曰：呴，嗥也。答賓戲曰：遊說之徒，風颺電激。駭浪暴灑，驚波飛薄。灑，散也。飛薄，飛騰蕩薄也。迅澓扶福增澆，涌湍疊躍。澓，澓流也，音伏[54]。王逸楚辭注曰：洄波為澆，古堯切。砯普冰巖鼓作，漰普萌湱呼陌㶁胡角灂仕角反。砯，水激巖之聲也。漰湱㶁灂，皆大波相激之聲也。爾雅曰：夏有水、冬無水曰㶁，音學[55]。⿱馮水蒲冰瀵蒲拜⿰氵薨火宏瀫呼拜，潰濩穫泧呼活漷呼郭反。皆水勢相激洶湧之貌。潏胡決湟皇淴烏骨泱烏朗，瀭叔⿰氵閃失冉⿰氵闖舒感淪始灼反。皆水流漂疾之貌。漩旋澴許玄滎於營瀯營，渨紆鬼溭誄濆忿瀑步角反。皆波浪回旋濆涌而起之貌也。溭助側淢域濜助謹涓于窘，龍鱗結絡。溭淢濜涓，參差相次也。龍鱗結絡，如龍之鱗，連結交絡也。潘岳金谷詩曰：濫泉龍鱗瀾。碧沙瀢杜罪⿰氵施徒可而往來，

52 注「悰」 案：此五臣音，茶陵本有「咋宗切」，在注中，水聲也。下乃善音，袁本亦誤去，與尤本皆非。

53 注「開達山南」 何校改「開」作「闇」，是也。各本皆譌。陳云一作「闇」，今未見。

54 注「音伏」 袁本、茶陵本無此二字。案：無者非也。說見前。

55 注「音學」 袁本、茶陵本無此二字。案：無者非也。說見前。凡以後放此者，不悉出。

巨石硉洛骨矹五骨以前卻。潰𣶒、硉矹，沙石隨水之貌。潛演胤之所汩淈胡骨，奔溜之所䃶楚爽錯。說文曰：潛，藏也。又曰：演，水脉行地中，弋刃切。蒼頡篇曰：淈，水通貌。䃶，已見海賦。廣雅曰：錯，摩也。厓隒魚檢為之泐勒嵃魚免，碕嶺為之喦崿。說文曰：隒，厓也。周禮曰：石有時以泐。鄭司農曰：泐，謂石解散也。嵃，猶嶮也。楚辭曰：觸石碕而橫逝。許慎淮南子注曰：碕，長邊也。幽礀積岨，礐力隔碚客[56]礐盧角確苦角反。爾雅曰：山夾水曰澗。礀與澗同。礐碚礐確，皆水激石嶮峻不平之貌。

若乃曾潭之府，靈湖之淵。鄭玄毛詩箋曰：曾，重也。王逸楚辭注曰：楚人名淵曰潭府[57]。澄澹汪洸烏宏[58]，瀇烏廣滉胡廣困泫音玄。皆水深廣之貌。說文曰：汪，廣也，烏黃切。泓汯宏泂烏猛潁胡猛，涒紆筠鄰淵彎潾力銀反。皆水勢回旋之貌。混澣音翰灦呼見渙，流映揚焆音涓。水勢清深而澄澈光映也。蒼頡篇曰：焆，明也。溟莫令涬渺湎莫翦，汗汗沺田沺。皆廣大無際之貌。察之無象，尋之無邊。氣滃烏孔渤蒲沒以霧杳，時鬱律其如煙。滃渤，霧出貌。鬱律，煙上貌。成公綏天河賦曰：氣蓬勃以霧蒸。說文曰：杳，冥也。類肧普抔渾之未凝，象太極之構天。言雲氣杳冥，似肧胎渾混[59]，尚未凝結，又象太極之氣，欲構天也。淮南子曰：孕婦三月而肧胎[60]。春秋命歷序曰：冥莖無形，蒙鴻萌兆，渾渾混混。宋均曰：渾渾混混，雖卵未分也。周易曰：是故易有太極，是生兩

---

56 注「客」　案：此五臣音也。茶陵本云五臣作「碚音客」，袁本作「碚音客」，用五臣也。云善作「碚」。考集韻二十一麥有「碚克革切」，云「礐碚」，水激石不平貌。然則上「力隔」二字，乃真善「碚」字音，必本是注末有「碚力隔切」云云也。各本皆誤係之於「礐」字下，而尤本又以五臣「碚」字音音「碚」，益不可通。

57 注「楚人名淵曰潭府」　袁本「府」下有「已見上文」四字。案：此尤誤刪也。潭，句絕，「府已見上文」五字為一句，謂海賦「水府之內」引劉劭趙都為注也。茶陵本亦誤與此同。

58 注「宏」　袁本、茶陵本作「汯音宏」三字，在注末，是也。

59 注「似肧胎渾混」　袁本、茶陵本「混」作「沌」，下皆同，是也。陳云當作「沌」。

60 注「孕婦三月而肧胎」　袁本、茶陵本無「胎」字。案：此精神訓文也。今本作「三月而胎」，必善所引者作「肧」，尤延之

儀。韓康伯曰：太極者，無稱之稱，不可得名也。長波浹子叶渫牒，峻湍崔嵬。埤蒼曰：浹渫，水滂溏也。小雅曰：峻，高也。盤渦烏和谷轉，淩濤山頹。渦，水旋流也。廣雅曰：淩，馳也。王粲遊海賦曰：洪濤奮蕩，大浪踊躍[61]，山隆谷窳，宛亶相搏。陽侯砐五合硪我以岸起，洪瀾涴宛演而雲迴。陽侯，已見海賦。砐硪，搖動貌。涴演，迴曲貌。沍銀淪溛烏華瀤烏懷，乍浥烏甲乍堆。沍淪，回旋之貌。溛瀤，不平之貌。豃呼檻如地裂，豁若天開。豃，豁開貌。易緯曰：天下愁，地裂山崩。漢書曰：孝惠二年，天開東北，廣十餘丈。觸曲厓以縈繞叫[62]，駭崩浪而相礧。相礧，相擊也，音雷。鼓硆苦合窟以漰普萌渤蒲沒，乃湓普寸湧而駕隈。硆，亦窟之類也。漰渤，水聲也[63]。小雅曰：駕，淩也。

魚則江豚徒昆海狶喜，叔鮪于軌王鱣音亶。南越志曰：江豚似豬。臨海水土記曰[64]：海狶，豕頭，身長九尺。郭璞山海經注曰：今海中有海狶，體如魚，頭似豬。爾雅曰：鮥，鮛鮪。郭璞曰：鮪屬[65]，大者王鮪，小者叔鮪。王鱣之大者[66]，猶曰王鮪。鮥音洛。䱻骨鰊練鰧特登鮋直流，鯪陵鰩遙鯩鰱音連。山海經曰：䱻魚，其狀如魚而鳥翼，出入有

校改，遂誤兩存。

61 注「大浪踊躍」 袁本、茶陵本「踊」作「踴」，是也。

62 注「叫」 案：此五臣音。茶陵本云五臣作「澆音叫」。袁本作「澆音叫」，用五臣也。又云善作「繞」。蓋善不為「繞」字作音，尤衍，甚非。

63 注「漰渤水聲也」 袁本、茶陵本此下有「渤蒲沒切」四字，是也。

64 注「臨海水土記曰」 袁本、茶陵本無「臨海」二字。案：以下所引皆作「臨海水土物志」，疑「記曰」當作「物志」二字也。

65 注「鮪屬」 陳云別本「屬」上有「鱣」字。案：今未見，考爾雅注當有。

66 注「王鱣之大者」 案：「鱣」字當重，各本皆脫。

光，其音如鴛鴦。郭璞曰：音滑。舊說曰：鰊，似繩[67]。山海經曰：鱳，其狀如鱖。居逵切，蒼文赤尾。郭璞曰[68]：舊說曰：鮋，似鱓。楚辭曰：鯪魚何所出。王逸曰：鯪魚，鯪鯉也。山海經曰：鰩魚，狀如鯉。又曰：鰰魚，黑文，狀如鮒，食之不腫。郭璞曰：音倫。廣雅曰，鰱，鱮也。或鹿觡格象鼻，或虎狀龍顏。臨海異物志曰：鹿魚，長二尺餘，有角，腹下有腳，如人足。郭璞山海經注曰：麋鹿角曰觡。又曰：今海中有虎鹿魚，體皆如魚，而頭似虎鹿。龍顏，似龍也。鱗甲鏙七罪錯，煥爛錦斑。鏙錯，間雜之貌。揚鰭掉尾，噴普問浪飛唌似延反。上林賦曰：揵鬐掉尾。說文曰：噴，吒也；唌，沫也。排流呼哈乎合，隨波遊延。或爆蒲角釆以晃淵，或嚇呼厄鰓乎巖間。說文曰：爆，灼也，今以為曝曬也[69]。曝，步木切。廣雅曰：晃，暉也。嚇，猶開也。介鯨乘濤以出入，鯼祖洪鮆薺順時而往還。爾雅曰：介，大也。字林曰：鯼魚，出南海，頭中有石，一名石首。郭璞山海經注曰：鮆，狹薄而長，頭大者長尺餘，一名刀魚，常以三月八月出，故曰順時。

爾其水物怪錯，則有潛鵠魚牛，虎蛟鉤蛇。怪錯，奇怪雜錯也。舊說曰：潛鶴，似鵠而大。山海經曰：魚牛，其狀如牛，陵居，蛇尾，有翼。又曰：虎蛟，其狀魚身而蛇尾，有翼，其音如鴛鴦。郭璞山海經注曰：今永昌郡有鉤蛇，長數丈，尾跂[70]，在水中鉤取斷岸人及牛馬啖之。蜦倫螭團鱟候蝞媚，鱝扶粉鼊烏郎鼊迷䴥音麻。說文曰：蜦，蛇屬也，黑色，潛於神泉之中，能興雲致雨。山海經曰：螭魚，其狀如鮒而彘尾。郭璞曰：音團，如扇之團[71]。廣志曰：鱟魚，似便面，雌常負雄而行，失雄則不能獨活，出交址南海中。臨海水土物志曰：蝞，似蝦，中食，益人顏色，有愛媚。又曰：鱝魚，如

67 注「鰊似繩」　袁本、茶陵本「似」下有「鱦音」二字，是也。

68 注「郭璞曰」　茶陵本此下有「鱳音滕」三字。案：此在中山經注，今本作「騰音騰」，字與善引不同，然可借證其當有。

69 注「曬也」　袁本、茶陵本此下有「爆蒲角切」四字，是也。

70 注「尾跂」　袁本「跂」作「岐」，茶陵本亦作「跂」。案：此亦在中山經注，今本作「岐」，或善引不同。

71 注「音團如扇之團」　案：「團如」當作「如團」，此在南山經注，今本不誤。

圓盤，口在腹下，尾端有毒。又曰：初寧縣多鼃，龜形薄頭，喙似鶩指爪。又鼂鼊與鼂辟相似，形大如蔽，生乳海邊曰沙中[72]，肉極好，中啖。王珧姚海月，土肉石華。郭璞山海經注曰：珧，亦蚌屬也。臨海水土物志曰：海月，大如鏡，白色，正圓，常死海邊，其柱如搔頭大，中食。又曰：土肉，正黑，如小兒臂大，長五寸，中有腹，無口目，有三十足，炙食。又曰：石華，附石生，肉中啖。三蝬子工[73]蚢沵江，鸚螺力戈蜁旋蝸古花反。臨海水土物志曰：三蝬，似蛤。舊說曰：蚢江，似蟹而小，十二腳。南州異物志曰：鸚鵡螺，狀如覆杯，頭如鳥頭，向其腹視，似鸚鵡，故以為名也。舊說曰：蜁蝸，小螺也。璅蛣詰腹蟹，水母目蝦遐。南越志曰：璅蛣，長寸餘，大者長二三寸，腹中有蟹子，如榆莢，合體共生，俱為蛣取食。又曰：海岸間頗有水母，東海謂之蛇，正白，濛濛如沫，生物有智識，無耳目，故不知避人。常有蝦依隨之，蝦見人則驚，此物亦隨之而沒。蛇，音蜡，二字並除嫁切。紫蚢胡岡如渠，洪蚶呼甘[74]專車。爾雅曰：大貝曰蚢。漢書曰：尉佗獻紫貝五百。尚書大傳曰：文王囚於羑里，散宜生之江、淮之浦，而得大貝，如車渠，以獻紂。鄭玄曰：渠，罔也。臨海水土物志曰：蚶則徑四尺，背似瓦壟，有文。國語，孔子曰：防風氏其骨節專車。賈逵曰：專，滿也。瓊蚌晞曜以瑩珠，石砝居葉應節而揚葩。異物志曰：蚌似車螯，絜白如玉。晞曜，向日也。楊雄蜀都賦曰：蚌含珠而擘裂。南越志曰：石砝，形如龜腳，得春雨則生花，花似草華。廣雅曰：葩，花也。砝，音劫。蜛居蝫諸森衰以垂翹，玄蠣力滯磈苦罪磥力罪而碨烏懷硊烏遐反。南越志曰：蜛蝫，一頭，尾有數條，長二三尺，左右有腳，狀如蠶，可食。森衰，垂貌。翹，尾也。臨海水土物志曰：蠣，長七尺。南越志曰：蠣，形如馬蹄。磈磥、碨硊，不平之貌。或泛瀲辞豔於潮波，或混淪乎泥沙。字書曰：瀲，泛也，水波上及也。混淪，輪轉之貌。廣雅曰：混，轉也。混，乎本切。淪，力本切。

72 注「生乳海邊曰沙中」 袁本、茶陵本無「曰」字，是也。

73 注「子工」 案：此五臣音。茶陵本有「蝬子公反」四字，在注中「三蝬似蛤」下，乃善音。袁本亦誤去。

74 注「呼甘」 袁本、茶陵本作「呼甘切」三字，在注中「有文」下，是也。

若乃龍鯉一角，奇鶬倉九頭。山海經曰：龍鯉，陵居，其狀如鯉。或曰：龍魚一角也。劉騊駼玄根賦曰：一足之夔，九頭之鶬。有鼈三足，有龜六眸莫侯反。山海經曰：三足鼈，岐尾。爾雅曰：鼈三足曰能。郭璞曰：今吳興郡陽羡縣山上有池，池中出三足鼈，又有六眼龜。賴蟞胏扶廢躍而吐璣，文魮毗[75]磬鳴以孕璆。山海經曰：珠蟞之魚，其狀如胏而有目，六足，有珠。郭璞曰：蟞音鼈。南越志曰：珠鼈吐珠。山海經曰：文魮之魚，其狀如覆銚，鳥首而翼，魚尾，音如磬之聲，是生珠玉。郭璞曰：音毗。鯈條鱅庸拂翼而掣充制耀，神螟麗蝹於粉蜦力殞以沉遊。山海經曰：鯈鱅，狀如黃蛇，魚翼，出入有光。郭璞曰：音條容。說文曰：螟，蛇屬也。許慎淮南子注曰：黑螟，神蛇也。潛於神泉。蝹蜦，行貌。騂蒲沒馬騰波以噓蹀牒，水兕雷呴薄交乎陽侯。山海經曰：騂馬，牛尾，白身，一角，其音如虎。郭璞曰：音勃。黃伯仁龍馬賦曰：噓天慷慨。南越志曰：西鞏縣東暨于海，其中多水兕，形似牛。說文曰：呴，嗥也。淵客築室於巖底，鮫人構館于懸流。吳都賦曰：淵客慷慨而泣珠。鮫人，已見海賦。雹布餘糧，星離沙鏡。雹布、星離，言眾多也。本草經曰：禹餘糧，生東海池澤。傳玄擬楚篇曰：光滅星離。舊說曰：沙鏡，似雲母也。青綸競糾，縟組爭映。爾雅曰：綸似綸，組似組，東海有之。糾，繚也。縟，繁采也。紫菜熒曄以叢被，綠苔鬖所咸髿沙乎研上。紫菜，色紫，狀似鹿角菜而細，生海中。熒曄，光明貌。南越志曰：海藻，一名海苔，生研石上。風土記曰：石髮，水苔也，青綠色，皆生於石。通俗文曰：髮亂曰鬖髿。說文曰：研[76]，滑石也，研與硯同，五見切。菜，或為菓。石帆平蒙籠以蓋嶼序，萍實時出而漂泳音詠。劉逵吳都賦注曰：石帆，生海嶼石上，草類也。又曰：嶼，海中洲，上有山石。家語曰：楚昭王渡江，中流有物，大如斗，員而赤，直觸王舟，舟人取之，王大怪，使聘魯，問孔子。孔子曰：此所謂萍實也，可剖而食之，吉祥也。唯霸者為能得焉。王肅曰：萍，水草也。說文曰：漂，浮也。爾雅曰：泳，游也。

---

75 注「毗」 案：此五臣音也。善自引郭璞曰「音毗」，在注末，五臣襲之耳。各本皆誤兩存。後凡放此者，不更出。

76 注「說文曰研」 袁本「研」作「硯」，是也。茶陵本亦誤「研」。

其下則金礦丹礫歷，雲精爥銀。說文曰：礦，銅、鐵璞也。古猛切。丹礫，丹砂也。異物志曰：雲母，一曰雲精，入地萬歲不朽。穆天子傳曰：乃披圖視典，曰：天子之寶，璿珠爥銀。郭璞曰：銀有精光如爥也。珕麗珋留璿瑰古回，水碧潛瑉美巾反。說文曰：珕，蜃屬，力計切。又曰：珋，石之有光者。山海經曰：大荒之中，有西王母之山，爰有璿瑰。郭璞曰：璿瑰，亦玉名也。旋回兩音。山海經曰：耿山多水碧。郭璞曰：亦水玉類也。潛瑉，亦水玉也。鳴石列於陽渚，浮磬肆乎陰濱。山海經曰：共水多鳴石。郭璞曰：晉永康元年，襄陽郡上鳴石，似玉，色青，撞之，聲聞七八里。尚書曰：泗濱浮磬。孔安國尚書傳曰：肆，陳也。或頮古迴彩輕漣，或焆涓曜崖鄰[77]。焆，已見上文。說文曰：鄰，水崖間鄰鄰然也[78]。力因切。林無不溽，岸無不津。孫卿子曰：玉在山而木潤，淵生珠而崖不枯。廣雅曰：溽，濕也。鄭玄周禮注曰：津，潤也。

其羽族也，則有晨鵠天雞，鴢於絞鷔敖鷗䲦。山海經曰：大鶚音如晨鵠。郭璞曰：晨鵠，猶晨鳧也。爾雅曰：翰，天雞。孫炎曰：黑身，一名莎雞。山海經曰：鴢，其狀如鳧，青身而朱目，赤尾。郭璞曰：音窈窕之窈。山海經曰：鷔，青黃，其所集者其國亡。郭璞曰：音敖。山海經曰：䲦，其狀如梟。郭璞曰：音鉗鈦之鈦；徒計切。陽鳥爰翔，于以玄月。尚書曰：彭蠡既豬，陽鳥攸居。爾雅曰：九月為玄。郭璞曰：國語云：至于玄月也。千類萬聲，自相喧聒。說文曰：聒，讙語也。濯翮疏風，鼓翅翻許聿翃許月反。疏，理也。禮記曰：鳳以為畜，故鳥不獝；麟以為畜，故獸不狘。鄭玄曰：獝狘，飛走之貌。翻與獝同[79]。揮弄灑珠，拊拂瀑沫。洞簫賦曰：揚素波而揮連珠。說文曰：瀑，賈也，蒲到切。集若霞布，散如雲豁。產毻他積羽，往來勃碣其列反。字書曰：毤，落毛也。毤與毻同，音

---

77 或焆曜崖鄰　案：「鄰」當作「粼」。善引說文可證，見下。五臣乃作「鄰」，向注云「畔也」，是其明文。各本皆作「鄰」，又不著校語，以五臣亂善，非也。

78 注「鄰水崖間鄰鄰然也」　袁本三「鄰」字皆作「粼」。案：此「粼」之別體字，最是。茶陵本亦皆作「鄰」，與此同誤。

79 注「翻與獝同」　案：當作「翻翃與獝狘同」，各本皆脫。

唾。竹書曰：穆王北征，行流沙千里，積羽行千里。漢書曰：燕地勃、碣之間，一都會也。伏琛齊地記曰：勃海郡東有碣石，謂之勃碣也。

橉力刃杞稹之忍薄於潯涘，栛槤連森嶺而羅峯。橉、杞，二木名也。字林曰：稹，稠概也。薄，叢生也。淮南子曰：南遊江潯。許慎注曰：潯，水涯也，音尋。栛、槤，亦二木名也。栛，音隸。桃枝篔筠簹當，實繁有叢。劉淵林蜀都賦注曰：桃枝，竹屬也，可為杖。又吳都賦注曰：篔簹竹，生水邊，長數丈。葭蒲雲蔓，纓以蘭紅。雲蔓，言多而無際也。纓，采色相映也。蘭，澤蘭也。爾雅曰：紅，龍舌[80]。揚皜杲秏二[81]，擢紫茸而容反。皜，白也。秏與茸[82]，皆草花也。蔭潭隩於六，被長江。爾雅曰：隩，隈也。郭璞曰：今江東呼為浦隩，於到切。繁蔚尉芳蘺，隱藹水松。蘺，江蘺，香草也，似水薺。水松，藥草名也。涯灌芊千見萰力見，潛薈烏外蔥蘢郎公反。涯灌則叢生也[83]。潛薈，水中茂盛也。芊萰、蔥蘢，皆青盛貌也。

鯪陵鯥六跰日眉踽具側[84]於垠銀隒魚儉，獱頻獺睒失冉瞲呼穴乎廞去聲空。鯪魚，已見同篇[85]。山海經曰：有魚狀如牛，陵居，蛇尾，其名曰鯥。埤蒼曰：跰躧，跳也，求悲切。聲類曰：偏舉一足曰踽踦也，渠俱切。郭璞三蒼解詁

---

80 注「紅龍舌」 案：「舌」當作「古」，各本皆譌。

81 注「二」 案：此五臣音。茶陵本有「秏耳利切」四字，在注中「皆草花也」下，乃善音。袁本亦誤去。

82 注「秏與茸」 袁本、茶陵本無「與」字，是也。

83 注「涯灌則叢生也」 袁本、茶陵本則作「厓側」二字，是也。

84 注「日眉」又注「具側」 案：此正文五臣作「踦𨇤」，故「踦」下音「巨眉」，「𨇤」下音「具俱」。袁、茶陵可證，但不著校語，為以五臣亂善耳。善作「跰踽」，音義具在注中，尤本依而改正，是矣，但仍贅此音而又誤其字，則失之。陳有校語，殊誤，今不取。又「踽」、「跔」同字，載集韻。陳云別本作「跔」，注同，今未見其本。

85 注「已見同篇」 袁本「同篇」作「上文」。案：善注例云「上文」，是也。茶陵本改為複出，其所見仍當是「上文」耳。

曰：獱，似青狐，居水中，食魚。山海經曰：鼇山，潚潚之水出焉，有獸，名曰獺，其狀如[86]鱬，其毛如彘鬣。郭璞曰：音蒼頡之頡，與獺同[87]。鱬，如珠切。睒，暫視也。聲類曰：瞲，驚視上也，呼穴切。厱，岸側空處也，去巖切。**迅蜼**聿季**臨虛以騁巧，孤玃**居縛**登危而雍容。**蜼，狖也。玃，似獮猴也。**夔牯**呼口**翹踛**六**於夕陽，鴛雛弄翮乎山東。**山海經曰：岷山多夔牛。郭璞曰：今蜀山中有大牛，重數千斤，名為夔牛。又爾雅注曰：今青州呼犢為牯[88]，牯，夔牛之子也[89]。牯與牸同，火口切。莊子曰：齕草飲水，翹尾而踛，此馬之真性也。司馬彪曰：踛，跳也。廣雅曰：翹，舉也。山海經曰：南禺之山有鵷鶵。郭璞曰：鵷鶵，鳳屬也。爾雅曰：山西曰夕陽，山東曰朝陽。

因岐成渚，觸澗開渠。岐，已見上文。**漱**所遘**壑生浦，區別作湖。**周禮曰：善為溝者水漱之。鄭玄曰：漱，齧也。論語曰：區以別矣。**磴**土登**之以瀿**煩**瀷**翼**，渫**息列**之以尾閭。**磴，猶益也，土登切。淮南子曰：莫鑒於流瀿，而鑒於澄水。許慎曰：楚人謂水暴溢為瀿，扶園切。淮南子曰：潦水，旬月不雨，則涸而枯，澤受瀷而無源者也。許慎曰：瀷，湊漏之流也。瀷，昌即切。莊子，海若曰：天下之水，莫大於海，萬川歸之而不盈，尾閭渫之而不虛。司馬彪曰：尾閭，水之從海出也。**標之以翠翳，泛之以遊菰。**標，猶表識也。翳，草之翳薈也。菰，菰蔣也，浮於水上，故曰遊也。**播匪藝之芒種，挺自然之嘉蔬。**孔安國尚書傳曰：播，布也。鄭玄毛詩箋曰：藝，猶樹也。鄭司農周禮注曰：芒種，稻麥也。禮記曰：凡祭廟之禮，稻曰嘉蔬。鄭玄曰：嘉，善也。稻，菰蔬之屬。**鱗被菱荷，攢布水蓏**力果反**。**鱗被，如鱗之被，言多也。蒼頡篇曰：攢，聚也。應劭漢書注曰：木實曰果，草實曰蓏。**翹莖瀵**芳問**蘂，濯穎散裹。**說文曰：瀵，水浸也，匹問切。廣雅曰：蘂，華也；穎，穗也。裹，謂草實也。高唐賦曰：綠葉紫裹。**隨風猗萎**於危**，與波**

86 注「名曰獺其狀如鱬」　陳云「獺」當作「獱」，「鱬」當作「獳」，是也。案：此引中山經注文。下「鱬」同。

87 注「與獺同」　案：「與」上當有「獱」字。各本皆脫。

88 注「呼犢為牯」　案：「牯」當作「牸」，下文云「牯與牸同」，謂引此「牸」與正文「牯」同也。今爾雅正作「牸」。

89 注「牯夔牛之子也」　袁本此上有「然此」二字，是也。茶陵本全刪此三字，益非。又案：此「牯」亦當作「牸」。

潭沲。猗萎，隨風之貌。潭沲，隨波之貌。潭，音覃。沲，徒我切。流光潛映，景炎羊染霞火[90]。言草之華蘂流耀，潛映波瀾，景色外發，炎於赮火。赮與霞同。

其旁則有雲夢雷池，彭蠡青草，雲夢，澤名也。吳錄曰：雷池，在皖。尚書曰：彭蠡既豬。孔安國曰：澤名也。吳錄曰：巴陵縣有青草湖。具區洮姚滆翮，朱滻丹漅。具區，亦澤名也。風土記曰：陽羡縣西有洮湖。水經注曰：中江東南左合滆湖。音覈。又曰：朱湖在溧陽。又曰：沔水又東得滻湖，水周三四百里。丹湖在丹陽，漅湖在居巢。漅，祖了切。極望數百，沆胡朗瀁余兩皛胡杳溔余少反。七發曰：極望成林。鄭玄禮記注曰：極，盡也。沆瀁，廣大之貌。皛溔，深白之貌。爰有包山洞庭，巴陵地道。潛逵傍通，幽岫窈窕。郭璞山海經注曰：洞庭地穴，在長沙巴陵。吳縣南太湖中有苞山，山下有洞庭穴道，潛行水底，云無所不通，號為地脈。逵，水中穴道交通者。金精玉英瑱其裏，瑤珠怪石琗其表。穆天子傳，河伯曰：示汝黃金之膏。郭璞曰：金膏，其精汋也。汋，音綽。孝經援神契曰：玉英，玉有英華之色也。孫卿子曰：琁玉瑤珠不知佩。山海經曰：苟林之山多怪石。郭璞曰：怪石，似玉也。瑱、琗，謂文采相雜。小雅曰：雜采曰綷，琗與綷同。瑱，徒見切。琗，字憒切。驪虬渠幽摎居由其址止，梢雲冠其嶿必眇反。驪虬，驪龍也，在於九重之泉，故云摎其址也。莊子曰：千金之珠，在九重之淵，而驪龍頷下。宋衷太玄經注曰：摎，猶糾也。孫氏瑞應圖曰：梢雲，瑞雲。人君德至則出，若樹木梢梢然也。嶿，山巔也，方眇切。海童之所巡遊，琴高之所靈矯。海童，已見上文。列仙傳曰：琴高浮遊冀州二百餘年，後入碭水中，乘赤鯉魚來，出泊一月，復入水去。方言曰：矯，飛也，言飛而去來其中。冰夷倚浪以傲睨五計，江妃含嚬而矊彌延眇[91]。山海經曰：從極之川，唯冰夷恆都焉。

---

90 景炎霞火　陳云據注「霞」當作「赮」。案：所校是也。前「壁立赮駮」，袁、茶陵二本有校語云善作「赮」，五臣作「霞」，此必同彼，但失其校語耳。後「吸翠霞而夭矯」，亦當有誤。

91 江含矊而矊眇　案：「妃」當作「斐」，注引列仙傳作「斐」，可證。各本皆以五臣作「妃」而亂之。吳都賦「江斐於是往來」，五臣作「妃」，此同彼也。

冰夷，人面而乘龍。郭璞曰：冰夷，馮夷也。莊子曰：獨與天地精神往來，而不傲睨於萬物。傲睨，自寬縱不正之貌。列仙傳曰：江斐二女。出遊江濱，鄭交甫所挑者。孟子注，嚬蹙而言。嚬蹙，憂貌。矊眇，遠視貌。法言曰：眇緜作炳矊。矊，音緜[92]。**撫凌波而鳧躍，吸翠霞而夭矯。**鄭玄禮記注曰：撫，以手按之也。廣雅曰：淩，馳也。上林賦曰：馳波跳沫。廣雅曰：吸，飲也。陵陽子明經曰：春食朝霞。朝霞者，日始出之赤氣。夭矯，自得之貌。

若乃宇宙澄寂，八風不翔。文子曰：四方上下謂之宇。說文曰：宙，舟車所極覆。淮南子曰：天有八風：條風，明庶風，清明風，景風，涼風，閶闔風，不周風，廣莫風。洞簫賦曰：翔風蕭蕭而徑其末。**舟子於是搦**女角**棹，涉人於是檥**魚綺**榜**[93]補郎反。毛詩曰：招招舟子，人涉卬否。搦，捉也。應劭漢書注曰：檥，止也。王逸楚辭注曰：榜，船櫂也，補孟切。一曰：榜，併船也[94]。**漂飛雲，運艅艎。**劉淵林吳都賦注曰：飛雲，吳樓船之有名者。左氏傳曰：楚敗吳師，獲其乘舟艅艎。杜預曰：艅艎，舟名也。**舳艫相屬，萬里連檣。**說文曰：舳，舟尾也。艫，船頭也。埤蒼曰：檣，帆柱也，才羊切。**泝洄沿流，或漁或商。**毛詩曰：泝洄從之。毛萇曰：逆流而上曰溯洄。孔安國尚書傳曰：順流而下曰沿。列子曰：中國之人，或農或商，或佃或漁。**赴交益，投幽浪**平聲。交、益，二州名也。周禮曰：東北曰幽州。漢書有樂浪郡也。**竭南極，窮東荒。**淮南子曰：章亥自北極步至南極。山海經有東荒經。**爾乃䍐雰**紛**祲**子蔭**於清旭**許玉**，覘**勑詹**五兩之動靜。**方言曰：䍐，視也，音隸。杜預左氏傳曰[95]：氛，氣也。說文曰：雰，亦氛字也。鄭玄禮記注曰：祲，陰陽氣相浸漸以成災也。毛萇詩傳曰：旭，日始出也。鄭玄禮記注曰：覘，闚視也，勑廉切。兵書曰：凡候風法，以雞羽重八兩，建五丈旗，取羽繫其巔，立軍營中。許慎淮南子注曰：綄，候風也，楚人謂之五兩也。綄，音桓。**長風**

---

92 注「矊矊音緜」 袁本、茶陵本無此四字。案：此蓋「矊與緜同」之誤，或其下仍有「音緜」二字。

93 涉人於是檥榜 袁本、茶陵本「檥」作「艤」，是也。注同。

94 注「併船也」 袁本、茶陵本此下有「補浪切」三字，是也。

95 注「杜預左氏傳曰」 案：「傳」下當有「注」字。各本皆脫。

飂于鬼以增扇，廣莫颸麗而氣整。高唐賦曰：長風至而波起。飂，大風貌，音葦。廣莫風已見上文。郭璞山海經注曰：颸颸，急風貌，音戾。徐而不颷烏回，疾而不猛。埤蒼曰：颷，風遲也，音隈。鼓帆平迅越，趠陌漲張截泂音迴。帆，已見上文。趠，猶越也。截，直度也。漲、泂，皆深廣之貌。淩波縱柂，電往杳溟覓冷反。楊雄方言曰：船後曰舳。郭璞曰：今江東柂呼為舳也。王逸荔枝賦曰：飛匡上下，電往景還。匡，勤往切。䨦如晨霞孤征，眇若雲翼絕嶺。䨦，征貌，徒對切。晨霞，朝霞也。莊子曰：大鵬翼若垂天之雲，故曰雲翼，言廣大也。倏忽數百，千里俄頃。楚辭曰：往來倏忽。何休公羊傳注曰：俄者，須臾之間。司馬彪莊子注曰：頃，久也。王肅家語注曰：俄，有頃也。飛廉無以睎其蹤，渠黃不能企其景。史記曰：飛廉善走。廣雅曰：睎，視也。穆天子傳曰：天子之八駿曰渠黃。毛詩曰：跂予望之。鄭玄曰：舉足，則望見之。企與跂同[96]。

於是蘆人漁子，擯落江山，謂采蘆捕魚之子也。擯落，謂被斥擯而漂落也。司馬彪莊子注曰：擯，棄也。衣則羽褐，食惟蔬鱻思延切。鄭玄毛詩箋曰：褐，毛布也。聲類曰：鱻，小魚也。栫寂見澱廷見為涔，夾潀在公羅筌。說文曰：栫，以柴木壅水也。劉淵林吳都賦注曰：淀，如淵而淺。澱與淀古字通。爾雅曰：槮謂之涔。郭璞曰：今作槮，叢木於水中，魚得寒，入其裏，以薄捕取之也。槮，蘇感切。涔，字廉切。說文曰：潀，小水入大水也。筌，捕魚之器，以竹為之，蓋魚笱屬。筩灑連鋒，罾子僧罶雷比船。舊說曰：筩、灑，皆釣名也。罾、罶，皆網名也。灑，所蟹切。或揮輪於懸碕奇，或中瀨而橫旋。輪，釣輪也。埤蒼曰：碕，曲岸頭也。忽忘夕而宵歸，詠採菱以叩舷。淮南子曰：夫歌採菱，發陽阿。楚辭曰：漁父鼓而去。王逸曰：叩船舷也。傲自足於一嘔，尋風波以窮年。字書曰：傲，倨也。嘔與謳同。楚辭曰：順風波以南北兮，霧宵晦以紛紛。西京賦曰：窮年忘歸，猶不能徧也。

爾乃域之以盤巖，豁之以洞壑，疏之以沲度河汜似，鼓之以朝夕。尚書曰：沲、潛既導。

---

96 注「企與跂同」　袁本、茶陵本「同」作「通」，是也。

孔安國曰：沲，江別名也。汜，已見上文。漢書，枚乘上書曰：游曲臺，臨上路，不如朝夕之池也。川流之所歸湊，雲霧之所蒸液。王逸，楚辭注曰：湊，聚也。琴賦曰：蒸靈液以播雲。淮南子曰：山雲蒸而柱礎潤。珍怪之所化產，傀奇之所窟宅。高唐賦曰：珍怪奇偉。子虛賦曰：珍怪鳥獸。說文曰：傀，偉也。又曰：奇異也。納隱淪之列眞，挺異人乎精魄。桓子新論曰：天下神人五：一曰神仙，二曰隱淪，三曰使鬼物，四曰先知，五曰鑄凝。馮衍爵銘曰：富如江海，壽配列真。說文曰：真，仙人變形也。班固公孫弘贊曰：異人並出。孝經援神契曰：五岳之精雄，四瀆之精仁。左氏傳樂祁曰：心之精爽，是謂魂魄。播靈潤於千里，越岱宗之觸石。公羊傳曰：曷為祭大山河海？山川有能潤乎百里者，天子秩而祭之，觸石而出，膚寸而合，不崇朝而徧雨天下者，唯太山雲爾，海潤于千里[97]。何休曰：雲氣觸石理而出為雨，無膚寸之地而不徧也。河海興雲，雨及千里。及其譎變儵怳，符祥非一。動應無方，感事而出。孔安國尚書傳曰：神妙無方。鄭玄論語注曰：方，常也。經紀天地，錯綜人術。言以綜為喻也[98]。符祥上則經紀天地，下則錯綜人術。漢書五行志曰：厥風絕經紀。如淳曰：壞絕匹帛之屬。周易曰：錯綜羣數。王肅曰：錯，交也；綜，理事也。仲長子昌言曰：錯綜人情。妙不可盡之於言，事不可窮之於筆。

若乃岷精垂曜於東井，陽侯遯形乎大波[99]。河圖括地象曰：岷山之地，上為井絡。史記曰：五星聚于東井。陽后，陽侯也。高誘淮南子注曰：楊國侯[100]溺死於水，其神能為大波。莊子曰：其死，登遐三年而形遯。奇相去得道而宅神，乃協靈爽於湘娥。廣雅曰：江神謂之奇相。西京賦曰：懷湘娥。王逸楚辭注曰：堯二女墜湘水之中，因為

---

97 注「海潤于千里」　何校「海」上添「河」字，陳同。各本皆脫。

98 注「言以綜為喻也」　袁本、茶陵本「綜」作「織」，是也。

99 陽侯遯形乎大波　陳云據注「侯」當作「后」。案：所校是也。善作「后」，五臣作「侯」。袁本所載翰注「陽侯，波神」，各本皆以五臣亂善而不著校語，非也。

100 注「楊國侯」　案：「楊」當作「陽」。各本皆譌。此覽冥訓注也。今本云「陽侯，陵陽國侯也」。蓋善節引之。

湘夫人也。**駭黃龍之負舟，識伯禹之仰嗟。**呂氏春秋曰：禹南省，方濟乎江，黃龍負舟，舟中之人，五色無主，禹仰視天而歎曰：吾受命於天，竭力以養民。生，性也[101]，死，命也，余何憂於龍焉！龍俛耳曳尾而逃。**壯荊飛之擒蛟，終成氣乎太阿。**呂氏春秋曰：荊有佽飛者，得寶劍於干遂，反涉江至于中流，有兩蛟夾繞其舡，佽飛拔寶劍曰：此江中腐肉朽骨也。赴江刺蛟，殺之。荊王聞之，仕以執珪。高誘曰，干遂，吳邑。越絕書曰：歐冶子作鐵劍二，曰太阿。**悍要離之圖慶，在中流而推戈。**廣雅曰：悍，勇也。呂氏春秋曰：要離走往見王子慶忌於衛，慶忌喜，要離曰：請與王子往奪之國。王子慶忌與要離俱涉於江，拔劍以刺王子慶忌，捽而投之於江，浮出，又取而投之於江，如此者三。其卒曰：汝天下之國士也，幸汝以成名。要離不死。歸吳矣。**悲靈均之任石，歎漁父之櫂歌。**楚辭曰：名余曰正則，字余曰靈均。又曰：望大河之洲渚，悲申徒之抗直，驟諫君而不聽，重任石之何益。又曰：懷沙礫而自沉兮，不忍見君之蔽壅。史記曰：屈原作懷沙賦，懷石自投汨羅。懷沙，即任石也，義與王逸不同。楚辭曰：漁父鼓枻而歌曰：滄浪之水清，可以濯吾纓。**想周穆之濟師，驅八駿於黿鼉。**紀年曰：周穆王三十七年征伐，大起九師，東至于九江，叱黿鼉以為梁。列子曰：周穆王遠遊，命駕八駿之乘：驊騮、綠耳、赤驥、白儀、渠黃、踰輪、盜驪、山子。張湛曰：儀，古義字。**感交甫之喪珮[102]，愍神使之嬰羅。**廣雅曰：感，傷也。韓詩內傳曰：鄭交甫遵彼漢皐臺下，遇二女，與言曰：願請子之珮。二女與交甫，交甫受而懷之，超然而去，十步循探之，即亡矣。回顧二女，亦即亡矣。莊子曰：宋元君夜半夢人被髮而窺阿門曰：予自罕露之泉，為清江使河伯之所，漁者豫且得予。元君覺，召占夢者占之曰：此神龜也，元君乃刳龜以卜，七十鑽而無遺策。司馬彪曰：鑽，命卜以所卜事而灼之。**煥大塊之流形，混萬盡於一科。**莊子曰：夫大塊載我以形，勞我以生。司馬彪曰：大塊，自然也。周

---

101 注「生性也」　袁本、茶陵本無此三字。案：此尤所校添。

102 感交甫之喪珮　案：「喪」當作「愆」。袁本作「喪」，有校語云善作「愆」，可證。茶陵本亦作「喪」，而無校語，與此皆為以五臣亂善。

易曰：品物流形，混萬盡於一科。言混萬物盡歸於一科也。孟子曰：水[103]源泉混混，不舍晝夜，盈科而後進，放乎四海。趙岐曰：科，坎也。保不虧而永固，稟元氣於靈和。春秋元命包曰：水者，五行始焉，元氣之湊液也。考川瀆而妙觀，實莫著於江河。班固漢書贊曰：中國川原以百數，莫著於四瀆，而河為宗也。

103 注「孟子曰水」陳云別本無「水」字。案：茶陵本如此，袁本仍有。

卷第十三

賦庚

物色

四時所觀之物色而為之賦。又云：有物有文曰色。風雖無正色，然亦有聲。詩注云：風行水上曰漪。易曰：風行水上，渙。渙然即有文章也。

風賦

劉熙釋名云：風者，汎也，為能汎博萬物。又云：風者，放也，動氣放散。曾子書曰：陰陽偏則風。物理志曰：陰陽擊發氣也。

宋玉　史記曰：楚有宋玉、景差之徒，皆好辭而以賦見稱。王逸楚辭序曰：宋玉，屈原弟子。

楚襄王游於蘭臺之宮，史記曰：楚懷王薨，太子橫立為頃襄王。又曰：楚有謂頃襄王曰：王綪繳蘭臺。徐廣曰：綪，縈也，七見切。宋玉景差侍。有風颯然而至，景差，亦楚大夫。說文曰：颯，風聲。楚辭曰：風颯颯兮木蕭蕭。王迺披襟而當之曰：「快哉此風！寡人所與庶人共者邪？」宋玉對曰：「此獨大王之風耳，庶人安得而共之？」王曰：「夫風者，天地之氣，溥暢而至，不擇貴賤高下而加焉，河圖帝通紀曰：風者，天地之使也。五經通義曰：陰陽散為風，風氣無根也。管子曰：風，漂物者也，風之所漂，不避貴賤美惡。今子獨以爲寡人之風，豈有說乎？」宋玉對曰：「臣聞於師，枳句來巢，空穴來風。枳，木名也。枳句，言枳樹多句也。說文曰：句，曲也，古侯切，似橘屈曲也。考工記曰：橘踰淮為枳。莊子曰：騰猿得枳棘枳句之間，振動悼慄。又曰：空閱來風，桐乳致巢，此以其能苦其性者。司馬彪曰：門戶孔空，風善從之。桐子似乳，著其葉而生，其葉似箕，鳥喜巢其中也。其所託者然，則風氣殊焉。」者下或有因字，非也。

王曰：「夫風始安生哉？」宋玉對曰：「夫風生於地，起於青蘋之末。莊子曰：大塊噫氣，其名為風。爾雅曰：萍，其大者曰蘋。郭璞曰：水萍也。侵淫谿谷，盛怒於土囊之口。春秋元命包曰：陰陽怒而為風。侵淫，漸進也。土囊，大穴也。盛弘之荊州記曰：宜都佷山縣有山，山有穴，口大數尺，為風井。土囊，當此之類也。緣泰山之阿，舞於松柏之下。阿，曲也。飄忽淜滂，激颺熛怒。淜滂，風擊物聲。淜，疋冰切。熛怒，如漂之聲。說文曰：熛，火飛也。俾堯切。滂，普郎切。耾耾雷聲，迴穴錯迕。耾，侯萌切。埤蒼曰：耾耾，風聲。廣雅曰：耾，聲也。十洲記曰：玄洲在北海上，有風聲，響如雷，上對天之西北門也。凡事不能定者迴穴，此即風不定貌。錯迕，雜錯交迕也。蹷石伐木，梢殺林莽。蹶，動也。伐，擊也。漢書音義，應劭曰：蹷，頓也。韋昭曰：梢，擊也。至其將衰也[1]，被麗披離，衝孔動楗，被麗披離，四散之貌也。字林曰：楗，拒門也。眴煥粲爛，離散轉移。眴，呼縣切。眴煥粲爛，鮮明貌。故其清涼雄風，則飄舉升降。乘凌高城，入于深宮。邸華葉而振氣，說文曰：邸，觸也。邸與抵古字通。徘徊於桂椒之間，翱翔於激水之上，將擊芙蓉之精。廣雅曰：菁，華也。精與菁古字通。獵蕙草，離秦衡。獵，歷也。秦，香草也。衡，杜衡也。又云：秦，木名也。范子計然曰：秦衡出於隴西天水，芳香也。槩新夷，被荑楊。楚詞曰：露甲新夷飛林薄[2]。顏師古

---

1 至其將衰也　袁本、茶陵本校語云善無此五字。案：尤本初無，是也；後脩改增多，非也。陳云別本無，今未見。

2 注「露甲新夷飛林薄」　案：「甲」當作「申」，「飛」當作「死」。各本皆誤。所引涉江文也。

曰：新夷，一名留夷。即上林賦雜以留夷也。易曰：枯楊生稊。王弼曰：稊者，楊之秀也。稊與荑同。徒奚切。迴穴衝陵，蕭條眾芳。然後倘常佯羊中庭，北上玉堂。倘佯，猶徘徊也。躋于羅帷，經于洞房。迺得為大王之風也。說苑，雍門周說孟嘗君曰：下羅帷，來清風。楚辭曰：姱容修態亘洞房。故其風中人狀，直憯淒惏慄，清涼增欷。素問曰：若汗出逢虛，風其中人也。楚詞曰：憯淒增欷。鄭玄曰：憯，憂也。說文曰：憯，痛也，錯感切。惏，寒貌。毛萇詩傳曰：慄冽，寒氣也。慄，理吉切。欷，欣既切。清清泠泠，愈病析酲。清清泠泠，清涼之貌也。愈，猶差也。漢書曰：泰尊柘漿析朝酲。應劭曰：酲，酒病。析，解也。發明耳目，寧體便人。此所謂大王之雄風也。」

王曰：「善哉論事！夫庶人之風，豈可聞乎？」宋玉對曰：「夫庶人之風，塕然起於窮巷之間，堀窟堁課揚塵。塕然，風起之貌也，一孔切。堀堁，風動塵也。廣雅曰：堀，突也。淮南子曰：揚堁而弭塵。許慎曰：堁，塵塺也。塺，莫迴切。勃鬱煩冤，衝孔襲門。勃鬱煩冤，風迴旋之貌。司馬彪莊子注曰：襲，入也。動沙堁，吹死灰。堁或為堀，非也[3]。駭溷濁，揚腐餘。廣雅曰：駭，起也。言風之來，既起溷濁之處，又舉揚腐臭之餘。家語，孔子曰：惜其腐餘，而務施仁人之偶也。溷，胡困切。腐，扶甫切。邪薄入甕牖，至於室廬。禮記，孔子曰：儒有蓬戶甕牖。故其風中人狀，直憞溷鬱邑，毆温致濕。憞，徒對切。孔安國尚書傳曰：憞，惡也。言此風入於人身體令惡也。憞溷，煩濁之貌。字林曰：溷，亂也。王逸楚詞注曰：鬱邑而憂也。毆，古驅字。素問曰：冬傷於寒，春必病温。又曰：中央生濕，濕生土也。言此風毆温濕氣來，令致濕病也。中心慘怛，生病造熱。慘怛，憂勞也。慘，錯感切。方言曰：怛，痛也。素問，黃帝問岐伯曰：人傷於寒，而轉為熱，何也？曰：夫寒盛則生於

---

3 注「堁或為堀非也」　袁本、茶陵本「堁」下有「烏臥切」三字。案：有者最是。又袁本脫「或為堀非也」五字。

熱也。中脣爲胗軫，得目爲蔑[4]。說文曰：胗，脣瘍也。呂氏春秋曰：氣鬱處目則為蔑[5]為盲。高誘曰：蔑，眵也。蔑與䁾古字通，亡結切。眵，充支切。啗齰嗽獲，死生不卒。啗齰嗽獲，中風人口動之貌[6]。風疾既甚，言死而未即死，言生而又有疾也。故云不卒。說文曰：啗，食也。齰，齧也，士白切。嗽，吮也，山角切。聲類曰：嚄，大喚也，宏麥切。獲與嚄古字通。卒，七忽切。此所謂庶人之雌風也。」

秋興賦 并序

潘安仁 劉熙釋名曰：秋，就也。言萬物就成也。興者，感秋而興此賦。故因名之。

晉十有四年，余春秋三十有二，始見二毛。十四年，晉武帝太始十四年也。左氏傳，宋襄公曰：不禽二毛。杜預曰：二毛，頭白有二色也。以太尉掾兼虎賁中郎將，寓直于散騎之省。臧榮緒晉書云：賈充為太尉。又曰：岳為賈充掾。漢書曰：期門僕射，秩比千石，平帝更名虎賁郎，置中郎將。寓，寄也。世說曰：桓玄既篡，將改置直館，問左右：虎賁中郎將省合在何處？有人荅云：無省。當時殊迕旨。問：何以知無？荅曰：潘岳秋興賦敘云：兼虎賁中郎將，寓直於散騎之省。玄咨嗟稱善。劉謙之晉紀云：玄欲復虎賁中郎將，疑，訪之僚屬，咸莫能定，參軍劉荀之對，昔潘岳秋興賦敘云：兼虎賁中郎將，寓直於散騎之省，以言之，是也。玄從之。高閣連雲，陽景罕曜，言閣之高而且深，故曰罕曜其中。珥蟬冕而襲紈綺之士，此焉游處。珥，猶插也。蔡邕獨斷曰：侍中、中常侍加貂附蟬。鄭玄禮記注

---

4 得目為蔑　袁本、茶陵本「蔑」作「䁾」。案：此所見不同，二本非而尤是也。注引呂氏春秋者盡數篇文，彼作「䁾」，今本不誤。善云「蔑與䁾古字通」者，謂玉賦「蔑」與彼「䁾」通也。蓋五臣因此改賦為「䁾」，後以之亂善，又改注中字以就之，所當訂正。

5 注「則為蔑」　案：「蔑」當作「䁾」，下「蔑眵也」同。各本皆誤。說見上。

6 注「中風人口動之貌」　袁本、茶陵本無「人」字。案：此誤取五臣濟注中字增多，非也。

曰：襲，重衣也。漢書曰：班伯與王、許子弟為羣，在於綺襦紈袴之間。鸚鵡賦曰：感平生之遊處。**僕野人也，偃息不過茅屋茂林之下，**禮記曰：唯饗野人皆酒。呂氏春秋，田替曰：若夫偃息之義，則未聞也。范曄後漢書曰：王霸隱居，止茅屋蓬戶。論衡曰：山種棗栗，名曰茂林。**談話不過農夫田父之客，**說文曰：話，會合善言也，胡快切。毛詩曰：帥時農夫，播厥百穀。禮記曰：上農夫食九人。尹文子曰：魏田父有耕於野者。**攝官承乏，猥廁朝列，**左氏傳，韓厥謂齊侯曰：敢告不敏，攝官承乏。蒼頡篇曰：廁，次也，雜也。禮記曰：爵祿有列於朝。**夙興晏寢，匪遑底寧。**毛詩曰：夙興夜寐。又曰：不遑寧處。**譬猶池魚籠鳥，有江湖山藪之思，於是染翰操紙，慨然而賦。**翰，筆毫也。說文曰：慨，太息也。字林曰：慨，壯士不得志也，許既切。**于時秋也，故以秋興命篇。**鄭玄周禮注曰：興者，記事於物[7]。**其辭曰：**

四時忽其代序兮[8]，萬物紛以迴薄。莊子，黃帝曰：陰陽四時，運行各得其序。楚辭曰：日月忽其不淹兮，春與秋兮代序。鵩鳥賦曰：萬物迴薄。**覽花蒔之時育兮，察盛衰之所託。**字林曰：蒔，更別種，上吏切。周易曰：時育萬物。**感冬索而春敷兮，嗟夏茂而秋落。**孔安國尚書傳曰：索，盡也。又曰：敷，布也。又曰：已布而生也。呂氏春秋曰：春氣至則草木產，秋氣至則草木落。**雖末士之榮悴兮，伊人情之美惡。**舞賦曰：慢末士之猷曲。文子曰：有榮悴者[9]必末愁悴。**善乎宋玉之言曰：「悲哉秋之為氣也！**王逸注曰：寒氣聊戾，歲

7 注「興者記事於物」　茶陵本「記」作「託」，是也。袁本亦誤記。
8 四時忽其代序兮　袁本、茶陵本「時」作「運」。案：不著校語，無以考也。
9 注「有榮悴者」　案：「悴」當作「華」。各本皆譌。

將暮也。飀瑟兮[10]陰氣促急，風暴疾也[11]。草木搖落花葉隕落，肥潤去也。而變衰。形體易色，枝枯槁也。憀了[12]慄兮息念卷戾心自傷。若在遠行，遠出之他方。登山臨水升高遠望，視江河也。送將歸。」族親別，還故鄉，已上宋玉九辯之文。夫送歸懷慕徒之戀兮，言懷思慕戀。徒，侶也。遠行有羈旅之憤。左氏傳，陳敬仲曰：羈旅之臣。杜預曰：羈，寄旅客。臨川感流以歎逝兮，論語曰：子在川上曰：逝者如斯夫，不舍晝夜。包曰：逝，往也。言凡往者如川之流也。登山懷遠而悼近。晏子春秋曰：景公遊於牛山，臨齊國，乃流涕而歎曰：奈何去此堂堂之國而死乎，使古而無死，不亦樂乎？左右皆泣，晏子獨笑曰：夫盛之有衰，生之有死，天之數也。物有必至，事有當然[13]，曷有悲老而哀死，古無死古之樂也，君何有焉。懷遠悼近，齊景之謂也。彼四慼之疚心兮，遭一塗而難忍。毛詩曰：既來既往[14]，使我心疚。鄭玄曰：疚，病也。嗟秋日之可哀兮，諒無愁而不盡。野有歸燕，隰有翔隼。楚辭曰：燕翩翩其辭歸。鷙擊之鳥，通呼曰隼，一曰鷂，春化為布穀。文子曰：鷹隼未擊，羅網不得張。游氛朝興，槁葉夕殞。杜預左氏傳注曰：氛，氣也。鄭玄毛詩箋曰：木葉槁，得風乃落。

於是迺屏輕箑所甲，釋纖絺。呂氏春秋曰：冬不用箑，非愛箑也，清有餘也。高誘曰：箑，扇也。孔安國尚書傳曰：纖，細也。絺，細葛也。藉莞蒻若，御祫衣。鄭玄毛詩箋曰：莞，小蒲席也，胡官切。說文曰：蒻，蒲子以為華蓆也[15]。又曰：祫，衣無絮也，古洽切。庭樹槭以灑落兮，勁風戾而吹帷。槭，枝空之貌，所隔切。戾，勁疾

---

10 飀瑟兮　袁本、茶陵本「飀」作「蕭」。案：楚辭作「蕭」，似一本是也。

11 注「風暴疾也」　案：「暴疾」當作「疾暴」。各本皆倒，後三十三卷可證。又下「息念卷戾」當作「思念暴戾」。「遠出」當作「遠客出去」。「族親別」下當有「逝」字，倣此。又楚辭亦可證也。

12 注「了」　袁本、茶陵本作「憀音了」，在注末，是也。

13 注「事有當然」　袁本、茶陵本「當」作「常」，是也。

14 注「既來既往」　茶陵本「來往」二字互易，是也。袁本亦誤。

15 注「以為華蓆也」　案：「華」當作「苹」。各本皆誤。今說文作「平」。「苹」、「平」同字。

之貌。**蟬嘒嘒而寒吟兮**[16]**，鴈飄飄而南飛。**毛詩曰：菀彼柳斯，鳴蜩嘒嘒。毛萇詩曰：嘒嘒，小聲也。飄飄，飛貌。楚辭曰：鴈雝雝而南游。**天晃朗以彌高兮，日悠陽而浸微。**言秋日天氣高朗。晃朗，明貌。悠陽，日入貌。杜篤吊王子比干曰：霞霏尾而四除，言晃朗而高明[17]。楚辭曰：天高而氣清。禮記曰：仲秋殺氣浸盛，陽氣日衰。**何微陽之短晷，覺涼夜之方永。**尚書曰：日短星昴，以正仲冬。毛詩曰：夏之日，冬之夜。毛萇曰：言長也。**月朣朧以含光兮，露淒清以凝冷。**埤蒼曰：朣朧，欲明也。朣，徒東切。朧，力東切。**熠燿粲於階闥兮，蟋蟀鳴乎軒屏。**毛詩曰：熠燿宵行。毛萇曰：熠燿，燐也。燐，螢火也。毛詩曰：蟋蟀在堂。毛萇曰：蟋蟀，蛬也。崔豹古今注曰：熠燿，燐也。一曰燿夜，腐草為之，食蚊蚋。又曰：蟋蟀名蛬，初秋生，得寒則鳴噪，濟南謂之懶婦也。**聽離鴻之晨吟兮，望流火之餘景。**毛詩曰：七月流火。毛萇曰：大火也。流，下也。**宵耿介而不寐兮，獨展轉於華省。**王逸楚辭注曰：耿介，執節守度。毛詩曰：耿耿不寐，如有隱憂。又曰：悠哉悠哉，展轉反側。**悟時歲之遒盡兮，慨俛首而自省。**楚辭曰：歲忽忽而遒盡。毛萇詩傳曰：遒，終也。廣雅曰：遒，急也。列子曰：師曠俛首而聽之。曾子曰：君子旦就業，夕而自省也。**斑鬢髟以承弁兮，素髮颯以垂領。**服虔通俗文曰：髮垂而髟，方料切。說文曰：白黑髮雜而髟。字林亦同。周禮曰：士弁服。白虎通曰：皮弁，冠名。**仰羣儁之逸軌兮，攀雲漢以游騁。**高閣連雲，升之以攀雲漢也。言羣儁自致高遠。老子曰：眾人熙熙，如享太牢，如登春臺[18]。**登春臺之熙熙兮，珥金貂之熠熠。**漢書，谷永對詔曰：戴金貂之飾，執常伯之職也。董巴輿服志曰：侍中冠金璫，附蟬為文，貂尾為飾。廣雅曰：熠熠，光也。**苟趣舍之殊塗兮，庸詎識其躁靜。**六韜，太公曰：夫人皆有性，趣舍不同。司馬遷書曰：趣舍異

---

16 蟬嘒嘒而寒吟兮　袁本、茶陵本「而」作「以」。案：此亦兩通，無以考也。

17 注「杜篤」下至「言晃朗而高明」　袁本、茶陵本無此二十字。

18 注「如登春臺」　袁本「登春」作「春登」，是也。茶陵本亦誤倒。

路。莊子，王倪曰：吾庸詎知吾所謂知非不知邪？司馬彪曰：庸，猶何用也。老子曰：重為輕根，靜為躁君。聞至人之休風兮，齊天地於一指。莊子曰：不離於真，謂之至人。又曰：以指喻指之非指，不若以非指喻指之非指也。以馬喻馬之非馬，不若以非馬喻馬之非馬也。天地一指也。萬物一馬也。郭象曰：夫自是而非彼，我之常情也。故以我指喻彼指，則彼指於我指獨為非指矣。此以喻指之非指也[19]。若覆以彼指還喻我指，則我指於彼指復為非指矣。此以非指喻指之非指也。將明無是無非，莫若反覆相喻；反覆相喻，則彼之與我既同於自是，又均於相非；均於相非，則天下無是；同於自是，則天下無非。何以明其然邪？是若果是，則天下不得復有非之者也。非若果非，亦不得復有是之者也。今是非無主，紛然殽亂，明此區區，各信其偏見，而同於一致耳。仰觀俯察，莫不皆然。是以至人知天地一指也，萬物一馬也，故浩然大寧，而天下萬物各當其分，同於自得而無是無非也。彼知安而忘危兮，故出生而入死。周易曰：安不忘危，存不忘亡。老子曰：出生入死。韓子曰：人始於生而卒於死，始之謂出，卒之謂入，故曰出生入死也。行投趾於容跡兮，殆不踐而獲底。闕側足以及泉兮，雖猴猨而不履。言人之行，投趾在乎容跡之地，近不踐而獲安，若以足外為無用，欲闕之及泉，雖則捷若猴猨，亦不能履也。莊子，惠子謂莊子曰：子言無用。莊子曰：知無用而可與言用矣。夫地非不廣且大也，人之所用容足耳。然則側足而墊之致黃泉，人尚有用乎？惠子曰：無用。莊子曰：然則無用之為用也亦明矣。郭璞爾雅注曰：底，止也。龜祀骨於宗祧兮，思反身於綠水。莊子曰：莊子釣於濮水，楚王使二大夫往聘莊子，曰：願以境內累子。莊子持竿不顧，曰：吾聞楚有神龜，死已三千歲矣。王巾笥而藏之廟堂之上，此龜者寧其死為留骨而貴乎？寧其生而曳尾塗中乎？二大夫曰：寧生而曳尾塗中。莊子曰：往矣，吾將曳尾於塗中矣。且斂衽以歸來兮，忽投紱以高厲。衽，襟也。字林曰：紱，綬也。楚辭曰：颯弭節而高厲。耕東皐

---

[19] 注「此以喻指之非指也」 何校「以」下添「指」字，是也。各本皆脫。陳云別本有，今未見。

之沃壤兮，輸黍稷之餘稅。水田曰臯，東者取其春意。漢書，鄭明曰[20]：將歸延陵之臯，修農圃之疇。張晏曰：隱耕臯澤之中。阮籍奏記曰：將耕東臯之陽，輸黍稷之稅。說文曰：稅，租也。泉涌湍於石間兮，菊揚芳於崖澨[21]。禮記曰：仲秋菊有黃華。澡秋水之涓涓兮，玩遊儵之潎潎。莊子曰：秋水時至，百川灌河。金人銘曰：涓涓不壅，將成江河。莊子曰：莊子與惠子遊於濠梁上，莊子曰：儵魚出遊從容，是魚樂也。惠子曰：子非魚，安知魚樂？莊子曰：子非我，安知我不知魚之樂也？潎潎，遊貌也，匹曳切。逍遙乎山川之阿，放曠乎人間之世。莊子有逍遙遊篇。司馬彪曰：言逍遙無為者，能游大道也。又有人間世篇。司馬彪曰：言處人間之宜，居亂世之理，與人羣者，不得離人，然人間之事故，世世異宜，唯無心而不自用者，為能唯變所適而何足累。優哉游哉，聊以卒歲。家語，孔子歌曰：優哉游哉，聊以卒歲。王肅曰：言優遊以終歲也。

雪賦

說文曰：雪，凝雨也。釋名曰：雪，娞也。水下遇寒而凝，娞娞然下也。曾子曰：陰氣凝而為雪。五經通訓曰：春洩氣為雨，寒凝為雪。

謝惠連

沈約宋書曰：謝惠連，陳郡陽夏人也。幼而聰敏，年十歲能屬文，族兄靈運，深加知賞，本州辟主簿，不就，後為司徒彭城王法曹。為雪賦，以高麗見奇，年二十七卒。

歲將暮，時既昬。毛詩曰：歲亦暮止。劉向七言曰：時將昬暮白日午。昬，冥也。寒風積，愁雲繁。莊子曰：風積不厚，則其負大翼也無力。傅玄詩曰：浮雲含愁色，悲風坐自嘆。班婕妤擣素賦曰：佇風軒而結睇，對愁雲之浮沉。然疑此賦非婕妤之文，行來已久，故兼引之。梁王不悅，游於兔園。此假主客以為辭也。漢書曰：梁孝王，文帝子

---

20 注「漢書鄭明曰」　陳云「明」當作「朋」，是也。各本皆譌。所引蕭望之傳文。

21 菊揚芳於崖澨　袁本、茶陵本「於」作「乎」。案：此亦兩通，無以考也。

也。西京雜記曰：梁孝王好宮室苑囿之樂，築兔園也。迺置旨酒，命賓友。召鄒生，延枚叟。漢書，梁孝王待士，鄒陽從孝王遊。又曰：枚乘為弘農都尉，去官游梁。相如末至，居客之右。漢書曰：相如客游梁。又曰：田叔等十人，漢廷臣無能出其右者。俄而微霰零，密雪下。莊子曰：俄而死。王肅家語注曰：俄，有頃也。王迺歌北風於衛詩，詠南山於周雅。毛詩衛風曰：北風其涼，雨雪其滂。又小雅信南山曰：上天同雲，雨雪雰雰。授簡於司馬大夫，言大夫，尊之也。國語，越王勾踐曰：苟聞子大夫之言。爾雅曰：簡謂之畢也。郭璞曰：今簡札也。曰：「抽子秘思，騁子妍辭，侔色揣稱，爲寡人賦之。」鄭玄周禮注曰：侔，等也，莫侯切。說文曰：揣，量也，初委切。爾雅曰：稱，好也。老子曰：王公自謂孤寡不穀。

相如於是避席而起，逡巡而揖。孝經曰：曾子避席。公羊曰：逡巡，北面再拜也。廣雅曰：逡巡，卻退也。曰：臣聞雪宮建於東國，雪山峙於西域。孟子曰：齊宣王見孟子於雪宮。劉熙曰：雪宮，離宮之名也。漢書西域傳曰：天山冬夏有雪。岐昌發詠於來思，姬滿申歌於黃竹。岐，周所居；昌，文王名也。毛詩曰：昔我往矣，楊柳依依，今我來思，雨雪霏霏。姬，周姓也。滿，穆王名，昭王子也。孔安國尚書傳曰：申，重也。穆天子傳曰：天子遊黃臺之丘，大寒，北風雨雪。天子作詩三章，以哀人夫：我徂黃竹員閟寒。乃宿於黃竹。曹風以麻衣比色，楚謠以幽蘭儷曲。毛詩曹風曰：蜉蝣掘閱，麻衣如雪。宋玉諷賦曰：臣嘗行至，主人獨有一女，置臣蘭房之中，臣授琴而鼓之[22]，為幽蘭、白雪之曲。賈逵曰：儷，偶也。盈尺則呈瑞於豐年，袤丈則表沴於陰德。左氏傳曰：凡平地尺為大雪。毛萇詩傳曰：豐年之冬，必有積雪。金匱曰：武王伐紂，都洛邑未成，雨雪十餘日，深丈餘。漢書曰：氣相傷謂之沴。沴，臨莅不和意也。春秋潛潭巴曰：大雪甚厚，後必有女主，天雪連月陰作威。宋均曰：雪為陰，臣道也。雪之時義遠矣哉！請言其始。

---

[22] 注「臣授琴而鼓之」案：「授」當作「援」。各本皆譌。

若迺玄律窮，嚴氣升。禮記曰：季冬之月，日窮於次，月窮於紀。又曰：孟冬之月，天地始肅。鄭玄曰：肅，嚴急之氣也。孟冬之月，天氣上騰。夏侯孝若寒雪賦曰：嚴氣枯殺，玄澤閉凝。焦溪涸，湯谷凝。酈元水經注曰：焦泉發於天門之左，南流成溪，謂之焦泉[23]。盛弘之荊州記曰：南陽郡城北有紫山，東有一水，冬夏常溫，因名湯谷也。火井滅，溫泉冰。博物志曰：臨邛火井，諸葛亮往視，後火轉盛，以盆貯水煑之，得鹽。後人以火投井，火即滅，至今不燃。又曰：西河郡鴻門縣亦有火井祠，火從地出。張衡溫泉賦曰：遂適驪山觀溫泉。沸潭無湧，炎風不興。酈元水經注曰：以生物投之，須臾即熟。又曰：曲阿季子廟前，井及潭常沸，故名井曰沸井，潭曰沸潭。炎風在南海外，常有火風。夏日則蒸殺其過鳥也。呂氏春秋曰：何謂八風，東北曰炎風。高誘曰：一曰融風。北戶墐扉，裸壤垂繒。毛詩曰：穹窒熏鼠，塞向墐戶。毛萇曰：向，北出牖也。墐，塗也。東夷傳曰：倭國東四千餘里，裸人國也。字林曰：繒，帛揔名也。於是河海生雲，朔漠飛沙。淮南子曰：四海之雲湊。又曰：八澤之雲，以雨九州。公羊傳曰：河海潤千里。何休曰：河海興雲，雨及千里。說文曰：北方流沙。漢書，李陵歌曰：徑萬里兮度沙漠。范曄後漢書，袁安議曰：今朔漠既定。楊泉物理論曰：風怒則飛沙揚礫。連氛累靄，揜日韜霞[24]。文字集略曰：靄，雲狀。又曰：靄，亦靄也。一大切。毛萇詩傳曰：揜，覆也。於儼切。杜預左氏傳曰[25]：韜，藏也，吐刀切。霰淅瀝而先集，雪粉糅女又而遂多。韓詩曰：先集惟霰。薛君曰：霰，霙也，音英。夏侯孝若寒雪賦曰：集洪霰之淅瀝，煥摧磊以纚索。楚辭曰：雪紛糅其增加。鄭玄禮記注曰：糅，雜也。

其爲狀也，散漫交錯，氛氳蕭索。王逸楚辭注曰：氛氳，盛貌。藹藹浮浮，瀌瀌弈弈。毛

---

23 注「謂之焦泉」　案：「泉」當作「溪」。各本皆誤。

24 揜日韜霞　袁本、茶陵本「揜」作「掩」，注同。案：此蓋亦尤校改之也。

25 注「杜預左氏傳曰」　陳云傳下脫「注」字，是也。各本皆脫。

詩曰：雨雪浮浮。又曰：雨雪瀌瀌。方遙切。廣雅曰：藹藹弈弈，盛貌。**聯翩飛灑，徘徊委積。始緣甍而冒棟，終開簾而入隙。**杜預曰：甍，屋棟也。毛詩曰：下土是冒。傳曰：冒，覆也。字林云：隙，壁際孔，從阜傍，二小夾日也。**初便娟於墀廡，末縈盈於帷席。**便娟、縈盈，雪迴委之貌。楚辭曰：便娟修竹。王逸曰：便娟，好貌。說文曰：廡，堂下周屋也。釋名曰：大屋曰廡。**既因方而為珪，亦遇圓而成璧。眄隰則萬頃同縞，瞻山則千巖俱白。於是臺如重璧，逵似連璐。**廣雅曰：縞，練也。穆天子傳曰：為盛姬築臺，是曰重璧之臺。劉公幹清慮賦曰：蹈琳珉之塗。然即逵也。許慎淮南子注曰：璐，美玉也，音路。**庭列瑤階，林挺瓊樹。**瑤階，玉階也，已見西京賦。說文曰：挺，拔也，達鼎切[26]。莊子曰：南方積石千里，樹名瓊枝。**皓鶴奪鮮，白鷳失素。**相鶴經云：鶴千六百年，形定而色白。復二千年，大毛落，茸毛生，色雪白。白鷳，鳥名也。西都賦曰：招白鷳。**紈袖慙冶，玉顏掩姱**[27]。說文曰：紈，素也。冶，妖也。范子，紈素出齊[28]。古詩曰：燕、趙多佳人，美者顏如玉。楚辭曰：美人皓齒。嫮與姱同，好貌[29]。

若迺積素未虧，白日朝鮮，爛兮若燭龍，銜燿照崑山。山海經曰：赤水之北，有章尾山，有

---

26 注「已見西京賦說文曰挺拔也達鼎切」　袁本、茶陵本無此十四字。有「瓊亦玉也瓊樹恐誤也」九字。案：「亦」當作「赤」，說文玉部文也。瓊赤雪白，故善以正惠連之誤。此注疑兩有，以九字承「達鼎切」之下。袁、茶陵二本皆脫十四字，尤據別本校補之，但誤去九字，大非。

27 玉顏掩姱　袁本、茶陵本「姱」作「嫮」。案：二本是也。今注有脫誤，尤據之改正文，大非。說見下。

28 注「范子紈素出齊」　袁本、茶陵本無此六字。

29 注「嫮與姱同好貌」　袁本、茶陵本「好」上有「姱」字。案：各本皆非也。當作「嫭以姱嫮與嫭同嫮姱好貌」十一字。「嫭以姱」連上「美人皓齒」，大招文也。「嫮」與「嫭」同，賦作「嫮」，大招作「嫭」也。「嫮姱好貌」，王逸之注也。傳寫脫誤不可讀，尤延之遂誤改正文為「姱」字，今特訂正之。

神，人面蛇身，其瞑乃晦，其視乃明，是燭九陰，是謂燭龍。楚辭曰：日安不飛[30]，燭龍何照。王逸曰：言天西北有幽冥無日之國，有龍銜燭而照之。山海經曰：鍾山之神，名曰燭陰。郭璞曰：即燭龍也。詩含神務曰：天不足西北，無有陰陽，故有龍銜火精以照天門中也。崑山，已見上文。爾其流滴垂冰，緣霤承隅。王逸楚辭注曰：霤，屋宇也。粲兮若馮夷，剖蚌列明珠。莊子曰：夫道，馮夷得之以遊大川。抱朴子釋鬼篇曰：馮夷，華陰人，以八月上庚日度河溺死，天帝署為河伯。說文曰：蚌，蜃也。司馬彪以為明月珠蚌蛤也。蜀志：秦宓奏記曰：剖蚌求珠。至夫繽紛繁鶩之貌，皓旰曒絜之儀。迴散縈積之勢，飛聚凝曜之奇。固展轉而無窮，嗟難得而備知[31]。

若迺申娛翫之無已，夜幽靜而多懷。風觸楹而轉響，月承幌而通暉。包氏論語注曰：梲者，梁上楹也。說文曰：楹，柱也。承，上也。文字集略曰：幌，以帛明牕也。酌湘吳之醇酎，御狐狢之兼衣。吳錄曰：湘川酃陵縣水，以作酒，有名。吳興烏程縣若下酒有名。醇酎，已見魏都賦。論語曰：狐狢之厚以居。晏子春秋曰：景公時，雨雪三日，公被狐白之裘，晏子入，公曰：怪哉！雨雪三日不寒。晏子曰：古之賢者，飽而知飢，溫而知寒。公曰：善。出裘發粟以與飢人。夏侯孝若寒雪賦曰：既增覆而累鎮，又加裘而兼衣。對庭鵾之雙舞，瞻雲鴈之孤飛。西京雜記曰：公孫乘月賦曰：鵾雞舞於蘭渚，蟋蟀鳴於西堂。踐霜雪之交積，憐枝葉之相違。馳遙思於千里，願接手而同歸。杜篤眾瑞頌曰：千里遙思，展轉反側。毛詩曰：攜手同歸。鄒陽聞之，懣然心服。莊子曰：子貢懣然慚。又曰：使人以心服而不敢忤。說文曰：懣，煩也。蒼頡曰：悶也。莫本切。有懷妍唱，敬接末曲。於是迺作而賦積雪之歌。

歌曰：攜佳人兮披重幄，援綺衾兮坐芳縟。燎薰爐兮炳明燭，酌桂酒兮揚清

30 注「日安不飛」　茶陵本「飛」作「到」，是也。袁本亦誤「飛」。

31 嗟難得而備知　袁本「嗟」作「羌」，茶陵本亦作「嗟」。案：此必善「羌」、五臣「嗟」，各本失著校語而亂之。

曲。漢武帝秋風辭曰：攜佳人兮不能忘。劉向有熏爐銘。楚辭曰：奠桂酒兮椒漿。熏，火煙上出也，字從黑。又續而爲白雪之歌。歌曰：曲既揚兮酒既陳，朱顏酡兮思自親。楚辭曰：美人既醉朱顏。王逸曰：酡，著也，面著赤色也，徒何切。願低帷以昵枕，念解珮而褫紳。昵，近也。褫，奪衣也。孔安國論語注曰：紳，大帶也。怨年歲之易暮，傷後會之無因。君寧見階上之白雪，豈鮮耀於陽春。楚辭曰：無衣裘以御冬，恐死不得見乎陽春。歌卒。王迺尋繹吟翫，撫覽扼腕。毛萇詩傳曰：繹，悅也。方言曰：繹，理也。說文曰：扼，把也。鄭玄曰：腕，掌後節也。史記曰：天下之士，莫不扼腕以言。顧謂枚叔，起而爲亂。亂者，理也。總理一賦之終也。

亂曰：白羽雖白，質以輕兮。白玉雖白，空守貞兮。孟子曰：白羽之白也，猶白雪之白也歟？白雪之白也，猶白玉之白也歟？劉熙曰：孟子以為白羽之白性輕，白雪之性消，白玉之性堅，雖俱白，其性不同。問告子，告子以為三白之性同。未若茲雪，因時興滅。言隨時行藏也。玄陰凝不昧其潔，太陽曜不固其節。蔡雍述行賦曰：玄靈黤以凝結，零雨集之溱溱。正歷曰：日，太陽也。節豈我名，潔豈我貞。憑雲陞降，從風飄零。值物賦象，任地班形。任，猶因也。素因遇立，污隨染成。汙，猶相染污也。縱心皓然，何慮何營？歸田賦曰：苟縱心於城外。孟子曰：我善養吾浩然之氣[32]。敢問何謂浩然之氣？曰：難言也，其為氣也，至大至剛，以直養而無害，則塞於天地之間。鴻安丘嚴平頌曰[33]：無營無欲，澹爾淵清。

---

32 注「我善養吾浩然之氣」 案：「浩」當作「皓」，下同。各本皆誤。說見後答賓戲下。

33 注「鴻安丘嚴平頌曰」 案：「鴻」上當有「梁」字。各本皆脫。補亡詩引有。

月賦

周易曰：坎為月，陰精也。鄭玄曰：臣象也。廣雅云，夜光謂之月，月御謂之望舒。說文曰：月者，太陰之精。釋名曰：月，闕也，言有時盈有時闕也。

謝希逸

沈約宋書曰：謝莊，字希逸。陳郡陽夏人也。太常弘微子也。年七歲能屬文，仕至光祿大夫。泰初二年卒，時年三十六[34]，謚曰憲子。所著文章四百餘首，行於代。

陳王初喪應劉，端憂多暇。假設陳王、應、劉，以起賦端也。陳王，曹植也。應、劉，應瑒、劉楨也。魏文帝書曰：徐、陳、應、劉，一時俱逝。孫卿子曰：其為人也，多暇日者其出入不遠。**綠苔生閣，芳塵凝榭。**言無復娛遊，故綠苔生而芳塵凝也。高誘注淮南子曰：蒼苔，水衣。庾闡楊都賦曰：結芳塵於綺疏。郭璞爾雅注曰：榭，臺上起屋也。**悄焉疚懷，不怡中夜。**毛詩曰：憂心悄悄。悄悄，憂貌。七小切。爾雅曰：疚，病也。怡，樂也。家語，孔子云：日出聽政，至于中夜。**廼清蘭路，肅桂苑。**蘭路，有蘭之路。桂苑，有桂之苑。楚辭曰：皐蘭被徑。王逸曰：徑，路也。劉淵林吳都賦注曰：吳有桂林苑。**騰吹寒山，弭蓋秋阪。**王逸楚辭注曰：騰，馳也。禮記曰：季秋入學，習吹。王逸楚辭注曰：弭，按也。**臨濬壑而怨遙，登崇岫而傷遠。于時斜漢左界，北陸南躔。**大戴禮曰：七月漢案戶。漢，天漢也。案戶，直戶也。李陵詩曰：天漢東南馳。左傳，申豐曰：日在北陸而藏冰。杜預曰：陸，道也。漢書曰：冬則南，夏則北。漢書音義，韋昭曰：躔，處也，亦次也。方言曰：日運為躔。躔，歷行也。**白露曖空，素月流天。**長歌行曰[35]：昭昭素明月，輝光燭我床。**沈吟齊章，殷勤陳篇。**楚辭曰：意欲兮沈吟。毛詩齊風曰：東方之月兮，彼姝者子，在我闥兮。又陳風曰：月出皦兮，佼人僚兮。**抽毫進牘，以命仲宣。**此假王仲宣也。毫，筆毫也。文賦曰：或含毫而邈然。說文曰：牘，書版也。

---

34 注「時年三十六」 何校「三」改「四」。陳云「三」當作「四」。案：所校是也。本傳可證。各本皆誤。

35 注「長歌行曰」 陳云「長」當作「傷」，是也。各本皆誤。

仲宣跪而稱曰：聲類曰：跪，跽也。跪，渠委切。跽，奇几切。**臣東鄙幽介，長自丘樊，**仲宣，山陽人，故云東鄙。戰國策，范睢謂秦王曰：臣東鄙賤人。爾雅曰：樊，藩也。郭璞曰：藩，籬也。**昧道懵學，孤奉明恩。**說文曰：懵，目不明也。莫瞢切。**臣聞沈潛既義，高明既經。**尚書曰：沈潛剛克，高明柔克。孔安國曰：沈潛謂地，高明謂天。左氏傳，子太叔曰：子產云：禮，天之經，地之義。**日以陽德，月以陰靈。**春秋說題辭曰：陽精為日。易辯終備曰：日之既，陽德消。鄭玄曰：日既蝕，明盡也。春秋感精符雲：月者陰之精。**擅扶光於東沼，嗣若英於西冥。**扶光，扶桑之光也。東沼，湯谷也。若英，若木之英也。西冥，昧谷也。月盛於東，故曰擅，始生於西，故曰嗣。山海經曰：湯谷有扶木，九日居下枝，一日居上枝。又曰：灰野之山，有赤樹青葉，名曰若木。日之所入處。郭璞曰：扶木，扶桑也。尚書曰：宅西曰昧谷。孔安國曰：昧，冥也。淮南子曰：日出於湯谷，拂於扶桑。又曰：若木末有十日，其華照下地。高誘曰：若木端有十日，狀如蓮華。**引玄兔於帝臺，集素娥於后庭。**張衡靈憲曰：月者，陰精之宗，積成為獸，象兔形。春秋元命苞曰：月之為言闕也，兩說蟾蠩與兔者，陰陽雙居，明陽之制陰，陰之倚陽。張泉觀象賦曰：漸臺可升。自注曰：漸臺，天臺之名。四星在織女東。淮南子曰：羿請不死之藥於西王母，常娥竊而奔月。注曰：常娥，羿妻也。歸藏曰：昔常娥以不死之藥犇月。論語曰：皇皇后帝。張泉觀象賦曰：寥寥帝庭。自注云：帝庭謂太微宮也。春秋元命苞曰：太微為天庭。**朒朓警闕，朏魄示沖。**說文曰：朒，朔而月見東方，縮朒然。朓，晦而月見西方也。朏，月未成光。魄，月始生魄然也。尚書五行傳曰：晦而月見西方謂之朓，朓則王侯奢也。朔而月見東方謂之側匿，側匿則王侯肅。鄭玄曰：朓，條達行疾貌也。警闕，謂朒朓失度，則警人君有所闕德。示沖，言朏魄得所，則表示人君有謙沖，不自盈大也。禮記注曰：月三日而成魄，是以禮有三讓也。朒，女六切。朓，大鳥切。朏，芳尾切。**順辰通燭，從星澤風。**辰，十二辰。言月順之以照天下也。淮南子曰：正月建寅，月從左行十二辰。許慎曰：歷十二辰而行。尚書曰：月之從星，則以風以雨。孔安國尚書傳曰：月經于箕則多風，離於畢則多雨。然澤則雨也。**增華台室，揚采軒宮。**台室，三公位。軒宮，軒轅之宮。史記曰：中宮文昌，魁下六星，兩兩相比，名曰三能。能，古台字也。齊色則君臣和也。淮南子曰：軒轅者，帝妃之舍。高誘曰：軒轅，星名。**委照而**

吳業昌，淪精而漢道融。吳錄曰：長沙桓王名策。武烈長子，母吳氏有身，夢月入懷。漢書，元后母李親夢月入懷而生後，遂為天下母。昌，盛也。融，明也。

若夫氣霽地表，雲斂天末。說文曰：霽，雨止也。西京賦曰：眇天末以遠期。霽，才計切。洞庭始波，木葉微脫。楚辭曰：洞庭波兮木葉下。菊散芳於山椒，鴈流哀於江瀨。禮記曰：仲秋菊有黃華。王逸楚辭注曰：土高四墮曰椒[36]。漢書，武帝傷李夫人賦曰：釋予馬於山椒。山椒，山頂也。說文曰：瀨，水流沙上也。升清質之悠悠，降澄輝之藹藹。楚辭曰：白日出兮悠悠。長門賦曰：望中庭之藹藹，若季秋之降霜。列宿掩縟，長河韜映。楚辭曰：若列宿之錯置。說文曰：縟，繁采飾也。毛詩曰：倬彼雲漢。毛萇曰：雲漢，天河也。柔祇雪凝，圓靈水鏡。柔祇，地也。圓靈，天也。連觀霜縞，周除冰淨。觀，宮觀也。徐幹七喻曰：連觀飛榭。說文曰：除，殿陛也。迺君王猒晨懽，樂宵宴。收妙舞，弛清縣。邊讓章華臺賦曰：妙舞麗於陽阿。長笛賦曰：磬襄弛縣。周禮曰：大憂弛縣。鄭玄曰：弛，釋也。字林曰：弛，解也。韋昭曰：弛，廢也。去燭房，即月殿。芳酒登，鳴琴薦。

若迺涼夜自凄，風篁成韻。篁，竹叢生也。風篁，風吹篁也。親懿莫從，羇孤遞進。親懿，懿親也。左氏傳，富辰曰：兄弟雖有小忿，不廢懿親。杜預曰：懿，美也。羇孤，羇客孤子也。言親懿不從遊，而羇旅之孤更進也。聆臯禽之夕聞，聽朔管之秋引。詩曰：鶴鳴九臯。臯禽，鶴也。抱朴子曰：峻槩獨立，而臯禽之響振也。朔管，羌笛也。說文曰：管，十二月位在北方，故云朔。秋引，商聲也。於是紘桐練響，音容選和。紘桐，琴也。埤蒼曰：練，擇也。練與揀音義同。桓譚新論曰：神農始削桐為琴，練絲為紘，侯瑛箏賦曰[37]：察其風采，揀其聲音。鄭玄禮記注曰：

---

36 注「王逸楚辭注曰土高四墮曰椒」　袁本、茶陵本無此十二字。

37 注「侯瑛箏賦曰」　案：「瑛」當作「瑾」。各本皆譌。茶陵本「侯」作「吳」，更誤。何、陳校據之，非也。說詳後陸士衡

選，可選擇也。徘徊房露，惆悵陽阿。防露，蓋古曲也[38]。文賦曰：寤防露與桑間，又雖悲而不雅。房與防古字通。淮南子曰：夫歌采菱，發陽阿，鄙人聽之，不若延露以和也[39]。聲林虛籟，淪池滅波。此言風將息也。聲林而籟管虛，淪池而大波滅。牽秀相風賦曰：幽林絕響，巨海息波。莊子曰：子綦謂子游曰：夫大塊噫氣，其名曰風，是以無作，作則萬竅怒號，泠風則小和，飄風則大和，厲風濟則眾竅為虛。子游曰：地籟則眾竅是已。郭象曰：烈風作則眾竅實，及其止則眾竅虛。薛君韓詩章句曰：從流而風曰淪。淪，文貌。說文曰：波，水涌也。情紆軫其何託，愬皓月而長歌。楚辭曰：鬱結紆軫兮，離愍而長鞠。王逸曰：紆，曲；軫，痛也。毛詩曰：如彼愬風。毛萇曰：愬，鄉之也。

歌曰：美人邁兮音塵闕，隔千里兮共明月。楚辭曰：望美人兮未來。陸機思歸賦曰：絕音塵於江介，託影響乎洛湄。淮南子曰：道德之論，譬如日月馳騖，千里不能改其處也。臨風歎兮將焉歇[40]，川路長兮不可越。楚辭曰：臨風怳兮浩歌。歌響未終，餘景就畢。滿堂變容，迴遑如失。說文曰：滿堂飲酒。莊子，子貢曰：夫子見之變容失色。范曄後漢書曰：戴良見黃憲反歸，罔然若有失也。又稱歌曰：月既沒兮露欲晞，歲方晏兮無與歸。楚辭曰：歲既晏兮孰與歸。佳期可以還，微霜霑人衣！楚辭曰：與佳人期兮夕張。又曰：微霜兮夜降。魏文帝善哉行曰：溪穀多悲風，霜露沾人衣。

陳王曰：「善。」廼命執事，獻壽羞璧。左氏傳，原成叔曰[41]：敢私於執事。史記曰：平原君以千金

猛虎行。

38 注「防露蓋古曲也」　茶陵本「防」作「房」，是也。袁本亦誤「防」。

39 注「鄙人聽之不若延露以和也」　袁本、茶陵本無此十一字。

40 臨風歎兮將焉歇　茶陵本云五臣作「焉」。袁本云善作「烏」。案：「烏」字傳寫譌，此尤延之校改正之也。

41 注「原成叔曰」　案：「原」當作「厚」。各本皆誤。此所引襄十四年傳文。幽憤詩注作「后」，九錫文注作「厚」，「厚」即「后」也。善引羣書，其字或不畫一，例如此矣。

為魯連壽。韓詩外傳曰：楚襄王遣使持白璧百雙聘莊子。敬佩玉音，復之無斁。毛詩曰：無金玉爾音。尚書曰：我有周無斁。爾雅曰：斁，猒也。

鳥獸上

爾雅曰：兩足而羽謂之禽，四足而毛謂之獸。禽，即鳥也。

鵩鳥賦 并序

賈誼 漢書曰：賈誼，洛陽人也。年十八，屬文稱於郡中。河南太守吳公聞其秀才，召置門下，甚幸愛。後文帝召為博士，為絳、灌、馮敬之屬害之，於是天子疎之，以為長沙王傅。然賈生英特，弱齡秀發，縱橫海之巨鱗，矯沖天之逸翰，而不參謀棘署，贊道槐庭，虛離謗缺，爰傅卑土，發憤嗟命，不亦宜乎？而班固謂之未為不達，斯言過矣！

誼爲長沙王傅，漢書云：誼為長沙王太傅，三年，鵩入誼舍。又云：後歲餘，文帝思誼，徵拜為梁王傅，然文帝之世，王長沙者，唯有吳芮之子孫耳。經史不載其謚號，故難得而詳也。又，景帝十三王傳曰：長沙定王發母唐姬無寵，故王卑濕國。三年，有鵩鳥飛入誼舍，止於坐隅，鵩似鴞，不祥鳥也。晉灼曰：巴蜀異物志曰：有鳥小如雞，體有文色，上俗因形名之曰鵩。不能遠飛，行不出域。鴞，于妖切。誼既以讁居長沙[42]，韋昭曰：讁，譴也。長沙卑濕，誼自傷悼，以爲壽不得長，乃爲賦以自廣。自廣，自寬也。其辭曰：

單閼之歲兮，四月孟夏。爾雅曰：太歲在卯曰單閼。徐廣曰：文帝六年歲在丁卯。庚子日斜兮，鵩集予舍。李奇曰：日西斜時也。止于坐隅兮，貌甚閑暇。閑暇，不驚恐也[43]。異物來萃兮，私怪其

---

42 誼既以讁居長沙　袁本、茶陵本「讁」作「謫」。案：「謫」字是也。注引韋昭作「謫」可證。史記、漢書皆作「適」，或以「適」改「謫」而為「讁」也。

43 注「閒暇不驚恐也」　袁本、茶陵本「閑」上有「李奇曰」三字，與「萃集也」連在「私怪其故」句下，是。此及下條亦李奇

故。萃，集也。發書占之兮，讖言其度。說文曰：讖，驗也。有徵驗之書，河、洛所出書曰讖。曰：野鳥入室兮，主人將去。請問于鵩兮，予去何之？善曰：讖於鵩鳥也[44]。吉乎告我，凶言其災。淹速之度兮，語予其期。淹，遲也。速，疾也。謂死生之遲疾也。鵩迺歎息，舉首奮翼，口不能言，請對以臆。請以臆中之事以對也。

萬物變化兮，固無休息。莊子曰：已化而生，又化而死。鶡冠子曰：固無休息[45]。斡流而遷兮，或推而還。如淳曰：斡，轉也。善曰：鶡冠子曰：斡流遷徙，固無休息。形氣轉續兮，變化而嬗。韋昭曰：而，如也。蘇林曰：轉續，相傳與也。嬗，音蟬，如蜩蟬之蛻化也；或曰：嬗，相連也。沕穆無窮兮，胡可勝言。沕穆，不可分別也。顏師古曰[46]：沕穆，微深也。鶡冠子曰：變化無窮，何可勝言。沕，亡筆切。禍兮福所倚，福兮禍所伏。鶡冠子曰：禍乎福之所倚，福乎禍之所伏。老子注曰：倚，因也。聖人遭禍而能悔過，責己脩善則禍去福來也。中人得福而為驕恣，則福去而禍來也。憂喜聚門兮，吉凶同域。鶡冠子曰：憂喜聚門，吉凶同域。或作最，亦聚也。董仲舒云：弔者在門，慶者在廬。今言皆在門者好惡，故言同域也。彼吳強大兮，夫差以敗。越棲會稽兮，句踐霸世。鶡冠子曰：失反為得，成反為敗。吳大兵強，夫差以困；越棲會稽，句踐霸世。史記曰：越王句踐，其先允常，與吳王闔閭戰而相怨伐[47]。允常卒，子句踐立，是為越王。闔閭聞允常死，乃興師伐越。越王句踐使士挑戰，射傷吳王闔閭，闔閭且

注，尤皆誤也。

44 注「讖于鵩鳥也」　袁本「讖」作「問」，是也。茶陵本亦誤「讖」。

45 注「鶡冠子曰固無休息」　茶陵本無此八字，是也。袁本有，亦非。

46 注「顏師古曰」　袁本、茶陵本「師古」作「監」，是也。

47 注「而相怨伐」　袁本、茶陵本無「伐」字。

死[48]，告其子夫差曰：必無忘越。三年，句踐聞吳王夫差日夜勒兵，且以報越，欲先吳未發往伐之，範蠡諫曰：不可。王曰：已決之矣。遂興師[49]。吳王聞之，悉精兵以伐越，敗之夫椒。越王乃以甲兵五千人，棲於會稽。吳師追而圍之。越王謂范蠡曰：以不聽子，故至於此，為之奈何！蠡對曰：持滿者與天，定傾者與人，節事者以地[50]，卑辭厚禮以遺之，不許[51]，而身與之市。句踐曰：諾。乃令大夫種行成於吳，膝行頓首曰：君王亡臣句踐，使陪臣種[52]敢告下執事[53]，句踐請為臣，妻為妾。吳王將許[54]，子胥言於吳王曰：天以越賜吳，勿許也。吳王不聽，卒許越平。句踐自會稽歸，拊循其士民伐吳，大破吳，因留圍之三年。越遂棲吳王於姑蘇山。吳王謝曰：吾老矣，不能事君王。遂自殺[55]。乃蔽面曰[56]：吾無以見子胥也。高誘淮南子注云：山處曰棲。越滅吳稱霸。**斯游遂成兮，卒被五刑。**應劭曰：李斯西游於秦，身登相位，二世時，為趙高所讒，身被五刑。**傅說胥靡兮，廼相武丁。**尚書曰：高宗夢得說，使百工營求諸野，得諸傅巖，爰立作相。孔安國曰：傅氏之巖，通道所經，有澗水壞道，使胥靡刑人築護此道，說賢而隱，代胥靡築之。莊子曰：夫道，傅說得之以相武丁。**夫禍之與福兮，何異糾纆。**字林曰：糾，兩合繩。纆，三合繩。應劭曰：禍福相與為表裏，如糾纆索相附會也。臣瓚曰：糾，絞也。纆，索也。鶡冠子曰：禍與福如糾纆也。**命不可說兮，孰知其極。**鶡冠子曰：終則有始，孰知其極。老子道德經曰：孰知其極。河上公注曰：禍

48 注「射傷吳王闔閭闔閭且死」　袁本、茶陵本不重「闔閭」。
49 注「已決之矣遂興師」　袁本、茶陵本無「決之矣遂興師」六字。
50 注「持滿者」下至「以地」　袁本、茶陵本無此十五字。
51 注「以遺之不許」　袁本、茶陵本無此五字。
52 注「使陪臣種」　袁本、茶陵本無此四字。
53 注「敢告下執事」　袁本、茶陵本無「下」字。
54 注「吳王將許」　袁本、茶陵本「許」下有「之」字。
55 注「謝曰」下至「遂自殺」　袁本、茶陵本無此十三字。
56 注「乃蔽面曰」　袁本、茶陵本「乃」下有「自」字。案：此節各條，尤所校改，皆未是也。

福更相生死，孰知其窮極時也。顏監曰：極，止也。水激則旱兮，矢激則遠。萬物迴薄兮，振盪相轉。言矢飛水流，各有常度，為物所激，或旱或遠，斯則萬物變化，烏有常則乎？鶡冠子曰：水激則悍，矢激則遠，精神迴薄，振蕩相轉。悍與旱同，並戶但切。呂氏春秋曰：激矢遠，激水旱。雲蒸雨降兮，糾錯相紛。黃帝素問曰：地氣上為雲，天氣下為雨。韋昭國語注曰：蒸，升也。大鈞播物兮，坱圠無垠。如淳曰：陶者作器於鈞上，此以造化為大鈞。應劭曰：陰陽造化，如鈞之造器也，其氣坱圠非有限齊也。善曰：坱，烏黨切。圠，烏黠切。天不可預慮兮，道不可預謀。鶡冠子曰：天不可預謀，道不可預慮。遲速有命兮，焉識其時。鶡冠子曰：遲速止息，必中參伍。焉識其時，見下文也。

且夫天地爲鑪兮，造化爲工。莊子，子黎曰：今一以天地為大鑪，以造化為大冶，惡乎往而不可哉？陰陽爲炭兮，萬物爲銅。合散消息兮，安有常則。莊子曰：人之生也，氣之聚也，聚為生，散為死。鶡冠子曰：同合消散，孰識其時。千變萬化兮，未始有極。列子曰：千變萬化，不可窮極。莊子曰：若人之形者，萬化而未始有極。司馬彪曰：當復化而為無。忽然爲人兮，何足控摶[57]。控摶，愛生之意也[58]。孟康曰：控，引也。摶，持也。言人生忽然，何足引持自貴惜也。如淳曰：摶，音團，或作揣。晉灼曰：許慎云：揣，量也。度商曰揣，言何足度量己之年命長短而惜之乎。按史記英布傳云果如薛公揣之，陳平云生揣我何念，皆訓為量，與晉灼說同，音初毀切，又丁果切。但字者滋

---

57 何足控摶　案：「摶」當作「揣」，漢書作「揣」，選文與之同，故善注有「且史記揣作摶字」之語，若自作「摶」，於注全不可通，必五臣因此改正文作「摶」，後來以之亂善耳。幽通賦注引作「揣」，亦其一證也。又注中控揣，愛生之意也。孟康曰：揣，持也。如淳曰：揣，音團，或作摶。在此賦訓揣為量。今各本於正文既誤之後，改「揣」作「摶」，改「摶」作「揣」，皆不可通，所當訂正。

58 注「控摶愛生之意也」　袁本、茶陵本「控」上有「善曰」二字，是也。案：此一節蓋皆善注。

也，不可膠柱，在此賦訓摶為量，義似未是。至於合韻，全復參差，且史記揣作摶字，如淳、孟康義為是也。善曰：鶡冠子曰[59]：彼時之至，安可復還，安可控摶也。化爲異物兮，又何足患。師古曰：患，音還[60]。言人皆死變化，我何足患之。莊子曰：假於異物，託於同體。郭璞曰[61]：假，因也。今死生聚散，變化無方，皆異物也。小智自私兮，賤彼貴我。列子曰：小智自私怨之府。莊子，北海若曰：以道觀之，無貴無賤。以物觀之，自貴而相賤。鶡冠子曰：小智立趣，好惡自懼。達人大觀兮，物無不可。鶡冠子曰：達人大觀，乃見其符。莊子曰：物故有所然，物故有所可，無物不然，無物不可。貪夫殉財兮，烈士殉名。列子云：胥士之殉名，貪夫之殉財，天下皆然，不獨一人。司馬彪曰：殉，營也。瓚曰：以身從物曰殉。夸者死權兮，品庶每生。善曰：鶡冠子曰：夸者死權，自貴矜容殉名。司馬彪莊子注曰：夸，虛名也。孟康曰：每，貪也。莊子曰：貪生失理。怵迫之徒兮，或趨東西[62]。孟康曰：怵，為利所誘怵也。迫，迫貧賤也。東西趨利也。趨，音娶。怵，音戍。大人不曲兮，意變齊同。大人者，與天地[63]合其德。愚士繫俗兮，窘若囚拘[64]。莊子曰：不肖繫俗。窘，囚拘之貌，求殞切。至人遺物兮，獨與道俱。莊子曰：不離於真謂之至人。又孔子謂老聃曰：形體若槁木，似遺物而立於獨也。鶡冠子曰：聖人捐物。又曰：至人不遺，動與道俱。眾人惑惑兮，好

59 注「善曰鶡冠子曰」　袁本、茶陵本無「善曰」二字，是也。說見上。又袁本「鶡」上有「又」字，「子」下有「亦」字，是也。茶陵本無，非。

60 注「師古曰患音還」　袁本、茶陵本無「師古曰」三字。案：無者是也。

61 注「郭璞曰」　案：「璞」當作「象」。各本皆誤。所引大宗師篇文之注也。

62 或趨東西　袁本、茶陵本「東西」作「西東」。案：二本是也。尤誤倒。史記、漢書皆作「西東」。其孟康注云：「東西」者，即不拘語倒耳。

63 注「大人者與天地」　袁本、茶陵本「大」上有「文子曰」三字，是也。

64 窘若囚拘　案：「窘」當作「僒」，注同。漢書作「僒」，選文與之同，故善云「囚拘之貌」。其五臣良注「窘困也」。乃作「窘」耳。各本皆以五臣亂善。史記索隱云漢書作「僒音去殞反」，與善讀求殞反正合。

惡積億。李奇曰：惑惑，東西也。所好所惡，積之萬億也。鶡冠子曰：眾人惑惑，迫於嗜慾。眞人恬漠兮，獨與道息。文子曰：得天地之道，故謂之真人也。莊子曰：虛靜恬淡、寂漠無為者，道德之至也。釋智遺形兮，超然自喪。莊子云：仲尼問於顏回曰：何謂坐忘？回曰：墮支體，黜聰明，離形去智，同於大道，此謂坐忘。司馬彪曰：坐而自忘其身。老子曰：燕處超然。莊子曰：南伯子綦曰：嗟乎！我悲人之自喪。寥廓忽荒兮，與道翱翔。寥廓忽荒，元氣未分之貌。廣雅曰：寥，深也。廓，空也。鶡冠子曰：與道翱翔。乘流則逝兮，得坻則止[65]。孟康曰：易，坎為險，遇險難而止也。張晏曰：坻，水中小洲也。坻或為坎。又曰：易明夷則仕[66]，險難則隱。鶡冠子曰：乘流以逝。縱軀委命兮；不私與己。鶡冠子曰：縱軀委命，與時往來。

其生兮若浮，其死兮若休。莊子曰：其生若浮，其死若休。澹乎若深泉之靜，泛乎若不繫之舟。莊子，老聃曰：其居也，淵而靜，其唯人心乎。鶡冠子曰：泛泛乎若不繫之舟。不以生故自寶兮，養空而浮。鄧展曰：自寶，自貴也。鄭氏曰：道家養空，虛若浮舟也。莊子曰：汎若不繫之舟，虛而遨遊。德人無累[67]，知命不憂。莊子，苑風曰：願聞德人。淳芒曰：德人者，居無思，行無慮也。又曰：聖人循天之理，故無天災，故無物累。周易曰：樂天知命，故不憂。細故蔕芥，何足以疑。鶡冠子曰：細故袃蒯，奚足以疑。袃蒯與蔕芥，古字通。張揖子虛賦注曰：蔕芥，刺鯁也。

---

65 得坻則止　案：「坻」當作「坎」。漢書作「坎」，選文與之同。觀善引孟康注於首可見。其下復引張晏兼廣異本，必五臣因此改「坎」為「坻」，故僅取張「小洲」之語作注也。各本皆以五臣亂善。

66 注「易明夷則仕」　茶陵本「明」上有「大」字，無「夷」字，袁本作「明夷」，與此同。案：各本皆誤也。「易明夷」當作「謂夷易」，漢書顏注引可證也。陳云別本作「明夷易」，亦誤。

67 德人無累　袁本、茶陵本「累」下有「兮」字，下「細故蔕芥」句同。案：此不著校語，無以考也。

鸚鸝賦 并序

山海經曰：黃山有鳥，其狀如鴞，青羽赤喙，人舌能言，名鸚鵡也。注曰：舌似小兒舌，腳指前後各兩。鵡，一作䳇，莫口切。

禰正平 范曄後漢書曰：禰衡，字正平，平原人也。少有才辯而尚氣傲。曹操欲見之，不肯往，操懷忿，而以才名，不欲殺之，送劉表。後復侮慢於表，表不能容，以江夏太守黃祖性急，故送衡與之。祖長子射為章陵太守，尤善於衡。射大會賓客，人有獻鸚鵡者，射舉札於衡前曰：願先生賦之。衡攬筆而作，辭彩甚麗。後黃祖殺之，時年二十六。

時黃祖太子射亦賓客大會，有獻鸚鵡者，舉酒於衡前曰：「禰處士，應劭風俗通曰：處士者，隱居放言也。今日無用娛賓，竊以此鳥自遠而至，明慧聰善，羽族之可貴，典引曰：來儀集羽族於觀魏[68]。願先生為之賦，使四坐咸共榮觀，不亦可乎？」老子曰：雖有榮觀，燕處超然。衡因為賦，筆不停綴，文不加點。其辭曰：

惟西域之靈鳥兮[69]，挺自然之奇姿。體金精之妙質兮，合火德之明煇。西域，謂隴坻出此鳥也。老子曰：以輔萬物之自然。河上公曰：輔萬物自然之性也。西方為金，毛有白者，故曰金精。南方為火，觜有赤者，故曰火德。歸藏殷筮曰：金水之子，其名曰羽蒙，是生百鳥。蔡邕月令章句曰：天官五獸，前有朱雀，鶉火之體也。性辯慧而能言兮，才聰明以識機。禮記曰：鸚鵡能言，不離飛鳥。王弼周易注曰：幾者，事之微也[70]。故其嬉游高峻，棲跱幽深。說文曰：嬉，樂也。跱，立也。飛不妄集，翔必擇林。紺趾丹觜，綠衣翠衿。說文曰：

68 注「典引曰來儀集羽族於觀魏」 袁本、茶陵本無此十一字。

69 惟西域之靈鳥兮 袁本、茶陵本無「兮」字，下「體金精之妙質兮」同。案：此亦無以考也。

70 注「幾者事之微也」 袁本、茶陵本「幾」作「機」，是也。

紺，深青而揚赤也。采采麗容，咬咬好音。韓詩曰：采采衣服。薛君曰：采采，盛貌也。韻略曰：咬咬，鳥鳴也，音交。毛詩曰：睍睆黃鳥，載好其音。雖同族於羽毛，固殊智而異心。配鸞皇而等美，焉比德於眾禽。

於是羨芳聲之遠暢，偉靈表之可嘉。命虞人於隴坻，詔伯益於流沙。漢書音義，應劭曰：天水有大阪曰隴坻。尚書，帝曰：益，汝作朕虞。孔安國曰：伯益也，掌山澤官也。尚書曰：導弱水，餘波入于流沙。跨崑崙而播弋，冠雲霓而張羅。雖綱維之備設，終一目之所加。文子曰：有鳥將來，張羅而待之。得鳥者羅之一目也，今為一目之羅，即無以得鳥也。且其容止閑暇，守植安停。鵩鳥賦曰：貌甚閑暇。王逸楚辭注曰：植，志也。逼之不懼，撫之不驚。鶡冠子曰：迫之不懼，定以知勇。寧順從以遠害，不違迕以喪生。毛詩序曰：君子全身遠害。故獻全者受賞，而傷肌者被刑。

爾迺歸窮委命，離羣喪侶。委命，已見上文。禮記曰：離羣索居。閉以雕籠，翦其翅羽。淮南子曰：天下以為之籠，又何失鳥之有乎？然籠所以盛鳥。說文曰：翅，翼也。流飄萬里，崎嶇重阻。埤蒼曰：崎嶇，不平也。崎，去奇切。嶇，音驅。踰岷越障，載罹寒暑。岷、障，二山名。續漢書曰：岷山在蜀郡五道西[71]，障縣屬隴西，蓋因山立名也。毛詩曰：二月初吉，載離寒暑。一曰，障，亭障也。女辭家而適人，臣出身而事主。有以託意也。時為曹操所迫，故寄意以申情。家語曰：女十五許嫁，有適人之道。漢書，郅都曰：已背親而出身，固當奉職也。彼賢哲之逢患，猶棲遲以羇旅。毛詩曰：衡門之下，可以棲遲。女適人，臣事君，逢禍患，尚棲遲羇旅也。羇旅，已見上文。矧禽鳥之微物，能馴擾以安處。薛君韓詩章句曰：鳥，微物也。說文曰：馴，順也。漢書音義，應劭曰：

---

71 注「在蜀郡五道西」 何校「五」改「湔氐」二字，陳同，是也。各本皆誤。

擾，馴也。眷西路而長懷，望故鄉而延佇。楚辭曰：情慨慨而長懷[72]。又曰：結幽蘭而延佇。忖陋體之腥臊，亦何勞於鼎俎。毛詩曰：予忖度之。七本切。國語，舅犯對晉侯曰：偃之肉腥臊，將焉用之。孔安國尚書傳曰：腥，臭也。

嗟祿命之衰薄，奚遭時之險巇？禮斗威儀曰：天其祿命，不得極其數。楚辭曰：何周道之平易，然無穢而險巇。王逸曰：險巇，顛危也。豈言語以階亂，將不密以致危？周易，孔子曰：亂之所生，則言語以為階也。君不密則失臣，臣不密則失身。痛母子之永隔，哀伉儷之生離。左氏傳曰：施氏之婦怨施氏曰：己不能庇其伉儷。杜預曰：儷，偶也。伉，敵也。楚辭曰：悲莫悲兮生別離。匪餘年之足惜，愍衆雛之無知。爾雅曰：生噣，雛。謂鳥子初生，能自啄食，總名曰雛也。背蠻夷之下國，侍君子之光儀。毛詩曰：命于下國。非天子之國，故曰下也。懼名實之不副，恥才能之無奇。莊子，許由曰：名者實之賓。羨西都之沃壤，識苦樂之異宜。西都，長安也。鸚鵡言長安樂，自古有之，未詳所見。懷代越之悠思，故每言而稱斯。斯，此也。此，長安也。言類彼鳥馬，而懷代、越之思，故亦每言而稱此。古詩曰：代馬依北風，越鳥巢南枝。

若迺少昊司辰，蓐收整轡。禮記曰：孟秋之月，其帝少昊，其神蓐收。嚴霜初降，涼風蕭瑟。楚詞曰：冬又申之以嚴霜。長吟遠慕，哀鳴感類。毛詩曰：哀鳴嗷嗷。音聲淒以激揚，容貌慘以顦顇。漢書，谷永上疏曰：贊命之臣，靡不激揚。答賓戲曰：夕而顦顇也。聞之者悲傷，見之者隕淚。毛詩曰：涕既隕之。毛萇曰：隕，墜也。放臣爲之屢歎，棄妻爲之歔欷。放臣、棄妻，屈原、哀姜之徒。王逸楚詞注曰：歔欷，啼聲。

感平生之游處，若壎篪之相須。論語曰：君子久要不忘平生之言。毛詩曰：伯氏吹壎，仲氏吹篪。毛萇

72 注「情慨慨而長懷」 茶陵本上「慨」字作「慷」，是也。袁本亦誤「慨」。

曰：土曰壎，竹曰篪。何今日之兩絕[73]，若胡越之異區？淮南子曰：自異者視之，肝膽胡、越也。高誘曰：胡、越喻遠。順籠檻以俯仰[74]，闚戶牖以踟躕。說文曰：櫳，房室之疏也；楯，欄檻也。王逸楚詞注曰：從曰檻，橫曰楯。說文曰：牖，穿壁以為牕也。韓詩曰：搔首踟躕。薛君曰：踟躕，躑躅也。踟，腸知切。躕，腸誅切。想崑山之高嶽，思鄧林之扶疏。班固漢書贊，禹本紀云：崑崙山高二千五百餘里。山海經曰：夸父與日競走，渴死，棄其杖化為鄧林。上林賦曰：垂條扶疏。顧六翮之殘毀，雖奮迅其焉如？韓詩外傳，蓋乘曰：夫鴻鵠一舉千里，所恃者六翮耳。心懷歸而弗果，徒怨毒於一隅[75]。毛詩曰：豈不懷歸。廣雅曰：毒，痛也。苟竭心於所事，敢背惠而忘初？左氏傳，子犯曰：背惠食言。楚詞曰：不敢忘初之厚德。託輕鄙之微命，委陋賤之薄軀。楚詞曰：蜂蛾微命力何固。期守死以報德，甘盡辭以效愚。論語，子曰：守死善道。毛詩曰：欲報之德。司馬遷書曰：效其癡愚。恃隆恩於既往，庶彌久而不渝。渝，變也。感恩久不變也。

鷦鷯賦

并序　毛詩曰：肇允彼桃蟲。詩義疏曰：桃蟲，今鷦鷯，微小黃雀也。鷦，音焦。鷯，音遼。又方言曰：桑飛。郭璞注曰：即鷦鷯也。自關而東，謂之工雀，又云女工，一云巧婦，又云女匠。

張茂先　臧榮緒晉書曰：張華，字茂先，范陽人也，少好文義，博覽墳典。為太常博士，轉兼中書郎。雖棲處雲閣，慨然

---

73 何今日之兩絕　案：「兩」當作「雨」。考贈蔡子篤「一別如雨」注云：「鸚鵡賦曰『何今日以雨絕』。陳琳檄吳將校曰『雨絕于天』。然諸人同有此言，未詳其始。」善自作「雨」甚明，此及陳檄皆無注者，以具注在彼詩也。袁、茶陵二本所載，五臣良注云「何今日兩相隔絕，各在一方」。是五臣乃作「兩」，各本以之亂善而失著校語。

74 順籠檻以俯仰　茶陵本「籠」作「櫳」，云五臣作「籠」。袁本作「籠」。案：袁本用五臣也，失著校語，非；尤以五臣亂善，益非。

75 徒怨毒於一隅　袁本「怨」下校語云善作「冤」。案：袁所見是也。五臣翰注自為「怨」字。茶陵本云五臣作「冤」，必校語有倒錯耳。此以五臣亂善。

有感，作鷦鷯賦。後詔加右光祿大夫，封壯武郡公，遷司空，為趙王倫所害。

鷦鷯，小鳥也，生於蒿萊之間，長於藩籬之下，翔集尋常之內，而生生之理足矣。漢書音義，應劭曰：八尺曰尋，倍尋曰常。老子曰：人之輕死，以其生生之厚。易繫辭曰：生生之謂易。韓康伯曰：陰陽轉易，以化成生也。色淺體陋，不爲人用，形微處卑，物莫之害，呂氏春秋曰：高節厲行，物莫之害。繁滋族類，乘居匹游，列女傳，姜后曰：睢鳩之鳥，猶未常見其乘居而匹遊。翩翩然有以自樂也[76]。翩翩，自得之貌。毛詩曰：翩翩者鵻。彼鷲鶚鶡鴻，孔雀翡翠，說文曰：鷲，黃頭赤目，五色皆備。鶚，鵰也。山海經曰：景山多鷲，黑色多力。鶡，狀如鶴而文。漢書音義，應劭曰：雄曰翡，雌曰翠。異物志曰：翡，赤色，大於翠。顏監曰：鳥各別異，非雄雌異名也。或淩赤霄之際，或託絕垠之外，絕垠，天邊之地也。楚辭曰：載赤霄而淩太清。又曰：踔絕垠于寒門。翰舉足以沖天，觜距足以自衛，王弼周易注曰：翰，高飛也。史記，楚莊王曰：有鳥三年不蜚，蜚乃沖天。蜚與飛同。字書曰：沖，中也。呂氏春秋曰：凡人之性，爪牙不足以自守衛。西京賦曰：觜距為刀鈹[77]。然皆負矰嬰繳，羽毛入貢。何者？有用於人也[78]。繳繫，箭線也。尚書曰：厥貢齒革羽毛。夫言有淺而可以託深，類有微而可以喻大，故賦之云爾。

何造化之多端兮，播羣形於萬類。易曰：天地造生[79]，萬物咸成。又曰：造化，道也。淮南子曰：大丈夫無為，與造化逍遙。楚辭曰：多端膠加。老子曰：道生萬物。河圖曰：地有九州，以包萬類。惟鷦鷯之微禽兮，亦攝生而受氣。老子曰：善攝生者不然。莊子，北海若曰：吾受氣於陰陽。育翩翾之陋體，無玄黃以自貴。字

---

76 有以自樂也　案：「樂」當作「得」。袁本云善作「得」。茶陵本云五臣作「樂」。此以五臣亂善。

77 注「西京賦曰觜距為刀鈹」　案：此有誤也。文在吳都賦，或善誤記耳。

78 有用於人也　袁本無「有」字。茶陵本有。案：此亦無以考也。

79 注「易曰天地造生」　袁本、茶陵本「易」下有「注」字，是也。

林曰：翩，疾飛也。說文曰：翾，小飛也。呼緣切。毛弗施於器用，肉弗登於俎味。左氏傳，臧僖伯曰：皮革、齒牙、骨角、毛羽不登於器，鳥獸之肉不登於俎，則公不射，古之制也。鷹鸇過猶俄翼，尚何懼於罿衡罻尉。左氏傳，然明曰：見不仁者誅之，如鷹鸇之逐鳥雀也。爾雅曰：晨風，鸇也。廣雅曰：俄，邪也。毛詩曰：側弁之俄。箋云：俄，傾貌。罿、罻，皆網也。鸇，之然切。翳薈蒙籠，是焉游集。孫子兵法曰：林木翳薈，草樹蒙籠。飛不飄颺，翔不翕習。翕習，盛貌。其居易容，其求易給。巢林不過一枝，每食不過數粒。莊子曰：鷦鷯巢林，不過一枝。孔安國尚書傳曰：米食曰粒。棲無所滯，游無所盤。爾雅曰：盤，樂也。匪陋荊棘，匪榮茝蘭。動翼而逸，投足而安。委命順理，與物無患。委命，已見上文。淮南子曰：守道順理。

伊茲禽之無知，何處身之似智。莊子曰：鳥高飛以避矰弋之害，鼷鼠深穴乎神丘之下，以避熏鑿之患，而曾二蟲之無知也。不懷寶以賈害，不飾表以招累。左氏傳曰：虞叔有玉，虞公求之，弗獻，既悔之曰：周任有言，匹夫無罪，懷璧其罪，吾焉用此，以賈其害。杜預曰：賈，賣也。靜守約而不矜，動因循以簡易。文子曰：約其所守即察。尚書曰：汝惟不矜。孔安國曰：自賢曰矜。淮南子曰：因循而任下。周易曰：簡易而天下之理得矣。任自然以爲資，無誘慕於世僞。自然，已見上文。文子曰：去其誘慕，除其嗜欲。張湛曰：遺其衒尚，為害真性。傳毅七激曰：排挫禮學，譏譴世偽。鵰鶡介其觜距，鵠鷺軼於雲際。穆天子傳曰：青鵰，執犬羊，食豕鹿。郭璞曰：今鵰亦能食鹿。山海經曰：煇諸之山多鶡。郭璞曰：似雉而大，青色有角，鬬死乃止，出上黨。言因觜距而為人用也。鵾鷄竄於幽險，孔翠生乎遐裔。彼晨鳧與歸鴈，又矯翼而增逝。說苑曰：魏文侯嗜晨鳧。史記曰：楚人有好以弱弓微繳加歸鴈之上。解嘲曰：矯翼厲翮。淮南子曰：鳳皇曾逝萬仞之上。咸美羽而豐肌，故無罪而皆斃。文子曰：羽翼美者傷其骨骸。司馬相如美人賦曰：弱骨豐肌。徒銜蘆以避繳，終爲戮於此世。淮南子曰：鴈銜蘆而翔，以備矰繳。抱朴子曰：智禽銜蘆以避網，水牛結陣以卻虎。史記，太史公曰：英布不克於身，為世大戮。蒼鷹鷙而受緤，鸚鵡惠而入籠。李陵詩曰：有鳥西南飛，熠燿似蒼鷹。王逸楚詞注曰：緤，繫也。鸚鵡賦曰：性辯惠而能言。又曰：閉以雕籠。屈猛志以服養，塊幽縶於九重。淮南子曰：塊然獨處。苦對切。楚辭曰：君之門兮九重。變音聲以順旨，思摧翮而為庸。戀鍾岱之林野[80]，慕隴坻之高松。鍾、岱二山，鷹之所產。漢書曰：趙地鍾、岱，迫近胡寇。如淳曰：鍾，所在未聞，漢有代郡，故代國也。東方朔十洲記曰：北海外有鍾山。鸚鵡賦曰：命虞人於隴坻。雖蒙幸於今日，未若疇昔之從容。左氏傳曰：羊斟云：疇昔之羊，子為政。杜預曰：疇昔，猶前日也。尚書曰：從容以和。

海鳥鶢袁鶋[81]居，避風而至。國語曰：海鳥曰爰居，止於魯東門外。展禽曰：今茲海其有災乎？夫廣川之鳥獸，常知而避其災。是歲海多大風。條枝巨雀，踰嶺自致。漢書曰：條枝國，臨西海，有大鳥。提挈萬里，飄颻逼畏。漢書曰：左提右挈。夫唯體大妨物，而形瓌足瑋也。陰陽陶蒸，萬品一區。文子，老子曰：陰陽陶冶萬物。蒸，氣出貌。巨細舛錯，種繁類殊。鷦螟巢於蚊睫接，大鵬彌乎天隅。晏子春秋，景公曰：天下有極細者乎？對曰：有，東海有蟲，巢於蚊睫，再飛而蚊不為驚，臣不知其名，而東海有通者，命曰鷦螟。莊子曰：北溟有魚，其名曰鵾，化而為鵬，怒而飛，翼若垂天之雲。將以上方不足，而下比有餘。莊子曰：長者不為有餘，短者不為不足。普天壤以遐觀，吾又安知大小之所如[82]？莊子，北海若曰：以差觀之，因其所大而大之，則萬物莫不大。因其所小而小之，則萬物莫不小。則差數覩矣。歸田賦曰：安知榮辱之所如？

80 戀鍾岱之林野　何校「岱」改「代」，注同。案：善引漢書為注，今地理志作「代」，何據之校也。晉書所載作「岱」。

81 海鳥鶢鶋　案：「鶢鶋」當依晉書所載作「爰居」。善引國語為注，亦是「爰居」字。袁、茶陵二本五臣翰注乃作「鶢鶋」字。蓋善「爰居」、五臣「鶢鶋」，各本亂之耳。正文下「袁居」二字，即五臣音也。

82 吾又安知大小之所如　袁本、茶陵本「知」下有「其」字，「大小」作「小大」。案：此亦無以考也。晉書作「大小」，無「其」字。

卷第十四

鳥獸下

赭白馬賦 并序

劉芳毛詩義證曰：彤白雜毛曰駁。彤，赤也，即赭白也。

顏延年 沈約宋書曰：顏延之，字延年，琅邪人也。好讀書，無所不覽，文章之美，冠絕當時。吳國內史劉柳以為行軍参軍，後為祕書監，太常，卒[1]。

驥不稱力，馬以龍名，論語曰：驥不稱其力，稱其德。周禮曰：凡馬八尺已上為龍。豈不以國尚威容，軍駃音伏，馬名。趫迅而已，傅玄乘輿馬賦曰：用之軍國，則文武之功顯。又曰：文榮其德，武耀其威。庾中丞昭君辭曰：聯雪隱天山，崩風盪河澳，朔障裂寒笳，冰原嘶代駃[2]。顏、庾同時，未詳所見。毛詩曰：四牡有蹻。毛萇曰：蹻，壯貌。趫與蹻同，並綺嬌切。實有騰光吐圖，疇德瑞聖之符焉。尚書中候曰：帝堯即政七十載，脩壇河、洛，

---

1 注「後為秘書監太常卒」 袁本、茶陵本無「太常」二字，「卒」下有「官」字。案：此尤延之校改也。

2 注「冰原嘶代駃」 袁本、茶陵水本「駃」下有「以韻言之蓋馬名也」八字。正文下但有「伏」字，無「音伏馬名」四字。案：二本是也。尤刪移甚非。又案：「之」下「蓋」上，仍當有「音伏」二字。二本因與正文下五臣音複而節去，亦非，當補正。

仲月辛日，禮備。至于日稷，榮光出河，龍馬銜甲，赤文綠色，臨壇吐甲圖。宋均曰：稷，側也。黃伯仁龍馬賦曰：或有奇貌絕足，蓋為聖德而生。疇，昔也。是以語崇其靈，世榮其至。我高祖之造宋也，沈約宋書曰：高祖武皇帝諱裕，字德輿，彭城縣人，後封宋王，受晉禪。五方率職，四隩入貢。禮記曰：中國、蠻、夷、戎、狄五方之人。魏都賦曰：樂率職貢[3]。尚書曰：四隩既宅。孔安國曰：四方之宅可居。四隩，四方之隱處也。漢書曰：古者諸侯以時入貢。祕寶盈於玉府，文駟列乎華廐。周禮曰：玉府掌王之金玉玩好。尚書曰：王府則有[4]。周書曰：犬戎文馬，赤鬣白身。左氏傳曰：宋人以馬百駟[5]贖華元。漢舊儀有承華廏。乃有乘輿赭白，特稟逸異之姿，妙簡帝心，用錫聖皁。潘安仁夏侯湛誄曰：妙簡邦良。論語曰：簡在帝心。崔駰武賦曰：假皇天兮簡帝心。用錫，見下文。司馬彪莊子注曰：皁，櫪也。服御順志，馳驟合度，韓子曰：造父御駟馬，馳驟周旋而忞於馬者，轡策制之。齒歷雖衰，而藝美不忒。穀梁傳曰：馬齒加長矣。爾雅曰：歷，數也。毛詩曰：其儀不忒。襲養兼年，恩隱周渥，賈逵國語注曰：襲，受也。周書曰：小人無兼年之食。國語注曰：隱，私也。毛萇詩傳曰：渥，厚也。歲老氣殫，斃于內棧。說文曰：殫，盡也。棧，櫪也。呂氏春秋曰：取之內皁而著之外皁。莊子，伯樂曰：我善治馬，編之以皁棧。司馬彪曰：棧若纅牀，施之濕地也。少盡其力，有惻上仁，韓詩外傳曰：昔者田子方出見老馬於道，問其御者：此何馬也？曰：公家畜也，疲而不用，故出之。子方喟然歎曰：少盡其力，老棄其身，仁者不為也。束帛而贖之。長楊賦曰：自上仁所不化。乃詔陪侍，奉述中旨。末臣庸蔽，敢同獻賦。其辭曰：崔瑗胡公碑曰：唯我末臣，頑蔽無聞。

惟宋二十有二載，盛烈光乎重葉。宋文帝十七年也。沈約宋書曰：文帝諱義隆，武帝第三子也。烈，業

---

3 注「樂率職貢」 案：「職貢」當作「貢職」，各本皆誤。

4 注「尚書曰王府則有」 陳云「王」「玉」互異，必有誤。今案：各本皆同，無以訂也。

5 注「宋人以馬百駟」 案：「以」下當有「文」字，各本皆脫。陳云別本有，今未見。

也。自武至文，故曰重葉。毛萇詩傳曰：葉，世也。武義粵其肅陳，文教迄已優洽。羽獵賦曰：武義動於南鄰。尚書曰：偃武脩文。孔安國曰：脩文教也。泰階之平可升，興王之軌可接。泰階，已見上。國語曰：興王賞諫臣。訪國美於舊史，考方載於往牒。兩都賦序曰：國家之遺美。西京賦曰：學乎舊史氏。方載，四方之事。漢書，柱下方書。音義曰：四方之文書。說文，札，牒也。昔帝軒陟位，飛黃服皁。春秋命歷序曰：帝軒受圖雒授歷。尚書曰：汝陟帝位。淮南子曰：黃帝治天下，於是飛黃服皁。高誘曰：飛黃如狐，背上有角，乘之壽三千歲也。后唐膺籙，赤文候日。后唐，謂堯也。膺籙，已見東京賦。赤文候日，即至于日稷也。已見上注。漢道亨而天驥呈才，杜預左氏傳注曰：亨，通也。天馬歌曰：天馬來，從西極。漢書曰：武帝元鼎四年，馬生渥洼水中。李斐曰：南陽新野有暴利長，武帝時遭刑，屯田燉煌界，數於水旁見羣野馬，中有奇異者，與凡馬異，來飲此水。利長先作土人，持勒絆於水旁，後馬翫習久之，代土人持勒絆，收得其馬，獻之。欲神異此馬，云從水中出，作天馬歌。魏德楙而澤馬効質。說文曰：楙，盛也。魏志曰：文帝黃初中，於上黨得澤馬。魏都賦曰：澤馬于皐。伊逸倫之妙足，自前代而間出。公孫弘贊曰：異人間出。并榮光於瑞典，登郊歌乎司律。瑞典，吐圖也。作天馬歌，歌之以郊祀，合于司律也。所以崇衛威神，扶護警蹕。魯靈光殿賦曰：又似帝室之威神。漢儀曰：皇帝輦動，則左右侍帷幄者稱警，出則傳蹕，止行人，清道也。精曜協從，靈物咸秩。協，合也。論語撰考讖曰：下學上達，知我者其天乎！通精曜也。尚書曰：龜筮協從。又曰：咸秩無文。秩，序也。暨明命之初基，罄九區而率順。爾雅曰：暨，及也。明命，謂高祖也。九區，九服也。尚書：伊尹曰：先王顧諟天之明命。劉騊駼郡太守箴曰：大漢遵周，化洽九區。有肆險以稟朔，或踰遠而納賮。肆險，人慕化也。長楊賦曰：故平不肆險。魏都賦曰：思稟正朔。孟子曰：有遠行者必以賮。蒼頡篇曰：賮，財貨也。說文曰：賮，會禮也。聞王會之阜昌，知函含夏之充牣。阜，盛也。周書王會曰：成周之會。鄭玄曰：王城既成，大會諸侯及四夷也。漢書，郊祀歌曰：敷華就實，既阜既昌。楊雄河東賦曰：函夏之大[6]。服虔曰：函諸夏也。漢書音義，蘇林曰：充牣，喻多也。如淳曰：牣，滿也。總六服以收賢，掩七戎而得駿。收賢，取賢善之馬也。周禮曰：王畿外侯服、甸服、男服、采服、衛服、蠻服，斯為六服。爾雅曰：九夷、八狄、七戎、六蠻，謂之四海。郭璞曰：七戎在西。蓋乘風之淑類，實先景之洪胤。崔駰七依曰：服飛兔之中乘，騁華騠之驂輪，蹠虛騰雲，乘風度津。漢書，楊雄河東賦曰：六先景之乘。劉邵魏明帝誄曰：先皇嘉其誕受洪胤。故能代驂象輿，歷配鉤陳。鄭玄毛詩箋曰：在旁曰驂。韓子曰：黃帝合鬼神於泰山，駕象車。張揖曰：德流則山出象車，山之精瑞也。上林賦曰：象輿婉嬋於西清。鉤陳，已見上文。齒筭延長，聲價隆振。鄭玄儀禮注曰：筭，數也。風俗通曰：張伯坐養聲價。信聖祖之蕃錫，留皇情而驟進。祖，高祖也。皇，文帝也。蕃錫，已見魏都賦。

徒觀其附筋樹骨，垂梢植髮。相馬經曰：良馬可以筋骨相也。梢，尾之垂者。髮，額上毛也。尾欲梢而長。梢，所交切。張敞集曰：蒼蠅託驥之發也。傅玄乘輿馬賦曰：頭似削成，尾如植髮。雙瞳夾鏡，兩權協月。相馬經曰：目成人者行千里。注云：成人者，視童子中，人頭足皆見，言目中清明如鏡。或云：兩目中央旋毛為鏡。權，頰權也。相馬經曰：頰欲圓如懸璧，因謂之雙璧，其盈滿如月，異相之表也。黃伯仁龍馬頌曰：雙璧似月。異體峯生，殊相逸發。峯生，若山而生峯也。超攄絕夫塵轍，驅騖迅於滅沒。劉歆遂初賦曰：馬龍騰以超攄。列子，秦穆公謂伯樂曰：子之年長矣，子之姓有可使求馬者乎？伯樂對曰：良馬可以形容筋骨相也。天下之馬者，若滅若沒，若亡若失，若此者絕塵弭轍。臣之子皆下才也，可告以良馬，不可告天下之馬也。李尤馬鞍銘曰：驅騖馳逐，騰踊覆踐。簡偉塞門，獻狀絳闕。塞，紫塞也，已見蕪城賦。有關故曰門。塞，或為寒，非也。傅玄北都賦曰：巍巍絳闕。旦刷幽燕，晝秣荊越。說文曰：刷，刮也。魏都賦曰：刷馬江州。毛詩曰：言秣其馬。杜預曰：以粟飯馬曰秣。幽、燕、荊、越，四地名也。教敬不

6 注「函夏之大」 案：「大」下當有「漢」字，各本皆脫，餘屢引有。

易之典，訓人必書之舉。孝經曰：聖人因嚴以教敬。國語，虢文公曰：王其監農不易。左氏傳曰：訓人事君。又曹劌諫曰：君舉必書。惟帝惟祖，爰游爰豫。孟子曰：一游一豫，為諸侯度。飛輶軒以戒道，環瞉騎而清路。輶，輕也。吳都賦曰：輶軒蓼擾，瞉騎煒煌。杜篤迎鍾文曰：必令河伯戒道。道，先也。清路，已見射雉賦。勒五營使按部，聲八鸞以節步。漢書，王尋勑諸營皆按部。薛綜東京賦注曰：馬步齊則鸞聲和。應劭漢官儀曰：大駕鹵簿。五營校尉在前，名曰填衛。毛詩曰：四牡彭彭，八鸞鏘鏘。具服金組，兼飾丹臒倚弧切[7]。金組，二甲也。蔡雍女琰詩曰：卓眾來東下，金甲耀日光。左氏傳曰：組甲三千。馬融曰：組甲，以組為甲也。丹臒，二色也。郭璞山海經曰：臒，黝屬。寶鉸星纏，鏤章霞布。鉸，裝飾也。章，釆文也。袁宏酎宴賦曰：朱帷赫以霞布。進迫遮迾，卻屬輦輅。服虔通俗文曰：天子出，虎賁伺非常，謂之遮迾。漢書音義：晉灼曰：迾，古列字。欻聳擢以鴻驚，時濩略而龍翥。薛綜西京賦注曰：欻，忽也。說文曰：欻，有所吹起也。傅玄乘輿馬賦曰：形便飛燕，勢越驚鴻。甘泉賦曰：洒濩略綏蕤。張景陽七命曰：蚪踊螭騰，麟超龍翥。弭雄姿以奉引，婉柔心而待御。東京賦曰：奉引既畢，先輅乃發。

至於露滋月肅，霜戾秋登。禮記曰：孟秋之月，天地始肅。爾雅曰：戾，至也。又曰：登，成也。王于興言，闡肄威稜。毛詩曰：王于興師。漢書，武帝報李廣曰：威稜憺乎鄰國[8]。又曰：興言出宿。聲類曰：闡，大開也。賈逵國語注曰：肄，習也。臨廣望，坐百層。地理書，洛陽故宮曰廣望觀，臨金市。劉梁七舉曰：鴻臺百層，干雲參差。料武藝，品驍騰。字林曰：料，量也。夏侯淳馳射賦曰：參武藝以遊遨。說文曰：驍，良馬也。廣雅曰：騰，奔

---

7 注「倚弧切」 袁本、茶陵本此三字在注末，是也。

8 注「漢書武帝報李廣曰威稜憺乎鄰國」 案：此十四字當在「肄習也」下，各本皆倒。陳云別本「王于興師」下接「又曰」至「習也」廿二字，再接「漢書」，今未見。

也。流藻周施，和鈴重設。流藻，周流藻畫也。應瑒馳射賦曰：藻飾齊明。和鈴，已見上。睨影高鳴，將超中折。相馬經曰：馬有眄影而視者。分馳迴場，角壯永埒。南都賦曰：羣士放逐，馳乎沙場。曹毗馬射賦曰：脩埒坦其平舒。別輩越羣，絢火縣練敻絕。絢練，疾貌也。敻絕，迴絕也。捷趫夫之敏手，促華鼓之繁節。廣雅曰：蹻，健也。孔安國尚書傳曰：敏，疾也。言射有常儀，鼓有常節，今以馬馳之疾，故加捷促也。應瑒馳射賦曰：旝動鼓震，讚聲雷潰。魏略，司馬景王與許允書曰：震華鼓，建朱節。經玄蹄而雹散，歷素支而冰裂。玄蹄，馬蹄也；素支，月支也，皆射帖名也。言馬既良，射者亦中，故玄蹄雹散，素支冰裂也。邯鄲淳藝經曰：馬射左邊，為月支二枚，馬蹄二枚也。膺門沫赭，汗溝走血。相馬經曰：膺門欲開，汗溝欲深。漢書，天馬歌曰：霑赤汗，沫流赭。應劭曰：大宛馬汗血霑濡也，流沫如赭也。如淳曰：沫，或作頮，音悔。踠迹回唐，畜怒未泄。方言曰：洩，歇也。南都賦曰：收驥命駕，分背回唐。東都主人曰：馬踠餘足，士怒未洩。乾心降而微怡，都人仰而朋悅[9]。乾，喻文帝也。周易曰：乾為天。都人，已見西都賦。妍變之態既畢，凌遽之氣方屬。凌遽，已見西京賦。鄭玄喪服注曰：屬，連也。跼鑣轡之牽制，隘通都之圈束。字林曰：跼踡，行不申也。得通都馳騁，猶為圈束。司馬遷書曰：通邑大都。說文曰：圈，養畜閑也。眷西極而驤首，望朔雲而蹀足。漢書，天馬歌曰：天馬來，從西極。又曰：武帝得烏孫馬，名天馬，後更名西極馬。鄒陽上書曰：交龍驤首。曹顏遠感舊賦曰：胡馬仰朔雲，越鳥巢南樹。又圍棊賦曰：良馬蹀足，輕車結輪。將使紫燕駢衡，綠虵衛轂。尸子曰：我得而民治，則馬有紫燕、蘭池。劉卲趙都賦曰：良馬則飛兔、奚斯、常驪、紫燕。衡，車衡也。尚書中候曰：龍馬，赤文綠色。鄭玄曰：赤文而綠地也[10]。纖驪接趾，秀騏齊

---

9 都人仰而朋悅　茶陵本云五臣作「朋」。袁本云善作「明」。案：此尤校改正之也。

10 注「赤文而綠地也」　袁本作「赤文綠色，綠虵也」。茶陵本與此同。案：蓋袁本是。

亍。李斯上書曰：乘纖離之馬[11]。尸子曰：馬有秀騏逢騩。毛萇詩傳曰：騏，綦文也，音其。騩，京媚切。覲王母於崑墟，要帝臺於宣嶽。史記曰：造父取驥之乘匹，與桃林盜驪、驊騮、騄駬，獻之繆王，繆王使造父為御，西巡狩見王母，樂之忘歸。列仙傳，西王母在崑崙山。山海經曰：鼓鍾之山，帝臺之所以觴百神也。郭璞曰：帝臺，神人名。山海經有宣山。跨中州之轍迹，窮神行之軌躅。司馬相如大人賦曰：世有大人，在乎中州。列子曰：黃帝夢游華胥氏之國，其國乘空如履實，山谷而不躓其步，神行而已。轍迹，穆王也，見下文。軌躅，已見魏都賦。

然而般于遊畋[12]，作鏡前王。尚書曰：文王不敢盤于遊畋。孟子曰：詩云：殷鑑不遠，在夏后之世。趙岐曰：以前代善惡為明鏡。肆於人上，取悔義方。肆，敢也。左氏曰：師曠諫晉悼公曰：天之愛人甚矣，豈使一人肆於人上。杜預曰：肆，恣也。庾元規表曰：為國取悔。左氏傳，石碏曰：臣聞愛子，教之義方。天子乃輟駕迴慮，息徒解裝。孔叢子曰：孔子歌曰：喟然回慮，題彼泰山。嵇康贈秀才詩曰：息徒蘭圃。王逸荔枝賦曰：裝不及解。許慎淮南子注曰：裝，束也。鑒武穆，憲文光。左氏傳，右尹子革曰：周穆王欲肆其心，周行天下，將皆有車轍馬迹焉。漢書，武帝好大宛馬，使者相望於道。又賈捐之曰：孝文皇帝時，有獻千里馬者，詔曰：鸞旗在前，屬車在後，吉行日三十，凶行日五十，朕乘千里之馬，獨先安之？於是乃還其馬。東觀漢記光武紀曰：是時名都王國，有獻名馬，駕鼓車。振民隱，脩國章。小雅曰：振，救也。國語，祭公謀父曰：勤恤民隱而除其害。韋昭曰：隱，痛也。戒出豕之敗御，惕飛鳥之跱衡。韓子曰：王子期為趙簡子御，取道爭千里之表。其始發也，彘伏溝中，王子期齊轡策而進之，彘突出於溝中，馬驚敗駕。古文周書曰：穆王田，有黑鳥若鳩，翩飛而跱於衡，御者斃之以策，馬佚，不克止之，躓於乘，傷帝左股。案漢明帝起居注云：帝向太山，至滎陽，有鳥鳴軛，中郎將王吉引弓射殺之，將以示帝，曰：鳥鳴軛，彎弓射，洞胸腋，陛下壽萬歲，臣受二千石。乃賜帛二百

---

11 注「乘纖離之馬」　袁本、茶陵本「離」作「驪」。案：尤依今史記校改之也。「驪」即「離」字，加偏旁耳。

12 然而般于遊畋　袁本、茶陵本「般」作「盤」，是也。

匹。東觀漢記，朱勃上書理馬援曰：飛鳥跱衡，馬驚觸虎，物類相生，亦無不有。故祗愼乎所常忽，敬備乎所未防。周書，芮良夫曰：惟禍發於人之倏忽。王弼周易注曰：敬愼防備，可以不敗。輿有重輪之安，馬無泛駕之佚。重輪，已見東京賦。漢書曰：夫泛駕之馬，亦在御之而已。應劭曰：泛，覆也[13]。處以濯龍之奧，委以紅粟之秩。盧植集曰：詔給濯龍廏馬三百匹。鄭玄尚書注曰：奧，內也。廣雅曰：委，累也，言累加之也。鄭玄周禮注曰：秩，祿稟也。紅粟，已見吳都賦。服養知仁，從老得卒。鸚鵡賦曰：屈猛志以服養。稽康養生論曰：從白得老，從老得終。加弊帷，收仆質。禮記，孔子曰：弊帷不弃，為埋馬也。天情周，皇恩畢。魏都賦曰：皇恩畢[14]。

亂曰：惟德動天，神物儀兮。尚書，益贊于禹曰：惟德動天。春秋合誠圖曰：黃帝先致白狐白虎，諸神物乃下。於時駔駿，充階街佳兮。說文曰：駔，壯也。言駔駿之馬充於階街也。魏都賦曰：冀馬填廏而駔駿。王逸楚詞注曰：駔駿，馬名也。稟靈月駟，祖雲螭兮。春秋考異記云[15]：地生月精為馬。漢書曰：漢中星為天駟。黃伯仁龍馬賦曰：資玄螭之表像，似靈虯之矩則。郭璞遊仙詩曰：雲螭非我駕。雄志倜儻，精權奇兮。漢書，天馬歌曰：志俶儻，精權奇。廣雅曰：倜儻，卓異也。既剛且淑，服鞿羈兮。周禮曰：師曠見太子[16]，太子曰：詩云：馬之剛矣，轡之柔矣。楚詞曰：余雖好脩姱以鞿羈兮。王逸曰：韁在口曰鞿，絡在頭曰羈。效足中黃，殉驅馳兮。曹植與陳林書曰：驥騄不常步，應良御而効足。漢書舊儀曰[17]：中黃門駙馬。又，大宛馬、汗血馬、乾河馬、天馬。曹植令曰：今皇帝損乘車之副，竭中黃之府。願終惠養，蔭本枝兮。漢書，疏廣曰：此金者，聖主所以惠養老臣。毛詩曰：本枝百世。竟先朝

---

13 注「泛覆也」　袁本、茶陵本此下有「如淳曰方腫切」六字，是也。
14 注「魏都賦曰皇恩畢」　茶陵本「畢」作「綽矣」二字，是也。袁本亦誤「畢」。
15 注「春秋考異記云」　案：「記」當作「郵」，各本皆誤。後「長安有狹邪行」注亦誤記。
16 注「周禮曰師曠見太子」　案：「禮」當作「書」，各本皆誤。
17 注「漢書舊儀曰」　陳云「書」字疑衍。是也。各本皆衍。

露，長委離兮。朝露至危，而又先之，言甚速也。漢書，李陵謂蘇武曰：人生如朝露。曹子建自試表曰：常恐先朝露。楚詞曰：遂萎絶而離異。禮記曰：哲人其萎乎！家語為委，萎與委古字通。

舞鶴賦

鮑明遠

散幽經以驗物，偉胎化之仙禽。相鶴經者，出自浮丘公。公以自授王子晉[18]。崔文子者，學仙於子晉，得其文，藏於嵩高山石室。及淮南八公採藥得之，遂傳於世。鶴經曰：鶴，陽鳥也。因金氣，依火精，火數七，金數九，故十六年小變，六十年大變，千六百年形定而色白。又云：二年落子毛，易黑點，三年頭赤，七年飛薄雲漢，又七年學舞，復七年應節，晝夜十二鳴。六十年大毛落，茸毛生，色雪白，泥水不能污。百六十年雄雌相見，目精不轉，孕千六百年，飲而不食。食於水故喙長，軒於前故後短；棲於陸故足高而尾凋，翔於雲故毛豐而肉疎。行必依洲嶼，止必集林木。蓋羽族之宗長，仙人之騏驥也。隆鼻短口則少眠，露眼赤精則視遠，頭銳身短則喜鳴，四翎亞膺則體輕，鳳翼雀毛則善飛，龜背鼈腹則能產，軒前垂後則善舞，洪髀纖趾則能行。鍾浮曠之藻質，抱清迥之明心。曹植九詠章句曰：鍾，當也。指蓬壺而翻翰，望崑閬而揚音。蓬壺、崑閬見上。帀日域以迴騖[19]，窮天步而高尋。相鶴經曰：一舉千里，不崇朝而偏四方者也[20]。長楊賦曰：東震日域。毛詩曰：天步艱難。陸機擬古詩曰：粲粲光天步。然文雖出彼而意並殊，不以文害意也。踐神區其既遠，積靈祀而方多。一舉千里，故云既遠。壽踰千歲，故云方多。精含丹而星曜，頂凝紫而烟華。相鶴經曰：露目赤精則視遠。引員吭之纖婉，頓脩趾之洪姱。吭，已見吳都賦。相鶴經曰：高腳疎節則多力。王氏楚

---

18 注「以自授王子晉」 案：「自」當作「目」，各本皆譌。

19 帀日域以回騖 袁本「日」下有校語云善作「目」。茶陵本無。案：袁所見非。

20 注「而偏四方者也」 袁本、茶陵本「方」作「海」，是也。

詞注曰：姱，好也[21]。疊霜毛而弄影，振玉羽而臨霞。閔鴻羽扇賦曰：同皦素於凝霜。江逌扇賦曰：瓊澤冰鱗。瓊，亦玉也。朝戲於芝田，夕飲乎瑤池。十洲記曰：鍾山在北海之中，地仙家數千萬，耕田種芝草，課計頃畝也。穆天子傳曰：天子觴王母于瑤池之上。厭江海而游澤，掩雲羅而見羈。新序曰：晉文公出田，漁者曰：鴻鵠保河海之中，厭而徙之小澤，必有矰弋之憂。鸚鵡賦曰：冠雲霓而張羅。去帝鄉之岑寂，歸人寰之喧卑。莊子曰：乘彼白雲，至于帝鄉。岑寂，猶高靜也。人寰，已見魏都賦。歲崢嶸而愁暮，心惆悵而哀離。廣雅曰：崢嶸，高貌。歲之將盡，猶物之高。楚詞曰：惆悵而私自憐。

於是窮陰殺節，急景凋年。禮記曰：季冬之月，日窮于次。神農本草經曰：秋冬為陰。禮記曰：仲秋之月，殺氣浸盛。涼沙振野，箕風動天。易卦通驗曰：巽氣至[22]則大風揚沙。春秋緯曰：月失其行，離於箕者，風。易緯曰：箕風飄，石折樹。嚴嚴苦霧，皎皎悲泉。冰塞長河，雪滿羣山。海賦曰：羣山既略。既而氛昏夜歇，景物澄廓。廣雅曰：廓，空也。星翻漢迴，曉月將落。魏文帝雜詩曰：天漢迴西流。感寒雞之早晨，憐霜鴈之違漠。漠，已見雪賦。臨驚風之蕭條，對流光之照灼。傅休奕雜詩曰：一紀如流光。唳清響於丹墀，舞飛容於金閣。唳，鶴聲也。八王故事，陸機歎曰：欲聞華亭鶴唳，不可復得。力計切。丹墀，已見魏都賦。相鶴經云：七年飛薄雲漢，復七年學舞，又七年舞應節。始連軒以鳳蹌，終宛轉而龍躍。海賦曰：翔霧連軒。相鶴經曰：鳳翼則善飛。尚書曰：鳥獸蹌蹌。龍躍，已見吳都賦。躑躅徘徊，振迅騰摧。或飛騰，或摧折。驚身蓬集，矯翅雪飛。如蓬之集，如雪之飛。相鶴經曰：大毛落，茸毛生，色雪白。離綱別赴，合緒相依。綱、緒，謂舞之行列也。言或離而別赴，或合而相依。將興中止，若往而歸。颯沓矜顧，遷延遲

21 注「姱好也」 袁本、茶陵本此下有「吭胡浪切」四字，是也。

22 注「巽氣至」 案：「氣」下當有「不」字，各本皆脫。

暮。颯沓，羣飛貌。矜顧，矜莊相顧也。遷延，徐退也。高唐賦曰：遷延引身。楚詞曰：恐美人之遲暮。王逸曰：暮，晚也。逸翮後塵，翱翥先路。言飛之疾，塵起居鶴之後，鶴飛在路之先。楚詞曰：吾導夫先路[23]。指會規翔，臨岐矩步。會，四會之道。岐，岐路也。四會，已見蕪城賦。爾雅曰：二達謂之岐[24]。郭璞曰：岐道傍出。態有遺妍，貌無停趣。奔機逗徒鬬節，角睞力代分形。機節，舞之機節。奔，獨赴也[25]。說文曰：逗，止也。角，猶競也。廣雅曰：睞，視也。長揚緩騖，並翼連聲。輕迹凌亂，浮影交橫。相凌而交橫。眾變繁姿，參差洊在見密。傅玄乘輿馬賦曰：繁姿屢發。字書曰：洊，仍也。煙交霧凝，若無毛質。毛羽與煙霧同色，故云若無。風去雨還，不可談悉。風雨既除而色愈淨，故難悉也。既散魂而盪目，迷不知其所之。韓詩曰：聊樂我魂。薛君注曰：魂，神也。忽星離而雲罷，整神容而自持。星離，分散也。雲罷，俱止也[26]。韓子曰：雲罷霧濟，而龍與螾蟻同矣。自持，自整持也。神女賦曰：頩薄怒而自持。仰天居之崇絕，更惆悵以驚思。蔡邕述行賦曰：皇家赫赫而天居[27]。崇絕，高而懸絕。

當是時也，燕姬色沮，巴童心恥。左氏傳曰：齊侯伐北，燕人歸燕姬。巴童，巴渝之童也。毛萇詩傳曰：沮，猶壞也。巾拂兩停，丸劍雙止。沈約宋書曰：晉初有公莫舞，今之巾舞也。相傳云項莊劍舞，項伯以袖隔之。今之用巾，蓋像項伯衣袖之遺式。又：江左初有拂舞，舊云拂舞，吳舞。西京賦曰：跳丸劍之揮霍。雖邯鄲其敢倫，豈陽阿之能擬。漢書有邯鄲鼓員。古樂府曰：黃金為君門，白璧為君堂，上有雙樽酒，使作邯鄲倡。陽阿，已見上。入衛

---

23 注「吾導夫先路」　茶陵本「吾」上有「來」字，是也。袁本亦脫。
24 注「二達謂之歧」　案：「歧」下當有「旁」字。各本皆脫。
25 注「奔獨赴也」　案：「獨」當作「猶」。各本皆譌。
26 注「雲罷俱止也」　袁本、茶陵本無「俱」字，是也。
27 注「皇家赫赫而天居」　案：「赫」字不當重。各本皆衍。

國而乘軒，出吳都而傾市。左氏傳曰：衛懿公好鶴，鶴有乘軒者。注云：軒，大夫車也。吳越春秋曰：吳王闔閭有小女，王與夫人女會食蒸魚，王嘗半，女怨曰：王食魚辱我，不忍久生，乃自殺。闔閭痛之，葬於邦西閶門外。鑿池積土為山，石為槨，金鼎玉盃銀樽珠襦之寶以送女，乃舞白鶴於吳市中，萬人隨觀，遂使男女與鶴俱入墓門，因塞之以送死。守馴養於千齡，結長悲於萬里。養生要曰：鶴壽有千百之數。阮籍詠懷詩曰：鴻鵠相隨飛，隨飛適荒裔，雙翮浸長風，須臾萬里逝。

志上

幽通賦　班孟堅

漢書曰：班固作幽通賦以致命遂志。賦云：覿幽人之髣髴。然幽通，謂與神遇也。

系高頊之玄冑兮，曹大家曰：系，連也。冑，緒也。高，高陽氏也。頊，帝顓頊也。言己與楚同祖，俱帝顓頊之子孫也。水北方黑行故稱玄也。家語，孔子曰[28]：顓頊者，黃帝之孫，昌意之子也。曰高陽，配水也[29]。氏中葉之炳靈。

---

28 注「家語孔子曰」　袁本「家」上有「善曰」二字，是也。茶陵本移每節注首，尤刪去，皆非。下注「漢書曰班氏之先」上，「淮南子曰蟬」上，「成帝之初」上，「孟子曰窮」上，「孔叢子曰仲尼大聖」上，「毛詩曰斯言之玷」上，「淮南子曰黃神吟嘯」上，「楚辭曰時不可乎再得」上，「周易曰初九」上，「莊子曰天與地無窮」上，「曹大家以寤為迕也」上，「孝景立栗姬男」上，「韓詩曰謀猶回穴」上，「莊子曰田開」上，「論語孔子曰」上，「論語曰長沮桀溺」上，「禮記曰孔子哭子路」上，「論語子路行行如也」上，「言罔兩責景之無操」上，「仁謂求仁」上，「周易曰東鄰殺牛」上，「左氏傳曰晉獻公」上，「國語晉侯問簡子曰」上，「成命以成天命也」上，「史記曰夏后氏之衰也」上，「左氏傳曰陳公子完」上，「毛詩曰牧人乃夢」上，「左氏傳曰叔向」上，「老子曰有物混成」上，「左氏傳秦伯問士鞅曰」上，「楚辭曰眾兆之所咍」上，「莊子曰或聘莊子」上，「論語子曰富與貴」上，「輶德德輕而易行也」上，「論語曰微子」上，「論語子夏曰」上，「尚書曰天威棐忱」上，「毛詩曰匪大猷是經」上，「春秋緯曰麟出」上，「淮南子曰楚有白猨」上，「莊子曰道之真」上，「論語曰朝聞道」上，「周易曰天造草昧」上，「莊子曰可以保身」上，同。又篇中每節首凡非舊注者，亦同，不具出。

29 注「曰高陽配水也」　案：「曰」上當有「又」字，各本皆脫。

應劭曰：中葉，謂令尹子文也。乳虎故曰炳靈[30]。漢書，班氏之先，與楚同姓，令尹子文之後。子文初生，弃於夢澤中，虎乳之，楚人謂虎班，其子以為號。秦滅楚，遷晉、代之間，因氏焉。毛詩曰：昔在中葉。飆颺風而蟬蛻兮，雄朔野以颺聲。曹大家曰：飆，飄颻也。南風曰颽風。朔，北方也。言己先人自楚徙北至朔方也，如蟬蛻之剖，後為雄桀揚其聲。淮南子曰：蟬飲而不食，三十日而蛻。漢書曰：始皇之末，班懿避地於樓煩，當孝惠、高后時，以財雄北邊。皇十紀而鴻漸兮，有羽儀於上京。晉灼曰：皇，漢皇也。應劭曰：紀，世也。鴻，鳥也。漸，進也。言先人至漢十世始進仕，有羽翼於京師也。成帝之初，班況女為婕妤，父子並在長安。周易曰：鴻漸于陸，其羽可用為儀。巨滔天而泯夏兮，考遘愍以行謠。應劭曰：王莽字巨君。曹大家曰：滔，漫也。泯，滅也。夏，諸夏也。考，父也。言父遭亂，猶行歌謠，意欲救亂也。詩云：我歌且謠，象恭滔天[31]。行謠，言憂思也。終保己而貽則兮，里上仁之所廬。終，猶竟也。言考能自保己，又遺我法則也。莊子曰：聖人其於人也，樂物之通而保己焉。曹大家曰：貽，遺也。里、廬，皆居處名也。言我父早終，遺我善法則也。何謂善法則乎？言為我擇居處也。孔子曰：里仁為美。懿前烈之純淑兮，窮與達其必濟。曹大家曰：懿，美也。前烈，先祖也。言己先祖，窮遭王莽，達則必富貴，濟渡民人，惠利之風，有令名於後世也。孟子曰：窮則獨善其身，達則兼善天下。呂氏春秋曰：古之得道者，窮亦樂，達亦樂。非窮達異也，道得於此，窮達一也。咨孤蒙之眇眇兮，將圮皮義[32]絕而罔階。曹大家曰：蒙，童蒙也。眇，微也。圮，毀也。言己孤生童，微陋鄙薄，將毀絕先祖之迹，無階路以自成也。豈余身之足殉兮，違世業之可懷。項岱曰：殉，營也。曹大家曰：違，恨也。懷，思也。違，或作愇。愇，亦恨也。孔叢子曰：仲尼大聖，自茲以降，世業不替也。靖潛處以永思兮，經日月而彌遠。

---

30 注「乳虎故曰炳靈」　何校「乳虎」改「虎乳」。陳云當從漢書注作「虎乳」。案：所校是也。各本皆倒。

31 注「象恭滔天」　茶陵本「象」上有「尚書曰」三字。袁本有「善曰」二字。案：此當兩有「善曰尚書曰」五字。

32 注「皮義」　袁本、茶陵本作「平鄙」，五臣音也。注末袁本有「善曰圮皮義切」六字。茶陵本有「圮皮義切」四字，善音也。尤刪移，非。

曹大家曰：言己安靜長思，不欲毀絕先人之功跡，日月不居，忽復大遠。匪黨人之敢拾兮，庶斯言之不玷。應劭曰：拾，更也。自謙不敢與鄉人更進也。曹大家曰：庶此異行不玷先人之道也。毛詩曰：斯言之玷，不可為也。拾，巨業切。

魂煢煢與神交兮，精誠發於宵寐。曹大家曰：言人之晝所思想，夜為之發夢，乃與神靈接也。夢登山而迥眺兮，覿幽人之髣髴。項岱曰：覿，見也。張晏曰：幽人，神人也。曹大家曰：登山遠望，見深谷之中，有人髣髴欲來也。攬葛藟而授余兮，眷峻谷曰越[33]勿墜。曹大家曰：言夢臨深谷欲墜，見神持葛來授我也。吻韋昭曰：音昧，又音忽[34]。昕寤而仰思兮，心矇矇猶未察。曹大家曰：吻昕，晨旦明也。言己旦仰思此夢，心中矇矇，未知其吉凶。黃神邈而靡質兮，儀遺讖以臆對。應劭曰：黃，黃帝也，作占夢書。邈，遠也。言黃神邈遠，無所質問，依其遺讖文，以胸臆為對也。淮南子曰：黃神嘯吟。遺讖，謂夢書也。曰乘高而遌神兮，道遐通而不迷。曹大家曰：遌，遇也。言己緣高而遇神，道術將通，不迷惑之象也。葛緜緜於樛木兮，詠南風以為綏。曹大家曰：詩周南國風曰：南有樛木，葛藟纍之。樂只君子，福履綏之。此是安樂之象也。蓋惴惴之臨深兮，乃二雅之所祗。曹大家曰：祗，敬也。大雅曰：人亦有言，進退維谷。小雅曰：惴惴小心，如臨于谷。此皆敬慎之戒也。既訊爾以吉象兮，又申之以烱戒。爾雅曰：訊，告也。曹大家曰：烱，明也。登高為吉象，深谷為明戒也。盍孟晉以迨羣兮，辰倏忽其不再。盍，何不也[35]。曹大家曰：孟，勉也。晉，進也。迨，及也。倏，過也。言何不勉進而及羣時，早得進用，日月倏忽，將復過去。楚辭曰：時不可兮再得。

承靈訓其虛徐兮，竚盤桓而且俟。曹大家曰：靈，神靈也。虛徐，狐疑也。竚，立也。盤桓，不進也。

---

33 注「越」　袁本作「善曰曰音越」，在注末，是也。茶陵本無，尤刪移，皆非。

34 注「韋昭曰音昧又音忽」　袁本作「鄧展曰吻音昧一音忽」在注末，是也。茶陵本脫「昧一音」三字，尤移改，皆非。

35 注「盍何不也」　袁本、茶陵本「盍」上有「應劭曰」三字，是也。

俟，待也。詩曰：其虛其徐。周易曰：初九，盤桓，利居貞。惟天地之無窮兮，鮮生民之晦在。曹大家曰：鮮，少也。晦，亡幾也。言天地無窮極，民在其間，上壽一百二十年，少者亡幾耳。莊子曰：天與地無窮，人死有時晦。紛屯邅與蹇連兮，何艱多而智寡。漢書音義曰：世艱多智少，故遇禍也。曹大家曰：屯蹇，皆難也。周易曰：屯如邅如。又曰：往蹇來連。上聖迕而後拔兮[36]，雖羣黎之所禦[37]。曹大家曰：迕，觸也。禦，止也。言上聖之人，舜有焚廩填井，湯囚夏臺，文王拘羑里，孔子畏匡，在陳絶粮，皆觸艱難然後自拔。張晏曰：豈眾人之所能預自防止耶！曹大家以寤為迕也。毛詩有曰：羣黎百姓。昔衛叔之御音訝，迎也[38]。昆兮，昆爲寇而喪予。公羊傳曰：叔武讓國奈何。文公逐衛侯而立叔武，叔武立，治反衛侯。衛侯得反，曰：叔武篡我。終殺叔武。何休曰：叔武訟治於晉，文公令白王者反衛侯，使還國也。管彎弧欲斃讎兮，讎作后而成己。讎，謂桓公也。左氏傳曰：呂郤將殺晉侯，寺人披請見，公使讓之，對曰：齊桓公置射鉤，而使管仲相之。變化故而相詭兮，孰云預其終始！曹大家曰：詭，反也。事變如此，誰能預知其始終吉凶也。雍造怨而先賞兮，丁繇惠而被戮。漢書曰：六年春，正月上巳日，封功臣二十餘人。上居南宮，從複道上見諸將往往偶語，以問張良。良曰：陛下與此屬共取天下，今已為天子，所封皆故人所愛，所誅皆平生仇怨。今軍吏計功，以天下為不足徧封，而恐以過失誅，故相聚謀反。上曰：為之奈何？良曰：取上素所不快，羣臣共知最甚者一人，先封，以示羣臣。上曰：雍齒與我有故，數窘我。張良曰：今急先封雍齒，羣臣見雍齒先封，則人人自堅矣。於是封雍齒為什方侯。什，音十。又丁公為項羽將，逐窘漢王。漢王謂丁公曰：兩賢豈相阨哉！丁公引兵而還。及項王滅，丁公謁見漢王，漢

---

36 上聖迕而後拔兮　袁本云善作「迕」，茶陵本云五臣作「寤」。案：各本所見皆非也。善亦作「寤」，故曰曹大家以「寤」為「迕」：若作「迕」，此注不可通。漢書作「寤」，師古如字解之，義異文同也。

37 雖羣黎之所禦　袁本、茶陵本「雖」作「豈」，是也。案：漢書作「豈」。

38 注「音訝迎也」　袁本、茶陵本作「韋昭曰御音訝訝迎也」，在注末，是也。尤刪移，非。

王曰：丁公為臣不忠。遂斬之。栗取弔於逌所也，音由[39]。吉兮，王膺慶於所感。應劭曰：孝景栗姬也。孝景立栗姬男為太子，栗姬妬而廢太子為臨江王，栗姬愈恚，以憂死。又曰：孝宣王皇后，初為婕妤。許后薨，上憐太子蚤失母，乃選後宮素謹慎而無子者，立王婕妤為皇后，令母養太子。叛迴穴其若茲兮，北叟頗識其倚伏。曹大家曰：叛，亂也。迴，邪也。穴，僻也。禍福相反。韓詩曰：謀猶迴穴。淮南子曰：塞上之人有善馬者，其馬無故亡而入胡，人皆弔之，其父曰：此何遽不為福？居數月，其馬將胡駿馬而歸。人皆賀之，其父曰：何遽不為禍乎？家富馬，其子好騎，墮而折髀，人皆弔之，其父曰：此何遽不為福乎？居一年，胡人大出，丁壯者控弦而戰，塞上之人死者十九，此獨以跛足故，父子相保。故福之為禍，禍之為福，變化不可測。鶡冠子曰：禍乎福所倚，福乎禍所伏。單治裏而外凋兮，張脩襮而內逼。曹大家曰：治裏，謂導氣也。襮，表也。莊子曰：田開謂周成公曰：魯有單豹者，巖居而水飲，行年七十，而猶嬰兒之色，不幸遇餓虎殺而食之。有張毅者，高門懸薄，無不趣義也，行年四十，而有內熱之病以死。豹養其內，而虎食其外；毅養其外，病攻其內。聿中龢為庶幾兮，顏與冉又不得。曹大家曰：聿，惟也。顏，顏淵也。冉，冉伯牛也。二子居中履和，庶幾聖賢。然淵早夭，伯牛被疾，俱不得其死也。論語，孔子曰：有顏回者好學，不幸短命死矣，今也則亡。又曰：伯牛有疾。溺招路以從己兮，謂孔氏猶未可。曹大家曰：溺，桀溺也。謂孔子為避人之士，未可與安身；自謂避世者，招子路從己隱也。論語曰：長沮、桀溺耦而耕，孔子過之，使子路問津焉。桀溺曰：孔丘之徒歟？對曰：然。曰：滔滔者天下皆是也，而誰以易之。且與其從避人之士，豈若從避世之士哉！安慆慆而不葩肥兮，卒隕身乎世禍。曹大家曰：慆慆，亂貌。葩，避也。言子路不避慆慆之亂，終隕身於世之禍也。遊聖門而靡救兮，雖覆醢其何補？曹大家曰：子路遊學聖師之門，無救禍防患之助，既身死於衛，覆醢不食，何補益乎？禮記曰：孔子哭子路於中庭，引使者而問其故，使者曰：醢之矣。遂命覆醢。固行行胡朗其必凶兮，免盜亂為賴道。應劭曰：子路得免盜與亂，聞道於仲尼也。論語曰：子路，行行

---

[39] 注「所也音由」，袁本、茶陵本作「孔安國尚書傳曰逌所也」，在注末，是也。尤刪移，又以五臣「由」作「逌」音，皆非。

如也。子曰：若由也不得其死然。又曰：君子有勇而無義為亂，小人有勇而無義為盜。形氣發於根柢帝兮，柯葉彙胄而零茂。韋昭曰：柢，本也。應劭曰：彙，類也。曹大家曰：零，落也。張晏曰：言人稟氣於父母，吉凶夭壽，非獨在人。譬諸草木，華葉盛與零落，由本根也。恐魍魎之責景兮[40]，羌未得其雲已。應劭曰：諸子以顏、冉、季路逢災蹈害，或疑其身，或非其師，是由魍魎問景，乃未得有已也。言罔兩責景之無操，不知景之行止而有待；或非三子之行，殊不知吉凶之由命也。故云恐罔兩之責景，羌未得其實言也。莊子曰：罔兩問景曰：曩子行，今子止，曩子坐，今子起，何其無特操與！景曰：吾有待而然者也。郭象為罔兩，司馬彪為罔浪。罔浪，景外重陰也。

黎淳耀于高辛兮，芈亡氏強大於南汜。重黎有大明之德於高辛之世，而德流子孫，故楚彊大於南汜也。國語曰：史伯對鄭桓公曰：夫黎為高辛氏火正，以淳耀敦大，光照四海。夫成天地之大功者，其子孫未嘗不章。韋昭曰：淳，大也。耀，明也。章，顯也。史記曰：楚之先祖，出自重黎。毛詩曰：江有汜。曹大家曰：芈，楚姓。汜，涯也。嬴取威於伯儀兮[41]，姜本支乎三趾。應劭曰：嬴，秦姓，伯益之後。伯益在唐虞為[42]有儀鳥獸百物之功，秦所由取威於六國也。姜，齊姓也。趾，禮也。齊，伯夷之後。伯夷為虞舜典天地人鬼之禮也。既仁得其信然兮，仰天路而同軌。劉德曰：人道既然，仰視天道，又同法也。仁，謂求仁而得仁也。馮衍顯志賦曰：惟天路之同軌。東鄰虐而殲仁兮，王合位乎三五。曹大家曰：東鄰，謂紂也。殲，盡也。仁，謂三仁也。周易曰：東鄰殺牛。國語曰：泠周鳩[43]對景王曰：昔武王伐殷，歲在鶉火，月在天駟，日在析木之津，辰在斗柄，星在天黿。星與日辰之位在北維，顓頊之所建也，帝嚳受之。我姬氏

40 恐魍魎之責景兮　案：「魍魎」當作「罔兩」，應劭注同。袁、茶陵二本所載五臣翰注作「魍魎」，各本善注作「罔兩」，蓋正文以五臣亂善。漢書作「罔蜽」，與此小異。顏注引莊子仍作「兩」。

41 嬴取威於伯儀兮　袁本、茶陵本「伯」作「百」，是也。案：漢書作「百」。

42 注「伯益在唐虞為」　案：「虞為」當作「為虞」，各本皆倒。漢書顏注引作「伯益為虞」，無「在唐」二字。

43 注「泠周鳩」　何校「周」改「州」，陳同，是也。各本皆誤。

出自天黿及析木者，有建星及牽牛焉，則我皇妣大姜之姪，伯陵之後，逄公所馮神也。歲之所在，則我有周之分野。月之所在，辰馬農祥也。五位，歲日月星辰也。三年，逄公所馮[44]，周分野所在，后稷所經緯者也。戎女烈而喪孝兮，伯徂歸於龍虎。曹大家曰：戎女，驪姬也。烈，酷也。孝子，申生也。左氏傳曰：晉獻公娶驪姬為夫人，生奚齊。姬謂太子曰：君夢齊姜，速祭之。太子祭，歸胙于公。姬寘毒，公祭之地，地墳；與犬，犬斃。姬泣曰：賊由太子。太子縊於新城。姬譖諸公子曰：皆知之。重耳奔蒲。應劭曰：伯，文公也。孟康曰：歲在卯出，歷十九年過一周，歲在酉入。卯，東方為龍，酉，西方為虎也。國語，晉侯問簡子曰：吾其濟乎？對曰：公以辰出而以參入，皆晉祥也，必伯諸侯也。發還師以成命兮，重醉行而自耦。曹大家曰：發，武王名也。項岱曰：重，晉文公重耳也。應劭曰：與天時耦會也。成命，以成天命也。周書，武王觀兵于孟津，諸侯皆曰：帝紂可伐矣！武王曰：汝未知天命，未可也。乃還師。左氏傳曰：晉公子及齊，桓公妻之，公子安之，姜與子犯醉而遣之。震鱗漦仕緇于夏庭兮，匝三正而滅姬。應劭曰：震為龍，鱗蟲之長。漦，沫也。曹大家曰：三正，謂夏、殷、周也。史記曰：夏后氏之衰也，有二龍止於夏庭而言曰：余，褒之二君也。於是幣而冊告之。龍亡而漦在，櫝而藏之[45]，比三代莫敢發之。至厲王發而觀之，漦流于庭，化為玄龜[46]，童妾而遭之，既笄而孕生子，懼而棄之。有收之奔褒，褒人有罪，入棄子以贖罪，謂之褒姒。幽王廢申后，立褒姒為后。廢后父申侯怒，攻幽王，遂殺幽王驪山下。巽羽化于宣宮兮，彌五辟而成災。曹大家曰：易巽卦為雞，雞羽蟲之屬，故言羽也。應劭曰：宣帝時，未央宮路軨中雌雞化為雄，元后時始為太子妃，至平帝歷五葉而莽篡也。五辟，謂王后，元帝也，成帝也，哀帝也，平帝也。辟，君也。故云終五辟而成災也。道脩長而世短兮，敻冥默而不周。曹大家曰：敻，遠邈也。周，至也。言天道長遠，人世促短，當時

---

44 注「三年逄公所馮」　案：「年」當作「所」。各本皆誤，此韋昭周語注也。漢書顏注亦可證。

45 注「櫝而藏之」　袁本「藏」作「去」，是也。茶陵本亦誤「藏」。運命論注引作「去」。

46 注「化為玄龜」　案：「龜」當作「黿」，各本皆譌。運命論注引作「黿」。

冥默，不能見徵應之所至也。劉德曰：冥默玄深，不可通至。**胥仍物而鬼諏**子侯**兮，乃窮宙而達幽。**應劭曰：胥，須也。仍，因也。諏，謀也。易曰：人謀鬼謀，百姓與能。往古來今曰宙。聖人須因卜筮，然後謀鬼神，極古今，通幽微也。**嬀巢姜於孺筮兮，旦筭祀于契龜。**應劭曰：嬀，陳姓也。巢，居也。姜，齊姓也。旦，周公名也。孺，小也。音義曰：筭，數也。祀，年也。左氏傳曰：陳公子完奔齊。又曰：敬仲其少也。周史有以周易見陳侯，筮之，遭觀之否，曰：是謂觀國之光，利用賓于王，此其代陳有國乎[47]？不在此，其在異國；非此其身，在其子孫。若異國，必姜姓也。又曰：懿氏卜妻敬仲，其妻占之曰：有嬀之後，將育于姜。杜預曰：敬仲，陳公子完也。左氏傳，王孫滿曰：周卜世三十，卜年七百，天所命也。毛詩曰：爰契我龜。**宣曹興敗於下夢兮，魯衛名諡於銘謠。**曹大家曰：宣，周宣王也。毛詩曰：牧人乃夢，眾維魚矣。大人占之，眾維魚矣，實維豐年。宣王竟中興。左氏傳曰：初，曹人或夢眾君子立於社宮而謀亡曹，曹叔振鐸請待公孫強，許之。及曹伯陽即位，公孫強為政，背晉而奸宋，宋人伐之，執曹伯陽以歸，殺之。又曰：師己曰：吾聞文、成之世，童謠有之：裯父喪勞，宋父以驕。杜預曰：裯父，昭公；宋父，定公也。應劭曰：昭公死于野井，定公即位而驕也。莊子曰：衛靈公卜葬沙丘而吉，掘之數仞，得石槨焉。有銘曰：不馮其子。靈公奪而理之[48]，靈之為靈久矣夫。**妣聆呱而劾**何弋**石兮**[49]**，許相理而鞫條。**應劭曰：妣，叔向母；石，叔向子。字林曰：呱，子啼聲也。左氏傳曰：叔向娶申公巫臣氏，生伯石。姑視之，及堂，聞其聲而還，曰：是豺狼之聲，非是莫喪羊舌氏。杜預曰：姑，叔向之母也。應劭曰：刻其必滅羊舌氏。本或為劾。

---

47 注「此其代陳有國乎」　袁本、茶陵本無「代陳」二字。案：此尤校添之也。

48 注「靈公奪而理之」　袁本「理」作「埋」，是也。茶陵本亦誤「理」。案：此引則陽文也，釋文「奪而里」一本作「奪而埋之」可證。

49 妣聆呱而劾石兮　案：「劾」當作「刻」，注引應劭曰「刻其必滅羊舌氏」，本或為「劾」云云可證也。袁、茶陵二本所載五臣濟注云「劾，刻也」，蓋取或為之本改成「劾」字，二本正文下「何弋」亦五臣音也，各本皆以之亂善而失著校語。漢書作「刻」，引應注云「刻知其後必滅羊舌氏」，字與善同矣。

項岱曰：舉罪曰劾。漢書曰：周亞夫為河內守，許負相之曰：縱理入口，此餓死法也。後亞夫封條侯，為丞相。人上變告子，事連亞夫，亞夫詣廷尉，不食五日，歐血而死。毛萇詩傳曰：鞫，告也。道混成而自然兮，術同原而分流。曹大家曰：大道神明，混沌而成，言人生而心志在內，聲音在外，骨體有形，事變有會，更相為表裏，合成一體，此自然之道。至於術學，論其成敗，考其貧賤，觀其富貴，各取一槩，故或聽聲音，或見骨體，或占色理，或視威儀，或察心志，或省言行，或考卜筮，或本先祖，如水同原而分流也。老子曰：有物混成，先天地生。又曰：道法自然也。神先心以定命兮，命隨行以消息。曹大家曰：言人之行，各隨其命，命者，神先定之，故為徵兆於前也。雖然，亦在人消息而行之。斡流遷其不濟兮，故遭罹而贏縮。項岱曰：斡，轉也。遷，徙也。贏，過也。縮，不及也。遭，遇也。罹，憂也。言人受先祖善惡之迹，轉徙流行，故有遭遇福禍相及也。三欒同於一體兮，雖移易而不忒。應劭曰：晉大夫欒書，書子黶，黶子盈。書賢而覆黶，黶惡而害盈。曹大家曰：天命佑善災惡，非有差也。然其道廣大，雖父子百葉，猶若一體也。左氏傳，秦伯問士鞅曰：晉大夫誰先亡？對曰：其欒氏乎！黶忕虐已甚，猶可以免其身，禍在盈也。欒黶死，盈之善未能及人，武子之施沒矣，而黶之惡實彰，將於是乎在。後晉果滅欒氏。洞參差其紛錯兮，斯眾兆之所惑。曹大家曰：眾，庶也。兆，人也。報應參差不齊，紛亂錯繆，故迷惑不信天道也。楚辭曰：眾兆之所咍。周賈盪而貢憤兮，齊死生與禍福。曹大家曰：周，莊周。賈，賈誼也。貢，潰也。憤，亂也。盪，盪不知所守也。莊周、賈誼有好智之才，而不以聖人為法，潰亂於善惡，遂為放盪之辭。莊周曰：生為徭役，死為休息。賈誼曰：忽然為人，何足控揣？化為異物，又何足患？抗爽言以矯情兮，信畏犧而忌鵩。項岱曰：抗極過差之言，以矯枉其情耳。莊子曰：或聘莊子，莊子應其使曰：子見犧牛乎？衣以文繡，食以芻菽，及其牽入於太廟，雖欲為孤犢，其可得乎？鵩鳥，已見上文。所貴聖人至論兮，順天性而斷誼。曹大家曰：至論，謂五經六藝，所以貴之者，順天之性也，亦當以義斷之，不可貪苟生而失名。物有欲而不居兮[50]，亦有惡而不避。論語，子曰：富與貴，是人之所欲，不以其道得之，不處也；貧與賤，是人之所惡，不以其道得之，不去也。守孔約而不貳兮，乃輶德而無累。曹大家曰：孔，甚也。輶，輕也。言聖人所守甚約，而無二端，則平心立而思慮輕矣。輶德，德輕而易行也。毛詩曰：德輶如毛，民鮮克舉之。曹大家曰：以乃為內[51]。晉灼曰：與萬物無害累也。三仁殊於一致兮，夷惠舛而齊聲。項岱曰：三人所行各異，俱至於仁也。曹大家曰：柳下惠以不去辱身為善，伯夷以高逝為賢，言去留適等也。論語曰：微子去之，箕子為之奴，比干諫而死。孔子曰：殷有三仁焉。又，子曰：不降其志，不辱其身，伯夷、叔齊與？謂柳下惠降志辱身也。木偃息以蕃魏兮，申重繭以存荊。木，段干木也。蕃魏，已見魏都賦。呂氏春秋曰：田贊說荊王曰：若夫偃息之義，則未之識也。高誘曰：段干木偃息以安魏也。淮南子曰：申包胥重繭，七日七夜，至于秦庭，以見秦王曰：使下臣告急。秦王乃發軍擊吳，果大破之，以存楚國。高誘戰國策注曰：重繭，累胝也。繭，古典切。胝，竹遲切。紀焚躬以衛上兮，皓頤志而弗傾。漢書曰：項羽圍漢滎陽，將軍紀信曰：事急矣，臣請誑楚，可以間出。信乃乘王車，曰：食盡，漢王降楚。皆之城東觀紀信，王得與數十騎出遁。羽見信，問漢王安在，曰：已去矣。羽燒殺信。項岱曰：皓，四皓也。頤，養也。漢書曰：袁公、綺里季、夏黃公、角里先生，當秦之世，避而入商雒深山。侯草木之區別兮，苟能實其必榮。曹大家曰：侯，候也。項岱曰：苟，誠也。張晏曰：苟能有仁義之道，必有榮名也。論語，子夏曰：君子之道，譬諸草木，區以別矣。要沒世而不朽兮，乃先民之所程。論語，子曰：君子疾沒世而名不稱焉。左氏傳，穆叔曰：魯有先大夫臧文仲，既歿，其言立，此之謂不朽。毛詩曰：匪先人是程。毛萇曰：程，法也。觀天網之紘覆兮，實棐諶而相訓。曹大家曰：棐，輔也。忱，誠也。相，助也。訓，教也。項岱曰：天網大覆人上，非不信也，誠欲有誠實於世間，亦當相輔助教也。尚書曰：

50 物有欲而不居兮　袁本「兮」下有校語云善作「乎」。茶陵無。案：袁所見非。漢書作「兮」。

51 注「曹大家曰以乃為內」　陳云「曰」字衍，是也。各本皆衍。

天威棐忱。諶與忱古字通也。訓，或為順。**謨先聖之大猷兮，亦鄰德而助信。**曹大家曰：謨，謀也。猷，道也。言人常當謨先聖人之道，亦當為鄰人所助也。孔子曰：天所助，順也；人所助，信也。孔子曰：德不孤，必有鄰。毛詩曰：匪大猷是經。或作繇字，誤也。**虞韶美而儀鳳兮，孔忘味於千載。**尚書曰：簫韶九成，鳳皇來儀。論語曰：子在齊聞韶，三月不知肉味。**素文信而厎麟兮，漢賓祚于異代。**應劭曰：厎，致也。孔子作春秋素王之文，以明示禮度之信而致麟[52]，封其後為紹嘉公係殷[53]，為二代之客也。春秋緯曰：麟出周亡，故立春秋，制素王，授當興也。**精通靈而感物兮，神動氣而入微。**曹大家曰：言人參於天地，有生之最神靈也，誠能致其精誠，則通於神靈，感物動氣而入微者矣。**養流睇而猨號兮，李虎發而石開。**曹大家曰：睇，眄也。淮南子曰：楚有白猨，王自射之，則搏矢而顧；使養由基射之，始調弓矯矢，未發，而猨抱樹號矣。流，或為由，非也。漢書曰：李廣居右北平，獵，見草中石，以為虎而射之，中石沒矢，視之，石也。他日射之，終不能入。**非精誠其焉通兮，苟無實其孰信？**曹大家曰：非精誠所感，誰能若斯。**操末技猶必然兮，矧耽躬於道眞。**項岱曰：矧，況。耽，樂也。言由基、李廣奮精誠於末技，感獸而開石，豈況乃能推至精耽身於大道之中乎？莊子曰：道之真，以持身也。**登孔昊而上下兮，緯羣龍之所經。**應劭曰：昊，太昊也。孔，孔子也。羣龍，喻羣聖也。自伏羲下訖孔子，經緯天道備矣。孟康曰：聖人作經，賢者緯之。**朝貞觀而夕化兮，猶諠己而遺形。**應劭曰：貞，正也。諠，忘也。易曰：天地之道，貞觀者也。張晏曰：言朝聞大道而夕死可也。論語曰：朝聞道，夕死可矣。鵩鳥賦曰：釋智遺形。**若胤彭而偕老兮，訴來哲而通情。**言

---

52 注「以明示禮度之信而致麟」 案：「以明示禮度」當依漢書顏注引作「有視明禮脩」。各本皆誤。「視明禮脩」之解，詳具羣籍，茲不具論。

53 注「封其後為紹嘉公係殷」 何校「封」上添「漢」字，「殷」下添「後」字：陳云當有，並見漢書注，是也。各本皆脫。顏引「為」下有「哀成及」三字，亦脫。

人若欲胤彭祖之年，偕老聃之壽，當訊之來哲[54]，與之通情，非己所慕也。列仙傳曰：彭祖，殷賢大夫，歷夏至商末，號年七百。老已見遊天台山賦。

亂曰：天造草昧，立性命兮。曹大家曰：亂，理也。天道始造，萬物草創於冥昧之中，皆立其性命也。周易曰：天造草昧。**復心弘道，惟聖賢兮[55]。**曹大家曰：明道在人身，誠能復心而弘之，達於天地之性也。周易曰：復其見天地之心乎。孔子曰：人能弘道，非道弘人。**渾元運物，流不處兮。**曹大家曰：渾，大也。元，氣；運，轉也。物，萬物也。言元氣周行，終始無已，如水之流，不得獨處也。**保身遺名，民之表兮。**曹大家曰：言人生能保其身，死有遺名，民之表也。莊子曰：可以保身，可以全生。家語，孔子曰：凡上者民之表。**舍生取誼，以道用兮[56]。**孟子曰：生[57]我所欲也，義亦我所欲也，二者不可得兼，舍生而取義也。應劭曰：舍，置也。**憂傷夭物，忝莫痛兮。**曹大家曰：忝，辱也。橫夭於物，憂辱傷生，恥辱不過於是。**皓爾太素，曷渝色兮。**曹大家曰：皓，白也。素，質也。渝，變也。言人能篤信好學，守死善道，不漸染於流俗，是為白爾，天質何有渝變之色也。**尚越其幾，淪神域兮。**曹大家曰：大素不染[58]，神色不變，則庶幾於神道之幾微，而入於神明之域矣。子曰：知幾其神乎。

---

54 注「當訊之來哲」　袁本、茶陵本「訊」作「訴」，是也。

55 惟聖賢兮　袁本云善作「聖賢」。茶陵本云五臣作「賢聖」。案：各本所見皆非也。「聖賢」但傳寫倒，漢書作「賢聖」，以「聖」「命」協韻。

56 以道用兮　袁本、茶陵本「以」作「亦」。案：二本是也。漢書作「亦」。

57 注「孟子曰生」　袁本有「應劭曰」三字，在「孟」上，其「舍置也」上無。案：袁本是也。漢書顏注引可證。茶陵本改并入五臣，更誤。

58 注「曹大家曰大素不染」　袁本「曰」下有「尚庶幾也越於也」七字。案：袁本最是。茶陵本改并入五臣而刪去，非。尤同其誤也。

卷第十五

賦辛

志中

思玄賦

張平子　平子，名衡，南陽西鄂人也。漢和帝時為侍中。順、和二帝之時，國政稍微，專恣內豎，平子欲言政事，又為奄豎所讒蔽，意不得志；欲游六合之外，勢既不能，義又不可。但思其玄遠之道而賦之，以申其志耳。系曰[1]：回志朅來從玄諆，獲我所求夫何思，玄而已[2]。老子曰：玄之又玄，眾妙之門[3]。

1 注「平子名衡」下至「系曰」　袁本、茶陵本作「玄道也德也其作此賦以脩道德志意不可遂願輕舉歷遠遊六合之外勢既不能義又不可故退而思自反其系曰」四十五字。

2 注「夫何思玄而已」　袁本、茶陵本重「思」字。

3 注「眾妙之門」　袁本、茶陵本此下有「平子時為侍中諸常侍惡直醜正危衡故作思玄非時俗」二十二字。案：此節注脩改，蓋初與二本同也。未詳尤所據。凡本卷以下增多。皆仿此。

舊注[4] 善曰：未詳注者姓名。摯虞流別題云衡注。詳其義訓，甚多疎略，而注又稱愚以為疑，非衡明矣。但行來既久，故不去。

仰先哲之玄訓兮，雖彌高而弗違。訓，教也。彌，終也。違，避也。善曰：論語，顏回曰：仰之彌高。匪仁里其焉宅兮，匪義迹其焉追？里、宅，皆居也。焉，猶安也。善曰：論語曰：里仁為美。潛服膺以永靚兮，緜日月而不衰。緜，連也。善曰：禮記曰：服膺拳拳。方言曰：靖，思也。靖與靚同。字林曰：靖，審也。伊中情之信脩兮，慕古人之貞節。脩，善也。貞，誠也。善曰：楚詞曰：苟中情其好脩。又曰：原生受命于貞節。竦余身而順止兮，遵繩墨而不跌。竦，立也。止，禮也。善曰：楚詞曰：遵繩墨而不頗。廣雅曰：跌，差也。志摶摶以應懸兮，誠心固其如結。摶摶，垂貌。善曰：戰國策，楚王曰：寡人心搖搖然如懸旌。毛詩曰：勞心團團，憂勞也。又曰：心之憂矣，如或結之。旌性行以製珮兮，佩夜光與瓊枝。旌，明也。製，裁也。善曰：白虎通曰：所以必有珮者，表德見所能也。楚辭曰：折瓊枝以繼珮。纗幽蘭之秋華兮，又綴之以江離。纗，系也。幽，深也。善曰：楚辭曰：結深蘭之亭[5]。又曰：扈江離與辟芷兮，紉秋蘭以為珮。說文曰：繫幃曰纗幃，一名縭。爾雅曰：婦人之幃謂之縭，今之香囊。在男曰幃，在女曰縭。然則纗者，即繫囊之繩也。說文曰：纗，網中繩。纗，音攜。美襞積以酷烈兮，允塵邈而難虧。襞積，衣縫也。允，信也。塵，久也。邈，遠也。虧，歇也。善曰：子虛賦曰：襞積褰縐。上林賦曰：酷烈淑郁。楚辭曰：芳菲菲兮難虧。既姱麗而鮮雙兮，非是時之攸珍。姱，大也。麗，好也。鮮，寡也。攸，所也。奮余榮而莫見兮，播余香而莫聞。奮，動也。播，散也。幽獨守此仄陋兮，敢怠遑而舍勤。怠，懈也。遑，暇也。勤，勞也。善曰：楚辭曰：幽獨處乎山中。尚書，帝曰[6]：明明揚仄陋。毛詩曰：不敢

---

4 舊注 袁本、茶陵本「舊」上有「張平子」三字。案：有者是也。此每篇下所標作人姓名。

5 注「結深蘭之亭」 袁本、茶陵本重「亭」字，是也。

6 注「尚書帝曰」 袁本、茶陵本無「帝」字，是也。

忿遑。左氏傳曰：人生在勤。**幸二八之遻虞兮，嘉傅說之生殷。**二八，八愷、八元也。遻，遇也。傅姓，說名也，武丁相也。善曰：左氏傳，季孫行父曰：昔高辛氏有才子八人：伯奮、仲堪、叔獻、季仲、伯虎、仲熊、叔豹、季貍。言此八人忠肅恭懿，宣慈惠和，天下之民謂之八元。元，善也，長也。八愷者，高陽氏有才子八人：倉舒、隤愷[7]、檮戭、大臨、尨降、庭堅、仲容、叔達。言此八人齊聖廣淵，明允篤誠，天下之民謂之八愷。尚書曰：高宗夢得說，使百工營求諸野，得諸傅巖。**尚前良之遺風兮，恫後辰而無及。**尚，庶幾也。良，善也。恫，痛也。言我後時，將無及也。恫，他公切。善曰：楚辭曰：竊慕詩人之遺風。**何孤行之煢煢兮，孑不羣而介立。**煢煢，獨也。介，特也。善曰：毛詩曰：獨行煢煢。楚辭曰：既惸獨而不羣。**感鸞鷖之特棲兮，悲淑人之希合。**鸞、鷖，皆鳥名。淑，善也。善曰：鸞鷖，喻君子也。毛詩曰：淑人君子，其儀不忒。山海經曰：蛇山有鳥，五色，飛蔽日，名鷖鳥。廣雅曰：鷖，鳳屬也。

彼無合而何傷兮，患眾僞之冒眞。無合，猶不遇也。冒，覆也。**旦獲讟于羣弟兮，啓金滕而後信。**善曰：尚書曰：武王既喪，管叔乃流言於國曰：公將弗利於孺子。秋大熟，未穫，天大雷電以風，王啓金縢之書，乃得周公代武王之說。王執書以泣曰：其勿穆卜。乃信周公。**覽蒸民之多僻兮，畏立辟以危身。**覽，觀也。蒸，眾也。僻，邪也。辟，法也。毛詩曰：民之多僻，無自立辟。善曰：毛萇傳曰：辟，法也。民之行多為邪辟，此言無遺為法也[8]。尚書曰：蒸民乃粒。楚辭曰：寧正言不諱以危身。**增煩毒以迷惑兮，羌孰可爲言己？**善曰：楚辭曰：獨便悁而煩毒，焉發憤而舒情。又曰：中瞀亂兮迷惑。**私湛憂而深懷兮，思繽紛而不理。**湛，深也。懷，思也。繽紛，亂貌。善曰：宋玉笛賦曰：武毅發，沈憂結。**願竭力以守誼兮，雖貧窮而不改。**竭，盡也。**執彫虎而試象兮，阽焦原而跟趾。**彫虎象，獸名也。尸子，中黃伯曰：余左執太行之獿，而右搏彫虎，唯象之未與，吾心試

---

7 注「隤愷」　袁本、茶陵本「愷」作「敳」，是也。

8 注「毛萇傳曰」下至「此言無遺為法也」　袁本、茶陵本無此二十一字。

焉。有力者則又願為牛，欲與象鬬以自試。今二三子以為義矣，將惡乎試之？夫貧窮，太行之獿也；疏賤，義之彫虎也。而吾曰遇之[9]，亦足以試矣。跕，臨也。焦，石名也。跟，踵也。尸子又曰：莒國有石焦原者，廣五十步，臨百仞之溪，莒國莫敢近也。有以勇見莒子者，獨卻行齊踵焉，所以稱於世。夫義之為焦原也亦高矣，賢者之於義，必且齊踵，此所以服一時也。善曰：彫虎以喻貧，試象以喻竭力，焦原以喻義。言己以執彫虎之貧窮，願竭試象之力，而守焦原之義。上句為此張本。漢書曰：賈誼曰：安天下跕危若是，而上不驚者。臣瓚曰：安臨危曰跕[10]。**庶斯奉以周旋兮，惡既死而後已**[11]。善曰：左氏傳，太史克曰：奉以周旋，不敢失墜。論語，子曰：死而後已，不亦遠乎？**俗遷渝而事化兮，泯規矩之員方。**遷，移也。渝，變也。泯，滅也。規，圓也。矩，方也。善曰：楚辭曰：因時俗之工巧兮，滅規矩而改錯。**寶蕭艾於重笥兮，謂蕙茝之不香。**蕭艾，草名也。蕙茝，香草也。禮記曰：簞笥問人者並盛食器，員曰簞，方曰笥。案：盛衣亦曰笥，後漢作珍，蓋珤字相似誤耳[12]。**斥西施而弗御兮，縶騕褭以服箱。**斥，卻也。西施，越之美女也。御，幸也。縶，羈也。服，服轅也。箱，大車也。善曰：楚辭曰：西施斥於北宮兮。漢書音義，應劭曰：騕褭，古之駿馬也，赤喙玄身，日行五千里。毛詩曰：睆彼牽牛，不可以服箱。馽，中立切，今賦作縶字[13]。**行頗僻而獲志兮，循法度而離殃。**頗，傾也。離，遭也。殃，咎也。蕭該音本作陂，布義切。禮記曰：商亂曰陂。鄭玄曰：陂，傾也。周易曰：无平不陂。廣雅曰：陂，邪也[14]。**惟天地之無窮兮，何遭遇之無常！**鄭玄曰：惟，思也。善曰：楚辭曰：惟天地之無窮，哀人生之長勤。

---

9 注「而吾曰遇之」　袁本「曰」作「日」，是也。茶陵本亦誤「曰」。

10 注「漢書曰賈誼曰」下至「曰跕」　袁本、茶陵本無此二十六字。

11 惡既死而後已　何校「惡」改「要」。陳云范書作「要」。袁本、茶陵本作「要」，云善作「惡」。案：各本所見，傳寫誤也。

12 注「禮記曰簞笥」下至「蓋珤字相似誤耳」　袁本、茶陵本作「員曰簞方曰笥並盛食器也」，無上八字、下十七字。

13 注「馽中立切今賦作縶字」　袁本、茶陵本無此九字。

14 注「蕭該音本作陂」下至「陂邪也」　袁本、茶陵本無此三十五字。

不抑操而苟容兮，譬臨河而無航。航，舡也。善曰：賈逵曰[15]：抑，止也。孫卿子曰：偷合苟容以持祿。周書陰符曰：四輔不存，若濟河無舟矣。楚辭曰：昔余夢登天兮，魂中道而無航。**欲巧笑以干媚兮，非余心之所嘗。**干，求也。嘗，行也。善曰：楚辭曰：處濁世而顯榮，非余心之所樂。**襲温恭之黻衣兮，被禮義之繡裳。**襲，衣也。黻，黼也。五色備曰繡。善曰：毛詩曰：君子至止，黻衣繡裳。**辮貞亮以爲鞶兮，雜伎藝以爲珩。**辮，交織也。鞶，所以帶珮也。手伎曰伎。體才曰藝。珩，珮也。善曰：說文曰：辮，交也。又曰：鞶，覆衣大巾也，從巾，般聲，或以為首飾。字林曰：鞶，帶也[16]。禮記曰：男鞶革。鄭玄曰：鞶，巾囊，盛帨巾者。說文曰：珩，所行也，從玉，行聲。字林曰：珩，珮玉，所以節行[17]。大戴禮曰：下車以珮玉為度，上有雙衡，下有雙璜。珩與衡音義同。**昭彩藻與琱琭兮[18]，璜聲遠而彌長。**綵，文綵也。藻，華藻也。字林曰：半璧曰璜。善曰：董巴輿服志曰：古者君佩玉，尊卑有序。及秦以采組連結於璲，謂之綬。漢承秦制，用而弗改。**淹棲遲以恣欲兮，耀靈忽其西藏。**耀靈，日也。善曰：毛詩曰：衡門之下，可以棲遲。楚辭曰：耀靈曄而西征。廣雅曰：朱明、曜靈、東君，日也。**恃己知而華予兮，鶗鴂鳴而不芳。**鶗鴂，鳥名也，以秋分鳴。善曰：楚辭曰：歲既晏兮孰華予。又曰：恐鶗鴂之先鳴，使夫百草為之不芳。臨海異物志曰：鶗鴂，一名杜鵑，至三月鳴，晝夜不止，夏末乃止[19]。服虔曰：鶗鴂，一名鵙，伯勞。順陰陽氣而生[20]，賊害之鳥也。王

---

15 注「善曰賈逵曰」 袁本、茶陵本無「賈逵曰」三字。

16 注「說文曰辮」下至「鞶帶也」 袁本、茶陵本無此二十九字。

17 注「說文曰珩」下至「所以節行」 袁本、茶陵本無此二十一字。

18 昭綵藻與琱琭兮 陳云「琱琭」，范書作「雕琢」。袁本云善作「琱琭」。茶陵本云五臣作「雕琢」。案：「琱」即「雕」字，善不注「琭」，恐傳寫誤。

19 注「夏末乃止」 袁本、茶陵本無此四字。

20 注「順陰陽氣而生」 案：「陽」字不當有。各本皆衍。

逸以為春鳥，繆也[21]。**冀一年之三秀兮，遒白露之為霜。**說文曰：遒，迫也。善曰：楚辭曰：采三秀於山間。王逸曰：三秀，謂芝草也。毛詩曰：蒹葭蒼蒼，白露為霜。爾雅曰：茵，芝。郭璞曰：芝一歲三華，瑞草[22]。**時亹亹而代序兮，疇可與乎比伉？咨姤嫮之難竝兮[23]，想依韓以流亡。**亹亹，進貌。疇，誰也。伉，儷也。咨，嗟也。嫮，好也。韓眾獲道輕舉，故思依之以流亡也。善曰：楚辭曰：時亹亹而過中。又曰：恐天時之代序。又曰：羨韓眾之流得一[24]。又曰：寧溘死以流亡。姤，惡也。**恐漸冉而無成兮，留則蔽而不彰。**漸，進也。善曰：楚辭曰：漸冉而不自知兮。又曰：蹇淹留而無成。

心猶豫而狐疑兮，即岐址而臚情[25]。即，就也。岐，山名也。臚，陳也。善曰：楚辭曰：欲從靈氛之吉占兮，心猶豫而狐疑。孟子曰：昔文王之治岐也。仕者世祿。臚，力於切。**文君為我端蓍兮，利飛遁以保名。**文君，文王也。遁，卦名也。上九曰：飛遁無不利，謂去而遷也。九師道訓曰：遁而能飛，吉孰大焉。此筮得遁之咸，其遁卦艮下乾上。上九爻辭云：肥遁[26]，最在卦上，居無位之地，不為物所累，矰繳所不及，遁之最美，故名肥遁。處陰長之時而獨如此，故

---

21 注「賊害之鳥也」下至「繆也」　袁本、茶陵本無此十三字。

22 注「爾雅曰茵芝」下至「瑞草」　袁本、茶陵本無此十五字。

23 咨姤嫮之難竝兮　何校「姤」改「妬」。陳云范書作「妬」。袁本云善作「姤」。茶陵本云五臣作「妬」。案：各本所見，皆傳寫誤。善注云「妬，惡也。」章懷注後漢書曰：「言嫉妬者，憎惡美人，故難與並也。」善意正如此，作「妬」無疑，若作「姤」，與「惡也」之訓不復可通。各本并注中亦誤作「姤」字，遂以為與五臣有異，其實非也。作「妬」字誤而為「姤」，已見顏氏家訓，是此二字多混。

24 注「羨韓眾之流得一」　案：「流」字不當有。各本皆衍。皆引遠游文。

25 即岐址而臚情　袁本、茶陵本「臚」作「臚」，注同，是也。何、陳皆云後漢書作「攄」，詳舊注云「陳也」，善云「力於切」，選文不作「攄」，與范書異也。

26 注「上九爻辭云肥遁」　案：「肥」當作「飛」，下「故名肥遁」同。各本皆誤。正文作「飛」，何云後漢書作「飛」。陳云七啓有「飛遁離俗」語，上注亦作「飛」，此不知者改之耳。

曰：利飛遁而保名。史記曰：蓍百莖一根。劉向曰：蓍百年而一本生百莖。**歷眾山以周流兮，翼迅風以揚聲。**從初至三為艮。艮為山，故曰歷眾山。從二至四為巽。巽為風，故曰翼迅風。善曰：謂遁卦也。楚辭曰：歷眾山而日遠。又曰：聊浮遊於山陿[27]。又曰：步周流於江畔。幽通賦曰：雄朔野以揚聲。遁下體是艮，說卦云：為山假言眾爾。下互體得巽。巽為風，故曰揚聲[28]。**二女感於崇岳兮，或冰折而不營。**崇，高也。岳，五岳也。遁上九變為咸。咸，感也。巽，長女；兌，少女，故曰二女。從三至五為乾。乾為冰，故曰冰折而不營。遁上九變為兌。說卦云：巽為長女，兌為少女也，俱在艮上。艮即是山，故云感二女於崇岳。岳即山也。說卦曰：乾為冰而變為兌，故曰冰折物也。毀折不可經營，故曰不營[29]。**天蓋高而爲澤兮，誰云路之不平！**互體四至乾變為兌，兌為澤。天為澤[30]，言天高尚為澤，雖復險戲，世路可知[31]，誰言其路不通者乎？欲其行也。善曰：周易曰：乾為天，兌為澤。**勔自強而不息兮，蹈玉堦之嶢崢。**勔，勉也。乾為玉，故曰蹈玉階。玉階，天子階也。言我雖欲去，猶戀玉階不思去，言尚欲進忠賢[32]。勔，亡衍切。善曰：周易曰：天行健，君子以自強不息。方言曰：嶢崢，高貌也。**懼筮氏之長短兮，鑽東龜以觀禎。**長短，謂卜筮也。左氏傳曰：筮短龜長。周禮曰：東龜長。又曰：東曰龜，甲屬[33]。善曰：爾雅曰：龜左睨不煩。郭璞曰：行顯左睨也。今江東所謂左食以甲卜審[34]。鄭玄周禮注曰：東龜青。說文曰：禎，祥也。**遇九皐之介鳥兮，怨素意之不逞。**介，大也。逞，快也。善曰：

---

27 注「又曰聊浮遊於山陿」　袁本、茶陵本無此八字。

28 注「遁下體是艮」下至「故曰揚聲」　袁本、茶陵本無此二十六字。

29 注「遁上九變為兌」下至「故曰不營」　袁本、茶陵本無此六十四字。

30 注「天為澤」　袁本、茶陵本「天」上有「故曰」二字。

31 注「雖復險戲世路可知」　袁本、茶陵本無此八字。

32 注「玉階天子階也」下至「言尚欲進忠賢」　袁本、茶陵本無此二十四字。

33 注「東龜長又曰東曰龜甲屬」　袁本、茶陵本無「長又曰東曰龜」六字。案：「甲」當作「果」，各本皆譌。

34 注「爾雅曰龜」下至「以甲卜審」　袁本、茶陵本無此二十七字。

言卜而遇大鳥之卦也。素意不逞，謂繇辭也。毛詩曰：鶴鳴于九皐。字林曰：逞，盡也[35]。遊塵外而瞥天兮，據冥翳而哀鳴。瞥，裁見也。善曰：莊子曰：彷徨塵垢之外。說文曰：遠也[36]。瞥，匹洩切。鶥鶚競於貪婪兮，我修絜以益榮。競，逐也。善曰：鶥鶚，惡鳥，喻小人也。楚辭曰：皆競進以貪婪兮。婪，力含切。子有故於玄鳥兮，歸母氏而後寧。善曰：此假卜者之辭也。玄鳥，謂鶴也。母氏，喻道也。言子有故於玄鳥，唯歸於道而後獲寧也。古文周書曰：周穆王姜后晝寢而孕，越姬嬖，竊而育之，斃以玄鳥二七，塗以彘血，寘諸姜后，遽以告王，王恐，發書而占之，曰：蜉蝣之羽，飛集于戶。鴻之戾止，弟弗克理。皇靈降誅，尚復其所。問左史氏，史豹曰：蟲飛集戶，是曰失所，惟彼小人，弗克以育君子。史良曰：是謂闋親，將留其身。歸于母氏，而後獲寧。冊而藏之，厥休將振。王與令尹冊而藏之於櫝。居三月，越姬死，七日而復，言其情曰：先君怒予甚，曰：爾夷隸也，胡竊君之子不歸母氏，將寘而大戮，及王子於治[37]。老子曰：天下有始以為天下母。既得其母，又知其子。河上公曰：道為天下物母也。韓子解老曰：母者，道也。

占既吉而無悔兮，簡元辰而俶裝。俶，始也。裝，束也。周易曰：同人于郊無悔。旦余沐於清源兮，晞余髮於朝陽。晞，乾也。山東曰朝陽。善曰：楚辭曰：朝濯髮於暘谷，夕晞余身乎九陽。漱飛泉之瀝液兮，咀石菌之流英。善曰：楚辭曰：吸飛泉之微液兮，懷琬琰之華英。瀝，流也。菌，芝也。說文曰：嗽，蕩口也，從水，欶聲，所右切。字林曰：液，汁也[38]。石菌，石芝也。蒼頡篇曰：咀，噍也。翾鳥舉而魚躍兮，將往走乎八

---

35 注「字林曰逞盡也」　袁本、茶陵本無此六字。

36 注「說文曰遠也」　袁本、茶陵本無此五字。

37 注「古文周書曰」下至「及王子於治」　袁本、茶陵本無此一百七十六字。案：二本最是也。善注自上文「母氏喻道也」，其下云「唯歸於道」，其下引「老子至母者道也」，一意承接，中間不得有此段，與上下異解，必或記於旁，尤延之誤取以增多無疑。餘條亦往往類此。

38 注「從水欶聲」下至「液汁也」　袁本、茶陵本無此十三字。

荒。廣雅曰：翾，飛也。淮南子曰：四海之外有八澤，八澤之外曰八埏，八埏之外曰八荒。善曰：走，音奏。過少皞之窮野兮，問三丘于句芒。少皞金天氏，居窮桑，在魯北。三丘，謂蓬萊、方丈、瀛洲。句芒，木正也。左氏傳曰：少皞氏有四子：曰重，曰該，曰修，曰熙，實能金木及水。使重為句芒，木正；該為蓐收，金正；修及熙為玄冥，二子相代為水正也。世不失職，遂濟窮桑。此其三祀也。杜預曰：窮桑，少皞氏之號也。四子能治其官，使不失職，濟成少皞之功，死皆為民所祀也。史記云：蓬萊、方丈、瀛洲，此三神山傳在海中，去人不遠，及到，三山反在水下。何道眞之淳粹兮，去穢累而飄輕[39]。不澆曰淳。不雜曰粹。穢，德之累也。善曰：幽通賦曰：矧躭躬於道真。楚辭曰：昔三后之淳粹。又曰：除穢累而反真。登蓬萊而容與兮，鼇雖抃而不傾。抃，手搏也。善曰：列仙傳曰：巨鼇負蓬萊山而抃於滄海之中。留瀛洲而采芝兮，聊且以乎長生。瀛洲，海中山也[40]。善曰：玄中記曰：東南之大者巨鼇焉，以背負蓬萊山，周迴千里。列子曰：勃海之東有大壑，其山一曰岱輿，二曰員嶠，三曰方壺，四曰瀛洲，五曰蓬萊。山高下周圍三萬里，其頭平地九千里。五山之根，無所連著，常隨潮流上下。帝命封禺使巨龜十五舉頭而載之，迭為三番，六萬歲一交。龍伯國人一釣而連六龜，於是岱輿、員嶠沉於大海[41]。楚辭曰：飲沆瀣[42]。馮歸雲而遐逝兮，夕余宿乎扶桑。馮，依也。遐，遠也。逝，往也。善曰：傅毅七激曰：仰歸雲，翺遊風。淮南子曰：日出暘谷[43]，拂於扶桑。海外東經曰[44]：黑齒國北暘谷上有扶桑。十洲記曰：扶桑葉似桑樹，又如椹樹，長丈[45]大二千圍，兩兩同根生，更相依倚，是以名之扶桑。飲青岑之玉醴兮，飡沆瀣以

39 去穢累而飄輕　袁本、茶陵本「飄」作「影」。案：後漢書作「票」。善不注，未審果何作。
40 注「海中山也」　袁本、茶陵本「山」上有「神」字。
41 注「玄中記曰」下至「沉於大海」　袁本、茶陵本無此一百二十六字。
42 注「飲沆瀣」　袁本、茶陵本此下有「以長生」三字。
43 注「日出暘谷」　案：「暘」當作「湯」。各本皆誤。
44 注「海外東經曰」下至「有扶桑」　袁本、茶陵本無此十五字。
45 注「又如椹樹長丈」　袁本、茶陵本無「又如椹樹」四字，「長」下有「數千」二字。

為粻；青岑，山名。上高者曰岑。沆瀣，夕霞也。粻，粮也。廣雅曰：沆瀣，常氣也。善曰：楊雄太玄經曰[46]：茹芝英以禦飢兮，飲玉醴以解渴。楚辭曰：飡六氣而飲沆瀣兮，漱正陽而食朝霞。陵陽子經曰：夏飡沆瀣，北方夜半氣。**發昔夢於木禾兮，穀崑崙之高岡。**昔日夢至木禾，今親往，是發昔日之夢也。穀，生也。善曰：淮南子曰：崑崙之上有木禾焉，其穗長五尋。山海經曰：帝之下都崑崙之墟，高萬仞，上有木禾，長五尋，大五圍。郭璞曰：木禾，穀類也。說文曰：嘉穀也。二月生，八月熟，得中和，故曰禾。木王而生，木衰而死，故曰木禾。**朝吾行於湯谷兮，從伯禹乎稽山。**湯谷，日所出。**嘉羣神之執玉兮，疾防風之食言。**食，偽也。善曰：國語曰：吳伐越，隳會稽，獲骨節專車。吳之使來問之，仲尼曰：丘聞之，昔禹致羣臣於會稽之山[47]，防風後至，禹乃殺而戮之，其骨節專車，此為大矣。韋昭曰：羣神，謂主山川之君，為羣神之主，故謂之神。防風，汪芒氏君之名也，違命後至，故禹殺之，陳屍為戮。左氏傳曰：禹合諸侯於塗山，執玉帛者萬國。尚書曰：朕不食言。

指長沙之邪徑兮，存重華乎南鄰。重華，舜也。善曰：尚書曰：重華協于帝。山海經曰：南方蒼梧之川，其中九疑山，舜之所葬，在長沙界中。說文曰：存，恤也。**哀二妃之未從兮，翩繽處彼湘濱[48]。**二妃，堯之二女娥皇、女英，舜妻也。善曰：禮記曰：舜葬蒼梧之野。蓋二妃未之從也。鄭玄曰：離騷所謂歌湘夫人也[49]。舜南巡狩，死於蒼梧，二妃留江、湘之間。濱，水湄也。山海經曰：洞庭之山多黃金，其下多銀鐵。帝之二女，是常游江川灃、沅之側，交游瀟湘之淵，在九江之間，出入必以飄風暴雨。郭璞曰：今長沙巴陵縣西入洞庭而通江水。離騷曰：邅吾道兮洞庭，洞庭風兮木葉下，皆

---

46 注「楊雄太玄經曰」 案：「經」當作「賦」。各本皆誤。此賦古文苑載之。

47 注「昔禹致翼臣於會稽之山」 陳云「臣」當作「神」，是也。各本皆誤。

48 翩繽處彼湘濱 案：「繽」後漢書作「儐」。章懷注「翩，連翩也；儐，弁也」。善不注，未審果何作。其五臣翰注云「翩繽，美貌」，恐非善意。其字固不必作「繽」也，蓋涉下文「繽連翩兮紛暗曖」而誤，五臣因輒以「美貌」解之耳。

49 注「山海經曰洞庭之山」下至「遂號為湘夫人也」 袁本、茶陵本無此一百八十三字。

謂此也。天帝之女，而處江為神，即列仙傳云江妃二女，離騷所謂湘夫人，稱帝子者是也。而河圖玉版曰：聞之堯二女舜妻也而喪此。傳云二妃死於江、湘之間，俗謂之湘君，鄭司農亦以舜妃為湘君。說者皆以舜陟方而死，二妃從之，俱死於江、湘，遂號為湘夫人也。流目眺夫衡阿兮，恙有黎之圮墳。眺，視也。衡，山名也。阿，山下也。黎，高辛氏之火正，謂祝融也。圮，毀也。楚靈王之世，衡山崩，而祝融之墓壞，中有營丘九頭圖矣。善曰：馮衍顯志賦序曰：遊情宇宙，流目八紘。左氏傳，昭十九年，顓頊氏有子曰黎，為祝融[50]。圮，房鄙切。痛火正之無懷兮，託山阪以孤魂。託，寄也。善曰：杜預曰：黎為火正。懷，歸也。愁鬱鬱以慕遠兮，越卬州而遊遨。卬州，正南州名也。四海圖曰：交、廣南有卬州，其處極熱。善曰：楚辭曰：愁鬱鬱之無快。卬，五郎切。躋日中于昆吾兮，憩炎火之所陶。鄭玄曰：躋，升也。善曰：淮南子曰：日出于暘谷，至于於昆吾，是謂正中。高誘曰：昆吾，南方。爾雅：憩，息也。山海經曰：西海之南，其外有炎火之山。爾雅曰：再成曰陶丘。揚芒熛而絳天兮，水泫沄而涌濤。熛，風熾也。泫沄，沸貌。濤，水波也。善曰：爾雅曰：沄，沉也[51]。芒，光芒也。熛，火飛也。楊雄冀州箴曰：冀土麋沸，泫沄如湯。温風翕其增熱兮，惄鬱悒其難聊。說文曰：翕，熾也。善曰：淮南子曰：南方之極，自北戶之外[52]，南至委火、炎風之野，萬二千里。高誘曰：北戶、孤竹[53]，國名也。爾雅曰：惄，思也，乃的切。楚辭曰：心鬱悒余侘傺。賈逵曰：聊，賴也，協韻為勞。顝羇旅而無友兮，余安能乎留茲？顝，獨也。羇，寄也。旅，客也。善曰：左氏傳，陳敬仲曰：羇旅之臣。楚辭曰：鄺落兮羈旅而無友。顝，苦骨切。顧金天而歎息兮，吾欲往乎西嬉。金天，少昊位也。善曰：家語，孔子曰：生為明主，死配五行。少

---

[50] 注「左氏傳」下至「為祝融」　袁本、茶陵本無此十七字。

[51] 注「善曰爾雅曰沄沉也」　袁本、茶陵本無此八字。

[52] 注「自北戶之外」　袁本、茶陵本「戶」下有「孫」字。

[53] 注「北戶孤竹」　袁本、茶陵本「孤竹」作「孫」。

暐配金。說文曰：嬉，樂也。前祝融使舉麾兮，纚朱鳥以承旗。尚書曰：右秉白旄以麾。案：執旄以指撝也。秦、漢以來，即以所執之旌名曰麾，謂麾幢曲蓋者也。善曰：楚辭曰：飛朱鳥使先驅。又曰：鳳皇翼其承旗。躔建木於廣都兮，摭若華而躊躇。躔，息也。摭，拾也。若華，樹名也。善曰：方言曰：日建為躔。躔，行也[54]。淮南子曰：建木在廣都，若木在建木西，末有十日，其華照下地。韓詩曰：愛而不見，搔首躊躇。薛君曰：躊躇，躑躅也。廣雅曰：躊躇，猶豫也[55]。方言曰：摭，取也。躊，直由切。躇，直於切。超軒轅於西海兮，跨汪氏之龍魚。聞此國之千歲兮，曾焉足以娛余？善曰：海外西山經曰：軒轅之國，在窮山之際，不壽者八百歲[56]。龍魚陵居，在北，狀如狸。在汪野北，其為魚也如狸。汪氏國在西海外，此國足龍魚也。

思九土之殊風兮，從蓐收而遂徂。九土，九州。蓐收，金正該也。徂，往也。善曰：好色賦曰：周覽九土。山海經曰：濛山神西望日之所入，其氣員，神光之所司。郭璞曰：蓐收，金神也，人面虎身，右手執鉞。欻神化而蟬蛻兮，朋精粹而爲徒。欻，輕舉貌。善曰：楚辭曰：濟江海兮蟬蛻。又曰：吸精粹而吐氛濁。漢書音義，韋昭曰：蟬蛻出於皮殼也。蹶白門而東馳兮，云台行乎中野。漢書音義，韋昭曰：蹶，蹋也。爾雅曰：台，我也。善曰：淮南子曰：八極西南方曰偏駒之山，曰白門。高誘注曰：金氣白，故曰白門。楚辭曰：行中野而散之。台，音夷。亂弱水之潺湲兮，逗華陰之湍渚。爾雅曰：絕流曰亂。郭璞注曰：直横渡也。書曰：亂于河。逗，止也。華，太華也。山北曰陰。善曰：山海經曰：崑崙之丘，其下有弱水之川環之。郭璞曰：其水不勝鴻毛。字林曰：潺湲，流貌[57]。漢書，京兆有華陰縣。號馮夷俾清津兮，櫂龍舟以濟予。號，呼也。青令傳曰：河伯，華陰潼鄉人也，姓馮氏，名夷，浴於河中

---

54 注「方言曰」下至「躔行也」 袁本、茶陵本無此十字。

55 注「廣雅曰躊躇猶豫也」 袁本、茶陵本無此八字。

56 注「不壽者八百歲」 何校「不」改「下」，陳云「不」當依范書注作「下」，是也。各本皆譌。

57 注「字林曰潺湲流貌」 袁本、茶陵本無此七字。

而溺死，是為河伯。太公金匱曰：河伯姓馮名脩。裴氏新語謂為馮夷[58]。淮南子曰：馮夷服夷石而水仙[59]。注曰：馮夷，河伯也，華陰潼鄉隄首人，服八石而水仙。俾，使也。淮南子曰：天子[60]龍舟鷁首。予，合韻，音夷渚切[61]。會帝軒之未歸兮，悵徜徉而延佇。黃帝葬於西海橋山，神未東歸也。應劭曰：上郡周陽縣有黃帝塚也。悵徜徉，思貌。春秋命歷序曰：帝軒受圖，雒授歷。楚辭曰：且徜徉而氾觀。延佇，見上注。恫河林之蓁蓁兮，偉關雎之戒女。恫，息也。偉，異也。詩曰：關關雎鳩，在河之洲。窈窕淑女，君子好逑。善曰：中山經曰：北望河林，其狀如蒨。郭璞注曰：說者云：蒨，木名也。毛萇詩傳曰：蓁蓁，至盛也。恫，許吏切，又虛祕切。

黃靈詹而訪命兮，樛天道其焉如。黃靈，黃帝也。詹，至也。訪，謀也。樛，求也。如，之也。曰近信而遠疑兮，六籍闕而不書。六籍，六經。神逵昧其難覆兮，疇克謀而從諸？九交道曰逵。覆，審也。疇，誰也。克，能也。謀，察也。諸，之也。牛哀病而成虎兮，雖逢昆其必噬。牛哀，魯人牛哀也。昆，兄也。噬，食也。淮南子曰：牛哀病七日而化為虎，其兄啓戶而入，哀搏而殺之，不自知為虎也。廣雅曰：噬，齧也。鼈令殪而尸亡兮，取蜀禪而引世。鼈令，蜀王名也。殪，死也。禪，傳也。引，長也。善曰：蜀王本紀曰：望帝治汶山下邑曰郫。積百餘歲，荊地有一死人，名鼈令，其尸亡隨江水上至郫，與望帝相見。望帝以鼈令為相，以德薄不及鼈令，乃委國授之而去。死生錯其不齊兮，雖司命其不晣。晣，昭晰也。善曰：禮記曰：王立七祀曰司命。鄭玄曰：司命主督察三命。史記，扁鵲曰：疾在骨髓，雖司命無奈之何。晣，之曳切。東方朔曰：司命之神總鬼錄者。竇號行於代路兮，後膺祚而繁廡。善曰：漢書曰：孝文竇皇后，景帝母也。呂太后出宮人以賜諸王，竇姬與在行中，家在清河，願

58 注「太公金匱曰」下至「謂為馮夷」 袁本、茶陵本無此十九字。

59 注「注曰馮夷」下至「而水仙」 袁本、茶陵本無此二十字。

60 注「淮南子曰天子」 袁本、茶陵本此六字，作「又曰」二字。

61 注「予合韻音夷渚切」 袁本、茶陵本無此七字。

如趙近家，請其主遣宦者吏，必置趙籍之伍中。宦者忘之，誤置代籍伍中。當行，竇姬涕泣怨其宦者，不欲往，相強乃肯行。至代，代王獨幸竇姬，生景帝，後立為皇后。王肆侈於漢庭兮，卒銜恤而絕緒。善曰：漢書曰：孝平王皇后，莽女也。莽秉政，以女配帝，遣劉歆奉乘輿法駕迎后于莽第。及莽即真，後常稱疾不朝。會莽誅，自投火中死。國語曰：肆侈不違。韋昭曰：肆，恣也。毛詩曰：出則銜恤。尉尨眉而郎潛兮，逮三葉而遘武。尉，官名也。尨，蒼也。善曰：漢武故事曰：顏駟，不知何許人，漢文帝時為郎。至武帝，嘗輦過郎署，見駟尨眉皓髮，上問曰：叟何時為郎？何其老也？答曰：臣文帝時為郎。文帝好文而臣好武，至景帝好美而臣貌醜，陛下即位好少而臣已老，是以三世不遇，故老於郎署。上感其言，擢拜會稽都尉。董弱冠而司袞兮，設王隧而弗處。善曰：漢書曰：董賢年二十二為三公。哀帝崩，賢自殺，家惶恐，夜葬之。莽疑其詐死。有司奏賢造冢墓不異王制。賢既見發，贏診其尸，因埋獄中。禮記曰：人生二十曰弱冠。周禮曰：三公自袞冕而下。左氏傳曰：晉侯請隧。杜預曰：掘地通路曰隧，王葬禮也。夫吉凶之相仍兮，恒反仄而靡所。仍，因也。恒，常也。

穆屆天以悅牛兮，豎亂叔而幽主。善曰：孔安國尚書傳曰：屆，至也。左氏傳曰：穆，叔孫穆子，名豹，魯大夫，有罪走向齊[62]，及庚宗，遇婦人通之。有子在齊[63]，夢天壓己，不勝，顧而見人，黑而上僂，深目而猳喙，號之曰：牛助余。乃勝之。旦而瞻其徒，無之。後穆子還過庚宗，婦人獻雉，穆子問之曰：女有子乎？曰：余子已能捧雉而從我矣[64]。而見之，則所夢也，未問其名，號之曰牛，曰：唯。使為豎。牛欲亂其室而有之。叔孫疾，牛詐謂外人[65]曰：夫子疾病，不欲見人。使

---

62 注「穆叔孫穆子」下至「走向齊」 袁本、茶陵本此十五字作「初穆子去叔孫氏」七字。

63 注「通之有子在齊」 袁本、茶陵本無「通之有子」四字。「在」作「適」。

64 注「旦而瞻其徒」下至「而從我矣」 袁本、茶陵本此三十八字作「魯人召之所宿庚宗之婦人獻以雉曰余子長」十八字。

65 注「詐謂外人」 袁本、茶陵本無此四字。

寘饋于介而退。牛不進叔孫，覆器空而還之，示君已食。穆子遂餓而死[66]。文斷袪而忌伯兮，閹謁賊而寧后。善曰：國語曰：初，獻公使寺人勃鞮伐文公於蒲城，文公踰垣，勃鞮斬其袪。及入，勃鞮求見。於是呂甥、冀芮畏逼，悔納公，謀作亂，伯楚知之，故求見公，公遽見之，伯楚以呂、郄之謀告公。韋昭曰：寺人，掌內人。袪，袂也。勃鞮字伯楚。通人闇於好惡兮，豈昏惑而能剖？剖，分明也。嬴擿讖而戒胡兮，備諸外而發內。蒼頡篇，讖書，河洛書也。說文曰：讖，驗也。秦語曰：秦三十二年，燕人盧生奏籙圖曰：亡秦者胡也。始皇乃使將軍蒙恬將兵三十萬北擊胡，取河南地，遂築長城以為塞。三十六年，始皇南游，還至平原津，病，始皇惡言死，無復言死事。病甚，乃璽書賜蒲蘇，使與喪會咸陽而葬。以書付行符璽令趙高，未授使者。丙寅，始皇崩於沙丘，惟少子胡亥從。丞相李斯恐天下有變，不敢發喪，棺載還咸陽。趙高素與亥善，留所賜蒲蘇書，密謂胡亥曰：上崩，無詔封王諸子，而獨賜蒲蘇書，蒲蘇即位為皇帝，太子無尺寸之地。胡亥曰：為將奈何？高曰：非與丞相謀，事不能成。乃謂李斯曰：蒲蘇即位，必召蒙恬為相，於君不亦疎乎？於是李斯然趙高言，乃許受始皇詔，立胡亥為太子。更作書賜蒲蘇曰：朕巡天下，禱祀名山，以延年壽，而數上書非我所為，日夜怨望，不得為人子，不孝，其賜自裁。將軍恬與蘇居，不匡正，宜知其謀，為人臣不知，亦賜死。蒲蘇為人仁，得書泣，即死。胡亥即位，為二世，葬始皇酈山[67]。善曰：史記曰：盧生使人奏籙圖曰：亡秦者胡也。使將軍蒙恬北擊胡，略取河南地。又曰：始皇崩，李斯與趙高謀，詐受始皇詔，立胡亥為太子也。或輦賄而違車兮，孕行產而為對。車，人名也。孕，懷子也。昔有周犨者，家甚貧[68]，夫婦夜田。天帝見而矜之，問司命曰：此可富乎？司命曰：命當貧，有張車子財可以假之。乃借而與之期，曰：車子生，急還之。

---

66 注「覆器」下至「而死」　袁本、茶陵本此十六字作「不食而卒」四字。

67 注「蒼頡篇讖書」下至「葬始皇酈山」　袁本、茶陵本無此三百三十七字。案：此亦非舊注也。若有之，善不煩於下更注矣。凡增多未是者，以此推之。

68 注「家甚貧」　袁本、茶陵本無「甚」字。

田者稍富，致貲巨萬。及期，忌司命之言[69]，夫婦輦其賄以逃，與行旅者同宿[70]。逢夫妻寄車下宿，夜生子，問名於夫，夫曰：生車間，名車子也。從是所向失利，遂便貧困[71]。鄭玄曰：孕，任子也[72]。善曰：見鬼神志及搜神記。

慎竈顯以言天兮，占水火而妄訊。

慎者，魯大夫梓慎；竈者，鄭大夫裨竈[73]。訊，告也。善曰：左氏傳，昭公二十四年五月乙未朔，日有食之。梓慎曰：將水。叔孫昭子曰[74]：旱也，日過分而陽猶不剋，剋必甚，能無旱乎？秋八月，大雩，旱也。叔孫之言驗也，則梓慎之言不驗[75]。又昭公十八年夏五月，火始昏見。丙子，風。裨竈言于子產曰：宋、衛、陳、鄭將同火，若我用瓘斝玉瓚禳之，猶必不火。子產不予[76]。裨竈曰：不用吾言，鄭又將火。鄭人請用之。子產曰：天道遠，人道邇，非爾及也，何以知之？竈焉知天道？遂不與[77]，亦不復火。今言梓慎、裨竈[78]，是顯明天道之人，占於水火，亦有妄為，言事之難知也。占，謂自隱度而言也。訊，息對切。

梁叟患夫黎丘兮，丁厥子而剚刃。

善曰：呂氏春秋曰：梁國之北，地名黎丘，有奇鬼焉，善効人之子姪昆弟之狀[79]。邑丈人有之市而醉歸者[80]，黎丘之鬼効其子之狀，扶而道苦之。丈人歸，酒醒而誚其子曰：吾為汝父也，豈謂不慈

---

69 注「致貲巨萬及期忌司命之言」 袁本、茶陵本此十一字作「利及期」三字。

70 注「與行旅者同宿」 袁本、茶陵本此六字作「同宿路」三字。

71 注「遂便貧困」 袁本、茶陵本無「便」字。

72 注「鄭玄曰孕任子也」 袁本、茶陵本無此七字。

73 注「慎者」下至「裨竈」 袁本、茶陵本無此十四字。

74 注「叔孫昭子曰」 袁本、茶陵本無「叔孫」二字。

75 注「叔孫之言」下至「不驗」 袁本、茶陵本無此十三字。

76 注「裨竈言於子產曰」下至「子產不予」 袁本、茶陵本無此三十一字。

77 注「遂不與」 袁本、茶陵本「遂」上有「是亦多言矣豈不或信」九字。

78 注「今言梓慎裨竈」下至「為言事之難知也」袁本、茶陵本無此二十七字。

79 注「善効人之子侄昆弟之狀」 袁本、茶陵本「之狀」作「好扶邑丈人而道苦之」。

80 注「邑丈人有之市而醉歸者」 袁本、茶陵本「邑」作「黎丘」，無「有」字，「而醉」作「醉而」。

哉？我醉，汝道苦我，何故？[81]其子泣而觸地曰：孽矣！無此事也[82]。昔也往責於東邑人，可問也[83]。其父信之曰：譆！是必奇鬼，固嘗聞之矣[84]。明日復於市，欲遇而刺殺之[85]。明旦之市[86]而醉，其真子恐其父之不能反也，遂往迎之[87]，丈人望見之[88]，拔劍而刺之。丈人智惑於似其子者，而殺於真子。高誘曰：誚，讓也。漢書，蒯通曰：不敢剚刃公之腹者，畏秦法也。韋昭曰：北方人呼插物地中為剚，側吏切。爾雅曰：丁，當也[89]。**親所睼而弗識兮，矧幽冥之可信？**睼，視也。矧，況也。**毋緜攣以倖己兮[90]，思百憂以自疹。**毋，勿也。緜攣，係貌。倖，引也。疹，疾也。善曰：毛詩曰：我生之後，逢此百憂。倖，胡冷切。

彼天監之孔明兮，用棐忱而祐仁。監，視也。孔，甚也。棐，輔也。忱，誠也。祐，助也。善曰：尚書曰：天監厥德。又曰：周公若[91]天威棐忱。**湯蠲體以禱祈兮，蒙厖褫以拯民。**湯，帝乙也。蠲，絜也。拯，濟也。善曰：淮南子曰：湯時大旱七年，卜用人祀天。湯曰：我本卜祭為民，豈乎自當之。乃使人積薪，翦髮及爪，自潔，居柴

---

81 注「曰吾為汝父也」下至「何故」　袁本、茶陵本無此十九字。

82 注「孽矣無此事也」　袁本、茶陵本無「矣」字，「此事」作「若」。

83 注「昔也」下至「可問也」　袁本、茶陵本無此十一字。

84 注「是必奇鬼固嘗聞之矣」　袁本、茶陵本「必」下有「夫」字，「鬼」下有「也我」二字，無「嘗」字。「矣」字。

85 注「復於市欲遇而刺殺之」　袁本、茶陵本「復」下有「飲」字，無「殺」字。

86 注「明旦之市」　袁本、茶陵本無「之市」二字。

87 注「遂往迎之」　袁本、茶陵本無「往」字。

88 注「丈人望見之」　袁本、茶陵本「見之」二字作「其真子」三字。

89 注「爾雅曰丁當也」　袁本、茶陵本無此六字。

90 毋緜攣以幸己兮　何校「幸」改「涬」，注同。茶陵本有校語云善作「倖」，袁本無。案：後漢書作「涬」。章懷引衡集注云「涬，引也」，與此舊注正合，恐善亦作「涬」，茶陵及尤所見「倖」字，傳寫誤也。

91 注「又曰周公若」　袁本、茶陵本無「周公若」三字。

上，將自焚以祭天。火將然，即降大雨[92]。呂氏春秋曰：湯剋夏，大旱七年，乃以身禱於桑林，自以為犧牲[93]，用祈於上帝，民乃甚悅，雨乃大至。爾雅曰：厖，大也。褫，福也。祈或為礿，非。**景三慮以營國兮，熒惑次於他辰。**景，謚也。慮，謀也。熒惑，火星也。次，舍也。善曰：呂氏春秋曰：宋景公有疾，司星子韋曰：熒惑守心，心，宋之分野，君當之。若祭，可移於相。公曰：相，寡人之股肱。豈可除心腹之疾[94]，移於股肱可乎？曰：可移於民。公曰：民者國之本，國無民[95]，何以為國？如何傷本而救吾身乎[96]？曰：可移於歲。公曰：歲所以養民，歲不登何以蓄民？子韋曰：君善言三，熒惑必退三舍，延命二十一年。視之信。一舍七度，三七二十一，當更壽二十一年。**魏顆亮以從治兮，鬼亢回以斃秦。**善曰：左氏傳曰：初，魏武子有嬖妾，武子有疾，命顆曰：必嫁是妾。疾病，則曰：必以殉。及卒，顆嫁之。及輔氏之役，顆見老人結草以抗杜回，回躓而顛，故獲之。夜夢曰：余乃所嫁婦人之父也。傳，宣公十五年秋七月，秦桓公伐晉，次于輔氏，輔氏即晉地。使魏顆敗秦師于輔氏，獲杜回，秦之力人也。魏顆所以敗秦師者，專由魏犫妾之父也。他年，魏武子，武子即犫也，有嬖妾，無子，武子疾病，命顆曰：必嫁是妾。及武子疾甚困，則更命顆曰：必殺以為徇葬。及武子卒，顆嫁之，不殺徇葬，曰：疾病則心情亂，吾從其治時也。及今年有輔氏之役，顆領兵拒秦師之日，忽見一人在前結草以亢禦杜回，杜回遂躓而顛，故獲杜回，於是秦師遂敗。獲杜回之夜，夢曰：余汝所嫁婦人之父也[97]。爾用先人之治命，余是以報也。**咎繇邁而種德兮，樹德懋于英六。**邁，行也。英、六，國也。楚末乃滅。善曰：尚書，禹曰：咎繇邁種德。史記曰：帝禹封臯陶之後於英、六。**桑末寄夫根**

---

92 注「淮南子曰湯時」下至「即降大雨」　袁本、茶陵本無此五十五字。
93 注「自以為犧牲」　袁本、茶陵本無「牲」字。
94 注「豈可除心腹之疾」　袁本、茶陵本無「豈可」二字。
95 注「民者國之本國無民」　袁本、茶陵本「者國之本」四字作「所以為」三字。
96 注「如何傷本而救吾身乎」　袁本、茶陵本無此九字。
97 注「傳宣公十五年秋七月」下至「余汝所嫁婦人之父也」　袁本、茶陵本無此一百八十四字。何校乙去，云複雜不成文理。陳云別本無，當從之，削去為是。案：所校是也。此等皆尤延之增多而誤者。

生兮，卉既凋而已育。桑末，木名也。根生，寄生也。卉，草木凡名也。育，生也。凋，落也。善曰：舊注之意，以卉即桑末也。言桑末寄夫根生，桑末既凋，而寄生已茂。以喻臯繇之後，封於英、六，衆國已滅，而英、六獨存，言積德之後，必有餘慶也。有無言而不酬兮，又何往而不復？復，返也。善曰：邁德行仁，必貽後慶，如有言必酬，有往必復也。毛詩曰：無言不酬，無德不報。禮記曰：往而不來，非禮也。周易曰：無平不陂，無往不復。盍遠迹以飛聲兮，孰謂時之可蓄？善曰：言何不遠迹以飛聲，遊六合而訪道，誰謂時之可蓄，而不可行乎？言時易逝也。鄭玄論語注曰：盍，何不也。孔安國尚書傳曰：蓄，積也。

仰矯首以遙望兮，魂懺惘而無儔。儔，匹也。善曰：甘泉賦曰：仰矯首以高視。楚辭曰：悵懺惘兮永思。王逸曰：懺惘，惆悵失望，志錯越也[98]。逼區中之隘陋兮，將北度而宣遊。賈逵曰：逼，迫也。爾雅曰[99]：宣，偏也。善曰：司馬相如大人賦曰：悲世俗之逼隘。楚辭曰：宣遊兮列宿，順極兮彷徨。行積冰之磑磑兮，清泉沍而不流。沍，凍也。善曰：淮南子曰：八紘，北方曰積冰。高誘曰：北方寒冰所積，名積冰也。方言曰：磑磑，堅也[100]，牛哀切。方言：磑，堅也。左氏傳曰：固陰沍寒。杜預曰：沍，閉也。寒風凄其永至兮，拂穹岫之騷騷。凄，寒貌。說文曰：拂，擊也。爾雅曰：穹，大也。毛詩傳曰：騷，動也[101]。善曰：騷騷，風勁貌。王逸曰：騷，愁也，合韻，所流切[102]。玄武縮于殼中兮，騰蛇蜿而自糾。龜與蛇交曰玄武。殼，甲也。春秋漢含孳曰：太一常居後玄武。蔡雍月

98 注「王逸曰」下至「志錯越也」 袁本、茶陵本無此十三字。
99 注「賈逵曰逼迫也爾雅曰」 袁本、茶陵本無「賈逵曰爾雅曰」六字。
100 注「方言曰磑磑堅也」 袁本、茶陵本無「方言曰」三字。「堅也」作「高貌」。
101 注「說文曰拂」下至「騷動也」 袁本、茶陵本無此十九字。
102 注「王逸曰騷愁也合韻所流切」 袁本、茶陵本無此十一字，有「音脩」二字。

令章句曰：北方玄武，介蟲之長。爾雅曰：騰蛇，龍類，能興雲霧而遊其中[103]。文子曰：騰[104]，無足而騰也。淮南子曰：奔蛇。廣雅曰[105]：蜿，曲也。**魚矜鱗而並凌兮，鳥登木而失條。**凌，冰也。善曰：矜，寒貌。凌，力證切。**坐太陰之庰室兮[106]，慨含唏而增愁。**善曰：楚辭曰：選見神於太陰兮。漢書曰：以陰陽言之，太陰者，北方也。說文曰：屏，蔽也。慨，太息也。屏與庰古字通。又曰：不泣曰唏。何休曰：欷，悲也，火既切。**怨高陽之相寓兮，伷顓頊而宅幽。**高陽，帝顓頊也。相，視也。寓，居也。伷，小貌也。善曰：家語，孔子曰：顓頊者，黃帝之孫，昌意之子[107]，高陽配水。山海經曰：北海之內有山，名幽都之山，黑水出焉。伷，去鳳切。**庸織路於四裔兮，斯與彼其何瘳？**瘳，愈也。南至炎火，鬱邑無聊，北至積冰，含欷增愁，此與彼何以相愈乎？庸，勞也。織曰緯。善曰：言涉路東西，有似於織也。**望寒門之絕垠兮，縱余緤乎不周。**善曰：楚辭曰：踔絕垠乎寒門。又曰：登閬風而緤馬。王逸曰：緤，繫也。楚辭曰：路不周以左轉。王逸曰：不周，山名也，在崑崙西北。漢書，司馬相如大人賦曰：軼先驅於寒門。注：寒門，天北門也。左氏傳曰：臣負羈緤。緤，馬絆也。大荒經：西北海之外，大荒隅有山而不合，名曰不周。淮南子曰：昔共工與顓頊爭為帝，共工怒而觸不周山，天維絕，地柱折，故令此山缺壞不周。**迅焱潚其媵我兮，鶩翩飄而不禁。**潚，疾貌。媵，送也。翩，飄疾貌。潚，音肅。善曰：爾雅曰：風飆謂之焱。字林曰：潚，深清也[108]。**越谽嘲之洞穴兮，漂通川之硛硛。**

103 注「爾雅曰」下至「而遊其中」　袁本、茶陵本無此十五字。
104 注「文子曰騰」　袁本、茶陵本「騰」下有「蛇」字。
105 注「淮南子曰奔蛇廣雅曰」　袁本、茶陵本無此九字。
106 坐太陰之庰室兮　袁本、茶陵本「庰」作「屏」。後漢書作「屏」。案：「屏」字是也。注中引說文「屏」，袁、茶陵誤作「庰」，尤校改正之，但誤並改正文耳。
107 注「顓頊者黃帝之孫昌意之子」　袁本、茶陵本無此十一字。
108 注「字林曰潚深清也」　袁本、茶陵本無此七字。

經重⿸广音乎寂漠兮，慜墳羊之深潛[109]**。**谽谺，大貌。漂，浮也。㴽㴽，深貌。重陰，地下也。寂寞，靜貌。⿸广音，古陰字[110]。墳羊，土精怪也。善曰：上林賦曰：通川過於中庭。春秋外傳[111]國語曰：季桓子穿井，獲如土缶，中有羊焉。使問仲尼曰：吾聞穿井得狗，何也？對曰：以丘所聞，墳羊也。丘聞木石之怪夔罔兩，水之怪龍罔象，土之怪墳羊。唐固云：墳羊，雌雄未成者也。淮南子曰：水生罔象，木生畢方，井生羵羊。廣雅曰：羊，土神[112]。谽，火含切。谺，火加切。㴽，音林。

追荒忽於地底兮，軼無形而上浮。善曰：荒忽，幽昧貌。甘泉賦曰：窺地底於上回。楚辭曰；覽方物之荒忽。春秋說題辭曰：元氣以為天，混沌無形。**出石密之闇野兮，不識蹊之所由。**蹊，路也。由，自也。善曰：山海經曰：密山是生玄玉，黃帝取密山之玉策，而投之鍾山之陰。然下既有鍾山，此石密疑是密山。**速燭龍令執炬兮，過鍾山而中休。**速，徵也。善曰：楚辭曰：日安不到，燭龍何照？山海經曰：鍾山之神，人面蛇身而赤身，長千里，其眠乃晦，其視乃明，不食不寢不息，風雨是謁，是燭九陰[113]，是謂燭陰[114]。郭璞曰：即燭龍也。**瞰瑤谿之赤岸兮，吊祖江之見劉。**瞰，瞻也。瑤谿赤岸，謂鍾山東瑤岸也。祖江，人名也。劉，殺也。善曰：山海經曰：鍾山有子曰敷，其狀人面而龍身[115]。欽䲹殺祖江于崑崙之陽，帝乃戮之於鍾山之東，曰瑤岸，欽䲹化為大鶚。郭璞曰：䲹，音丕。鶚，音愕。**聘王母於銀臺兮，羞玉芝以療飢。**王母，西王母也。銀臺，王母所居。羞，進也。療，愈也。善曰：史記曰：三神山

---

109 慜墳羊之深潛　袁本云善作「深潛」。茶陵本云五臣作「潛深」，後漢書作「潛深」。陳云當作「潛深」。今案：「潛」字自協，似當仍其舊。

110 注「⿸广音古陰字」　茶陵本此四字在注末。案：蓋善語也。尤移入舊注。袁本刪之，皆非。又案：考舊注，凡引魏、晉以來書者，恐皆善注，舛誤各本所同，無以訂正，附著以俟更詳。

111 注「春秋外傳」　袁本、茶陵本無此四字。

112 注「淮南子曰」下至「土神」　袁本、茶陵本無此二十二字。

113 注「人面蛇身」下至「是燭九陰」　袁本、茶陵本無此三十二字。

114 注「是謂燭陰」　袁本、茶陵本「是謂」二字作「曰」。

115 注「鍾山有子」下至「而龍身」　袁本、茶陵本無此十三字。

仙人在焉，黃金白銀為宮闕。王母，仙者，故假言之。本草經曰：白芝一名玉芝。戴勝慭其既歡兮，又誚余之行遲。戴勝，謂西王母也。慭，笑貌。誚，讓也。善曰：字林曰：慭，謹敬也[116]。山海經曰：西海之南，流沙之濱，赤水之後，黑水之前，有大山名曰昆侖之丘，其下有弱水之淵環之。有人戴勝，虎齒豹尾，穴處，名王母，又曰[117]：西王母，其狀如人，戴勝，是司天之屬。郭璞曰：勝，玉勝。慭，魚覲切。載太華之玉女兮，召洛浦之宓妃。浦，涯也。善曰：列仙傳曰：毛女者，字玉姜，在華陰山中，體生毛，所止巖中有鼓琴聲。楚辭曰：迎宓妃，下伊浦。咸姣麗以蠱媚兮，增嫮眼而蛾眉。說文曰：姣，好也。廣雅曰[118]：嫮，好也。善曰：楚辭曰：嫮目冥笑眉曼[119]。舒訬婧之纖腰兮，揚雜錯之袿徽。訬婧，細腰貌。善曰：方言曰：袿謂之裾[120]。劉熙釋名曰：婦人上服謂之袿，青絳為之緣。袿，古攜切。爾雅曰：婦人之徽謂之縭。郭璞曰：即今香纓也。訬，音眇。說文曰：婧，妍婧也，財性切，一音精。離朱脣而微笑兮，顏的礫以遺光。離，開也。的礫，明貌。善曰：神女賦曰：朱脣的其若丹。上林賦曰：宜笑的皪。皪，音歷。獻環琨與琛縭兮，申厥好以玄黃。環，珠也。琨，璧也。琛，寶也。縭，今之香纓。玄黃，玉石之色[121]。善曰：白虎通曰：所以必有珮者，表惪見所能也。故循道無窮則佩環，能本道德則佩琨。薛君韓詩章句曰：縭，帶也。尚書曰：厥篚玄黃。琨，音昆。縭，音離。雖色豔而賂美兮，志皓蕩而不嘉。豔，美色也。善曰：賂美，謂環琨玄黃也。楚辭曰：怨靈脩之皓蕩。雙材悲於不納兮，並詠詩而清歌。善曰：雙材，謂玉女、宓妃也。劉歆列女傳頌曰：材女脩身，廣觀

116 注「字林曰慭謹敬也」 袁本、茶陵本無此七字。
117 注「西海之南」下至「又曰」 袁本、茶陵本無此四十九字。
118 注「說文曰姣好也廣雅曰」 袁本、茶陵本無此九字。
119 注「嫮目冥笑眉曼」 何校「冥」改「宜」，「眉」上添「蛾」字，陳同，是也。各本皆誤。
120 注「方言曰袿謂之裾」 袁本無「方言曰之」四字。茶陵本無此七字。
121 注「環珠也」下至「玉石之色」 袁本、茶陵本無此二十字。

善惡。歌曰：天地烟熅，百卉含葩。烟熅，和貌。葩，華也[122]。善曰：周易曰：天地烟熅，萬物化醇。廣雅曰：絪縕，元氣也。毛萇詩傳曰：卉，草也。郭璞曰：草，物名也。說文曰：蘤，古花字。本誤作蘤，音為詭切，非此之用也[123]。鳴鶴交頸，鵙鳩相和。善曰：周易曰：鳴鶴在陰。詩曰：關關鵙鳩。處子懷春，精魂回移。善曰：莊子曰：藐姑射之山，有神人居焉，婥約若處子。毛詩曰：有女懷春。如何淑明，忘我實多。淑，善也。淑明，謂衡也。玉女、宓妃言忘棄我實多[124]。善曰：論語摘輔像曰：仲弓淑明清理，可以為卿[125]。毛詩曰：如何如何，忘我實多。

將答賦而不暇兮，爰整駕而亟行。爰，於是也。亟，疾也。善曰：毛詩曰：爾之亟行，皇脂爾車。瞻崑崙之巍巍兮，臨縈河之洋洋。巍巍，高貌。縈，紆也。言河之曲也。善曰：史記，太史公曰：禹本紀言河出崑崙。毛詩曰：河水洋洋。毛萇曰：洋洋，盛大也。伏靈龜以負坻兮，亘螭龍之飛梁。坻，所以止船也。善曰：楚辭曰：麾蛟龍以梁津兮，詔西皇使涉予。登閬風之層城兮，構不死而爲牀。閬風，崑崙山名也。善曰：淮南子曰：崑崙虛有三山：閬風、桐版、玄圃，層城九重。禹云：崑崙有此城，高一萬一千里[126]。十洲記曰：崑崙北角曰閬風之巔。山海經曰：崑崙開明北有不死樹，食之長壽[127]。郭璞曰：言常生也。古今通論曰：不死樹在層城西[128]。屑瑤蘂以[129]爲糇兮，𣂏白水以爲漿。屑，碎也。糇，糒也。𣂏，酌也。善曰：瑤蘂也。說文曰：糇，乾食糧也。楚辭曰：精瓊靡以為粻。王

122 注「葩華也」　袁本、茶陵本無此三字。
123 注「廣雅曰絪縕」下至「非此之用也」　袁本、茶陵本無此四十三字。
124 注「玉女宓妃言忘棄我實多」　袁本、茶陵本無此十字。
125 注「可以為卿」　袁本、茶陵本無此四字。
126 注「淮南子曰崑崙虛」下至「高一萬一千里」　袁本、茶陵本無此三十三字。
127 注「食之長壽」　袁本、茶陵本無此四字。
128 注「古今通論曰不死樹在層城西」　袁本、茶陵本無此十二字。
129 注「瑤蘂也」　案：此有誤也，各本皆同，無以正之。

逸曰：蒯，屑也。毛萇詩傳曰：糇，食也。又曰：斞，挹也。爾雅曰：斞，酌也[130]。楚辭曰：朝吾將濟於白水兮。王逸：淮南言白水[131]在崑崙之源也。蘂，而髓切。斞，居于切。抨巫咸作占夢兮[132]，乃貞吉之元符。抨，使也。善曰：言我昔夢木禾，今令巫咸占之。楚辭曰：巫咸將夕降兮，懷椒糈而要之。王逸曰：巫咸，古神巫也，當殷中宗之時也。抨，甫耕切。滋令德於正中兮，含嘉秀以爲敷。滋，繁也。不華而實謂之秀。善曰：言己有令德，類禾之有嘉秀也。尚書曰：惟爾令德孝恭。既垂穎而顧本兮，亦要思乎故居。穎，穗也。善曰：言禾垂穎以顧本，猶人之思故居也。淮南子曰：孔子見禾三變，始於粟，生於苗，成於穗，乃歎曰：我其首禾乎？高誘曰：禾穗向根，故君子不忘本也。安和靜而隨時兮，姑純懿之所廬。懿，美也[133]。廬，居也。善曰：韓詩曰：靜，貞也[134]。周易曰：隨時之義大矣哉。杜預曰：姑，且也[135]。

戒庶僚以夙會兮，僉供職而並訝。庶僚即下豐隆、列缺等也。訝，迎也。言戒誓令夙早而會，皆供職而來迎我也[136]。善曰：孔安國尚書傳曰：僉，皆也。豐隆軯其震霆兮，列缺曄其照夜。豐隆，雷公也。軯，聲貌。震霆，霹靂也。列缺，電也。曄，光貌。善曰：楚辭曰：吾令豐隆乘霆兮。羽獵賦曰：霹靂列缺，吐火施鞭。軯，普耕切。雲師黮以交集兮，涷雨沛其灑塗。雲師，雨師也。黮，陰貌。涷雨，暴雨也，巴郡謂暴雨為涷雨[137]。沛，雨貌。塗，

---

130 注「爾雅曰酌也」　袁本、茶陵本無此六字。
131 注「王逸淮南言白水」　袁本、茶陵本「逸」下有「曰」字。
132 抨巫咸作占夢兮　袁本、茶陵本「作」作「使」，後漢書作「以」。
133 注「懿美也」　袁本、茶陵本「懿」上有「姑且也」三字。
134 注「韓詩曰靜貞也」　袁本、茶陵本無此六字。
135 注「杜預曰姑且也」　袁本、茶陵本無此六字。
136 注「言戒誓」下至「而來迎我也」　袁本、茶陵本無此十六字。
137 注「爾雅曰暴雨」下至「為涷雨」　袁本、茶陵本無此二十三字。

路也。善曰：諸家之說，豐隆皆曰雲師，此賦別言雲師，明豐隆為雷也，故留舊說以廣異聞。爾雅曰：暴雨謂之涷。注曰：今江東人呼夏月大暴雨為涷雨。楚辭曰：使涷雨兮灑塵。黮，徒感切。**轙琱輿而樹葩兮，擾應龍以服路。**善曰：爾雅曰：載轡謂之轙。郭璞曰：轙，車軛上環，轡所貫也。琱輿，琱玉之輿。爾雅曰：玉謂之琱。葩，蓋之金華也。獨斷曰：乘輿車皆羽蓋金華爪。擾，馴也。廣雅曰：有翼曰應龍。路，車也。**百神森其備從兮，屯騎羅而星布。**森，聚貌[138]。屯，聚也。善曰：楚辭曰：百神翳其備降。

振余袂而就車兮，脩劍揭以低昂。揭，卬貌。**冠咢咢其映蓋兮，佩綝纚以煇煌。**綝纚，盛貌。咢咢，冠貌。煇煌，珮光貌。善曰：咢，五咸切。綝，音林。纚，音離。**僕夫儼其正策兮，八乘騰而超驤。**僕夫，謂御車人也[139]。儼，敬也。八乘，公上得從車八乘[140]。善曰：楚辭曰：僕夫懷余心悲。又曰：撰余轡而正策。又曰：駕八龍之蜿蜿。又曰：超驤。**氛旄溶以天旋兮，蜺旌飄以飛颺。**旌，羽旄也[141]。善曰：氛旄，氛氣為旄也。楚辭曰：連五宿兮建旄，揚氛氳以為旌。字林曰：溶，水盛貌，今取盛意[142]。宋玉笛賦曰：天旋少陰，白日西靡。高唐賦曰：蜺為旌。溶，音勇。**撫軨軹而還睨兮，心勺藥其若湯。**勺藥，熱貌。善曰：說文曰：無輻曰軨。軹，車輪小穿也。又曰：睨，邪視也。楚辭曰：忽臨睨夫舊鄉。又曰：心涫沸其若湯。軨，音零。軹，之氏切。勺，市灼切。涫，音換。**羨上都之赫戲兮，何迷故而不忘？**羨，欲也。赫戲，盛貌。迷，惑也。何惑舊故而不忘新，愚以為當去己之迷故之心也。善曰：言己願上都之赫戲，是何迷己之故而不能忘。謂不忘上都也。楚辭曰：陟登皇之赫戲兮。**左青琱之揵芝兮，右**

---

138 注「森聚貌」　袁本、茶陵本「聚」作「眾」，是也。
139 注「僕夫謂御車人也」　袁本、茶陵本無此七字。
140 注「八乘公上得從車八乘」　袁本、茶陵本無此九字。
141 注「旌羽旄也」　袁本、茶陵本無此四字。
142 注「字林曰溶水盛貌今取盛意」　袁本、茶陵本無「字林曰水今取盛意」八字。

素威以司鉦。青瑀，青文龍也。素威，白虎威也。善曰：芝，小蓋也。禮記曰：君行左青龍而右白虎也。說文曰：揵，豎也。鉦，鐃也。揵，巨偃切。前長離使拂羽兮，後委衡乎玄冥[143]。長離，朱鳥也。委，屬也。水衡，官名也。善曰：司馬相如大人賦曰：前長離，後矞皇。如淳曰：長離，朱鳥也。禮記曰：前行朱鳥，而後玄武。又曰：鳴鳩拂其羽。家語，季康子曰：吾聞玄冥為水正，此即五行之主也。司馬相如大人賦曰：左玄冥而右黔雷。屬箕伯以函風兮，懲澳沕而爲清[144]。函，含也。懲，騰也。清，靜也，善曰：風俗通曰：風師者，箕星也，主簸物[145]，能致風氣也。易曰：巽為長女，長者伯之，故曰風伯也。楚辭曰：切澳沕之流俗兮。王逸曰：澳沕，垢濁也。拽雲旗之離離兮[146]，鳴玉鸞之譻譻。鸞，鸞鑣也。譻譻，聲也。善曰：楚辭曰；載雲旗之委蛇。又曰：鳴玉鸞之啾啾。譻，古嚶字。涉清霄而升遐兮，浮蠛蠓而上征。霄，微雲也。善曰：楚辭曰：涉青雲而氾濫兮。甘泉賦曰：騰清霄而軼浮景。又曰：浮蠛蠓而撇天。淮南子曰：蠛蠓磑而雨，春而風。言羣而上下至疾[147]。曰：溘埃風而上征。紛翼翼以徐戾兮，焱回回其揚靈。戾，至也。回回，光明貌。善曰：說文曰：焱，火華也。言光之盛如火之華。楚辭曰：皇剡剡其揚靈。王逸曰：揚其光靈也。叫帝閽使闢扉兮，覿天皇于瓊宮。叫，呼也。閽，主門也。闢，開也。扉，宮門闔也。覿，見也。天皇，天帝也。善曰：楚辭曰：吾令帝閽開關兮。楊雄甘泉賦曰：選巫咸兮叫帝閽。聆廣樂之九奏兮，展洩洩以彤彤[148]；聆，聽也。廣

---

143 後委衡乎玄冥　袁本、茶陵本「衡」上有「水」字。袁校語云善有「後」字。茶陵校語云五臣無「後」字。陳云范書無「後」字。案：後漢書有「水」字，尤誤脫去。

144 懲澳沕而為清　陳云「懲」范書作「澂」。袁、茶陵二本作「澄」，注同。案：蓋五臣作「澄」也。尤作「懲」，疑所見不同。舊注云「懲，騰也」，未詳其義，恐未必是。「澂」、「澄」字，今無以定之。

145 注「主簸物」　袁本、茶陵本「物」作「揚」，是也。

146 拽雲旗之離離兮　袁本、茶陵本「拽」作「曳」，是也。後漢書作「曳」。

147 注「淮南子曰」下至「至疾」　袁本、茶陵本無此十九字，有「楚辭」二字，屬下是也。

148 注「其樂也彤彤」　案：「彤彤」當作「融融」，觀下注可見。各本皆誤。

樂，樂名也。展，信也。洩洩、肜肜，皆樂貌。善曰：史記曰：趙簡子病，二日而寤，曰：我之帝所甚樂，與百神遊于鈞天，廣樂九奏萬舞。左氏傳曰：鄭莊公入而賦：大隧之中，其樂也肜肜。姜出而賦：大隧之外，其樂也洩洩。杜預云：融融，和也。洩洩，舒散也。融與肜古字通。考治亂於律均兮，意建始而思終。律，十二律。均，所均聲也。建，立也。善曰：琴道曰：琴七絲，足以通萬物而考治亂也。樂汁圖徵曰：聖人往承天助以立五均。均者，夾律調五聲之均也。宋均曰：均長八尺，施絃以調六律五聲。惟般逸之無斁兮，懼樂往而哀來。孔安國尚書傳注曰[149]：斁，猒也。善曰：莊子曰：樂未畢也，哀又繼之。素女撫絃而餘音兮，太容吟曰念哉。建始念終也。素，素女也。太容，黃帝樂師也。高誘淮南子注曰[150]：素女，黃帝時方術之女也。善曰：史記曰：泰帝使素女鼓五十絃瑟。舊注本素下無女字，今本有之。尚書曰：帝念哉。既防溢而靖志兮，迨我暇以翱翔。靖，靜也[151]。迨，及也。廣雅曰：翱翔，浮游也。善曰：字林曰：靖，立也。毛詩曰：迨我暇矣。又曰：將翱將翔。

出紫宮之肅肅兮，集太微之閬閬。天文志曰：中宮太極星，其一明者，泰一常居也，旁三星三公，後句曲四星，一星正妃，餘三星後宮之屬也。環衛十二星，藩臣。皆曰紫宮。善曰：紫宮、太微，二星名也。春秋合誠圖曰：紫宮，帝太宮也。又曰：太微，其星十二。字林曰：閬，高貌。甘泉賦曰：閬閬其寥廓[152]。閬，音郎。命王良掌策駟兮，踰高閣之將將。善曰：春秋元命苞曰：漢中四星，天騎，一曰天駟，旁一星王良，主天馬也。漢書天文志曰：王良，車騎，古善馭者[153]。漢書曰：營室為清廟。又曰：離宮、閣道。建罔車之幕幕兮，獵青林之芒芒。善曰：罔車，畢星也。

---

149 注「孔安國尚書傳注曰」　袁本、茶陵本無此八字。

150 注「高誘淮南子注曰」　袁本、茶陵本無「高誘注」三字。

151 注「字林曰靖立也」　袁本、茶陵本無此六字。

152 注「閬閬其寥廓」　案：「閬」上當有「閬」字。各本皆脫。

153 注「漢書」下至「古善馭者」　袁本、茶陵本無此十四字。

青林，天苑也。河圖曰：桐柏山上為掩畢，三危山上為天苑。彎威弧之拔剌兮，射嶓冢之封狼。彎，引也。威弧，星名也。拔剌，彎弓貌。善曰：楊雄河東賦曰：玃天狼之威弧。漢書曰：狼下有四星曰弧。淮南子曰：琴戒撥剌。高誘曰：撥剌，不正也。河圖曰：嶓嵺，山名。此山之精[154]，上為星，名封狼[155]。拔，方割切。剌，力達切。觀壁壘於北落兮，伐河鼓之磅硠。壁，營壁也。壘，中壘也。北落，星名也。伐，擊也。河鼓，星名也。磅硠，聲也。善曰：漢書曰：羽林天軍西為壘，或曰鉞。傍一大星曰北落。爾雅曰：河鼓謂之牽牛。今荊人呼牽牛星為檐鼓。檐者，荷也。乘天潢之汎汎兮，浮雲漢之湯湯。天潢，天津也。汎汎，流貌也。雲漢，天河也。湯湯，水流也。善曰：樂緯曰：商為五潢。宋均曰：五潢，天津之別名也。毛詩曰：倬彼雲漢。倚招搖攝提以低佪剹流兮，察二紀五緯之綢繆遹皇。二紀，日月也。五緯，五星也。攝提，星名，形似車。禮記曰：以日星為紀[156]。善曰：漢書，杓端有兩星，一內為矛，為招搖。孟康曰：近北斗者招搖。剹流，繚繞也。漢書曰：攝提直斗柄所指，以建時節，故曰攝提。越絕書，范蠡曰：天貴持盈，不失日月星辰紀綱。易乾鑿度曰：五緯順軌，四時和粟。宋均曰：和粟，氣和而嚴正。綢繆，連緜也。遹皇，往來貌也。偃蹇夭矯娩以連卷兮，說文曰：生子二人俱出為娩[157]。纂要曰：齊人謂生子曰娩。善曰：偃蹇，驕傲之貌也。夭矯，自縱恣貌也。娩，跳也。連卷，長曲貌。娩，匹萬切。雜沓叢顇颯以方驤。善曰：眾多之貌。顇，音悴。棫汨飂淚沛以罔象兮，善曰：皆疾貌。罔象，即仿像也。楚辭曰：沛罔象而自浮。棫，一六切。飂，力凋切。淚，音戾。爛漫麗靡藐以迭逿。分布遠馳之貌[158]。善曰：爛漫，分散貌。藐，遠貌。迭，過也。逿，突也。逿，音唐。凌驚雷之砊礚兮，弄狂

154 注「山名此山之精」　袁本、茶陵本無此六字。
155 注「上為星名封狼」　袁本、茶陵本「為」下無「星名封」三字，「狼」下有「星」字。
156 注「禮記曰以日星為紀」　袁本、茶陵本無此八字。
157 注「說文曰」下至「為娩」　袁本、茶陵本無此十一字。
158 注「分布遠馳之貌」　袁本、茶陵本無此六字。

電之淫裔。凌，乘也。淫裔，電貌。善曰：楚辭曰：凌驚雷軼駭電兮。硠磕，雷聲也。上林賦曰：淫淫裔裔。硠，音苦郎切[159]。踰痝鴻於宕冥兮，貫倒景而高厲。痝鴻宕冥，皆天之高氣也。善曰：孝經援神契曰：天度痝鴻孳萌。宋均曰：痝鴻，未分之象也。楚辭曰：貫蒙鴻以東揭兮。說文曰：宕，過也。冥，窈也。凌陽明經曰：倒景氣，去地四千里，其景皆倒在下。楚辭曰：颯弭節而高厲。痝，莫孔切。鴻，胡孔切。宕，徒浪切。廓盪盪其無涯兮，乃今窺乎天外。宋玉大言賦曰：長劍耿耿倚天外。

據開陽而頫眡兮，臨舊鄉之暗藹。善曰：春秋運斗樞曰：北斗七星，第六開陽也。楚辭曰：忽臨睨夫舊鄉兮。悲離居之勞心兮，情悁悁而思歸。楚辭曰：將以遺夫離居。字林曰：悁，忿恨也。善曰：毛詩曰：勞心悁悁。烏玄切。魂眷眷而屢顧兮，馬倚輈而徘徊。輈，車轅也。善曰：韓詩曰：眷眷懷顧。毛詩曰：屢顧爾僕。雖遊娛以媮樂兮，豈愁慕之可懷。善曰：楚辭曰：聊假日而媮樂兮。出閶闔兮降天途，乘焱忽兮馳虛無[160]。閶闔，天門也。降，下也。善曰：楚辭曰：倚閶闔而望兮[161]。又曰：乘迴風而遠遊。服虔甘泉賦注曰：焱，風也。上林賦曰：凌驚風，歷駭焱，乘虛無，與神俱。焱，必遙切。雲菲菲兮繞余輪，風眇眇兮震余旟。楚辭曰：雲菲菲而承宇。眇眇，遠貌。周禮曰：鳥隼為旟。爾雅曰：錯鳥隼為旟。此謂合剝鳥皮毛置之竿頭，即禮記所謂載鴻及鳴鳶也[162]。繽連翩兮紛暗曖，儵眩眃兮反常閭。蒼頡篇曰：眩眃，目視不明貌。善曰：眩，音懸。眃，音云。

收疇昔之逸豫兮，卷淫放之遐心。善曰：左氏傳，羊斟曰：疇昔之羊，子為政。毛詩曰：逸豫無期。楚辭

---

159 注「硠音苦郎切」　袁本、茶陵本「苦郎切」三字作「康」。

160 乘焱忽兮馳虛無　袁本云善作「焱」。茶陵本云五臣作「猋」。案：各本所見皆非也。以善引甘泉賦服注及「上林歷駭猋」證之，不得作「焱」，正文及注皆傳寫誤。後漢書作「飈」。「猋」、「飈」同字，上文「迅猋濡其媵我兮」及注，同此。

161 注「倚閶闔而望兮」　案：「兮」當作「予」，各本皆誤。

162 注「爾雅曰錯鳥隼」下至「及鳴鳶也」　袁本、茶陵本無此三十字。

曰：神要眇以淫放。毛詩曰：無金玉爾音而有遐心。修初服之娑娑兮，長余佩之參參。善曰：楚辭曰：退將復修吾初服。又曰：長余佩之陸離。文章奐以粲爛兮，美紛紜以從風。御六藝之珍駕兮，遊道德之平林。周禮曰：六藝，禮、樂、射、御、書、數。毛詩曰：依彼平林。結典籍而為罟兮，敺儒墨以為禽。儒家者，述聖道之書也，以仁義為本，以禮樂為用。墨家者，強本節用之書也，以貴儉尚賢為用。善曰：敺，音驅。墨，墨家流也。玩陰陽之變化兮，詠雅頌之徽音。善曰：孫卿子曰：四時代御，陰陽交化。周易曰：四時變化。毛詩曰：大姒嗣徽音。嘉曾氏之歸耕兮，慕歷阪之嵚崟。善曰：琴操曰：歸耕者，曾子之所作也。曾子事孔子十有餘年，晨覺，眷然念二親年衰，養之不備，於是援琴鼓之曰：歔欷歸耕來兮！安所耕歷山盤兮！恭夙夜而不貳兮，固終始之所服。不貳，不差貳也。服，所服事也。善曰：毛詩曰：夙夜在公。楚辭曰：事君而無貳。夕惕若厲以省諐兮[163]，懼余身之未敕。敕，整也。善曰：周易曰：君子夕惕若厲，無咎。苟中情之端直兮，莫吾知而不恧。善曰：楚辭曰：苟余情之端直。又曰：國無人兮莫我知。小雅曰：小愧為恧，女六切。默無為以凝志兮，與仁義乎逍遙。善曰：老子曰：上德無為。楚辭曰：超無為以志清。上林賦曰：馳騖乎仁義之塗。不出戶而知天下兮，何必歷遠以劬勞[164]？善曰：老子曰：不出戶而知天下，不窺牖而見天道。河上公曰：聖人以己身知人身，以己家知人家，所以見天下矣。毛詩曰：之子于征，劬勞于野。

系曰：系，繫也。言繫一賦之前意也[165]。天長地久歲不留，善曰：老子曰：天長地久[166]。天地所以長且久者，

163 夕惕若厲以省諐兮　茶陵本「諐」作「僁」，後漢書作「僁」，是也。袁本亦誤「諐」。長門賦同此。
164 何必歷遠以劬勞　袁本、茶陵本云善無「必」字。案：後漢書有「必」字，疑二本所見傳寫脫。
165 注「言繫一賦之前意也」　袁本無「言」字、「前」字。茶陵本「言」作「重」。
166 注「老子曰天長地久」　袁本「子」下有「德經」二字，「久」下有「篇」字。茶陵本無。案：「曰」似當作「有」，篇謂章也。

以其不自生，故能長生[167]。**俟河之清秖懷憂。**秖，適也。善曰：左氏傳，子駟曰：周諺有之，曰：俟河之清，人壽幾何。杜預曰：逸詩也，言人壽促而河清遲也。京房易傳曰：河千年一清[168]。**願得遠渡以自娛，上下無常窮六區。**善曰：楚辭曰：遠度世以忘歸[169]。六區，上下四方也。周易曰：上下無常，非為邪也。**超踰騰躍絕世俗，飄遙神舉逞所欲。**說文曰：逞，極也[170]。**天不可階仙夫稀，**善曰：周髀曰：天不可階而升。**柏舟悄悄忝不飛。**柏舟，詩篇名也。注：慍，怨也。悄悄，憂貌。羣小，眾小人在君側也。忝，恨也[171]。其詩曰：憂心悄悄，慍于羣小。又曰[172]：靜言思之，不能奮飛。注：不如鳥奮翼而飛去[173]。臣不遇於君，猶不忍去，厚之至也[174]。**松喬高跱孰能離，**松，赤松子；喬，王喬。離，附也。**結精遠遊使心攜。**攜，離也。善曰：楚辭曰：願輕舉而遠遊。公羊傳曰：攜其妻子。何休曰：攜，猶提將也[175]。**迴志朅來從玄謀**[176]，朅，去也。善曰：劉向七言曰：朅來歸耕永自疎。**獲我所求夫何思！**夫，復也[177]。

---

167 注「天地」下至「故能長生」　袁本、茶陵本無此十七字。
168 注「京房易傳曰」下至「一清」　袁本、茶陵本無此十字。
169 注「遠度世以忘歸」　袁本、茶陵本「度」作「渡」。案：一本正文校語云善「渡」、五臣「度」。後漢書作「度」。或「渡」字傳寫誤，未必是也。
170 注「說文曰逞極也」　袁本、茶陵本無此六字。
171 注「注慍怨也」下至「忝恨也」　袁本、茶陵本無此二十字。
172 注「又曰」　袁本、茶陵本無此二字。
173 注「注不如鳥奮翼而飛去」　袁本、茶陵本作「悄悄憂貌忝恨也言怨小人在朝恨不如鳥奮翼而去」。
174 注「臣不遇於君」下至「厚之至也」　袁本、茶陵本無此十三字。
175 注「公羊傳曰」下至「猶提將也」　袁本、茶陵本無此十六字。
176 迴志朅來從玄謀　何校「謀」改「諆」，云後漢書作「諆」。今案：章懷注云「諆」或作「謀」。善不注此字，未必作「諆」，且「謀」字自協，當依其舊。陳云別本作「諆」，今未見，必誤涉後漢書耳。
177 注「夫復也」　袁本、茶陵本無此三字。

歸田賦

張平子　歸田賦者，張衡仕不得志，欲歸於田，因作此賦。凡在曰朝，不曰歸田[178]。

遊都邑以永久，無明略以佐時。徒臨川以羨魚，俟河清乎未期。都，謂京都。永，長也。久，滯也。言久淹滯於京都，而無知略以匡佐其時君也。字林曰：羨，貪欲也[179]。淮南子曰：臨河羨魚，不如歸家織網。高誘曰：羨，願也。易乾鑿度曰：天降嘉應，河清，清三日，變為赤，赤變三日。鄭玄曰：聖王為政治平之所致[180]。感蔡子之慷慨，從唐生以決疑。史記曰：蔡澤，燕人，遊學于諸侯，不遇，從唐舉相，舉熟視而笑曰：先生偈鼻戴肩，魋頤蹙頞，顡頤膝攣[181]。吾聞聖人不相，殆先生乎？澤知舉戲之，乃曰：富貴吾所自取，吾不知者壽也，願聞之。舉曰：先生之壽，從今以往者四十三歲。澤笑而謝去，謂御者曰：吾持粱刺齒肥，躍疾驅，懷黃金之印，結紫綬於腰，揖讓人主之前，食肉富貴，四十一年足矣！及入秦，昭王召見與語，大說，拜為客卿，遂代范睢為秦相[182]。說文曰：慷慨，壯士不得志於心也。諒天道之微昧，追漁父以同嬉。諒，信也。微昧，幽隱[183]。司馬遷悲士不遇賦曰：天道悠昧。楚辭曰：屈原既放，漁父見而問之曰：子非三閭大夫歟？漁父悠爾而笑，鼓枻而去[184]。王逸楚辭序曰：漁父避世隱身，釣魚江湖，欣然而樂。漁父歌曰：滄浪之水清，可以濯吾纓；滄浪之水淥[185]，可以濯吾足。嬉，樂也。超埃塵以遐逝，與世事乎長辭。世務紛濁，以喻塵埃。莊子曰：

---

178 注「歸田賦者」下至「不曰歸田」　袁本、茶陵本無此二十六字。

179 注「都謂京都」下至「羨貪欲也」　袁本、茶陵本無此三十五字。

180 注「易乾鑿度曰」下至「治平之所致」　袁本無此三十三字，有「河清已見上」。茶陵本所複出，與此全異，亦非。

181 注「顡頤膝攣」　袁本、茶陵本無此四字。

182 注「謂御者曰」下至「為秦相」　袁本、茶陵本無此六十一字。

183 注「諒信也微昧幽隱」　袁本、茶陵本無此七字。

184 注「楚辭曰」下至「鼓枻而去」　袁本、茶陵本無此三十一字。

185 注「滄浪之水淥」　袁本、茶陵本「淥」作「濁」。案：「淥」字大誤。

遊乎塵埃之外。

於是仲春令月，時和氣清。儀禮曰：令月，吉日。鄭玄曰：令，善也。原隰鬱茂，百草滋榮。王雎鼓翼，鶬鶊哀鳴[186]。雎鳩，王鳩也。郭璞曰：雕類也。爾雅曰：倉庚，黃鸝也。鸝，音利。交頸頡頏，關關嚶嚶。頡頏，上下也[187]。毛萇詩傳曰：飛而上曰頡，飛而下曰頏。爾雅曰：關關噰噰[188]，音聲和也。釋訓曰：丁丁嚶嚶，相切直也。注：嚶嚶，兩鳥鳴也[189]。於焉逍遙，聊以娛情。毛詩曰：於焉逍遙。廣雅曰：逍遙，儴徉也[190]。爾乃龍吟方澤，虎嘯山丘。言己從容吟嘯，類乎龍虎。春秋元命苞曰：杓星高則羣龍吟。淮南子曰：龍吟而景雲至[191]，虎嘯而谷風臻[192]。仰飛纖繳，俯釣長流。觸矢而斃，貪餌吞鉤。觸矢，射也。吞鉤，釣也[193]。楚辭曰：知貪餌而近斃。落雲間之逸禽，懸淵沈之魦鰡。列子曰：詹何以獨繭為綸，芒針為鉤，引盈車之魚於百仞之淵。楚王問其故，詹何曰：蒲且子之弋，弱弓纖繳，連雙鶬於青雲之際。臣因學釣五年，始盡其道。毛萇詩傳曰：魦，鮀也。字指曰：鰡，魦屬。

于時曜靈俄景，係以望舒。廣雅曰：曜靈，日也。王逸楚辭注曰：望舒，月御也。俄，斜也。極般遊之至樂，雖日夕而忘劬。尚書曰：般遊無度。感老氏之遺誡，將迴駕乎蓬廬。老子曰：馳騁田獵，令人心發狂。注曰：精神安靜，馳騁呼吸，精散氣亡，故發狂。劉向雅琴賦曰：潛坐蓬廬之中，巖石之下。彈五絃之妙指，

---

186 鶬鶊哀鳴　袁本、茶陵本「鶬鶊」作「倉庚」。案：二本是也，注中字作「倉庚」可證。

187 注「頡頏上下也」　袁本、茶陵本無此五字。

188 注「關關噰噰」　袁本、茶陵本「噰噰」作「嚶嚶」。案：此尤校改，但疑善別據爾雅異本引之也。

189 注「釋訓曰」下至「兩鳥鳴也」　袁本、茶陵本無此十八字。

190 注「廣雅曰逍遙儴徉也」　袁本、茶陵本無此八字。

191 注「龍吟而景雲至」　袁本、茶陵本無此六字。

192 注「而谷風臻」　袁本、茶陵本「臻」作「至」。案：尤校添上句並改也。

193 注「觸矢射也吞鉤釣也」　袁本、茶陵本無此八字。

詠周孔之圖書。五絃，琴也。禮記曰：舜作五絃之琴，以歌南風。鄭玄注曰：南風，長養之風也。毛詩曰：南風之熏兮，可以解吾民之慍兮[194]。蔡邕琴操曰：伏羲氏作琴，絃有五者，象五行也。周，周公；孔，孔子也。揮翰墨以奮藻，陳三皇之軌模。賈逵國語注曰：軌，法也。鄭玄毛詩箋曰：模，法也，莫奴切。苟縱心於物外，安知榮辱之所如？班固漢書述賈、鄒、枚、路曰：榮如辱如，有機有樞。劉德曰：易曰：樞機之發，榮辱之主也。張晏曰：乍榮乍辱。如，辭也[195]。

194 注「鄭玄注曰」下至「可以解吾民之慍兮」袁本、茶陵本無此二十七字。

195 注「劉德曰」下至「如辭也」袁本、茶陵本無此二十四字。

卷第十六

志下

閑居賦　并序

閑居賦者，此蓋取於禮篇不知世事閑靜居坐之意也。

潘安仁　晉武帝時人也。

岳嘗讀汲黯傳，至司馬安四至九卿，而良史書之，題以巧宦之目[1]，未嘗不慨然廢書而歎。漢書汲黯傳曰：黯姊子司馬安，文深善巧宦[2]，四至九卿，以河南太守卒。班固司馬遷贊曰：遷有良史之才。李陵書曰：能不慨然。史記，太史公曰：始齊之蒯通讀樂毅報燕王書，未嘗不廢書而泣。漢書，司馬安，黯姊子也。與長孺同傳。為人諂佞，善事上下，故四至九卿之位。班固曰：安文善巧，故每讀其傳而歎息[3]。黯，於減切。字林曰[4]：慨，仕不得志[5]。許既

---

1 而良史書之題以巧宦之目　袁本、茶陵本「書之題」三字作「題之」二字，「題」下校語云善作「書」。晉書作「書之題」，蓋尤延之依彼改也。

2 注「文深善巧宦」　袁本、茶陵本作「巧善宦」三字。

3 注「漢書司馬安」下至「而歎息」　袁本、茶陵本無此四十四字。

4 注「字林曰」　袁本、茶陵本無此三字。

5 注「仕不得志」　袁本、茶陵本無此四字。

切。曰：嗟乎！巧誠有之，拙亦宜然。言誠有巧宦之理，拙固有之[6]。西京賦曰：小必有之，大亦宜然。顧常以爲士之生也，非至聖無軌微妙玄通者，鄭玄毛詩箋曰：顧，念也。周易曰：用無常道，事無軌度。廣雅曰：軌，迹也。老子曰：善行無轍跡。又曰：古之善為士者，微妙玄通，深不可識。河上公曰：玄，天也。言其節志精微，與天通也。則必立功立事，効當年之用。漢書，平當書曰：建功立事，可以永年。延篤與張奐書曰：烈士殉名，立功立事也。杜預左氏傳注曰：効，致也。是以資忠履信以進德，脩辭立誠以居業。周易曰：履信思乎順。又曰：君子進德脩業，忠信所以進德也，脩辭立誠所以居業也。

僕少竊鄉曲之譽，燕丹子，夏扶曰：士無鄉曲之譽，則未可與論行也。忝司空太尉之命，所奉之主，即太宰魯武公其人也，舉秀才爲郎。臧榮緒晉書曰：賈充，字公閭，封魯公，為司空，轉太尉，薨，贈太宰，謚武公。又曰：岳弱冠，太尉舉秀才。爾雅曰：忝，辱也。命，謂舉命之。爾雅曰：命，告也。凡尊者之言曰命。孝經曰：則周公其人也。逮事世祖武皇帝，臧榮緒晉書武紀曰：帝諱炎，字安世[7]。崩，上號世祖。禮記曰：逮事父母。爲河陽懷令，臧榮緒晉書曰：岳出為河陽令，轉懷令。漢書，河內郡有懷縣、河陽縣也。尚書郎，廷尉平。臧榮緒晉書：岳頻宰二邑，勤於政績，調補尚書郎，遷廷尉平，為公事免官。漢書曰：宣帝初置廷尉左右平，秩皆六百石。平，皮命切。今天子諒闇之際，天子，惠帝也。諒闇，今謂凶廬裏寒涼幽闇之處，故曰諒闇[8]。領太傅主簿。府主誅，除名爲民。臧榮緒晉書曰：楊駿為太傅，輔政，高選吏佐，引岳為太傅主簿。駿誅，除名。俄而復官，除長安令。何休公羊傳注曰：俄者，須臾之間也。漢書音義，如淳曰：凡言除者，除故官就新官也。遷博士，未召拜，親疾，

---

6 注「言誠有巧宦之理拙固有之」 袁本、茶陵本無此十一字。

7 注「諱炎字安世」 袁本、茶陵本無此五字。

8 注「諒闇」下至「故曰諒闇」 袁本無此十七字，有「及諒闇並已見西京賦」。案：袁本是也，但「京」當作「征」耳。茶陵本所複出，與此全異，皆非。

輒去官免。自弱冠涉乎知命之年，禮記曰：二十曰弱冠。論語，子曰：五十而知天命。孔安國曰：知天命之終始[9]。八徙官而一進階，再免，一除名，一不拜職，遷者三而已矣。八徙官，謂舉秀才，為郎，河陽令，懷令，尚書郎，廷尉平，領太傅主簿，長安令，遷博士也。一除名謂太傅主簿，府誅，除名為民也。一不拜職，謂遷博士未召拜，親疾，輒去官也[10]。一進階，謂從懷令為尚書郎也。再免，謂任廷尉平，以公事免，遷博士以去官免也。三遷，謂廷尉平，領太傅主簿，及遷博士也。雖通塞有遇，抑亦拙者之効也。周易曰：不出戶庭，知通塞也。漢書，楊雄曰：以為遇不遇命也。廣雅曰：効，驗也。

昔通人和長輿之論余也，固謂拙於用多。論衡曰：博覽古今者為通人。臧榮緒晉書曰：和嶠，字長輿。莊子謂惠子曰：夫子固拙於用大。尚書，周公曰：予多才多藝[11]。稱多則吾豈敢，言拙信而有徵。論語，孔子曰：若聖與仁，則吾豈敢。左氏傳，叔向曰：君子之言，信而有徵。方今俊乂在官，百工惟時，方今，猶正今也。廣雅曰：方，正也[12]。尚書曰：俊乂在官。又曰：百工惟時。孔安國曰：百工皆是言政無非[13]。拙者可以絕意乎寵榮之事矣。太夫人在堂，有羸老之疾，漢書曰：列侯太夫人。如淳曰：列侯之妻稱夫人。列侯死，子復為列侯，乃得稱太夫人。左氏傳，荀罃曰：余羸老矣[14]。王隱晉書曰：岳母寒以數戒焉[15]。尚何能違膝下色養，而屑屑從斗筲之役乎。孝經曰：故親生之膝下，以養父母日嚴。論語，子夏問孝，子曰：色難。左氏傳，晉侯謂汝叔齊曰：魯侯

---

9 注「孔安國曰知天命之終始」　袁本、茶陵本無此十字。

10 注「八徙官」下至「輒去官也」　袁本、茶陵本無此六十四字。

11 注「周公曰予多才多藝」　袁本、茶陵本無此八字。

12 注「方今」下至「方正也」　袁本、茶陵本無此十二字。

13 注「孔安國曰」下至「言政無非」　袁本、茶陵本無此十二字。

14 注「余羸老矣」　袁本、茶陵本「矣」作「也」，是也。

15 注「王隱晉書曰岳母寒以數戒焉」　袁本、茶陵本無此十二字。

善禮。叔齊曰：而肩肩焉習儀以亟。方言曰：肩肩，不靜也。論語，子曰：噫，斗筲之人，何足筭也。鄭玄曰：筲，竹器也，容斗二升[16]。袁宏後漢紀，郭林宗曰：大丈夫焉能久處斗筲之役乎。**於是覽止足之分，庶浮雲之志，**老子曰：知足不辱，知止不殆。注：知足之人，絶利去欲，不辱於身也。知可止則止，則財利不累於身，聲色不亂於耳目，終身不危殆也[17]。論語，孔子曰：不義而富且貴，於我如浮雲。班固答賓戲曰：仲尼抗浮雲之志。**築室種樹，逍遙自得。**毛詩曰：築室百堵。漢書，景帝詔曰：藝種樹可衣食物。莊子，善卷曰：余日出而作，日入而息，逍遙於天地之間，而心意自得。家語曰：原憲衣弊衣冠，衎然有自得之志。**池沼足以漁釣，春稅足以代耕。**說文曰：稅，租也。禮記曰：夫祿足以代其耕。**灌園粥蔬[18]，以供朝夕之膳；**列女傳曰：於陵子[19]仲為人灌園。字書曰：粥，賣也。粥與鬻音義同。說文曰：膳，具食也。**牧羊酤酪，以俟伏臘之費。**鄭玄周易注曰：牧，養也。廣雅曰：酤，賣也。古護切。釋名曰：酪，乳汁所作也。漢書，秦德公作伏祠。孟康曰：六月伏日。歷忌釋曰：伏者何也，金氣伏藏之日也。四時代謝，皆以相生。立春木代水，水生木。立夏火代木，木生火。立冬水代金，金生水。至於立秋，以金代火。金畏火，故至庚日必伏，庚者金故也。臘者，風俗通禮傳曰：夏曰嘉平，殷曰清祀，周曰大蜡，漢改為臘。臘，獵也，言獵取禽獸以祭其先祖，故曰臘也。秦孝公始置伏，始皇改臘曰嘉平[20]。**孝乎惟孝，友于兄弟，此亦拙者之爲政也。**論語，或謂孔子曰：子奚不為政？子曰：書云：孝乎，惟孝友于兄弟，施于有政，是亦為政，奚其為為政。包氏曰：孝

---

16 注「鄭玄曰」下至「容斗二升」 袁本、茶陵本無此十一字。

17 注「注知足之人」下至「終身不危殆也」 袁本、茶陵本無此三十九字。

18 灌園粥蔬 袁本、茶陵本「粥」作「鬻」，是也。晉書作「鬻」。

19 注「於陵子仲」 袁本、茶陵本「仲」作「曰終」二字。案：「終」字是也，「曰」字衍耳。此所引賢明傳文，尤改誤。

20 注「故曰臘也」下至「改臘曰嘉平」 袁本、茶陵本無此十七字。

乎惟孝，美大孝之辭也。友于兄弟，善於兄弟也。施，行也。所行有政道，即與為政同也[21]。乃作閑居賦，以歌事遂情焉。韓詩序曰：勞者歌其事。聲類曰：遂，從意也。其辭曰：

傲墳素之場圃[22]，步先哲之高衢。左氏傳，楚靈王曰：左史倚相能讀三墳、五典、八索、九丘。賈逵曰：三墳，三皇之書。五典，五帝之典。八索，素王之法。九丘，亡國之戒。墳，大也，言三皇之大道。孔子作春秋，素王之文也[23]。上林賦曰：翱翔乎書圃。登樓賦曰：假高衢而騁力。雖吾顏之云厚，猶內媿於甯蘧。有道吾不仕，無道吾不愚。尚書曰：顏厚有忸怩。楚漢春秋，韓信曰：臣內媿於心。論語，子曰：甯武子，邦有道則智，邦無道則愚。其智可及也，其愚不可及也[24]。又曰：君子哉蘧伯玉。邦有道則仕，邦無道則卷而懷之。何巧智之不足，而拙艱之有餘也。管子曰：巧者有餘而拙者不足。

於是退而閑居，于洛之涘。楊佺期洛陽記曰：城南七里，名曰洛水。蔡邕祓禊文曰：自求多福，在洛之涘。毛萇詩傳曰：涘，猶涯也。身齊逸民，名綴下士。論語，子曰：逸民伯夷、叔齊、虞仲、夷逸、朱張、柳下惠、少連。注：逸民者，節行超逸也。禮記王制，祿爵，公、侯、伯、子、男，凡五等[25]。禮記曰：諸侯之上大夫卿、下大夫、上士、中士、下士，凡五等。陪京泝伊，面郊後市。南都賦曰：陪京之陽。薛綜東京賦注曰：泝，向也。楊佺期洛陽記曰：洛水之南，名曰伊水。周禮曰：面朝後市。鄭玄儀禮注曰：面，前也。陸機洛陽記曰：洛陽凡三市：大市名曰金市，公觀之西；城

---

21 注「奚其為政」下至「即與為政同也」　袁本、茶陵本無此四十一字。

22 傲墳素之場圃　陳云：「傲」，晉書作「遨」，為是。袁本、茶陵本「場」作「長」，晉書作「長」。案：二本所載五臣銑注云「以為長圃嘯傲其中矣」，是其本作「傲」字、「長」字，善注未有明文，無以考也。

23 注「墳大也」下至「素王之文也」　袁本、茶陵本無此十九字。

24 注「其智」下至「不可及也」　袁本、茶陵本無此十一字。

25 注「虞仲夷逸」下至「子男凡五等」　袁本、茶陵本無此三十四字。何、陳校但去「禮記至凡五等」十四字，未是。

中馬市，在大城之東；洛陽縣市在大城南。然此市，洛陽縣也。**浮梁黝以徑度，靈臺傑其高峙。**河南郡縣境界簿曰：城南五里，洛水浮橋。方言曰：造舟謂之浮梁。郭璞曰：即今浮橋。爾雅曰：地謂之黝。說文曰：黝，微青黑色，於糾切[26]。楚辭曰：不能凌波以徑度。陸機洛陽記曰：靈臺在洛陽南，去城三里。毛萇詩傳曰：傑，特立也。思玄賦曰：松喬高跱孰能離。徐爰射雉賦注曰：峙，立也。**闚天文之祕奧；究人事之終始。**日、月、五星，天之文也。陸賈新語曰：楚王作乾谿之臺，闚天文。謝承後漢書曰：姚俊尤明圖緯祕奧。字書曰：祕，密也。廣雅曰：奧，藏也。禮含文嘉曰：禮，天子靈臺，以考觀天人之際，法陰陽之會。易曰：歸妹，人之終始也。**其西則有元戎禁營，玄模綠徽。**其西，宅之西也。元戎，兵車也。詩曰：元戎十乘，以先啓行。禁營，謂五營也。陸機洛陽記曰：五營校尉，前後左右將軍府，皆在城中，陸機既不言所處，難得而詳也。鄭玄禮記注曰：徽，旌旗之名也。**谿子巨黍，異絭同機。**史記，蘇秦說韓王曰：谿子、巨黍者，皆射六百步之外。許慎曰：南方谿子蠻夷柘弩，皆善材也。孫卿子曰：繁弱巨黍，古之良弓。異絭同機，言弩絭雖異而同一機也。漢書音義，張晏曰：連弩三十絭共一臂。然絭，弩弓也。李奇曰：絭，弓也。字林曰：絭，音卷。孔安國尚書傳曰：機，弩牙也。本或為異卷同歸，誤也。**礮石雷駭，激矢⿱宀虫飛。**礮石，今之拋石也，皆匹孝切。廣雅曰：駭，起也。呂氏春秋曰：激矢遠。法言曰：羿激矢。范蠡兵法，飛石重二十斤，為機發行三百步。東觀漢記，光武作飛⿱宀虫箭以攻赤眉。廣雅曰：⿱宀虫，飛箭名也。方言曰：凡箭三鐮，謂之羊頭。三鐮長六尺，謂之飛。郭璞曰：此謂今之射箭也。鐮，棱也。**以先啓行，耀我皇威。**詩曰：元戎十乘，以先啓行。西都賦曰：耀皇威而講武事。**其東則有明堂辟廱，清穆敞閑。**陸機洛陽記曰：辟廱，在靈臺東，相去一里，俱魏武所徙。三輔黃圖，大司徒宮奏曰：明堂、辟廱，其實一也。毛詩曰：於穆清廟。洞簫賦

---

26 注「爾雅曰地」下至「於糾切」袁本、茶陵本無此十八字，有「黝長貌」三字。今案：二本是也。「黝」者「⿰長幼」之同字也，玉篇長部有「⿰長幼」，云「於皎切」。「⿰長幼⿰長卡」，長不勁。廣韻二十九篠同。故善云長貌。安仁以之與下文「傑」字偶句。「⿰長幼」言梁之長，猶「傑」言臺之高，於地謂之幽，夐乎無涉。不知何人誤認，軋記於旁。尤延之不察，取而改之，讀者莫辨矣。又二本正文下有「於糾」二字，向注云「黝，橋貌」，蓋五臣不取長為訓，而如字讀之，善義既全異，音亦未必同也。

曰：又足樂乎，其敞閑也。環林縈映，圓海迴淵。三輔黃圖曰：明堂、辟廱，水四周於外，象四海也。仲長昌言曰：溝池自周，竹木自環。白虎通曰：天子立辟廱者，所以行禮樂，宣教化。辟者，象璧圓以法天；廱者，擁之以水，象教化流行也。班固東都賦曰：曷若辟廱海流[27]。聿追孝以嚴父，宗文考以配天。毛萇詩傳曰：聿，述也。南都賦曰：奉先祖而追孝。孝經曰：孝莫大於嚴父，嚴父莫大於配天。又曰：宗祀文王於明堂，以配上帝。文考，謂晉文王也。尚書曰：惟予文考。祗聖敬以明順，養更老以崇年。言尊祖父以配天，所以明順也。養三老五更，所以崇年也。韓詩曰：湯降不遲，聖敬日躋。言湯聖敬之道，上聞於天。白虎通曰：禮三老於明堂，所以教諸侯孝也。禮五更於太學，所以教諸侯弟也。

若乃背冬涉春，陰謝陽施。七發曰：於是背秋涉冬。神農本草曰：春夏為陽，秋冬為陰。楚辭曰：青春爰謝。王逸曰：謝，去也。莊子曰：隨四時之施。漢書曰：陰陽之施化，萬物之終始。施，猶布也。天子有事于柴燎，以郊祖而展義。左氏傳，宰孔曰：天子有事於文武。杜預曰：有祭事也。爾雅曰：祭天曰燔柴。郭璞曰：既祭，積薪燒之。周禮曰：以禋祀祀昊天上帝，以實柴祀日月星辰，以槱燎祀司中司命。鄭司農曰：三祀皆積柴，實牲體焉。燔燎而生煙，以報陽也。禮記曰：周人禘嚳而郊稷。鄭玄曰：禘郊祖宗，謂祀祭以食也。左氏傳曰：天子非展義不巡狩。張鈞天之廣樂，備千乘之萬騎[28]。史記，趙簡子曰：我之帝所，與百神遊於鈞天，廣樂九奏萬舞。蔡邕獨斷曰：大法駕，備千乘萬騎。服振振以齊玄，管啾啾而並吹。左氏傳，卜偃曰：童謠云，袀服振振，音真。服虔曰：袀服，黑服也。杜預曰：振振，威貌也。說文曰：袀，玄服也，音均。風俗通曰：竹曰管。郭璞爾雅注曰：管長尺圍寸，併吹之，有底。賈氏以為如篪六孔。風俗通曰：漢帝時，零陵文學奚景仲於泠道舜祠下得玉管，後人易之以竹[29]。王逸楚辭注曰：啾啾，鳴聲也。煌煌乎，

---

27 注「仲長昌言曰」下至「曷若辟廱海流」 袁本、茶陵本無此六十三字。

28 備千乘之萬騎 何云「之」字疑。今案：各本皆同，晉書亦作「之」，無以考也。

29 注「郭璞爾雅注曰」下至「後人易之以竹」 袁本、茶陵本無此五十三字。

隱隱乎，蒼頡篇曰：煌煌，光明也。上林賦曰：煌煌扈扈。隱隱，盛也。又曰：沉沉隱隱。一作殷殷，音義同。茲禮容之壯觀，而王制之巨麗也。春秋考異郵曰：飾禮容，成文法。史記曰：孔子陳俎豆，設禮容。漢書，龔遂曰：坐則誦詩、書，立則習禮容。史記曰：天下之壯觀。上林賦曰：君未覩夫巨麗。兩學齊列，雙宇如一。郭緣生述征記曰：國學在辟廱東北五里，太學在國學東二百步。魯靈光殿賦曰：萬戶如一。右延國胄，左納良逸。爾雅曰：延，進也。國學教胄子，太學招賢良。太學在國學東[30]。尚書曰：夔教胄子。李尤明堂銘曰：夏進賢良。祁祁生徒，濟濟儒術。安革猛詩曰[31]：祁祁我徒。毛詩曰：來假祁祁。又曰[32]：濟濟多士。班固公孫弘贊曰：蕭望之以儒術進。或升之堂，或入之室。家語，衛將軍文子問於子貢曰：吾聞孔子之施教也，成之以文德，蓋入室升堂七十餘人。教無常師，道在則是。尚書曰：德無常師，主善為師。蔡邕勸學篇曰：人無貴賤，道在則尊。論語，叔孫武叔曰：吾亦何常師之有，道在則是。言有道則可以為師[33]。故髦士投紱，名王懷璽。言棄紱藏璽，咸來學也。毛詩曰：髦士攸宜。爾雅曰：髦，俊也。漢書曰：匈奴單于遣名王奉獻。西京賦曰：懷璽藏紱。訓若風行，應如草靡。論語，孔子曰：君子之德風，小人之德草，草上之風必偃。此里仁所以為美，論語曰：里仁為美。鄭玄曰：里者，人之所居也。居於仁者之里，是為善也。孟母所以三徙也。列女傳曰：孟母舍近墓，孟子嬉戲為墓間之事。孟母曰：此非所以居子處也。乃去，舍市旁，其子嬉戲為賈衒。孟母又曰：此非所以居子處也。乃舍學宮之旁，其子嬉戲乃設俎豆，進退揖讓。孟母曰：此真可以居子矣。遂居之。及孟子長，學六藝，卒成大儒。

---

30 注「太學在國學東」　茶陵本無此六字，袁本亦有。案：無者是也。上節注引述征記有斯語，不當再出。

31 注「安革猛詩曰」　案：「安」字衍，「革猛」當作「韋孟」。各本皆誤。依錢少詹大昕十駕齋養新錄載海寧陳仲魚鱣說訂正。

32 注「來假祁祁又曰」　袁本、茶陵本無此六字。

33 注「言有道則可以為師」　袁本、茶陵本無此八字。

爰定我居，築室穿池。毛詩曰：築室百堵[34]。莊子，孔子曰：魚相造於水者，穿池而養給。長楊映沼，芳枳樹籬。馮衍顯志賦曰：揵六枳而為籬。游鱗瀺灂，菡萏敷披。瀺灂，出沒貌。高唐賦曰：巨石溺之瀺灂。毛萇詩傳曰：菡萏，荷華。竹木蓊藹，靈果參差。張公大谷之梨，梁侯烏椑之柿，廣志曰：洛陽北芒山有張公夏梨，甚甘[35]，海內唯有一樹。大谷，未詳。西京雜記曰：上林苑有烏椑木。廣志曰：梁國侯家有烏椑，甚美，世罕得之[36]。椑，方彌切。周文弱枝之棗，房陵朱仲之李，西京雜記曰：上林苑有弱枝棗。廣志曰：周文王時有弱枝之棗，甚美，禁之不令人取，置樹苑中[37]。王逸荔枝賦曰：房陵縹李。荊州記：房陵縣有好棗，甚美，仙人朱仲來竊[38]。大山肅亦稱學問，讀岳賦周文弱枝之棗；為杖策之杖。世本容成造歷，為碓磨之磨[39]。靡不畢殖。蒼頡篇曰：殖，種也。三桃表櫻胡之別，二柰曜丹白之色。漢書音義曰：櫻桃，含桃也。爾雅曰：荊桃，今櫻桃也。冬桃子，冬熟也。榹桃，山桃也，實似桃而小，不解覈[40]。西京雜記曰：上林苑有胡桃，出西域。廣志曰：張掖有白柰，酒泉有赤柰。石榴蒲陶之珍，磊落蔓衍乎其側。石榴，即若榴也。薄陶，似燕薁。磊落，實貌。蔓衍，長也。博物志曰：張騫使大夏，得石榴。李廣

34 注「毛詩曰築室百堵」　袁本作「築室已見上」，是也。茶陵本複出，非。

35 注「甚甘」　袁本無此二字。茶陵本此節多脫誤。案：凡二本之誤，多不更論。

36 注「廣志曰」下至「世罕得之」　袁本、茶陵本無此十六字。

37 注「廣志曰」下至「置樹苑中」　袁本、茶陵本無此二十字。

38 注「荊州記」下至「仙人朱仲來竊」　袁本、茶陵本無此十七字，有「周文朱仲未詳」六字。案：二本是也。此等皆尤增改之誤。

39 注「大山肅」下至「為碓磨之磨」　袁本、茶陵本無此三十二字。案：無者是也。此見顏氏家訓勉學篇，必或記於旁，而尤誤取以增多者。彼「肅」上有「羊」字，記者失去，遂成誤中之誤。

40 注「爾雅曰荊桃」下至「不解核」　袁本、茶陵本無此二十八字。案：二本是也。安仁自以桃、櫻桃、胡桃為三桃。善注但有櫻桃、胡桃者，桃不須注耳。不知者乃記爾雅於旁，尤取之最誤。若善果引此，是荊冬山胡而四，幷桃成五，與正文乖戾甚矣。凡增多之誤多此類。

利為貳師將軍，伐大宛，得蒲陶。梅杏郁棣之屬，繁榮麗藻之飾。郁，今之郁李。棣，實似櫻桃也[41]。張揖上林賦注曰：薁，山李也。郁與薁音義同。郭璞上林賦注曰：棣，實似櫻桃。華實照爛，言所不能極也。春秋文耀鉤曰：春致其時，華實乃榮。菜則蔥韭蒜芋，青筍紫薑。堇薺甘旨，蓼荾芬芳[42]。毛詩曰：堇荼如飴。毛萇曰：堇，菜也，居隱切。鄭玄儀禮注曰：蓤，廉薑也[43]。韻略曰：荾，香菜也，相惟切，與蓤同[44]。蘘荷依陰，時藿向陽。崔豹古今注曰：蘘荷，菜似姜[45]，宜陰翳地，依陰而生也。鄭玄儀禮注曰：藿，豆葉也。曹子建求親表曰：葵藿之傾葉太陽。綠葵含露，白鱻負霜。

於是凜秋暑退[46]，熙春寒往。楚辭曰：竊獨悲此凜秋。字書曰：凜，寒也。左氏傳，張趯曰：火星中而寒暑乃退[47]。老子曰：眾人熙熙，如登春臺。河上公注：熙熙，淫情欲也。熙春，陰陽交通，萬物感動，登臺觀之志意淫，故曰熙春。廣雅曰：熙，熾也[48]。易曰：暑往則寒來。微雨新晴，六合清朗。呂氏春秋曰：神通乎六合。太夫人乃御版輿，升輕軒，禮記曰：諸侯曰夫人。注：夫之言扶也，言能以禮自扶。版輿，車名。傅暢晉諸公贊曰：傅祗以足疾，版輿上殿。版輿，一名步輿。周遷輿服雜事記曰：步輿方四尺，素木為之，以皮為襻，搦之，自天子至庶人通得乘之。遠覽王

---

41 注「棣實似櫻桃也」　袁本、茶陵本「實似」二字作「山」。案「山」字是也。「實似」誤涉下。

42 蓼荾芬芳　袁本、茶陵本「荾」作「菨」，注同。案：二本是也。晉書作「菨」，「菨」「荾」同字。此亦或記於正文及注旁，而尤誤取之者。

43 注「鄭玄儀禮注曰蓤廉薑也」　袁本、茶陵本無此十字。

44 注「與蓤同」　袁本、茶陵本無此三字。

45 注「菜似薑」　袁本、茶陵本無此三字。

46 注「曹子建求親表曰」　何校「求」下添「通親」二字，陳同，是也。各本皆脫。

47 注「火星中而寒暑乃退」　袁本、茶陵本無「星」字、「而」字。

48 注「河上公注」下至「熙熾也」　袁本、茶陵本無此三十七字。

畿，近周家園。周禮曰：方千里曰王畿。**體以行和，藥以勞宣。**爾雅釋言曰：宣，徇偏也。郭璞注曰：皆周偏也[49]。杜預左傳注曰：宣，散也。**常膳載加，舊痾有痊。**說文曰：痾，病也。莊子曰：今余病少痊。司馬彪曰：痊，除也。**席長筵，列孫子。柳垂陰，車結軌。**曹子建名都篇曰：列坐竟長筵。言屈軌不行也[50]。司馬相如難蜀父老曰：結軌還轅。張揖曰：結，猶屈也[51]。**陸擿紫房，水掛頳鯉。**馬融高第頌曰：黃果揚芳，紫房潰漏。張載安石榴賦曰：紫房獨熟。毛萇詩傳曰：頳，赤也。**或宴于林，或禊于汜。**史記曰：武帝禊灞上。續漢書曰：三月上巳，宮人皆禊於東流水上，自洗濯，拂除宿疾垢也。風俗通曰：禊者，絜也。仲春之時，於水祓除，故事取於清絜也。爾雅曰：窮瀆曰汜。郭璞注曰：水無所通也。爾雅曰：水決復入曰汜。**昆弟班白，兒童稚齒。**王隱晉書曰：兒御史釋，弟燕令豹[52]。禮記曰：班白不提挈。爾雅曰：幼，稚也。方言曰：稚，小也。**稱萬壽以獻觴，咸一懼而一喜。**毛詩曰：萬壽無疆。史記曰：武安君起為壽。如淳曰：上酒為稱壽。黃香天子頌曰：獻萬年之玉觴。論語，子曰：父母之年，不可不知，一則以喜，一則以懼。孔安國曰：見其壽則喜，見其衰老則懼[53]。**壽觴舉，慈顏和。**舞賦曰：嚴顏和而怡懌。**浮杯樂飲，絲竹駢羅。**說苑曰：公承不仁，舉大白浮君。廣雅曰：浮，罰也。漢書曰：陳平厚具樂飲太尉。風俗通曰：絲曰絃，竹曰管[54]。西京賦曰：蓬萊而駢羅[55]。**頓足起舞，抗音高歌。**楊惲報孫會宗書曰：奮袖低卬，頓足起舞。傅武仲儛賦曰：抗

49 注「爾雅釋言曰」下至「皆周偏也」　袁本、茶陵本無此十七字。
50 注「言屈軌不行也」　袁本、茶陵本「言」上有「結猶屈也」四字。
51 注「張揖曰結猶屈也」　袁本、茶陵本無此七字。
52 注「王隱晉書曰兒御史釋弟燕令豹」　袁本、茶陵本無此十三字。
53 注「孔安國曰」下至「則懼」　袁本、茶陵本無此十五字。
54 注「竹曰管」　袁本、茶陵本無此三字。
55 注「蓬萊而駢羅」　袁本、茶陵本「蓬」上有「夾」字。

音高歌，為樂之方[56]。人生安樂，孰知其佗？佗，謂榮貴也。國語曰：晉文公適齊，齊侯妻之女，甚善焉。文公曰：人生安樂，孰知其佗。

退求己而自省，信用薄而才劣。論語，孔子曰：君子求諸己。曾子曰：旦就業，夕而自省。奉周任之格言，敢陳力而就列。論語，孔子曰：周任有言曰：陳力就列，不能者止。論語考比讖，賜問曰：格言成法，亦可以次序也。幾陋身之不保，尚奚擬於明哲。爾雅曰：幾，近也。孟子曰：士庶人不仁，不保四體。毛詩曰：既明且哲，以保其身。此安仁不自保，何更擬於昔之哲人，而登官位于世也[57]。仰眾妙而絕思，終優遊以養拙。老子曰：玄之又玄，眾妙之門。毛詩曰：優哉游哉，亦是戾矣。鄭玄曰：戾，止也。優游自安止，言思不出其位。

哀傷

長門賦 并序

司馬長卿

孝武皇帝陳皇后時得幸，頗妒。別在長門宮，愁悶悲思。外戚傳曰：陳皇后者，長公主嫖女也。曾祖嬰，與項羽起，後歸漢，為唐邑侯。傳子至孫午，午尚長公主，生女。初，武帝得立為太子，長公主有力，取主女為妃。及帝即位，立為皇后，擅寵驕貴，十餘年而無子。聞衛子夫得幸，幾死者數焉。元光五年，坐女子楚服等為皇后巫蠱祠祭呪詛，罷退歸長門宮。嫖，匹妙切。聞蜀郡成都司馬相如天下工爲文，奉黃金百斤[58]爲相如文君取酒，漢書曰：卓氏女文君既奔相如，相如與俱之臨邛賣酒舍，文君當壚，相如身自滌器於市。因于解悲愁之辭。鄭玄儀禮注

---

56 注「為樂之方」　袁本、茶陵本無「之」字。案：二本是也。彼賦善自無「之」字。

57 注「此安仁不自保」下至「而登官位於世也」　袁本、茶陵本無此二十一字。

58 奉黃金百斤　袁、茶陵校語云善無「黃」字。案：此尤校添之也。

曰：于，為也。而相如為文以悟主上，說文曰：悟，覺也。陳皇后復得親幸。字林曰：幸吉而免凶也[59]。其辭曰：

夫何一佳人兮，步逍遙以自虞。神女賦曰：夫何神女之妖麗。何休公羊傳注曰：據疑問不知者曰何。佳人，謂陳皇后也。楚辭曰：聞佳人兮召予。說文曰：佳，善也[60]。廣雅曰：佳，好也。爾雅曰：虞，度也。郭璞曰：謂測度也。言忖所為被退在長門宮之事[61]。魂踰佚而不反兮，形枯槁而獨居。言精魂踰佚，形體枯槁，悲悴之甚也。蒼頡篇曰：佚，揚也。楚辭曰：神儵忽而不反兮，形枯槁而獨留。槁，古老切。言我朝往而暮來兮，飲食樂而忘人。我，武帝也。言帝昔許朝往暮來，幸臨於己。今以飲食恣樂而忘於為人[62]。人，后自謂也。心慊移而不省故兮[63]，交得意而相親。鄭玄周禮注曰：慊，絕也。言帝心絕移，不省故舊，交在得意相親而已。慊字或從火，非[64]。爾雅曰：省，察也。慊，理兼切。

伊予志之慢愚兮，懷貞愨之懽心。蒼頡篇曰：懷，抱也。說文曰：愨，謹也。[65]鄭玄禮記注曰：愨，愿也，空角切。願賜問而自進兮，得尚君之玉音。願君問己，因而自進也。尚，猶奉也。毛詩曰：無金玉爾音。

59 注「字林曰幸吉而免凶也」　袁本、茶陵本無此九字。
60 注「說文曰佳善也」　袁本、茶陵本無此六字。
61 注「言忖所為被退在長門宮之事」　袁本、茶陵本無此十二字。
62 注「而忘於為人」　袁本、茶陵本無「為」字。
63 心慊移而不省故兮　袁本、茶陵本「慊」作「熑」，注同。案：二本是也。此尤誤改，說見下。
64 注「慊字或從火非」　袁本、茶陵本「慊」作「移」。案：二本最是。考玉篇火部云「熑熪，火不絕」，廣韻五支同。是當時賦本有作「熪」者，善作「移」，從如字解之，故辨「熪」為非也。不知何時此注誤「移」為「慊」，尤延之乃改正文之不誤者以就其誤，失之甚矣。「熑」「慊」同字。
65 注「說文曰愨謹也」　袁本、茶陵本無此六字。

奉虛言而望誠兮，期城南之離宮。言奉君虛言而望為誠實。離宮，即長門宮也，在城南。脩薄具而自設兮，君曾不肯乎幸臨。薄具，肴饌也[66]。史記曰：臨，親也。廓獨潛而專精兮，天漂漂而疾風。楚辭曰：悲愁窮慼兮獨處[67]。禮記曰：祥而廓然。鄭玄曰：憂悼在心之貌。登蘭臺而遙望兮，神怳怳而外淫。王逸楚辭注曰：怳，失意也。又曰：不安之意也[68]。韓子曰：神不淫放則身全。廣雅曰：淫，游也。蘭臺，臺名。浮雲鬱而四塞兮，天窈窈而晝陰。毛萇詩傳曰：鬱，積也。楚辭曰：日窈冥兮羌晝晦。說文曰：窈，深遠也。雷殷殷而響起兮，聲象君之車音。言似君之車音也[69]。毛詩曰：殷其雷。殷，音隱。飄風迴而起閨兮，舉帷幄之襜襜。楚辭曰：裳襜襜以含風。王逸曰：襜襜，搖貌。桂樹交而相紛兮，芳酷烈之誾誾。酷烈、誾誾，香氣盛也。誾，魚斤切。孔雀集而相存兮，玄猨嘯而長吟。說文曰：存，恤問也。翡翠脅翼而來萃兮，鸞鳳翔而北南[70]。脅，斂也。萃，集也[71]。

心憑噫而不舒兮，邪氣壯而攻中。憑噫，氣滿貌。字林曰：噫，飽出息也，乙戒切[72]。管子曰：邪氣襲內，玉色乃衰。攻中，言攻其中心[73]。下蘭臺而周覽兮，步從容於深宮。好色賦曰：周覽九土。尚書曰：從容以和。正殿塊以造天兮，鬱並起而穹崇。孔安國尚書傳曰：造，至也。郭璞方言注曰：鬱，壯大也。穹，崇高

---

66 注「薄具肴饌也」 袁本、茶陵本無「薄」字，是也。

67 注「悲愁窮慼兮獨處」 案：「處」下當有「廓」字。各本皆脫。此所引九辨文。

68 注「又曰不安之意也」 袁本、茶陵本無此七字。

69 注「言似君之車音也」 袁本、茶陵本無此七字。

70 鸞鳳翔而北南 袁本、茶陵本「翔」作「飛」。案：二本不著校語，無以考也。

71 注「脅斂也萃集也」 袁本、茶陵本無此六字。

72 注「字林曰」下至「乙戒切」 袁本、茶陵本無此十一字。

73 注「攻中言攻其中心」 袁本、茶陵本無此七字。

貌。**間徙倚於東廂兮，觀夫靡靡而無窮。**高誘呂氏春秋注曰：間，頃也，謂下蘭臺少頃也。郭璞方言注曰：靡靡，細好也。**擠玉戶以撼金鋪兮，聲噌吰而似鍾音。**字林曰：擠，排也，子計切。說文曰：撼，搖也，胡感切。金鋪，以金為鋪首也。噌吰，聲也。噌，音曾；吰，音宏。

刻木蘭以爲榱兮，飾文杏以爲梁。木蘭似桂木。文杏亦木名[74]。**羅丰茸之遊樹兮，離樓梧而相撐。**丰茸，眾飾貌。遊樹，浮柱也。離樓，攢聚眾木貌。漢書音義，臣瓚曰：邪柱為梧。字林曰：撐，柱也，直庚切。**施瑰木之欂櫨兮，委參差以槺梁。**方言曰：櫨，栱也[75]。言以瑰奇之木，以為欂櫨，委積參差，以承虛梁。說文曰：欂櫨，柱上枅也。方言曰：㝩，虛也。㝩與槺同，音康。**時仿佛以物類兮，象積石之將將。**楚辭曰：時仿佛而不見[76]，心淳熱其若湯[77]。說文曰：髣髴，見不審諟也[78]。尚書曰：導河積石。將，七羊切。**五色炫以相曜兮，爛耀耀而成光。**埤蒼曰：炫，光貌。廣雅曰：曜，照也。賈逵國語注曰：耀，明也。**緻錯石之瓴甓兮，象瑇瑁之文章。**鄭玄禮記注曰：緻，密也。錯石，雜眾石也。言累眾石令之密緻，以為瓴甓。采色間雜，象瑇瑁之文章也。爾雅曰：瓴甋謂之甓。郭璞注曰：今江東呼甓為甗甎[79]。**張羅綺之幔帷兮，垂楚組之連綱。**尚書曰：荊州厥篚，玄纁璣組。孔安國曰：組，綬類也。周禮曰：幕人掌帷綬之事。鄭司農注曰：組綬所以繫帷也。

撫柱楣以從容兮，覽曲臺之央央。爾雅曰：楣謂之梁。三輔黃圖曰：未央東有曲臺殿。央央，廣貌。**白**

---

74 注「木蘭」下至「亦木名」 袁本、茶陵本無此十字。

75 注「方言曰櫨栱也」 袁本、茶陵本無此六字。

76 注「時仿佛而不見」 袁本、茶陵本「不」作「遙」，是也。

77 注「心淳熱其若湯」 袁本、茶陵本無此六字。

78 注「見不審諟也」 袁本、茶陵本無「審」字，是也。

79 注「今江東呼甓為甗甎」 袁本、茶陵本無「今江東呼甓為」六字，「甎」下有「也」字。

鶴噭以哀號兮，孤雌跱於枯楊。廣雅曰：噭，鳴也。日黃昏而望絕兮，悵獨託於空堂。說文曰：悵，望恨也[80]。懸明月以自照兮，徂清夜於洞房。楚辭曰：姱容脩態亘洞房。援雅琴以變調兮，奏愁思之不可長。宋玉風賦曰：援琴而鼓之。七略曰：雅琴，琴之言禁也，雅之言正也，君子守正以自禁也。賈逵國語注曰：援，引也。案流徵以卻轉兮，聲幼妙而復揚。宋玉笛賦曰：吟清商，追流徵。幼，音要。貫歷覽其中操兮，意慷慨而自卬。言依曲次第，貫穿而歷覽之，志其中操也[81]。中操，操之中也。論語曰：吾道一以貫之。琴道曰：琴有伯夷之操。窮則獨善其身，不失其操，故謂之操。自卬，激厲也[82]。漢書，王章妻謂章曰：不自激卬。如淳注曰：激厲，抗揚之意也。卬，五郎切。左右悲而垂淚兮，涕流離而從橫。自眼出曰涕[83]。流離，涕垂貌。舒息悒而增欷兮，蹝履起而彷徨。息，歎息也。悒，於悒也。楚辭曰：憯淒增欷。蒼頡篇曰：欷，泣餘聲也。臣瓚漢書注曰[84]：躡跟為跕，掛趾為躧。說文曰：蹝，履也。一曰：韃，鞮屬。鞮，革履也。蒼頡篇曰：躧，徐行貌。蹝與躧音義同。揄長袂以自翳兮，數昔日之諐殃。說文曰：揄，引也。爾雅曰：諐，過也。殃，咎也[85]。無面目之可顯兮，遂頹思而就牀。廣雅曰：頹，壞也。言壞其思慮而就牀。摶芬若以為枕兮，席荃蘭而茝香。芬、若、荃、蘭，皆香草也。言以為枕席[86]，冀君來而幸臨也。廣雅曰[87]：摶，著也，段丸切。

---

80 注「說文曰悵望恨也」 袁本、茶陵本無此七字。

81 注「志其中操也」 袁本、茶陵本「志」作「至」，是也。

82 注「自卬激厲也」 袁本、茶陵本無此五字。

83 注「自眼出曰涕」 袁本、茶陵本無此五字。

84 注「臣瓚漢書注曰」下至「徐行貌」 袁本、茶陵本無此三十七字，有「蹝履足指掛履也」七字。

85 注「殃咎也」 袁本、茶陵本無此三字。

86 注「言以為枕席」 袁本、茶陵本無「以」字。

87 注「廣雅曰」 袁本、茶陵本無此三字。

忽寢寐而夢想兮，魄若君之在旁。琴操，聶政之妻曰：聶政出遊，七年不歸，吾常夢想思見之。惕寤覺而無見兮[88]，魂迋迋若有亡。迋迋，恐懼之貌，狂往切。楚辭曰：魂迋迋而南行。王逸曰：迋迋，惶遽貌[89]。莊子曰：君惝然若有亡。眾雞鳴而愁予兮，起視月之精光。楚辭曰：目眇眇兮愁予。觀眾星之行列兮，畢昴出於東方。言將曉也。淮南子曰：西方其星昴畢，今出東方，謂五月、六月也。爾雅曰：噣謂之畢。又曰：大梁昴也[90]。望中庭之藹藹兮，若季秋之降霜。藹藹，月光微闇之貌。禮記曰：季秋之月，霜始降。夜曼曼其若歲兮，懷鬱鬱其不可再更。楚辭曰：終長夜之曼曼。又曰：望孟夏之短夜，何明晦之若歲。曼曼，長也，一作漫漫[91]。又曰：心鬱鬱之憂思兮，獨永歎而增傷。鄭玄周禮注曰：鬱，不舒散也。越絕書，計倪曰：會稽之飢，不可再更。更，歷也[92]。澹偃蹇而待曙兮，荒亭亭而復明。說文曰：澹，搖也。李奇曰：澹，猶動也。偃蹇，佇立貌也。楚辭曰：思不眠而極曙。王逸曰：曙，明也。莊子：廣成子謂黃帝曰：自汝治天下，日月之光，益以荒矣。然荒，欲明貌。亭亭，遠貌。一云將至之意[93]。妾人竊自悲兮，究年歲而不敢忘。管子，婦對桓公曰：妾人聞之，非有內憂，必有外患。不敢忘，不敢忘君也。

---

88 魄若君之在旁惕寤覺而無見兮　袁本、茶陵本「魄」作「魂」，「寤」作「寐」。案：二本不著校語，無以考也。

89 注「楚辭曰」下至「惶遽貌」　袁本、茶陵本無此十七字。

90 注「爾雅曰」下至「昴也」　袁本、茶陵本無此十三字。

91 注「曼曼長也一作漫漫」　袁本、茶陵本無此八字。

92 注「更歷也」　袁本、茶陵本無此三字。

93 注「一云將至之意」　袁本、茶陵本無此六字。

思舊賦 并序

向子期 臧榮緒晉書曰：向秀，字子期，河內懷人也。始有不羈之志，與嵇康、呂安友[94]。康既被誅，秀應本州計，入洛。太祖問曰：聞有箕山之志，何以在此？秀曰：以為巢、許未達堯心，是以來見。反，自役作思舊賦，後為黃門郎，卒。

余與嵇康呂安居止接近，臧榮緒晉書曰：嵇康為竹林之遊，預其流者向秀、劉靈之徒。呂安，字仲悌，東平人也。其人並有不羈之才。鄒陽上梁孝王書曰：使不羈之士，與牛驥同皁。然嵇志遠而疏，呂心曠而放，其後各以事見法。干寶晉書曰：嵇康，譙人。呂安，東平人。與阮籍、山濤及兄巽友善。康有潛遯之志，不能被褐懷寶，矜才而上人。安，巽庶弟，俊才，妻美，巽使婦人醉而幸之。醜惡發露，巽病之，告安謗己。巽於鍾會有寵，太祖遂徙安邊郡。遺書與康：昔李叟入秦，及關而歎，云云。太祖惡之，追收下獄。康理之，俱死。魏氏春秋曰：康寓居河內之山陽，鍾會為大將軍所昵，聞而造之，乘肥衣輕，賓從如雲，康方箕踞而鍛，會至，不為禮，會深恨之。康與東平呂昭子巽友，弟安親善。會巽婬安妻徐氏，而誣安不孝，囚之。安引康為證，義不負心，保明其事。安亦至烈，有濟世志。鍾會勸大將軍因此除之，殺安及康。康臨刑，自援琴而鼓，既而曰：雅音於是絕矣！時人莫不哀之[95]。說文曰：法，刑也。嵇博綜技藝，於絲竹特妙。王肅周易注曰：綜，理事也。臨當就命，顧視日影，索琴而彈之。國語曰：先人就世。方言曰：就，終也。文士傳曰：嵇康臨死，顏色不變，謂兄曰：向以琴來不？兄曰：已來。康取調之，為太平引。曲成，歎息曰：太平引絕於今日

---

94 注「與嵇康呂安友」 袁本、茶陵本無此六字。

95 注「干寶晉書曰嵇康」下至「時人莫不哀之」 袁本、茶陵本無此一百四十二字，有「臧榮緒晉書曰安妻甚美兄巽報之巽內慙誣安不孝啓太祖徙安遠郡即路與康書惡之收安付廷尉與康俱死見法謂被法也」五十字，是也。茶陵本「惡之」上又有「太祖見而」四字，袁本無，蓋脫。

邪？康別傳，臨終曰：袁尼嘗從吾學廣陵散，吾每靳固之，不與[96]，廣陵散於今絕矣！就死，命也。曹嘉之晉紀曰：康刑於東市，顧日影，援琴而彈[97]。余逝將西邁，經其舊廬。言昔逝將西邁，今返經其舊廬。毛詩曰：逝將去汝。于時日薄虞淵，寒冰淒然！淮南子曰：日入于虞淵之汜。淒，冷也[98]。鄰人有吹笛者，發聲寥亮。追思曩昔遊宴之好，感音而歎，故作賦云：

將命適於遠京兮，遂旋反而北徂。論語曰：將命者出[99]。鄭玄曰：將命，傳辭者。鄭玄毛詩箋曰：將，奉也。徂，行也。毛詩曰：不能旋反。爾雅曰：適，往也。濟黃河以泛舟兮，經山陽之舊居。國語曰：秦泛舟於河。漢書，河內郡有山陽縣。瞻曠野之蕭條兮，息余駕乎城隅。西都賦曰：原野蕭條。列子曰：孔子自衛反魯，息駕乎河梁。毛詩曰：俟我乎城隅。踐二子之遺跡兮，歷窮巷之空廬。二子，謂呂安、嵇康也。風賦曰：起於窮巷之間。歎黍離之愍周兮，悲麥秀於殷墟。毛詩序，黍離，閔宗周也。周大夫行役，過故宗周，見周墟盡為禾黍，故歌黍離之詩。毛詩正義曰：過故宗廟宮室，盡為禾黍。又，方禾黍油油[100]。尚書大傳曰：微子將朝周，過殷之故墟，見麥秀之蔪蔪，此父母之國，志動心悲，作雅聲曰：麥秀漸兮，黍米䵴䵴。彼狡僮兮，不我好[101]。惟古昔以懷今兮，心徘徊以躊躇。方言曰：惟，思也。說文曰：懷，念也。韓詩曰：搔首躊躇。棟宇存而弗毀兮，形神逝其焉如。家語，孔子謂魯哀公曰：君仰視榱桷，其器皆存，而不覩其人也。孔安國尚書傳曰：如，往也。昔李斯之受罪

---

96 注「康別傳臨終曰」下至「不與」　袁本、茶陵本無此二十二字，有「干寶晉紀曰」五字。
97 注「就死命也」下至「援琴而彈」　袁本、茶陵本無此二十二字。
98 注「淒冷也」　袁本、茶陵本無此三字。
99 注「將命者出」　茶陵本「出」下有「戶」字，是也。袁本亦脫。
100 注「周大夫行役」下至「又方禾黍油油」　袁本、茶陵本無此四十三字。
101 注「作雅聲曰」下至「不我好」　袁本、茶陵本無此十九字。

兮，歎黃犬而長吟。史記曰：李斯者，楚上蔡人也。年少時，為郡小吏，見吏舍廁中鼠，食不絜，近人犬，數驚恐之。斯入倉，觀倉中鼠，食積粟，居大廡下，不見人犬之憂。斯乃歎曰：人之賢、不肖，譬如鼠矣，在所自處耳！乃從荀卿學帝王之術。已成，度楚王不足事，六國皆弱，無可為建功者。欲西入秦，辭卿曰：今秦王欲吞天下，此布衣馳騖之時，而遊說者之秋也。故斯將說秦矣。乃拜斯為客卿。卒用其計謀，官至廷尉。二十餘年，竟幷天下。以斯為丞相。二世立，用趙高之言，以屬中郎令，趙高按治斯。斯居囹圄中，仰天歎曰：嗟乎！不道之君，何可為計哉！今反者已有天下之半，而心未寤，而以趙高為佐，吾必見寇至咸陽。趙高治斯，榜掠千餘，不勝痛，自誣服。斯所以不死，自負其辯，有功，實無心反。二世乃具斯五刑論，要斬咸陽[102]。斯出獄，與其中子三川守由俱執[103]，顧謂其子曰：吾欲與若復牽黃犬，出上蔡東門，逐狡兔，豈可得乎[104]？遂父子相哭，夷三族。拜高為中丞相，事無大小，輒決於高[105]。**悼嵇生之永辭兮，顧日影而彈琴。託運遇於領會兮，寄餘命於寸陰。**運遇，五行運轉，遇人所遇之吉凶也[106]。領會，冥理相會也。鄭玄禮記注曰：領，理也。司馬彪曰：領會，言人運命如衣領之相交會，或合或開[107]。淮南子曰：聖人不貴尺之璧，而重寸之陰。時難得而易失也。**聽鳴笛之慷慨兮，妙聲絕而復尋。**洞簫賦曰：其妙聲則清淨猒瘱。長門賦曰：聲幼妙而復揚。**停駕言其將邁兮，遂援翰而寫心。**言駕將邁，遂停不行。毛詩曰：駕言出遊。廣雅曰：將，欲也。胡廣弔夷齊文曰：援翰錄弔以舒懷兮。毛詩曰：我心寫兮。

---

102 注「李斯者」下至「論要斬咸陽」　袁本、茶陵本無此二百六十三字。

103 注「斯出獄與其中子三川守由俱執」　袁本、茶陵本「斯」上有「李」字，無「與其」至「俱執」十字。

104 注「出上蔡東門逐狡兔豈可得乎」　袁本、茶陵本「出」上有「俱」字，「可」上無「豈」字。

105 注「遂父子相哭」下至「輒決於高」　袁本、茶陵本無此二十二字。案：此一節，尤延之增多者，皆甚誤。

106 注「五行運轉遇人所遇之吉凶也」　袁本、茶陵本無「人所遇之」四字。

107 注「司馬彪曰」下至「或合或開」　袁本、茶陵本無此二十一字。

歎逝賦 并序

陸士衡 王隱晉書曰：陸機，字士衡，吳郡人也。少為牙門將軍。吳平，太傅楊駿辟為祭酒[108]，轉太子洗馬。後成都王穎以機為司馬，參大將軍軍事[109]，遂為穎所害，臨刑，年四十有三。歎逝者，謂嗟逝者往也。言日月流邁，人世過往，傷歎此事而作賦焉[110]。

昔每聞長老追計平生同時親故，論語曰：久要不忘平生之言。孔安國曰：平生，少時也。或凋落已盡，或僅有存者。何休曰：僅，方也[111]。賈逵國語注曰：僅，猶言纔能也。余年方四十，而懿親戚屬，亡多存寡；左氏傳，富辰曰：兄弟雖有小忿，不廢懿親。暱交密友，亦不半在。爾雅曰：暱，近也。孫林曰：親之近也[112]。長笛賦曰：密友近賓。或所曾共遊一塗，同宴一室，十年之外，索然已盡。索，盡貌。以是思哀，哀可知矣！家語，孔子謂哀公曰：君以此思哀，則哀可知矣。乃作賦曰[113]：

伊天地之運流，紛升降而相襲。伊，惟也。升降，謂天地氣上下也[114]。禮記曰：地氣上齊，天氣下降，而百化興焉。鄭玄曰：齊，讀曰躋。躋，升也。孔安國尚書傳曰：襲，因也。日望空以駿驅，節循虛而警立。警，猶驚也。言日月望空駿驅而去，時節循虛驚動而立[115]。嗟人生之短期，孰長年之能執？能執，言不能執持得

108 注「太傅楊駿辟為祭酒」 袁本、茶陵本「為祭酒」三字作「機」。
109 注「參大將軍軍事」 袁本、茶陵本無此六字。
110 注「臨刑」下至「而作賦焉」 袁本、茶陵本無此三十三字。
111 注「何休曰僅方也」 袁本、茶陵本無此六字。
112 注「孫林曰親之近也」 陳云「林」疑當作「炎」，是也。各本皆誤。
113 乃作賦曰 案：「作」當作「為」，袁本、茶陵本無「作」字。校語云善有「為」字。
114 注「伊惟也」下至「上下也」 袁本、茶陵本無此十二字。
115 注「言日月望空」下至「驚動而立」 袁本、茶陵本無此十七字。

長年也[116]。素問，雷公曰：請問短期。黃帝曰：在經論中。管子曰：導血氣而求長年。時飄忽其不再，老晼晚其將及。楚辭曰：時不可兮再得。思玄賦曰：辰倏忽其不再。楚辭曰：白日晼晚其將入。晼晚，言日將暮也[117]。懟瓊蕊之無徵，恨朝霞之難挹。字林曰：懟，怨也。西京賦曰：屑瓊蕊以朝湌，必性命之可度。楚辭曰：漱正陽而含朝霞。毛萇詩傳曰：挹，斞也。挹，音揖。斞，音俱。望湯谷以企予，惜此景之屢戢。山海經曰：湯谷上於扶桑，一日方至[118]，一日方出。郭璞曰：上於扶桑，在上也。一日至，一日出，言交會相代也。毛詩曰：誰謂宋遠[119]，跂予望之。鄭玄曰：跂足則可望見之。企與跂同。字林曰：企，舉踵也。賈逵國語注曰：惜，痛也。戢，藏也。

悲夫！川閱水以成川，水滔滔而日度。高誘淮南子注曰：閱，總也。毛詩曰：滔滔江漢。世閱人而爲世，人冉冉而行暮。夫世之得名，緣於君上。人之父子相繼，亦取其名。故以一代之人，通呼為世[120]。暮，言人之年老也[121]。楚辭曰：老冉冉而逾絕。廣雅曰：冉冉，進也。人何世而弗新，世何人之能故。言皆滅亡而不能故。野每春其必華，草無朝而遺露。野每春其必華，喻人何世而弗新。草無朝而遺露，喻世何人之能故。夫露之在草，無一朝有餘；以喻人之居世，無一時而能故也。王逸楚辭注曰：遺，餘也。經終古而常然，率品物其如素。楚辭曰：長無絕兮終古。周易曰：品物咸亨。鄭玄禮記注曰：素，故也。譬日及之在條，恒雖盡而弗寤。言命之行逝，譬乎日及，雖至於盡而不能寤。爾雅曰：椴，木槿；櫬，木槿。郭璞注曰：別二名，似李樹。朝生夕隕，可食，

---

116 注「能執」下至「得長年也」 袁本、茶陵本無此十一字。

117 注「晼晚言日將暮也」 袁本、茶陵本無此七字。

118 注「一日方至」 袁本、茶陵本無此四字。

119 注「誰謂宋遠」 袁本、茶陵本無此四字。

120 注「通呼為世」 袁本、茶陵本「世」下有「人」字。

121 注「暮言人之年老也」 袁本、茶陵本無此七字。

或呼為日及，一曰王蒸[122]。潘尼朝菌賦曰：朝菌者，世謂之木槿，或謂之日及。雖不寤其可悲[123]，心惆焉而自傷！廣雅曰：惆，痛也。亮造化之若茲，吾安取夫久長？爾雅曰：亮，信也。淮南子曰：大丈夫無為，與造化逍遙。痛靈根之夙隕，怨具爾之多喪。靈根，祖禰也。具爾，兄弟也。南都賦曰：固靈根於夏葉。毛詩曰：戚戚兄弟，莫遠具爾。箋曰：莫，無也。具，猶俱也。爾，謂進之也。王與族人燕，兄弟之親，無遠無近，王俱揖而進之[124]。悼堂搆之隤瘁，愍城闕之丘荒。尚書曰：厥子乃弗肯堂，矧肯搆。瘁，猶毀也。毛詩曰：在城闕兮。親彌懿其已逝，交何戚而不忘。咨余今之方殆，何視天之芒芒。爾雅曰：咨，嗟也。芒芒，猶夢夢也。毛詩曰：民今方殆，視天夢夢。鄭玄曰：夢夢，亂也。爾雅曰：殆，危也。傷懷悽其多念，戚貌瘁而尠歡[125]。蒼頡篇曰：瘁[126]，憂也。瘁與悴古字通。爾雅曰：尠，少也。幽情發而成緒，滯思叩而興端。舞賦曰：幽情形而外揭。慘此世之無樂，詠在昔而爲言。毛詩曰：自古在昔。

居充堂而衍宇，行連駕而比軒。彌年時其詎幾，夫何往而不殘。充滿於堂，盈衍於宇。何往而不殘，殘，毀也[127]。爾雅曰：彌，終也。或冥邈而既盡，或寥廓而僅半。半，平聲，協韻。說文曰：冥，窈也。廣雅曰：寥，深也。廓，空也。信松茂而柏悅，嗟芝焚而蕙歎。毛詩曰：如松之茂。淮南子曰：巫山之上，順風縱火，紫芝與蕭艾俱死。柏悅蕙歎，蓋以自喻。苟性命之弗殊，豈同波而異瀾。言人之性命，脆促不殊，譬

122 注「爾雅曰」下至「一曰王蒸」　袁本、茶陵本無此三十五字。
123 雖不寤其可悲　袁本、茶陵本校語云善作「悟」。案：本篇前後皆不作「悟」，二本但據所見為校語，未必是。
124 注「箋曰莫無也」下至「俱揖而進之」　袁本、茶陵本無此三十三字。
125 戚貌瘁而尠歡　袁本、茶陵本「戚」作「感」，校語云善作「戚」。案：此亦但據所見為校語，未必是。
126 注「蒼頡篇曰瘁」　案：「瘁」當作「悴」，觀下注可見。各本皆誤。
127 注「何往而不殘殘毀也」　袁本、茶陵本無「何往而不殘」五字，有「皆」字。

水同波，而無異瀾也。瞻前軌之既覆，知此路之良難。此路，即死路也[128]。晏子春秋曰：前車覆，後車戒。啓四體而深悼，懼茲形之將然。論語曰：曾子有疾，召門弟子曰：啓予足，啓予手。毒娛情而寡方，怨感目之多顏。廣雅曰：毒，痛也。歸田賦曰：聊以娛情。方，術也。多顏，謂亡者既多，而非一狀也。日思往沒之人，多在顏也[129]。

諒多顏之感目[130]，神何適而獲怡。爾雅曰：怡，樂也。尋平生於響像，覽前物而懷之。夫響以應聲，像以寫形，今形聲既亡，故尋其響像。魯靈光殿賦曰：忽瞟眇以響像。步寒林以悽惻，翫春翹而有思。翹，茂盛貌。毛詩曰：翹翹錯薪。觸萬類以生悲，歎同節而異時。言春秋與往同，然存亡異時[131]。河圖曰：地有九州，以包萬類。魏文帝與吳質書曰：節同時異。年彌往而念廣，塗薄暮而意迮。楚辭曰：年洋洋而日往。史記，伍子胥曰：日暮塗遠，故倒行而逆施之。聲類曰：迮，迫也，阻格切。親落落而日稀，友靡靡而愈索。落落，稀貌。靡靡，盡貌。索，協韻，所格切。顧舊要於遺存，得十一於千百。舊要，猶久要也。遺，餘也。言顧久要於遺存之中。得十一於千百之內，十一者，謂通千百而計之，十分而得其一，言亡多而存寡也。久要，已見上注。樂隤心其如忘，哀緣情而來宅。忘，失也。宅，居也[132]。言樂易失而哀易居也。薛君韓詩章句曰：隤，猶遺也。託末契於後生，余將老而爲客。言我將欲老死，與汝為客也[133]。說文曰：契，約也。論語，子曰：後生可畏。古

128 注「即死路也」　袁本、茶陵本無「即」字。
129 注「日思往沒之人多在顏也」　袁本、茶陵本無此十字。
130 諒多顏之感目　袁本云善作「諒」，茶陵本云五臣作「亮」。案：本篇「亮造化之若茲」，不作「諒」。二本據所見為校語，未必是。
131 注「言春秋與往同然存亡異時」　袁本、茶陵本無此十一字。
132 注「忘失也宅居也」　袁本、茶陵本無此六字。
133 注「言我將欲老死與汝為客也」　袁本、茶陵本無此十一字。

詩曰：人生天地間，忽如遠行客。

然後弭節安懷，妙思天造。楚辭曰：夕弭節于北渚。王逸曰：弭，安也。論衡曰：孔子作春秋，妙思自出胸中。周易曰：天造草昧。**精浮神淪，忽在世表。**表，外也。言精神不定。世表，在世之表也[134]。**寤大暮之同寐，何矜晚以怨早。**寤，覺也[135]。大暮，猶長夜也。原夫生死之理，雖則長短有殊，終則同歸一揆。言覺斯理，則晚死者何足矜，早夭者何傷也。繆熙伯挽歌曰：大暮安可晨。寐，猶死也。古詩曰：潛寐黃泉下。**指彼日之方除，豈茲情之足攪？**言既寤之，則彼死日之方除，豈能亂我情乎？言不足亂也[136]。毛詩曰：日月其除。又曰：秪攪予心。毛萇曰：攪，亂也。**感秋華於衰木，瘁零露於豐草。在殷憂而弗違，夫何云乎識道。**言達人之志，混齊死生。今反感木衰之秋華，悲豐草之零露，是乃在殷憂而不去，何云識道乎？言未識也[137]。毛詩曰：零露團兮。又曰：在彼豐草。韓詩曰：耿耿不寐，如有殷憂。毛萇曰：違，去也。法言曰：委大聖而好乎諸子者，惡覩其識道也。殷，深也。**將頤天地之大德，遺聖人之洪寶。**言將養生而遺榮也。爾雅曰：頤，養也。遺，棄也[138]。周易曰：天地之大德曰生，聖人之大寶曰位。**解心累於末迹，聊優遊以娛老。**末迹，喻老。言解世俗之心累於末，聊優游卒歲以娛老年[139]。莊子曰：解心之繆，去德之累。容動色治氣意六者，繆心者也；惡欲喜怒哀樂六者，累德者也。累，猶負也。優遊，已見上文。班固漢書述曰：疏克有終，散金娛老。

---

134 注「言精神不定世表在世之表也」 袁本、茶陵本無此十二字。

135 注「寤覺也」 袁本、茶陵本無此三字。

136 注「言既寤之」下至「言不足亂也」 袁本、茶陵本無此二十二字。

137 注「言未識也」 袁本、茶陵本無此四字。

138 注「遺棄也」 袁本、茶陵本無此三字。

139 注「末迹喻老」下至「以娛老年」 袁本、茶陵本無此二十二字。

懷舊賦 并序

懷舊賦者，懷，思也，謂思於親舊而賦也。

潘安仁

余十二而獲見于父友東武戴侯楊君，臧榮緒晉書曰：岳父芘，琅邪內史。潘岳楊肇碑曰：肇字秀初，滎陽人，封東武伯，薨，謚曰戴。芘，音毗。始見知名，遂申之以婚姻，言岳有名譽，為肇所知。漢書曰：官皇帝知名者。賈弼之山公表注曰：楊肇女適潘岳。左氏傳，晉呂相絕秦曰：相好，勠力同心，申之以婚姻。爾雅曰：壻之父母相謂為昏姻[140]。而道元公嗣，亦隆世親之愛。賈弼之山公表注曰：肇生潭，字道元，太中大夫。次韶，字公嗣[141]，射聲司馬。臣松之注魏志引劉暐傳曰：楊暨，字肇，晉荊州刺史。子潭，字道源。次韶，字公嗣。不幸短命，父子凋殞。論語，哀公問孔子弟子孰為好學[142]，孔子曰：有顏回者，不幸短命死矣，今也則亡[143]。余既有私艱，且尋役于外，私艱，謂家難也。毛詩曰：未堪家多難，余又集于蓼。尋役，謂之任也。王充論衡曰：充罷州役。不歷嵩丘之山者，九年于茲矣。陸機洛陽記曰：嵩高在洛陽東南五十里。今而經焉，慨然懷舊而賦之曰：

啓開陽而朝邁，濟清洛以徑渡[144]。洛陽記曰：大興在開陽門外。應劭漢官儀曰：開陽門始成，未有名。夜有一柱來樓上。琅邪開陽縣上言：南門一柱飛去。光武使視之，因刻記其年月日，以名門焉。楚辭曰：不能復陵波以徑渡。晨

---

140 注「爾雅曰」下至「為昏姻」　袁本、茶陵本無此十二字。

141 注「臣松之注魏志」下至「字公嗣」　袁本、茶陵本無此三十字。陳云按魏志田豫傳，中領軍楊暨舉豫。注云：臣松之案暨事見劉暐傳。暨子肇，晉荊州刺史，云云。劉暐傳中無「暨子肇」以下諸語，注微誤。案：此或記於旁而其人讀裴注未諦，尤延之輒取以增多耳。陳不知今所行選注，經尤校改，每非善舊，故尚不加遽斥，其實善無是語也。

142 注「哀公問孔子弟子孰為好學」　袁本、茶陵本無此十一字。

143 注「死矣今也則亡」　袁本、茶陵本無此六字。

144 注「楚辭曰不能復陵波以徑渡」　袁本此十一字作「徑度已見上文」，是也。茶陵本複出，非。

風淒以激冷，夕雪暠以掩路。埤蒼曰：暠，白也。掩，覆也[145]。轍含冰以滅軌，水漸軔以凝冱。顏延年纂要解曰：車跡曰軌。車輪謂之軔[146]。王逸楚辭注曰：軔，支輪木也。廣雅曰：漸，漬也。字林曰：凝，冰也。杜預曰：冱，閉也。塗艱屯其難進，日晼晚而將暮。周易曰：屯，難。楚辭曰：白日晼晚其將暮[147]。仰晞歸雲，俯鏡泉流。傅毅七激曰：仰歸雲，遡遊風。西都賦曰：鏡清流。前瞻太室，傍眺嵩丘。山海經曰：太室之山。郭璞曰：即中嶽嵩高山也，今在陽城縣西。漢書曰：太室，嵩高也。戴延之西征記曰：嵩高，中嶽也。東謂太室，西謂少室，總名嵩也。小說曰：昔傳亮北征，在河中流，或人問之曰：潘安仁作懷舊賦曰：前瞻太室，傍眺嵩丘。嵩丘、太室一山，何云前瞻傍眺哉？亮對曰：有嵩丘山去太室七十里，此是寫書誤耳。河南郡圖經曰：嵩丘在縣西南十五里[148]。東武託焉，建塋啓疇。如淳漢書注曰：塋，冢田也。賈逵國語注曰：一井為疇。巖巖雙表，列列行楸。崔豹古今注曰：堯設誹謗之木，今華表也，以橫木交柱頭，古人亦施之於墓。爾雅曰：檟大而皵，楸。郭璞曰：老乃皮麤皵者為楸。望彼楸矣，感于予思。尚書曰：予思日孜孜。既興慕於戴侯，亦悼元而哀嗣。墳壘壘而接壟，柏森森以攢植。古樂府詩曰：還望故鄉鬱何壘。廣雅曰：壘，重也。說文曰：壟，丘也。仲長子昌言曰：古之葬，植松柏梧桐以識其墳。鄭玄周禮注曰：植，根生之屬。森森，一作榛榛。壘，平聲[149]。何逝沒之相尋，曾舊草之未異。禮記曰：朋友之墓，有宿草而不哭焉。鄭玄曰：宿草陳根。

余總角而獲見，承戴侯之清塵。毛詩曰：總角丱兮。孔安國尚書傳曰：承，奉也。楚辭曰：聞赤松之清

145 注「掩覆也」　袁本、茶陵本無此三字。
146 注「車輪謂之軔」　袁本、茶陵本「車」作「軌並」二字。案：此亦尤校改耳。
147 注「楚辭曰白日晼晚其將暮」　袁本此十字作「晼晚已見上文」，是也。茶陵本複出，非。
148 注「河南郡圖經曰」下至「十五里」　袁本、茶陵本無此十五字。
149 注「森森一作榛榛壘平聲」　袁本、茶陵本無此九字。

塵。名余以國士，眷余以嘉姻。史記，豫讓曰：智伯以國士遇我，我故以國士報之。自祖考而隆好，逮二子而世親。歡攜手以偕老，庶報德之有鄰。毛詩曰：君子偕老。家語，孔子曰：詩云，皇皇上帝，其命不忒。天之與人，必報有德。論語，孔子曰：德不孤，必有鄰。今九載而一來，空館闃其無人。周易曰：闃其戶，闃其無人。埤蒼曰：闃，靜也。陳荄被于堂除，舊圃化而為薪。鄭玄禮記注曰：宿草，陳根也。方言曰：荄，根也，音皆。說文曰：除，殿堦也。步庭廡以徘徊，涕泫流而霑巾。說文曰：廡，堂下周屋。禮記曰：孔子泫然流涕。張平子四愁詩曰：側身北望涕霑巾。泫，胡犬切。宵展轉而不寐，驟長歎以達晨。毛詩曰：展轉伏枕。漢書曰：劉向或夜觀星宿，不寐達旦。獨鬱結其誰語，聊綴思於斯文。楚辭曰：遭沈濁而污穢兮，獨鬱結其誰語。

寡婦賦

并序　寡婦者，任子咸之妻也。子咸死，安仁序其寡孤之意，故有賦焉。少而無夫曰寡。潘安仁

樂安任子咸賈弼之山公表注曰：任護字子咸，奉車都尉。有韜世之量，與余少而歡焉！廣雅曰：韜，藏也。言度之大，包藏一世也。雖兄弟之愛，無以加也。范曄後漢書曰：姜肱與二弟仲海、季江，友愛天至。不幸弱冠而終，不幸、弱冠，並已見上。良友既沒，何痛如之！毛詩曰：伐木丁丁，鳥鳴嚶嚶。雖有兄弟，不如友生[150]。孫卿子曰：夫人必將擇良友而友之。其妻又吾姨也，賈弼之山公表注曰：楊肇次子適任護。爾雅曰：妻之姊妹，同出為姨。郭璞曰：同出，謂俱已嫁也[151]。毛詩曰：邢侯之姨。左氏傳曰：蔡哀侯娶於陳，息侯亦娶焉。息嬀將歸過蔡，蔡侯曰：是吾姨也。杜預注曰：妻之姊妹曰姨。少喪父母，適人而所天又殞，家語曰：女年十五，有適人之道。適，

150 注「毛詩曰」下至「不如友生」　袁本、茶陵本無此十九字。

151 注「爾雅曰」下至「謂俱已嫁也」　袁本、茶陵本無此二十一字。

謂往嫁也。杜預左氏傳注曰：婦人在室，則父天，出則夫天[152]。喪服傳曰：父者子之天，夫者婦之天。蔡伯喈女賦曰：當三春之嘉月，將言歸於所天。**孤女藐焉始孩，**潘岳集任澤蘭哀辭曰：澤蘭者，任子咸之女也，涉三齡，未沒喪而殞。余聞而悲之，遂為其母辭[153]。左氏傳，晉獻公使荀息侍奚齊，公疾召之[154]曰：以是藐諸孤，辱大夫，其若之何？注曰：言其幼稚，與諸子縣藐。廣雅曰：藐，小也。字林曰：小兒笑也[155]。孟子，孩提之童，無不知愛其親者。趙岐曰：孩提，謂二三歲之間，始孩笑可提抱者。禮記內則曰：子生三月孩而名[156]。**斯亦生民之至艱，而荼毒之極哀也。**尚書曰：不忍荼毒。孔安國曰：荼毒，苦也。**昔阮瑀既歿，魏文悼之，並命知舊作寡婦之賦。**魏文帝寡婦賦序曰：陳留阮元瑜，與余有舊，薄命早亡，故作斯賦，以敘其妻子悲苦之情，命王粲等並作之。**余遂擬之以敘其孤寡之心焉。其辭曰：**

嗟予生之不造兮，哀天難之匪忱。毛詩曰：閔予小子，遭家不造。天難匪忱，言天行禍難，不由誠信也。爾雅曰：忱，信也。**少伶俜而偏孤兮，痛忉怛以摧心。**伶俜，單孑貌。偏孤，謂喪父也。古猛虎行曰：少年惶且怖，伶俜到他鄉。伶，力丁切。俜，匹成切。毛詩曰：勞心忉忉。又曰：勞心怛怛。毛萇曰：忉忉，憂勞也。又怛怛，猶忉忉也。**覽寒泉之遺歎兮，詠蓼莪之餘音。**寒泉，謂母存也。蓼莪，謂父母俱亡也。毛詩曰：爰有寒泉，在浚之下。有子七人，母氏勞苦。又曰：蓼蓼者莪，匪莪伊蒿。哀哀父母，生我劬勞。蓼，音陸。莪，音俄。**情長存活感以永慕兮，思彌遠而逾深。**長笛賦曰：長慼慼不能閑居兮[157]。曹子建應詔詩曰：長懷永慕。

---

152 注「杜預左氏傳注曰」下至「則夫天」　袁本、茶陵本無此十八字。
153 注「潘岳集」下至「遂為其母辭」　袁本、茶陵本無此三十六字。
154 注「使荀息侍奚齊公疾召之」　袁本、茶陵本無此十字。
155 注「辱大夫」下至「小兒笑也」　袁本、茶陵本無此三十一字。
156 注「禮記內則曰」下至「孩而名」　袁本、茶陵本無此十二字。
157 注「長戚戚不能閑居兮」　案：下「戚」當作「之」，「兮」當作「焉」。各本皆誤。

伊女子之有行兮，爰奉嬪於高族。毛詩曰：女子有行，遠父母兄弟。箋曰：行，道也。婦人生而有適人之道[158]。尚書曰：嬪于虞。孔安國曰：奉行婦道於虞氏。承慶雲之光覆兮，荷君子之惠渥。慶雲，喻父母也。史記曰：若煙非煙，若雲非雲，郁郁紛紛，蕭索輪囷，是謂慶雲。楚辭注曰：慶雲，喻尊顯。君子，謂夫也。毛詩曰：既見君子，不我遐棄。詩傳曰：渥，厚也。顧葛藟之蔓延兮，託微莖於樛木。葛、藟，二草名也。言二草之託樛木，喻婦人之託夫家也。毛詩曰：南有樛木，葛藟纍之。毛萇曰：木下曲曰樛。纍，猶蔓也。藟，力水切。樛，居虬切。纍，力追切。懼身輕而施重兮，若履冰而臨谷。曹植鸚鵡賦曰：恐身輕而施重，恐往惠之中虧。丁儀妻寡婦賦曰：恐施厚而德薄，若履冰而臨淵。毛詩曰：惴惴小心，如臨于谷。又曰：戰戰兢兢，如履薄冰。遵義方之明訓兮，憲女史之典戒。蔡邕袁公夫人碑曰：義方之訓，如川之流。毛萇詩傳曰：古者后夫人必有女史。奉烝嘗以效順兮，供洒掃以彌載。禮記曰：天子諸侯宗廟之祭，春礿夏禘，秋嘗冬烝。又曰：女於大夫，曰備掃灑。毛萇詩傳曰：灑，掃也。又曰：教成之祭，牲用魚，芼之以蘋藻，所以成婦順也。毛萇詩傳曰：洒、灑同。班婕妤自傷賦曰：供灑掃於帷幄，永終死以為期。爾雅曰：彌，終也。

彼詩人之攸歎兮，徒願言而心痗。毛詩曰：願言思伯，使我心痗。毛萇傳曰：痗，病也，音妹。何遭命之奇薄兮，遘天禍之未悔。魏文帝善哉行曰：自惜奇薄，少離凶殃。爾雅曰：遘，遇也。言夫之早隕者，遇天未悔禍之時[159]。言天降禍于己，未有悛悔之心也。左氏傳曰：天其悔禍于我。榮華曄其始茂兮，良人忽以捐背。丁儀妻寡婦賦曰：榮華曄其始茂，所將奄其俱泯。楚辭曰：及榮華之未落。王逸曰：榮華，喻顏色也。孟子曰：齊人有一妻一妾而處室者，其良人出，必猒酒肉而後反。劉熙曰：婦人稱夫曰良人。孔安國曰：捐，棄也。靜闔門以窮居兮，塊煢獨

---

158 注「箋曰行」下至「而有適人之道」　袁本、茶陵本無此十四字。

159 注「言夫之早隕者遇天未悔禍之時」　袁本、茶陵本此十三字作「天禍未悔」四字。

而靡依。丁儀妻寡婦賦曰：靜閉門以卻掃，塊孤惸以窮居。易錦茵以苫席兮，代羅幬以素帷。丁儀妻寡婦賦曰：刷朱闕以白堊，易玄帳以素幬。桓子新論曰：吾謂楊子曰：君數見乘輿，錦繡茵席。禮記曰：父母之喪，寢苫枕塊。爾雅曰：蓋謂之苫。注：茅苫也，江東呼為蓋[160]。楚辭曰：蒻阿拂壁羅幬張。爾雅曰：幬，謂之帳。纂要曰：在上曰帳，在旁曰帷，單帳曰幬[161]。幬，丈尤切。命阿保而就列兮，覽巾箑以舒悲。列女傳曰：齊孝孟姬曰：后妃下堂，必從傅母保阿。就列，就其房列之位也[162]。箑，扇也。口嗚咽以失聲兮，淚橫迸而霑衣。韓詩外傳曰：嗚，歎聲也。毛萇詩傳曰：咽，憂不能息也。家語曰：公父文伯卒，其妻妾行哭失聲。丁儀妻寡婦賦曰：涕流迸以淋浪。字書曰：迸，散走也，波諍切。愁煩寃其誰告兮，提孤孩於坐側。誰告，言告誰也。丁儀妻寡婦賦曰：含慘悴其何訴，抱弱子以自慰。王粲寡婦賦曰：提孤孩兮出戶，與之步兮東箱。坐側，靈坐之側也。

時曖曖而向昏兮，日杳杳而西匿。楚辭曰：時曖曖其將罷。王逸曰：曖曖，昏昧貌。楚辭曰：日杳杳而西頹。丁儀妻寡婦賦曰：時翳翳而稍陰，日亹亹以西墜。曹植贈白馬王詩曰：白日忽西匿。雀羣飛而赴楹兮，雞登棲而斂翼。秦嘉贈婦詩曰：啾啾雞雀，羣飛赴楹。丁儀妻寡婦賦曰：雞斂翼以登棲，雀分散以赴羣。爾雅曰：雞棲於弋為榤，鑿垣而棲為塒。棲，雞宿處[163]。歸空館而自怜兮，撫衾裯以歎息。楚辭曰：私自怜兮何極。毛詩曰：抱衾與裯，寔命不猶[164]。毛萇詩傳曰：衾，被也。裯，單被也。思纏緜以瞀亂兮，心摧傷以愴惻。張升與任彥堅書曰：纏緜

---

160 注「爾雅曰」下至「江東呼為蓋」　袁本、茶陵本無此十六字。

161 注「纂要曰」下至「曰幬」　袁本、茶陵本無此十五字。

162 注「就列就其房列之位也」　袁本、茶陵本無此九字。

163 注「爾雅曰」下至「棲雞宿處」　袁本、茶陵本無此十九字。

164 注「寔命不猶」　袁本、茶陵本無此四字。

恩好，庶蹈高蹤。楚辭曰：中瞀亂兮迷惑。又曰：心悶瞀之屯屯。王逸曰：瞀，亂也[165]。瞀，莫遘切。

曜靈曄而遄邁兮，四節運而推移。楚辭曰：耀靈曄而西征。廣雅曰：曜靈，日也[166]。易乾鑿度，孔子曰：天有春秋冬夏之節，故主四時。顏延年曰：春夏秋冬曰四時，時名一節，故言四時。遄，速也[167]。古歷九秋篇曰：寒暑推移。遄，速也[168]。天凝露以降霜兮，木落葉而隕枝。毛萇詩傳曰：隕，墜也。仰神宇之寥寥兮，瞻靈衣之披披。曹植九詠曰：葛蔓滋兮冒神宇。廣雅曰：寥，深也。空廓，寥廓也[169]。楚辭曰：靈衣兮披披。退幽悲於堂隅兮，進獨拜於牀垂。楚辭曰：日暮黃昏羌幽悲。王粲神女賦曰：登筵對兮倚床垂。耳傾想於疇昔兮，目仿佛乎平素。左氏傳，羊斟曰：疇昔之羊，子為政。杜預曰：疇昔，猶前日也。楚辭曰：時髣髴以遙見。曹植任城王誄曰：目想宮城，心存平素。字林曰：仿，相似也。佛，不審也。素，昔也。言平生昔日之時也[170]。雖冥冥而罔覿兮，猶依依以憑附。冥冥，幽昧也。蘇武詩曰：胡馬失其羣，思心常依依。依依，思戀之貌。小雅曰：憑，依也。痛存亡之殊制兮，將遷神而安厝。丁儀妻寡婦賦曰：痛存亡之異路，將遷靈以大行。厝，置也。孝經曰：下其宅兆，而安厝之。龍轜儼其星駕兮，飛旐翩以啓路。丁儀妻寡婦賦曰：駕龍轜於門側，旐繽紛以飛揚。爾雅曰：緇廣充幅長尋曰旐[171]。禮記有龍輴。鄭玄注曰：龍輴，畫轅為龍也。說文曰：轜，喪車也，音而。毛詩曰：星言夙駕。禮記曰：孔子之喪，公西為

---

165 注「又曰」下至「瞀亂也」 袁本、茶陵本無此十四字。

166 注「廣雅曰曜靈日也」 袁本、茶陵本無此七字。

167 注「顏延年曰」下至「遄速也」 袁本、茶陵本無此二十二字。

168 注「遄速也」 袁本、茶陵本無此三字。案：此於上所增多為複，乃誤中之誤。

169 注「空廓寥廓也」 袁本、茶陵本下「廓」字作「寥」。案：陳云「廓」，「寥」誤，即據別本也。

170 注「字林曰仿」下至「言平生昔日之時也」 袁本、茶陵本無此二十二字。

171 注「爾雅曰」下至「曰旐」 袁本、茶陵本無此十一字。

志焉[172]。設旐，夏也；然旐，喪柩之旌也[173]。爾雅曰：廣幅曰旐。凶幡，即今之旐旐[174]。楚辭曰：前飛廉以啓路。輪按軌以徐進兮，馬悲鳴而跼顧。李陵詩曰：轅馬顧悲鳴。楚辭曰：僕夫悲余懷兮，馬[175]踡局而不行。局與跼古字並通，渠足切。潛靈邈其不反兮，殷憂結而靡訴。殷憂，見上文。毛詩曰：心之憂矣，如或結之。靡訴，言無所告訴也。睎形影於几筵兮，馳精爽於丘墓。家語曰：俯察机筵，其器存而不覩其人。說文曰：睎，望也。廣雅曰：睎，視也。左氏傳，樂祁曰：心之精爽，是謂魂魄。

自仲秋而在疚兮，踰履霜以踐冰。丁儀妻寡婦賦曰：自銜恤而在疚，履春冬之四節。韓詩曰：惸惸余在疚。凡人喪曰疚[176]。鄭玄毛詩箋曰：在憂病之中。周易曰：履霜堅冰至。雪霏霏而驟落兮，風瀏瀏而夙興。丁儀妻寡婦賦曰：風蕭蕭而日勁，雪翩翩以交零。毛詩曰：雨雪霏霏。楚辭曰：秋風瀏以蕭蕭。王逸曰：瀏，風疾貌。霤泠泠以夜下兮，水溓溓以微凝。丁儀妻寡婦賦曰：霜淒淒而夜降，水溓溓而晨結。說文曰：霤，屋水流也。又曰：溓溓，薄冰也，力檢切。意忽怳以遷越兮，神一夕而九升。老子曰：惚兮怳兮，其中有象。楚辭曰：惟郢路之遼遠，魂一夕而九逝。庶浸遠而哀降兮，情惻惻而彌甚。東觀漢記，上賜東平王蒼書曰：歲月騖過，山陵浸遠。願假夢以通靈兮，目烱烱而不寢。陳琳神女賦曰：儀營魄於髣髴，託嘉夢以通精。楚辭曰：夜烱烱而不寐。烱，公冷切。夜漫漫以悠悠兮，寒淒淒以凜凜。夜漫漫，已見上文。楚辭曰：去白日之昭昭，襲長夜之悠悠。毛詩曰：秋日淒淒。說文曰：凜凜，寒也。氣憤薄而乘胸兮，涕交橫而流枕。丁儀妻寡婦賦曰：氣憤薄而交縈，撫

---

172 注「公西為志焉」　茶陵本「西」下有「赤」字，是也。袁本亦脫。

173 注「喪柩之旌也」　茶陵本「喪」作「表」，袁本亦作「喪」。案：陳云「喪」，「表」誤，亦據別本也。

174 注「爾雅曰」下至「即今之旐旐」　袁本、茶陵本無此十四字。案：此於上所增多，亦為複，皆誤中之誤也。

175 注「僕夫悲余懷兮馬」　袁本、茶陵本「馬」在「余」字下，是也。此所引離騷文。

176 注「凡人喪曰疚」　袁本、茶陵本無此五字。

素枕而歔欷。長笛賦曰：泣血泫然，交橫而下。亡魂逝而永遠兮，時歲忽其遒盡。丁儀妻寡婦賦曰：神爽緬其日永，歲功忽其已成。楚辭曰：歲忽忽而遒盡。毛萇詩傳曰：遒，終也。廣雅曰：遒，忽也。容貌僵以頓顇兮，左右悽其相愍。家語曰：儽乎若喪家之狗。禮記曰：喪容儽儽。鄭玄曰：儽，羸貌[177]。鸚鵡曰[178]：容貌慘以顦顇。丁儀妻寡婦賦曰：顧顏貌之艴艴[179]，對左右而掩涕。洞簫賦曰：桀跖鬻博儽頓顇。說文曰：儽，敗也，洛罪切。艴，普槛切。感三良之殉秦兮，甘捐生而自引。毛詩秦風曰：黃鳥，哀三良也。國人刺穆公以人從死，而作是詩。左氏傳，文公六年[180]，秦穆公卒，以子車氏之三子奄息、仲行、針虎為殉，皆秦之良也。杜預曰：以人從葬為殉。妻言願亦如三良死從於夫也[181]。自引，自殺也。漢書，主簿謂王嘉曰：君侯宜引決。鞠稚子於懷抱兮，羌低徊而不忍。王粲寡婦賦曰：欲引刃以自裁，顧弱子而復停。史說曰：楚懷王稚子蘭。毛詩曰：母兮鞠我，出入腹我。毛萇曰：鞠，養也。鄭玄曰：腹，懷抱也。獨指景而心誓兮，雖形存而志隕。韓詩曰：謂余不信，有如皎日。楚辭曰：辭靈修而隕志。

重曰：仰皇穹兮歎息，私自憐兮何極！皇穹，天也。省微身兮孤弱，顧稚子兮未識。如涉川兮無梁，若陵虛兮失翼。周易曰：利涉大川。楚辭曰：江河廣而無梁。丁儀妻寡婦賦曰：鳥淩虛以徘徊。上瞻兮遺象，下臨兮泉壤。象，謂形像也。以其已化，故謂之遺也。窈冥兮潛翳，心存兮目想。魏太祖祭橋玄文曰：幽靈潛翳，心存目想。奉虛坐兮肅清，愬空宇兮曠朗。愬，亦訴字。廓孤立兮顧影，塊獨言兮聽響。楚辭曰：廓抱影而獨倚。丁儀妻寡婦賦曰：賤妾煢煢，顧影為儔。顧影兮傷摧，聽響兮增哀。

---

177 注「家語曰」下至「儽羸貌」　袁本、茶陵本無此二十三字。

178 注「鸚鵡曰」　袁本「鵡」下有「賦」字，是也。茶陵本亦脫。

179 注「顧顏貌之艴艴」　茶陵本「顏」作「顇」，是也。袁本「顇」上衍「顦」字，亦非。

180 注「文公六年」　袁本、茶陵本無此四字，有「曰」字。

181 注「妻言願亦如三良死從於夫也」　袁本、茶陵本無此十二字。

遙逝兮逾遠，緬邈兮長乖。國語，瞽子曰：椒舉奔鄭，緬然引領南望。賈逵曰：緬，思貌也。

四節流兮忽代序，歲云暮兮日西頹。楚辭曰：日月忽其不淹，春與秋兮代序[182]。毛詩曰：歲聿其暮[183]。古詩曰：凜凜歲雲暮。說文曰：頹，墜也。霜被庭兮風入室，夜既分兮星漢迴。韓子曰：衛靈至濮水，夜分而聞有鼓琴者。魏文帝雜詩曰：天漢迴西流。夢良人兮來遊，若閶闔兮洞開。楚辭曰：倚閶闔而望兮。王逸曰：閶闔，天門。怛驚悟兮無聞，超惝怳兮慟懷。方言曰：怛，痛也。悟，覺也。莊子曰：君惝然若有[184]。怳，已見上文。慟懷兮奈何，言陟兮山阿。爾雅曰：大陵曰阿。墓門兮肅肅，脩壟兮峨峨。毛詩曰：墓門有棘。方言曰：無墳謂之墓。秦、晉之間，或謂冢為壟。孤鳥嚶兮悲鳴，長松萋兮振柯。楚辭曰：秋風兮蕭蕭，舒芳兮振條。廣雅曰：振，動也[185]。哀鬱結兮交集，淚橫流兮滂沲。楚辭曰：鬱結紆軫兮。又曰：涕流交集。班婕妤自傷賦曰：雙淚下兮橫流。毛詩曰：涕泗滂沲。蹈恭姜兮明誓，詠柏舟兮清歌。毛詩序曰：柏舟，恭姜自誓也。衛世子早死，其妻守義，父母欲奪而嫁之，誓而不許。終歸骨兮山足，存憑託兮餘華。班婕妤自傷賦曰：願歸骨於山足，依松柏之餘休。要吾君兮同穴，之死矢兮靡佗。毛詩曰：柏舟，恭姜自誓也。衛世子恭伯早死，其妻守義，父母欲奪而不許。注：恭伯，僖侯之世子也。曹植文帝誄曰：願投骨於山足，報恩養於下庭[186]。毛詩曰：穀則異室，死則同穴。又曰：髧彼兩髦，實維我儀，之死矢靡佗。毛萇曰：矢，誓也。之，至也。言至己之死，信無佗心。

---

182 注「春與秋兮代序」　何校「兮」改「其」。案：「兮」字當在上句末。各本皆誤。

183 注「毛詩曰歲聿其暮」　袁本、茶陵本無此七字。

184 注「君惝然若有」　茶陵本「有」下有「亡」字，是也。袁本亦脫。

185 注「楚辭曰秋風兮」下至「振動也」　袁本、茶陵本無此十九字。

186 注「毛詩曰柏舟」下至「報恩養於下庭」　袁本、茶陵本無此五十五字。案：恭姜、柏舟、歸骨山足，善均於上注訖，何得更有云云。覩此可知尤增多之，無足取也。

恨賦

意謂古人不稱其情，皆飲恨而死也[187]。

江文通

劉璠梁典曰：江淹，字文通，濟陽考城人[188]。祖躭，丹陽令。父康之，南沙令。淹少而沉敏[189]，六歲能屬詩。及長，愛奇尚異，自以孤賤，厲志篤學。洎於強仕，漸得聲譽。嘗夢郭璞謂之曰：君借我五色筆，今可見還。淹即探懷以筆付璞，自此以後，材思稍減。前後二集，並行於世。卒贈醴泉侯，謚憲子[190]。宋桂陽王舉秀才。齊興，為豫章王記室。天監中，為金紫光祿大夫，卒。

試望平原，蔓草縈骨，拱木斂魂。爾雅曰：試，用也[191]。毛詩曰：野有蔓草。左氏傳，秦伯謂蹇叔曰：中壽，爾墓之木拱矣。注：兩手曰拱[192]。古蒿里歌曰：蒿里誰家地，聚斂魂魄無賢愚。人生到此，天道寧論！

於是僕本恨人，心驚不已。列女傳，趙津吏女歌曰：誅將加兮妾心驚。直念古者，伏恨而死。

至如秦帝按劍，諸侯西馳。說苑曰：秦始皇帝太后不謹，幸郎嫪毒，茅焦上諫[193]，始皇按劍而坐。戰國策，蘇代曰：伏軾而西馳。削平天下，同文共規。禮記曰：書同文，車同軌。華山爲城，紫淵爲池。過秦論曰：踐華為城，因河為池。上林賦曰：丹水更其南[194]，紫淵徑其北。雄圖既溢，武力未畢。方架黿鼉以爲梁，巡

187 恨賦注「意謂古人」下至「而死也」 袁本、茶陵本無此十四字。
188 注「濟陽考城人」 袁本、茶陵本無「考城」二字。
189 注「祖躭」下至「淹少而沉敏」 袁本、茶陵本無此十六字。
190 注「自以孤賤」下至「謚憲子」 袁本、茶陵本無此六十五字。
191 注「爾雅曰試用也」 袁本、茶陵本無此六字。
192 注「注兩手曰拱」 袁本、茶陵本無此五字。
193 注「茅焦上諫」 袁本、茶陵本無此四字。
194 注「丹水更其南」 袁本、茶陵本無此五字。

海右以送日。鄭玄毛詩箋曰：方，且也。紀年曰：周穆王三十七年[195]，伐紂[196]，大起九師[197]，東至于九江，叱黿鼉以為梁。列子曰：穆王駕八駿之乘，乃西觀日所入。一旦魂斷，宮車晚出。史記，王稽謂范雎曰：宮車一日晏駕，是事之不可知三也[198]。韋昭曰：凡初崩為晏駕者，臣子之心，猶謂宮車當駕而晚出。風俗通曰：天子夜寢早作，故有萬機。今忽崩隤，則為晏駕[199]。若乃趙王既虜，遷於房陵。淮南子曰：趙王遷流房陵，思故鄉作山木之嘔，聞者莫不隕涕。高誘曰：趙王，張敖[200]。秦滅趙，虜王，遷徙房陵。房陵在漢中[201]。山木之嘔，歌曲也。薄暮心動，昧旦神興。楚辭曰：薄暮雷電。高唐賦曰：使人心動。左氏傳曰：昧旦丕顯。別豔姬與美女，喪金輿及玉乘。杜預左氏傳注曰：美色曰豔。史記曰：為之金輿鏓衡，以繁其飾。玉乘，玉輅也。置酒欲飲，悲來填膺。漢書曰：上置酒沛宮。鄭玄禮記注曰：填，滿也。千秋萬歲，爲怨難勝。戰國策，楚王謂安陵君曰：寡人萬歲千秋之後，誰與樂此也。

至如李君降北，名辱身冤，漢書，武帝天漢二年[202]，李陵為騎都尉，領步卒三千，出居延[203]，至浚稽山，與匈奴相値，戰敗，弓矢並盡，陵遂降[204]。孫卿子曰：功廢而名辱，社稷必危。拔劍擊柱，漢書曰：漢高已併天下，尊為皇帝[205]。

---

195 注「三十七年」　袁本、茶陵本無此四字。

196 注「伐紂」　陳云「伐紂」當作「征伐」。案：所校是也。各本皆誤。江賦注引正作「征伐」。

197 注「大起九師」　袁本、茶陵本無此四字。

198 注「是事之不可知三也」　袁本、茶陵本無「之」字、「三」字。

199 注「風俗通曰」下至「則為晏駕」　袁本、茶陵本無此二十二字。

200 注「趙王張敖」　袁本、茶陵本無此四字。

201 注「徙房陵房陵在漢中」　袁本、茶陵本作「徙漢中房陵」五字。

202 注「武帝天漢二年」　袁本、茶陵本無此六字。

203 注「為騎都尉」下至「出居延」　袁本、茶陵本無此十二字。

204 注「弓矢並盡陵遂降」　袁本、茶陵本無「弓矢並盡陵」五字。

205 注「漢高已併天下尊為皇帝」　袁本、茶陵本無此十字。

羣臣飲，爭功，醉[206]，或妄呼，拔劍擊柱。弔影慙魂。曹子建表曰：形影相弔。晏子春秋曰：君子獨寢，不慙於魂。情往上郡，心留鴈門。漢書有上郡、鴈門郡，並秦置。裂帛繫書，誓還漢恩。漢書曰：常惠教漢使者，謂單于言天子射上林中，得鴈，足有係帛書，蘇武等在某澤中。李陵書曰：欲如前書之言，報恩於國主耳。朝露溘至，握手何言？漢書，李陵謂蘇武曰：人生如朝露，何久自苦如此。楚辭曰：寧溘死以流亡。王逸曰：溘，奄也。史記，繆賢曰：燕王私握臣手曰，願結交。潘岳邢夫人誄曰：臨命相決，交腕握手。若夫明妃去時，仰天太息。漢書，元帝竟寧元年春正月，呼韓邪單于來朝，詔掖庭王嬙為閼氏。應劭曰：王嬙，王氏之女，名嬙，字昭君。文穎曰：本南郡人也[207]。琴操曰：王昭君者，齊國王襄女也。年十七，獻元帝。會單于遣使請一女子，帝謂後宮，欲至單于者起，昭君喟然而歎，越席而起，乃賜單于。石崇曰：王明君本為王昭君，以觸文帝諱改之。戰國策曰：樊於期仰天太息流涕。紫臺稍遠，關山無極。紫臺，猶紫宮也。古樂府相和歌有度關山曲。搖風忽起，白日西匿。爾雅曰：颫颻謂之飇。颫，音扶。颻與搖同。登樓賦曰：白日忽其西匿。潘岳寡婦賦曰：日杳杳而西匿。隴鴈少飛，代雲寡色[208]。漢書曰：凡望雲氣，勃碣、海代之間，氣皆黑。望君王兮何期，終蕪絕兮異域。鬻子曰：君王欲緣五常之道而不失，則可以長矣。李陵書曰：生為異域之人。

至乃敬通見抵，罷歸田里。東觀漢記曰：馮衍，字敬通，明帝以衍才過其實，抑而不用。漢書曰：高后怨趙堯，乃抵堯罪。馮衍說陰就書曰：衍冀先事自歸，上書報歸田里。漢書曰：時多上書言便宜，輒下蕭望之問狀，下者或罷歸田里。閉關卻掃，塞門不仕。司馬彪續漢書曰：趙壹閉關卻掃，非德不交。吳志曰：張昭稱疾不朝，孫權恨之，土塞其

---

206 注「羣臣飲爭功醉」 袁本、茶陵本無「飲」字、「醉」字。

207 注「漢書元帝」下至「本南郡人也」 袁本、茶陵本無此四十八字。

208 代雲寡色 袁本、茶陵本「代」作「岱」。陳云「代」，「岱」誤。注同。今案：二本不著校語，袁本善注中字作「代」，茶陵本亦作「岱」。今漢書天文志是「岱」字。

門。左對孺人，顧弄稚子。禮記曰：天子之妃曰后，大夫妻曰孺人。稚子，見寡婦賦。脫略公卿，跌宕文史。杜預左氏傳注曰：脫，易也。賈逵國語注曰：略，簡也。楊雄自敘曰：雄為人跌宕。齎志沒地，長懷無已。馮衍說陰就書曰：懷抱不報，齎恨入冥。鸚鵡賦曰：眷西路而長懷。毛萇詩傳曰：懷，思也。及夫中散下獄，神氣激揚。臧榮緒晉書曰：嵇康拜中散大夫，東平呂安家事繫獄，亹閱之始[209]，安嘗以語康，辭相證引，遂復收康。王隱晉書曰：嵇康妻，魏武帝孫穆王林女也[210]。淮南子曰：古之人神氣不蕩乎外。漢書，谷永上疏曰：贊命之臣，靡不激揚。濁醪夕引，素琴晨張。嵇康與山巨源書曰：濁醪一盃，彈琴一曲。又贈秀才詩曰：習習谷風，吹我素琴。秋日蕭索，浮雲無光。鄭玄禮記注曰：索，散也。鬱青霞之奇意，入脩夜之不暘。青霞奇意，志言高也。曹毗臨園賦曰：青霞曳於前阿，素籟流於森管。漢書，武帝李夫人賦曰：釋輿馬於山椒，奄脩夜之不暘。張衡司徒呂公誄曰：玄室冥冥，脩夜彌長[211]。孔安國尚書傳曰：暘，明也，音陽。

或有孤臣危涕，孽子墜心。孟子曰：孤臣孽子，其操心也危，其慮患也深。登樓賦曰：涕橫墜而弗禁。字林曰：孽子，庶子也[212]。然心當云危，涕當云墜。江氏愛奇，故互文以見義。遷客海上，流戍隴陰。漢書曰：匈奴乃徙蘇武北海上無人處，使牧羝羊。史記曰：婁敬，齊人也，戍隴西。此人但聞悲風汨起，血下霑衿。琴道，雍門周說孟嘗君曰：幼無父母，壯無妻子，若此人者，但聞秋風鳴條，則傷心矣。毛詩曰：鼠思泣血。尸子曰：曾子每讀喪禮，泣下霑衿。亦復含酸茹歎，銷落湮沈。廣雅曰：茹，食也。又曰：湮，沒也。銷，猶散也。若迺騎疊跡，車屯軌，此言榮貴之子，車騎之多也。吳都賦曰：躍馬疊跡。楚辭曰：屯余車其千乘。王逸曰：屯，陳也。黃塵帀地，歌吹四

209 注「亹閱之始」 陳云「閱」當作「鬩」，是也。各本皆誤。

210 注「王隱晉書」下至「穆王林女也」 袁本、茶陵本無此十七字。

211 注「張衡」下至「脩夜彌長」 袁本、茶陵本無此十六字。

212 注「字林曰孽子庶子也」 袁本、茶陵本無此八字。

起。山陽公載記曰：賈詡鳴鼓雷震，黃塵蔽天。李陵書曰：邊聲四起。無不煙斷火絕，閉骨泉裏。煙斷火絕，喻人之死也。王充論衡曰：人之死也，猶火之滅。火滅而耀不照，人死而智不慧。已矣哉！孔安國尚書傳曰：已，發端歎辭。春草暮兮秋風驚，秋風罷兮春草生。綺羅畢兮池館盡，琴瑟滅兮丘壟平。琴道，雍門周曰：高臺既已傾，曲池又已平。墳墓生荊棘，狐兔穴其中。自古皆有死，莫不飲恨而吞聲。論語，子曰：自古皆有死。穆天子傳，七萃之士曰：古有死生[213]。張奐與崔元始書曰：匈奴若非其罪，何肯吞聲。

別賦

江文通

黯然銷魂者，唯別而已矣！黯，失色將敗之貌[214]。言黯然魂將離散者，唯別而然也。夫人魂以守形，魂散則形斃。今別而散，明恨深也。說文曰：黯，深黑也[215]。楚辭曰：魂魄離散。家語，孔子曰：黯然而黑。賈逵曰：唯，獨也[216]。況秦吳兮絕國，復燕宋兮千里。言秦、吳、燕、宋四國，川塗既遠，別恨必深，故舉以為況也。文子曰：為絕國殊俗，立諸侯以教誨之。或春苔兮始生，乍秋風兮蹔起。言此二時，別恨逾切。是以行子腸斷，百感悽惻。鮑昭東門行曰：野風吹秋木，行子心腸斷。風蕭蕭而異響，雲漫漫而奇色。荊軻歌曰：風蕭蕭兮易水寒。尚書大傳，帝唱曰：卿雲爛兮，體漫漫兮。舟凝滯於水濱，車逶遲於山側。楚辭曰：船容與而不進，淹迴水以凝滯。廣雅曰：凝，止也。毛詩曰：周道逶遲。毛萇曰：逶遲，歷遠貌。櫂容與而詎前，馬寒鳴而不息。楚辭

---

213 注「穆天子傳」下至「古有死生」　袁本、茶陵本無此十三字。

214 注「失色將敗之貌」　袁本、茶陵本無「將敗之」三字。

215 注「說文曰黯深黑也」　袁本、茶陵本無此七字。

216 注「賈逵曰唯獨也」　袁本、茶陵本無此六字。

曰：檝齊揚以容與。**掩金觴而誰御，横玉柱而霑軾。**韋誕詩曰：旨酒盈金觴，清顔發朱華。毛萇詩傳曰：御，進也。論曰：鼓琴者於絃設柱，然琴有柱，以玉為之[217]。袁叔正情賦曰[218]：解蘊麝之芳衾，陳玉柱之鳴箏。楚辭曰：涕潺湲兮霑軾。**居人愁臥，怳若有亡。**鮑昭東門行曰：居人掩閨臥。莊子曰：君惝然若有亡[219]。**日下壁而沈彩，月上軒而飛光。**軒，檻版也。**見紅蘭之受露，望青楸之離霜。巡曾楹而空揜，撫錦幕而虛涼。**曾，高也。空，息也[220]。揜，掩涕也。涼，悲涼也。典略曰：衛夫人南子在錦帷中。廣雅曰：帷幙，帳也。纂要曰：帳曰幕[221]。**知離夢之躑躅，意別魂之飛揚。**說文曰：蹢躅，住足也。蹢與躑同，馳戟切。躅，馳錄切。曹植悲命賦曰：哀魂靈之飛揚。

故別雖一緒，事乃萬族。孔安國尚書傳曰：族，類也。**至若龍馬銀鞍，朱軒繡軸。**周禮曰：馬八尺已上為龍。後漢書，明德馬皇后曰：前過濯龍門上，見外家問起居者，車如流水，馬如遊龍。辛延年羽林郎詩曰：銀鞍何焴爚，翠蓋空踟躕。尚書大傳曰：未命為士，不得朱軒。鄭玄曰：軒，輿也，士以朱飾之。軒，車通稱也。魯連子門客謂陳無宇曰：君車衣文繡。**帳飲東都，送客金谷。**漢書曰：高祖過沛，帳飲三日。又漢書曰：疏廣，字仲翁，東海蘭陵人也。廣兄子受，字公子。廣為太子太傅，公子為少傅，甚見器重，朝庭為榮[222]。廣謂受曰：吾聞知足不辱，知止不殆，功成身退，天之道也。廣遂退稱疾篤[223]，上疏乞骸骨。上以其年老，皆許之。加賜黃金二十斤，皇太子賜五十斤，公卿大夫、故人邑子，為設祖道

---

217 注「論曰鼓琴者」下至「以玉為之」　袁本、茶陵本無此十七字。
218 注「袁叔正情賦曰」　茶陵本「叔」作「淑」，是也。袁本亦誤。
219 注「莊子曰君惝然若有亡」　袁本此九字作「若有亡已見上文注」八字，是也。茶陵本複出而誤。
220 注「曾高也空息也」　袁本、茶陵本無此六字。
221 注「纂要曰帳曰幕」　袁本、茶陵本無此六字。
222 注「甚見器重朝庭為榮」　袁本、茶陵本無此八字。
223 注「功成身退」下至「稱疾篤」　袁本、茶陵本無此十四字。

供帳東都門外，送車數千兩，辭決而去。蘇林曰：長安東都門也[224]。石崇金谷詩序曰：余元康六年，從太僕卿出為使持節青徐諸軍事、征虜將軍，有別廬在河內縣[225]金谷澗中。時征西將軍祭酒王詡當還長安，余與眾賢共送澗中。**琴羽張兮簫鼓陳，燕趙歌兮傷美人。**琴羽，琴之羽聲。說苑曰：雍門周以琴見孟嘗君，微揮角羽。張晏甘泉賦注曰：聲細不過羽。漢武帝秋風辭曰：簫鼓鳴兮發櫂歌。古詩曰：燕、趙多佳人，美者顏如玉。**珠與玉兮豔暮秋，羅與綺兮嬌上春。驚駟馬之仰秣，聳淵魚之赤鱗。**言樂之盛也。韓詩外傳曰：昔伯牙鼓琴而淵魚出聽，瓠巴鼓琴而六馬仰秣。成公綏琴賦曰：伯牙彈而駟馬仰，子野揮而玄鶴鳴。**造分手而銜涕，感寂漠而傷神。**謝宣遠送王撫軍詩曰：分手東城闉。呂氏春秋曰：聖人不以感私傷神。

乃有劍客慙恩，少年報士。漢書，李陵曰：臣所將屯邊者，奇材劍客也。又曰：郭解以軀藉友報仇，少年慕其行，亦輙為報讎。**韓國趙廁，吳宮燕市。**史記曰：聶政者，軹深井里人也。濮陽嚴仲子事韓哀侯，與韓相俠累有郤。嚴仲子告聶政，而言臣有仇，聞足下高義，故進百金，以交足下之驩。聶政拔劍至韓，直入上階，刺殺俠累。又曰：豫讓者，晉人也。事智伯，智伯甚尊寵之。趙襄子滅智伯，讓乃變姓名為刑人，入宮塗廁，欲刺襄子，故言趙廁。又曰：專諸者，棠邑人也。吳公子光具酒請王僚，酒既酣，使專諸置匕首魚炙之腹中而進，既至王前，專諸以匕首刺王僚，王僚立死。又曰：荊軻者，衛人也。至燕，與高漸離飲於燕市，旁若無人[226]。後荊軻為燕太子丹獻燕地圖，圖窮匕首見，因以匕首揕秦王。**割慈忍愛，離邦去里。瀝泣共訣，抆血相視。**伏虔通俗文曰：與死者辭曰訣[227]。史記曰：今太子請辭訣矣。鄭玄毛詩箋曰：往矣，決別之辭。訣與決音義同。廣雅曰：抆，拭也。泣血，已見恨賦。抆，武粉切。**驅征馬而不顧，見行塵之時**

---

224 注「送車數千兩」下至「長安東都門也」，袁本、茶陵本無此十八字。
225 注「在河內縣」，陳云「內」當作「南」。案：此據金谷集詩注引校也。
226 注「旁若無人」，袁本、茶陵本無此四字。
227 注「伏虔通俗文曰」下至「曰訣」，袁本、茶陵本無此十二字。

起。史記曰：荊軻遂發，就車不顧。方銜感於一劍，非買價於泉裏。言銜感恩遇，故効命於一劍，非買價於泉壤之中也。尉繚子，吳起曰：一劍之任，非將軍也。金石震而色變，骨肉悲而心死。燕丹太子曰[228]：荊軻與武陽入秦，秦王陛戟而見燕使。鼓鍾並發[229]，羣臣皆呼萬歲。武陽大恐，面如死灰色。戰國策曰：武陽色變。史記曰：聶政刺韓相俠累死，因自皮面決眼屠腹而死，莫知其誰。韓取政尸暴於市，能知者與千金，久之莫知。政姊曰：何愛妾之身而不揚吾弟之名於天下哉！乃之韓市，抱尸而哭曰：此妾弟軹深井里聶政。自殺於尸旁。晉、楚、齊聞之曰：非獨政之賢，乃其姊亦烈女。莊子，仲尼謂顏回曰：夫哀莫大於心死。

或乃邊郡未和，負羽從軍。司馬相如檄蜀文曰：邊郡之士，聞烽舉燧燔。漢書曰：有障徼，曰邊郡。服虔曰：士負羽[230]。楊子雲羽獵賦曰：蒙楯負羽，杖鏌邪而羅者以萬計。遼水無極，鴈山參雲。水經曰：遼山在玄兔高句麗縣，遼水所出。海內西經曰：大澤方百里，鳥所生在鴈山，鴈出其間。孟子曰[231]：大山之高，參天入雲。謝承後漢書，劉詡曰：程夫人[232]富貴參雲。閨中風暖，陌上草熏。熏，香氣也。日出天而耀景，露下地而騰文。鏡朱塵之照爛，襲青氣之烟煴。楚辭曰：經堂入奧，朱塵筵些。王逸曰：朱畫承塵也。或曰：朱塵，紅塵[233]。楚辭曰：芳菲菲兮襲人。易通卦驗曰：震，東方也，主春分日出。青氣出震，此正氣也。司馬彪注曰：襲，入也[234]。攀桃李兮不忍別，送愛子兮霑羅裙。言當盛春之時，而分別不忍也。左氏傳，趙盾曰：括，君姬氏之愛子。杜預曰：括，趙盾異母弟。趙

---

228 注「燕丹太子曰」　陳云「太」字衍，是也。各本皆衍。

229 注「鼓鍾並發」　袁本、茶陵本「鼓」上有「既」字。

230 注「服虔曰士負羽」　袁本、茶陵本無此六字。

231 注「孟子曰」　袁本、茶陵本「曰」上有「注」字，是也。又送應氏詩注引各本皆無「注」字，蓋脫。

232 注「程夫人」　案：「夫」當作「大」，各本皆誤。范書蔡邕傳「程大人」，即此也。

233 注「或曰朱塵紅塵」　袁本、茶陵本無此六字。

234 注「司馬彪注曰襲入也」　袁本、茶陵本無此八字。

姬，文公女也。

至如一赴絕國，詎相見期？琴道曰：雍門周以琴見孟嘗君，孟嘗君[235]曰：先生鼓琴，亦能令悲乎？對曰：臣之所能令悲者，無故生離[236]，遠赴絕國，無相見期。臣為一揮琴而太息，未有不悽愴而流涕者。絕國，絕遠之國。視喬木兮故里，決北梁兮永辭。王充論衡曰：睹喬木，知舊都。孟子曰：故國者，非為喬木，有世臣也。孟子見齊宣王曰：所謂故國，世臣之謂。注，非但見其木，當有累世脩德之臣也[237]。楚辭曰：濟江海兮蟬蛻，決北梁兮永辭。左右兮魂動，親賓兮淚滋。蘇武詩曰：淚為生別滋。可班荊兮贈恨，唯罇酒兮敘悲。左氏傳曰：楚聲子與伍舉俱楚人，舉將奔晉[238]，聲子將如晉，遇之於鄭郊，班荊而坐[239]，相與食。蘇武詩曰：我有一罇酒，欲以贈遠人。願子留斟酌，敘此平生親。值秋鴈兮飛日，當白露兮下時。怨復怨兮遠山曲，去復去兮長河湄。毛詩曰：居河之湄。爾雅曰：水草交曰湄。

又若君居淄右，妾家河陽，漢書有淄川國。又河內郡有河陽縣。淄，或為塞。同瓊珮之晨照，共金爐之夕香。毛詩曰：有女同車，顏如蕣華。將翺將翔，佩玉瓊琚。司馬相如美人賦曰：金爐香薰，黼帳周垂。君結綬兮千里，惜瑤草之徒芳。結綬，將仕也。顏延年秋胡詩曰：脫巾千里外，結綬登王畿[240]。漢書曰：蕭育與朱博友，長安語曰：蕭朱結綬。宋玉高唐賦曰：我帝之季女，名曰瑤姬，未行而亡，封於巫山之臺，精魂為草，寔曰靈芝。山海經曰：姑瑤

---

235 注「以琴見孟嘗君孟嘗君」　袁本、茶陵本無此九字。

236 注「先生鼓琴」下至「無故生離」　袁本、茶陵本無此二十二字。

237 注「孟子見齊宣王」下至「脩德之臣也」　袁本、茶陵本無此三十字。

238 注「楚聲子與伍舉俱楚人舉將奔晉」　袁本、茶陵本無「聲子與俱楚人舉」七字。

239 注「班荊而坐」　袁本、茶陵本無「而坐」二字。

240 注「顏延年」下至「結綬登王畿」　袁本、茶陵本無此十七字。

之山，帝女死焉，名曰女尸，化為䔄草，其葉胥成，其花黃，其實如兔絲，服者媚於人。郭璞曰：瑤與䔄並音遙，然䔄與瑤同。慙幽閨之琴瑟，晦高臺之流黃。張載擬四愁詩曰：佳人贈我筒中布，何以報之流黃素。環濟要略曰：間色有五，紺、紅、縹、紫、流黃也。春宮閟此青苔色，秋帳含茲明月光。毛詩曰：閟宮有侐[241]。毛萇詩傳曰：閟，閉也。班婕妤自傷賦曰：應門閉兮玉階苔。劉休玄擬古詩曰：羅帳延秋月。夏簟清兮晝不暮，冬釭凝兮夜何長！張儼席賦曰：席為冬設，簟為夏施。夏侯湛釭燈賦曰：秋日既逝，冬夜悠長。織錦曲兮泣已盡，迴文詩兮影獨傷。織錦迴文詩序曰：竇韜秦州，被徙沙漠，其妻蘇氏。秦州臨去別蘇，誓不更娶，至沙漠便娶婦，蘇氏織錦端中，作此迴文詩以贈之。符國時人也。

儻有華陰上士，服食還山[242]。列仙傳，脩芈者，魏人也。華陰山下石室中有龍石，叚其上，取黃精食之，後去，不知所之[243]。術既妙而猶學，道已寂而未傳。方言曰：寂，安靜也。守丹竈而不顧，煉金鼎而方堅[244]。南越志曰：長沙郡瀏陽縣東有王喬山，山有合丹竈。不顧，不顧於世也。煉金鼎，煉金為丹之鼎也。抱朴子曰：鄭君唯見授金丹之經。又曰：九轉丹內神鼎中。史記曰：黃帝采首山銅鑄鼎，鼎成，龍下迎黃帝也。方堅，其志方堅也。駕鶴上漢，驂鸞騰天。列仙傳曰：王子晉吹笙作鳳鳴，遊伊、洛之間，道士浮丘公接上嵩高。三十餘年後，上見桓良曰：告我家，七月七日，待我緱氏山頭。果乘白鶴住山下，望之不能得到，舉手謝世人。數日去，祠於緱山下。雷次宗豫章記曰：洪井西

---

241 注「毛詩曰閟宮有侐」　袁本、茶陵本無此七字。

242 儻有華陰上士服食還山　袁本、茶陵本「山」作「仙」。校語云善無此二句。案：此不當無，傳寫脫也。或尤即以所見五臣補之，故與二本「山」、「仙」不同。

243 注「列仙傳脩芈者」下至「不知所之」　袁本、茶陵本無此三十三字。案：此亦尤增多也。蓋本幷脫正文與注一節，而所謂真善注云何，無由知矣。

244 鍊金鼎而方堅　案：「鍊」當作「煉」，蓋善「煉」、五臣「鍊」而亂之。注中兩見。此字茶陵本作「煉」，是也。袁盡作「鍊」，非。

鸞崗、鶴嶺，舊說洪崖先生與子晉乘鸞鶴憩於此[245]。張僧鑒豫章記曰：洪井有鸞岡，舊說云，洪崖先生乘鸞所憩處也。鸞岡西有鶴嶺，王子喬控鶴所經過處。暫遊萬里，少別千年。神仙傳曰：若士者，仙人也。燕人盧敖者，秦時遊北海而見若士，曰[246]：一舉而千里，吾猶未之能，今子始至於此，乃語窮，豈不陋哉？馬明先生隨神女還岱，見安期生，語神女曰：昔與女郎遊於安息、西海之際，憶此未久，已二千年矣。惟世間兮重別，謝主人兮依然。說文曰：謝，辭也。

下有芍藥之詩，佳人之謌。詩溱洧章，刺亂也。兵革不息，男女相棄，淫風大行，莫之能救。云[247]：維士與女，伊其相謔，贈之以芍藥。注，芍藥，香草也。箋曰：伊，因也。士女往觀，因相與戲謔，行夫婦之事，其別則送與芍藥，結恩情也[248]。漢書，李延年歌曰，北方有佳人，絕世而獨立。桑中衛女，上宮陳娥。衛、陳，二國名也。毛詩桑中章[249]曰：期我乎桑中，要我乎上宮，送我於淇之上。注：桑中、淇上、上宮，所期之地。箋云：此思孟姜之愛厚己也。此我期於桑中，要我於上宮，期我於淇水之上。又竹竿章，衛女思歸，適異國而不見答，思而能以禮也。女子有行，遠父母兄弟。箋云：行，道也。女子之道，當嫁耳，不以答違婦道也。又燕燕章，衛莊姜送歸妾也。注：莊姜無子，陳女戴媯生子名完，莊姜以為己子。莊公薨，完立而州吁殺之，戴媯於是大歸，莊姜送於野，作詩以見己志[250]。方言曰：秦、晉之間，美貌謂之娥。春草碧色，春水淥波。送君南浦，傷如之何！楚辭曰：子交手兮東行，送美人兮南浦。至乃秋露如珠，秋月如珪。陸雲芙蓉詩曰：盈盈荷上露，灼灼如明珠。遯甲開山圖曰：禹遊於東海，得玉珪，碧色，圓如日月，以自照，目達幽冥。明月白

---

245 注「列仙傳曰王子晉」下至「憩於此」　袁本、茶陵本無此一百四字。

246 注「而見若士曰」　袁本、茶陵本重「若士」二字，是也。

247 注「詩溱洧章」下至「莫之能救云」　袁本、茶陵本無此二十四字，有「毛詩曰」三字。

248 注「注芍藥香草也」下至「結恩情也」　袁本、茶陵本無此三十六字。

249 注「桑中章」　袁本、茶陵本無此三字。

250 注「送我於淇之上」下至「作詩以見己志」　袁本、茶陵本無此一百五十二字。陳云注引燕燕、竹竿二詩，並與本事無涉，蓋誤解也，云云。亦因不知此非善注耳。

露，光陰往來。與子之別，思心徘徊。

是以別方不定，別理千名。千名，言多也。南都賦曰：百種千名。有別必怨，有怨必盈。蔡琰詩曰：心吐思兮胸憤盈。使人意奪神駭，心折骨驚。亦互文也。左氏傳，衛太子禱曰：無折骨。雖淵雲之墨妙，嚴樂之筆精。漢書曰：王褒，字子淵。楊雄，字子雲[251]。漢書曰：嚴安，臨淄人也。徐樂，燕無終人也。上疏言時務，上召見，乃拜樂、安皆為郎中。金閨之諸彥[252]，蘭臺之羣英。金閨，金馬門也[253]。史記曰：金門，宦者署，承明、金馬，著作之庭。東方朔曰：公孫弘等待詔金馬門。蘭臺，臺名也。傅毅、班固等為蘭臺令史是也。論衡曰：孝明好文人，並徵蘭臺之官，文雄會聚。賦有凌雲之稱，辯有雕龍之聲。史記，荀卿，趙人。年五十，始來游學於齊。鄒衍之術，迂大而閎辯，奭也，文難施。齊人為諺曰：談天衍。劉向別錄曰：鄒衍之所言，五德終始，天地廣大，書言天事，故曰談天[254]。彫龍赫赫，修鄒衍之術[255]。文飾之若彫鏤龍文，故曰彫龍赫。誰能摹暫離之狀，寫永訣之情者乎？

251 注「漢書曰」下至「字子雲」　袁本、茶陵本無此十三字，有「淵王褒也雲楊雄也」八字。

252 金閨之諸彥　袁本、茶陵本「閨」下校語云善作「門」。案：此尤以五臣亂善也。

253 注「金閨金馬門也」　袁本、茶陵本無此六字。案：尤增多此注，以就正文之誤，甚非。

254 注「史記荀卿」下至「故曰談天」　袁本、茶陵本無此六十三字，有「漢書曰司馬相如既奏大人賦天子大悅飄飄有凌雲之氣七略曰鄒赫子齊人也齊人為諺曰」三十七字。

255 注「赫修鄒衍之術」　袁本、茶陵本「赫」上有「言」字。

卷第十七

賦壬

論文

文賦 并序

陸士衡　臧榮緒晉書曰：機字士衡，吳郡人。祖遜，吳丞相。父抗，吳大司馬。機少襲領父兵，為牙門將軍。年二十而吳滅，退臨舊里，與弟雲勤學，積十一年。譽流京華，聲溢四表，被徵為太子洗馬，與弟雲俱入洛。司徒張華，素重其名，舊相識以文。華呈天才綺練，當時獨絕，新聲妙句，係蹤張、蔡[1]。機妙解情理，心識文體，故作文賦。

余每觀才士之所作，竊有以得其用心。作，謂作文也。用心，言士用心於文[2]。莊子，堯曰：此吾所用心。夫放言遣辭，良多變矣，夫作文者，放其言，遣其理，多變，故非一體[3]。妍蚩好惡，可得而言。文

---

1 注「機字士衡」下至「係蹤張蔡」　袁本、茶陵本無此一百字，有「陸機」二字。案：士衡自於歎逝賦下注訖，增多全非。

2 注「作謂作文也用心言士用心於文」　袁本、茶陵本無此十三字。

3 夫放言遣辭良多變矣又注「夫作文者」下至「故非一體」　袁本、茶陵本「夫」下有「其」字。云善無此二句。案：尤以五臣

之好惡，可得而言論也[4]。范曄後漢書，趙壹刺世疾邪曰：孰知辯其妍蚩。廣雅曰：妍，好也。說文曰：妍，慧也。釋名曰：蚩，癡也。聲類曰：蚩，騃也。然妍蚩亦好惡也。每自屬文，尤見其情，論衡曰：幽思屬文，著記美言。屬，綴也。杜預左氏傳曰：尤，甚也。士衡自言，每屬文，甚見為文之情[5]。恒患意不稱物，文不逮意，爾雅曰：逮，及也。蓋非知之難，能之難也。尚書曰：非知之艱，行之惟艱。故作文賦，以述先士之盛藻，因論作文之利害所由，利害由好惡[6]。孔安國尚書傳曰：藻，水草之有文者，故以喻文焉。佗日殆可謂曲盡其妙。言既作此文賦，佗日而觀之，近謂委曲盡文之妙理[7]。論語，鯉曰：它日又獨立。趙岐孟子章句曰：它日，異日也。至於操斧伐柯，雖取則不遠，此喻見古人之法不遠[8]。毛詩曰：伐柯伐柯，其則不遠。注：則，法也。伐柯必用其柯，大小長短近取法於柯，謂不遠也[9]。若夫隨手之變，良難以辭逮，言作之難也。文之隨手變改，則不可以辭逮也[10]。莊子，輪扁謂桓公曰：斲徐則甘而不固，疾則苦而不入，不疾不徐，得於手而應於心，口不能言也，有數存焉。蓋所能言者，具於此云。蓋所言文之體者，具此賦之言[11]。

亂善也。二本無注，十六字尤並增多以就之，甚非。

4 注「文之好惡可得而言論也」 袁本、茶陵本無此十字。

5 注「士衡」下至「為文之情」 袁本、茶陵本無此十三字。

6 注「利害由好惡」 袁本、茶陵本無此五字。

7 注「言既作此文賦」下至「盡文之妙理」 袁本、茶陵本無此二十字，有「言知之易也」五字。案：善於此注「言知之易也」，於下注「言作之難也」，可謂精當。尤誤去其一句，甚非。至於增多之注，膚庸乖舛，亦甚易辨，固不假詳論矣。餘條同此。

8 注「此喻見古人之法不遠」 袁本、茶陵本無此九字。

9 注「則法也」下至「謂不遠也」 袁本、茶陵本無此二十三字。

10 注「文之隨手變改則不可以辭逮也」 袁本、茶陵本無此十三字。

11 注「蓋所言文之體者具此賦之言」 袁本、茶陵本無此十二字。

佇中區以玄覽，頤情志於典墳。漢書音義，張晏曰：佇，久佇待也。中區，區中也。字書曰：玄，幽遠也[12]。老子曰：滌除玄覽。河上公曰：心居玄冥之處，覽知萬物，故謂之玄覽。幽通賦曰：皓頤志而不傾。左氏傳，楚子曰：左史倚相能讀三墳、五典。遵四時以歎逝，瞻萬物而思紛。遵，循也，循四時而歎其逝往之事，攬視萬物盛衰而思慮紛紜也[13]。淮南子曰：四時者，春生，夏長，秋收，冬藏。悲落葉於勁秋，喜柔條於芳春[14]，秋暮衰落故悲，春條敷暢故喜也[15]。淮南子曰：木葉落，長年悲。心懍懍以懷霜，志眇眇而臨雲。懍懍，危懼貌。眇眇，高遠貌[16]。懷霜、臨雲，言高潔也。說文曰：懍懍，寒也。孔融薦禰衡表曰：志懷霜雪。舞賦曰：氣若浮雲，志若秋霜。詠世德之駿烈，誦先人之清芬。言歌詠世有俊德者之盛業。先民，謂先世之人，有清美芬芳之德而誦勉[17]。毛詩曰：王配於京，世德作求。又曰：在昔[18]先民有作。遊文章之林府，嘉麗藻之彬彬。論語曰：文質彬彬，然後君子。孔安國注曰[19]：彬彬，文質見半之貌[20]。慨投篇而援筆，聊宣之乎斯文。韓詩外傳曰：孫叔敖治楚三年而國霸，楚史援筆而書之於策。尚書中候曰：玄龜負圖出洛，周公援筆以寫也[21]。其始也，皆收視反聽，耽思傍訊，收視反聽，言不視聽也。耽思傍訊，靜思而求之也。毛萇詩傳曰：耽

---

12 注「漢書音義」下至「幽遠也」　袁本、茶陵本無此二十四字。

13 注「遵循也」下至「而思慮紛紜也」　袁本、茶陵本無此二十五字。

14 喜柔條於芳春　袁本、茶陵本「喜」下校語云善作「嘉」。案：「嘉」字傳寫誤，下有「嘉麗藻之彬彬」，必相回避無疑。

15 注「秋暮衰落」下至「故喜也」　袁本、茶陵本無此十三字。

16 注「懍懍危懼貌眇眇高遠貌」　袁本、茶陵本無此十字，有「眇眇遠貌」四字，在此節注之末。

17 注「言歌詠」下至「而誦勉」　袁本、茶陵本無此二十八字。

18 注「又曰在昔」　何校「在」上添「自古」二字，是也。各本皆脫。

19 注「論語曰」下至「孔安國注曰」　袁本、茶陵本無此十六字，有「包咸論語注曰」六字。

20 注「文質見半之貌」　袁本、茶陵本「見」作「相」，是也。

21 注「尚書中候曰」下至「周公援筆以寫也」　袁本、茶陵本無此十八字。

樂之久。廣雅曰：訊，問也。精騖八極，心遊萬仞。精，神爽也。八極、萬仞，言高遠也。淮南子曰：八紘之外，乃有八極。包咸論語注曰：七尺曰仞。其致也，情曈曨而彌鮮，物昭晣而互進。爾雅曰：致，至也[22]。埤蒼曰：曈曨，欲明也。說文曰：昭晣，明也。傾羣言之瀝液，漱六藝之芳潤。楊子法言曰：或問羣言之長，曰羣言之長，德言也。宋衷曰：羣，非一也。周禮曰：六藝，禮、樂、射、御、書、數也。浮天淵以安流，濯下泉而潛浸。言思慮之至，無處不至。故上至天淵於安流之中，下至下泉於潛浸之所[23]。劇秦美新曰：盈塞天淵之間。楚辭曰：使江水兮安流。毛詩曰：冽彼下泉，浸彼苞稂。於是沈辭怫悅，若遊魚銜鉤，而出重淵之深；怫悅，難出之貌。浮藻聯翩，若翰鳥纓繳，而墜曾雲之峻。聯翩，將墜貌。王弼周易注曰：翰，高飛也。說文曰：繳，生絲縷也，謂縷繫矰矢而以弋射。收百世之闕文，采千載之遺韻。論語，子曰：吾猶及史之闕文。謝朝華於已披，啓夕秀於未振。華、秀，以喻文也。已披，言已用也。觀古今於須臾[24]，撫四海於一瞬。高唐賦曰：須臾之間[25]。司馬遷曰：卒卒無須臾之間。莊子，老聃曰：俛仰之間，再撫四海之外。呂氏春秋曰：萬世猶一瞬。說文曰：開闔，目數搖也。尸閏切。

然後選義按部，考辭就班。小雅曰：班，次也。抱暑者咸叩[26]，懷響者畢彈。言皆擊擊而用[27]。或因枝以振葉，或沿波而討源。孔安國尚書傳曰：順流而下曰沿。源，水本也。或本隱以之顯，或求易而得難。言或本之於隱而遂之顯，或求之於易而便得難。之或為末，非也。或虎變而獸擾，或龍見而

---

22 注「爾雅曰致至也」　袁本、茶陵本無此六字。
23 注「言思慮之至」下至「於潛浸之所」　袁本、茶陵本無此二十八字。
24 觀古今於須臾　袁本、茶陵本「於」下校語云善作「之」。案：此無可考也。
25 注「司馬遷曰卒卒無須臾之間」　袁本、茶陵本無此十一字。
26 抱暑者咸叩　袁本、茶陵本「暑」作「景」，云善作「暑」。案：「暑」但傳寫誤。
27 注「言皆擊擊而用」　袁本、茶陵本無此六字。

鳥瀾。周易曰：大人虎變，其文炳也。言文之來，若龍之見煙雲之上，如鳥之在波瀾之中。應劭曰[28]：擾，馴也。莊子曰：君子尸居而龍見。大波曰瀾。或妥帖而易施，或岨峿而不安。妥帖，易施貌。公羊傳曰：帖，服也。廣雅曰：帖，靜也[29]。王逸楚辭序曰：義多乖異，事不妥帖。岨峿，不安貌。楚辭曰：圜鑿而方枘兮，吾固知其鉏鋙而難入。妥，他果切。帖，吐協切。岨，助舉切。峿，魚呂切。罄澄心以凝思，眇眾慮而為言。周易曰：神也者，妙萬物[30]而為言者也。籠天地於形內，挫萬物於筆端。淮南子曰：太一者，牢籠天地也。說文曰：挫，折也。韓詩外傳曰：辟文士之筆端，辟武士之鋒端，辟辯士之舌端。始躑躅於燥吻，終流離於濡翰。廣雅曰：躑躅[31]，路跦也。鄭玄毛詩箋云：志往謂踟也。蹢與躑同，路跦與踟跦同[32]。蒼頡篇曰：吻，脣兩邊也，莫粉切。字林曰：吻，口邊[33]。流離，津液流貌。劉公幹詩曰：敘意於濡翰。毛萇詩傳曰：濡，漬也。濡，如娛切。漢書音義，韋昭曰：翰，筆也，協韻，音寒。理扶質以立幹，文垂條而結繁。言文之體必須以理為本。垂條，以樹喻也[34]。廣雅曰：幹，本也。鄭玄禮記注曰：繁，盛也。信情貌之不差，故每變而在顏。楚辭曰：情與貌其不變。思涉樂其必笑，方言哀而已歎。或操觚以率爾，或含毫而邈然。觚，木之方者，古人用之以書，猶今之也。史由[35]急就章曰：急就奇觚。觚，木簡也[36]。論語先進

28 注「言文之來」下至「應劭曰」 袁本、茶陵本無此二十三字。
29 注「公羊傳曰」下至「帖靜也」 袁本、茶陵本無此十三字。
30 注「妙萬物」 案：「妙」當作「眇」。各本皆譌。
31 注「廣雅曰躑躅」 何校「躑」改「蹢」，是也。各本皆誤。
32 注「與踟跦同」 陳云「跦」，「蹰」誤，是也。各本皆誤。
33 注「字林曰吻口邊」 袁本、茶陵本無此六字。
34 注「言文之體」下至「以樹喻也」 袁本、茶陵本無此十六字。
35 注「史由」 袁本、茶陵本無此二字。
36 注「觚木簡也」 袁本、茶陵本無此四字。

篇，子路帥爾而對[37]。毫，謂筆毫也。王逸楚辭注曰：銳毛為毫也。毛詩曰：聽我藐藐。毛萇曰：藐藐然不入。

伊茲事之可樂，固聖賢之所欽。茲事，謂文也。左氏傳，仲尼曰：志有之，言足以志，文足以言，不言誰知其志，言而不文，行之不遠[38]。課虛無以責有，叩寂寞而求音。春秋說題辭曰：虛生有形。淮南子曰：寂寞，音之主也。函緜邈於尺素，吐滂沛乎寸心。毛萇詩傳曰：函，含也。古詩曰：中有尺素書。列子，文摯謂叔龍曰：吾見子之心矣，方寸之地虛矣。言恢之而彌廣，思按之而逾深。杜預左氏傳注曰：恢，大也。按，抑按也。言思慮一發，愈深恢大[39]。播芳蕤之馥馥，發青條之森森。說文曰：蕤，草木華垂貌。纂要曰：草木華曰蕤。字林曰：森，多木長貌。以喻文采若芳蕤之香馥，青條之森盛也[40]。粲風飛而猋豎，鬱雲起乎翰林。爾雅曰：颫颻謂之猋。長楊賦曰：翰林以為主人。

體有萬殊，物無一量。文章之體有萬變之殊，中眾物之形，無一定之量也[41]。淮南子曰：斟酌萬殊。紛紜揮霍，形難爲狀。紛紜，亂貌。揮霍，疾貌。西京賦曰：跳丸劍之揮霍。辭程才以效伎，意司契而爲匠。眾辭俱湊，若程才效伎，取捨由意，類司契為匠。老子曰：有德司契。論衡曰：能雕琢文書謂之史匠也。在有無而僶俛，當淺深而不讓。毛詩曰：何有何無，僶俛求之。俛僶，由勉強也[42]。論語，子曰：當仁不讓於師。雖離方而遯員，期窮形而盡相。方圓，謂規矩也。言文章在有方圓規矩也[43]。故夫夸目者尚奢，愜心者貴當。其事

37 注「子路帥爾而對」　袁本、茶陵本「帥」作「率」，是也。
38 注「茲事謂文也」下至「行之不遠」　袁本、茶陵本無此三十六字。
39 注「按抑按也」下至「恢大」　袁本、茶陵本無此十三字。
40 注「纂要曰」下至「青條之森盛也」　袁本、茶陵本無此三十二字。
41 注「文章之體」下至「無一定之量也」　袁本、茶陵本無此二十字。
42 注「俛僶由勉強也」　袁本、茶陵本無此六字。
43 注「言文章在有方圓規矩也」　袁本、茶陵本無此十字。

既殊，為文亦異。故欲夸目者為文尚奢，欲快心者為文貴當。愜，猶快也，起頰切。言窮者無隘，論達者唯曠。言其窮賤者，立說無非湫隘；其論通達者，發言唯存放曠。

詩緣情而綺靡，賦體物而瀏亮。詩以言志，故曰緣情；賦以陳事，故曰體物。綺靡，精妙之言。瀏亮，清明之稱。漢書，甘泉賦曰：瀏，清也。字林曰：清瀏，流也[44]。碑披文以相質，誄纏緜而悽愴。碑以敘德，故文質相半；誄以陳哀，故纏緜悽慘[45]。銘博約而温潤，箴頓挫而清壯。博約，謂事博文約也。銘以題勒示後，故博約温潤；箴以譏刺得失，故頓挫清壯。頌優遊以彬蔚，論精微而朗暢。頌以褒述功美，以辭為主，故優遊彬蔚。論以評議臧否，以當為宗，故精微朗暢。彬蔚，已見上文。漢書音義曰：暢，通也。奏平徹以閑雅，說煒曄而譎誑。奏以陳情敘事，故平徹閑雅；說以感動為先[46]，故煒曄譎誑。雖區分之在茲，亦禁邪而制放。要辭達而理舉，故無取乎冗長。論語，子曰：辭達而已矣。文穎漢書注曰：冗，散也，如勇切。言文章體要，在辭達而理舉也[47]。

其爲物也多姿，其爲體也屢遷。萬物萬形，故曰多姿。文非一則，故曰屢遷。琴賦曰：既豐贍以多姿。周易曰：為道也屢遷。其會意也尚巧，其遣言也貴妍。暨音聲之迭代，若五色之相宣。言音聲迭代而成文章，若五色相宣而為繡也。爾雅曰：暨，及也。又曰：迭，更也。論衡曰：學士文章，其猶絲帛之有五色之功。杜預左氏傳注曰：宣，明也。雖逝止之無常，固崎錡而難便。言雖逝止無常，唯情所適，以其體多變，固崎錡難便也。逝止，由去留也。崎錡，不安貌。楚辭曰：嶔岑崎錡。崎，音綺。錡，音蟻。苟達變而識次，猶開流以納泉。言

---

44 注「漢書甘泉賦曰」下至「清瀏流也」　袁本、茶陵本無此十六字。

45 注「故纏緜悽慘」　袁本、茶陵本「慘」作「愴」，是也。

46 注「說以感動為先」　袁本、茶陵本「動」作「物」，是也。

47 注「言文章體要在辭達而理舉也」　袁本、茶陵本無此十二字。

其易也。如失機而後會，恒操末以續顛。言失次也。謬玄黃之袟敘，故渶涊而不鮮。言音韻失宜類繡之玄黃謬敘，故渶涊垢濁而不鮮明也。禮記曰：朱綠之，玄黃之，以為黼黻文章。楚辭曰：切渶涊之流俗。王逸曰：渶涊，垢濁也。

或仰逼於先條，或俯侵於後章。廣雅曰：條，科條也。凡為文之體，先後皆須意別，不能者則有此累[48]。或辭害而理比，或言順而義妨。周易曰：比，輔也。說文曰：妨，害也。離之則雙美，合之則兩傷。考殿最於錙銖，定去留於毫芒。漢書音義，項岱曰：殿，負也。最，善也。韋昭曰：第一為最，極下曰殿。又曰[49]：下功曰殿，上功曰最。鄭玄禮記注曰：八兩為錙。漢書曰：黃鍾之一籥，容千二百黍，重十二銖，然百黍重一銖也。應劭漢書注曰：十黍為一絫，十絫為一銖[50]。賓戲曰[51]：銳思毫芒之內。音義曰：芒，稻芒。毫，兔毫。苟銓衡之所裁，固應繩其必當。言銓衡所裁，苟有輕重，雖應繩墨，須必除之。聲類，蒼頡篇曰：銓，稱也[52]。曰銓，所以稱物也，七全切。漢書曰：衡，平也，平輕重也。尚書曰：惟木從繩則正。莊子曰：匠石治木，直者應繩。或文繁理富，而意不指適。極無兩致，盡不可益。言其理既極，而無兩致；其言又盡，而不可益。立片言而居要，乃一篇之警策。以文喻馬也。言馬因警策而彌駿，以喻文資片言而益明也。夫駕之法，以策駕乘，今以一言之好，最於眾辭，若策驅馳，故云警策[53]。論語，子曰：片言可以折獄。左氏傳，繞朝贈士會以馬策[54]。曹子建應詔詩曰：僕夫警策。鄭玄周禮注曰：警，

48 注「凡為文之體」下至「則有此累」　袁本、茶陵本無此十八字。

49 注「項岱曰」下至「又曰」　袁本、茶陵本無此二十二字。

50 注「應劭漢書注曰」下至「為一銖」　袁本、茶陵本無此十六字。

51 注「賓戲曰」　袁本、茶陵本「賓」上有「答」字，是也。

52 注「蒼頡篇曰銓稱也」　袁本、茶陵本無此七字。案：上「聲類」下「曰」為句，增多在其間，誤中之誤。

53 注「夫駕之法」下至「故云警策」　袁本、茶陵本無此二十六字。

54 注「左氏傳繞朝贈士會以馬策」　袁本、茶陵本無此十一字。

勑戒也。雖眾辭之有條，必待茲而效績。必待警策之言，以效其功也。家語，公父文伯之母曰：男女效績，愆則有辟。亮功多而累寡，故取足而不易。言其功既多為累，蓋寡故以取足而不改易其文[55]。

或藻思綺合，清麗千眠。說文曰：謂文藻思如綺會[56]。千眠，光色盛貌。炳若縟繡，悽若繁絃。說文曰：縟，繁，彩色也。又繡，五色彩備也。蔡邕琴賦曰：繁絃既抑，雅音復揚。必所擬之不殊，乃闇合乎曩篇。言所擬不異，闇合昔之曩篇[57]。爾雅曰：曩，久也，謂久舊也。雖杼軸於予懷，怵佗人之我先。杼軸，以織喻也。雖出自己情，懼佗人先己也。毛詩曰：杼軸其空。苟傷廉而愆義，亦雖愛而必捐。言他人言我雖愛之，必須去之也[58]。王逸楚辭注曰：不受曰廉。說文曰：捐，棄也。

或苕發穎豎，離眾絕致。苕，草之苕也。言作文利害，理難俱美，或有一句同乎苕發穎豎，離於眾辭，絕於致思也。毛詩傳曰：苕，陵苕也[59]。孫卿子曰：蒙鳩為巢，繫之葦苕。小雅曰：禾穗謂之穎。形不可逐，響難爲係。言方之於影而形不可逐，譬之於聲而響難係也。鶡冠子曰：影之隨形，響之應聲。塊孤立而特峙，非常音之所緯。文之綺麗，若經緯相成，一句既佳[60]，塊然立而特峙，非常音所能緯也。心牢落而無偶，意徘徊而不能揥。牢落，猶遼落也。言思心[61]牢落，而無偶揥之意，徘徊而未能也。蔡邕瞽師賦曰：時牢落以失次，咢維蹇而陽絕。說文曰：揥，取

---

55 注「而不改易其文」　袁本、茶陵本「易其文」作「也」。

56 注「說文曰謂文藻思如綺會」　袁本、茶陵本無此十字。

57 注「言所擬不異闇合昔之曩篇」　袁本、茶陵本無此十一字。

58 注「言他人言我雖愛之必須去之也」　袁本、茶陵本無「他人言我雖愛之須」八字。又茶陵本「言」上有「必捐」二字，袁本無。

59 注「毛詩傳曰苕陵苕也」　袁本、茶陵本無此八字。

60 注「一句既佳」　袁本、茶陵本「一」作「言斯」。

61 注「言思心」　袁本、茶陵本「思」下有「之」字。

也，他狄切。協韻他帝切，或為褅。褅，猶去也[62]。石韞玉而山輝，水懷珠而川媚。雖無佳偶，因而留之，譬若水石之藏珠玉，山川為之輝媚也。尸子曰：水中折者有玉，圓折者有珠[63]。孫卿子曰：玉在山而木潤，淵生珠而岸不枯。高氏注：玉，陽中之陰，故能潤澤草；珠，陰中之陽，有明故岸不枯。廣雅曰：韞，襄也[64]。彼榛楛之勿翦，亦蒙榮於集翠。榛楛，喻庸音也。以珠玉之句既存，故榛楛之辭亦美。毛詩曰：榛楛濟濟。郭璞山海經注曰：榛，小栗。楛，木可以為箭。綴下里於白雪，吾亦濟夫所偉。言以此庸音而偶彼嘉句，譬以下里鄙曲綴於白雪之高唱，吾雖知美惡不倫，然且以益夫所偉也。宋玉對楚王問曰：客有歌於郢中者，其始曰下里。宋玉笛賦曰：師曠為白雪之曲。淮南子曰：師曠奏白雪，而神禽下降。白雪，五十絃瑟樂曲名。下里，俗之謠歌[65]。說文曰：偉，猶奇也，協韻，禹貴切。

或託言於短韻，對窮迹而孤興。短韻，小文也。言文小而事寡，故曰窮迹；迹窮而無偶，故曰孤興。俯寂寞而無友，仰寥廓而莫承。言事寡而無偶，俯求之則寂寞而無友，仰應之則寥廓而無所承。譬偏絃之獨張，含清唱而靡應。言累句以成文，猶眾絃之成曲。今短韻孤起，譬偏絃之獨張，絃之獨張，含清唱而無應。韻之孤起，蘊麗則而莫承也。毛萇詩傳曰：靡，無也。應，於興切。或寄辭於瘁音，徒靡言而弗華[66]。瘁音，謂惡辭也。靡，美也，言空美而不光華也[67]。班固漢書贊曰：纖微憔悴之音作，而民思憂。薛君韓詩章句曰：靡，好也。混妍蚩而成體，累良質而爲瑕。妍謂言靡，蚩謂瘁音，既混妍蚩共為一體，翻累良質而為瑕也。禮記曰：玉，瑕不掩瑜。鄭玄

62 注「或為褅褅猶去也」 陳云兩「褅」字並當作「褫」，五臣本可據。案：所校最是。各本皆誤。
63 注「尸子曰」下至「有珠」 袁本、茶陵本無此十四字。
64 注「高氏注玉」下至「襄也」 袁本、茶陵本無此三十字。
65 注「淮南子曰」下至「俗之謠歌」 袁本、茶陵本無此二十九字。
66 徒靡言而弗華 袁本、茶陵本「徒靡言」作「言徒靡」。案：二本不著校語，蓋尤誤倒也。
67 注「瘁音」下至「而不光華也」 袁本、茶陵本無此十七字。

曰[68]：瑕，玉之病也，胡加切。象下管之偏疾，故雖應而不和。言其音既猝，其言徒靡，類乎下管，其聲偏疾，升歌與之間奏，雖復相應而不和諧。杜預左氏傳注曰：象，類也。禮記曰：升歌清廟，下管象武[69]。王肅家語注曰：下管，堂下吹管，象武舞也。或遺理以存異，徒尋虛以逐微。言寡情而鮮愛，辭浮漂而不歸。漂，猶流也。不歸，謂不歸於實。猶絃幺而徽急，故雖和而不悲。說文曰：幺，小也，於遙切。淮南子曰：鄒忌一徽琴，而威王終夕悲。許慎注曰[70]：鼓琴循絃謂之徽，悲雅俱有，所以成樂，直雅而無悲則不成[71]。或奔放以諧合，務嘈囋而妖冶。埤蒼曰：嘈哱，聲貌，哱與囋及囐同，才曷切。徒悅目而偶俗，固高聲而曲下。言聲雖高而曲下[72]。張衡舞賦曰：既娛心以悅目。廣雅曰：耦，諧也，耦與偶古字通。寤防露與桑間，又雖悲而不雅。防露，未詳。一曰：謝靈運山居賦曰：楚客放而防露作。注曰：楚人放逐，東方朔感江潭而作七諫。然靈運有七諫[73]，有防露之言，遂以七諫為防露也。禮記曰：桑間濮上之音，亡國之音也。鄭玄曰：濮水之上地有桑間，先[74]亡國之音於此水上[75]。或清虛以婉約，每除煩而去濫。左氏傳，君子曰：臣除煩而去惑。闕大羹之遺味，同朱絃之清氾。雖一唱而三歎，固既雅而不豔。言作文之體，必須文質相半，雅豔相資。今文少而質多，故既雅而不豔，比之大羹而闕其餘味，方之古樂而同清氾，言質之甚也。餘味，謂樂羹皆古，不能備其五聲五味，故曰有餘也。禮記曰：清廟之瑟，朱絃而疏越，一唱而三歎，有

---

68 注「禮記曰玉瑕不掩瑜鄭玄曰」 袁本、茶陵本此十一字作「鄭玄禮記注曰」六字。

69 注「下管象武」 袁本、茶陵本無「武」字，是也。案：明堂位文。

70 注「淮南子曰鄒忌一徽琴而威王終夕悲許慎注曰」 袁本、茶陵本此十九字作「許慎淮南子注曰」七字。

71 注「悲雅俱有」下至「則不成」 袁本、茶陵本無此十六字。

72 注「言聲雖高而曲下」 袁本、茶陵本無此七字。

73 注「然靈運有七諫」 何校「有」改「以」，是也。各本皆誤。

74 注「地有桑間先」 何校「先」改「者」，是也。各本皆誤。

75 注「於此水上」 何校「上」改「出」，是也。各本皆誤。

遺音者矣。大饗之禮，尚玄酒而俎腥魚[76]，大羹不和，有遺味者矣。鄭玄曰：朱絃，練朱絃也，練則聲濁。越瑟底孔畫疏之，使聲遲。唱，發歌句者。三歎，三人從而歎之。大羹，肉湆不調以鹽菜也。遺，猶餘也。然大羹之有餘味，以為古矣，而又闕之，甚甚之辭也[77]。

若夫豐約之裁，俯仰之形。廣雅曰：約，儉也。因宜適變，曲有微情。毛萇詩傳曰：適，之也。楚辭曰：結微情以陳辭。說文曰：微，妙也。或言拙而喻巧，或理朴而辭輕。或襲故而彌新，或沿濁而更清。孔安國尚書傳曰：襲，因也。禮記曰：明王以相沿。鄭玄曰：沿，猶因述也。或覽之而必察，或研之而後精。譬猶舞者赴節以投袂，歌者應絃而遣聲。王粲七釋曰：邪睨鼓下，亢音赴節。左氏傳曰：投袂而起。杜預曰：投，振也。是蓋輪扁所不得言，故亦非華說之所能精[78]。莊子曰：桓公讀書於堂上，輪扁斲輪於堂下，釋椎鑿而上問桓公：敢問公之所讀者何言也？公曰：聖之言。曰：聖人在乎？公曰：死矣。輪扁曰：然則君之所讀者，聖人之糟魄耳。公曰：寡人讀書，輪人安得議乎！有說則可，無說則死。輪扁曰：臣也，以臣之事觀之，斲輪徐則甘而不固矣，疾則苦而不入矣，不徐不疾，得於手而應於心，口不能言也，有數存焉。於其間，臣不能以喻臣之子，臣之子亦不能受之於臣，是以行年七十，而老斲輪。郭子玄云：言物各有性効，學之無益也。李顯曰：齊桓公也。扁，音篇，又扶緬切。斲，丁角切。謂斲輪之人，扁其名也。魄，音普莫切。李顯曰：酒滓曰糟。司馬彪曰：爛食曰魄。甘，緩也。苦，急也。李曰：數，術也[79]。王充論衡曰：虛談竟於華葉之言，無根之深，安危之際，文人不與，徒能華說之効也。

---

76 注「尚玄酒而俎腥魚」　袁本、茶陵本無此七字。

77 注「甚甚之辭也」　茶陵本無下「甚」字，袁本有。案：各本皆非，當重「之」字耳。

78 故亦非華說之所能精　茶陵本無「故」字，「亦」下校語云五臣作「故」。袁本「故」下校語云善有「亦」。案：有即作之誤，尤因此而兩有，非也。

79 注「莊子曰桓公」下至「數術也」　袁本無此二百三十七字，有「輪扁已見上注」六字。茶陵本亦不複出，此增多甚非。

普辭條與文律，良余膺之所服。尚書，帝曰：律和聲。孔安國曰：律，六律也。禮記，子曰：回得一善，則拳拳服膺不失之。練世情之常尤，識前脩之所淑。纏子，董無心曰：罕得事君子，不識世情尤非也。楚辭曰：謇吾法夫前脩，非時俗之所服。淑，善也。雖濬發於巧心，或受欰於拙目[80]。言文之難不能無累，雖復巧心濬發，或於拙目受蚩。欰，笑也，欰與蚩同[81]。彼瓊敷與玉藻，若中原之有菽。瓊敷、玉藻，以喻文也。毛詩曰：中原有菽，庶人采之。毛萇曰：中原，原中也[82]。菽，藿也。力采者得之[83]。同橐籥之罔窮，與天地乎並育。老子曰：天地之間，其猶橐籥乎。虛而不屈，動而愈出[84]。河上公曰：橐籥，中空虛，故能育聲氣也。王弼曰：橐，排橐。籥，樂器。按：橐，冶鑄者用以吹火使炎熾。說文曰[85]：橐，囊也[86]，音托。籥，音藥。雖紛藹於此世，嗟不盈於予掬[87]。毛詩曰：終朝采綠，不盈一掬。毛萇曰：綠，王芻。兩手曰掬。患挈缾之屢空，病昌言之難屬。挈瓶，喻小智之人，以注在上。何休曰：提，猶挈也[88]。左氏傳曰：雖有挈瓶之智，守不假器。論語曰：回也屢空。尚書，帝曰：禹亦昌言。孔安

---

80 或受欰於拙目　袁本「欰」作「嗤」。校語云善作「蚩」。茶陵本作「欰」，與此同。校語云五臣作「嗤」。案：袁本所見，是也。士衡自用「蚩」字，善以「蚩」字本不訓「笑」，故取「欰」字為注，如詠懷詩「噭噭今自蚩」之注也。說詳在下。尤、茶陵所見非。

81 注「欰笑也欰與蚩同」　案上「欰」上當有「說文云」三字。兩「欰」字，皆當作「蚇」。詠懷詩注曰：說文云：嗤，笑也。「嗤」與「蚩」同。考說文無「嗤」字，有「蚇」字。云蚇蚇，戲笑貌，從欠虫聲。蓋兩注本同，此脫「說文云」，彼誤「蚇」為「嗤」，當互訂正。

82 注「中原原中也」　袁本、茶陵本無此五字。

83 注「力采者得之」　袁本、茶陵本無此五字。

84 注「虛而不屈動而愈出」　袁本、茶陵本無此八字。

85 注「按橐」下至「說文曰」　袁本、茶陵本無此十五字。

86 注「囊也」　袁本、茶陵本無此二字。

87 嗟不盈於予掬　案：「嗟」當作「羌」。凡「羌」字，五臣多改作「嗟」字，此必各本以五臣亂善。

88 注「挈瓶」下至「提猶挈也」　袁本、茶陵本無此十八字。

國曰：昌，當也[89]。王逸楚辭注曰：屬，續也。故踸踔於短垣[90]，放庸音以足曲。廣雅曰：踸踔，無常也。今人以不定為踸踔，不定亦無常也。莊子曰：夔謂蚿曰：吾以一足踸踔而行，爾無如矣。謂腳長短也[91]。踸，勑甚切。踔，勑角切。國語曰：有短垣，君不踰[92]。爾雅曰：庸，常也。恒遺恨以終篇，豈懷盈而自足。言才恒不足也[93]。答賓戲曰：孔終篇於西狩。懼蒙塵於叩缶，顧取笑乎鳴玉。缶，瓦器而不鳴，更蒙之以塵，故取笑乎玉之鳴聲也。文子曰：蒙塵而欲無昧，不可得也。李斯上書曰：擊甕叩缶。

若夫應感之會，通塞之紀。紀，綱紀也[94]。周易曰：不出戶庭知通塞也。來不可遏，去不可止。莊子曰：其來不可卻，其去不可止。毛詩傳曰：遏，止也。孔安國曰：遏，絕[95]。藏若景滅，行猶響起。枚乘上書曰：景滅迹絕。王命論曰：趣時如響起。方天機之駿利，夫何紛而不理。莊子，蚿曰：今予動吾天機。司馬彪曰：天機，自然也。又大宗師曰：其耆欲深者，其天機淺也。劉瓛曰：言天機者，言萬物轉動，各有天性，任之自然，不知所由然也[96]。思風發於胸臆，言泉流於脣齒。論衡曰：吾言潏淈而泉出。紛威蕤以馺遝，唯毫素之所擬。威蕤，盛貌。馺遝，多貌[97]。封禪書曰：紛綸萎蕤。毫，筆也。纂文曰：書縑曰素。楊雄書曰：齎紬素四尺。文徽徽以溢

---

89 注「孔安國曰昌當也」　袁本、茶陵本無此七字。

90 故踸踔於短垣　袁本、茶陵本「垣」作「韻」，不著校語。案：注中「短垣」語，一本亦無之，恐尤改未必是也。

91 注「謂腳長短也」　袁本、茶陵本無此五字。

92 注「國語曰有短垣君不踰」　袁本、茶陵本無此九字。

93 注「言才恒不足也」　袁本、茶陵本無此六字。

94 注「紀綱紀也」　袁本、茶陵本無此四字。

95 注「毛詩傳曰」下至「遏絕」　袁本、茶陵本無此十三字。

96 注「又大宗師曰」下至「不知所由然也」　袁本、茶陵本無此四十一字。

97 注「威蕤盛貌馺遝多貌」　袁本、茶陵本無此八字。

目，音泠泠而盈耳。延篤仁孝論曰：煥乎爛兮，其溢目也。論語曰：洋洋乎盈耳哉。及其六情底滯，志往神留。春秋演孔圖曰：詩含五際六情，絕於申。宋均曰：申，申公也。仲長子昌言曰：喜怒哀樂好惡，謂之六情。國語曰：夫人氣縱則底，底則滯。韋昭曰：底，著也。滯，廢也。兀若枯木，豁若涸流。莊子曰：形固可使如枯木，心固可使如死灰。郭象注莊子曰：遺身而自得，雖掞然而不持，坐忘行忘而為之，故行若曳枯木，止若聚死灰，是以云其神凝也。向秀曰：死灰、枯木，取其寂漠無情耳。爾雅曰：涸，竭也。國語，泉涸而成梁[98]。涸，水盡也。攬營魂以探賾，頓精爽於自求。自求於文也[99]。楚辭曰：營魂而升遐。周易曰：探賾索隱，鉤深致遠。左氏傳，樂祁曰：心之精爽，是謂魂魄。孟子曰：使自求之。理翳翳而愈伏，思乙乙其若抽。方言曰：翳，奄也。乙，抽也。乙，難出之貌。說文曰：陰氣尚強，其出乙乙然。乙，音軋。新論曰：桓譚嘗欲從子雲學賦，子雲曰：能讀千賦，則善為之矣。譚慕子雲之文，嘗精思於小賦，立感發病，彌日瘳。子雲說成帝祠甘泉，詔雄作賦，思精苦，困倦小臥，夢五藏出外，以手收而內之。及覺，病喘悸少氣。士衡與弟書曰：思苦生疾。是以或竭情而多悔，或率意而寡尤。左氏傳，趙武曰：范會言於晉國，竭情無私。淮南子曰：人輕小害，至於多悔。論語，子曰：言寡尤，行寡悔。包曰：尤，過也。雖茲物之在我，非余力之所勠。物，事也。勠，并也。言文之不來，非予力之所幷[100]。國語曰：勠力一心。賈逵曰：勠力，併力也[101]。故時撫空懷而自惋，吾未識夫開塞之所由。開，謂天機駿利。塞，謂六情底滯。

伊茲文之爲用，固眾理之所因。恢萬里而無閡，通億載而爲津。言文能廓萬里而無閡，

98 注「郭象注莊子曰」下至「而成梁」 袁本、茶陵本無此六十九字。

99 注「自求於文也」 袁本、茶陵本無此五字。

100 注「物事也」下至「非予力之所並」 袁本、茶陵本無此十七字。

101 注「並力也」 袁本、茶陵本「也」下有「力周切」三字。

假令億載而今為津[102]。法言曰：著古昔之昬昬，傳千里之忞忞者莫如書。軌曰[103]：昬昬，目所不見；忞忞，心所不了。小雅曰：閡，限也。俯貽則於來葉，仰觀象乎古人。葉，世也[104]。幽通賦曰：終保己而貽則。尚書曰：予恐來世。又曰：予欲觀古人之象。濟文武於將墜，宣風聲於不泯。論語，子貢曰：文武之道，未墜於地。尚書畢命曰：彰善癉惡，樹之風聲。毛詩曰：靡國不泯。毛萇曰：泯，滅也[105]。爾雅曰：泯，盡也。塗無遠而不彌，理無微而弗綸。法言曰：彌綸天地之事，記久明遠者莫如書。周易曰：易與天地準，故能彌綸天地之道。王肅曰：彌綸，纏裹也。配霑潤於雲雨，象變化乎鬼神。論衡曰：山大者雲多，太山不崇朝，辨雨天下。然則賢聖有雲雨之智，彼其吐文萬牒以上。賈子曰：神者，變化而無所不為也。被金石而德廣，流管絃而日新。金，鍾鼎也。石，碑碣也。言文之善者，可被之金石，施之樂章。禮記曰：金石絲竹，樂之器也。漢書曰：聖王已沒，鍾鼓管絃之聲未衰[106]。吳越春秋，樂師謂越王曰：君王德可刻之於金石，聲可託之於管絃。毛詩曰：漢廣[107]，德廣所及也。周易曰：日新之謂盛德。

音樂上

樂記曰：凡音之起由人心生也；心之動，物使之然也。感於物而動，故形於聲；聲相應，故生變；變成方，謂之音。比音而樂之，及干戚羽旄，謂之樂。注曰：方，猶文章也。又曰：聲成文謂之音。

---

102 注「言文」下至「而今為津」　袁本、茶陵本無此十七字。
103 注「軌曰」　袁本、茶陵本「軌」上有「李」字。
104 注「葉世也」　袁本、茶陵本無此三字。
105 注「爾雅曰泯盡也」　袁本、茶陵本無此六字。
106 注「禮記曰」下至「未衰」　袁本、茶陵本無此二十六字。
107 注「毛詩曰漢廣」　袁本、茶陵本「詩」下有「序」字。

洞簫賦

漢書音義，如淳曰：洞者，通也[108]。簫之無底者，故曰洞簫[109]。釋名：簫，肅也，言其聲肅肅然清也[110]。大者二十三管，長三尺四寸；小者十六管。一名籟[111]。

王子淵

漢書曰：王褒，字子淵，蜀人也。宣帝時[112]為諫議大夫。帝太子體不安，苦忽忽不樂，詔使褒等皆之太子宮娛侍太子，朝夕誦書奇文，及自所造作。疾平復，乃歸。太子嘉褒所為甘泉及洞簫頌，令後宮貴人左右皆誦讀之[113]。益州有金馬碧雞之寶，使褒祀焉。於道病卒。

原夫簫幹之所生兮，于江南之丘墟。廣雅曰：原，本也。江圖曰：慈母山，此山竹作簫笛，有妙聲。丹陽記曰：江寧縣慈母山臨江生簫管竹。王褒賦云：于江南之丘墟，即此處也。其竹圓，異眾處[114]。自伶倫採竹嶰谷後，見此奇。故歷代常給樂府，而呼鼓吹山。幹，小竹也。王逸楚辭注曰：幹，體也[115]。**洞條暢而罕節兮，標敷紛以扶疏。**條暢，條直通暢也。罕，稀也，言竹節稀疏而相去。標，竹之末也[116]。宋玉笛賦曰：奇篠異幹，罕節簡支，敷紛茂盛，扶疏四布。**徒觀其旁山側兮，則嶇嶔巋崎，倚巇迤㠧，誠可悲乎其不安也！**嶇嶔巋崎，皆山險峻之貌。迤㠧，邪平之貌，言竹生其旁，故欹側不安[117]。㠧，音靡。**彌望儻莽，聯延曠盪，又足樂乎其敞閑也。**儻莽、

---

108 洞簫賦注「漢書音義如淳曰洞者通也」　袁本、茶陵本此十一字作「如淳漢書注曰洞簫」八字。
109 注「故曰洞簫」　袁本、茶陵本無此四字。
110 注「清也」　袁本、茶陵本無此二字。
111 注「一名籟」　袁本、茶陵本「籟」下有「漢書曰元帝為太子嘉褒所為洞簫頌令後宮貴人皆誦讀之」二十四字。
112 注「宣帝時」　袁本、茶陵本無此三字。
113 注「帝太子體不安」下至「皆誦讀之」　袁本、茶陵本無此六十三字。
114 注「其竹圓異眾處」　袁本、茶陵本無此六字。
115 注「王逸楚辭注曰幹體也」　袁本、茶陵本無此九字。
116 注「罕稀也」下至「竹之末也」　袁本、茶陵本無此十六字。
117 注「言竹生其旁故欹側不安」　袁本、茶陵本無此十字。

曠盪，寬廣之貌。儻，佗朗切。敞，大貌，言竹生敞閑之處，又足樂也[118]。託身軀於后土兮，經萬載而不遷。左氏傳，晉大夫謂秦伯曰：君履后土而戴皇天。后土，地也，言竹託生於地，經歷萬載不易其貞萃也[119]。吸至精之滋熙兮，稟蒼色之潤堅。周易曰：精氣為物。滋熙，潤悅貌。孔安國尚書傳曰：稟，受也。周易曰：震為蒼莨竹。感陰陽之變化兮，附性命乎皇天。孫卿子曰：陰陽大化。周易曰：四時變化。翔風蕭蕭而逕其末兮，迴江流川而溉其山。風賦曰：翱翔乎激水之上。荊軻歌曰：風蕭蕭兮易水寒。言風蕭蕭徑過其末。回江，謂江回曲也[120]。說文曰：溉，猶灌也。言江之流注灌溉其山也[121]。揚素波而揮連珠兮，聲磕磕而澍淵。呂忱曰：波，水涌也[122]。漢武帝秋風辭曰：橫中流兮揚素波。杜預左氏傳注曰：揮，湔也。湔，音贊。字指曰：磕，大聲也[123]。說文曰：注，灌也，澍與注古字通。朝露清泠而隕其側兮，玉液浸潤而承其根。說文曰：液，津也，夷石切。孤雌寡鶴，娛優乎其下兮，春禽羣嬉，翱翔乎其顛[124]。說文曰：嬉，樂也。秋蜩不食，抱樸而長吟兮[125]，玄猨悲嘯，搜索乎其間。爾雅曰：蜩，蜋蜩。方言曰：楚謂蟬為蜩。家語，子夏曰：蟬飲露而不食[126]。蜩，徒凋切。抱，音

---

118 注「言竹生敞閑之處又足樂也」　袁本、茶陵本無此十一字。

119 注「后土地也」下至「不易其貞萃也」　袁本、茶陵本無此二十字。

120 注「言風蕭蕭」下至「謂江回曲也」　袁本、茶陵本無此十五字。

121 注「言江之流注灌溉其山也」　袁本、茶陵本無此十字。

122 注「呂忱曰波水涌也」　袁本、茶陵本無此七字。

123 注「字指曰磕大聲也」　袁本、茶陵本無此七字。

124 翱翔乎其顛　茶陵本「翱」作「翶」。袁本校語云善作「翾」。案：「翾」乃「翶」之誤也。「皐」別體作「睪」，故「翱」別體作「翶」耳。尤以正字改之，遂與二本校語不合。舞賦「若翶若行」仍未改。

125 抱樸而長吟兮　案：「樸」當作「朴」，注引蒼頡篇「朴，木皮也」，可證。否則，尚有「樸」「朴」異同之注，而刪削不全耳。

126 注「蟬飲露而不食」　袁本、茶陵本無「露」字，是也。

附。蒼頡篇曰：朴，木皮也。上林賦曰：玄猨素雌。搜索，往來貌。搜，所求切。索，所白切。處幽隱而奧庰兮[127]，密漠泊以獮猭。廣雅曰：奧，藏也。說文曰：屏，蔽也[128]，庰與屏同。嵨岶，竹密貌[129]。獮猭，相連延貌。字書，獮猭，獸逃走也[130]。漠與嵨同，浦百切。泊與岶同，亡百切。獮，敕陳切。猭，勑員切。惟詳察其素體兮，宜清靜而弗諠。方言曰：素，本也。言審視竹之本體，清而不讙譁也[131]。幸得謚爲洞簫兮，蒙聖主之渥恩。謚，號也，實二切。言得謚為簫而恒施用之，豈非蒙聖王之厚恩也[132]。可謂惠而不費兮，因天性之自然。論語，子曰：因人所利而利之，斯不亦惠而不費乎。家語，孔子曰：器用陶匏，以象天地之性也。萬物無可以稱之者，故其自然之體。

於是般匠施巧，夔妃准法。墨子曰：公輸為雲梯。鄭玄曰：般，伎巧者。莊子曰：匠石之齊，見櫟社樹，匠伯不顧。司馬彪曰：匠石，字伯。尚書，帝曰：夔，命汝典樂，教冑子。妃，未詳也，一云夔。列子曰：孔子就師襄學琴[133]。帶以象牙，掍其會合。帶，猶飾也。方言曰：掍，同也，言以象牙飾其會合之際，言巧密也。掍，胡本切。鎪鏤離灑，絳脣錯雜。爾雅曰：鏤，鎪也[134]。離灑，鎪鏤之貌。絳脣，謂簫孔以朱飾之。灑，所宜切。鄰菌繚糾，羅鱗捷獵。言簫之形也。鄰菌繚糾，相著貌如羅魚鱗布列也。捷獵，參差也。膠緻理比，挹抐攇𢺕。膠致理比，言

---

127 處幽隱而奧庰兮　案：「庰」當作「屏」。袁本云善作「庰」。茶陵云五臣作「屏」。各本所見皆非。賦作「屏」，善以「屏」字本不訓「蔽」，故取「庰」字為注。正如思玄賦「坐太陰之屏室兮」也。說在彼下。

128 注「說文曰屏蔽也」　案：「屏」當作「庰」。各本皆誤。所引广部文也。正文改「屏」為「庰」，而復改此注「庰」為「屏」以就之，大非。思玄賦注亦可證。

129 注「竹密貌」　袁本、茶陵本無「竹」字，是也。

130 注「字書獮猭獸逃走也」　袁本、茶陵本無此八字。

131 注「言審視竹之本體清而不讙嘩也」　袁本、茶陵本無此十三字。

132 注「言得謚為簫」下至「豈非蒙聖王之厚恩也」　袁本、茶陵本無此十九字。

133 注「一云夔」下至「學琴」　袁本、茶陵本無此十三字。

134 注「爾雅曰鏤鎪也」　袁本、茶陵本無此六字。

細密也。挹抐擫擪，言中制也。比，扶至切。挹，於泣切。抐，女立切。擫，於頰切。擪，奴協切。於是乃使夫性昧之宕冥，生不覩天地之體勢，闇於白黑之貌形。性昧、宕冥，謂天性闇昧過於幽冥也。說文曰：宕，過也。生，初生也。淮南子曰：夫盲者不能別晝夜，分白黑矣。憤伊鬱而酷䀝，愍眸子之喪精。鄭玄禮記注曰：憤，怒氣充實也。伊鬱，不通。酷，猶甚也。蒼頡篇曰：䀝，憂貌，奴谷切。廣雅曰：眼珠子謂之眸[135]。趙岐孟子注曰：眸子，目瞳子也。寡所舒其思慮兮，專發憤乎音聲。言冥生之人而絕所見，思慮無所，故得專意發憤在於音聲[136]。論語，子曰：發憤忘食。故吻吮值夫宮商兮，龢紛離其匹溢。言口吻所吮，皆遇宮商。紛離、匹溢，聲四散也。字林曰：吻，口邊也[137]。說文曰：吮，嗽也，似兖切。形旖旎以順吹兮，瞋噞䶎以紆鬱。言簫聲既發，形旖旎以隨之。漢書音義，張揖曰：旖旎，猶阿那也。司馬相如賦曰：又猗狔以招搖[138]。說文曰：䪼，頤也。釋名曰：䶎，咽下垂也，言氣之盛而噞䶎，類瞋也。楚辭曰：鬱結紆軫。王逸曰：紆，曲也。噞與䪼劉[139]並音含。䶎，音胡。氣旁迕以飛射兮，馳散渙以䢀律。旁迕，言氣競旁出，遞相逆迕也。飛射，氣出迅疾也[140]。散渙，分布也。䢀律，出遲貌。䢀，張律切。趣從容其勿述兮，騖合遝以詭譎。勿述，無所逆誤之貌。合遝，盛多貌。封禪書曰：奇物譎詭。詭譎，猶奇怪也。或渾

135 注「廣雅曰眼珠子謂之眸」 袁本、茶陵本無此九字。
136 注「言冥生之人」下至「在於音聲」 袁本、茶陵本無此二十三字。
137 注「字林曰吻口邊也」 袁本、茶陵本無此七字。
138 注「司馬相如賦曰又猗狔以招搖」 袁本、茶陵本無此十二字。
139 注「噞與䪼劉」 袁本、茶陵本「劉」作「同」。案：二本最是。陳云「劉」字衍，非也。
140 注「氣出迅疾也」 袁本、茶陵本無「氣出」二字。

沌而潺湲兮。獵若枚折[141]。聲或渾沌，不分潺湲[142]，或復其聲模無似枚之折也[143]。雜字曰：潺湲，水流貌。獵，聲也。詩曰：伐其條枚[144]。毛萇詩傳曰：枚，幹也。廣雅曰：獵，折也[145]。或漫衍而駱驛兮，沛焉競溢。漫衍，流溢貌。駱驛，相連延貌。沛，多貌。惏慄密率，掩以絕滅。惏慄，寒貌，恐懼也[146]。風賦曰：憯悽惏慄。密率，安靜也。掩，止息貌。嚐霵曄踕，跳然復出。嚐霵曄踕，眾聲疾貌。說文曰：跳，躍也。嚐，胡急切。霵或為驟，同助急切。跳，徒彫切。

若乃徐聽其曲度兮，廉察其賦歌。廉，亦察也。啾咇嚙而將吟兮，行鍖銋以龢囉。啾，眾聲也。咇嚙，聲出貌。行，猶且也，胡庚切。鍖銋，聲不進貌。龢囉，聲迭蕩[147]相雜貌。咇，音筆。嚙，音櫛。鍖，湯錦切。銋，奴錦切。風鴻洞而不絕兮，優嬈嬈以婆娑。鴻洞，相連貌。嬈嬈，柔弱也。婆娑，分散貌。廣雅曰：嬈，奇也[148]。翩緜連以牢落兮，漂乍棄而爲他。說文曰：漂，浮也，芳妙切。他，謂奇聲也，言聲漂結而去[149]，棄其舊調，而更為奇聲。要復遮其蹊徑兮，與謳謠乎相龢。謳謠已發，簫聲於其蹊徑要復而遮之，與之相和也。龢，古和字。故聽其巨音，則周流氾濫，并包吐含，若慈父之畜子也。韓詩曰：夫為人父者，

---

141 獵若枚折　陳云「獵」當作「擸」，注同。袁本云善作「獵」。茶陵本云五臣作「擸」。今案：善注「獵聲也」，未見必用「擸」字。廣雅一條又本非善注，此為善「獵」、五臣「擸」無疑。陳欲以五臣改善，殊非。

142 注「聲或渾沌不分潺湲」　袁本、茶陵本無「聲或」二字，「潺湲」作「之貌」。

143 注「或復其聲模無似枚之折也」　袁本、茶陵本無此十一字。

144 注「詩曰伐其條枚」　袁本、茶陵本無此六字，有「枚折似枚之折也」七字。

145 注「廣雅曰獵折也」　袁本、茶陵本無此六字。

146 注「恐懼也」　袁本、茶陵本無此三字。

147 注「聲迭蕩」　袁本、茶陵本無此三字。

148 注「廣雅曰嬈奇也」　袁本、茶陵本無此六字。

149 注「言聲漂結而去」　袁本、茶陵本無「聲漂結而去」五字，「言」屬下句首。

必懷慈仁之愛，以畜養其子也。含，下闇切。其妙聲，則清靜厭瘱，順敘卑迖，若孝子之事父也。妙聲，聲之微妙也。厭，安靜貌。曹大家列女傳注曰：瘱，深邃也，音翳。字林曰：迖，滑也。迖，佗戾切。科條譬類，誠應義理，澎濞慷慨，一何壯士！言聲之慷慨如壯士[150]。澎濞，波浪相激之聲。說文曰：慷慨，壯士不得志於心也。優柔溫潤，又似君子。大戴禮曰：優之柔之。禮記曰：溫潤而澤。故其武聲，則若雷霆輘輷，佚豫以沸㥜。輘輷，大聲也。埤蒼曰：怫㥜，不安貌。輘，力萌切。輷，呼萌切。沸或為潰，扶味切。㥜，音謂。其仁聲，則若颽風紛披，容與而施惠。呂氏春秋曰：南方曰颽風。颽風長物，故曰施惠。容與，寬裕之貌。或雜遝以聚斂兮，或拔摋以奮棄。雜遝，眾多貌。拔摋，分散也。何休公羊傳注曰：側手擊曰摋。拔，扶割切。摋，蘇割切。悲愴怳以惻惐兮，時恬淡以綏肆。楚辭曰：愴怳懭悢兮。惻惐，傷痛也。廣雅曰：恬，靜也。說文曰：淡，安也。綏，遲也。王肅尚書注曰：肆，緩也。被淋灑其靡靡兮，時橫潰以陽遂。孔安國尚書傳曰：被，及也。淋灑，不絕貌。靡靡，聲之細好也[151]。橫潰，旁決貌。陽遂，清通貌。言其聲或盛壯而細密，時復橫潰而清通也。橫，音于孟切。鄭玄周禮注曰：陽，清也。又禮記注曰：遂，達也。哀悁悁之可懷兮，良醰醰而有味。毛詩曰：中心悁悁。說文曰：憂，煩悁邑憂貌。字林曰：悁，含怒也[152]，於玄切。又曰：醰、甜同，長味也，大含切。故貪饕者聽之而廉隅兮，狼戾者聞之而不懟。尚書曰：叨懫曰欽。孔安國曰：貪饕急懫。禮記曰：儒者有砥礪廉隅。戰國策曰：張儀云：趙王狼戾無親。爾雅曰：懟，怨也。剛毅彊虣反仁恩兮，嘽唌逸豫戒其失。字書曰：虣，古文暴字也。嘽唌逸豫，舒緩自放縱[153]之貌。嘽，吐誕切。唌，音誕。鍾期牙曠悵然而愕兮，杞

150 注「言聲之慷慨如壯士」　袁本、茶陵本無此八字。

151 注「聲之細好也」　袁本、茶陵本無「聲之」二字。

152 注「字林曰悁含怒也」　袁本、茶陵本無此七字。

153 注「自放縱」　袁本、茶陵本無此三字。

梁之妻不能爲其氣。呂氏春秋曰：伯牙鼓琴，志在太山。鍾子期曰：善哉，巍巍乎若太山。須臾志在流水。子期曰：善哉，洋洋若流水。子期死，伯牙破琴絕絃，終身不復鼓琴，以為世無人為鼓琴者。按列女傳，齊杞殖妻也。齊莊公襲莒，殖戰死，杞梁之妻無子，內外無五屬之親，既非所歸，乃就其夫之屍於其城下而哭之，內誠動人，道路過者，莫不為之揮涕，十日而城為之崩。杞梁字，殖名也。鄭玄注禮，魯襄公二十九年，齊侯襲莒是也[154]。列子曰：伯牙善鼓琴，鍾子期善聽。左氏傳曰：師曠侍於晉侯。杜預曰：師曠，晉樂太師。字書曰：愕，驚也。琴操曰：杞梁妻嘆者[155]，齊邑芑梁殖之妻所作也。殖死，妻嘆曰：上則無父，中則無夫，下則無子，將何以立，吾亦死而已。援琴而鼓之，曲終遂自投水而死。芑與杞同也。**師襄嚴春不敢竄其巧兮，浸淫叔子遠其類。**家語曰：孔子學鼓琴於師襄。七略，有莊春言琴。宋玉笛賦曰：於是天旋少陰，白日西靡，命嚴春，使叔子。浸淫，猶漸冉，相親附之意也。毛萇詩傳曰：昔顏叔子獨處于室，隣之嫠婦又獨處室，夜暴風雨至，屋壞，婦人趨而至，叔子納之，而使執燭，放於平旦，蒸盡搐屋而繼之，自為避嫌不審矣。趙岐孟子章句曰：放，至也，方往切。**嚚頑朱均惕復惠兮，桀跖鸗博儡以頓[156]顇。**左氏傳，富辰曰：心不則德義之經為頑，口不道忠信之言為嚚。史記曰：堯子丹朱不肖，舜子商均亦不肖。復惠，復黠慧也[157]。桀，夏桀也。跖，盜跖也。莊子曰：施及三王，天下大駭矣，下有桀、跖，上有曾、史。鸗，夏育也。古字同。博，申博也，未詳其始。陸機夏育贊曰：夏育之猛，千載所希；申博角勇，臨頟奮椎。儡，羸疾貌。顇，即愁顇也。**吹參差而入道德兮，故永御而可貴。**楚辭曰：吹參差兮誰思。王逸曰：參差，洞簫。

154 注「呂氏春秋曰伯牙」下至「齊侯襲莒是也」　袁本、茶陵本無此一百五十六字。

155 注「杞梁妻歎者」　案：「杞」當作「芑」，觀下文可見。茶陵本誤同。袁本「杞」上有「范」字，蓋改「芑」為「杞」而兩存，又誤「芑」為「范」耳。

156 桀跖鸗博儡以頓顇　袁本、茶陵本云善無「以」字。案：此尤以五臣亂善也。寡婦賦注引此正無「以」字，亦其一證。

157 注「復惠復黠慧也」　袁本、茶陵本無此六字。

時奏狡弄，則彷徨翱翔，埤蒼曰：彷徨，猶彷徉也[158]。或留而不行，或行而不留。言逝止無常。狡，急也。弄，小曲也。悼恅瀾漫，亡耦失疇。埤蒼曰：啅嘐，寂靜也。啅嘐與悼恅音義同。悼，麤老切。恅，閭草切。瀾漫，分散也。上林賦曰：瀾漫遠遷。薄索合沓，罔象相求。薄，迫也。索，求也。合沓，重沓也。罔象，虛無罔象然也。莊子曰：黃帝遊赤水之北，遺其玄珠，罔象求之而得。故知音者樂而悲之，不知音者怪而偉之，故聞其悲聲[159]，則莫不愴然累欷，撆涕抆淚。說文曰[160]：撆，拭也，匹結切。廣雅曰：歔欷，悲也[161]。抆，亦拭也，亡粉切。其奏歡娛，則莫不憚漫衍凱，阿那腲腇者已。憚漫衍凱，歡樂貌。阿那腲腇，舒遲貌。埤蒼曰：腲腇，肥貌[162]。腲，一罪切。腇，乃罪切。是以蟋蟀蚸蠖，蚑行喘息。言所感深。爾雅曰：蟋蟀，蛬也。郭璞曰：促織也。爾雅曰：蠖，蚇蠖也。郭璞曰：今蝍蝛也[163]。周書曰：蚑行喘息。說文曰：蚑，徐行，凡生類之行皆曰蚑。蚑，音奇。說文曰：喘，疾息也[164]。螻蟻蝘蜓，蠅蠅翊翊。方言曰：南楚謂螻蛄為括螻，力侯切。爾雅曰：蚍蜉，大螘。螘與蟻同。爾雅曰：蜥蜴，蝘蜓。蝘，於典切。蜓，徒典切。蠅蠅翊翊，遊行貌。遷延徙迆，魚瞰雞睨。皆蟲之形也。遷延徙迆，卻退貌。魚目不瞑，雞好邪視，故取喻焉。瞰，視也。睨，邪視也。垂喙蛩轉，瞪瞢忘食。韓詩外傳曰：蕤賓有聲，倮介之蟲，無不延頸以聽。說文曰：喙，口也，許穢切，或為味，鳥口也，都遘切。蛩，轉動貌。埤蒼

---

158 注「埤蒼曰彷徨猶彷徉也」　袁本、茶陵本無此九字。

159 故聞其悲聲　案：「聞其」二字當作「為」。袁本作「其為悲聲」，云善無「其」。茶陵本云五臣有「其」。此既以五臣亂善，又誤去下「為」字，添上「聞」字，乃誤中之誤也。

160 注「說文曰」　袁本、茶陵本無此三字。

161 注「歔欷悲也」　袁本、茶陵本無此四字。

162 注「埤蒼曰腲腇肥貌」　袁本、茶陵本無此七字。

163 注「爾雅曰蟋蟀」下至「今蝍蝛也」　袁本、茶陵本無此二十七字。

164 注「說文曰喘疾息也」　袁本、茶陵本無此七字。

曰：瞪，直視也，直耕切。瞢，視不審諦也，莫耕切。況感陰陽之龢，而化風俗之倫哉！家語曰：人也者，天地之德，陰陽之交。

亂曰：狀若捷武，超騰踰曳，迅漂巧兮。狀，聲之狀也。捷武言捷巧[165]。曳，亦踰也，或為跇。鄭德曰：跇，度也[166]，弋制切。漂，疾也，妨妙切。又似流波，泡溲泛溓，趨巇道兮。泡溲，盛多貌。汎溓，微小貌，又云波急之聲[167]。方言曰：泡，盛也，薄交切。溲，所求切。汎，房法切。埤蒼曰：溓，裁有水也，所獵切。巇道，嶮巇之道。哮呷呟喚，躋躓連絕，淈殄沌兮。言其聲之大，哮呷呟喚，或躋或躓，時連時絕，淈然相亂，殄沌不分也。埤蒼曰：哮嚇，大怒也，呼交切。杜預左氏傳注曰：躋，升也，將雞切。漢書音義，韋昭曰：躓，頓也，竹利切。淈，胡忽切。沌，徒損切。攪搜㶅捎，逍遙踊躍，若壞穨兮。攪搜㶅捎，水聲也。壞穨，言如物崩壞穨毀也。攪，胡卯切。搜，所卯切。㶅，胡角切。捎，所學切。優游流離，躊躇稽詣，亦足耽兮。韓詩曰：搔首躊躇。稽詣，言聲稽留如有所詣也。蒼頡篇曰：詣，至也。穨唐遂往，長辭遠逝，漂不還兮。穨唐，隕墜貌。本或無此十二字。賴蒙聖化，從容中道，樂不淫兮。中於道德，雖樂不荒。左氏傳曰：吳公子札來聘，為之歌頌曰：遷而不淫，樂而不荒。條暢洞達，中節操兮。言聲有條貫，通暢洞達，而中於節操。終詩卒曲，尚餘音兮。言簫中次詩，而曲將盡，尚有餘音也[168]。吟氣遺響，聯緜漂撇，生微風兮。漂擎，餘響少騰相擊之貌[169]。漂，匹遙切。擎，匹曳切。連延駱驛，變無窮兮。

---

165 注「狀聲之狀也捷武言捷巧」　袁本、茶陵本無此十字。

166 注「鄭德曰跇度也」　袁本、茶陵本無此六字。

167 注「又云波急之聲」　袁本、茶陵本無此六字。

168 注「言簫中次詩」下至「尚有餘音也」　袁本、茶陵本無此十四字。

169 注「相擊之貌」　袁本、茶陵本無「相擊之」三字，「貌」屬上句末。

舞賦 并序

按周禮，舞師、樂師掌教舞。有兵舞，有干舞，有羽舞，有旄舞。呂氏春秋曰：堯時陰氣滯伏，陽氣閉塞，使人舞蹈以達氣。舞者，音聲之容也[170]。

傅武仲

范曄後漢書曰：傅毅，字武仲，扶風茂陵人也[171]。少博學。建初中[172]，肅宗博召文學之士，以毅[173]為蘭臺令史。少逸氣[174]，亦與班固為竇憲府司馬[175]。早卒。

楚襄王既遊雲夢，使宋玉賦高唐之事。高唐賦序曰：楚襄王與宋玉遊於雲夢之臺，望高唐之觀。王曰：試為寡人賦之。將置酒宴飲，謂宋玉曰：雲夢，藪名，在南郡華容縣。高唐，觀名。此並假設為辭[176]。「寡人欲觴羣臣[177]，何以娛之？」左氏傳曰：欒盈觴曲沃人。杜預曰：飲酒於曲沃。玉曰：「臣聞歌以詠言，舞以盡意。尚書曰：歌詠言。孔安國曰：歌詠其義，以長其言。毛萇詩序曰：言之不足，故嗟嘆之；嗟嘆之不足，故詠歌之；詠歌之不足，不知手之舞之，足之蹈之。說苑曰：聲樂易良而合於歌情，盡舞意。是以論其詩，不如聽其聲；謂言之不足，故詠歌之。聽其聲，不如察其形。謂詠歌之不足，故手舞足蹈也。言不如視其舞形。鄭玄注樂記曰：宮、商、角、徵、羽，雜比曰聲，單曰音[178]。激楚結風，陽阿之舞，張晏曰：激楚，歌曲也。列女傳曰：聽激楚

---

170 舞賦注「按周禮」下至「音聲之容也」　袁本、茶陵本無此五十一字。

171 注「扶風茂陵人也」　袁本無「茂陵」二字。

172 注「建初中」　袁本無此三字。

173 注「以毅」　袁本無此二字。

174 注「少逸氣」　袁本無此三字。

175 注「亦與班固為竇憲府司馬」　袁本此十字作「遷竇憲司馬」五字。茶陵本此節注併入五臣全非，不具出。

176 注「雲夢藪名」下至「此並假設為辭」　袁本、茶陵本無此二十字。

177 寡人欲觴羣臣　茶陵本「觴」作「⿰酉昜」，云五臣作「觴」。袁本云善作「⿰酉昜」。案：「⿰酉昜」即「觴」別體字，尤以正字改之。又注引左傳各本皆作「觴」。此等所言善作某字，皆據所見耳。

178 注「言不如視其舞形」下至「單曰音」　袁本、茶陵本無此二十五字。

之遺風。結風，亦曲名。上林賦曰：鄢、郢繽紛，激楚、結風。文穎曰：激，衝激，急風也。結風、迴風，亦急風也。楚地風既自漂疾，然歌樂者猶復依激結之急風為節。楚辭曰：宮庭震驚，發激楚兮。淮南子曰：夫足蹀陽阿之舞。又曰：歌采菱，發陽阿，鄭人聽之曰：不若延露以和。非歌者拙也，聽者異也[179]。高誘曰：陽阿，古之名倡也。材人之窮觀，天下之至妙。噫，可以進乎？」孔安國尚書傳曰：噫，恨辭也。鄭玄注禮記曰：噫，弗寤之聲[180]。王曰：「如其鄭何？」樂記曰：鄭、衛之音，亡國之音也。恐其同於鄭舞，當如之何？楚辭曰：二八齊容起鄭舞。王逸曰：鄭國舞也。玉曰：「小大殊用，鄭雅異宜，韓詩曰：舞則纂兮。薛君曰：言其舞應雅樂也。弛張之度，聖哲所施。禮記，孔子曰：一張一弛，文、武之道。是以樂記干戚之容，雅美蹲蹲之舞，禮記曰：干戚羽旄謂之樂。鄭玄曰：干，楯也。戚，斧也。武舞所執也。毛詩小雅曰：坎坎鼓我，蹲蹲舞我。一本或云旌旄之舞。禮設三爵之制，頌有醉歸之歌。禮記曰：君子飲酒也，禮三爵而油油以退。鄭玄曰：油油，悅敬貌。毛詩魯頌曰：振振鷺，鷺于飛[181]，鼓咽咽，醉言歸，于胥樂兮。夫咸池六英，所以陳清廟、協神人也。樂動聲儀曰：黃帝樂曰咸池，顓頊樂曰五莖[182]，帝嚳樂曰六英。宋均曰：能為天地四時六合之英華也。毛詩曰：清廟，祀文王也。尚書曰：八音克諧，神人以和。鄭衛之樂，所以娛密坐、接歡欣也。禮記曰：鄭、衛之音，亂世之音[183]。餘日怡蕩，非以風民也，其何害哉！餘日，聽覽之餘日也。怡蕩，怡悅放蕩也。爾雅曰：怡，樂也。毛詩序曰：風，教也。王曰：「試為寡人賦之。」玉

179 注「又曰歌采菱」下至「聽者異也」　袁本、茶陵本無此二十八字。
180 注「鄭玄注禮記曰噫弗寤之聲」　袁本、茶陵本無此十一字。
181 注「振振鷺鷺于飛」　袁本、茶陵本無此六字。
182 注「顓頊樂曰五莖」　袁本、茶陵本無此六字。
183 注「禮記曰鄭衛之音亂世之音」　袁本、茶陵本無此十一字。

曰：「唯唯[184]。」

夫何皎皎之閑夜兮，明月爛以施光[185]。古詩曰：明月何皦皦。楚辭曰：夜皎皎兮既明。朱火曄其延起兮，耀華屋而熺洞房。古詩曰：朱火然其中，青煙颺其間。廣雅曰：熺，熾也，虛疑切。楚辭曰：姱容脩態絙洞房。黼帳祛而結組兮，鋪首炳以焜煌。司馬相如美人賦曰：黼帳周垂。祛，猶舉也。長門賦曰：張羅綺之幔帳兮，垂楚組之連綱。漢書曰：鋪首鳴。說文曰：鋪，著門抪首。陳茵席而設坐兮，溢金罍而列玉觴。毛詩曰：文茵暢轂[186]。鄭玄注曰：茵，蓐也。詩曰[187]：我姑酌彼金罍。鄭玄曰：君黃金罍[188]。玉觴，玉爵也。周禮曰：朝覲有玉几玉爵[189]。騰觚爵之斟酌兮，漫既醉其樂康。儀禮曰：騰觚于賓。又曰：小臣請媵爵。鄭玄曰：今文媵皆作騰。禮記禮器篇[190]注曰：凡觴，一升曰爵，二升曰觚。毛詩曰：既醉以酒。楚辭曰：君欣欣兮樂康。毛萇詩傳曰：康，樂也。嚴顏和而怡懌兮，幽情形而外揚。爾雅曰：懌，樂也。文人不能懷其藻兮，武毅不能隱其剛。言皆欲騁其材，能效其技也[191]。左氏傳曰：致果為毅。簡惰跳踃，般紛挐兮。淵塞沈蕩，改恒常兮。言失度也。簡惰，疎簡怠惰也。埤蒼曰：踃，跳也，先聊切。紛挐，相著牽引也[192]。毛詩曰：其心塞淵。毛萇曰：塞，實也。淵，深也。於是

184 玉曰唯唯　袁本、茶陵本以此上為序，其下「夫何」提起另起。案：此賦恐無所謂序，今題下有「并序」二字及提行，未必善如此也。

185 明月爛以施光　茶陵本云五臣作「爛」。袁本云善作「列」。案：此尤校改也。

186 注「毛詩曰文茵暢轂」　袁本、茶陵本無此七字。

187 注「鄭玄注曰茵蓐也詩曰」　袁本、茶陵本「注」上有「禮記」二字，「詩」上有「毛」字。

188 注「鄭玄曰君黃金罍」　袁本、茶陵本無此七字。

189 注「周禮曰朝覲有玉几玉爵」　袁本、茶陵本無此十字。

190 注「禮器篇」　袁本、茶陵本無此三字。

191 注「言皆欲騁其材能效其技也」　袁本、茶陵本無此十一字。

192 注「相著牽引也」　袁本、茶陵本無「牽引」二字。

鄭女出進，二八徐侍。楚辭曰：二八齊容起鄭舞。淮南子曰：鼓舞，或作鄭舞。高誘注曰：鄭褎也，楚王之幸姬，善歌儛，名曰鄭舞。楚辭曰：二八迭奏，女樂羅些[193]。姣服極麗，姁媮致態。姁媮，和悅貌，態，謂姿態也[194]。姁，況于切。媮，以朱切。貌嫽妙以妖蠱兮，紅顏曄其揚華。毛萇詩傳曰：嫽，好貌，理紹切。妖蠱，淑豔也。揚華，揚其光華。眉連娟以增繞兮，目流睇而橫波。連娟，細貌。繞，謂曲也。言眉細而益曲也。上林賦曰：長眉連娟。橫波，言目邪視，如水之橫流也。神女賦曰：望余帷而延視兮，若流波之將瀾。珠翠的皪而炤燿兮，華袿飛髾而雜纖羅。珠翠，珠及翡翠也。說文曰：的皪，珠光也。劉熙釋名曰：婦人上服謂之袿。上林賦曰：飛纖垂髾。司馬彪曰：髾，燕尾也，衣上假飾[195]。子虛賦曰：雜纖羅，垂霧縠[196]。司馬彪曰：纖，細也。顧形影，自整裝。順微風，揮若芳。裝，服也。揮，動也。若，杜也。美人佩以為芳香也。七發曰：揄流波，雜杜若。動朱脣，紆清陽。動朱脣，將歌也。神女賦曰：朱脣的其若丹。毛詩曰：有美一人，清陽婉兮。毛萇曰：清陽，眉目之間。亢音高歌爲樂方。杜預左氏傳注曰：方，法也。

歌曰：攄予意以弘觀兮，繹精靈之所束。攄，散也。弘，大也。言精靈有所窘束，今將舒繹之也。方言曰：繹，理也。弛緊急之絃張兮，慢末事之骫曲。言將觀舞，故緊急之絃先已張者，今廢弛之；末事之骫曲者，今輕慢之。周禮曰：弛，懸也。鄭玄曰：弛，釋下也。說文曰：緊，纏絲急也。蒼頡篇曰：骫，曲也，於詭切。言鄭、衛之末事，而委曲順君之好無益，故廢而慢之。舒恢炱之廣度兮，闊細體之苛縟。恢炱，廣大之貌。苛縟，煩數之貌。言度之恢炱者，更令舒緩；體之煩數者，使之疎闊。楚辭曰：收恢台之孟夏兮。炱與台古字通。賈逵國語注曰：苛，煩也，

193 注「淮南子曰鼓舞」下至「女樂羅些」　袁本、茶陵本無此四十字。
194 注「態謂姿態也」　袁本、茶陵本無此五字。
195 注「衣上假飾」　袁本、茶陵本無此四字。
196 注「垂霧縠」　袁本、茶陵本無此三字。

賀多切。鄭玄喪服注曰：縟，數也。言舒廣大之度，則細體之事，不利於德者，疎而闊之。嘉關雎之不淫兮，哀蟋蟀之局促。毛詩序曰：關雎，樂得淑女，以配君子，憂在進賢，不淫其色。毛詩曰：蟋蟀，刺晉僖公也，儉不中禮。蟋蟀在堂，歲聿云暮，今我不樂，日月其除。古詩曰：蟋蟀傷局促。小見之貌。啓泰眞之否隔兮，超遺物而度俗。太真，太極真氣也。否隔，不通也。言所否閉隔絕使通之。呂氏春秋曰：陶唐氏之時，陰多滯伏，陽道壅塞，乃作舞宣導之。莊子：孔子謂老聃曰：先生似遺物離人。揚激徵，騁清角。激徵、清角，皆雅曲名。琴操曰：伯牙鼓琴，作激徵之音。韓子，師曠曰：清徵之聲，不如清角。贊舞操，奏均曲。舞操而奏操也[197]。琴道曰：琴有伯夷之操。樂汁圖徵曰：聖人立五均。均者，亦律調五聲之均也[198]。宋均曰：長八尺施絃。形態和，神意協。從容得，志不劫。雍容閑雅，得其大體，不相迫劫也。協，和也。鄭玄禮記注曰：劫，脅也。

於是躡節鼓陳，舒意自廣。言舞人躡鼓以為節，此鼓既陳，故志意舒廣。遊心無垠，遠思長想。莊子曰：乘物以遊心。晉灼曰：垠，崖也。其始興也，若俯若仰，若來若往。雍容惆悵，不可為象。象，形象也。謂停節之間，形態頓乏，如惆悵失志也。變態不極，不可盡述其形象也。其少進也，若翺若行，若竦若傾。兀動赴度，指顧應聲。兀然而動，赴其節度，手指目顧，皆應聲曲。羅衣從風，長袖交橫。王孫子曰：衛靈公侍御數百，隨珠照日，羅衣從風。韓子曰：長袖善舞。駱驛飛散，颯擖合并。駱驛，不絕貌。颯擖，屈折貌；與曲度相合并也。鶣鷅燕居，拉撘鵠驚。鶣鷅，輕貌。拉撘，飛貌。鶣，音篇。拉，音臘。綽約閑靡，機迅體輕。綽約，美貌。閑美[199]，閑緩而柔美。赴曲機疾，體自輕少。上林賦曰：便娟綽約。莊子曰：綽約若處

197 注「而奏操也」 何校「而」上添「舞」字，是也。各本皆脫。
198 注「亦律調五聲之均也」 何校「亦」改「六」是也。各本皆譌。
199 注「閑美」 陳云「美」，「靡」誤，是也。各本皆誤。

子。埤蒼曰：嫺，雅也。機迅體輕，言舞之回折如彎機之發迅[200]。姿絕倫之妙態，懷慤素之絜清。神女賦曰：懷貞亮之絜清。說文曰：慤，貞也。薛君韓詩章句曰：素，質也。脩儀操以顯志兮，獨馳思乎杳冥。脩治儀容志操，以自顯心志[201]。杳冥，謂遠而出冥也。對問曰：翱翔乎杳冥之上。在山峨峨，在水湯湯。與志遷化，容不虛生。列子曰：伯牙鼓琴，志在登高山，鍾子期曰：善哉，峨峨乎若太山。志在流水，鍾子期曰：善哉，湯湯然若江河。伯牙所念，鍾子期必得之。言舞人與志遷化，亦如此者，容不虛生，必有所象[202]也。湯，音洋。明詩表指，嘳息激昂。歌中有詩，舞人表而明之，指而合節。表，明也。韓詩外傳曰：魯哀公嘳然太息。說文曰：嘳，太息也。嘳與喟同。漢書，王章妻謂章曰：今在困厄，不自激卬。如淳曰：激厲抗揚之意也。卬，我郎切。氣若浮雲，志若秋霜。言既高且絜也。觀者增歎，諸工莫當[203]。工，樂師也。

於是合場遞進，按次而俟。遞，迭也。俟，待也。言待次第而出也。埒材角妙，夸容乃理。晉灼漢書注曰：埒，等。言鬬巧妙也。夸，猶美也。理，謂裝飾也。軼態橫出，瑰姿譎起。眄般鼓則騰清眸，吐哇咬則發皓齒。瑰，美也。譎，異也。般鼓之舞，載籍無文，以諸賦言之，似舞人更遞蹈之而為舞節。古新成安樂宮辭曰：般鼓鍾聲，盡為鏗鏘。張衡七盤舞賦曰：歷七盤而屣躡。又曰：般鼓煥以駢羅。王粲七釋曰：七盤陳於廣庭，疇人儼其齊俟；揄皓袖以振策，竦并足而軒跱。邪睨鼓下，伉音赴節，安翹足以徐擊，馺頓身而傾折。卞蘭許昌宮賦曰：振華足以卻蹈，若將絕而復連，鼓震動而不亂，足相續而不并。婉轉鼓側，蜲蛇丹庭，與七盤其遞奏，覲輕捷之翩翾。義並同也。說文曰：哇，諂聲也，於佳切。咬，淫聲也，烏交切。楚辭曰：美人皓齒，嫮以姱兮。摘齊行列，經營切儗。指摘行列，使之齊整。

200 注「埤蒼曰嫺」下至「如彎機之發迅」　袁本、茶陵本無此二十一字。
201 注「脩治儀容志操以自顯心志」　袁本、茶陵本無此十一字。
202 注「必有所象」　袁本、茶陵本無此四字。
203 諸工莫當　袁本、茶陵本「莫」下校語云善作「共」。案：此尤校改也。

經營，往來之貌。摘，佗歷切。相摩切也[204]。鄭玄禮記注曰：儗，猶比也，魚里切。扱，引也[205]。言舞人舉引，皆有所比擬也。廣雅曰：扱，引也。彷佛神動，迴翔竦峙。子虛賦曰：若神仙之彷佛[206]。說文曰：彷佛，見不審也。擊不致筴[207]，蹈不頓趾。蹈鼓而足趾不頓，言輕且疾也。翼爾悠往，闇復輟已。言翼然而往，闇而復止[208]。闇，猶奄也。古人呼闇殆與奄同。方言曰：奄，遽也。及至迴身還入，迫於急節。已輟止，復迴身旋入舞場，逼迫於曲之急節也。浮騰累跪，跗蹋摩跌。言舞者之容也。浮騰，跳躍也。累跪，進跪貌。跗蹋摩跌，或反足跗以象蹈，或以足摩地而揚跌也。鄭玄禮記注曰：跗，足趾也，方於切。字書曰：跌，失蹠也[209]。徒結切。紆形赴遠，漼似摧折。言要之曲折，漼然以摧折[210]，紆曲其形，以踴其身也。漼，折貌，七罪切。纖縠蛾飛，紛猋若絕。纖縠，細縠也。蛾飛，如蛾之飛也。紛猋，飛揚貌。上林賦曰：垂霧縠。大戴禮曰：食桑者有絲而蛾。郭璞爾雅注曰：蠶蛾也。超逾鳥集，縱弛殟歿。殟歿，舒緩貌。言舞勢超，如鳥疾速飛集也；縱弛之際，又且舒緩弛捨也。字林曰：鳥逾，跳也[211]。殟，烏骨切。歿，音沒。蜲蛇姌嫋，雲轉飄曶。說文曰：委蛇，邪行去也。姌嫋，長貌。蜲與逶同，於危切。蛇，音移。姌，如劍切；嫋，音弱；如雲轉之疾也。飄忽，如風之疾也。毛萇詩傳曰：迴風為飄，曶與忽同，呼沒切。體如遊龍，袖如素蜺。遊龍，素蜺，喻美麗也。宋玉神女賦曰：蜿若遊龍，從風翱翔。司馬相如大人賦曰：垂絳幡之素蜺。黎收而拜，曲度究畢。言舞

---

204 注「相摩切也」　袁本、茶陵本「相」上有「切」字，是也。
205 注「扱引也」下至「扱引也」　袁本、茶陵本無此二十字。
206 注「若神仙之彷佛」　案：「仙」字不當有。各本皆衍。說詳前。此正文「神動」，亦初不云「仙」也。
207 擊不致筴　茶陵本「筴」作「爽」。案：此無可考也。袁本校語仍云善作「筴」，與尤所見同。
208 注「言翼然而往闇而復止」　袁本、茶陵本無此九字。
209 注「跌失蹠也」　袁本、茶陵本「失」作「足」，是也。
210 注「言要之曲折漼然以摧折」　袁本、茶陵本無此十字。
211 注「字林曰鳥逾跳也」　袁本、茶陵本無此七字。

將罷，徐收斂容態而拜，曲度於是究畢。蒼頡篇曰：邌，徐也，與黎同，力奚切。曹憲曰：𥋘䁥而拜，上音戾，下居虯反。今檢玉篇目部，無此二字[212]。遷延微笑，退復次列。舞畢退次行列也。好色賦曰：遷延引身。觀者稱麗，莫不怡悅。

於是歡洽宴夜，命遣諸客。言懽情已洽，而宴迫於夜，故命遣諸客也。擾躟就駕[213]，僕夫正策。埤蒼：躟，疾行貌。史記曰：天下躟躟[214]。僕夫，執駕者。策，轡也。大戴禮曰：驪駒在門，僕夫具存。車騎並狎，巃嵸逼迫。狎，謂多而相排也。巃嵸，聚貌。巃，力董切。嵸，音揔。良駿逸足，蹌捍凌越。駿，馬也。逸，疾也。爾雅曰：蹌，動也[215]。蹌捍，馬走疾之貌。言馬駿逸奔突而走相凌越也。龍驤橫舉，揚鑣飛沫。鄒陽上書曰：蛟龍驤首。鑣，馬勒旁鐵也。馬舉首而橫走，動鑣則飛馬口之沫也。馬材不同，各相傾奪。傾奪，謂馳競也。或有踰埃赴轍，霆駭電滅。列子，伯樂曰：天下之馬，絕塵弭轍。言馬踰越於塵埃之前以赴，車轍如雷霆之聲，忽驚忽滅也。蹠地遠羣，闇跳獨絕。許慎淮南子注曰[216]：蹠，蹈也。遠出於羣，言疾速之甚也。鄭玄尚書五行傳曰：闇跳，行疾貌[217]。闇跳獨絕，言行急無比也。或有宛足鬱怒，般桓不發。言馬按足緩步。鬱怒，氣遲留不發也。周易曰：初九，盤桓，利居貞。後往先至，遂爲逐末。言逸材之馬，雖後往而能先至，遂為馳逐者之末也。逐者，以發足為本。或有矜容愛儀，洋洋習習。鄭玄毛詩注曰：洋洋，莊敬貌。又詩箋云：習習，和調貌。遲速承意，控御緩急。言遲速

212 注「曹憲曰𥋘䁥」下至「無此二字」　袁本、茶陵本無此二十二字。
213 擾躟就駕　袁本、茶陵本「躟」作「攘」。案：此疑尤誤改耳。
214 注「埤蒼」下至「天下躟躟」　袁本、茶陵本無此十三字，有「擾攘爭貌」四字。
215 注「爾雅曰蹌動也」　袁本、茶陵本無此六字。
216 注「許慎淮南子注曰」　袁本、茶陵本無此七字。
217 注「闇跳行疾貌」　袁本、茶陵本無「闇」字。

任意也。毛詩曰：又良御忌，抑磬控忌。毛萇曰：止馬曰控。忌，辭也，音冀。家語，孔子曰：御者同是車馬，其所為進退緩急異也。**車音若雷，騖驟相及。**長門賦曰：雷隱隱而響起，聲象君之車音。言車聲隱隱，如遠雷之音相連屬也。**駱漠而歸，雲散城邑。**駱漠，駱驛紛漠奔馳之貌。中夜車皆歸城邑之中，寂然而空，有同雲散也。**天王燕胥，樂而不泆**[218]**。**毛詩曰：籩豆有且，侯氏燕胥。胥，皆也，皆來相與燕也。孝經曰：滿而不溢。**娛神遺老，永年之術。優哉游哉，聊以永日。**家語，孔子歌曰：優哉游哉，聊以卒歲。毛詩曰：且以喜樂，且以永日。

---

[218] 樂而不泆　何校「泆」改「溢」。袁本云善作「泆」。茶陵本云五臣作「溢」。案：何據注引孝經「滿而不溢」，定從「溢」字也。

卷第十八

音樂下

長笛賦 并序

周禮，笙師掌教吹笛[1]。說文曰：笛七孔，長一尺四寸，今人長笛是也[2]。風俗通曰：笛，滌也。蕩滌邪志，納之雅正。

馬季長 范曄後漢書曰：馬融，字季長，扶風茂陵人也。將作大匠嚴之子。為人美容貌[3]，有俊才，好吹笛。為校書郎。順帝時[4]，遷南郡太守，免。與馬皇后親，坐高堂，施絳帳，前授生徒，後列女樂。鄭玄、盧植皆其弟子[5]。後拜議郎，卒。

融既博覽典雅，精覈數術，仲長子昌言曰：精核是非，議之嘉也。說文曰：覈，考實事也。核與覈古字通。漢書曰：術數者，皆羲和卜史之職。韋昭曰：歷數，占術也。又性好音，能鼓琴吹笛，而爲督郵，無留

---

1 長笛賦注「周禮笙師掌教吹笛」　袁本、茶陵本無此八字。
2 注「今人長笛是也」　袁本、茶陵本無此六字。
3 注「將作大匠嚴之子為人美容貌」　袁本、茶陵本無此十一字。
4 注「順帝時」　袁本、茶陵本無此三字。
5 注「與馬皇后親」下至「皆其弟子」　袁本、茶陵本無此二十七字。

事，韋昭釋名曰：督郵，主諸縣罰負殿，糾攝之也。辨位曰：言督郵書掾者。郵，過也。此官不自造書，主督上官所下、所過之書也[6]。史記，齊威王語即墨大夫曰：自子之居即墨，無留事。獨臥郿平陽鄔中。有雒客舍逆旅，漢書右扶風有郿縣。平陽鄔，聚邑之名也。鄔，烏古切。毛詩曰：王餞于郿。毛萇曰：地名。說文曰：鄔，小障也，一曰庳城。在阜部[7]。服虔通俗文曰：營居曰鄔。左氏傳，荀息曰：今號為不道，保於逆旅。吹笛爲氣出精列相和。歌錄曰：古相和歌十八曲，氣出一，精列二。魏武帝集有氣出、精列二古曲。融去京師，京師，謂洛陽也[8]。踰年，蹔聞，甚悲而樂之。追慕王子淵枚乘劉伯康傅武仲等簫琴笙頌，唯笛獨無，王子淵作洞簫賦。枚乘未詳所作，以序言之，當為笙賦。文章志曰：劉玄，字伯康，明帝時，官至中大夫，作簧賦。傅毅，字武仲，作琴賦。故聊復備數，作長笛賦[9]。其辭曰：

惟籦籠之奇生兮，于終南之陰崖。字林曰：惟，有也[10]。戴凱之竹譜曰：籦籠，竹名。毛詩曰：終南何有。毛萇曰：周之山名。尚書大傳曰：觀乎南山之陰，謂山北。託九成之孤岑兮，臨萬仞之石磎。山海經曰：桓山四成。郭璞曰：成，亦重也。言九者，數之多也。爾雅曰：山小高曰岑。孔安國曰：八尺曰仞。包氏曰：七尺曰仞。爾雅曰：山瀆無所通，谿[11]。尸子曰：焦原者，臨萬仞之谿。特箭稾而莖立兮，獨聆風於極危。箭，稾，二竹名也[12]。言

6 注「辨位曰」下至「所下所過之書也」　袁本、茶陵本無此二十九字。
7 注「毛詩曰」下至「在阜部」　袁本、茶陵本無此二十六字。
8 注「京師謂洛陽也」　袁本、茶陵本無此六字。
9 作長笛賦　袁本、茶陵本「賦」作「頌」。案：善無注，二本不著校語，無以考也。
10 注「字林曰惟有也」　袁本、茶陵本無此六字。
11 注「爾雅曰山小高」下至「山瀆無所通谿」　袁本、茶陵本無此三十二字。
12 注「箭稾二竹名也」　袁本、茶陵本無此六字。案：善以「箭稾為一竹」，下注云「二竹」者，并聆風數之增多，大誤。

似二竹[13]，或生而莖立，或生於極危。爾雅曰：東南之美者，會稽之竹箭焉。郭璞方言注曰：箭者，竹名也。鄭玄周禮注曰：箭幹謂之稾。尚書曰：惟箘簵楛。鄭玄曰：箘簵。蒼頡篇曰：聆，聽也[14]，音零。秋潦漱其下趾兮，冬雪揣封乎其枝。說文曰：潦，雨水也。鄭玄周禮注曰：漱，齧也。爾雅曰：趾，足也。鄭玄毛詩箋曰：摶，聚貌。揣與摶古字通，徒歡切。漢書音義，孟康曰：揣，持也[15]。巔根跱之槷刖兮，感迴飈而將頹。巔根，根生於巔也。作顚，根將顚墜也[16]。槷刖，危貌。感，觸也。爾雅曰：飈飄謂之猋。猋與飈同。頹，落也。槷，吾結切。刖，五刮切。夫其面旁則重巘增石，簡積頵砡。面，前也。爾雅曰：重巘，隒。郭璞曰：謂山形如累巘。巘曰甑，山狀似之，因以名也[17]。又曰：簡，大也。說文曰：頵，頭落也[18]，五隕切。字林曰：砡，齊頭也，牛六切。兀嶁狋鬌，傾昊倚伏。兀嶁狋鬌，嶮峻之貌。嶁，力于切。狋，助緇切。鬌，魚飢切。庨窌巧老，港洞坑谷。庨窌巧老，深空之貌。港洞，相通也。庨，苦交切。窌，郎交切。巧老，依字。港，胡貢切。嶰壑澮峴，嶆窞巖窺。爾雅曰：小山別大山曰嶰，又兩山夾澗也[19]。澮㟮，嶰壑深平之貌。鄭玄曰：澮，所以通水於川也[20]。㟮，音兌。嶆，即坎也。周易曰：入於坎窞，凶。王弼曰：最處嶆底也[21]。說文

13 注「言似二竹」 茶陵本「似」作「此」，是也。袁本亦誤「似」。

14 注「蒼頡篇曰聆聽也」 袁本、茶陵本無「蒼頡篇曰」四字，「聽」作「風」。案：二本最是。韋昭注地理志，「箘簵」亦云一名「聆風」，見尚書釋文，與鄭注正合，尤增多及改。皆大誤。

15 注「漢書音義孟康曰揣持也」 袁本、茶陵本無此十字。

16 注「作顚根將顚墜也」 袁本、茶陵本無此七字。

17 注「郭璞曰」下至「因以名也」 袁本、茶陵本無此二十字。

18 注「頵頭落也」 茶陵本「落」作「頵」。袁本無此字。案：今說文作「頵，頭頵，頵大也」。疑各本皆誤。

19 注「又兩山夾澗也」 袁本、茶陵本無此六字。

20 注「鄭玄曰澮所以通水於川也」 袁本、茶陵本無此十一字。

21 注「凶王弼曰最處嶆底也」 袁本、茶陵本無此九字。

曰：窞，坎中小坎也，徒感切。巖，深巖也。說文曰：巖，岸也。巖寝，不平也[22]。廣雅曰：寝，窟也，字從穴從復，扶福切。運裛窋窊，岡連嶺屬。運裛，迴旋相纏也。窋窊，卑曲不平也[23]。屬，連也。窋，於孤切。窊，音按。林箾蔓荊，森槮柞樸。說文曰：篠，小竹也。箾與篠通。本草經曰：蔓荊，實味苦。森槮，木長貌[24]。鄭玄毛詩箋曰：柞，櫟也，子落切。樸，包木也，補木切。

於是山水猥至，渟涔障潰。廣雅曰：猥，眾也。埤蒼曰：渟，水止也。薛君韓詩章句曰：涔，漁池也[25]，音岑。賈逵國語注曰：障，防也。字林曰：潰，旁決也。顚淡滂流，碓投瀺穴。顚淡，水搖蕩貌。顚，胡感切。淡，徒敢切。碓投，似碓之所投也。說文曰：碓，舂也，都隊切。瀺，水注聲也[26]。字林曰：流水行也[27]。瀺穴，瀺注隙穴也，士咸切。爭湍苹縈，汩活澎濞。許慎淮南子注曰：湍，水疾也。苹縈，迴旋之貌。汩活，疾貌。字林曰[28]：澎濞，水瀑至聲也[29]。苹，芳耕切。汩，古沒切。活，古活切[30]。波瀾鱗淪，窊隆詭戾。爾雅曰：大波為瀾。郭璞曰：言蘊淪也[31]。鱗淪，相次貌。說文曰：窊，邪下也[32]。窊隆，高下貌。詭戾，乖違貌。窊，烏瓜切。瀉瀑噴沫，犇遯碭突。瀉瀑，沸湧

---

22 注「巖寝不平也」　袁本、茶陵本無此五字。
23 注「卑曲不平也」　袁本、茶陵本「曲不平」三字作「下」。
24 注「木長貌」　袁本、茶陵本無「木」字。
25 注「漁池也」　袁本、茶陵本無「漁」字。
26 注「水注聲也」　袁本、茶陵本無「聲」字。
27 注「字林曰流水行也」　袁本、茶陵本無此七字。
28 注「字林曰」　袁本、茶陵本無此三字。
29 注「水瀑至聲也」　袁本、茶陵本「水瀑至」作「波」。
30 注「古活切」　袁本「活」作「括」，是也。茶陵本亦誤「活」。
31 注「爾雅曰」下至「言蘊淪也」　袁本、茶陵本無此十四字。
32 注「說文曰窊邪下也」　袁本、茶陵本無此七字。

貌。噴沫，跳沫也。碭，徒郎切。**搖演其山，動杌其根者，歲五六而至焉。**說文曰：搖，動也[33]。賈逵國語注曰：演，引也。張揖注漢書上林賦曰：杌，搖也。字林曰：至，到也[34]。**是以間介無蹊，人迹罕到。**孟子曰：山徑之蹊間，介然用之而成路。趙岐曰：介然人用之不止，則蹊成為路。杜預注左氏傳曰：介，猶間也，間、介一也。蹊，徑也。言山間隔絶，無有蹊徑也[35]。漢書曰：舟車所不至，人迹所不及。**猨蜼晝吟，鼯鼠夜叫。**爾雅曰：蜼，卬鼻而長尾[36]。張揖上林賦注曰：蜼似獮猴而大[37]。郭璞爾雅注曰：鼯鼠一名夷䳣，狀如小狐，似蝙蝠，肉翅，亦謂之飛生，聲如人呼。**寒熊振頷，特麚昏髟。**振，動也。方言曰：頷，頤也，胡感切。爾雅曰：鹿，牡麚、牝麀也[38]。昏，視。髟，萇髦也[39]。言或顧視，或振髦。昏，昌夷切。髟，方妙切。**山雞晨羣，壄雉晁雊**[40]。毛詩曰：雉之朝雊，尚求其雌。說文曰：雄雞之鳴為雊。壄，古野字。晁，古朝字[41]。**求偶鳴子，悲號長嘯。由衍識道，噍噍讙噪**[42]。由衍，行貌。羽獵賦曰：噍噍昆鳴。噍，子由切。鄭玄周禮注曰：噪，讙也。**經涉其左右，哤聒其前後者，無晝夜而息焉。**左右，謂林之左右[43]。國語，管子曰：四民雜處，則其言哤。哤聒，雜聲也。說文曰：聒，讙語也。**夫固危殆險巇之所**

---

33 注「說文曰搖動也」 袁本、茶陵本無此六字。

34 注「張揖注漢書」下至「至到也」 袁本、茶陵本無此十八字。

35 注「杜預注左氏傳曰」下至「無有蹊徑也」 袁本、茶陵本無此二十八字。

36 注「爾雅曰」下至「而長尾」 袁本、茶陵本無此九字。

37 注「而大」 袁本、茶陵本無此二字。

38 注「爾雅曰」下至「麀也」 袁本、茶陵本無此九字。

39 注「萇髦也」 案：「萇」當作「長」。各本皆誤。

40 壄雉晁雊 袁本、茶陵本「壄」作「野」，「晁」作「朝」。案：此未審善果何作。

41 注「說文曰」下至「晁古朝字」 袁本、茶陵本無此十七字。

42 噍噍讙噪 袁本、茶陵本「讙」下校語云善作「嚾」。案：此似尤改之也。

43 注「左右謂林之左右」 袁本、茶陵本無此七字。

迫也，險巇，猶傾側也。眾哀集悲之所積也。故其應清風也，纖末奮蕱，錚鐄謍嚝。方言曰：捎，動也。蕱與捎同，所交切。謍嚝，並謂其仿聲也[44]。錚鐄，聲也[45]。錚，士庚切。說文曰：錚，金聲[46]。鐄與鍠同，音宏。字林曰：謍，小聲也，呼盲切。埤蒼曰：嚝，大呼也，呼交切。若絙瑟促柱，號鍾高調。淮南子曰：張瑟者小絃絙，大絃緩。高氏注曰：絙，急也[47]。楚辭曰：絙瑟兮交鼓。又曰：破伯牙之號鍾。王逸曰：絙，急張絃也。博物志曰：鑑脅[48]、號鍾，善琴名[49]。

於是放臣逐子，棄妻離友。彭胥伯奇，哀姜孝己。彭，彭咸。胥，伍子胥也[50]。琴操曰：尹吉甫，周上卿人也，有子伯奇。伯奇母死，更娶後妻，生伯邦。乃譖伯奇於吉甫曰：見妾有美色，然有邪心。吉甫曰：伯奇為人慈仁，豈有此也？妻曰：試置空房中，君登樓而察之。後妻知伯奇仁孝，乃取毒蜂綴衣領，伯奇前持之。於是吉甫大怒，放伯奇於野。宣王出遊，吉甫從。伯奇乃作歌感之於宣王。宣王曰：此放子辭。吉甫乃求伯奇，射殺後妻[51]。左傳曰：魯哀公夫人姜氏歸於齊，將行，哭而過市，曰：天乎！仲為不道，殺適立庶。市人皆哭。魯人謂之哀姜[52]。帝王世紀曰：高宗有賢子孝己，其母早

---

44 注「謍嚝並謂其仿聲也」 袁本、茶陵本無此八字。

45 注「錚鐄聲也」 袁本、茶陵本「聲」上有「皆大」二字。

46 注「說文曰錚金聲」 袁本、茶陵本無此六字。

47 注「淮南子曰」下至「絙急也」 袁本、茶陵本無此二十字。

48 注「博物志曰鑑脅」 袁本、茶陵本無此六字。

49 注「善琴名」 袁本無「善」字。茶陵本并刪「王逸曰」以下至此，非。

50 注「彭彭咸胥伍子胥也」 袁本、茶陵本此八字，作「羽獵賦曰餉屈原與彭胥鄭氏曰彭彭咸也晉灼曰胥子胥也」二十四字。案：各本皆非也，依善例當云「彭胥已見羽獵賦」七字。

51 注「琴操曰」下至「射殺後妻」 茶陵本此一百三十三字作「琴操曰伯奇者尹吉甫之子也吉甫聽後妻之言疑其孝子伯奇自傷無罪投河而死」三十三字，是也。袁本無，非。

52 注「左傳曰魯哀公」下至「魯人謂之哀姜」 茶陵本此四十字作「左氏傳曰夫人姜氏歸于齊將行哭而過市魯人謂之哀姜」

死。高宗惑後妻之言，放之而死，天下哀之。尸子曰：孝己事親，一夜而五起，視衣厚薄，枕之高下也[53]。家語曰：曾子遣妻，告其子曰：高宗以後妻殺孝己，尹吉甫以後妻放伯奇，吾上不及高宗，中不及吉甫，庸知得免於非乎？**攢乎下風，收精注耳。**收精，不窺。注耳，專聽。**靁歎頹息，掐膺擗摽**[54]。歎聲若雷，息聲若頹也[55]。楚辭曰：吒增歎兮如雷。靁與雷，古今字也。爾雅曰：焚輪謂之頹。郭璞曰：暴風從上下也。埤蒼曰：掐，爪也。說文曰：膺，胸也[56]。國語曰：無掐膺。韋昭曰：掐，叩也，苦洽切。魏書程昱傳曰：昱於魏武前忿爭，聲氣忿高，邊人掐之乃止[57]。毛詩曰：寤擗有摽。毛萇曰：擗摽，拊心貌。**泣血泫流，交橫而下。**毛詩曰：鼠思泣血。禮記曰：高子皐之執親之喪，泣血三年，未嘗見齒[58]。楚辭曰：橫垂涕兮泫流。**通旦忘寐，不能自禦。**淮南子曰：病疵瘕者，通旦不寐。鄭玄周禮注曰：禦，禁也。

於是乃使魯般宋翟，構雲梯，抗浮柱。魯、宋，二國名也。淮南子曰：魯般，古之巧人。注：公輸班也[59]。為木鳶而飛。論衡曰：魯班刻木為鳶，飛三日不下[60]。為母作木車[61]，木人為御，機關一發，遂去不還，人謂班母亡。翟，墨

二十三字，是也。袁本無，非。

53 注「帝王世紀曰」下至「枕之高下也」　袁本、茶陵本無此五十四字。

54 掐膺擗摽　袁本、茶陵本「掐」作「搯」。案：二本注中祇有國語一條，亦無「苦洽切」之音，恐善自為「搯」字，五臣乃作「掐」，故正文下有「苦合」二字耳。尤改作「掐」，未必是。凡各本音蓋皆失善舊，但今無可考，故多不出。

55 注「歎聲若雷息聲若頹也」　袁本、茶陵本無此九字。

56 注「爾雅曰焚輪」下至「膺胸也」　袁本、茶陵本無此二十九字。

57 注「魏書程昱傳曰」下至「乃止」　袁本、茶陵本無此二十三字。

58 注「禮記曰」下至「未嘗見齒」　袁本、茶陵本無此十九字。

59 注「古之巧人注公輸班也」　袁本、茶陵本無此九字。

60 注「刻木為鳶飛三日不下」　袁本、茶陵本無此九字。

61 注「木車」　袁本、茶陵本無此二字。

子之名也。墨子曰：公輸般為雲梯，垂成，大山四起，所謂善攻具也[62]，必取宋。於是墨子見公輸般而止之。張湛列子注曰：雲梯可以凌虛。甘泉賦曰：抗浮柱之飛榱。按墨子削竹以為鵲，鵲三日不行。韓子云：為木鳶三年不飛，一日而敗。抱朴子曰：墨子名翟，宋人。或云孔子時人，或云在後。今案：其人在七十弟子後也[63]。**蹉纖根，跋篗縷。**言以足蹉蹋纖根，又跋蹋細縷也。蹉，七何切，一作搓。埤蒼曰：搓，擨也[64]。方言曰：篗，小也。縷，言細似縷也。上林賦曰：布結縷。顏監注：蔓生著地之處皆生細根如相結，故名縷。今俗呼鼓箏草，而幼童對銜之，手鼓中央，則聲如箏，因以名[65]。彼雖草名，抑亦義兼似縷也。**膺陗陁，腹陘阻。**言以膺服於陗陁，而腹突於陘阻也。淮南子曰：岸陗者必陁。許慎曰：陗，峻也，七笑切。陁，落也，直紙切。字林曰：陁，小崩也[66]。爾雅曰：山絶陘。郭璞曰：連山中斷也。陘，音刑。**逮乎其上，匍匐伐取。挑截本末，規摹彠矩。**聲類曰：挑，決也[67]。鄭玄毛詩箋曰：挑，支落之，佗堯切。說文曰：摹，規也，莫奴切。彠，亦矱字。王逸楚辭注曰：矱，度也。矩，法也。彠，於縛切。**夔襄比律，子壄協呂**[68]。尚書，帝曰：夔，命汝典樂，教胄子。家語，孔子學琴於師襄。鄭玄周禮注曰：比，次也。周禮，大師掌六律六呂。六律，陽聲，黃鍾、太簇、姑洗、蕤賓、夷則、無射；六呂，陰聲，大呂、應鍾、南呂、林鍾、中呂、夾鍾[69]。左氏傳曰：師曠侍於晉侯。杜預曰：曠，晉樂太師子野也。孟子曰：

---

62 注「垂成大山四起所謂善攻具也」 袁本、茶陵本無此十二字。
63 注「按墨子削竹」下至「在七十弟子後也」 袁本、茶陵本無此五十八字。
64 注「一作搓埤蒼曰搓擨也」 袁本、茶陵本無此九字。
65 注「顏監注」下至「因以名」 袁本、茶陵本無此四十二字。
66 注「字林曰陁小崩也」 袁本、茶陵本無此七字。
67 注「聲類曰挑決也」 袁本、茶陵本無此六字。
68 子壄協呂 袁本、茶陵本「壄」作「野」。案：已見上。
69 注「周禮大師」下至「夾鍾」 袁本、茶陵本無此四十一字。

師曠之聰，不以六律，不能正五音。十二畢具，黃鍾為主。呂氏春秋曰：黃帝命伶倫為律。伶倫制十二籥[70]，聽鳳鳥之鳴，以別十二律，以比黃鍾之宮。故黃鍾宮，律之本也。高誘曰：六律六呂，各有管也，故曰十二籥。漢書，律歷志曰：十二，陽六為律，陰六為呂。律者，黃帝之所作也。黃帝使伶倫自大夏之西，昆侖之陽，取竹解谷生其薄厚均者，斷兩節間吹之，以為黃鍾之律本，氣至則應。六律六呂者，述十二月之音氣也。黃鍾，律呂之長，故曰為主[71]。撟揉斤械，剸掞度擬。蒼頡篇曰：矯，正也。鄭玄周禮注曰：揉謂以火撟也[72]。如酉切。說文曰：斤，斫木[73]。又曰：械，治也。字林曰：剸，裁也，大丸切。又曰：剡，銳也。周易曰：掞木為矢。掞與剡音義同。度擬，量度比擬也。鍯硐隤墜，程表朱裏。說文曰：鍯，大鑿中木也。然則以木通其中皆曰鍯也，蘇董切。廣雅曰：硐，磨也，音動。說文曰：隤，墜也，徒雷切。爾雅曰：墜，落也。說文曰：程，示也。張晏漢書注曰：表，猶外也。定名曰笛，以觀賢士。以其滌穢，故可觀士。陳於東階，八音俱起。儀禮大射禮曰：樂人宿縣于階東。周禮曰：播之以八音。孔安國注曰：八音：金、石、絲、竹、匏、土、革、木[74]。食舉雍徹，勸侑君子。食舉，謂進食於天子而設樂，食竟，奏詩之樂以徹食。徹，去也[75]。蔡雍禮樂志曰：天子中樂，殿中食舉樂也。周禮曰：及徹而歌徹。鄭玄曰：歌之者，歌雍也。周禮曰：王以樂侑食。鄭玄曰：侑，助也。然後退理乎黃

---

70 注「伶倫制十二籥」　陳云「籥」當作「筩」，下同，是也。各本皆誤。案：所引仲夏紀古樂文也，今作「筒」，即「筩」字。

71 注「漢書律歷志曰」下至「故曰為主」　袁本、茶陵本無此八十八字。

72 注「矯正也」又注「謂以火撟也」　陳云「矯」，「撟」誤。案上「矯」下「撟」二字當互易。各本皆誤。今考工記注作「槁」。釋文云：劉，苦老反；沈，居趙反。蓋劉「槁」，沈「矯」。善引與沈讀同矣。

73 注「斤斫木」　袁本、茶陵本「木」下有「也」字。

74 注「孔安國」下至「匏土革木」　袁本、茶陵本無此十五字。

75 注「食舉」下至「徹去也」　袁本、茶陵本無此二十三字。

門之高廊。漢書音義，如淳曰：今樂家五日一習[76]，為理樂。桓譚新論曰：漢之三主，內置黃門工倡。重丘宋灌，名師郭張。漢書曰：平原郡有重丘縣。名師，有名師也。宋、灌、郭、張，皆其姓也。工人巧士，肄業脩聲。工，樂人也。巧，伎巧也。賈逵國語注曰：肄，習也。

於是遊閒公子，暇豫王孫，史記曰：宛孔氏有遊閒公子之名。國語，優施曰：我教暇豫之事君。韋昭曰：閒，暇也。服虔曰：諸公閒遊戲。若依服解，閒，當工莧切。韋昭曰：優游閒暇也。按史記貨殖傳：有遊閑公子，飾冠劍，連車騎。此則韋說勝。閒，音閑[77]。豫，樂也。心樂五聲之和，耳比八音之調，左氏傳曰：五聲六律。杜預曰：五聲，宮、商、角、徵、羽。乃相與集乎其庭。詳觀夫曲胤之繁會叢雜，何其富也。胤，亦曲也，字或為引。蔡雍琴操，有思歸引，衛女之所作。富，謂聲之富也[78]。紛葩爛漫，誠可喜也。紛葩，盛多貌。波散廣衍，實可異也。毛萇詩傳曰：衍，溢也。牚距劫遻[79]，又足怪也。言聲之相逆遻也。說文曰：牚，柱也。鄭玄禮記注曰：劫，脅也。郭璞穆天子傳注曰：遻，觸也，五故切。啾咋嘈啐，似華羽兮，絞灼激以轉切。蒼頡篇曰：啾，眾聲也。鄭玄周禮注曰：咋，咋然，聲大也，仕白切。埤蒼曰：嘈啐，聲貌。嘈，音曹。啐，才喝切。鶡冠子曰：南方萬物華羽焉，故調以羽。絞灼激，聲相繞激也。切，猶磨切也。震鬱怫以憑怒兮，耾碭駭以奮肆。楚辭曰：怫鬱兮弗陳。王逸曰：蘊積也。怫，扶弗切。左氏傳，蹶由曰：今君震電憑怒。杜預曰：憑，大也。埤蒼曰：耾，聲貌。碭，突也。杜預左氏傳注曰：肆，放也。氣噴勃以布覆兮，乍跱蹠以狼戾。蒼頡篇曰：噴，吒也，普寸切；或

---

76 注「五日一習」　袁本、茶陵本「習」下有「樂」字。

77 注「閒暇也服虔曰」下至「閒音閑」　袁本、茶陵本「閒暇」作「暇閑」，無「也」字以下至「音閑」五十一字。案：二本最是。「暇閑」連下注「豫樂也」五字，皆韋語，不得增多於其中也。

78 注「富謂聲之富也」　袁本、茶陵本無此六字。

79 牚距劫遻　袁本、茶陵本「牚」下校語云善作「牚」。案：二本所見非。此尤校改正之也。

作憤，防粉切。勃，盛貌[80]。布覆，周布四覆也。跱踱，言其聲跱立，如有所踱蹋也。狼戾，乖背也。戰國策，張儀曰：趙王狼戾無親。霤叩鍛之岌峇兮，正瀏溧以風冽[81]。言音如霤之叩鍛，岌峇為聲也。蒼頡篇曰：鍛，椎也，都亂切。岌，苦協切。峇，苦合切。漢書音義，孟康曰：瀏，清也。毛萇詩傳曰：溧，寒也。說文曰：冽，清也[82]。瀏溧，清涼貌。冽，寒貌。薄湊會而凌節兮[83]，馳趣期而赴躓。凌，乘也。節，曲節也。趣，向也。期，會也。躓，謂顚仆也。

爾乃聽聲類形，狀似流水，又象飛鴻。列子曰：伯牙鼓琴，志在流水。鍾子期曰：洋洋乎若江河。琴道曰：伯夷操，似鴻鴈之音。氾濫溥漠，浩浩洋洋。氾濫，任波搖盪之貌。說文曰：氾，濫也[84]。上林賦曰：汎淫氾濫。溥漠，以翩撫水之貌，謂飛鴻之狀也。長矕遠引，旋復迴皇。孟康漢書注曰：矕，視也，莫干切。廣雅曰：引，伸也。李尤七疑曰[85]：迴皇競集。充屈鬱律，瞋菌碨抰。皆眾聲鬱積競出之貌。屈，音掘。瞋，尺鄰切。菌，去倫切。碨，於迴切。抰，烏郎切。酆琅磊落，駢田磅唐。皆眾聲宏大四布之貌。酆，普耕切。琅，力耕切。磅唐，廣大盤礴也。宋玉笛賦曰：磅唐千仞。取予時適，去就有方。莊子曰：去就取予，能知六者，塞道者也。高誘呂氏春秋注曰：適，中適也。毛萇詩傳曰：方，則也。洪殺衰序，希數必當。鄭玄周禮注曰：殺，減也，所屆切。左氏傳，魏獻子曰：遲速衰序。杜預曰：衰，差；序，次也。衰，楚危切。微風纖妙，若存若亡。老子曰：若存若亡。藎滯抗

---

80 注「翕艴盛貌」 袁本無此四字，茶陵本有。

81 正瀏溧以風冽 袁本、茶陵本「溧」作「漂」，注同。案：此似尤改之也。

82 注「漢書音義」下至「冽清也」 袁本、茶陵本無此二十四字。

83 薄湊會而凌節兮 茶陵本「薄」上有「寒」字，校語云五臣無「寒」。袁本校語云善有「寒」。案：此似尤刪之，善不注，無以考也。

84 注「說文曰氾濫也」 袁本、茶陵本無此六字。

85 注「李尤七疑曰」 案：「疑」當作「欸」。各本皆譌。范書文苑傳可證。七命注、荅東阿王牋注作「歎」，亦譌也。他不悉出。

絕，中息更裝。方言曰：燼，餘也。藎與燼同，在進切。喪服子夏傳曰：抗，極也。許慎淮南子注曰：裝，束也。調更裝而奏之。奄忽滅沒，曄然復揚。方言曰：奄，遽也。曄，盛貌。或乃聊慮固護，專美擅工。聊慮固護，精心專一之貌。說文曰：擅，專也。漂凌絲簧，覆冒鼓鍾。漂凌，謂漂蕩凌駕也。覆冒，謂掩覆冠冒也。風俗通曰：簧，笙中簧也。大笙謂之簧。或乃植持縼纆[86]，佁儗寬容。言聲或植立，而相牽引持，似於縼纆也。說文曰：縼，以長繩繫牛也，徐絹切。漢書音義，張晏曰：二股謂之糾，三股謂之纆[87]。佁儗，寬容之貌。佁，敕吏切。儗，五吏切。簫管備舉，金石並隆。毛詩曰：既備乃奏，簫管備舉。漢書曰：石曰磬，金曰鍾。鄭玄禮記注曰：隆，盛也。無相奪倫，以宣八風。尚書曰：八音克諧，無相奪倫。呂氏春秋曰：舜以夔為樂正，於是正六律，和均五聲，以通八風。杜預左氏傳注曰：八風，八方之風。金乾主磬，其風不周；石坎主鼓，其風廣莫；革艮主笙，其風明庶；匏震主簫，其風條；竹巽主柷敔，其風清明；木離主瑟琴，其風景；絲坤主鍾，其風涼；土兌主壎，其風閶闔[88]。律呂既和，哀聲五降。左氏傳，醫和對晉平公[89]曰：先王之樂，中聲以降，五降之後，不容彈矣。杜預曰：聲成五降而息也。降，罷退也。曲終闋盡，餘絃更興。鄭玄禮記注曰：闋，終也，苦穴切。繁手累發，密櫛疊重。左氏傳，醫和曰：於是有煩手淫聲，慆堙心耳，乃忘平和，君子不聽也。手煩不已，則雜聲並奏，記傳所謂鄭、衛之聲，謂此也。樂記曰：鄭、衛之音，亂世之音也。又雜樂姦聲，以濫溺而不止。鄭音好濫淫志，衛音促速煩志，言鄭、衛之聲煩手雜也[90]。密櫛，密如櫛也。毛詩曰：其比如櫛。踾踧

---

86 或乃植持縼纆　茶陵本云五臣作「纆」。袁本云善作「纏」。案：此尤誤以五臣亂善也。注中解「纆」字語本非善所有。見下。

87 注「漢書音義」下至「謂之纆」　袁本、茶陵本無此十七字。

88 注「金乾主磬」下至「其風閶闔」　袁本、茶陵本無此六十三字。

89 注「對晉平公」　袁本、茶陵本無此四字。

90 注「慆堙心耳」下至「手雜也」　袁本、茶陵本無此六十三字。

攢仄，蜂聚蟻同。踾踧，迫蹙貌。攢仄，攢聚貌。埤蒼曰：踾，蹋地聲也。字林曰：踧踖不進[91]。踾，音複。踧，子六切。眾音猥積，以送厥終。

然後少息蹔怠，雜弄間奏。易聽駭耳，有所搖演。言變易人之視聽也。搖，動也。演，引也。言有所動引於心。安翔駘蕩，從容闡緩。毛萇詩傳曰：間，代也。莊子曰：惠施之材，駘蕩而不得。駘蕩，安翔貌[92]。蒼頡篇曰：闡，開也。漢書曰：闡諧慢易之音作。惆悵怨懟，窳圔窴䙍。字林曰：懟，怨也。窳圔，聲下貌。圔，於洽切。窴䙍，聲緩也。窴，恥聾切。䙍，女善切。聿皇求索，乍近乍遠。聿皇，疾貌。臨危自放，若頹復反。蚡緼繙紆，緸冤蜿蟺。蚡緼繙紆，聲相糾紛貌。蚡，扶云切。緼，於文切。緸冤蜿蟺，盤屈搖動貌。鄭玄曰：蜿，委也[93]。緸，音因。蜿，於阮切。蟺，音善。筦筎抑隱，行入諸變。筦筎抑隱，手循孔之貌。毛萇詩傳曰：行，往也。鄭玄周禮注曰：變，猶更也。樂成則更奏。絞槩汩湟，五音代轉。絞槩汩湟，音相切摩貌，言聲相絞槩，如水之聲。汩湟，水流貌[94]。絞，古巧切。槩，古愛切。汩，于筆切。湟，音黃。挼拏捘臧，遞相乘邅。說文曰：挼，摧也，奴迴切。蒼頡篇曰：拏，捽也，引也[95]，奴家切。廣雅曰：捘，按之也[96]，子潰切。臧，猶抑也。邅，邅迴也，張連切。一云邅當為蹍。司馬彪莊子注曰：蹍，蹈也，女展切。反商下徵，每各異善。反商，猶變商也。淮南子曰：變宮生徵，變徵生商，變商生羽。琴道曰：下徵七弦，總會樞極。沈約宋書曰：下徵調法，林鍾為宮，南呂為商。注云：第三孔也，本正聲黃

91 注「埤蒼曰踾」下至「踧踖不進」　袁本、茶陵本無此十五字。
92 注「駘蕩安翔貌」下至「開也」　袁本、茶陵本無此十二字。
93 注「鄭玄曰蜿委也」　袁本、茶陵本無此六字。
94 注「言聲相絞槩」下至「水流貌」　袁本、茶陵本無此十四字。
95 注「蒼頡篇曰拏捽也引也」　袁本、茶陵本作「又曰拏索持也」六字。
96 注「廣雅曰捘按之也」　袁本、茶陵本作「又曰捘推也」五字。

鍾之羽，今為下徵之商也。
故聆曲引者，觀法於節奏，察變於句投[97]，以知禮制之不可踰越焉。廣雅曰：聆，聽也。引，亦曲也。蔡邕琴操曰：思歸引者，衛女之所作也[98]。琴引者，秦時倡屠門高之所作也。禮記曰：文采節奏，聲之飾也。說文曰：逗，止也。投與逗古字通，音豆。投，句之所止也。聽簉弄者，遙思於古昔，虞志於怛惕，以知長戚之不能閒居焉。簉弄，蓋小曲也。說文曰：簉，倅字如此[99]。毛萇傳曰：怛怛惕惕，憂勞也。閒，音閑。故論記其義，協比其象：彷徨縱肆，曠漾敞罔[100]，老莊之槩也。老子，已見遊天台賦。史記曰：莊子者，蒙人也，名周。其要本歸於老子之言，其言汪洋自恣，其適己也。曠，若廣切。敞罔，大貌。槩，猶節也。溫直擾毅[101]，孔孟之方也[102]。尚書曰：皐陶曰：擾而毅，直而溫。言正直而有溫和也[103]。溫和正直，柔而能毅也。史記曰：孔子名丘，字仲尼，姓孔氏，魯昌平鄉陬邑人。又曰：孟軻，鄒人也。序詩、書，述仲尼之意。激朗清厲，隨光之介也。激切明朗，清而能厲。厲，列也[104]。莊子曰：湯將伐桀，因卞隨而謀之。卞隨曰：非吾事也。湯又因瞀光而謀之。瞀光曰：非吾事也。湯

---

97 察變於句投　袁本、茶陵本「變」作「度」。案：此似尤改之也，但「度」是，「變」非。
98 注「思歸引者衛女之所作也」　袁本、茶陵本無此十字。
99 注「說文曰簉倅字如此」　袁本、茶陵本無此八字。
100 曠漾敞罔　袁本、茶陵本「漾」作「瀁」，下有「余兩」二字。案：此尤本譌耳。但善應有音，今注中不見，然則善音失舊甚明。
101 溫直擾毅　袁本、茶陵本「擾」作「優」。案：此似尤改之也。
102 孔孟之方也　案：「方」字必誤。上「槩」下「介」，「氣」、「制」、「察」、「說」、「惠」皆韻，不應八句中獨此不協也。五臣濟注「方比也」云云，是其本乃作「方」，各本皆以之亂善而失著校語，遂無可考，以意揣之，疑或當作「大」歟？
103 注「尚書曰」下至「而有溫和也」　袁本、茶陵本無此二十字。
104 注「厲列也」　茶陵本「列」作「烈」，是也。袁本亦誤「列」。

伐桀，克之，以讓卞隨。隨曰：再來漫我以其辱行，乃自投椆水而死[105]。湯又讓瞀光。曰：無道之世，不踐其土，況尊我乎？乃負石而自沉盧水。高士傳曰：湯伐桀，求道于卞隨，隨不應。及滅，讓于卞隨。隨曰：君以我為食天下。遂投瀘水而死。湯又讓務光，光亦投水而死。劉熙孟子注曰：介，操也。**牢刺拂戾，諸、賁之氣也。**牢刺，牢落乖刺也。說文曰：剌，戾也。左氏傳曰：吳公子光享王，鱄諸抽劍刺王。說苑曰：勇士孟賁，水行不避蛟龍，陸行不避虎狼。**節解句斷，管商之制也。**史記曰：管仲夷吾者，潁上人也。任政於齊。又曰：商君者，衛之諸庶孽子也，名鞅，姓公孫氏，好刑名之學。秦封之於商，號商君。**條決繽紛[106]，申韓之察也。**言科條能分決，繽紛能整理也。史記曰：申不害者，京人也，學本於黃、老而主刑名。又曰：韓非者，韓之諸公子也，喜刑名法術之學。見韓稍弱，數以書諫韓王，王不能用，乃觀王者得失之變，作孤憤、五蠹、說林十萬言。秦王見其書曰：嗟乎！寡人得見，與之游，死不恨[107]！**繁縟駱驛，范蔡之說也。**辭旨繁縟，又相連續也。說文曰：縟，彩飾也。范雎、蔡澤，並辯士也[108]。范雎，已見西京賦，蔡澤，見歸田賦。**礔櫟銚擓，晢龍之惠也。**礔櫟銚擓，皆分別節制之貌。礔，音棃。櫟，音歷。銚，他堯切。擓，胡麥切。左氏傳曰：鄭駟歂殺鄧晢而用其竹刑。杜預曰：鄧晢，鄭大夫也。史記曰：公孫龍，趙人[109]，為堅白同異之辨。晉太康地記曰：汝南西平縣有淵水，可用淬刀劍特利，故有堅白之論，云，黃以為堅，白以為利也。或辯之曰：白所以為不堅，黃所以為不利也[110]。**上擬法於韶箾南籥，**左氏傳，

105 注「高士傳曰」下至「光亦投水而死」　袁本、茶陵本無此四十七字。

106 條決繽紛　案：「紛」當作「理」。袁本云善作「紛」。茶陵本云五臣作「理」。案：各本所見皆非也。善以「科條能分決」注「條決」，以「繽紛能整理」注「繽理」。作「理」不作「紛」明甚。

107 注「見韓稍弱」下至「死不恨」　袁本無此五十字。茶陵木此節注自史記以下全無，非。

108 注「范雎蔡澤並辯士也」　袁本、茶陵本無此八字。

109 注「趙人」　袁本、茶陵本無此二字。

110 注「晉太康地記曰」下至「所以為不利也」　袁本、茶陵本無此五十四字。

昭二十九年，吳公子札來聘，魯人為奏四代樂[111]。見舞韶箾者，曰：德至哉！杜預曰：舜樂也，音簫。又曰：見舞象箾、南籥者，曰：美哉！杜預曰：象箾，舞者所執。南籥，舞也，文王樂也[112]。南，言文王化自北而南，謂從岐周被江、漢也。爾雅釋樂曰：大籥謂之產。注：籥，如笛，三孔而短小。廣雅曰：七孔[113]。箾，音簫[114]。**中取度於白雪淥水，**宋玉諷賦曰：臣援琴而鼓之，作幽蘭、白雪之曲。淮南子曰：手會淥水之趣。高誘曰：淥水，古詩。**下采制於延露巴人。**淮南子曰：歌采菱，發陽阿，鄙人聽之，不若延露以和。宋玉對問曰：客有歌於郢中者，其始曰下里巴人。

是以尊卑都鄙，賢愚勇懼。毛萇詩傳曰：子都，世之美好者。鄙，陋也。呂氏春秋曰：愚智勇懼，可得而知。**魚鼈禽獸，聞之者莫不張耳鹿駭。熊經鳥申，鴟眎狼顧。拊譟踴躍，**鹽鐵論曰：邊境無鹿駭狼顧之憂。淮南子曰：鴟視而狼顧，熊經而鳥申，此養形之人也。莊子音義曰：熊經，若熊之攀樹而引氣也。**各得其齊。人盈所欲，**禮記曰：樂者，樂也。君子樂得其道，小人樂得其欲。齊，分限也，在細切。**皆反中和，以美風俗。**禮記曰：喜怒哀樂之未發謂之中，發而皆中節謂之和。漢書，王尊曰：廣教化，美風俗。**屈平適樂國，介推還受祿。**言各反其常性也。屈平，屈原也。必適樂國而求仕，不沈湘流以殞身也。史記，屈原者，名平，楚人同姓，為懷王左司徒。為上官大夫心害其能，譏平。及懷王卒，襄王立，又為令尹子蘭使上官大夫短屈原於襄王，王怒而遷之。原至江南，乃作懷沙賦，於是懷石因投汨羅以死也。今言屈平聞此笛聲，即還之楚國，不投汨羅而死。下他皆放此[115]。毛詩曰：適彼樂國。左氏

111 注「昭二十九年」下至「魯人為奏四代樂」　袁本、茶陵本無此十八字，有「曰延陵季子」五字。

112 注「舞也文王樂也」　袁本、茶陵本「舞」上有「以籥」二字，「文」上有「皆」字。

113 注「南言文王」下至「七孔」　袁本、茶陵本無此四十一字。

114 注「箾音簫」　袁本、茶陵本「簫」作「朔」，是也。案：釋文云「徐音朔」，可證。

115 注「史記屈原者」下至「他皆放此」　袁本、茶陵本無此一百一字。

傳，僖二十四年[116]，晉侯賞從亡者。介之推不言祿，祿亦不及。推曰：獻公之子九人，唯君在矣。惠、懷無親，內外棄之。天未絕晉，必將有主。主晉祀者，非君而誰？而二三子以為己力，不亦誣乎？其母曰：盍亦求之，以死誰懟？曰：尤而效之，其又甚焉。其母曰：能如是乎？與汝皆隱。遂死。而晉侯求之不獲，以綿上為之田[117]。**澹臺載尸歸，皋魚節其哭。**博物志曰：澹臺滅明之子溺死於江，弟子欲收而葬之，明止之曰：螻蟻何親？魚鼈何仇？弟子曰：何夫子之不慈乎？對曰：生為吾子，死非吾鬼。遂不收葬。韓詩外傳曰：孔子出行，聞有哭聲甚悲，則皋魚也，披褐擁劍，哭於路左。孔子下車而問其故，對曰：吾少好學，周流天下，以後吾親死[118]，一失也；高尚其志，不事庸君，而晚仕無成，二失也；少擇交遊，寡親友，而老無所託，三失也。夫樹欲靜而風不止，子欲養而親不待。往而不可反者，年也；逝而不可追者，親也。吾於是辭矣。立哭而死。孔子謂弟子曰：識矣！於是門人辭歸養親者一十三人。**長萬輟逆謀，渠彌不復惡。**左傳曰：莊十二年，長萬，南宮萬也，弒宋閔公於蒙澤。蒙澤，宋地，梁國有蒙縣。南宮，氏；長萬，名也。左傳曰：桓十二年傳云：初[119]，鄭伯將以高渠彌為卿，昭公惡之，固諫不聽。昭公立，懼其殺己。辛卯[120]，殺昭公而立公子亹。君子謂：昭公知所惡矣。公子達曰：高伯其為戮乎！復惡已甚矣。注曰：公子達，魯大夫。復，重。本為昭公所惡，而復殺君，重也。昭公，鄭莊公子忽。姓高，渠彌，名也，鄭家大將，欲為卿[121]。**蒯聵能退敵，不占成節鄂。**左傳曰：定十四年，衛靈公逐太子蒯聵，太子奔宋。至哀公二年，衛靈公卒，而立蒯聵之子

---

116 注「僖二十四年」　袁本、茶陵本無此五字，有「曰」字。

117 注「推曰獻公之子」下至「為之田」　袁本、茶陵本無此九十四字，有「遂隱而死」四字。

118 注「以後吾親死」　袁本、茶陵本無「以後」二字。

119 注「左傳曰莊十二年」下至「桓十二年傳云初」　袁本、茶陵本無此四十六字，有「左氏傳曰南宮長萬弒閔公於蒙澤杜預曰宋大夫也又曰」二十三字。

120 注「辛卯」　袁本、茶陵本無此二字。

121 注「公子達曰」下至「欲為卿」　袁本、茶陵本無此五十七字。案：此注疑袁、茶陵有脫，但尤增多者，決非善舊耳。又袁本此下有「亹音尾」三字，茶陵本在上「亹」字之下。

輒為衛侯，晉趙鞅乃納蒯聵于戚。至哀三年，衛石姞帥師圍之。父子爭國，為讎敵也[122]。韓詩外傳云：不占，陳不占也，齊人[123]。崔杼弒莊公，陳不占[124]聞君有難，將往赴之。食則失哺，上車失軾。其僕曰：敵在數百里外，而懼怖如是，雖往其益乎？占曰[125]：死君之難，義也；無勇，私也。乃驅車而奔之，至公門之外，聞鼓戰之聲[126]，遂駭而死。君子謂不占無勇而能行義，可謂志士矣。愕，直也。從邑者，乃地名也，非此所施也[127]。字林曰：鄂[128]，直言也。謂節操謇鄂而不怯懦也。**王公保其位，隱處安林薄。**楚辭曰：露新夷[129]，死林薄。王逸曰：草木交曰薄。**宦夫樂其業，士子世其宅。**淮南子曰：古者至德之時，農安其業，大夫安其職，而處士脩其道。**鱏魚喁於水裔，仰駟馬而舞玄鶴。**韓詩外傳曰：昔伯牙鼓琴，而淫魚出聽[130]；瓠巴鼓琴，而六馬仰沫。淮南子，瓠巴鼓瑟而淫魚出聽。注曰：瓠巴，楚人也，亦善於瑟，淫魚出頭於水而聽之。淮南子，水濁則魚噞喁，政苛則人亂。注：楚人噞[131]喁，魚出頭也[132]。淮南子，伯牙鼓琴而鳴馬仰秣。即頭去謂馬笑。韓子，師曠援琴一奏，有玄鶴二八來集，再奏而列，三奏延頸而鳴，舒翼而舞[133]。尚書大傳曰：虞舜歌樂曰，和伯之樂舞玄鶴。

---

122 注「左傳曰定十四年」下至「為讎敵也」　袁本無此六十六字，有「蒯聵衛太子也左氏傳曰衛太子登鐵丘望見鄭師眾懼自投於車下」二十七字。茶陵本脫「蒯聵衛太子也」六字，餘同袁。此所改大誤。

123 注「不占陳不占也齊人」　袁本、茶陵本作「陳不占齊人也」六字。

124 注「陳不占」　袁本、茶陵本無「陳」字。

125 注「占曰」　袁本、茶陵本「占」上有「不」字。

126 注「聞鼓戰之聲」　袁本、茶陵本「鼓戰」作「鍾鼓」。

127 注「愕直也」下至「非此所施也」　袁本、茶陵本無此十五字。

128 注「字林曰鄂」　袁本、茶陵本「林」作「書」。

129 注「露新夷」　案：「露」下當有「申」字，各本皆脫。

130 注「而淫魚出聽」　袁本、茶陵本「淫」作「游」。

131 注「淮南子瓠巴」下至「楚人噞」　袁本、茶陵本無此五十字。

132 注「喁魚出頭也」　袁本、茶陵本「出頭」二字作「口上見」三字。

133 注「淮南子伯牙」下至「舒翼而舞」　袁本、茶陵本無此四十七字。

于時也[134]，緜駒吞聲，伯牙毀絃。孟子，淳于髠曰：昔緜駒處高唐，而齊右善歌[135]。伯牙，已見上。瓠巴聑柱，磬襄弛懸。列子曰：瓠巴鼓琴，而鳥舞魚躍。孫卿子曰：昔瓠巴鼓琴，潛魚出聽。江邃文釋曰：瓠巴，齊人也[136]。說文曰：聑，安也，丁篋切。論語曰：擊磬襄入于海。周禮曰：大憂令弛懸。鄭玄曰：弛，釋下也。懸，鍾格也[137]。留睎瞸眙，累稱屢贊。字林曰：瞸，直視貌[138]。蒼頡篇曰：瞸，直下視貌[139]，醜庚切。字林曰：眙，驚貌，勑吏切。失容墜席，搏拊雷抃。廣雅曰：搏，擊也。說文曰：抃，撫手也[140]。雷抃，聲如雷也。僬眇睢維，涕洟流漫。僬眇睢維，目開合之貌。僬，子小切。方言曰[141]：眇，小也。亡小切。聲類曰：睢，大視也。字林曰：睢，仰目也[142]，許惟切。字林曰：維，持也[143]。周易曰：齎咨涕洟。王弼曰：齎咨，嗟嘆之聲也。說文曰：洟，鼻液也，勑計切。是故可以通靈感物，寫神喻意。喻，曉也。禮記曰：樂和故萬物皆化。言可以通於神靈，感致萬物，舒寫精神，曉喻志意也[144]。致誠効志，率作興事。致，極也。効，驗也。尚書，咎繇曰：率作興事，慎乃憲，欽哉[145]！孔安國曰：憲，法也[146]。天子率臣下為起治事，

134 于時也　袁本、茶陵本「于」下有「斯」字。案：此無以考也。琴賦亦有「于時也」句，或叔夜本此，則無「斯」字者是。

135 注「而齊右善歌」　袁本「右」作「后」，是也。茶陵本亦誤「右」。

136 注「孫卿子曰」下至「齊人也」　袁本、茶陵本無此二十三字。

137 注「懸鍾格也」　袁本、茶陵本無此四字。

138 注「字林曰瞸直視貌」　袁本、茶陵本無此七字。

139 注「直下視貌」　袁本、茶陵本無「下」字。

140 注「廣雅曰搏」下至「撫手也」　袁本、茶陵本無此十三字。

141 注「方言曰」　袁本、茶陵本無此三字。

142 注「字林曰睢仰目也」　袁本、茶陵本無此七字。

143 注「字林曰維持也」　袁本、茶陵本無此六字。

144 注「言可以通於神靈」下至「曉喻志意也」　袁本、茶陵本無此二十字。

145 注「慎乃憲欽哉」　袁本、茶陵本無此五字。

146 注「憲法也」　袁本、茶陵本無此三字。

當慎汝法度，敬其職也[147]。**溉盥汙濊，澡雪垢滓矣。**毛萇詩傳曰：溉，滌也，古載切，本或為槩，音義同。禮記曰：食於質者[148]盥，亦滌也，公緩切。說文曰：濊，水多也。澡，洗手也[149]。莊子曰：澡雪而精神。高誘淮南子注曰：雪，拭也。說文曰：滓，澱也。滓，壯里切。澱，音殿。

昔庖羲作琴，神農造瑟。庖羲即伏羲也。琴操曰：昔伏羲氏之作琴，所以修身理性，反天真也。淮南子曰：神農之初作瑟，以歸神反望，及其天心也。**女媧制簧，暴辛爲塤。**禮記曰：女媧之笙簧。世本曰：女媧作簧，暴辛為塤。宋均曰：女媧，黃帝臣也。暴辛，周平王時諸侯，作塤，有三孔。郭璞爾雅注曰：塤，燒土為之，大如雞卵。塤，虛袁切。**倕之和鐘，叔之離磬。**禮記曰：垂之和鐘，叔之離磬。鄭玄曰：垂，堯之共工也。世本曰：叔，舜時人[150]。和離，謂次序其聲縣也。**或鑠金礱石，華晥切錯。**皆理器之名也。樂汁圖徵曰：鑠金為鐘，四時九乳。鑠金雖出樂緯，此金謂黃金，揔飾眾器，非止鐘也。賈逵注傳曰：消，鑠也[151]。說文曰：金有五色，黃為長。鑠與爍同。國語，張老曰：天子之室，斲其椽而礱之，加密石焉。韋昭曰：礱，磨也，力東切。禮記曰：華而晥，大夫之簀與。鄭玄曰：華，畫也。說者以晥為刮節目也。晥，胡綰切。爾雅曰：骨謂之切，犀謂之剒[152]。毛萇詩傳曰：治骨曰切。尚書曰：錫貢磬錯。孔安國曰：治玉曰錯。**丸挻彫琢，刻鏤鑽笮。**韓詩曰：松柏丸丸。薛君曰：取松與柏。然則丸，取也。漢書音義，如淳曰：挻，擊也，舒連切，一作埏。老子曰：埏埴以為器。河上公注曰：埏，和也。埴，土也。和土為食飲之器也。淮南子曰：陶人克埏埴。許重曰：埏，抒也。埴，土為

147 注「當慎汝法度敬其職也」　袁本、茶陵本無此九字。

148 注「禮記曰食於質者」　案：此有誤也。各本皆同，無以訂之。

149 注「說文曰濊水多也澡洗手也」　袁本、茶陵本無此十一字。

150 注「世本曰叔舜時人」　袁本、茶陵本此七字作「叔未聞」三字。案：二本最是。此鄭明堂位注，尤所改，大誤也。世本決無其語：若有之，鄭何得云未聞？孔穎達撰正義，何得不申說？善自決無其語矣。

151 注「賈逵注傳曰消鑠也」　袁本、茶陵本無此八字。

152 注「爾雅曰骨謂之切犀謂之剒」　袁本、茶陵本無此十一字。

也[153]。爾雅，玉謂之彫，石謂之琢[154]。郭璞曰：治玉石也。爾雅曰：金謂之鏤，木謂之刻。郭璞曰：治器之名也。說文曰：鑽，所以穿也。又曰：鑿，穿木也。國語，臧文仲曰：中刑用刀鋸，其次用鑽笮。韋昭注為笮，而賈逵注為鑿，然笮與鑿音義同也。鑽，子丸切。窮妙極巧，曠以日月。然後成器，其音如彼。解嘲曰：曠以日月。唯笛因其天姿[155]，不變其材。伐而吹之，其聲如此。天姿，天然之姿也。蓋亦簡易之義，賢人之業也。周易曰：乾以易知，坤以簡能。易則易知，簡則易從。易知則有親，易從則有功。有親則可久，有功則可大。可久則賢人之德，可大則賢人之業。此言簡易，不煩劇也。若然，六器者，猶以二皇聖哲黈益。六器：琴、瑟、簧、塤、鐘、磬。淮南子曰：二皇鳳至於庭。高誘曰：二皇，伏羲、神農也。聖哲，謂女媧、暴辛、垂、叔之流[156]。黈，猶演也，佗斗切。況笛生乎大漢，而學者不識其可以裨助盛美，忽而不讚，悲夫！說文曰：裨，益也，婢移切。

有庶士丘仲言其所由出，而不知其弘妙。尚書曰：庶邦庶士。風俗通曰：笛，武帝時丘仲所作。其辭曰：

近世雙笛從羌起，羌人伐竹未及已。風俗通曰：笛元羌出，又有羌笛。然羌笛與笛，二器不同，長於古笛，有三孔，大小異，故謂之雙笛[157]。龍鳴水中不見己，截竹吹之聲相似。見，胡鍊切。己，謂龍也。剡其上孔通洞之，裁以當篴便易持。麤者曰檛，細者曰枚。言[158]裁笛以當篴，故便而易持也。篴，馬策也，竹瓜切。

---

153 注「一作挺」下至「埴土為也」　袁本、茶陵本無此四十九字。

154 注「玉謂之彫石謂之琢」　袁本、茶陵本無「玉謂之石」四字。案：尤所增，大誤。

155 唯笛因其天姿　袁本、茶陵本云善無「其」字。案：此尤以五臣亂善也。

156 注「暴辛垂叔之流」　袁本無此六字。案：此尤添之，但無所謂「之流」，未必合於善舊也。茶陵本此節注多刪，無以相校。

157 注「長於古笛」下至「故謂之雙笛」　袁本、茶陵本無此十五字。

158 注「麤者曰檛細者曰枚言」　袁本、茶陵本無此九字。

裁，或為材。易京君明識音律，故本四孔加以一。君明所加孔後出，是謂商聲五音畢[159]。漢書曰：京房字君明，漢武帝時人也。修易，尤好鐘律，知五聲。然京房修易，故曰易京。笛本四孔，京加一孔於下，為商聲，故謂五音畢。沈約宋書曰：笛，京房備其五音。言易京者，猶如莊周蒙人，謂蒙莊，及磬襄、宋翟之比[160]。

琴賦 并序

尸子曰：舜作五絃之琴[161]，以歌南風：南風之薰兮，可以解吾人之慍。是舜歌也。白虎通曰：琴者，禁也。禁人邪惡，歸於正道，故謂之琴。

嵇叔夜

臧榮緒晉書曰：嵇康，字叔夜，譙國人。幼有奇才，博覽無所不見。拜中散大夫。以呂安事誅。

余少好音聲，長而翫之。杜預左氏傳注曰：翫，習也。以爲物有盛衰，而此無變；文子曰：夫物盛則衰。滋味有猒，而此不勌。莊子曰：聲色滋味之於人心，不待學而樂之。左氏傳，閻沒，女寬曰：及饋之畢，願以小人之腹，為君子之心，屬猒而已。說文曰：猒，從甘，田犬，會意字也[162]。可以導養神氣，宣和情志，管子曰：導血氣而求長年。淮南子曰：古之人，神氣不蕩乎外。處窮獨而不悶者，莫近於音聲也。孟子曰：柳下惠遺佚而不怨，阨窮而不憫[163]。是故復之而不足，則吟詠以肆志，吟詠之不足，則寄言以廣意。毛詩序曰：言之不足，故詠歌之；詠歌之不足，不知手之舞之。杜預左氏傳注曰：肆，申也。尚書曰：詩言志。然八音之器，歌舞之象，歷世才士，並爲之賦頌。其體制風流，莫不相襲。淮南子曰：晚世風流俗敗，

---

159 注「聲故謂五音畢」　袁本、茶陵本無此六字。
160 注「言易京者」下至「宋翟之比」　袁本、茶陵本無此二十字。案：「易京」上已注訖，此所增大誤。
161 琴賦注「尸子曰」下至「故謂之琴」　袁本、茶陵本無此四十九字。
162 注「說文曰熖」下至「會意字也」　袁本、茶陵本無此十二字。
163 注「而不憫」　袁本、茶陵本「憫」作「悶」，下有「也」字。

禮義廢[164]。仲長子昌言：乘此風順此流而下走，誰復能為此限者哉？孔安國尚書傳曰：襲，因也。稱其材幹，則以危苦爲上；賦其聲音，則以悲哀爲主；美其感化，則以垂涕爲貴。麗則麗矣，然未盡其理也。高誘戰國策注曰：麗，美麗也。推其所由，似元不解音聲，覽其旨趣[165]，亦未達禮樂之情也。趣，意也。禮記曰：故知禮樂之情者能作。衆器之中，琴德最優[166]，桓譚新論曰：八音廣博，琴德最優。馬融琴賦曰：曠三奏而神物下降，何琴德之深哉。故綴敘所懷，以爲之賦。其辭曰：

惟椅梧之所生兮，託峻嶽之崇岡。毛詩曰：椅桐梓漆，爰伐琴瑟。毛萇曰：椅，梓屬也。史記曰：龍門有桐樹，高百尺，無枝，堪為琴[167]。披重壤以誕載兮，參辰極而高驤。披，開也。重壤，謂地也。泉壤稱九，故曰重也。毛萇詩傳曰：誕，大也。載，生也。爾雅曰：北極，北辰也。孔安國尚書傳曰：襄，上也。驤與襄同。含天地之醇和兮，吸日月之休光。謂包含天地醇和之氣，引日月光明也[168]。周易曰：天地絪緼，萬物化醇。鬱紛紜以獨茂兮，飛英蕤於昊蒼。說文曰：蕤，草木花貌，汝誰切。夕納景于虞淵兮，旦晞幹於九陽。納，藏也。淮南子曰：日入于虞淵之汜。又曰：入于虞淵，是謂黃昏。高誘曰：視物黃也[169]。晞，乾也。幹，本也。楚辭曰：夕晞余身乎九陽。王逸曰：九陽，謂九天之崖也。經千載以待價兮，寂神跱而永康。論語，子曰：我待價者也。價者，物之數也[170]。康，安也。

---

164 注「淮南子曰」下至「禮義廢」　袁本、茶陵本無此十三字。
165 似元不解音聲覽其旨趣　袁本、茶陵本云善作「音聲者覽」。案：此少者字，或尤本脫耳。
166 注「桓譚新論曰」下至「琴德最優」　袁本、茶陵本無此十三字。
167 注「史記曰」下至「堪為琴」　袁本、茶陵本無此十六字。
168 注「謂包含」下至「光明也」　袁本、茶陵本無此十五字。
169 注「又曰」下至「視物黃也」　袁本、茶陵本無此十七字。
170 注「價者物之數也」　袁本、茶陵本無此六字。

且其山川形勢，則盤紆隱深，嶊嵬岑嵓。盤，曲。紆，屈。隱，幽。深，邃也。崔嵬，高峻之貌。岑嵓，危嶮之形。字林曰：嵓，山岩也[171]。互嶺巉巖[172]，岞崿嶇嶮。皆山石崖巘[173]嶮峻之勢。丹崖嶮巇，青壁萬尋。若乃重巘增起，偃蹇雲覆，偃蹇，高貌[174]。言高在上，偃蹇然如雲覆下也。邈隆崇以極壯，崛巍巍而特秀。巍巍，高大貌[175]。廣雅曰：秀，出也。蒸靈液以播雲，據神淵而吐溜。蒸，氣上貌。言山能蒸出雲，以沾潤萬物[176]。播，布也。孔子曰：夫山者興吐風雲，以通乎天地之間。說文曰：津，液也[177]。溜，水流也。爾乃顛波奔突，狂赴爭流。觸巖觝隈，鬱怒彪休。觝，至也。隈，水曲也[178]。彪休，怒貌。洶涌騰薄，奮沫揚濤。瀄汨澎湃，蜑蟺相糾。瀄汨，去疾貌。澎湃，相戾之形也。蜑蟺，展轉也。糾，繚也。蜑，於阮切。蟺，音善。糾，已糾切。放肆大川，濟乎中州。肆，猶縱也。中州，猶中國也。安回徐邁，寂爾長浮。安回，波靜遠去象[179]。上林賦曰：安翔徐回。又曰：寂漻無聲。澹乎洋洋，縈抱山丘。說文曰：澹，水搖也。詳觀其區土之所產毓，奧宇之所寶殖。廣雅曰：奧，藏也。毛萇詩傳曰：宇，居也。珍怪琅玕，瑤瑾翕赩。高唐賦

---

171 注「盤曲紆屈」下至「山岩也」 袁本、茶陵本無此二十八字，有「盤紆詰屈也崔嵬岑嵓高峻之貌也」十四字。

172 互嶺巉巖 袁本、茶陵本「互」作「元」。案：此無可考也，或尤本字譌。

173 注「崖巘」 袁本、茶陵本無此二字。

174 注「偃蹇高貌」 袁本、茶陵本無此四字。

175 注「巍巍高大貌」 袁本、茶陵本無此五字。

176 注「言山能蒸出云以沾潤萬物」 袁本、茶陵本無此十一字。

177 注「說文曰津液也」 袁本、茶陵本無此六字。

178 注「觝至也隈水曲也」 袁本、茶陵本無此七字。

179 注「安回波靜遠去象」 袁本、茶陵本無此七字。

曰：珍怪奇偉。尚書曰：球琳琅玕，皆美玉名[180]。說文：瑾，玉名[181]。翕赩，盛貌。詩傳曰：赩，赤色貌[182]。叢集累積，奐衍於其側。蒼頡篇曰[183]：奐，散貌。衍，溢也。若乃春蘭被其東，沙棠殖其西。楚辭曰：春蘭兮秋菊。山海經曰：崑崙之丘有木焉，其狀如棠而黃華赤實，其味如李而無核，名曰沙棠，禦水人食之使不溺。涓子宅其陽，玉醴涌其前。列仙傳曰：涓子者，齊人，好餌朮，著天地人經三十八篇。釣於澤，得符鯉魚中[184]。隱於宕山，能致風雨。造伯陽九山法。淮南王少得文，不能解其音旨[185]。其琴心三篇有條理焉。楊雄泰玄賦曰：茹芝英以禦飢[186]，飲玉醴以解渴。宋玉笛賦曰：丹水涌其左，醴泉流其右。玄雲蔭其上，翔鸞集其巓。清露潤其膚[187]，惠風流其間。邊讓章華臺賦曰：惠風春施。竦肅肅以靜謐，密微微其清閑。爾雅曰：謐，靜也。微微，幽靜也。夫所以經營其左右者，固以自然神麗，而足思願愛樂矣。東都主人曰：闕庭神麗。

於是遯世之士，榮期綺季之疇，周易曰：遯世無悶。列子曰[188]：孔子遊於泰山，見榮啓期行乎郕之野[189]，鹿裘帶索，鼓琴而歌。孔子曰：先生何以為樂？曰：天地萬物，惟人為貴，吾得為人，一樂也；男貴女賤，吾得為男，二樂也；生有

180 注「皆美玉名」　茶陵本無此四字。袁本有。

181 注「說文瑾玉名」　袁本、茶陵本無此五字。

182 注「詩傳曰赩赤色貌」　袁本、茶陵本無此七字。

183 注「蒼頡篇曰」　袁本、茶陵本無此四字。

184 注「著天地人經」下至「得符鯉魚中」　袁本、茶陵本無此十七字。

185 注「造伯陽九山法」下至「不能解其音旨」　袁本、茶陵本無此十八字。

186 注「茹芝英以禦飢」　袁本、茶陵本無此六字。

187 清露潤其膚　袁本、茶陵本云「露」善作「霧」。案：此尤改之，蓋以五臣亂善。

188 注「列子曰」　袁本、茶陵本「列子」作「新序」。案：二本最是。

189 注「行乎郕之野」　袁本、茶陵本無此五字。

不見日月，不充繈褓者，吾年九十，是三樂也。貧者士之常，死者人之終，處常得終，復何憂乎？孔子曰：能自寬也[190]。班固漢書曰[191]：漢興，有東園公、綺季、夏黃公、角里先生。當秦之時，避世而入商洛深山，以待天下之定。即四皓也。皇甫謐高士傳曰：四皓皆河內軹人，一曰在汲[192]。乃相與登飛梁，越幽壑，飛梁，橋也。甘泉賦曰：歷側景而絕飛梁。援瓊枝，陟峻崿，以遊乎其下。莊子曰：南方生樹名瓊枝。周旋永望，邈若凌飛。言若鳥之凌飛[193]。左氏傳，史克曰：奉君以周旋[194]。邪睨崑崙，俯闞海湄。說文曰：睨，邪視也。崑崙，山名也。闞，視也。毛萇詩傳曰：水草交曰湄。指蒼梧之迢遞，臨迴江之威夷。漢書有蒼梧郡。山海經曰：南方蒼梧之丘，其中有九疑山，舜之所葬，在長沙零陵界。洞簫賦曰：迴江流川而溉其山。韓詩曰：周道威夷。悟時俗之多累，仰箕山之餘輝。高士傳曰：堯讓位於許由，由辭曰：鷦鷯巢在深林，不過一枝；偃鼠飲河，不過滿腹。隱乎沛澤。堯讓不已。於是遁於中岳潁水之陽，箕山之下。死因葬於箕山之巔十五里，堯因就封其墓，號曰箕公。子仲武，陽城槐里人也[195]。呂氏春秋曰：昔堯朝許由於沛澤之中，曰：請屬天下於夫子。許由遂之箕山之下。羨斯嶽之弘敞，心慷慨以忘歸[196]。西京賦曰：赫昈昈以弘敞。爾雅曰：愷慷，樂也。史記曰：穆天子見西王母，樂之忘歸。情舒放而遠覽，接軒轅之遺音。軒轅，黃帝也。遺音，謂琴

190 注「孔子曰先生」下至「能自寬也」 袁本、茶陵本無此八十字。

191 注「班固漢書曰」 袁本、茶陵本「書」下有「贊」字。

192 注「皇甫謐」下至「在汲」 袁本、茶陵本無此十八字。

193 注「言若鳥之凌飛」 袁本、茶陵本無此六字。

194 注「奉君以周旋」 陳云「君」字衍，是也。各本皆衍。

195 注「高士傳曰堯」下至「陽城槐里人也」 袁本、茶陵本無此八十三字。

196 心慷慨以忘歸 案：「慷慨」當作「愷慷」。善引爾雅「愷慷，樂也」，「慷」即「康」字，是其本作「愷慷」甚明。袁、茶陵二本所載五臣翰注，乃云「慷慨，歎聲也」，乃誤作「慷慨」，大違嵇賦之意。各本以五臣亂善，失著校語，更誤。今特訂正之。

也。慕老童於騩隅，欽泰容之高吟。山海經曰：騩山，神耆童居之，其音常如鐘磬音。郭璞曰：耆童，老童也，顓頊之子。山海經曰：顓頊生老童。思玄賦曰：太容吟曰念哉。騩山，在三危西九十里。顧茲梧而興慮，思假物以託心。莊子曰：不以身假物。乃斲孫枝，准量所任。說文曰：斲，斫也。張衡應問曰[197]：可剖其孫枝。鄭玄周禮注曰：孫竹，枝根之末生者也[198]。蓋桐孫亦然。至人攄思，制爲雅琴。莊子曰：不離於真，謂之至人。又曰：至人無己，神人無功。郭象曰：無己故順物，順物而至[199]。劉向有雅琴賦。

乃使離子督墨，匠石奮斤。孟子曰：離婁，黃帝時人。黃帝亡其玄珠，使離婁索之，能視百里之外，見秋毫之末[200]。離子，離朱也。淮南子曰：離朱之明，察針末於百步之外。按慎子為離珠。周禮，禁督逆祀者。鄭玄曰：督，正也[201]，字書曰：督，察也。莊子曰：匠石之齊，見櫟社樹，觀者如市，匠石不顧。司馬彪曰：匠石，字伯。夔襄薦法，般倕騁神[202]。夔及師襄、班、垂，並已見上文。鎪會裛廁，朗密調均。鎪會，謂鎪鏤其縫會也。裛廁，謂裛纏其填廁之處也。說文曰：裛，纏也。廣雅曰：廁，間也[203]。華繪彫琢，布藻垂文。孔安國尚書傳曰：繪，會五彩也，胡憒切。錯以犀象，籍以翠綠。犀、象，二獸名。翠、綠，二色也。絃以園客之絲，徽以鍾山之玉。列仙傳曰：園客者，濟陰人也。常種五色香草，積數十年，食其實。一旦有五色神蛾止香樹末，客收而薦之以布，生桑蠶焉。時有好女夜至，

---

197 注「張衡應問曰」何校「問」改「閒」，陳同，是也。各本皆譌。

198 注「孫竹枝根之末生者也」袁本「末」作「未」，是也。茶陵本亦誤「末」。陳云「枝」上脫「竹」字。今案：「枝」當作「竹」耳，各本皆誤。

199 注「又曰至人」下至「順物而至」袁本、茶陵本無此二十二字。

200 注「孟子曰」下至「見秋毫之末」袁本、茶陵本無此三十一字。

201 注「按慎子」下至「督正也」袁本、茶陵本無此十九字。

202 般倕騁神　茶陵本「般」作「班」，云五臣作「般」。袁本云善作「般」。案：尤所見蓋與袁同也。

203 注「廣雅曰廁間也」袁本、茶陵本無此六字。

自稱我與君作[204]妻，道蠶狀。客與俱蠶，得百頭，繭皆如甕。繅繭六十日乃盡。訖則俱去，莫知所如。淮南子曰：譬若鍾山之玉。許慎曰：鍾山，北陸無日之地，出美玉。爰有龍鳳之象，古人之形。西京雜記曰：趙后有寶琴曰鳳凰，皆以金玉隱起為龍螭、鸞鳳、古賢、列女之像。伯牙揮手，鍾期聽聲。廣雅曰：揮，動也。呂氏春秋曰：伯牙鼓琴，鍾子期聽之，志在泰山。鍾子期曰：善哉！巍巍乎若太山。須臾，志在流水，子期曰：湯湯乎若流水。子期死，伯牙破琴絕絃，終身不復鼓琴，以為世無賞音[205]。列子曰：伯牙善鼓琴。鍾子期聽伯牙鼓琴，每奏，鍾期輒窮其趣。伯牙捨琴而嘆曰：善哉子之聽。夫志相象，猶吾心也，吾於何逃聲哉？華容灼爚，發采揚明。何其麗也！說文曰：灼，明也。又曰：爚，火光也。伶倫比律，田連操張。漢書曰：黃帝使伶倫自大夏之西，崑崙之陰[206]，取竹之嶰谷，斷兩節間而吹之，以為黃鍾之宮，制十二籥，以聽鳳皇之音，以比黃鍾之宮，皆可以生之，是為律本。韓子曰：田連，成竅，天下善鼓琴者也。然而田連鼓上，成竅擫下，而不成曲。或曰：成連，古之善音者。琴操：伯牙學琴於成連先生，先生曰：吾能傳曲而不能移情。吾師有方子春，善於琴，能作人之情，今在東海上，子能與我同事之乎？伯牙曰：夫子有命，敢不敬從。乃相與至海上見子春受業焉[207]。進御君子，新聲憀亮。何其偉也！憀亮，聲清澈貌。亦與聊字義同。

及其初調，則角羽俱起，宮徵相證。王逸楚辭注曰：證，驗也。參發並趣，上下累應。踸踔磥硌，美聲將興。廣雅曰：踸踔，無常也。磥硌，壯大貌。磥與磊同，力罪切。固以和昶而足耽矣。廣雅曰：昶，通也，勑兩切。爾乃理正聲，奏妙曲。揚白雪，發清角。淮南子曰：師曠奏白雪而神禽下。白雪，五十弦瑟樂曲，未詳。韓子曰：昔衛公之晉，於濮水上宿。夜有鼓新聲者，召師涓撫琴寫之。公遂之晉，晉平公曰：試聽

---

204 注「我與君作」 袁本、茶陵本無此四字。

205 注「廣雅曰揮」下至「以為世無賞音」 袁本、茶陵本無此七十二字。

206 注「自大夏之西崑崙之陰」 袁本、茶陵本無此九字。

207 注「或曰成連」下至「見子春受業焉」 袁本、茶陵本無此八十二字。

之。師曠援琴，一奏有玄鶴二八來舞，再奏而列，三奏延頸鳴，舒而舞。音中宮商。師曠曰：不如清角。師曠奏之，有雲從西北方起之，大風起，天雨隨之。此言感天地，清角為勝[208]。宋玉對問曰：其為陽春白雪。韓子，師曠曰：清徵之聲，不如清角。

紛淋浪以流離，奐淫衍而優渥。粲奕奕而高逝，馳岌岌以相屬。廣雅曰：奕奕，盛貌。王逸楚辭注曰：岌岌，高貌。沛騰遌而競趣，翕韡曄而繁縟。韡曄，盛貌。繁縟，聲之細也[209]。郭璞爾雅注曰：遌，相觸遌也。狀若崇山，又象流波。浩兮湯湯，鬱兮峩峩。列子曰：伯牙鼓琴，志在登高山。鍾子期曰：善哉！峩峩兮若泰山。志在流水，已見上文。怫愲煩冤，紆餘婆娑。怫愲煩冤，聲蘊積不安貌。怫，扶味切。愲，音渭。風賦曰：勃鬱煩冤。上林賦曰：紆餘委蛇。陵縱播逸，霍濩紛葩。言聲陵縱播布而起，霍濩然似水聲。紛葩，開張貌[210]。霍濩，盛貌。魯靈光殿賦曰：霍濩磷亂。檢容授節，應變合度。競名擅業，安軌徐步。洋洋習習，聲烈遐布。含顯媚以送終，飄餘響乎泰素。含顯媚之聲，以送曲終也。列子曰：太素者，質之始也。

若乃高軒飛觀，廣夏閑房；軒，長廊之有窻。冬夜肅清，朗月垂光。新衣翠粲，纓徽流芳。子虛賦曰：翕呷翠粲。張揖曰：翠粲[211]，衣聲也。班婕妤自傷賦曰：紛翠粲兮[212]紈素聲。洛神賦曰：披羅衣之璀粲。字雖不同，其義一也。爾雅曰：婦人之徽謂之縭。郭璞曰：今之香纓也。於是器冷絃調[213]，心閑手敏。毛萇詩傳曰：閑，習也。

---

208 注「淮南子曰師曠」下至「清角為勝」　袁本、茶陵本無此一百二十四字。

209 注「韡曄盛貌繁縟聲之細也」　袁本、茶陵本無此十字。

210 注「言聲陵縱」下至「開張貌」　袁本、茶陵本無此十九字。

211 注「翕呷翠粲張揖曰翠粲」　案：「翠粲」皆當作「萃蔡」，順正文而誤改也。說詳下。

212 注「紛翠粲兮」　案：「翠粲」當作「綷縩」。順正文而誤改。善下文云「字雖不同」，正謂此所引「萃蔡」、「綷縩」與正文「翠粲」及下引「璀粲」各不同也。

213 於是器冷絃調　案：「冷」當作「泠」，此以五臣亂善。

觸摠如志，唯意所擬。說文曰：批，反手擊也，與摠同；蒲結切。如志，謂如其志意[214]。初涉淥水，中奏清徵。淥水，已見上文。韓子曰：師曠奏清徵，有玄鶴二八集郎門。雅昶唐堯，終詠微子。七略，雅暢第十七曰：琴道曰：堯暢逸。又曰：達則兼善天下[215]，無不通暢，故謂之暢。昶與暢同。又曰：微子操，微子傷殷之將亡，終不可奈何，見鴻鵠高飛，援琴作操。寬明弘潤，優遊躇跱。躇跱，躊躇竦跱。拊絃安歌[216]，新聲代起。楚辭曰：翔江州而安歌。王逸曰：安意歌吟也。漢書曰：李延年善歌，為新變之聲。詞曰：凌扶搖兮憩瀛洲，要列子兮爲好仇。爾雅曰：扶搖，風也[217]。莊子曰：扶搖而上者九萬里。史記曰：瀛洲，海中神山也[218]。列子曰：勃海之中有山曰瀛洲。莊子：列子御風泠然者，風仙也[219]。劉向上列子表曰：列子者，鄭人，與鄭繆公同時。漢書曰：列子，名禦寇，先莊子，莊子稱之。毛詩曰：窈窕淑女[220]，君子好仇。餐沆瀣兮帶朝霞，眇翩翩兮薄天遊。鄭玄曰：餐，夕食也。說文曰：餐，呑也[221]。楚辭曰：餐六氣而飲沆瀣兮，漱正陽而食朝霞。凌陽子明經曰：夏食沆瀣。沆瀣，北方夜半氣也。廣雅曰：薄，至也。齊萬物兮超自得，委性命兮任去留。莊子有齊物篇。楚辭曰：漠靈靜以恬愉，澹無為而自得。服鳥賦曰：縱軀委命，不私與己。激清響以赴會，何絃歌之綢繆！會，節會也[222]。論語曰：子之武城，聞絃歌之聲。毛詩傳曰：綢

---

214 注「如志謂如其志意」 袁本、茶陵本無此七字。
215 注「達則兼善天下」 袁本、茶陵本「達」作「堯」。案：尤未必是也。
216 拊絃安歌 袁本、茶陵本云「拊」善作「持」。案：此尤改之。
217 注「爾雅曰扶搖風也」 袁本、茶陵本無此七字。
218 注「史記曰瀛洲海中神山也」 袁本、茶陵本無此十字。
219 注「莊子」下至「風仙也」 袁本、茶陵本無此十二字。
220 注「窈窕淑女」 袁本、茶陵本無此四字。
221 注「鄭玄曰」下至「呑也」 袁本、茶陵本無此十三字。
222 注「會節會也」 袁本、茶陵本無此四字。

繆，猶纏綿也。

於是曲引向闌，眾音將歇。引，亦曲也。半在半罷謂之闌[223]。改韻易調，奇弄乃發。揚和顏，攘皓腕，舞賦曰：嚴顏和而怡懌。洛神賦曰：攘皓腕於神滸。飛纖指以馳騖，紛𠍳譶以流漫。𠍳譶，聲多也[224]。𠍳，不及也，師立切。說文曰：譶，疾言也，徒合切[225]。或徘徊顧慕，擁鬱抑按。盤桓毓養，從容祕翫。廣雅曰：盤桓，不進貌。從容，舉動也[226]。毓與育同。闥爾奮逸，風駭雲亂。闥，疾貌。七發曰：波湧而雲亂。牢落凌厲，布濩半散。牢落，猶遼落也。洞簫賦曰：翩緜連以牢落。劉歆遂初賦曰：過句注而凌厲。上林賦曰：布濩宏澤。甘泉賦曰：半散照爛，粲以成章。豐融披離，斐韡奐爛。豐融，盛貌。風賦曰：被麗披離。斐韡，明貌。斐，敷尾切。韡，于鬼切。風賦曰：眴奐粲爛。英聲發越，采采粲粲。廣雅曰：英，美也。或間聲錯糅，狀若詭赴。言其狀若詭詐而相赴也[227]。鄭玄禮記注曰：糅，雜也。雙美並進，駢馳翼驅。駢，併也。翼，疾貌。蒼頡篇曰：隨後曰驅[228]。初若將乖，後卒同趣。或曲而不屈，直而不倨。左傳，吳公子季札聞歌頌曰：直而不倨，曲而不屈。杜預曰：倨，傲也，居預切。或相凌而不亂，或相離而不殊。左氏傳曰：武城人斷其後之木而不殊。漢書音義曰：殊，猶絕也。時劫掎以慷慨，或怨𡜉而躊躇。說文曰：掎，偏引也。𡜉，嬌也，子庶切，

---

223 注「半在半罷謂之闌」　袁本、茶陵本此七字作「闌亦歇也」四字。

224 注「聲多也」　袁本、茶陵本此三字作「疾貌」二字。

225 注「𠍳不及也」下至「徒合切」　袁本、茶陵本無此十七字。案：二本正文「𠍳」下音「蘇合」，「譶」下音「徒合」，此與增多間雜，無以審真善音若何也。

226 注「廣雅曰」下至「舉動也」　袁本、茶陵本無此十三字。

227 注「言其狀若詭詐而相赴也」　袁本、茶陵本無此十字。

228 注「蒼頡篇曰隨後曰驅」　袁本、茶陵本無此八字。

或作姐，古字通，假借也。姐，子也切。韓詩曰：愛而不見，搔首躊躇。躊躇，猶躑躅也[229]。忽飄颻以輕邁，乍留聯而扶疏。言扶疏四布也[230]。或參譚繁促，複疊攢仄。參譚，相隨貌。參，七感切。譚，徒感切。一音並依字。攢仄，聚聲[231]。長笛賦曰：踾踧攢仄。從橫駱驛，奔遯相逼。魯靈光殿賦曰：從橫駱驛。拊嗟累贊，間不容息。淮南子曰：時之反側，間不容息。高誘曰：不容氣息，促之甚也。瓌豔奇偉，殫不可識。高唐賦曰：譎詭奇偉，不可究陳。

若乃閑舒都雅，洪纖有宜。說文曰：閑，雅也。毛萇詩傳曰：都，閑也。清和條昶，案衍陸離。案衍，不平貌。上林賦曰：陰淫案衍之音。衍，弋戰切。廣雅曰：陸離，參差也。穆溫柔以怡懌，婉順敘而委蛇。毛萇傳曰：婉然，美貌。委蛇，聲長貌[232]。鄭玄毛詩箋曰：委蛇，委曲自得之貌。或乘險投會，邀隟趨危。會，節會也。邀，要也。嚶若離鶤鳴清池，翼若游鴻翔曾崖。蒼頡篇曰：嚶嚶，鳥聲也。琴道曰：操似鴻鴈詠之聲[233]。張衡舞賦曰：含清哇而吟詠，若離鶤鳴姑耶。紛文斐尾，慊縿離纚。紛文斐尾，文彩貌。慊縿離纚，羽毛貌。微風餘音，靡靡猗猗。靡靡，順風貌。猗猗，眾盛貌。或摟[扌毘]擽捋，縹繚潎冽。摟[扌毘]擽捋，皆手撫絃之貌。爾雅曰：摟，牽也[234]。劉熙孟子注曰：摟，牽也，力頭切。說文曰：[扌毘]，反手擊也。廣雅曰：擽，擊也。毛詩曰：

---

229 注「韓詩曰」下至「猶躑躅也」　袁本、茶陵本無此十七字。

230 注「言扶疏四布也」　袁本、茶陵本無此六字。

231 注「攢仄聚聲」　袁本、茶陵本無此四字。

232 注「毛萇傳曰」下至「聲長貌」　袁本、茶陵本無此十三字。

233 注「蒼頡篇曰」下至「詠之聲」　袁本、茶陵本無此十九字。又袁有「似鴈之音已見上文」八字，在注末。茶陵複出，非。尤本倒在上，益非。

234 注「爾雅曰摟牽也」　袁本、茶陵本無此六字。

薄言捋之。傳曰：捋，取也[235]。縹繚潎冽，聲相糾激之貌。說文曰：繚，纏也[236]。上林賦曰：轉騰潎冽。潎冽，水波浪貌，言聲似也[237]。輕行浮彈，明嫿暩慧[238]。說文曰：嫿，靜好也。暩，察也。七祭切。疾而不速，留而不滯。左氏傳，吳公子札觀頌曰：處而不底，行而不流。淮南子曰：流而不滯。翩緜飄邈，微音迅逝。遠而聽之，若鸞鳳和鳴戲雲中；迫而察之，若眾葩敷榮曜春風。古本葩字為此莞，郭璞三蒼為古花字。今讀音于彼切。字林，音于彼切。張衡思玄賦曰：天地烟熅，百卉含蘤，鳴鶴交頸，雎鳩相和。以韻推之，所以不惑[239]。既豐贍以多姿，又善始而令終。字書曰：贍，足也。封禪書曰：豈不善始善終哉。毛詩曰：高朗令終。令，善也[240]。嗟姣妙以弘麗，何變態之無窮！西京賦曰：盡變態乎其中。

若夫三春之初，麗服以時。班固終南山賦曰：三春之季，孟夏之初。纂要曰：一時三月謂之三春，九十日謂之九春[241]。西京賦曰：麗服颺菁。乃攜友生，以遨以嬉。毛詩曰：雖有兄弟，不如友生。又曰：以遨以遊。說文曰：嬉，樂也。涉蘭圃，登重基。春秋運斗樞曰：山者地之基。背長林，翳華芝。甘泉賦曰：登夫鳳皇而翳華芝。臨清流，賦新詩。楚辭曰：竊賦詩之所明。王逸曰：賦，鋪也。嘉魚龍之逸豫，樂百卉之榮滋。樂動聲儀，孔子曰：風雨動魚龍，仁義動君子。歸田賦曰：百卉滋榮。理重華之遺操，慨遠慕而長思。重華，謂舜也。琴道曰：舜操者，昔虞舜聖德玄遠，遂升天子，喟然念親，巍巍上帝之位不足保，援琴作操。

---

235 注「說文曰掍」下至「捋取也」 袁本、茶陵本無此二十六字。
236 注「說文曰繚纏也」 袁本、茶陵本無此六字。
237 注「潎冽水波浪貌言聲似也」 袁本、茶陵本無此十字。
238 明嫿暩慧 袁本、茶陵本「慧」作「惠」。案：此似尤改之也。
239 注「古本葩字」下至「所以不惑」 袁本、茶陵本無此五十七字。
240 注「令善也」 袁本、茶陵本無此三字。
241 注「纂要曰」下至「謂之九春」 袁本、茶陵本無此十八字。

若乃華堂曲宴，密友近賓。蘭肴兼御，旨酒清醇。邊讓章華臺賦曰：蘭肴山竦，椒酒淵流。毛詩曰：旨酒思柔。醇，厚也[242]。進南荊，發西秦。南荊即荊豔，楚舞也。古妾薄命行歌曰：齊謳楚舞紛紛。漢書有秦倡員。紹陵陽，度巴人[243]。宋玉對問曰：既而曰陵陽白雪，國中唱而和之者彌寡。然集所載與文選不同，各隨所用而引之。又對曰：客有歌於郢中者，始曰巴人。變用雜而並起，竦眾聽而駭神。料殊功而比操，豈笙籥之能倫？

若次其曲引所宜，則廣陵止息，東武太山。廣陵等曲今並猶存，未詳所起。應璩與劉孔才書曰：聽廣陵之清散。傅玄琴賦曰：馬融譚思於止息。魏武帝樂府有東武吟。曹植有太山梁甫吟。左思齊都賦注曰：東武、太山，皆齊之土風謠歌，謳吟之曲名也。然引應及傅者，明古有此曲，轉以相證耳，非嵇康之言出於此也。佗皆類此。飛龍鹿鳴，鵾雞遊絃。漢書曰：房中樂有飛龍章。毛詩序曰：鹿鳴，宴羣臣也。蔡邕琴操曰：鹿鳴者，周大臣之所作也。王道衰，大臣知賢者幽隱，故彈絃風諫。古相和歌者有鵾雞曲。遊絃，未詳。更唱迭奏，聲若自然。高唐賦曰：更唱迭和。流楚窈窕，懲躁雪煩。言流行清楚窈窕之聲，足以懲止躁競，雪蕩煩懣也。懲，直陵切。下逮謠俗，蔡氏五曲。歌錄曰：空侯謠俗行，蓋亦古曲，未詳本末。俗傳蔡氏五曲：遊春、淥水、坐愁、秋思、幽居也。王昭楚妃，千里別鶴。猶有一切承間簉乏。亦有可觀者焉。琴操曰：王嬙女，漢元帝時獻入後宮，以妻單于。昭君心念鄉土，乃作怨曠之歌。歌錄曰：石崇楚妃歎歌辭曰：楚妃歎莫知其所由。楚之賢妃能立德著勳，垂名於後，唯樊姬焉，故令歎詠聲永世不絕，疑必爾也。相鶴經曰：鶴一舉千里。蔡邕琴操曰：商陵牧子娶妻五年，無子，父兄欲為改娶，牧子援琴鼓之，歎別鶴以舒其憤懣，故曰別鶴操。鶴一舉千里，故名千里別鶴也。崔豹古今注曰：別鶴操，商陵牧子所作也。牧子娶妻五年，無子，父母將

---

242 注「醇厚也」　袁本、茶陵本無此三字。

243 注「又對曰」下至「巴人」　袁本無此十四字，有「巴人已見上文」六字，是也。茶陵本複出，非。

為之改娶。妻聞之，中夜起，聞鶴聲，倚戶而悲。牧子聞之，愴然歌曰：將乖比翼隔天端，山川悠遠路漫漫。攬衣不寢食。後人因以為樂章也[244]。漢書音義曰：一切，權時也。簉，已見上文。然非夫曠遠者，不能與之嬉遊；非夫淵靜者，不能與之閑止；莊子，老聃曰：其居也，淵而靜。非夫放達者[245]，不能與之無吝；說文曰：吝，亦貪惜也。非夫至精者，不能與之析理也。周易曰：非天子之至精，其孰能與於此。莊子曰：判天下之美，析萬物之理。

若論其體勢，詳其風聲。器和故響逸，張急故聲清。說苑曰：應侯與賈子坐，聞有鼓瑟之聲。應侯曰：今瑟一何怨也？賈子曰：張急調下，使之怨也。夫張急者，良材也；調下者，官卑也。取良材而卑官之，能無怨乎[246]？蔡邕月令章句曰：凡絃之緩急為清濁，琴緊其絃則清，縵則濁。間遼故音庳，絃長故徽鳴。間遼，謂絃間遼遠也。絃長，謂徽闊而絃長也。阮籍樂論曰：琵琶、箏、笛，間促而聲高；琴、瑟之體，間遼而音埤。義與此同。鄭玄周禮注曰：庳，短也，音婢。傅毅雅琴賦曰：時促均而增徽，接角徵而控商。性絜靜以端理，含至德之和平。禮記曰：絜靜精微，易教也。孝經曰：昔者先王有至德要道。禮記曰：樂行血氣和平。誠可以感盪心志，而發洩幽情矣。說文曰：泄，除去也。舞賦曰：幽情形而外揚。是故懷戚者聞之，莫不憯懍慘悽，愀愴傷心。字林曰：慘，毒也。漢書音義，郭璞曰：愀，變色貌。說文曰：愴，傷也[247]。憯，七感切。慘，七敢切。愀，七小切。含哀懊咿，不能自禁。字林曰：懊咿，內悲也。列子曰：喜懽抃舞[248]，不能自禁。懊，於六切。咿，音伊。其康樂者聞之，則欨愉懽

---

244 注「崔豹古今注曰」下至「後人因以為樂章也」　袁本、茶陵本無此七十九字。

245 非夫放達者　袁本、茶陵本無「夫」字，下「非夫至精者」，同。案：此似尤添之也。

246 注「說苑曰應侯」下至「能無怨乎」　袁本、茶陵本無此五十九字。

247 注「字林曰慘」下至「愴傷也」　袁本、茶陵本無此二十三字。

248 注「喜懽抃舞」　案：「懽」當作「躍」。各本皆譌。

釋，抃舞踴溢。說文曰：欸，笑貌也，況于切。留連瀾漫，嗢噱終日。服虔[249]通俗篇曰：樂不勝謂之嗢噱。嗢，烏沒切。噱，巨略切。若和平者聽之，則怡養悅悆，淑穆玄眞。廣雅曰：養，樂也。恬虛樂古，棄事遺身。莊子曰：虛靜恬惔者，道德之至也。又曰：棄事則形不勞。是以伯夷以之廉，顏回以之仁，論語，子曰：伯夷叔齊餓於首陽之下。又曰：顏回問仁，子曰：克己復禮為仁。列子，子夏問孔子曰：顏回之為仁奚若？子曰：回之仁賢於丘。比干以之忠，尾生以之信。論語曰：比干諫而死。莊子，盜跖曰：尾生與女子[250]不來，水至不去，抱柱而死。高誘注淮南子曰：尾生，魯人，與婦人期於梁下，不至而水溺死[251]。惠施以之辯給，萬石以之訥愼。莊子曰：惠施多方，其書五車。高誘曰：惠施，宋人，仕魏，為惠王相。漢書曰：萬石君奮，恭謹，舉朝無比。奮長子建，次甲，次乙、慶，皆以馴行孝謹，官至二千石[252]。景帝曰：石君及四子皆二千石，人臣尊寵[253]，迺舉集其門，凡號奮為萬石君[254]。建郎中令奏下，建讀之，驚恐曰：書馬者，與尾而五，今迺四，不足一，譴死矣。其為謹，雖佗皆如是。服虔曰：作馬字下四而為五，建上書奏，誤作四。慶為太僕，御出，上問車中幾馬，慶策數馬，舉手曰：四馬。孔安國曰：訥，遲鈍也[255]。其餘觸類而長，所致非一。同歸殊途，或文或質。周易曰：引而伸之，觸類而長之。又曰：天下同歸而殊途，一致而百慮。禮記曰：虞、夏之質，殷、周之文，至矣。總中和以統物，咸日用而不失。禮記曰：樂者，天地之命，中和之紀。周易曰：百姓日用而不知。其感人動物，蓋亦弘矣！禮記曰：樂其感人深。

---

249 注「服虔」　袁本、茶陵本無此二字。

250 注「與女子」　袁本、茶陵本「子」下有「期於梁下女子」六字。

251 注「高誘注淮南子曰」下至「而水溺死」　袁本、茶陵本無此二十四字。

252 注「奮長子建」下至「官至二千石」　袁本、茶陵本無此二十字。

253 注「人臣尊寵」　袁本、茶陵本無此四字。

254 注「迺舉集其門凡號奮為萬石君」　袁本、茶陵本無「舉」字、「奮」字。

255 注「建郎中令」下至「遲鈍也」　袁本、茶陵本無此八十三字。

于時也，金石寢聲，匏竹屏氣。孔安國曰：屏，除也[256]。王豹輟謳，狄牙喪味。孟子，淳于髡曰：昔王豹處淇，而河西善謳。說文曰：謳，齊歌也[257]。淮南子曰：淄、澠之水合，狄牙嘗而知之。天吳踊躍於重淵，王喬披雲而下墜。山海經曰：朝陽之谷，有神名曰天吳，是為水伯，其形首足尾並人面而色青[258]。楚辭曰：譬若王喬之乘雲兮，載赤霄而凌太清。舞鸑鷟於庭階，游女飄焉而來萃。說文曰：鸑鷟，鳳屬，神鳥也。國語曰：周文王時，鸑鷟鳴於岐山[259]。韓詩曰：漢有游女，不可求思。薛君曰：游女，漢神也，言漢神時見，不可求而得之。列女傳曰：游女，漢水神。鄭大夫交甫於漢皐見之。聘之橘柚。張衡南都賦曰：游女弄珠於漢皐之曲[260]。感天地以致和，況蚑行之眾類。禮記曰：聖人作樂以應天，制禮以應地，此則樂者天之和也。洞簫賦曰：蟋蟀蚸蠖，蚑行喘息，垂喙蜵轉，瞪瞢忘食。說文曰：蚑，行也，凡生之類行皆曰蚑。嘉斯器之懿茂，詠茲文以自慰。永服御而不厭，信古今之所貴。懿，美也。傅毅雅琴賦曰：明仁義以厲己，故永御而密親。

亂曰：愔愔琴德，不可測兮。劉向雅琴賦曰：遊予心以廣觀，且德樂之愔愔。韓詩曰：愔愔，和悅貌。聲類曰：和靜貌[261]。體清心遠，邈難極兮。良質美手，遇今世兮。紛綸翕響，冠眾藝兮。識音者希，孰能珍兮。古詩曰：不惜歌者苦，但傷知音希。能盡雅琴，唯至人兮。賈逵曰：唯，獨也[262]。

---

256 注「孔安國曰屏除也」　袁本、茶陵本無此七字。

257 注「說文曰謳齊歌也」　袁本、茶陵本無此七字。

258 注「其形」下至「而色青」　袁本、茶陵本無此十一字。

259 注「國語曰」下至「鳴於岐山」　袁本、茶陵本無此十三字。

260 注「列女傳曰」下至「於漢皐之曲」　袁本、茶陵本無此二十八字。

261 注「韓詩曰」下至「和靜貌」　袁本、茶陵本無此十四字。

262 注「賈逵曰唯獨也」　袁本、茶陵本無此六字。

笙賦

周禮，笙師掌教笙。鄭眾曰：笙十三簧[263]。爾雅曰：大笙謂之簧。郭璞曰：列管匏中，施簧管端。白虎通曰：笙者，太簇之氣，眾物之生也[264]。

潘安仁

河汾之寶，有曲沃之懸匏焉。河、汾，二水名也。漢書曰：汾水出汾陽北山。又曰：河東郡聞喜縣，故曲沃也。崔豹古今注曰：匏，瓠也。有柄曰懸匏，可為笙，曲沃者尤善。鄒魯之珍，有汶陽之孤篠焉。漢書，魯國有鄒縣，有汶陽縣。杜預曰：汶水，太山出萊蕪縣。說文曰：篠，小竹[265]。戴凱之竹譜曰：篠出魯郡，堪為笙也。若乃緜蔓紛敷之麗，浸潤靈液之滋，隅隈夷險之勢，禽鳥翔集之嬉，鄭玄毛詩箋曰：隅，角也。說文曰：隈，曲也。固眾作者之所詳，余可得而略之也。賈逵國語注曰：略，猶簡也。徒觀其制器也，則審洪纖，面短長。周禮曰：審曲面勢，以飾五材[266]。鄭司農曰：察五材曲直方面形勢之宜。剫生簳，裁熟簧。剫，割也。設宮分羽，經徵列商。泄之反謐，厭焉乃揚。鄭玄毛詩箋曰：泄，出也。厭，猶揜也，於頰切。亦作擸，謂指擸也[267]。管攢羅而表列，音要妙而含清。長門賦曰：聲幼要而復揚。各守一以司應，統大魁以為笙。言其管各守一聲，以主相應統物也[268]。鄭玄禮記注曰：魁，猶首也。大魁，謂匏首插定所也。苦回切。今古怪切。基黃鍾以舉韻，望鳳儀以擢形。毛萇詩傳曰：基，本也。漢書，黃帝使伶倫取竹，斷兩節間而吹之，以為黃

---

263 笙賦注「周禮」下至「十三簧」　袁本、茶陵本無此十四字。
264 注「白虎通曰」下至「眾物之生也」　袁本、茶陵本無此十五字。
265 注「杜預曰汶水」下至「小竹」　袁本、茶陵本無此十七字。
266 注「以飾五材」　案：「飾」當作「飭」，各本皆譌。
267 注「亦作擸謂指擸也」　袁本、茶陵本無此七字。
268 注「統物也」　茶陵本「物」作「揔」，是也。袁本亦誤「物」。

鍾之宮。黃鍾，律呂之長，故言基也[269]。說文曰：笙十三簧，象鳳之身。尚書曰：鳳皇來儀[270]。**寫皇翼以插羽，摹鸞音以厲聲。**列管以象鳳翼也。列仙傳曰：王子喬好吹笙，作鳳鳴。鸞，鳳類，故通言之。**如鳥斯企，翾翾歧歧。**司馬彪曰：企，望也[271]。景福殿賦曰：鳥企山跱。翾翾，字林，翾翾，初起也[272]。歧歧，飛行貌。漢書音義曰：歧歧，將行貌[273]。**明珠在咮，若銜若垂。**郭璞爾雅注曰：咮，鳥口也[274]，音晝。**脩檛內辟，餘簫外逶。**脩檛，長管也。辟，開也。餘簫，眾管也。逶，逶迆漸邪之貌。**駢田獦攡，鉀鰈參差。**駢田，聚也[275]。獦攡，不齊也。攡，音歷。鉀鰈，裝飾重疊貌[276]。鉀，音押。鰈，助甲切。

於是乃有始泰終約，前榮後悴。激憤於今賤，永懷乎故貴。杜預左氏傳注曰：泰，奢也。約，儉也。家語，孔子曰：激憤厲之志始。桓子新論琴道曰：雍門周見孟嘗君，孟嘗君曰：先生鼓琴，亦能令人悲乎？對[277]曰：臣之所能令悲者，先貴而後賤，故富而今貧。於是雍門揮琴，而孟嘗君流涕[278]。**眾滿堂而飲酒，獨向隅以掩淚。**說苑曰：古人於天下，譬一堂之上。今有滿堂飲酒，有一人獨索然向隅泣，則一堂之人皆不樂。韓詩外傳曰：眾或滿堂而飲酒，有

---

269 注「黃鍾律呂之長故言基也」　袁本、茶陵本無此十字。
270 注「尚書曰鳳皇來儀」　袁本、茶陵本無此七字。
271 注「司馬彪曰企望也」　袁本、茶陵本無此七字。
272 注「字林翾翾初起也」　袁本、茶陵本無此七字。
273 注「漢書音義曰歧歧將行貌」　袁本、茶陵本無此十字。
274 注「郭璞爾雅注曰咮鳥口也」　袁本、茶陵本此十字作「咮亦喙也」四字。
275 注「駢田聚也」　袁本、茶陵本無此四字。
276 注「重疊貌」　袁本、茶陵本「重疊」二字作「眾」。
277 注「見孟嘗君」下至「亦能令人悲乎對」　袁本、茶陵本無此十九字。
278 注「於是雍門」下至「流涕」　袁本、茶陵本無此十二字。

人向而悲泣，則一堂為之不樂。王者之於天下也，有一物不得其所，則為之悽愴心傷，盡祭不舉樂焉[279]。援鳴笙而將吹，先嘔噦以理氣。言將欲吹笙，咽中先噦而理氣也。說文曰：嘔，咽也。又曰：噦氣，氣悟也[280]。嘔，於忽切。噦，紆月切。嘔噦，或為温穢。謂先温煖去其垢穢，調理其氣也[281]。初雍容以安暇，中佛鬱以怫愲。埤蒼曰：佛鬱[282]，不安貌。終嵬峩以蹇愕[283]，又颮遝而繁沸。蹇愕，正直之貌。罔浪孟以惆悵，若欲絕而復肆。罔及浪孟，皆失志之貌。又云：孟浪，虛誕之聲也。肆，放也。言聲將絕而復放[284]。懰檄羅以奔邀，似將放而中匱。檄羅，疾貌。埤蒼，懰，宿留也[285]。檄，音激。愀愴惻淢，虺韡煜熠。愀愴惻淢，悲傷貌。虺韡熠[286]，盛多貌。淢與惐同，況逼切。廣雅曰：煜，熾也，音育。說文曰：熠，盛光也[287]。熠，以入切。汎淫氾豔，霅曄岌岌。汎淫氾豔，自放縱貌。霅曄，急疾貌。霅，素合切。曄，于怯切。或桉衍夷靡，或竦踴剽急[288]。夷靡，平而漸靡也。或既往不反，或已出復入。徘徊布濩，渙衍葺襲。葺襲，重貌。舞既蹈而中輟，節將撫而弗及。言以笙聲為主，故舞者足蹈中止而待之，歌者將撫節而恐不及。樂聲發而盡室歡，悲音奏而列坐泣。列子，秦青曰：昔韓娥為曼聲哀哭，一里老幼悲愁垂涕相對；復為曼聲長歌，一里老幼喜躍抃舞，不能自禁。擬纖翮以震幽簧，越

279 注「韓詩外傳曰」下至「不舉樂焉」　袁本、茶陵本無此五十二字。

280 注「氣氣悟也」　袁本、茶陵本不重「氣」字。

281 注「謂先温暖」下至「調理其氣也」　袁本、茶陵本無此十三字。

282 注「埤蒼曰佛鬱」　袁本、茶陵本「埤蒼」作「字林」。

283 終嵬峩以蹇愕　案：「愕」當作「諤」，注同。袁本云善作「諤」。茶陵本云五臣作「愕」，此以五臣亂善，非。

284 注「又云孟浪」下至「而復放」　袁本、茶陵本無此十九字。

285 注「埤蒼懰宿留也」　袁本、茶陵本無此六字。

286 注「虺韡熠」　袁本、茶陵本「熠」上有「煜」字。

287 注「廣雅曰煜」下至「盛光也」　袁本、茶陵本無此十五字。案：此蓋音與增多間雜者。

288 或竦踴剽急　袁本、茶陵本云「剽」善作「彯」。案：此尤改之，亦以五臣亂善也。

上筩而通下管。擟，指捻也，奴協切。翮，管也。其形類羽，故曰翮也。周易曰：震，動也。呂氏春秋曰：伶倫制十二筩[289]。說文曰：筩，斷竹也，徒東切。應吹噏以往來，隨抑揚以虛滿。翕，虛及切。虛滿，謂隨氣虛滿也[290]。勃慷慨以憀亮，顧躊躇以舒緩。憀亮，聲清也。聲類曰：憀，且也，音留。廣雅曰：躊躇，猶豫也[291]。輟張女之哀彈，流廣陵之名散。閔洪琴賦曰：汝南鹿鳴，張女羣彈。然蓋古曲，未詳所起。詠園桃之夭夭，歌棗下之纂纂。魏文帝園桃行曰：夭夭園桃，無子空長。虛美難假，偏輪不行。古咄唶歌曰[292]：棗下何攢攢，榮華各有時。棗欲初赤時，人從四邊來。棗適今日賜，誰當仰視之。攢，聚貌。纂與攢古字通。歌曰：

棗下纂纂，朱實離離。毛詩曰：其實離離。毛萇曰：離離，垂也。宛其落矣[293]，化為枯枝。毛詩曰：宛其死矣。毛萇曰：宛，死貌。人生不能行樂，死何以虛諡為！楊惲與孫會宗書曰：人生行樂耳。諡法曰：諡者，行之跡也。

爾乃引飛龍，鳴鵾雞。雙鴻翔，白鶴飛。飛龍、鵾雞，已見上文。古樂府有飛來雙白鶴篇。子喬輕舉，明君懷歸。荊王喟其長吟，楚妃歎而增悲。歌錄曰：吟歎四曲：王昭君、楚妃歎、楚王吟、王子喬，皆古辭。荊王、子喬，其辭猶存。夫其悽戾辛酸[294]，嚶嚶關關，若離鴻之鳴子也；爾雅曰：關關嚶嚶，音和也。含嘲嘽諧，雍雍喈喈，若羣雛之從母也。洞簫賦曰：瞋唅嘲以紆鬱。禮記，嘽諧慢易，繁文簡

289 注「呂氏春秋曰伶倫制十二筩」 袁本、茶陵本無此十一字。
290 注「虛滿謂隨氣虛滿也」 袁本、茶陵本無此八字。
291 注「憀亮」下至「猶豫也」 袁本、茶陵本無此二十一字。案：此蓋音與增多間雜者。
292 注「古咄唶歌曰」 何校「唶」改「喈」，陳同，是也。各本皆譌。
293 宛其落矣 茶陵本云五臣作「落」。袁本云善作「死」。案：此尤改也。
294 夫其悽戾辛酸 袁本、茶陵本「戾」作「唳」。案：此尤改。

節之音作，而民康樂。爾雅曰：雍雍，和也。毛萇詩傳曰：喈喈，和聲遠聞也。歌錄，步出夏門行古辭歌曰：鳳凰鳴啾啾，一母從九鶵。郁捋劫悟，泓宏融裔，郁捋，口循孔貌。劫悟，氣相衝激。泓宏，聲大貌[295]。融裔，聲長貌。說文曰：泓，下深也[296]。哇咬嘲喆，一何察惠。舞賦曰：吐哇咬則發皓齒。說文曰：哇，諂聲也。咬，淫聲也。楚辭曰：鵾雞嘲而悲鳴。哇咬嘲晢，聲繁細貌。訣厲悄切，又何磬折。訣厲，謂決斷清冽也。悄，切憂貌。磬折，言其聲若磬形之曲折也。

若夫時陽初暖，臨川送離。神農本草曰：春夏為陽。莊子曰：暖然似春。楚辭曰：登山臨水送將歸。酒酣徒擾，樂闋日移。漢書音義，應劭曰：不醒不醉曰酣[297]。擾，謂擾攘裝飾也。鄭玄曰：闋，終也[298]。疎客始闌，主人微疲。韓子曰：穰歲之秋，疎客畢食。文穎漢書注曰：闌言希也。謂飲酒半罷半在謂之闌。弛絃韜籥，徹塤屛篪。杜預左氏傳注曰：弛，解也。韜，藏也。絃，謂琴瑟也[299]。孔安國論語注曰：徹，去也。屛，除也。廣雅曰：長琴三尺六寸六分，五絃。瑟二十七絃也。爾雅曰：大籥謂之產。郭璞注曰：籥，如笛，三孔而狹小。廣雅曰：七孔大塤謂之嘂。郭璞注曰：燒土為之，大如鵝子，銳上平底，形似稱錘，六孔。小者如雞子。大䶵謂之沂。郭璞曰：䶵，竹為也，尺四寸，圍三寸，一孔上出三寸分，右翹，橫吹之，小者尺二寸。廣雅曰：六七孔也[300]。

爾乃促中筵，攜友生。解嚴顏，擢幽情。舞賦曰：嚴顏和而怡懌，幽情形而外揚。披黃包以

---

295 注「聲大貌」 袁本、茶陵本無此三字。
296 注「聲長貌」下至「下深也」 袁本、茶陵本此十字作「聲大且長貌」五字。
297 注「漢書音義」下至「曰酣」 袁本、茶陵本無此十三字。
298 注「鄭玄曰闋終也」 袁本、茶陵本無此六字。
299 注「絃謂琴瑟也」 袁本、茶陵本無此五字。
300 注「廣雅曰長琴」下至「六七孔也」 袁本、茶陵本無此一百十八字。

授甘[301]，傾縹瓷以酌酃。尚書曰：厥包橘柚。說文曰：縹，青白色。字林，瓷白瓶長頸，大禺切[302]。鄒陽酒賦曰：醪醴既成，綠瓷既啓。又曰：其品類則沙洛淥酃，鄔鄉若下，齊公之情[303]。吴録地理志曰：湘東酃以為酒有名[304]。光岐儼其偕列，雙鳳嘈以和鳴。光，華飾也。岐，眾管也。以其分別，故謂之岐。或作伎，謂光華之伎也。西京雜記曰：成帝侍郎善鼓琴，能為雙鳳之曲。晉野悚而投琴，況齊瑟與秦箏。子野，師曠字，晉人，故曰晉野。杜預左氏傳注曰：悚，懼也。史記，蘇秦說齊王曰：臨菑其民無不吹竽鼓瑟。歌録有美人篇、齊瑟行。風俗通曰：箏，蒙恬所造。楚辭曰：扶秦箏而彈徽。新聲變曲，奇韻橫逸。縈纏歌鼓，網羅鍾律。爛熠爚以放豔，鬱蓬勃以氣出。熠爚，光明貌。蓬勃，泰出貌[305]。秋風詠於燕路，天光重乎朝日。魏文帝燕歌行曰：秋風蕭瑟天氣涼。傅玄長簫歌有天光篇。魏文帝善哉行有朝日篇。言既奏天光，又奏朝日，故曰重也。重，逐龍切。大不踰宮，細不過羽。鄭玄月令注曰：大不過宮，細不過羽[306]。國語，泠州鳩對景王曰：臣聞琴尚宮，鍾尚羽，大不踰宮，細不過羽。唱發章夏，導揚韶武。樂動聲儀曰：堯樂曰大章。禮記曰：大章，章之也。鄭玄曰：言堯德章明也。樂動聲儀曰：舜樂曰大韶[307]，禹曰大夏，武曰大武。協和陳宋，混一齊楚[308]。樂動聲儀曰：樂者移風易俗。所謂聲俗者，若楚聲高，齊聲下；所謂事俗者，若齊俗奢陳俗利巫也。又曰：先魯後殷，新周故宋。然宋，商俗也。張衡舞賦曰：移風易俗，限一齊、楚。邇不逼而遠無

301 披黃包以授甘　袁本、茶陵本「包」作「苞」，注同。案：此尤改。

302 注「說文曰縹」下至「大禺切」　袁本、茶陵本此十七字作「縹綠色也瓷瓶也」七字。

303 注「齊公之情」　案：「情」當作「清」。各本皆譌。

304 注「吴録」下至「以為酒有名」　袁本、茶陵本無此十四字。

305 注「蓬勃泰出貌」　袁本、茶陵本「泰」作「氣」。

306 注「鄭玄」下至「不過羽」　袁本、茶陵本無此十四字。

307 注「舜樂曰大韶」　袁本、茶陵本「大」作「簫」。

308 注「限一齊楚」　袁本、茶陵本「限」作「混」。

攜，聲成文而節有敘。左氏傳，昭公二十九年[309]，吳公子札來聘，魯人為奏四代樂[310]為之歌頌。季札歎曰：至矣哉！邇而不偪，遠而不攜，節有度，守有敘。凡人邇近者，好在逼迫，此樂中乃有不逼之聲；凡人相遠者，好在攜離，此頌中乃有遠不攜離之音[311]。毛詩序曰：聲成文謂之音。

彼政有失得，而化以醇薄。呂氏春秋曰：其治厚者其樂厚，其治薄者其樂薄。樂所以移風於善，亦所以易俗於惡。孝經曰：移風易俗，莫善於樂。故絲竹之器未改，而桑濮之流已作。禮記曰：絲竹，樂之器也。又曰：桑間濮上之音，亡國之音。鄭玄注曰：濮水之上，地有桑間者，亡國之音於此水出。惟簧也，能研羣聲之清；惟笙也，能總眾清之林。言眾若林能總之[312]。禮記曰：唱和清濁，遞相為經。鄭玄曰：清，謂蕤賓至應鍾；濁，謂黃鍾至仲呂。衛無所措其邪，鄭無所容其淫。禮記曰：鄭、衛之音，亂世之音。非天下之和樂，不易之德音，其孰能與於此乎！禮記曰：順氣成象而和樂興焉。又曰：德音之謂樂。周易曰：非天下至精，其孰能與於此。

嘯賦

鄭玄毛詩箋曰：嘯，蹙口而出聲也。籀文為歗，在欠部。毛詩曰：其嘯也歌[313]。

成公子安 臧榮緒晉書曰：成公綏，字子安，東郡人也。少有俊才，辭賦壯麗。徵為博士，歷中書郎。

逸羣公子，體奇好異。傲世忘榮，絕棄人事。文子曰：傲世賤物，不汙於俗。漢書曰：張良願棄人

---

309 注「昭公二十九年」 袁本、茶陵本無此六字。
310 注「魯人為奏四代樂」 袁本、茶陵本無此七字。
311 注「凡人邇近者」下至「不攜離之音」 袁本、茶陵本無此三十八字。
312 注「言眾若林能總之」 袁本、茶陵本無此七字。
313 嘯賦注「籀文」下至「其嘯也歌」 袁本、茶陵本無此十四字。

間事，欲從赤松子遊。**晞高慕古，長想遠思。**謝承後漢書曰：陳謙晞高視遠，清舉矯俗。馮衍顯志賦曰：獨耿介而慕古。舞賦曰：遠思長想。**將登箕山以抗節，浮滄海以游志。**箕山，已見上文。論語，子曰：道不行，乘桴浮於海，從我者其由歟[314]。**於是延友生，集同好。**尚書序曰：與我同好。**精性命之至機，研道德之玄奧。**周易曰：乾道變化，各正性命。管子曰：虛無無形謂之道，化育萬物謂之德。應德璉馳射賦曰：窮百氏之玄奧。**愍流俗之未悟，獨超然而先覺。**禮記曰：不從流俗。老子曰：雖有榮觀，燕處超然。孟子，伊尹曰：天生斯民，使先知覺後知，使先覺覺後覺也。**狹世路之阨僻，仰天衢而高蹈。**史記曰：不從流俗，王之阨僻[315]。羽獵賦曰：狹三王之阨僻。孔融薦禰衡表曰：龍躍天衢。左氏傳，齊人歌曰：魯人之皐，使我高蹈。**邈姱俗而遺身，乃慷慨而長嘯。**琴賦曰：弃事遺身。遺身謂其身事[316]。楚辭曰：臨深水而長嘯。

于時曜靈俄景，流光蒙汜。廣雅曰：耀靈，日也。俄，邪也[317]。歸田賦曰：於時曜靈俄景。楚辭曰：出自湯谷，次于蒙汜。淮南子，蒙汜，日所入處[318]。**逍遙攜手，踟跦步趾。**廣雅曰：蹢躅，踟跦也。踟跦與踟蹰古字通。左氏傳，爲啓強[319]謂魯侯曰：今君若步玉趾。**發妙聲於丹脣，激哀音於皓齒。**神女賦曰：朱脣的其若丹。楚辭曰：美人皓齒嫮以姱。**響抑揚而潛轉，氣衝鬱而熛起。**言聲在喉中而轉，故曰潛也[320]。熛起，言疾。字林曰：熛，飛

---

314 注「從我者其由歟」 袁本、茶陵本無此六字。
315 注「史記曰不從流俗王之阨僻」 袁本、茶陵本無此十一字。
316 注「遺身謂其身事」 袁本、茶陵本無此六字。
317 注「廣雅曰」下至「邪也」 袁本、茶陵本無此十字。
318 注「淮南子蒙汜日所入處」 袁本、茶陵本無此九字。
319 注「爲啓強」 茶陵本「爲」作「薳」，「強」作「彊」，是也。袁本誤與此同。
320 注「言聲在喉中而轉故曰潛也」 袁本、茶陵本無此十一字。

火也[321]。協黃宮於清角，雜商羽於流徵。黃宮，謂黃鍾宮聲[322]。清角，已見上文。宋玉笛賦曰：吟清商，追流徵。飄游雲於泰清，集長風乎萬里。言所感幽深，有同龍虎。聖主得賢臣頌曰：虎嘯而風洌，龍興而致雲。泰清，天也。鶡冠子曰：上及泰清，下及泰寧。曲既終而響絕，遺餘玩而未已。良自然之至音，非絲竹之所擬。是故聲不假器，用不借物。近取諸身，役心御氣。周易曰：近取諸身。動脣有曲，發口成音。觸類感物，因歌隨吟。大而不洿，細而不沈。洿，漫也。琴道曰：大聲不震譁而流漫，細聲不湮滅而不聞。清激切於竽笙，優潤和於瑟琴。玄妙足以通神悟靈，精微足以窮幽測深。老子曰：玄之又玄，眾妙之門。禮記曰：夫禮樂通乎鬼神，窮高遠而測深厚。精微，已見上文。收激楚之哀荒，節北里之奢淫。楚辭曰：宮庭震驚發激楚。王逸曰：激楚，清聲也。史記曰：紂使師涓作淫聲，北里之舞，靡靡之樂。濟洪災於炎旱，反亢陽於重陰。言有洪水之災，濟之以炎旱；有亢陽之災，反之於重陰。說苑曰：湯時大旱七年，煎沙爛石。靈寶經曰：禪黎世界，墜王有女，字姓音。生仍不言。年至四歲，王怪之，乃棄女於南浮桑之阿，空山之中。女無糧，常日咽氣，引月服精，自然充飽。忽與神人會於丹陵之舍，柏林之下。姓音右手題赤石之上。語姓音：汝雖不能言，可憶此文也。遣朱宮靈童，下教姓音治災之術，授其采書八字之音，於是能言。於山出，還在國中。國中大枯旱，地下生火，人民焦燎，死者過半。穿地取水，百丈無泉。王悕懼，女顯其真，為王仰嘯，天降洪水至十丈。於是化形隱景而去[323]。唱引萬變，曲用無方。鄭玄論語注曰：方，常也。和樂怡懌，悲傷摧藏。摧藏，自抑挫之貌。言悲傷能挫於人[324]。琴操，王昭君歌曰：離宮絕曠，身體摧藏。時幽散而將絕，中矯厲而慨慷。矯，舉也。徐婉約而優遊，紛繁騖而激揚。

321 注「字林曰熛飛火也」　袁本、茶陵本無此七字。
322 注「黃宮謂黃鍾宮聲」　袁本、茶陵本無此七字。
323 注「說苑曰湯時」下至「於是化形隱景而去」　袁本、茶陵本無此一百八十六字。
324 注「言悲傷能挫於人」　袁本、茶陵本無此七字。

情既思而能反，心雖哀而不傷。毛詩序曰：關雎哀而不傷。總八音之至和，固極樂而無荒。毛詩曰：好樂無荒。

若乃登高臺以臨遠，披文軒而騁望。新語曰：高臺百仞，文軒彫窗。楚辭曰：白蘋兮騁望。喟仰抃而抗首，嘈長引而憀亮。憀亮，已見上文。或舒肆而自反，或徘徊而復放。孔安國尚書傳曰：肆，緩也。或冉弱而柔撓，或澎濞而奔壯。說文曰：冉弱，長貌。上林賦曰：柔撓嫚嫚。橫鬱鳴而滔涸，冽飄眇而清昶[325]。滔涸，如水之滔漫或竭涸也。飄眇，聲清長貌。眇，他鳥切。爾雅曰：涸，竭也。字林曰：冽，寒貌[326]。逸氣奮湧，繽紛交錯。列列飆揚，啾啾響作。奏胡馬之長思，向寒風乎北朔。古詩曰：胡馬思北風。又似鴻鴈之將鶵，羣鳴號乎沙漠。似鴈之音，已見琴賦。字林曰：鳴，聲也。大曰鴻，小曰鴈。武帝元朔六年，衛青將六將軍絕幕。應劭曰：幕，匈奴之南界。傅瓚，沙土曰幕。今案：決幕漫也。西域傳曰：難睨國以銀為錢，文為騎馬，幕為人面。如淳曰：幕，音漫。韋昭曰：幕，錢背也。然則漫、幕同義。古詩曰：此匈奴中沙漫地也，崔浩謂之河底。故李陵歌曰：徑萬里兮度沙漠，是也。猶今人呼帳幔亦曰幕。可依字讀義無爽。今書或作漠，音訓同[327]。說文曰：漠，北方流沙。故能因形創聲，隨事造曲。應物無窮，機發響速。怫鬱沖流，參譚雲屬。怫，扶勿切。淮南子曰：通古之風氣，以貫譚萬物之理。譚，猶著也。參譚，不絕。又曰[328]：龍舉而景雲屬。若離若合，將絕復續。飛廉鼓於幽隧，猛虎應於中谷。楚辭曰：後飛廉使奔屬。王逸曰：飛廉，風伯也。毛詩曰：大風有隧。春秋元命苞曰：猛虎嘯，谷風起，類相動也。南箕動於穹蒼，清飈振乎喬木。毛詩曰：維南有箕。春秋緯曰：月失其行，

325 冽飄眇而清昶　袁本、茶陵本「飄眇」作「繚眺」，注同。案：晉書作「繚眺」，尤改恐誤。

326 注「爾雅曰」下至「寒貌」　袁本、茶陵本無此十二字。

327 注「字林曰鳴」下至「音訓同」　袁本、茶陵本無此一百四十字。

328 注「通古之風氣」下至「又曰」　袁本、茶陵本無此二十二字。

離于箕者，風。爾雅曰：穹蒼，蒼天也。毛詩曰：南有喬木。散滯積而播揚，蕩埃藹之溷濁[329]。國語，泠州鳩曰：太蔟所以金奏贊陽出滯也。姑洗所以脩絜百物，考神納賓[330]。鄭玄儀禮注曰：播，散也。風賦曰：駭溷濁，揚腐餘。說文曰：溷，亂也[331]。變陰陽之至和，移淫風之穢俗。禮記曰：夫禮樂行乎陰陽。又曰：移風易俗。鄭玄曰：樂用之則正人[332]，和陰陽。

若乃遊崇崗，陵景山。臨巖側，望流川。坐盤石，漱清泉。景山，大山也[333]。聲類曰：盤，大石也。說文曰：漱，蕩口也。藉皐蘭之猗靡，蔭脩竹之蟬蜎。楚辭曰：皐蘭被徑斯路漸。猗靡，隨風之貌。楚辭曰：嫚娟之脩竹。枚乘兔園賦曰：脩竹檀欒。乃吟詠而發散，聲駱驛而響連。駱驛，不絕貌。舒蓄思之悱憤，奮久結之纏緜。論語，子曰：不憤不啓，不悱不發。字書曰：悱，心誦也[334]，芳匪切。纏緜，已見上注。心滌蕩而無累，志離俗而飄然。莊子曰：聖人無天災，無物累。淮南子曰：單豹背世離俗。

若夫假象金革，擬則陶匏。孔安國尚書傳曰：象，法也。禮記曰：器用陶匏，尚禮然也。眾聲繁奏，若笳若簫。硼硠震隱，訇磕[口卿]嘈[335]。字林曰：磕，大聲也[336]。硼，芳宏切。硠，音郎。[口卿]，音勞。嘈，音曹。發徵則隆冬熙蒸，騁羽則嚴霜夏凋。動商則秋霖春降，奏角則谷風鳴條。列子曰：鄭師文學琴

---

329 蕩埃藹之溷濁　袁本、茶陵本「蕩」作「流」，「藹」作「靄」。案：晉書作「蕩」字、「靄」字，未審善果何作？

330 注「姑洗」下至「考神納賓」　袁本、茶陵本無此十二字。

331 注「說文曰溷亂也」　袁本、茶陵本無此六字。

332 注「樂用之則正人」　袁本、茶陵本無「之」字。案：樂記注無「之」字，「人」下有「理」字。各本皆脫。

333 注「景山大山也」　袁本、茶陵本無此五字。

334 注「字書曰悱心誦也」　袁本、茶陵本無此七字。

335 訇磕[口卿]嘈　袁本、茶陵本「[口卿]」善作「啷」。案：「啷」不可通，一本所見非也。晉書亦是「[口卿]」。

336 注「字林曰磕大聲也」　袁本、茶陵本「字林曰磕」四字作「皆」。

於師襄。師襄曰：子之琴何如？師文曰：請嘗試之。於是當春而叩商絃，以召南呂，涼風總至，草木成實；及秋而叩角絃，以激夾鍾，溫風徐迴，草木發榮；當夏而叩羽絃，以召黃鍾，霜雪交下，川池暴沍；及冬而叩徵絃，以激蕤賓，陽光熾烈，堅冰立散。師襄曰：雖師曠之清角，鄒衍之吹律，無以加之。張湛曰：商，金音，屬秋。南呂，八月律。角，木音，屬春。夾鍾，二月律。羽，水音，屬冬。黃鍾，十一月律。徵，火音，屬夏。蕤賓，五月律。鄭玄禮記注曰：喜，蒸也。聲類曰：喜，熙字。**音均不恒，曲無定制**[337]。均，古韻字也。鶡冠子曰：五聲不同均，然其可喜一也。晉灼子虛賦注曰：文章假借，可以協韻。均與韻同。**行而不流，止而不滯。**已見上文。**隨口吻而發揚，假芳氣而遠逝。音要妙而流響，聲激曜而清厲。**激曜，清疾貌[338]。曜，音翟。**信自然之極麗，羌殊尤而絕世。**杜預左氏傳注曰：尤，異也。**越韶夏與咸池，何徒取異乎鄭衛。**樂動聲儀曰：黃帝樂曰咸池。韶、夏、鄭、衛，已見上文。

於時緜駒結舌而喪精，王豹杜口而失色。孟子曰：王豹處淇而善謳，緜駒處唐而齊右善歌。言二人以歌謳化齊、衛之國[339]。鄧析子曰：左右結舌。西京賦曰：喪精亡魄。漢書，鄧公曰：內杜忠臣之口。莊子曰：見夫子之失色。**虞公輟聲而止歌，甯子檢手而歎息。**晏子春秋：虞公善歌，以新聲惑景公。晏子退朝而拘之。漢興，又有虞公，即劉向別錄曰：有人歌賦楚，漢興以來，善雅歌者，魯人虞公，發聲清哀，遠動梁塵。其世學者莫能及。淮南子曰：甯戚欲干齊桓公，窮困無以自達。於是為商於齊，宿於郭門之外。桓公郊迎，閉門辟住車，爝火甚眾，從者甚眾。戚飯牛車下，望桓公而悲，擊牛角，而疾商歌曲。甯戚，衛人。商金聲清，故以為曲。歌曰：出東門兮厲石班，上有松柏兮青且蘭。鹿布衣兮縕縷，時不遇兮堯、舜。牛兮努力食細草。大臣在爾側，吾當與爾適楚國。應劭曰：齊桓夜迎客，甯戚疾擊其角，商歌曰：南山嵳峩白石爛，生不

---

337 音均不恒曲無定制　袁本、茶陵本云善無「恒」字，有二「曲」字。案：二本所見不可通，非也。晉書亦有「恒」，不重「曲」。

338 注「清疾貌」　袁本、茶陵本無「清」字。

339 注「孟子曰」下至「化齊衛之國」　袁本此三十字作「緜駒王豹已見上文」八字，最是。茶陵本複出，與此異，亦非。

遭堯與舜禪，短布單衣適至骭。從昏飯牛薄夜半，長夜瞑瞑何時旦[340]。七略曰：漢興，善歌者魯人虞公，發聲動梁上塵。呂氏春秋曰：甯戚至齊，暮宿於郭門之外。桓公郊迎客，夜至關門。甯戚飯牛，望桓公而悲，擊牛角疾歌。桓公聞之：歌者非常人也。命後車載之。史記，春申君曰：秦、楚臨韓，韓必斂手[341]。**鍾期棄琴而改聽，孔父忘味而不食。**論語曰：子在齊聞韶，三月不知肉味。孔安國曰：不圖於韶樂之至於斯。周生烈曰：孔子在齊，聞韶樂之盛，故忽忘肉味。王肅曰：不圖作韶樂之至於此。此，齊也[342]。**百獸率舞而抃足，鳳皇來儀而拊翼。**尚書，夔曰：於予擊石拊石，百獸率舞，簫韶九成，鳳皇來儀。孔安國曰：雄曰鳳，雌曰皇，靈鳥也。儀，有容儀也。備樂九奏而致鳳皇也[343]。**乃知長嘯之奇妙，蓋亦音聲之至極。**晉書，阮籍，字嗣宗，陳留尉氏人。容貌瓌傑，志氣宏放，尤好莊、老，嗜酒能嘯。籍嘗於蘇門山遇孫登，與商略終古，栖神道氣之術，登皆不應，籍因長嘯而退至於半嶺，聞有聲若鸞鳳之音，響乎巖谷，乃登之嘯也[344]。

---

340 注「晏子春秋虞公」下至「長夜瞑瞑何時旦」　袁本、茶陵本無此二百四十一字。案：凡若此者，複雜已甚，增多之非，固不難辨耳。

341 注「韓必斂手」　袁本、茶陵本「斂」作「檢」。案：今春申君傳作「斂」，蓋善所據作「檢」也。「檢」、「斂」古字通。

342 注「孔安國曰」下至「此齊也」　袁本、茶陵本無此四十六字。

343 注「孔安國曰」下至「而致鳳皇也」　袁本、茶陵本無此二十七字。

344 注「晉書阮籍」下至「乃登之嘯也」　袁本、茶陵本無此七十九字。

賦癸

易曰：利貞者，性情也。性者，本質也；情者，外染也。色之別名，事於最末[1]，故居於癸。

情

高唐賦 并序

漢書注曰：雲夢中高唐之臺。此賦蓋假設其事，風諫淫惑也[2]。

宋玉

昔者楚襄王與宋玉游於雲夢之臺，史記曰：楚懷王薨，太子橫立，為頃襄王[3]。漢書音義，張揖曰：雲夢，楚藪也，在南郡華容縣，其中有臺館。望高唐之觀。其上獨有雲氣，崒兮直上，忽兮改容，須臾之間，變化無窮。爾雅曰：崒者，厜㕒。注謂山峯頭巉嵒然。言雲氣形似於山。王問玉曰：「此何氣也？」玉對曰：「所謂朝雲者也。」王曰：「何謂朝雲？」玉曰：「昔者先王嘗遊高

1 情注「事於最末」　袁本、茶陵本「事於」作「於是」。何校改「於事」。
2 高唐賦注「漢書注曰」下至「風諫淫惑也」　袁本、茶陵本無此二十三字。
3 注「史記曰」下至「為頃襄王」　袁本、茶陵本無此十五字。

唐，怠而晝寢，鄭玄曰：寢，臥息也[4]。夢見一婦人曰：『妾巫山之女也，襄陽耆舊傳曰：赤帝女曰姚姬，未行而卒，葬於巫山之陽，故曰巫山之女。楚懷王遊於高唐，晝寢，夢見與神遇，自稱是巫山之女。王因幸之。遂為置觀於巫山之南，號為朝雲。後至襄王時復遊戲高唐。爲高唐之客[5]。自言為高唐之客。聞君遊高唐，願薦枕席。』薦，進也。欲親進於枕席[6]，求親昵之意也。王因幸之。去而辭曰：『妾在巫山之陽，高丘之阻，山南曰陽，土高曰丘。漢書注曰：巫山在南郡巫縣。阻，險也。旦爲朝雲，暮爲行雨。朝雲、行雨，神女之美也。朝朝暮暮，陽臺之下。』旦朝視之如言。故爲立廟，號曰『朝雲』。」王曰：「朝雲始出，狀若何也？」玉對曰：「其始出也，嚉兮若松榯。嚉，茂貌，如曋曭也[7]，徒對切。榯，直豎貌，音時。其少進也，晣兮若姣姬。揚袂鄣日，而望所思。晣，昭晣，謂有光明美色。揚袂，舉袖也。如美人之舉袖，望所思也。忽兮改容，偈兮若駕駟馬，建羽旗。韓詩曰[8]：偈，桀侹也，疾驅貌。周禮曰：析羽為旍。謂破五色鳥羽為之也。言氣變改或如駕馬建旗也。建，立也。偈，居竭切[9]。湫兮如風，淒兮如雨。風止雨霽，雲無處所。」湫兮，涼貌。詩曰：風雨淒淒。爾雅曰：濟謂之霽。郭璞注曰：今南陽人呼雨止為霽，音薺。王曰：「寡人方今可以遊乎？」玉曰：「可。」方今，猶正今也。廣雅曰：方，正也。王曰：「其

---

4 注「鄭玄曰寢臥息也」　袁本、茶陵本無此七字。

5 為高唐之客及注「自言為高唐之客」袁本無此正文五字、注七字。茶陵本有。案：此蓋善有，五臣無，而失著校語者。

6 注「欲親進於枕席」袁本、茶陵本無「進」字。案：「親」當作「進」。尤校改「親」為「進」，因誤兩存耳。

7 注「如曋曭也」袁本、茶陵本無此四字。陳云「曋曭」二字疑。今案：無四字是也。字書不見「曋曭」。考五臣云「如松栽也」，或誤入，但亦非「曋曭」。袁、茶陵二本為不誤。

8 注「韓詩曰」何校「詩」下添「章句」二字，陳同。今案：此所脫無以訂之。

9 注「偈桀侹也」袁本此下有「居竭切」三字。案：是也。尤改入注末，作「偈居竭切」，非。茶陵本刪去，益非。讀者因是皆誤連下文「疾驅貌」於此句，而不可通矣。

何如矣？」玉曰：「高矣顯矣，臨望遠矣！廣矣普矣，萬物祖矣！廣，閒也。普，徧也。祖，始也。言萬物皆祖宗生此土[10]，為萬物神靈之祖，最有異也。上屬於天，下見於淵，珍怪奇偉，不可稱論。」王曰：「試爲寡人賦之。」玉曰：「唯唯。」禮記曰：父召無諾，先生召無諾，唯而起。鄭玄曰：應唯恭於諾也。皇侃曰：唯謂今之爾，是也。

惟高唐之大體兮，殊無物類之可儀比。巫山赫其無疇兮，道互折而曾累。言殊異於常，無物可儀比。比，類也。赫然，盛貌。道路交互曲折。曾，重也。謂橫斜而上。登巉巖而下望兮，巉巖，石勢，不生草木。臨大阺之稸水。說文曰：秦謂陵阪曰阺，丁兮切。周禮曰：以瀦畜水。字林曰：稸，積也，與畜同，抽六切。遇天雨之新霽兮，觀百谷之俱集。濞洶洶其無聲兮，潰淡淡而並入。百谷者，眾谷雜水集至山之下。字林曰：濞，水暴至聲也。說文曰：洶洶，涌也，謂水波騰貌。洶，詡鞏切。潰，水相交過也。淡，以冉切，安流平滿貌[11]。滂洋洋而四施兮，蓊湛湛而弗止。長風至而波起兮，若麗山之孤畝。蓊然，聚貌。湛湛，深貌。弗止，謂不常靜或行。郭象莊子注曰：麗，著也。爾雅曰：如畝畝丘。郭璞曰：丘有隴界如田畝[12]。素問：岐伯對黃帝曰：卒風暴雨，風吹水勢，波落而隴起。言風吹水勢，浪文如孤壟之附山。勢薄岸而相擊兮，隘交引而卻會。廣雅曰：隘，陿也[13]。言水之勢，既薄岸而相激，至迫隘之處，其流交引而卻相會。謂水口急陿，不得前進，則卻退，復會於上流之中止[14]。崪中怒而特高兮，若浮海而望碣石[15]。崪，聚也。謂兩浪相合聚而中高也。言水怒浪如海邊之望碣

---

10 注「生此土」袁本「生」下有「乎」字，是也。茶陵本無。又其下此注不完，皆非。

11 注「安流平滿貌」袁本、茶陵本無「安流」二字。

12 注「爾雅曰如畝畝丘郭璞曰丘有隴界如田畝」袁本、茶陵本作「郭璞爾雅注曰有隴界如畝」十一字。

13 注「廣雅曰隘陿也」袁本、茶陵本無此六字。

14 注「謂水口急陿」下至「復會於上流之中止」袁本、茶陵本無此二十字。

15 若浮海而望碣石　案：「碣」當斷句，「會」、「碣」、「礚」、「厲」及以下皆相協，無容失其一韻，「石」字當屬下句

石。孔安國注尚書曰：碣石，海畔山也[16]。礫磥磥而相摩兮，巆震天之礚礚。相摩，言水急石流，自相摩礪，聲動徹天。說文曰：礫，小石也。磥磥，眾石貌。巆，聲也，火宏切。字林曰：礚，大聲也。巨石溺溺之瀺灂兮，沫潼潼而高厲。巨石，大石也。溺溺，沒也。瀺灂，石在水中出沒之貌。沫，水高低貌。潼潼，高貌。厲，起也。埤蒼曰：瀺灂，水流聲貌[17]。水澹澹而盤紆兮，洪波淫淫之溶潏。說文曰：澹澹，水搖也。紆，回也。淫淫，去遠貌。溶潏，猶蕩動也，音容裔。奔揚踊而相擊兮，雲興聲之霈霈。言水之奔揚踊起而相擊，其狀若雲，又興聲霈霈然。上林賦曰：穹隆雲橈，義出於此。纂文曰：雲若大波。霈，浦大切。猛獸驚而跳駭兮，妄奔走而馳邁。虎豹豺兕，失氣恐喙。雕鶚鷹鷂，飛揚伏竄，妄，謂不覺東西漫走。竄，走也。說文曰：鷂，鷙鳥也，與照切。字林曰：竄，逃也，七外切。非關協韻。一音七玩切[18]。股戰脅息，安敢妄摯。股戰，猶股慄也。脅息，猶翕息也。

於是水蟲盡暴，乘渚之陽。水蟲，魚鼈之屬，驚而陸處。方言曰：曬，暴也，蒲卜切。巫山所臨之渚，陽，水北也，暖故魚鼈游焉。黿鼉鱣鮪，交積縱橫。振鱗奮翼，蜲蜲蜿蜿。中阪遙望，謂張其鱗甲。翼，魚腮邊兩鬣也。蜲蜲蜿蜿，龍蛇之貌。上言水中蟲盡暴，總色說之。中，阪之中，猶未至山頂。蜲，於危切。蜿，於袁切。玄木冬榮。煌煌熒熒，奪人目精。爛兮若列星，曾不可殫形。榛林鬱盛，葩華覆蓋。雙椅垂房，糾枝還會。煌煌熒熒，草木花光也。榛林，栗林也。葩，花。栗花長與葉間生，自相覆蓋也。雙椅，椅，

首。「石礫磥磥」二句，言小石也；「巨石溺溺」二句，言大石也。其善注則云「碣石者」，以「碣石」解正文之「碣」，非其讀正文於「石」為句，必五臣不察，乃誤分節如此，後善為所亂，而各本不著校語也。又五臣誤改下文「磥磥」作「磥礫」，由不知「磥磥」與「溺溺」相對為文，亦可證。

16 注「孔安國注尚書曰碣石海畔山也」袁本作「碣石山名也已見上注」，是也。茶陵本全複出，皆非。

17 注「埤蒼曰瀺灂水流聲貌」　袁本、茶陵本無此九字。

18 注「字林曰竄逃也七外切非關協韻一音七玩切」　袁本、茶陵本無此十八字。案：袁、茶陵似非也。此卷善音，一本多所刪去耳。

桐屬也。垂房，花作房生也。房，椅實也。還會，交相也[19]。糾枝，枝曲下垂也。毛詩曰：其桐其椅。注：椅，梧屬。爾雅曰：下句曰糾[20]。**徙靡澹淡，隨波闇藹。**徙靡，言枝往來靡靡然。澹淡，水波小文也。闇藹者，言木蔭水波，闇藹然也。**東西施翼，猗狔豐沛。**東西施翼者，謂樹枝四向施布，如鳥翼然。言東西，則南北可知，其林木多也。猗狔，柔弱下垂貌[21]。漢書，大人賦：猗狔以招搖[22]。猗，於宜切。狔，於危切。**綠葉紫裹，丹莖白蔕[23]。**裹，猶房也，古臥切。**纖條悲鳴，聲似竽籟。清濁相和，五變四會。**左氏傳，晏子曰：先王和五聲也，清濁小大以相濟也。吹小枝則聲清，吹大枝則聲濁。五變，五音皆變也。禮記曰：聲相應故生變，變成方謂之音。四會，四懸俱會也。又云：與四夷之樂聲相會也。**感心動耳，迴腸傷氣。孤子寡婦，寒心酸鼻。**言上諸聲能迴轉人腸，傷斷人氣。禮記王制曰：小而無父謂之孤。寒心，謂戰慄也。酸鼻，鼻辛酸淚欲出也。**長吏隳官，賢士失志。**尚書曰：股肱惰哉，萬事隳哉[24]。孔安國曰：隳，廢也，許規切。失其本志，不知所為。**愁思無已，歎息垂淚。**

登高遠望，使人心瘁。登高心瘁。此下謂至山上高處，未至觀也。瘁，病也。**盤岸巑岏，裖陳磑磑。**王逸楚辭注曰：巑岏，山銳貌。裖，已見上林賦[25]，音振。李奇曰[26]：裖，整也。陳，列也。磑磑，高貌。方言曰：磑，堅

---

19 注「交相也」 案：「交相」當作「相交」。各本皆倒。

20 注「毛詩曰」下至「下句曰糾」 袁本、茶陵本無此十八字。

21 注「柔弱下垂貌」 袁本、茶陵本無「下垂」二字。

22 注「漢書大人賦猗狔以招搖」 袁本、茶陵本無此十字。

23 丹莖白蔕 何校云「丹」一作「朱」，陳同。案：袁本、茶陵本「丹」作「朱」也。

24 注「惰哉萬事」 袁本、茶陵本無此四字。案：此二本脫。

25 注「裖已見上林賦」 茶陵本作「振」字當作「裖」，袁本作「振」當作「裖」字，皆校語錯入注，又誤改善作，當以尤所見為是。

26 注「李奇曰」 袁本、茶陵本無此三字。

也[27]。磐石險峻，傾崎崕隤。埤蒼曰：崎嶇不安也[28]。廣雅曰：隤，壞也。說文曰：墜下也。巖嶇參差，從橫相追。勢如相追。陬互橫啎，背穴偃蹠。廣雅曰：陬，角也，側溝切。啎，五故切。偃蹠，言山石之形，背穴偃蹇，如有所蹈也。許慎淮南子注曰：蹠，蹈也。啎，逆也。路有橫石逆當其前。背，卻也。穴，孔也。卻又當山之孔穴。交加累積，重疊增益。交加者，言石相交加累其上，別有交加。石之勢在巑岏崕上，重益其高。狀若砥柱，在巫山下。砥柱，山名，在水中如柱然。此崕岸在巫山下者，似砥柱山然。仰視山顛，肅何千千，炫耀虹蜺。說文曰：俗[29]，望山谷芊芊青也[30]。千、芊古字通。言山高如虹蜺炫燿其上。俯視崝嶸，窐寥窈冥。廣雅曰：崝嶸，深直貌[31]。窐寥，空深貌。崝，士耕切。嶸，音宏。窐，苦交切。寥，音勞。不見其底，虛聞松聲。言山下杳遠不見，但空聞松聲。傾岸洋洋，立而熊經。言岸既將傾，水流又迅，故立者恐懼而似熊經。傾岸之勢，其水洋洋，避立之處，如熊之在樹。久而不去，足盡汗出。謂傾岸之勢[32]，阻險之處，人所懼見，心自戰懼，足下流汗而出也。悠悠忽忽，怊悵自失。悠悠，遠貌。忽忽，迷貌。言人神悠悠然遠，迷惑不知所斷。楚辭曰：怊悵而自悲[33]。王逸曰：悵，恨貌。怊，恥驕切。使人心動，無故自恐。動，驚也。言無有，故對此而驚恐。賁育之斷，不能爲勇。孟賁、夏育，決斷之士，今見此巇阻，亦不能為勇也。斷，丁亂切。卒愕異物，不知所出。卒，七忽切。爾雅曰：遻，見也，午故切。愕與遻同。言卒然復有驚愕之異物，從旁而出，不知所從來。縱縱莘莘，若生於鬼，若出於

27 注「方言曰磑堅也」 袁本、茶陵本無此六字。

28 注「埤蒼曰崎嶇不安也」 袁本、茶陵本無此八字。

29 注「說文曰俗」 案：「俗」當作「谸」，此所引谷部文。各本皆譌。下文「千芊古字通」，「芊」亦「谸」字之誤。

30 注「望山谷芊芊青也」 袁本、茶陵本「芊芊」作「千千」。案：今本說文作「谸谸」。

31 注「深直貌」 案：「直」當作「冥」。各本皆譌。此在釋訓。

32 注「傾岸之勢」下至「如熊之在樹」 袁本、茶陵本無此十七字。

33 注「楚辭曰怊悵而自悲王逸曰悵恨貌」 袁本、茶陵本作「王逸楚辭注曰怊悵恨貌」十字。

神[34]。縰縰莘莘，眾多之貌。說文曰：纚，冠織也。縰與纚同，所綺切。詩曰：魚在在藻，有莘其尾。毛萇曰：莘，眾多也。莘，所巾切，字或作兟，往來貌，若出於神。狀似走獸，或象飛禽。上至觀側，地蓋底平。箕踵漫衍，芳草羅生。自此已前，並述山勢也。杜預左氏傳注曰：底，平也。箕踵，前闊後狹似箕。衍，平貌。言山勢如簸箕之踵也。秋蘭茝蕙，江離載菁。廣雅曰：菁，華也。載，則也。青荃射干，揭車苞并。見本草。夜干，一名烏扇，今江東為烏蓮，史記為射干。漢書音義曰[35]：揭車，香草也。苞并，叢生也。薄草靡靡，聯延夭夭。越香掩掩，靡靡，相依倚貌。夭夭，少長也。越香，言氣發越。掩掩，同時發也。掩，同也。眾雀嗷嗷。雌雄相失，哀鳴相號。雀，鳥之通稱。毛詩曰：鴻鴈于飛，哀鳴嗷嗷。王雎鸝黃，正冥楚鳩。姊歸思婦，垂雞高巢。其鳴喈喈，爾雅曰：王雎。郭璞曰：鵰類。今江東通呼為鶚。詩云：鳥摯而有別者，一名王鵰。鸝黃，郭璞曰：其色黧黑而黃，因名之。一曰鶬鶊[36]。方言曰：或謂鵹黃為楚雀。廣雅曰：楚鳩一名嘩啁。爾雅曰：巂周。郭璞曰：子巂鳥出蜀中。或曰：即子規，一名姊歸。巂，胡圭切。思婦，亦鳥名也。地理志曰：夷通鄉北過仁里有觀山，故老相傳云：昔有婦登北山[37]，絕望愁思而死，因以為名。垂雞，未詳。高巢，巢高也。當年遨遊。一本云：子當千年萬世。遨遊，未詳。更唱迭和，赴曲隨流。赴曲者，鳥之哀鳴，有同歌曲，故言赴曲。隨流者，隨鳥類而成曲也。有方之士，羨門高谿。史記曰：方士皆掩口。杜預左氏傳注曰：方，法術也。史記曰：秦始皇使燕人盧生求羨

34 注「說文曰纚」下至「若出於神」袁本、茶陵本無此四十六字，有「言不可測知」五字。案：此尤添四十六字於「言不可測知」上，而傳寫者因遺落其元有之五字也，但所添不當。凡尤意專主增多，每類此。陳但謂「若出於神」四字衍，未是。

35 注「見本草」下至「漢書音義曰」袁本無此二十五字，有「射干江東為烏蓮」七字。茶陵本作「射干烏蓮草也」六字。案：「蓮」當作「萐」。廣雅：烏萐，射干也。曹憲音所夾。今本亦作「蓮」，其誤正同此。

36 注「爾雅曰王雎」下至「一曰鶬鶊」袁本無此四十七字，有「王鵰鸝黃已見上」七字，最是。茶陵本所複出不同，皆非。

37 注「昔有婦登北山」袁本、茶陵本「婦」上有「思」字。陳云「北」當作「此」。各本皆譌。

門高誓。谿疑是誓字。漢書郊祀志曰：充尚、羨門高最後，皆燕人，為方令道，形辭銷化玉。充尚、羨門高，二人[38]。上成鬱林，公樂聚穀。蓋亦方士也。未詳所見。又鬱然仙人盛多如林木。公，共也。人在山上作巢[39]。穀，食也。聚食於山阿。進純犧，禱琁室。進，謂祭也。禱，祭也。尚書曰：神祇之犧牷牲用。孔安國曰：色純曰犧。淮南子曰：崑崙之山，有傾宮琁室。高誘曰：以玉飾宮也[40]。醮諸神，禮太一。醮，祭也，子肖切。史記曰：宜立太一，而上親郊之。傳祝已具，言辭已畢。王乃乘玉輿，駟倉螭。垂旒旌，旆合諧。紬大絃而雅聲流，冽風過而增悲哀。傳祝已具，神之語已具。言辭，即祝所傳辭也。畢，竟也。旒旌，謂建太常十二旒。雅聲，正不淫邪。字林曰[41]：冽，寒風也。紬，引也，音抽。於是調謳，令人惏悷憯悽，脅息增欷。並悲傷貌。脅息，縮氣也。增，益也。惏，力甚切。悷，力計切。於是乃縱獵者，基趾如星。傳言羽獵，銜枚無聲。相傳言語，徧告眾士。漢書音義，李奇曰：羽林騎士。張晏曰：以應獵負羽。周禮：銜枚氏，軍旅田役令。鄭玄以為枚止言語囂讙也。枚狀如箸，橫銜之[42]。弓弩不發，罘罟不傾。涉漭漭，馳苹苹。漭漭，水廣遠貌。爾雅曰：苹，藾蕭。郭璞曰：今藾蒿也，邪生亦可食[43]。說文曰：苹苹，草貌，音平。飛鳥未及起，走獸未及發。何節奄忽，啼足灑血？

38 注「漢書郊祀志曰」下至「充尚羨門高二人」　袁本、茶陵本無此三十二字。案：二本最是。此或駁善注「羨門高誓」之解而記於旁。尤延之誤取之也。

39 注「人在山上作巢」　袁本、茶陵本「人」下有「共」字。又案：此解正文「公樂」，當云「人共在山上作樂」。各本「樂」譌為「巢」也。

40 注「以玉飾宮也」　袁本、茶陵本「以」上有「琁宮」二字。案：無者非也。又二「宮」字皆「室」之誤。

41 注「字林曰」　袁本、茶陵本無此三字。

42 注「漢書音義李奇曰」下至「橫銜之」　袁本無此四十七字。有「羽獵已見上銜枚見吳都賦」十一字，最是。茶陵本所複出不同，皆非。

43 注「爾雅曰苹」下至「亦可食」袁本、茶陵本無此十八字。

何，問辭也。言何節奄忽之間，而獸之蹄足已皆灑血。節，所執之節也。舉功先得，獲車已實。

王將欲往見，必先齋戒，差時擇日。毛萇詩傳曰：差，擇也。簡輿玄服，建雲旆，蜺為旌，翠為蓋。冬王水，水色黑，故衣黑服。簡，略也，省也。翠，翡翠也。以羽飾蓋[44]。風起雨止，千里而逝。蓋發蒙，往自會。素問，黃帝曰：發蒙解惑，未足以論也。會，與神女相會。思萬方，憂國害。開賢聖，輔不逮。開導賢聖，令其進仕，用其謀策，輔己不逮。此又陳諫於王也。九竅通鬱，精神察滯[45]。文子曰：九竅者，精神之戶牖。氣者，五藏之使候[46]。呂氏春秋曰：凡人九竅五藏惡之精氣鬱。高誘曰：鬱滯，不通也。延年益壽千萬歲。

神女賦 并序

宋玉

楚襄王與宋玉遊於雲夢之浦，使玉賦高唐之事。其夜王寢[47]，果夢與神女遇[48]，其狀甚麗。王異之，明日以白玉。玉曰：「其夢若何？」王曰[49]：「晡夕之後，精神怳

---

44 注「以羽飾蓋」　袁本、茶陵本無此四字。

45 九竅通鬱精神察滯　袁本云善有「滯」字，茶陵本云五臣無「滯」字。案：各本所見皆非也。詳注意，善並無「滯」字。「察」字韻上「逮」下「歲」自協，以七字為一句，但傳寫者誤，因注中「鬱滯不通也」妄添於下。袁、茶陵據之作校語，尤延之亦不審，而讀者皆誤認為善有、五臣無矣。

46 注「氣者五藏之使候」　袁本、茶陵本無此七字。

47 其夜王寢　陳云「王寢」「白玉」諸字當如沈存中、姚令威之說。案：何校亦云然，謂「玉」「王」互譌也。說載筆談及西溪叢語。今考互譌始於五臣，見下。

48 果夢與神女遇　袁本、茶陵本無「果」字，是也。案：尤本所見又五臣以後之誤者。

49 王曰　袁本、茶陵本「王」下有「對」字，是也。案：此「玉對曰」，五臣「玉」作「王」，仍存「對」字。尤本所見又五臣以後之誤者。

忽，若有所喜。紛紛擾擾，未知何意。晡，日跌時也。怳忽，不自覺知之意。所喜，忽然喜悅。紛擾，喜也[50]。目色髣髴，乍若有記。見一婦人，狀甚奇異。寐而夢之，寤不自識。罔兮不樂，悵然失志。於是撫心定氣，復見所夢。」王曰[51]：「狀何如也？」如有可記識也。髣髴，見不審也[52]。罔，憂也。撫，覽也。見神女也。玉曰[53]：「茂矣美矣！諸好備矣！盛矣麗矣！難測究矣！上古既無，世所未見。瓌姿瑋態，不可勝贊。勝，盡也。贊，明也[54]。其始來也，耀乎若白日初出照屋梁。韓詩曰：東方之日。薛君曰：詩人所說者顏色美盛若東方之日。其少進也，晈若明月舒其光。毛詩曰：月出晈兮。毛萇曰：喻婦人有美白皙也。須臾之間，美貌橫生。曄兮如華，溫乎如瑩。毛詩曰：有女同車，顏如蕣華。又曰：尚之以瓊瑩乎而。注：瓊瑩，石似玉也，音榮[55]。逸論語曰：如玉之瑩。說文曰：瑩，玉色也，為明切。曄，盛貌。五色並馳，不可殫形。詳而視之，奪人目精。其盛飾也，則羅紈綺繢盛文章。馳，施也。綺，五色也。蒼頡篇曰：繢，似纂，色赤，胡憒切。極服妙采照萬方。振繡衣，被袿裳。劉熙釋名曰：婦人上服謂之袿。襛不短，纖不長。說文曰：襛，衣厚貌，如恭切。步裔裔兮曜殿堂。忽兮

---

50 注「紛擾喜也」　袁本、茶陵本無此四字。

51 王曰　袁本、茶陵本「王」作「玉」。案：此二本失著校語。

52 注「髣髴見不審也」　袁本、茶陵本無此六字。

53 玉曰　袁本、茶陵本「玉」作「王」，云善作「玉」。案：二本與尤正同，然則善、五臣「王」「玉」互換，此其明驗也。自「王寢」以下，及後「王覽其狀」，皆當如此。二本校語不備，尤本亦多以五臣亂善，賴存此一處，可以推知致譌之由，為沈存中、姚令威疏通而證明之，讀者亦可以無疑矣。

54 注「勝盡也贊明也」　袁本、茶陵本無此六字。

55 注「又曰尚之以瓊瑩乎而注瓊瑩石似玉也音榮」　袁本、茶陵本無此十八字。

改容，婉若遊龍乘雲翔。嫷被服，侻薄裝。嫷嫷，行貌。毛萇詩傳曰[56]：婉，美貌。方言曰：嫷，美也，他臥切。說文曰：侻[57]，好也，與娧同[58]。他外切。又：侻，可也。言薄裝正相堪可。沐蘭澤，含若芳。性和適，宜侍旁。順序卑，調心腸。」沐，洗也。以蘭浸油澤以塗頭。旁，宜侍王旁[59]。卑，柔弱也。王曰：「若此盛矣！試爲寡人賦之。」玉曰：「唯唯。」

夫何神女之姣麗兮，含陰陽之渥飾。言神女得陰陽厚美之飾。被華藻之可好兮，若翡翠之奮翼。其象無雙，其美無極。毛嬙鄣袂，不足程式。西施掩面，比之無色。慎子曰：毛嬙、先施，天下之姣也。衣之以皮倛，則見者皆走，易之以玄錫，則行者皆止。先施、西施一也。嬙，音牆。近之既妖[60]，遠之有望。骨法多奇，應君之相。視之盈目，孰者克尚。近看既美，復宜遠望。孰，誰也。克，能也。誰者能尚，言無有也。私心獨悅，樂之無量。交希恩疎，不可盡暢。他人莫覩，王覽其狀。其狀峩峩，何可極言。暢，申也。未可申暢己志也。貌豐盈以莊姝兮，苞溫潤之玉顏。豐盈，肥滿也。莊，嚴也。方言曰：姝，好也[61]。毛萇詩傳曰，姝，美色也。禮記曰：玉溫潤而澤，仁也。眸子炯其精朗兮，瞭多美而可觀。字林曰：瞭，明也[62]。鄭玄周禮注曰：瞭，明目也，力小切。眉聯娟以蛾揚兮，

---

56 注「毛萇詩傳曰」　袁本、茶陵本無此五字。
57 注「說文曰侻」案：「侻」當作「娧」。各本皆譌。此女部文也。
58 注「與娧同」　案：「娧」當作「侻」。各本皆譌。
59 注「旁宜侍王旁」　案：首不當有「旁」字，蓋此注在「宜侍旁」句下，後幷上為一節，而標此字為識。各本因皆衍。
60 近之既妖　案：「妖」當作「姣」。上文「姣麗」，五臣作「妖」，善作「姣」。袁、茶陵二本有校語，此以五臣亂善，各本皆非。善注言「近看既美」，是作「姣」之證。
61 注「方言曰姝好也」　袁本、茶陵本無此六字。
62 注「字林曰瞭明也」　袁本、茶陵本無此六字。

朱脣的其若丹。聯娟，微曲貌[63]。素質幹之醲實兮，志解泰而體閑。既姽嫿於幽靜兮，又婆娑乎人間。言志操解散，奢泰多閑，不急躁也。謂在人中最好無比也。婆娑，猶盤姍也。說文曰：姽，靖好貌[64]，五累切。廣雅曰：嫿，好也[65]，音畫。說文，靜，審也。韓詩，靜，貞也[66]。宜高殿以廣意兮，翼放縱而綽寬。動霧縠以徐步兮，拂墀聲之珊珊。珊珊，聲也。翼，放縱貌。如鳥之翼，隨意放縱。縠，今之輕紗，薄如霧也。

望余帷而延視兮，若流波之將瀾。流波，目視貌。言舉目延視，精若水波將成瀾也。奮長袖以正衽兮，立躑躅而不安。說文曰：衽，衣衿也。自矜嚴也。澹清靜其愔嫕兮，性沈詳而不煩。澹，靜貌。愔，和也。嫕，淑善也。言志度靜而和淑也。不煩，不躁也。聲類曰[67]：愔，見魏都賦，嫕，已見洞簫賦，和靜貌。韓詩曰：嫕，悦也。說文曰：嫕，靜也[68]。蒼頡篇曰：嫕，密也。時容與以微動兮，志未可乎得原。意似近而既遠兮，若將來而復旋。原，本也。其意欲似近，而心靜不測，是復為遠也。將來可親之意更遠也，謂復更遠也。字林曰：旋，回也[69]。褰余幬而請御兮，願盡心之惓惓。鄭玄毛詩箋曰：幬，牀帳也。懷貞亮之絜清兮，卒與我兮相難。陳嘉辭而云對兮，吐芬芳其若蘭。精交接以來往兮，心凱康以樂歡。神獨亨而未結兮，魂煢煢以無端。含然諾其不分兮，喟揚音而哀歎。頩薄怒以自持兮，

---

63 注「聯娟微曲貌」 袁本、茶陵本無此五字，其所載五臣濟注有之。案：二本是也。此尤所見誤衍。

64 注「靖好貌」 袁本、茶陵本作「閑體行也」。案：二本是也。此女部文。今本「閑體行姽姽也」，而善節引之。

65 注「廣雅曰嫿好也」 袁本、茶陵本作「嫿靜好也」四字。案：二本是也。此亦女部文，非引廣雅。尤所見誤衍。

66 注「音畫說文靜審也韓詩靜貞也」 袁本、茶陵本無此十二字。案：或仍當有「音畫」二字。以下皆誤衍耳。

67 注「聲類曰」 袁本、茶陵本無此三字。

68 注「和靜貌」下至「嫕密也」 袁本、茶陵本無此二十二字。

69 注「字林曰旋回也」 袁本、茶陵本無此六字。

曾不可乎犯干。精，神也。結猶未相著[70]，煢煢然無有端次，不知何計分當也。言神女之意，雖含諾，猶不當其心。廣雅曰：頩，色也，匹零切。方言曰：頩，怒色青貌。切韻，匹迴切[71]。斂容也。蒼頡篇曰：薄，微也。捉顏色而自矜持也。

於是搖佩飾，鳴玉鸞。整衣服，斂容顏。顧女師，命太傅。古者皆有女師，教以婦德。今神女亦有教也。毛詩序曰：尊敬師傅，可以歸寧父母。漢書音義曰：婦人年五十無子者為傅。歡情未接，將辭而去。遷延引身，不可親附。似逝未行，中若相首。遷延，卻行去也。廣雅曰：首，向也，舒救切。目略微眄，精彩相授。志態橫出，不可勝記。意離未絕，神心怖覆。禮不遑訖，辭不及究。願假須臾，神女稱遽。目略輕看，精神光采相授與也，猶未即絕。怖覆，謂恐怖而反覆也。左氏傳，豎頭須曰：沐則心覆，心覆則圖反。遽，急也。言去不住也。徊腸傷氣，顛倒失據。毛萇詩傳曰：據，依也。闇然而暝，忽不知處。情獨私懷，誰者可語。惆悵垂涕，求之至曙。

登徒子好色賦 并序

此賦假以為辭，諷於婬也[72]。

宋玉

大夫登徒子侍於楚王，短宋玉曰：大夫，官也。登徒，姓也。子者，男子之通稱。戰國策曰：孟嘗君至楚，楚獻象牀，登徒送之。高誘淮南子注曰：短，說其罪闕也。「玉為人，體貌閑麗，口多微辭，又性好色。閑，靜也。麗，美也。微，妙也。公羊傳曰：定、哀多微辭。論語，子曰：吾未見好德如好色者也。願王勿與出入後宮。」王以登徒子之言問宋玉，玉曰：「體貌閑麗，所受於天也；口多微辭，所

70 注「結猶未相著」　袁本、茶陵本「結」上有「未」字，是也。

71 注「方言曰頩怒色青貌切韻匹迴切」　袁本、茶陵本無此十三字。

72 登徒子好色賦注「此賦假以為辭諷於婬也」　袁本、茶陵本無此十字。

學於師也；至於好色，臣無有也。」王曰：「子不好色，亦有說乎？遣自解說也。有說則止，無說則退。」玉曰：「天下之佳人莫若楚國，楚國之麗者莫若臣里，臣里之美者莫若臣東家之子。東家之子，增之一分則太長，減之一分則太短，著粉則太白，施朱則太赤。眉如翠羽，肌如白雪，莊子曰：藐姑射之山有神人居焉，肌膚若冰雪。腰如束素，齒如含貝。莊子，孔子謂盜跖曰：將軍齒如齊貝。貝，海螺，其色白。嫣然一笑，惑陽城，迷下蔡。王逸楚辭注曰：嫣，笑貌。廣雅曰：嘕嘕欯欯，喜也[73]。陽城、下蔡，二縣名，蓋楚之貴介公子所封，故取以喻焉。然此女登牆闚臣三年，至今未許也。字林曰：窺，傾頭門內視也。又小視也。登徒子則不然。其妻蓬頭攣耳，齞脣歷齒。莊子曰：蓬頭突鬢。爾雅曰：攣，病也，力專切。說文曰：齞，張口見齒也，牛善切。歷，猶疎也。旁行踽僂，又疥且痔。踽僂，傴僂也。廣雅曰：傴僂，曲貌。傴，央矩切。僂，力主切。說文曰：疥，瘙也。痔，後病也。登徒子悅之，使有五子。王孰察之，誰爲好色者矣。」是時，秦章華大夫在側，因進而稱曰：「今夫宋玉盛稱鄰之女，以爲美色，愚亂之邪！臣自以爲守德，謂不如彼矣。章華，楚地名。大夫，楚人入仕於秦，時使襄王。一云食邑章華，因以為號[74]。愚，鈍也。亂，昏也。邪，僻也。言昏鈍邪僻之臣。章華大夫自謙不如彼之登徒所說也。言宋玉之所說鄰女美色，愚臣守德，猶不如登徒之說，況宋玉乎？臣，章華大夫自謂。且夫南楚窮巷之妾，焉足爲大王言乎？若臣之陋，目所曾覩者，未敢云也。」王曰：「試爲寡人說之。」大夫曰：「唯唯[75]。」

---

73 注「廣雅曰嘕嘕欯欯喜也」　袁本、茶陵本無此九字。

74 注「一云食邑章華因以為號」　袁本、茶陵本無此十字。

75 唯唯　案：此下各本皆提行，非也。考此賦本無所謂序，今題下有「并序」二字，而於此提行，謂以上是序，以下是賦，善必不應如是大誤，未詳其何時始爾也。

「臣少曾遠遊，周覽九土，足歷五都。九土，九州之土。五都，五方之都。出咸陽，熙邯鄲。從容鄭衛溱洧之間。熙，戲也。廣雅曰：從容，舉動也[76]。毛詩曰：溱與洧，方渙渙兮。毛萇曰：溱、洧，鄭兩水名洧，于軌切。是時向春之末，迎夏之陽。鶬鶊喈喈，羣女出桑。毛詩曰：倉庚喈喈。又曰：十畝之間兮，桑者閑閑兮。此郊之姝，華色含光。體美容冶，不待飾裝。臣觀其麗者，因稱詩曰：遵大路兮攬子袪，此郊，即鄭衛之郊[77]。毛詩曰：靜女其姝。又曰[78]：遵大路兮，摻執子之袪兮。大路，詩篇名也。遵，循也。路，道也。謂道路逢子之美，願攬子之袂與俱歸也[79]。稱此詩者，此本鄭詩，故稱以感動。贈以芳華辭甚妙。折芳草之華以贈之，為辭甚妙。於是處子怳若有望而不來，忽若有來而不見，意密體疏，俯仰異觀，含喜微笑，竊視流眄。謂折芳草之花以贈之，欲贈芳華，恐不受，故先與妙辭以進之。處女，未嫁者。怳，失意貌。體疏，相離殊遠。謂異於未贈花前所視。復稱詩曰：寤春風兮發鮮榮。絜齋俟兮惠音聲。贈我如此兮不如無生。司馬彪注漢書子虛賦曰：復，答也。顏師古注：復，音伏[80]。寤，覺也。鮮榮，華也，喻少年之盛。齋，莊也，言自絜貌，矜莊而待惠音聲。如此，謂贈以芍藥，欲結恩情，而女不受。毛詩曰：知我如此，不如無生。鄭玄曰：則己之生，不如不生。無生，恨之辭也。因遷延而辭避，蓋徒以微辭相感動，精神相依憑，目欲其顏，心顧其義，揚詩守禮，終不過差，故足稱也。」微辭，謂向所陳辭甚妙者。若即折登徒言多微詞。

76 注「廣雅曰從容舉動也」　袁本、茶陵本無此八字。

77 注「此郊即鄭衛之郊」　袁本、茶陵本無此七字。

78 注「靜女其姝又曰」　袁本、茶陵本無此六字。

79 注「大路詩篇名也」下至「與俱歸也」　袁本、茶陵本無此二十八字。

80 注「司馬彪注漢書子虛賦曰復答也顏師古注復音伏」　袁本、茶陵本無此二十字，有「復報也」三字。案：二本是也。凡此等尤所添皆非是。

於是楚王稱善，宋玉遂不退。宋玉雖不逮大夫之顧義，而不同登徒之好色，故不退。

洛神賦

并序 漢書音義，如淳曰：宓妃，宓羲氏之女，溺死洛水，為神。

曹子建

記曰：魏東阿王，漢末求甄逸女，既不遂。太祖回與五官中郎將。植殊不平，晝思夜想，廢寢與食。黃初中入朝，帝示植甄后玉鏤金帶枕，植見之，不覺泣。時已為郭后讒死。帝意亦尋悟，因令太子留宴飲，仍以枕賚植。植還，度轘轅，少許時，將息洛水上，思甄后。忽見女來，自云：我本託心君王，其心不遂。此枕是我在家時從嫁前與五官中郎將，今與君王。遂用薦枕席，歡情交集，豈常辭能具。為郭后以糠塞口，今被髮，羞將此形貌重覩君王爾！言訖，遂不復見所在。遣人獻珠於王，王答以玉珮，悲喜不能自勝，遂作感甄賦。後明帝見之，改為洛神賦[81]。

黃初三年，余朝京師，還濟洛川。黃初，文帝丕年號。京師，洛陽也。洛川，洛水之川也，洛水出洛山。濟，度也[82]。古人有言，斯水之神，名曰宓妃。感宋玉對楚王神女之事，遂作斯賦。其辭曰：

余從京域言歸東藩。魏志曰：黃初三年，立植為鄄城王。四年，徙封雍丘。其年朝京師。又文紀曰：黃初三年，行幸許。又曰：四年三月，還雒陽宮。然京域謂雒陽，東蕃即鄄城。魏志及諸詩序並云四年朝，此云三年，誤。一云魏志三年不言植朝，蓋魏志略也[83]。背伊闕，越轘轅。伊闕、轘轅，已見東都賦[84]。經通谷，陵景山。華延洛陽記曰：

---

81 注「記曰」下至「改為洛神賦」 此二百七字袁本、茶陵本無。案：一本是也。此因世傳小說有感甄記，或以載於簡中，而尤延之誤取之耳。何嘗駮此說之妄，今據袁、茶陵本考之，蓋實非善注。又案：後注中「此言微感甄后之情」，當亦有誤字也。

82 注「黃初文帝丕年號」下至「濟度也」 袁本、茶陵本無此二十七字。

83 注「一云魏志三年不言植朝蓋魏志略也」 袁本、茶陵本無此十五字。案：此亦尤延之誤取，或駮善注之記於旁者。

84 注「已見東都賦」 陳云「都」當作「京」，是也。袁、茶陵二本複出，皆非。案：複出不合善例，凡袁亦誤者不悉出。

城南五十里有大谷，舊名通谷。河南郡圖經曰：景山，緱氏縣南七里。日既西傾，車殆馬煩。爾迺稅駕乎蘅皋，秣駟乎芝田。蘅，杜蘅也。皋，澤也。嵩高山記曰：山上神芝[85]。十洲記曰：鍾山仙家耕田種芝草。容與乎陽林[86]，流眄乎洛川。於是精移神駭，忽焉思散。俯則未察，仰以殊觀。覩一麗人，于巖之畔。迺援御者而告之曰：「爾有覿於彼者乎？彼何人斯，若此之豔也？」陽林，一作楊林[87]，地名，生多楊，因名之。移，變也。情思消散，如有所悅。未察，猶未的審所觀殊異。毛詩曰：彼何人斯。御者對曰：「臣聞河洛之神，名曰宓妃，然則君王所見，無迺是乎？其狀若何？臣願聞之。」

余告之曰：「其形也，翩若驚鴻，婉若遊龍。邊讓章華臺賦曰：體迅輕鴻，榮曜春華。神女賦曰：婉若遊龍乘雲翔。翩翩然若鴻鴈之驚，婉婉然如遊龍之升。榮曜秋菊，華茂春松。朱穆鬱金賦曰：比光榮於秋菊，齊英茂於春松。髣髴兮若輕雲之蔽月，飄颻兮若流風之迴雪。遠而望之，皎若太陽升朝霞；正歷曰：太陽，日也。迫而察之，灼若芙蕖出淥波。襛纖得衷，修短合度。神女賦曰：襛不短，纖不長。肩若削成，腰如約素[88]。削成，已見魏都賦。登徒子好色賦曰：腰如束素。束素，約素，謂圓也。延頸秀項，皓質呈露。楚辭曰：小腰秀項若鮮卑。說文曰：項，頸也。司馬相如美人賦曰：皓質呈露。呈，見也。延、秀，皆長也。芳澤無加，鉛華弗御。楚辭曰：粉白黛黑施芳澤。鉛華，粉也。博物志曰：燒鉛成胡粉。張平子定情賦曰：思

85 注「山上神芝」　袁本、茶陵本神上有「有」字，是也。

86 容與乎陽林　袁本、茶陵本「陽」作「楊」，云五臣作「陽」。案：二本是也。尤所見以五臣亂善。

87 注「陽林一作楊林」　袁本、茶陵本無「陽林一作」四字。案：二本是也。此尤所見蓋有「陽林」，善作「楊林」，乃校語錯入注，因改善作「一」以就之耳。

88 腰如約素　袁本、茶陵本云「約」善作「束」。案：二本校語是也。注云「束素，約素」，以「約」解「束」。五臣因改正文作「約」，尤所見以之亂善，非也。

在面為鉛華兮，患離塵而無光。雲髻峩峩，修眉聯娟。毛詩曰：鬒髮如雲。神女賦曰：眉聯娟以蛾揚。峩峩，高如雲也。修，長曲而細也。丹脣外朗，皓齒內鮮。明眸善睞，靨輔承權。神女賦曰：眸子炯其精朗。離騷曰：靨輔奇牙宜笑嗎。王逸曰：美人頰有靨輔也。權，兩頰。睞，旁視也。瓌姿豔逸，儀靜體閑。神女賦曰：瓌姿瑋態。又曰：志解泰而體閑。儀靜，安靜也。體閑，謂膚體閑暇也。柔情綽態，媚於語言。奇服曠世[89]，骨像應圖。柔，弱也。綽，寬也。神女賦曰：骨法多奇，應君之相。應圖，應畫圖也。披羅衣之璀粲兮，珥瑤碧之華琚。璀粲，衣聲。山海經曰：沃人之國爰有璿瑰瑤碧。郭璞曰：名玉也。又曰[90]：和山其上多瑤碧。毛詩曰：投我以木瓜[91]，報之以瓊瑤[92]。毛萇曰：琚，佩玉名，音居。戴金翠之首飾，綴明珠以耀軀。司馬彪續漢書曰：太皇后花勝上為金鳳，以翡翠為毛羽，步搖貫白珠八。劉騊駼玄根賦曰：戴金翠，珥珠璣。劉熙釋名曰：皇后首飾曰副。踐遠遊之文履，曳霧綃之輕裾[93]。繁欽定情詩曰：何以消滯憂，足下雙遠遊。有此言，未詳其本。神女賦曰：動霧縠以徐步。綃，輕縠也。微幽蘭之芳藹兮，步踟躕於山隅。

於是忽焉縱體，以遨以嬉。左倚采旄，右蔭桂旗。芳藹，芳香晻藹也。楚辭曰：建雄虹之采旄。又曰：辛夷車兮結桂旗。攘皓腕於神滸兮，采湍瀨之玄芝。爾雅曰：岸上曰滸。郭璞曰：厓上地也[94]。毛詩曰：在河之滸。毛萇曰：滸，水厓也。漢書音義，應劭曰：瀨，水流沙上也。傅瓚曰：瀨，湍也[95]。本草曰：黑芝一名玄芝。余

89 奇服曠世　袁本、茶陵本云「世」善作「代」。案：此以五臣亂善。
90 注「沃人之國」下至「名玉也又曰」　袁本、茶陵本無此十八字。
91 注「投我以木瓜」　袁本、茶陵本無此五字。
92 注「報之以瓊瑤」　何校「瑤」改「琚」，是也。各本皆譌。
93 注「綃輕縠也」　案：此當作「綃已見吳都賦」。袁、茶陵二本所複出者其證也。
94 注「爾雅曰」下至「厓上地也」　袁本、茶陵本無此十四字。
95 注「漢書音義應劭曰」下至「瀨湍也」　袁本、茶陵本無此十九字。

情悅其淑美兮，心振蕩而不怡。無良媒以接懽兮，託微波而通辭。毛詩曰：子無良媒。願誠素之先達兮，解玉佩以要之。嗟佳人之信脩，羌習禮而明詩。抗瓊珶以和予兮，指潛淵而爲期。要，屈也。佳人信脩整，習禮謂立德，明詩謂善言辭。古人指水為信，如有如白水之類也。珶，玉也，徒帝切。潛淵，謂所居也。執眷眷之款實兮，懼斯靈之我欺。感交甫之弃言兮，悵猶豫而狐疑。神仙傳曰：切仙一出遊於江濱，逢鄭交甫，交甫不知何人也，目而挑之，女遂解佩與之。交甫行數步，空懷無佩，女亦不見[96]。爾雅曰：猶如麂，善登木。此獸性多疑慮，常居山中。忽聞有聲，則恐人來害之，每預上樹，久久無度復下，須臾又上。如此非一。故不決者稱猶焉。一曰：隴西俗謂犬子，隨人行，每預前，待人不得，又來迎候，故言猶豫也。狐之為獸，其性多疑，每渡冰行且聽且渡。故疑者稱狐疑。收和顏而靜志兮，申禮防以自持。說文曰：靜，審也。韓詩曰：靜，貞也[97]。申，展也。子建自防持也。

「於是洛靈感焉，徙倚傍徨。謝靈運山居賦注曰：河靈，河伯也，東阿所謂洛靈。神光離合，乍陰乍陽。竦輕軀以鶴立，若將飛而未翔。陰去陽來也。邊讓章華臺賦曰：縱輕軀以迅赴，若離鵠之失羣。言如鶴鳥之立望。踐椒塗之郁烈，步蘅薄而流芳。椒塗、蘅薄，言芳香也。郁烈，香氣之甚。超長吟以永慕兮，聲哀厲而彌長。

「爾迺衆靈雜遝，命儔嘯侶。或戲清流，或翔神渚。或采明珠，或拾翠羽。從南湘之二妃，攜漢濱之游女。厲，急也。雜遝，衆貌。二妃已見上文。毛詩曰：漢有游女，不可求思。注：漢上

96 注「神仙傳曰切仙一出」下至「女亦不見」 袁本、茶陵本此注作「韓詩內傳曰鄭交甫遵彼漢皐臺下遇二女與言曰願請子之珮二女與交甫交甫受而懷之超然而去十步循探之即亡矣迴顧二女亦即亡矣」。案：皆非也。依善例求之，當云「交甫已見江賦」。袁、茶陵其所複出也。

97 注「說文曰」下至「靜貞也」 袁本、茶陵本無此十二字。

游女，無求思者[98]。**歎匏瓜之無匹兮，詠牽牛之獨處。**史記曰：四星在危南。匏瓜。牽牛為犧牲。其北織女。織女，天女孫也。天官星占曰：匏瓜一名天雞，在河鼓東。牽牛一名天鼓，不與織女值者，陰陽不和。曹植九詠注曰：牽牛為夫，織女為婦。織女、牽牛之星，各處河鼓之旁[99]。七月七日，乃得一會。阮瑀止慾賦曰：傷匏瓜之無偶，悲織女之獨勤。俱有此言。然無匹之義，未詳其始。**揚輕袿之猗靡兮，翳脩袖以延佇。體迅飛鳧，飄忽若神。陵波微步，羅韈生塵。**陵波而韈生塵，言神人異也。洛靈即神，而言若者，夫神萬靈之總稱，言若所以類彼，非謂此為非神也。淮南子曰：聖足行於水[100]，無跡也；眾生行於霜，有跡也。說文曰：韈，足衣也。**動無常則，若危若安。進止難期，若往若還。轉眄流精，光潤玉顏。**神女賦曰：苞溫潤之玉顏。**含辭未吐，氣若幽蘭。**神女賦曰：吐芬芳其若蘭。**華容婀娜，令我忘湌[101]。**張衡七辯曰：蝤齊之領，阿那宜顧。杜篤禊祝曰：懷李女使不飱。婀，烏可切。娜，奴可切。

「於是屏翳收風，川后靜波。王逸楚辭注曰：屏翳，雨師名。虞喜志林曰：韋昭云：屏翳，雷師。喜云雨師，然說屏翳者雖多，並無明據。曹植誥洛文曰[102]：河伯典澤，屏翳司風。植既皆為風師，不可引他說以非之。川后，河伯也，已見上文。**馮夷鳴鼓，女媧清歌。**馮夷、女媧，並已見上文。**騰文魚以警乘，鳴玉鸞以偕逝。**騰，升

---

[98] 注「二妃已見上文毛詩曰」下至「無求思者」 案：「二妃」下當有「游女並」三字，依善例求之如此。謂「二妃」注在思玄賦，「游女」注在琴賦。袁本、茶陵本所複出皆非，然即其證也。「毛詩曰」以下二十字，尤本誤衍，袁、茶陵無。

[99] 注「各處河鼓之旁」 袁本、茶陵本無「鼓」字，是也。

[100] 注「聖足行於水」 袁本、茶陵本「足」作「人」，是也。

[101] 令我忘湌 袁本、茶陵本「湌」作「餐」。案：疑善「湌」、五臣「餐」而失著校語也。「湌」、「餐」古亦同字，俗譌為「飡」。他皆放此。又案：注「使不飱」，「飱」當為「湌」。

[102] 注「曹植誥洛文曰」 案：「洛」當作「咎」。各本皆譌。文今載集中。袁本、茶陵本「誥」譌「結」，陳云當作「禊」，大非。王伯厚嘗言：曹子建誥咎文，假天帝之命，以誥風伯、雨節。名篇之意顯然矣。

也。文魚有翅能飛，故使警乘。警，戒也。楚辭曰：文魚兮上瀨。又曰：將騰駕兮皆逝。玉鸞已見上文。六龍儼其齊首，載雲車之容裔。春秋命歷序曰：有神人右耳蒼色大肩，駕六龍出輔，號曰神農。儼，矜莊貌。春秋命歷序曰：人皇乘雲車出谷口。博物志曰：漢武帝好道，西王母七月七日漏七刻，王母乘紫雲車來[103]。鯨鯢踊而夾轂，水禽翔而爲衞。

「於是越北沚，過南岡。紆素領，迴清陽。北海魚非洛川所有，然神仙之川亦有。爾雅曰：水中渚曰沚。孔安國尚書注曰：山脊曰岡[104]。毛詩曰：領如蝤蠐。又曰：有美一人，清陽婉兮。動朱脣以徐言，陳交接之大綱。恨人神之道殊兮，怨盛年之莫當。抗羅袂以掩涕兮，淚流襟之浪浪。盛年，謂少壯之時不能得當君王之意。此言微感甄后之情。楚辭曰：擥茹蕙以掩涕兮，沾予襟之浪浪。淚下貌[105]。悼良會之永絕兮，哀一逝而異鄉。無微情以效愛兮，獻江南之明璫。良會，夫婦之道。鄉，猶方也。淮南子曰：禮豐不足以效愛。服虔通俗文曰：耳珠曰璫。雖潛處於太陰，長寄心於君王。太陰，眾神之所居。忽不悟其所舍，悵神宵而蔽光。漢書音義，孟康曰：宵，化也。

「於是背下陵高，足往神留。遺情想像，顧望懷愁[106]。楚辭曰：思舊故而想像。傅毅七激曰：無物可樂，顧望懷愁。冀靈體之復形，御輕舟而上遡。浮長川而忘反，思緜緜而增慕。夜耿耿而不寐，霑繁霜而至曙。遡，逆流向上也。緜緜，密意也。毛詩曰：耿耿不寐。又曰：正月繁霜。命僕夫而就駕，吾將歸乎東路。攬騑轡以抗策，悵盤桓而不能去。」說文曰：騑，驂駕也。毛萇詩傳曰：騑騑，行不止之貌。廣雅曰：盤桓，不進也[107]。

---

103 注「王母乘紫雲車來」　袁本、茶陵本「來」上有「而」字，是也。
104 注「爾雅曰」下至「山脊曰岡」　袁本、茶陵本無此十九字。
105 注「淚下貌」　袁本、茶陵本無此三字。
106 顧望懷愁　案：袁本、茶陵本此下校語云善作「怨」，其所見非也。此韻腳非有異同，尤本未誤。
107 注「說文曰騑」下至「盤桓不進也」　袁本、茶陵本無此二十七字。

詩甲

補亡

補亡詩六首　四言　并序

補亡詩序曰：晳與司業疇人肄脩鄉飲之禮，然所詠之詩，或有義無辭，音樂取節，闕而不備，於是遙想既往，存思在昔，補著其文，以綴舊制。

束廣微　王隱晉書曰：束晳，字廣微，平陽陽干人也。父惠，馮翊太守；兄璆，與晳齊名。嘗覽古詩，惜其不補，故作詩以補之。賈謐請為著作郎[108]。

南陔，孝子相戒以養也。毛詩序曰：有其義而亡其辭。子夏序曰：南陔廢則孝友缺矣。聲類曰[109]：陔，隴也。

循彼南陔，言采其蘭。采蘭以自芬香也。循陔以采香草者，將以供養其父母，喻人求珍異以歸[110]。眷戀庭闈，心不遑安。庭闈，親之所居。眷戀，思慕也。言我思歸供養，心不暇安。彼居之子，罔或游盤。居，謂未仕者。言在家之子[111]，無有縱樂，須供養。此相戒之辭也[112]。尚書曰：乃盤游無度。馨爾夕膳，絜爾晨飡。馨，芬香

---

108 注「王隱晉書曰」下至「賈謐請為著作郎」　此四十九字袁本、茶陵本無，所載五臣翰注亦引王隱書而文大異，蓋幷善於五臣之誤。以尤所見為是。

109 注「聲類曰」　袁本、茶陵本無此三字。

110 注「采蘭以自芬香也」下至「喻人求珍異以歸」　袁本、茶陵本此二十八字作「言蘭芬芳以之故己循陔以采之喻己當自身盡心以養也」二十三字。

111 注「言在家之子」　袁本、茶陵本無此五字。

112 注「無有縱樂須供養此相戒之辭也」　袁本、茶陵本「縱樂」作「游盤」，無「須供養此」四字。

也。絜，鮮靜也。教其朝晚供養之方[113]。**循彼南陔，厥草油油。**草油油而從風，喻己亦當柔色以承親。史記，微子之歌曰：麥秀之漸漸，禾黍之油油。鄭玄禮記注曰：油然，物始生好貌。**彼居之子，色思其柔**[114]。言承望父母顏色須其柔順也。論語，子夏問孝，子曰：色難。色難，謂承順父母顏色乃為難也。**眷戀庭闈，心不遑留。馨爾夕膳，絜爾晨羞。**羞，有滋味者。**有獺有獺，在河之涘。**禮記曰：孟春之月，魚上冰，獺祭魚。獺將食之，先以祭。又曰[115]：獺祭魚，然後虞人入澤梁。此喻孝子循陔如求珍異，歸養其親也[116]。**淩波赴汨，噬魴捕鯉。**字林曰：汨，深水也，于筆切。廣雅曰：噬，嚙也。爾雅曰：魴，魾也。郭璞曰：今呼魴魚為鯿[117]。**嗷嗷林烏，受哺于子。**小雅曰：純黑而反哺者，烏也。毛詩曰[118]：相彼反哺，尚在翔禽。**養隆敬薄，惟禽之似。**孟子曰：食而不愛，豕畜之[119]；愛而不敬，獸畜之。劉熙曰：愛而不敬，若人畜禽獸，但愛而不能敬也。言鳥亦能報恩，但不知禮敬耳。今人雖有供養而無禮敬，禽獸何異乎？**勗增爾虔，以介丕祉。**鄭玄毛詩箋云：介，助也。毛萇詩傳曰：祉，福也。

白華，孝子之絜白也。言孝子養父母，常自絜，如白華之無點汙也。子夏序曰：白華廢則廉恥缺矣。

白華朱萼，被于幽薄。毛詩曰：鄂不韡韡[120]。鄭玄曰：承華者，鄂也。纂要曰：草叢生曰薄。此喻兄弟比於華

---

113 注「馨芬香也」下至「教其朝晚供養之方」　袁本、茶陵本此十六字作「言相戒盡心以養也」八字。

114 彼居之子色思其柔　陳云二句當在「心不遑留」下，如首章例。案：所校是也。各本皆誤倒。

115 注「孟春之月」下至「先以祭又曰」　袁本、茶陵本無此十九字。

116 注「此喻孝子循陔如求珍異歸養其親也」　袁本、茶陵本無此十五字。

117 注「廣雅曰噬」下至「今呼魴魚為鯿」　袁本、茶陵本無此二十一字。

118 注「毛詩曰」　案：「毛」字誤。各本皆同，無以訂之。

119 注「豕畜之」　袁本、茶陵本「畜」作「交」，是也。

120 注「鄂不韡韡」　袁本、茶陵本「鄂」作「萼」，下同。案：二本非也。此善注當有「鄂與萼同」，如下注「跗與趺同」之例，因順正文改字而刪去之也。尤依毛詩校正，但未補所脫。

萼[121]，在林薄之中，若孝子之在眾雜，方於華萼，自然鮮絜。粲粲門子，如磨如錯。毛詩曰：粲粲衣服。周禮曰：正室謂之門子。鄭玄曰：正室適子，將代父當門者。毛詩曰：如切如瑳，如琢如磨。石曰磨。爾雅曰：謂之剒[122]。終晨三省，匪惰其恪。論語，曾子曰：吾日三省吾身：為人謀而不忠乎？與朋友交而不信乎？傳不習乎？陳思王魏德論曰：位冠萬國，不惰厥恪。白華絳趺，在陵之陬。鄭玄毛詩箋曰：跗，鄂足也。跗與趺同。陬，山足也。蒨蒨士子，涅而不渝。蒨蒨，鮮明貌。論語，子曰：不曰白乎？涅而不緇。渝，變也。竭誠盡敬，亹亹忘劬。毛萇詩傳曰：亹亹，勉勉也，亡匪切。白華玄足，在丘之曲。堂堂處子，無營無欲。論語，曾子曰：堂堂乎張也。處子，處士也。已見鸚鵡賦。梁鴻安丘嚴平頌曰：無營無欲，澹爾淵清。鮮侔晨葩，莫之點辱。孝經鉤命決曰：名毀行廢，玷辱先人。王逸楚辭注曰：點，汙也。點與玷古字通。

華黍，時和歲豐，宜黍稷也。子夏序曰：華黍廢則畜積缺矣。

黮黮重雲，輯輯和風[123]。黮黮，雲色不明貌[124]，徒感切。輯輯，風聲和也[125]。毛詩曰：習習谷風。毛萇曰：習習，和舒之貌。輯與習同。黍華陵巔，麥秀丘中。毛詩曰：黍稷方華。微子有麥秀之歌。鄭玄曰：高田宜黍稷，下田宜稻麥。靡田不播，九穀斯豐。尚書曰：播厥百穀。周禮曰：三農生九穀。鄭玄曰：九穀[126]，稷、黍、秫、稻、麻、大小豆、大小麥也。奕奕玄霄，濛濛甘霤。鄭玄毛詩箋曰：奕奕，光也。玄，黑也。霄，雲也。毛萇詩傳曰：濛濛，雨

---

121 注「此喻兄弟比於華萼」 案：「兄弟比於」四字不當有，因上引「常棣」而誤添也。各本皆衍。

122 注「爾雅曰謂之剒」 袁本、茶陵本無此六字。

123 輯輯和風 案：「輯輯」當作「揖揖」。袁本、茶陵本校語云善作「揖揖」，可證。此必尤延之所改。一本注云「揖與習同」，尤亦改「揖」為「輯」，甚非。

124 注「雲色不明貌」 袁本、茶陵本「雲色不明」四字作「黑」字。

125 注「輯輯風聲和也」 袁本、茶陵本無此六字。

126 注「鄭玄曰九穀」 袁本、茶陵本無此五字。

貌。凡水下流曰霤。黍發稠華，亦挺其秀。蒼頡篇曰：稠，眾也[127]。廣雅曰：稠，穊也，直留切。穊，居致切。毛詩曰：實發實秀。靡田不殖，九穀斯茂。無高不播，無下不殖。芒芒其稼，參參其穡。芒芒，多貌。參參，長貌。種曰稼，斂曰穡。參，所今切。稽我王委，充我民食。公羊傳曰：君子之為國也，必有三年之委。尚書，八政，一曰食。玉燭陽明，顯猷翼翼。爾雅曰：四氣和謂之玉燭。郭璞曰：道光照也[128]。廣雅曰：翼翼，明貌。猷，道也。

由庚，萬物得由其道也。由，從也。庚，道也。言物並得從陰陽道理而生也。子夏序曰：由庚廢則陰陽失其道理矣。

蕩蕩夷庚，物則由之。尚書曰：王道蕩蕩。毛萇詩傳曰：夷，常也。萬物由之以生也。喻王者之德，羣生仰之以安也。蠢蠢庶類，王亦柔之。毛萇詩傳曰：蠢，動也。國語曰：夏禹能平水土以品處庶類。孔安國尚書傳曰：柔，安也。道之既由，化之既柔。木以秋零，草以春抽。言萬物既由於道，羣黎又安於化，故草木遂性而零茂隨四時也。獸在于草[129]，魚躍順流。言皆得其時也。四時遞謝，八風代扇。淮南子曰：四時者，春生，夏長，秋收，冬藏。八風，已見上[130]。纖阿案晷，星變其躔。淮南子曰：纖阿，月御也。顏延年纂要曰：景曰晷。呂氏春秋曰：月躔二十八宿。漢書曰：日月初躔星之紀。音義曰：躔，舍也。五是不逆，六氣無易。尚書云：曰雨、曰暘、

127 注「蒼頡篇曰稠眾也」　袁本、茶陵本無此七字。
128 注「郭璞曰道光照也」　袁本、茶陵本無此七字。
129 獸在于草　案：「于」當作「在」。袁本、茶陵本校語云善作「在在」，可證。尤所見誤以五臣亂善。何云當作「在」，陳同，蓋據二本校。
130 注「淮南子曰四時者春生夏長秋收冬藏八風已見上」　袁本作「四時八風並已見上」，是也。茶陵本脫。

曰燠、曰風、曰時[131]，五是來備，各以其序，庶草蕃廡。左氏傳，秦醫和謂晉侯曰：天有六氣，陰陽風雨晦明。易，改也。謂不改其常行也。愔愔我王，紹文之跡。左氏傳，右尹革曰：祈昭之愔愔。杜預曰：愔愔，安和貌。我王，成王也。此詩成王時也。文，周文王也。言能繼文王之跡也。

崇丘，萬物得極其高大也。崇丘，高丘也。言萬物生長於高丘[132]，皆遂其性，得極其高大也。子夏序曰：崇丘廢則萬物不遂其性矣。

瞻彼崇丘，其林藹藹。植物斯高，動類斯大。藹藹，茂盛貌。周禮曰：山林植物。鄭玄曰：物，根生之屬[133]。周風既洽，王猷允泰。周，周室也。毛詩曰：王猷允塞。猶猷古字通[134]。漫漫方輿，回回洪覆。淮南子曰：以天為蓋，以地為輿。曾子曰：天道曰員，地道曰方。何類不繁，何生不茂。物極其性，人永其壽。易乾鑿度曰：統者在上，方物常在，五位應時，羣物遂性。漢書，公孫弘對策曰：故形和則無疾，無疾則不夭。恢恢大圓，芒芒九壤。老子曰：天網恢恢。九壤，九州也。左氏傳曰：芒芒九土。資生仰化，于何不養。資，取也。言取生者皆仰德而化也。易曰：至哉坤元，萬物資生。言物盡其性，咸生長也。人無道夭，物極則長。老子曰：終天年而不中道夭者，是智之盛也。年未三十而死曰夭，言無夭折之道也。易曰：小人道消，君子道長。言物極則歸長也[135]。

由儀，萬物之生，各得其儀也。言萬物之生，各由其道，得其所儀也。毛萇詩傳曰：儀，宜也。蒼頡篇

---

131 注「曰風曰時」 案：當作「曰寒曰風」。章懷太子注後漢書李雲傳所引史記如此，蓋尚書亦然也。今以東晉古文添「曰時」二字，而誤去「曰寒」二字。各本皆譌。何校添「曰寒」，陳同，皆仍衍「曰時」，未是。

132 注「崇丘高丘也言萬物生長於高丘」 袁本、茶陵本無首六字，末有「者」字。

133 注「周禮曰山林」下至「根生之屬」 袁本無此十五字。茶陵本此節無善注。

134 注「猶猷古字通」 袁本、茶陵本無此五字。案：此或所見不同，若有之，當如何校改，上引詩「王猷」作「猶」，乃相應。

135 注「易曰」下至「則歸長也」 袁本、茶陵本無此十七字。

曰：宜，得所也。子夏序曰：由儀廢則萬物失其道理矣。肅肅君子，由儀率性。爾雅曰：肅肅，敬也。郭璞曰：容儀謹敬也。禮記曰：率性之謂道。明明后辟，仁以爲政。爾雅曰：明明，察也。郭璞曰：聰明鑒察也。爾雅曰：后辟，君也。魚游清沼，鳥萃平林。毛詩曰：依彼平林，有集維鷮。濯鱗鼓翼，振振其音。賓寫爾誠，主竭其心。時之和矣，何思何脩。時既和平矣，何所思慮，何所脩治。易曰：天下何思何慮。王弼曰：一以貫之，不慮而盡也。莊子，老聃曰：至人之於德也，若天之自高，地之自厚，夫何脩之為。文化內輯，武功外悠。輯，和也。言以文化輯和於內，用武德加於外遠也。悠，遠也。

述德

述祖德詩二首

五言 陳郡謝錄曰：玄字幼度，領徐州牧。苻堅傾國大出，玄為前鋒，射傷苻堅，臨陣殺苻融，封康樂公。靈運述祖德詩序曰：太元中，王父龕定淮南，負荷世業，尊主隆人。逮賢相徂謝，君子道消，拂衣蕃岳，考卜東山，事同樂生之時，志期范蠡之舉。

謝靈運 沈約宋書曰：謝靈運，陳郡人也。博覽羣書，文章之美，江左莫逮。初辟琅邪王大司馬行參軍，後為臨川郡守。為有司所糾，徙付廣州，遂令趙欽等要合鄉里健兒，於三江口篡取謝，要不及，有司奏依法收罰，詔於廣州行棄市刑。

達人貴自我，高情屬天雲。呂氏春秋曰：陽朱貴己。高誘曰：輕天下而重己也。天雲，言高也。曹植七啓曰：獨馳思乎天雲之際。兼抱濟物性，而不纓垢氛。纓，繞也。垢，滓也。氛，氣也。謂世事呰惡，不相纓繞，不雜塵霧。嵇康書曰：子文三登令尹，是君子思濟物之意也。段生蕃魏國，展季救魯人。段生，干木也，已見上。展季，柳下惠也。劉向列女傳曰：柳下惠妻誄之曰：蒙恥救人，德彌大兮。遂諡曰惠。弦高犒晉師，仲連卻秦軍。春秋僖公二十六年，齊孝公伐魯北鄙，公使展喜犒師。齊侯未入境，喜從之。公曰：魯人恐乎？對曰：小人則恐，君子則否。齊侯曰：野無青草，室如懸磬，何恃而不恐？對曰：恃先王之命。昔周公、太公股肱周室，夾輔成王，成王賜之盟曰：世世子孫，不相侵害。齊侯乃還。公使展喜犒師，使受命於展禽[136]。呂氏春秋曰：秦將興師伐鄭，賈人弦高遇之，曰：此必襲鄭。乃矯鄭伯之命以勞之曰：寡君使臣犒勞以璧，膳以十二牛。秦三師對曰：寡君使丙也、術也、視也，於邊候[illegible]道也，迷惑陷入大國之地。再拜受之。高誘曰：[illegible]，國名也，音晉。今為晉字之誤也。漢書音義，服虔曰：以師枯槁故饋之，猶食勞苦謂之勞也。廣雅曰：犒，勞也。史記曰：魯仲連，齊人也。趙孝成王時，秦使白起圍趙。魏王使將軍新垣衍說趙尊秦昭王為帝，仲連責而歸之，新垣衍起再拜請出。秦將聞之，為卻十五里。臨組乍不緤，對珪寧肯分。史記曰：平原君欲封魯連，連不肯受。左太沖詠史詩曰：臨組不肯緤，對珪不肯分。說文曰：組，綬屬也。王逸楚辭注曰：緤，繫也。據仲連文雖不見分珪之事，古者封爵，皆隨其爵之輕重而賜之珪璧，執以為瑞信。今仲連不受齊趙之封爵，明其不肯分珪也。惠物辭所賞，勵志故絕人。恩惠及物，而不受賞賜，言勉其志不與眾同，故言絕人也。孔安國尚書傳曰：勵，勉也。苕苕歷千載，遙遙播清塵。清塵竟誰嗣，明哲時經綸。明哲，謂祖玄也。清塵已見懷舊賦。經綸見南都賦。委講綴道論，改服康世屯。漢書曰：太史公習道論於黃子。左氏傳，齊侯謂韓厥曰：服改矣。杜預曰：朝戎異服。周易曰：屯，難也。屯難既云康，尊主隆斯民。莊子曰：語大功，立大名，此朝廷之士，尊主強國之人也。魏志，詔曰：翻然改節，以隆斯民。中原昔喪亂，喪亂豈解已。晉中興書曰：中原亂，中宗初鎮江東。中原，謂洛陽也。晉懷、愍帝時，有石勒、劉聰等賊破洛陽，懷帝沒於平陽。崩騰永嘉末，逼迫太元始。王隱晉書曰：懷帝即位，年號永嘉。孝武即位，

[136] 注「春秋僖公二十六年」下至「使受命於展禽」，袁本、茶陵本無此一百十一字。案：二本是也，此實非善注。

年號太元。**河外無反正，江介有蹴圮。**河外，西晉也[137]。公羊傳曰：撥亂反正，莫近於春秋。江介，東晉也[138]。左氏傳曰：以敝邑褊小，介於大國。杜預曰：介，間也[139]。毛詩曰：今也蹙國百里[140]。爾雅曰：圮，敗覆也。**萬邦咸震懾，橫流賴君子。**懾，懼也。謝靈運山居賦自注曰：余祖車騎建大功，淮、肥左右，得免橫流之禍。孟子曰：洪水橫流，氾濫於天下。**拯溺由道情，龕暴資神理。**拯，濟也。溺，沒也。孟子曰：天下溺則援之以道。莊子曰：夫道有情有信。孔安國尚書傳曰：龕，勝也[141]。曹植武帝誄曰：人事既關，聰鏡神理。**秦趙欣來蘇，燕魏遲文軌。**尚書曰：徯予后，后來其蘇。文軌，已見恨賦。**賢相謝世運，遠圖因事止。**賢相，即太傅也。山居賦注曰：太傅既薨，遠圖已輟。左傳，榮成伯曰：遠圖者忠也。曹大家上疏謂兄曰[142]：上損國家累世劬勞遠圖之功。**高揖七州外，拂衣五湖裏。**山居賦注曰：便求解駕東歸，以避君側之亂。舜分天下為十二州，時晉有七，故云七州也。張勃吳錄曰：五湖者，太湖之別名，周行五百餘里[143]。**隨山疏濬潭，傍巖蓺枌梓。**山居賦注曰：選神麗之所，申高栖之意。疏，開也。濬，深也。楚人謂深水為潭。蓺，樹也[144]。**遺情捨塵物，貞觀丘壑美。**貞，正也。觀，視也。言正見丘壑之美。

---

137 注「西晉也」　袁本作「已見西征賦」，是也。茶陵本複出，亦可證。

138 注「東晉也」　袁本作「已見魏都賦」，是也。茶陵本複出，亦可謂。

139 注「左氏傳曰以敝邑」下至「介間也」　袁本、茶陵本無此十九字。

140 注「今也蹙國百里」　袁本、茶陵本也下有「曰」字。案：陳云脫。

141 注「孔安國尚書傳曰龕勝也」　袁本、茶陵本無此十字。

142 注「曹大家上疏謂兄曰」　袁本、茶陵本「謂」作「諸」。陳云「諸」當作「請」。

143 注「張勃吳錄曰」下至「周行五百餘里」　袁本無此十九字，有「五湖已見江賦」六字，是也。茶陵本複出，與此皆非。

144 注「蓺樹也」　袁本、茶陵本無此三字。

勸勵

勸者，進善之名。勵者，勗己之稱。

諷諫　四言　并序

韋孟　善曰：漢書曰：韋賢，魯國鄒人也。其先韋孟，家本彭城，為楚元王傅。

孟爲元王傅，傅子夷王及孫王戊。戊荒淫不遵道，作詩諷諫。曰：善曰：漢書曰：楚元王交，字遊，高祖同父少弟也。高祖即位，立交為楚王。薨，子郢客嗣，是為夷王。薨，子戊嗣。

肅肅我祖，國自豕韋。應劭曰：左氏傳曰：在商為豕韋氏。杜預曰：國名。東郡白馬縣南有韋城。黼衣朱紱，四牡龍旂。善曰：應劭曰：黼衣，衣上畫為斧形，而白與黑為采。龍旂，旗上畫龍為之[145]。朱紱，上廣一尺，下廣二尺，長三尺，以皮為之，古者上公服之。毛詩曰：朱紱斯皇。又曰：四牡翼翼。又曰：龍旂承祀。彤弓斯征，撫寧遐荒。言受彤弓之賜，於此得專征伐[146]。善曰：毛詩曰：彤弓弨兮。荒，荒服也。揔齊羣邦，以翼大商。迭彼大彭，勳績惟光。應劭曰：國語曰：大彭、豕韋為商伯。迭，互也[147]。言豕韋與大彭互為伯於商也。至于有周，歷世會同。顏師古曰：繼為諸侯，預盟會之事也。善曰：會同，已見東京賦。王赧聽譖，寔絕我邦。應劭曰：王赧，周末王，聽讒受譖潤，絕豕韋氏。劉兆曰：旁言曰譖[148]。善曰赧王已見西征賦。我邦既絕，厥政斯逸。應劭曰：

---

145 注「應劭曰黼衣」下至「旗上畫龍為之」　袁本無此二十五字，有「黼衣已見上」五字。茶陵本有「杜預曰白與黑謂之黼」九字。

146 注「言受彤弓之賜於此得專征伐」　袁本、茶陵本無此十二字。案：無者是也。此或以漢書顏注記於旁，尤延之誤取之。陳云「言」上當有「顏師古曰」四字，不知其非善引也。以下凡「顏師古曰」各條，皆不當有。袁、茶陵二本俱無者最是。今不悉出。其所有誤中之誤，亦不更論。

147 注「迭互也」　袁本、茶陵本此三字在注末。案：尤誤依顏注移。

148 注「劉兆曰旁言曰譖」　袁本、茶陵本無此七字。

自絕豕韋之後，政教逸漏，不由王者。臣瓚曰：逸，放也。管子曰：令不行謂之放。顏師古曰[149]：瓚說是也。賞罰之行，非繇王室。善曰：尚書曰：以蕃王室[150]。繇與由古字通。庶尹羣后，靡扶靡衛。顏師古曰：庶尹，庶官之長也。羣后，諸侯也。善曰：尚書曰：庶尹允諧。又曰：肆覲羣后。尹，正也。羣后，天下諸侯也。五服崩離，宗周以墜。應劭曰：五服，謂甸服、侯服、綏服、要服、荒服也。墜，失也，真魏切[151]。善曰：論語，子曰：邦分崩離析。宗周，已見西征賦。我祖斯微，遷于彭城。顏師古曰：言我先祖遂微。善曰：漢書曰：楚國有彭城縣。在予小子，勤唉厥生。應劭曰：小兒啼聲唉唉[152]。顏師古曰：唉，歎聲。善曰：方言曰：唉，歎辭也，許其切。阨此嫚秦，耒耜斯耕。顏師古曰：言遭秦暴嫚，無有列位，躬耕于野。悠悠嫚秦，上天不寧。乃眷南顧，授漢于京。顏師古曰：高祖起在豐、沛，於秦為南，故曰南顧。言以秦之京邑授與漢也。於赫有漢，四方是征。顏師古曰：於，讀為烏。烏，歎辭也。赫，明貌。此詩中諸歎稱於者，其音皆同。靡適不懷，萬國攸平。顏師古曰：懷，思也，來也[153]。言漢兵所往，無不歸懷，故萬國所以皆平。乃命厥弟，建侯于楚。弟謂元王也，元王封於楚國[154]。俾我小臣，惟傅是輔。矜矜元王，恭儉靜一。善曰：孔安國尚書傳曰：矜矜，戒慎。恭，敬；靜，守；一，道也。惠此黎民，納彼輔弼。享國漸世，垂烈于後。應劭曰：元王立二十七年而薨，垂遺業於後嗣[155]。漸世，沒世也。善曰：漸，

---

149 注「顏師古曰」　袁本、茶陵本無此四字。案：尤延之添耳。

150 注「尚書曰以蕃王室」　袁本、茶陵本無此七字。

151 注「墜失也真魏切」　袁本、茶陵本無此六字。案：此即顏注而竄入善者。

152 注「應劭曰小兒啼聲唉唉」　袁本、茶陵本無此并下顏注，共十六字。

153 注「顏師古曰懷思也來也」　袁本、茶陵本無此九字，有「善曰」二字。案：二本是也。以下皆善注，而此為顏注竄入者。

154 注「弟謂元王也元王封於楚國」　袁本、茶陵本無此十一字。

155 注「元王立二十七年而薨垂遺業於後嗣」　袁本、茶陵本無此十五字，有「即位且三十年」六字。案：二本最是，此亦顏注竄入。

沒也。迺及夷王，克奉厥緒[156]。夷王名郢客，元王子[157]。咨命不永，惟王統祀[158]。善曰：夷王立四年薨，戊乃嗣，故言不永。統祀，纂統宗祀也。左右陪臣，斯惟皇士。顏師古：大雅曰：皇，正也。善曰：毛詩曰，思皇多士。皇士，美士也。如何我王，不思守保。不惟履冰，以繼祖考。顏師古曰：惟，亦思也。言不思念敬慎如履薄冰之義，用繼祖考之業也。善曰：守其富貴，保其社稷。履冰，已見寡婦賦。邦事是廢，逸游是娛。犬馬悠悠[159]，是放是驅。顏師古曰：繇與悠同，行貌。放，放犬；驅，驅馬也。務此鳥獸，忽此稼苗。烝民以匱，我王以媮。善曰：馳騁犬馬，悠悠然遠也。媮與愉同，樂也。人失稼穡，以致困匱[160]，而王反以為樂也。所弘匪德，所親匪俊。唯囿是恢，唯諛是信。顏師古曰：恢，大也。諛，諂言也。睮睮諂夫，諤諤黃髮。如淳曰：睮睮，自媚貌。史記曰：不如周舍之咢咢。咢與諤同。睮，以朱切。諤諤，正直貌。黃髮，老人髮落，更生黃者。如何我王，曾不是察。既藐下臣，追欲縱逸。應劭曰：藐，遠也。言疏遠忠賢之輔，追情欲，縱逸遊也。臣瓚曰：藐，陵藐也。善曰：儀禮曰：凡自稱於君士大夫，則曰下臣。嫚彼顯祖，輕此削黜。善曰：尚書曰：昭乃顯祖。

嗟嗟我王[161]，漢之睦親。顏師古曰：睦，密也。言服屬近。善曰：我王，戊也[162]。尚書曰：九族既睦。曾不

---

156 克奉厥緒　袁本云「緒」善作「次」。茶陵本云五臣作「緒」。案：此所見不同，漢書作「緒」，或當是也。

157 注「夷王名郢客元王子」　袁本、茶陵本無此八字。

158 注「戊乃嗣故言不永統祀」　袁本、茶陵本無此九字。案：上七字顏注竄入。

159 犬馬悠悠　陳云據注當作「繇繇」。今案：其說誤也。顏注竄入，非善所引。善注「悠悠然遠也」在下，可證其與顏不同也。尤延之所誤取，複沓歧互，不相比次，讀者多不審。

160 注「以致困匱」　袁本、茶陵本作「以困乏」三字。案：二本是也。「以致困匱」，乃尤依顏注改耳。

161 嗟嗟我王　袁本、茶陵本不提行，是也。

162 注「我王戊也」　袁本、茶陵本無此四字。

夙夜，以休令聞。善曰：尚書曰：舊有令聞。穆穆天子，照臨下土。善曰：毛詩曰：天子穆穆。又曰：明明上天，照臨下土。明明羣司，執憲靡顧。顏師古曰：靡，無也。言執天子之法，無所顧望。讀如古，協韻。正遐由近，殆其茲怙[163]。善曰：茲，此，謂此親也。言欲正遠人，先從近親始，而王怙恃漢戚，不自勗慎[164]，以致危殆。嗟我王，曷不斯思？匪思匪監，嗣其罔則。善曰：言王不思鑒鏡之義[165]，是令後嗣無所法則。彌彌其逸，岌岌其國。應劭曰：彌彌，猶稍稍也。罪過滋甚。岌，欲毀壞之意。顏師古曰：岌岌，危動貌，五答切。又，鄧展曰岋。孟子曰：天下殆哉岌乎！司馬彪以為岋岋，危也[166]。致冰匪霜，致墜匪嫚。應劭曰：易曰：履霜堅冰至。言非一日之寒也。晉灼曰：致冰無不先由微霜，致墜無不先由驕慢。瞻惟我王，時靡不練。善曰：時，是也。練，委也。言王於上所言之事，無不委練也。興國救顛，孰違悔過？善曰：言欲興其邦國，救其顛墜，誰能違於悔過乎？追思黃髮，秦繆以霸。顏師古曰：秦繆公伐鄭，為晉所敗而歸，乃作秦誓。善曰：尚書，秦穆公曰：詢茲黃髮，則罔所愆。歲月其徂，年其逮耇。顏師古曰：逮，及也。耇者，老人面色如耇。善曰：徂，往也。言日月徂逝，年將及老，悔過自新，理宜在速。爾雅曰：耇，老壽也。於赫君子[167]，庶顯于後。顏師古曰：於，歎辭也。昔之君子，庶幾善道，所以能光顯於後代也。我王如何，曾不斯覽。顏師古曰：覽，視也。叶韻，音濫。黃髮不近，胡不時鑒！顏師古

---

163 殆其茲怙　袁本云善作「茲怙」。茶陵本云五臣作「怙茲」。案：各本所見皆非也。此但傳寫誤倒，非善獨作「茲怙」。何云當從漢書作「怙茲」，於韻乃協。陳同。

164 注「不自勗慎」　袁本、茶陵本無此四字。案：二本是也。此亦顏注竄入。

165 注「言王不思鑒鑑之義」　袁本、茶陵本「思」下有「之不」二字，無「義」字。案：二本是也。尤誤依顏注改。

166 注「又鄧展曰岋」下至「危也」　袁本、茶陵本無此二十三字。又上顏注十二字亦無。說具於前。

167 於赫君子　案：「赫」當作「昔」，此善作「昔」，五臣作「赫」。故善注云「歎美昔之君子」。袁本、茶陵本所載五臣翰注云「於赫美也」。各本皆以五臣亂善，所當訂正。考漢書作「昔」，五臣誤耳。唯此節下顏注仍為誤取竄入，不相比次。說具於前。

曰：黃髮不近者，斥遠耇老之人。近，音其靳切。善曰：歎美昔之君子，能庶幾自悔，故光顯于後。

勵志 四言

廣雅曰：勵[168]，勸也。此詩茂先自勸勤學。

張茂先

大儀斡運，天迴地游。大儀，太極也。以生天地謂之大，成形之始謂之儀。鄭玄曰：極中之道，淳和未分之氣也。斡，轉也。春秋元命包曰：天左旋，地右動。河圖曰：地有四游，冬至地上行，北而西三萬里；夏至地下行，南而東三萬里。春秋二分，是其中矣。地常動不止而人不知，譬如閉舟而行，不覺舟之運也。四氣鱗次，寒暑環周。禮記曰：四氣之和，以著萬物之理。李尤辟雍賦曰：攢羅鱗次，差池雜遝。范子曰：度如環無有端，周迴如循環，未始有極。星火既夕，忽焉素秋。星火，火星也，已見上。爾雅曰：秋為白藏，故云素秋。涼風振落，熠耀宵流。其一。涼風，已見上。毛詩傳曰：熠耀，燐也[169]。吉士思秋，寔感物化。思，悲也。謂鴻鴈來賓，雀入大水為蛤之類。毛詩曰：有女懷春，吉士誘之。淮南子曰：春女悲，秋士哀，而知物化矣。日與月與，荏苒代謝。毛詩曰：日居月諸。淮南子曰：二者代謝而踳馳。顏延年曰：一寒一暑，一往一復為代[170]。去者為謝。逝者如斯，曾無日夜。論語曰：子在川上曰，逝者如斯夫，不捨晝夜[171]。嗟爾庶士，胡寧自舍？其二。言逝川之流，不舍日夜，亦當感之以勵志，何得晏然自舍哉？仁道不遐，德輶如羽。求焉斯至，眾鮮克舉。論語，子曰：仁遠乎哉？我欲仁，斯仁至矣。毛詩曰：德輶如

168 注「廣雅曰勵」下至「自勸勤學」 袁本、茶陵本無此十四字。

169 注「毛詩傳曰熠燿燐也」 袁本無此八字，有「熠燿已見秋興賦」七字，是也。茶陵本所複出，與此皆誤。

170 注「一寒一暑一往一復」 袁本、茶陵本無此八字，有「來者」二字，是也。何校添「來者」於「復」字下，陳同，仍衍八字。

171 注「論語曰」下至「不舍晝夜」 袁本無此十七字，有「逝者已見秋興賦」七字，是也。茶陵本所複出，與此皆非。

毛，人鮮克舉[172]。大猷玄漠，將抽厥緒。毛詩曰：秩秩大猷。說文曰：玄，幽遠也。又曰：漠，寂也。廣雅曰：漠，泊也。說文曰：漠，無為也。言大道玄遠幽漠，知之猶從小引其端緒，而至於可知。先民有作，貽我高矩。其三。毛詩曰：自古在昔，先民有作。又，匪先民是經。先民，周公、孔子也[173]。雖有淑姿，放心縱逸。田般于游[174]，居多暇日。孫卿子曰：其為人也多暇日者，其出入不遠也。如彼梓材，弗勤丹漆。雖勞朴斲，終負素質。其四。尚書曰：若作梓材，既勤樸斲，惟其塗丹雘。養由矯矢，獸號于林。淮南子曰：楚恭王遊于林中，有白猨緣木而矯，王使左右射之，騰躍避矢不能中。於是使由基撫弓而眄，猨乃抱木而長號。何者？誠在於心，而精通於物[175]。蒱盧縈繳，神感飛禽。蒱盧，舊說云，即蒲且也。已見西京賦。汲冢書曰：蒲且子見雙鳧過之，其不被弋者亦下。故言感也。末伎之妙，動物應心。研精躭道，安有幽深？其五。物，獸與禽也。尚書序曰：研精覃思。答賓戲曰：浮英華，躭道德。安心恬蕩，棲志浮雲。體之以質，彪之以文。莊子曰：恬淡寂漠，道德之篤也。淮南子曰：使神恬蕩而不失其充。答賓戲曰：仲尼抗浮雲之志。說文曰：彪，虎文貌。如彼南畝，力耒既勤。藨蓘至功，必有豐殷。其六。以農喻也。左氏傳，趙文子謂祁午曰：譬如農夫，是藨是蓘，雖有饑饉，必有豐年。杜預曰：藨，耘也。壅苗為蓘。水積成淵，載瀾載清。土積成山，歊蒸鬱冥。荀卿子曰[176]：土積成山，風雨興焉；水積成川，蛟龍生焉；種善德[177]而神明自得，聖心循焉。尸子曰：土積成岳，則楩柟豫章出焉；水積成川，則吞舟之魚生焉。夫

172 注「人鮮克舉」 茶陵本下有「之」字，袁本無。陳云引詩脫「之」字，是也。
173 注「又匪先民是經先民周公孔子也」 袁本、茶陵本無此十三字。
174 田般於游 袁本、茶陵本「田」作「出」。何校依之改，陳同。案：此尤本譌耳。
175 注「淮南子曰楚恭王」下至「而精通於物」 袁本無此五十八字，有「養由已見幽通賦」七字，是也。茶陵本所複出，與此皆非。
176 注「荀卿子曰」 案：「荀」當作「孫」，各本皆譌。
177 注「種善德」 茶陵本「種」作「積」，「善」下有「成」字，是也。袁本誤與此同。

學之積也，亦有所出也。傅毅顯宗頌曰：蕩蕩川瀆，既瀾且清。張揖字詁曰：歊，氣上出貌。山不讓塵，川不辭盈。管子曰：海不辭水，故能成其大；山不辭土，故能成其高；士不猒學，故能成其聖。勉爾含弘[178]，以隆德聲。其七。周易曰：含弘光大。蔡邕袁喬碑曰：于茲德聲，發聞遐邇。高以下基，洪由纖起。老子曰：高必以下為基。又曰：合抱之木，生於毫末。川廣自源，成人在始。禮記曰：王者之祭川也，皆先河而後海，或源也，或委也。鄭玄曰：始於一勺，卒成不測。論衡曰：自源發流，安得不廣？國語，晉趙武冠，見韓獻子，獻子曰：戒之，此謂成人。成人在始興善，敬之哉[179]。累微以著，乃物之理。孫卿子曰：盡小者大，積微者著。纆牽之長，實累千里。其八。凡言物之大，必資於小；故此言若輕於小，亦累於大。戰國策，段干越謂韓相新城君曰：昔王良弟子駕千里之馬，過京父之弟子。京父之弟子曰：馬，千里之馬也；服，千里之服也；而不能取千里，何也？曰：子纆牽長，故纆牽於事萬分之一也，而難千里之行。今臣雖不肖，於秦亦萬分之一也，而相國見臣不懌者，是纆牽長也。千里之馬，繫以長索，則為累矣。人雖有容貌，不脩德，如千里馬也。復禮終朝，天下歸仁。論語，顏淵問仁[180]，子曰：克己復禮為仁[181]。一日克己復禮，天下歸仁焉。孔安國曰：復，及也。身能及禮，則為仁也。馬融曰：一日猶見歸，況於終身[182]。若金受礪，若泥在鈞。大戴禮曰：君子學不可以已矣，是故金就礪則利。在鈞，已見西征賦，謂陶家泥輪以能成器也。老子曰：埏埴以為器[183]。進德脩業，暉光日新。

---

178 勉爾含弘　袁本、茶陵本「爾」作「志」。案：此亦尤本譌也。

179 注「成人在始興善敬之哉」　茶陵本「興」作「與」，無「敬之哉」三字，是也。袁本無「興善敬之哉」五字，非。

180 注「顏淵問仁」　袁本、茶陵本無此四字。

181 注「克己復禮為仁」　袁本、茶陵本無此六字。

182 注「孔安國曰復」下至「況於終身」　袁本、茶陵本無此二十七字。

183 注「老子曰埏埴以為器」　袁本、茶陵本無此八字。

易曰：君子進德脩業，欲及時也[184]。又曰：君子之光暉吉[185]。又曰：日新之謂盛德。**隰朋仰慕，予亦何人？**其九。莊子曰：管仲有病，桓公往問之：仲父之病病矣！寡人惡乎屬國而可？對曰：隰朋可[186]。其為人也，愧不若黃帝，而哀不己若者。朋慕管之德，華言隰朋猶慕德，我是何人，而不慕乎？

---

184 注「易曰君子進德脩業欲及時也」 袁本無此十二字，有「進德脩業已見閑居賦」九字，是也。茶陵本所複出，與此皆非。

185 注「暉吉」 茶陵本「暉」上有「其」字，是也。袁本亦脫。

186 注「隰朋可」 袁本、茶陵本「隰」上有「則」字，是也。

獻詩

上責躬應詔詩表　曹子建

魏志曰：黃初四年，植朝京都，上疏幷獻詩二首。

臣植言：臣自抱舋歸藩，植集曰：植抱罪，徙居京師，後歸本國，而魏志不載，蓋魏志略也。杜預左氏傳注曰：舋，瑕隙也。賈逵國語注曰：舋，兆也，謂罪萌兆也。刻肌刻骨，孝經鉤命決曰：削肌刻骨，挈挈勤思。追思罪戾，晝分而食，夜分而寢。爾雅曰：戾，罪也。韓子曰：衞靈公至濮水，夜分，聞有鼓琴者。誠以天網不可重罹，聖恩難可再恃，老子曰：天網恢恢。洞簫賦曰：蒙聖主之渥恩。竊感相鼠之篇，無禮遄市專[1]死之義，感，猶思也。毛詩曰：相鼠有體，人而無禮；人而無禮，胡不遄死？爾雅曰：遄，速也。形影相弔，五情愧赧奴簡切。文子曰：昔者中黃子曰：色有五章，人有五情。說文曰：赧，面慙也。以罪棄生，則違古賢夕改之勸；曾子曰：君子朝有過，夕改，則與之；夕有過，朝改，則與之。忍垢苟全，則犯詩人胡顏之譏。即上胡不

1 注「市專」袁本、茶陵本作「市專切」，在注末，是也。

遄死之義也。孔安國尚書傳曰：胡，何也。毛詩謂何顏而不速死也[2]。殷仲文表曰：亦胡顏之厚。義出於此。伏惟陛下，應劭曰：陛，升堂之階。王者必有執兵陳於階陛之側，臣與至尊言，不敢指斥，故呼在陛者而告之，因卑以達尊之意也。若稱殿下、閣下、侍者、執事，皆此類也。德象天地，恩隆父母，漢書曰：孝文皇帝德厚侔天地。尚書曰：天子作民父母。施暢春風，澤如時雨。漢書音義曰：暢，通也。蘇順陳公誄曰：化侔春風，澤配甘雨。風賦曰：不擇貴賤高下而加焉。呂氏春秋曰：甘露時雨，不私一物。是以不別荊棘者，慶雲之惠也；史記曰：若煙非煙，若雲非雲，郁郁紛紛，蕭索輪囷，是謂慶雲。七子均養者，鳲鳩之仁也；毛詩曰：鳲鳩在桑，其子七兮。毛萇曰：鳲鳩之養其子，旦從上下，暮從下上，其均平如一。舍罪責功者，明君之舉也；矜愚愛能者，慈父之恩也。孔安國尚書傳曰：矜，憐也。論衡曰：父母之於子恩等，豈為貴賢加意，賤愚不察乎？是以愚臣徘徊於恩澤，而不敢自棄者也。左氏傳，士貞伯曰：鄭伯其死乎！自棄也已。前奉詔書，臣等絕朝，心離志絕，自分黃耇，永無執珪之望。分，謂甘愜也。毛詩序曰：尊事黃耇。珪者，古之諸侯所執。周禮曰：上公之禮執桓圭，諸侯之禮執信圭。史記，陳軫曰：越人莊舄仕楚執珪。不圖聖詔，猥垂齒召。猥，猶曲也。尚書曰：降霍叔于庶人，三年不齒。孔安國曰：三年之後，乃齒錄之。至止之日，馳心輦轂，毛詩曰：至止肅肅。胡廣漢官解詁注曰：轂下喻在輦轂之下，京城之中。僻處西館，未奉闕庭，東京賦曰：闕庭神麗。踴躍之懷，瞻望反側，毛詩曰：踴躍用兵。又曰：瞻望不及。又曰：輾轉反側。不勝犬馬戀主之情。史記，丞相青翟曰：臣不勝犬馬之心。謹拜表并獻詩二篇，詞旨淺末，不足采覽，貴露下情，冒顏以聞。臣植誠惶誠恐，頓首頓首，死罪死罪。漢書音義，張晏曰：人臣上書，當昧犯死罪而言也。

2 注「毛詩謂何顏而不速死也」袁本、茶陵本「謂」作「曰」。案：考毛詩傳箋，皆無此文。蓋「毛」字傳寫有誤，此所引或在三家詩傳耳。五臣向注乃云「詩無此句，而以表言詩為誤。」果爾，豈子建誤稱，善又從而誤注耶？五臣鹵莽每類此。

責躬詩 四言

曹子建

於穆顯考，時惟武皇。毛詩曰：於穆清廟。禮記曰：王立七廟，曰顯考廟。毛詩曰：時惟鷹揚。武皇，謂曹操也。受命于天，寧濟四方。毛詩序曰：文王受命作周也。鄭玄曰：受天命而王天下也。傅毅明帝頌，表曰：體天統物，寧濟蒸民。朱旗所拂，九土披攘。李陵與蘇武書曰：雷鼓動天，朱旗翳日。登徒子好色賦曰：周覽九土。漢火德，操為漢臣，故建朱旗也。時獻帝在故。玄化滂流，荒服來王。廣雅曰：玄，道也。謂道德之化也。蔡邕陳留太守頌曰：玄化洽矣。尚書曰：四夷來王。超商越周，與唐比蹤。商、周用師，故云超越；唐、虞禪讓，故云比蹤。篤生我皇，奕世載聰。我皇，文帝也。毛詩曰：篤生武王。國語，祭公謀父曰：奕世載德。武則肅烈，文則時雍。毛詩曰：相土烈烈。毛萇曰：相土，契孫也。鄭玄曰：威武之盛，烈烈然也。尚書曰：黎民於變時雍。孔安國曰：雍，和也。受禪于漢，君臨萬邦。魏受漢禪，已見魏都賦。尚書曰：君臨周邦。又曰：協和萬邦。萬邦既化，率由舊則。毛詩曰：不愆不忘，率由舊章。鄭玄曰：率，循也。廣命懿親，以藩王國。爾雅曰：命，告也。尊君令謂之命。左氏傳，富辰諫王曰：昔周公封建親戚，以藩屏周，不廢懿親。毛詩曰：生此王國。帝曰爾侯，君茲青土。魏志曰：建安十九年，植封臨淄侯。臨淄屬齊郡，舊青州之境。尚書，帝曰爾諧。漢書，封齊王曰：受茲青土。奄有海濱，方周于魯。毛詩曰：奄有龜蒙。毛萇曰：奄，大也。尚書曰：青州海濱廣斥。孔安國曰：濱，涯也。論語注曰：方，比方也。毛詩曰：建爾元子，俾侯于魯。車服有輝，旗章有敍。尚書曰：車服以庸。國語曰：為車服旗章以旌之。毛詩曰：庭燎有煇[3]。禮記曰：以為旗章，以別貴賤。鄭玄曰：章，幟也。應劭漢官典職，楊喬曰：威儀有序。濟濟儁乂，我弼我輔。毛詩曰：濟濟多士。尚書曰：儁乂在官。尚書大傳曰：天子有四鄰，左輔右弼。伊余小子，恃寵驕盈。毛詩

---

[3] 注「庭燎有煇」 袁本「煇」作「輝」。案：正文作「輝」，「輝」、「煇」同字，袁本是也。茶陵本亦作「煇」，蓋皆依今詩字改也。

曰：閔予小子。班固漢書景十三王述曰：膠東不亮，常山驕盈。**舉挂時網，動亂國經。**家語，孔子曰：治天下國家有九經，其所以行者一也。**作蕃作屛，先軌是隳。**孔安國尚書傳曰：隳，廢也。**傲我皇使，犯我朝儀。**魏志曰：黃初二年[4]，植就國。使者灌均希旨，奏植醉酒勃逆，劫脅使者。有司請治罪，帝以太后故，貶爵安鄉侯。**國有典刑，我削我黜。**植集曰：博士等議，可削爵土，免為庶人。尚書曰：象以典刑。韋孟諷諫詩曰：輕此削黜。**將寘于理，元兇是率。**魏志曰：有司請罰植罪。廣雅曰：將，欲也。周易曰：寘于叢棘。毛萇詩傳曰：寘，致也。司馬遷書曰：遂下于理。鄭玄禮記注曰[5]：理，治獄之官。儀禮曰：率，導也。**明明天子，時惟篤類。**魏志，詔云：植，朕之同母弟，骨肉之親，舛而不殊[6]，其改封植。毛詩曰：明明天子，令問不已。又曰：孝子不匱，永錫爾類。鄭玄曰：長以與汝之族類也。**不忍我刑，暴之朝肆。**殺人陳其尸曰肆。論語，子服景伯曰：吾力猶能肆諸市朝。杜預左氏傳注曰：肆，市列也。**違彼執憲，哀予小臣。**韋孟諷諫詩曰：明明羣司，執憲靡顧。楊雄交州箴曰：牧臣司交，敢告執憲。儀禮曰：小臣正辭。**改封兗邑，于河之濱。**魏志曰：帝以太后故，貶爵安鄉侯。又曰：黃初二年，改封鄄城，屬東郡，舊兗州之境。尚書曰：濟河惟兗州。植表曰：行至延津，受安鄉印綬。**股肱弗置，有君無臣。**尚書大傳曰：股肱惟臣。**荒淫之闕，誰弼予身？**韋孟諷諫詩序曰：王戊荒淫不遵道，作諷諫詩。**煢煢僕夫，于彼冀方。**植集曰：詔云，知到延津，遂復來。求出獵表曰：臣自招罪釁，徙居京師，待罪南宮。然植雖封安鄉侯，猶住冀州也。時魏都鄴，鄴，冀州之境也。

---

4 注「魏志曰黃初二年」 陳云「志」當作「書」。此王沈魏書，見國志注。案：所校是也。各本皆譌。

5 注「儀禮曰」 案：「禮」下當有「注」字。各本皆脫。

6 注「舛而不殊」 何校「舛」改「舍」，「殊」改「誅」。陳云國志作「捨而不誅」。細尋恐如李注所引為得，謂植雖有過，不忍遽絕耳。又「骨肉之親，析而不殊」，漢宣帝封海昏侯詔中語也。今案：陳校是也。考求通親親表云：「骨肉之恩，爽而不離。」李彼注引漢書「粲而不殊」。如淳曰「粲」或為「散」，此「舛」與「爽」、「粲」、「散」、「析」互異而義皆同。漢書宣紀作「粲」，武五子傳作「析」，當各依其舊。今國志蓋誤，而何據之，非矣。又荀悅漢紀，宣帝詔作「捨而不誅」，亦後人所改。

一云時魏以雒為京師，比堯之冀方也。大戴禮曰：驪駒在門，僕夫具存。毛萇詩傳曰：于，往也。尚書，五子之歌曰：惟彼陶唐，有此冀方。嗟余小子，乃罹斯殃。赫赫天子，恩不遺物。謂至京師，蒙恩得還也。植求習業表曰：雖冤大誅，得歸本國。毛詩曰：赫赫在上。周易曰：曲成萬物而不遺。冠我玄冕，要我朱紱。周禮曰：王之五冕，皆玄冕朱裏。毛詩曰：朱芾斯皇。芾與紱同。禮記曰：諸侯佩山玄玉而朱組綬。蒼頡篇曰：紱，綬也。魏志曰：朱紱光大[7]。光光大使，我榮我華。楊雄侍中箴曰：光光常伯，儵儵貂璫。文子曰：有榮華必有愁悴。剖符受土，王爵是加。魏志曰：黃初三年，立為鄄城王。四年，封雍丘王。喻巴蜀檄曰：剖符而封，析珪而爵。仰齒金璽，俯執聖策。左氏傳，羽父曰：寡人若朝于薛，不敢與諸任齒。杜預曰：齒，列也。漢書曰：諸侯王皆金璽。史記曰：高祖封三王，皆以策書。皇恩過隆，祗承怵惕。西京賦曰：皇恩溥。尚書曰：祗承于帝。又曰：怵惕惟厲。咨我小子，頑凶是嬰。說文曰：嬰，繞也。逝慙陵墓，存愧闕庭。匪敢傲德，寔恩是恃。威靈改加，足以沒齒。班固漢書述曰：震我威靈，五世來服。四子講德論曰：聖德隆盛，威靈外覆。論語，子曰：管仲奪伯氏駢邑三百，沒齒無怨言。孔安國曰：齒，年也。昊天罔極，生命不圖。言生之天壽，不可預謀也。毛詩曰：欲報之德，昊天罔極。家語，孔子曰：分於道謂之命。毛詩傳曰：不慮不圖[8]。嘗懼顛沛，抱罪黃壚。論語曰：顛沛必於是。馬融曰：顛沛，僵仆也。淮南子曰：上際九天，下契黃壚。高誘曰：泉下有壚山。願蒙矢石，建旗東嶽。左氏傳曰：荀偃親受矢石。東嶽鎮吳之境。子建詩曰：我心常怫鬱，思欲赴太山。與此義同。庶立毫氂，微功自贖。漢書音義曰：十毫為氂。班超上疏曰：

---

7 注「魏志曰朱紱光大」　袁本、茶陵本無此七字。案：二本是也。考國志下文「光光大使，我榮我華」，作「朱祁光大，使我榮華」。然則「朱紱光大」乃「光光大使」句之異，不應以注此明甚矣。必或記於旁，而尤延之誤取耳。又案：善下文注引「光光常伯」，是選本無誤。今國志自不與善同，何、陳皆用國志校者，亦非。當各依本書。餘有異同所，準此。

8 注「毛詩傳曰不慮不圖」　陳云「傳」當作「箋」。案：「雨無正，弗慮弗圖」，箋云「而不慮不圖」，此引之以注「不圖」也。

冀立微功，以自陳効。危軀授命，知足免戾。論語，子曰：見危授命，亦可以為成人矣。左氏傳，太史克曰：庶幾免於戾乎。甘赴江湘，奮戈吳越。天啓其衷，得會京畿。左氏傳，呂相曰：天誘其衷。杜預曰：衷，中也。遲奉聖顏，如渴如飢。遲，猶思也。張奐與許季師書曰：不面之闊，悠悠曠久，飢渴之念，豈當有忘。毛詩曰：憂心烈烈，載飢載渴。心之云慕，愴矣其悲。天高聽卑，皇肯照微。史記，子韋謂宋景公曰：天高聽卑。爾雅曰：皇，君也。又曰：肯，可也。班固說東平王蒼曰：願隆照微之明，信日吳之聽。

應詔詩 四言

曹子建

肅承明詔，應會皇都。爾雅曰：肅，敬也。東都賦曰：下明詔。又曰：春王三朝，會同漢京。會，朝會也。星陳夙駕，秣馬脂車。毛詩曰：星言夙駕。又曰：言秣其馬。又曰：既脂爾車。命彼掌徒，肅我征旅。鄭玄禮記注曰：肅，戒也。朝發鸞臺，夕宿蘭渚。鸞臺、蘭渚，以美言之。漢宮闕名曰：長安有鴛鸞殿。公孫乘月賦曰：鵾雞舞於蘭渚。芒芒原隰，祁祁士女[9]。毛詩曰：宅殷土芒芒。又曰：采蘩祁祁。經彼公田，樂我稷黍。毛詩曰：雨我公田。又曰：我黍與與，我稷翼翼。爰有樛木，重陰匪息。毛詩曰：爰有寒泉。又曰：南有樛木。又曰：南有喬木，不可休息。雖有糇糧，飢不遑食。毛詩曰：乃裹糇糧。毛萇曰：糇糧，食也[10]，音侯。吳越記，采葛婦人詩曰：飢不遑食四體疲。望城不過，面邑不遊。鄭玄周禮注曰：面，猶向也。僕夫警策，平路是由。舞賦曰：僕夫正策。鄭玄周禮注曰：警，勑戒之。玄駟藹藹，揚鑣漂沫。廣雅曰：藹藹，盛也。舞賦曰：龍驤

---

9 祁祁士女　袁本、茶陵本有校語云善作「女士」。案：二本所見，傳寫倒也。此「女」字協韻，非與五臣有不同。尤本不倒，蓋改正之矣。

10 注「糇糧食也」　陳云「糧」字衍，此引小雅伐木三章傳文，是也。各本皆衍。

橫舉，揚鑣飛沫。流風翼衡，輕雲承蓋。甘泉賦曰：風漎漎而扶轄[11]。楚辭曰：雲霏霏而承宇。涉澗之濱，緣山之隈。孔安國尚書傳曰：濱，涯也。說文曰：隈，曲也。遵彼河滸，黃坂是階。毛詩曰：在河之滸。毛萇曰：水崖曰滸。爾雅曰：階，因也。西濟關谷，或降或升。陸機洛陽記曰：洛陽有西關，南伊闕。谷，即大谷也。騑驂倦路，再寢再興。韓詩曰：兩驂鴈行。薛君曰：兩驂，左右騑驂。毛詩曰：言念君子，再寢再興。將朝聖皇，匪敢晏寧。弭節長騖，指日遄征。楚辭曰：吾令羲和弭節兮。司馬彪上林賦注曰：弭節，安志也。蔡琰詩曰：遄征日遐邁。毛萇詩傳曰：遄，疾也。前驅舉燧，後乘抗旌。毛詩曰：伯也執殳，為王前驅。西京賦曰：升觴舉燧。薛綜曰：燧，火也。漢書，終軍曰：驃騎抗旌，昆邪右袒。周禮曰：析羽為旌。輪不輟運，鑾無廢聲。毛詩曰：鑾聲鏘鏘。鄭玄周禮注曰：鑾在衡，以金為鈴。爰暨帝室，稅此西墉。毛詩曰：召伯所稅。毛萇曰：稅，猶舍也。又曰：墉，城也。嘉詔未賜，朝覲莫從。毛萇詩傳曰：覲，見也。仰瞻城閾，俯惟闕庭。說文曰：閾，門榍也。長懷永慕，憂心如酲。楚辭曰：情慨而長懷[12]。毛詩曰：憂心如酲，誰秉國成。

關中詩 四言

潘安仁

岳上詩表曰：詔臣作關中詩，輒奉詔竭愚作詩一篇。案漢記，孝明時，護羌校尉竇林上降羌顛岸，以為羌豪。岸兄顛吾復降，問事狀，林對前後兩屈，坐誣罔，下獄死。齊萬年編戶隸屬為日久矣，而死生異辭，必有詭謬，故引證喻，以懲不恪。

於皇時晉，受命既固。毛詩曰：於皇時周。又曰：天立厥配，受命既固。鄭玄曰：受命，受天命以王天下也。三祖在天，聖皇紹祚。臧榮緒晉書曰：宣帝追號曰高祖，文帝號曰太祖，武帝號曰世祖。聖皇，惠帝也。毛詩曰：三

---

[11] 注「風漎漎而扶轄」 袁本「漎漎」作「從從」。案：當作「從從」。說已見前。茶陵本作「漎漎」，與此皆誤。

[12] 注「情慨而長懷」 袁本、茶陵本重「慨」字，是也。

后在天，王配于京。爾雅曰：紹，繼也。德博化光，刑簡枉錯。周易曰：善世而不伐，德博而化。又曰：後得主而有常，含萬物而化光。尚書曰：五辭簡孚，正于五刑。潛夫論曰：簡刑薄威，此德之上。論語曰：舉直錯諸枉。微火不戒，延我寶庫。其一。王隱晉書曰：惠帝元康五年十月，武庫災，焚累代之寶。蠢爾戎狄，狡焉思肆。毛詩曰：蠢爾蠻荊。傳暢諸公贊曰：北地盧水胡馬蘭羌因此為亂，推齊萬年為主。左氏傳，申公巫臣曰：夫狡焉思啓其封疆。賈逵國語注曰：肆，恣也。謂思恣凶逆也。虞我國眚，窺我利器。左氏傳，莒子曰：孰以我為虞。杜預曰：虞，度也。孔安國尚書傳曰：眚，過也。老子曰：國之利器，不可以示人。國語曰：利其器用。韋昭曰：器，兵甲。岳牧慮殊，威懷理二。尚書曰：內有百揆四岳，外有州牧侯伯。左氏傳，魏絳曰：戎、狄事晉，諸侯威懷。又曰：晉郤缺言於趙宣子曰：叛而不討，何以示威？服而不柔，何以示懷？非威非懷，何以示德？無德何以主盟？將無專策，兵不素肄以寘切。其二。賈逵國語注曰：素，預也。又曰：肄，習也。翹翹趙王，請徒三萬。朝議惟疑，未逞斯願。傳暢晉諸公讚曰：司馬倫，字子彝，咸熙中封趙王，進征西假節都督雍、梁、晉諸軍事[13]。倫誅羌大酋數十人，胡遂反，朝議召倫還。朱鳳晉書曰：宣帝桓夫人生趙王倫，位至相國。倫請三萬人往平齊萬年，朝議不許。司馬相如美人賦曰：恆翹翹而西顧。賈逵國語注曰：逞，快也。桓桓梁征，高牙乃建。干寶晉紀曰：梁王肜為征西大將軍，西討氐。尚書曰：勗哉夫子尚桓桓。牙，牙旗也。兵書曰：牙旗，將軍之旗。旗蓋相望，偏師作援。其三。漢書曰：冠蓋相望。左氏傳，韓獻子曰：以偏師陷，罪孰大焉。又曰：要結大援。援，助也。虎視眈眈，威彼好時。干寶晉紀曰：肜為大都督，督關中諸軍，屯好時。易曰：虎視眈眈，其欲逐逐。素甲日曜，玄幕雲起。楚漢春秋，趙中大夫曰：臣聞越王句踐素甲三千。曹植辨問曰：赫然而日曜之。漢書五行志曰：雲起於山中。誰其繼之？夏侯卿士。王隱晉書曰：齊萬年帥羌胡圍涇陽，遣安西將軍夏侯駿西討氐、羌。左氏傳曰：子產為政，輿人誦之；子產若死，誰其嗣之？又曰：楚伐吳，子魚先死，楚師繼之。毛詩曰：皇甫卿

---

13 注「都督雍梁晉諸軍事」，陳云「晉」當作「秦」，是也。各本皆譌。

士[14]。惟系惟處，列營碁跱。其四。王隱晉書曰：解系，字少連，濟南人，為雍州刺史。又曰：周處，字子隱，吳興人，朝廷以處忠烈，欲遣討氐，乃拜建威將軍。謝承後漢書曰：西夷蠢動，姦雄碁跱。夫豈無謀，戎士承平。漢書，師丹曰：今累世承平。守有完郛，戰無全兵。孫子兵法曰：凡用師以全兵為上。鋒交卒奔，孰免孟明？杜篤眾瑞頌曰：猛將與虜交鋒。左氏傳曰：楚師車馳卒奔。又曰：子墨衰絰，敗秦師于殽，獲百里孟明視、西乞術、白乙丙以歸。飛檄秦郊，告敗上京。其五。王隱晉書曰：周處、解系與賊戰於六陌，軍敗。漢書，高祖曰：吾以羽檄徵天下兵。應劭曰：以雞毛系檄。魏武奏事云：邊有警，輒露插羽以檄，急之意也。左氏傳曰：王師敗績于茅戎。又曰：王人來告敗。邊讓章華臺賦曰：聲肅恭乎上京。周殉師令，身膏氐斧。周處別傳曰：氐賊齊萬年為亂，處仰天嘆曰：古者將受命，鑿凶門以出，蓋有進無退，我為大臣，以身殉國，不亦可乎！遂戰死。臧榮緒晉書曰：氐，西戎別名。人之云亡，貞節克舉。毛詩曰：人之云亡，邦國殄瘁。楚辭曰：原生受命于貞節。盧播違命，投畀朔土。孫盛晉陽秋曰：振威盧播伐萬年。王隱晉書曰：盧播詐論功，免為庶人，徙北平。廣雅曰：違，背也。毛詩曰：投畀有北。爾雅曰：朔，北方也。爲法受惡，誰謂荼苦？其六。左氏傳，孔子曰：趙宣子為法受惡。毛詩曰：誰謂荼苦？其甘如薺。哀此黎元，無罪無辜。孝經鉤命決曰：天有顧眄之義，受圖于黎元。孔安國尚書傳曰：黎，眾也。高誘戰國策注曰：元元，善也。毛詩曰：無罪無辜，讒口嗸嗸。肝腦塗地，白骨交衢。檄蜀文曰：肝腦塗中原。漢書曰：一敗塗地。古出夏北門行曰：白骨不覆，疫癘淫行。魏許昌碑表曰：白骨既交，橫於曠野。夫行妻寡，父出子孤。鄭玄孝經注曰：五十無夫曰寡。禮記曰：少而無父謂之孤。俾我晉民，化爲狄俘。芳于切。其七。詩曰：覆俾我悖。賈逵國語注曰：伐國取人曰俘。亂離斯瘼，日月其稔。言亂離之道，於此將散，論其日月，為惡又熟，言必亡也。韓詩曰：亂離斯莫，爰其適歸。薛君曰：莫，散也。毛詩曰：亂離瘼矣。毛萇曰：瘼，病也。今此既引韓詩，宜為莫字。左氏傳曰：周毛得殺毛伯過。萇弘曰：毛得必亡，是昆吾稔之日

---

14 注「毛詩曰皇甫卿士」 袁本、茶陵本無此七字。

也。杜預曰：稔，熟也。天子是矜，旰古旦[15]食晏寢。孔安國尚書傳曰：矜，憐也。左氏傳，伍奢曰：楚君、大夫其旰食乎！杜預曰：旰，晏也。主憂臣勞，孰不祗懔。史記，范雎曰：臣聞主憂臣辱，主辱臣死。周書曰：君憂臣勞，主辱臣死。孔安國尚書傳曰：懔，危也。愧無獻納，尸素以甚。其八。兩都賦序曰：朝夕獻納。薛君韓詩章句曰：何謂素飧？素飧者，質人但有質朴，而無治民之材，名曰素飧。尸祿者，頗有所知，善惡不言，默然不語，苟欲得祿而已，譬若尸焉。皇赫斯怒，爰整精銳。毛詩曰：王赫斯怒，爰整其旅。戰國策，季良謂魏王曰：恃兵之精銳而欲攻邯鄲也。命彼上谷，指日遄逝。王隱晉書曰：孟觀，字叔時，稍遷至積弩將軍，封上谷郡公。及關中氐反，諸將敗退，乃遣觀也。曹植應詔詩曰：指日遄征。親奉成規，稜威遐厲。孫資別傳曰：成規之畫[16]，資皆管之。漢書，武帝與李廣書曰：威稜憺乎鄰國。王逸楚辭注曰：厲，烈也。廣雅曰：厲，惡也。首陷中亭，揚聲萬計。其九。孫盛晉陽秋曰：孟觀為建威將軍，擊氐、羌於中亭，大破之。陷，猶敗也。萬計，謂所誅之數。羽獵賦曰：仗鏌邪而羅者以萬計。兵固詭道，先聲後實。言觀揚聲合於詭道也。司馬兵法曰：兵者詭道，故能而示之不能。漢書，廣武君謂韓信曰：兵固有先聲後實。聞之有司，以萬爲一。言有司疑觀之詐，故觀言誅萬，有司以之為一。紂之不善，我未之必。以紂喻觀也，言觀雖妄聲，而同紂之不善，我未以為必然。疑有司抑之太甚也。論語，子貢曰：紂之不善，不如是之甚也。虛皛胡皎湳奴感德，謬彰甲吉。其十。說文曰：皛，顯也。蒼頡篇曰：皛，明也。孔安國尚書傳曰：彰，明也。湳、甲，二羌號也，德、吉，其名也。言觀虛明誅二羌之功，此觀之過也。虛皛繆彰，其義一耳，但交相避[17]。東觀漢記曰：金城、隴西卑湳、勒姐種羌反出塞外。說文曰：湳水出西河美稷縣，故羌人因水為姓。漢沖帝時，羌湳孤奴歸化，是其先也。左氏傳曰：晉人滅赤狄甲

---

15 注「古旦」 袁本、茶陵本作「旰古旦切」，在注末，是也。

16 注「成規之畫」 陳云「之」字疑。今案：國志注所引作「外規廟勝之畫」，或此傳寫譌脫也。

17 注「虛皛謬彰其羲一耳但交相避」 袁本、茶陵本無此十二字。案：此當是二本脫。「交」當作「文」，傳寫譌耳。

氏。杜預注曰：甲氏，赤狄別種。雍門不啓，陳汧危逼。漢書，右扶風有雍縣、陳倉縣、汧縣。左氏傳曰：申、息之北門不啓。觀遂虎奮，感恩輸力。王隱晉書曰：孟觀身當大敵，功蓋一時。左氏傳，欒盈曰：昔陪臣輸力於王室。重圍克解，危城載色。晉中興書曰：觀從中亭北出，何惲領二萬人以繼之。雍圍解。班固耿恭守疏勒城賦曰：日兮月兮阨重圍。毛詩曰：載色載笑。毛萇曰：色溫潤也。豈曰無過？功亦不測。其十一。過謂虛晶滴德，功謂重圍克解。毛詩曰：豈曰無衣。黃石公記序曰：慮若源泉，深不可測。情固萬端，于何不有？范曄後漢書，鄧禹曰：變故萬端。西京賦曰：林麓之饒，于何不有。紛紜齊萬，亦孔之醜。謂爭萬年也。王隱晉書曰：初，夏侯駿上言斬氏帥齊萬年，及孟觀至，大戰數十，生送萬年。紛紜，亂貌。長楊賦曰：紛紜沸渭。毛詩曰：日有食之，亦孔之醜。曰納其降，曰梟其首。一曰皆語辭也。觀曰納降，駿曰梟首。漢書音義曰：懸首於木上曰梟。疇眞可掩？孰僞可久？其十二。言誰為真事而可蔽掩，誰行偽事而可久施乎？言真偽之理立即可明，觀言為真，駿言為偽。爾雅曰：疇，孰誰也。楚辭曰：孰虛偽之可長。既徵爾辭，既蔽爾訟。謂有司考驗之也。左氏傳，子犯曰：盟徵其辭。周禮曰：司寇斷獄蔽訟，則以五刑之法。鄭司農曰：蔽，斷其獄訟。當乃明實，否則證空。其言當者，明示以事實；其理否者，顯告之狀空。鄭玄毛詩箋曰：否，不通也。說文曰：證，告也。好爵既靡，顯戮亦從。言賞罰之法，在乎功過，當者既靡之以好爵，否者亦從之以顯戮。周易曰：我有好爵，吾與爾靡之。尚書，王曰：不迪有顯戮。不見竇林，伏尸漢邦！其十三。此喻駿也。東觀漢記曰：護羌竇林奉使，羌顚岸降，詣林，林欲以為功，劾奏言大豪。後顚岸兄顚吾復詣林[18]，林言其第一豪。問事狀，林對前後兩屈。林以誣罔詣獄，上不忍誅，免官。後涼州刺史奏林贓罪，復收繫羽林監，遂死獄中。周人之詩，寔曰采薇。北難獫狁，西患昆夷。毛詩序曰：采薇，遣戍役也。文王西有昆夷之患，北有獫狁之難。鄭玄曰：昆夷，西戎也。獫狁，今匈奴也。晉灼曰：堯曰薰粥，周曰獫狁，秦曰匈奴。舊說疏曰：黃帝曰薰粥，唐舜曰蠻夏，殷曰鬼方，周曰匈奴，秦曰胡。

[18] 注「林欲以為功」下至「復詣林」　袁本、茶陵本無此十九字。案：此當是二本傳寫脫。范蔚宗書在西羌傳，文句小異。

以古況今，何足曜威？言古弱而患，今彊而勝之，抑亦常理，何足以曜威乎？西都賦曰：曜威而講武事。徒愍斯民，我心傷悲。其十四。不足曜威，而為詩者為愍斯民，故言之也。毛詩曰：王事靡盬，我心傷悲。斯民如何？荼毒于秦。毛詩曰：生民如何？尚書曰：不忍荼毒。孔安國曰：荼毒，苦也。師旅既加，饑饉是因。論語，子曰[19]：加之以師旅，因之以饑饉。疫癘淫行，荊棘成榛。元康七年正月，周處死。七月，雍州疫，大旱，關中飢，米斛萬錢。詔骨肉相贖者不禁。鄭玄周禮注曰：癘疫，氣不和之疾也。古出夏北門行曰：疫癘淫行。老子曰：師之所處，荊棘生焉。絳陽之粟，浮于渭濱。其十五。謂運絳陽之粟以賑關中也。漢書，河東郡有絳縣。酈善長水經注曰：絳則絳陽也，蓋在絳、澮之陽。左氏傳，重耳曰：余從狄君，以田渭濱。明明天子，視民如傷。明明，已見上文。左氏傳，逢滑曰：國之興也，視民如傷。申命羣司，保爾封疆。尚書曰：申命羲叔。韋孟諷諫詩曰：明明羣司。左氏傳，知罃曰：而帥偏師，以修封疆[20]。靡暴于眾，無陵于強。誡羣司也。言無以眾而暴寡，無以強而陵弱。韓子曰：其理國也，使強不陵弱，眾不暴寡。蒼頡篇曰：陵，侵也。惴惴寡弱，如熙春陽。其十六。謂關中民也。羣司既整，寡弱免於陵暴，心皆慕義，如悅春陽。毛詩曰：惴惴其慄。毛萇曰：惴惴，懼也。寡弱，已見上文。爾雅曰：熙，興也。說文曰：興，悅也。神農本草曰：春為陽，陽溫生萬物。惴惴或喣嘘[21]。

---

19 注「論語子曰」 何校「子」下添「路」字，陳同。各本皆脫。

20 注「尚書曰申命羲叔」下至「以修封疆」 袁本、茶陵本無此三十一字。案：此當是一本脫去一節注也。

21 注「惴惴或喣嘘」 袁本、茶陵本「嘘」下有「也」字。案：此當云「熙或作喣。喣，嘘也」。各本皆誤。五臣銑注云「熙猶喣也」，即襲善此注為之，可借為證。

公讌

公讌詩 五言

曹子建 贈答雜詩，子建在仲宣之後，而此在前，疑誤。

公子敬愛客，終宴不知疲。公子，謂文帝，時武帝在，謂五官中郎也[22]。清夜遊西園，飛蓋相追隨。明月澄清景，列宿正參差。字書曰：澄，湛也。說文曰：景，光也。楚辭曰：宣遊兮列宿。秋蘭被長坂，朱華冒綠池。朱華，芙蓉也。毛萇詩傳曰：冒，猶覆也。潛魚躍清波，好鳥鳴高枝。神飆接丹轂，輕輦隨風移。解嘲曰：客徒欲朱丹吾轂。飄颻放志意，千秋長若斯。古詩曰：蕩滌放情志。戰國策曰：犀首為張儀千秋之祝。

公讌詩 五言

王仲宣

昊天降豐澤，百卉挺葳蕤。爾雅曰：夏為昊天。毛詩曰：百卉具腓。字林曰：卉，草揔名也。楚辭曰：上葳蕤以防露。王逸注曰：葳蕤，草木初生貌。涼風撤蒸暑，清雲卻炎暉。孔安國論語注曰：撤，去也。蒸，熱氣也。南方為火而主夏，火性炎上，故謂夏日為炎暉也。高會君子堂，並坐蔭華榱。漢書曰：漢王置酒高會。毛詩曰：既見君子，並坐鼓瑟。上林賦曰：華榱璧璫。嘉肴充圓方，旨酒盈金罍。毛詩曰：嘉肴脾臄。南都賦曰：珍羞琅玕，充溢圓方。毛詩曰：旨酒思柔。又曰：我姑酌彼金罍。管弦發徽音，曲度清且悲。孔安國尚書傳曰：徽，美也。合坐同所樂，但愬杯行遲。愬與訴同。常聞詩人語，不醉且無歸。毛詩曰：厭厭夜飲，不醉無

---

[22] 注「謂五官中郎也」 案：「謂」當作「為」，「也」當作「將」。各本皆譌。

歸。今日不極懽，含情欲待誰？漢書曰：田蚡卒飲，極懽而去。含情，謂含其歡情而不暢也。古樂府歌曰：今日尚不樂，當復待何時？見眷良不翅升豉[23]，守分豈能違。言上見恩遇，不翅過於本望，己守常分，豈敢違越乎？言不敢也。家語，子曰：愛人之謂德教，何翅惠哉！不翅，猶過多也。論語摘襄聖承進讖曰[24]：徐衍守分身亡。古人有遺言，君子福所綏。左氏傳，正常曰：夫子有遺言。夫子，謂魯季桓子。毛詩曰：樂只君子，福履綏之。願我賢主人，與天享巍巍。主人，謂太祖也。論語，子曰：巍巍乎，惟天為大，惟堯則之。杜預左氏傳注曰：享，受也。克符周公業，奕世不可追。史記曰：周公旦輔翼武王，用事居多。奕世，已見上文。此詩侍曹操讌。

公讌詩　五言

劉公幹　魏志曰：東平劉楨，字公幹，少有學，太祖辟丞相掾屬。太子嘗請諸文學，酒酣，命甄氏出拜，坐中皆伏，楨獨平視。太祖聞之，收楨，減死輸作[25]。著文賦數十篇。卒。

永日行遊戲，懽樂猶未央。永日，長日也。尚書曰：日永星火。毛詩曰：且以永日。毛萇曰：永，引也。古詩曰：遊戲宛與洛。蘇武詩曰：懽樂殊未央。遺思在玄夜，相與復翱翔。秦嘉贈婦詩曰：遺思致款誠。毛詩曰：河上乎翱翔。輦車飛素蓋，從者盈路傍。古詩曰：日出東南行[26]，觀者滿道傍。月出照園中，珍木鬱蒼蒼。新語曰：梗梓豫章，立則為眾木之珍。風俗通曰：太山松鬱鬱蒼蒼。清川過石渠，流波為魚防。周禮曰：以

---

23 注「升豉」　袁本、茶陵本作「翅升豉切」，在注中「不翅猶過多也」下，是也。

24 注「論語摘襄聖承進讖曰」　袁本、茶陵本「襄」作「衰」，是也。

25 注「少有學」下至「減死輸作」　袁本、茶陵本無此四十二字，有「為司空軍謀祭酒掾屬轉為平原侯庶子後為五官將有文學」二十四字。案：二本是也。

26 注「古詩日日出東南行」　案：此當作「古日出東南隅行曰」。各本皆誤。

防止水。鄭玄曰：堰瀦，畜流水之陂。防，瀦旁隄也。芙蓉散其華，菡萏溢金塘。毛萇詩傳曰：菡萏，荷華也。金塘，猶金堤也。靈鳥宿水裔，仁獸遊飛梁。假美名以言之。楚辭曰：蛟何為兮水裔？思玄賦曰：亘螭龍之飛梁。華館寄流波，豁達來風涼。生平未始聞，歌之安能詳？毛萇詩傳曰：詳，審也。投翰長歎息，綺麗不可忘。翰，筆毫也。

侍五官中郎將建章臺集詩

五言　魏志曰：建安十六年正月，天子命公世子丕為五官中郎將。

應德璉　魏志曰：汝南應瑒，字德璉，太祖辟為丞相掾屬。後為五官將文學，卒[27]。

朝鴈鳴雲中，音響一何哀！以鴈自喻也。毛詩曰：鴻鴈于飛，哀鳴嗸嗸。問子遊何鄉？戢翼正徘徊。毛詩曰：鴛鴦在梁，戢其左翼。鄭玄曰：戢，斂也。言我寒門來，將就衡陽棲。淮南子曰：北極之山曰寒門。高誘曰：積寒所在，故曰寒門。西京賦曰：南翔衡陽，北棲鴈門。尚書曰：荊及衡陽惟荊州。往春翔北土，今冬客南淮。管子曰：夫鴻鵠春北而秋南，不失時者也。遠行蒙霜雪，毛羽日摧頹。東觀漢記曰：世祖蒙犯霜雪。古臨高臺辭曰：我欲負之，毛衣摧頹。常恐傷肌骨，身隕沈黃泥。簡珠墮沙石，何能中自諧？簡珠，喻賢人也。沙石，喻羣小也。淮南子曰：周之簡珪，產於垢土。爾雅曰：簡，大也。又曰：諧，和也。欲因雲雨會，濯翼陵高梯。樂動聲儀曰：風雨感魚龍，仁義動君子。范曄後漢書，鄧騭上疏曰：披雲雨之渥澤。高梯，喻尊位也。賈逵國語注曰：梯，猶階也。良遇不可值，伸眉路何階？漢書曰：左馮翊薛宣為書曉高陵令楊湛曰：君自圖進退，可復伸眉於後。公子敬愛客，樂飲不知疲。漢書曰：陳平厚具樂飲太尉。和顏既以暢，乃肯顧細微。鄭玄禮記注曰：暢，充也。鬼谷子曰：以識細微。贈詩見存慰，小子非所宜。孔叢子，衛君謂子思曰：猶步玉趾而慰存之。

---

27 注「後為五官將文學卒」　袁本、茶陵本「官」下有「中郎」二字，是也。

鄭玄周禮注曰：存，省也。毛萇詩傳曰：慰，猶安存之也。**爲且極歡情，不醉其無歸。**不醉無歸，已見上文。**凡百敬爾位，以副飢渴懷。**毛詩曰：凡百君子，各敬爾儀。孔叢子，子思謂魯穆公曰：君若飢渴待賢。

皇太子讌玄圃宣猷堂有令賦詩　四言　陸士衡

皇太子。楊佺期洛陽記曰：東宮之北曰玄圃園。王隱晉書曰：愍懷太子遹，字熙祖，惠帝即位，立為皇太子。

三正迭紹，洪聖啓運。三正，夏、殷、周也。周建子為正月，殷建丑為正月，夏建寅為正月。尚書大傳曰：正色三而復者也。春秋合誠圖曰：赤受天運。宋均曰：運，錄運也。**自昔哲王，先天而順。**尚書曰：在昔殷先哲王。周易曰：大人者先天而天弗違。又曰：湯武革命，順乎天而應乎人。**羣辟崇替，降及近古。**國語，藍尹亹曰：吾聞君子唯獨居思念前世崇替。韋昭曰：崇，終也。替，廢也。班固漢書項羽讚曰：近古以來，未嘗有也。**黃暉既渝，素靈承祜。**魏為土德曰黃。晉為金行曰素。干寶搜神記曰：魏推五德之運，以土承漢。又程猗說石圖曰[28]：金者晉之行也。建安五年初，桓帝時，有黃星見於楚、宋之分野。遼東殷馗善天文，言後五十歲，當有真人起於譙、沛之間，其鋒不可當。至此凡五十年，而公破紹，天下莫敵矣。晉世祖武皇帝姓司馬，名炎，字安世，受魏陳留王禪，以金德王，都洛陽。金於西方為白，故曰素靈。爾雅曰：渝，變也。祜，福也。**乃眷斯顧，祚之宅土。**毛詩曰：乃眷西顧，惟此與宅[29]。左氏傳，眾仲曰：胙之以土，而命之氏。尚書曰：降丘宅土。**三后始基，世武丕承。**三后，謂宣、景、文也。世武，世祖武皇帝也。國語，太子晉曰：自后稷始基靜民。尚書，伊尹曰：肆嗣王，丕承基緒。**協風傍駭，天晷仰澄。**國語曰：虞幕能聽協風，以成樂生物者也。韋昭曰：協，和也。廣雅曰：駭，起也。說文曰：晷，日景也。言日澄清也[30]。謂不薄蝕。**淳曜六合，皇**

---

28 注「又程猗說石圖曰」　袁本、茶陵本「又」下有「曰」字，是也。

29 注「惟此與宅」　陳云「惟此」二字當乙。各本皆倒。

30 注「言日澄清也」　袁本、茶陵本但有「澄」字，無上「言日」、下「清也」四字。陳云「言日」當據左太沖詩注作「方言

慶攸興。國語，史伯對鄭桓公曰：夫黎為高辛氏火正，以淳曜敦大，光照四海。呂氏春秋曰：神通乎六合。自彼河汾，奄齊七政。晉在河、汾之陽。毛詩曰：自彼氐、羌。尚書曰：璿璣玉衡，以齊七政。孔安國曰：七政，日月五星各異政也。時文惟晉，世篤其聖。周禮，栗氏量銘曰：時文思索。鄭玄曰：言是文德之君，思求可以為民立法者。尚書曰：世篤忠貞。毛萇詩傳曰：篤，厚也。欽翼昊天，對揚成命。尚書曰：欽若昊天。毛萇詩傳曰：翼，敬也。毛詩曰：對揚王休。又曰：昊天有成命，二后受之。九區克咸，讌歌以詠。劉騊駼郡太守箴曰：大漢遵周，化洽九區。尚書，夔曰：戛擊鳴球，搏拊琴瑟[31]，以詠祖考來格。皇上纂隆，經教弘道。皇上，惠帝也。爾雅曰：纂，繼也。經，猶理也。論語曰：人能弘道。于化既豐，在工載考。毛詩曰：在宗載考。鄭玄曰：考，成也。俯釐庶績，仰荒大造。尚書曰：允釐百工，庶績咸熙。孔安國曰：釐，理也。毛萇詩傳曰：荒，大也。左氏傳，呂相曰：我有大造于西也。杜預曰：造，成也。儀刑祖宗，妥綏天保。毛詩曰：儀刑文王。又曰：天保定爾。篤生我后，克明克秀。我后，謂太子也。機為洗馬，故稱我后。毛詩曰：篤生武王。又曰：克明克類。體輝重光，承規景數。尚書曰：昔先君文王、武王宣重光。爾雅曰：景，大也。尚書，周公曰：王嗣無疆，大歷服。又，舜曰：天之歷數在爾躬。茂德淵沖，天姿玉裕。尚書曰：有夏先后，方懋厥德。家語，齊大夫子輿見孔子曰：今知海淵之為大。字書曰：沖，虛也。桓子新論曰：聖人天然之姿，所以絕人遠者也。應劭漢官儀曰：太子有玉質。廣雅曰：裕，容也。蕞爾小臣，邈彼荒遐。左氏傳，子產曰：諺云蕞爾小國。儀禮曰：小臣正辭[32]。韋孟諷諫詩曰：撫寧遐荒。弛厥負檐，振纓承華。臧榮緒晉書曰：楊駿誅，徵機為太子洗馬。左氏傳，陳公子完曰：弛於負檐。杜預左氏傳注曰：振，整也。洛陽記曰：太子宮在大宮東，中有承華

曰」。案：此或尤延之校添，而又脫誤耳。

31 注「搏拊琴瑟」 袁本、茶陵本無此四字。案：此亦尤延之校添。

32 注「儀禮曰小臣正辭」 袁本作「小臣已見上文」，是也。茶陵本亦複出，皆非。

門。匪願伊始，惟命之嘉。左氏傳，周子曰：孤始願不及此。爾雅曰：嘉，善也。

大將軍讌會被命作詩　四言

臧榮緒晉書曰：成都王穎，字章度。趙王倫簒位，穎與齊王冏誅之，進位大將軍。

陸士龍

王隱晉書曰：陸雲，字士龍，少與兄機齊名，號曰二陸。為吳王郎中令，出宰浚儀，有惠政。機被收，并收雲。

皇皇帝祜，誕隆駿命。毛詩曰：皇皇后帝。又曰：既受帝祉。又曰：受天之祜。薛君韓詩章句曰：誕，信也。毛詩曰：宜監于殷，駿命不易。毛萇曰：駿，大也。四祖正家，天祿保定。四祖，宣、景、文、武也。周易曰：正家而天下定。尚書曰：天祿永終。保定即天保定爾，已見上文。睿哲惟晉，世有明聖。尚書曰：明作哲，睿作聖。毛詩曰：世有哲王。如彼日月，萬景攸正。其一。尚書曰：惟我文考，若日月之照臨。傅玄歌詩曰：日中萬影正，夕中萬景傾。義與此同。巍巍明聖，道隆自天。巍巍，已見上文。禮記，子思曰：道隆則從而隆。毛詩曰：有命自天，命此文王。則明分爽，觀象洞玄。孝經曰：則天之明。孔安國尚書傳曰：爽，明也。周易曰：仰則觀象於天。又曰：天玄而地黃。陵風協紀[33]，絕輝照淵。言風教上升，協於辰極，光炎絕遠，下照深淵。廣雅曰：陵，乘也。然乘亦升也。孝經鉤命決曰：皇德協極。注曰：極，北辰也。封禪書曰：末光絕炎。劇秦美新曰：炎光飛響，盈塞天淵。肅雍往播，福祿來臻。其二。毛詩曰：肅雍顯相。杜預左氏傳注曰：播，揚也。毛詩曰：福祿攸降。爾雅曰：臻，至也。在昔姦臣，稱亂紫微。姦臣，謂趙王倫也。法言曰：上失其政，姦臣竊國命。尚書曰：敢行稱亂。紫微，喻帝位也。春秋合誠圖曰：北辰，其星七，在紫微中。又曰：紫宮，大帝室也。神風潛駭，有赫茲威。毛詩曰：皇矣上帝，臨下有赫。靈旗樹

---

33 陵風協紀　案：「紀」當作「極」。袁本云善作「紀」。茶陵本云五臣作「極」。詳善引孝經鉤命決注「協極」，是善亦作「極」，不作「紀」。各本所見皆非。

旆，如電斯揮。甘泉賦曰：樹靈旗。楚辭曰：靈旗兮電鶩。韓康伯周易注曰：揮者，散也。致天之屆，于河之沂。臧榮緒晉書曰：成都王穎遣趙驤為前鋒，倫遣孫會等前驅，未及溫十餘里，大戰，孫會先退，諸軍相次奔潰，穎尋過河入于京師。毛詩曰：致天之屆。毛萇曰：屆，極也。文穎漢書注曰：沂，水上橋也。有命再集，皇輿凱歸。其三。趙王倫廢帝於金墉城。既敗倫於溫，帝復還，故曰再集。毛詩曰：天監在下，有命既集。楚辭曰：恐皇輿之敗績。周禮曰：師有功則凱樂。頽綱既振，品物咸秩。說文曰：振，舉也。周易曰：品物咸亨。神道見素，遺華反質。周易曰：聖人以神道設教。素，樸素也。莊子曰：同乎無欲，是謂素樸。鄭玄禮記注曰：凡物無飾曰素。華謂采章，質謂淳樸也。遺，棄也。辰晷重光，協風應律。國語曰：次序三辰。賈逵曰：日月星也[34]。漢書，倪寬云：宣重光。張晏曰：重光，謂日月也。協風，已見上文。應律，應律而至也。函夏無塵，海外有謐。其四。楊雄河東賦曰：函夏之大漢。東觀漢記曰：祭肜為遼東太守，胡、夷皆來內附，野無風塵。毛詩曰：海外有截。爾雅曰：謐，靜也。芒芒宇宙，天地交泰。左氏傳曰：芒芒禹跡。淮南子曰：虛廓生宇宙，宇宙生天地。周易曰：天地交泰。王在華堂，式宴嘉會。毛詩曰：王在靈囿。又曰：嘉賓式宴以敖。周易曰：嘉會足以合禮。玄暉峻朗，翠雲崇靄。玄，天色也。冕弁振纓，服藻垂帶。其五。尚書曰：藻火粉米。鄭玄孝經注曰：大夫服藻火。毛詩曰：彼都人士，垂帶而厲。祁祁臣僚，有來雍雍。祁祁，已見上文。毛詩曰：有來雍雍。薄言載考，承顏下風。毛詩曰：薄言采之。載考，已見上文。漢書，雋不疑曰：乃今承顏接辭。孔叢子曰：假願在下風。俯覲嘉客，仰瞻玉容。毛詩曰：我有嘉客，亦不夷懌。曹植罷朝表曰：覲玉容而慶薦，奉懽宴而慈潤。施己唯約，于禮斯豐。魏文帝典論曰：君子謹乎約己，弘乎接物。淮南子曰：禮豐不足以効愛。天錫難老，如嶽之崇。其六。言賜之難老，合壽考也[35]。毛詩曰：永錫難老。又曰：如南山之壽。

---

34 注「國語曰次序三辰賈逵曰日月星也」 袁本、茶陵本無此十四字。

35 注「合壽考也」 陳云「合」當作「令」，是也，各本皆譌。

晉武帝華林園集詩

四言　洛陽圖經曰：華林園在城內東北隅。魏明帝起名芳林園，齊王芳改為華林。干寶晉紀曰：泰始四年二月，上幸芳林園，與羣臣宴，賦詩觀志。孫盛晉陽秋曰：散騎常侍應貞詩最美。

應吉甫

文章志曰：應貞[36]，字吉甫，少以才聞，能談論。晉武帝為撫軍將軍，以貞參軍。晉室踐祚，遷太子中庶子、散騎常侍。卒。

悠悠太上，民之厥初。毛萇詩傳曰：悠悠，遠貌。太上，太古也。老子曰：太上下知有之。淮南子曰：太上之道，生萬物而不有。毛詩曰：厥初生民。皇極肇建，彝倫攸敷。尚書曰：建用皇極。又曰：天乃錫禹洪範九疇，彝倫攸敘。孔安國曰：皇，大；極，中也。五德更運，膺籙受符。七略曰：鄒子有終始五德。言土德從所不勝，木德繼之，金德次之，火德次之，水德次之。春秋命歷序曰：五德之運，同徵合符，膺籙次相代。春秋漢含孳曰：天子受符，以辛日立號。陶唐既謝，天歷在虞。其一。說文解字云：陶丘再成也，在濟陰。夏書曰：東至陶丘。陶丘有堯城，堯嘗居之，故號陶唐氏。天歷，天之歷數也，已見上文。虞謂舜也。於時上帝，乃顧惟眷。孔安國尚書傳曰：時，是也。毛詩曰：皇矣上帝。又曰：乃眷西顧，此惟與宅。光我晉祚，應期納禪。魏禪晉，已見魏都賦。范曄後漢書：伏隆檄張步曰：皇天佑漢，聖哲應期。尚書刑德放曰：河圖，帝王終始存亡之期。位以龍飛，文以虎變。周易曰：飛龍在天，利見大人。又曰：大人虎變，其文炳也。玄澤滂流，仁風潛扇。玄澤，聖恩也。曹子建責躬詩曰：玄化滂流。典引曰：仁風翔于海表。區內宅心，方隅回面。其二。尚書曰：宅心知訓。孔安國曰：常以居心也。劇秦美新曰：回面內嚮喁喁然。天垂其象，地曜其文。周易曰：天垂象，聖人則之。韓詩外傳曰：天見其象，地見其形，聖人則之。春秋元命

---

[36] 注「文章志曰應貞」　袁本、茶陵本「貞」作「禎」，下同。案：今晉書文苑傳作「貞」。又上所引晉陽秋，各本皆作「貞」。蓋諸文互異，善各從其本。尤延之據晉書校改而一之耳。

萇曰：天質地文。**鳳鳴朝陽，龍翔景雲。**毛詩曰：鳳凰鳴矣，于彼高岡；梧桐生矣，于彼朝陽。注曰：山東曰朝陽。孝經援神契曰：王者德至山陵，則景雲出。孫柔之曰：一名慶雲。文子曰：景雲光潤。**嘉禾重穎，蓂莢載芬。**孝經援神契曰：王者德至地，則嘉禾生。東觀漢記曰：濟陽縣嘉禾生，一莖九穗。田俅子曰：堯為天子，蓂莢生于庭，為帝成歷。**率土咸序，人胥悅欣。**其三。胥，相也。毛詩曰：率土之濱，莫非王臣。**恢恢皇度，穆穆聖容。**老子曰：天網恢恢，疏而不失。禮記曰：天子穆穆。**言思其順，貌思其恭。在視斯明，在聽斯聰。**尚書曰：言曰從，貌曰恭，視曰明，聽曰聰。注曰：是則可從。恭，嚴恪也。明必精審，聰必微諦。論語曰：君子視思明，聽思聰，貌思恭，言思忠。**登庸以德，明試以功。**其四。尚書，帝曰：若時登庸。又曰：明試以功，車服以庸。**其恭惟何？昧旦丕顯。**左氏傳，讒鼎之銘曰：昧旦丕顯，後世猶怠。**無理不經，無義不踐。行捨其華，言去其辯。**禮記曰：理發乎外而眾莫不順。鄭玄曰：理，謂言行也。陸賈新語曰：義者德之經，履之者聖也。老子曰：處其實不處其華。尚書曰：君無以辯言亂舊政。辯，捷也。口捷給則數為人所憎。故云去其辯。**游心至虛，同規易簡。**嵇康書曰：遊心于寂寞。老子曰：致虛極。王弼曰：言至虛之極也。管子曰：虛無形謂之道。周易曰：乾以易知，坤以簡能；易則易知，簡則易從；簡易而天下之理得矣。**六府孔修，九有斯靖。**其五。尚書曰：四海會同，六府孔修。毛詩曰：奄有九州[37]。**澤靡不被，化罔不加。聲教南暨，西漸流沙。**尚書曰：東漸于海，西被地流沙，朔南暨聲教。孔安國曰：漸，入也。**幽人肆險，遠國忘遐。**毛萇詩傳曰：幽，遠也。長楊賦曰：故平不肆險。服虔曰：肆，棄也。**越裳重譯，充我皇家。**其六。尚書大傳曰：成王之時，越裳重譯而來朝。曰道路悠遠，山川阻深，恐使之不通，故重三譯而朝也。鄭玄曰：欲其轉相曉也。何休公羊傳注曰：充，滿也。典引曰：盛哉皇家。**峩峩列辟，赫赫虎臣。**毛詩曰：奉璋峩峩。典引曰：德臣列辟。毛詩曰：進厥虎臣。**內和五品，外威四賓。**尚書，帝曰：五品不遜。孔安國曰：五品，謂五常也。

---

37 注「奄有九州」 陳云「州」當作「有」。各本皆誤。

又曰：四夷咸賓。脩時貢職，入覲天人。周禮曰：施貢分職，以任邦國。毛詩曰：以其介圭，入覲于王。莊子曰：皆原於一，不離於宗，謂之天人。備言錫命，羽蓋朱輪。其七。毛詩曰：備言燕私。又序曰：不能錫命以禮。尚書大傳曰：古諸侯之於天子有功者，天子賜其車服，號曰命諸侯。鄭玄儀禮注曰：命，加爵服之名。子虛賦曰：建羽蓋。楊惲書曰：乘朱輪者十人。貽宴好會，不常厥數。史記曰：秦王告趙王，欲為好會。數，猶禮也。左氏傳，張趯曰：吾得聞此數。神心所受，不言而喻。范曄後漢書，鄧騭上疏曰：聖策定於神心。孟子曰：君子所性，仁義禮智信，根於心，施於四體，不言而喻。於時肄射，弓矢斯御。呂氏春秋曰：天子講武肄射。毛詩曰：弓矢斯張。毛萇曰：御，進也。發彼五的，有酒斯飫。其八。毛詩曰：發彼有的，以祈爾爵。毛萇曰：的，射質也。鄭玄曰：發，發矢也。周禮曰：王射三侯五正。毛詩曰：君子有酒，酌言嘗之。又曰：飲酒之飫。杜預左氏傳注曰：飫，厭也。文武之道，厥猷未墜。論語，子貢曰：文、武之道，未墜於地，在人也[38]。在昔先王，射御茲器[39]。示武懼荒，過亦爲失。周易曰：弓矢者器也，用之過，亦為失也。凡厥羣后，無懈于位[40]。其九。毛詩曰：不懈于位，民之攸塈。

九日從宋公戲馬臺集送孔令詩

五言　蕭子顯齊書曰：宋武帝為宋公，在彭城，九日出項羽戲馬臺，至今相承以為舊準。沈約宋書曰：孔靖，字季恭，宋臺初建，以為尚書令，讓不受，辭事東歸，高

---

38 注「在人也」　袁本、茶陵本「在人」二字作「是」。案：此尤延之校改。

39 射御茲器　茶陵本云「射」五臣作「躳」。袁本云善作「射」。何校云五臣作「躳」，是也。今案：注無明文，二本校語非可全據。善果何作，莫可考，晉書亦作「射」，仍不當竟改，何校未是也。

40 注「不懈于位」　袁本、茶陵本「不」作「匪」。案：此亦尤延之校改。

祖餞之戲馬臺，百寮咸賦詩以述其美。

謝宣遠 宋書七志曰[41]：謝瞻，字宣遠，東郡人也[42]。幼能屬文。宋黃門郎。以弟晦權貴，求為豫章太守，卒。高祖遊戲馬臺，命僚佐賦詩，瞻之所作冠于時[43]。

風至授寒服，霜降休百工。禮記曰：孟秋之月涼風至。又曰：仲秋之月盲風至，命有司[44]衣服有量，必脩其故[45]。鄭玄曰：盲風，疾風也。毛詩曰：七月流火，九月授衣。禮記曰：季秋之月，霜始降，則百工休。繁林收陽彩，密苑解華叢。巢幕無留鷰，遵渚有來鴻。左氏傳曰：吳公子札聘于上國，宿于戚，聞孫林父擊鍾，曰：夫子之在此，猶鷰之巢幕上。杜預曰：夫子，孫文子也。毛詩曰：鴻飛遵渚。禮記曰：九月之節，鴻鴈來賓。輕霞冠秋日，迅商薄清穹。迅商，商風之迅疾也。楚辭曰：商風肅而害之，百草育而不長。王逸曰：商風，西風也。秋氣起則西風疾。又曰：薄，附也。爾雅曰：穹蒼，蒼天也。聖心眷嘉節，揚鑾戾行宮。孫卿子曰：積善德而聖心備焉。左氏傳曰：錫鑾和鈴。爾雅曰：戾，至也。東觀漢記曰：濟陽有武帝行過宮。四筵霑芳醴，中堂起絲桐。儀禮曰：旨酒令芳。西京賦曰：促中堂之密坐。史記曰：鄒忌以鼓琴見齊威王，忌曰：夫理國家而彌人倫，皆在其中。王曰：夫理國家，又何為乎[46]絲桐之間？扶光迫西汜，歡餘讌有窮。淮南子曰：日出暘谷[47]，拂于扶桑。楚辭曰：出自暘谷，次于蒙汜。逝矣

---

41 注「宋書七志曰」 袁本「宋」作「今」。茶陵本亦作「宋」。陳云注引今書七志處甚多；又證以王文憲集序，「宋」字之誤無疑。案：所說是也。

42 注「東郡人也」 袁本、茶陵本「東」作「陳」，是也。

43 注「冠于時」 袁本、茶陵本「時」上有「一」字，是也。

44 注「命有司」 袁本、茶陵本「命」上有「乃」字。案：「有司」當作「司服」。

45 注「必脩其故」 袁本、茶陵本「脩」作「循」，是也。

46 注「又何為乎」 袁本、茶陵本此四字作「何在」二字。案：凡此類皆尤之改。

47 注「日出暘谷」 袁本「暘」作「陽」，下同。茶陵本亦皆作「暘」。案：當作「湯」。各本皆譌。「湯谷」，如蜀都、吳

將歸客，養素克有終。歸客，謂靖也。嵇康幽憤詩曰：養素全真。王隱晉書，周馥教曰：參軍杜夷，優遊養素。周易曰：謙亨君子有終吉。班固漢書述曰：疏克有終，散金娛老。臨流怨莫從，歡心歎飛蓬。言己牽於時役，未果言歸，臨流念鄉，已結莫從之怨，而以侍宴暫歡之志，重歎飛蓬之遠也。楚辭曰：臨流水而太息。王逸曰：念舊鄉也。曹植應詔詩曰：朝覲莫從。列子，宋元君曰：適值寡人有懽心。商君書曰：夫飛蓬遇飄風而行千里，乘風之勢。

樂遊應詔詩

五言　丹陽郡圖經曰：樂遊苑，宮城北三里，晉時藥園也。

范蔚宗　沈約宋書曰：范曄，字蔚宗，順陽人。少好學，為高祖相國掾[48]，稍遷至太子詹事。坐謀反誅。

崇盛歸朝闕，虛寂在川岑。方言曰：寂，安靜也。山梁協孔性，黃屋非堯心。論語，子曰：山梁雌雉，時哉時哉！何晏曰：言山梁雌雉得時。鄭玄毛詩箋曰：梁，石絕水之梁也。漢書曰：紀信乃乘王車，黃屋左纛。李斐曰：天子車以黃繒為裏。堯以位禪務光、許由，故非堯心所悅。郭象注莊子曰：徒見聖人載黃屋，佩玉璽，便謂足以纓紱其心矣。軒駕時未肅，文囿降照臨。言未戒軒駕而訪道，且降文囿而愛物也。莊子曰：黃帝將見大隗，方明為御，昌寓參乘。鄭玄禮記注曰：肅，戒也。孟子，齊宣王問曰：文王之囿方七十里。毛詩曰：王在靈囿。鄭玄曰：文王親至靈囿，言愛物也。毛詩曰：明明上天，照臨下土。流雲起行蓋，晨風引鑾音。原薄信平蔚，臺澗備曾深。王逸楚辭注曰：草木交曰薄處[49]。蘭池清夏氣，脩帳含秋陰。三輔黃圖曰：蘭池觀在城外。漢書成紀曰：三輔長無供帳之都、西征等賦，皆有其證，不具出。

---

48 注「沈約宋書曰」下至「為高祖相國掾」　茶陵本「善曰」下無此二十二字，有「與彭城王義康」六字，其五臣「銑曰」下有之。袁本但載銑注，末云「善注同」。案：此幷「五臣」於善，而各本皆失善之舊，無可訂正也。

49 注「草木交曰薄處」　陳云「處」字當在「交」字下。案：「處」衍字耳。各本皆譌。今楚辭注「交」下有錯字，善引不備。登廬山香爐峯詩注亦如此。

勞。張晏曰：帳，帷帳也。遵渚攀蒙密，隨山上嶇嶔。遵渚，已見上文。尚書曰：隨山濬川。洞簫賦曰：嶇嶔巋崎。睇目有極覽，遊情無近尋。廣雅曰：睇，視也。王弼老子注曰：滌除邪飾，至于極覽。鄭玄禮記注曰：極者，盡也。聞道雖已積，年力互頹侵。莊子，南郭子綦問于女偊曰：子之年長矣，而色若孺子，何也？曰：吾聞道矣。偊音禹。陸機應嘉賦曰：悲來日之苦短，恨頹年之方促。探己謝丹黻，感事懷長林。毛詩曰：赤芾在股。毛萇曰：諸侯赤芾。鄭玄曰：芾，太古蔽膝之象。黻與芾古字通。江賦曰：感事而出。

九日從宋公戲馬臺集送孔令詩 五言

謝靈運

季秋邊朔苦，旅鴈違霜雪。列子曰：禽獸之智，違寒就溫。孔安國尚書傳曰：違，避也。凄凄陽卉腓，皎皎寒潭絜。韓詩曰：秋日凄凄，百卉俱腓。薛君曰：腓，變也。俱變而黃也。腓音肥。毛萇曰：痱，病也。今本作腓字，非[50]。良辰感聖心，雲旗興暮節。楚辭曰：吉日兮良辰。東征賦曰：撰良辰而將行。爾雅曰：感，動也。楚辭曰：載雲旗兮逶迤。鳴葭戾朱宮，蘭卮獻時哲。魏文帝書曰：從者鳴笳以啟路。傅玄西都賦曰：彤彤朱宮。漢書曰：百末旨酒布蘭生。晉灼曰：芬芳布列，若蘭之生。應劭曰：卮，鄉飲酒禮器也，受四升。鄭玄毛詩箋曰：主人酌賓為獻。餞宴光有孚，和樂隆所缺。薛君韓詩章句曰：送行飲酒曰餞。周易曰：有孚飲酒無咎。毛詩序曰：鹿鳴廢則和樂缺矣。在宥天下理，吹萬羣方悅。莊子曰：聞在宥天下，不聞在治天下也。司馬彪曰：在，察也。宥，寬也。郭象曰：宥使自在則治也。莊子，南郭子綦曰：夫吹萬不同而使其自已也。司馬彪曰：言天氣吹煦，生養萬物，形氣不同。已，止也。

---

[50] 注「毛萇曰痱病也今本作腓字非」 案：「痱」、「腓」二字當互易，詳文義。謝詩作「痱」，善引韓及毛皆作「腓」，而訂之曰「今本作痱字，非也」。考鮑明遠苦熱行「渡瀘寧具腓」注引毛詩「百卉具腓」。毛萇曰：「腓，病也」。則此不得為「痱，病也」明甚。蓋五臣因之，改正文為「痱」，後以亂善，遂復倒此二字使相就，不知其不可通也。

使各得其性而止。**歸客遂海嵎[51]，脫冠謝朝列。**廣雅曰：遂，往也。尚書曰：至于海隅蒼生。凡仕則冕弁，謝職故曰脫冠。閑居賦序曰：猥廁朝列。**弭棹薄枉渚，指景待樂闋。**杜預左氏傳注曰：弭，息也。楚辭曰：朝發枉渚。王逸曰：枉，曲也。指景，指日也，已見上文。禮記曰：有司告以樂闋。鄭玄曰：闋，終也。**河流有急瀾，浮驂無緩轍。**言彼去河有急瀾而不止，己旋驂無緩轍而不留。言相背之疾也。孔安國尚書傳曰：浮，行也。**豈伊川途念，宿心愧將別。**孔以養素為榮，而己以戀位為辱，故云愧也。周禮曰：兩山之間，必有川焉；大川之間[52]，必有塗焉。趙壹報羊陟書曰：惟君明睿，平其宿心。嵇康幽憤詩曰：內負宿心。**彼美丘園道，喟焉傷薄劣。**毛詩曰：彼美孟姜。周易曰：六五，賁于丘園，束帛戔戔。王肅曰：失位無應，隱處丘園。閑居賦曰：信用薄而才劣。

應詔讌曲水作詩 四言

水經注曰：舊樂遊苑，宋元嘉十一年，以其地為曲水，武帝引流[53]轉酌賦詩。裴子野宋略曰：文帝元嘉十一年三月丙申，禊飲于樂遊苑，且祖道江夏王義恭、衡陽王義季，有詔，會者賦詩。

顏延年

道隱未形，治彰既亂。老子曰：大象無形。又曰：道隱無名。王弼曰：有形則亦有分，有分者不溫則涼，故象者[54]非大象也。又曰：夫道，物以之成而不見形，故隱而無名也。河上公曰：道潛隱，使人無能名也。太玄經曰：亂不極則治不形。賈逵國語注曰：彰，著也。**帝迹懸衡，皇流共貫。**春秋合誠圖曰：黃帝有迹，必稽功務法。宋均曰：迹，行迹，

---

51 歸客遂海隅　案：「嵎」當作「隅」。袁、茶陵二本校語云善從「山」。詳善引尚書注「海隅」，是善亦作「隅」。各本所見皆非。

52 注「大川之間」　何校「間」改「上」，陳同。各本皆譌。

53 注「武帝引流」　何校「武」改「文」，陳同。各本皆譌。

54 注「故象者」　袁本、茶陵本「象」下有「者形」二字。案：此當作「故象而形者」。二本誤「而」作「者」，尤因其不可通，輒刪二字，非。今本王弼注老子不誤。

謂功績也。申子曰：君必有明法正義，若懸權衡以稱輕重，所以一羣臣也。長楊賦曰：逮至孝文，隨風乘流。孔安國尚書傳曰：萬國共貫。惟王創物，永錫洪筭。周禮曰：智者創物。毛詩曰：永錫難老。鄭玄儀禮注曰：筭，數也。謂年數。仁固開周，義高登漢。其一。毛詩序曰：周家忠厚，仁及草木。漢書曰：五星聚于東井，此高祖受命之符，當以義取天下。祚融世哲，業光列聖。爾雅曰：融，長也。毛詩曰：世有哲王。魏都賦曰：列聖之遺塵。太上正位，天臨海鏡。太上，謂文帝也。漢書，薄昭書曰：欲以親戚之意，望於太上。如淳曰：太上，天子也。周易曰：女正位于內，男正位于外。潘岳魯公詩曰：如地之載，如天之臨。孫綽望海賦曰：因湛亮以靜鏡，俯遊目於淵庭。制以化裁，樹之形性。周易曰：化而裁之謂之變。莊子曰：流動而生物，物成生理謂之形，形體保神，各有儀則謂之性。惠浸萌生，信及翔泳。其二。史記，文帝詔曰：萬物之萌生。翔泳，謂魚鳥也。周易曰：豚魚吉，信及豚魚。薛君韓詩章句曰：文王聖德，上及飛鳥，下及魚鱉。崇虛非徵，積實莫尚。言崇尚虛假，諒非有徵，積累成實，則莫能尚也。演連珠曰：積實雖微，必動於物，崇虛雖廣，不能移心。杜預左氏傳注曰：尚，亦上也。豈伊人和，寔靈所貺。言化之所感，豈止人和乎？實亦受天貺。左氏傳，季良曰：於是人和而神降之福。春秋元命苞曰：通三靈之貺，交錯同端也。日完其朔，月不掩望。漢書曰：天下太平，日不蝕朔，月不掩望。航琛越水，輦賮踰障[55]。其三。言遠夷納貢也。毛萇詩傳曰：琛，寶也。孟子曰：將有遠行，行者必以賮。爾雅曰：上正，嶂也。郭璞曰：山上平。帝體麗明，儀辰作貳。言太子附帝，故有明德也。帝體，謂太子也。沈約宋書曰：文帝立皇子劭為太子。喪服傳曰：長子正體於上。周易曰：黃離，元吉。鄭玄曰：離，南方之卦，離為火，土託位焉。土色黃，火之子，喻子有明德，能附麗於父之道，文王之子發、旦是也。毛萇詩傳曰：儀，匹也。辰，北辰也。典引曰：辰居其位。齊王攸太子箴曰：尊以弘道，固以貳己。君彼東朝，金昭玉粹。東朝，東宮也。潘岳贈陸機詩曰：繾綣東朝。高誘呂氏春秋注曰：東宮，太子所居。詩曰：東宮之妹。又曰：金玉其相。廣雅曰：粹，

55 輦賮踰障　袁本、茶陵本「障」作「嶂」，是也。

純也。德有潤身，禮不愆器。禮記，曾子曰：富潤屋，德潤身。又曰：禮器。鄭玄曰：禮器，言禮使人成器，如耒耜之為用也[56]。柔中淵映，芳猷蘭祕。其四。周易曰：其用柔中。陸機宣猷堂詩曰：茂德淵沖。字書曰：祕者[57]，謂蘭芳之幽密。昔在文昭[58]，今惟武穆。言昔者在高祖之子為王，同於文王之昭；今帝之子為王，又同武王之穆，言其成也[59]。左氏傳，富辰曰：畢、原、酆、郇，文之昭也。杜預曰：皆文王子也。邘、晉、應、韓，武之穆也。杜預曰：皆武王子也。漢書，韋玄成議曰：父為昭，子為穆，孫復為昭，昭穆父子之迭號，千祀而一也。晉文王諱昭，改為韶。於赫王宰，方旦居叔。王宰，謂王為宰輔，比之周旦而亦居叔也。沈約宋書曰：彭城王義康為司徒。毛詩曰：於赫湯孫。韓詩外傳，周公誡伯禽曰：吾，成王叔父也。有睟睿蕃，爰履奠牧。謂諸王者蕃也[60]。孟子曰：仁義禮智根於心，其生色也，睟然於面。二蕃，謂江夏、衡陽二王也。爰履奠牧，謂於所履之地，能鎮定其郊牧也。爾雅曰：爰，於也。左氏傳，管仲曰：賜我先君履。杜預曰：履，所履之界也。諸侯得祀名山大川，故曰奠牧。尚書曰：奠高山大川。爾雅曰：郊外謂之牧。寧極和鈞，屏京維服。其五。和鈞，謂王宰也。屏京，謂蕃封也。尚書曰：關石和鈞。周禮曰：三曰禮典，以和邦國，四曰政典，以均萬民。又曰：凡邦國大小相維。朏魄雙交，月氣參變。朏魄雙交，謂三日也。凡朏魄之交，皆在月三日之夕。今月未夕，故以前之文[61]唯止有二，故曰雙也。孔安國尚書傳曰：朏，明也。月三日明生之名。說文曰：魄，月始生魄然也。月氣參變，謂三月也。月氣每月一變，故曰參也。周書曰：凡四時成歲，各有孟仲季，以名十有二月，月有中氣，以著時應。開榮灑澤，

56 注「如耒耜之為用也」 袁本、茶陵本無此七字。

57 注「字書曰祕者」 陳云「祕者」下脫「密也蘭祕」四字。今案：當在「祕」下「者」上。各本皆誤。

58 昔在文昭 陳云「昭」五臣作「韶」。據善注亦當作「韶」。今案：茶陵本云五臣作「韶」，與尤所見皆非也。袁本作「韶」，不著校語，或所見善亦作「韶」為不誤耳。

59 注「言其成也」 何校「成」改「盛」，陳同。各本皆譌。

60 注「謂諸王者蕃也」 何校「者」改「睿」，陳同。各本皆譌。

61 注「故以前之文」 何校「文」改「交」，陳同。各本皆譌。

舒虹爍電。言時候也。禮記曰：季春之月，桐始華。又曰：時雨將降。又曰：虹始見。又曰：仲春之月始電。化際無間，皇情爰眷。言既太平，故眷斯嘉節。解嘲曰：纖者入無間。杜預左氏傳注曰：間，隙也。伊思鎬飲，每惟洛宴。其六。楚辭曰：伊思兮往古。毛詩曰：王在在鎬，飲酒樂豈。東陽無疑齊諧記，束晳對武帝曰：昔周公卜洛邑，因流水以汎酒，故逸詩曰：羽觴隨流波。郊餞有壇，君舉有禮。餞，已見上文。左氏傳，曹劌曰：君舉必書。幙帷蘭甸，畫流高陛。廣雅曰：幙，帳也。蘭甸，蘭生于甸，猶蘭皐也。畫流，分流也。分庭薦樂，析錫[62]波浮醴。莊子曰：分庭抗禮。豫同夏諺，事兼出濟。其七。孟子，夏諺曰：吾王不豫，吾何以助？毛詩曰：出宿于濟。仰閱豐施，降惟微物。閱，猶數也。微物，自謂也。薛君韓詩章句曰：鳥，微物也。三妨儲隸，五塵朝黻。沈約宋書曰：高祖受命，延年補太子舍人，徙尚書儀曹郎，太子中舍人，轉正員外郎，徙員外常侍，出為始安太守，徵中書侍郎，轉太子中庶子。途泰命屯，恩充報屈。泰、屯，二卦名。周易曰：泰者通也。又曰：屯如邅如。有悔可悛，滯瑕難拂。其八。周易曰：盱豫有悔，位不當也。孔安國尚書傳曰：悛，改也。廣雅曰：瑕，穢也。毛萇詩傳曰：拂，去也[63]。拂亦作弗，古字通。

皇太子釋奠會作詩

四言　裴子野宋略曰：文帝元嘉二十年三月，皇太子劭釋奠于國學。禮記曰：凡學，春，官釋奠于先師，秋冬亦如之。鄭玄曰：官，謂禮、樂、詩、書之官。周禮曰：凡有道者有德者使教焉，死則以為樂祖，祭於瞽宗，此之謂先師也。若漢，禮有高堂生，樂有制氏，詩有毛公，書有伏生。釋

---

62 注「錫」　袁本、茶陵本作「析音錫」，在注末，是也。

63 注「拂去也」　陳云此「拂」字當作「弗」，引毛生民首章傳也。下句「拂」亦作「弗」者，言顏詩亦有別本作「弗」耳。案：所校是也。各本皆譌。

奠者，設薦饌酌奠而已，無迎尸之事。

顏延年

國尚師位，家崇儒門。漢書，元帝詔曰：國之將興，尊師而重傳。鄭玄禮記注曰：尊師授道焉，不使處臣位也。漢書儒林傳曰：嚴彭祖、顏安樂各專門教授。稟道毓德，講藝立言。王粲贈文叔良詩曰：溫溫恭人，稟道之極。周易曰：君子以振民毓德。西都賦曰：講論乎六藝。左氏傳，范宣子曰：其次立言。浚明爽曙，達義茲昬[64]。以日喻道也。大明之道，既以爽曙；道達之義，於此彌昏也。尚書曰：夙夜浚明有家。馬融曰：浚，大也。魏都賦曰：昬情爽曙，箴規顯之。毛萇詩傳曰：爽，差也。然義與魏都賦微異，不以文害意也。禮記曰：先王修道以達義。桓子新論曰：學者既多蔽暗，而師道又復缺然，此所以滋昬也。永瞻先覺，顧惟後昆。其一。言大義漸乖，永瞻先覺之意，顧思後昆以正之。孟子，伊尹曰：天生斯人，使先覺覺後覺。予，天人之先覺者也。尚書曰：垂裕後昆。大人長物，繼天接聖。周易曰：利見大人，君德也。尸子曰：天地之道，莫見其所以長物而物長，聖人之道亦然。漢書曰：庖羲繼天而王，為百王先首。時屯必亨，運蒙則正。周易曰：屯，元亨，利貞。王弼曰：剛柔始交，是以屯也，不交則否，故屯乃大亨也。運，錄運也。周易曰：蒙，亨，利貞。王弼曰：蒙之所利，乃利正也。偃閉武術，闡揚文令。尚書曰：王來自商，至于豐，乃偃武修文。孔安國曰：闡修文教。賈逵國語注曰：偃，息也。庶士傾風，萬流仰鏡。其二。尚書曰：庶邦庶事。嵇康高士傳，孔子問項橐曰：居何在？曰：萬流屋是也。注曰：言與萬物同流匹也。雒書曰：秦失金鏡。鄭玄曰：金鏡，喻明道也。虞庠飾館，睿圖炳晬。禮記曰：有虞氏養國老於上庠。睿圖，孔聖之圖畫也。炳，丹青色也。晬，已見上文。懷仁憬九永[65]集，抱智麕丘殞[66]至。懷抱，謂包韞也。禮記曰：君子有禮，故物無不懷仁。又曰：儒有戴仁而行，抱義而處。毛

64 達義茲昬　何校云據注「茲」當作「滋」，陳同。案：所校是也。善作「滋」，故引新論注「滋昬」。五臣作「茲」，故濟注云「亦猶是焉」。各本所見，皆以五臣亂善，而袁、茶陵不著校語。古「茲」字雖與「滋」同義，然非此之由。

65 注「九永」　袁本、茶陵本作「九永切」，在注中「憬遠行貌」下，是也。

66 注「丘殞」　袁本、茶陵本作「丘殞切」，在注末，是也。

詩曰：憬彼淮夷。毛萇曰：憬，遠行貌。左氏傳，蔿啓彊謂楚子曰：求諸侯而麇至。杜預曰：麇，羣也。踵門陳書，躡蹻獻器。莊子曰：有孫休者，踵門而詫扁子。司馬彪曰：踵，至也。陳書，謂陳列其書而進之也。史記曰：虞卿躡蹻檐簦。器，謂樂也。漢書曰：河間獻王修學好古，或有先祖舊書，多奉與獻王。來朝，獻樂器也。澡身玄淵，宅心道祕。其三。禮記曰：儒有澡身而浴德。王逸妍敖蚩曰[67]：窮聖人之祕奧，測六義之淵玄。宅心，已見上文。伊昔周儲，聿光往記。禮記曰：文王之為世子，朝於王季，日三。鷄初鳴而衣服，至寢門外，問內豎之御者曰：今日安否？何如？內豎曰：安。文王乃喜。及日中又至，亦如之。及暮又至，亦如之。其有不安，則內豎以告文王，文王色憂，行不正履。王季復膳，然後亦復初。漢書，疏廣曰：太子國儲副君。孔安國尚書傳曰：聿，述也。思皇世哲，體元作嗣。毛詩曰：思皇多士。東都賦曰：體元立制，繼天而作。鄭玄禮記注曰：上嗣，君之適長子。資此夙知，降從經志。資，猶藉也。毛詩曰：誰夙知而暮成。禮記曰：一年視離經辨志。逷彼前文，規周矩值。其四。爾雅曰：逷，遠也[68]。尚書大傳曰：聖人與聖也，猶規之相周，矩之相襲。值，當也。正殿虛筵，司分簡日。正殿，前殿也。長門賦曰：正殿塊以造天。虛筵，以待賢也。左氏傳，郯子曰：玄鳥氏，司分者也。爾雅曰：簡，擇也。尚席函杖，丞疑奉帙。漢書音義，晉灼曰：舊有五尚，有尚席。禮記曰：席間函丈。鄭玄曰：函，容也。丞疑，疑丞也。禮記曰：虞、夏、商[69]有師保，有疑丞。侍言稱辭，惇史秉筆。馮衍德誥曰：仲尼言語不習，則子貢侍。禮記曰：有善記之為惇史。國語，士茁謂襄子曰：臣秉筆事君。妙識幾音，王載有述。其五。周易曰：知幾其神乎！尚書曰：熙帝之載。王肅曰：載，事也。孔叢子曰：使談者有述焉，為之奈何！肆議芳訊，大教克明。演連珠曰：肆議芳訊，非庸聽所善。孔安國尚書傳曰：肆，陳也。鄭玄毛詩箋曰：

---

67 注「王逸妍敖蚩曰」袁本、茶陵本無「敖」字。案：無者是也。後五君詠注所引亦無「敖」字，可證。

68 注「爾雅曰逷遠也」袁本、茶陵本無此六字。

69 注「虞夏商」袁本、茶陵本「商」下有「周」字，是也。

訊，言也。敬躬祀典，告奠聖靈。禮記曰：非此族也，不在祀典。又曰：凡人之始立學者，先釋奠于先聖先師。禮屬觀盥，樂薦歌笙。周易曰：觀盥而不薦。王弼曰：可觀者莫盛乎宗廟，宗廟之可觀者，莫盛於觀盥也。儀禮曰：歌南有嘉魚，笙崇丘也。昭事是肅，俎實非馨。其六。左氏傳曰：以昭事神。尚書，成王曰：黍稷非馨，明德惟馨。獻終襲吉，即宮廣讌。獻終，祭畢也。尚書曰：乃卜三龜，一襲吉。孔安國曰：襲，因也。禮記，孔悝鼎銘曰：即宮于宗周。堂設象筵，庭宿金懸。劉楨瓜賦曰：更鋪象牙之席。吳都賦曰：桃笙象簟。周禮曰：宿懸於阼階，其南鍾。然鍾則金也。台保兼徽，皇戚比彥。春秋漢含孳曰：三公在天，法三能。能與台同。保，太保也。皇戚，皇家之戚也。爾雅曰：美士為彥。肴乾酒澄，端服整弁。其七。禮記曰：酒清人渴而不敢飲，肉乾人饑而不敢食。杜預左氏傳曰：肴乾而不食。淮南子曰：酒澄而不飲。六官眡命，九賓相儀。六官，六卿也。周禮曰：典命掌諸侯之五儀，其衣服禮儀各眡其命之數。漢書曰：羣臣朝十月儀，大行設九賓臚句傳。東京賦曰：伯夷起而相儀。纓笏帀序，巾卷充街。纓笏，垂纓秉笏也。皆朝臣之服，故舉服以明人。爾雅曰：東西牆謂之序。巾，巾箱也，所以盛書。都莊雲動，野馗風馳。爾雅曰：六達謂之莊。劇秦美新曰：雲動風偃。韓詩曰：施于中馗。薛君曰：中馗，馗中九交之道也。四子講德論曰：風馳雨集，雜襲並至。倫周伍漢，超哉邈猗。其八。鄭玄禮記注曰：倫，比也。說文曰：伍，相參伍也。蔡邕胡黃二公頌曰：超哉邈猗，莫參其二。清暉在天，容光必照。清暉，喻日、喻帝也。孟子云：日月有明，容光必照。趙岐曰：容光小隙。物性其情，理宣其奧。周易曰：乾元者，始而亨者也。利貞者，性情也。王弼曰：不為乾元，何能通物之始？不性其情，何能久行其正？是故始而亨者，必乾元也。利而貞者，必性情也。此意性情者正也。言人君在上，以道被物，各存其性，偽情矯志，不入於心。老子曰：道者萬物之奧。廣雅曰：奧，藏也。妄先國冑，側聞邦教。沈約宋書曰：元嘉中，延之遷國子祭酒、司徒左長史。尚書曰：命汝典樂，教冑子。賈誼弔屈原曰：側聞先生。尚書曰：司徒掌邦教。徒愧微冥，終謝智効。其九。微冥，微賤而闇冥也。家語，哀公曰：寡人愚冥。莊子曰：智効一官。

侍讌樂遊苑送張徐州應詔詩　五言　劉璠梁典曰：張諼，字公喬，齊明帝時為北徐州刺史。

諼，霜六切。

丘希範　梁史曰：丘遲，字希範，吳興人。八歲能屬文，及長，辟徐州從事。高祖踐祚，拜中書郎，遷司徒從事中郎。卒。集題曰：兼中書侍郎丘遲上。

詰去質旦閶闔開，馳道聞鳳吹。左氏傳曰：詰朝將見。杜預曰：詰朝，平旦也。西京賦曰：表嶢闕於閶闔。薛綜曰：紫微宮門曰閶闔。漢書曰：太子不敢絶馳道。應劭曰：道，天子道也。呂氏春秋曰：伶倫制十二筩，聽鳳鳥之鳴，以別十二律。蔡邕月令章句曰：吹者，所以通氣也。管、簫、竽、笙、塤、篪，皆以鳴吹者也。輕荑承玉輦，細草藉龍騎。毛詩曰：自牧歸荑。毛萇曰：荑，茅始生也。藉田賦曰：天子御玉輦。服虔漢書注曰：藉，薦也。周禮曰：馬八尺以上為龍。風遲山尚響，雨息雲猶積。集本作漬。巢空初鳥飛，荇杏[70]亂新魚戲。毛詩曰：參差荇菜。寔惟北門重，匪親孰為寄？史記，齊威王曰：吾吏有黔夫者，使守徐州，則燕人祭北門。裴駰曰：齊之北門也。史記，田肯謂上曰：非親子弟莫使王齊。參差別念舉，肅穆恩波被。荀悅漢紀曰：大會羣臣於長樂宮，成禮而罷，莫不肅穆。小臣信多幸，投生豈酬義。左氏傳，羊舌職曰：諺曰，人之多幸，國之不幸。西徵賦曰：豈生命之易投。

應詔樂遊苑餞呂僧珍詩　五言　梁書曰：呂僧珍，字元瑜，為左衛將軍。天監四年冬，大舉北伐。

沈休文　劉璠梁典曰：沈約，字休文，吳興人。少為蔡興宗所知，引為安西記室。梁興，稍遷至侍中，丹陽尹，建昌侯。薨，謚曰隱。

丹浦非樂戰，負重切君臨。六韜曰：堯與有苗戰于丹水之浦。高誘呂氏春秋注曰：丹水在南陽。浦，崖也。

---

70 注「杏」袁本、茶陵本作「荇音杏」，在注末，是也。

莊子曰：兵革之士樂戰。鄧析子曰：明君之御人，若履冰而負重。孟子曰：舜竊負而逃，遵海濱而處。左氏傳，子囊曰：赫赫楚國，而君臨之。我皇秉至德，忘己用堯心。穀梁傳曰：我君接上下。論語曰：周之德可謂至德矣。莊子，堯謂舜曰：吾不敖無告，不廢窮民，此吾用心也。愍茲區宇內，魚鳥失飛沈。言失常也。東京賦曰：區宇乂寧。大戴禮曰：魚游于水，鳥飛于雲。推轂二崤岨，揚旆九河陰。漢書，馮唐曰：臣聞上古王者遣將也，跪而推轂曰：閫以內，寡人制之；閫以外，將軍制之。閫，魚列切。西都賦曰：左據函谷二崤之阻。藉田賦曰：九旗揚旆。尚書曰：九河既道。穀梁傳曰：水南曰陰。超乘盡三屬，選士皆百金。左氏傳曰：秦師過周北門，超乘者三百乘。韋昭國語注曰：超乘者，跳躍上車也。漢書曰：魏氏武卒衣三屬之甲。如淳曰：上身一、髀褌一、脛繳一，凡三屬也。顧野王曰：屬，猶接也。史記曰：李牧，趙之良將也。匈奴入，牧選百金之士五萬擊之。漢書音義，服虔曰：良士直百金。言重故也[71]。戎車出細柳，餞席樽上林。尚書曰：武王戎車三百兩。漢書曰：匈奴大入邊，遣內史周亞夫軍細柳。餞，已見上文。命師誅後服，授律綏前禽。公羊傳曰：何喜于服楚？楚有王者則後服，無王者則先強。周易曰：王用三驅，失前禽也。函轘方解帶，嶢武稍披襟。函，函谷也。轘，轘轅也。解帶披襟，言將降附也。漢書音義，應劭曰：嶢山之關也。李奇曰：在上洛北。文穎曰：武關在洛西。李尤函谷關銘曰：函谷險要，襟帶咽喉。伐罪芒山曲，弔民伊水潯。尚書曰：奉辭伐罪。郭緣生述征記曰：北芒，洛陽北芒嶺，靡迆長阜，自滎陽山連嶺脩亘，暨于東垣。孟子曰：湯始征自葛，誅其君，弔其民。伊，水名也。許慎淮南子注曰：潯，涯也。將陪告成禮，待此未抽簪。尚書曰：柴望，大告武成也。謂武王誅紂而還，燔柴郊天，望祀山川，大告以武功成也。鍾會遺榮賦曰：散髮抽簪，永縱一壑。通俗文曰：幘道曰簪[72]。

71 注「言重故也」袁本、茶陵本無「故」字，是也。

72 注「幘道曰簪」案：「道」當作「連」，謂連幘於髮也。釋名有其證。各本皆譌。

祖餞

崔寔四民月令曰：祖，道神也。黃帝之子，好遠遊，死道路，故祀以為道神，以求道路之福。

送應氏詩二首　五言　曹子建

步登北芒坂，遙望洛陽山。北芒，已見上文。洛陽何寂寞，宮室盡燒焚。說文曰：寂，無人聲也。獻帝紀曰：車駕至洛陽，宮室盡燒。垣牆皆頓擗，荊棘上參天。漢書，伍被曰：臣今見宮中生荊棘。孟子曰：太山之高，參天入雲。不見舊耆老，但覩新少年。側足無行徑，荒疇不復田。東觀漢記，馬援曰：隗囂側足無所立。國語曰：田疇荒蕪。賈逵曰：一井為疇。遊子久不歸，不識陌與阡。中野何蕭條，千里無人煙。漢書，高祖曰：遊子悲故鄉。風俗通曰：南北曰阡，東西曰陌。劉歆遂初賦曰：野蕭條而寥廓。東觀漢記曰：北夷作寇，千里無煙火。念我平常居，氣結不能言。古詩曰：悲與親友別，氣結不能言。

清時難屢得，嘉會不可常。李陵與蘇武書曰：策名清時。又詩曰：嘉會難再逢。天地無終極，人命若朝霜。莊子曰：天與地無窮，人死者有時。漢書，李陵謂蘇武曰：人生如朝露。願得展嬿婉，我友之朔方。毛詩曰：嬿婉之求。又曰：我友敬矣。又曰：城彼朔方。親昵並集送，置酒此河陽。爾雅曰：昵，近也。漢書曰：上過沛，置酒沛宮。中饋豈獨薄，賓飲不盡觴。周易曰：在中饋。王弼曰：婦人職中饋，儀禮有饋食之禮。鄭玄周禮注曰：進物於尊者曰饋。愛至望苦深，豈不愧中腸！言恩愛至情之極，所望悲苦愈深也。漢書，杜鄴說王音曰：愛至者其求詳。鄭玄注禮記曰：病愧，謂罪苦也[73]。山川阻且遠，別促會日長。毛詩曰：山川悠遠。又曰：道阻且長。願爲比翼鳥，施翮起高翔。古詩曰：願為雙鳴鳥，奮翼起高飛。

---

[73] 注「謂罪苦也」　案：「苦也」當作「咎之」，各本皆譌。此引表記注。

征西官屬送於陟陽候作詩　五言

孫子荊　臧榮緒晉書曰：孫楚，字子荊，太原人也。征西扶風王駿與楚舊好，起為參軍，梁令、衛軍司馬，為馮翊太守。卒。

晨風飄歧路，零雨被秋草。李陵與蘇武詩曰：欲因晨風發，送子以賤軀。毛詩曰：零雨其濛。傾城遠追送，餞我千里道。傾，猶盡也。三命皆有極，咄丁忽嗟安可保？養生經，黃帝曰：上壽百二十，中壽百年，下壽八十。鄭玄禮記注曰：司命主督察三命。蒼頡篇曰：咄，啐也。說文曰：啐，驚也。倉憒切[74]。王弼周易注曰：嗟，憂嘆之辭。莫大於殤子，彭聃猶爲夭。莊子，南郭子綦曰：天下莫大於秋毫之末，而太山為小；莫壽於殤子，而彭祖為夭。郭象曰：夫以形相對，則太山大於秋毫。若各據其性分，物冥其極，則形大未為有餘，形小未為不足。苟各安其性，則秋毫不獨小其小，太山不獨大其大矣。若以性足為大，則天下之足，未有過於秋毫也；若性不足者非大，則雖太山亦可稱小矣。故曰：莫大於秋毫之末，而太山為小。太山為小，則天下無大矣。秋毫為大，則天下無小矣。無大無小，無壽無夭，是以蟪蛄不羨大椿而欣然自得，斥鷃不貴天池而榮願已足。列仙傳曰：彭祖，殷賢大夫，歷夏至商末，號年七百。史記曰：老子字聃。列仙傳曰：李耳生於殷時，為周守藏吏，積八十餘年。後之流沙，莫知所終。蓋百六十餘歲，或言二百餘歲。吉凶如糾纆，憂喜相紛繞[75]。漢書音義，應劭曰：禍福相為表裏，如糾纆索相附會也。按糾纆，索也。糾，兩股索。纆，三股索。言禍福之相糾如此。鵩鳥賦曰：禍之與福，何異糾纆。又曰：憂喜聚門，吉凶同域。神女賦曰：紛紛擾擾，未知何意。天地爲我爐，萬物一何小？言天地為爐，陶冶萬物，居其間一何微小。言不足自愛也。鵩鳥賦曰：天地為鑪，萬物為銅。達人垂大觀，誠

---

[74] 注「倉憒切」　袁本、茶陵本「倉」上有「咄丁忽切啐」五字，無正文「咄」下「丁忽」二字，是也。案：今善音割裂失理，皆此類。

[75] 憂喜相紛繞　茶陵本云五臣作「擾」，袁本云善作「繞」。案：各本所見皆非也。善注引神女賦「紛紛擾擾」，是亦作「擾」不作「繞」，但傳寫譌耳。

此苦不早。此謂愛生也。達人大觀，死生若一，故戒此愛生，苦于不早。言能早戒之不以經慮也。鶡冠子曰：達人大觀，乃見其理。古詩曰：立身苦不早。乖離即長衢，惆悵盈懷抱。楚辭曰：惆悵兮私自憐。王孫子曰：仲叔諫衛靈公曰：百姓乖離。孰能察其心？鑒之以蒼昊。齊契在今朝，守之與偕老。說文曰：契，大約也。毛詩曰：君子偕老。

金谷集作詩 五言

酈元水經注曰：金谷水出河南太白原，東南流，歷金谷，謂之金谷水。東南流，經石崇故居。

潘安仁

王生和鼎實，石子鎮海沂。石崇金谷詩序曰：余以元康六年，從太僕卿出為使，持節監青、徐諸軍事，有別廬在河南縣界金谷澗。時征西大將軍祭酒王詡當還長安，余與眾賢共送澗中，賦詩以敘中懷。應劭漢官儀曰：太尉、司空、司徒長史，號為毗佐三台，助鼎和味。尚書曰：海岱惟青州。又曰：徐州，淮沂其乂。蔡邕陳琳碑曰[76]：遠鎮南裔。親友各言邁，中心悵有違。毛詩曰：還車言邁。又曰：行道遲遲，中心有違。何以敘離思？攜手游郊畿。曹子建雜詩曰：離思故難任。朝發晉京陽，夕次金谷湄。晉京，洛陽也。爾雅曰：水草交為湄。迴谿縈曲阻，峻阪路威夷。七發曰：依絕區兮臨迴谿。韓詩曰：周道威夷。薛君曰：威夷，險也。綠池汎淡淡，青柳何依依。東京賦曰：淥水澹澹。澹與淡同。韓詩曰：昔我往矣，楊柳依依。薛君曰：依依，盛貌。濫泉龍鱗瀾，激波連珠揮。爾雅曰：濫泉正出。正出，涌出也。酈元水經注曰：允街谷水文成蛟龍。允音沿。街音牙。洞簫賦曰：揚素波而揮連珠。前庭樹沙棠，後園植烏椑。上林賦曰：沙棠櫟儲[77]。西京雜記曰：上林有烏椑沙棠樹。靈囿繁若榴，茂林列芳

76 注「蔡邕陳琳碑曰」 何校「琳」改「球」，陳同。各本皆譌。

77 注「沙棠櫟儲」 袁本「儲」作「櫧」，是也。茶陵本亦誤「儲」。

梨。毛詩曰：王在靈囿。廣雅曰：石榴，若榴也。西京雜記曰：上林有芳梨。**飲至臨華沼，遷坐登隆坻。**毛詩曰：舍其坐遷。鄭玄詩箋曰：坻，水中之高地。**玄醴染朱顏，但愬杯行遲。**邊讓章華臺賦曰：激玄醴於清池。楚辭曰：美人既醉朱顏酡。王仲宣公讌詩曰：但愬杯行遲。**揚桴撫靈鼓，簫管清且悲。**楚辭曰：揚桴兮撫鼓。毛詩曰：簫管備舉。王仲宣公讌詩曰：管絃發徽音，度曲清且悲。**春榮誰不慕？歲寒良獨希！**春榮喻少，歲寒喻老也。周易陰符，太公曰：春道生，萬物榮。論語曰：歲寒然後知松柏之後凋。**投分寄石友，白首同所歸。**阮瑀為魏武與劉備書曰：披懷解帶，投分託意。分，猶志也。史記，蘇秦謂齊王曰：此棄仇讎而得石交者也。漢書曰：石建老白首，萬石君尚無恙。易曰：殊途而同歸。世說曰：孫秀既恨石崇不與綠珠，又憾潘岳昔遇之不以禮。後秀為中書令，岳於省內謂秀曰：孫令[78]憶疇昔周旋不？秀曰：中心藏之，何日忘之！岳於是始知不免。後收石崇，同日取岳。石先送市，亦不相知。潘後至，石謂潘曰：安仁，卿亦復爾耶？潘曰：可謂白首同所歸。岳金谷集詩乃成其讖。王隱晉書曰：岳父文德，為琅邪太守，孫秀時為小吏給岳，岳於秀不以仁遇也。

王撫軍庾西陽集別[79]時為豫章太守庾被徵還東[80]

五言 沈約宋書曰：王弘為豫州之西陽新蔡諸軍事、撫軍將軍、江州刺史。庾登之為西陽太守，入為太子庶子。集序曰：謝還豫章，庾被徵還都，王撫軍送至湓口南樓作。

謝宣遠

瞻時為豫章太守。

祗召旋北京，守官反南服。言庾被召而旋帝京，己守官而蒞南服也。左氏傳，仲尼曰：守道不如守官。南

---

78 注「岳於省內謂秀曰孫令」 袁本、茶陵本作「岳省內見之因喚孫令」，是也。案：此亦尤誤改。

79 王撫軍庾西陽集別 袁本、茶陵本此下有「作」字，是也。

80 時為豫章太守庾被徵還東 袁本、茶陵本無此十一字，是也。案：此必或記於旁而尤延之誤取之。

服，南方五服也。**方舟新舊知**[81]**，對筵曠明牧。**爾雅曰：大夫方舟。郭璞注曰：方舟，並兩船也。楊仲武誄曰：惟我與爾，對筵接几。蒼頡篇曰：疎，曠也。舊知，庾也。明牧，工撫軍也。**舉觴矜飲餞，指途念出宿。**劉琨答盧諶詩序曰：舉觴對膝。毛詩曰：出宿于濟，飲餞于禰，陸士衡贈弟詩曰：指塗悲有餘。**來晨無定端，別晷有成速。頹陽照通津，夕陰曖平陸。**楚辭曰：日晻晻而下頹。**榜人理行艫，輶軒命歸僕。**張揖子虛賦注曰：月令曰：命榜人。榜人，舡長也。說文曰：艫，船頭也。吳都賦曰：輶軒蓼擾。毛詩曰：輶車鑾鑣。楊雄答劉歆書曰：嘗聞先代輶軒之使。**分手東城闉**因[82]**，發櫂西江隩。**說文曰：闉，城曲重門也。爾雅曰：隩，隈也。郭璞曰：今江東人呼浦為隩。**離會雖相親，逝川豈往復。**言離而復會，雖有相親之理，但逝川之流，豈有往復之義。嗟年命之速而會難也。呂氏春秋曰：離則復合，合則復離。親或為雜，非也。**誰謂情可書？盡言非尺牘。**周易曰：書不盡言，言不盡意。杜篤弔比干文曰：敬申弔于比干，寄長懷於尺牘。說文曰：牘，書版也。

鄰里相送方山詩

五言　沈約宋書曰：少帝出靈運為永嘉郡守。丹陽郡圖經曰：方山在江寧縣東五十里，下有湖水。舊揚州有四津，方山為東，石頭為西。

謝靈運

祗役出皇邑，相期憩甌越。役，所莅之職也。王充論衡曰：充罷州役。曹子建詩曰：清晨發皇邑。毛萇詩傳曰：憩，息也。史記曰：東越王搖都東甌，時俗號東甌王。徐廣曰：今之永寧也。**解纜**力塹[83]**及流潮，懷舊不能發。**吳志曰：更增舸纜。然纜，維船索也。西都賦曰：攄懷舊之蓄念。**析析就衰林，皎皎明秋月。含情易為盈，遇物難可歇。**王仲宣公讌詩曰：含情欲待誰？古詩曰：所遇無故物。**積痾謝生慮，寡欲罕所闕。**

---

81 方舟新舊知　袁本、茶陵本「新」作「析」，是也。

82 注「因」　袁本、茶陵本作「音因」二字，在注中「城曲重門也」下，是也。

83 注「力塹」　袁本、茶陵本作「力塹切」，三字在注中「維船索也」下，是也。

說文曰：痾，病也。老子曰：少思寡欲[84]。資此永幽棲，豈伊年歲別。郭璞山海經曰[85]：山居為棲。各勉日新志，音塵慰寂蔑。周易曰：日新其德。陸機思歸賦曰：絕音塵於江介。荀組七哀詩曰：輸兮輸兮，何其寂蔑。蔑一作滅。

新亭渚別范零陵詩

五言 十洲記曰[86]：丹陽郡新亭在中興里，吳舊亭也。梁書曰：范雲，齊世為零陵郡內史。

謝玄暉 蕭子顯齊書曰：謝眺[87]，字玄暉，陳郡人也。少有美名，文章清麗。解褐豫章王行參軍，稍遷至尚書吏部郎，兼知衛尉事。江佑等謀立始安王遙光，眺不肯。佑白遙光，遙光收眺，下獄死。

洞庭張樂地，瀟湘帝子遊。莊子，北門成問於黃帝曰：帝張咸池之樂於洞庭之野，吾始聞之懼，復聞之怠。山海經曰：洞庭之山，帝之二女居之，是常遊於江淵、澧、沅，風交瀟、湘之川。郭璞曰：言二女遊戲江之淵府，則能鼓動五江，令風波之氣共相交通，言其靈響也。楚辭湘君曰：帝子降兮北渚。王逸曰：帝謂堯也。娥皇、女英隨舜不反，死於湘水，因為湘夫人。雲去蒼梧野，水還江漢流。歸藏啓筮曰：有白雲出自蒼梧，入于大梁。尚書曰：江、漢朝宗于海。停驂我悵望，輟棹子夷猶。鄭玄毛詩注曰：驂，兩騑也。蔡邕初平詩曰：暮宿河南，悵望天陰，雨雪滂滂。楚辭曰：君不行兮夷猶。王逸曰：夷猶，猶豫也。廣平聽方籍，茂陵將見求。言范同廣平而聲聽方向籍，己當居茂陵之下，將於彼

---

84 注「少思寡欲」 案：「思」當作「私」，各本皆譌。

85 注「郭璞山海經曰」 案：「經」下當有「注」字，各本皆脫。

86 注「十洲記曰」 陳云：案東方朔十洲記皆仙山異境，非其他地志之比，安得載丹陽古蹟？況觀「新亭，吳舊亭」語，乃三國以後人所記，書名之誤，更易辨也。今案：其說是也，「洲」當作「州」，善屢引之，必當日別有其書也，不知者改之耳。各本皆誤。餘詳每條下。

87 注「謝眺」 何校「眺」改「朓」，陳云注「眺」並當作「朓」，各本皆譌。以下放此，不悉出。

而見求。王隱晉書曰：鄭袤，字林叔，為中郎散騎常侍。會廣平太守缺，宣帝謂袤曰：賢叔大匠渾垂，稱於平陽，魏郡蒙惠化[88]，且盧子家、王子邕繼踵此郡，欲使世不乏賢，故復相屈。在郡先以德化，善為條教，百姓愛之。鄭玄毛詩箋曰：方，向也。漢書曰：司馬相如既病免，家居茂陵。心事俱已矣，江上徒離憂。楚辭曰：思公子兮徒離憂。

別范安成詩　五言　沈休文

梁書曰：范岫，字懋賓，齊代為安成內史。

生平少年日，分手易前期。言春秋既富，前期非遠，分手之際，輕而易之。言不難也。漢書灌夫傳曰：生平慕之。論語，子曰：久要不忘平生之言。孔安國曰：平生，少時也。賈充上與李夫人書曰：每至當別，未嘗以為易。及爾同衰暮，非復別離時。言年壽衰暮，死日將近，交臂相失，故曰非時也。蜀志曰：宋預聘吳，孫權捉預手曰：今君年長，孤亦老，恐不復相見也。勿言一樽酒，明日難重持。蘇武詩曰：我有一樽酒，將以贈遠人。夢中不識路，何以慰相思？繆襲嘉夢賦曰：心灼爍其如陽[89]，不識道之焉如？韓非子曰：六國時，張敏與高惠二人為友，每相思不能得見，敏便於夢中往尋，但行至半道，即迷不知路，遂回，如此者三。

---

88 注「垂稱於平陽魏郡蒙惠化」　何校「平陽」改「陽平」，「蒙」上添「百姓」二字，陳同。各本皆誤。

89 注「心灼爍其如陽」　案：「陽」當作「湯」。各本皆譌。

卷第二十一

詩乙

詠史

詠史詩　五言　王仲宣

自古無殉死，達人共所知。禮記曰：陳乾昔寢疾，屬其子曰：如我死，使吾二婢子夾我。乾昔死，其子曰：殉葬非禮也。杜預左氏傳注曰：以人從葬為殉。鶡冠子曰：達人大觀。秦穆殺三良，惜哉空爾爲。左氏傳曰：秦伯任好卒，以子車氏三子奄息、仲行、鍼虎為殉，皆秦之良也。毛萇詩傳曰：三良，三善臣。賈逵國語注曰：惜，痛也。鄭玄禮記注曰：爾，語助也。結髮事明君，受恩良不訾。漢書曰：霍光以結髮內侍。又，王生謂蓋寬饒曰：用不訾之軀。良，信也。賈逵國語注曰：訾，量也。臨歿要之死，焉得不相隨？劉德漢書注曰：黃鳥之詩，刺秦穆公要之從死。妻子當門泣，兄弟哭路垂。臨穴呼蒼天，涕下如綆古杏縻美悲切。垂，邊也。毛詩曰：臨其穴，惴惴其慄。彼蒼者天，殲我良人。鄭玄曰：穴，謂塚壙也。說文曰：綆，汲井綆也。縻，牛轡也。人生各有志，終不爲此移。同知埋身劇，心亦有所施。說文曰：劇，甚也。包咸論語注曰：施，行也。生爲百夫雄，死爲壯士規。毛詩曰：維此奄息，百夫之特。鄭玄曰：百夫之中最雄俊者也。漢書，項羽謂樊噲曰：壯士也。黃鳥作悲詩，至今聲不虧。毛詩序曰：黃鳥，哀三良也。王逸楚辭注曰：虧，歇也。

三良詩 五言

曹子建

功名不可爲，忠義我所安。言功立不由於己，故不可為也。呂氏春秋曰：功名之立，天也。鄭玄禮記注曰：名，令聞也。孝經注曰：死君之難為盡忠。謚法曰：能制命曰義。我，謂三良也。秦穆先下世，三臣皆自殘。列女傳，柳下惠妻誄曰：愷悌君子，永能厲兮。吁嗟惜哉！乃下世兮。賈逵國語注曰：沒身為殘。生時等榮樂，既沒同憂患。應劭漢書注曰：秦穆與羣臣飲酒，酒酣，公曰：生共此樂，死共此哀。奄息等許諾。及公薨，皆從死。誰言捐軀易？殺身誠獨難。說文曰：捐，棄也。攬涕登君墓，臨穴仰天歎。楚辭曰：美人兮攬涕而竚。臨穴，已見上文。說文曰：歎，太息也。長夜何冥冥？一往不復還。李陵詩曰：嚴父潛長夜[1]，慈母去中堂。東觀漢記，鄧太后報鄧閶曰：長歸冥冥，往而不反。黃鳥爲悲鳴，哀哉傷肺肝！禮記曰：親始死，惻怛之心，傷腎、乾肝、焦肺。古歌曰：大憂摧人肺肝心。

詠史八首 五言

左太沖

弱冠弄柔翰，卓犖觀羣書。禮記曰：人生二十曰弱冠。王粲車渠椀賦曰：援柔翰以作賦。孔融薦禰衡表曰：英才卓躒。躒與犖同。班固漢書司馬遷贊曰：劉向、楊雄，博極羣書。著論準過秦，作賦擬子虛。賈誼作過秦論。司

---

1 注「嚴父潛長夜」 袁本、茶陵本「潛」作「憯」，是也。

馬相如作子虛賦[2]。邊城苦鳴鏑，羽檄飛京都。長楊賦曰：永無邊城之災。漢書曰：冒頓乃作為鳴鏑，習勒騎射。音義曰：箭鏑也，如今鳴箭也。漢書，高祖曰：吾以羽檄徵天下兵。雖非甲冑士，疇昔覽穰苴。尚書曰：善敹乃甲冑。左氏傳，羊斟曰：疇昔之羊子為政。史記曰：司馬穰苴者，田完之苗裔也。齊景公以為將軍，將兵扞燕、晉之師。其後田和因自立為齊威王，用兵行威，大放穰苴之法，而諸侯朝齊。威王使大夫追論古者司馬法，而附穰苴其中，因號曰司馬穰苴兵法。長嘯激清風，志若無東吳。楚辭曰：臨深水而長嘯。王逸楚辭注曰：激，感也。東吳，謂孫氏也。鉛刀貴一割，夢想騁良圖。東觀漢記，班超上疏曰：臣乘聖漢威神，冀俲鉛刀一割之用。韓君章句曰[3]：騁，施也。左眄澄江湘，右盼定羌胡。廣雅曰：眄，視也。方言曰：澄，清也。馬融論語注曰：盼，動目貌。功成不受爵，長揖歸田廬。漢書曰：酈食其長揖不拜。毛詩曰：中田有廬。漢書，疏廣曰：吾自有舊田廬。

鬱鬱澗底松，離離山上苗。古詩曰：鬱鬱園中柳。毛萇詩傳曰：離離，垂貌。以彼徑寸莖，蔭此百尺條。史記，魏王曰：寡人有徑寸之珠。七發曰：高百尺而無枝。世冑躡高位，英俊沈下僚。韓詩內傳曰：所以為世子何？言世世不絕。孔安國尚書傳曰：冑，長子也。謂卿大夫子弟也。廣雅曰：躡，履也。西都賦曰：英俊之域。爾雅曰：僚，官也。地勢使之然，由來非一朝。周書，湯曰：吾欲因地勢所有而獻之。列子，俞氏曰：病非一朝一夕之故，其所由來漸矣。金張籍舊業，七葉珥漢貂。班固漢書金日磾贊曰：夷狄亡國，羈虜漢庭。七葉內侍，何其盛也。七葉，自武至平也。又張湯傳贊曰：張氏之子孫相繼，自宣、元已來，為侍中、中常侍者凡十餘人。功臣之後，唯有金氏、張氏，親近貴寵，比於外戚。珥，插也。董巴輿服志曰：侍中、中常侍冠武弁，貂尾為飾。馮公豈不偉？白首不見

---

2 注「賈誼作過秦論司馬相如作子虛賦」　此一節注袁本、茶陵本係「五臣翰曰」下。案：二本是也。尤本誤以五臣竄入善注，殊誤，當削去之。

3 注「韓君章句曰」　陳云「韓」下脫「詩辭」二字，是也。各本皆誤。

招。漢書，馮唐以孝著，為郎中署長，事文帝。帝輦過，問唐曰：父老何自為郎？說文曰：偉，奇也。荀悅漢紀曰：馮唐白首，屈於郎署。

吾希段干木，偃息藩魏君。廣雅曰：希，庶也。干木，已見魏都賦。幽通賦曰：干木偃息以藩魏[4]。吾慕魯仲連，談笑卻秦軍。史記曰：魯仲連好奇偉倜儻，畫策而不肯仕宦任職。趙孝成王時，秦使白起圍趙，魏王使將軍新垣衍說趙尊秦昭王為帝。魯連適遊趙，謂平原君曰：梁客新垣衍安在？吾請為君責而歸之。乃見新垣衍，垣衍起再拜謝曰：吾請出，不敢復言。秦將聞之，為卻五十里。當世貴不羈，遭難能解紛。功成不受賞，高節卓不羣。史記曰：秦軍引去，平原君欲封魯連，魯連辭謝，終不肯受。平原君乃置酒，酒酣起前，以千金遺魯連，魯連笑曰：所貴於天下之士者，為人排患、釋難、解紛，而不取也。即有取者，是商賈之事，而連不忍為也。遂辭平原君而去。班固說東平王蒼曰：光名宣於當世。鄒陽上書曰：不羈之士，與牛驥同皁。史記曰：魯仲連好持高節，遊於趙。論語，顏回曰：如有所立卓爾。臨組不肯緤，對珪不肯分。說文曰：組，綬屬也。王逸楚辭注曰：緤，繫也。禮稽命徵曰：諸侯執珪。解嘲曰：析人之珪。連璽燿前庭，比之猶浮雲。將加之官，必授之以印。後仲連為書遺燕將，燕將自殺，田單欲爵之，仲連逃海上。再封，故言連璽。鄭玄周禮注曰：璽，印也。論語，子曰：不義而富且貴，於我如浮雲。

濟濟京城內，赫赫王侯居。毛詩曰：濟濟多士。毛萇曰：濟濟，多威儀也。吳質書曰：陳威發憤[5]，思入京城。毛詩曰：赫赫師尹。毛萇曰：赫赫，顯盛貌。冠蓋蔭四術，朱輪竟長衢。西都賦曰：冠蓋如雲。廣雅曰：術，道也。楊惲書曰：乘朱輪者十人。古詩曰：長衢夾巷[6]。朝集金張館，暮宿許史廬。漢書，蓋寬饒曰：上無許、史之屬，下無金、張之託。金、張，已見上文。漢書，孝宣許皇后，元帝母。元帝封外祖父廣漢為平恩侯。又曰：史良娣，宣帝祖

---

4 注「干木偃息以藩魏」 案：「干」字不當有。各本皆衍。

5 注「陳威發憤」 何校「威」改「咸」，陳同。各本皆譌。

6 注「長衢夾巷」 陳云「衢」下當有「羅」字。各本皆脫。

母也。兄恭，宣帝立，恭已死，封恭長子高為樂陵侯。南鄰擊鐘磬，北里吹笙竽。左氏傳曰：鄭伯有夜飲酒，擊鐘焉。呂氏春秋曰：帝嚳令人擊磬。墨子曰：彈琴瑟，吹笙竽，磬或為鼓。寂寂楊子宅，門無卿相輿。說文曰：寂寂，無人聲也。漢書，楊雄自敘曰：雄家素貧，嗜酒，人希至其門。寥寥空宇中，所講在玄虛。廣雅曰：寥，深也。空，廓也。楚辭曰：閔空宇之孤子。漢書曰：雄方草創太玄，有以自守。老子曰：玄之又玄，眾妙之門。管子曰：虛無無形謂之道。言論準宣尼，辭賦擬相如。漢書曰：時有人問雄者，雄常用法應之，譔為十三卷，象論語，號曰法言。又曰：先是時，蜀有司馬相如，作賦甚弘麗溫雅。雄心壯之，每作賦，常擬以為式。悠悠百世後，英名擅八區。論語曰：其或繼周者，雖百世可知也。魏志，程昱曰：劉備有英名。說文曰：擅，專也。解嘲曰：天下之士，咸營於八區。

皓天舒白日，靈景耀神州。廣雅曰：皓，明也。傅玄三都賦曰：白日舒靈景於天。地理書曰：崐崘東南地方五千里，名曰神州。列宅紫宮裡，飛宇若雲浮。西京賦曰：正紫宮於未央。桓寬鹽鐵論曰：梓匠營宮室，上成雲氣，下成山林。峩峩高門內，藹藹皆王侯。廣雅曰：峩峩，容也[7]。峩與娥同，古字通。漢書，鮑宣曰：豈徒欲使臣重高門之地哉。毛詩曰：藹藹王多吉士。廣雅曰：藹藹，盛也。自非攀龍客，何爲欻來遊？揚子法言曰：攀龍鱗，附鳳翼。薛綜西京賦注曰：欻者，言忽也。被褐出閶闔，高步追許由。家語，子路曰：有人於此，被褐而懷玉，何如？子曰：國無道，隱者可也。晉宮闕名曰：洛陽城閶闔門西向。皇甫謐高士傳曰：許由，武陽城槐里人也。隨沖虛[8]學于齧缺。許由為堯所讓，由是退隱遯，耕於中嶽下。振衣千仞崗，濯足萬里流。王粲七釋曰：濯身乎滄浪，振衣乎高嶽。

---

7 注「峩峩容也」　案：「峩峩」當作「娥娥」。各本皆譌。今廣雅可證。

8 注「武陽城槐里人也隨沖虛」　袁本、茶陵本「也隨」作「修道」，是也。案：「武」，依今本高士傳當是「字武仲」三字之脫。

荊軻飲燕市，酒酣氣益振[9]。孔安國尚書傳曰：樂酒曰酣。毛萇詩傳曰：震，猶威也。哀歌和漸離，謂若傍無人。史記曰：荊軻之燕，與屠狗及高漸離飲於燕市，酒酣以往，高漸離擊筑，荊軻和而歌於市中，相樂也，已而相泣，旁若無人。雖無壯士節，與世亦殊倫。高眄邈四海，豪右何足陳？臣瓚漢書注曰：邈，緜邈也。張衡四愁詩序曰：豪右兼并之家。貴者雖自貴，視之若埃塵。賤者雖自賤，重之若千鈞。埃塵言輕，千鈞喻重也。列子，楊朱曰：貴非所貴，賤非所賤，齊貴齊賤。漢書曰：十六兩為一斤，三十斤為一鈞。主父宦不達，骨肉還相薄。史記，或說主父偃曰：太橫。主父偃曰：臣結髮游學四十年，身不得遂，親不以為子，昆弟不收。杜預左氏傳注曰：宦，仕也。呂氏春秋曰：父母之於子也，子之於父母也，此之謂骨肉之親。薄，輕鄙之也。史記曰：君薄淮陽邪？買臣困采樵，伉儷不安宅。漢書曰：朱買臣家貧，常刈薪樵，賣以給食。檐束薪，行且誦書。妻亦負戴相隨，數止買臣無謳歌道中，買臣愈益疾歌，妻羞之，求去，買臣笑曰：我年五十當富貴也，今已四十餘矣。汝苦日久，待我富貴，報汝功力。妻恚怒曰：如公等終餓死溝中耳，能何富貴？買臣不能留，即聽去。左氏傳曰：施氏之婦怒施氏曰：己不能庇其伉儷。杜預曰：儷，偶也。伉，敵也。陳平無產業，歸來翳負郭。漢書曰：陳平家貧，好讀書，負郭窮巷，以席為門，然門外多長者車轍。方言曰：翳，薆也。郭璞曰：謂蔽薆也，音愛。鄭玄禮記注曰：負之言背也。長卿還成都，壁立何寥廓。史記曰：卓文君奔司馬相如，相與馳歸成都，居徒四壁立。郭璞曰：貧窮也。楚辭曰：嗟寥廓而無處。廣雅曰：廓，空也。四賢豈不偉？遺烈光篇籍。班固說東平王蒼曰：遺烈著於無窮。漢書曰：吳起、商鞅，垂著篇籍。當其未遇時，憂在填溝壑。孟子曰：志士不忘在溝壑。英雄有屯邅，由來自古昔。周易曰：屯如邅如。國語曰：古曰在昔。何世無奇才？遺之在草澤。孫子曰：何世之無才？何才之無施？習習籠中鳥，舉翮觸四隅。說文曰：習習，數飛也。鶡冠子曰：籠中之鳥，空籠不出，鄭玄毛詩箋云：隅，

9 酒酣氣益振　袁本、茶陵本「振」作「震」，是也。

角也。落落窮巷士，抱影守空廬。落落，疎寂貌。言士之居窮巷，若鳥之在籠中也。風賦曰：廓抱影而獨倚[10]。出門無通路，枳棘塞中塗。王仲宣七哀詩曰：出門無所見。孔叢子，孔子山陵之歌曰：枳棘充路，陟之無緣。計策棄不收，塊若枯池魚。東方朔六言曰：計策棄捐不收。王逸楚辭注曰：塊，獨處貌。外望無寸祿，內顧無斗儲。國語，叔向曰：絳之富商而無尋尺之祿。鄭玄毛詩箋曰：迴首曰顧。古出東門行曰：盎中無斗米儲，還視架上無懸衣。說文曰[11]：儲，蓄也。謂蓄積以待用也。親戚還相蔑，朋友日夜疎。鄭玄毛詩箋曰：蔑，輕也。莊子曰：親友益疎。蘇秦北遊說，李斯西上書。俛仰生榮華，咄嗟復彫枯。史記曰：蘇秦乃西至秦，說惠王，王方誅商鞅，疾辯士弗用。乃東之趙，遂說六國，蘇秦為從約長，并相六國。後去趙之燕，陽為得罪於燕而亡，自燕之齊，齊宣王以為客卿。後齊大夫多與蘇秦爭寵者，而使人刺蘇秦。又曰：李斯西入秦，說秦王，後秦王以斯為客卿。又曰：始皇以斯為丞相，二世下斯吏，斯就五刑。莊子曰：其疾也俛仰之間。文子曰：身有榮華，心有愁悴。蒼頡篇曰：咄，啐也。說文曰：啐，驚也。王弼周易注曰：嗟，憂歎之辭。咄，丁忽切。啐，倉憒切。飲河期滿腹，貴足不願餘。巢林棲一枝，可爲達士模。莊子曰：鷦鷯巢林，不過一枝；偃鼠飲河，不過滿腹。

詠史 五言

張景陽 臧榮緒晉書曰：張協，字景陽，載弟也。兄弟並守道不競，以屬詠自娛。少辟公府，後為黃門侍郎。因託疾，遂絕人事，終於家[12]。

---

10 注「風賦曰廓抱影而獨倚」 案：「曰」下當有「起於窮巷之間楚辭曰」九字。各本皆脫。所引楚辭「在哀時命」，可證也。

11 注「盎中無斗米儲還見架上無懸衣說文曰」 袁本、茶陵本無「儲還視」三字，「曰」下有「顧還視也」四字。案：此蓋所見不同。

12 注「終於家」 袁本、茶陵本無此三字，有「協見朝廷貪祿位者眾故詠此詩以刺之」十六字。案：此當以尤所見為是，二本幷

昔在西京時，朝野多歡娛。漢書，劉向上疏曰：眾賢和於朝，萬物和於野，孟子曰：霸者之民，驩虞如也。王逸楚辭注曰：娛，樂也。娛與虞古字通用。藹藹東都門，羣公祖二疏。毛詩曰：仲山甫出祖。鄭玄曰：祖者，行犯軷之祭也。朱軒曜金城，供帳臨長衢。尚書大傳曰：未命為士，不得朱軒。鹽鐵論曰：秦金城千里。供帳，見下注。長衢，已見上文。達人知止足。遺榮忽如無。鍾會有遺榮賦[13]。抽簪解朝衣，散髮歸海隅。鍾會遺榮賦曰：散髮抽簪，永絕一丘。蒼頡篇曰：簪，笄也，所以持冠也。孟子曰：如以朝衣朝冠坐於塗炭也。尚書曰：至于海隅蒼生。行人爲隕涕，賢哉此丈夫！漢書，楊宣上書曰：行道之人，為之隕涕。毛詩曰：心之憂矣，涕既隕之。揮金樂當年，歲暮不留儲。韓康伯周易注曰：揮，散也。歲暮，喻年老也。詩曰：蟋蟀在堂，歲聿其暮。薛君曰：暮，晚也。言君之年歲已晚也。顧謂四坐賓，多財爲累愚。說文曰：顧，還視也。古詩曰：四坐莫不歡。漢書曰：疏廣，字仲翁，東海人也。明春秋，為太子太傅。兄子受，字公子，亦以賢良為太子家令。廣謂受曰：吾聞知足不辱，知止不殆。今仕至二千石，功成名立，如此不去，懼有後悔。豈如父子相隨出關，歸老故鄉，以壽命終，不亦善乎？遂上疏乞骸骨。上以其年篤老，皆許之，加賜黃金二十斤，皇太子賜五十斤。公卿大夫故人邑子為設祖道供帳東都門外，送車數百兩，辭決而去。道路觀者曰：賢哉二大夫！或歎息為之下泣。廣既歸鄉里，日令家共具設酒食，請族人故舊賓客，與相娛樂。居歲餘，廣子孫竊謂其昆弟老人廣所愛信者曰：子孫幾及君時頗立產業基址，今日飲食費且盡，宜從丈人所勸說君買田宅。老人即以閑暇時為廣言此計。廣曰：吾豈老誖不念子孫哉？賢而多財，則損其志；愚而多財，則益其過。金者，聖主所以惠養老臣也，故樂鄉黨宗族，共饗其賜，以盡吾餘日，不亦可乎！於是族人悅服，皆以壽終。累，猶負也。累愚，為愚者之累也。清風激萬代，名與天壤俱。胡廣書曰：建鴻德，流清風。史記，魯仲連與燕將書曰：業與三王爭流，名與天壤俱弊。咄此蟬冕客，君紳宜見書。

五臣於善而誤也。何、陳皆取以添改，非。凡題下意揣作者之旨，均屬五臣語，前後可以例推而得者。

13 注「鍾會有遺榮賦」又注「鍾會遺榮賦曰」 袁本、茶陵本不另分節，作「鍾會有遺榮賦曰」七字。案：此亦所見不同。

說文曰：咄，相謂也。蔡邕獨斷曰：太尉已下冠惠文，侍中加貂蟬。論語曰：子張問行，子曰：言忠信，行篤敬。子張書諸紳。

覽古　五言

盧子諒

徐廣晉紀曰：盧諶，字子諒，范陽人也。有才理。顯宗徵為散騎常侍。段末波愛其才，託以道險，終不遣之。末波死，諶依石季龍。冉閔誅石氏，諶隨閔軍，遇害。

趙氏有和璧，天下無不傳。蔡邕琴操曰：楚明光者，楚王大夫也。昭王得瑀氏璧，欲以貢於趙王，於是遣明光奉璧之趙。瑀，古和字。史記，秦王曰：和氏璧，天下共傳寶也。秦人來求市，厥價徒空言。史記曰：趙惠王得和氏璧，秦昭王聞之，使人遺趙王書，願以十五城易璧。史記，漢王曰：空言虛語，非所守也。價或作償。與之將見賣，不與恐致患。簡才備行李，圖令國命全。史記曰：趙王得秦王書，與大將軍廉頗諸大臣謀，欲與秦璧，城恐不可得而見欺；欲勿與，即患秦兵之來。計未定，求令報秦者未得。毛萇詩傳曰：將，且也。見賣，謂將賣己也。爾雅曰：簡，擇也。左氏傳，燭之武謂秦伯曰：行李之往來，供其乏困，杜預曰：行李使人。孫卿子曰：人之命在天，國之命在禮。藺生在下位，繆子稱其賢。史記曰：宦者令繆賢曰：臣舍人藺相如可使。王召見，問藺相如。周易曰：在下位而不憂。家語曰：顏回以德行著名，孔子稱其賢。奉辭馳出境，伏軾逕入關。史記曰：趙王遂令相如奉和璧西入秦。尚書曰：奉辭罰罪。鄭玄禮記注曰：辭，言語也。莊子曰：宣尼伏軾而歎曰：由之難化也。秦王御殿坐，趙使擁節前。史記曰：秦王坐章臺見相如，相如奉璧奏秦王，秦王大喜[14]。毛萇詩傳曰：御，進也。鄭玄禮記注曰：節所以明信，輔君命也。令趙使者擁節也。揮袂睨金柱，身玉要俱捐。說文曰：揮，奮也。史記曰：相如視秦王無意償趙城，乃前曰：璧有瑕，請指示王。王授璧相如，相如持璧卻立倚柱，怒髮上衝冠，曰：臣觀大王無償趙城意，故臣復取璧。大王必欲急臣，臣頭今與璧

---

14 注「史記曰」下至「秦王大喜」此二十二字袁本、茶陵本無。案：并善注於五臣而脫也。

俱碎於柱矣。相如持其璧睨柱，欲以擊柱。秦王恐其破璧，乃辭謝，請以十五都與趙[15]。燕丹子曰：荊軻拔匕首擿秦王，決耳，入銅柱，火出。然銅有金，故稱曰金柱。**連城既僞往，荊玉亦眞還。**史記曰：相如度秦王特以詐偽為與趙城，實不可得。乃使從者衣褐，裹其璧，從徑道亡，歸璧于趙。秦乃不以城與趙，趙亦終不與璧。**爰在澠池會，二主克交歡。**爾雅曰：爰，曰也。史記曰：秦王欲為好會於澠池，趙王遂與秦王會澠池。又曰：嚴仲子謂聶政曰：故進百金者，得以交足下懽。漢書曰：郭解入關，賢豪交歡。**昭襄欲負力，相如折其端。**史記曰：秦武王死，無子，立異母弟，是為昭襄王。列子曰：不猶愈於負其力乎？漢書曰：秦王政負力怙威。鄭玄周禮注曰：負，恃也。方言曰：端，緒也。**眥血下霑衿，怒髮上衝冠。**說文曰：眥，目眶也。列士傳曰：朱亥瞋目視虎，眥裂血出濺虎。髮上衝冠，已見上注。**西缶終雙擊，東瑟不隻彈。**西缶、東瑟，已見西征賦。**捨生豈不易，處死誠獨難。**幽通賦曰：捨生取誼。史記，太史公曰：非死者難，言處死者難也。**稜威章臺顚，彊禦亦不干。**漢書，武帝報李廣曰：威稜憺于鄰國。毛詩曰：不畏彊禦。孔安國尚書傳曰：干，犯也。**屈節邯鄲中，俛首忍迴軒。**史記曰：趙王以相如功大，拜為上卿，位在廉頗之右。廉頗曰：相如素賤人，吾羞不忍為之下，我見相如必辱之。相如聞，不肯與會。出望見廉頗，相如引車避匿。家語，子貢曰：夫子欲屈節以救父母之國。節，猶操也。**廉公何爲者？負荊謝厥諐。**史記曰：於是舍人相與諫相如曰：今君與廉君同列，廉君宣惡言而君畏匿，且庸人尚羞之。相如曰：相如雖駑，獨畏廉將軍哉？顧吾念之，彊秦所以不敢加兵於趙者，徒以吾兩人在也。今兩虎自鬬，其勢必不俱生。吾所以為此也[16]，以先國家之急而後私讎也。廉頗聞之，肉袒負荊，因賓客至藺相如門謝罪，曰：鄙賤之人，不如將軍寬之至也[17]。卒相與歡，為刎頸之交。晉灼漢書注曰：以辭相告曰謝。尚書曰：思免厥諐。孔安國尚

---

15 注「史記曰」下至「請以十五都與趙」　此一百五字袁本、茶陵本無。案：幷善注於五臣而脫也。

16 注「吾所以為此也」　袁本、茶陵本「也」作「者」，是也。

17 注「不如將軍寬之至也」　袁本、茶陵本「如」作「知」，是也。

書傳曰：諐，過也。**智勇蓋當代，弛張使我歎。**史記，太史公曰：相如其處智勇，可謂兼之矣。禮記，孔子曰：一張一弛，文、武之道也。鄭玄曰：張弛，以弓弩喻人也。說文曰：歎，吟也。謂情有所悅，吟歎而歌詠。

張子房詩

五言　宋約宋書曰：姚泓新立，關中亂。義熙十三年正月，公以舟師進討，軍頓留項城，經張良廟也。

謝宣遠

王儉七志曰：高祖遊張良廟，並命僚佐賦詩，瞻之所造，冠于一時。

王風哀以思，周道蕩無章。毛詩序曰：關雎、麟趾之化，王者之風。又曰：亡國之音哀以思。毛詩曰：顧瞻周道。又序曰：厲王無道，天下蕩蕩，無綱紀文章。**卜洛易隆替，興亂罔不亡。**尚書曰：予朝至于洛師[18]，卜惟洛食。韋昭國語注曰：替，廢也。漢書，婁敬說高祖曰：昔成王即位，乃營成周，都洛，以為此天下中，有德則易以王，無德則易以亡。又劉向上疏曰：自古及今，未有不亡之國也。**力政吞九鼎，苛慝暴三殤。**力政，謂秦也。墨子曰：反天意者，力政也。如淳漢書注曰：王室微弱，諸侯以力為政，相攻伐也。史記曰：秦取周九鼎寶器而遷西周。禮記曰：孔子過泰山側，婦人哭於墓者而哀，夫子式而聽之，使子貢問之曰：子之哭也，一似重有憂者。而曰：然。昔者吾舅死於虎，吾夫又死焉，今吾子又死焉。夫子曰：何不去也？曰：無苛政。夫子曰：小子識之，苛政猛於虎也。苛，猶虐也。**息肩纏民思，靈鑒集朱光。**東京賦曰：百姓不能忍，是用息肩於漢。毛詩曰：天鑒在下，有命既集。曹植離友詩曰：靈鑒無私。賈逵國語注曰：鑒，察也。南都賦曰：輝朱光於白水。**伊人感代工，聿來扶興王。**伊人，謂張良也。毛詩曰：所謂伊人。感，猶應也。尚書，咎繇曰：無曠庶官，天工人其代之。毛詩曰：聿來胥宇。孔安國尚書傳曰：聿，遂也。陸機遂志賦曰：扶興王以成命，延哀期乎天祿。**婉婉幙中畫，輝輝天業昌。**婉婉，和順貌也。漢書，高祖曰：運籌帷幄之中，吾不如子房。

---

18 注「予朝至於洛師卜」　袁本「卜」下有「澗水瀍水」四字。茶陵本有「澗水東瀍水西」六字。案：茶陵本為是。

易巛靈圖曰：攝天之業使之理。鄭玄曰：天業得其理。鴻門消薄蝕，垓下殞攙搶。漢書曰：亞父范增說項羽急擊沛公。項伯素善張良，夜馳見良，具告事實。良乃與項伯見沛公曰：旦自來謝。沛公翌日從百餘騎見羽鴻門，羽因留沛公飲。范增數目羽擊沛公，羽不應。有頃，公從間道走軍，使張良留謝。又曰：漢王追羽至陽夏，不會，謂張良曰：諸侯不從，柰何？用良計，諸侯皆會，圍羽垓下。薄蝕、攙搶，皆喻羽也。京房易飛候曰：凡日蝕皆於晦朔，不於晦朔蝕者名曰薄。爾雅曰：彗星為攙搶。爵仇建蕭宰，定都護儲皇。爵仇，謂封雍齒也。已見幽通賦。漢書曰：良從上出奇計，及立蕭相國。音義曰：何時未為相國，勸高祖立之。漢書，婁敬說上曰：陛下都洛陽，不如入關。上問良，良因勸上。是日車駕西都長安，又曰：欲廢太子，立戚夫人子趙王如意。呂后恐，不知所為。或謂呂后：留侯善畫計。呂后乃使建成侯呂澤刼良。良曰：顧上有所不能致者四人。令太子為書，卑辭安車，請以為客，令上見之，則一助也。於是太子迎四人至。上破黥布歸，愈欲易太子。及置酒，太子侍，四人從。上乃驚曰：吾求公，公逃避我，今公何自從吾兒遊乎？煩公幸卒調護太子。竟不易。不易太子者[19]，良本招此四人之力也。又疏廣曰：太子，國儲副君也。肇允契幽叟，飜飛指帝鄉。言初即合契幽叟，晚乃遊心帝鄉。漢書曰：良從容步下邳圯上，有一老父，衣褐至良所，曰：孺子可教，後五日與我可期此。良夜半往，有頃，父亦來，喜，出一編書曰：讀是則為王者師。旦視其書，乃太公兵法。又曰：願棄人間事，欲從赤松子遊耳。迺學道欲輕舉。莊子曰：華封人謂堯曰：千歲厭世，去而上僊，乘彼白雲，至于帝鄉。毛詩曰：肇允彼桃蟲，翻飛維鳥[20]。鄭玄曰：肇，始也。允，信也。薛君韓詩章句曰：翻，飛貌。惠心奮千祀，清埃播無疆。周易曰：有孚惠心，勿問元吉。清埃，猶清塵也。李尤武功歌曰：清埃飛，連日月。毛詩曰：惠我無疆。神武睦三正，裁成被八荒。神武，謂宋高祖也。尚書，益曰：帝德廣運，乃聖乃神，乃武乃文。孔

19 注「竟不易不易太子者」　袁本不重「不易」二字，何校去。陳云衍，是也。茶陵本全刪此節注，非。

20 注「翻飛維鳥」　茶陵本「翻」作「飜」，下同。案：茶陵本正文下有校語云善作「飜」，則注中二字皆作「飜」為是。袁本亦作「翻」，誤與此同。後謝宣遠答靈運詩「翻飛各異槩」，注作「飜」，正文作「翻」。疑正文誤，但彼無校語耳。凡此等，皆舉其例而不勝一一出之者。

安國尚書傳曰：睦，和也。漢書曰：三正：子為天正，丑為地正，寅為人正。周易曰：后以財成天地之道，輔相天地之宜。漢書曰：監八方，被八荒。**明兩燭河陰，慶霄薄汾陽。**明兩、慶霄，皆喻宋高祖。燭，幽明也[21]。薄，猶輕易也。河陰、汾陽，堯、舜二帝所居也。言以高祖譬舜，則高祖光明；又以方堯，則堯可輕薄也。周易曰：明兩作離，大人以繼明照于四方[22]。鄭玄曰：明兩者，取君明上下以明德相承，其於天下之事無不見也。孟子曰[23]：舜避丹朱於南河之南。然河南則河陰也。慶霄，即慶雲也。王逸楚辭注曰：海內之政[24]，見四子[25]藐姑射之山，汾水之陽，窅然喪其天下也[26]。**鑾旂歷頹寢，飾像薦嘉嘗。**宋略曰：大軍九月次彭城。鑾旂，鑾旗也。公羊傳：秋祭曰嘗。**聖心豈徒甄，惟德在無忘。**大戴禮曰：神明自得，聖心備矣。鄭玄尚書緯注曰：甄，表也。陸機高祖頌曰：念功惟德。鄭玄毛詩箋曰：惟，思也。**逝者如可作，揆子慕周行。**逝謂死也。死者可起之而令仕，度子之志亦慕此周行。周行，喻宋也。國語曰：趙文子與叔譽遊於九原，曰：死者若可作也，吾誰與歸？毛詩曰：嗟我懷人，寘彼周行。毛萇曰：行，列也。周之列位。**濟濟屬車士，粲粲翰墨場。**漢書音義曰：大駕屬車八十乘[27]。歸田賦曰：揮翰墨以奮藻。賓戲曰：婆娑乎術藝之場。項岱曰：場圃，講經藝之所。**瞽夫違盛觀，竦踊企一方。**瞽夫，宣遠自謂也。毛萇詩傳曰：違，離也。莊子，叔連曰：瞽者無以與乎文章之觀。說文曰：企，舉踵也。毛詩曰：相怨一方。**四達雖平直，蹇步愧無良。**禮記曰：周道四達。尚書曰：王道正直。孔安

---

21 注「燭幽明也」　茶陵本「幽」作「猶」，是也。袁本亦作「幽」，誤與此同。

22 注「周易曰」下至「照于四方」　此十六字袁本、茶陵本脫。

23 注「孟子曰」　袁本、茶陵本起此至末五十四字脫。

24 注「王逸楚辭注曰海內之政」　何校「王逸楚辭注曰」六字改作「莊子堯治天下之民平」九字，非也。陳云「楚辭注曰」下脫「慶雲喻尊顯也莊子堯治天下之民平」共十五字，是也。

25 注「見四子」　何校「見」上添「往」字，陳同，是也。

26 注「喪其天下也」　何校「也」改「焉」，陳同，是也。袁本、茶陵本所脫止此。

27 注「屬車八十乘」　案：「十」下當有「一」字。各本皆脫。

國曰：王道平直也。說文曰：蹇，跛也。左氏傳曰：孟縶之足，不良能行[28]。毛萇詩傳曰：良，善也。湌和忘微遠，延首詠太康。莊子曰：聖人其於人也，故或不言，而飲人以和。郭象曰：各自得斯飲和矣，豈待言哉！微遠，亦自謂也。阮瑀止欲賦曰：飲延首以極視。魏明帝野田黃雀行曰：四夷重譯貢，百姓謳吟詠。太康，琴操，伍子胥歌曰：庶此太康，皆吾力兮。

秋胡詩

五言 顏延年

列女傳曰：魯秋胡潔婦者，魯秋胡子之妻。秋胡子既納之，五日，去而官於陳，五年乃歸。未至其家，見路傍有美婦人方採桑，秋胡子悅之，下車謂曰：今吾有金，願以與夫人。婦人曰：嘻！夫採桑奉二親，吾不願人之金。秋胡子遂去。歸至家，奉金遺其母。其母使人呼其婦，婦至，乃向採桑者也。秋胡子見之而慙。婦曰：束髮修身，辭親往仕，五年乃得還，當見親戚。今也乃悅路旁婦人，而下子之裝，以金與之，是忘母，不孝也。妾不忍見不孝之人。遂去而走，自投河而死。

椅梧傾高鳳，寒谷待鳴律。毛詩曰：其桐其椅，其實離離。又曰：鳳皇鳴矣，于彼高岡；梧桐生矣，于彼朝陽。司馬紹統贈山濤詩曰：昔也植朝陽，傾枝俟鸑鷟。劉向別錄曰：鄒衍在燕，有谷寒不生五穀，鄒子吹律而溫至生黍也。影響豈不懷，自遠每相匹。言椅梧佇鳳鳥之來儀，寒谷資吹律而成煦，類乎影響，豈不相思！故夫婦之儀，自遠相匹。尚書曰：惠迪吉，從逆凶，惟影響。鶡冠子曰：影則隨形，響則應聲。毛萇詩傳曰：懷，思也。婉彼幽閑女，作嬪君子室。毛萇詩傳曰：婉然美貌。又曰：窈窕，幽閑也。爾雅曰：嬪，婦也。峻節貫秋霜，明豔侔朝日。貫，猶連也。傳玄有女篇曰：容華既以豔，志節擬秋霜。鄭玄周禮注曰：侔，等也。詩曰：東方之日[29]，彼姝者子，在我室兮。薛君曰：詩人言所說者顏色盛美，如東方之日。嘉運既我從，欣願自此畢。其一。陸機從梁陳詩曰：在昔蒙嘉運。燕居

28 注「不良能行」 何校「能」改「於」，陳同。各本皆譌。

29 注「詩曰東方之日」 案：「詩」上當有「韓」字。各本皆脫。

未及好，良人顧有違。毛詩曰：或燕燕居息。又曰：妻子好合。孟子曰：良人出，必厭酒肉。劉熙曰：婦人稱夫曰良人。毛詩曰：行道遲遲，中心有違。鄭玄毛詩箋曰：顧，念也。脫巾千里外，結綬登王畿。巾，處士所服。綬，仕者所佩。今欲官於陳，故脫巾而結綬也。東觀漢記曰：江革養母，幅巾屐履。漢書，蕭育與朱博為友，長安諺曰：蕭朱結綬。言其相薦達也。秋胡仕陳而曰王畿。詩緯曰：陳，王者所起也。戒徒在昧旦，左右來相依。易歸藏曰：君子戒車，小人戒徒。左氏傳曰：讒鼎之銘曰：昧旦丕顯。驅車出郊郭，行路正威遲。古詩曰：驅車策駑馬。毛詩曰：四牡騑騑，周道倭遲。毛萇曰：倭遲，歷遠貌。韓詩曰：周道威夷，其義同。倭，於危切。存爲久離別，沒爲長不歸。其二。蘇武詩曰：生當復來歸，死當長相思。嗟余怨行役，三陟窮晨暮。毛詩曰：嗟予子行役，夙夜無已。又曰：陟彼崔嵬，我馬虺隤。又曰：陟彼高岡，我馬玄黃。又曰：陟彼砠矣，我馬瘏矣。嚴駕越風寒，解鞍犯霜露。楚辭曰：嚴車駕兮戲遊。鄭玄禮記注曰：越，蹶也。漢書，李廣令曰：下馬解鞍。左氏傳，太叔曰：跋涉山川，蒙犯霜露。原隰多悲涼，迴飆卷高樹。宋均春秋緯注曰：涼，愁也。離獸起荒蹊，驚鳥縱橫去。阮籍詠懷詩曰：離獸東南下。悲哉遊宦子，勞此山川路。其三。漢書，薄昭與淮南王書曰：亡之諸侯，遊宦事人。毛詩曰：山川悠遠，維其勞矣。超遙行人遠，宛轉年運徂。楚辭曰：超逍遙兮今焉薄。又曰：愁脩夜而婉轉。莊子，老聃曰：予年運而往矣，將何以戒我哉？良時爲此別，日月方向除。李陵詩曰：良時不再至，離別在須臾。毛詩曰：昔我往矣，日月方除。毛萇曰：除陳生新曰除。鄭玄曰：四月為除。廣雅曰：方，始也。孰知寒暑積，僶俛見榮枯。僶俛，猶俯俛也。程曉女典曰：春榮冬枯，自然之理。歲暮臨空房，涼風起座隅。陸機青青河畔草詩曰：空房來悲風。鵩鳥賦曰：止于坐隅。寢興日已寒，白露生庭蕪。其四。毛詩曰：言念君子，載寢載興。宋玉諷賦曰：主人女歌曰：歲已暮兮日已寒。爾雅曰：蕪，草也[30]。勤役從歸願，反路遵山河。昔醉秋未素[31]，今也歲載華。蠶月觀時暇，桑野多經過。毛詩曰：蠶月條桑。又曰：蜎蜎者蠋，烝在桑野。阮籍詠懷詩曰：趙李相經過。佳人從此務，窈窕援高柯。楚辭曰：聞佳人兮召予。薛君韓詩章句曰：窈窕，貞專貌。說文曰：援，引也。傾城誰不顧，弭節停中阿。其五。漢書，李延年歌曰：北方有佳人，絕世而獨立，一顧傾人城，再顧傾人國。寧知傾城國，佳人不再得！楚辭曰：吾令羲和弭節兮。鄭玄毛詩箋曰：中阿，阿中也，大陵曰阿。王逸曰：弭，安也。年往誠思勞，事遠闊音形。楚辭曰：年洋洋而日往。曹子建答楊德祖書曰：思子為勞。陸機贈顧彥先詩曰：形影曠不接，所說聲與音，聲音日夜闊，何以慰吾心？雖為五載別，相與昧平生。廣雅曰：昧，闇也。五載之別雖久，論情無容不識，直為先昧平生，所以致謬。孔安國論語注曰：平生，猶少時也。捨車遵往路，鳧藻馳目成。周易曰：舍車而徒，義弗乘也。往路，所來從之路也。李陵詩曰：行人懷往路。班彪冀州賦曰：感鳧藻以進樂兮。楚辭曰：滿堂兮美人，忽獨與予兮目成。王逸曰：獨與我睨而相親。成，為親也。南金豈不重？聊自意所輕。毛詩曰：元龜象齒，大賂南金。鄭玄毛詩箋曰：聊，且略之辭也。義心多苦調，密比金玉聲。其六。潘岳從姊誄曰：義心清尚，莫之與鄰。調，猶辭也。毛詩曰：無金玉爾音，而有遐心。高節難久淹，朅來空復辭。列女傳曰：齊母乃作詩以砥礪女之心，高其節。劉向七言曰：朅來歸耕永自疎。王逸楚辭注曰：朅，去也。遲遲前塗盡，依依造門基。上堂拜嘉慶，入室問何之？閑居賦曰：太夫人在堂。蘇亥織女詩曰：時來嘉慶集。室，妻之所居。女史箴曰：正位居室。楚辭曰：浮雲兮容與，導余兮何之？日暮行采歸，物色桑榆時。物色桑榆，言日晚也。東觀漢記，光武曰：日出之東隅[32]，收之桑榆。美人望昏至，慙歎

---

30 注「爾雅曰蕪草也」　案：「爾」當作「小」。各本皆譌。小雅載漢藝文志，今孔叢子之第十一也。此所引廣言文。

31 昔醉秋未素　袁本、茶陵本「醉」作「辭」，有校語云善作「醉」。案：各本所見皆非也。「醉」但傳寫譌，非善、五臣有異。

32 注「日出之東隅」　案：「日出」二字當作「失」。各本皆誤。

前相持。其七。楚辭曰：美人皓齒嫮以姱。有懷誰能已？聊用申苦難。毛詩曰：有懷于衛，靡日不思。鄭玄箋曰：已，止也。離居殊年載，一別阻河關。楚辭曰：折疎麻兮瑤華，將以遺兮離居。史記曰：魏王豹至國，即絕河、關。春來無時豫，秋至恆早寒。爾雅曰：豫，樂也。明發動愁心，閨中起長歎。毛詩曰：明發不寐。曹子建美女篇曰：中夜起長歎。慘悽歲方晏，日落遊子顏。其八。言情之慘悽，在乎歲之方晏，日之將落，愈思遊子之顏。楚辭曰：歲既晏兮孰華[33]？鄭玄毛詩箋曰：方，向也。漢書，高祖曰：遊子悲故鄉。高張生絕弦，聲急由調起。高張生於絕弦，以喻立節，期於效命。聲急由乎調起，以喻辭切，興於恨深。楊雄解嘲曰：弦者高張急徽。物理論曰：琴欲高張，瑟欲下聲。演連珠曰：繁會之音，生乎絕弦。說苑曰：應侯與賈子坐，聞有琴聲，應侯曰：今日琴一何悲？賈子曰：夫張急調下，故使悲矣。調，猶韻也，謂音聲之和。自昔枉光塵，結言固終始。繁欽與魏文帝牋曰：冀事速訖，旋侍光塵。公羊傳曰：結言而退。楚辭曰：解佩纕以結言。周易曰：歸妹，人之終始也。如何久爲別，百行諐諸己？孔臧與從弟書曰：學者，所以飭百行也。杜預左氏傳注曰：諐，失也。論語曰：君子求諸己。君子失明義，誰與偕沒齒？家語，孔子曰：淫亂者生於男女。男女無別，則夫婦失義。昏禮聘享者，所以別男女，明夫婦之義也。論語曰：沒齒無怨言。愧彼行露詩，甘之長川汜。其九。貞女不犯霜露而違禮，而我貪生以棄義，比之為劣，故有愧焉。毛詩曰：厭浥行露，豈不夙夜？謂行多露。鄭玄曰：豈不知當早夜成婚禮，謂道中之露太多，故不行耳。爾雅曰：水決復入河為汜。

五君詠五首

五言　沈約宋書曰：顏延年領步兵，好酒疎誕，不能斟酌當時。劉湛言於彭城王義康，出為永嘉太守。延年甚怨憤，乃作五君詠，以述竹林七賢。山濤、王戎以貴顯被黜。詠嵇康曰：鸞翮有時鎩，

[33] 注「歲既晏兮孰華」　案：「華」下當有「予」字。各本皆脫。

龍性誰能馴？詠阮籍曰：物故不可論，途窮能無慟？詠阮咸曰：屢薦不入官，一麾乃出守。詠劉伶曰[34]：韜精日沈飲，誰知非荒宴？此四句蓋自序也。

顏延年

阮步兵

袁宏竹林名士傳曰：阮籍以步兵校尉缺，廚中有數斛酒，乃求為校尉。大將軍甚奇愛之。

阮公雖淪跡，識密鑒亦洞。 廣雅曰：淪，沒也。識，心之別言。湛然不動謂之心，分別是非謂之識。廣雅曰：鑒，照也。洞，深也。**沈醉似埋照，寓辭類託諷。** 臧榮緒晉書曰：籍拜東平相，不以政事為務，沈醉日多。善屬文論，初不苦思，率爾便成。作五言詩詠懷八十餘篇，為世所重。班固漢書述曰：寓言淫麗，託諷終始。**長嘯若懷人，越禮自驚眾。** 魏氏春秋曰：籍少時常遊蘇門山，有隱者，莫知姓名，籍從與談太古無為之道，及論五帝三王之義，蘇門生蕭然曾不經聽，籍乃對之長嘯，清韻響亮，蘇門生逌爾而笑。籍既降，蘇門生亦嘯，若鸞鳳之音焉。毛詩曰：嗟我懷人。孫盛晉陽秋曰：阮籍嫂嘗歸家，籍相見與別。或以禮譏之，籍曰：禮豈為我設邪？嵇康司馬長卿讚曰：長卿慢世，越禮自放。賈逵國語注曰：越，踰也。**物故不可論，途窮能無慟？** 臧榮緒晉書曰：阮籍雖放誕不拘禮教，發言玄遠，口不評論臧否人物。魏氏春秋曰：籍時率意獨駕，不由徑路，車跡所窮，輒慟哭而返。

嵇中散

中散不偶世，本自餐霞人。 孫盛晉陽秋曰：嵇康性不偶俗。呂氏春秋曰：沈君筮謂孫叔敖曰：耦世接俗，子不如我。飡霞，謂仙也。楚辭曰：漱正陽而含朝霞。司馬相如大人賦曰：呼吸沆瀣朝飡霞。**形解驗默仙，吐論知凝**

---

34 注「詠劉伶曰」　案：「伶」當作「靈」。各本皆誤。袁、茶陵二本後正文亦作「伶」，詳其注中凡所載五臣曰則為「伶」字，而善注三見，仍皆為「靈」字。然則必五臣「伶」、善「靈」而失著校語。尤所見正文獨不誤，此處因向同善注而亂耳。又案：二本酒德頌注，亦善是「靈」字，五臣是「伶」字。

神。顧凱之嵇康讚曰：南海太守鮑靚，通靈士也。東海徐寧師之。寧夜聞靜室有琴聲，怪其妙而問焉，靚曰：嵇叔夜。寧曰：嵇臨命東市，何得在茲？靚曰：叔夜迹示終而實尸解。桓子新論曰：聖人皆形解仙去，言死，示民有終。孫綽嵇中散傳曰：嵇康作養生論，入洛，京師謂之神人。向子期難之，不得屈。莊子曰：藐姑射之山，有神人居焉，其神凝。郭象曰：行若曳枯木，心若聚死灰，是其神凝也。廣雅曰：疑，定也。立俗迕流議，尋山洽隱淪。竹林七賢論曰：嵇康非湯、武，薄周、孔，所以迕世。爾雅曰：迕，逆犯也，五故切。非有先生論曰：欲聞流議。神仙傳曰：王烈年已二百三十八歲，康甚愛之，數與共入山遊戲採藥。桓子新論曰：天神人五[35]，二曰隱淪。鸞翮有時鎩，龍性誰能馴？嵇康別傳曰：康美音氣，好容色，龍章鳳姿，天質自然。淮南子曰：飛鳥鎩羽。許慎曰：鎩，殘羽也。左氏傳曰：劉累學擾龍于豢龍氏。服虔漢書注曰：擾，馴也。鎩，所例切。

劉參軍

袁宏竹林名士傳曰：劉靈為建威參軍。

劉靈善閉關，懷情滅聞見。言道德內充，情欲俱閉，既無外累，故聞見皆滅。臧榮緒晉書曰：靈潛嘿少言。老子曰：善閉者無關鍵而不可開。王弼曰：因物自然，不設不施，故不用關鍵繩約而不可開解。說文曰：懷，藏也。莊子，廣成子曰：目無所見，耳無所聞，汝神遊守形[36]，形乃長生。鼓鍾不足歡，榮色豈能眩？夫鍾鼓以悅耳，榮色以悅目，今聞見既滅，聲色俱喪，故鼓鍾不足以為歡，豈榮色之能眩也。賈逵國語注曰：眩，惑也，戶徧切。韜精日沈飲，誰知非荒宴？廣雅曰：韜，藏也。賈逵國語注曰：精，明也。臧榮緒晉書曰：靈常乘鹿車，攜一壺酒，尚書曰：羲和沈湎于酒。孔安國曰：沈，謂醉冥也。毛詩曰：好樂無荒。鄭玄曰：荒，廢亂也。頌酒雖短章，深衷自此見。頌酒，即酒德頌也。

35 注「天神人五」　陳云「神」上脫「下」字，是也。各本皆脫。

36 注「汝神遊守形」　袁本、茶陵本「遊」作「將」，是也。

衷，謂中心也。蒼頡篇曰：衷，別外之辭也。

阮始平

袁宏竹林名士傳曰：阮咸，字仲容，籍之兄子也。與籍俱為竹林之遊。官止始平太守。

仲容青雲器，實稟生民秀。青雲，言高遠也。史記，太史公曰：夫閭巷之人，欲砥行立名者，非附青雲之士，惡能施於後代哉！禮記曰：人者五行之秀。廣雅曰：秀，美也。**達音何用深？識微在金奏。**傅暢晉諸公贊曰：中護軍長史阮咸唱議，荀勗所造樂，聲高則悲[37]，亡國之音哀以思，今聲不合雅，懼非德政中和之善，必古今長短之所致。後掘地得古銅尺，歲久欲腐壞，以此尺度於勗，今尺短四分，時人明咸為解。班固匈奴傳贊曰：遠見識微。周官曰：鍾師掌金奏，凡樂事以鍾鼓奏九夏。杜預左氏傳注曰：擊鍾而奏樂。**郭弈已心醉，山公非虛覲。**名士傳曰：阮咸哀樂至[38]過絕於人。太原郭弈見之心醉，不覺歎服。列子曰：有神巫自齊而來，處於鄭，命曰季咸，列子見之而心醉。向秀曰：迷惑其道也。山濤啓事曰：咸若在官之職，必妙絕於時。鄭玄毛詩箋曰：覲，見也。**屢薦不入官，一麾乃出守。**曹嘉之晉紀曰：山濤舉咸為吏部郎，三上，武帝不能用也。尚書曰：學古入官。麾，指麾也。言為勗所指麾也。傅暢諸公讚曰：勗性自矜，因事左遷咸為始平太守。

向常侍

向秀甘淡薄，深心託豪素。說文曰：淡薄，味也。文賦曰：唯豪素之所擬。**探道好淵玄，觀書鄙**

---

37 注「聲高則悲」 何校「高」下添「聲高」二字，陳同，茶陵本有。案：尤本此處脩改，以字數計之，蓋初刻重一「高」字，是也。袁本無，與脩改者同。

38 注「阮咸哀樂至」 袁本、茶陵本「至」下有「到」字，是也。

章句。謂注莊子也。世說曰：初注莊子者數十家，莫能究其指要。向秀於舊注外為解義，妙析奇致，大暢玄風。王逸妍蚩曰：窮聖人之祕奧，測六義之淵玄。王逸楚辭注曰：鄙，恥也。漢書曰：費直治易，長於卦筮，無章句。交呂既鴻軒，攀嵇亦鳳舉。向秀別傳曰：秀常與嵇康偶鍛於洛邑，與呂子灌園於山陽，收其餘利以供酒食之費。王仲宣贈蔡子篤詩曰：歸鴈載軒。軒，飛貌。張衡髑髏賦曰：星迴日運，鳳舉龍驤。流連河裏遊，惻愴山陽賦。漢書，班伯曰：式號式謼，大雅所以流連也。服虔曰：荒，樂也。魏氏春秋曰：康寓居河內之山陽，與河內向秀相友善，遊於竹林。思舊賦曰：濟黃河以汎舟，經山陽之舊居。

詠史 五言

鮑明遠

五都矜財雄，三川養聲利。漢書曰：王莽於五都立均官，更名雒陽、邯鄲、臨淄、宛、成都市長，皆為五均司市師。鄭玄尚書大傳注曰：矜，夸也。漢書曰：班壹當孝惠、高后時，以財雄邊。戰國策云：張儀曰：爭名於朝，爭利於市。今三川周室，天下之朝市。韋昭曰：有河、洛、伊，故曰三川。百金不市死，明經有高位。史記，陶朱公曰：吾聞千金之子，不死於市。漢書夏侯勝常謂諸生曰：士病不明經，經術苟明，其取青紫如俯拾地芥。京城十二衢，飛甍各鱗次。西都賦曰：立十二之通門。吳都賦曰：飛甍舛互。李尤辟雍賦曰：攢羅鱗次。仕子彯華纓，遊客竦輕轡。七啓曰：華組之纓。楚辭曰：竦余駕乎八冥。廣雅曰：竦，上也。明星晨未稀，軒蓋已雲至。毛詩曰：明星有爛。鄭玄曰：明，爛然也。說文曰：希，疏也。希與稀通。說苑曰：翟璜乘車載華蓋，田子方怪而問之，對曰：吾祿厚，得此軒蓋。尚書中候曰：青雲浮至。賓御紛颯沓，鞍馬光照地。孔安國尚書傳曰：御，侍也。吳質答東阿王書曰：情踴躍於鞌馬。寒暑在一時，繁華及春媚。周易曰：日月運行，一寒一暑。應璩與曹長思書曰：春生者，繁華也。君平獨寂漠，身世兩相棄。言身棄世而不任，世棄身而不任。漢書曰：蜀有嚴君平，卜於成都市，日閱數人，得百錢足自養，則閉肆下簾而授老子。楚辭曰：野寂寞其無人[39]。莊子曰：夫欲勉為形者，莫如棄世，棄世則無累矣。

詠霍將軍北伐　五言

虞子陽

虞羲集序曰：羲字子陽。會稽人也。七歲能屬文。後始安王引為侍郎，尋兼建安征虜府主簿功曹，又兼記室參軍事。天監中卒。

擁旄爲漢將，汗馬出長城。班固涿邪山祝文曰：仗節擁旄，鉦人伐鼓。漢書公孫弘曰：臣愚駑無汗馬之勞。史記曰：秦使蒙恬築長城。長城地勢嶮，萬里與雲平。涼秋八九月，虜騎入幽并。宋子候詩曰：高秋八九月，白露變為霜。飛狐白日晚，瀚海愁陰生。漢書，酈食其曰：距飛狐之口。臣瓚曰：飛狐在代郡西南，塞名。漢書曰：霍去病率師登臨瀚海。如淳曰：瀚海，海名。說文曰：陰雲覆日。羽書時斷絕，刁斗晝夜驚。羽書，即羽檄也。楚漢春秋曰：黥布反，羽書至，上大怒。漢書曰：李廣行無部曲，不擊刁斗自衛。孟康曰：以銅作鐎，受一斗，晝炊飲食，夜擊持行，名曰刁斗，今在滎陽庫中。刁音彫。鐎音遙。乘墉揮寶劍，蔽日引高旍。周易曰：乘其墉，弗克攻。杜預左氏傳注曰：乘，登也。廣雅曰：揮，動也。越絕書曰：楚王使風湖子[40]、歐冶子、干將作劍，曰太阿。晉、鄭聞而求之，不得，圍楚之城，三年不解。於是楚王引太阿之劍，登城而麾之，三軍為之破敗。史記曰：陸賈寶劍直百金。楚辭曰：旌蔽日兮敵若雲。雲屯七萃士，魚麗六郡兵。晉陸機從軍行曰：胡馬如雲屯。穆天子傳曰：天子賜七萃之士。郭璞曰：萃，聚也。亦猶傳有七輿大夫，皆眾聚集有智力者為王爪牙也。左氏傳曰：王伐鄭，鄭原繁為魚麗之陣。漢書曰：趙充國以六郡良

---

39 注「野寂寞其無人」　案：「寞」當作「漠」，正文作「漠」，後赴洛詩「寂漠聲必沈」，袁、茶陵二本云善作「漠」，五臣作「寞」，是其大較也。此正文二本皆作「寞」，而不著校語，非。

40 注「楚王使風湖子」　陳云別本「湖」作「胡」。案：今未見七命注引作「胡」。考越絕書今本作「胡」，吳越春秋作「湖」，他書所引互有出入耳。

家子善騎射，補羽林。服虔曰：金城、隴西、天水、安定、北地、上郡也。**胡笳關下思，羌笛隴頭鳴。**李陵書曰：胡笳互動。沈約宋書有胡漢舊箏笛錄，有曲不記所出。長笛賦曰：近世雙笛從羌起。**骨都先自讋，日逐次亡精。**漢書，匈奴有骨都侯。又曰：匈奴讋焉。文穎曰：恐，懼也。讋，之涉切。漢書，匈奴有日逐王。西京賦曰：喪精亡魂。**玉門罷斥候，甲第始修營。**漢書曰：龍勒有玉門關。又曰：李廣遠斥候，未嘗遇害。又曰：賜霍光甲第一區。又曰：上為霍去病治第，令視之，對曰：匈奴未滅，臣無以家為！**位登萬庾積，功立百行成。**論語曰：子華使於齊，冉子為其母請粟，子曰：與之庾。包咸曰：十六斗為庾。百行，已見上文。**天長地自久，人道有虧盈。**老子曰：天長地久。莊子曰：天與地無窮，人死者有時。爾雅曰：虧，毀也。**未窮激楚樂，已見高臺傾。**楚辭曰：宮庭震驚發激楚。王逸曰：激楚，清聲也。言樂眾並會，復作激楚之聲也。桓子新論琴道：雍門周說孟嘗君曰：禾秋萬歲後，高臺既已傾，曲池又已平。**當令麟閣上，千載有雄名！**漢書，甘露三年，單于始入朝，上思股肱之美，乃圖畫其人於麒麟閣，法其形貌，敘其姓名。

百一

百一詩 五言

張方賢楚國先賢傳曰：汝南應休璉作百一篇詩，譏切時事，徧以示在事者，咸皆怪愕，或以為應焚棄之，何晏獨無怪也。然方賢之意，以有百一篇，故曰百一。李充翰林論曰：應休璉五言詩百數十篇，以風規治道，蓋有詩人之旨焉。又孫盛晉陽秋曰：應璩作五言詩百三十篇，言時事頗有補益，世多傳之。據此二文，不得以一百一篇而稱百一也。今書七志曰：應璩集謂之新詩，以百言為一篇，或謂之百一詩。然以字名詩，義無所取。據百一詩序云：時謂曹爽曰：公今聞周公巍巍之稱，安知百慮有一失乎？百一之名，蓋興於此也。

應璩

文章錄曰：璩字休璉，博學好屬文，明帝時歷官散騎侍郎。曹爽多違法度，璩為詩以諷焉。典著作，卒。文章志曰：璩，汝南人也。詩序曰：下流，應侯自誨也。

下流不可處，君子慎厥初。論語曰：紂之不善，不如是之甚也，是以君子惡居下流，天下之惡皆歸焉。尚書，仲虺曰：慎厥終，惟其始。名高不宿著，易用受侵誣。韓子曰：說之以名高。史記曰：灌夫亦得竇嬰通列侯宗室為名高。三略曰：侵誣下民，國內諠譁。前者隳官去，有人適我閭。高唐賦曰：長吏隳官，賢士失志。田家無所有，酌醴焚枯魚。漢書，楊惲書曰：田家作苦。蔡邕與袁公書曰：酌麥醴，燔乾魚，欣然樂在其中矣。問我何功德，三入承明廬。璩初為侍郎，又為常侍，又為侍中，故云三入。陸機洛陽記曰：吾常怪謁帝承明廬，問張公，張公云：魏明帝在建始殿，朝會皆由承明門。然直廬在承明門側。所占於此土，是謂仁智居。言今所占之土，是謂仁智之所居乎？亦問者之辭也。爾雅曰：隱，占也。郭璞曰：隱度之也。占，之鹽切。論語曰：智者樂水，仁者樂山。文章不經國，筐篋無尺書。典論論文曰：文章經國之大業。新序，孫叔敖曰：府庫之藏金玉，筐篚之橐簡書。說文曰：筐篋，笥也[41]，口頰切。漢書曰：廣武君曰：奉咫尺之書以使燕。用等稱才學，往往見歎譽？言文章既不經國，筐篋又無尺書，乃用何等而稱才學，往往而見譽？問者之辭也。避席跪自陳，賤子實空虛。孝經曰：曾子避席。漢書曰：王邑請召賓，邑稱賤子。宋人遇周客，慙愧靡所如。言己妄竊宗班，心常懷恥，類宋人之遇周客，慙愧而無所如。闞子曰：宋之愚人，得燕石於梧臺之側，藏之以為大寶。周客聞而觀焉。主人齋七日，端冕玄服以發寶，革匱十重，巾十襲，客見兔而掩口[42]，盧胡而笑曰：此特燕石也，其與瓦甓不殊。主人大怒曰：商賈之言，醫匠之心。藏之愈固，守之彌謹。杜預左氏傳曰：如，從也。

---

41 注「筐篋笥也」 案：「筐」字不當有。後任彥昇哭范僕射、謝惠連擣衣注引皆無，可證。各本皆衍。

42 注「兔而掩口」 袁本、茶陵本「兔」作「俛」，是也。

遊仙詩　五言

何敬宗[43]　臧榮緒晉書曰：何劭，字敬宗，陳國人也。博學多聞，善屬篇章。初為相國掾，稍遷尚書左僕射，薨。

青青陵上松，亭亭高山柏。古詩曰：青青陵上柏。劉公幹贈從弟詩曰：亭亭山上松。亭亭，高貌。光色冬夏茂，根柢無凋落。莊子曰：受命於地，唯松柏獨在，冬夏青青。爾雅曰：柢，本也。焦貢易林曰：溫山松柏，常茂不凋落。吉士懷貞心，悟物思遠託。揚志玄雲際，流目矚巖石。尚書曰：庶常吉士。七啓曰：抗志雲際。思玄賦曰：流目眺夫衡阿。羨昔王子喬，友道發伊洛。迢遞陵峻岳，連翩御飛鶴。列仙傳曰：王喬者，周靈王太子晉也，好吹笙作鳳鳴，遊伊、洛之間，道人浮丘公接以上嵩高山，三十餘年後，求之於山上，見桓良曰：告我家，七月七日，待我於緱山頭。果乘白鶴駐山頭，望之不得到，舉手謝時人。數日而去。立祠緱氏山下[44]。文子曰：三皇五帝，輕天下，細萬物，上與道為友，下與化為人。張湛曰：上能友於道。友或為反。呂氏春秋曰：君子反道以修德。思玄賦曰：繽連翩兮紛暗曖。說文曰：御，使馬也。抗跡遺萬里，豈戀生民樂？廣雅曰：抗，舉也。楚辭曰：悲申屠之抗跡。長懷慕仙類，眩然心緜邈[45]。王逸楚辭注曰：緜緜，細微之思也。又曰：邈，遠也。

---

43 何敬宗　袁本、茶陵本「宗」作「祖」，注同。案：此似所見不同，然「祖」字是也。贈張華詩雜詩皆作「祖」。傳長虞贈詩序亦作「祖」，皆可證。

44 注「列仙傳曰」下至「立祠緱氏山下」　此一百字袁本無。茶陵本有。案：蓋善自作「王子喬已見遊天臺山賦」，袁脫去此一句耳。茶陵例複出，未可為據。

45 眩然心緜邈　案：「眩」當作「眇」。袁本、茶陵本作「眇」，云善作眩。今詳善注非有明文，「眩」字於義無取，當是傳寫之譌耳。各本所見皆非。

遊仙詩七首

五言　凡遊仙之篇，皆所以滓穢塵網，錙銖纓紱，飡霞倒景，餌玉玄都。而璞之制，文多自敘。雖志狹中區，而辭無俗累[46]，見非前識，良有以哉！

郭景純

京華遊俠窟，山林隱遯棲。西京賦曰：都邑遊俠，張、趙之倫。莊子曰：徐無鬼見魏武侯，武侯曰：先生居山林久矣。郭璞山海經注曰：山居為棲。又曰：遯者，退也。周易曰：龍德而隱，遯世無悶[47]。朱門何足榮？未若託蓬萊。東方朔十洲記曰：臣故捨韜隱而赴王庭，藏養生而侍朱門矣。史記曰：李少君謂武帝曰：臣常遊海上，見安期生仙者，通蓬萊中也。臨源挹清波，陵崗掇丹荑。毛萇詩傳曰：挹，斟也。又曰：掇，拾也，都活切。本草經曰：赤芝，一名丹芝，食之延年。凡草之初生，通名曰荑，故曰丹荑。靈谿可潛盤，安事登雲梯。靈谿，谿名也。庾仲雍荊州記曰：大城西九里有靈谿水。雲梯，言仙人昇天，因雲而上，故曰雲梯。墨子曰：公輸般為雲梯，必取宋。張湛列子注曰：班，輸為梯，可以陵虛。漆園有傲吏，萊氏有逸妻。史記曰：莊子者，蒙人也，名周，嘗為蒙漆園吏。楚威王聞莊周賢，使使厚幣迎，許以為相。莊周笑謂楚使者曰：亟去，無污我。列女傳曰：萊子逃世，耕於蒙山之陽。或言之楚，楚王遂駕至老萊之門。楚王曰：守國之孤，願變先生。老萊曰：諾。妻曰：妾之居亂世[48]，為人所制，能免於患乎？妾不能為人所制！投其畚而去。老萊乃隨而隱。進則保龍見，退爲觸藩羝。進，謂求仙也；退，謂處俗也。周易曰：九二，見龍在田，龍德而正中者也。又曰：羝羊觸藩，羸其角不能退，不能遂無攸利。高蹈風塵外，長揖謝夷齊。左氏傳曰：魯人之皐，使我高蹈。莊子曰：孔子彷徨塵垢之外。說文曰：謝，辭別也。史記曰：伯夷、叔齊，孤竹君之子也。父欲立叔齊，及卒，叔齊讓伯夷，

---

46 注「而辭無俗累」　案：「無」當作「兼」。各本皆譌。

47 注「郭璞山海經注曰山居為棲又曰遯者退也周易曰龍德而隱遯世無悶」　陳云「又曰遯者退也」此六字當在「遯世無悶」下，「郭璞山海經注曰山居為棲」此十一字又當在「退也」句下。案：所校是也。各本皆倒。蓋「周易曰」十一字與「郭璞」云云十一字，互換其處耳。

48 注「妾之居亂世」　袁本、茶陵本「之」作「聞」，是也。

伯夷曰：父命也。遂逃去。叔齊亦不肯立而逃。義不食周粟，隱於首陽山。

青谿千餘仞，中有一道士。庾仲雍荊州記曰：臨沮縣有青溪山，山東有泉，泉側有道士精舍。郭景純嘗作臨沮縣，故遊仙詩嗟青溪之美。雲生梁棟間，風出窗戶裏。借問此何誰？云是鬼谷子。史記曰：蘇秦東事師於齊而習於鬼谷先生。徐廣曰：潁川陽城有鬼谷。鬼谷子序曰：周時有豪士隱於鬼谷者，自號鬼谷子，言其自遠也。然鬼谷之名，隱者通號也。翹迹企潁陽，臨河思洗耳。廣雅曰：翹，舉也。呂氏春秋曰：昔堯朝許由於沛澤之中，請屬天下於夫子，許由遂之潁川之陽。琴操曰：堯大許由之志，禪為天子。由以其言不善，乃臨河而洗其耳。閶闔西南來，潛波渙鱗起。閶闔風已見西京賦。高誘曰：兌為閶闔風。周易曰：風行水上渙。靈妃顧我笑，粲然啓玉齒。靈妃，宓妃也。毛詩曰：顧我則笑。鄭玄曰：顧，猶視也。穀梁傳曰：軍人粲然皆笑。莊子曰：女商謂徐無鬼曰：吾所以說君者，吾未嘗啓齒。司馬彪曰：啓齒，笑也。蹇脩時不存，要之將誰使？楚辭曰：吾令豐隆乘雲兮，求宓妃之所在；解佩纕以結言兮，吾令蹇脩以為理。王逸曰：古賢蹇脩而媒理也[49]。廣雅曰：將，欲也。

翡翠戲蘭苕，容色更相鮮。言珍禽芳草，遞相輝映，可悅之甚也。蘭苕，蘭秀也。綠蘿結高林，蒙籠蓋一山。陸機毛詩草木疏曰：松蘿蔓松而生，枝正青。毛詩曰：蔦與女蘿，施于松柏。毛萇曰：女蘿，松蘿也。中有冥寂士，靜嘯撫清弦。冥，玄默也。放情陵霄外，嚼蘂挹飛泉。楚辭曰：放遊志乎雲中。淮南子曰：大丈夫乘雲陵霄，與造化逍遙。魏文帝典論曰：飢飡瓊蘂，渴飲飛泉。赤松臨上遊，駕鴻乘紫煙。列仙傳曰：赤松子者，神農時雨師也。服水玉，教神農，能入火不燒。至崑崙山上，常止西王母石室中，隨風雨上下。漢武內傳，王母侍者歌曰：遂乘萬龍椿，馳騁眄九野。嵇康答難曰：偓佺以柏實方目，赤松以水玉乘煙。古白鴻頌曰：茲亦耿介，矯翮紫煙。左挹浮丘袖，右拍洪崖肩。列仙傳曰：浮丘公接王子喬以上嵩高山。說文曰：拍，拊也，普白切。西京賦曰：洪崖立而指麾。神

---

49 注「而媒理也」 何校「而」改「為」，陳同。各本皆譌。

仙傳曰：衛叔卿與數人博，其子度曰：向與博者為誰？叔卿曰：是洪崖先生。借問蜉蝣輩，寧知龜鶴年？大戴禮夏小正曰：蜉蝣朝生而暮死。養生要論曰：龜鶴壽有千百之數，性壽之物也。道家之言，鶴曲頸而息，龜潛匿而噎，此其所以為壽也。服氣養性者法焉。

六龍安可頓，運流有代謝。楚辭曰：貫鴻濛以東揭兮，維六龍於扶桑。王逸曰：結我車轡於扶桑以留日，幸得延年壽也。莊子，黃帝曰：陰陽四時運行，各得其序，淮南子曰：二者代謝舛馳。高誘曰：代，更也。謝，敘也。時變感人思，已秋復願夏。爾雅曰：感，動也。淮海變微禽，吾生獨不化。國語，趙簡子歎曰：雀入于海為蛤，雉入于淮為蜃，黿鼉魚鼈，莫不能化，唯人不能，哀夫！雖欲騰丹谿，雲螭非我駕。魏文帝典論曰：夫生之必死，成之必敗。然而惑者，望乘風雲，冀與螭龍共駕，適不死之國。國即丹谿，其人浮遊列缺，翱翔倒景，然死者相襲，丘壟相望，逝者莫反，潛者莫形，足以覺也。愧無魯陽德，迴日向三舍。淮南子曰：魯陽公與韓遘難，戰酣日暮，援戈而麾之，日為之反三舍[50]。許慎曰：二十八宿，一宿為一舍。臨川哀年邁，撫心獨悲吒。論語，子在川上曰：逝者如斯。尚書曰：日月逾邁。孔安國曰：如日月之並過。儀禮曰：婦人拊心不哭。吒，歎聲也。楚辭曰：憂不暇兮寢食，吒增歎兮如雷。

逸翮思拂霄，迅足羨遠遊。逸、迅、思、拂霄及遠遊，以喻仙者願輕舉而高蹈。清源無增瀾，安得運吞舟？清源不能行運吞舟之魚，以喻塵俗不足容乎仙者。劉公幹贈徐幹詩曰：方塘含清源。楚辭曰：谿谷嶄巖水增波。韓詩外傳，孟子曰：夫吞舟之魚，不居潛澤；度量之士，不居污世。珪璋雖特達，明月難闇投。珪璋、明月，皆喻仙也。言珪璋雖有特達之美，而明月皆喻難闇投[51]，以喻仙者雖有超俗之譽，非無捕影之譏。禮記，孔子曰：珪璋特達，德也。鄒

---

50 注「淮南子曰」下至「日為之反三舍」　此二十六字袁本、茶陵本作「魯陽麾日見淮南子」八字。

51 注「而明月皆喻難闇投」　袁本、茶陵本「皆喻」作「之珠」是也。

陽上書曰：明月之珠，夜光之璧，以闇投人於道，眾莫不案劍相眄者。潛穎怨青陽，陵苕哀素秋。言世俗不娛求仙，而怨天施之偏，又歎浮生之促，類潛穎怨青陽之晚臻。陵苕哀素秋之早至也。潛穎，在幽潛而結穎也。鄭潤甫遊仙詩曰：潛穎隱九泉，女蘿緣高松。義與此同。爾雅曰：春為青陽。又曰：苕，陵苕也。素秋已見上文。悲來惻丹心，零淚緣纓流。悲俗遷謝，故惻心流涕。周易曰：謂我心惻。諸葛亮與李平教曰[52]：詳思斯戒，明吾丹心。淮南子曰：雍門子以哭見孟嘗君，流涕霑纓。

雜縣寓魯門，風煖將為災。國語曰：海鳥曰爰居，止於魯東門外三日，臧文仲使國人祭之。展禽曰：越哉臧文仲之為政也。今海鳥至，已不知而祀之，以為國典，難以言仁且知矣。今茲海其有災乎？夫廣川之鳥獸，常知風而避其災也。是歲也，海多大風，冬煖。文仲曰：信吾過也。賈逵注曰：爰居，雜縣也。吞舟涌海底，高浪駕蓬萊。神仙排雲出，但見金銀臺。吞舟之魚，已見上文。漢書，齊威、宣、燕昭使人入海，求蓬萊、方丈、瀛州。此三神山者，仙人及不死之藥皆在焉，而黃金白銀為宮闕，未至望之如雲。陵陽挹丹溜，容成揮玉杯。列仙傳曰：陵陽子明者，銍鄉人也。好釣魚。於涎溪釣得白魚，腸中有書，教子明服食之法。子明遂上黃山，採玉石脂服之。三年，龍來迎去。抱朴子曰：流丹者，石芝赤精，蓋石流黃之類也。事見太一玉英。列仙傳曰：容成公者，自稱黃帝師，見於周穆王，能善補導之事，髮白復黑，齒落復生。事老子，亦云老子師。揮，謂以手揮之。神仙傳曰：茅君學道於齊，不見使人，金案玉杯，自來人前。姮娥揚妙音[53]，洪崖頷其頤。淮南子曰：羿請不死之藥於西王母，常娥竊而奔月。許慎曰：常娥，羿妻也。逃月中。蓋虛上夫人是也。史記，蘇秦曰：妙音美人，以充後宮。洪崖，已見上。列子曰：頷其頤則歌合律。廣雅曰：頷，動也，五感切。升降隨

---

52 注「與李平教曰」 陳云「平」下當有「子豐」二字。據蜀志注、通鑑校，是也。各本皆脫。

53 姮娥揚妙音 陳云「姮」當作「恒」。今案：善注引淮南子「常娥」為注，其下不云「常娥」之即「恒娥」，似善自為「常」字。袁本、茶陵本所載五臣良注云「姮婉」，是五臣乃為「姮」字，而各本亂之也。陳改「恒」，未是。

長煙，飄颻戲九垓。列仙傳曰：甯封子者，黃帝時人也。積火自燒，而隨煙上下。淮南子曰：盧敖游乎北海，至于蒙穀之上，見一士焉。盧敖仰視之，乃與語曰：唯敖為背羣離黨，窮觀於六合之外者，非敖而已。今卒覩夫子，於是始可與敖為交乎？士笑曰：今子遊始於此，而語窮六合，豈不亦遠哉！然子處矣，吾與汗漫期於九垓之上，吾不可以久居。士舉臂而竦身，遂入雲中。盧敖視之，弗見乃止。**奇齡邁五龍，千歲方嬰孩。**鄭玄禮記注曰：齡，年也。遁甲開山圖，榮氏解曰：五龍，皇后君也。昆弟五人，皆人面而龍身。長曰角龍，木仙也；次曰徵龍，火仙也；次曰商龍，金仙也；次曰羽龍，水仙也；次曰宮龍，土仙也。父與諸子同得仙，治在五方。孔安國論語注曰：方，比方也。釋文曰：人初生曰嬰兒。說文曰：孩，小兒笑也。**燕昭無靈氣，漢武非仙才。**燕昭使人入海求蓬萊，已見上文。漢武內傳，西王母曰：劉徹好道，然形慢神穢。雖當語之以至道，殆恐非仙才也[54]。

晦朔如循環，月盈已見魄。說文曰：朔，月一日始也。晦，月盡也。尚書大傳曰：三王之統，若循連環。禮記曰：四時和而後月生，是以三五而盈，三五而闕。尚書曰：惟三月哉生魄。孔安國曰：十六日明消而魄生也。**蓐收清西陸，朱羲將由白。**禮記曰：孟秋之月，其神蓐收。司馬彪續漢書曰：日行北陸謂之冬，西陸謂之秋。朱羲，日也。楚辭曰：吾令羲和弭節兮。王逸曰：羲和，日御也。河圖曰：立秋、秋分，月從白道。漢書云：月有九行，立秋、秋分，西從白道。左傳曰：分同道，謂春分、秋分，日月同道也。**寒露拂陵苕，女蘿辭松柏。**淮南子曰：斗指辛則寒露。陵苕，已見上文。毛詩曰：蔦與女蘿，施于松柏。毛萇曰：蔦，寄生也。女蘿，松蘿也。**蕣榮不終朝，蜉蝣豈見夕？**潘岳朝菌賦序曰：朝菌者，時人以為蕣華，莊生以為朝菌。其物向晨而結，絕日而殞。毛萇詩傳曰：蜉蝣朝生夕死。**圓丘有奇草，鍾山出靈液。**外國圖曰：圓丘有不死樹，食之乃壽。東方朔十州記曰：北海外有鍾山，自生千歲芝及神草。靈液，謂玉膏之屬也。曹植苦寒行曰：靈液飛波，蘭桂參天。**王孫列八珍，安期鍊五石。**王孫列八珍以傷生，安期鍊五石以延壽，言

---

54 注「漢武內傳」下至「殆恐非仙才也」　此三十字袁本作「漢武非仙才見漢武內傳」。茶陵本與此同。

優劣殊也。漢書，漂母謂韓信曰：吾哀王孫而進食。周禮曰：食醫掌和王八珍之齊。列仙傳曰：安期生自言千歲。抱朴子曰：五石者，丹砂、雄黃、白礬石、曾青、磁石也。**長揖當塗人，去來山林客。**當塗，即當仕路也。漢書，武帝制曰：守文法[55]以戴翼其世者甚眾。山林，已見上文。孟子曰：公孫丑問曰：夫子當路於齊，管、晏之功，可復許乎？趙岐曰：當仕路也。

---

55 注「守文法」　陳云「文」下脫「之君當塗之士欲則先王之」十一字，是也。各本皆脫。

卷第二十二

招隱

招隱詩二首 五言

韓子曰：閑靜安居謂之隱。

左太沖 雜詩左居陸後，而此在前，誤也。

杖策招隱士，荒塗橫古今。魯連子曰：連却秦軍，平原君欲封之，遂杖策而去。說文曰：杖，持也。方言曰：木細枝曰策。董仲舒士不遇賦曰：懼荒塗之難踐。鄭玄周禮注曰：荒，蕪也。郭璞山海經注曰：橫，塞也。巖穴無結構，丘中有鳴琴。結構，謂交結構架也。魯靈光殿賦曰：觀其結構。尚書大傳，子夏曰：弟子受書於夫子者不敢忘，雖退而巖居河、濟之間，深山之中作壤室，尚彈琴其中，以歌先王之風，則可以發憤矣。白雪停陰岡，丹葩曜陽林。尚書大傳曰：相與觀乎南山之陰。高誘戰國策注曰：山北曰陰。爾雅曰：山脊曰岡。鄭玄周禮注曰：陽木生於山南也。石泉漱瓊瑤，纖鱗亦浮沈。楚辭曰：飲石泉兮蔭松柏。漱，猶蕩也。毛萇詩傳曰：瓊瑤，美玉也。非必絲與竹，山水有清音。禮記曰：絲竹，樂之器也。何事待嘯歌，灌木自悲吟。毛詩曰：其嘯也歌。又曰：集于灌木。毛萇詩傳曰：灌，叢也。南都賦曰：寡婦悲吟。秋菊兼糇糧，幽蘭間重襟。楚辭曰：朝飲木蘭之墜露，夕餐秋菊之落英。毛詩曰：乃裹糇糧。毛萇曰：糇，食也。楚辭曰：紉秋蘭以為佩。然蘭可為佩，故以間襟也。躊躇足力煩，聊欲投吾簪。言世務勞促，故足力煩殆也。韓詩曰：搔首躊躇。阮嗣宗奏記曰：負薪疲病，足力不彊。鄭玄毛詩箋曰：聊，且略之辭。蒼頡篇曰：簪，笄也，所以持冠也。經始東山廬，果下自成榛。王隱晉書曰：左思徙居洛城東，著經始東山廬詩。毛詩曰：經始靈臺。高誘淮南子注曰：叢木曰榛。小栗小棘曰榛。前有寒泉井，聊可瑩心神。周易曰：井洌寒泉[1]。廣雅曰：瑩，磨也。峭蒨青蔥間，竹柏得其眞。峭蒨，鮮明貌。孫卿子曰：桃李蒨粲於一時，時至而後殺。至於松柏，經隆冬而不彫，蒙霜雪而不變，可謂得其真矣。弱葉棲霜雪，飛榮流餘津。爵服無常玩，好惡有屈伸。言爵服之榮，理無常玩，時有好惡，隨之屈伸。管子曰：將立朝廷者，則爵服不可不貴也。爵服加於不義，則人賤爵服矣。家語，孔子曰：君子之行己也，可以屈則屈，可以伸則伸。東征賦曰：行止屈伸，與時息兮。結綬生纏牽，彈冠去埃塵。言人出仕非一途，或結綬以生纏牽之憂，或彈冠而去埃塵之累。漢書曰：蕭育與陳咸、朱博為友，著聞當世。往者有王陽、貢禹，故長安語曰：蕭、朱結綬，王、貢彈冠。言其相薦達也。說文曰：纏，繞也。淮南子曰：王喬、赤松，去塵埃之間，離羣物之紛，可謂養生矣。惠連非吾屈，首陽非吾仁。論語曰：謂柳下惠、少連降志辱身矣。史記曰：伯夷、叔齊隱於首陽山。論語，子貢問曰：伯夷、叔齊何人也？子曰：古之賢人也。曰：怨乎？曰：求仁而得仁，又何怨！又，子曰：我則異於是，無可無不可。相與觀所尚，逍遙撰良辰。趙岐孟子章句曰：各崇所尚，則義不虧矣。廣雅曰：尚，高也。謂中心之所高尚也。莊子曰：逍遙乎無事之業。東徵賦曰：撰良辰而將行。

招隱詩 五言

陸士衡

明發心不夷，振衣聊躑躅。毛詩曰：明發不寐。楚辭曰：心蛩蛩而不夷。王逸曰：夷，悅也。新序曰：古老

---

[1] 注「井洌寒泉」何校「泉」下添「食」字，陳同。各本皆脫。

振衣而起。杜預左氏傳注曰：振，整也。說文曰：躊躅，住足也。躊與躑同。躑躅欲安之，幽人在浚谷。周易曰：履道坦坦，幽人貞吉。幽通賦曰：昝浚谷而勿墜。朝採南澗藻，夕息西山足。毛詩曰：于以采蘋，南澗之濱；于以采藻，于彼行潦。史記，伯夷、叔齊詩曰：登彼西山兮，採其薇。毛萇詩傳曰：麓，山足也。輕條象雲構，密葉成翠幄。劉公幹詩曰：大夏雲構。又齊都賦曰：翠幄浮遊。杜預左氏傳注曰：幄，帳也。激楚佇蘭林，回芳薄秀木。上林賦曰：激楚結風。楚辭曰：遊蘭皐與蕙林。王逸楚辭注曰：薄，附也。廣雅曰：秀，美也。山溜何泠泠，飛泉漱鳴玉。枚乘上書曰：泰山之霤穿石。楚辭曰：吸飛泉之微液。鳴玉，亦瓊瑤也，見上注。哀音附靈波，頹響赴曾曲。至樂非有假，安事澆醇樸？莊子曰：天下有至樂無有哉？老聃曰：夫得是至美，至樂也。得至美而游乎至樂之謂至人。又曰：唐、虞始為天下，澆淳散朴。許慎淮南子注曰：澆，薄也。澆與澆同。富貴苟難圖，稅駕從所欲。論語，子曰：富而可求也，雖執鞭之士，吾亦為之；如不可求，從吾所好。稅駕，喻辭榮也。史記，李斯曰：當今人臣之位，無居上者，可謂富貴極矣，吾未知所稅駕也。方言曰：舍車曰稅。脫與稅古字通[2]。

反招隱

反招隱詩　五言

王康琚　古今詩英華題云：晉王康琚，然爵里未詳也。

小隱隱陵藪，大隱隱朝市。伯夷竄首陽，老聃伏柱史。史記曰：老子，名耳，字聃。列仙

---

[2] 注「脫與稅古字通」　案：「脫」「稅」二字當乙，謂正文及史記、方言之「稅」即「脫」也。各本皆倒。袁本改「吾未知所稅駕也」作「脫」以就之，大誤。

傳曰：李耳，字伯陽，生於殷時，為周柱下史。又曰：武王平殷，伯夷、叔齊恥之，義不食周粟，隱於首陽山。**昔在太平時，亦有巢居子。**皇甫謐逸士傳曰：巢父，堯時隱人，常山居，不營世利。年老，以樹為巢，而寢其上，故時人號曰巢父。**今雖盛明世，能無中林士？**解嘲曰：遭盛明之世。毛萇詩傳曰：中林，林中也。班固漢書序曰：山林之士，往而不能反。**放神青雲外，絕迹窮山裏。**琴操曰：許由云：吾志在青雲，何乃劣劣為九州伍長乎？莊子曰：絕迹易，無行地難。郭象曰：不行則易也。王隱晉書，李重奏曰：陳原絕迹窮山，韞櫝道藝。**鵾鷄先晨鳴，哀風迎夜起。**楚辭曰：鵾雞啁哳而悲鳴。崔琦七蠲曰：再奏致哀風。**凝霜凋朱顏，寒泉傷玉趾。**楚辭曰：漱凝霜之雰雰。又曰：容則秀稚朱顏。毛詩曰：爰有寒泉。左氏傳，楚太宰蔿啓彊謂魯侯曰：今君若步玉趾，辱見寡君。**周才信眾人，偏智任諸己。**以出仕為周才，隱居為偏智。傅子曰：君子周才難。論語，子曰：君子求諸己。**推分得天和，矯性失至理。**劉向列子目錄曰：至於力命篇，一推分命。莊子曰：夫明白於天地之德者，此之謂太平大宗與天和者也。淮南子曰：顏回夭死，季由葅於衛，皆迫性命之情，而不得天和者也。列子，公孫朝曰：矯性命以招名，弗若死矣。又曰：均天下之至理。張湛曰：物事皆均，則理無不至。郭象莊子注曰：至理盡於自得。**歸來安所期？與物齊終始。**莊子有齊物論。又曰：萬物一齊，孰短孰長？又曰：遊乎萬物之所始。孫卿子曰：生，人之始也；死，人之終也。

遊覽

芙蓉池作　五言

魏文帝　魏志曰：文帝諱丕，字子桓，太祖太子也，為五官中郎將。太祖薨，嗣位為丞相魏王。受漢禪，即皇帝位。

乘輦夜行遊，逍遙步西園。呂氏春秋曰：乘輦于宮中。毛萇詩傳曰：乘，升也。**雙渠相溉灌，嘉木繞通川。**西京賦曰：嘉木樹庭。上林賦曰：通川過於中庭。**卑枝拂羽蓋，脩條摩蒼天。**子虛賦曰：上拂羽蓋。

東方朔七言曰：折羽翼兮摩蒼天。驚風扶輪轂，飛鳥翔我前。張衡羽獵賦曰：風翊翊其扶輪。丹霞夾明月，華星出雲間。法言曰：明星皓皓，華藻之力也。上天垂光采，五色一何鮮！壽命非松喬，誰能得神仙？列仙傳曰：赤松子者，神農時雨師也。喬，王子喬，即周靈王太子晉也，道人浮丘公接以上嵩高山。遨遊快心意，保己終百年。莊子曰：聖人其於人也，樂物之通而保己焉。養生經，黃帝曰：中壽百年。

南州桓公九井作

五言　水經注曰：淮南郡之于湖縣南，所謂姑孰，即南州矣。庾仲雍江圖曰：姑孰至直瀆十里，東通丹陽湖，南有銅山，一名九井山，山有九井，井與江通。何法盛桓玄錄曰：桓玄，字敬道，出姑孰，大築府第。

殷仲文　檀道鸞晉陽秋曰[3]：殷仲文，字仲文[4]，陳郡人也，為驃騎行參軍。以桓玄之姊夫，玄僭立，用為長史。帝反正，出為東陽太守，愈益憤怒。後照鏡不見其面，數日禍及。

四運雖鱗次，理化各有準。莊子，黃帝曰：陰陽四時，運行各得其序。李尤辟雍賦曰：攢羅鱗次。字書曰：準，平也。獨有清秋日，能使高興盡。潘安仁有秋興賦。鄭玄周禮注曰：興者，託事於物也。景氣多明遠，風物自淒緊。緊，猶實也。言欲成也。爽籟警幽律，哀壑叩虛牝。言風之疾也，激爽籟而起其幽律，衝哀壑而叩其虛牝也。爾雅曰：爽，差也。簫管非一，故言爽焉。莊子，南郭子綦謂子游曰：汝聞地籟。子游曰：地籟則眾竅是已，郭象曰：人籟，簫也。夫簫管參差，宮商異律，故有長短高下萬殊之聲。鄭玄禮記注曰：警，起也。孔安國論語注曰：叩，擊也。大戴禮曰：丘陵為牡，谿谷為牝。歲寒無早秀，浮榮甘夙殞。爾雅曰：不榮而實謂之秀。賈逵國語注曰：浮，輕

3 注「檀道鸞晉陽秋曰」　陳云「晉」上當有「續」字，是也。各本皆脫。餘同此，不悉出。
4 注「字仲文」　袁本、茶陵本無此三字。

也。**何以標貞脆，薄言寄松菌。**松，貞；菌，脆也。松菌殊質，故貞脆異性也。毛詩曰：薄言采之。毛萇曰：薄，辭也。論語，子曰：歲寒然後知松柏之後凋。莊子曰：朝菌不知晦朔。**哲匠感蕭晨，肅此塵外軫。**匠，謂桓玄也。蕭晨，言秋晨也，言秋晨蕭瑟。鄧析子曰：聖人逍遙一世之間，宰匠萬物之形。廣雅曰：感，傷也。鄭玄禮記注曰：肅，戒也。莊子曰：孔子彷徨塵垢之外，逍遙無為之業。郭象曰：所謂塵垢之外，非伏於山林而已。鄭玄考工記注曰：軫，輿後橫木也。言軫，所以明車也。**廣筵散汎愛，逸爵紆勝引。**論語，子曰：汎愛眾而親仁。說文曰：紆，屈也。勝引，勝友也；引，猶進也，良友所以進己，故通呼曰勝引。**伊余樂好仁，惑祛吝亦泯。**左氏傳，曰族穆子曰[5]：請立起也，與田蘇遊而曰好仁。杜預曰：蘇，晉賢人也，蘇言韓起好仁也。范曄後漢書黃叔度傳，陳蕃、周舉常相謂曰：時月之間，不見黃生，則鄙吝之萌，復存乎心。薛君韓詩章句曰：祛，去也。爾雅曰：泯，盡也。**猥首阿衡朝，將貽匈奴哂。**阿衡，喻玄也。言己以凡猥，妄首朝端，匈奴聞之，理將見哂。許慎淮南子注：猥，猶凡也。尚書曰：惟嗣王不惠于阿衡。孔安國曰：阿，倚也。衡，平也。漢書曰：車千秋以一言寤意，旬月取宰相。後漢使至匈奴，單于問曰：聞漢新拜丞相，何用得之？使者曰：上書言事故。單于曰：苟如是，漢置丞相非用賢也，妄一男子上書即得之矣！爾雅曰：貽，遺也。馬融論語注曰：哂，笑也。

遊西池　五言

謝叔源　臧榮緒晉書曰：謝混少有美譽，善屬文，為尚書左僕射。以黨劉毅誅。沈約宋書曰：混字叔源[6]。西池，丹陽西池。混思與友朋相與為樂也[7]。

---

5 注「左氏傳曰族穆子曰」　案：上「曰」字當作「公」。各本皆譌。

6 注「沈約宋書曰混字叔源」　袁本、茶陵本無此九字，上「臧榮緒晉書曰謝混」下有「字叔源」三字。案：此各本并五臣於善而失其舊，無可訂正也。

7 注「混思與友朋相與為樂也」　案：此十字係五臣語也。袁、茶陵二本合并六家，往往有之，前後例可推。此本既單行，善注

悟彼蟋蟀唱，信此勞者歌。聲類曰：悟，心解也。毛詩曰：蟋蟀在堂，歲聿云暮。今我不樂，日月其除。韓詩曰：伐木廢，朋友之道缺。勞者歌其事。詩人伐木，自苦其事，故以為文。有來豈不疾，良遊常蹉跎。陸雲歲暮賦曰：年有來而棄予，時無筭而非我。劉楨黎陽山賦曰：良遊未厭，白日潛暉。楚辭曰：驥垂兩耳，中坂蹉跎。逍遙越城肆，願言屢經過。說文曰：越，度也。鄭玄禮記注曰：肆，市中陳物處也。毛詩曰：願言思子。阮籍詠懷詩曰：趙、李相經過。回阡被陵闕，高臺眺飛霞。廣雅曰：被，加也，言加大阜而通城闕也。惠風蕩繁囿，白雲屯曾阿。邊讓章華臺賦曰：惠風春施。廣雅曰：屯，聚也。景昃鳴禽集，水木湛清華。蒼頡篇曰：湛，水不流也。褰裳順蘭沚，徙倚引芳柯。毛詩曰：褰裳涉溱。鄭玄曰：揭衣度溱水也。潘岳河陽詩曰：歸鴈映蘭洔。沚與洔同。楚辭曰：步徙倚而遙思。美人愆歲月，遲暮獨如何？楚辭曰：惟草木之零落兮，恐美人之遲暮。王逸曰：遲，晚也。愆，謂過期也。無為牽所思，南榮誡其多。莊子，庚桑楚謂南榮趎曰：全汝形，抱汝生，無使汝思慮營營。趎，處朱切。

泛湖歸出樓中翫月 五言 靈運山居賦注曰：大小巫湖。

謝惠連

日落泛澄瀛，星羅游輕橈。楚辭曰：倚沼畦瀛兮遙望博。王逸曰：楚人名池澤中曰瀛。羽獵賦曰：渙若天星之羅。楚辭曰：荃橈兮蘭旌。王逸曰：橈，小楫也。憩榭面曲汜，臨流對迴潮。毛萇詩傳曰：憩，息也。爾雅曰：決出復入為汜。韓詩外傳，阿谷之女曰：阿谷之豫[8]，隱曲之汜。輟策共駢筵，並坐相招要。李弘軌法言注曰[9]：

不應竄入，乃尤延之仍舊誤而未知校正者。

8 注「阿谷之豫」 案：「豫」當作「隊」。各本皆譌。

9 注「李弘軌法言注曰」 案：「弘」字不當有。各本皆衍。軌，字弘範。蓋或記於旁而錯入一字耳。

駢，並也。哀鴻鳴沙渚，悲猨響山椒。漢武帝李夫人賦曰：釋予馬於山椒。孟康曰：山椒，山陵名。廣雅曰：土高四墮曰椒丘。亭亭映江月，瀏瀏出谷飈。亭亭，迥貌。王逸楚辭注曰：瀏，風疾貌。寡婦賦曰：風瀏瀏而夙興。斐斐氣幕岫，泫泫露盈條。斐斐，輕貌。泫泫，垂貌。近矚祛幽蘊，遠視盪諠囂。李奇漢書注曰：祛，開散也。王逸楚辭注曰：蘊，積也。鄭玄禮記注曰：聞諠囂則人意動作。悟言不知罷，從夕至清朝。毛詩曰：彼美淑姬，可與晤言。鄭玄曰：晤，對也。悟與晤同。

從遊京口北固應詔 五言

謝靈運

水經注曰：京口，丹徒之西鄉也。又曰：京城西北有別嶺入江，三面臨水，高數十丈，號曰北固。

玉璽戒誠信，黃屋示崇高。言聖人佩玉璽所以儆戒誠信，居黃屋所以顯示崇高。鄧析子曰：為之符璽以信之。蔡邕獨斷曰：璽，印也，信也。古者尊卑共之，秦以來，天子獨以印稱璽，又獨以玉也。漢書曰：紀信乘王車，黃屋左纛。事為名教用，道以神理超。言上二事乃為名教之所用，而其至道，實神理而超然也。文子曰：聖人所由曰道，所為曰事。三國名臣頌序曰：名教束物也。周易曰：聖人以神道設教而天下服。曹植武帝誄曰：聰竟神理。方言曰：超，遠也。昔聞汾水游，今見塵外鑣。莊子曰：堯見四子藐姑射之山，汾水之陽。塵外，已見上文。說文曰：鑣，馬銜也。言鑣以明馬，猶軫以表車。鳴笳發春渚，稅鑾登山椒。魏文帝書曰：從者鳴笳以啟路。稅鑾，猶稅駕也。山椒，已見上文。張組眺倒景，列筵矚歸潮。吳都賦曰：張組帷，構流蘇。遊天台山賦曰：或倒景於重溟。王彪之遊仙詩曰：遠遊絕塵霧，輕舉觀滄溟。蓬萊陰倒景，崐崘罩曾城。並以山臨水而影倒，謂之倒景。遠巖映蘭薄，白日麗江皐。蘭薄，即蘭林也。楚辭曰：朝騁騖兮[10]，蘭薄戶樹，瓊木籬些。然此意微與王逸注異，不可以王義非之。楚辭曰：朝騁騖兮江皐。

---

10 注「朝騁騖兮」何校去此四字。陳云注前「朝騁騖兮」衍。案：各本皆涉下而誤也。

王逸曰：澤曲曰臯。原隰荑綠柳，墟囿散紅桃。大戴禮夏小正曰：正月柳稊。稊者，發孚也，桃則華。荑與稊音義同。廣雅曰：墟，居也。皇心美陽澤，萬象咸光昭。莊子，舜謂堯曰：昔者十日並出，萬物皆照。司馬彪曰：言陽光麗天，則無不鑒。孝經鉤命決曰：地以舒形，萬物咸載。顧己枉維縶，撫志慙場苗。鄭玄毛詩箋曰：顧，念也。毛詩曰：皎皎白駒，食我場苗；縶之維之，以永今朝。工拙各所宜，終以反林巢。呂氏春秋曰：至治之世，賢不肖各反其質，若此則工拙愚智可得而知矣。巢，已見上文。曾是縈舊想，覽物奏長謠。毛詩曰：曾是在位。舊想，謂隱居之志也。歎逝賦曰：覽前物而懷之。劉琨答盧諶詩曰：引領長謠。

晚出西射堂 五言 永嘉郡射堂。

謝靈運

步出西城門，遙望城西岑。劉公幹贈徐幹詩曰：步出北寺門，遙望西苑園。爾雅曰：山小而高曰岑。連鄣疊巘崿，青翠杳深沈。爾雅曰：山正，鄣[11]。巘崿，崖之別名。爾雅曰：重巘，隒。文字集略曰：崿，崖也。王逸楚辭注曰：杳，深冥也。曉霜楓葉丹，夕曛嵐氣陰。楚辭曰：與曛黃而為期。王逸曰：黃昏時也。夏侯湛山路吟曰：道逶迤兮嵐氣清。埤蒼曰：嵐，山風也。嵐，祿含切。節往戚不淺，感來念已深。羈雌戀舊侶，迷鳥懷故林。七發曰：暮則羈雌，迷鳥宿焉。毛萇詩傳曰：懷，思也。含情尚勞愛，如何離賞心？言鳥含情，尚知勞愛，況乎人而離於賞心也。撫鏡華緇鬢，攬帶緩促衿。孫綽子曰：撫明鏡則好醜之貌可見。陸機東宮詩曰：柔顏收紅藻，玄鬢吐素華。古詩曰：衣帶日已緩。安排徒空言，幽獨賴鳴琴。言安排之事，空有斯言；幽獨不悶，唯賴鳴琴而已。莊子曰：仲尼謂顏回曰：安排而去化，乃入於寥天一。郭象曰：安於推移，而與化俱去，故乃入於寂寥，而與天惟一也。楚辭曰：幽獨處乎山中。琴賦曰：處窮獨而不悶者，莫近於音聲也。

---

11 注「山正鄣」 陳云「山」當作「上」。各本皆譌。案：此釋山文。今爾雅云「上正章」，「章」、「鄣」同字耳。

登池上樓　五言　永嘉郡池上樓。　謝靈運

潛虬媚幽姿，飛鴻響遠音。薄霄愧雲浮，棲川怍淵沈。虬以深潛而保真，鴻以高飛而遠害，今己嬰俗網，故有愧虬鴻也。說文曰：虬，龍有角者。淮南子曰：蛟龍水居。又曰：鳥飛於雲。穀梁傳，孔子曰：聽遠音者，聞其疾而不聞其舒。王逸楚辭注曰：泊，止也。薄與泊同，古字通。馬融論語注曰：怍，慙也。進德智所拙，退耕力不任。周易，子曰：君子進德脩業，欲及時也。尸子曰：為令尹而不喜，退耕而不憂，此孫叔敖之德也。徇祿反窮海，臥痾對空林。趙岐孟子注曰：徇，從也。窮海，謂永嘉郡也。說文曰：痾，病也。傾耳聆波瀾[12]，舉目眺嶇嶔。禮記曰：傾耳而聽之。廣雅曰：聆，聽也。李陵書曰：舉目言笑。洞簫賦曰：嶇嶔巋崎。初景革緒風，新陽改故陰。楚辭曰：款秋冬之緒風。王逸曰：緒，餘也。神農本草曰：春夏為陽，秋冬為陰。池塘生春草，園柳變鳴禽。祁祁傷豳歌，萋萋感楚吟。毛詩豳風曰：春日遲遲，采蘩祁祁。楚辭曰：王孫遊兮不歸，春草生兮萋萋。索居易永久，離羣難處心。禮記，子夏曰：吾離羣索居，亦已久矣。詩曰：我行永久。穀梁傳曰：鄭伯之處心積慮，成於殺也。持操豈獨古，無悶徵在今。莊子，罔兩責影曰：曩子坐，今子起，何其無持操與？周易曰：遯世無悶。

遊南亭　五言　永嘉郡南亭。　謝靈運

時竟夕澄霽，雲歸日西馳。淮南子曰：季夏之月，大雨時行。高誘曰：是月有時雨也。說文曰：霽，雨止也。曹子建詩曰：朝雲不歸山，霖雨成川澤。然雨則雲出，晴則雲歸也。密林含餘清，遠峯隱半規。呂氏春秋曰：

---

12 傾耳聆波瀾　此句上袁本、茶陵本有「衾枕昧節候，褰開暫窺臨」，云善無此兩句，何校添，陳同。案：詳文義當有，各本所見，或傳脫之也。

冬不用菫，清有餘也。張載歲夕詩曰：白日隨天迴，皦皦員如規。**久痗昏墊苦，旅館眺郊歧。**毛萇詩傳曰：痗，病也。尚書，禹曰：洪水滔天，下民昏墊。孔安國曰：言天下民昏瞀墊溺，皆困水災也。杜預左氏傳注曰：旅，客會也[13]。**澤蘭漸被逕，芙蓉始發池。**楚辭曰：皐蘭被逕兮斯路漸。廣雅曰：漸，稍也。楚辭曰：芙蓉始發雜芰荷。王逸曰：芙蓉，蓮華也。**未厭青春好，已覩朱明移。**楚辭曰：青春受謝白日昭。爾雅曰：夏為朱明。**慼慼感物歎，星星白髮垂。**楚辭曰：愁鬱鬱之無快，居戚戚而不解[14]。古長歌行曰：感物懷所思。左思白髮賦曰：星星白髮，生於鬢垂。**藥餌情所止，衰疾忽在斯。**餌藥既止，故有衰病。蒼頡篇曰：餌，食也。**逝將候秋水，息景偃舊崖。**毛詩曰：逝將去汝。莊子，罔兩問影曰：向也坐而今也起，向也行而今也止，何也？影曰：火與日吾屯也，陰與夜吾代也，彼吾所以有待也，而況乎以有待者乎？彼來則我與之來，彼往則我與之往。司馬彪曰：屯，聚也。火日明而影見，故曰吾聚也；陰闇則影不見，故曰吾代也。夜代，謂使得休息也。**我志誰與亮？賞心惟良知。**毛萇詩傳曰：亮，信也。尚書曰：時惟良顯哉！

遊赤石進帆海 五言

謝靈運

靈運遊名山志曰：永寧、安固二縣中，路東南便是赤石，又枕海。

首夏猶清和，芳草亦未歇。爾雅曰：首，始也。歸田賦曰：仲春令月，時和氣清。楚辭曰：芳以歇而不比。杜預左氏傳注曰：歇，盡也。**水宿淹晨暮，陰霞屢興沒。**河圖曰：崐崘山有五色水，赤水之氣，上蒸為霞，陰而赫然。**周覽倦瀛壖，況乃陵窮髮。**登徒子好色賦曰：周覽九土。史記，騶衍曰：區中者乃有一州，如此者九，乃有

13 注「旅客會也」 何校「會」改「舍」，陳同，是也。各本皆譌。

14 注「居戚戚而不解」 茶陵本「戚戚」作「慼慼」。袁本與此同。案：正文作「慼慼」，茶陵是，袁非也。蓋善「慼」、五臣「戚」，其大槩矣。餘倣此，不悉出。

大瀛海環之。漢書曰：盡河壖棄地。韋昭曰：謂緣河邊地。鄭玄禮記注曰：陵，躐也。顧啓期婁地記曰：浪山海中南極之觀嶺，窮髮之人，舉帆揚越，以為標的。川后時安流，天吳靜不發。洛神賦曰：川后靜波。楚辭曰：使江水兮安流。山海經曰：朝陽之谷神曰天吳，是水伯也，其獸也八首八足八尾，背黃青。揚帆采石華，挂席拾海月。臨海志曰：石華附石，肉可啖。又曰：海月大如鏡，白色。揚帆、挂席，其義一也。海賦：維長絹[15]，挂帆席。溟漲無端倪，虛舟有超越。莊子曰：北溟有魚，其名曰鯤，海運則圖於南溟。李弘範曰：廣大窕冥，故以溟為名。謝承後漢書曰：陳茂常度漲海。莊子，孔子曰：反覆終始，不知端倪。音義曰：倪音崖。莊子曰：有虛舟來觸舟。孔安國尚書傳曰：越，遠也。仲連輕齊組，子牟眷魏闕。言仲連輕齊組而之海上，明海上可悅。既悅海上，恐有輕朝廷之譏，故云子牟眷魏闕。史記曰：田單攻聊城不下，魯連乃為書，約之矢以射城中，遺燕將。燕將得書，乃自殺。遂屠聊城。歸而言魯仲連，欲爵之，魯連逃隱於海上。呂氏春秋曰：中山公子牟謂詹子曰：身在江海之上，心居魏闕之下。柰何？高誘曰：子牟，魏公子。一說，魏，象魏也。言身在江海之上，心乃在王室也。矜名道不足，適己物可忽。韓子，白圭曰：宋君，少主也，而務矜名。郭象莊子注曰：德之所以流蕩，矜名故也。史記曰：莊子，其言汪洋自恣以適己。請附任公言，終然謝天伐。莊子曰：孔子圍於陳，太公任往弔之，曰：直木先伐，甘泉先竭。子其意者飾智以驚愚，脩身以明污，昭昭若揭日月而行，故不免也。孔子曰：善。乃逃大澤之中。入獸不亂羣，入鳥不亂行，鳥獸不惡，而況人乎！王逸楚辭注曰：謝，去也。

石壁精舍還湖中作

五言　精舍，今讀書齋是也。謝靈運遊名山志曰[16]：湖三面悉高山，枕水渚山，

---

15 注「維長絹」　陳云「絹」當作「綃」，是也。各本皆譌。

16 注「謝靈運遊名山志曰」　案：「謝」字不當有，前後所引可證也。各本皆衍。又後登臨海嶠詩兩引皆衍，不更出。

溪澗凡有五處。南第一谷，今在所謂石壁精舍。

謝靈運

昏旦變氣候，山水含清暉。清暉能娛人，遊子憺忘歸。楚辭曰：羌聲色兮娛人，觀者憺兮忘歸。王逸曰：娛，樂也。憺，安也。出谷日尚早，入舟陽已微。左氏傳，趙宣子將朝，尚早。正歷曰：日，太陽也。楚辭曰：陽杲杲其朱光。鄭玄毛詩箋曰：微，不明也。林壑斂暝色，雲霞收夕霏。霏，雲飛貌。芰荷迭映蔚，蒲稗相因依。杜預左氏傳注曰：稗，草之似穀者，薄懈切。阮籍詠懷詩曰：寒鳥相因依。披拂趨南逕，愉悅偃東扉。莊子曰：雲者風起北方，一西一東，孰居無事而披拂是。爾雅曰：悅、愉，樂也。賈逵國語注曰：偃，息也。慮澹物自輕，意愜理無違。淮南子曰：澹然無慮。許慎曰：澹猶足也。孫卿子曰：內省則外物輕矣。廣雅曰：愜，可也。寄言攝生客，試用此道推。楚辭曰：願寄言於三鳥。老子曰：善攝生者不然。劉淵林吳都賦注曰：攝，持也。左氏傳，劉子曰：民受天地之中以生，所為命[17]。說文曰：推，排也。為推排以求也。

登石門最高頂 五言

謝靈運

靈運遊名山志曰：石門澗六處，石門遡水上，入兩山口，兩邊石壁，右邊石巖，下臨澗水。

晨策尋絕壁，夕息在山棲。江賦曰：絕岸萬丈，壁立霞駁。郭璞遊仙詩曰：山林隱遯棲。疏峯抗高館，對嶺臨迴溪。廣雅曰：疏，治也。西京賦曰：疏龍首以抗殿。廣雅曰：抗，舉也。長林羅戶穴，積石擁基階。連巖覺路塞，密竹使徑迷。來人忘新術，去子惑故蹊。景福殿賦曰：欲反忘術。魏武帝苦寒行曰：迷惑失故路。活活夕流駛，噭噭夜猨啼。毛詩曰：河水洋洋，北流活活。楚辭曰：聲噭噭以寂寥。廣雅曰：噭，鳴也。沈冥豈別理，守道自不攜。漢書曰：蜀嚴湛冥，久幽而不改其操。孟康注曰：蜀郡嚴君平，沈深

---

[17] 注「所為命」 陳云「為」當作「謂」，是也。各本皆譌。

玄默無欲。言幽深難測也。尸子曰：守道固窮，則輕王公。賈逵國語注曰：攜，離也。心契九秋幹，目翫三春荑。古樂府有歷九秋妾薄相行[18]。班固終南山賦曰：三春之季，孟夏之初。九秋，已見南都賦。居常以待終，處順故安排。新序，榮啓期曰：貧者士之常，死者人之終，居常待終，何憂哉！莊子曰：老聃死，秦失弔之，曰：適來，夫子時也；適去，夫子順也。安時而處順，憂樂不能入也。安排，已見上文。惜無同懷客，共登青雲梯。陸機詩曰：感念同懷子。郭璞遊仙詩曰：安事登雲梯。張湛列子注曰：雲梯可以陵虛。

於南山往北山經湖中瞻眺 五言

謝靈運

靈運山居賦曰：若乃南北兩居，水通陸阻。又曰：永歸其路，迺界北山。注曰：兩居，謂南北兩處，南山是開創卜居之處也。又曰：大小巫湖，中隔一山。然往北山經巫湖中過。

朝旦發陽崖，景落憩陰峯。尚書大傳曰：相與觀于南山之陽。舍舟眺迥渚，停策倚茂松。側逕既窈窕，環洲亦玲瓏。曹攄贈石荊州詩曰：轗軻石行難，窈窕山道深。甘泉賦曰：和氏玲瓏[19]。晉灼曰：明貌。俛視喬木杪，仰聆大壑灇。毛詩曰：南有喬木。楚辭曰：聽大壑之波聲。薛綜西京賦注曰：壑，坑谷也。毛詩曰：鳧鷖在潨。毛萇曰：潨，水會也。灇與潨同。石橫水分流，林密蹊絕蹤。解作竟何感，升長皆丰容。周易曰：天地解而雷雨作，雷雨作而百果草木皆甲坼。爾雅曰：感，動也。周易曰：地中有木升。丰容，悅茂貌。郭璞曰：丰，容也，音蜂。初篁苞綠籜，新蒲含紫茸。服虔漢書注曰：篁，叢竹也。籜，竹皮也。蒼頡篇曰：茸，草貌。然此茸謂蒲華也。江賦曰：擢紫茸茸[20]。海鷗戲春岸，天雞弄和風。南越志曰：江鷗，一名海鷗，漲海中隨潮上下。爾雅

---

[18] 注「古樂府有歷九秋妾薄相行」　案：此十一字不當有，觀下注云「九秋已見南都賦」可知。各本皆衍。

[19] 注「和氏玲瓏」　案：「玲瓏」當乙，說見前。又正文「玲瓏」，注「瓏玲」，說在遊天臺山賦注。各本皆誤。

[20] 注「擢紫茸茸」　案：此下當有「而容切」三字。袁、茶陵二本正文下有此音，合并六家，因複出而刪，尤仍其誤。於是「茸

曰：鶤，天雞。毛詩曰：習習谷風。毛萇曰：習習，和舒貌。撫化心無厭，覽物眷彌重。郭象莊子注曰：聖人遊於變化之塗，萬物萬化，亦與之萬化。覽物，已見上文。眷，猶戀也。不惜去人遠，但恨莫與同。言獨在山中，無人共遊。人謂古人也。孤遊非情歎，賞廢理誰通？言己孤遊，非情所歎，而賞心若廢，茲理誰為通乎？

從斤竹澗越嶺溪行

五言　靈運遊名山志曰：神子溪，南山與七里山分流，去斤竹澗數里。謝靈運

猨鳴誠知曙，谷幽光未顯。元康地記云：猨與獮猴不共山宿，臨旦相呼。說文曰：曙，旦明也。巖下雲方合，花上露猶泫。廣雅曰：方，始也。逶迤傍隈隩，苕遞陟陘峴[21]。說文曰：隈，山曲也。爾雅曰：隩，隈也。郭璞曰：今江東呼為浦。隩，於到切，又於六切。爾雅曰：山絕曰陘。郭璞曰：連山中斷曰陘。陘，胡庭切。聲類曰：峴，山嶺小高也。峴與現同，賢典切。過澗既厲急，登棧亦陵緬。毛詩曰：深則厲。毛萇曰：以衣涉水為厲。通俗文曰：板閣曰棧。漢書曰：張良說漢王燒絕棧道。廣雅曰：陵，乘也。韋昭國語注曰：緬，猶邈也。川渚屢逕復，乘流翫迴轉。楚辭曰：川谷逕復流潺湲。鵩鳥賦曰：乘流則逝。蘋萍泛沈深，菰蒲冒清淺。毛萇詩傳曰：蘋，大蓱也。又曰：冒，覆也。企石挹飛泉，攀林摘葉卷。說文曰：企，舉踵也。毛萇詩傳曰：挹，斞也，猶今言酌也。飛泉，已見上文。想見山阿人，薜蘿若在眼。楚辭曰：若有人兮山之阿，披薜荔兮帶女蘿。握蘭勤徒結，折麻心莫展。靈運南樓中望所知遲客詩曰：瑤華未堪折，蘭苕已屢摘。路阻莫贈問，云何慰離析。然握蘭摘苕，咸以相贈問也。楚辭曰：被石蘭兮帶杜衡，折芳馨兮遺所思。王逸曰：石蘭，香草也。棗據逸民賦曰：沐甘露兮餘滋，握春蘭兮遺芳。

而容切」，本以四字為句者，僅存一「茸」字，而不可通矣。凡善音多割裂刪削，無以全復其舊，依此等例推之。

21 苕遞陟陘峴　案：「峴」當作「現」。善注引聲類「峴」云「峴與現同」，可知正文自為「現」字。今各本皆作「峴」，必五臣改為「峴」，而後來以之亂善也。集韻二十七銑有「現」、「峴」二文云「胡典切」，或作「峴」，當即出於此，可為證。

楚辭曰：折疎麻兮瑤華，將以遺兮離居。王逸曰：疎麻，神麻也。司馬彪莊子注曰：展，申也。又漢家侍中握蘭。**情用賞爲美，事昧竟誰辨？**言事無高翫，而情之所賞，即以為美，此理幽昧，誰能分別乎？**觀此遺物慮，一悟得所遺。**淮南子曰：吾獨懷慷慨遺物而與道同出，是故有以自得也。郭象莊子注曰：將大不類，莫若無心，既遣是非，又遣其所遣，遣之以至於無遣，然後無所不遣，而是非去也。

應詔觀北湖田收　五言　顏延年

丹陽郡圖經曰：樂遊苑，晉時藥園，元嘉中築隄壅水，名為北湖。集曰：元嘉十年也。太祖改景平十二年[22]為元嘉。

周御窮轍跡，夏載歷山川。左氏傳，右尹子革對楚王曰：昔周穆王欲肆其心，周行天下，將皆有車轍馬跡焉。尚書，禹曰：予乘四載，隨山栞木。孔安國曰：所載者四，謂水乘舟，陸乘車，泥乘輴，山乘樏。樏，力追切。**蓄軫豈明懋，善遊皆聖仙。**蓄軫不行，豈是欽明懋德之后；善遊天下，皆是睿聖神仙之君。孔安國尚書傳曰：蓄，積也。范曄後漢書，劉安奏曰[23]：安皇帝聖德明懋。聖謂夏禹，仙謂周穆。**帝暉膺順動，清蹕巡廣廛。**周易曰：聖人以順動而民服。漢儀注曰：皇帝輦動，出則傳蹕，止人清道。漢書曰：楊雄有田一廛。晉灼曰：廛，一百畝也。**樓觀眺豐穎，金駕映松山。**孔安國尚書傳曰：穎，穗也。金駕，金輅也。言上樓看穗也。映，猶蔽也。**飛奔互流綴，緹轂代迴環。**飛奔，車也。陸景典語曰：飛車策馬，橫騰超進。越絕書曰：車奔馬騰。緹轂，騎也。續漢書曰：緹騎一百人[24]，屬執金吾。吳都賦曰：轂騎煒煌。**神行埒浮景，爭光溢中天。**列子，黃帝夢遊華胥國，其神行而已。孟康漢書注曰：埒，

---

22 注「太祖改景平十二年」　案：「十」字不當有。各本皆衍。

23 注「劉安奏曰」　案：「安」當作「光」，此引順帝紀文也。袁本亦譌「安」，茶陵本刪「劉安奏」三字，更誤。

24 注「緹騎一百人」　袁本「一」作「二」。案：劉昭注引漢官，亦云「二百人」，可證「二」是，「一」非也。茶陵本亦作「二」，誤與此同。

等也。張孟陽七哀詩曰：浮景忽西沈。史記曰：與日月爭光可也。列子曰：穆王築臺，號曰中天之臺。**開冬眷徂物，殘悴盈化先。**言開冬而視徂落之物，雖已殘悴，而尚盈於殘悴之先，言可觀也。開冬，猶開春、開秋也。楚辭曰：開春發歲。羽獵賦曰：玄冬季月，萬物徂落於外。孔安國尚書傳曰：眷，視也。白虎通曰：春，萬物始生。鄭玄禮記注曰：化，猶生也。**陽陸團精氣，陰谷曳寒煙。**吳越春秋，越王曰：崐崘乃天地之鎮柱也，五帝處其陽陸。賈逵國語注曰：精，明也。山北曰陰。**攢素既森藹，積翠亦葱仟。**廣雅曰：攢，聚也。**息饗報嘉歲，通急戒無年。**禮記曰：蠟者，索也。歲十二月合聚萬物而索饗之，黃衣黃冠，息田夫也。又曰：國無六年之畜曰急。三年耕，必有一年之食。九年耕，必有三年之食。以三十年之通，雖有凶旱水溢，人無菜色。周禮曰：無年則公旬用一日焉。鄭玄曰：無歲，無贏儲也。急，要也。通百姓之急者，預戒於無年之時。**温渥浹輿隸，和惠屬後筵。**說文曰：温，仁也。毛萇詩傳曰：渥，厚也。字書曰：浹，洽也。左氏傳曰：人有十等，皁臣輿，輿臣隸。孔安國尚書傳曰：屬，逮也。**觀風久有作，陳詩愧未妍。**禮記曰：歲二月東巡狩，命太師陳詩以觀民風。**疲弱謝淩遽，取累非纆牽。**言己才疲弱而謝急遽，其所取累，非由纆牽。西京賦曰：百禽淩遽。戰國策，段干越謂新城君曰：王良子弟駕千里之馬，過京父之弟子，曰：駕千里之馬，而不能取千里何？京父弟子曰：纆牽長。故纆牽於事，萬分之一也，而難千里之行。

車駕幸京口侍遊蒜山作 五言

顏延年

劉楨京口記[25]曰：蒜山無峯嶺北臨江。集曰：元嘉二十六年也。蒜山在潤州西二里，京口在潤州。

元天高北列，日觀臨東溟。莊子曰：闕奕之隸，與殷翼之孫，遏氏之子，三士相與謀致人於造物，共之元天

25 注「劉楨京口記曰」案：「楨」當作「損」。隋書經籍志曰：「京口記二卷，宋太常卿劉損撰。」即此。各本皆誤。

之上。元天者，其高四見列星。司馬彪曰：元天，山名也。漢書儀曰[26]：泰山東南曰觀者，雞一鳴時，見日始欲出，長三丈，所言曰觀者，望見長安，其高如視浮雲。孫綽答許詢詩曰：倒景淪東溟。元天山最高，在東北，日出即見[27]。入河起陽峽，踐華因削成。史記曰：秦使蒙恬築長城，制險塞，起臨洮至遼東，於是度河據陽山。王逸楚辭注曰：陿，山側。峽與陿通。過秦論曰：踐華為城。山海經曰：泰華之山，削成四方。巖險去漢宇，衿衛徙吳京。言巖險之固，去彼漢宇；衿帶周衛，徙此吳京。宋都吳地，故曰吳京也。西京賦曰：巖險周固，衿帶易守。吳都賦曰：山川不足以周衛。流池自化造，山關固神營。鄭玄周禮注曰：能生非類曰化。魯靈光殿賦曰：神之營之。園縣極方望，邑社揔地靈。園縣，廟園之縣也。邑社，陵邑之社也。漢書，元帝詔曰：徙人以奉園陵，今所為陵者，勿置縣邑。然陵傍置園起縣邑也。公羊傳曰：天子有方望之事，無所不通。何休曰：方望，謂郊時所望，祭四方羣神日月星辰及五岳四瀆也。廣雅曰：揔，皆也。大戴禮天地祝曰：皇皇上天，照臨下土，集地之靈，降甘風雨。宅道炳星緯，誕曜應神明。孔安國尚書傳曰：宅，居也。道，經界也。郭璞南郊賦曰：宅是星紀，奄有衡霍。吳都賦曰：固其經略，上當星紀。誕曜，浮曜也。禮斗威儀曰：君乘水而王，辰星揚光。尚書曰：洪範五行傳曰[28]：辰星者，北方水精也。宋為水德，故云應也。睿思纏故里，巡駕帀舊坰。爾雅曰：林外謂之坰。陟峯騰輦路，尋雲抗瑤甍。薛君韓詩章句曰：騰，乘也。西都賦曰：輦路經營。喪服傳曰：抗，極也。羊祜請伐吳表曰：高山尋雲霓。杜預左氏傳注曰：甍，屋棟也。春江壯風濤，蘭野茂稊英。宣遊弘下濟，窮遠凝聖情。楚辭曰：宣遊兮列宿，順極兮彷徨。周易曰：天道下濟而光明。晉中興書，孝武詔曰：躬儉以弘下濟之惠。嶽濱有和會，祥習在卜征。國語曰：齊桓公，嶽濱諸侯莫不來服。尚書曰：新作大邑於東國洛，四方人大和

26 注「漢書儀曰」 案：「書」當作「舊」。各本皆譌。
27 注「元天山最高在東北日出即見」 案：此十二字決非善注，各本皆同，恐係五臣語而竄入也。
28 注「尚書曰洪範五行傳曰」 陳云「書」下「曰」字衍，是也。各本皆衍。

會。左氏傳，鄭太宰石㚟曰：先王卜征五年，歲卜其祥，祥習則行。**周南悲昔老，留滯感遺氓**[29]。昔老，謂司馬談也。遺氓，自謂也。言帝方卜征以登封，而己巖耕以謝職，不獲預觀盛禮，所以悲同昔人。漢書曰：天子始建漢家之封，而太史公留滯周南，不得與從事，曰：今天子接千歲統，封泰山，而予不得從行，是命也。如淳曰：周南，洛陽也。**空食疲廊肆，反稅事巖耕。**空食，猶素餐也。王逸楚辭注曰：不空食祿而曠官也。廊，巖廊，朝廷所在也。文穎漢書注曰：巖廊，殿下小屋。杜預左氏傳注曰：肆，列肆也。說文曰：稅，租也。楊子法言曰：谷口鄭子真，不詘其志，耕於巖石之下，名震乎京師。

車駕幸京口三月三日侍遊曲阿後湖作　五言

水經注曰：晉陵郡之曲阿縣下，陳敏引水為湖，水周四十里，號曰曲阿後湖。集曰：元嘉二十六年也。

顏延年

虞風載帝狩，夏諺頌王遊。尚書，虞書曰：歲二月，東巡狩。載，謂載之於策也。孟子，夏諺曰：吾王不遊，吾何以休？**春方動辰駕，望幸傾五州。**禮記曰：東方曰春。論語，子曰：為政以德，譬如北辰。故謂天子為辰也。司馬相如封禪文曰：太山梁父，設壇望幸。尚書有十二州，宋得其七，故謂北境云五州。**山祇蹕嶠路，水若警滄流。**山祇，山神也。管子曰：登山之神有俞兒者，長尺，人物具焉。霸王之君興，登山之神見，且走馬前導也。爾雅曰：山銳而高曰嶠。楚辭曰：使湘靈鼓瑟兮，令海若舞。王逸曰：海若，海神名。**神御出瑤軫，天儀降藻舟。**瑤軫，玉輅也。藻舟，畫舟也。王符羽獵賦曰：天子乘碧瑤之彫軫，建曜天之華旗。東觀漢記曰：東平王蒼上疏曰：賜奉朝請，咫尺天顏。**萬軸胤行衞，千翼汎飛浮。**萬軸，謂車也。千翼，謂舟也。越絕書，伍子胥水戰兵法內經曰：大翼一艘，廣一丈

---

29 留滯感遺氓　案：「氓」當作「萌」。茶陵本「氓」作「萌」，云五臣作「氓」。袁本作「氓」，云善作「萌」。尤所見誤以五臣亂善，說詳前長楊賦中。又二本注中皆作「萌」，此亦誤改為「氓」。

五尺二寸，長十丈；中翼一艘，廣一丈三尺五寸，長五丈六尺[30]；小翼一艘，廣一丈二尺，長九丈。**彫雲麗琁蓋[31]，祥飈被綵斿。**天台山賦曰：彫雲斐亹以翼櫺。桓子新論曰：乘車玉爪蓋。禮緯曰：君政頌平則祥風至。斿，旌旗之旒也。**江南進荊豔，河激獻趙謳。**吳都賦曰：荊豔楚舞。列女傳曰：趙津女娟者，趙河津吏之女也。初簡子南擊楚，將渡河，用楫者少一人，娟攘袂操楫而請，簡子篚之，遂與渡。中流為簡子發河激之歌，其辭曰：升彼河兮而觀清，水揚波兮杳冥冥。禱求福兮醉不醒，誅將加兮妾心驚，罰既釋兮瀆乃清。妾持楫兮操其維，交龍助兮主將歸，呼來櫂兮行勿疑。簡子大悅，以為夫人。**金練照海浦，笳鼓震溟洲。**金練，金甲組練也。蔡邕女琰詩曰：卓眾來東下，金甲耀日光。左氏傳曰：被練三千。西京賦曰：鼖聲震海浦。列子曰：北極之北有溟海。**藐盼覯青崖，衍漾觀綠疇。**藐盼，窈藐顧盼也。衍漾，遊衍漂漾也。杜預左氏傳注曰：並畔為疇。**人靈騫都野，鱗翰聳淵丘。**騫、聳，皆驚懼之意也。都野，民靈所居；淵丘，鱗翰所處也。曾子曰：陰之精氣為靈。**德禮既普洽，川嶽徧懷柔。**尚書曰：道洽政治，澤潤生民。孔安國曰：道至普洽，其德惠施，乃浸潤生民。毛詩曰：以洽百禮。鄭玄曰：洽，合也。毛詩曰：懷柔百神，及河喬嶽。毛萇曰：懷，來也。柔，安也。喬，高也。鄭玄曰：王行狩來安羣神也。

行藥至城東橋　五言

鮑明遠

雞鳴關吏起，伐鼓早通晨。史記曰：關法，雞鳴出客。**嚴車臨迥陌，延瞰歷城闉。**楚辭曰：嚴車駕兮戲遊。神女賦曰：望余帷而延視。廣雅曰：瞰，視也。毛萇詩傳曰：闉，城曲也。**蔓草緣高隅，脩楊夾廣**

---

30 注「長五丈六尺」　案：「五」當作「九」。各本皆誤。七命注所引可證。

31 彫雲麗琁蓋　案：「彫」當作「彤」，注「彫雲斐亹而翼櫺」，亦當作「彤」。各本所見皆誤，據遊天臺山賦訂正之。考袁、茶陵二本所載五臣濟注云「雕鏤雲氣」，然則五臣乃作「彫」；後來以之亂善，又幷注中改為「彫」字，非。孫興公賦別有作「彫」之本，而善於此引之也。彼賦五臣亦仍為「彤」。

津。隅，城隅也。迅風首旦發，平路塞飛塵。楚辭曰：軑迅風於清涼。又曰：為余先乎平路。擾擾遊宦子，營營市井人。枚乘七發曰：擾擾若三軍之騰裝。漢書，薄昭與淮南王書曰：遊宦事人。列子，林類曰：吾又安知營營而求生之非惑乎？莊子，仲尼曰：商賈旦於市井以求其贏。司馬彪曰：九夫為井，井有市。懷金近從利，撫劍遠辭親。范曄後漢書，耿弇曰：懷金玉者，至不生歸。抱朴子曰：夫程鄭、王孫、羅裒之徒，乘肥衣輕，懷金挾玉者，為之倒屣。說文曰：懷，藏也。左氏傳曰：子朱怒，撫劍從之。列女傳，秋胡子妻謂秋胡曰：子辭親往仕。爭先萬里塗，各事百年身。王羲之答許詢詩曰：爭先非吾事，靜照在忘求。百年，已見上文。開芳及稚節，含采吝驚春。以草喻人也。草之開芳，宜及少節，既以含彩，理惜驚春。夫草之驚春，花葉必盛，盛必有衰，固所當惜也。陸機桑賦曰：豐稚節以夙茂，蒙勁風而後凋。曹毗冶城賦曰：含彩可以寶珍。孔安國尚書傳曰：吝，惜也。尊賢永昭灼，孤賤長隱淪。說苑曰：子賤至單父，請耆老尊賢與之共治。范曄後漢書，黃香上疏曰：江、淮孤賤，愚矇小生。隱淪，謂幽隱沈淪也。容華坐消歇，端爲誰苦辛？陸機長歌行[32]曰：容華宿夜零，無故自消歇。古詩曰：轗軻長苦辛。

遊東田 五言

謝玄暉 眺有莊在鍾山東，遊還作。

慼慼苦無悰，攜手共行樂。慼慼，已見上文。漢書，廣陵王胥歌曰：出入無悰為樂亟。韋昭曰：悰，樂也。魏文帝折楊柳行曰：端居苦無悰，駕遊博望山。悰，裁宗切。楊惲報孫會宗書曰：人生行樂耳，須富貴何時？尋雲陟累榭，隨山望菌閣。尋雲，已見上文。楚辭曰：層臺累榭臨高山。王逸曰：層、累，皆重也。尚書曰：隨山刊木。楚辭曰：菌閣兮蕙樓。遠樹曖仟仟，生煙紛漠漠。廣雅曰：芊芊，盛也。仟與芊同。魚戲新荷動，鳥散餘花

32 注「陸機悲行曰」 案：「悲」下當有「哉」字。各本皆脫。

落。不對芳春酒，還望青山郭。言野外昭曠，取樂非一，若不對茲春酒，還則望彼青山。魏武帝短歌行曰：對酒當歌。陸機悲行曰：遊客芳春林。毛詩曰：為此春酒。

從冠軍建平王登廬山香爐峯 五言

江文通

沈約宋書曰：建平王景素為冠軍將軍，湘州刺史。劉璠梁典曰：江淹年二十，以五經授宋建平王景素，待以客禮。遠法師廬山記曰：山東南有香爐山，孤峯秀起，游氣籠其上，即樊蘊若煙氣。

廣成愛神鼎，淮南好丹經。神仙傳曰：廣成子者，古之仙人也，居崆峒之山石室中，抱朴子曰：服九轉丹，內神鼎中，夏至之後暴之。神仙傳曰：淮南王劉安者，漢高皇之孫也，好道術之士，於是八公乃往，遂授以丹經。此山具鸞鶴，往來盡仙靈。張僧鑒豫州記曰[33]：洪井西有鸞崗，舊說云洪崖先生乘鸞所憩處也。鸞崗西有鶴嶺，云王子喬控鶴所經處也。東方朔十洲記曰：崐崙山正東曰天墉城，其北戶出承淵山，西王母之所治，真官仙靈之所宗也。瑤草正翕艴，玉樹信葱青。瑤草，玉芝也。本草經曰：白芝，一名玉芝。琴賦曰：瑤瑾翕艴。甘泉賦曰：翠玉樹之青葱。絳氣下縈薄，白雲上杳冥。王逸楚辭注曰：草木交曰薄。楚辭曰：杳杳冥冥而薄天。中坐瞰蜿虹，俛伏視流星。西京賦曰：瞰蜿虹之長鬐。魯靈光殿賦曰：中坐垂景，頫視流星。不尋遐怪極，則知耳目驚。言未盡尋遐怪，則知其至此，耳目必驚也。鄭玄禮記注曰：極，盡也。日落長沙渚，曾陰萬里生。曾，重也。蔡邕月令章句曰：陰者，密雲也。藉蘭素多意，臨風默含情。多意，多佳意也。含情，情未申也。隱顯交慮，所以未申。嘯賦曰：藉皐蘭之猗靡。楚辭曰：臨風怳兮浩歌[34]。王仲宣公讌詩曰：今日不極歡，含情欲待誰？臨風，已見月賦。方學松柏隱，羞逐市

---

33 注「張僧鑒豫州記曰」 陳云「州」，「章」誤，是也。各本皆譌。

34 注「楚辭曰臨風怳兮浩歌」 案：此九字不當有，觀下注云「臨風已見月賦」可知，各本皆衍。

井名。方，猶將也。言將隱而棄榮利也。楚辭曰：山中人兮芳杜若，飲石泉兮蔭松柏。市井，已見上文。幸承光誦末，伏思託後旂。光誦，猶華篇也。後旂，猶後乘也。

鍾山詩應西陽王教 五言 沈休文

徐爰釋問略曰：建康北十里有鍾山。裴子野宋略曰：孝武封皇子子尚為西陽王。

靈山紀地德，地險資嶽靈。說苑，齊景公曰：天不雨，寡人欲祠靈山可乎？鄭玄周禮注曰：鎮名山安地德者也。周易曰：地險山川丘陵。王隱晉書，荀晞曰：淮陽之地，北阻塗山，南枕靈嶽。終南表秦觀，少室邇王城。毛詩曰：終南何有？有條有枚。史記曰：始皇表南山巔以為闕。南山則終南也。爾雅曰：觀謂之闕。戴延之西征賦曰[35]：嵩，中嶽也，東謂太室，西謂少室，相去十七里。嵩高，總名也。漢武帝作登仙臺，在少室峯下。東京賦曰：然後以建王城。翠鳳翔淮海，衿帶繞神坰。鳳翔淮海，喻宋之興也。東京賦曰：龍飛白水，鳳翔參墟。李斯上書曰：今陛下建翠鳳之旗。然但引翠鳳之文，不取旗義也。衿帶、神坰，並見上文。北阜何其峻，林薄杳葱青。其一。北阜，鍾山也。西都賦曰：睋北阜。陸機擬古詩曰：西山何其峻。又赴洛詩曰：林薄杳阡眠。發地多奇嶺，干雲非一狀。子虛賦曰：其山則交錯糾紛，上干青雲。合沓共隱天，參差互相望。謝靈運登廬山詩曰：巒隴有合沓。楊雄蜀都賦曰：蒼山隱天。子虛賦曰：岑崟參差。尚書曰：終南、惇物至于鳥鼠。孔安國注曰：三山名，言相望也。鬱律構丹巘，崚嶒起青嶂[36]。西京賦曰：隱鱗鬱律。巘，已見上文。魯靈光殿賦曰：崱繒綾而龍鱗。勢隨九疑高，氣與三山壯。其二。楚辭曰：

---

35 注「戴延之西征賦曰」 陳云「賦」當作「記」，是也。各本皆譌。

36 崚嶒起青嶂 案：注引魯靈光殿賦「崱繒綾而龍鱗」，疑善作「繒綾」，五臣作「崚嶒」，合并六家，失著校語。否則善元有注「繒綾」與「崚嶒」異同之語，而今失去之也。

道幽谷於九疑。山海經曰：南山崑崙，其氣魂魂。漢書曰：蓬萊、方丈、瀛州，此三神山者，僊人在焉。九疑山在長沙零陵，三山在海中。即事既多美，臨眺殊復奇。即事，即此山中之事也。列子曰：周之尹氏有老役夫，晝則呻呼即事。南瞻儲胥觀，西望昆明池。儲胥觀、昆明池皆在西京，此皆假言之。山中咸可悅，賞逐四時移。春光發壟首，秋風生桂枝。其三。多值息心侶，結架山之足。大灌頂經曰：息心達本源，故號為沙門。山足，已見上文。八解鳴澗流，四禪隱巖曲。維摩經曰：八解之浴池，定水湛然滿。大品經曰：初禪、二禪、三禪、四禪[37]。山海經曰：和山五曲。郭璞曰：曲，迴也。窈冥終不見，蕭條無可欲。老子曰：窈兮冥，其中有精。王弼曰：窈冥，深遠貌。深遠不可得而見，然而萬物由之，不可得見，以定其真，故曰：窈兮冥，其中有精。老子曰：不見可欲，使心不亂。所願從之遊，寸心於此足。其四。家語，孔子曰：無聲之樂，所願志從。莊子曰：魯有兀者王駘，從之遊者與仲尼相若。列子，文摯謂叔龍曰：吾見子之心矣，方寸之地虛矣。君王挺逸趣，羽旆臨崇基。說文曰：挺，拔也。旆，旌旗之垂者。旆旗以羽為飾，故云羽旆。陸機樂府詩曰：羽旗棲瓊鸞。崇基，山也。春秋運斗樞曰：山者，地基也。白雲隨玉趾，青霞雜桂旗。玉趾，已見上文。曹毗臨園賦曰：青霞曳於前阿。楚辭曰：辛夷車兮結桂旗。淹留訪五藥，顧步佇三芝。楚辭曰：攀桂枝兮聊淹留。周禮鄭玄曰：五藥：草、木、蟲、石、穀也。日出東南隅行曰：顧步咸可懽。蒼頡篇曰：顧，旋也。王逸楚辭注曰：步，徐行也。抱朴子曰：參成芝、木渠芝、建實芝，此三芝得而服之，白日升天。於焉仰鑣駕，歲暮以為期。其五。歲暮，喻年老也。韓詩曰：蟋蟀在堂，歲聿其暮。薛君曰：暮，晚也。言君之年歲已晚。

---

[37] 注「維摩經曰」下至「四禪」，此二十六字袁本、茶陵本無，其所載翰注有之，當是。并善於五臣而刪也。尤所見為是。

宿東園 五言

沈休文

陳王鬬雞道，安仁采樵路。陳思王名都篇曰：鬬雞東郊道，走馬長楸間。潘岳詩曰：東郊，歎不得志也。出自東郊，憂心搖搖，遵彼萊田，言采其樵。東郊豈異昔，聊可閑余步。七啓曰：雍容閑步。野徑既盤紆，荒阡亦交互。子虛賦曰：其山則盤紆岪鬱。槿籬疎復密，荊扉新且故。謝靈運詩曰：插槿當列墉。鄭玄禮記注曰：蓽門，荊竹織門也。殷仲堪誄曰：荊門晝掩[38]。樹頂鳴風飇，草根積霜露。驚麏去不息，征鳥時相顧。毛詩曰：野有死麏。今以江東人呼鹿曰麏。呂氏春秋曰：征鳥厲號[39]。高誘曰：征，猶飛也。鄭玄毛詩箋曰：迴首曰顧。茅棟嘯秋鴟，平崗走寒兔。任預雪詩曰：寒鳶嚮雲嘯，悲鴻竟夜嗷。夕陰帶曾阜，長煙引輕素。飛光忽我遒，寧止歲云暮。古董桃行曰[40]：年命冉冉我遒。毛詩曰：歲聿云暮。若蒙西山藥，頹齡儻能度。魏文帝詩曰：西山一何高？高高殊無極。上有兩仙童，不飲亦不食。與我一丸藥，光輝有五色。服藥四五日，胸臆生羽翼。陸機應詔曰：悲來日之苦短，悵頹年之方侵。

遊沈道士館 五言

沈休文

秦皇御宇宙，漢帝恢武功。過秦論曰：始皇振長策而御宇內。漢書曰：武帝征討四夷，銳志武功。懽娛人事盡，情性猶未充。何休公羊傳注曰：充，滿也。銳意三山上，託慕九霄中。銳意，已見上注。西征賦曰：切託慕於闕庭。潘岳書曰：長自絕於埃塵，超遊身乎九霄。既表祈年觀，復立望仙宮。廟記曰：祈年宮在城外，秦穆公所造。望仙宮在華陰，漢武帝所造。寧爲心好道，直由意無窮。漢武內傳曰：帝好長生之道。曰余

---

38 注「荊門盡掩」 陳云「盡」，「晝」誤，是也。各本皆譌。

39 注「征鳥厲號」 袁本、茶陵本「號」作「疾」，是也。今季冬紀是「疾」字。

40 注「古董桃行曰」 案：「桃」當作「逃」。各本皆譌。

知止足，是願不須豐。老子曰：知足不辱，知止不殆。周易曰：豐，多也。遇可淹留處，便欲息微躬。淹留，已見上文。山嶂遠重疊，竹樹近蒙籠。開衿濯寒水，解帶臨清風。曹子建閑居賦曰：愬寒風而開衿。所累非外物，爲念在玄空。慎子曰：夫德精微而不見，聰明而不發，是故外物不累其內。廣雅曰：玄，道也。然道體無形，故曰空。朋來握石髓，賓至駕輕鴻。袁彥伯竹林名士傳曰：王烈服食養性。嵇康甚敬信之，隨入山。烈嘗得石髓，柔滑如飴，即自服半，餘半取以與康，皆凝而為石。郭璞遊仙詩曰：駕鴻乘紫煙。都令人逕絕，唯使雲路通。吳都賦曰：逕路絕，風雲通。張昶華山堂闕銘曰：必雲霄之路，可升而起。一舉陵倒景，無事適華嵩。漢書，谷永曰：及言世有仙人，服食不終之藥，遙興輕舉，登遐倒景。如淳曰：在日月之上，日月反從下照，故其景倒。廣雅曰：陵，乘也。列仙傳曰：呼子先者，漢中闕下卜師也，壽百餘年，夜有仙人持二竹竿來至，呼子先，子騎之，乃龍也，上華陰山。又曰：王子喬好笙，浮丘公接以上嵩山。寄言賞心客，歲暮爾來同。歲暮，已見上文。

古意酬到長史溉登琅邪城詩 五言

何之元梁典曰：到溉，字茂灌，為司徒長史。沈約宋書曰：南琅邪郡琅邪國人，隨晉元帝過江。大興三年，立懷德縣，隸丹楊，無土地。成帝咸康元年，桓溫領郡，鎮江乘，縣境立郡鎮[41]。輿地圖曰：梁武改南琅邪為琅邪郡，在潤州江寧縣西北十八里。

徐敬業

何之元梁典曰：徐勉第三息悱，字敬業，晉安內史，有學業，最知名。卒於郡府。

甘泉警烽候，上谷拒樓蘭。漢書，楊雄上疏曰：孝文時匈奴侵暴北邊，候騎至雍，烽火通甘泉。又曰：上谷郡，秦置。又曰：鄯善國本名樓蘭，王治杅泥城。杅音烏。此江稱豁險，茲山復鬱盤。蜀都賦曰：豁險吞若巨防。

---

41 注「鎮江乘縣境立郡鎮」案：「縣」上脫「即」字，「郡」下衍「鎮」字。「鎮江乘」為一句，「即縣境立郡」為一句。各本皆誤。

子虛賦曰：其山則盤紆岪鬱。**表裏窮形勝，襟帶盡巖巒。**左氏傳，咎犯曰：表裏山河，必無害也。漢書，田肯賀上曰：秦，形勝之國也。衿帶，已見上文。說文曰：巒，小山而高。**修篁壯下屬[42]，危樓峻上干。**子虛賦曰：下屬江河。上干，已見上注。**登陴起遐望，迴首見長安。**左氏傳曰：鄭子產授兵登陴。杜預曰：陴，城上睥睨也。王仲宣七哀詩曰：南登霸陵岸，迴首望長安。**金溝朝灞滻，甬道入鴛鸞。**戴延之西征記曰：御溝引金谷水從閶闔門入。灞、滻，二水名也。雍州圖經曰：金谷水出藍田縣西終南山，西入灞水。小水入大水曰朝。尚書曰：江漢朝宗于海。甬道，閣道也。淮南子曰：甬道相連。潘岳關中記曰：未央殿東有鴛鸞殿。**鮮車騖華轂，汗馬躍銀鞍。**范曄後漢書曰：蜀地饒富，吏民鮮車駕馬，以財貨自達。漢書，劉向上封事曰：今王氏一姓，乘朱輪華轂者二十三人。又公孫弘曰：臣愚駑無汗馬之勞。辛延年羽林郎詩曰：銀鞍何煜爚，翠蓋空踟躕。**少年負壯氣，耿介立衝冠。**漢書音義曰：負，恃也。韓子曰：耿介之士。史記曰：藺相如怒髮上衝冠。**懷紀燕山石，思開函谷丸。**范曄後漢書曰：竇憲為車騎將軍，與北單于戰于稽落山，破之，遂登燕然山，刻石勒功，紀威德。又曰：隗囂據天水，王元說囂曰：東收三輔之地，案秦舊迹，表裏山河，元請以一丸泥為大王東封函谷關，此萬世一時也。**豈如霸上戲，羞取路傍觀。**漢書曰：匈奴入邊，遣宗正劉禮軍霸上，帝勞軍直馳入，帝曰：鄉者霸上軍如兒戲。古樂府日出東南隅行曰：兄弟兩三人，中子侍中郎。黃金絡馬頭，觀者滿路傍。**寄言封侯者，數奇良可歎！**漢書，李廣與望氣王朔語曰：自漢擊匈奴，廣未嘗不在其中，而諸將校尉以軍功取侯者數十人，廣不為人後，然終無尺寸之功以得封邑者，何也？豈吾相不當侯耶！又曰：大將軍衛青陰受上旨，以為李廣數奇。孟康曰：奇，隻不耦也。如淳曰：數為匈奴所敗。數，所具切。奇，居宜切。

---

42 修篁壯下屬　何校云「篁」疑作「隍」。案：其說是也。善不注此字，而以「下屬江河」注「下屬」，然則「隍」之為城池可知也。偶句云「危樓峻上干」，「危」則「峻」也，「脩」則「壯」也。隍在城下，樓在城上，於義極協。唯五臣銑注云「竹叢曰篁」云云，合并六家，遂以亂善，所當訂正。

卷第二十三

詩丙

詠懷

詠懷詩十七首 五言 顏延年曰：說者阮籍在晉文代常慮禍患，故發此詠耳。

阮嗣宗 臧榮緒晉書曰：阮籍，字嗣宗，陳留尉氏人也，容貌瑰傑，志氣宏放。蔣濟辟為掾，後謝病去，為尚書郎，遷步兵校尉卒。

顏延年 沈約等注

夜中不能寐，起坐彈鳴琴。薄帷鑑明月，清風吹我衿。廣雅曰：鑑，照也。孤鴻號外野，朔鳥鳴北林。廣雅曰：號，鳴也。徘徊將何見？憂思獨傷心。嗣宗身仕亂朝，常恐罹謗遇禍，因茲發詠，故每有憂生之嗟。雖志在刺譏，而文多隱避。百代之下，難以情測，故粗明大意，略其幽旨也。

二妃遊江濱，逍遙順風翔。交甫懷環佩，婉孌有芬芳。猗靡情歡愛，千載不相忘。列仙傳曰：江妃二女[1]出遊江濱，交甫遇之。餘與韓詩內傳同，已見南都賦。王逸楚辭注曰：在衣曰懷。毛萇詩傳曰：婉

1 注「江妃二女」 袁本「妃」作「斐」。案：「斐」字是也。江賦注所引正作「斐」。以吳都賦證之，善「斐」，五臣

變，少好貌。子虛賦曰：扶輿猗靡。傾城迷下蔡，容好結中腸。漢書，李延年歌曰：一顧傾人城。登徒子好色賦曰：臣東家之子，嫣然一笑，惑陽城，迷下蔡。感激生憂思，諼草樹蘭房。膏沐為誰施？其雨怨朝陽。趙岐孟子章指曰：千載聞之，猶有感激。毛詩曰：焉得諼草，言樹之背。又曰：豈無膏沐，誰適為容？又曰：其雨其雨，杲杲出日。鄭玄曰：人言其雨其雨，杲杲然日復出，猶我言伯且來，伯且來，則復不來也。伯且，君子字[2]。如何金石交，一旦更離傷？沈約曰：婉孌則千載不忘，金石之交，一旦輕絕，未見好德如好色。善曰：漢書曰，楚王使武涉說韓信曰：足下雖自以為與漢王為金石交，然今為漢王所禽矣。

嘉樹下成蹊，東園桃與李。顏延年曰：左傳，季孫氏有嘉樹。善曰：班固漢書李廣贊曰：諺曰：桃李不言，下自成蹊。秋風吹飛藿，零落從此始。沈約曰：風吹飛藿之時，蓋桃李零落之日，華實既盡，柯葉又彫，無復一毫可悅。善曰：說文曰：藿，豆之葉也。楚辭曰：惟草木之零落。繁華有憔悴，堂上生荊杞。言無常也。文子曰：有榮華者必有愁悴。班固答賓戲曰：朝為榮華，夕為憔悴。山海經曰：雩夕之山，下為荊杞。郭璞曰：杞，枸杞。驅馬舍之去，去上西山趾。西山，夷、齊所居，言欲從之以避世禍。一身不自保，何況戀妻子？沈約曰：榮悴去就，此人本無保身之術，況復妻子者乎！凝霜被野草，歲暮亦云已。沈約曰：歲暮風霜之時，徒然而已耳。善曰：繁霜已凝，歲亦暮止。野草殘悴，身亦當然。楚辭曰：漱凝霜之紛紛。字書曰：凝，冰堅也。毛詩曰：歲聿云暮。蒼頡篇曰：已，畢也。

昔日繁華子，安陵與龍陽。史記，華陽夫人姊說夫人曰：不以繁華時樹本。說苑曰：安陵君纏，得寵於楚恭王。江乙謂纏曰：吾聞以財事人者，財盡則交絕；以色事人者，華落則愛衰。子安得長被幸乎？會王出獵，江渚有火若雲蜺，兕從

「妃」，說已見前。此詩蓋善亦作「斐」，因正文為五臣所亂，并改此注為「妃」，益誤。茶陵本作「妃」，誤與尤本同。

[2] 注「伯且君子字」 何校云「且」字衍，陳同，是也。各本皆衍。

南方來，正觸王驂，善射者射之，兕死於車下。王謂纏曰：萬歲後，子將誰與樂？纏泣下沾衣曰：大王萬歲後，臣將殉。恭王乃封纏車下三百戶。故江乙善謀，安陵善知時。龍陽君釣十餘魚而棄，因泣下。王曰：有所不安乎？對曰：無。王曰：然則何為涕出。對曰：臣始得魚甚喜，後得益多，而又欲棄前之所得也。今以臣兇惡而得拂枕席，今爵至人君，走人於庭，避人於塗，四海之內，其美人甚多矣，聞臣之得幸於王，畢褰裳而趍王。臣亦曩之所得魚也，亦將棄矣，安得無涕出乎！王乃布令：敢言美人者族。夭桃李花，灼灼有輝光。毛詩曰：桃之夭夭，灼灼其華。悅懌若九春，磬折似秋霜。春秋元命苞曰：陽氣數成於三，故時別三月；陽數極於九，故三月一時九十日。宋衷曰：四時皆象此類，不唯春也。尚書大傳曰：諸侯來受命，周公莫不磬折。流盼發姿媚，言笑吐芬芳。神女賦曰：陳嘉辭而云對，吐芬芳其若蘭。攜手等歡愛，宿昔同衣裳。廣雅曰：宿，夜也。願為雙飛鳥，比翼共翱翔。建安中無名詩曰：中有雙飛鳥，自名為鴛鴦。丹青著明誓，永世不相忘。以財助人者，財盡則交絕；以色助人者，色盡則愛弛。是以嬖女不弊席，嬖男不弊輿。安陵君所以悲魚也[3]，亦豈能丹青著誓，永代不忘者哉！蓋以俗衰教薄，方直道喪，攜手笑言，代之所重者，乃足傳之永代，非止恥會一時。故託二子以見其意，不在分桃斷袖，愛嬖之懽。丹青不渝，故以方誓。善曰：東觀漢記[4]，光武詔曰：明設丹青之信，廣開東手之路。

天馬出西北，由來從東道。漢書曰：天馬來，從西極；涉流沙，九夷服。天馬來，歷無草；經千里，循東道。張晏曰：馬從西而來東也。沈約云：由西北來東道也。春秋非有託[5]，富貴焉常保？沈約曰：春秋相代，若環

---

3 注「安陵君所以悲魚也」　案：「以」字下有脫文。各本皆然，無可據補也。

4 注「善曰東觀漢記」　袁本、茶陵本無「善曰」二字。陳云二字衍。何校於此節注首添「沈約曰」三字。今案：陳據別本，蓋是也。何以意添，非。

5 春秋非有託　茶陵本云五臣作「訖」。袁本作「訖」，云善作「託」。案：各本所見皆非也。善引鄭禮記注「訖，止也」，可見亦作「訖」。沈約曰「春秋相代，若環之無端，所謂非有訖矣」，作「託」，但傳寫譌。今各本并注中亦譌「託」。考所引

之無端，天道常也。譬如天馬本出西北，忽由東道；況富之與貧，貴之與賤，易至乎？善曰：鄭玄禮記注曰：託，止也。清露被皋蘭，凝霜霑野草。迅疾也。楚辭曰：皋蘭被徑兮斯露漸。凝霜，已見上文。古詩曰：白露沾野草。朝為媚少年，夕暮成醜老。自非王子晉，誰能常美好？王子晉，已見上文。

登高臨四野，北望青山阿。應劭風俗通曰：葬於郭北北首，求諸幽之道。松柏翳岡岑，飛鳥鳴相過。仲長子昌言曰：古之葬，植松柏梧桐以識其墳。感慨懷辛酸，怨毒常苦多。蒼頡篇曰：懷，抱也。史記，太史公曰：怨毒之於人甚矣哉！廣雅曰：毒，痛也。李公悲東門，蘇子狹三河。求仁自得仁，豈復歎咨嗟！沈約曰：河南、河東、河北，秦之三川郡。古人呼水皆為河耳。蘇子以兩周之狹小，不足逞其志力，故去佩六國相印也。云二子豈不知進趨之近禍敗哉？常以交利貨賒禍，故冒而行之，所謂求仁得仁也。松柏岡岑，丘墓所在也。古有皆死之義，莫有免者焉。達者安小大之涯，各遂分內之樂，委天任命，以至於俱為一丘之土，夫何異哉！故因此望山阿而發此句，明徂謝之理雖同，夭逝之途則異也。感慨之來，誠逝者所不免，至於顛沛逆天[6]，怨毒求生，蘇子、李斯張本也。善曰：李斯，已見西征賦。蘇秦，已見左太沖詠史詩。漢書，東方朔曰：漢興，去三河之地，止霸、產以西。論語，子貢曰：伯夷、叔齊何人也？子曰：古之賢人。曰：怨乎？曰：求仁而得仁，又何怨！

開秋兆涼氣，蟋蟀鳴牀帷。開秋，秋初開也。楚辭曰：開春發歲兮。四子講德論曰：蟋蟀候秋吟。毛詩曰：十月蟋蟀，入我牀下。感物懷殷憂，悄悄令心悲。古詩曰：感物懷所思。韓詩曰：耿耿不寐，如有殷憂。毛詩曰：憂心悄悄，慍于羣小。多言焉所告，繁辭將訴誰？沈約曰：重言之，猶云懷哉！懷哉！善曰：論衡曰：甘議繁辭，終不見信。微風吹羅袂，明月耀清暉。晨雞鳴高樹，命駕起旋歸。樂錄曰：雞鳴高樹顛。古辭。孔叢

即禮記「祭統訖其嗜欲」注之「訖，猶止也」，不得為「託」，明甚。

6 注「至於顛沛逆天」　袁本、茶陵本「逆天」作「道天」，是也。

子，孔子歌曰：巾車命駕，將適唐都。毛詩曰：薄言旋歸。

平生少年時，輕薄好絃歌。論語曰：久要不忘平生之言。范曄後漢書曰：光武曰：孝孫素謹，輕薄兒誤之。孝孫，劉嘉字。西遊咸陽中，趙李相經過。顏延年曰：趙，漢成帝趙后飛燕也；李，武帝李夫人也。並以善歌妙舞幸於二帝也。善曰：史記曰：秦作咸陽，徙都也。娛樂未終極，白日忽蹉跎。驅馬復來歸，反顧望三河。黃金百溢盡，資用常苦多。北臨太行道，失路將如何？少年之日，志好絃歌，及乎歲晚旋歸，路失財盡，同乎太行之子，當如之何乎？戰國策曰：魏王欲攻邯鄲，季梁聞之，中道而反，衣焦不信，頭塵不浴，往見王曰：今者臣來，見人於太行，乃北面而持其駕，告臣曰：我欲之楚。臣曰：之楚將奚為北面？曰：吾馬良。臣曰：雖良，此非楚之道也。曰：吾用多。臣曰：雖多，此非之楚之路也。曰：吾善御。此數者逾善，而離楚逾遠耳。今王動欲成霸王，舉欲信於天下，恃王國之大，兵之精銳，而欲攻邯鄲，以廣地尊名，王之動逾數，而離王逾遠耳！猶至楚而北行也。高誘曰：面，向也。駕，馬也。之，至也。用，資也。賈逵國語注曰：一溢，二十四兩。

昔聞東陵瓜，近在青門外。連軫距阡陌，子母相拘帶。五色曜朝日，嘉賓四面會。軫當為畛。宋衷太玄經注曰：畛，界也。說文曰：畛，井田間陌也。孔安國尚書傳曰：距，至也。子母、五色，俱謂瓜也。史記曰：邵平者，故秦東陵侯。秦破，為布衣，貧，種瓜於長安城東。瓜美，故時俗謂之東陵瓜，從邵平始也。漢書曰：霸城門，民間所謂青門也。毛詩曰：我有嘉賓。膏火自煎熬，多財爲患害。布衣可終身，寵祿豈足賴。沈約曰：當東陵侯侯服之時，多財爵貴；及種瓜青門，匹夫耳。寔由善於其事，故以味美見稱，連軫距陌，五色相照，非唯周身贍己，乃亦坐致嘉賓。夫得固易失，榮難久恃，膏以明自煎，人以財興累；布衣可以終身，豈寵祿之足賴哉！善曰：莊子曰：山木自寇也，膏火自煎也。漢書，疏廣曰：愚而多財，則益其過。左氏傳曰：石碏曰：四者之來，寵祿過也。又宋華元曰：不能治官，敢賴寵乎？

步出上東門，北望首陽岑。河南郡圖經曰：東有三門，最北頭曰上東門。河南郡境界簿曰：城東北十里首陽山，上有首陽祠一所。下有采薇士，上有嘉樹林。沈約曰：夷齊尚不食周粟，況取之以不義者乎？善曰：史記曰：武王平殷，伯夷、叔齊恥之，義不食周粟，隱於首陽山，采薇而食之。顏延之曰[7]：史記龜策傳曰：無蟲曰嘉林。良辰在何許？凝霜霑衣襟。寒風振山岡，玄雲起重陰。沈約曰：良辰何許，言世路險薄，非良辰也。風霜交至，凋殞非一；玄雲重陰，多所擁蔽；是以寄言夷、齊，望首陽而嘆息。善曰：東征賦曰：撰良辰而將行。王仲宣詩曰：白露沾衣[8]。鳴鴈飛南征，鶗鴂發哀音。沈約曰：此鳥鳴則芳歇也。芬芳歇矣，所存者臭腐耳。善曰：楚辭曰：鴈𠸎𠸎而南遊。又曰：恐鶗鴂之先鳴，使夫百草為之不芳。素質遊商聲，悽愴傷我心。沈約曰：致此彫素之質，由於商聲用事秋時也。遊字應作由，古人字類無定也。善曰：禮記曰：孟秋之月，其音商。鄭玄曰：秋氣和則音聲調[9]。

昔年十四五，志尚好書詩。論語，子曰：吾十有五而志于學。杜預左氏傳注曰：尚，上之耳。被褐懷珠玉，顏閔相與期。家語，子路問於孔子曰：有人於此，被褐而懷玉，何如？子曰：國無道可也，國有道則袞冕而執玉也。顏回，已見幽通賦。史記曰：閔損，字子騫。開軒臨四野，登高望所思。丘墓蔽山岡，萬代同一時。方言曰：冢大者為丘。王逸楚辭注曰：小曰丘[10]。千秋萬歲後，榮名安所之？乃悮羨門子，噭噭今自蚩。沈約曰：自我以前，徂謝者非一，雖或稅駕參差，同為今日之一丘，夫豈異哉！故云萬代同一時也。若夫被褐懷玉，託好詩書；開軒四野，昇高永望；志事不同，徂沒理一，追悟羨門之輕舉[11]，方自笑耳。善曰：戰國策曰：楚王謂安陵君曰：

---

7 注「顏延之曰」 何校「之」改「年」。案：以前後例之，是也。各本皆譌。

8 注「白露沾衣」 案：「衣」下當有「衿」字。各本皆脫。此所引七哀詩也。

9 注「則音聲調」 案：「音」當作「商」。各本皆譌。

10 注「王逸楚辭注曰小曰丘」 此九字袁本、茶陵本無。案：尤本是也。所引在七諫，沈、江二本脫去之。

11 注「追悟羨門之輕舉」 袁本、茶陵本「悟」作「悮」。案：善「悮」，五臣「悟」，二本校語有明文。善所載沈約注，自不當作「悟」，又正文何、陳皆從五臣「悟」，但未必非阮借「悮」為「悟」。當仍其舊。

寡人萬歲千秋之後，誰與樂此矣？淮南子曰：死有遺業，生有榮名。薛綜西京賦注曰：安，焉也。史記曰：始皇使燕人盧生求羨門。韋昭曰：古仙人也。說文云：嗤，笑也。嗤與蚩同。

徘徊蓬池上，還顧望大梁。漢書地理志曰：河南開封縣東北有蓬池，或曰即宋蓬澤也。又陳留郡有浚儀縣，故大梁也。綠水揚洪波，曠野莽茫茫。毛詩曰：率彼曠野。楚辭曰：莽茫茫之無涯。毛萇曰：茫茫，廣大貌。走獸交橫馳，飛鳥相隨翔。是時鶉火中，日月正相望。左氏傳曰：晉侯伐虢，公問卜偃曰：吾其濟乎？對曰：剋之，其九月、十月之交乎？鶉火中，必是時也。杜預曰：夏之九月、十月也。尚書曰：惟二月既望。孔安國曰：十五日，日月相望也。朔風厲嚴寒，陰氣下微霜。爾雅曰：朔，北方也。杜預左氏傳注曰：厲，猛也。曾子曰：陰氣騰則凝為霜。羈旅無疇匹，俛仰懷哀傷。左氏傳曰：陳敬仲曰：羈旅之臣也。小人計其功，君子道其常。豈惜終憔悴，詠言著斯章。沈約曰：豈惜終憔悴，蓋由不應憔悴而致憔悴，君子失其道也。小人計其功而通，君子道其常而塞，故致憔悴也。因乎眺望多懷，兼以羈旅無匹，而發此詠。善曰：孫卿子曰：天有常道，君子有常體；君子道其常，小人計其功。

炎暑惟茲夏，三旬將欲移。南方為火而主夏，火性炎上，故謂夏月為炎暑也。薛君韓詩章句曰：惟，辭也。鄭玄毛詩箋曰：炎，熱氣也。芳樹垂綠葉，清雲自逶迤。淮南子曰：志厲清雲。楚辭曰：載雲旗之逶迤。四時更代謝，日月遞差馳。孫卿子曰：日月遞照，四時代御。徘徊空堂上，忉怛莫我知。毛詩曰：勞心忉忉。又曰：勞心怛怛。楚辭曰：國無人兮莫我知。願覩卒歡好，不見悲別離。言四時代移，日月遞運，年壽將盡，而人莫己知。恐被讒邪，橫遭擯斥，故云願卒歡好，不見離別。

灼灼西隤日，餘光照我衣。楚辭曰：日杳杳而西頹。迴風吹四壁，寒鳥相因依。周周尚銜羽，蛩蛩亦念飢。韓子曰：鳥有周周者，首重而屈尾，將欲飲於河則必顛，乃銜羽而飲。今人之所有飢不足者，不可以不索其羽矣。爾雅曰：西方有比肩獸焉，與邛邛岠虛比，為邛邛岠虛齧甘草；即有難，邛邛岠虛負而走，其名謂之蟨。郭璞曰：蟨音厥。如何當路子，磬折忘所歸？豈爲夸譽名，憔悴使心悲。沈約曰：天寒，即飛鳥走獸尚知相依，周周銜羽以免顛仆，蛩蛩負蟨以美草[12]，而當路者知進趍，不念暮歸，所安為者，惟夸譽名，故致憔悴而心悲也。善曰：孟子，公孫丑問曰：夫子當路於齊，管、晏之功，可復許乎？綦毋邃曰：當仕路也。磬折，已見上文。呂氏春秋曰：古之人有不肯富貴者，由重生故也；非夸以名也，為其實也。司馬彪莊子注曰：夸虛名也。鄭玄禮記注曰：名，令聞也。寧與燕雀翔，不隨黃鵠飛。黃鵠遊四海，中路將安歸？沈約曰：若斯人者，不念己之短翮，不隨燕雀為侶，而欲與黃鵠比遊。黃鵠一舉沖天，翱翔四海，短翮追而不逮，將安歸乎？為其計者，宜與燕雀相隨，不宜與黃鵠齊舉。善曰：漢書，息夫躬絕命辭曰：玄雲決鬱將安歸[13]。

獨坐空堂上，誰可與歡者？出門臨永路，不見行車馬。登高望九州，悠悠分曠野。孤鳥西北飛，離獸東南下。日暮思親友，晤言用自寫。毛詩曰：彼美淑姬，可與晤言。鄭玄曰：晤，對也。

北里多奇舞，濮上有微音。史記曰：紂使師涓作新聲北里之舞。禮記曰：桑間濮上之音，亡國之音也。輕薄閑遊子，俯仰乍浮沈。捷徑從狹路，僶俛趣荒淫。輕薄之輩，隨俗浮沈，棄彼大道，好從狹路，不尊恬淡，競赴荒淫：言可悲甚也。漢司馬遷書曰：從俗浮沈，與時俯仰。焉見王子喬，乘雲翔鄧林。獨有延年術，可以慰我心。子喬離俗以輕舉，全性以保真。其人已遠，故云焉見，其法不滅，故云可慰心。楚辭云：譬若王喬之乘雲兮，載赤雲而陵太清。山海經曰：夸父與日競逐而渴死，其杖化為鄧林。楚辭曰：延年不死兮壽何所止？方言曰：延，長也。毛詩曰：仲山父永懷，以慰其心。毛萇曰：慰，安也。

---

12 注「蛩蛩負蟨以美草」　案：「以」下少一字。各本皆脫，無可據補。陳云脫「求」字，但以意添耳。

13 注「玄雲決鬱」　案：「決」當作「泱」。各本皆譌。顏注漢書「音烏朗反」。

湛湛長江水，上有楓樹林。楚辭曰：湛湛江水兮，上有楓樹[14]。皐蘭，已見上文。楚辭曰：青驪結駟齊千乘。毛詩曰：駕彼駟牡[15]，載驟駸駸。毛萇曰：駸駸，驟貌。駸，七林切。遠望令人悲，春氣感我心。三楚多秀士，朝雲進荒淫。孟康漢書注曰：舊名江陵為南楚，吳為東楚，彭城為西楚。呂氏春秋曰：舜耕於歷山，秀士從之。高唐賦曰：妾旦為朝雲。朱華振芬芳，高蔡相追尋。一爲黃雀哀，涕下誰能禁？戰國策曰：劇辛諫楚王曰[16]：郢必危矣，王獨不見黃雀，俯啄白粒，仰栖茂樹，鼓翅奮翼，自以為與人無爭；不知夫公子王孫，左挾彈，右攝丸，以其頸為的，晝遊茂樹，夕調酸鹹耳。黃雀其小者也，蔡聖侯因是已南遊高陂，北陵巫山，飲茹溪之流，食湘波之魚，左視幼妾，右擁嬖女，與之馳騁乎高蔡之中，而不以國家為事；不知夫子發受命于宣王，繫己以朱絲而見之也。蔡聖侯之事其小者也，君王自因是已左州侯，從鄢陵與壽陵君，飯封祿之粟，載方府之金，與之馳乎雲夢之中，而不以天下國家為事；不知夫穰侯方謀受命乎秦王，填澠池之塞內，投己澠池塞之外。襄王聞，顏色變，四體戰慄，於是乃執珪中授之，封以為陽陵君。延叔堅戰國策論曰：因是已，因事已復有是也。茹谿，谿流所沃者美好也。孔叢子，賈子陽謂子思曰：吾念周室將滅，涕泣不禁。禁，止也。

秋懷 五言

謝惠連

平生無志意，少小嬰憂患。平生，已見上文。說文曰：嬰，繞也。如何乘苦心，矧復值秋

14 注「上有楓樹」 陳云「樹」字衍，是也。各本皆衍。

15 注「駕彼駟牡」 陳云「牡」當作「駱」。各本皆作「牡」。今案：毛詩作「四駱」，但恐李所據本異，未可輒改。凡注中各本既同，而引書與今所行差互疑不能明者，皆準此，不悉出。其異本尚可考，亦不悉出。唯顯知傳寫之誤，乃訂正之。

16 注「劇辛諫楚王曰」 茶陵本「劇」作「莊」。案：「莊」，非也。依今本戰國策改耳。袁本作「劇」，與此同。恐善自如此，為所據異本也。

晏。古詩曰：晨風懷苦心。淮南子曰：秋士哀也。皎皎天月明，弈弈河宿爛。古詩曰：明月何皎皎。薛君韓詩章句曰：弈弈，盛貌。毛詩曰：子興視夜，明星有爛。蕭瑟含風蟬，寥唳度雲鴈。楚辭曰：秋之為氣也，蕭瑟兮草木搖落而變衰。寒商動清閨，孤燈曖幽幔。寒商，秋風也。楚辭曰：商風肅而害之，百草育而不長。王逸楚辭注曰：曖曖，闇昧貌。耿介繁慮積，展轉長宵半。楚辭曰：獨耿介而不隨。毛詩曰：展轉反側。夷險難豫謀，倚伏昧前算。夷險，謂道，以喻時也。演連珠曰：才經夷險，不為世屈。淮南子曰：接徑歷遠，直道夷險。鶡冠子曰：禍兮福之所倚，福兮禍之所伏。雖好相如達，不同長卿慢。達，謂通達不拘禮也。嵇康高士傳司馬長卿讚曰：長卿慢世，越禮自放；犢鼻居市，不恥其狀。託疾避患，蔑比卿相[17]。乃至仕人[18]，超然莫尚。頗悅鄭生偃，無取白衣宦。偃，謂偃仰不仕也。范曄後漢書曰：鄭均，字仲虞，東平任城人也，公車特徵，再遷尚書，後病乞骸骨，拜議郎告歸，因稱病篤。帝東巡過任城，乃幸均舍，勑賜尚書祿以終其身，故人號為白衣尚書。未知古人心，且從性所翫。賓至可命觴，朋來當染翰。秋興賦序曰：染翰操紙，慨然而賦。高臺驟登踐，清淺時陵亂。爾雅曰：水正絕流曰亂。頹魄不再圓，傾羲無兩旦。魄，月魄也。羲，羲和，謂日也。金石終消毀，丹青暫彫煥。張綱集曰：書功金石，圖形丹青。各勉玄髮歡，無貽白首歎。阮籍詠懷詩曰：玄髮發朱顏，睇眄有光華。嵇康有白首賦。因歌遂成賦，聊用布親串。爾雅曰：串，習也，古患切。

---

17 注「蔑比卿相」案：「比」當作「此」。世說新語「品藻」注引可證。各本皆譌。何、陳校改為「彼」，誤也。

18 注「乃至仕人」陳云「至仕」當作「賦大」，見世說注，是也。各本皆誤。

臨終詩

歐陽堅石[19]　五言

王隱晉書曰：石崇外生歐陽建，渤海人也，為馮翊太守。趙王倫之為征西，撓亂關中，建每匡正，不從私欲，由是有隙。及乎倫篡立，勸淮南王允誅倫，未行，事覺，倫收崇、建及母妻，無少長，皆行斬刑。孫盛晉陽秋曰：建字堅石，臨刑作。

伯陽適西戎，子欲居九蠻。列仙傳曰：老子西遊，尹喜見之，與老子俱之流沙之西。魏武飲馬長城窟行曰：四時隱南山[20]，子欲適西戎。論語曰：子欲居九夷。苟懷四方志，所在可遊盤。左氏傳，姜氏謂晉公子曰：子有四方之志。尚書曰：乃盤遊無度。況乃遭屯蹇，顛沛遇災患平聲。周易曰：屯如邅如。又曰：往蹇來連。孔叢子，歌曰：遂邇不復，自嬰屯蹇。論語，子曰：顛沛必於是。古人達機兆，策馬遊近關。周易曰：機者動之微，吉之先見者也。左氏傳，蘧伯玉曰：瑗不得聞君之出，敢聞其入。遂行從近關出也。諮余沖且暗，抱責守微官。孔安國尚書傳曰：沖，童也。賈逵國語注曰：暗，不明也。孟子曰：吾聞有官守者，不得其職則去；有言責者，不得其言則去。潛圖密已構，成此禍福端。爾雅曰：圖，謀也。莊子曰：而子身若槁木之枝，而心若死灰，若是禍亦不至，福亦不來，禍福無有，惡有人災。枚叔上吳王書曰：福生有基，禍生有胎。傅子曰：福生有兆，禍來無端。方言曰：端，緒也。恢恢六合間，四海一何寬！天網布紘綱，投足不獲安。老子曰：天網恢恢，疎而不失。山海經曰：地之所載，六合之間。許慎淮南子注曰：紘，維也。解嘲曰：欲行者擬足而投迹。松柏隆冬悴，然後知歲寒。孫卿子曰：松柏經冬而不彫。論語，子曰：歲寒然後知松柏之後彫。不涉太行險，誰知斯路難？淮南子曰：何為九山？曰：太行羊腸。

---

19 歐陽堅石　案：此不得在謝惠連下，當是臨終自為一類。尤、袁、茶陵各本皆不分，蓋傳寫有誤。又案：俗行汲古閣本反不誤，乃毛自改之耳，非別有本也。凡彼僅有是者，額均不道論，為舉例如此。

20 注「四時隱南山」　何校「時」改「晧」，陳同。各本皆譌。

高誘曰：太行，今上黨太行、河內野王縣。眞僞因事顯，人情難豫觀。窮達有定分，慷慨復何歎平聲？孟子曰：窮則獨善其身，達則兼善天下。呂氏春秋曰：百里奚處虞而虞亡，處秦而秦霸，有其本也。其本也者，定分之謂也。上負慈母恩，痛酷摧心肝。說文曰：負，受貸不償。然受恩不報亦謂之負也。方言曰：傳云：慈母怒子，折蔓以笞之。下顧所憐女，惻惻中心酸。鄭玄毛詩箋曰：顧，念也。二子棄若遺，念皆遘凶殘。毛詩曰：將安將樂，棄余如遺。不惜一身死，惟此如循環。薛君韓詩章句曰：惟，念也。尚書大傳曰：三王之統，若循連環，周則復始也。執紙五情塞，揮筆涕汍瀾。文子曰：昔者中黃子曰：色有五色文章[21]，人有五情。漢書，息夫躬絕命辭曰：涕泣流兮萑蘭。瓚曰：萑蘭，涕泣闌干。萑與汍同。

哀傷

幽憤詩

四言　魏氏春秋曰：康及呂安事，為詩自責。呂安事，已見思舊賦。班固史遷述曰：幽而發憤。乃思乃精。

嵇叔夜

嗟余薄祜，少遭不造。蔡邕書曰：邕薄祜，早喪二親。毛詩曰：閔予小子，遭家不造。鄭玄曰：造，成也。不造，言家道未成也。哀煢靡識，越在繈緥。左氏傳，后成叔曰[22]：聞君越在他境。淮南子曰：成王幼在繈緥之中。張華博物志曰：繈，織縷為之，廣八寸，長丈二，以約小兒於背上。韋昭漢書注曰：緥，若今時小兒腹衣。李奇曰：緥，小兒大

---

21 注「色有五色文章」　案：「色文」二字不當有。各本皆衍。

22 注「后成叔曰」　陳云「后」當作「郈」。今案：「后」即「郈」也。檀弓「后木」鄭注曰：「魯孝公子惠伯鞏之後。」正義曰：「案世本，孝公生惠伯革，其後為厚氏。」世本云「革」，此云「鞏」，世本云「厚」，此云「后」，其字異耳。春秋即號歸一圖曰：厚成叔後改為「郈」，皆可證。冊魏公九錫文引作「厚」。

藉也。母兄鞠育，有慈無威。嵇氏譜曰：康兄喜，字公穆，歷徐、揚州刺史，太僕，宗正卿。母孫氏。毛萇詩傳曰：鞠，養也。毛詩曰：父兮生我，母兮鞠我。恃愛肆姐，不訓不師。賈逵國語注曰：肆，恣也。說文曰：姐，嬌也。嬌與姐同耳。姐，子豫切。爰及冠帶，馮寵自放[23]。抗心希古，任其所尚[24]。廣雅曰：希，庶也。趙岐孟子章句曰：各崇所尚，則義不虧矣。說文曰：尚，庶幾也。託好老莊，賤物貴身。嵇喜謂康長好老莊之業，恬靜無欲。淮南子曰：原道者，欲一言之而寤，則尊天而保真；欲再言之而通，則賤物而貴身也。莊子曰：真者，精誠之志[25]。志在守樸，養素全眞。老子曰：見素抱樸，少私寡欲。河上公曰：抱，守也。薛綜東京賦注曰：樸，質也。莊子，盜跖謂孔子曰：子之道，非可以全真者也。又曰：真者，精誠之志也[26]。曰余不敏，好善闇人。謂與呂安交也。孝經曰：參不敏，何足以知之？左傳曰：吳公子札來聘，見叔孫穆子曰：子好善而不能擇人也。子玉之敗，屢增惟塵。子玉，楚大夫也。左氏傳曰：楚子將圍宋，使子文治兵於睽，終朝而畢，不戮一人。子玉復治兵於蔿，終日而畢，鞭七人，貫三人耳。國老皆賀子文，子文飲之酒，蔿賈尚幼，後至，不賀。子文問之，對曰：不知所賀。子之傳政於子玉，子玉之敗，子之舉也；舉以敗國，將何賀焉？毛詩曰：無將大車，維塵冥冥。鄭玄曰：喻大夫進舉小人，適自作憂患也。大人含弘，藏垢懷恥。周易曰：含弘光大，品物咸亨。左氏傳，伯宗謂晉侯曰：國君含垢。說文曰：懷，藏也。杜預曰：忍垢，恥也[27]。民之多僻，政不由己。毛詩曰：民之多僻，無自立辟。鄭玄曰：民行多邪僻者，汝君臣之過，無自謂得法度。論語曰：為仁由己。惟

---

23 爰及冠帶馮寵自放　袁、茶陵二本有校語云善無此二句。案：二本所見非也。此與下二句為韻，善不容無，但傳寫脫去。又其下當有善注，為脫去一節也。尤本有者是。然恐屬據五臣校補，尚少善注耳。

24 任其所尚　袁本、茶陵本有校語云善作上注「各崇所尚」。二本「尚」皆作「上」。案：善下注又云「說文曰，尚，庶幾也」。不作「上」字。尤本以此校改。然恐善注未全，或於末元有注「上」、「尚」異同之語，而今失之。

25 注「莊子曰真者精誠之志」　陳云此九字衍，觀下注自明，是也。各本皆衍。

26 注「精誠之志也」　袁本「志」作「至」，是也。茶陵本亦誤「志」。

27 注「說文曰懷藏也杜預曰忍垢恥也」　陳云「說文」下六字當在杜注下，是也。各本皆倒。

此褊心，顯明臧否。褊心，康自謂也。郭璞爾雅注曰：惟，發論辭也[28]。毛詩曰：惟是褊心，是以為刺。又曰：於乎小子，未知臧否。**感悟思愆，怛若創痏。**西京賦曰：所惡成創痏。蒼頡篇曰：痏，毆傷也。方言曰：怛，痛也。說文曰：痏，瘢也。漢書音義曰：以杖毆擊人，剝其皮膚，起青黑無創者，謂疻痏。**欲寡其過，謗議沸騰。**論語曰：蘧伯玉使人於孔子，孔子問焉，曰：夫子何為？對曰：夫子欲寡其過而未能也。漢賈山曰：古者庶人謗於道，商旅議於市。毛詩曰：百川沸騰。**性不傷物，頻致怨憎。**莊子，仲尼謂顏回曰：聖人處物不傷者，物亦不能傷也。**昔慚柳惠，今愧孫登。**柳下惠，已見西征賦。魏氏春秋曰：初康采藥於中山北，見隱者孫登，康欲與之言，登默然不對。踰年將去，康曰：先生竟無言乎？登乃曰：子才多識寡，難乎免於今之世也。**內負宿心，外恧良朋。**鄭玄禮記注曰：負之言背也。趙壹報羊陟書曰：惟君明叡，平其宿心。爾雅曰：恧，慙也。毛詩曰：每有良朋。**仰慕嚴鄭，樂道閑居。**漢書曰：谷口有鄭子真，蜀有嚴君平，皆脩身保性。成帝時，元舅王鳳以禮聘子真，子真遂不詘而終。君平卜筮於成都市，以為卜筮賤業，而可以惠眾，日閱數人，得百錢，足以自養，則閉肆下簾而授老子。年九十餘，遂以其業終。論語，子曰：貧而樂。漢書曰：司馬相如稱疾閑居。**與世無營，神氣晏如。**蔡邕釋誨曰：安貧樂賤，與世無營。淮南子曰：古人神氣不蕩於外。漢書曰：楊雄室亡儋石之儲，猶晏如也。**咨予不淑，嬰累多虞。**毛萇詩傳曰：咨，嗟也。毛詩曰：之子不淑，云如之何。左氏傳，趙孟曰：以晉國之多虞。**匪降自天，寔由頑疎。**毛詩曰：下民為孽[29]，匪降自天。噂沓背增，職競由人。**理弊患結，卒致囹圄。**杜預左氏傳注曰：弊，壞也。禮記曰：仲春，省囹圄。鄭玄曰：所以守禁繫者。秦曰囹圄，漢曰獄。**對答鄙訊，縶此幽阻。**言己對答之辭鄙於見訊也。張晏漢書曰：訊者，三日復問，知之與前辭同不也。杜預左氏傳注曰：縶，

---

28 注「發論辭也」　何校「論」改「語」，是也。各本皆誤。

29 注「下民為孽」　陳云「為」，「之」誤。今案：各本皆然。疑李所據與今本作「之」者異。下「尊沓背增」，今本作「憯」，又「我心永疚」，今本作「使我心疚」，皆放此，餘不悉出。

拘執也。鄙，俚也。訊，問也。實恥訟免，時不我與。論語曰：陽貨曰：日月逝矣，歲不我與。文雖出此，而意微殊，亦不以文害意也。免或為寃，非也。雖曰義直，神辱志沮。毛萇詩傳曰：沮，壞也，才與切。澡身滄浪，豈云能補。孟子，孺子歌曰：滄浪之水清，可以濯吾纓；滄浪之水濁，可以濯吾足。孔子曰：小子聽之：清斯濯纓，濁斯濯足，自取之也。劉歆答父書曰：誠思拾遺，冀以云補。嗈嗈鳴鴈，奮翼北遊。順時而動，得意忘憂。毛詩曰：雍雍鳴鴈。管子，桓公曰：夫鴻鵠有時而南，有時而北。又曰：鴻鵠秋南而不失時。嗟我憤歎，曾莫能儔。毛詩曰：嗟我懷人。說文曰：曾，辭之舒也。儔，等也。事與願違，遘茲淹留。淹留，謂因縶而留也。爾雅曰：淹留，久也。窮達有命，亦又何求。王命論曰：窮達有命，吉凶由人。毛詩曰：謂我何求。古人有言，善莫近名。莊子曰：為善莫近名，為惡莫近刑[30]。司馬彪曰：勿脩名也。被褐懷玉，穢惡其身，以無陋於形也。郭象曰：忘善惡而居中，任萬物之自為也。奉時恭默，咎悔不生。尚書曰：恭默思道。周易曰：悔吝者，憂虞之象也。曾子曰：懽欣忠信，咎故不生，可為孝矣。萬石周慎，安親保榮。漢書曰：萬石君奮長子建為郎中令，建老白首，萬石君尚無恙，每五日洗沐歸謁親。建為郎中令，奏事，事下，建自讀之，驚恐曰：書馬者與尾而五，今迺四，不足一，獲譴死矣。其為謹慎，雖他皆如此。論語摘輔像讖曰：曾子未嘗不問安親之道也。孔安國尚書注曰：周，至也。世務紛紜，祇攪予情。漢書曰：嚴安、徐樂上書言世務。毛詩曰：祇攪我心。攪，亂也。祇，適也。安樂必誡，乃終利貞。家語，金人銘曰：安樂必戒，無行所悔。王肅曰：雖處安樂，必警戒也。周易曰：乾，元亨利貞。煌煌靈芝，一年三秀。西京賦曰：擢靈芝之朱柯。楚辭曰：采三秀於山間。王逸曰：三秀，謂芝草也。予獨何爲，有志不就。楚辭曰：云有志而無謗。爾雅曰：就，成也。懲難思復，心焉內疚。潘元茂九錫文曰：懲難念功。毛詩曰：既往既來，我心永疚。疚，病也。庶勗將來，無馨無臭。爾雅曰：勗，勉也。毛詩曰：上天之載，無聲無臭。采薇山阿，散髮巖岫。采薇，已見上文。琴操，許

---

30 注「為惡莫近刑」 案：「刑」當作「形」，詳下注。司馬彪本作「形」字也。各本皆誤。

由曰：散髮優遊，所以安己不懼也。范曄後漢書曰：袁閎散髮絕世。永嘯長吟，頤性養壽。杜篤連珠曰：能離光明之顯，長吟永嘯。爾雅曰：頤，養也。東方朔非有先生論曰：故養性受命之士莫肯進。禮記曰：百年曰期頤。鄭玄曰：頤，猶養也。

七哀詩 五言

曹子建 贈答，子建在仲宣之後，而此在前，誤也。

明月照高樓，流光正徘徊。夫皎月流輝，輪無輟照，以其餘光未沒，似若徘徊，前覺以為文外傍情，斯言當矣。上有愁思婦，悲歎有餘哀。古詩曰：慷慨有餘哀。借問歎者誰？言是客子妻。君行踰十年，孤妾常獨棲。君若清路塵，妾若濁水泥。漢書，民歌曰：涇水一石，其泥數斗。浮沈各異勢，會合何時諧？爾雅曰：諧，和也。願為西南風，長逝入君懷。古詩曰：從風入君懷，四坐莫不歎。君懷良不開，賤妾當何依？史記，驪姬曰：以賤妾之故，廢嫡立庶。

七哀詩二首 五言

王仲宣

西京亂無象，豺虎方遘患。左氏傳，晉侯問於士弱曰：吾聞之宋災，於是乎知有天道，可必乎？對曰：國亂無象，不可知也。班固漢書張耳、陳餘述曰：據國爭權，還為豺虎。遘與構同，古字通也。道經曰：執大象，天下往。河上公注曰：執，守也。象，道也。聖人守大道，則天下萬民移心歸往也。復棄中國去，遠身適荊蠻。荊蠻，已見登樓賦。毛詩曰：蠢爾蠻荊。毛萇曰：蠻荊，荊州之蠻也。親戚對我悲，朋友相追攀。出門無所見，白骨蔽平原。路有飢婦人，抱子棄草間。顧聞號泣聲，揮涕獨不還。言迴顧雖聞其子號泣之聲，但知揮涕獨去，不復還視也。家語曰：文伯卒，敬姜曰：二三婦無揮涕。王肅曰：揮涕，不哭揮涕，以手揮之也。未知身死處，何能兩相完？此婦人之辭也。說文曰：完，全也。驅馬棄之去，不忍聽此言。南登霸陵岸，迴首望長安。漢書曰：文帝葬霸陵。悟彼下泉人，喟然傷心肝。毛詩序曰：下泉，思治也。曹人思明王賢伯也。荊蠻非我鄉，何爲久滯淫？國語曰：底著滯淫。賈逵曰：淫，久也。方舟溯大江，日暮愁我心。爾雅曰：大夫方舟。郭璞曰：併兩舡也。爾雅曰：逆流而上曰溯流。山崗有餘暎，巖阿增重陰。通俗文曰：日陰曰暎。狐狸馳赴穴，飛鳥翔故林。皆言不忘本也。文子曰：鳥飛之鄉，依其所主也。楚辭曰：鳥飛之故鄉，狐死必首丘。流波激清響，猴猿臨岸吟。迅風拂裳袂，白露霑衣衿。楚辭曰：擊迅風於清涼。禮記曰：孟秋之月白露降。說苑曰：孺子不覺露之沾衣。獨夜不能寐，攝衣起撫琴。漢書曰：沛公起攝衣，延酈食其也。韓子曰：師涓靜坐撫琴。絲桐感人情，爲我發悲音。史記曰：騶忌以鼓琴見齊威王，王曰：夫治國家何為絲桐之間也。羈旅無終極，憂思壯難任。羈旅，已見上文。

七哀詩二首 五言

張孟陽 臧榮緒晉書曰：張載，字孟陽，武邑人也，有才華。起家拜著作佐郎，稍遷領著作，遂稱疾，抽簪告歸。卒於家。

北芒何壘壘，高陵有四五。廣雅曰：壘，重也。古樂府詩曰：還望故鄉，鬱何壘壘。北芒，山名也。壘壘，冢相次之貌。借問誰家墳？皆云漢世主。恭文遙相望，原陵鬱膴膴。范曄後漢書曰：葬孝安皇帝于恭陵。又曰：葬靈帝于文陵。又曰：葬光武皇帝于原陵。毛萇曰：膴膴，肥美也。季世喪亂起，賊盜如豺虎。左氏傳曰：叔向曰：齊其何如？晏子曰：此季世也。韋昭國語注曰：季，末也。豺虎，已見上文。毀壞過一抔，便房啓幽戶。一抔，喻少也。漢書，張釋之曰：假令愚人取長陵一抔土，何如？漢書注曰：便房，冢壙中室也。珠柙離玉體，珍寶見剽虜。魏文帝典論曰：喪亂以來，漢氏諸陵，無不發掘，至乃燒取玉柙金鏤，體骨并盡。西京雜記曰：漢帝及王侯送死，皆珠襦玉匣，玉匣形如鎧甲，連以金鏤。枚乘七發曰：太子玉體不安。說文曰：剽，刼人也。又，虜，獲也。漢書注曰：虜與鹵同。如淳曰：鹵，鈔掠也。園寢化爲墟，周墉無遺堵。漢書曰：自高祖下至宣帝，各自居陵傍立廟，又園中各有寢便殿。又曰：自貢禹建迭毀之議，遂毀惠、景廟及太上寢園，廢而為墟。爾雅曰：牆謂之墉。毛萇詩傳曰：一丈為板，五板為堵。蒙籠荊棘生，蹊逕登童豎。狐兔窟其中，蕪穢不復掃。關中記曰：漢諸陵守衛掃除。廣雅曰：掃，除也。餘見下注。掃，蘇老切。頹隴並墾發，萌隸營農圃。蒼頡篇曰：墾，耕也。毛詩曰：俊發爾私。鄭玄曰：俊，疾也。發，伐也。疾耕發其私田也。司馬相如上林賦曰：地可墾闢，悉為農郊，以贍萌隸。昔爲萬乘君，今爲丘山土。漢書曰：天子畿方千里，兵車萬乘，故稱萬乘之主。方言曰：冢大者為丘。淮南子曰：吾死也，有一棺之土。感彼雍門言，悽愴哀往古。桓子新論曰：雍門周以琴見孟嘗君曰：臣竊悲千秋萬歲後，墳墓生荊棘，狐兔穴其中，樵兒牧豎躑躅而歌其上，行人見之悽愴；孟嘗君之尊貴，如何成此乎！孟嘗君喟然嘆息，淚下承睫。秋風吐商氣，蕭瑟掃前林。王逸楚辭注曰：商風，西風也。秋氣起則西風急疾。鸚鵡賦曰：涼風蕭瑟。陽鳥收和響，寒蟬無餘音。陽鳥，春鳥也。禮記曰：孟秋，寒蟬應陰而鳴[31]，鳴則天涼，故謂之寒蟬。楚辭曰：蟬寂寞而無聲。白露中夜結，木落柯條森。呂氏春秋曰：秋氣至則草木落。朱光馳北陸，浮景忽西沈。朱光，日也。楚辭曰：陽杲杲其朱光。續漢書云：日行北陸謂之冬。杜預左氏傳注曰：陸，道也。孔安國尚書注曰：浮，行也。說文曰：景，日光也。顧望無所見，惟覩松柏陰。松柏，丘墓，已見上文。肅肅高桐枝，翩翩栖孤禽。禮記曰：草木皆肅。鄭玄曰：肅，謂枝葉縮栗也。仰聽離鴻鳴，俯聞蜻蛚吟。易通卦驗曰：立秋，蜻蛚鳴。蔡邕月令章句曰：蟋蟀，蟲名，俗謂之蜻蛚。蟋蟀吟，已見上文注。蜻音精。蛚音列。哀人易感傷，觸物增悲心。秦嘉答婦詩曰：哀人易感傷。丘隴日已遠，纏綿彌思深。古詩曰：相去日已遠。張升與任彥堅書曰：纏綿恩好，庶蹈高也。

---

[31] 注「孟秋寒蟬應陰而鳴」　案：「蟬」下當有「鳴蔡邕月令章句曰寒蟬」十字。各本皆脫。陳云月令章句見子建贈白馬王詩注

蹤。憂來令髮白，誰云愁可任。古詩曰：座中何人，誰不懷憂。令我白頭。登樓賦曰：誰憂思之可任。徘徊向長風，淚下霑衣衿。楚辭曰：愬長風以徘徊。又曰：向長風而舒情。又曰：泣歔欷而沾襟。

悼亡詩三首

五言　風俗通曰：慎終悼亡。鄭玄詩箋曰：悼，傷也。

潘安仁

荏苒冬春謝，寒暑忽流易。荏苒，猶漸也。冉冉，歲月流貌也。王逸楚辭注曰：謝，去也。列子曰：寒暑易節。之子歸窮泉，重壤永幽隔。之子，謂妻也。毛詩曰：之子于歸，百兩御之。琴賦曰：披重壤以誕載。私懷誰克從，淹留亦何益？神女賦曰：情獨私懷，誰者可語？說文曰：懷，念思也。楚辭曰：倚躊躇以淹留。僶俛恭朝命，迴心反初役。毛詩曰：僶俛從事，不敢告勞。役，謂所任也。王充論衡曰：充罷州役。望廬思其人，入室想所歷。家語，孔子曰：思其人，愛其樹。說文曰：歷，過也。帷屏無髣髴，翰墨有餘跡。廣雅曰：帷，帳也。聲類作幃。說文曰：彷佛相似，見不諦也。歸田賦曰：揮翰墨以奮藻。流芳未及歇，遺挂猶在壁。洛神賦曰：步蘅薄而流芳。廣雅曰：挂，懸也。悵怳如或存，周遑忡驚惕。王逸楚辭注曰：怳，失意也。如彼翰林鳥，雙栖一朝隻。曹植善哉行曰：如彼翰鳥，或飛戾天。王弼周易注曰：翰，鳥飛也。曹植種葛篇曰：下有交頸禽。即雙栖禽也。如彼遊川魚，比目中路析。爾雅曰：東方有比目魚焉，不比不行。春風緣隟來，晨霤承檐滴。說文曰：霤，屋承水也。寢息何時忘，沈憂日盈積。宋玉笛賦曰：武毅發，沈憂結。庶幾有時衰，莊缶猶可擊。郭璞爾雅注曰：庶幾，徼幸也。莊子妻死，惠子弔之，方箕踞鼓盆而歌。惠子曰：與人居，長子老身，死不哭，亦足矣；又鼓盆而歌，不已甚乎？莊子曰：不然。是其始死也，我獨何能無槩？察其始而本無生；非徒無生，而本無形；非徒無形，而本無氣。人見偃然寢於巨室，而我噭噭隨而哭之，自以為不通乎命，故止。

皎皎窗中月，照我室南端。室南端，室之南正門。清商應秋至，溽暑隨節闌。秋風為商，已見上文。禮記曰：季夏，土潤溽暑。文穎漢書注曰：闌，希也。說文曰：溽暑，濕暑也。凜凜涼風升，始覺夏衾單。古詩曰：涼歲云暮[32]。毛萇詩傳曰：衾，被也。豈曰無重纊，誰與同歲寒？毛詩曰：豈曰無衣，與子同袍。孔安國尚書傳曰：纊，細綿也。歲寒無與同，朗月何朧朧。毛詩曰：叔兮伯兮，靡所與同。埤蒼曰：朣朧，欲明也。展轉眄枕席，長簟竟牀空。展轉，已見上文。牀空委清塵，室虛來悲風。莊子曰：空穴來風。司馬彪曰：門戶孔空，風善從之。古詩曰：白楊多悲風。獨無李氏靈，髣髴覩爾容。桓子新論曰：武帝所幸李夫人死，方士李少君言能致其神。乃夜設燭張幄，令帝居他帳，遙見好女似夫人之狀，還帳坐也。撫衿長歎息，不覺涕霑胸。漢書，公孫玃曰：累撫衿。魏武帝苦寒行曰：延頸長歎息。魏文帝歌行曰[33]：不覺淚下霑衣裳。霑胸安能已？悲懷從中起。史記曰：文帝意慘悽悲懷。魏武帝短歌行曰：憂從中來。寢興目存形，遺音猶在耳。毛詩曰：言念君子，載寢載興。禮記曰：色不忘乎目。楊脩傷夭賦曰：悲體貌之潛翳兮，目常存乎遺形。左氏傳，晉穆嬴曰：今君雖終，言猶在耳。上慙東門吳，下愧蒙莊子。列子曰：魏有東門吳者，死子而不憂。莊子，蒙人，故云蒙莊子。賦詩欲言志，此志難具紀。尚書曰：詩言志。賈逵國語注曰：紀，猶錄也。命也可奈何！長戚自令鄙。魚豢典略：趙岐卒，歌曰：有志無時，命也奈何！論語曰：小人長戚戚。長笛賦曰：長戚之士能閑居[34]。

曜靈運天機，四節代遷逝。楚辭曰：角宿未旦，曜靈焉藏？廣雅曰：曜靈，日也。陳琳柳賦曰：天機之運旋，夫何逝之速也？莊子天運篇曰：天其運乎？郭子玄曰：不運而自行也。淒淒朝露凝，烈烈夕風厲。毛詩曰：秋日淒淒。又曰：冬日烈烈，飄風發發。奈何悼淑儷，儀容永潛翳。左氏傳，施氏之婦曰：已不能庇其伉儷。杜預曰：儷，偶也。魏太祖祭橋玄文曰：幽靈潛翳，邈哉緬矣！念此如昨日，誰知已卒歲。蒼頡篇曰：昨，隔日也。

32 注「涼歲云暮」　案：「涼」下當有「風」字。各本皆脫。
33 注「魏文帝歌行曰」　案：「歌」上當有「燕」字。各本皆脫。
34 注「長戚之士能閑居」　案：「士」當作「不」。各本皆譌。

毛詩曰：無衣無褐，何以卒歲？改服從朝政，哀心寄私制。茵幬張故房，朔望臨爾祭。鄭玄禮記注曰：茵，褥也。毛詩箋曰：幬，床帳也。爾祭詎幾時，朔望忽復盡。衾裳一毀撤，千載不復引。爾雅曰：引，陳也。亹亹朞月周，戚戚彌相愍。楚辭曰：時亹亹而過中。又曰：居戚戚而不解。悲懷感物來，泣涕應情隕。感物，已見上文。毛詩曰：涕既隕之。駕言陟東阜，望墳思紆軫。毛詩曰：駕言出遊。又[35]，楚辭曰：鬱結紆軫兮，離愍而長鞠。徘徊墟墓間，欲去復不忍。禮記，周豐曰：墟墓之間，未施哀於民而民哀。徘徊不忍去，徙倚步踟躕。毛詩序曰：彷徨不忍去。楚辭曰：步徙倚而遙思。落葉委埏側，枯荄帶墳隅。聲類曰：埏，墓墜也。方言曰：荄，根也。孤魂獨焭焭，安知靈與無？曹子建贈白馬王彪詩曰：孤魂翔故城。楚辭曰：魂焭焭兮不遑寐。投心遵朝命，揮涕強就車。揮涕，已見上文。誰謂帝宮遠？路極悲有餘。毛詩曰：誰謂宋遠？莊子曰；知反帝宮。禮記，子路曰：吾聞諸夫子：喪禮，與其哀不足而禮有餘也，不若禮不足而哀有餘也。

廬陵王墓下作

五言 宋武帝子義真[36]，封廬陵王，未之藩而高祖崩。廬陵聰敏好文，常與靈運周旋。屬少帝失德，朝廷謀廢立之事，次在廬陵，言廬陵輕訬，不任主社稷。因其與少帝不協，徐羨之等奏廢廬陵為庶人，徙新安郡。羨之使使殺廬陵也。後有讒靈運欲立廬陵王，遂遷出之。後知其無罪，追還，至曲阿，過

---

35 注「駕言出遊又」 案：「又」下當有脫，無可據補。陳云「又」字衍，非也。袁本無，乃改去耳。故於下句「楚辭」下加一「注」字以足之。茶陵本與此同，尚未經改也。

36 注「宋武帝子義真」下至「作一篇」此一節注 袁本、茶陵本皆係「翰曰」下。茶陵本云善同翰注。袁本別有「善曰沈約宋書曰武帝男廬陵獻王義真初封廬陵王之任而高祖崩義真聰明愛文義與陳郡謝靈運周旋異常而少帝失德徐羨之等密謀廢立則次第應在義真義真輕訬不任主社稷因與少帝不協乃奏廢義真為庶人徙新安近郡羨之等遣使殺義真於徙所時年十八元嘉三年誅徐羨之傅亮是日詔曰故廬陵王可追崇侍中王如故」一節注，共一百卅一字，當是。尤所見與茶陵本同而致誤，袁本為是也。

丹陽。文帝問曰：自南行來，何所制作？對曰：過廬陵王墓下作一篇。

謝靈運

曉月發雲陽，落日次朱方。越絕書曰：曲阿為雲陽縣。左氏傳曰：吳伐楚，以報朱方之役。杜預曰：朱方，吳也[37]。吳地記曰：吳改朱方曰丹徒。含淒泛廣川，灑淚眺連崗。史記曰：春申君曰：廣川大水，山林谿谷。楚辭曰：還顧高丘泣如灑。青烏子相冢書曰：天子葬高山，諸侯葬連崗。眷言懷君子，沈痛結中腸。毛詩曰：眷言顧之。阮籍詠懷詩曰：容好結中腸。道消結憤懣，運開申悲涼。道消，少帝之日；運開，文帝之初也。沈約宋書曰：少帝諱義符，武帝長子，即位為邢安泰所害。周易，否卦曰：小人道長，君子道消。白虎通曰：天子崩，赴諸侯何？緣臣子哀痛憤懣，無能不告諸侯者也。春秋說題辭曰：天子崩，黎庶殞涕，海內悲涼。宋均曰：涼，愁也。神期恆若在，德音初不忘。家語曰：今之言五帝、三王者，威靈若存。王肅曰：其威與明靈常若存也。毛詩曰：彼美孟姜，德音不忘。徂謝易永久，松柏森已行。尚書曰：帝乃徂落。毛詩曰：我行永久。曹植寡婦詩曰[38]：高墳鬱兮巍巍，松柏森兮成行。延州協心許，楚老惜蘭芳。新序曰：延陵季子將西聘晉，帶寶劍以過徐君，徐君不言而色欲之，季子為有上國之事未獻也，然心許之矣。使於晉，顧反，則徐君死，於是以劍帶徐君墓樹而去。漢書曰：龔勝者，楚人也，字君賓。勝卒，有一老父來弔，其哭甚哀，既而曰：嗟乎！薰以香自燒，膏以明自銷；龔先生竟夭天年，非吾徒也。遂趨而出，莫知其誰。徐州先賢傳曰：楚老者，彭城之隱人也。解劍竟何及，撫墳徒自傷。解劍，已見上注。潘岳虞茂春誄曰：姨撫墳兮告辭，皆莫能兮仰視。顧愷之拜宣武墓詩曰：遠念羨昔存，撫墳哀今亡。平生疑若人，通蔽互相妨。若人，謂延州及楚老也。令德高遠，是通也；解劍撫墳，是蔽也。論語，子謂子賤曰：君子哉若人。桓子新論曰：漢高祖建立鴻基，侔功湯武。及身病，得良醫弗用，專委

---

37 注「朱方吳也」 案：「也」當作「邑」。各本皆譌。

38 注「曹植寡婦詩曰」 陳云「詩」，「賦」誤，是也。各本皆誤。

婦人，歸之天命，亦以誤矣！此必通人而蔽者也。理感深情慟，定非識所將。言己往日疑彼三人[39]，迨乎今辰，己亦復耳。斯則理感既深，情便悲慟，定非心識之所能行也。王隱晉書曰：荀粲與傅嘏善，夏侯玄亦親，常謂嘏、玄曰：子等在世業間功名，玄必勝我，識減我耳。嘏難曰：能成功名者，識也，天下孰有本不足而末有餘者？粲曰：功名局之所獎，然則志自一物耳，固非識之所獨齊。我以能役子等為貴，未能齊子所為也。毛萇詩傳曰：將，行也。脆促良可哀，夭枉特兼常。莊子曰：其生也柔脆，其死也枯槁。趙岐孟子章句曰：良，甚。一隨往化滅，安用空名揚？莊子曰：已化而生，又化而死。孝經曰：揚名於後世。舉聲泣已灑，長歎不成章。孟子曰：君子之志於道也，不成章不達。

拜陵廟作 五言 顏延年

沈約宋書曰：漢儀，上陵歲以為常。魏無定制。江左元帝崩後，諸侯始有謁陵辭陵事，蓋率情而舉，非京、洛之舊。自元嘉已來，每正月輿駕必謁初寧陵，復漢儀。

周德恭明祀，漢道尊光靈。周書曰：各助王恭明祀。東觀漢記，上賜東平王蒼書曰：今送光烈皇后衣一篋。今魯國孔氏尚有仲尼車輿冠履。明德盛者，光靈遠也。哀敬隆祖廟，崇樹加園塋。漢書，房中歌曰：乃立祖廟，敬明尊親。如淳漢書注曰：塋，墓田也。逮事休命始，投迹階王庭。休命始，高祖之初也。禮記曰：逮事父母。尚書曰：陳于商郊，俟天休命。莊子曰：多物將往，投迹者眾。周易曰：夬揚于王庭。陪廁迴天顧，朝讌流聖情。毛詩曰：不明爾德，時無背無側；爾德不明，時無陪無卿。鄭玄毛詩箋曰：迴首曰顧。早服身義重，晚達生戒輕。服，服事也。早服，恩淺也。故以存身之義為重也。達，宦達也。晚達恩厚，故以養生之戒為輕也。王逸晉書曰[40]：孔坦上表曰：士死知遇，恩令命輕。否來王澤竭，泰往人悔形。否來泰往，少帝之時也。否、泰，易二卦名也。言王之德澤既竭，人

---

39 注「疑彼三人」 陳云「三」，「二」誤，是也。各本皆誤。

40 注「王逸晉書曰」 袁本、茶陵本「逸」作「隱」，是也。

之悔吝形見。班固西都賦序曰：王澤竭而詩不作。周易曰：悔吝者，憂虞之象也。列子曰：公孫朝不知世道之安危，人理之悔吝。周易曰：否之匪人。不利君子貞。又曰：泰，君子道長，小人道消。勑躬慙積素，復與昌運并。孝經鉤命決曰：勑躬未濟，汲汲孶孶者[41]。四子講德論曰：非有積素累舊之懽。春秋孔演圖曰：帝當會昌，成封岱宗。宋均曰：應會之期耳。恩合非漸漬，榮會在逢迎。論語糾滑讖曰：漸漬以道，廢消乃行。戰國策曰：田光造燕太子，跪而逢迎，卻行為道。夙御嚴清制，朝駕守禁城。束紳入西寢，伏軫出東坰[42]。紳，大帶也。論語，子曰：赤也束帶立於朝。西寢，廟在西也。莊子曰：宣尼伏軫而嘆[43]。東坰，陵所在也。衣冠終冥漠，陵邑轉葱青。漢書曰：自高祖已下，各自君陵傍立廟[44]，月一遊衣冠。吊魏武文曰：悼繐帳之冥漠。漢書景帝紀曰：作陽陵[45]。張晏曰：景帝作壽陵，起邑。南都賦曰：章陵鬱以青葱。松風遵路急，山烟冒壠生。說文曰：冒，覆也。方言曰：秦、晉之間，塚謂之壠。皇心憑容物，民思被歌聲[46]。皇心，謂文帝也。司馬彪續漢書曰：根車旋，載容衣，被歌聲。班固漢書贊曰：元帝自度曲被歌。應劭曰：持新曲以為歌聲也。然此言人之思慕，被在歌謳之聲。萬紀載絃吹，千載託旒旌。漢書，詔曰：制禮作樂各有由，歌者所以發德也。又曰：聖王已沒，鍾鼓管絃之聲未衰。儀禮士喪禮曰：為銘各以其物。鄭玄曰：銘，明旌也。以死者不

---

41 注「汲汲孶孶者」 袁本、茶陵本無此五字。案：蓋所見不同也。

42 伏軫出東坰 案：「軫」當作「軾」。茶陵本云五臣作「軾」。袁本云善作「軫」。詳善引莊子以注「伏軾」，是亦作「軾」，其作「軫」者，但傳寫誤耳。況此詩末句有「歸軫」，必不應複用矣。尤因此并改注字，益非。見下。

43 注「宣尼伏軫而嘆」 袁本、茶陵本「軫」作「軾」。案：一本是也。此所引在莊子漁父云「孔子伏軾而嘆」，可證。又「宣尼」亦誤，當作「孔子」也。

44 注「各自君陵傍立廟」 袁本、茶陵本「君」作「居」，是也。

45 注「作陽陵」 陳云「陵」下脫「邑」字，是也。各本皆脫。

46 注「被歌聲」 案：此三字不當有。各本皆衍。

可別，故以其旗識之以別貴賤，故云表德也。天子各有建也。**未殊帝世遠，已同淪化萌。**言帝澤被天下[47]，威靈若存，故未殊其遠；而己質雖存，其神已謝，故同乎淪化之萌也。**幼牡困孤介**[48]**，末暮謝幽貞。**漢書音義，臣瓚曰：介，特也。周易曰：幽人貞吉。**發軌喪夷易，歸軫慎崎傾。**以車之行喻己之仕也。發軌，弱冠也。王武子答何劭詩曰：計終收遐致，發軌將先起。封禪書曰：軌迹夷易。易，遵也。歸軫，暮年也。楚辭曰：靚軫丘兮崎傾。

同謝諮議銅雀臺詩　五言

謝玄暉

集曰：謝諮議璟。魏志曰：建安十五年冬，作銅雀臺。魏武遺令曰：吾伎人皆著銅爵臺，於臺上施六尺床，繐帳，朝晡上脯糒之屬。月朝十五日，輒向帳作伎，汝等時時登銅爵臺，望吾西陵墓田。

繐幃飄井幹，罇酒若平生。鄭玄禮記注曰：凡布細而疏者謂之繐。今南陽有鄧繐。淮南子曰：大構架，興宮室，有雞棲井幹。許慎曰：皆屋構飾也。司馬彪莊子注曰：幹，井欄。然井幹，臺之通稱也。**鬱鬱西陵樹，詎聞歌吹聲。**不敢指斥，故以樹言之也。**芳襟染淚迹，嬋媛空復情。**楚辭云：心嬋媛而傷懷兮。王逸曰：嬋媛，牽引也。**玉座猶寂漠，況廼妾身輕！**易是謀類曰：假威出坐玉床。鄭玄曰：坐玉床，處天之位也。寡婦賦曰：懼身輕而施重。

出郡傳舍哭范僕射　五言

劉璠梁典曰：天監二年，僕射范雲卒。任昉自義興貽沈約書曰：永念平

---

47 注「言帝澤被天下」　袁本、茶陵本無「澤被天下」四字。

48 幼牡困孤介　案：「牡」當作「壯」。袁、茶陵二本校語云善作「牡」。「幼壯」與「末暮」偶句，不待解而自曉。故善俱無注，實非於五臣有異，校語非也。

生，忽為疇昔。然此郡謂義興也。劉熙釋名曰：傳，舍也[49]，使人所止息而去，後人復來，轉相傳也。風俗通曰：諸有傳信，乃得舍於傳也。

任彥昇　劉璠梁典曰：任昉，字彥昇，樂安人。年四歲，誦古詩數十篇，十六舉秀才第一。辭章之美，冠絕當時。為寧朔將軍，新安太守。卒。

平生禮數絕，式瞻在國楨。國楨，謂范雲也。左氏傳曰：名位不同，禮亦異數。女史曰[50]：式瞻清懿。毛詩曰：思皇多士，生此王國；王國克生，惟周之楨。毛萇詩傳曰：楨，幹也。一朝萬化盡，猶我故人情。莊子曰：若人之形者，萬化而未始有極也。史記，范睢謂須賈曰：戀戀有故人之意。待時屬興運，王佐俟民英。易曰：君子藏器於身，待時而動。班固漢書曰：劉向稱董仲舒有王佐之才也。袁子正書曰：立德蹈禮謂之英。子產、季札，人之英也。結懽三十載，生死一交情。左氏傳曰：楚子使椒舉如晉，曰：寡君願結懽於二三君。史記，太史公云：下邽翟公曰：一死一生，乃知交情。攜手遁衰孽，接景事休明。衰孽，齊東昏侯也。休明，梁武帝也。班固漢書述曰：攜手遯于秦[51]。鄭玄毛詩箋曰：孽，支庶也。抱朴子曰：攜手而遊，接景而處。左氏傳曰：王孫滿曰：德之休明。運阻衡言革，時泰玉階平。曾子曰：天下有道，則君子訢然以交同；天下無道，則衡言不革。孔安國尚書曰[52]：衡，平也，言平常之言也。彼言不革，此言革，言亂之甚也。長楊賦曰：玉衡正而泰階平。濬沖得茂彥，夫子值狂生。傅暢讚曰：王戎，字濬沖。戎為選官時，江夏李重字茂曾，汝南李毅字茂彥，重以清尚，毅淹而通，二人操異，俱處要職。戎以識會待之，各得其用。

---

49 注「傳舍也」　袁本、茶陵本重「傳」字。案：今釋名「傳，傳舍也」。蓋尤本刪下「舍」字而誤去「傳」字。

50 注「女史曰」　何校「史」下脫「箴」字，陳同。各本皆脫。

51 注「攜手遯于秦」　陳云「于」字衍，是也。各本皆衍。

52 注「孔安國尚書曰」　袁本、茶陵本「書」下有「傳」字，是也。

夫子，謂范雲；狂生，昉自謂也。梁典曰：范雲為吏部尚書。又曰：昉為吏部侍郎。淮南子曰：臺無所鑒[53]，謂之狂生。高誘曰：臺，持也。所鑒者玄德，故為狂生。臺，古握字也。漢書曰：酈食其，人皆謂之狂生。伊人有涇渭，非余揚濁清。伊人，謂范雲也。綜核人物，涇、渭殊流，非余狂生能揚清激濁也。毛詩曰：涇以渭濁，湜湜其沚。孫綽曰：涇、渭殊流。雅、鄭異調。曹子建贈丁儀詩曰：涇、渭揚濁清。將乖不忍別，欲以遣離情。言將乖之初，不忍便訣，欲留少選之頃，以遣離曠之情也。不忍一辰意，千齡萬恨生。言昔日將乖，不忍一辰之意，況今千齡永隔，萬恨俱生者乎！毛萇詩傳曰：辰，時也。應璩與許子後書曰：前別倉卒，情意不悉，追懷萬恨。已矣平生事，詠歌盈篋笥。新序，孫叔敖曰：筐篋之橐簡書。說文曰：篋，笥也。兼復相嘲謔，常與虛舟值。蒼頡篇曰：啁，調也。字書曰：嘲，亦啁也。毛詩曰：善戲謔兮。莊子曰：方舟而濟於河，有虛舟來觸舟，雖有褊心之人不怒也。何時見范侯，還敍平生意；與子別幾辰，經塗不盈旬。左氏傳曰：日月之會是謂辰，以子丑配甲乙也。經，猶歷也。弗覩朱顏改，徒想平生人。楚辭曰：美人既醉朱顏酡。又曰：容則秀雅稚朱顏[54]。寧知安歌日，非君撤瑟晨。楚辭曰：猶憤積而哀娛兮，翔江州而安歌。王逸曰：安意歌今[55]，自寬慰也。儀禮曰：有疾病者，齊撤瑟琴。已矣余何歎，輟舂哀國均。史記，趙良謂商鞅曰：五羖大夫死，秦國男女流涕，舂者不相杵。毛詩曰：尹氏太師，維周之氐，秉國之均，四方是維。毛萇曰：均，平也。

---

53 注「臺無所鑒」 陳云「臺」當作「[illegible]」，下同，是也。各本皆譌。

54 注「又曰容則秀雅稚朱顏」 袁本、茶陵本無此九字。

55 注「安意歌今」 陳云「今」，「吟」誤，是也。各本皆誤。

贈答一

贈蔡子篤詩 四言 晉官名曰[56]：蔡睦，字子篤，為尚書。

王仲宣

翼翼飛鸞，載飛載東。翼翼，飛貌也。鸞，喻子篤也。楚辭曰：高翱翔之翼翼。毛詩曰：載飛載鳴。我友云徂，言戾舊邦。蔡氏譜曰：睦，濟陽人。毛詩曰：我友敬矣。又曰：周雖舊邦。舫舟翩翩，以泝大江。楚辭曰：將舫舟而下流。舫與方同。蔚矣荒塗，時行靡通。董仲舒士不遇賦曰：懼荒塗而難踐。慨我懷慕，君子所同。毛詩曰：慨我寤歎。封禪書曰：懷而慕思也。悠悠世路，亂離多阻。毛詩曰：悠悠南行。又曰：亂離瘼矣。濟岱江行[57]，邈焉異處。濟岱近兗州，子篤所往；江行近荊州，仲宣所居也。風流雲散，一別如雨。張奐與鸚鵡賦曰：何今日以雨絕。陳琳檄吳將校曰：雨絕于天。然諸人同有此言，未詳其始。人生實難，願其弗與。崔子書曰：人生實難，所務非此。瞻望遐路，允企伊佇。毛詩曰：瞻望弗及，佇立以泣。又曰：跂予望之。鄭玄曰：跂足可以望見之。跂與企同。烈烈冬日，肅肅淒風。毛詩曰：冬日烈烈。左氏傳，申豐曰：春無淒風。潛鱗在淵，歸鴈載軒。魚鴈，言時候也。毛詩曰：魚潛在淵。鄭玄曰：寒則逃於淵。史記曰：楚人有好以弱弓微繳，加歸鴈之上。軒，飛貌。苟非鴻鵰，孰能飛飜？因所見而言之。毛詩曰：匪鶉匪鳶，翰飛戾天。毛萇注曰：鶉，鵰也。雖則追慕[58]，予思罔宣。法言曰：夫進也者，進於道，慕於德。尚書曰：予思日孜孜。瞻望東路，慘愴增歎。率

---

56 注「晉官即曰」 何校「官」上添「百」字，陳同。案：「晉」上當有「魏」字。隋書經籍志，魏晉百官名五卷，晉百官名三十卷並載，皆無撰人名。晉書蔡謨傳曰：「曾祖睦，魏尚書。」可見此所引乃魏晉百官名，而非晉百官名也。各本皆脫。陳又云「所引書名當有誤」，是矣，但失檢隋志耳。

57 濟岱江行 案：「行」當作「衡」。袁本作「衡」字，顯然無疑。今各本幷注譌為「行」，絕不可通。何校云藝文類聚「行」作「衡」，亦是一證。

58 雖則追慕 案：「追」當作「進」。袁本云善作「追」。茶陵本云五臣作「進」。各本所見，皆傳寫誤。善引法言以注「進慕」，是亦作「進」。若作「追慕」，不得云以此專注「慕」字也。凡此等善與五臣無異，袁、茶陵二本據誤字為校語而失之

彼江流，爰逝靡期。毛詩曰：率彼淮浦。君子信誓，不遷于時。毛詩曰：言笑晏晏，信誓旦旦。及子同寮，生死固之。左氏傳曰：先蔑之使也，荀林父止之曰：同官為寮，吾嘗同寮，敢不盡心乎？何以贈行？言授斯詩。晏子春秋曰：曾子將行，晏子送曰：嬰聞贈人以財，不若以言，請以言乎。夫蘭本三年成，而湛之以酒，則君子不近；湛之麋醢，貨以匹馬，願子剋求所湛。中心孔悼，涕淚漣洏[59]。毛詩曰：中心是悼。周易曰：泣血漣如。杜預左氏傳注曰：而，語助也。嗟爾君子，如何勿思！毛詩曰：君子行役，如之何勿思！

贈士孫文始　四言

三輔決録趙岐注[60]曰：士孫孺子名萌[61]，字文始，少有才學，年十五，能屬文。初，董卓之誅也，父瑞，知王允必敗，京師不可居，乃命萌將家屬至荊州依劉表。去無幾，果為李傕等所殺。及天子都許昌，追論誅董卓之功，封萌為澹津亭侯。與山陽王粲善，萌當就國，粲等各作詩以贈萌，于今詩猶存也。

王仲宣

天降喪亂，靡國不夷。毛詩曰：天降喪亂，滅我立王。又曰：亂生不夷，靡國不泯。廣雅曰：夷，滅也。我暨我友，自彼京師。爾雅曰：暨，與也。毛詩曰：自彼氐、羌。宗守盪失，越用遁違。杜預左氏傳注曰：

者，於今所訂正為一例也。

59 涕泣漣洏　案：「洏」當作「而」。注引杜預左傳注「而，語助也」，善必為「而」字無疑。贈士孫文始詩「胡不悽而」句，例正同。唯袁、茶陵二本載濟注云「洏亦淚流也」，是五臣乃作「洏」字。今各本所見，皆以五臣亂善耳。祭古冢文「縱鍤漣而」，亦善「而」五臣「洏」，彼未亂之，可為證矣。凡此等善與五臣截然有異，袁、茶陵二本不著校語而失之者，於今所訂正，為又一例也。

60 注「三輔決録趙岐注」　陳云「趙岐」二字衍，岐著三輔決録，晉摯虞作注。下云「於今詩猶存」，即虞自謂作注之時耳。案：所校是也。各本皆誤。

61 注「士孫孺子名萌」　袁本、茶陵本無「孺子名」三字。

越，遠也。鄭玄禮記注曰：遁，逃也。孔安國尚書傳注曰：違，避也。遷于荊楚，在漳之湄。山海經曰：荊山，漳水出焉。毛詩曰：居河之湄。在漳之湄，亦尅宴處[62]。劉歆七略曰：宴處從容觀詩書。和通篪塤，比德車輔。毛詩曰：伯氏吹塤，仲氏吹篪。毛萇云：土曰塤，竹曰篪。鄭玄曰：其相應和如塤篪。左氏傳曰，宮之奇曰：諺所謂輔車相依，脣亡齒寒，其虞、虢之謂乎。既度禮義，卒獲笑語。毛詩曰：獻酬交錯，禮儀卒度，笑語卒獲。庶茲永日，無諐厥緒。毛詩曰：且以喜樂，且以永日。尚書曰：荒墜厥緒。雖曰無諐，時不我已。鄭玄毛詩箋曰：已，與也。同心離事，乃有逝止。張衡怨詩曰：同心離居，絕我中腸。橫此大江，淹彼南汜。楚辭曰：橫大江兮揚靈。王逸曰：橫度大江，揚己精誠也。毛詩曰：江有汜，之子歸，不我已。我思弗及，載坐載起。毛詩曰：瞻望弗及。張衡怨詩曰：我聞其聲，載坐載起。惟彼南汜，君子居之。論語曰：君子居之，何陋之有？悠悠我心，薄言慕之。毛詩曰：青青子衿，悠悠我心。又曰：采采芣苡，薄言采之。人亦有言，靡日不思[63]。毛詩曰：人亦有言，靡喆不愚。又曰：有懷于衛，靡日不思。矧伊嬿婉，胡不悽而？毛詩曰：矧伊人矣。又曰：人無兄弟，胡不比焉？晨風夕逝，託與之期。毛萇詩傳注曰：晨風，鸇也。楚辭曰：因歸鳥而致詞，羌迅高而難當。瞻仰王室，慨其永歎。毛詩曰：瞻仰昊天。尚書曰：以蕃王室。毛詩曰：慨其歎矣。又曰：我思肥泉，茲之永歎。良人在外，誰佐天官？毛詩曰：維此良人，弗求弗迪。尚書曰：天工，人其代之。孔安國曰：人代天理官，不以天官私非其材。四國方阻，俾爾歸蕃。爾之歸蕃，作式下國。毛詩曰：四國于蕃。又曰：俾爾多益。尚書曰：世世享德，萬邦作式。鄭玄毛詩箋曰：式，法也。毛詩曰：命于下國。無曰蠻裔，不虔汝德。賈逵國語注曰：虔，敬也。愼爾

62 亦尅宴處　袁本、茶陵本「尅」作「克」，是也。

63 靡日不思　茶陵本「日」作「喆」，云五臣作「哲」。袁本作「哲」，無校語。案：二本所見皆非也，此及上句皆取詩成文，善注因「人亦有言」連引「靡喆不愚」者，猶之因「靡日不思」連引「有懷於衛」耳！與正文無涉也。唯銑注云「哲，智也」，是五臣乃誤作「哲」，又以之亂善。此所見獨不誤，或尤延之知其非而校改之也。

所主，率由嘉則。毛詩曰：慎爾出話。又曰：不僭不忘，率由舊章。又曰：仲山甫之德，柔嘉維則。龍雖勿用，志亦靡忒。周易曰：潛龍勿用，陽在下也。鄭玄毛詩箋云：忒，差也。悠悠澹澧，鬱彼唐林。荊州圖曰：漢壽縣城南一百步有澹水，出縣西陽山。又曰：澧陽縣蓋即澧水為名也，在郡西南接澧水。晉書曰：天門有零陽縣，南平郡有作唐縣。盛弘之荊州記曰：零陵東接作唐。然此三縣連延相接。唐林，即唐地之林也。雖則同域，邈其迴深。爾雅曰：迴，遠也。白駒遠志，古人所箴。允矣君子，不遐厥心。既往既來，無密爾音。毛詩曰：皎皎白駒，在彼空谷。生芻一束，其人如玉。無金玉爾音，而有遐心。又曰：允矣君子，展也大成。

贈文叔良

四言　干寶搜神記曰：文穎，字叔良，南陽人。繁欽集又云：為荊州從事文叔良作移零陵文。而粲集又有贈叔良詩。獻帝初平中，王粲依荊州劉表，然叔良之為從事，蓋事劉表也。詳其詩意，似聘蜀結好劉璋也。

王仲宣

翩翩者鴻，率彼江濱。毛詩曰：翩翩者鵻。說文曰：翩翩，飛疾貌。君子于征，爰聘西隣。毛詩曰：之子于征。西隣，謂蜀也。臨此洪渚，伊思梁岷。楚辭曰：伊思兮往古。爾往孔邈，如何勿勤？君子敬始，慎爾所主。老子曰：慎終如始，則無敗事。孟子曰：吾聞之，觀近臣以其所為主，觀遠臣以其所主。趙岐曰：近臣當為遠方來賢者為主，遠臣而至，主於在朝臣之賢者也。謀言必賢，錯說申輔。鄭玄禮記注曰：賢，善也。所言說當申相輔也。申或為車，非也。延陵有作，僑肸是與[64]。公孫僑，子產也；羊舌肸，叔向也。左氏傳曰：吳公子札聘于鄭，見子產如舊相識，與之縞帶，子產獻紵衣。適晉，說叔向。將行，謂叔向曰：吾子勉之，君侈而多良，大夫皆富，政將在家。

---

64 僑肸是與　案：「僑」當作「喬」，注同。茶陵本作「喬」，云五臣作「僑」。袁本作「僑」，用五臣而失著校語。尤所見以五臣亂善，非也。考隸釋三公山碑云喬札季文，議郎元賓碑云有喬宰鄭，皆東漢時書「喬」字無「人」旁之證。羣書亦有之，不悉數。

吾子直，必思自免於難也。先民遺跡，來世之矩。毛詩曰：先民有作，溫恭朝夕。尚書曰：予恐來世以台為口實。既愼爾主，亦迪知幾。探情以華，覩著知微。華，喻貌。越絶書，子胥曰：聖人見微知著，覩始知已。視明聽聰，靡事不惟。論語，孔子曰：君子有九思，視思明，聽思聰。字林曰：惟，思也。董褐荷名，胡寧不師？國語曰：吳、晉爭長，未成。吳王昏，乃戒令秣馬食士。於是晉師大駭，乃令董褐請事曰：兩君偃兵接好，日中為期，今大國越境而造於弊邑之軍壘，敢請辭故[65]。吳王親對之曰：天子有令，周室既卑，約貢獻莫入，上帝鬼神而不可以之告[66]。孤用視聽命[67]於藩籬之外。董褐既致命，乃告趙鞅曰：觀吳王之色，類有大憂，小則嬖妾嫡子死，不則國有大難；大則越入吳，將毒，不可與戰，主其許之，然而不可徒許也。趙孟許諾。晉乃令董褐復命曰：曩君之言，周室既卑，諸侯失禮於天子。今君奄王東海，以淫名聞於天下，有短垣而自踰之，況蠻荊則何有於周室？夫諸侯無二君，而周無二王，君若卑天子[68]以干其不祥，而曰吳公，孤敢不順從君命長弟。吳王許諾。及退，就幕而會。吳公先歃，晉侯亞之。韋昭曰：董褐，晉大夫司馬寅也。毛詩曰：胡寧忍予？眾不可蓋，無尚我言。家語，金人銘曰：君子知天下之不可蓋也，故下之。廣雅曰：尚，高也。我，叔良也。梧宮致辯，齊楚構患。說苑曰：楚使使者聘於齊，齊王饗之於梧宮。使者曰：大哉梧乎！王曰：江海之魚必吞舟，大國之樹必巨圍，使者何怪焉？使者曰：然昔者燕攻齊，焚雍門，飲馬于淄、澠，定獲於琅邪。王與太后奔莒，逃於成陽之山。敢問當此之時，梧之大小何如？王命陳先生對之，陳子曰：臣不如貂勃。貂勃對曰：使者為問植梧之始邪？昔楚無道，殺子胥之父。子胥奔吳，吳以為相。後將兵伐楚，以復父讎。楚王奔隨，吳王入郢，子胥親射宮門，鞭平王之墳。當此之時，梧始生之年也。齊楚於是構怨，遂舉兵相伐也。成功有要，在眾思歡。尚書，帝曰：成允成功，惟汝賢。又曰：有倫有要。人之多忌，掩

65 注「敢請辭故」 陳云「辭」，「亂」誤，是也。各本皆譌。

66 注「而不可以之告」 何校刪「之」字，陳同。各本皆衍。

67 注「孤用視聽命」 何校「視」改「親」，陳同。各本皆譌。

68 注「君若卑天子」 陳云「卑」上脫「無」字，是也。各本皆脫。

之實難。左氏傳，秦伯謂公孫枝曰：夷吾其定乎？對曰：今其言多忌克，難哉！瞻彼黑水，滔滔其流。尚書曰：華陽黑水惟梁州。毛詩曰：滔滔江、漢，南國之紀。江漢有卷，允來厥休。言彼二國席卷而來，信汝之美也。言江、漢之君，有席卷之志，信服而來，自是美，非汝之功也[69]。漢書，劉敬說高祖曰：今陛下徑往卷蜀漢，定三秦。二邦若否，職汝之由。言彼二國若懷不順，此汝之由。毛詩曰：邦國若否，仲山甫明之。毛萇詩傳曰：若，順也。否，猶臧否也，謂善惡也。左氏傳，范宣子數諸戎曰：言語漏泄，則職汝之由也。緬彼行人，鮮克弗留。少能不留，言多淹留也。賈逵國語注曰：緬，思貌也。左氏傳曰：行人，言使人也。毛詩曰：靡不有初，鮮克有終。尚哉君子，于異他仇。左氏傳，楚子木語晉范武子之德，王曰：尚矣哉，能歆神人。杜預曰：尚者，上也。毛萇詩傳注曰：仇，匹也。人誰不勤？無厚我憂。楚辭曰：惟天地之無窮，哀生民之長勤。我，粲自謂也。惟詩作贈，敢詠在舟。言為詩以贈者，有在舟之義，憂患同也。鄧析子曰：同舟渡海，中流遇風，救患若一。

贈五官中郎將四首 五言

劉公幹

昔我從元后，整駕至南鄉。元后，謂曹操也。至南鄉，謂征劉表也。尚書曰：眾非元后何戴？張衡思玄賦曰：爰整駕而亟行。毛詩曰：維汝荊楚，居國南鄉。過彼豐沛都，與君共翱翔。豐、沛，漢高祖所居，以喻譙也。君，謂五官也。毛詩曰：將翱將翔。四節相推斥，季冬風且涼。四節，已見潘安仁悼亡詩。周易曰：寒暑相推，而歲成焉。廣雅曰：斥，推也。眾賓會廣坐，明鐙熺炎光。史記，侯嬴曰：公子自是[70]迎嬴羣眾廣坐之中。楚辭曰：

---

69 注「言江漢之君」下至「非汝之功也」 袁本、茶陵本無此二十二字。何校云考六臣本即良注。陳云削去為是。案：所校是也。

70 注「公子自是」 案：「是」當作「起」。各本皆誤。

蘭膏明燭華鐙錯。鐙與燈音義同。廣雅曰：熺，熾也。熺，大明貌，火其切。清歌製妙聲，萬舞在中堂。毛詩曰：公庭萬舞。鄭玄曰：萬舞，干舞也。金罍含甘醴[71]，羽觴行無方。毛詩曰：我姑酌彼金罍。楚辭曰：瑤漿密勺實羽觴。長夜忘歸來，聊且爲大康。毛詩曰：無已大康，職思其居。四牡向路馳，歡悅誠未央。四牡，謂驪駒也。漢書，王式曰：聞之於師，客歌驪駒。主人歌無庸歸。音義曰：逸詩篇名也。

余嬰沈痼疾，竄身清漳濱。禮記曰：身有痼疾。說文曰：痼，久也。漢書曰：魏郡武始縣漳水至邯鄲入漳。山海經曰：少山，清漳水出焉，東流于濁漳之水。自夏涉玄冬，彌曠十餘旬。楊雄羽獵賦曰：玄冬季月，天地隆烈。杜預左氏傳注曰：彌，遠也。蒼頡篇曰：曠，疎曠也。常恐遊岱宗，不復見故人。援神契曰：太山，天帝孫也，主召人魂。尚書曰：至于岱宗。太山為四岳宗也。所親一何篤？步趾慰我身。左氏傳，爲啓強曰[72]：今君親步玉趾。清談同日夕，情眄敍憂勤。毛詩曰：朝夕思念，至於憂勤也。便復爲別辭，遊車歸西隣。西隣，鄴都。素葉隨風起，廣路揚埃塵。逝者如流水，哀此遂離分。論語曰：子在川上曰：逝者如斯夫，不捨晝夜。追問何時會？要我以陽春。楚辭曰：無衣裘以御冬，恐死不得見乎陽春。望慕結不解，貽爾新詩文。蔡邕瞽師賦曰：詠新詩以悲歌。勉哉脩令德，北面自寵珍。左氏傳曰：忠為令德。北面，臣位也。禮記曰：君之南鄉，答陽之義也。臣之北面，答君之義也。

秋日多悲懷，感慨以長歎。毛萇詩傳曰：秋士悲也。終夜不遑寐，敍意於濡翰。毛詩曰：不遑假寐。楚辭曰：魂煢煢兮不遑寐。韋昭漢書注曰：翰，筆也。明鐙曜閨中，清風淒已寒。白露塗前庭，

---

71 金罍含甘醴　袁本、茶陵本云「甘」，善作「其」。案：據校語，五臣乃作「甘」，此作「甘」者，尤延之所改也。注無明文，而第三首云「應門重其關」句，例正同，未必非。善自作「其」字，尤改失之。

72 注「爲啓強曰」　陳云「強」，「彊」誤，是也。各本皆譌。

應門重其關。楚辭曰：白露紛以塗。毛詩曰：乃立應門。爾雅曰：正門謂之應門。四節相推斥，歲月忽欲殫。禮記曰：歲既殫矣。壯士遠出征，戎事將獨難。壯士，謂五官也。漢書，高祖曰：壯士行何畏！出征，謂在孟津也。魏志曰：建安十六年，文帝立為五官中郎將。典略曰：建安二十二年，魏郡大疫，徐幹、劉楨等俱逝。然其間唯有鎮孟津及黎陽，而無所征伐，故疑出征謂在孟津也。以在鄴，故曰出征；以有兵衛，故曰戎事也。涕泣灑衣裳，能不懷所歡？涕泣，幹自謂也[73]。

涼風吹沙礫，霜氣何皚皚。易通卦驗曰：巽氣不至，則大風揚沙。礫，小石也。說文曰：皚皚，霜雪貌。劉歆遂初賦曰：漂積雪之皚皚。牛哀切。明月照緹幕，華燈散炎輝[74]。緹丹色也。華燈，已見上文。賦詩連篇章，極夜不知歸。論衡曰：興論立說，結連篇章者，文人鴻儒也。君侯多壯思，文雅縱橫飛。漢儀注曰：列侯為丞相，稱君侯。大戴禮曰：天子不知文雅之辭，少師之任。小臣信頑鹵，僶俛安能追？儀禮曰：小臣正辭。李尤東觀賦曰：臣雖頑鹵，慕小雅斯干歎詠之美。僶俛，已見上文。論語曰：參也魯。孔安國曰：魯，鈍也。魯與鹵同。

贈徐幹 五言

劉公幹

誰謂相去遠？隔此西掖垣。毛詩曰：誰謂宋遠？跂予望之。洛陽故宮銘曰：洛陽宮有東掖門、西掖門。拘限清切禁，中情無由宣。史記曰：景帝居禁中。禁中者，門戶有禁，非侍御不得入。楚辭曰：抒中情而為詩。思子沈心曲，長歎不能言。毛詩曰：在其板屋，亂我心曲。古詩曰：氣結不能言。起坐失次第，一日三四

---

73 注「幹自謂也」 何校「幹」改「楨」。案：所改非也。幹即公幹，善注稱人字有此例。

74 華燈散炎輝 案：「燈」當作「鐙」，注同。各本皆譌。第一首、第三首袁、茶陵二本有校語，此首失著，乃誤以五臣「燈」字亂之。

遷。步出北寺門，遙望西苑園。風俗通曰：尚書、侍御、御史、謁者所止，皆曰寺也。細柳夾道生，方塘含清源。思玄賦曰：旦余沐於清源。輕葉隨風轉，飛鳥何翻翻！楚辭曰：漂翻翻其上下。乖人易感動，涕下與衿連。仰視白日光，皦皦高且懸。毛詩曰：謂余不信，有如皦日。毛萇曰：皦，白也。楚辭曰：晞白日兮皎皎。兼燭八紘內，物類無頗偏。韓子曰：朱孺對衛靈公曰：夫日兼燭天下，一物不能當也。楊雄解嘲云[75]：日月之經不千里，則不能燭六合，耀八紘。音義曰：八方之綱維也。尚書曰：無偏無陂，遵王之誼。我獨抱深感，不得與比焉。

贈從弟三首 五言

劉公幹

汎汎東流水，磷磷水中石。呂氏春秋曰：水泉東流，日夜不休。毛詩曰：楊之水，白石磷磷。毛萇傳曰：清徹也。蘋藻生其涯，華紛何擾弱？采之薦宗廟，可以羞嘉客。蘋藻，以喻從弟也。左氏傳，君子曰：苟有明信，澗谿沼沚之毛，蘋蘩蘊藻之菜，可薦於鬼神，可羞於王公。毛詩曰：所謂伊人，於焉嘉客。豈無園中葵，懿此出深澤。古詩曰：青青園中葵，朝露待日晞。爾雅曰：懿，美也。

亭亭山上松，瑟瑟谷中風。風聲一何盛？松枝一何勁？冰霜正慘愴[76]，終歲常端正。楚辭曰：霜露憯悽而交下。豈不羅凝寒[77]，松柏有本性。凝，嚴也。莊子曰：天寒既至，雪霜將降，吾是以知松柏之茂也。

---

75 注「楊雄解嘲曰」 案：「嘲」當作「難」。各本皆誤。

76 冰霜正慘愴 茶陵本「愴」作「悽」。案：「悽」字是也，注有明文。袁本作「愴」，與此同誤。

77 豈不羅凝寒 何云「羅」疑作「罹」，陳同。案：各本皆作「羅」，蓋傳寫譌。

鳳凰集南嶽，徘徊孤竹根。鳳生丹穴，故曰南嶽。鄭玄毛詩箋曰：鳳凰之性，非竹實不食。亦喻從弟也。於心有不厭，奮翅凌紫氛。豈不常勤苦？羞與黃雀羣。黃雀，喻俗士也。何時當來儀？將須聖明君。尚書曰：鳳凰來儀。孔安國曰：聖人受命則鳳凰至。

卷第二十四

贈答二

贈徐幹 五言

曹子建

驚風飄白日，忽然歸西山。夫日麗於天，風生乎地，而言飄者，夫浮景駿奔，倏焉西邁，餘光杳杳，似若飄然。古步出夏門行曰：行行復行行，白日薄西山。圓景光未滿，眾星粲以繁。圓景，月也。論衡曰：日月之體，狀如正圓。鄭玄毛詩箋曰：景，明也。釋名曰：望，月滿之名也。論語曰：眾星共之。廣雅曰：粲，明也。志士營世業，小人亦不閑。論語，子曰：志士仁人，無求生以害人。孔叢子曰：仲尼大聖，自茲以降，世業不替。聊且夜行遊，遊彼雙闕間。文昌鬱雲興，迎風高中天。劉淵林魏都賦注曰：文昌，正殿名也。廣雅曰：鬱，出也。爾雅曰：興，起也。地理書曰：迎風觀在鄴。列子曰：周穆王築臺號曰中天之臺。春鳩鳴飛棟，流猋激櫺軒。爾雅曰：扶搖，謂之飆。郭璞曰：暴風從上下者。猋與飆同，古字通。說文曰：櫺，楯間子也。徐幹齊都賦曰：窗櫺參差景納陽。軒，長廊之有窗也。顧念蓬室士，貧賤誠足憐。蓬室士，謂徐幹也。蒼頡篇曰：顧，旋也。列子曰：北宮子庇其蓬至，若廣廈之蔭。薇藿弗充虛，皮褐猶不全。墨子曰：古之人其為食也。足以增氣充虛而已。鄭玄周禮注曰：充，足也。淮南子曰：貧人冬則羊裘短褐，不掩形也。忼慨有悲心，興文自成篇。說文曰：忼慨，壯士不得志於心也。鄭玄考工記注曰：興，發也。寶棄怨何人？和氏有其愆。寶，以喻幹。和氏，喻知己也。韓子曰：楚人和氏得璞玉於楚山之中，奉而獻之武王，武王使玉人相之。玉人曰：石也。跀和氏左足。武王薨，成王即位，和又獻之。玉人又曰：石也。跀其右足。成王薨，文王即位，和乃抱璞而哭於楚山之下，王使玉人理其璞而得寶焉，遂名曰和氏之璧。跀音刖。孔安國尚書傳曰：愆，過也。彈冠俟知己，知己誰不然？言欲彈冠以俟知己，知己誰不同於棄寶，而能相萬乎[1]？漢書曰：蕭育與朱博友，往者有王陽、貢公，故長安語曰：蕭、朱結綬，王、貢彈冠。晏子春秋，越石父曰：士者申乎知己。良田無晚歲，膏澤多豐年。良田、膏澤，喻有德也。無晚歲、多豐年，喻必榮也。漢書曰：翟義請陂下良田。國語，子餘曰：君若膏澤之，使能成嘉穀。毛詩曰：豐年穰穰。亮懷璵璠美，積久德逾宣。爾雅曰：亮，信也。蒼頡篇曰：懷，抱也。左氏傳曰：季平子行東野，還未至，卒于房。陽虎將以璵璠斂。杜預曰：璵璠，美玉，君所佩也。璵音餘。璠音煩。親交義在敦，申章復何言！莊子曰：親交益疏。孔安國尚書傳曰：敦，厚也。又曰：申，重也。

贈丁儀

五言　集云與都亭侯丁翼，今云儀，誤也。魏略曰：丁儀，字正禮。太祖辟儀為掾。　曹子建

初秋涼氣發，庭樹微銷落。漢書，孝武傷李夫人賦曰：桂枝落而銷亡。凝霜依玉除，清風飄飛閣。楚辭曰：漱凝霜之紛紛。字書曰：凝，冰堅也。玉除，階也。說文曰：除，殿階也。西都賦曰：玉除彤庭[2]。又曰：脩塗飛閣。朝雲不歸山，霖雨成川澤。廣雅曰：八月浮雲不歸。左氏傳曰：凡雨自三日已往為霖。黍稷委疇隴，農夫安所獲？王逸楚辭注曰：委，棄也。說文曰：疇，耕治之田也。毛詩曰：帥時農夫。在貴多忘賤，為恩誰

---

1 注「而能相萬乎」　何校「萬」改「薦」，陳同。各本皆譌。

2 注「玉除彤庭」　案：「除」當作「陛」。各本皆譌。但引以注「玉」字，其「除」即是「陛」，上已注訖。不知者用正文「玉除」改之，非也。後贈何劭王濟詩注引不誤，亦可證。或又因此欲改西都賦作「除」，則益非矣。

能博？言俗之常情也。狐白足禦冬，焉念無衣客？言服狐白者不念無衣，以喻處尊貴者多忘貧賤也。晏子春秋曰：景公之時，雨雪三日，公被狐白之裘，坐於堂側，謂晏子曰：雨雪三日，天下不寒，何也？晏子曰：賢君飽知人飢，溫知人寒。楚辭曰：無衣裘以禦冬。毛詩曰：無衣無褐，何以卒歲？思慕延陵子，寶劍非所惜。言延陵不欺於死，而況其生者乎？故己思慕之，冀異於俗也。新序曰：延陵季子將西聘晉，帶寶劍以過徐君，徐君不言而色欲之。季為有上國之事，未獻也，然心許之矣。致使於晉，顧反，則徐君死，於是以劍帶徐君墓樹而去。廣雅曰：惜，愛也。子其寧爾心，親交義不薄。

贈王粲 五言

曹子建

端坐苦愁思，攬衣起西遊[3]。古詩曰：攬衣起徘徊。樹木發春華，清池激長流。中有孤鴛鴦，哀鳴求匹儔。鴛鴦，喻粲也。毛萇詩傳曰：鴛鴦，匹鳥也。楚辭曰：覽可與兮匹儔。我願執此鳥，惜哉無輕舟。言願執鳥而無輕舟，以喻己之思粲而無良會也。賈逵國語注曰：惜，痛也。戰國策，蘇代曰：水浮輕舟。欲歸忘故道，顧望但懷愁。傅毅七激曰：無物可樂，顧望懷愁。鄭玄毛詩箋曰：迴首曰顧。悲風鳴我側，羲和逝不留。楚詞曰：哀江介之悲風。又曰：吾令羲和弭節兮。王逸曰：羲和，日御也。墨子曰：時不可及，日不可留。重陰潤萬物，何懼澤不周？重陰，以喻太祖。蔡邕月令章句曰：陰者，密雲也。誰令君多念，自使懷百憂。毛詩曰：我生之後，逢此百憂。

---

[3] 攬衣起西遊　袁本「攬」下有校語云善作「攬」。茶陵本則云五臣作「攬」。案：此悉傳寫誤耳，無論善自作「攬」，即五臣亦未始作「攬」也。

又贈丁儀王粲 五言 集云：答丁敬禮、王仲宣。翼字敬禮，今云儀，誤也。

曹子建

從軍度函谷，驅馬過西京。魏志曰：建安二十年，公西征張魯。漢書，弘農縣故秦函谷關。毛詩曰：驅馬悠悠。山岑高無極，涇渭揚濁清。毛萇詩傳曰：涇、渭相入，而清濁異。壯哉帝王居，佳麗殊百城。漢書曰：高祖南過曲逆，曰：壯哉縣。高誘戰國策注曰：佳，大也。麗，美也。謝承後漢書曰：黃琬拜豫州，威邁百城。員闕出浮雲，承露槩泰清。西京賦曰：圜闕竦以造天。淮南子曰：魏闕之高，上際青雲。西都賦曰[4]：抗仙掌與承露[5]。廣雅曰：扢，摩也。槩與扢同，古字通。鶡冠子曰：上及泰清，下及太寧。皇佐揚天惠，四海無交兵。皇佐，太祖也。邊讓章華賦曰：建皇佐之高勳，飛仁聲之顯赫。左氏傳，箴尹克黃曰：君，天也。家語，孔子曰：君惠臣忠。楚漢春秋，吳廣說陳涉曰：王引兵西擊，則野無交兵。權家雖愛勝，全國爲令名。權家，兵家也。史記曰：呂尚其事多兵權與奇計。孫子兵法曰：用兵法，全國為上，破國次之。左氏傳，子產曰：令名，德之輿也。鄭玄禮記注曰：名，令聞也。君子在末位，不能歌德聲。君子，謂丁、王也。琴操曰：古者君子在位，役不踰時。德聲，謂太祖令德之聲也。丁生怨在朝，王子歡自營。歡怨非貞則，中和誠可經。言歡怨雖殊，俱非忠貞之則，惟有中和樂職，誠可謂經也。漢書，王襄使王褒作中和樂職宣布詩。如淳曰：言王政中和，在官者樂其職。鄭玄周禮注曰：經，法也。

贈白馬王彪 五言 魏志曰：楚王彪，字朱虎，武帝子也。初封白馬王，後徙封楚。集曰：於圈城作。又曰：黃初四年五月，白馬王、任城王與余俱朝京師，會節氣，日不陽[6]，任城王薨。至七月，與白馬王還國。

---

4 注「西都賦曰」 袁本、茶陵本「賦」作「賓」，是也。又後贈張華答何劭詩注皆然。

5 注「抗仙掌與承露」 茶陵本「抗」作「扢」。案：涉下而誤也。袁本作「抗」，與此同，不誤。引之但注「承露」，其以下方注「槩」字，或因據此誤字反欲改西都賦，則謬矣。聊出之於尤本，無施也。「與」，賦作「以」。

6 注「日不陽」 袁本、茶陵本「日不」作「到洛」，是也。

後有司以二王歸蕃，道路宜異宿止，意毒恨之。蓋以大別在數日，是用自剖，與王辭焉，憤而成篇。

曹子建

謁帝承明廬，逝將歸舊疆。陸機洛陽記曰：承明門，後宮出入之門，吾常怪謁帝承明廬，問張公，云：魏明帝作建始殿，朝會皆由承明門。毛詩曰：逝將去汝。舊疆，鄄城也。時植雖封雍丘，仍居鄄城。清晨發皇邑，日夕過首陽。陸機洛陽記曰：首陽山在洛陽東北，去洛二十里。伊洛廣且深，欲濟川無梁。楚詞曰：道壅塞而不達，江河廣而無梁。汎舟越洪濤，怨彼東路長。國語曰：秦汎舟于河。西京賦曰：起洪濤而揚波。顧瞻戀城闕，引領情內傷。其一。毛詩曰：顧瞻周道。又曰：在城闕兮。左氏傳，穆叔謂晉侯曰：引領西望，曰庶幾乎！楚詞曰：永懷兮內傷。太谷何寥廓，山樹鬱蒼蒼。薛綜東京賦注曰：太谷在洛陽西南。風俗通曰：泰山松樹，鬱鬱蒼蒼。霖雨泥我塗，流潦浩縱橫。魏志曰：黃初四年七月，大雨，伊、洛溢流。毛萇詩傳曰：行潦，流潦也。中逵絕無軌，改轍登高崗。毛詩曰：肅肅兔罝，施於中逵。廣雅曰：軌，迹也。脩坂造雲日，我馬玄以黃。其二。毛詩曰：陟彼高岡，我馬玄黃。毛萇曰：玄馬病則黃。玄黃猶能進，我思鬱以紆。楚詞曰：願假簧以舒憂，志紆鬱其難釋。王逸曰：紆，屈也。鬱，愁也。鬱紆將難進[7]，親愛在離居。楚詞曰：將以遺兮離居。本圖相與偕，中更不克俱。毛萇詩傳曰：偕，俱也。鴟梟鳴衡扼，豺狼當路衢。鴟梟、豺狼，以喻小人也。毛詩曰：懿厥哲婦，為梟為鴟。漢書，杜文謂孫寶曰：豺狼當路，不宜復問狐狸。公羊傳曰：楚莊王伐鄭，放乎路衢。何休注曰：路衢，郭內衢也。蒼蠅間白黑，讒巧令親疎。毛詩曰：營營青蠅，止於樊。鄭玄曰：蠅之為蟲，汙白使黑，汙黑使白。喻佞人變亂善惡也。廣雅曰：間，毀也。欲還絕無蹊，攬轡止踟躕。其三。楚辭曰：攬騑轡而下節。毛詩曰：

7 鬱紆將難進　茶陵本云「難進」，五臣作「何念」。袁本云善作「難進」。何校云「難進」當從魏氏春秋作「何念」。案：此恐善本傳寫有誤。

搔首踟躕。踟躕亦何留[8]？相思無終極。漢書，息夫躬絕命詞曰：嗟若是欲何留也。秋風發微涼，寒蟬鳴我側。蔡邕月令章句曰：寒蟬應陰而鳴，鳴則天涼，故謂之寒蟬也。原野何蕭條，白日忽西匿。楚辭曰：山蕭條而無獸。又曰：日杳杳而西頹。歸鳥赴喬林，翩翩厲羽翼。毛詩曰：翩翩者鵻。厲，疾貌。孤獸走索羣，銜草不遑食。尚書曰：不遑暇食。感物傷我懷，撫心長太息。其四。廣雅曰：感，傷也。古詩曰：感物懷所思。列子曰：師襄乃撫心高蹈。楚辭曰：長太息以掩涕。太息將何爲？天命與我違。鄭玄周易注曰：命，所受天命也。楚辭曰：屬天命而委之咸池。王逸曰：咸池，天神也。古詩曰：同袍與我違。毛萇詩傳曰：違，離也，謂不耦也。奈何念同生，一往形不歸。魏志曰：武皇帝卞皇后生任城王彰、陳思王植。左氏傳曰：鄭罕、駟、豐同生。杜預曰：罕，子皮。駟，子皙。豐，公孫段也。三家本同母兄弟也。漢書，武帝詔曰：梁王親慈同生，願以邑分弟。孤魂翔故城[9]，魏志城作域。靈柩寄京師。漢書，貢禹上書曰：骸骨棄捐，孤魂不歸。存者忽復過，亡沒身自衰。人生處一世，去若朝露晞。漢書，李陵謂蘇武曰：人生如朝露，何久自苦如此！薤露歌曰：薤上零露何易晞！毛萇詩傳曰：晞，乾也。年在桑榆間，影響不能追。日在桑榆，以喻人之將老。東觀漢記，光武曰：失之東隅，收之桑榆。仲長子昌言曰：捷疾馳影響人間也。自顧非金石，咄唶令心悲。其五。鄭玄毛詩箋曰：顧，念也。古詩曰：人生非金石，豈能長壽考？說文曰：咄，叱也，丁兀切。聲類曰：唶，大呼也，子夜切。言人命叱呼之間，或至夭喪也。心悲動我神，棄置莫復陳。丈夫志四海，萬里猶比隣。恩愛苟不虧，在遠分日親。鄧析子曰：遠而親者，志相應也。分，猶志也。何必同衾幬，然後展慇勤。毛詩曰：抱衾與裯。毛萇曰：衾，被也。鄭玄曰：裯，

8 踟躕亦何留　袁本、茶陵本云「何」善作「可」。案：二本所見非也，善自作「何」，注有明文，此不誤，或尤校改之也。

9 孤魂翔故城注「魏志城作域」　袁本、茶陵本無注「魏志城作域」五字，正文皆作「域」。茶陵本有校語云善作「城」。袁本無。案：「魏志城作域」五字當是，或記於旁，尤誤取添入注，故此處脩改之迹尚存也。善作「城」，無明文，恐尤及茶陵所見傳寫有誤，而袁所見為未誤也。

床帳也。幬與裯古字同。憂思成疾疹，無乃兒女仁。毛詩曰：心之憂矣，疹如疾首。史記曰：呂公謂呂媼曰：非兒女之所知。又，韓信謂漢祖曰：項王所謂婦人之仁也。倉卒骨肉情，能不懷苦辛。其六。李陵書曰：前書倉卒。骨肉，謂兄弟也。蘇子卿詩云：骨肉緣枝葉。古詩又曰：轗軻長苦辛。苦辛何慮思？天命信可疑。虛無求列仙，松子久吾欺。班固楚辭序曰：帝閽宓妃，虛無之語。論衡曰：傳稱赤松、王喬好道為仙，度世不死，是又虛也。魏武帝善哉行曰：痛哉世人，見欺神仙。變故在斯須，百年誰能持？漢書，谷永曰：三郡所奏，皆有變故。鄭玄周禮注曰：故，災也。禮記，君子曰：禮樂不可斯須去身。鄭玄曰：斯須，猶須臾也。古詩曰：生年不滿百。呂氏春秋曰：人之壽久不過百。離別永無會，執手將何時？蔡琰詩曰：念別無會期。毛詩曰：執子之手，與子偕老。王其愛玉體，俱享黃髮期。七發曰：太子玉體不安。東觀漢記，太子執報桓榮書曰[10]：君慎疾加湌，重愛玉體。杜預左氏傳注曰：享，受也。尚書曰：詢茲黃髮。收淚即長路，援筆從此辭。其七。韓詩外傳曰：孫叔敖治楚三年，而楚國霸。楚史援筆而書於策。蘇武詩曰：去去從此辭。

贈丁翼　五言　文士傳曰：翼字敬禮，儀之弟也，為黃門侍郎。

曹子建

嘉賓塡城闕，豐膳出中廚。鄭玄禮記注曰：塡，滿也。毛詩曰：我有嘉賓。城闕，已見上文。吾與二三子，曲宴此城隅。論語，子曰：二三子以我為隱乎？吾無隱乎爾。毛詩曰：俟我於城隅。秦箏發西氣，齊瑟揚東謳。楚辭曰：挾秦箏而彈徵。歌錄有美女篇齊瑟行。史記，蘇秦說秦王曰：臨菑甚富，其民無不吹竽鼓瑟。說文曰：謳，齊歌也。肴來不虛歸，觴至反無餘。我豈狎異人？朋友與我俱。毛詩曰：豈伊異人？兄弟匪他。爾雅曰：狎，習也。毛詩序曰：伐木，燕朋友故舊也。大國多良材，譬海出明珠。禮斗威儀曰：其君乘金而王，則

10 注「太子執報桓榮書曰」　案：「執」字不當有。各本皆衍。太子，漢明帝也，在范蔚宗書桓榮傳。

江海出大貝明珠。君子義休侍，小人德無儲。言君子之義，美而且具。小人之德，寡而無儲也。說文曰：侍，待也。一曰具也。儲，謂蓄積之以待無也。積善有餘慶，榮枯立可須。周易曰：積善之家，必有餘慶。孔安國尚書傳曰：須，待也。滔蕩固大節，世俗多所拘[11]。淮南子曰：使神滔蕩而不失其充。又曰：曲士不可與語至道，拘於俗而束於教。君子通大道，無願爲世儒。論衡曰：說經者為世儒。

贈秀才入軍五首

四言　集云：兄秀才公穆入軍贈詩。劉義慶集林曰：嵇熹，字公穆，舉秀才。

嵇叔夜

良馬既閑，麗服有暉。毛詩曰：良馬四之。又曰：君子之馬，既閑且馳。鄭玄曰：閑，習也。廣雅曰：麗，好也。楊雄反騷曰：素初貯厥麗服兮。左攬繁弱，右接忘歸。新序曰：楚王載繁弱之弓，忘歸之矢，以射兕於雲夢。風馳電逝，躡景追飛。四子講德論曰：風馳雨集，雜襲並至。孫該琵琶賦曰：飄風電逝，舒疾無方。七啓曰：忽躡景而輕鶩。凌厲中原，顧盼生姿[12]。劉歆遂初賦曰：登句注以凌厲。廣雅曰：凌，馳也。厲，上也。風俗通曰：顏色厚所顧盼，若以親密也。攜我好仇，載我輕車。毛詩曰：君子好仇。南凌長阜，北厲清渠。廣雅曰：凌，乘也。王逸楚辭注曰：厲，度也。仰落驚鴻，俯引淵魚。盤于遊田，其樂只且。西京賦曰：盤于游畋，其樂只且。

輕車迅邁，息彼長林。春木載榮，布葉垂陰。習習谷風，吹我素琴。毛詩曰：習習谷風。秦嘉婦徐氏書曰：芳香既珍，素琴又好。咬咬黃鳥，顧疇弄音。毛詩曰：交交黃鳥。古歌曰：黃鳥鳴相追，咬咬

11 世俗多所拘　袁本、茶陵本「世」作「時」，是也。
12 顧盼生姿　袁本、茶陵本「盼」作「眄」，注同。案：「眄」字是也。「眄」為「眄」之別體字，不知者多改為「盻」。茶陵改刻如此，後又誤成「盼」也。

弄好音。感悟馳情，思我所欽。古詩曰：馳情整中帶。心之憂矣，永嘯長吟。毛詩曰：心之憂矣，我歌且謠。杜篤連珠曰：能離光明之顯，長吟永嘯。

浩浩洪流，帶我邦畿。毛萇詩傳曰：畿，疆也。萋萋綠林，奮榮揚暉。魚龍瀺灂，山鳥羣飛。樂動聲儀曰：風雨動魚龍，仁義動君子。上林賦曰：瀺灂霣墜。劉向七言曰：山鳥羣鳴我心懷。駕言出遊，日夕忘歸。毛詩曰：駕言出遊。楚辭曰：日將暮兮悵忘歸。思我良朋，如渴如飢。毛詩曰：每有良朋。曹植責躬詩曰：遲奉聖顏，如渴如飢。願言不獲，愴矣其悲。張衡詩曰：願言不獲，終然永思。曹植責躬詩曰：心之云慕，愴矣其悲。

息徒蘭圃，秣馬華山。蘭圃，蕙圃也。毛詩曰：之子于歸，言秣其馬。毛萇詩傳曰：秣，養也。華山，山有光華也。流磻平皐，垂綸長川。說文曰：磻，以石著弋繳也。鄭玄毛詩箋曰：釣者，以絲為之綸。目送歸鴻，手揮五絃。漢書曰：周亞夫趨出，上以目送之。歸田賦曰：彈五絃於妙指。俯仰自得，游心泰玄。楚辭曰：漠虛靜以恬愉兮，澹無為而自得。泰玄，謂道也。淮南子曰：自得者，全其身者也。全其身，則與道為一矣。嘉彼釣叟，得魚忘筌。莊子曰：莊子釣於濮水之上。又曰：筌者，所以得魚也[13]，得魚而忘筌。蹄者，所以在兔也，得兔而忘蹄。言者，所以在意也，得意而忘言。吾焉得夫忘言之人而與之言哉？郢人逝矣，誰與盡言？莊子曰：莊子送葬，過惠子之墓，顧謂從者曰：郢人堊漫其鼻端，若蠅翼，使匠石斲之，匠石運斤成風，聲而斲之[14]，盡堊而鼻不傷，郢人立不失容。宋元君聞之，召匠石曰：嘗試為寡人為之。匠石曰：臣則當能斲之[15]。雖然，臣質死久矣。自夫子之死也，吾無以為質矣，吾無與言之矣。

---

13 注「所以得魚也」　何校「得」改「在」，陳同。各本皆譌。

14 注「聲而斲之」　何校「聲」改「聽」，陳同。各本皆譌。

15 注「臣則當能斲之」　袁本「當」作「嘗」，是也。茶陵本亦誤「當」。

閑夜肅清，朗月照軒。舞賦曰：夫何皦皦之閑夜，明月列以施光。軒，已見曹子建贈徐幹詩注。微風動袿，組帳高褰。方言曰：袿謂之裾，音圭，袿或為幃。周禮曰：幕人掌帷幕幄帟綬之事。鄭司農曰：帟，平帷也[16]。綬，組綬，所以繫帷也。王逸楚詞注曰：以幕組結束玉璜為帷帳也。旨酒盈樽，莫與交歡。毛詩曰：旨酒欣欣。漢書曰：郭解入關，賢豪爭交歡。鳴琴在御，誰與鼓彈？毛詩曰：琴瑟在御，莫不靜好。仰慕同趣，其馨若蘭。六韜曰：同好相趣。薛綜西京賦注曰：趣，猶意也。易曰：同心之言，其臭如蘭。佳人不在，能不永歎！楚辭曰：聞佳人兮召予。毛詩曰：假寐永歎。

贈山濤 五言

司馬紹統 臧榮緒晉書曰：司馬彪，字紹統，少篤學，初拜騎都尉，太始中為秘書郎，轉丞，後拜散騎侍郎，終於家。

苕苕椅桐樹，寄生於南岳。椅桐，彪自喻也。毛詩曰：其桐其椅，其實離離。馬融琴賦曰：惟椅梧之所生，在衡山之峻陂。上凌青雲霓，下臨千仞谷。蒼頡篇曰：凌，侵也。呂氏春秋曰：若決積水於千仞之谿。包咸論語注曰：七尺曰仞。處身孤且危，於何託余足？毛詩序曰：孤危將亡。漢書，賈山上書曰：不得邪徑而託足焉。昔也植朝陽，傾枝俟鸞鷟。毛詩曰：鳳皇鳴矣，于彼高岡；梧桐生矣，于彼朝陽。鄭玄曰：鳳皇之性，非梧桐不棲，非竹實不食也。說文曰：鸞鷟，鳳屬，神鳥也。今者絕世用[17]，倥傯見迫束。新語曰：梗梓仆則為世用。楚辭曰：悲余生之無歡兮，愁倥傯於山陸。王逸曰：倥傯，困苦也。班匠不我顧，牙曠不我錄。班匠及牙曠，皆喻執政也。墨子曰：公輸般為雲梯。鄭玄禮記注曰：般，伎巧者也。莊子曰：匠石之齊，見櫟杜樹，匠伯不顧。司馬彪曰：匠石字伯。鄭玄毛詩

16 注「帟平帷也」 何校「帷」改「帳」，是也。此節注袁、茶陵二本多脫字，不具論。

17 今者絕世用 袁本、茶陵本有校語云「用」善作「人」。案：二本所見非也。注有明文，此不誤，或亦尤校改。

箋曰：顧，視也。列子曰：伯牙善鼓琴。左氏傳曰：師曠侍於晉侯。杜預曰：師曠，晉樂太師。焉得成琴瑟，何由揚妙曲？桓子新論曰：黃門工鼓琴者，有任真卿、虞長倩，能傳其度數，妙曲遺聲。冉冉三光馳，逝者一何速！廣雅曰：冉冉，進也。淮南子曰：夫道含吐陰陽，而章三光。許慎曰：三光，日、月、星也。逝者，見下注。中夜不能寐，撫劍起躑躅。毛詩曰：耿耿不寐。左氏傳曰：子朱怒，撫劍從之。說文曰：蹢躅，住足也。躑躅與蹢躅同。感彼孔聖歎，哀此年命促。春秋說題辭曰：天嘗有血書魯端門作法，孔聖沒，周室亡。論語曰：子在川上曰：逝者如斯！司馬遷悲士不遇賦曰：天道悠昧人理促。卞和潛幽冥，誰能證奇璞？卞和，已見上文。冀願神龍來，揚光以見燭。神龍，喻濤也。山海經曰：赤水之山有神，人面蛇身，其瞑乃晦，其視乃明，是燭九陰，是謂燭龍。

答何劭二首　五言　張茂先

吏道何其迫？窘然坐自拘。班彪與金昭卿書曰：遠在東垂，吏道迫促。鵩鳥賦曰：愚士繫俗，窘若囚拘。纓緌爲徽纆，文憲焉可踰？纓緌制人，同於徽纆。國之文憲，豈可踰乎？禮記曰：冠緌纓。鄭玄曰：緌，纓飾也。周易曰：繫用徽纆。孔安國尚書傳曰：憲，法也。恬曠苦不足，煩促每有餘。廣雅曰：恬，靜也。蒼頡篇曰：曠，疏曠也。良朋貽新詩，示我以遊娛。良朋，已見上文。徐幹贈五官中郎將詩曰：貽爾新詩。又[18]思玄賦曰：雖遊娛以媮樂。穆如灑清風，奐若春華敷。毛詩曰：吉父作誦，穆如清風。淮南子曰：猶條風之時灑。答賓戲曰：摛藻如春華。自昔同寮寀，於今比園廬。臧榮緒晉書曰：惠帝即位，劭為太子太師。又曰：武帝崩，華為太子少傅。然考乎其時，事正相接，故曰同寮也。左氏傳曰：先蔑之使也，荀林父止之曰：同官為寮，吾嘗同寮，敢不盡心乎？爾雅曰：寀，僚官也。南都賦曰：園廬，舊宅也。衰夕近辱殆，庶幾並懸輿。王逸楚辭注曰：夕以喻衰。言日夕將暮己已衰。老子

---

18 注「貽爾新詩又」　陳云「又」，「文」誤，是也。各本皆譌。

曰[19]：知足不辱，知止不殆。漢書曰：薛廣德乞骸骨，賜安車駟馬，懸其安車，傳子傳孫也。散髮重陰下，抱杖臨清渠。鍾會遺榮賦曰：散髮抽簪。屬耳聽鸎鳴，流目翫鯈魚[20]。毛詩曰：耳屬于垣。鄭玄曰：屬耳於壁聽之。又儀禮注曰：屬，注也。毛詩曰：鸎其鳴矣。思玄賦曰：流目眺夫衡阿。翫，猶悅也。莊子曰：鯈魚出遊從容，是魚樂也。從容養餘日，取樂於桑榆。漢書，疎廣曰：此金者，聖主所以惠養老臣也；故樂與鄉黨共饗其賜，以盡吾餘日，不亦可乎？桑榆，已見上文。

洪鈞陶萬類，大塊稟羣生。洪鈞，大鈞，謂天也。大塊，謂地也。言天地陶化萬類，而羣化稟受其形也。鵩鳥賦曰：大鈞播物。廣雅曰：陶，化也。河圖曰：地有九州，以苞萬類。莊子曰：大塊載我以形，勞我以生。孔安國尚書傳曰：稟，受也。漢書，董仲舒對策曰：羣生和而萬物殖。明闇信異姿，靜躁亦殊形。劉歆遂初賦曰：非積習之生常，固明闇之所別。老子曰：重為輕根，靜為躁君。王弼曰：凡物輕不能載重，小不能鎮大，不行者使行，不動者制動；是以重必為輕根，靜必為躁君。自予及有識，志不在功名。李陵與蘇武書曰：陵自有識以來，士之立操未有如子卿者也。呂氏春秋曰：功名大立，天也。虛恬竊所好，文學少所經。楚辭曰：漠虛靜以恬愉。忝荷既過任，白日已西傾。白日西傾，以喻年老也。洛神賦曰：日既西傾。道長苦智短，責重困才輕。論語，曾子曰：士不可以不弘毅，任重而道遠。仁以為己任，不亦重乎？死而後已，不亦遠乎？呂氏春秋曰：智短則不知化，不知化者每舉必危。范曄後漢書，劉寬曰：任重責大，憂心如醉。曹植上表曰：爵重才輕。周任有遺規，其言明且清。論語，孔子云：周任有言，曰：陳力就列，不能者止。馬融曰：周任，古之良史。子思子，詩云：昔吾有先正，其言明且清。國家以寧，都邑以成。負

---

19 注「己已哀老子曰」　袁本、茶陵本「老」下有「也老」二字，是也。

20 流目翫鯈魚　茶陵本「鯈」作「儵」，注同。案：「鯈」字是也。考莊子釋文作「儵」，爾雅釋文作「鯈」。陸於秋水篇引說文「直留反」，謂「魚部鯈字音」。然則「鯈」是，「儵」非也。袁本亦誤「儵」，其注作「鯈」，仍不誤。

乘爲我戒，夕惕坐自驚。周易曰：負且乘，致寇至。負也者，小人之事也；乘也者，君子之器也。小人乘君子之器，盜思奪之矣。又曰：夕惕若厲。孔安國尚書傳曰：惕，懼也。是用感嘉貺，寫心出中誠。感，猶荷也。魏文帝書曰：嘉貺益腆。發篇雖溫麗，無乃違其情。西都賦曰：啓發篇章。漢書曰：司馬相如作賦，甚弘麗溫雅。廣雅曰：違，背也。

贈張華 五言

何敬祖

四時更代謝，懸象迭卷舒。孫卿子曰：日月遞照，四時代御。淮南子曰：二者代謝舛馳。周易曰：懸象著明，莫大乎日月。淮南子曰：陰陽贏縮卷舒，淪於不測。暮春忽復來，和風與節俱。論語曰：暮春者，春服既成。毛詩曰：習習谷風。毛萇傳曰：習習，和舒之貌。楊泉物理論曰：春氣臑，其風溫和。俯臨清泉涌，仰觀嘉木敷。西都賦曰：嘉木樹庭。周旋我陋圃，西瞻廣武廬。臧榮緒晉書曰：吳滅，封張華廣武侯。左氏傳：太史克曰：奉以周旋。既貴不忘儉，處有能存無。毛萇詩傳曰：有謂富，無謂貧。鎮俗在簡約，樹塞焉足摹？周易曰：簡則易從。廣雅曰：約，儉也。論語曰：或問管仲知禮乎？孔子曰：邦君樹塞門，管氏亦樹塞門。在昔同班司，今者並園墟。同班司，已見張華答詩。私願偕黃髮，逍遙綜琴書。黃髮，已見上文。王肅周易注曰：綜，理事也。劉歆遂初賦曰：玩琴書以條暢。舉爵茂陰下，攜手共躊躇。韓詩曰：搔首躊躇。薛君曰：躊躇，躑躅也。奚用遺形骸？忘筌在得魚。莊子曰：申徒，兀者，謂子產曰：吾與夫子遊十有九年矣，而未曾知吾兀者也。今子與我遊於形骸之內，而子索我於形骸之外，不亦過乎？得魚忘筌，已見上文。

贈馮文羆遷斥丘令 四言

晉百官名曰：外兵郎馮文羆。集云：文羆為太子洗馬，遷斥丘令，贈以此詩。鬭騶十三州記曰：斥丘縣在魏郡東八十里。

陸士衡

於皇聖世，時文惟晉。毛詩曰：於皇時周。周禮，栗氏量銘曰：時文思索。鄭玄曰：言是文德之君，思求可以為人立法也。受命自天，奄有黎獻。謂武帝也。毛詩曰：有命自天，命此文王。又曰：奄有四方。毛萇曰：奄，大也。尚書曰：萬邦黎獻，共惟帝臣。孔安國曰：黎，眾也。獻，賢也。閶闔既闢，承華再建。謂惠帝也。晉宮閣名曰：洛陽城閶闔門。陸機洛陽記曰：太子宮在太宮東，薄室門外，中有承華門。再建，謂立愍懷太子國儲，以對閶闔，故謂之再也。明明在上，有集惟彥。其一。毛詩曰：明明在下，赫赫在上。奕奕馮生，哲問允迪。方言曰：自關而西，凡美容謂之奕奕。尚書曰：允迪厥德，謨明弼諧。孔安國曰：迪，蹈也。言信蹈行古人之德。天保定子，靡德不鑠。毛詩曰：天保定爾，亦孔之固。劇秦美新曰：鑠德懿和之風。爾雅曰：鑠，美也。邁心玄曠，矯志崇邈。爾雅曰：邁，行也。王逸楚辭注曰：矯，舉也。爾雅曰：崇，高也。遵彼承華，其容灼灼。其二。毛詩曰：桃之夭夭，灼灼其華。嗟我人斯，戢翼江潭。毛詩曰：嗟我懷人。又曰：彼何人斯。又曰：鴛鴦在梁，戢其左翼。楚辭曰：遊於江潭。有命集止，翩飛自南。周易曰：大君有命。毛詩曰：有命既集。又曰：翩飛惟鳥。又曰：凱風自南。出自幽谷，及爾同林。謂俱為洗馬也。臧榮緒晉書曰：楊駿誅，徵機為太子洗馬。毛詩曰：出自幽谷，遷于喬木。雙情交映，遺物識心。其三。映，猶照也。人亦有言，交道實難。毛詩曰：人亦有言，靡哲不愚。漢書曰：蕭育與朱博後有隙，故世以交為難也。有頍者弁，千載一彈。毛詩曰：有頍者弁，實維伊何。毛萇曰：頍，弁貌也。弁，皮弁也。彈冠，已見上文。杜預左氏傳注曰：弁，亦冠也，故通言之。頍，丘蘽切，與跬同音。今我與子，曠世齊歡。言我及子雖與王貢曠世，而實齊其歡也。范曄後漢，班固議曰：以漢興已來[21]，曠世歷年。廣雅曰：曠，遠也。利斷金石，氣惠秋蘭。其四。周易曰：二人同心，其利斷金。同心之言，其臭如蘭。羣黎未綏，帝用勤止。毛詩曰：羣黎

---

21 注「後漢班固議曰以漢興已來」案：「漢」下當有「書」字，「曰」下當衍「以」字。各本皆誤。在班固傳也。

百姓。長楊賦曰：羣黎為之不康。毛詩曰：文王既勤止，我應受之。我求明德，肆于百里。毛詩，我求懿德，肆于時夏。鄭玄曰：肆，陳也，陳其功烈也。漢書曰：縣大率百里，其人稠則盛，稀則曠也。僉曰爾諧，俾民是紀。尚書：僉曰垂哉，帝曰汝諧。毛詩曰：四方是維，俾民不迷。鄭玄毛詩箋曰：以網罟喻為政理之為紀也。乃眷北徂，對揚帝祉。其五。毛詩曰：乃眷西顧。又曰：對揚王休。又曰：既受帝祉，施于孫子。疇昔之遊，好合纏綿。左氏傳，羊斟曰：疇昔之羊子為政。毛詩曰：妻子好合。張升與任彥堅書曰：纏綿恩好，庶蹈高蹤。借日未洽[22]，亦既三年。毛詩曰：借曰未知，亦既抱子。居陪華幄，出從朱輪。應璩與趙叔潛書曰：入侍華幄，出典禁闈。司馬彪續漢書曰：皇太子安車朱班輪。方驤齊鑣，比迹同塵。其六。鄭玄儀禮注曰：方，併也。南都賦曰：騄驥齊鑣。范曄後漢書，孔融薦謝該曰：該實卓然，比迹前列。老子曰：和其光，同其塵。之子既命，四牡項領。毛詩曰：駕彼四牡，四牡項領。遵塗遠蹈，騰軌高騁。四子講德論曰：未若遵塗之疾也。鄭玄考工記注曰：軌，謂轍也。慶雲扶質，清風承景。廣雅曰：質，軀也。嗟我懷人，其邁惟永。其七。毛詩曰：嗟我懷人。毛萇曰：懷，思也。否泰苟殊，窮達有違。否、泰，周易二卦名也。列子，西門子謂北宮子曰：汝造事而窮，予造事而達，此厚薄之驗與？賈逵國語注曰：違，異也。及子春華，後爾秋暉。言否、泰殊流，窮達異轍，今雖及爾春華之美，終當後爾秋暉之盛也。春華喻少年，秋暉喻老成也。蘇武詩曰：努力愛春華。逝將去我，陟彼朔垂。逝將去汝，已見上文。毛詩曰：陟彼高岡。朔垂，斥丘也。爾雅曰：朔，北方也。說文曰：垂，遠邊也。非子之念[23]，心孰爲悲？其八。

---

22 借日未洽　茶陵本作「給」，云五臣作「洽」。袁本作「洽」，無校語。案：二本所見皆人誤，所載翰注曰「給，猶足也」，五臣作「給」無疑。然則善作「洽」也。茶陵本例用善為正文，當作「洽」，而著五臣作「給」。袁本例用五臣為正文，當作「給」，而著善作「洽」。今倒錯失理。此不誤，必尤延之知其非，而校改正之。

23 非子之念　袁本、茶陵本有校語云「非」善作「悲」。案：二本所見非也。注無明文，然作「悲」不可通，必善自作「非」，與五臣無異，但傳寫誤也。此不誤，蓋亦尤校改正之也。

答賈長淵 四言 并序

王隱晉書曰：魯公賈謐[24]，字長淵。

陸士衡

余昔為太子洗馬，漢書曰：太子屬官有先馬。如淳曰：前驅也。先或作洗。賈長淵以散騎常侍東宮積年。高誘呂氏春秋注曰：東宮，太子所居。詩曰：東宮之妹。余出補吳王郎中令，臧榮緒晉書曰：吳王晏，字平度，武帝第二十三子，封吳。又曰：吳王出鎮淮南，以機為郎中令。元康六年入為尚書郎。臧榮緒晉書曰：機為尚書中兵郎。魯公贈詩一篇，作此詩答之云爾。

伊昔有皇，肇濟黎蒸。爾雅曰：伊，惟也。郭璞曰：發語辭也。毛詩曰：有皇上帝。毛萇曰：皇，君也。封禪書曰：覺悟黎蒸。先天創物，景命是膺。周易曰：先天而天弗違。周禮曰：智者創物。毛詩曰：君子萬年，景命有僕。毛萇曰：僕，附也。毛詩曰：戎翟是膺。毛萇曰：膺，當也。降及羣后，迭毀迭興。史記，太史公曰：遞興遞廢，能者用事。小雅曰：遞，迭更也。邈矣終古，崇替有徵。其一。楚辭曰：春蘭兮秋菊，長無絕兮終古。國語，藍尹亹謂子西曰：吾聞君子唯獨居思念前世之崇替，於是乎有歎。韋昭曰：崇，終也。替，廢也。左氏傳曰：君子之言，信而有徵。

在漢之季，皇綱幅裂。韋昭曰：國語注曰：季，末也。皇綱，以綱為喻也[25]。答賓戲曰：廓帝紘，恢皇綱。毛萇詩傳曰：張之曰綱。魏志，崔琰曰：今天下分崩，九州幅裂。大辰匿耀，金虎習質。漢書曰：東方蒼龍房心，心為明堂大星天王。爾雅曰：大辰，房心尾也。石氏星經曰：昴者，西方白虎之宿也。太白者，金之精。太白入昴，金虎相薄，主有兵亂。雄臣馳騖，義夫赴節。解嘲曰：世亂，則聖哲馳騖而不足。釋位揮戈，言謀王室。其二。左氏傳，王子朝告于諸侯曰：居王于晁，諸侯釋位，以間王政。說文曰：揮，奮也。左氏傳曰：會于洮，謀王室也。王室之亂，靡邦

---

24 注「魯公賈謐」 袁本、茶陵本無「魯公」二字，是也。

25 注「以綱為喻也」 案：「綱」當作「網」。各本皆譌。

不泯。毛詩曰：亂生不夷，靡國不泯。毛萇曰：泯，滅也。如彼墜景，曾不可振。丁德禮寡婦賦曰[26]：日亹亹以西墜。說文曰：振，舉也。乃眷三哲，俾乂斯民。三哲，劉備、孫權、曹操也。尚書，帝曰：下民其咨，有能俾乂。孔安國曰：乂，治也。啓土雖難，改物承天。其三。尚書曰：建邦啓土。國語，王謂晉侯曰：叔父若能更姓改物，以創天下。禮記明堂陰陽錄曰：王者承天統物也。爰茲有魏，即宮天邑。禮記，孔悝鼎銘曰：即宮于宗周。尚書曰：周公曰：肆予敢求爾于天邑商。吳實龍飛，劉亦岳立。東京賦曰：乃龍飛白水。干戈載揚，俎豆載戢。毛詩曰：載戢干戈。毛萇曰：戢，聚也。論語，孔子曰：俎豆之事，則嘗聞之矣。民勞師興，國玩凱入。其四。毛詩曰：民亦勞止。玩與翫同，古字通。周禮曰：師有功則愷樂。天厭霸德，黃祚告釁。左氏傳，鄭伯曰：天而既厭周德矣。干寶搜神記曰：魏惟五德之運，以土承漢。春秋保乾圖曰：漢以魏徵黃精接期，天下歸高。賈逵國語注曰：釁，兆也，言禍有兆。獄訟違魏，謳歌適晉。孟子，萬章曰：堯以天下與舜，有諸？孟子曰：否，不然，天與之。堯崩，三年之喪畢，舜讓避丹朱於南河之南。天下朝覲獄訟者，不之堯之子而之舜；謳歌者不謳歌堯之子而謳歌舜。舜曰：天也。夫而後歸中國，踐天子之位焉。陳留歸蕃，我皇登禪。魏志曰：陳留王諱奐，字景明，武帝孫，燕王宇子也。奉皇帝璽綬策禪位于晉嗣王。魏世譜曰：封帝為陳留王。庸岷稽顙，三江改獻。其五。庸岷，蜀境也。庸，國名也。岷，山名也。禮記，孔子曰：拜而後稽顙。三江，吳境也。尚書曰：三江既入。赫矣隆晉，奄宅率土。曹府君陳寔誄曰：赫矣陳君。毛詩曰：宅殷土芒芒。又曰：率土之濱。對揚天人，有秩斯祜。對揚，已見上文。司馬相如封禪文曰：天人之際已交。毛詩曰：嗟爾烈祖[27]，有秩斯祜。爾雅曰：祜，福也。惟公太宰，光翼二祖。臧榮緒晉書曰：晉太祖為大將軍，以賈充為

---

[26] 注「丁德禮寡婦賦曰」　案：此有誤也。前潘安仁寡婦賦屢引丁儀妻寡婦賦，其「日杳杳而西匿」句注引此文，然則「禮」下脫「妻」字。各本皆誤。儀字正禮，疑一字德禮。奏彈王源注引丁德禮勵志賦，蓋儀作也。又赴洛道中作詩注引丁儀寡婦賦，恐亦脫「妻」字。

[27] 注「嗟爾烈祖」　袁本、茶陵本「爾」作「嗟」，是也。

司馬右長史。及世祖受禪，轉太宰。左氏傳，康王論晉范會曰：宜夫子之光輔五君。誕育洪胄，纂戎于魯。其六。臧榮緒晉書曰：謐父韓壽，河南尹。母，賈充少女也。充平生不議立後。充後妻郭槐輒以外孫韓謐為黎民子，襲封。槐自表陳，是充遺意也。帝許之，以謐為魯公。毛詩曰：誕彌厥月。毛萇曰：誕，大也。鄭玄曰：大矣后稷之在其母，終於人道，十月而生。毛詩曰：纘戎祖考。鄭玄曰：戎，汝也。毛詩曰：俾侯于魯。東朝既建，淑問峩峩。謂愍懷太子也。毛詩曰：淑問如皐陶。我求明德，濟同以和。我求懿德，已見上文。左氏傳，齊侯曰：唯據與我和。晏子曰：據亦同也，焉得為和？和如羹焉，宰夫和之，濟其不及，以渫其過；君子食之，以平其心。君臣亦然。杜預曰：梁丘據也。魯公戾止，袞服委蛇。毛詩曰：魯侯戾止。爾雅曰：戾，至也。周禮曰：三公自袞冕而下。毛詩曰：退食自公，委蛇委蛇。思媚皇儲，高步承華。其七。王隱晉書曰：謐以賈后之妹子，數入宮，與愍懷處。毛詩曰：思媚周姜。又曰：媚于天子。漢書，疏廣曰：太子，國儲嗣君。承華，已見上文。昔我逮茲，時惟下僚。下僚，謂洗馬也。及子棲遲，同林異條。俱在東宮，故曰同林。而貴賤殊隔，故曰異條。毛詩曰：或棲遲偃仰。年殊志比，服舛義稠。服，章服也。尊卑殊制，故曰舛也。說文曰：稠，多也。遊跨三春，情固二秋。其八。祗承皇命，出納無違。尚書曰：祗承于帝。論語曰：樊遲問孝，子曰：無違。往踐蕃朝，來步紫微。蕃朝，吳也。紫微，至尊所居，謂為尚書郎。升降祕閣，我服載暉。謝承後漢書曰：謝承父嬰為尚書侍郎，每讀高祖及光武之後將相名臣策文通訓，條在南宮，祕於省閣，唯臺郎升複道取急，因得開覽。序云：入為尚書郎作此詩。然祕閣即尚書省也。孰云匪懼？仰肅明威。其九。尚書曰：我有周佑命，將天明威。分索則易，攜手實難。鄭玄禮記注曰：索，散也。念昔良遊，茲焉永歎！劉楨黎陽山賦曰：良遊未厭，白日潛暉。毛詩曰：茲之永歎！公之云感，貽此音翰。應劭漢書注曰：云，有也。韋昭曰：翰，筆也。蔚彼高藻，如玉之闌[28]。其十。蔚，文貌。周易曰：君子豹變，其文蔚也。楚辭曰：文彩燿於玉石。

---

[28] 如玉之闌　案「闌」當作「爛」。善引王逸楚辭注「爛然」為注，可見也。又音「爛，力旦切」，皆其證。今亦改「闌」，益

王逸曰：言發文舒詞，爛然成章，如玉石之有文彩也。闌，力旦切，協韻力丹切。惟漢有木，曾不踰境。惟南有金，萬邦作詠。木，謂橙也。賈謐贈詩云：在南稱柑，度北則橙，故答以此。言木度北而變質，故不可以踰境。金百煉而不銷，故萬邦作詠。賈戒之以木[29]，而陸自勗以金也。穀梁傳曰：婦人既嫁，不踰境。毛詩曰：大賂南金。民之胥好，狂狷厲聖。爾雅曰：胥，相也，謂相戒勗以所好尚也。論語，子曰：不得中行而與之，必也狂狷乎？狂者進取，狷者有所不為。尚書曰：惟聖罔念作狂，惟狂克念作聖。說文曰：厲，石也。言人之自勗，若金之受厲。儀形在昔，予聞子命。其十一。毛詩曰：儀形文王，萬邦作孚。左氏傳，晉克曰[30]：臣聞命矣。

於承明作與士龍　五言　集云：與士龍於承明亭作。　陸士衡

牽世嬰時網，駕言遠徂征。鄒陽上書曰：豈拘於俗、牽於世。曹子建責躬詩曰：舉掛時網。毛詩曰：駕言徂東。飲餞豈異族？親戚弟與兄。毛詩曰：飲餞于禰。又曰：豈伊異人，兄弟匪他。婉孌居人思，紆鬱遊子情。方言曰：俒，歡也。俒與婉同，古字通。說文曰：孌，慕也。班固漢書述哀紀曰：婉孌董公，惟亮天工。紆鬱，已見上文。明發遺安寐，寤言涕交纓。毛詩曰：明發不寐。又曰：獨寐寤言。淮南子曰：雍門子以琴見孟嘗君，涕流霑纓。分塗長林側，揮袂萬始亭。佇盼要遐景[31]，傾耳玩餘聲。家語，孔子曰：傾耳而聽之，不可得

非。茶陵本云善作「之闌」。袁本云善作「之蘭」。乃五臣改「爛」為「蘭」，改「之」為「如」，而云「如蘭之芳」，又轉轉多謬。謝靈運擬鄴中集陳琳詩「夜聽極星爛」，善引「明星有爛」為注，五臣改「爛」作「闌」，而以為「闌稀」。袁、茶陵二本校語具有明文，正與此略同矣。

29 注「賈戒之以木」　袁本「賈」作「潘」，是也，謂安仁所作耳。見後。茶陵本亦作「賈」，與此同誤。

30 注「晉克曰」　何校「晉」改「里」，陳同。各本皆誤。

31 佇盼要遐景　茶陵本「盼」作「眄」，是也。袁本作「盻」，亦非。說見前。

而聞。杜預左氏傳注曰：翫，貪也。南歸憩永安，北邁頓承明。毛萇詩傳曰：憩，息也。頓，止舍也。永安有昨軌，承明子棄予。毛詩曰：棄予如遺。俯仰悲林薄[32]，慷慨含辛楚。范曄後漢書，劉瑜上書曰：竊為辛楚，泣血連如。楚，猶痛也。懷往歡絕端，悼來憂成緒。言和悅纔往，歡已絕端，哀悼暫來，憂便成緒。毛萇詩傳曰：懷，和也。楚辭曰：欲寂漠而絕端。方言曰：悼，哀也。感別慘舒翮，思歸樂遵渚。舒翮謂鵠，遵渚謂鴻。言感別之情，慘於舒翮之飛鵠；思歸之志，樂於遵渚之征鴻也。蘇武詩曰：黃鵠一遠別。酈炎詩曰：舒吾凌霄羽。毛詩曰：鴻飛遵渚。

贈尚書郎顧彥先二首

五言　王隱晉書曰：顧榮，字彥先，吳人也，為尚書郎。　陸士衡

大火貞朱光，積陽熙自南。爾雅曰：大火謂之大辰。郭璞曰：大火，心也，在中最明，故時候主之也。孔安國尚書傳曰：貞，正也。朱光，朱明也。爾雅曰：夏為朱明。尚書曰：日永星火，以正仲夏。淮南子曰：積陽之熱氣生火，火氣之精者為日。爾雅曰：熙，興也。續漢書曰：日行南陸謂之夏也。望舒離金虎，屏翳吐重陰。言月離畢，天將雨也。楚辭曰：前望舒使先驅。王逸曰：望舒，月御也。漢書曰：西方，金也。尚書考靈耀曰：西方秋虎。漢書曰：參，白虎三星。又曰：觜觿為虎首。孔安國尚書傳曰：昴，白虎中星。然西方七星畢昴之屬，俱白虎也。毛詩曰：月離于畢，俾滂沲矣！楚辭曰：屏翳起雨[33]。王逸曰：□屏翳[34]，雨師名也。曹子建贈王粲詩曰：重陰潤萬物。凄風迕時序，苦雨遂成霖。左氏傳，申豐曰：春無淒風，秋無苦雨。杜預曰：苦雨，為人所患苦也。小雅曰：迕，犯也。莊子曰：陰陽四時運行，各得其序。朝

---

32 俯仰悲林薄　案：「林」當作「外」。袁本、茶陵本云善作「外」。薄，迫也。言悲自外而來迫也。不知者以五臣亂善，尤所見非。

33 注「屏翳起雨」　袁本「屏翳」作「荓號」，是也。茶陵本亦誤作「屏翳」。案：天問文。

34 注「王逸曰□屏翳」　袁本「曰」下有「荓」字。茶陵本有「屏」字。案：袁本是也，此尤脩改而誤。

遊忘輕羽，夕息憶重衾。輕羽，謂扇也。傳毅有羽扇賦。衾，已見上文。感物百憂生，纏綿自相尋。百憂、纏綿，並已見上文。與子隔蕭牆，蕭牆隔且深。論語，子曰：吾恐季孫之憂，在蕭牆之內也。形影曠不接，所託聲與音。音聲日夜闊，何用慰吾心？毛詩曰：仲山甫永懷，以慰其心。

朝遊遊層城，夕息旋直廬。張晏漢書注曰：直宿曰廬也。迅雷中霄激，驚電光夜舒。論語曰：迅雷風烈必變。楚辭曰：凌驚雷軼駭電兮。玄雲拖朱閣，振風薄綺疏。說文曰：拖，曳也，徒可切。鄭玄禮記注曰：振，動也。風以動物，故謂之振。孔安國尚書傳曰：薄，迫也。李尤東觀銘曰：房闥內布，綺疏外陳，是謂東觀，書籍林淵[35]。豐注溢脩霤，黃潦浸階除。王逸楚辭注曰：霤，屋宇也。說文曰：潦，雨水也。又曰：除，殿階也。停陰結不解，通衢化爲渠。沈稼湮梁潁，流民泝荊徐。廣雅曰：湮，沒也。梁、潁，二地名也。毛萇詩傳曰：泝，向也。荊、徐，二州名也。眷言懷桑梓，無乃將爲魚！毛詩曰：眷言顧之。又曰：惟桑與梓，必恭敬止。左氏傳曰：天王使劉定公勞趙孟，館於雒汭。劉子曰：美哉禹功，明德遠矣。微禹，吾其魚乎！

贈顧交阯公真

五言　晉百官名曰：交州刺史顧祕，字公真。

陸士衡

顧侯體明德，清風肅已邁。周易曰：君子體仁足以長人。鄭玄曰：體，生也。尚書曰：先王既勤用明德。胡廣書曰：建鴻德，流清風。發迹翼藩后，改授撫南裔。藩后，吳王也。顧氏譜曰：祕為吳王郎中令。南裔，謂交阯也。解嘲曰：驃騎發迹於祈連。蔡邕陳球碑曰：遠鎮南裔，近撫侯服。鄭玄周禮注曰：撫，安也。伐鼓五嶺表，揚旌萬里外。漢書曰：秦北為長城之役，南有五嶺之戍。裴淵廣州記五嶺云：大庾、始安、臨賀、桂陽、揭陽。漢書，劉向上疏

[35] 注「書籍林淵」　袁本、茶陵本無此四字。

曰：甘延壽懸旌萬里之外。遠績不辭小，立德不在大。左氏傳，劉子謂趙孟曰：子盍亦遠績禹功[36]，而大庇民焉。又穆叔曰：大上有立德，其次立功。高山安足淩？巨海猶縈帶。古辯異博遊曰：眾星累累如連貝，江河四海如衣帶。惆悵瞻飛駕，引領望歸旆。楚辭曰：惆悵兮而私自憐。左氏傳，穆叔謂晉侯曰：引領西望曰：庶幾乎。

贈從兄車騎

五言　集云：陸士光。　陸士衡

孤獸思故藪，離鳥悲舊林。周禮曰：藪牧，養蓄鳥獸。鄭玄曰：澤無水曰藪。翩翩遊宦子，辛苦誰為心？漢書，薄昭與淮南王書曰：游宦事人。髣髴谷水陽，婉孌崑山陰。楚辭曰：時髣髴以遙見。陸道瞻吳地記曰：海鹽縣東北二百里有長谷，昔陸遜、陸凱居此。谷東二十里有崑山，父祖葬焉。穀梁傳曰：水北曰陽。婉孌，已見上文。營魄懷茲土，精爽若飛沈。老子曰：載營魄抱一，能無離乎？鍾會曰：載，辭也。經護為營，形氣為魄。謂魂魄經護其形氣，使之長存也。論語，子曰：小人懷土。左氏傳，樂祈曰：心之精爽，是謂魂魄。寤寐靡安豫，願言思所欽。東京賦曰：膺多福以安悆。毛詩曰：願言思子。嵇康贈秀才詩曰：思我所欽。感彼歸塗艱，使我怨慕深。孟子，萬章問曰：舜往于田，日號泣於旻天，何謂其號泣也？孟子曰：怨慕也。集本云：歸塗順也。安得忘歸草，言樹背與衿。韓詩曰：焉得諠草，言樹之背。然衿猶前也。斯言豈虛作，思鳥有悲音。

答張士然

五言　孫盛晉陽秋曰：張悛，字士然，少以文章與陸機友善。悛，七全切。　陸士衡

絜身躋祕閣，祕閣峻且玄。四子講德論曰：絜身脩思。弔魏武曰：機出補著作，遊乎祕閣。然祕書省亦為祕閣。說文曰：玄，幽遠也。謂祕閣之幽遠也。終朝理文案，薄暮不遑瞑。毛詩曰：不遑假寐。瞑，古眠字。駕言

---

36 注「子盍亦遠績禹功」袁本、茶陵本無「禹」字，是也。案：見左傳釋文。善引自如此，尤添「禹」字耳。

巡明祀，致敬在祈年。駕言，已見上文。毛詩曰：敬祭明祀[37]。禮記曰：拜至所以致敬也。毛詩曰：祈年孔夙。鄭玄曰：我祈豐年甚早也。逍遙春王圃，躑躅千畝田。晉宮閣銘曰[38]：洛陽宮有春王園。躑躅與蹢躅同。禮記曰：天子為籍田千畝。回渠繞曲陌，通波扶直阡。風俗通曰：南北曰阡，東西曰陌。嘉穀垂重穎，芳樹發華顛。尚書曰：農殖嘉穀。廣雅曰：顛，末也。余固水鄉士，揔轡臨清淵。水鄉，謂吳也。漢書曰：武功中水鄉人三舍墊為池。家語，孔子曰：善御者，正身以揔轡。戚戚多遠念，行行遂成篇。楚辭曰：居戚戚而不解。

為顧彥先贈婦二首

五言　集云：為全彥先作，今云顧彥先，誤也。且此上篇贈婦，下篇答，而俱云贈婦，又誤也。

陸士衡

辭家遠行遊，悠悠三千里。鸚鵡賦曰：女辭家而適人。蔡琰詩曰：悠悠三千里，何時復來會。京洛多風塵，素衣化為緇。毛萇詩傳曰：緇，黑色。脩身悼憂苦，感念同懷子。孟子曰：古之人不得志，脩身見於世。列子曰：卑辱則憂苦。隆思辭心曲，沈歡滯不起。薛君韓詩章句曰：時風又且暴，使己思益隆。毛詩曰：亂我心曲。歡沈難克興，心亂誰為理？願假歸鴻翼，飜飛浙江汜[39]。魏文帝喜霽賦曰：思寄身於鴻鸞，舉六翮而輕飛。毛詩曰：江有汜。

東南有思婦，長歎充幽闥。曹子建七哀詩曰：上有愁思婦，悲歎有餘哀。西京賦曰：重閨幽闥。借問歎何為？佳人眇天末！西京賦曰：眇天末以遠期。遊宦久不歸，山川脩且闊。遊宦，已見上文。形影參

---

37 注「敬祭明祀」　陳云當作「敬恭明神」，是也。各本皆誤。

38 注「晉宮閣銘曰」　案：「銘」當作「名」。各本皆譌。

39 翻飛浙江汜　袁本、茶陵本有校語云「游」善作「浙」。今案：各本所見皆非也。詳善但引「江有汜」為注，而不注「浙江」，是「江汜」連文，非「浙江」連文。蓋亦作「游」，與五臣無異，傳寫誤也。

商乖，音息曠不達。左氏傳，子產曰：昔高辛氏有二子，伯曰閼伯，季曰實沈。居曠林，不相能，日尋干戈，以相征討。后帝不臧，遷閼伯于商丘，主辰。商人是因，故辰為商星。遷實沈于大夏，主參。唐人是因，以服事夏、商；其季世曰唐叔，故參為晉星。法言曰：吾不睹參辰之相比也。音息，音問消息也。廣雅曰：曠，久也。離合非有常，譬彼弦與括。呂氏春秋曰：夫萬物成則毀，合則離；離則復合，合則復離。劉熙釋名曰：矢末曰括。括，會也，與弦會。願保金石軀，慰妾長飢渴！金石，已見上文。李陵贈蘇武詩曰：思得瓊樹枝，以解長飢渴。

贈馮文羆 五言

陸士衡

昔與二三子，遊息承華南。二三子及承華，已見上文。拊翼同枝條，翻飛各異尋。班固漢書曰：撫翼俱起。苟無淩風翮，徘徊守故林。莊子曰：鵠巢於高榆之巔，巢折，凌風而起[40]。慷慨誰為感，願言懷所欽。所欽，已見上文。發軫清洛汭，驅馬大河陰。尚書曰：東至于洛汭。孔安國曰：水北曰汭。穀梁傳曰：水南曰陰。佇立望朔塗，悠悠迴且深。馮在斥丘，故云朔塗。毛詩曰：佇立以泣。王粲贈士孫文始詩曰：雖則同域，邈其迴深。分索古所悲，志士多苦心。古詩曰：晨風懷苦心。悲情臨川結，苦言隨風吟。張平子書曰：酸者不能不苦於言。愧無雜珮贈，良訊代兼金。毛詩曰：知子之來之，雜珮以贈之。孟子曰：齊王餽兼金一百而不受。趙岐曰：兼金，其價兼倍於惡金也。夫子茂遠猷，款誠寄惠音。尚書曰：遠爾猷。秦嘉贈婦詩曰：何用敘我心，遺思致款誠。好色賦曰：絜齋俟兮惠音聲。

---

[40] 苟無淩風翮徘徊守故林及注「莊子曰鵠巢於高榆之巔巢折淩風而起」 袁本、茶陵本云善無此二句。注十六字，二本無。案：此尤延之校添，或其所見者有正文二句及注也。故林謂吳，必作於出補吳王郎中令時，故云爾。潘安仁為賈謐作贈詩「旋反桑梓，帝弟作弼；或云國宦，清塗攸失」。亦即此意。有者，是矣。五臣向注誤，不具論。

贈弟士龍 五言

陸士衡

行矣怨路長，惄焉傷別促。論語曰：君命召，不俟駕行矣。曹子建贈白馬王詩曰：怨彼東路長。詩曰：我心憂傷，惄焉如擣。方言曰：惄，憂也。自關而西，秦晉之間，或曰惄。並奴的切。曹子建送應氏詩曰：別促會日長。指途悲有餘，臨觴歡不足。我若西流水，子爲東峙岳。言己逝如西流之不息，雲止類東岳之不移也。慷慨逝言感，徘徊居情育。逝，機自謂也。居，謂雲也。言慷慨不平，逝者之言多感；徘徊興戀，居者之志彌生。安得攜手俱，契闊成騑服。毛詩曰：死生契闊，與子成說。又曰：攜手同行。毛萇曰：契闊，勤苦也。說文曰：騑，驂傍馬也。鄭玄毛詩箋曰：兩服，中央夾轅也。

為賈謐作贈陸機 四言

潘安仁

肇自初創，二儀烟熅。周易曰：易有太極，是生兩儀。王肅曰：兩儀，天地也。易曰：天地烟熅，萬物化醇。粵有生民，伏羲始君。結繩闡化，八象成文。劇秦美新曰：爰初生民。周易曰：上古結繩而治，後世聖人易之以書契。又曰：古者包犧氏之王天下也，始作八卦，以通神明之德，以類萬物之情。包犧，即伏犧也。聲類曰：闡，大開也。芒芒九有，區域以分。其一。左氏傳，魏絳曰：虞人之箴曰：芒芒禹跡，畫為九州。杜預云：芒芒，遠貌也。毛詩曰：方命厥后，奄有九有。毛萇曰：九有，九州也。神農更王，軒轅承紀。史紀曰：軒轅為天子，代神農氏，是為黃帝，順天地之紀。家語，孔子曰：古之王者易代改號，取法五行。五行更王，終始相生也。畫野離壃，爰封眾子。漢書曰：昔在黃帝，畫壄分州，得百姓之國[41]萬區。史紀曰：黃帝二十五子，得其姓者[42]一十四人。夏殷既襲，宗周繼

---

41 注「得百姓之國」 茶陵本「姓」作「里」，是也。袁本亦誤「姓」。

42 注「得其姓者」 案：「得其」當作「其得」。各本皆倒。

祀。楚辭曰：思堯、舜兮襲興。毛詩曰：赫赫宗周。綿綿瓜瓞，六國互峙。其二。毛詩曰：綿綿瓜瓞，民之初生，自土沮漆。六國，謂韓、燕、趙、魏、齊、楚也。強秦兼幷，呑滅四隅。史記曰：秦始皇初幷天下。班固漢書述曰：孝武行師，呑滅海隅。淮南子曰：經營四隅，還反於樞。高誘曰：隅，猶方也。子嬰面櫬，漢祖膺圖。子嬰、漢祖，並已見上文。左氏傳曰：楚子圍許，許僖公見楚子於武城，面縛銜璧，大夫衰絰，士輿櫬。東京賦曰：高祖膺錄受圖。曹植大魏篇曰：大魏膺符。靈獻微弱，在涅則渝。范曄後漢書曰：孝靈皇帝諱宏，肅宗玄孫也。桓帝崩，無子，即皇帝位。又曰：孝獻皇帝諱協，靈帝中子也。靈帝崩，即皇帝位。曾子曰：沙在泥，與之皆黑。趙岐孟子章句曰：白沙入泥，不染自黑。爾雅曰：渝，變也。三雄鼎足，孫啓南吳。其三。三雄，即三國之主。班固漢書述曰：三雄是敗。漢書，蒯通說韓信曰：方今足下三分天下，鼎足而居。南吳伊何，僭號稱王。吳志曰：黃龍元年，權即皇帝位。春秋命歷序曰：吳、楚駒、勝僭號稱王。駒，景駒也。勝，陳勝也。字書曰：僭，假也。大晉統天，仁風遐揚。謂武帝也。周易曰：大哉乾元，萬物資始，乃統天。典引曰：仁風翔于海表。僞孫銜璧，奉土歸壇。僞孫，謂皓也。吳志曰：孫皓，字元宗，和子也。孫休薨，皓立。晉命王濬伐皓。皓致書於濬，濬受皓之降。銜璧，已見上句。婉婉長離，凌江而翔。其四。長離，喻機也。楚辭曰：駕八龍之婉婉。漢書曰：長麗前掞光耀明。臣瓚曰：長離，靈鳥也。離與麗古字通。長離云誰？咨爾陸生。毛詩曰：云誰之思。又曰：咨爾殷商。鶴鳴九皐，猶載厥聲。毛詩曰：鶴鳴九皐，聲聞于天。又曰：厥聲載路。況乃海隅，播名上京。海隅，謂吳也。尚書曰：至于海隅。范曄後漢書，沮授謂袁紹曰：將軍弱冠登朝[43]，播名海內。孔安國尚書傳曰：播，布也。爰應旌招，撫翼宰庭。其五。臧榮緒晉書曰：太熙末，太傅楊駿辟機為祭酒。孟子曰：夫招士以旂，大夫以旌[44]。撫翼，已見上文。宰，謂駿也。宰或為紫，非也。儲皇之選，實簡惟良。漢

---

[43] 注「將軍弱冠登朝」 袁本、茶陵本無「弱冠登朝」四字，是也。

[44] 注「夫招士以旂大夫以旌」 袁本、茶陵本作「夫招士以旌」五字。案：當是「招大夫以旌」之譌。尤所添改，未是。

書，疏廣曰：太子師友，必之天下英俊[45]。爾雅曰：簡，擇也。尚書曰：時惟良顯哉。孔安國曰：是惟良臣，則君顯明於世。英英朱鸞，來自南岡。鸞，亦喻機也。毛萇詩傳曰：英，鮮明也。王逸楚辭序曰：虯龍鸞鳳，以託君子。毛詩曰：我來自東。曜藻崇正，玄冕丹裳。謂為洗馬也。崇正，太子之宮也。臧榮緒晉書曰：世祖以皇太子富於春秋，初命講孝經於崇政殿。周禮曰：大夫玄冕。禮記曰：君朱韠。環濟要略曰：韠以象裳色。如彼蘭蕙，載採其芳。其六。藩岳作鎮，輔我京室。謂吳王也。班固盧綰述曰：綰自同閈，鎮我北壃。毛詩曰：大啓爾宇，為周室輔。旋反桑梓，帝弟作弼。桑梓，已見上文。作弼，謂為吳王郎中令也。或云國宦，清塗攸失。漢書曰：武有淮南衡山之謀，作左宦之律。應劭曰：人道尚右，今舍天子而仕諸侯，故謂之左宦。吾子洗然[46]，恬淡自逸。其七。莊子曰：庚桑子之始來也，吾洒然異之。鄭玄禮記注曰：洒如，肅敬也。文子曰：靜漠恬淡。說文曰：淡，安也，徒敢切。毛詩曰：我不敢傚，我友自逸。陳太丘碑曰：澹然自逸。廊廟惟清，俊乂是延。史記曰：賢人深謀於廊廟。爾雅曰：室有東西廂曰廟。犍為舍人曰：殿有東西小堂也。然廊廟，君之居，臣朝覲之所，故曰俊乂是延也。尚書曰：俊乂在官。鄭玄周禮注曰：延，進也。擢應嘉舉，自國而遷。方言曰：擢，拔也。齊轡羣龍，光讚納言。謂為尚書郎也。楊雄河東賦曰：建乾坤之貞兆兮，將悉總之以羣龍。韋昭曰：比羣賢也。尚書，帝曰：龍，命汝作納言。應劭漢書注曰：納言，如今尚書官。機為郎，故曰光讚也。鄭玄周禮注曰：讚，佐也。優遊省闥，珥筆華軒。其八。毛詩曰：優遊爾休矣。崔駰奏記，竇憲曰：珥筆持牘，拜謁曹下。韋昭漢書注曰：檻，殿上欄軒上板。昔余與子，繾綣東朝。左氏傳，臧昭伯曰：繾綣從公，無通外內也。雖禮以賓，情同友僚。嬉娛絲竹，撫鞞舞韶。禮記曰：絲竹，樂之器也。字林曰：鞞，小鼓也。尚書

---

45 注「必之天下英俊」　袁本、茶陵本「之」作「於」，是也。

46 吾子洗然　案：「洗」當作「洒」。善注中兩字皆作「洒」。唯袁、茶陵二本所載五臣銑注字乃作「洗」。然則善「洒」、五臣「洗」，各本所見亂之而失著校語。善所引禮記玉藻、莊子庚桑楚，皆本是「洒」字，釋文可證也。

曰：簫韶九成。孔安國曰：韶，舜樂名。**脩日朗月，攜手逍遙。**其九。**自我離羣，二周于今。**禮記曰：子夏曰：吾離羣索居。毛詩曰：自我不見，于今三年。**雖簡其面，分著情深。**孔安國尚書傳曰：簡，略也。袁紹與公孫瓚書曰：分著丹青。**子其超矣，實慰我心。**毛詩曰：實獲我心。**發言爲詩，俟望好音。**其十。毛詩序曰：在心為志，發言為詩。毛詩曰：誰將西歸，懷之好音。**欲崇其高，必重其層。**郭璞□山海經注曰[47]：層，重也，慈登切。**立德之柄，莫匪安恆**[48]**。**周易曰：謙，德之柄也。恆，德之固也。**在南稱甘，度北則橙。**言甘以移植而易名，恐人徙居而變節，故引以誡之。淮南子曰：江南橘，樹之江北，而化為橙。博物志曰：橘柚類甚多，甘、橙、枳皆是。**崇子鋒穎，不頹不崩。**其十一。鄭玄禮記注曰：崇，猶尊也。摯伯陵答司馬遷書曰：有能者見鋒穎之秋毫。毛詩曰：如南山之壽，不騫不崩。

贈陸機出為吳王郎中令 四言

潘正叔

文章志曰：潘尼，字正叔。少有清才，初應州辟，後以父老，歸供養。父終，乃出仕，位終大常。

東南之美，曩惟延州。爾雅曰：東南之美者，有會稽之竹箭焉。左氏傳曰：吳子使屈狐庸聘于晉，趙文子問焉，曰：延州來季子其果立乎？杜預曰：延州來，季札邑也。**顯允陸生，於今鬱儔。**毛詩曰：顯允君子，莫不令德。**振鱗南海，濯翼清流。**高唐賦曰：振鱗奮翼。應德璉建章臺集詩曰：濯翼陵高梯。**婆娑翰林，容與墳丘。**其一。答賓戲曰：婆娑乎術藝之場。長楊賦曰：借翰林以為主人。左氏傳，楚左史倚相趨過。王曰：是史也[49]，能讀三墳、五典、

---

47 注「郭璞□山海經注曰」 袁本「璞」下衍「曰」字，茶陵本無。此亦初衍脩去。

48 莫匪安恆 袁本、茶陵本云「安」善作「宣」。案：此蓋所見不同，今無考。但作「宣」不可通，當是傳寫誤也。

49 注「是史也」 何校「史」上添「良」字，陳同。各本皆脫。

八索、九丘。玉以瑜潤，隨以光融。禮記，孔子曰：君子比德於玉焉，溫潤而澤，仁也；瑜不揜瑕，忠也。鄭玄曰：瑜，其中間美者。隨，隨珠，已見上文。杜預左氏傳注曰：融，朗也。乃漸上京，乃儀儲宮。周易曰：鴻漸于陸，其羽可以為儀吉。玩爾清藻，味爾芳風。玩，猶愛也。禰衡顏子碑曰：秀不實，振芳風。泳之彌廣，挹之彌沖。其二。毛詩曰：漢之廣矣，泳之游之。毛萇曰：潛行為泳。又曰：挹，㪺也。老子曰：大滿若沖。字書曰：沖，猶虛也。崑山何有？有瑤有珉。新序，晉平公嘆曰：嗟乎，安得賢士大夫與共此樂？船人固桑對曰：夫劍產於越，珠產江、漢，玉產崑山，此三寶皆無足而致。今君苟好士，則賢士至矣。說文曰：瑤，玉美者。又曰：珉，石之美者。及爾同僚，具惟近臣。臧榮緒晉書曰：正叔，元康初拜太子舍人。機仕東宮，已見上文。毛詩曰：我雖異事，及爾同僚。東京賦曰：具惟帝臣。國語曰：近臣盡規。予涉素秋，子登青春。素秋，喻老。青春，喻少也。劉楨與臨淄侯書曰：肅以素秋則落。楚辭曰：青春爰謝。愧無老成，廁彼日新。其三。毛詩曰：雖無老成人，尚有典刑。周易曰：大畜剛健篤實，輝光日新其德。祁祁大邦，惟桑惟梓。毛詩曰：采蘩祁祁。毛萇曰：祁祁，眾多也。穆穆伊人，南國之紀。毛詩曰：穆穆魯侯。又曰：所謂伊人。又曰：滔滔江、漢，南國之紀。帝曰爾諧，惟王卿士。尚書，帝曰爾諧。俯僂從命，爰恤奚喜。其四。左氏傳，孟僖子召其大夫曰：吾聞將有達者，曰：孔丘，聖人之後也。其祖弗父何始有國[50]，而授厲公，及正考父，佐戴武宣，三命茲恭敬[51]，其鼎銘曰：一命而僂，再命而傴，三命而俯，循牆而走，莫余敢侮。我車既巾，我馬既秣。周禮，巾車下大夫二人。鄭玄曰：巾，猶衣也。秣馬，已見上文。星陳夙駕，載脂載轄。尚書大傳，八伯歌曰：爛然星陳。毛詩曰：星言夙駕，說于桑田。又曰：載脂載轄，還車言邁。婉孌二宮，徘徊殿闈。醪澄莫饗，孰慰飢渴？其五。淮南子曰：酒澄而不飲。孔叢子，子思謂魯穆公曰：君若飢渴待賢也。

---

50 注「其祖弗父何始有國」　袁本、茶陵本無此八字。

51 注「茲恭敬」　何校「恭」上添「益」字，下去「敬」字，是也。各本皆誤。

昔子忝私，貽我蕙蘭。陸集有贈正叔詩。今子徂東，何以贈旃？徂東，謂適吳也。毛詩曰：駕言徂東。又曰：何以贈之？寸晷惟寶，豈無璵璠？淮南子曰：聖人不貴尺之璧，而重寸之陰，難得而易失也。說文曰：晷，景也。璵璠，美玉也。彼美陸生，可與晤言。其六。毛詩曰：彼美淑姬，可以晤言。鄭玄曰：晤，猶對也。

贈河陽 五言

潘正叔

密生化單父，子奇莅東阿。呂氏春秋曰：密子賤治亶父，彈鳴琴，身不下堂，亶父治。巫馬期以戴星出入，日夜不居，以身親之，而亶父亦治。巫馬期以問於密子[52]，密子曰：我之任人，子之任力；任力者固勞，任人者固逸。說苑曰：子奇年十八，齊君使治阿，既行，齊君悔之，遣使追。使者返，曰：子奇必能矣，共載者皆白首者也。子奇至阿，鑄庫兵以為耕器。魏聞童子為君，庫無兵，倉無粟，乃起兵擊之。阿人父率子，兄率弟，以私兵戰，遂敗魏師。桐鄉建遺烈，武城播弦歌。漢書曰：朱邑，字仲卿，廬江人。少時為舒桐鄉嗇夫，廉平不苛。後為大司農。病且死，屬其子曰：我故為桐鄉吏，其人愛我，必葬我桐鄉。後世子孫，奉我不如桐鄉人。及死，其子葬之桐鄉西郭外，人果共立為邑，起家[53]立祠祭，至今不絕。班固說東平王蒼曰：遺烈著於無窮。論語曰：子之武城，聞弦歌之聲。孔安國曰：子游為武城宰。逸驥騰夷路，潛龍躍洪波。驥、龍，喻岳也。弱冠步鼎鉉，既立宰三河。岳早辟賈充府，出為河陽令。禮記曰：人生二十曰弱冠。周易曰：鼎金鉉。鄭玄曰：金鉉，喻明道，能舉居之官職也[54]。尚書注曰：鼎，三公象也。論語曰：三十而立。漢書，東方朔曰：漢去三河之地，止霸、滻以西。流聲馥秋蘭，摛藻豔春華。家語，孔子曰：流聲後裔，非唯學之所致耶？楚詞曰：秋

---

52 注「以問於密子」 袁本「問」下有「其故」二字。茶陵本有二字，無「以」字。尤初同茶陵而脩去。

53 注「人果共立為邑起家」 陳云「立」字衍，是也。案：漢書循吏傳「共」上有「然」字，無「立」字。各本皆誤。

54 注「能舉居之官職也」 茶陵本「居」作「君」，是也。袁本亦誤「居」。

蘭兮青青。說文曰：攡，舒也。攡藻、春華，已見上文。**徒美天姿茂，豈謂人爵多。**風俗通曰：太尉掾范滂天姿聰叡。孟子曰：有天爵，有人爵。仁義忠信，樂善不倦，此天爵也。公卿大夫，此人爵也。古之人脩其天爵，而人爵從之；今之人脩天爵以要人爵，既得人爵，而棄天爵，終亦亡矣。

贈侍御史王元貺 五言

潘正叔

崑山積瓊玉，廣廈構眾材。崑山出玉，已見上文。慎子曰：廊廟之材，非一木之枝。**遊鱗萃靈沼，撫翼希天階。**遊鱗，龍也。毛萇詩傳曰：萃，集也。毛詩曰：王在靈沼。楚辭曰：攀天階而下視。**膏蘭孰為銷？濟治由賢能。**漢書曰：龔遂卒，有父老來弔曰：薰以香自燒，膏以明自銷。**王侯厭崇禮，迴迹清憲臺。**漢書，上謂嚴助曰：君厭承明之廬。張孟陽魏都賦注曰：聽政殿左崇禮門。漢官儀曰：御史為憲臺也。**蠖屈固小往，龍翔迺太來。**周易曰：尺蠖之屈，以求伸也；龍蛇之蟄，以存身也。又曰：泰，小往大來，吉。郭璞方言注曰：尺蠖，又呼為步屈也，於縛切。**協心毗聖世，畢力讚康哉！**尚書曰：三后協心。毛詩曰：天子是毗。鄭玄曰：毗，輔也。呂氏春秋曰：百官有司之事，畢力竭智矣。尚書，咎繇乃歌曰：元首明哉！股肱良哉！庶事康哉！

卷第二十五

詩丁

贈答三

贈何劭王濟　五言　并序

傅長虞　王隱晉書曰：傅咸，字長虞，北地泥陽人也。舉孝廉，拜太子洗馬，後為司隸校尉，薨。

朗陵公何敬祖，咸之從內兄；臧榮緒晉書曰：何劭襲封朗陵郡公。國子祭酒王武子，咸從姑之外孫也。王隱晉書曰：王濟為國子祭酒。並以明德見重於世。咸親之重之，尚書曰：先王既勤用明德。漢書曰：霍光以張安世篤行，光親重之。情猶同生，義則師友。左氏傳曰：鄭罕、駟、豐同生。孫卿子曰：人必將求賢師而事之，擇良友而友之。何公既登侍中，武子俄而亦作，臧榮緒晉書曰：何劭為散騎常侍，遷侍中。傅暢晉諸公讚曰：王濟左遷國子祭酒，數年，入為侍中。二賢相得甚歡，咸亦慶之。漢書曰：灌夫、竇嬰兩人相得，歡甚無厭。然自恨闇劣，雖願其繾綣，而從之末由；左氏傳，臧昭伯曰：繾綣從公，無通內外。毛詩傳曰[1]：遡

1 注「毛詩傳曰」何校去「傳」字，陳云「傳」字衍，是也。各本皆衍。

迴從之。歷試無效，且有家艱。尚書曰：歷試諸難。毛詩曰：未堪家多難，余又集于蓼。賦詩申懷，以貽之云爾。蒼頡篇曰：懷，抱也。薛君韓詩章句曰：云，詞也。

日月光太清，列宿曜紫微。鶡冠子曰：上及泰清，下及太寧。春秋合誠圖曰：北辰，其星七，在紫微之中也。赫赫大晉朝，明明闢皇闈。左氏傳，子囊曰：赫赫楚國，而君臨之。毛詩曰：明明在下，赫赫在上。張衡陳公誄曰：穆穆皇闈，公寔省之。吾兄既鳳翔，王子亦龍飛。吳質答文帝牋曰：曹烈、曹丹，加以公室枝庶，骨肉舊恩，其龍飛鳳翔，實其分也。雙鸞遊蘭渚，二離揚清暉。鸞離，喻王、何也。蘭渚，喻中書也。王逸楚詞序曰：虯龍鸞鳳，以託君子。漢書曰：長麗前掞光耀明。臣瓚曰：長離，靈鳥也。二離，日月也。攜手升玉階，並坐侍丹帷。毛詩曰：攜手同行。西都賓曰：玉階彤庭。毛詩曰：既見君子，並坐鼓瑟。曹植娛賓賦曰：丹帷曄以四張。金璫綴惠文，煌煌發令姿。董巴輿服志曰：侍中冠弁大冠，加金璫，附蟬為文。漢書曰：昌邑王賀冠惠文冠。音義曰：今侍中所著也。服虔通俗文：耳珠曰璫。斯榮非攸庶，繾綣情所希。賈逵國語注曰：庶，冀也。廣雅曰：希，庶也。豈不企高蹤，麟趾邈難追。司馬彪莊子注曰：企，望也。蔡邕袁陽碑曰：邈矣高蹤，孰能尅茲。毛詩曰：麟之趾，振振公子。臨川靡芳餌，何為空守坻？芳餌，以喻令德也。歸田賦曰：徒臨川以羨魚。吳越春秋，大夫種曰：深川之魚，死於芳餌。餌，魚食也。莊子曰：任公為大鈎，犗牛以為餌。淮南子曰：黃帝化天下也，漁者不爭坻。槁葉待風飄，逝將與君違。槁葉，自喻也。毛詩曰：蘀兮蘀兮，風其吹女。鄭玄曰：木葉槁，得風乃落。毛詩曰：逝將去汝。毛萇詩傳曰：違，離也。違君能無戀，尸素當言歸。韓詩曰：何謂素餐？素者質人，但有質朴，無治民之材。名曰素餐。尸祿者頗有所知，善惡不言，默然不語，苟欲得祿而已，譬若尸矣。毛詩曰：言旋言歸。歸身蓬蓽廬，樂道以忘飢。劉向雅琴賦曰：潛坐蓬廬之中。禮記，孔子曰：儒有蓽門圭竇。毛詩曰：泌之洋洋，可以樂飢。毛萇曰：言可以樂道忘飢。進則無云補，退則恤其私。漢書，諸葛豐曰：臣誠願之，獨恐未有云補。廣雅曰：云，有也。論語曰：退而省其私。但願隆弘美，王度日清夷。東觀漢記，陳元上疏曰：抉瑕擿釁，掩其弘美。左氏傳，右尹革曰：祈招之詩曰：思我王度，式如玉，式如金。仲長子昌言曰：警蹕清夷。

答傅咸　五言

郭泰機　傅咸集曰：河南郭泰機，寒素後門之士，不知余無能為益，以詩見激切，可施用之才，而況沈淪不能自拔於世，余雖心知之，而未如之何。此屈非復文辭所了，故直戲以答其詩云。

皦皦白素絲，織爲寒女衣。素絲，喻德。寒女，喻賤也。傅咸贈詩曰：素絲豈不絜，寒女難為容。崔駰七言曰：皦皦練絲退濁汙。曹植閒居賦曰：願同衾於寒女。寒女雖妙巧，不得秉杼機。言不見用也。傅咸贈詩曰：貧寒猶手拙，操杼安能工？古詩曰：札札弄機杼。天寒知運速，況復鴈南飛。言歲之方晏，以喻年之將老也。莊子曰：天寒既至，霜雪既降。楚辭曰：鴈雍雍而南遊。衣工秉刀尺，棄我忽若遺。衣工，喻傅咸也。張衡髑髏賦曰：飛鋒曜景，秉尺持刀。毛詩曰：將安將樂，棄我如遺。人不取諸身，世士焉所希？言凡人皆不能恕己及物，取之於身，故世間之士，安可冀而相薦乎？周易曰：近取諸身。況復已朝餐，曷由知我飢？言已朝餐而忘我飢，猶居貴而遺我賤。

為顧彥先贈婦二首　五言　集亦云為顧彥先[2]，然此二篇，並是婦答，而云贈婦，誤也。

陸士龍

悠悠君行邁，煢煢妾獨止。毛詩曰：悠悠南行。又曰：行邁靡靡。又曰：獨行煢煢。山河安可踰？永路隔萬里。京室多妖冶，粲粲都人子。上林賦曰：妖冶閑都。毛詩曰：西人之子，粲粲衣服。又曰：彼都人士。鄭玄儀禮注曰：女子子者，女子也，別於男也。雅步擢纖腰，巧笑發皓齒。雅，閑雅，謂妖麗也。許慎淮南

---

2 注「集亦云為顧彥先」　案：「顧」當作「全」，見前卷士衡詩題下注。「亦」者，即亦彼也。不知者誤謂亦此題而改之耳。二陸同作，不得歧異，明甚。今世行二陸合集，又將士衡題一概盡改成「顧」字，則更誤中之誤也。袁、茶陵二本合并此節注入「向曰」下，文句咸失其舊，難以取證，今不復論。

子注曰：擢，引也。毛詩曰：巧笑倩兮。楚辭曰：美人皓齒嫮以姱。佳麗良可美，衰賤焉足紀？戰國策司馬憙曰：趙，佳麗之所出。高誘曰：佳，大也。麗，美也。賈逵國語注曰：紀，猶錄也。遠蒙眷顧言，銜恩非望始。毛詩曰：眷言顧之。鄭玄曰：顧，念也。左氏傳，鄭伯曰：非所敢望。魏文帝哀己賦曰：蒙君子之博愛，垂過望之渥恩。

浮海難爲水，遊林難爲觀。林、海，以喻上京也。言遊上京，難為容色也。孟子曰：觀海者難為水。容色貴及時，朝華忌日晏。說文曰：木槿朝華暮落。皎皎彼姝子，灼灼懷春粲。古詩曰：盈盈樓上女，皎皎當牕牖。毛詩曰：彼姝者子。又曰：有女懷春。毛萇曰：懷，思也。毛詩曰：今夕何夕？見此粲者。國語曰：女三為粲。賈逵曰：粲，亦美貌。西城善雅舞，總章饒清彈。陸機洛陽記曰：金墉城在宮之西北角，魏故宮人皆在中。崔豹古今注曰：魏文帝宮人尚衣能歌舞，一時冠絕。孫盛晉陽秋，傅隆議曰：其總章技，即古之女樂。鳴簧發丹脣，朱絃繞素腕。毛詩曰：吹笙鼓簧。神女賦曰：朱脣的其若丹。禮記曰：清廟之瑟，朱絃而疏越。洛神賦曰：攘皓腕。輕裾猶電揮，雙袂如霧散。張衡舞賦曰：裾若飛燕，袖如迴雪。徘徊相侔，瞥若電伐[3]。韓康伯周易注曰：揮，散也。封禪書曰：雲布霧散。華容溢藻幄，哀響入雲漢。洛神賦曰：華容阿那。杜預左氏傳注曰：幄，帳也。列子曰：薛談學謳於秦青，辭歸。青餞於郊衢，撫節悲歌，聲震林木，響遏行雲。張湛曰：二人，薛、秦之善歌者。知音世所希，非君誰能讚？古詩曰：不惜歌者苦，但傷知音稀。孔安國論語注曰：稀，少也。希與稀通。釋名曰：稱人之美曰讚也。棄置北辰星，問此玄龍煥。北辰，言不移也。玄龍，喻美女也。言棄彼北辰之心，而問此玄龍之色。譏好色而不好德。陸雲代彥先贈婦詩曰：何用結中款？仰指北辰星。石氏星讚曰：軒轅，龍體，主后妃。然此唯取眾姬，即指西城總章宮人，不論於后也。龍色多玄，故取以喻。時暮復何言，華落理必賤。毛詩序曰：華落色衰，復相棄背。

---

[3] 注「徘徊相侔瞥若電伐」陳云「侔」當作「佯」，「相佯」見楚辭。「伐」，「滅」誤。案：所校是也。各本皆譌。

答兄機　五言

陸士龍　士衡前為太子洗馬時贈別士龍，今答之。

悠遠塗可極，別促怨會長。機贈詩曰：行矣怨路長，惄焉傷別促。鄭玄禮記注曰：極，盡也。曹子建送應氏詩曰：別促會日長。銜恩戀行邁，興言在臨觴。機詩曰：指塗悲有餘，臨觴歎不足。毛詩曰：念彼恭人，興言出宿。南津有絕濟，北渚無河梁。言己心有絕濟而可旋，機行無河梁而可涉也。韋昭漢書注曰：直渡為絕。爾雅曰：濟，渡也。機詩曰：我若西流水，子為東跱岳。故云南北以報之。楚辭曰：江河廣而無梁。神往同逝感，形留悲參商。言己形雖留而神實往，故曰神往同逝言之感，形留悲參商之隔。左氏傳，子產曰：高辛氏有二子，伯曰閼伯，季曰實沈，居于曠林，不相能也，日尋干戈，以相征討[4]。后帝不臧，遷閼伯于商丘，主辰，商人是因，故辰為商星。遷實沈于大夏，主參，唐人是因，以服事夏、商[5]，其季世曰唐叔虞，故參為晉星。法言曰：吾不見參商之相比也。衡軌若殊迹，牽牛非服箱。機詩曰：安得同攜手，契闊成騑服。故答云：衡軌若殊其迹，則類牽牛不以服箱也。毛詩曰：睆彼牽牛，不以服箱。

答張士然　五言

陸士龍

行邁越長川，飄颻冒風塵。新序，孔子張曰：臣犯霜露，冒塵埃。曹植出行曰[6]：蒙霧犯風塵。鄭玄考工記注曰：冒，蒙也。通波激枉渚，悲風薄丘榛。西都賓曰：與海通波。楚辭曰：朝發枉渚。又曰：哀江介之悲風。高誘淮南子注曰：叢木曰榛。脩路無窮迹，井邑自相循。周禮曰：九夫為井，四井為邑。廣雅曰：循，從也。百

---

4 注「不相能也日尋干戈以相征討」　袁本、茶陵本無「也」下九字。案：各本皆非，見下。

5 注「以服事夏商」　袁本、茶陵本無此五字。案：此上起「左氏傳」至末一節注，與前卷全同。依善例，但當云「參商已見上文」。蓋各本皆誤複出，尤又從而補之，皆非善之舊。

6 注「曹植出行曰」　案：「出」上當有「亟」字。各本皆脫。後八公山詩注引可證。

城各異俗，千室非良鄰。謝承後漢書曰：黃琬拜豫州刺史，威邁百城。禮記曰：廣谷大川異制，民生其間異俗。論語，子曰：千室之邑，百乘之家。晏子春秋曰：願有良鄰，則見君子也。歡舊難假合，風土豈虛親。感念桑梓城[7]，髣髴眼中人。毛詩曰：惟桑與梓，必恭敬止。楚辭曰：時髣髴以遙見。魏文帝詩曰：迴頭四向望，眼中無故人。靡靡日夜遠，眷眷懷苦辛。毛詩曰：行邁靡靡。毛萇曰：靡靡，行貌也。韓詩曰：眷眷懷顧。古詩曰：轗軻長辛苦[8]。

答盧諶詩 并書　四言

劉越石　王隱晉書曰：劉琨，字越石，中山靖王之後也。初辟太尉隴西秦王府，未就。尋為博士，未之職。永嘉中為并州刺史，與盧志親善。志子諶，琨先辟之，後為從事中郎。段匹磾領幽州牧，諶求為匹磾別駕[9]。諶牋詩與琨，故有此答。後琨竟為匹磾所害也。

琨頓首：損書及詩，備辛酸之苦言，暢經通之遠旨。張平子書曰：酸者不能不苦於言。漢董仲舒對策曰：天地之常經，古今之通義。執玩反覆，不能釋手。玩，猶愛弄也。慨然以悲，歡然以喜。昔在少壯，未嘗檢括。蒼頡篇曰：檢，法度也。薛君韓詩章句曰：括，約束也。遠慕老莊之齊物，近嘉阮生之放曠，老、莊，老聃、莊周也。阮生，嗣宗也。莊子有齊物論。臧榮緒晉書曰：阮籍放誕，不拘禮教。蒼頡篇曰：曠，

---

7 感念桑梓城　袁本、茶陵本有校語云「域」善作「城」。案：各本所見皆非也。「城」但傳寫誤。善亦作「域」，非與五臣有異。二本據所見誤字作校語耳。

8 注「轗軻長辛苦」　袁本「辛苦」作「苦辛」，是也。茶陵本亦誤倒。

9 注「段匹磾領幽州牧諶求為匹磾別駕」　袁本、茶陵本無「州」下「牧諶」二字，及「為」下「匹磾」二字。案：無者是也。尤誤取五臣良注衍字添耳。

疎曠也。怪厚薄何從而生？哀樂何由而至？列子曰：身非愛之所能厚，身亦非輕之所能薄。愛之或不厚，輕之或不薄，此似反也。自厚自薄，或愛之而厚，或輕之而薄，此似非順也。亦自厚自薄，信命者亡壽夭，信理者亡是非，信心者亡逆順，信性者亡安危，則謂都亡所信，亡不信。真矣慤矣，奚去奚就，奚哀奚樂之謂也。自頃輈張，困於逆亂，輈張，驚懼之貌也。楊雄國三老箴曰：負乘覆餗，姦寇侏張。輈與侏古字通，張由切。國破家亡，親友彫殘。崔鴻前趙錄曰：劉聰僭即位于平陽。又曰：聰遣從弟曜攻晉，破洛陽。又曰：遣子粲攻長安，陷之。家亡，見下文。負杖行吟，則百憂俱至，禮記曰：公叔禺人遇負杖者。楚辭曰：屈原行吟澤畔。毛詩曰：逢此百憂。塊然獨坐，則哀憤兩集。淮南子曰：卓然獨立，塊然獨處。時復相與舉觴，對膝破涕爲笑，排終身之積慘，求數刻之暫歡。刻，漏也。說文曰：以銅盆受水分時，晝夜百刻也。譬由疾疢彌年，而欲一丸銷之，其可得乎？毛萇詩傳曰：彌，終也。夫才生於世，世實須才。蘇武答李陵書曰：每念足下才為世生，器為時出。和氏之璧，焉得獨曜於郢握？夜光之珠，何得專玩於隨掌？淮南子曰：隨侯之珠，和氏之璧，得之而富，失之而貧。天下之寶，當與天下共之。孫卿子曰：和氏之璧，為天下之寶。史記，秦王曰：和氏璧天下所共傳寶也。但分析之日，不能不悵恨耳！然後知聃、周之爲虛誕，嗣宗之爲妄作也[10]。孔安國尚書傳曰：誕，欺也。昔騄驥倚輈於吳坂，長鳴於良樂[11]，知與不知也。戰國策，楚客謂春申君曰：昔騏驥駕鹽車，上吳坂，遷延負轅而不能進，遭伯樂，仰而鳴之，知伯樂知己也。今僕屈厄日久，君獨無意使僕為君長鳴乎？思玄賦曰：馬倚輈而徘徊。鄭玄考工記注曰：輈，轅也。古今地名曰：寘零坂在吳城之北，今謂之吳坂。良，王良也。王良無遇驥之事，因伯樂

---

10 嗣宗之為妄作也　袁本、茶陵本有校語云「妄」善作「忘」。案：二本所見非也。作「忘」不可通，必傳寫誤，而尤改正之者。

11 長鳴於良樂　袁本、茶陵本無「長」字。案：此或所見不同，今無所考。

而連言之。孔融薦禰衡表曰：飛兔騕褭，良、樂之所急也。百里奚愚於虞而智於秦，遇與不遇也。漢書，韓信謂廣武君曰：僕聞百里奚居虞而虞亡，之秦而秦伯，非愚於虞而智於秦，用與不用，聽與不聽耳。漢書，楊雄曰：以為遇不遇，命也。今君遇之矣，勗之而已！孔安國尚書傳曰：勗，勉也。不復屬意於文二十餘年矣。鄭玄儀禮注曰：屬，綴也。久廢則無次，想必欲其一反，故稱指送一篇，稱旨，稱其意旨也。稱，赤證切。適足以彰來詩之益美耳。毛萇詩傳曰：適，祇適也[12]。琨頓首頓首。久罹厄運，故述喪亂，多感恨之言也。

厄運初遘[13]，陽爻在六。言晉之遇災也。毛萇詩傳曰[14]：遘，成也。陽爻在六，謂乾上九也。周易曰：上九，亢龍有悔，盈不可久也。乾象棟傾，坤儀舟覆。乾坤，謂天地。左氏傳，子產謂子皮曰：子於鄭國，棟也。棟折榱崩，僑將厭焉。戰國策，或謂公叔曰：塞漏舟而輕陽侯之波，則舟覆矣。橫厲糾紛，羣妖競逐。言劉聰之構逆也。橫厲，從橫猛厲也。糾紛，亂貌也。楚辭曰：櫂舟航以橫厲。范曄後漢書，岑彭曰：四方蜂起，羣雄競逐。火燎神州，洪流華域。火燎、洪流，以喻亂也。尚書曰：若火之燎于原。河圖括地象曰：崑崙東地方千里，名曰神州。孟子曰：洪水橫流，氾濫天下。彼黍離離，彼稷育育。毛詩曰：彼黍離離，彼稷之苗。毛萇詩傳曰：育，長也。哀我皇晉，痛心在目。其一。左氏傳，呂相曰：是用痛心疾首也。天地無心，萬物同塗。無心，謂無心愛育萬物，即不仁也。同塗，謂皆為芻狗也，已見下句。禍淫莫驗，福善則虛。尚書曰：天道福善禍淫。逆有全邑，義無完都。逆，謂劉聰。義，謂晉室。英蕊夏落，毒卉冬敷。英蕊以喻晉朝，毒卉以比胡寇也。王逸離騷序曰：善馬香草[15]，以

---

12 注「適祇適也」 陳云上「適」字衍，是也。各本皆衍。

13 厄運初遘 案：「遘」當作「構」。袁本注作「構成也」，見下。其五臣銑注乃云「遘，遇也」。各本所見，皆以五臣亂善而失著校語。尤因此并改注字，益非。

14 注「毛萇詩傳曰遘成也」 袁本「遘」作「構」。案：「構」字是也。所引小雅四月傳文。茶陵本刪去此八字，大誤。

15 注「善馬香草」 何校「馬」改「鳥」，是也。各本皆誤。

配忠貞。惡禽醜物，以比讒佞也。**如彼龜玉，韞櫝毀諸。**論語，孔子曰：虎兕出於柙，龜玉毀於櫝中，是誰之過與？又曰：有美玉於斯，韞櫝而藏諸。馬融曰：韞，藏也。**芻狗之談，其最得乎？**其二。老子曰：天地不仁，以萬物為芻狗。聖人不仁，以百姓為芻狗。結芻為狗也，言天地不愛萬物，類祭祀之棄芻狗也。然此與談老者不同，彼美而此怨耳。**咨余軟弱，弗克負荷。**漢書曰：王尊之子伯，為京兆尹，軟弱不勝任。左氏傳，鄭子產曰：古人有言，其父析薪，其子弗克負荷。軟，奴亂切。**愆釁仍彰，榮寵屢加。**孔安國尚書傳曰：諐，過也。杜預左氏傳注曰：釁，瑕隙也。**威之不建，禍延凶播。**威之不建，謂為聰所敗，而父母遇害也。凶播，琨自謂也，言遭凶禍而遷播。協韻，補何切。聲類曰：播，散也。**忠隕于國，孝愆于家。**范曄後漢書，世祖誡馮勤曰：能盡忠於國。又，明帝詔曰：陰興在家仁孝。杜預左氏傳曰[16]：愆，失也。**斯罪之積，如彼山河。**言高深也。毛詩曰：如山如河。**斯釁之深，終莫能磨。**其三。毛詩曰：白圭之玷，尚可磨也。**郁穆舊姻，嬿婉新婚。**臧榮緒晉書曰：琨妻，即諶之從母也。新婚，未詳。毛詩曰：不思舊姻。又曰：嬿婉之求。又曰：覯爾新婚。**裹粮攜弱[17]，匍匐星奔。**左氏傳，晉趙穿曰：裹粮坐甲，固敵是求。毛詩曰：凡民有喪，匍匐救之。星奔，言疾也。**未輟爾駕，已隳我門。二族偕覆，三孽並根。**王隱晉書曰：劉聰圍晉陽，令狐泥以千餘人為鄉導，琨求救猗盧，未至，太原太守高嶠反應聰，逐琨。琨父母年老，不堪鞍馬，步檐不免，為泥所害。何法盛晉錄曰：劉粲悉害諶父母。三孽，謂琨之兄子也。張晏漢書曰[18]：孺子為孽。一曰謂劉聰、劉曜、劉粲也。班固漢書曰：三孽之起，本根既朽。音義曰：孽，木斬而復特生，喻魏、齊、韓滅而復更生也。何休公羊傳注曰：孽，猶樹之孽生者也。**長慙舊孤，永負寃魂。**其四。結上二句也。舊孤，謂三孽也。寃魂，謂二族也。王隱晉書曰：琨遣

---

16 注「杜預左氏傳曰」　陳云「傳」下脫「注」字，是也。各本皆脫。

17 裹粮攜弱　袁本、茶陵本此上有「不慮其敗唯義是敦」八字，云善無此二句。案：各本所見皆非也。詳詩每章十二句，傳寫共脫三處，非善自無。下二處皆經尤校改正之，唯此仍其舊，為失於檢照也。又疑善尚有注，為并脫一節，今注莫可考。

18 注「張晏漢書曰」　何校「書」下添「注」字，是也。各本皆脫。

兄子演領兗州，石勒圍演於三臺，突圍得免。後演治稟丘，遂不守。兄少子及演妻息盡為所虜也。亭亭孤幹，獨生無伴。孤幹，孤生之竹，以喻諶。宋玉笛賦曰：倚篠異幹[19]。王逸楚辭注曰：伴，侶也。綠葉繁縟，柔條脩罕。說文曰：縟繁，采飾也。宋玉笛賦曰：罕節簡枝。朝採爾實，夕捋爾竿。字林曰：竿，木梃也。協韻，公旦切。竿翠豐尋，逸珠盈椀。豐尋，言節長盈尋也。說文曰：豐，滿也。應劭漢書注曰：八尺曰尋。珠，即以喻德也。逸，謂過於眾類。盈椀，言多也。寔消我憂，憂急用緩。逝將去乎？庭虛情滿。其五。去，謂之匹磾之所也。逝將，已見上文。白虎通曰：哀通憒滿。虛滿伊何，蘭桂移植[20]。茂彼春林，瘁此秋棘。春林，以喻匹磾。秋棘，琨自喻也。有鳥翻飛，不遑休息。鳥謂鳳，以喻諶也。毛詩曰：肇允彼桃蟲，拚飛惟鳥。匪桐不棲，匪竹不食。鄭玄毛詩箋曰：鳳皇之性，非梧桐不棲，非竹實不食。括地圖曰：鳳皇食竹實。永戢東羽，翰撫西翼。戢，斂也。翰，高飛也。我之敬之，廢歡輟職。其六。毛詩曰：我之懷矣。又曰：敬之敬之。音以賞奏，味以殊珍。呂氏春秋曰：鍾期死，而伯牙乃破琴絕絃，以為世無復賞音者也。淮南子曰：珍其味，人之所美也。文以明言，言以暢神。左氏傳，仲尼曰：志有之，言以足志，文以足言。家語，孔子曰：言說者，情之導也。王肅曰：所以導達其情也。之子之往，四美不臻。毛詩曰：之子于征。四美，音、味、文、言也。澄醪覆觴，絲竹生塵。謂音、味也。淮南子曰：酒澄而不飲。禮記曰：絲竹，樂之器也。素卷莫啓，幄無談賓。謂文、言也。既孤我德，又闕我鄰。其七。光光段生，出幽遷喬[21]。臧榮緒晉書曰：鮮卑段匹磾，自號大將軍。楊雄侍中箴曰：光光常伯。

19 注「倚篠異幹」 何校「倚」改「奇」，是也。各本皆誤。

20 虛滿伊何蘭桂移植 袁本、茶陵本有校語云善無此二句。案：二本所見非也。傳寫誤脫，說見上。尤校改正之，其脩補之迹尚存也。又疑善亦有注，莫可考。

21 光光段生出幽遷喬 袁本、茶陵本有校語云善脫此二句。案：傳寫誤，尤校改正之，說見上。此二句善注各本具存，益足證非善自無也。凡袁、茶陵二本據所見為校語，未嘗謂善真如此，讀者每誤認，觀此可曉然矣。

毛詩曰：出自幽谷，遷于喬木。范曄後漢書，順帝詔曰：楊倫出幽升喬，寵以蕃傳。資忠履信，武烈文昭。閑居賦曰：資忠履信以進德。漢武帝贈故朱崖太守董廣詔曰：伐叛柔服，文昭武烈。曹植令曰：相者文德昭，將者武功烈。旍弓騂騂，輿馬翹翹。孟子曰：夫招大夫以旌[22]。左氏傳，陳敬仲曰：詩曰：翹翹車乘，招我以弓。杜預云：逸詩也。翹翹，遠也。毛詩曰：騂騂角弓。毛萇曰：騂騂，調利也。乃奮長縻，是轡是鑣。廣雅曰：縻，索也。說文曰：鑣，馬勒傍鐵也。何以贈子？竭心公朝。毛詩曰：何以贈之？鸚鵡賦曰：苟竭心於所事。曹子建求親親表曰：執政不廢於公朝也。何以敘懷？引領長謠。其八。左氏傳云：穆叔謂晉侯曰：引領西望曰：庶幾乎。

重贈盧諶

五言　臧榮緒晉書曰：琨詩託意非常，想張、陳，以激諶。素無奇略[23]，以常詞酬琨。

劉越石

握中有懸璧，本自荊山璆。懸璧，懸黎以為璧，以喻諶也。琴操，卞和歌曰：攸攸沂水，經荊山兮，穴山采玉，玉難為功兮。孔安國尚書傳曰：璆，玉也。惟彼太公望，昔在渭濱叟。史記曰：太公望以漁釣奸周。西伯將出獵，果遇太公于渭之陽。六韜曰：文王卜田，史扁為卜田于渭之陽，將大得，非龍非彲，非熊非羆，非得公侯[24]，天遺汝師。文王齋戒三日，田于渭陽，卒見呂尚，坐茅以漁。答賓戲曰：周望兆動於渭濱。鄧生何感激，千里來相求。東觀漢記曰：鄧禹，字仲華，南陽人也。更始既至雒陽，以世祖為大司馬，使安集河北。禹聞之，自南陽發，北徑渡河，追至鄴，謁上，見之甚驩，謂曰：我得拜除長吏，生遠來，寧欲仕耶？禹曰：不願也。趙岐孟子章指曰：千載聞之，猶有感激。周易曰：同氣相

---

22 注「夫招大夫以旌」　袁本、茶陵本「旌」作「旍」。案：正文作「旍」。「旍」即「旌」字。陳云上「夫」字衍，是也。各本皆衍。

23 注「以激諶素無奇略」　何校「素」添一「諶」字，是也。各本皆脫。

24 注「非得公侯」　案：「非」當作「兆」。各本皆譌。

求。白登幸曲逆，鴻門賴留侯。漢書曰：陳平從高帝擊韓信，至平城，為匈奴所圍，七日不食，用平奇計，使單于閼氏解圍，以得開。高帝既出，南過曲逆，詔御史封平為曲逆侯。又曰：冒頓圍高帝於白登七日。如淳曰：平城旁高之地若丘陵者也。留侯，已見謝惠連張子房詩[25]。重耳任五賢，小白相射鉤。左氏傳曰：晉公子重耳之及於難也，遂奔狄，從者狐偃、趙衰、顛頡、魏武子、司空季子。杜預曰：狐偃，子犯也。魏武子，魏犨也。司空季子，胥臣臼季也。此五人賢而有大功也。左氏傳，寺人披謂晉侯曰：齊桓公置射鉤，而使管仲相。杜預曰：乾時之役，管仲射桓公中鉤。苟能隆二伯，安問黨與讎？二伯，晉文、齊桓公也。黨，謂五賢。讎，謂射鉤也。中夜撫枕歎，想與數子遊。數子，謂太公已下也。言數子皆能陳謀以靜亂，故己想之而共遊。吾衰久矣夫，何其不夢周？論語曰：甚矣吾衰也，久矣吾不復夢見周公。誰云聖達節，知命故不憂。毛萇詩傳曰：云，言也。左氏傳，曹子臧曰：前志有之，曰聖達節。周易曰：樂天知命，故不憂。宣尼悲獲麟，西狩涕孔丘。公羊傳曰：哀公十四年春，西狩獲麟。何以書？記異也。孔子曰：孰謂來哉！孰謂來哉！反袂拭面，涕泣沾袍。功業未及建，夕陽忽西流。家語曰：孔子云：脩事而能建業。注曰：建功業。夕陽西流，喻將老之人也。時哉不我與，去乎若雲浮。嵇康幽憤詩曰：時不我與。雲浮，言疾也。朱實隕勁風，繁英落素秋。劉楨與臨淄侯書曰：肅以素秋。狹路傾華蓋，駭駟摧雙輈。劉歆遂初賦曰：奉華蓋於帝側。說文曰：輈，轅也。何意百鍊剛，化爲繞指柔。應劭漢書注曰：說者以金取堅剛，百鍊不耗。

贈劉琨 并書 四言

盧子諒

故吏從事中郎盧諶死罪，死罪！傅子曰：漢武元光初，郡國舉孝廉，元封五年舉秀才，歷世相承，皆向郡國稱故吏。漢書音義，張晏曰：人臣上書，當昧犯死罪而言。諶稟性短弱，當世罕任。孔安國尚書傳曰：稟，受

---

[25] 注「已見謝惠連張子房詩」，何校「惠連」改「宣遠」，是也。袁本亦誤「惠連」。茶陵本所複出，更非。

也。鄭玄周禮注曰：任，用也。因其自然，用安靜退。鬼谷子曰：物有自然。樂氏曰：自然，繼本名也。曾子曰：君子進則能達，退則能靜。在木闕不材之資，處鴈乏善鳴之分。莊子行於山中，見大木，枝葉盛茂，伐木者止其傍而不取也。問其故，曰：無所可用。莊子曰：此木以不材得終其天年。夫子出於山，舍故人之家。故人喜，令豎子殺鴈烹之。豎子請曰：其一能鳴，其一不能鳴，請奚殺？主人曰：殺不能鳴者。明日，弟子問於莊子曰：昨山中之木以不材得終其天年，主人之鴈以不能鳴死，先生將何處？莊子笑曰：周將處夫材與不材之間矣。材與不材之間，似之而非也，故未免乎累。晉灼漢書注曰：資材量也，分，謂己所當得也。卷異蘧子，愚殊甯生。論語，子曰：蘧伯玉邦無道可卷而懷之。又曰：甯武子邦無道則愚。匠者時眄，不免餼賓。言在木闕不材，故匠者時眄，在鴈乏善鳴，故不免餼賓也。莊子，惠子謂弟子曰：吾有大樹，人謂之樗，匠者不顧。廣雅曰：餼，進食也。餼與餼同，仕眷切。嘗自思惟，因緣運會，得蒙接事，宋衷保乾圖注曰：五運五行，用事之運。自奉清塵，于今五稔。楚辭曰：聞赤松之清塵。然行必塵起，不敢指斥尊者，故假塵以言之。言清，尊之也。左氏傳，叔向曰：所謂不及五稔者。杜預曰：稔，年也。謨明之効不著，候人之譏以彰。尚書曰：允迪厥德，謨明弼諧。毛詩序曰：候人，刺近小人也。詩曰：彼候人兮，何戈與祋。大雅含弘，量苞山藪。班固漢書贊曰：大雅卓爾不羣，河間獻王近之矣。周易曰：含弘光大，品物咸亨。左氏傳，宋伯謂晉侯曰[26]：川澤納汙，山藪藏疾。加以待接彌優，款眷逾昵，與去運籌之謀，廁讌私之歡。廣雅曰：款，誠也。爾雅曰：昵，近也。漢書，高祖曰：運籌策於帷幄之中，吾不如子房。毛詩曰：諸父兄弟，備言燕私。綢繆之旨，有同骨肉，毛詩曰：綢繆束薪。毛萇曰：綢繆，纏綿也。骨肉，謂父子。呂氏春秋曰：父母之於子也，子之於父母也，此之謂骨肉之親。其爲知己，古人罔喻。晏子春秋，越石父曰：士者申乎知己。昔聶政殉嚴遂之顧，荊軻慕燕丹之義。聶政，已見別賦。荊軻，已見西征賦。意氣之間，靡軀不悔。謝承後漢書，楊喬曰：侯生為意氣刎頸。楚

---

[26] 注「宋伯謂晉侯曰」 何校「宋伯」改「伯宗」，是也。各本皆誤。

辭曰：子胥諫而靡軀，比干忠而剖心。說文曰：靡，爛也。靡與糜古字通。雖微達節，謂之可庶，達節，已見上文。然苟日有情，孰能不懷？毛萇詩傳曰：懷，思也。故委身之日，夷險已之。委身，猶委質也。左氏傳，狐突曰：策名委質，貳乃辟也。夷險，喻治亂也。淮南子曰：接徑歷遠，直道夷險。杜預左氏傳注曰：已，猶決竟也。事與願違，當忝外役，役，謂別駕也。對琨故謂之外。嵇康幽憤詩曰：事與願違，遘茲淹留。廣雅曰：違，背也。論衡曰：王充以章和二年罷州役。遂去左右，收迹府朝。蓋本同末異，楊朱興哀；始素終玄，墨翟垂涕。淮南子曰：楊子見逵路而哭之，為其可以南，可以北。墨子見練絲而泣之，為可以黃，可以黑。高誘曰：閔其別與化也。分乖之際，咸可歎慨；致感之途，或迫乎茲。鄭玄周禮注曰：致，猶會也。廣雅曰：迫，急也。亦奚必臨路而後長號，覩絲而後歔欷哉？楚辭曰：泣歔欷而沾衿。王逸曰：歔欷，啼貌也。是以仰惟先情，俯覽今遇，先，謂諶父也。今，謂琨也。感存念亡，觸物眷戀。尸子曰：其生也存，其死也亡。易曰：書不盡言，言不盡意。周易繫辭[27]。然則書非盡言之器，言非盡意之具矣。況言有不得至於盡意，書有不得至於盡言邪？不勝猥懣！謹貢詩一篇，廣雅曰：猥，眾也。王逸楚辭注曰：懣，憒也。抑不足以揄揚弘美，亦以攄其所抱而已。班固兩都賦序曰：雍容揄揚，著於後嗣。弘美，已見上文。抱，或為挹。若公肆大惠，遂其厚恩，左氏傳，王使富辛如晉，曰：伯父若肆大惠。杜預曰：肆，展也。廣雅曰：遂，竟也。漢書，劉向曰：蒙漢厚恩。錫以咳唾之音，慰其違離之意，莊子，孔子謂漁父曰：丘竊侍於下風，幸聞咳唾之音也。則所謂咸池酬於北里，夜光報於魚目。樂動聲儀曰：黃帝樂曰咸池。史記曰：紂使師涓作新淫聲，北里之舞，靡靡之樂。雒書曰：秦失金鏡，魚目入珠。鄭玄曰：魚目亂真珠。諶之願也，非所敢望也。左氏傳，鄭伯曰：孤之願也，非所敢望也。諶死罪，死罪。

[27] 注「周易繫辭」袁本、茶陵本「辭」下有「文」字，是也。

濬哲惟皇，紹熙有晉。皇，謂懷帝也。毛詩曰：濬哲維商。爾雅曰：紹，繼也。又曰：熙，興也。振厥弛維，光闡遠韻。韋昭漢書注曰：弛，廢也。蒼頡篇曰：闡，開也。韻，謂德音之和也。有來斯雍，至止伊順。毛詩曰：有來雍雍，至止肅肅。三台摛朗，四岳增峻。其一。漢書曰：北斗魁下六星，兩兩而比，曰三能也。色齊為和，不齊為乖。說文曰：摛，舒也。尚書，帝曰：咨四岳。春秋漢含孳曰：三公象五岳，在天法三能。台與能同也。伊陟佐商，山甫翼周。尚書曰：在太戊時，則有若伊陟，格于上帝。毛詩曰：肅肅王命，仲山父將之也。弘濟艱難，對揚王休。尚書，王曰：用敬保元子釗，弘濟于艱難。毛詩曰：虎拜稽首，對揚王休。苟非異德，曠世同流。言琨之德苟不異於昔賢，雖復與之曠世，若同一流也。班固議曰：漢興以來，曠世歷年。廣雅曰：曠，遠也。加其忠貞，宣其徽猷。其二。左氏傳，荀息曰：公家之利，知無不為，忠也。送往事居，偶俱無猜，貞也。毛詩曰：君子有徽猷。伊諶陋宗，昔遘嘉惠。爾雅曰：遘，遇也。越絕書曰：恭承嘉惠，述暢往事。中以婚姻，著以累世。左氏傳，呂相曰：相好，戮力同心，申之以婚姻。范曄後漢書，孔融謂李膺曰：與君累世通家。義等休戚，好同興廢。孰云匪諧？如樂之契！其三。左氏傳，晉侯謂魏絳曰：八年之中，九合諸侯，如樂之和，無所不諧。爾雅曰：諧，和也。說文曰：契，大約也。王室喪師，私門播遷。喪師，謂為劉聰所敗也。左氏傳，會于洮，謀王室也。國語曰：宣王既喪南國之師。法言曰：屈國喪師。戰國策曰：破公家而成私門。列子曰：岱輿、員嶠二山沈於大海，仙聖播遷者巨億計也。聲類曰：播，散也。望公歸之，視險忽艱。左氏傳，晉趙孟曰：望楚而歸之，視遠如邇。吳季重與曹丕書曰：雖云幽深，視險若夷。茲願不遂，中路阻顚。阻顚，謂諶父為劉粲所害也。仰悲先意，俯思身愆。其四。

大鈞載運，良辰遂往。鵩鳥賦曰：大鈞播物。孔安國尚書傳曰：載，行也。莊子曰：天道運行。楚辭曰：吉日兮良辰。鄭玄儀禮注曰：遂，猶因也。瞻彼日月，迅過俯仰。毛詩曰：瞻彼日月，悠悠我思。莊子，老聃謂崔曜曰[28]：其

[28] 注「老聃謂崔曜曰」案：「曜」當作「臞」，見釋文。茶陵本「曜」作「瞿」，依今莊子改，未是也。袁本亦誤「曜」。

疾也，俛仰之間。杜預左氏傳注曰：俛，俯也。感今惟昔，口存心想。借日如昨，忽爲疇曩。其五。毛詩曰：借曰未知。蒼頡篇曰：昨，隔日也。爾雅曰：曩，久也。疇曩伊何，逝者彌疎。呂氏春秋曰：死者彌久，生者彌疎。温温恭人，慎終如初。恭人，謂琨也。毛詩曰：溫溫恭人，惟德之基。老子曰：慎終如始，則無敗事。覽彼遺音，恤此窮孤。其六。遺音，謂諶父之言也。窮孤，諶自謂也。爾雅曰：恤，憂也。禮記曰：恤孤獨以逮不足。范曄後漢書曰：何敞謂宋由曰：節省浮費，賑恤窮孤。譬彼樛木，蔓葛以敷。樛木，喻琨也。詩曰：南有樛木，葛藟纍之。妙哉蔓葛，得託樛木。妙，猶徽也。葉不雲布，華不星燭。封禪書曰：雲布霧散。承侔卞和，質非荊璞。薛君韓詩章句曰：承，受也，謂受恩。鄭玄周禮注曰：侔，等也。韓子曰：楚子和氏[29]得璞玉於楚山之中，奉而獻之武王也。眷同尤良，用乏驥騄。其七。左氏傳曰：晉趙鞅納衛太子于戚，將戰，郵無恤御簡子。杜預曰：郵無恤，王良也。尤與郵同，古字通。承亦既篤，眷亦既親；飾獎駑猥，方駕駿珍。方言曰：凡相被飾亦曰獎。禮記曰：凶年乘駑馬。廣雅曰：駑，駘也。許慎淮南子注曰：猥，揔凡也。西京賦曰：方駕授饔。鄭玄儀禮注曰：方，併也。駑以方駿，猥以方珍也。賈逵國語注曰：珍，寶也。弼諧靡成，良謀莫陳[30]。尚書曰：謨明弼諧。無覬狐趙，有與五臣。其八。五臣之從晉文，猶諶之事劉氏，無敢望同狐趙之立大功，有志與彼五臣俱履危厄。賈逵國語注曰：覬，望也，羈致切。五臣，已見上文。五臣奚與？契闊百罹。言五臣何故敢與？五臣契闊逢於百罹。毛詩曰：死生契闊。又曰：我生之後，逢此百離。毛萇曰：離，憂也。離，一作罹。身經險阻，足蹈幽遐。言己與五臣同也。左氏傳，楚子曰：晉侯險阻艱難，備嘗之矣。義由恩深，分隨昵加。分，猶節也。綢繆委心，自同匪他。其九。綢繆，已見上文。漢書，韓信謂廣武君曰：委心歸計，願子勿辭。毛詩云：豈伊異人，兄弟匪他。昔在暇日，妙尋通理。孟子曰：

---

29 注「楚子和氏」 案：「子」當作「人」。各本皆誤。

30 良謀莫陳 袁本、茶陵本「謀」作「謨」。案：此或所見不同，今無所考。

壯者以暇日，脩其孝悌忠信也。尤彼意氣，使是節士[31]。言己昔以意氣而殞命，皆非正道，故尤而使之。薛君韓詩章句曰：尤，非也。意氣，已見上文。謝承後漢書曰：節士鮑昂，有鴻漸浮雲之志。慎子曰：世高節士。情以體生，感以情起。言今乃知意氣節士之流思情以體信，而乃生感。趣舍罔要，窮達斯已。其十。言既感厚恩，而吉凶惟命，故云趣舍無所要求，窮達任其所止也。六韜，太公謂武王曰：夫人皆有性，趨舍不同，喜怒不等。趨，猶向也。舍，猶置也。列子，孔子曰：脩一身，任窮達，所謂樂天知命之無憂者也。呂氏春秋曰：古之得道者，窮亦樂，達志也[32]。道德於此[33]，則窮達一也。由余片言，秦人是憚。史記，秦繆公問內史瘳曰[34]：孤聞鄰國有聖人，敵國之憂也。今由余，寡人之害，將奈何也！日磾効忠，飛聲有漢。金日磾，已見西征賦。思玄賦曰：盍遠迹以飛聲。桓桓撫軍，古賢作冠。來牧幽都，濟厥塗炭。其十一。劉琨勸進表曰：撫軍幽州刺史臣匹磾。尚書曰：勗哉夫子，尚桓桓。漢書曰：陳遵、張竦為後進冠。小雅曰：牧，臨也。尚書曰：有夏昏虐，民墜塗炭。塗炭既濟，寇挫民阜。周禮曰：以阜人民。鄭玄曰：阜，盛也。謬其疲隸，授之朝右。朝右，謂別駕也。張璠漢記曰：王堂為汝南太守，教掾吏曰：其憲章朝右，委功曹陳蕃也。上懼任大，下欣施厚。漢書，武帝制曰：任大而守重。管子曰：上施厚，則民之報上亦厚也。實祗高明，敢忘所守。其十二。毛詩曰：高朗令終。鄭玄曰：有高明之譽，而以善名終也。漢書，谷永曰：有守者循其職也。相彼反哺，尚在翔禽。毛詩曰：相彼鳥矣，猶求友聲。小雅曰：純黑而反哺者謂之烏也。孰是人斯，而忍斯心？斯心，謂諶父母見害之心也。國語，國人誦共世子曰：是人斯而有是臭也。每憑山海，庶覿高深。山海，以喻琨也。

---

31 使是節士　袁本、茶陵本「使」作「狹」，云善作「使」。案：各本所見皆非也。善自作「狹」，注云「故尤而狹之」。傳寫并注中皆譌為「使」，乃不可通。此即善、五臣無異，而當訂正者。

32 注「達志也」　陳云「志也」當作「亦樂」，見幽通賦，是也。各本皆誤。

33 注「道德於此」　何校「德」改「得」，陳同，是也。茶陵本作「得」。袁本亦誤「德」。

34 注「秦繆公問內史瘳曰」　袁本、茶陵本「瘳」作「廖」，是也。

李斯上書曰：太山不讓土壤，故能成其高；河海不擇細流，故能成其深。遐眺存亡，緬成飛沈。其十三。韋昭國語注曰：緬，猶邈也。長徽已纓，逝將徙舉。長徽已纓，謂被匹磾所辟，類乎徽纆之繫於己也。周易曰：繫用徽纆。說文曰：嬰，繞也。收迹西踐，銜哀東顧。鄭玄毛詩箋曰：迴首曰顧。曷云塗遼？曾不咫步。賈逵國語注曰：八寸曰咫。豈不夙夜？謂行多露。其十四。毛詩曰：豈不夙夜？謂行多露。然貞女以露多而不往，喻己懼威而不行。緜緜女蘿，施于松標。女蘿，自喻。松標，謂琨也。毛詩曰：蔦與女蘿，施于松柏。廣雅曰：標，末也，必遙切。稾澤洪幹，晞陽豐條。說文曰：幹，本也。楚辭曰：夕晞余身乎九陽。毛萇詩傳曰：晞，乾也。根淺難固，莖弱易彫；操彼纖質，承此衝飆。其十五。飆，喻亂也。鹽鐵論曰：衝風飄鹵，沙石凝積。纖質寔微，衝飆斯值，誰謂言精？致在賞意。莊子曰：可以言論者，物之粗者也；可以意致者，物之精者也。鄭玄禮記注曰：致之言至也。不見得魚，亦忘厥餌。餌，猶筌也。莊子曰：筌者，所以得魚也，得魚而忘筌。言者，所以在意也，得意而忘言。遺其形骸，寄之深識。其十六。莊子曰：申徒，兀者也，謂子產曰：吾與夫子遊十有九年矣，而未曾知吾兀者也。今與我遊於形骸之內，而子索我於形骸之外，不亦過乎？王命論曰：淵然深識。先民頤意，潛山隱机。毛詩曰：先民有作。爾雅曰：頤，養也。莊子曰：南郭子綦隱机而坐，嗒焉似喪其偶也。仰熙丹崖，俯澡綠水。說文曰：熙，燥也，謂暴燥也。無求於和，自附眾美。莊子曰：古之治道者，智與恬交相養，而和理出其性。又曰：無不亡也，無不有也，澹然無極，而眾美從之。慷慨遐蹤，有愧高旨。其十七。言心慷慨慕古賢之遠蹤，而事與願違，故有愧高旨。爰造異論，肝膽楚越。謂琨被謗也。臧榮諸晉書曰：眾人謂琨詩懷帝王大志。莊子，仲尼謂常季曰：自其異者視之，肝膽楚越也。高誘淮南子注曰：肝膽，喻近也。楚越，喻遠也。惟同大觀，萬殊一轍。同大觀，謂琨也。鶡冠子曰：達人大觀，乃見其符。文子曰：聖人由近知遠，以萬異為一同也。淮南子曰：萬殊為一也。死生既齊，榮辱奚別？列子，楊朱曰：生齊，死齊，賢齊，愚齊，貴齊，賤齊。王仲宣七釋曰：均同死生，混齊榮辱也。處其玄根，廓焉靡結。其十八。廣雅曰：玄，道也。張衡玄圖曰：玄者，無形之類，自然之根，作於太始，莫與為先。廣雅曰：廓，空也。

靡結，謂體道虛通，心無怨結也。福爲禍始，禍作福階。言無常也。韓詩曰：利為用本，福為禍先。越記曰：禍為福先，福為禍堂。天地盈虛，寒暑周迴。言物極必反也。周易曰：天地盈虛，與時消息。又曰：寒往則暑來，暑往則寒來。夫差不祀，釁在勝齊。以喻聽也。史記曰：吳王夫差北伐齊，敗於艾陵。越王勾踐敗吳，吳王遂自剄死。越王滅吳也。勾踐作伯，祚自會稽。其十九。以喻琨也。史記曰：勾踐已平吳，周元王使人賜勾踐胙，九命為伯。又曰：夫差以甲兵五千人[35]，棲於會稽也。邈矣達度，唯道是杖。達度，亦謂琨也。形有未泰，神無不暢。何晏論語注曰：泰，自縱泰也。漢書音義曰：暢，通也。如川之流，如淵之量。毛詩曰：如山之苞，如川之流。家語，齊大夫子高適魯，見孔子曰：而今而後，知泰山之為高，海淵之為大也。上弘棟隆，下塞民望。其二十。周易曰：棟隆之吉，不橈乎下也。鄭玄禮記注曰：塞，滿也。左氏傳，師曠謂晉侯曰：夫君，神之主，而民之望也。

贈崔溫

五言　集曰：與溫太真、崔道儒。何法盛晉錄曰：溫嶠，字太真。又曰：崔悅，字道儒。　盧子諒

逍遙步城隅，暇日聊遊豫。毛詩曰：俟我於城隅。暇日，已見上文。曹植蟬賦曰：始遊豫乎芳林。北眺沙漠垂，南望舊京路。說文曰：漠，北方流沙也。曹子建白馬篇曰：揚聲沙漠垂。平陸引長流，崗巒挺茂樹。中原厲迅飈，山阿起雲霧。厲，疾貌也。遊子恆悲懷，舉目增永慕。漢書，高祖曰：遊子悲故鄉。李陵書曰：舉目言笑，誰與為懽？曹子建應詔詩曰：長懷永慕。良儔不獲偕，舒情將焉訴？楚辭曰：向長風而舒情。遠念賢士風，遂存往古務。楚辭曰：伊思兮往古。朔鄙多俠氣，豈惟地所固？爾雅曰：朔，北方也。鄭玄周禮注曰：都之所居曰鄙。漢書曰：趙地北通燕涿，高氣勢也。李牧鎮邊城，荒夷懷南懼。史記曰：李牧者，趙之北邊良將也。常居代鴈門，備匈奴。匈奴小入，佯北不勝，以數千人委之。單于聞之，大率眾來入。李牧多

---

[35] 注「夫差以甲兵五千人」　何校「夫差」改「勾踐」，陳同，是也。袁本亦誤。茶陵本脫此注。

為奇陣，張左右翼擊之，大破，殺匈奴十餘萬騎。單于奔走。其後十餘歲，匈奴不敢近趙邊城。說文曰：懷，念思也。趙奢正疆埸，秦人折北慮。史記曰：趙奢，趙之田部吏也。秦伐韓，令趙奢將救之，大敗秦軍。秦軍解而走，遂解閼與之圍而歸。左氏傳曰：疆埸之患，一彼一此。羈旅及寬政，委質與時遇。左氏傳，齊侯使敬仲為卿。辭曰：羈旅之臣，幸若獲宥，及於寬政，君之惠也。又狐突曰：策名委質，貳乃辟也。恨以駑蹇姿，徒煩飛子御。王命論曰：駑蹇之乘，不騁千里之塗。史記曰：大雒生非子，非子居大丘，好馬及畜，善養息之。大丘人言之周孝王，召使主馬于汧、渭之間，馬大蕃息。非與飛古字通。亦既弛負檐，忝位宰黔庶。苟云免罪戾，何暇收民譽？左氏傳，陳公子完曰：免於罪戾，弛於負檐。又曰：晉悼公即位，公宮之長[36]，皆民譽也。倪寬以殿黜，終乃最眾賦。漢書曰：倪寬遷左內史，時裁闊狹，與民相假，貸以租，多不入。後有軍發，左內史以負租課殿當免，皆恐失之，大家牛車，小家擔負，輸租繈屬不絕，課更以最上。何武不赫赫，遺愛常在去。漢書曰：何武為大司空，其所居亦無赫赫名，去後常見思。古人非所希，短弱自有素。鄭玄禮記注曰：素，猶故也。何以敷斯辭，惟以二子故。二子，謂崔、溫也。

答魏子悌 五言

盧子諒

崇臺非一幹，珍裘非一腋。慎子曰：廊廟之材，蓋非一木之枝；狐白之裘，非一狐之皮也。治亂安危存亡榮辱之施，非一人之力。埤蒼曰：腋在肘後。多士成大業，羣賢濟弘績。班固漢書贊曰：高祖征伐定天下，縉紳之徒，騁其智辯，並成大業。遇蒙時來會，聊齊朝彥迹。言富貴榮寵，時之暫來也。漢書，蒯通曰：時乎，時不再來！顧此腹背羽，愧彼排虛翮。韓詩外傳曰：晉平公遊於河而嘆曰：安得賢士與之樂此也？船人孟胥跪而對曰：主

---

36 注「公宮之長」 何校「公宮」改「六官」，陳同，是也。各本皆誤。

君亦不好士耳，何患無士乎？平公曰：吾食客，門左千人，右千人，何謂不好士乎？對曰：夫鴻鵠一舉千里，所恃者六翮耳。背上之毛，腹下之毳，益一把，飛不為加高，損一把，飛不為加下。今君之食客，門左右各千人，亦有六翮在其中矣。將皆背上之毛，腹下之毳耶？寄身蔭四嶽，託好憑三益。四嶽，謂劉琨也。四嶽，已見上文。論語，孔子曰：益者三友，友直，友諒，友多聞，益矣。傾蓋雖終朝，大分邁疇昔。鄒陽上書曰：白頭如新，傾蓋若故。左氏傳曰：楚子文訓兵終朝而畢。李固與賓卿書曰：開廓大分，綢繆恩信。左氏傳，羊斟曰：疇昔之羊，子為政。在危每同險，處安不異易。易，夷易也。協韻，以赤切。俱涉晉昌艱，共更飛狐厄。王隱晉書曰：惠帝以敦煌土界闊遠，分立晉昌郡。又曰：晉昌護匈奴中郎將，別領戶。然時段匹磾為此職，諶在磾所，難斥言之，故曰晉昌也。晉中興書曰：石勒攻樂平，劉琨自代飛狐口奔安次也。恩由契闊生，義隨周旋積。契闊，已見上文。左氏傳，晉公子重耳謂楚子曰：晉、楚治兵，以與君周旋。豈謂鄉曲譽，謬充本州役。燕丹子曰：士無鄉曲之譽，則不可以論行。匹磾辟諶為幽州別駕，故曰本州之役，已見上文。乖離令我感，悲欣使情惕。毛萇詩傳曰：惕惕，猶切切也[37]。理以精神通，匪曰形骸隔。楚辭曰：眾人莫可與論道，非精神之不通。形骸，已見上文。妙詩申篤好，清義貫幽賾。小雅曰：賾，深也。恨無隨侯珠，以酬荊文璧。隨侯珠，已見上文。荊，楚也。韓子曰：楚人卞和得璞玉於荊山之中，文王即位，乃使理其璞，得寶焉。乃命曰：和氏之璧也。傅玄豫章行曰：琅玕溢金匱，文璧世所無。

答靈運 五言

謝宣遠

夕霽風氣涼，閑房有餘清。何敬祖雜詩曰：閑房來清氣。呂氏春秋曰：冬不用翣，清有餘也。開軒滅

---

[37] 注「惕惕猶切切也」 陳云「切切」當作「忉忉」，是也。所引防有鵲巢二章傳文。各本皆誤。

華燭，月露皓已盈。軒，牕也。蜀都賦曰：高軒以臨山[38]。秦嘉贈婦詩曰：飄飄帷帳，熒熒華燭。獨夜無物役，寢者亦云寧。孫卿子曰：是謂以己為物役也。忽獲愁霖唱，懷勞奏所成。靈運愁霖詩序云：示從兄宣遠。歎彼行旅艱，深茲眷言情。魏文柳賦曰：行旅仰而迴眷。毛詩曰：眷言顧之。伊余雖寡慰，殷憂暫為輕。長門賦曰：伊余志之懷慢愚[39]。韓詩曰：耿耿不寐，如有殷憂。牽率詶嘉藻，長揖愧吾生。左氏傳，智伯曰：牽率老夫，以至于此。文賦曰：嘉藻麗之彬彬。漢書曰：酈食其長揖不拜。陸機贈潘岳詩曰：僉曰吾生，明德惟允。

於安城答靈運[40] 五言 謝宣遠

謝靈運贈宣遠序曰：從兄宣遠，義熙十一年正月作守安城。其年夏贈以此詩，到其年冬有答。

條繁林彌蔚，波清源愈濬。阮德猷答棗道彥詩曰：體直響正，源深流清。華宗誕吾秀，之子紹前胤。魏志，曹植上疏曰：華宗貴族，必有應斯舉者。毛萇詩傳曰：誕，大也。大矣后稷，十月而生也。廣雅曰：秀，美也。毛詩曰：之子于征。尚書曰：俾克紹前烈。孔安國尚書傳曰：胤，嗣也。綢繆結風徽，烟熅吐芳訊。綢繆，已見上文。周易曰：天地烟熅，萬物化醇。演連珠曰：肆義芳訊。鄭玄禮記注曰：訊，問也。鴻漸隨事變，雲臺與年峻。其一。鴻漸，以喻仕進，雲臺，以喻爵位也。周易曰：鴻漸于陸，其羽可以為儀。李顒阮彥倫誄曰：累土積功，以為雲臺。淮南子曰：雲臺之高，墮者折脊碎腦。高誘曰：臺高際於雲，故曰雲臺也。華萼相光飾，嚶嚶悅同響[41]。毛詩曰：棠棣

---

38 注「高軒以臨山」 案：「高」上當有「開」字。各本皆脫。

39 注「伊余志之懷慢愚」 袁本、茶陵本「之」下無「懷」字，「愚」下有「兮」字，是也。又茶陵本「志」作「懷」，亦誤。

40 於安城答靈運 何校「城」改「成」，注同，陳云「城」，「成」誤，是也。各本皆譌。

41 嚶嚶悅同響 袁本、茶陵本作「嚶鳴」，云善作「嚶嚶」。案：各本所見皆非也。詳詩以「嚶鳴」與上「華萼」偶句，非善獨作「嚶嚶」，乃傳寫誤。又何云五臣作「嚶鳴」。向來不知校語，但據所見，故何以「嚶鳴」專屬之五臣耳。後酬從弟惠連詩「鳴嚶已悅豫」，五臣亦作「嚶鳴」，疑彼各本所見善誤倒。

之華，萼不韡韡。鄭玄曰：興者，諭弟以敬事兄，兄以榮覆弟也。毛詩曰：伐木丁丁，鳥鳴嚶嚶。鄭玄曰：其鳴之志，似於求友也。親親子敦予，賢賢吾爾賞。禮記曰：君子賢其賢而親其親。又曰：親親故尊祖，尊祖故敬宗。論語曰：賢賢易色。比景後鮮輝，方年一日長。言比景後爾鮮輝，方年長爾一日也。說文曰：景，光也。孔安國論語曰：子路、曾皙、冉有、公西華侍坐。子曰：以吾一日長乎爾。萎葉愛榮條，涸流好河廣。其二。萎葉、涸流，自喻也。王逸楚辭注曰：枝葉早萎痛絕落。潘安仁河陽詩曰：峻巖敷榮條。文賦曰：豁若涸流。楚辭曰：江、河廣而無梁。殉業謝成操，復禮愧貧樂。司馬彪莊子注曰：殉，營也。論語，子曰：一日克己復禮，天下歸仁焉。子曰：貧而樂，富而好禮者。幸會果代耕，符守江南曲。許慎淮南子注曰：果，成也。禮記曰：諸侯之下士，視上農夫，祿足以代耕。漢書曰：初與郡守為竹使符也。履運傷荏苒，遵塗歎緬邈。莊子曰：陰陽四時，運行各得其序。張茂先勵志詩云：日與月與，荏苒代謝。陸機贈馮文熊詩曰[42]：遵塗遠蹈。又擬古詩曰：緬邈若飛沉。布懷存所欽，我勞一何篤！其三。嵇康秀才詩曰：思我所欽，我勞如何！徐幹答劉楨詩曰：我思一何篤，其愁兼三春。肇允雖同規，翻飛各異概。毛詩曰：肇允彼桃蟲，翻飛惟鳥。異概，謂異量也。凡概以平量，故言概而顯量焉。楚辭曰：一概而相量也。迢遞封畿外，窈窕承明內。宣遠為安城守，故云封畿外。靈運為秘書監，故云承明內也。毛詩曰：京畿千里[43]。承明，假京洛而言之也。尋塗塗既睽，即理理已對。外內殊職，是塗睽也。賢愚異任，是理對也。絲路有恆悲，矧迺在吾愛。其四。絲路，已見上文。又，絲或為蹊也。跬行安步武，鎩翮周數仞。漢書，公孫玃曰：吳失與而無助，跬行獨進。如淳曰：跬以一足行為[44]。跬，空蘂切。鄭玄禮記注曰：武，迹也。淮南子曰：飛鳥鎩羽。許慎曰：鎩，殘羽也。莊子曰：有鳥焉，其

42 注「陸機贈馮文熊詩曰」 案：「熊」當作「羆」。各本皆譌。

43 注「京畿千里」 陳云「京」，「邦」誤。案：所校是也。正文云「封畿」，即「邦畿」耳。各本皆誤。

44 注「跬以一足行為」 袁本、茶陵本無「為」字，是也。

名為鵬，摶扶搖羊角而上者，行九萬里。斥鴳笑之曰：我騰躍而上，不過數仞而下，此亦飛之至也。包咸論語注曰：七尺曰仞。豈不識高遠，違方往有吝。阮籍詠懷詩曰：豈不識宏大，羽翼不相儀。郭象莊子注曰：亦猶鳥之自得於一方也。周易曰：君子舍之，往吝窮也。歲寒霜雪嚴，過半路愈峻。言位高而愈懼也。莊子，孔子曰：天寒既至，霜雪既降。戰國策曰：或謂秦王曰：日行百里者，半於九十。此言末路之難也。量己畏友朋，勇退不敢進。庾元規讓中書表曰：量己知弊。左氏傳，陳敬仲曰：詩云：豈不欲往，畏我友朋。晏子春秋曰：上士難進而易退也。行矣勵令猷，寫誠詶來訊。其五。孔安國尚書傳曰：勵，勉也。補亡詩曰：賓寫爾誠。曹植與吳重書曰[45]：得所來訊，文采委曲。

西陵遇風獻康樂　五言

謝惠連

沈約宋書曰：靈運襲封康樂侯。鄭玄禮記注曰：獻，猶進也。又曰：古者致物於人，尊之曰獻。

我行指孟春，春仲尚未發。趣途遠有期，念離情無歇。趣，向也。成裝候良辰，漾舟陶嘉月。許慎淮南子注曰：裝，飾也。良辰，已見上文。蜀都賦曰：漾輕舟。楚辭曰：陶嘉月兮總駕，搴玉英兮自脩。爾雅曰：陶，喜也。瞻塗意少悰，還顧情多闕。其一。韋昭漢書注曰：悰，樂也。哲兄感仳別，相送越坰林。兄，謂靈運也。漢書，谷永謝王鳳曰：察父哲兄，覆育子弟，誠無以加。毛詩曰：有女仳離，慨其嘆矣。毛萇曰：仳，別也，匹視切。爾雅曰：野外曰林，林外曰坰。飲餞野亭館，分袂澄湖陰。毛詩曰：飲餞于禰。范曄後漢書曰：郭伋逐止野亭。淒淒留子言，眷眷浮客心。韓詩曰：眷眷懷顧。孔安國尚書傳曰：浮，行也。迴塘隱艫栧，遠望絕形音。其二。南都賦曰：分背迴塘。說文曰：艫，船頭也。韋昭漢書注曰：栧，檝也。靡靡即長路，戚戚抱遙悲。楚辭曰：居戚戚而不解。悲遙但自弭，路長當語誰！楚辭曰：汎容與而遐舉兮，聊抑志而自弭。杜

---

[45] 注「曹植與吳重書曰」：陳云「吳」下脫「季」字。案：非也，重即季重，例見前。

預左氏傳注曰：弭，息也。古詩曰：愁思當語誰。行行道轉遠，去去情彌遲。陸機赴洛詩曰：行行遂已遠。韓詩外傳曰：孔子之去魯，遲遲乎其行也。昨發浦陽汭，今宿浙江湄。其三。酈善長水經注曰：浦陽江水，導源烏傷縣，而經上虞縣。孔安國尚書傳曰：水北曰汭。晉灼漢書注曰：江水至會稽山陰為浙江。郭璞山海經注曰：今錢塘有浙江，音折。屯雲蔽曾嶺，驚風涌飛流。零雨潤墳澤，落雪灑林丘。毛詩曰：零雨其濛。浮氛晦崖巘，積素惑原疇。爾雅曰：重巘，隒也。曲汜薄停旅，通川絕行舟。其四。王逸楚辭注曰：泊，止也，泊與薄古字通。韓詩外傳，阿谷之女曰：阿谷之隊隱也[46]。行旅，已見上文。上林賦曰：通川過於中庭。魏文帝善哉行曰：洋洋川流，中有行舟。臨津不得濟，佇檝阻風波。孔叢子，孔子歌曰：臨津不濟，還轅息鄹。爾雅曰：佇，久也。家語，孔子曰：不觀巨海，何以知風波之患也。蕭條洲渚際，氣色少諧和。西瞻興遊歎，東睇起悽歌。積憤成疢痗，無萱將如何！其五。韓詩曰：焉得萱草[47]，言樹之背；願言思伯，使我心痗！薛君曰：諠草，忘憂也。萱與諠通。痗音悔。

還舊園作見顏范二中書

五言　沈約宋書曰：元嘉三年，徐羨之等誅，徵顏延之為中書侍郎。范中書，蓋謂范泰也。

謝靈運

辭滿豈多秩，謝病不待年。偶與張邴合，久欲還東山。漢書，張良曰：今以三寸舌為帝師，封萬戶，位列侯，此布衣之極，於良足矣。願棄人間事，欲從赤松子學道輕舉。又曰：琅邪邴漢亦有清行，兄子曼容亦養志自脩，為官不肯過六百石，輒自免去。東山，謂會稽始寧也。檀道鸞晉陽秋曰：謝安有反東山之志，每形之於言。聖靈昔迴

---

46 注「阿谷之隊隱也」　陳云「隱」下脫「曲之汜」三字，見前謝惠連泛湖詩注，是也。各本皆脫。

47 注「焉得萱草」　案：「萱」當作「諠」，觀下注可見。各本皆誤。

眷，微尚不及宣。聖靈，謂高祖也。陸機弔。魏文帝柳賦曰[48]：行旅仰而迴眷。何意衝飈激，烈火縱炎烟。焚玉發崑峯，餘燎遂見遷。沈約宋書曰：少帝即位，權在大臣，靈運構扇異同，非毀執政，司徒徐羨之等[49]患之，出為永嘉太守。衝飈，已見上文。尚書曰：火炎崑崗，玉石俱焚；天吏逸德，烈于猛火。投沙理既迫，如邛顧亦愆。漢書曰：賈誼以謫居長沙，長沙卑濕，誼自傷悼，以為壽不得長。又曰：卓文君謂司馬長卿曰：第如臨邛從昆弟假貸，猶足以為生，何至自苦如此。相如與俱之臨邛。第，但也。長與懽愛別，永絕平生緣。緣，因緣也。浮舟千仞壑，揔轡萬尋巔。戰國策，蘇代曰：水浮輕舟。春秋繁露曰：水赴千仞之壑而不旋，似勇者。家語，孔子曰：善御者正身以揔轡。琴賦曰：青壁萬尋。流沫不足險，石林豈為艱！列子曰：孔子觀於呂梁，懸水四十仞，流沫三十里，見一丈夫遊之，以為有苦，使弟子並水而承之，數百步出，被髮行歌，而遊於堂下，孔子從而問焉，曰：蹈水有道乎？長於水而安於水，性也。楚辭曰：焉有石林。閩中安可處，日夜念歸旋。漢書曰：故越王無諸世奉越祀，身帥閩中兵，以佐滅秦。韋昭曰：東越之別名也。閩音旻。事躓兩如直，心愜三避賢。言史魚有道無道，行俱如矢而已。有道則見召，無道則左遷，故云事躓兩如矢直而已，雖遷終無悔吝，心愜三避之賢。韋昭漢書注曰：躓，頓也，謂顛仆也。說文曰：躓，跌也。論語，子曰：直哉史魚，邦有道如矢，邦無道如矢。史記曰：孫叔敖相楚，三去相而不悔，知其非己罪也。三避，三黜也。躓音致。託身青雲上，棲巖挹飛泉。陸機詩曰：託身承華側。嵇康絕交書曰：許由之巖棲。盛明盪氛昏，貞休康屯邅。盛明、貞休，謂太祖也。言以盛明之德，而蕩氛昏之徒，又以正美之道以康屯邅之俗也。解嘲曰：遭盛明之世。周易曰：乾，元亨利貞。又曰：休否大人吉。鄭玄曰：休，美也。王弼曰：居尊位，能休否也。周易曰：迍如邅如。殊方咸成貸，微物豫釆甄。沈約宋書曰：太祖登祚，徐羨之等徵靈運為秘書監，再召不起。上使光祿大夫范泰與靈運書，敦

---

48 注「陸機弔魏文帝柳賦曰」何校「魏」下添「武帝文曰庶聖靈之響像魏」十一字，陳同，是也。各本皆脫。

49 注「徐羨之等」何校「徐」上添「誅」字，是也。各本皆脫。

奬之，乃出就。文子曰：殊方偏國。老子曰：夫惟道，善貸且成。說文曰：貸，施也。魏明帝豫章行曰：於斯誠微物，能不懷傷悴。鄭玄尚書緯注曰：甄，表也。**感深操不固，質弱易版纏**[50]。謂應徵也。感深，感荷情深也。楚辭曰：悲靈脩之浩蕩，何執操之不固。應璩與陰中夏書曰：體正者則檢於人，質弱者則陋於眾。版纏，猶牽引也。**曾是反昔園，語往實款然。**毛詩曰：曾是在位。廣雅曰：款，愛也。**曩基即先築，故池不更穿。**爾雅曰：曩，久也，謂久舊也。仲長子曰：築基起功。莊子曰：相造于水者，穿池而養給也。**果木有舊行，壤石無遠延。**劉歆甘泉賦曰：桂木雜而成行。說苑曰：楚莊王築層臺，延石千里，延壤百里。**雖非休憩地，聊取永日閑。**毛詩曰：且以永日。鄭玄曰：永，引也。**衛生自有經，息陰謝所牽。**莊子，南榮趎曰：願聞衛生之經而已矣。老子曰：衛生之經乎[51]，能抱一乎，能勿失乎，能與物委蛇而同其波乎，是衛生之經也。司馬彪曰：生[52]，謂衛護其生，全性命也。息陰，即息影也。牽，謂俗務也，已見遊南亭詩。**夫子照情素，探懷授往篇。**史記，蔡澤謂應侯曰：公孫鞅之事孝公也，披心腹，示情素。素，猶實也。王仲宣詩曰：探懷授所歡，願醉不顧身。

登臨海嶠初發彊中作與從弟惠連見羊何共和之 五言

謝靈運遊名山志曰：桂林頂，遠則嵊尖彊中。沈約宋書曰：靈運既東還，與族弟惠連、東海何長瑜、潁川荀雍、太山羊璿之文章常會[53]，

---

50 質弱易版纏　袁本、茶陵本「版」作「板」，音百蠻。何校改「扳」，陳云「板」，「扳」誤。案：所校是也，注同。末當有善音，今脫。

51 注「衛生之經乎」　茶陵本無「乎」字，是也。袁本亦衍，後脩去之。

52 注「司馬彪曰生」　茶陵本「生」上有「衛」字，是也。袁本亦脫。

53 注「文章常會」　何校「常」改「賞」，陳同，是也。各本皆譌。

共為山澤之遊，時人謂之四友。

謝靈運

杪秋尋遠山，山遠行不近。楚辭曰：覿杪秋之遙夜。與子別山阿，含酸赴脩軫。軫當為畛。說文曰：畛，井田間陌。中流袂就判，欲去情不忍。毛萇詩傳曰：判，分也。毛詩曰：彷徨不忍去。顧望脰未悁，汀曲舟已隱。何休公羊傳注曰：脰，頸也。陸彥聲詩曰：相思心既勞，相望脰亦悁。說文曰：㾓，疲也。㾓與悁通。文字集略曰：汀，水際平也。隱汀絕望舟，鶩棹逐驚流。海賦曰：驚浪雷奔。欲抑一生歡，幷奔千里遊。言遠別已為抑歡，千里逾加離思。列子，公孫朝曰：欲盡一生之歡，窮當年之樂。古詩曰：離家千里客，戚戚多思復。日落當棲薄，繫纜臨江樓。纜，維舟索也。吳志曰：更增舸纜。謝靈運遊名山志曰：從臨江樓步路南上二里餘，左望湖中，右傍長江也。豈惟夕情歛，憶爾共淹留。楚辭曰：攀桂枝兮聊淹留。淹留昔時歡，復增今日歎。潘岳哀永逝曰：憶舊歡兮增新悲。茲情已分慮，況迺協悲端。悲端，謂秋也。楚辭曰：悲哉秋之為氣也。秋泉鳴北澗，哀猿響南巒。爾雅曰：巒，山隋。郭璞曰：山形長狹者，荊州謂之巒。戚戚新別心，悽悽久念攢！蒼頡篇曰：攢，聚之也[54]。攢念攻別心，旦發清溪陰。暝投剡中宿，明登天姥岑。楚辭曰：夕投宿於石城。漢書曰：會稽有剡縣。吳錄地里志曰：剡縣有天姥岑。剡，植琰切。姥，莫古切。高高入雲霓，還期那可尋？孟子曰：太山之高，參天入雲。羊祜請伐吳表曰：高山尋雲霓。潘安仁在懷縣詩曰：感此還期淹。儻遇浮丘公，長絕子徽音。列仙傳曰：王子喬好吹笙，道人浮丘公接以上嵩山。毛詩曰：太姒嗣徽音。

酬從弟惠連 五言

謝靈運

寢瘵謝人徒，滅迹入雲峯。爾雅曰：瘵，病也。太玄經曰：老子行則滅迹，立則隱形。巖壑寓耳目，

---

[54] 注「攢聚之也」：茶陵本無「之」字。陳云「之」衍，是也。袁本亦衍。

歡愛隔音容。永絕賞心望，長懷莫與同。潘安仁詩曰：歲寒無與同。末路值令弟，開顏披心胸。其一。鄒陽上書曰：至其晚節末路。應亨古詩曰：濟濟令弟。史記，蔡澤曰：披腹心。心胸既云披，意得咸在斯。莊子，善養曰[55]：余逍遙於天地之間，而心意自得也。凌澗尋我室，散帙問所知。說文曰：帙，書衣也。夕慮曉月流，朝忌曛日馳。王逸楚辭注曰：曛，黃昏時也。悟對無厭歇，聚散成分離。其二。言事無常，故聚而必散，成有分離也。莊子曰：禍福相生，聚散以成。分離別西川，迴景歸東山。別時悲已甚，別後情更延。爾雅曰：延，長也。傾想遲嘉音，果枉濟江篇。遲，猶思也。果，猶遂也。辛勤風波事，款曲洲渚言。其三。風波，已見上文。秦嘉贈婦詩曰：思面敘款曲。洲渚既淹時，風波子行遲，務協華京想，詎存空谷期。廣雅曰：務，遠也。華京，猶京華也。郭璞遊仙詩曰：京華遊俠窟。毛詩曰：皎皎白駒，在彼空谷。猶復惠來章，祇足攪余思。毛詩曰：胡逝我梁，祇攪我心。儻若果歸言，共陶暮暮時。其四。陶，喜也，已見上文。暮春雖未交，仲春善遊遨。未交，謂暮春氣節與仲春未交也。孔安國尚書傳曰：南交，言夏與春交也。山桃發紅蕚，野蕨漸紫苞。爾雅曰：榹，山桃也。毛詩曰：言采其蕨。毛詩義疏曰：蕨，山菜也，初生紫色。尚書曰：草木漸苞。孔安國曰：漸，進長。苞，叢生也。嗚嚶已悅豫，幽居猶鬱陶。嗚嚶，已見上文。禮記曰：幽居而不淫。論衡曰：幽居而靜處，恬澹自守。尚書曰：鬱陶乎予心，顏厚有忸怩。孔安國曰：鬱陶，哀思也。夢寐佇歸舟，釋我吝與勞。其五。范曄後漢書曰：陳蕃、周舉嘗相謂曰：數日之間，不見黃生，則鄙恪之萌，復存乎心。毛詩曰：豈不爾思，勞心忉忉。

55 注「善養曰」 案：「養」當作「卷」，各本皆譌。此讓王篇文也。

贈答四

贈王太常　五言　蕭子顯齊書曰：王僧達除太常。　顏延年

玉水記方流，琁源載圓折。尸子曰：凡水，其方折者有玉，其圓折者有珠也。蓄寶每希聲，雖祕猶彰徹。老子曰：大音希聲。左氏傳，君子曰：若險危大人[1]而有名彰徹也。聆龍瞭九泉，聞鳳窺丹穴。廣雅曰：聆，聽也。莊子曰：夫千金之珠，必在九重之泉，驪龍頷下。說文曰：瞭，察也。山海經曰：丹穴之山有鳥焉，其狀如鶴，五采，名曰鳳鳥[2]。丹穴，已見東京賦。歷聽豈多工？唯然覯世哲。孔安國尚書傳曰：工，官也。舒文廣國華，敷言遠朝列。王逸楚辭注曰：發文舒詞，爛然成章。國語，季文子曰：吾聞以德榮為國華。尚書曰：凡厥眾人，極之敷言。秋興賦曰：猥厠朝列。爾雅曰：列，業也[3]。德輝灼邦懋，芳風被鄉耋。禮記曰：德輝動乎內，而人莫不

---

1 注「若險危大人」　袁本、茶陵本「若」作「以」，是也。

2 注「山海經曰丹穴之山有鳥焉其狀如鶴五采名曰鳳鳥」　案：此二十一字不當有。下云「丹穴已見東京賦」，彼注所引即此文，無庸複出，明甚。各本皆衍。以此推之，善注失其舊者多矣。

3 注「爾雅曰列業也」案：「爾」當作「小」，「業」當作「次」。各本皆誤。又陳云「烈，業也」，釋詁文，不當誤引以釋「列」字，蓋五臣本作「烈」，故有此注，後誤入李注，并訛「烈」為「列」。其說非也，袁本、茶陵所載五臣銑「烈，美

承聽。禰衡顏子碑曰：秀不實，振芳風。側同幽人居，郊扉常晝閉。周易曰：履道坦坦，幽人貞吉。殷仲堪誄曰：荊門晝掩，閑庭晏然。林閭時晏開，亟迴長者轍。爾雅曰：野外謂之林。鄭玄周禮注云：閭，里門也。漢書，淮南王曰：早閉晏開。又曰：陳平門外多長者車轍。庭昏見野陰，山明望松雪。靜惟浹羣化，徂生入窮節。鄭玄毛詩箋曰：惟，思也。蘇林漢書注曰：浹，周也。莊子曰：已化而生，又化而死。爾雅曰：徂，往也，謂往之死也。家語，孔子曰：化於陰陽，象形而發謂之生，化窮數盡謂之死。豫往誠歡歇，悲來非樂闋。周易曰：初六，鳴豫，凶。王弼曰：樂過則淫，志窮則凶。爾雅曰：豫，樂也。淮南子曰：奏樂而喜，曲終而悲。鄭玄禮記注曰：闋，終也。屬美謝繁翰，遙懷具短札。屬，猶綴也。謝，猶慙也。說文曰：懷，念思也。又曰：札，牒也，阻黠切。

夏夜呈從兄散騎車長沙　五言　集曰：從兄散騎，字敬宗。車長沙，字仲遠。　顏延年

炎天方埃鬱，暑晏闋塵紛。淮南子曰：南方曰炎天。高誘曰：南方五月建午，火之中也。火性炎上，故曰炎天。廣雅曰：方，正也。毛萇詩傳曰：鬱，積也。禮記曰：仲夏，小暑至。賈逵國語注曰：晏，晚也。毛萇詩傳曰：闋，息也。杜預左氏傳注曰：紛，亂也。獨靜闕偶坐，臨堂對星分。賈逵國語注曰：偶，對也。周禮曰：以星分夜。側聽風薄木，遙睇月開雲。法言曰：風薄于山。孔安國尚書傳曰：薄，迫也，亦激之意也。楚辭曰：雪紛紛而薄木。夜蟬當夏急，陰蟲先秋聞。禮記曰：仲夏之月，蟬始鳴。易通系卦曰：蟋蟀之蟲，隨陰迎陽。聖主得賢臣頌曰：蟋蟀俟秋吟。歲候初過半，荃蕙豈久芬？楚辭曰：時亹亹而過中。又曰：荃蕙化而為茅。屛居惻物變，慕類抱情殷。漢書曰：竇嬰謝病，屛居田南山下。鵩鳥賦曰：萬物變化。楚辭曰：思慕類兮以悲。魏文帝善哉行曰：喟然以惋歎，抱情不得敘。桓玄鸚鵡賦曰：眷儔侶而情殷。殷，憂也。九逝非空思，七襄無成文。楚辭曰：惟郢路之遼遼兮，魂一

也」之注自在，且引「爾雅曰」，亦不合其例，此為善注無疑。必「小」譌作「尔」，乃改「次」為「業」耳。

夕而九逝。韓詩曰：跂彼織女，終日七襄；雖則七襄，不成報章。薛君曰：襄，反也。

直東宮答鄭尚書

五言 沈約宋書曰：鄭鮮之，字道子。高祖踐祚，遷都官尚書。

顏延年 沈約宋書曰：高祖受命，延年補太子舍人。然答詩謝舍人之日。

皇居體寰極[4]，設險祇天工。孔融薦禰衡表曰：帝室皇居。西京賦曰：若夫長年、神仙，宣室、玉堂，譬眾星之環極，泮赫羲以輝煌。周易曰：王公設險以守其國。尚書曰：天工，人其代之。兩闈阻通軌，對禁限清風。兩闈，謂東宮及中臺也。方言曰：軌，道也。各有禁守，謂禁中也，故曰對也。胡廣書曰：建洪德，流清風。跂予旅東館，徒歌屬南墉。毛詩曰：誰謂宋遠，跂予望之。賈逵國語注曰：旅，客也。爾雅曰：徒歌曰謠。鄭玄儀禮注曰：屬，注也，謂意注之也。尚書為中臺，在南，故曰南墉。寢興鬱無已，起觀辰漢中。毛詩曰：言念君子，載寢載興。鄭玄考工記注曰：鬱，不舒散。辰，大辰也。爾雅，大辰，房心尾也。郭璞曰：龍星明者，以為時候，故曰大辰。毛萇詩傳曰：漢，天河也。流雲藹青闕，皓月鑒丹宮。廣雅曰：鑒，照也。踟躕清防密，徙倚恆漏窮。毛詩曰：搔首踟躕。夏侯沖答潘岳詩曰：相思限清防，企佇誰與言？爾雅曰：密，靜也。楚辭曰：步徙倚而遙思。漏窮，言曉也。君子吐芳訊，感物惻余衷。演連珠曰：肆義芳訊。古詩曰：感物懷所思。惜無丘園秀，景行彼高松。賈逵國語注曰：惜，痛也。周易曰：賁于丘園，束帛戔戔。陸機演連珠曰：丘園之秀，因時則揚。毛詩曰：景行行止。高松，喻守節而不移也。論語，子曰：歲寒然後知松柏之後彫也。知言有誠貫，美價難克充。知汝之言，有誠實舊貫，美價難以克充。漢書，武帝詔書曰：九變復貫，知言之選。論語，子貢曰：有美玉於斯，韞櫝而藏諸，求善價而沽諸。何以銘嘉貺，言樹絲與桐。言樹絲桐，欲播之琴瑟也。魏文帝書曰：嘉貺益腆。爾雅曰：貺，賜也。毛詩曰：言樹之背。史記曰：騶忌以鼓

---

4 皇居體寰極 袁本、茶陵本「寰」作「環」，是也。

琴見齊威王。王曰：夫治國家，何異絲桐之間哉5。

和謝監靈運

顏延年　五言　沈約宋書曰：靈運為祕書監也。

沈約宋書曰：少帝出顏延年為始安太守。元嘉三年，徵為中書侍郎。

弱植慕端操，窘步懼先迷。左氏傳，鄭子產如陳，曰：陳，亡國也，其君弱植。王逸楚辭注曰：植，志也。楚辭曰：內惟省以端操。又曰：夫唯捷徑以窘步。窘，求隕切。周易曰：先迷失道，後順得常。寡立非擇方，刻意藉窮棲。孫卿子曰：寡立而不勝，堅強而不暴。周易曰：君子以立，不易方。王弼曰：得其所久，故不易也。孔安國論語注曰：方，道也，謂常道也。莊子曰：刻意尚行，離世異俗，此山谷之士，非俗之人枯槁赴淵者之所好也。韋昭國語注曰：山處曰棲。伊昔遘多幸，秉筆侍兩閨。陸機答賈謐詩曰：伊昔有皇。左氏傳，羊舌職曰：民之多幸，國之不幸。國語，士茁謂智襄子曰：臣秉筆事君。兩閨，謂上臺及東宮也。事二宮，已見曲水詩。雖慙丹雘施，未謂玄素睽。丹雘，喻君恩也。玄素，喻別也。盧諶答劉琨書曰：始素終玄，墨翟垂涕。周易曰：睽者，乖也，苦圭切。尚書曰：惟其塗丹雘。徒遭良時詖，王道奄昏霾。謂少帝之日也。潘岳河陽縣詩曰：徒恨良時泰。蒼頡篇曰：詖，諂佞也，彼寄切。方言曰：奄，遽也。昏霾，喻世亂也。爾雅曰：風雨土為霾。人神幽明絕，朋好雲雨乖。人神幽明絕，言時亂不獲祭享也。曾子曰：天曰明，地曰幽。張載詠懷詩曰：雲乖雨散，心乎愴而！弔屈汀洲浦，謁帝蒼山蹊。謂之始安郡也。賈誼有弔屈原文。楚辭曰：搴汀洲兮杜若。文字集略曰：汀，水際也6。曹子建贈白馬王詩曰：謁帝承明廬。禮記曰：舜葬蒼梧之野。倚

---

5 注「何異絲桐之間哉」　陳云「異」，「與」誤，是也。各本皆譌。

6 注「汀水際也」　案：「際」下當有「平」字。各本皆脫。前登臨海嶠詩注引有，可證。說文云「汀，平也。玎，汀，或從平。」韻會舉要曰「謂水際平地」，是矣，不知者誤刪之。

巖聽緒風，攀林結留荑。楚辭曰：倚石巖以流涕。又曰：款秋冬之緒風。又曰：畦留荑與揭車。王逸曰：留荑，香草也。跂予間衡嶠，曷月瞻秦稽。跂予，已見上文。衡，山名也。爾雅曰：山銳而高曰嶠。毛詩曰：曷月余還歸哉。孔曄會稽記曰：秦望山在州城正南。史記曰：始皇登之望南海。越絕書曰：禹救水到大越，上茅山大會計，更名茅山曰會稽。皇聖昭天德，豐澤振沈泥。皇聖，謂文帝也。孫卿子曰：變化代興，謂之天德。謝承後漢書曰：仁風豐澤，四海所宗。說文曰：振，舉也。葛龔與張略書曰：頑闇沈泥。惜無爵雉化，何用充海淮。國語曰：趙簡子歎曰：雀入于海為蛤，雉入于淮為蜃。鄭玄禮記注曰：充，足也，子喻切。去國還故里，幽門樹蓬藜。去國，謂去始安也。莊子曰：越之流人，去國旬月。古詩曰：思還故里閭。楚辭曰：處玄舍之幽門。陸雲答兄書曰：脩庭樹蓬。采茨葺昔宇，翦棘開舊畦。鄭玄周禮注曰：茨，蓋苫也。廣雅曰：葺，覆也。左氏傳，戎子駒支曰：驅其狐貍，剪其荊棘。孟子曰：病于夏畦。劉熙曰：今俗以二十五畝為小畦。物謝時既晏，年往志不偕。言年既日往，志意已衰，不與子俱也。王逸楚辭注曰：謝，去也。楚辭曰：年洋洋而日往。毛萇詩傳曰：偕，俱也。俱，亦齊同之意也。親仁敷情昵，興賦究辭棲[7]。親仁，謂靈運也。左氏傳，陳五父曰：親仁善鄰，國之寶也。爾雅曰：昵，近也。孫炎曰：親之近也。說文曰：興，悅也。玩，愛也。芬馥歇蘭若，清越奪琳珪。吳都賦曰：芬馥肸蠁。說文曰：歇，息也。一曰，氣越泄也。禮記曰：昔者君子比德於玉焉，叩之其聲清越以長。鄭玄曰：越，猶揚也。盡言非報章，聊用布所懷。易曰：書不盡言。報章，已見上文。莊子曰：有問而應之，盡其所懷。蒼頡篇曰：懷，抱也。

7 興賦究辭棲　袁本、茶陵本「棲」作「悽」。陳云「棲」，「悽」誤，是也。又二本「賦」作「玩」，有校語云善作「賦」。案：詳善有「玩，愛也」之注，則善亦作「玩」，各本所見為誤。又案：此注「玩，愛也」上引說文云「興，悅也」。考說文在女部，云「嬹，說也」。依善例當引作「嬹」，而下注「嬹」「興」異同。今本恐經後人竄改，致失其舊，疑不能明矣。

答顏延年 五言

王僧達 沈約宋書曰：王僧達，琅邪人。少好學，善屬文。為始興王行軍參軍，稍遷至中書令，以屢犯上顏，於獄賜死。

長卿冠華陽，仲連擅海陰。長卿，相如字也。尚書曰：華陽黑水惟梁州。華陽國記曰：益州地稱天府，原曰華陽。史記曰：魯仲連，齊人也。穀梁傳曰：水南曰陰。珪璋既文府，精理亦道心。言珪璋之麗，既光於文府；精理之妙，亦窮於道心。文賦曰：遊文章之林府。尚書曰：道心惟微。君子聳高駕，塵軌實爲林。楚辭曰：竦余駕兮入冥。何邵詩曰：亮無風雲會，安能襲塵軌？司馬遷書曰：列於君子之林也。崇情符遠迹，清氣溢素襟。思玄賦曰：蓋遠迹以飛聲。陸景典語曰：清氣漂於青雲之上。聲類曰：襟，交領也。結遊略年義，篤顧棄浮沈。莊子曰：忘年忘義，振於無境。鄭玄毛詩箋曰：顧，念也。高誘淮南子注曰：浮沈，猶盛衰也。寒榮共偃曝，春醞時獻斟。桓子新論曰：余與揚子雲奏事，坐白虎殿廊廡下，以寒故，背日曝焉。郭璞上林賦注曰：榮，屋南簷也。曹植酒賦曰：或秋藏冬發，或春醞夏開。聿來歲序暄，輕雲出東岑。毛詩曰：聿來胥宇。鄭玄曰：聿，自也。麥壟多秀色，楊園流好音。魏文帝登城賦曰：嘉麥被壟。廣雅曰：秀，美也。毛詩曰：楊園之道。又曰：睍睆黃鳥，載好其音。歡此乘日暇，忽忘逝景侵。言人壽不留，與景俱逝而壽損，侵謂之侵[8]。莊子，牧馬童子謂黃帝曰：有長者教予曰：若乘日之車，而遊於襄城之野。郭象曰：日出而遊，日入而息。幽衷何用慰，翰墨久謠吟。歸田賦曰：揮翰墨以奮藻。棲鳳難爲條，淑貺非所臨。鳳非梧桐不棲，故曰難為也。誦以永周旋，匣以代兼金。左氏傳，太史克曰：奉以周旋，不敢失墜。孟子曰：齊王餽兼金一百而不受也。

---

8 注「侵謂之侵」案：上「侵」字當作「故」。各本皆誤。

郡内高齋閑坐答呂法曹　五言　郡是宣城郡。　謝玄暉

結構何迢遰，曠望極高深。結構，謂結連構架以成屋宇也。魯靈光殿賦曰：觀其結構。廣雅曰：曠，遠也。高深，謂江山也。魏武帝善哉行曰[9]：山不厭高，海不厭深。吳都賦曰：曠瞻迢遰。牎中列遠岫，庭際俯喬林。曹子建詩曰：歸鳥赴喬林。日出眾鳥散，山暝孤猿吟。已有池上酌，復此風中琴。石崇思歸引曰：宴華池，酌玉觴。嵇康贈秀才詩曰：習習和風，吹我素琴。非君美無度，孰爲勞寸心。毛詩曰：彼己之子，美無度。又曰：勞心忉忉。列子，文摯謂叔龍曰：吾見子之心矣，方寸之地虛矣。惠而能好我，問以瑤華音。毛詩曰：惠而好我，攜手同行。毛萇曰：惠，愛也。鄭玄曰：言愛仁而又好我。毛詩曰：雜佩以問之。毛萇曰：問，遺也。楚辭曰：折疏麻兮瑤華，將以遺兮離居。若遺金門步，見就玉山岑。解嘲曰：歷金門，上玉堂。穆天子傳曰：癸巳，至羣玉之山，容氏所守，先王之謂冊府。郭璞曰：即山海經玉山，西王母所居者。皇甫謐釋勸曰：排閶闔，步玉岑。

在郡臥病呈沈尚書　五言　集曰：沈尚書，約也。　謝玄暉

淮陽股肱守，高臥猶在茲。漢書曰：季布為河東守，上召布曰：河東吾股肱郡，故時召君耳。又曰：拜汲黯為淮陽太守，黯伏地不受印。上曰：君薄淮陽耶？顧淮陽吏人不相得，吾徒得君重？臥而治之也。況復南山曲，何異幽棲時？謝靈運南山詩曰：凝此永幽棲。連陰盛農節，籉笠聚東菑[10]。胡安道愁霖賦曰：冀連陰之時退，想雲物之

---

9 注「魏武帝善哉行曰」　陳云「善哉」當作「短歌」，是也。各本皆誤。

10 籉笠聚東菑　袁本「籉」作「薹」，注盡同。茶陵本盡作「籉」。案：考宋本謝宣城集作「薹」，驗其集，如「撫机」作「枕風」，「雲」作「煙」之類，與五臣每合。是善「籉」，五臣「薹」，袁、茶陵不著校語者，非。又善注引毛詩「臺笠緇撮」傳「臺所以禦雨」，皆作「籉」，而於其下云「音臺」，恐亦經竄改失舊。依善例當引作「臺」，而下注「籉與臺同，音臺」也。

見微。毛詩曰：彼都人士，臺笠緇撮。毛萇曰：臺，所以御雨，音臺。爾雅曰：田一歲曰菑。高閣常晝掩，荒堦少諍辭。晝掩，已見上文。珍簟清夏室，輕扇動涼颸。楚辭曰：溘颸風而上征。嘉魴聊可薦，淥蟻方獨持。毛詩曰：南有嘉魚。鄭玄毛詩箋曰：聊，略也。釋名曰：酒有汎齊，浮蟻在上洸洸然[11]。鄭玄毛詩箋曰：方，且也。夏李沈朱實，秋藕折輕絲。魏文帝與吳質書曰：沈朱李於寒水。良辰竟何許？夙昔夢佳期。佳，謂沈也。言會面良辰，竟在何許，而令夙昔空夢佳期。阮籍詠懷詩曰：良辰在何許？凝霜沾衣襟。許，猶所也。尚書曰：夙夜浚明有家。孔安國曰：夙，早也。浚，深也。早夜思之，須明行之。楚辭曰：與佳期兮夕張。王逸曰：不敢斥尊者，故言佳也。坐嘯徒可積，為邦歲已朞。張璠漢記曰：南陽太守弘農成瑨任功曹岑晊，時人為之語曰：南陽太守岑公孝，弘農成瑨但坐嘯。瑨音津。晊音質。論語，子曰：善人為邦百年，可以勝殘去殺矣。又曰：苟有用我者，期月而已可也，三年有成。絃歌終莫取，撫机令自嗤。論語曰：子游為武城宰，聞絃歌之聲。陸機赴洛詩曰：撫机不能寐。阮籍詠懷詩曰：嗷嗷令自嗤。

暫使下都夜發新林至京邑贈西府同僚 五言

蕭子顯齊書曰：謝朓為隨王子隆文學，子隆在荊州，好辭賦，數集僚友，朓以才文尤被賞愛。長史王秀之以朓年少相動，密以啓聞。世祖勅朓可還都。朓道中為詩，以寄西府。

謝玄暉

大江流日夜，客心悲未央。呂氏春秋曰：水泉東流，日夜不休。毛詩曰：夜未央。廣雅曰：央，已也。徒念關山近，終知反路長。古樂府有度關山曲。王粲閑邪賦曰：關山介而阻險。顏延年秋胡詩曰：反路遵山河。秋河曙耿耿，寒渚夜蒼蒼。秋河，天漢也。耿耿，光也。毛詩曰：蒹葭蒼蒼。引顧見京室，宮雉正相望。潘岳河陽縣詩曰：引領望京室。東都賦曰：京室密清。周禮曰：王城隅之制九雉。古詩曰：兩宮遙相望。金波麗鳷

11 注「浮蟻在上洸洸然」 案：「洸洸」當作「汎汎」。各本皆誤。

鵲，玉繩低建章。漢書，歌云：月穆穆以金波。王弼周易注曰：麗，連也。張揖漢書注曰：鳷鵲觀在雲陽甘泉宮外。春秋元命包曰：玉衡北兩星為玉繩星。漢書曰：柏梁災，於是作建章宮也。驅車鼎門外，思見昭丘陽。古詩曰：驅車策駑馬。帝王世紀曰：春秋，成王定鼎于郟鄏，其南門名定鼎門，蓋九鼎所從入也。方言曰：冢大者為丘，丘南曰陽。荊州圖記曰：當陽東有楚昭王墓[12]。登樓賦曰：所謂西接昭丘也[13]。馳暉不可接，何況隔兩鄉。馳暉，日也。眺至尋陽詩曰：過客無留軫，馳暉有奔箭。毛萇詩傳曰：鄉，所也。風雲有鳥路，江漢限無梁。南中八志曰：交阯郡治龍編縣，自興古鳥道四百里。楚辭曰：江、河廣而無梁。常恐鷹隼擊，時菊委嚴霜。毛萇詩傳曰：古者鷹隼擊，然後罻羅設。潘岳河陽詩曰：時菊耀秋華。委，猶悴也。楚辭曰：冬又申之以嚴霜。寄言罻羅者，寥廓已高翔。喻蜀父老曰：猶鷦鵬之翔乎寥廓之宇，而羅者猶視乎藪澤。廣雅曰：寥，深也。廓，空也。

詶王晉安

五言　集曰：王晉安，德元。王隱晉書曰：晉安郡，太康三年置，即今之泉州也。　謝玄暉

梢梢枝早勁，塗塗露晚晞。爾雅曰：梢，梢櫂也。郭璞曰：謂木無枝柯，梢櫂長而殺也。楚辭曰：白露紛以塗塗。王逸曰：塗塗，厚貌也。毛萇詩傳曰：晞，乾也。南中榮橘柚，寧知鴻鴈飛？列子曰：吳、越之國，有木焉，其名曰櫾，碧樹而冬生。櫾，則柚字也。鴻鴈南棲衡陽，不至晉安之境，故曰寧知也。拂霧朝青閣，日旰坐彤闈。左氏傳，趙鞅曰：日旰矣。說文曰：旰，日晚也。悵望一塗阻，參差百慮依。蔡邕詩曰：暮宿何悵望。周易曰[14]：一致而百慮。仲長統詩曰：百慮何為？至安在我。春草秋更綠，公子未西歸。言春草萋萋，故王孫樂之而

12 注「荊州圖記曰當陽東有楚昭王墓」　袁本、茶陵本無「記當陽東有」五字。

13 注「登樓賦曰所謂西接昭丘也」　袁本、茶陵本無「西接」二字。又陳云「曰」字衍，是也。各本皆衍。案：與彼賦注可互證。

14 注「周易曰」　袁本、茶陵本「曰」上有「子」字。案：此尤刪之，非。

不反。今春草秋而更綠，公子尚未西歸。楚辭曰：王孫遊兮不歸，春草生兮萋萋。古詩曰：秋草萋已綠。毛詩曰：誰能西歸？誰能久京洛？緇塵染素衣。陸機為顧彥先贈婦詩曰：京洛多風塵，素衣化為緇。

奉答內兄希叔

五言　顧氏家譜曰：肸字希叔，邵陵王國常侍。

陸韓卿　蕭子顯齊書曰：陸厥，字韓卿，吳人。好屬文，州舉秀才。王晏少傅主簿，後至行軍參軍[15]。厥父被誅，坐繫尚方。尋有令赦，厥恨父不及，感慟而卒。其集云：竟陵王舉秀才，選太子太傅功曹掾[16]。

嘉惠承帝子，躧履奉王孫。帝子，謂竟陵也。王孫，謂太傅王晏也。越絕書曰：恭承嘉惠，述暢往事。管子曰：君有嘉惠於其臣。漢舊儀曰：帝子為王。長門賦曰：躧履起而彷徨。魏志，蔡邕見王粲曰：此王公孫有異才。屬叨金馬署，又點銅龍門。漢書音義曰：屬，近也。叨金馬署，謂為秀才也。兩都賦序曰：內設金馬、石渠之署。點銅龍門，謂為太傅功曹掾也。漢書曰：上嘗急召太子，出龍樓門。張晏曰：門樓上有銅龍。出入平津邸，一見孟嘗尊。孟嘗，喻太傅也。漢書曰：封丞相公孫弘為平津侯，於是起客館，開東閤，以延賢人，與參謀議。說苑，雍門周說孟嘗君曰：以孟嘗之尊，乃如是也。歸來翳桑柘，朝夕異涼溫。其一。左太沖詠史詩曰：陳平無產業，歸來翳負郭。涼溫，喻貴賤也。

徂落固云是，寂蔑終始斯[17]。徂落，猶彫落也。羽獵賦曰：萬物徂落於外。荀組七哀詩曰：何其寂蔑！杜門清三逕，坐檻臨曲池。漢書曰：王陵杜門，竟不朝請。三輔決錄曰：蔣詡，字元卿，舍中三徑。楚辭曰：坐堂伏檻臨曲池。鳧鵠嘯儔侶，荷芰始參差。蜀都賦曰：鴻儔鵠侶。雖無田田葉，及爾泛漣漪。其二。古樂府詩

---

15 注「後至行軍參軍」　陳云「後」上脫「遷」字，「至」字衍。「行軍」二字當乙，是也。各本皆誤。

16 注「選太子太傅功曹掾」　茶陵本「選」作「遷」，是也。袁本亦誤「選」。

17 寂蔑終始斯　茶陵本有校語云「薎」，五臣作「蔑」；「始」，五臣作「如」。袁本正如此，用五臣也。案：「薎」即「蔑」別體字耳。「始」字義未安，或各本所見善傳寫誤，注無明文，不可考。

曰：江南可采蓮，蓮葉何田田。毛詩曰：河水清且漣漪。春華與秋實，庶子及家臣[18]。魏志曰：邢顒，字子昂，為平原侯植家丞。顒防閑以禮，無所屈撓，由是不合。庶子劉楨書諫植曰：家丞邢顒，北土之彥。而楨禮遇殊特，顒反疎簡，私懼觀者將謂君侯習近不肖，禮賢不足。采庶子之春華，忘家丞之秋實。王門所以貴，自古多俊民。鄒陽上書曰：何王之門不可曳長裾乎？尚書曰：畯民用康。畯與俊同。離宮收杞梓，華屋富徐陳。離宮、華屋，皆謂太子也。卞壼議曰：太子所居宮，稱東宮，不言太子宮者，二宮以東西為稱，明是天子之離宮，使太子居之也。左氏傳，楚聲子曰：晉大夫皆卿才也，如杞梓皮革自楚往也。吳質答曹子建書曰：塤箎激於華屋。魏志曰：文帝為五官郎將，北海徐幹，廣陵陳琳，並見友善。平旦上林苑，日入伊水濱。其三。言晨夕侍遊，良非一所也。楚辭曰：平明發兮蒼梧。漢書曰：梁孝王入朝，侍帝遊獵上林中。論衡曰：堯時擊壤者曰：吾日入而息。列仙傳曰：王子喬，周靈王太子晉也。遊伊、雒之間。書記既翩翩，賦歌能妙絕。魏文帝與吳質書曰：公幹五言詩之善者，妙絕時人。元瑜書記翩翩，致足樂之[19]。相如恧溫麗，子雲慙筆札。西京雜記曰：枚皐文章捷疾，長卿製作淹遲，皆一時之譽。長卿首尾溫麗，枚皐時有累句，故知疾行無善迹矣。方言曰：恧，慙也。漢書曰：樓護與谷永俱為五侯上客。長安號曰谷子雲之筆札，樓君卿之脣舌。駿足思長阪，柴車畏危轍。駿足，喻希叔；柴車，自喻也。棗臺彥答杜育詩曰：矯矯駿足，縶纓朱就。韓詩外傳，齊子曰：臣賴君之賜，駑馬柴車，可得而乘也。愧茲山陽讌，空此河陽別。其四。魏氏春秋曰：嵇康寓居山陽縣，與向秀遊於竹林，號曰七賢。曹植送應氏詩曰：親昵並集送，置酒此河陽。平原十日飲，中散千里遊。平原，趙勝也。史記曰：秦昭王聞魏齊在平原君家，遺平原君好書曰：寡人聞君之高義，願與為布衣之交。君幸過寡人，寡人願與君為十日之飲。平原君遂入秦見昭王。干

---

18 庶子及家臣　何校「臣」改「丞」。陳云「臣」，「丞」誤。案：各本皆作「臣」。詳五臣良注「家丞亦家臣」也，是其本作「臣」，意取與下「民」、「陳」、「濱」為協。然「庶子」同是「家臣」，而以「及」為言，殊乖文義。恐此詩自通協「丞」字，善並不作「臣」，故但引「家丞」，更無申說也。各本皆以五臣亂之而失著校語。

19 注「致足樂之」　何校「之」改「也」，陳同，是也。各本皆誤。

寶晉紀曰：初，呂安友嵇康，相思則命駕，千里從之。渤海方滛滯，宜城誰獻酬？言己之事竟陵，猶徐、吳之在渤海。漢書，渤海郡有南皮縣，即徐、吳遊之所也。國語曰：底著滛滯。賈逵曰：滛，久也。陳思王酒賦曰：酒有宜城濃醪，蒼梧漂清。毛詩曰：獻酬交錯。屏居南山下，臨此歲方秋。屏居南山下，已見上文。左氏傳，卜徒父曰：歲云秋矣。漢書，路博德曰：方秋，匈奴馬肥，未可與戰。廣雅曰：方，始也。惜哉時不與，日暮無輕舟。其五。言無輕舟以相從也。賈逵國語注曰：惜，痛也。劉越石贈盧諒詩曰[20]：時哉不我與。曹子建贈王仲宣詩曰：有彼孤鴛鴦，哀鳴無匹儔；我願執此鳥，惜哉無輕舟。

贈張徐州稷 五言

范彥龍

田家樵採去，薄暮方來歸。漢書，楊惲曰：田家作苦。張景陽雜詩曰：投來修岸垂[21]，時聞樵採音。楚辭曰：薄暮雷電。廣雅曰：薄，至也。毛詩曰：來歸自鎬。杜預左氏傳注曰：來者，自外之文也。還聞稚子說，有客款柴扉。史記曰：楚懷王稚子子蘭。呂氏春秋曰：款門而謁。高誘曰：款，叩也。柴扉，即荊扉也。鄭玄禮記注曰：蓽門，荊竹織門也。賓從皆珠玳，裘馬悉輕肥。吳都賦曰：賓從奕奕。廣雅曰：賓，導也。史記曰：趙平原君使人於春申君，春申君舍之於上舍。趙使欲夸楚，為玳瑁簪，刀劍並以珠飾之，請春申君客。論語，子曰：赤之適齊也，乘肥馬，衣輕裘。軒蓋照墟落，傳瑞生光輝。說苑，翟璜謂田子方曰：吾祿厚，得此軒蓋。又，師曠謂晉平公曰：五鼎不當生墟落。應劭風俗通曰：諸侯及使者有傳信，乃得舍於傳耳。今刺史行部車號傳車，從事督郵。周禮曰：典瑞。鄭玄曰：瑞，節信也。疑是徐方牧，既是復疑非。阮瑀止欲賦曰：意謂是而復非。思舊昔言有，此道今已微。穀梁傳曰：叔

20 注「贈盧諒詩曰」 陳云「諒」上脫「子」字。案：非也。此如公幹稱幹，季重稱重之例。

21 注「投來修岸垂」 陳云「來」當作「耒」，是也。各本皆誤。

姬歸于紀，其不言逆何也？逆之道微。范甯曰：逆者，非卿也。**物情棄疵賤，何獨顧衡闈？**莊子曰：人之有所不得與，皆物之情也。郭象曰：憂娛在懷，皆物情耳，非理也。爾雅曰：疵，痛也[22]。衡闈，衡門也。或以衡闈為紘韋，非也。**恨不具雞黍，得與故人揮。**謝承後漢書曰：山陽范式，字巨卿，與汝南張元伯為友。春別京師，以秋為期，至九月十五日，殺雞作黍。二親笑曰：山陽去此幾千里，何必至？元伯曰：巨卿信士，不失期者。言未絕而巨卿至。韓康伯周易注曰：揮，散也。**懷情徒草草，淚下空霏霏。**毛萇詩傳曰：懷，思也。毛詩曰：驕人好好，勞人草草。又曰：雨雪霏霏。**寄書雲間鴈，爲我西北飛。**漢書曰：帝思蘇武，使謂單于：天子射上林中得鴈，足有係帛書。西北，謂徐州也，在揚州之西北。輿地志曰：宋以鍾離置徐州，齊以荊州為北徐州也[23]。

古意贈王中書

五言　集曰：覽古贈王中書融。

范彥龍

攝官青瑣闥，遙望鳳皇池。王融答詩，題云雜體報范通直雲。梁書曰：雲為通直散騎侍郎。左氏傳，韓厥曰：敢告不敏，攝官承乏。漢舊儀曰：黃門郎暮入，對青瑣門拜。晉中興書曰：荀勗徙中書監，為尚書令。人賀之，乃發恚云：奪我鳳皇池，卿諸人何賀我耶。**誰云相去遠？脈脈阻光儀。**劉楨贈徐幹詩曰：誰謂相去遠？古詩曰：盈盈一水間，脈脈不得語。鸚鵡賦曰：侍君子之光儀。**岱山饒靈異，沂水富英奇。**尚書曰：海岱及淮惟徐州。又曰：淮沂其乂。漢書有琅邪郡。音義曰：屬徐州。晉書，琅邪王氏之先。漢紀曰：秦遷于琅邪之皐虞[24]，後徙于臨沂。**逸翮凌北海，摶**

---

22 注「疵痛也」　陳云「痛」，「病」誤，是也。各本皆譌。

23 注「齊以荊州為北徐州也」　陳云「荊州」二字衍。案：所校是也，謂即鍾離之徐州，而加「北」字耳。各本皆衍。

24 注「漢紀曰秦遷於琅邪之皐虞」　案：「曰」當作「由」。以十一字為一句。王文憲集序「其先自秦至宋」注引琅邪王氏錄云「其先出自周王子晉，秦有王翦、王離」云云，即所云由秦遷也。漢紀，漢世也。集序「離、翦之止殺，吉、駿之誠感」注引漢書「王吉，琅邪人」，即所云漢遷琅邪也。琅邪王氏錄者，何法盛晉中興書之篇目。此注所引晉書，未稱何家，疑亦琅邪王

飛出南皮。徐幹居北海，吳質遊南皮，二人皆蒙魏文恩幸，故言地以明之也。郭璞遊仙詩曰：逸翮思拂霄。杜預左氏傳注曰：陵，侮也，謂輕易之。莊子曰：鵬摶扶搖而上。司馬彪曰：摶，圜也，圜飛而上，若扶搖也。遭逢聖明后，來棲桐樹枝。孔安國尚書傳曰：聖人受命，則鳳皇至。鄭玄毛詩箋曰：鳳皇之性，非梧桐不棲。竹花何莫莫，桐葉何離離！鄭玄毛詩箋曰：鳳皇非竹實不食。毛詩曰：葛之覃兮，維葉莫莫。又曰：其桐其椅，其實離離。可棲復可食，此外亦何爲？古詩曰：賤妾擬何為。豈如鷦鷯者，一粒有餘貲。鷦鷯賦曰：巢林不過一枝，每食不過數粒。蒼頡篇曰：貲，財也。

贈郭桐廬出溪口見候余既未至郭仍進村維舟久之郭生方至　五言

任彥昇

顧野王輿地志曰：桐廬縣，吳分富陽之桐廬溪也。劉孝標集曰：郭桐廬，峙。

朝發富春渚，蓄意忍相思。漢書曰：會稽郡富春縣。孔安國尚書傳曰：蓄，積也。涿令行春反，冠蓋溢川坻。范曄後漢書曰：滕撫，字叔輔，北海人也。初仕州郡，稍遷為涿令，有文武理用。太守以其能，委任郡職，兼領六縣，流愛于民。行春，兩白鹿隨車，挾轂而行。郭璞上林賦注曰：坻，岸也，坻或為湄。望久方來萃，悲歡不自持。毛萇詩傳曰：萃，集也。滄江路窮此，湍險方自茲[25]。疊嶂易成響，重以夜猨悲。客心幸自弭，中道遇心期。楚辭曰：聊抑志而自弭。親好自斯絕，孤遊從此辭。謝靈運詩曰：孤遊非情款。蘇武詩曰：去去從此辭。

氏錄文，與集序注所引本相承接。各本皆誤，讀者尠察，今特訂正之。

25 湍險方自茲　茶陵本「險」作「嶮」，云五臣作「險」。袁本作「險」。案：袁本所用五臣也，此似尤亂之。

行旅上

河陽縣作二首　五言

哀傷、贈答，皆潘居陸後，而此在前，疑誤也。

潘安仁

微身輕蟬翼，弱冠忝嘉招。岳弱冠舉秀才。曹植表曰：身輕蟬翼，恩重丘山。楚辭曰：蟬翼為輕也。在疚妨賢路，再升上宰朝。言己在病以妨賢路也。毛詩曰：煢煢在疚。說苑，楚令尹虞丘子謂莊王曰：臣為令尹，處士不升，妨羣賢路。上宰朝，謂司空太尉府。猥荷公叔舉，連陪廁王寮[26]。言以凡猥之才，而荷薦舉也。太尉舉為郎，已見閑居賦。許慎淮南子注曰：猥，凡也。論語曰：公叔文子之臣大夫僎，與文子同昇諸公，子曰：可以為文矣。又曰：陪臣執國命。馬融曰：陪，重也，謂家臣也。長嘯歸東山，擁耒耨時苗。岳天陵詩序曰：岳屏居天陵東山下。楚辭曰：臨深水而長嘯。說文曰：耒，手耕曲木。鄭玄周禮注曰：耨，耘耔也。幽谷茂纖葛，峻巖敷榮條。落英隕林趾，飛莖秀陵喬。杜預左氏傳注曰：趾，足也。爾雅曰：大阜曰陵。卑高亦何常，升降在一朝。二者升降，在於倏忽，以喻人之榮辱，亦在須臾，言不足歎也。徒恨良時泰，小人道遂消。李陵贈蘇武詩曰：良時不再至。禰衡書曰：衡以良時散而復合。周易泰卦曰：君子道長，小人道消。譬如野田蓬，斡流隨風飄。商君書曰：今夫飛蓬遇飄風而行千里，乘風之勢也。鶡冠子曰：斡流遷徙。如淳漢書注曰：斡，轉也。昔倦都邑游，今掌河朔傜。歸田賦曰：游都邑以永久。尚書曰：王次于河朔。登城眷南顧，凱風揚微綃。鄭玄毛詩箋曰：顧，視也。呂氏春秋曰：南方凱風。禮記曰：綃，幕也。鄭玄曰：綃，縑也，音消。洪流何浩蕩，脩芒鬱苕嶢。浩蕩或為濟

---

26 連陪廁王寮　茶陵本云五臣作「違」。袁本云善作「連」。案：各本所見皆非也。違，去也。去陪臣而廁王寮也。「連」字不可通，傳寫誤耳。

蕩，音西[27]。郭緣生述征記曰：北芒，城北芒嶺也。誰謂晉京遠？室邇身實遼。毛詩曰：誰謂宋遠？又曰：其室則邇，其人甚遠。誰謂邑宰輕？令名患不劭。左氏傳，子產曰：令名，德之輿也。小雅曰：劭，美也。人生天地間，百歲孰能要？古詩曰：人生天地間。又曰：人生年不滿百[28]。熲如槁石火，瞥若截道飈。爾雅曰：熲，光也。毛詩曰：子有鍾鼓，弗擊弗考。毛萇曰：考，亦擊也。槁與考古字通。古樂府詩曰：鑿石見火能幾時？說文曰：瞥，見也。張衡舞賦曰：瞥若電滅。古詩曰：人生寄一世，奄忽若飈塵。瞥，孚說切。齊都無遺聲，桐鄉有餘謠。論語曰：齊景公有馬千駟，死之日，人無德而稱焉。漢書曰：朱邑為桐鄉嗇夫，廉平不苛，及死，子葬之桐鄉，邑人為之起冢立祠也。福謙在純約，害盈猶矜驕[29]。周易曰：鬼神害盈而福謙。左氏傳，晉成鱄曰：在約思純。孔安國尚書傳曰：自賢曰矜。雖無君人德，視民庶不恌。毛詩曰：我有嘉賓，德音孔昭。視民不恌，君子是則是傚。毛萇詩曰[30]：恌，偷也。

日夕陰雲起，登城望洪河。潘元茂九錫文曰：濟師洪河。川氣冒山嶺，驚湍激巖阿。歸鴈映蘭時[31]，游魚動圓波。史記曰：楚以弱弓微繳，加歸鴈之上。韓詩曰：宛在水中沚。薛君曰：大渚曰沚，之以切。

---

27 注「浩蕩或為濟蕩音西」　案：此不可通，必有譌錯。各本皆同，他無所見，難以正之矣。

28 注「人生年不滿百」　案：「人」字不當有。茶陵本無。袁本有「人」字，無「年」字，非。

29 害盈猶矜驕　袁本、茶陵本「猶」作「由」，是也。

30 注「毛萇詩曰」　袁本、茶陵本無「詩」字，是也。

31 歸鴈映蘭時　茶陵本云五臣作「洔」。袁本云善作「時」。陳云「時」當作「洔」，見前謝叔源遊西池詩注。又此注「大渚曰沚」下疑脫「洔與沚同」四字。亦見前注。案：陳校云當作「洔」，是也。考集韻六止云「沚，洔，或从寺」，又云「洔，溡，或从時」。然則必潘詩異本有作「溡」者，或用「溡」改「洔」，遂誤為「時」耳，非善、五臣之不同也。注中二「沚」字皆當作「洔」，蓋毛詩作「沚」，訓「小渚」；韓詩作「洔」，訓「大渚」。故善引韓及薛君章句以注「洔」，不知者又誤改「洔」作「沚」，致與正文歧異。

鳴蟬厲寒音，時菊耀秋華。禮記曰：孟秋寒蟬鳴。廣雅曰：厲，高也，謂高而急也。禮記曰：季秋，菊有黃華。引領望京室，南路在伐柯。左氏傳，穆叔曰：引領西望。毛詩曰：伐柯伐柯，其則不遠。大夏緬無覿[32]，崇芒鬱嵯峨。陸機洛陽記曰：大夏門，魏明帝所造，有三層，高百尺。韋昭國語注曰：緬，猶邈也。郭緣生述征記曰：北芒，去大夏門不盈一里。秦嘉詩曰：巖石鬱嵯峨。揔揔都邑人，擾擾俗化訛。楚辭曰：紛揔揔兮九州。王逸曰：揔，聚也。七發曰：擾擾若三軍之騰裝。鄭玄毛詩箋曰：訛，偽也，五戈切。依水類浮萍，寄松似懸蘿。淮南子曰：夫萍樹根於水，木樹根於土，天地性也。毛詩曰：蔦與女蘿，施于松柏。曹植雜詩曰：寄松為女蘿，依水如浮萍。朱博糾舒慢，楚風被琅邪。漢書曰：朱博，字子元，杜陵人也。遷琅邪太守。齊部舒緩，敕功曹官屬多襃衣大袑，不中節度，自今掾吏[33]衣皆去地三寸。視事數年，大改其俗，掾吏禮節，皆如楚、趙。袑音紹，袑，袴也。曲蓬何以直，託身依叢麻。曾子曰：蓬生麻中，不扶自直。漢書，婁護曰：呂公託身於我。黔黎竟何常，政成在民和。史記曰：秦更名人曰黔首。左氏傳，季梁曰：民和而神降之福。位同單父邑，愧無子賤歌。呂氏春秋曰：宓子賤治單父，彈鳴琴，身不下堂而單父治。豈敢陋微官？但恐忝所荷。

在懷縣作二首　五言

潘安仁

南陸迎脩景，朱明送末垂。續漢書曰：日行南陸謂之夏。淮南子曰：仲夏至脩。毛詩曰：夏之日。毛萇曰：言時長也。爾雅曰：夏為朱明。末垂，猶末也。崔駰臨洛觀賦曰：迎夏之首，末春之垂。初伏啓新節，隆暑方赫

---

32 大夏緬無覿　茶陵本「夏」作「廈」，有校語云五臣作「夏」。案：此即傳寫誤也。善作「夏」，注有明文。袁本及尤所見皆不誤。

33 注「自今掾吏」　陳云「吏」，「史」誤，下同，是也。各本皆譌。

羲。崔寔四民月令曰：六月初伏，薦麥瓜于祖禰。賈誼旱雲賦曰：隆暑盛其無聊。繁欽柳樹賦曰：翳炎夏之白日，救隆暑之赫羲。思玄賦注曰：赫羲，盛也。朝想慶雲興，夕遲白日移。遲，猶思也。揮汗辭中宇，登城臨清池。史記，蘇秦曰：揮汗成雨。賈逵國語注曰：揮，灑也。楚辭曰：爨土鬵于中宇。涼飆自遠集，輕襟隨風吹。靈圃耀華果，通衢列高椅。靈圃，猶靈囿也。東征賦曰：導通衢之大道。椅，梓屬。瓜瓞蔓長苞，薑芋紛廣畦。韓詩曰：緜緜瓜瓞。薛君曰：瓞，小瓜也。毛萇詩傳曰：苞，本也。劉熙孟子注曰：今俗以五十畝為大畦也。稻栽肅仟仟，黍苗何離離。禮記曰：故栽者培之，凡蒔草，謂之栽也。廣雅曰：芊芊，茂也。毛詩曰：彼黍離離，彼稷之苗。虛薄乏時用，位微名日卑。朝子曰：工商游食之民少而名卑。驅役宰兩邑，政績竟無施。自我違京輦，四載迄于斯。胡廣漢官解故注曰：轂下，諭在輦轂之下，京城之中也。詩曰：以迄于今。毛詩曰：迄[34]，至也。器非廊廟姿，屢出固其宜。慎子曰：廊廟之材，非一木之枝。史記曰：賢人深謀於廊廟。孫卿子曰：君道行，則萬物皆得其宜也。徒懷越鳥志，眷戀想南枝。古詩曰：越鳥巢南枝。春秋代遷逝[35]，四運紛可喜。楚辭曰：春與秋其代序。莊子曰：黃帝曰：陰陽四時，運行各得其序。楚辭曰：綠葉素榮，紛其可喜。寵辱易不驚，戀本難為思。老子曰：寵辱若驚。何謂寵辱？寵為下，得之若驚，失之若驚[36]，是謂寵辱若驚。禮記曰：太公封於營丘，比及五世，皆反葬於周，君子樂其所自生，禮不忘其本。

我來冰未泮，時暑忽隆熾。毛詩曰：我來自東。又曰：迨冰未泮。感此還期淹，歎彼年往

---

34 注「毛詩曰迄」　茶陵本「詩」作「萇」，是也。袁本亦誤「詩」。

35 春秋代遷逝　何云「春秋」另一首，當提行起。陳云「春秋」以下為一篇，是也。茶陵本不誤。袁本誤不提行，其以下仍相連，尚未誤割四句入第一首也。尤本非。

36 注「何謂寵辱寵為下得之若驚失之若驚」　袁本、茶陵本作「何謂也為下得之若驚」九字。案：此尤據王弼注本校添，未是也。

駛。楚辭曰：年洋洋而日往。登城望郊甸，遊目歷朝寺。楚辭曰：忽返顧以遊目。風俗通曰：今尚書御史所止，皆曰寺也。小國寡民務，終日寂無事。老子曰：小國寡民。陸賈新語曰：君子之治也，混然無事，寂然無聲。白水過庭激，綠槐夾門植。鄭玄周禮注曰：植，根生之屬也[37]。信美非吾土，祇攪懷歸志。登樓賦曰：雖信美而非吾土。毛詩曰：祇攪我心。孟子曰：浩然有歸志。眷然顧鞏洛[38]，山川邈離異。孔叢子，歌曰：眷然顧之，慘焉心悲。鄭玄毛詩箋曰：回首曰顧。鞏洛，岳父墳塋所在也。漢書曰：潁川北近鞏洛。墳塋，已見西征賦。楚辭曰：終冤獨離異。願言旋舊鄉，畏此簡書忌。毛詩曰：願言思子。又曰：豈不懷歸，畏此簡書。毛萇曰：簡書，戒命也。祇奉社稷守，恪居處職司。論語，子路使子羔為費宰。子路曰：有民人焉，有社稷焉。左氏傳，公鉏曰：敬恭朝夕[39]，恪居官次。

迎大駕

五言 王隱晉書曰：東海王越從大駕討鄴，軍敗。永康二年，越率天下甲士三萬人奉迎大駕還洛。

潘正叔

南山鬱岑崟，洛川迅且急。青松蔭脩嶺，綠蘩被廣隰。爾雅曰：蘩，皤蒿也。朝日順長塗，夕暮無所集。毛詩曰：順彼長道。魏武帝短歌行曰：暮無所宿栖。歸雲乘幰浮，淒風尋帷入。傳毅七激曰：仰歸雲，翅遊風。說文曰：乘，覆也。帷，車飾也。子虛賦曰：張翠帷，建羽蓋。然此雖無翠羽，而蓋即同也[40]。道逢

---

37 注「植根生之屬也」 陳云「植」下當有「物」字，是也。各本皆脫。

38 卷然顧鞏洛 袁本、茶陵本「卷」作「眷」，云善作「卷」。陳云據此注亦作「眷」為是。案：所校是也。此但傳寫誤，各本所見皆非。

39 注「公鉏曰敬恭朝夕」 案：「曰」字不當有，各本皆衍。陳云「曰」當作「然之」二字，非也。善引多節耳。

40 注「而蓋即同也」 袁本、茶陵本「蓋」上有「帷」字，是也。

深識士，舉手對吾揖。王命論曰：超然遠覽，淵然深識。世故尚未夷，崤函方嶮澀。假為深識之言也。國語，桓公問於史伯曰：王室多故。鄭玄周禮注曰：故，災禍也。孔安國尚書傳曰：夷，平也。戰國策，蘇武曰[41]：秦東有崤、函之固。狐貍夾兩轅，豺狼當路立。漢書，侯文謂孫寶曰：豺狼當路，不宜復問狐貍。翔鳳嬰籠檻，騏驥見維縶。翔鳳、騏驥，皆喻賢也。楚辭曰：騏驥伏匿而不見，鳳皇高飛而不下。鸚鵡賦曰：順籠檻以俯仰。毛詩曰：縶之維之。俎豆昔嘗聞，軍旅素未習。論語曰：衛靈公問陣於孔子，孔子對曰：俎豆之事，則嘗聞之矣。軍旅之事，未之學也。鄭玄喪服注曰：素，猶故也。且少停君駕，徐待干戈戢。既假為彼人之辭，故自謂為君也。毛詩曰：載戢干戈。

赴洛二首

五言　集云：此篇赴太子洗馬時作。下篇云東宮作，而此同云赴洛，誤也。

陸士衡

希世無高符，營道無烈心。莊子，原憲謂子貢曰：夫希世而行，比周而友，憲不忍為也。漢書音義，希世，隨世也。禮記曰：儒有合志同方，營道同術。靖端肅有命，假檝越江潭。國語，祁午見范宣子曰：若能靖端諸侯，使服聽命於晉國。周易曰：大君有命。說文曰：越，渡也。楚辭曰：游於江潭。親友贈予邁，揮淚廣川陰。家語，公父文伯卒，敬姜曰：二三婦無揮涕。王肅曰：揮涕者，淚以手揮之。撫膺解攜手，永歎結遺音。列子曰：撫膺而恨。毛詩曰：攜手同行。又曰：寤寐永歎。曹子建雜詩曰：翹思慕遠人，願欲託遺音。無迹有所匿，寂漠聲必沈。言分訣之後，形聲俱沒。視之無迹，而形有所匿；聽之寂寞[42]，而其聲必沈也。呂氏春秋曰：作則有所匿其塗也。淮南子曰：寂寞，音之主也。迹或為積，非也。肆目眇不及，緬然若雙潛。高誘淮南子注曰：肆，盡也。毛詩曰：瞻望不及。

---

41 注「蘇武曰」　陳云「武」，「秦」誤，是也。各本皆誤。

42 注「聽之寂寞」　袁本「寞」作「漠」，是也。茶陵本亦誤「寞」。下「寂寞」，各本皆同，亦當作「漠」。餘皆放此。

緬，已見上文。南望泣玄渚，北邁涉長林。西京賦曰：海若遊於玄渚。谷風拂脩薄，油雲翳高岑。王逸楚辭注曰：草木交曰薄。孟子曰：油然作雲。亹亹孤獸騁，嚶嚶思鳥吟。亹亹，走貌也。曹子建詩曰：孤獸走索羣。毛詩曰：鳥鳴嚶嚶。感物戀堂室，離思一何深！感物，已見上文。曹子建雜詩曰：離思一何深！佇立愾我歎，寤寐涕盈衿。毛詩曰：佇立以泣。又曰：慨我寤歎。惜無懷歸志，辛苦誰爲心？歸志，已見上文。

羈旅遠遊宦，託身承華側。謂為太子洗馬也。左氏傳，陳敬仲曰：羈旅之臣。漢書，薄昭書曰：遊宦事人。范曄後漢書，王常曰：臣託身陛下。陸機洛陽記曰：太子宮有承華門。撫劍遵銅輦，振纓盡祇肅。左氏傳曰：子朱怒，撫劍從之。銅輦，太子車飾，未詳所見。漢書，匡衡曰：祇肅舊禮。銅，或為彤。歲月一何易，寒暑忽已革。載離多悲心，感物情悽惻。毛詩曰：二月初吉，載離寒暑。慷慨遺安愈[43]，永歎廢餐食。東京賦曰：膺多福以安愈。永歎，已見上文。列子曰：杞國有人憂天崩，廢寢食。蔡琰詩曰：飢當食兮不能餐。思樂樂難誘，曰歸歸未克。國語，楚藍尹亹曰：飲食思禮，同宴思樂。毛詩云：曰歸曰歸，歲亦暮止。憂苦欲何爲？纏緜胸與臆。列子曰：卑辱則憂苦。張叔與任彥堅書曰[44]：纏緜恩好，庶蹈高蹤。登樓賦曰：氣交憤於胸臆。仰瞻陵霄鳥，羨爾歸飛翼。高誘淮南子注曰：羨，願也。毛詩曰：弁彼鸒斯，歸飛提提。

赴洛道中作二首　五言　陸士衡

總轡登長路，嗚咽辭密親。家語，孔子曰：善御者，正身以總轡。蔡琰詩曰：行路亦嗚咽。薛君韓詩章句

43 慷慨遺安愈　案：「愈」當作「悆」，注同。各本皆誤。據注引東京賦訂也。五臣作「念」，即「悆」字形近之譌，可借為證。

44 注「張叔與任彥堅書曰」　陳云「叔」當作「升」。升字彥真，見范史文苑傳，是也。各本皆誤。

曰：嗚，歎辭也。毛萇詩傳曰：咽，憂不能息也。借問子何之？世網嬰我身。江偉答軍司馬詩曰：羈縶繫世網，維進退準繩[45]。說文曰：嬰，繞也。永歎遵北渚，遺思結南津。永歎，已見上文。秦嘉贈婦詩曰：遺思致款誠。行行遂已遠，野途曠無人。周禮曰：野塗五軌。楚辭曰：野寂寞其無人。山澤紛紆餘，林薄杳阡眠。上林賦曰：紆餘逶迤。楚辭曰：遠望兮阡眠。虎嘯深谷底，雞鳴高樹巔。淮南子曰：虎嘯而谷風至。樂錄曰：雞鳴高樹巔。哀風中夜流，孤獸更我前。悲情觸物感，沈思鬱纏緜。纏緜，已見上文。佇立望故鄉，顧影悽自憐。佇立，已見上文。丁儀寡婦賦曰：賤妾煢煢，顧影為儔。楚辭曰：私自憐兮何極。

遠遊越山川，山川脩且廣。楚辭曰：願輕舉而遠遊。秦嘉妻徐氏答嘉書曰：高山巖巖，而君是越。振策陟崇丘，案轡遵平莽。秦嘉詩曰：過辭二親墓，振策陟長衢。漢書曰：天子案轡徐行。方言曰：草，南楚謂之莽。夕息抱影寐，朝徂銜思往。楚辭曰：廓抱影而獨倚。頓轡倚嵩巖，側聽悲風響。頓，猶舍也。爾雅曰：嵩，高也。清露墜素輝，明月一何朗！撫几不能寐，振衣獨長想。新序曰：老古振衣而起。舞賦曰：遊心無垠，遠思長想。

吳王郎中時從梁陳作　五言　陸士衡

在昔蒙嘉運，矯迹入崇賢。孫放詩曰：矯迹步玄闈。東京賦曰：昭仁惠於崇賢。薛綜曰：立崇賢門於東也。假翼鳴鳳條，濯足升龍淵。應璩與劉公幹書曰：鵷鶵棲翔鳳之條，黿鼉遊升龍之川，識真者所為憤結也。玄冕無醜士，冶服使我妍。周禮曰：大夫玄冕。輕劍拂鞶厲，長纓麗且鮮。禮記曰：男鞶革也。毛詩曰：垂帶而厲。毛萇曰：厲，帶之垂者。鄭玄曰：鞶必垂厲以為飾。韓子曰：鄒君好長纓，左右皆服長纓也。誰謂伏事淺，契

45 注「維進退準繩」，袁本、茶陵本「維進退」作「進退惟」。案：此尤改「惟」為「維」，而誤倒在上也。

闊踰三年。周禮，大司徒頒職事十有二，曰服事。鄭司農曰：服事，謂為公家服事也。服與伏同，古字通。毛詩曰：死生契闊。薄言肅後命，改服就藩臣。毛詩曰：薄言旋歸。左氏傳曰：宰孔謂齊侯曰：且有後命，無下拜。漢書曰：吳王濞稍失藩臣禮。夙駕尋清軌，遠遊越梁陳。毛詩曰：星言夙駕。廣雅曰：軌，道也。遠遊，已見上文。感物多遠念，慷慨懷古人。毛詩曰：我思古人，實獲我心。

始作鎮軍參軍經曲阿作

陶淵明　五言　臧榮緒晉書曰：宋武帝行鎮軍將軍。

沈約宋書曰：陶潛，字淵明，或云字元亮，潯陽人。少有高趣，為鎮軍建威參軍。後為彭澤令，解印綬去職，卒於家。

弱齡寄事外，委懷在琴書。晉中興書，簡文詔曰：會稽王英秀玄虛，神棲事外。鄭玄儀禮注曰：委，安也。劉歆遂初賦曰：玩琴書以條暢。被褐欣自得，屢空常晏如。家語曰：原憲衣冠弊，并日而食蔬，衎然有自得之志。論語，子曰：回也其庶乎屢空。漢書曰：楊雄家產不過十金，室無儋石之儲，晏如也。時來苟宜會，宛轡憩通衢。盧子諒答魏子悌詩曰：遇蒙時來會。宛，屈也。言屈長往之駕，息於通衢之中。通衢，喻仕路也。毛萇詩傳曰：憩，息也。通衢，已見上文。投策命晨旅，暫與園田疎。七命曰：夸父為之投策。眇眇孤舟遊[46]，緜緜歸思紆。楚辭曰：安眇眇兮無所歸薄。又曰：縹緜緜之不可紆。王逸曰：緜緜，細微之思，難斷絶也。我行豈不遙，登降千里餘。目倦脩塗異，心念山澤居。仲長子昌言曰：古之隱士，或夫負妻戴，以入山澤。望雲慙高鳥，臨水愧遊魚。言魚鳥咸得其所，而己獨違其性也。文子曰：高鳥盡而良弓藏。大戴禮曰：魚遊於水，鳥飛于雲。眞想初在

---

46 眇眇孤舟遊　袁本、茶陵本「遊」作「逝」，云善作「遊」。案：各本所見皆非也。善亦作「逝」。逝，往也。「遊」但傳寫誤，非善、五臣之不同。袁、茶陵據誤本為校語耳。

衿，誰謂形迹拘？淮南子曰：全性保真，不虧其身。老子曰：脩之於身，其德乃真。王逸楚辭注曰：保真，守玄默也。聊且憑化遷，終反班生廬。莊子謂惠子曰：孔子行年六十化[47]。郭象曰：與時俱化也。班固幽通賦曰：終保己而貽則，里上仁之所廬。漢書曰：班彪與從兄嗣共遊學，家有賜書，楊子雲已下，莫不造門。

辛丑歲七月赴假還江陵夜行塗口　五言

陶淵明

沈約宋書曰：潛自以曾祖晉世宰輔，不復屈身後代，自高祖王業漸隆，不復肯仕。所著文章，皆題年月。義熙已前，則書晉氏年號；自永初已來，唯云甲子而已。江圖曰：自沙陽縣下流一百一十里，至赤圻，赤圻二十里，至塗口也。

閑居三十載，遂與塵事冥。漢書曰：司馬相如稱疾閑居。塵事，塵俗之事也。郭象莊子注曰：凡非真皆塵垢矣。說文曰：冥，窈也。又曰：窈，深遠也。詩書敦宿好，林園無世情。左氏傳，趙襄曰：郄穀悅禮、樂而敦詩、書。纏子，董無心曰：無心，鄙人也，不識世情。如何舍此去，遙遙至西荊。西荊州也[48]。時京都在東，故謂荊州為西也。叩栧新秋月，臨流別友生。楚辭曰：漁父鼓栧而去。王逸曰：叩船舷也。楚辭曰：臨流水而太息。毛詩曰：雖有兄弟，不如友生。涼風起將夕，夜景湛虛明。昭昭天宇闊，皛皛川上平。淮南子曰：甘暝于大霄之宅，覺視于昭昭之宇。李顒離思篇曰：烈烈寒氣嚴，寥寥天宇清。說文曰：通白曰皛。皛，明也。懷役不遑寐，中宵尚孤征。毛詩曰：不遑假寐。商歌非吾事，依依在耦耕。淮南子曰：甯戚商歌車下，而桓公慨然而悟。許慎曰：甯戚，衛人，聞齊桓公興霸，無因自達，將車自往。商，秋聲也。莊子，卞隨曰：非吾事也。論語曰：長沮、桀溺耦而耕。投冠旋舊墟，不爲好爵榮[49]。周易曰：我有好爵，吾與爾縻之。養眞衡茅下，庶以善自名。曹子建辯

---

47 注「孔子行年六十化」　袁本、茶陵本「化」上有「而六十」三字，是也。

48 注「西荊州也」　案：「荊」字當重。各本皆脫。

49 不為好爵榮　何校「榮」改「縈」，陳同。今案：此依今本陶集校也。詳五臣銑注作「榮華」解，是其本作「榮」。善注無明

問曰：君子隱居以養真也。衡門，茅茨也。范曄後漢書，馬援曰：吾從弟少遊曰：士生一時，鄉里稱善人，斯可矣。鄭玄禮記注曰：名，令聞也。

永初三年七月十六日之郡初發都 五言 謝靈運

沈約宋書曰：高祖永初三年五月崩。少帝即位，出靈運為永嘉郡守。少帝猶未改元，故云永初。

述職期闌暑，理棹變金素。尚書大傳曰：古者諸侯之於天子，五年一朝，朝見其身，述其職。述其職者，述其所職也。漢書王吉傳，邵公述職，舍於棠下而聽斷焉。潘岳悼亡詩曰：溽暑隨節闌。闌，猶盡也。金素，秋也。秋為金而色白，故曰金素也。漢書曰：西方，金也。劉楨書曰：肅以素秋則落也。秋岸澄夕陰，火旻團朝露。火，大火也。毛詩曰：七月流火。爾雅曰：秋為旻天。毛詩曰：野有蔓草，零露團兮。辛苦誰爲情，遊子値頹暮。陸機赴洛詩曰：辛苦誰為心。楚辭曰：歲曶曶其若頹。愛似莊念昔，久敬曾存故。言遊子多悲，觸物增戀，愛其似者，若莊生之念疇昔，久而愈敬，類曾子之存故交。莊子曰：夫越之流人，去國旬月，見所嘗見於國中喜，及期年也，見似人者而喜矣。論語曰：晏平仲善與人交，久而敬之。韓詩外傳曰：子夏過，曾子曰：入食。子夏曰：不為公費乎？曾子曰：有三費，飲食不在其中。子夏曰：敢問三費？曾子曰：少而學，長而忘之，一費也；事君有功，輕而負之，二費也；久友交而中絕，此三費也。如何懷土心，持此謝遠度。此，謂懷土也。言如何同彼懷土之心，持此彌慙遠度也。楚辭曰：遠度世以忘歸。思玄賦曰：願得遠度以自娛。李牧愧長袖，郤克慙躧步。言手足有疾，故或愧或慙也。戰國策曰：武安君李牧至，趙王使韓蒼數之

文，未知與五臣異同。以義求之，似當是「營」。應劭注漢書敘傳「不營」曰「爵祿不能營其志」，引易「不可營以祿」。虞翻本正如此。今本漢書改引易作「榮」。又隸釋載婁壽碑「不可營以祿」，新刻亦改「榮」，是後人多知「榮」，少知「營」故耳。集作「榮」，未可據。其詠貧士第四首「好爵吾不榮」，仍作「榮」，可見「縈」未必非又「榮」之誤者也。何、陳失之。

曰：將軍戰勝，王觴將軍，將軍為壽於前，捭匕首，當死。武安君曰：身大臂短，不能及地，起居不敬，恐獲死罪於前，故使工人為木杖，以接手上，若弗信，請視之。說文曰：捭，兩手擊也，希買切。左氏傳曰：使郤克徵會于齊，頃公帷婦人使觀之。郤子登，婦人笑於房。杜預曰：跛而登階，故笑也。魏都賦曰：邯鄲躧步。**良時不見遺，醜狀不成惡。**言雖有疾，皆不見棄遺也。良時，已見上文。左氏傳曰：醆蕘惡。杜預曰：惡，貌醜也。**曰余亦支離，依方早有慕。**莊子曰：支離疏者，頤隱於齊，肩高於頂，會撮指天，五管在上，兩髀為脅。七賢音義曰：形體離，不全正也，名疏。莊子曰：子桑戶、孟子反、子琴張三人相與友，子桑戶死，孔子使子貢往待事，或鼓琴，相和而歌。子貢反，以告孔子。孔子曰：彼遊方之外者也，而丘遊方之內者也。子貢曰：夫子何方之依？曰：丘，天之戮民也。郭象曰：以方內為桎梏，明所貴在方外。夫遊外者依內。司馬彪曰：方，常也，言彼遊心於常教之外也。漢書，郊祀歌曰：天地並況，惟予有慕。會音括。撮，租括切。髀，步米切。**生幸休明世，親蒙英達顧。**左氏傳，王孫滿曰：德之休明。英達，謂廬陵王也。**空班趙氏璧，徒乖魏王瓠。**言見珍同乎趙璧，為用而乖魏瓠，言無所施也。杜預左氏傳注曰：班，次也。趙氏璧，已見盧諶覽古詩。莊子曰：惠子謂莊子曰：魏王貽我大瓠之種，我樹之成，而實五石，以盛水漿，其堅不自舉，剖之以為瓢，則瓠落無所容。非不枵然大也，吾為其無用掊之。莊子曰：夫子固拙於用大矣，何不能攄以為大罇[50]，而浮乎江湖。司馬彪曰：瓠，布濩。落，零落也。枵然，大貌。掊，謂擊破之也。喻莊子之言大也，若巨瓠之無施也。一瓠落，大貌[51]。徐仙民，戶郭切。枵，許喬切。掊，方部切。**從來漸二紀，始得傍歸路。**孔安國尚書傳曰：十二年曰紀。言欲之郡，必塗經始寧，故曰歸路。**將窮山海迹，永絕賞心悟。**言今遠遊，將窮山海之迹，賞心之對於此長乖。鄭玄毛詩箋曰：晤，對也。

50 注「何不能攄以為大罇」 袁本無「能」字，是也。茶陵本亦衍。

51 注「一瓠落大貌」 袁本無「一」字，是也。茶陵本亦衍。

過始寧墅　五言　沈約宋書曰：靈運父祖並葬始寧縣，并有故宅及墅，遂脩營舊業，極幽居之美。水經注曰：始寧縣西，本上虞之南鄉也。

謝靈運

束髮懷耿介，逐物遂推遷。韓詩外傳曰：夫人，為父者必全其身體，及其束髮，屬授明師，以成其材。楚辭曰：獨耿介而不隨兮，願慕先聖之遺教。莊子曰：惠施之才，逐萬物而不反。尚書，王曰：惟民生厚，因物有遷。違志似如昨，二紀及茲年。廣雅曰：違，背也。楊雄解嘲曰：歷覽者茲年矣。淄磷謝清曠，疲薾慙貞堅。論語，子曰：不曰堅乎，磨而不磷；不曰白乎，涅而不淄。蒼頡篇曰：曠，疎曠也。莊子曰：薾然疲而不知歸。司馬彪曰：薾，極貌也。薾，奴結切。拙疾相倚薄，還得靜者便。拙，謂拙宦也。閑居賦曰：巧誠有之，拙亦宜然。韓康伯周易注曰：薄，謂相附也。論語曰：智者動，仁者靜。剖竹守滄海，枉帆過舊山。漢書曰：初與郡守為使符[52]。說文曰：符，信。漢制以竹，分而相合。山行窮登頓，水涉盡洄沿。爾雅曰：逆流而上曰遡洄。孔安國尚書傳曰：順流而下曰沿。巖峭嶺稠疊，洲縈渚連緜。廣雅曰：峭，高也。又曰：稠，概也。三輔故事曰：連緜四百餘里。白雲抱幽石，綠篠媚清漣。清漣，已見上文。葺宇臨迴江，築觀基曾巔。洞簫賦曰：迴江流川，而溉其山。春秋運斗樞曰：山者，地基也。揮手告鄉曲，三載期歸旋。劉越石扶風歌曰：揮手長相謝。說文曰：揮，奮也。燕丹子，夏扶曰：士無鄉曲之譽，則末與論行。三載黜陟幽明，故以為限。且爲樹枌檟，無令孤願言！左氏傳曰：初，季孫為己樹六檟於蒲圃東門之外。杜預曰：檟，欲自為櫬也。

富春渚　五言

謝靈運

宵濟漁浦潭，旦及富春郭。吳郡記曰：富春東三十里有漁浦。定山緬雲霧，赤亭無淹薄。吳

52 注「初與郡守為使符」　茶陵本「使」上有「竹」字，是也。袁本亦脫。

郡緣海四縣記曰：錢唐西南五十里有定山，去富春又七十里，橫出江中，濤迅邁以避山難，辰發錢唐，巳達富春。赤亭，定山東十餘里。王逸楚辭注曰：泊，止也。薄，與泊同。**遡流觸驚急，臨圻阻參錯。**遡流，已見上文。埤蒼曰：碕，曲岸頭也。碕，與圻同。參錯，謂碕岸之險參差交錯也。**亮乏伯昏分，險過呂梁壑。**列子曰：列御寇為伯昏無人射，引之盈貫，措杯水其肘上。伯昏無人曰：是射之射，非不射之射也，當與汝登高山，履危石，臨百仞之泉，若能射乎？於是無人遂登高山，履危石，臨百仞之泉，背逡巡，足二分垂在外，揖御寇而進。御寇伏地，汗流至踵。伯昏無人曰：夫至人者，上闚青天，下潛黃泉，揮斥八極，神氣不變。今汝怵然有恂目之志，爾於中殆矣夫。分，猶節也。列子曰：孔子觀於呂梁，懸水三十仞，流沫三十里，黿鼉魚鼈之不能游也。**洊至宜便習，兼山貴止託。**周易曰：水洊至習坎。王弼曰：重險懸絕，故水洊至也，不以坎為隔絕，相仍而至，習乎坎者也。習，謂便習之也。周易曰：兼山，艮。又曰：艮其止，止其所也。**平生協幽期，淪躓困微弱。久露干祿請，始果遠遊諾。**論語曰：子張學干祿。果，猶遂也。鄭玄毛詩箋曰：諾，應辭也。然古者請於君，君許，則盡諾以報之[53]。**宿心漸申寫，萬事俱零落。**趙壹報羊陟書曰：惟君明叡，平斯宿心。莊子曰：致命盡情，天地樂而萬事銷亡。楚辭曰：惟草木之零落。**懷抱既昭曠，外物徒龍蠖。**莊子，苑風謂諄芒曰：願聞神人。諄芒曰：上神乘光，與形滅亡，此謂昭曠。說文曰：曠，明也。周易曰：尺蠖之屈，以求伸也；龍蛇之蟄，以存身也。

七里瀨 五言　謝靈運

甘州記曰：桐廬縣有七里瀨，瀨下數里至嚴陵瀨[54]。

羈心積秋晨，晨積展遊眺。爾雅曰：展，適也。郭璞曰：得自申展皆適意。**孤客傷逝湍，徒旅苦**

---

53 注「則盡諾以報之」　陳云「盡」，「畫」誤，是也。各本皆譌。

54 注「甘州記曰」下至「至嚴陵瀨」　此十九字袁本無，茶陵本有。案：有者是也。又「甘」字疑當作「十」，與後新安江水詩注所引，其文似相承接也。餘引此書多譌「州」為「洲」，皆不知者改耳。

奔峭。曹植九詠曰：何孤客之可悲！淮南子曰：岸峭者必陀。許慎曰：陀，落也，然奔亦落也。入彭蠡湖口詩曰：圻岸屢崩奔。與此同也。石淺水潺湲，日落山照曜。楚辭曰：觀流水兮潺湲。雜字曰：潺湲，水流貌也。毛詩曰：羔裘如膏，日出有曜。毛萇曰：日出照曜然，見其如膏也。荒林紛沃若，哀禽相叫嘯。毛詩曰：桑之未落，其葉沃若。海賦曰：更相叫嘯，詭色殊音。遭物悼遷斥，存期得要妙。廣雅曰：斥，推也。老子曰：湛兮似或存。王弼曰：和光而不汙其體，同塵而不渝其真，不亦湛兮，似或存兮。莊子曰：此之謂要妙也。既秉上皇心，豈屑末代誚。莊子曰：監照下土，天下載之，此謂上皇。王逸楚辭注曰：屑，顧也，先結切。劉向雅琴賦曰：末世鎖才兮[55]智孔寡。目覩嚴子瀨，想屬任公釣，後漢書曰[56]：嚴光，字子陵，光武除為諫大夫，不屈，耕於富春山。後人名其釣處為嚴陵瀨。莊子曰：任公子為大鈎巨綸，五十犗以為餌，蹲會稽，投竿東海，旦旦而釣，朞年不得魚，已而大魚食之，牽巨鈎，陷沒而下，驚揚而奮鬐，白波若山。任公子得若魚，離而腊之，自制河以東，蒼梧以北，莫不饜若魚也。誰謂古今殊，異世可同調！郭象莊子注曰：人性有變，古今不同。樂稽耀嘉曰：聖人雖生異世，其心意同如一也。調，猶運也，謂音聲之和也。

登江中孤嶼 五言 永嘉江也。

謝靈運

江南倦歷覽，江北曠周旋。長門賦曰：貫歷覽其中操。周旋，已見上文。懷雜道轉迥，尋異景不延。爾雅曰：迥，遠也。又曰：延，長也。亂流趨正絕，孤嶼媚中川。爾雅曰：水正絕流曰亂。劉淵林吳都賦注曰：嶼，海中洲，上有山石。雲日相輝映，空水共澄鮮。表靈物莫賞，蘊眞誰爲傳？鄭玄禮記注曰：表，明也，謂顯明之也。馬融論語注曰：蘊，藏也。說文曰：真，仙人變形也。想像崑山姿，緬邈區中緣。楚

[55] 注「末世鎖才兮」 陳云「鎖」疑「瑣」，是也。各本皆譌。

[56] 注「後漢書曰」 袁本、茶陵本「後」上有「范曄」二字，是也。

辭曰：思舊故而想像。列仙傳曰：西王母，神人名，王母在崑崙山。司馬相如大人賦曰：迫區中之隘陝。始信安期術，得盡養生年。列仙傳曰：安期生，琅邪阜鄉人，自言千歲。文子曰：靜漠恬淡，所以養生也。莊子養生篇曰：可以盡年。郭象曰：養生非求過分，蓋全理盡年而已。

初去郡 五言

沈約宋書曰：靈運在郡一周，稱疾去職。

謝靈運

彭薛裁知恥，貢公未遺榮。漢書曰：彭宣，字子佩，淮陽人也。遷御史大夫，轉為大司空。王莽秉政專權，宣上書，乞骸骨歸鄉里。又曰：薛廣德，字長卿，沛郡人也。為御史大夫，乞骸骨。班固漢書彭、薛、平、當述曰：廣德、當、宣，近於知恥。漢書，貢禹，字少卿，琅耶人也。為光祿大夫，上書乞骸骨。鍾會有遺榮賦。或可優貪競，豈足稱達生？楚辭曰：皆競進以貪婪。莊子曰：達生之情者傀，達於知者胥。司馬彪曰：傀讀曰瑰。瑰，大也。情在故曰大也。胥，多智也。伊余秉微尚，拙訥謝浮名。禮記，孔子曰：恥名之浮於行也。廬園當棲巖，卑位代躬耕。嵇康絕交書曰：子房之巖棲[57]。列女傳，黔婁先生妻曰：先生安天下之卑位。禮記曰：夫祿足以代其耕。顧己雖自許，心迹猶未并。莊子曰：夫神者不自許也。無庸妨周任，有疾像長卿。論語，子曰：周任有言曰：陳力就列，不能者止。漢書曰：司馬長卿有消渴疾，常稱疾閑居，不慕官爵。畢娶類尚子，薄遊似邴生。嵇康高士傳曰：尚長，字子平，河內人。隱避不仕，為子嫁娶畢，勑家事斷之，勿復相關，當如我死矣。嵇康書亦云尚子平。范曄後漢書曰：向長，字子平，男娶女嫁既畢，乃勑斷家事。尚、向不同，未詳孰是。班固漢書曰：邴曼容[58]養志自修，為官不肯過六百石，輒自免去。恭

---

57 注「子房之巖棲」 案：「子房」當作「許由」。各本皆誤。

58 注「班固漢書曰邴曼容」 袁本、茶陵本無「班固漢書曰」五字「邴」下有「生」字。案：各本皆非。依善例，當云「邴生曼容已見還舊園作」，無此下「養志自修為官不肯過六百石輒自免去」十六字。

承古人意，促裝反柴荊。越絕書曰：恭承嘉惠。思玄賦曰：簡元辰而促裝。柴荊，已見上文。牽絲及元興，解龜在景平。牽絲，初仕；解龜，去官也。臧榮緒晉書曰：安帝即位，改元曰元興。靈運初為琅耶王大司馬行軍參軍。沈約宋書曰：少帝即位，改元曰景平。應璩詩曰：不悞牽朱絲[59]，三署來相尋。漢書曰：薛宣為左馮翊，高陽令楊湛解印綬付吏。又曰：黃金印，龜鈕，文曰章。負心二十載，於今廢將迎。嵇康幽憤詩曰：內負宿心。文子曰：聖人若鏡，不將不迎。爾雅曰：將，送也。理棹遄還期，遵渚騖脩坰。潘岳在懷縣詩曰：感此還期淹。遄，速也。陸機越洛詩曰[60]：永歎遵北渚。爾雅曰：林外曰坰。遡溪終水涉，登嶺始山行。野曠沙岸淨，天高秋月明。憩石挹飛泉，攀林搴落英。毛萇詩傳曰：挹，斟也。王逸楚辭注曰：搴，采取也。戰勝臞者肥，止監流歸停。戰，明貴不如義[61]。止鑒，明語不如嘿也。韓子，子夏曰：吾入見先王之義則榮之，出見富貴又榮之，二者戰于胸臆，故臞。今見先王之義戰勝，故肥也。爾雅注曰：臞，肉之瘦也，巨俱切。文子曰：莫監於流潦而監於止水，以其保心而不外蕩也。蒼頡篇曰：亭，定也。停與亭同，古字通。即是羲唐化，獲我擊壤聲！羲，庖羲也。唐，唐堯也。周處風土記曰：擊壤者，以木作之，前廣後銳，長四尺三寸，其形如履。將戲，先側一壤於地，遙於三四十步，以手中壤擊之，中者為上部。論衡曰：堯時百姓無事，有五十之民擊壤於塗，觀者曰：大哉，堯之德也！擊壤者曰：吾日出而作，日入而息，鑿井而飲，耕田而食，堯何力於我也？

59 注「不悞牽朱絲」　何校「悞」改「悟」，陳同。今案：此疑借「悞」為「悟」，已見阮籍詠懷詩。

60 注「陸機越洛詩曰」　案：「越」當作「赴」。各本皆譌。

61 注「戰明貴不如義」　袁本、茶陵本「戰」下有「勝」字，是也。

初發石首城

五言 沈約宋書曰：靈運陳疾東歸，會稽太守孟顗乃表其異志。靈運馳往京都，詣闕上表。太祖知其見誣，不罪也，不欲使東歸，以為臨川內史。伏韜北征記曰：石頭城，建康西界臨江城也，是曰京師[62]。

謝靈運

白珪尚可磨，斯言易為緇。毛詩曰：白珪之玷，尚可磨也；斯言之玷，不可為也。毛萇詩傳曰：緇，黑色也。雖抱中孚爻，猶勞貝錦詩。周易曰：中孚以利貞，乃應乎天。毛詩曰：萋兮菲兮，成是貝錦。鄭玄曰：讒人集作己過，以成於罪，猶女功之集彩色，以成錦文也。寸心若不亮，微命察如絲。寸心，已見上文。亮，猶明也。楚辭曰：蜂蛾微命。東觀漢記，梁節王暢上疏曰：筋骨相連，命在絲髮。鄭玄毛詩箋曰：察，省也。日月垂光景，成貸遂兼茲。日月，喻太祖也。葛龔薦黃鳳文曰：君垂日月之光，流萬里之恩。老子曰：夫唯道，善貸且善成[63]。說文曰：貸，施也。出宿薄京畿，晨裝摶魯颸[64]。毛詩曰：出宿于濟。又曰：莊子曰：摶扶搖而上。征颸，已見上文[65]。重經平生別，再與朋知辭。再，謂前之永嘉，今適臨川。故山日已遠，風波豈還時。古詩曰：相去日已遠。家語，孔子曰：不觀巨海，何以知風波之患。苕苕萬里帆，茫茫終何之？毛詩曰：洪水茫茫。莊子曰：芒乎何之？忽乎何適？遊當羅浮行，息必廬霍期。羅浮山記曰：山高三千丈，長八百里。舊說浮山從會稽來，博于羅山，故稱博羅。今羅浮山上獨有東方草木。廬、霍，二山名也，已見江賦。越海淩三山，遊湘歷九嶷。東方朔集，朔對詔曰：

---

62 注「是曰京師」 陳云「師」當作「畿」，因詩有「出宿薄京畿」句，故既引伏記，復云爾也。案：所校是也。各本皆誤。

63 注「善貸且善成」 茶陵本無「且」下「善」字，是也。袁本亦衍。

64 晨裝摶魯颸 案：「魯」當作「曾」。袁本云善作「魯」。茶陵本云五臣作「曾」。各本所見皆非，「魯」但傳寫誤。何校改「曾」，陳同，是也。

65 注「又曰莊子曰摶扶搖而上征颸已見上文」 案：「又曰」下當有脫文，「征」字衍。袁本與此同誤。茶陵本刪「又曰」二字，「征颸已見上文」六字作「楚辭曰溘颸風而上征」九字，乃複出前在郡臥病呈沈尚書注耳。何校全依茶陵改，非。

陵山越海，窮天乃止。三山在海中，眾仙所居。九嶷山在長沙零陵，舜帝所葬也。欽聖若旦暮，懷賢亦淒其。范曄後漢書曰：朱勃謂馬援曰：欽慕聖義。莊子曰：萬代之後而一遇大聖，知其解者，是旦暮遇之也。毛萇詩傳曰：其，辭也。皎皎明發心，不爲歲寒欺。毛詩曰：明發不寐，有懷二人。說苑曰：孔子曰：義士不欺心。

道路憶山中　五言　謝靈運

采菱調易急，江南歌不緩。楚辭曰：涉江採菱發揚荷。王逸曰：楚人歌曲也。古樂府江南辭曰：江南可採蓮。楚人心昔絕，越客腸今斷。楚人，屈原也。越客，自謂也。沈約宋書曰：靈運本在陳郡，父祖並葬始寧縣，並有故宅，遂籍會稽，故稱越客焉。斷絕雖殊念，俱爲歸慮款。廣雅曰：款，扣也。存鄉爾思積，憶山我憤懣。王逸楚辭注曰：言己情憤懣也。追尋棲息時，偃臥任縱誕。崔寔答陸機詩曰：棲息高丘。范曄後漢書曰：光武共嚴光偃臥，縱恣而傲誕[66]。得性非外求，自已爲誰纂？言得性之理，非在外求，取足自止，為誰之所繼哉？言不為人之所繼也。莊子，南郭子綦曰：夫吹萬不同，而使其自已也；咸其自取，怒者其誰也！司馬彪曰：已，止也，使各得其性而止也。爾雅曰：纂，繼也。不怨秋夕長，常苦夏日短。濯流激浮湍，息陰倚密竿。字林曰：竿，竹挺也，古寒切。今協韻，為古旦切。懷故叵新歡，含悲忘春暎。言春暎當喜，為含悲而忘之。字書曰：叵，不可也。莊子曰：煖然似春。淒淒明月吹，惻惻廣陵散。古樂府有明月皎夜光。應璩與劉孔才書曰：聽廣陵之清散。殷勤訴危柱，慷慨命促管！危柱，謂琴也。孫氏箜篌賦曰：陵危柱以頡頏。促管，謂笛也。阮籍樂論曰：琵琶箏笛，間促而聲高也。

---

66 注「縱恣而傲誕」　案：「縱」上當有「縱誕」二字。各本皆脫。

入彭蠡湖口 五言

謝靈運

客遊倦水宿，風潮難具論。洲島驟迴合，圻岸屢崩奔。孔安國尚書傳曰：海曲謂之島。乘月聽哀狖，浥露馥芳蓀。乘月，猶乘日也。廣雅曰[67]：言乘月而遊，以聽哀狖之響；濕露而行，為翫芳叢之馥。狖，蜼也。說文曰：浥，濕也。春晚綠野秀，巖高白雲屯。千念集日夜，萬感盈朝昏。攀崖照石鏡，牽葉入松門。張僧鑒潯陽記曰：石鏡山東，有一圓石，懸崖明淨，照人見形。顧野王輿地志曰：自入湖三百三十里，窮於松門東西四十里，青松徧於兩岸。三江事多往，九派理空存。尚書曰：三江既入。又曰：九江孔殷。江賦曰：流九派乎潯陽。露物吝珍怪[68]，異人祕精魂。孔安國尚書傳曰：吝，惜也。高唐賦曰：珍怪奇偉。毛萇詩傳曰：祕，閉也。江賦曰：納隱淪之列真，挺異人乎精魂。金膏滅明光，水碧綴流溫。穆天子傳曰：河伯示汝黃金之膏。山海經曰：耿山多水碧。郭璞曰：碧亦玉也。流溫，言水玉溫潤也。徒作千里曲，絃絕念彌敦。言奏曲冀以消憂，絃絕而念逾甚，故曰徒作也。琴賦曰：千里別鶴。演連珠曰：繁會之音，生乎絕絃。

入華子崗是麻源第三谷 五言

謝靈運

謝靈運山居圖曰：華子崗，麻山第三谷。故老相傳，華子期者，祿里弟子[69]，翔集此頂，故華子為稱也。

南州實炎德，桂樹凌寒山。楚辭曰：嘉南州之炎德，麗桂樹之冬榮。銅陵映碧潤[70]，石磴瀉紅

---

67 注「廣雅曰」 何校三字改入下「狖蜼也」上。陳云長楊賦注可據。今案：此疑中間本無「言乘月而遊」至「為翫芳叢之馥」四句，後來添入，乃致舛錯失次也。各本皆誤。

68 露物吝珍怪 案：「露」當作「靈」。袁本、茶陵本作「靈」，云善作「露」。案：各本所見皆非也。「靈物」與下「異人」偶句，非善獨作「露」，但傳寫誤。

69 注「祿里弟子」 茶陵本「里」下有「先生」二字，何校添，陳同。案：此不當添，「祿里」即「祿里先生」矣。袁本亦無。

70 銅陵映碧潤 案：「潤」當作「澗」。袁本、茶陵本作「澗」，云善作「潤」。案：各本所見皆非也。「潤」字不可通，但傳

泉。銅陵，銅山也。楊雄蜀都賦曰：橘林銅陵。靈運山居賦曰：訊丹沙於紅泉。靈運自注云：即近山所出。然銅陵亦近山。既枉隱淪客，亦棲肥遯賢。桓子新論曰[71]：周易曰：肥遯無不利。險逕無測度[72]，天路非術阡。爾雅曰：山絶險[73]。家語，孔子曰：人藏其心，不可測度。仲長子昌言曰：蕩蕩乎若昇天路，而不知夫所登也。遂登羣峯首，邈若升雲烟。論衡曰：天審氣，氣如雲。曹子建述仙詩曰：遊將升雲煙[74]。羽人絶髣髴，丹丘徒空筌。楚辭曰：仰羽人於丹丘[75]，留不死之舊鄉。筌，捕魚之器，莊子以喻言也。圖牒復摩滅，碑版誰聞傳？蘇林漢書注曰：牒，譜也。孔安國論語注曰：版，邦國之圖籍也。莫辯百世後，安知千載前。且申獨往意，乘月弄潺湲。淮南王莊子略要曰：江海之士，山谷之人，輕天下，細萬物而獨往者也。司馬彪曰：獨往，任自然不復顧世也。恒充俄頃用[76]，豈爲古今然！言古之獨往，必輕天下，不顧於世。而己之獨往，常充俄頃之間，豈為尊古卑今而然哉！小雅曰：充，猶備也。江賦曰：千里俄頃。何休公羊注曰：俄者，須臾之間也。司馬彪莊子注曰：常，久也。莊子曰：尊古卑今，學者之流也。郭象曰：古無所尊，今無所卑，而學者尊古卑今，失其原矣。

寫誤。

71 注「桓子新論曰」 陳云下脫「天下神人五二曰隱淪」九字，見江賦注。今案：蓋注本云「隱淪，見江賦」，或記「桓子新論」於旁，而誤改之如此也。各本皆誤。

72 險逕無測度 案：「逕」當作「陘」，注引爾雅「山絶陘」可證也。袁、茶陵二本作「徑」，其所載五臣濟注云「言山徑高險」，是五臣「徑」，善「陘」，二本以「徑」字亂善，而不著校語。尤本作「逕」，同字耳。各本又皆改去注中「陘」字，乃誤之甚者也。見下條。

73 注「山絶險」 案「險」當作「陘」，各本皆誤。此所引釋山文，郭注云「連山中斷絶也。」

74 注「遊將升雲煙」 陳云「遊」，「逝」誤，是也。各本皆譌。

75 注「仰羽人於丹丘」 陳云「仰」，「仍」誤，是也。各本皆譌。

76 恒充俄頃用 案：「恒」當作「常」，注引司馬彪莊子注曰「常，久也」，可證。前道路憶山中詩「常苦夏日短」，袁茶陵二本亦作「恒」，有校語云善作「常」。此蓋同彼，各本失更著校語，遂以五臣亂善，而正文與注不相應矣。

卷第二十七

詩戊

行旅下

北使洛

顏延年　沈約宋書曰：延之為豫章世子中軍行軍參軍[1]。義熙十二年，高祖北伐，有宋公之授，府遣一使慶殊命，參起居，延之至洛陽，道中作詩一首，文辭藻麗，為謝晦、傅亮所賞。集曰：時年三十二。

改服飭徒旅，首路跼險難。左氏傳曰：齊侯謂韓厥曰：服改矣。杜預曰：戎朝異服也。謝承後漢書序曰：徐俶戎車首路。毛詩曰：謂天蓋高，不敢不跼。毛萇詩傳曰：跼，曲也。鄭玄曰：跼，可畏懼之言也。振檝發吳州，秣馬陵楚山。阮籍詠懷詩曰：朱鼈躍飛泉，夜飛過吳州。毛詩曰：言秣其馬。杜預曰：粟食馬曰秣。韓子曰：楚和氏得璞玉於楚山之中。塗出梁宋郊，道由周鄭間。漢書曰：沛公乃道碭。音義曰：道由碭也。前登陽城路，日夕望三川。漢書曰：汝南郡有陽城縣。音義，應劭曰：三川，今河南郡。韋昭曰：有河、洛、伊，故曰三川也。在昔輟期

1 注「中軍行軍參軍」　袁本、茶陵本無「行」下「軍」字，是也。

運，經始闊聖賢。毛詩曰：自古在昔。魏都賦曰：應期運而光赫。蔡邕陳寔命碑曰[2]：應期運之數。抱朴子曰：聞之前志，聖人生，率闊五百歲。伊穀絕津濟，臺館無尺椽。伊、穀，二水名也。曹植毀故殿令曰：秦之滅也，則阿房無尺椽。鄭玄論語注曰：津濟，渡處也。宮陛多巢穴，城闕生雲煙。王猷升八表，嗟行方暮年。言王道被於八荒，余行屬於歲暮也。摯虞尚書令箴曰：補我袞闕，闡我王猷。毛詩曰：嗟行之人。又曰：歲聿云暮。陰風振涼野，飛雪瞀窮天。陸機苦寒行曰：涼野多險難。爾雅曰：霧謂之晦。郭璞曰：言昏冥也，武賦切。窮天，謂季冬之日月窮盡也。呂氏春秋曰：季冬，日窮于次，月窮于紀。臨塗未及引，置酒慘無言。引，猶進也。漢書曰：上置酒沛宮。隱憫徒御悲[3]，威遲良馬煩。楚辭曰：隱閔而不達，韓詩曰：周道威遲[4]。洛神賦曰：車殆馬煩。遊役去芳時，歸來屢徂諐。言當歸來，而更數有所往而愆本期。蓬心既已矣，飛薄殊亦然。言己有蓬心，事既已矣，而身飛薄亦復同之，自傷之辭也。莊子謂惠子曰：夫拙於用大，則夫子猶有蓬之心也夫。郭象曰：蓬非直達者。曹植吁嗟篇曰：吁嗟此轉蓬，居世亦然之[5]。

還至梁城作 五言

顏延年

眇默軌路長，憔悴征戍勤。楚辭曰：登石巒兮遠望，路眇眇兮默默。又曰：顏色憔悴。左氏傳曰：勤戍五

---

2 注「蔡邕陳寔命碑曰」 陳云「命」字誤，是也。案：此不當有。碑在五十八卷，可證。各本皆衍。

3 隱憫徒御悲 案：「憫」當作「閔」，此善「閔」、五臣「憫」，而各本亂之。注中字不誤，可證也。上文「吳州」五臣作「洲」，「伊穀」五臣作「瀔」。袁、茶陵二本皆以五臣亂善而失著校語。尤本不誤，此正相同，尤獨未經校正失之。

4 注「韓詩曰周道威遲」 案：此有誤也。遊天台山賦、琴賦、金谷集詩皆引韓詩「周道威夷」，是「遲」當作「夷」，秋胡詩「行路正威遲」，善兩引毛、韓而云其義同。此與秋胡詩俱顏作，正文「遲」字無疑。恐善既引韓而其下別有「遲」「夷」同字之注，今失去也。

5 注「居世亦然之」 陳云「亦然之」當作「何獨然」，見魏志植傳注，是也。各本皆誤。

年。昔邁先徂師，今來後歸軍。振策睠東路，傾側不及羣。陸機赴洛詩曰：振策陟崇丘。楚辭曰：肩傾側而不容。息徒顧將夕，極望梁陳分。嵇康贈秀才詩曰：息徒蘭圃。陸機從梁陳詩曰：遠遊越梁陳。故國多喬木，空城凝寒雲。論衡曰：觀喬木，知舊都。丘壟塡郛郭，銘志滅無文。木石扃幽闥，黍苗延高墳。說文曰：扃，門之關也。惟彼雍門子，吁嗟孟嘗君。愚賤同堙滅，尊貴誰獨聞？桓子新論曰：雍門周見孟嘗君曰：臣竊悲千秋萬歲後，墳墓生荊棘，行人見之曰：孟嘗君尊貴乃如是乎！毛詩曰：吁嗟女兮。封禪書曰：堙滅而不稱。列子曰：伏羲以來，三十餘萬歲，賢愚好醜，無不消滅。曷爲久遊客？憂念坐自殷。毛詩曰：憂心殷殷。

始安郡還都與張湘州登巴陵城樓作　五言

顏延年　沈約宋書曰：延之為員外常侍，出為始安太守，徵為中書侍郎。集曰：張劭。

江漢分楚望，衡巫奠南服。左氏傳曰：楚昭王曰：江、漢、睢、漳，楚之望也。衡、巫，二山名。尚書曰：奠高山大川。孔安國曰：奠，定也。三湘淪洞庭，七澤藹荊牧。盛弘之荊州記曰：湘水北流二千里，入于洞庭。子虛賦曰：臣聞楚有七澤，嘗覩其一，未見其餘。郭璞山海經注曰：巴陵縣有洞庭陂，江、湘、沅水皆共會巴陵，故號三江口也。爾雅曰：郊外曰牧。經塗延舊軌，登闉訪川陸。周禮曰：國中經塗九軌。說文曰：延，長也。又曰：闉，城曲重門也。舊軌，謂張劭也。蜀都賦曰：經途所亘。鄭玄周禮注曰：延，進也。陸機豫章行曰：川陸殊塗。水國周地嶮，河山信重復[6]。陸機答張士然詩曰：余固水鄉士。呂氏春秋注曰：鄉，國也。地嶮，已見上文。左傳，子犯曰：表裏山河，必無

---

6 河山信重復　袁本、茶陵本「復」作「複」。案：復複同字。史記、漢書「復道」皆讀「複」。此蓋善「復」，五臣「複」，二本失著校語。尤本所見，為不誤也。

害也。郤倚雲夢林，前瞻京臺囿。尚書曰：荊州，雲土夢作乂。孔安國曰：雲夢之澤在江南。西都賦曰：舍櫺檻而郤倚。懷舊賦曰：前瞻太室。說苑曰：楚昭王遊於荊臺。司馬子期諫曰：荊臺左洞庭，右彭蠡。荊或為京。囿，于有切。清氛霽岳陽[7]，曾暉薄瀾澳。說文曰：氛[8]亦氛字也。杜預左氏傳注曰：氛，氣也。毛萇詩傳曰：山南曰陽。爾雅，澳，隈也。淒矣自遠風，傷哉千里目。潘安仁在懷縣詩曰：涼飈自遠集。楚辭曰：湛湛江水兮河上有楓[9]，目極千里兮傷春心。萬古陳往還，百代勞起伏。起伏，即倚伏也。存沒竟何人？炯介在明淑。蒼頡篇曰：炯，明也。劉熙孟子注曰：介，操也。楚辭曰：彼堯舜之耿介。王逸曰：耿，光也。介，大也。耿與炯同，古迥切。請從上世人，歸來蓺桑竹。論衡曰：上世之人，質樸易化。毛萇詩傳注曰：蓺，樹也。

還都道中作 五言

集曰：上潯陽，還都道中作。都，謂都揚州也。

鮑明遠

昨夜宿南陵，今日入蘆洲。宣城郡圖經曰：南陵縣西南水路一百三十里。庾仲雍江圖曰：蘆洲至樊口二十里，伍子胥初所渡處也。樊口至武昌十里。然此蘆洲在下，非子胥所渡處也。客行惜日月，崩波不可留。江賦曰：駭湍浪而相礧[10]。言客行既惜日月，兼崩波之上，不可少留。侵星赴早路，畢景逐前儔。鱗鱗夕雲起，獵獵曉風遒。廣雅曰：遒，急也。騰沙鬱黃霧，翻浪揚白鷗。鷗，水鳥也。登艫眺淮甸，掩泣望荊

7 清氛霽岳陽　袁本、茶陵本「氛」作「雰」。案：善引說文「雰」字為注，其本作「雰」明甚。恐是五臣作「氛」，即資暇錄所言。若李注云某字或作某字，便隨而改之者也。袁誤善為五臣，尤誤五臣為善。茶陵近得之而失著校語，皆非。

8 注「說文曰氛」　茶陵本「氛」作「雰」，是也。此所引气部「氛」下重文「雰」字也。袁本亦作「氛」，但盡改此節其餘「氛」字為「雰」，則誤甚。

9 注「河上有楓」　何校去「河」字，陳同。各本皆衍。

10 注「駭湍浪而相礧」　陳云「湍」，「崩」誤，是也。各本皆譌。

流。漢書音義，李斐曰：艫，船前頭刺櫂處也。楚辭曰：長太息而掩涕。絕目盡平原，時見遠煙浮。絕，猶盡也。倏悲坐還合，俄思甚兼秋。兼，猶三也。毛詩曰：一日不見如三秋。未嘗違戶庭，安能千里遊？周易曰：不出戶庭，無咎。古歌曰：離家千里客，戚戚多思復。誰令乏古節，貽此越鄉憂。思玄賦曰：慕古人之貞節。左氏傳，宋人曰：懷璧不可以越鄉。

之宣城出新林浦向版橋　五言

謝玄暉

酈善長水經注曰：江水經三山，又幽浦出焉。水上南北結浮橋渡水，故曰版橋。浦江又北經新林浦。

江路西南永，歸流東北騖。宋孝武之江州詩曰：山曲蒙幽雨，江路結流寒。尚書大傳曰：大水小水，東流歸海也。上林賦曰：東西南北，馳騖往來。天際識歸舟，雲中辨江樹。楊雄交州箴曰：交州荒裔，水與天際。應劭風俗通曰：太山巖石松樹，鬱鬱蒼蒼如雲中。旅思倦搖搖，孤遊昔已屢。毛詩曰：中心搖搖。謝靈運湖中詩曰：孤遊非情歎。既懽懷祿情，復協滄州趣。楊惲書曰：懷祿貪勢，不能自退。楊雄檄靈賦曰：世有黃公者，起於蒼州[11]，精神養性，與道浮遊。謝靈運遊南亭詩曰：賞心惟良知[12]。囂塵自茲隔，賞心於此遇。左氏傳曰：景公謂晏子曰：子之宅湫隘囂塵。雖無玄豹姿，終隱南山霧。列女傳曰：陶荅子治陶三年，名譽不興，家富三倍，其妻抱兒而泣，姑怒，以為不祥。妻曰：妾聞南山有玄豹，隱霧而七日不食，欲以澤其衣毛，成其文章。至於犬家，肥以取之，逢禍必矣。朞年，荅子之家，果被盜誅。

---

11 注「起於蒼州」　陳云「蒼」當作「滄」，是也。各本皆譌。

12 注「謝靈運遊南亭詩曰賞心唯良知」　陳云此十三字乃下「賞心於此遇」注，誤列於此。案：當在下節注引左傳下，各本皆誤。

敬亭山詩 五言 宣城郡圖經曰：敬亭山，宣城縣北十里。

謝玄暉

茲山亘百里，合沓與雲齊。方言曰：亘，竟也。賈誼早雲賦曰[13]：遂積聚而合沓，相紛薄而慷慨。應劭漢書注曰：沓，合也。古詩曰：西北有高樓，上與浮雲齊。隱淪既已託，靈異俱然棲。桓子新論曰：天下神人五，一曰隱淪。海賦曰：棲百靈。上干蔽白日，下屬帶迴谿。子虛賦曰：日月蔽虧，交錯糾紛，上干青雲，罷池陂陁。七發曰：依絕區兮臨迴谿。交藤荒且蔓，樛枝聳復低。毛萇詩傳曰：木曲曰樛。獨鶴方朝唳，飢鼯此夜啼。八王故事曰：陸機歌曰[14]：欲聞華亭鶴唳，不可得也。鼯鼠，已見上文。渫雲已漫漫，多雨亦淒淒。魏都賦曰：窮岫渫雲，日月常翳。楚辭曰：山峻高以蔽日兮，下幽冥以多雨。我行雖紆組，兼得尋幽蹊。楊子雲解嘲曰：紆青拖紫。說文曰：紆，屈也；一曰縈也。又曰：組，綬也。幽蹊，山徑也。楚辭曰：道幽路兮九疑。緣源殊未極，歸徑窅如迷。聲類曰：窅，遠望也，於鳥切。要欲追奇趣，即此陵丹梯；丹梯，謂山也。眺鼓吹登山曲曰：暮春春服美，遊駕陵丹梯。升嶠既小魯，登巒且悵齊。謝靈運登石門最高頂詩曰：共登青雲梯。皇恩竟已矣，茲理庶無睽。西京賦曰：皇恩溥。周易曰：睽，乖也。王粲從軍行詩曰[15]：茲理不可違。

休沐重還道中 五言 休，假也。沐，洗也。漢書張安世休沐未嘗出。如淳曰：五日得下一沐。

謝玄暉

薄遊第從告，思閑願罷歸。孫綽子曰：或問賈誼不遇漢文，將退耕於野乎？薄遊於朝乎？漢書曰：蘇林曰：

---

13 注「賈誼早雲賦曰」 案：「早」當作「旱」，各本皆譌。陸士衡從軍行注引正作「旱」。此賦古文苑載之。

14 注「陸機歌曰」 何校「歌」改「歎」，陳同。各本皆譌。

15 注「王粲從軍行詩曰」 案：「行」字不當有。各本皆衍。

第，且也。又曰：高祖嘗告歸之田。李斐曰：休謂退之名也[16]。又韋賢乞骸骨罷歸。**還邛歌賦似，休汝車騎非。**漢書曰：司馬相如家貧，素與臨邛令相善，於是相如往舍臨邛都亭。是時卓文君新寡，好音，相如以琴心挑之。相如時從車騎，雍容閑雅甚都。文君心悅而好之，恐不得當也。范曄後漢書曰：許劭，汝南人，為郡功曹。同郡袁紹，濮陽令[17]，車徒甚盛，將入界內，曰：吾輿服豈可使許子將見。遂以單車歸家。**霸池不可別，伊川難重違。**枚乘集有臨霸池遠訣賦。伊川，已見上文。潘岳關中記曰：霸陵，文帝陵也，上有池，有四出道以寫水。**汀葭稍靡靡，江菼復依依。**毛詩曰：葭菼揭揭。毛萇曰：葭，蘆也。菼，薍也。高唐賦曰：薄草靡靡。韓詩曰：楊柳依依。**田鶴遠相叫，沙鴇忽爭飛。雲端楚山見，林表吳岫微。**枚乘樂府詩曰：美人在雲端。表，猶外也。**試與征徒望，鄉淚盡沾衣。**古詩曰：淚下沾衣裳。**賴此盈罇酌，含景望芳菲。**嵇康秀才詩曰[18]：旨酒盈罇。陸機曰：日出東南隅[19]，清川含藻景。**問我勞何事？沾沐仰清徽。志狹輕軒冕，恩甚戀重闈。**管子曰：先王制軒冕以著貴賤。**歲華春有酒，初服偃郊扉。**楚辭曰：進不入以離尤兮，退將復修吾初[20]。顏延之贈王太常詩曰：郊扉常晝閉。

晚登三山還望京邑

五言　山謙之丹陽記曰：江寧縣北十二里，濱江有三山相接，即名為三山。舊時津濟道也。

謝玄暉

灞涘望長安[21]，河陽視京縣。王粲七哀詩曰：南登灞陵岸，迴首望長安。潘岳河陽縣詩曰：引領望京室，南

16 注「休謂退之名也」　陳云「謂」，「謁」誤，「退」字衍，是也。各本皆誤。此即高紀注。
17 注「濮陽令」　陳云「濮」上脫「去」字，「令」下脫「歸」字，是也。各本皆脫。
18 注「嵇康秀才詩曰」　陳云「秀」上脫「贈」字，是也。各本皆脫。
19 注「陸機曰日出東南隅」　陳云「曰」字衍，「隅」下脫「行」字。案：「行」下當有「曰」字。各本皆誤。
20 注「退將復修吾初」　何校「初」下添「服」字，陳同。各本皆脫。
21 灞涘望長安　案：「灞」當作「霸」，注同。上篇「霸池不可別」，袁、茶陵二本作「灞」，大較善「霸」、五臣「灞」而亂

路在伐柯。白日麗飛甍，參差皆可見。吳都賦曰：飛甍舛互。李尤洪池銘曰：漸臺中起，列館參差。餘霞散成綺，澄江靜如練。喧鳥覆春洲，雜英滿芳甸。去矣方滯淫，懷哉罷歡宴。邯鄲湛贈伍處玄詩曰：行矣去言，別易會難。王粲七哀詩曰：何為久淫滯[22]。毛詩曰：懷哉懷哉，曷月余旋歸哉。佳期悵何許，淚下如流霰。楚辭曰：與佳人期兮夕張。又曰：涕淫淫而若霰。有情知望鄉，誰能縝不變？盧諶與劉琨書曰：苟曰有情，孰能不懷？廣雅曰：縝，黑也。古詩曰：還顧望舊鄉。張載七哀詩曰：憂來令髮白。毛萇詩傳曰：鬒，黑髮也。縝與鬒同。

京路夜發　五言　謝玄暉

擾擾整夜裝，肅肅戒徂兩。枚乘七發曰：擾擾若三軍之騰裝。尚書曰：戒車三百兩[23]。廣雅曰：擾擾，亂也。毛詩曰：肅肅宵征。許慎淮南子注曰：裝，束也。曉星正寥落，晨光復泱漭。寥落，星稀之貌也。字書曰：泱漭，不明之貌。猶霑餘露團，稍見朝霞上。毛詩曰：野有蔓草，零露團兮。故鄉邈已敻，山川脩且廣。班固燕山銘曰[24]：敻其邈兮亘地界。陸機赴洛詩曰：遠遊越山川，山川脩且廣。文奏方盈前，懷人去心賞。敕躬每跼蹐，瞻恩唯震蕩。曹子建聖皇篇曰：侍臣首文奏，陛下躰仁慈。毛詩曰：嗟我懷人。鮑昭白頭吟曰：心賞猶難恃。孝經鉤命決曰：敕躬未濟。毛詩曰：謂天蓋高，不敢不跼；謂地蓋厚，不敢不蹐。楚辭曰：心怵惕而震蕩。行矣倦路長，無由稅歸鞅。陸機贈弟詩曰：行矣怨路長。說文曰：鞅，頸靼也。又曰：靼，柔革也。鞅，於兩切。靼，都達切。

之。尤本彼不誤而此未經校正。餘亦不悉出也。

22 注「何為久淫滯」　案：「淫滯」當作「滯淫」。各本皆倒。

23 注「戒車三百兩」　袁本、茶陵本「戒」作「戎」，是也。

24 注「班固燕山銘曰」　案：「燕」下當有「然」字。各本皆脫。

望荊山 五言

江文通

奉義至江漢，始知楚塞長。沈約宋書曰：建平王景素，為右將軍、荊州刺史，江淹授景素五經。奉義，猶慕義也。江、漢，荊楚之境也。盛弘之荊州記曰：魯陽縣其地重險，楚之北塞也。南關繞桐柏，西嶽出魯陽。尚書曰：導淮自桐柏。漢書曰：南陽郡魯陽縣有魯陽山。寒郊無留影，秋日懸清光。悲風橈重林，雲霞肅川漲。周易曰：橈萬物者，莫疾于風。說文曰：橈，曲木也，奴教切。肅，寒也。江賦曰：濟江津而起漲。漲，水大之貌也。歲晏君如何？零涙沾衣裳。古詩曰：涙下沾衣裳[25]。楚辭曰：歲既晏兮。玉柱空掩露，金樽坐含霜。袁淑正情賦曰：解蘊麝之芳衾，陳玉柱之鳴箏。曹子建樂府詩曰：金樽玉杯，不能使薄酒更厚。楚辭曰：衣納納而掩露。一聞苦寒奏，更使豔歌傷[26]。沈約宋書曰：北上苦寒行，魏帝辭。又曰：羅敷豔歌行，古辭也。

旦發魚浦潭[27] 五言

丘希範

漁潭霧未開，赤亭風已颺。漁潭、赤亭，已見謝靈運富春渚詩。櫂歌發中流，鳴鞞響沓障。馬融廣成頌曰：發櫂歌，縱水謳。字林曰：鞞，小鼓也。爾雅曰：山正曰障[28]。村童忽相聚，野老時一望。詭怪石異像，嶄絕峯殊狀。張衡七辯曰：蹊路詭怪。森森荒樹齊，析析寒沙漲。謝靈運山居賦注曰：漲

---

25 注「涙下沾衣裳」　案：「衣裳」當作「裳衣」。各本皆誤。後燕歌行注亦然。善注之例，但取義同，無嫌語倒，說見前。不知者順正文乙轉，非也。餘引同此，不更出。

26 更使豔歌傷　茶陵本「更」作「再」，袁本作「載」，云善作「再」。案：「再」字是也。「再使」與「一聞」偶句，五臣改為「載以」，則解之殊失作者之意。尤本作「更」，乃誤字耳。

27 旦發魚浦潭　袁本、茶陵本「魚」作「漁」，是也。

28 注「山正曰障」　袁本、茶陵本「山」下有「上」字，是也。案：此引釋山文。彼無「山」字，善添之，如前卷引「水正絕流曰亂」，「水」字亦添。尤蓋校改刪「山」而誤去「上」字。

者，沙始起，將成嶼也。**藤垂島易陟，崖傾嶼難傍。**說文曰：島，海中有山。劉淵林吳都賦注曰：嶼，海中洲，上有山石。說文曰：傍，附也。**信是永幽棲，豈徒暫清曠。**謝靈運方山詩曰：資此永幽栖。又田南詩曰：清曠招遠風。蒼頡篇曰：曠，疎曠也。**坐嘯昔有委，臥治今可尙。**坐嘯、臥治，並見謝玄暉在郡臥病詩。

早發定山　五言　沈休文

梁書曰：約為東陽太守。然定山，東陽道之所經也。

夙齡愛遠壑，晚蒞見奇山。毛萇詩傳曰：蒞，臨也。**標峯綵虹外，置嶺白雲間。**楚辭曰：建綵虹以招指。穆天子傳，西王母謠曰：白雲在天，丘陵自出。**傾壁忽斜豎，絕頂復孤員。**江賦曰：絕岸萬丈，壁立霞剥。謝靈運有登廬山絕頂詩。毛萇詩傳曰：山頂曰冢。**歸海流漫漫，出浦水淺淺。**歸海，已見上文。楚辭曰：石瀨兮淺淺。王逸曰：淺淺，流疾貌也，音僊。**野棠開未落，山櫻發欲然。忘歸屬蘭杜，懷祿寄芳荃。**楚辭曰：遊子憺兮忘歸。懷祿，已見上文。楚辭曰：荃不察余之中情。王逸曰：荃，香草，以喻君子。**眷言採三秀，徘徊望九仙。**楚辭曰：采三秀於山間。王逸曰：三秀，謂芝草也。列仙傳曰：涓子者，齊人，好餌術，至三百年乃見於齊，後授伯陽九仙法。

新安江水至清淺深見底貽京邑遊好　五言　沈休文

十洲記曰[29]：桐廬縣，新安、東陽二水合於此，仍東流為浙江。

眷言訪舟客，茲川信可珍。廣雅曰：珍，重也。**洞澈隨深淺，皎鏡無冬春。千仞寫喬樹，百丈見遊鱗。**淮南子曰：豐水之深千仞，投金鐵焉，則形見於外。抱朴子曰：扶南金鋼，生於百丈水底。**滄浪有**

---

29 注「十洲記曰」案：「洲」當作「州」。各本皆誤。說見新亭渚別范零陵詩下。

時濁，清濟涸無津。楚辭曰：漁父歌曰：滄浪之水濁，可以濯我足。戰國策曰：蘇秦曰：齊有清濟濁河。吳越春秋曰：禹周行宇內，竭洛涸濟，瀝淮於澤。賈逵國語注曰：涸，竭也。字書曰：津，液也。涸，胡落切。豈若乘斯去，俯映石磷磷。鵩鳥賦曰：乘流則逝。毛詩曰：揚之水白石磷磷。紛吾隔囂滓，寧假濯衣巾[30]。囂滓，謂去京師囂塵之地以往東陽，自然隔越，亦不須濯衣巾。楚辭曰：紛吾可以濯我纓[31]。願以潺湲水，沾君纓上塵。雜子曰[32]：潺湲，水流貌也。楚詞曰：滄浪之水清，可以濯我纓。

軍戎

從軍詩五首 五言

魏志曰：建安二十年三月，公西征張魯，魯及五子降。十二月，至自南鄭。是行也，侍中王粲作五言詩以美其事。

王仲宣

從軍有苦樂，但聞所從誰[33]？漢書曰：李廣、程不識為名將。程不識擊刁斗，吏治軍簿至明，軍不得自便。李將軍極簡易，其士亦佚樂。然士卒多樂從廣，而苦程不識。所從神且武，焉得久勞師？班固漢書高祖紀述曰：寔天生德，聰明神武。左氏傳，蹇叔曰：勞師以襲遠，非所聞也。周易曰：古之神武不殺者夫。相公征關右，赫怒震天威。曹操為丞相，故曰相公也。毛詩曰：王赫斯怒。陸賈新論曰[34]：聖人承天威，承天功，與之爭功，豈不難哉。左氏傳，齊侯

---

30 寧假濯衣巾　袁本、茶陵本此下有校語云善作「布衣」。案：二本所見，絕不可通，必非也。此本所見不誤，或尤延之據注及五臣校改正之。

31 注「紛吾可以濯吾纓」　案：「可以濯吾纓」當作「既有此內美」，涉下節而舛錯也。各本皆誤。

32 注「雜子曰」　陳云「子」，「字」誤，是也。各本皆譌。七里瀨所引正作「字」，所謂周成雜字者也。

33 但聞所從誰　袁本、茶陵本「聞」作「問」，云善作「聞」。案：各本所見非也。「聞」但傳寫誤。

34 注「陸賈新論曰」　案：「論」當作「語」。各本皆誤。

對宰孔曰：天威不違顏咫尺。一舉滅獯虜，再舉服羌夷。漢書曰：獯鬻虐老獸心。服虔曰：獯鬻，堯時匈奴號也。西收邊地賊，忽若俯拾遺。漢書，梅福上書曰：高祖舉秦如鴻毛，取楚如拾遺。陳賞越丘山，酒肉踰川坻。六韜曰：賞如高山，罰如深溪。左氏傳，晉侯投壺。穆子曰：有酒如淮，有肉如坻，寡君中此，為諸侯師。軍人多飫饒[35]，人馬皆溢肥。杜預左氏傳注曰：飫，猒也。說文曰：饒，飽也。徒行兼乘還，空出有餘資。論語，孔子曰：以吾從大夫之後，不可徒行也。拓地三千里，往返速若飛。虞丘壽王驃騎論功曰：拓地萬里，海內晏然。毛詩曰：王旅嘽嘽，如飛如翰。毛萇曰：疾如飛也。歌舞入鄴城，所願獲無違。漢書曰：魏郡有鄴城縣[36]。家語，孔子曰：無聲之樂，所願志從之[37]。晝日處大朝，日暮薄言歸。毛詩曰：薄言旋歸。外參時明政，內不廢家私。禽獸憚為犧，良苗實已揮。左氏傳曰：賓孟適郊，見雄雞自斷其尾，問之侍者，曰：自憚其為犧也。遽歸告王，且曰：雞其憚為人用乎？異於是矣[38]。良苗，穀也。國語曰：秦伯將饗公子，如饗國君之禮，使子餘，公子賦黍苗。子餘[39]曰：重耳之仰君也，若黍苗之仰陰雨也。若君實庇蔭膏澤之，使能成嘉穀，薦在宗廟，君之力也。賈逵曰：在宗廟為祭主也。揮當為輝。崔駰七依曰：霈若膏雨之潤良苗。不能效沮溺[40]，相隨把鋤犂。論語曰：長沮、桀溺耦而耕。孰覽夫子詩，信知所言非。孔叢子曰：趙簡子使聘夫子，夫子將至，及河，聞鳴犢與竇犫之見殺，迴輿而趣，為操曰：翱翔于衛，復我舊居，從吾所好，其樂只且。然夫子欲從所好而隱居，仲宣欲厲節而求仕，有異夫子之志，故以所言為非也。

---

35 軍人多飫饒　袁本、茶陵本「人」作「中」，云善作「人」。案：各本所見非也。「人」但傳寫誤。

36 注「漢書曰魏郡有鄴城縣」　案：「曰」字、「城」字不當有。各本皆衍。所引地理志文也。

37 注「所願志從之」　案：「之」字不當有。各本皆衍。今家語無。又「志」作「必」。

38 注「異於是矣」　茶陵本「異」上有「人」字，是也。袁本自「左氏傳」下至此并善入五臣，甚誤。

39 注「使子餘」　茶陵本「餘」下有「相」字，是也。袁本亦脫。

40 不能效沮溺　袁本、茶陵本此上有「竊慕負鼎翁，願厲朽鈍姿」，云善無此二句。何校云五臣本多二句，陳同。今案：此恐各本所見善傳寫脫正文并注一節也。下節注「仲宣欲厲節而求仕」，蓋即指此。

涼風厲秋節，司典告詳刑。禮記，孟秋之月涼風至，用始行戮。天子乃命將帥，選士厲兵，以征不義。尚書，王曰：有邦有土，告爾詳刑。魏志曰：建安二十一年，粲從征吳，作此四篇。我君順時發，桓桓東南征。穀梁傳曰：葬我君還公[41]。順時，應秋以征也。禮記曰：舉事必順其時。東南，謂吳也。毛詩曰：桓桓于征，逖彼東南。汎舟蓋長川，陳卒被隰坰。國語曰：秦汎舟于河。爾雅曰：林外曰坰。征夫懷親戚，誰能無戀情？拊襟倚舟檣，眷眷思鄴城。漢書，公孫玃曰：累足撫襟。埤蒼曰：檣，帆柱曰檣。韓詩曰：眷眷懷歸[42]。哀彼東山人，喟然感鸛鳴。毛詩曰：我徂東山，滔滔不歸，我來自東，零雨其蒙，鸛鳴于垤，婦歎于室。毛萇曰：垤，螘冢也。鄭玄曰：鸛，水鳥也，將陰雨而鳴，行於陰雨尤苦。婦人則歎於室。垤，徒頡切。日月不安處，人誰獲常寧？國語，姜氏謂晉公子曰：日月不處，人誰獲安。昔人從公旦，一徂輒三齡。毛萇詩序曰[43]：周公東征，三年而歸。今我神武師，暫往必速平。棄余親睦恩，輸力竭忠貞。左氏傳，樂盈曰：陪臣書能輸力於王室。又曰：荀息曰：公家之事，知無不為，忠也；送往事居，偶俱無猜，貞也。懼無一夫用，報我素餐誠。毛詩曰：彼君子兮，不素餐兮。夙夜自恲性，思逝若抽縈。廣雅曰：恲，忼慨也，普耕切。將秉先登羽，豈敢聽金聲。東觀漢記曰：賈復擊青犢於射犬，被羽先登，所向皆靡。仲宣從軍詩曰：被羽在先登，甘心除國疾。秉羽、被羽，其義同也。孫卿子曰：聞鼓聲而進，聞金聲而退。

從軍征遐路，討彼東南夷。方舟順廣川，薄暮未安坻。史記曰：春申君曰：廣川大水，山林谿谷。白日半西山，桑梓有餘暉。古步出夏門行曰：行行復行行，白日薄西山。桑、梓，二木名也。餘暉，言將夕

41 注「葬我君還公」　袁本、茶陵本「還」作「桓」，是也。
42 注「眷眷懷歸」　案：「歸」當作「顧」。各本皆誤。前屢引可證。
43 注「毛萇詩序曰」　陳云「萇」字衍，是也。各本皆衍。

也。蟋蟀夾岸鳴，孤鳥翩翩飛。毛詩曰：七月在野。鄭玄曰：謂蟋蟀也。征夫心多懷，惻愴令吾悲。禮記曰：霜露既降，君子履之，必有悽愴之心。下船登高防，草露沾我衣。說文曰：防，隄也。春秋元命苞曰：露所以潤草。說苑曰：孺子不覺露之沾衣。迴身赴牀寢，此愁當告誰？楚辭曰：居愁期誰告？古詩曰：愁思當告誰？身服干戈事，豈得念所私？孔安國尚書傳曰：戈，戟；干，盾也。所私，情所親也。即戎有授命，茲理不可違。論語，子曰：善人教民七年，亦可以即戎矣。又曰：見危授命，亦可以成人矣。

朝發鄴都橋，暮濟白馬津。漢書，酈食其曰：塞白馬之津。逍遙河堤上，左右望我軍。毛詩曰：河上乎逍遙。連舫踰萬艘，帶甲千萬人。六韜曰：武王伐紂，出於河，呂尚為右將，以四十七艘舫踰於河。國語曰：吳王帶甲三萬人也。說文，舫，併舟也。又曰：艘，船揔名也。率彼東南路，將定一舉勳。毛詩曰：率彼曠野。戰國策，張儀謂秦王曰：一舉而伯王之名可成也。籌策運帷幄，一由我聖君。漢書，高祖曰：夫運籌策於帷幄之中，吾不如子房。范曄後漢書，光武詔曰：將軍鄧禹與朕謀謨帷幄之也。恨我無時謀，譬諸具官臣。論語，季子然問：仲由、冉求可謂大臣與？孔子對曰：今由與求也，可謂具臣矣。鞠躬中堅內，微畫無所陳。論語曰：入公門，鞠躬如也。東觀漢記曰：光武賜陳俊絳衣三百領，以衣中堅同心之士也。許歷爲完士，一言獨敗秦。史記曰：秦伐韓，趙使趙奢救之，令軍中曰：軍中有以軍事諫者死。許歷請以軍事諫，趙奢曰：內之。許歷曰：秦人不意趙師至此，其來氣盛，將軍必厚集其陳以待之，不然，必敗。趙奢曰：謹受令。許歷曰：請就鈇鑕之誅。趙奢曰：有後令，邯鄲[44]。許歷請復諫曰：先據北山上者勝，後至者敗。趙奢許諾，即發萬人赴之。秦兵後至，爭山不得上。趙奢縱兵擊之，大敗秦軍。完，謂全具也，言非有奇也。論衡曰：西門豹、董安于，誠為完具之人，能納韋絃之教也。我有素餐責，誠愧伐檀人。毛詩曰：坎坎伐檀兮，寘之河之干兮，彼君子兮，不素餐兮。漢書，平當曰：吾已負素餐責矣。雖無鉛刀用，庶幾奮薄身。東觀漢

---

44 注「有後令邯鄲」何校「有」改「胥」，陳同。各本皆誤。

記，班超曰：冀立鉛刀一割之力。班孟堅答賓戲曰：搦朽摩鈍鉛刀[45]。

悠悠涉荒路，靡靡我心愁。毛詩曰：悠悠南行。又曰：行邁靡靡，中心搖搖。四望無煙火，但見林與丘。東觀漢記曰：北夷作寇，千里無火煙。城郭生榛棘，蹊徑無所由。高誘淮南子注曰：聚木曰榛。萑蒲竟廣澤，葭葦夾長流。日夕涼風發，翩翩漂吾舟。寒蟬在樹鳴，鸛鵠摩天遊。禮記曰：孟秋寒蟬鳴。古烏生八九子歌曰：黃鵠摩天極高飛。客子多悲傷，淚下不可收。朝入譙郡界，曠然消人憂。魏志曰：武皇帝，譙人也。雞鳴達四境，黍稷盈原疇。孟子曰：齊有地矣，雞鳴狗吠相聞，而達乎四境也。說文曰：疇，耕治之田也。館宅充廛里，女士滿莊馗。韓詩曰：肅肅兔罝，施于中馗。爾雅曰：六達謂之莊。薛君曰：馗，九交之道也。自非聖賢國，誰能享斯休？孔安國尚書傳曰：享，當也。詩人美樂土，雖客猶願留。毛詩曰：逝將去汝，適彼樂土。鄭玄曰：樂土，有德之國也。

郊廟

宋郊祀歌二首 四言

顏延年

夤威寶命，嚴恭帝祖。尚書曰：周公曰：嚴恭寅畏[46]。又曰：王無墜天之降寶命。帝，上帝；祖，先祖也。炳

---

45 注「搦朽摩鈍鉛刀」 陳云答賓戲「搦朽摩鈍，鉛刀皆能一斷」。「鈍」字絕句，「鉛刀」屬下讀，此恐脫四字。案：所校是也。各本皆脫。

46 注「嚴恭寅畏」 袁本「恭」作「龔」。案：此所見不同，茶陵本亦作「恭」；袁本「龔」字，決非後人所為，乃善之舊。其作「恭」者，蓋依今尚書改。善引「嚴龔」注「嚴恭」，「寅畏」注「夤威」，其下當更有音義異同之注。各本皆刪削失之，以致正文與注不相應。或欲改正文作「寅畏」以就之，亦非。

海表岱，系唐冑楚。尚書曰：海、岱及淮惟徐州。東京賦曰：系唐統，接漢緒。漢書曰：楚元王交，高祖同父少弟也，為楚王，王彭城。沈約宋書曰：高祖，彭城人，楚元王之後也。彭城，徐州之境。靈監叡文，民屬叡武。曹植離友詩曰：靈鑒無私。奄受敷錫，宅中拓宇。毛詩曰：奄，大也。尚書曰：斂是五福，用敷錫厥庶民。東京賦曰：豈如宅中而圖大。范曄後漢書，虞詡曰：先帝開拓土宇。亘地稱皇，罄天作主。燕然山銘曰：夐其邈于[47]亘地界。曹植玄暢賦曰：罄天壤而作皇。孝經鉤命決曰：道機合者稱皇。張儼請立太子師傅表曰：陛下膺期，順乾作主。月竁來賓，日際奉土。甘泉賦曰：西壓月⿰骨出，東震日域。服虔曰：音窟，兔窟，月所生也。尚書曰：明王盛德[48]，四夷咸賓。杜子春周禮注曰：今南陽人名穿地為竁，充芮切。曹植玄暢賦曰：絙日際而來王。潘岳為賈謐贈陸機詩曰：奉土歸疆。開元首正，禮交樂舉。張載元康頌曰：開元建號，班德布化。禮記曰：禮交動乎上，樂交應乎下，和之至也。六典聯事，九官列序。周禮曰：以官府之聯合邦治。一曰：祭祀之聯事。又曰：太宰之職，掌建邦之六典，以佐王治邦國，一曰治典，二曰禮典，三曰教典，四曰政典，五曰刑典，六曰事典。漢書，劉向上疏曰：舜命九官，濟濟相讓。應劭曰：尚書曰：禹作司空，棄后稷，契司徒，皐繇作士師，垂共工，益朕虞，伯夷秩宗，夔典樂，龍納言也。凡九官也。有牷在滌，有絜在俎。周禮曰：充人掌繫祭祀之牲。禮記曰：帝牛必在滌三月。鄭玄曰：滌，牢中所搜除處。毛詩曰：絜爾牛羊，或肆或將。鄭玄曰：有肆其骨體於俎者，或奉將而進也。薦饗王衷，以答神祐。杜預左氏傳注曰：薦，獻也。衷，中心也。長楊賦曰：受神人之福祐。維聖饗帝，維孝饗親。禮記曰：唯聖人為能饗帝，孝子為能饗親。皇乎備矣，有事上春。漢書，郊祀歌曰：大孝備矣，休德昭清。左氏傳，宰孔曰：天子有事于郊。杜預曰：有祭事也。周禮，上春生穜稑之種。禮行宗祀，敬達郊禋。禮記曰：禮行祖廟而孝慈服焉。孝經曰：宗祀文王於明堂。又曰：郊祀后稷。孔安國尚書傳曰：精意以享謂之

47 注「夐其邈于」陳云「于」當作「兮」，是也。各本皆譌。

48 注「明王盛德」袁本、茶陵本「盛」作「慎」，是也。

禋。金枝中樹，廣樂四陳。漢書曰：金枝秀華。應劭曰：金枝，銅鐙百二十枝。史記曰：趙簡子病，寤寐曰[49]：我與百神聽於鈞天廣樂矣。陟配在京[50]，降德在民。毛詩曰：三后在天，陟配在京。禮記曰：后王命冢宰，降德于兆民。奔精昭夜，高燎煬晨。奔精，星流也。史記曰：漢家常以正月上辛，祠甘泉，昏時夜祠，到明而終，常有流星經於祠壇。東京賦曰：颺槱燎之炎煬，致高煙於太一。陰明浮爍，沈禜深淪。言宋為水德而主辰，故陰明之宿，浮爍而揚光。沈禜，所祭沈淪而沈靜也。尚書考靈耀曰：氣在於冬，其紀辰星，是謂陰明。尚書大傳曰：沈四海。鄭玄曰：祭水曰沈。鄭司農周禮注曰：禜，祭名也。告成大報，受釐元神。禮記曰：升中于天。鄭玄曰：中，成也。燎柴祭天，告以諸侯之成功。又曰：大報天而主日也。漢書曰：上方受釐坐宣室。臣瓚曰：釐，謂祭祀餘胙也。如淳曰：釐音僖。呂安髑髏賦曰：上奏元神，下告皇祇。服虔甘泉宮賦注曰：釐，福也。月御案節，星驅扶輪。月御、案節，並見上文。言天神降，月御為之案節，星驅為之扶輪。王濟鍾夫人序德頌曰：濟蒙天假，星驅省疾。羽獵賦曰[51]：齊桓公曾不足使扶輪。羽獵賦曰：風詡詡其扶輪。遙興遠駕，曜曜振振。漢書，房中歌曰：雷震震，電曜曜。杜預左氏傳注曰：振振，盛貌。遠駕，乘駕也。

樂府上

漢書曰：武帝定郊祀之禮，而立樂府。

49 注「寤寐曰」 陳云「寐」字衍，是也。各本皆衍。

50 注「陟配在京」 陳云「陟」，「王」誤。「在」，「于」誤。案：所校是也。此但涉正文誤耳。

51 注「齊桓公曾不足使扶輪羽獵賦曰」 案：「公」字不當有，「輪」當作「轂」，「羽」上當脫撰人姓名。此非楊子雲作。各本皆誤。

樂府三首

古辭 五言[52] 言古詩不知作者姓名。他皆類此。

飲馬長城窟行

酈善長水經曰：余至長城，其下往往有泉窟，可飲馬。古詩飲馬長城窟行，信不虛也。然長城蒙恬所築也，言征戍之客，至於長城而飲其馬。婦思之，故為長城窟行。音義曰：行，曲也。

青青河邊草，緜緜思遠道。言良人行役，以春為期，期至不來，所以增思。王逸楚辭注曰：緜緜，細微之思也。遠道不可思，夙昔夢見之。廣雅曰：昔，夜也。夢見在我傍，忽覺在佗鄉。佗鄉各異縣，輾轉不可見。字書曰：輾，亦展字也。說文曰：展，轉也。鄭玄毛詩箋曰：轉，移也。枯桑知天風，海水知天寒。枯桑無枝，尚知天風。海水廣大，尚知天寒。君子行役，豈不離風寒之患乎？入門各自媚，誰肯相為言？但人入門咸各自媚，誰肯為言乎？皆不能為言也。客從遠方來，遺我雙鯉魚。呼兒烹鯉魚，中有尺素書。鄭玄禮記注曰：素，生帛也。長跪讀素書，書上竟何如[53]？說文曰：跪，拜也。上有加餐食，下有長相憶。

傷歌行

昭昭素月明[54]，暉光燭我牀。憂人不能寐，耿耿夜何長！毛詩曰：耿耿不寐，如有隱憂。微

---

52 樂府三首注五言　案：此「古辭」上不當有「五言」二字，其三首每篇題下，當有之。茶陵本後二首正如此，前一首又誤移於上，亦非。袁本俱無，益非。

53 書上竟何如　袁本、茶陵本「上」作「中」，是也。

54 昭昭素月明　袁本、茶陵本「月明」作「明月」，是也。陳云別本作「明月」。前月賦注、後何敬祖雜詩注引皆作「明月」，

風吹閨闥，羅帷自飄颺。毛萇詩傳曰：闥，內門也。攬衣曳長帶，屣履下高堂。長門賦曰：屣履起而彷徨。東西安所之？徘徊以彷徨。春鳥飜南飛，翩翩獨翶翔。悲聲命儔匹，哀鳴傷我腸。感物懷所思，泣涕忽沾裳。佇立吐高吟，舒憤訴穹蒼。毛詩曰：佇立以泣。谷永與王譚書曰：抑於家[55]不得舒憤。毛詩曰：靡有旅力，以念穹蒼。李巡爾雅注曰：仰視天形，穹隆而高，其色蒼蒼，故曰穹蒼。爾雅曰：穹蒼，蒼天也。

長歌行

崔豹古今注曰：長歌，言壽命長短定分，不妄求也。此上一篇似傷年命，而下一首直敍怨情。古詩曰：長歌正激烈。魏武帝燕歌行曰[56]：短歌微吟不能長。傅玄豔歌行曰：咄來長歌續短歌。然行聲有長短，非言壽命也。

青青園中葵，朝露行日晞。毛詩曰：湛湛露斯，匪陽不晞。毛萇曰：晞，乾也。陽春布德澤，萬物生光暉。楚辭曰：恐死不見乎陽春。淮南子曰：光暉萬物。常恐秋節至，焜黃華蘂衰[57]。焜黃，色衰貌也，胡本切。百川東到海，何時復西歸？尚書大傳曰：百川赴東海。少壯不努力，老大乃傷悲。

怨歌行

五言　歌錄曰：怨歌行，古辭。然言古者有此曲，而班婕妤擬之。婕妤，帝初即位，選入後宮。始為少使，俄而大幸，為婕妤，居增成舍。後趙飛燕寵盛，婕妤失寵，希復進見。成帝崩，婕妤充園陵，

可證。

[55] 注「抑於家」　案：「抑」下當有「鬱」字。各本皆脫。此所引永傳文，漢書可證。

[56] 注「魏武帝燕歌行曰」　陳云「武」當作「文」，是也。各本皆誤。

[57] 焜黃華蘂衰　袁本、茶陵本「蘂」作「葉」，是也。下篇注引正作「葉」字。

薨。

班婕妤

新裂齊紈素，皎潔如霜雪。漢書曰：罷齊三服官。李斐曰：紈素為冬服。范子曰：紈素出齊。荀悅曰：齊國獻紈素絹，天子為三官服也。裁爲合歡扇，團團似明月。古詩曰：文綵雙鴛鴦，裁為合歡被。出入君懷袖，動搖微風發。蒼頡篇曰：懷，抱也。此謂蒙恩幸之時也。常恐秋節至，涼風奪炎熱。古長歌行曰：常恐秋節至，焜黃華葉衰。炎，熱氣也。棄捐篋笥中，恩情中道絕。

樂府二首

魏武帝 魏志曰：太祖武皇帝，沛國譙人，姓曹，諱操，字孟德。少機警，有權數而任俠，舉孝廉為郎，遷南頓令[58]，封魏王，文帝追諡曰武皇帝。

短歌行[59]

對酒當歌，人生幾何！左氏傳曰：俟河之清，人壽幾何？譬如朝露，去日苦多。漢書，李陵謂蘇武曰：人生如朝露。慨當以慷，憂思難忘。何以解憂，唯有杜康。毛詩曰：微我無酒，以遨以遊。博物志曰：杜康作酒。王著與杜康絕交書曰：康字仲寧。或云皇帝時宰人[60]，號酒泉太守。漢書，東方朔曰：臣聞消憂者，莫若酒也。青青子衿，悠悠我心。但爲君故，沈吟至今[61]。古詩曰：馳車整中帶，沈吟聊躑躅。呦呦鹿鳴，食

---

58 注「遷南頓令」 陳云「南頓」當作「頓丘」。案：所校是也。魏志武帝紀及裴注俱可證。各本皆誤。蓋東郡之頓丘也。

59 短歌行 茶陵本此下有「四言」二字。案：有者是也。袁本每題下盡無，皆非。

60 注「皇帝時宰人」 袁本、茶陵本「皇」作「黃」，是也。

61 但為君故沈吟至今 袁本、茶陵本有校語云善無此二句。案：所見非也。此詩四句一換韻，「今」與「心」協，不容善獨無

野之苹。我有嘉賓，鼓瑟吹笙。毛詩小雅文也。苹，萍也。鹿得萍草，呦呦然而鳴，相呼而食，以興嘉樂賓客，相招以盛禮也。鄭玄云：苹，藾蕭也。明明如月，何時可掇？憂從中來，不可斷絕。言月之不可掇，由憂之不可絕也。說文曰：掇，拾取也，豬劣切。越陌度阡，枉用相存。應劭風俗通曰：里語云：越陌度阡，更為客主。長門賦曰：孔雀集而相存。契闊談讌，心念舊恩。毛詩曰：死生契闊。漢書曰：張賀思念舊恩。月明星稀，烏鵲南飛。繞樹三匝，何枝可依？月明，已見上句[62]。喻客子無所依託也。山不厭高，海不厭深。管子曰：海不辭水，故能成其大；山不辭土，故能成其高；明主不猒人，故能成其眾。周公吐哺，天下歸心。韓詩外傳曰：周公踐天子之位七年，成王封伯禽於魯。周公誡之曰：無以魯國驕士。吾，文王之子、武王之弟也，成王叔父也，又相天下，吾於天下亦不輕矣。然一沐三握髮，一飯三吐哺，猶恐失天下之士也。論語素王受命讖曰：河授圖，天下歸心。

苦寒行 五言

歌錄曰：苦寒行，古辭。

北上太行山，艱哉何巍巍！羊腸坂詰屈，車輪為之摧。呂氏春秋曰：天地之間，上有九山。何謂九山？曰太行羊腸。高誘曰：太行山在河內野王縣北也。羊腸，其山盤紆如羊腸，在太原晉陽北。高誘注淮南子曰：羊腸坂是太行孟門之限。然則坂在太行[63]，山在晉陽也。樹木何蕭瑟，北風聲正悲。熊羆對我蹲，虎豹夾路啼。谿谷少人民，雪落何霏霏。毛詩曰：雨雪霏霏。延頸長歎息，遠行多所懷。呂氏春秋曰：天下莫不延頸舉踵也。我心何怫鬱，思欲一東歸。楚辭曰：怫鬱兮不陳。東歸，言望舊鄉也。水深橋梁絕，

之，蓋亦脫正文共注一節，說具於前。尤延之知其誤，據五臣補正文，故此處有添改痕跡，但疑終失注耳。

62 注「月明已見上句」 袁本、茶陵本「見上」作「上四」。案：各本皆有誤也。疑當作「已下」，否則「月明」衍耳。

63 注「然則坂在太行」 案：「則」字不當有。各本皆衍。凡善注之「然」，即今人之「然則」，前後例如此，不知者誤添之。

中路正徘徊。迷惑失故路，薄暮無宿栖。揚雄琴情英曰：當道獨居，暮無所宿。行行日已遠，人馬同時飢。檐囊行取薪，斧冰持作糜。莊子曰：檐囊而趨。悲彼東山詩，悠悠使我哀。毛詩曰：我徂東山，滔滔不歸。

樂府二首　魏文帝

燕歌行[64]

七言　歌錄曰：燕，地名，猶楚宛之類。此不言古辭，起自此也。他皆類此。

秋風蕭瑟天氣涼，草木搖落露爲霜。楚辭曰：悲哉秋之為氣也，蕭瑟兮草木搖落而變衰。毛詩曰：蒹葭蒼蒼，白露為霜。羣燕辭歸鴈南翔，念君客遊思斷腸。禮記曰：仲秋之月，鴻鴈來，玄鳥歸。鄭玄曰：玄鳥，燕也。楚辭曰：燕翩翩其辭歸。又曰：鴈雍雍而南遊。慊慊思歸戀故鄉，何爲淹留寄佗方？鄭玄禮記注曰：慊，恨不滿之貌也，口簟切。賤妾煢煢守空房，煢，單也。憂來思君不敢忘，不覺淚下霑衣裳。古詩曰：淚下霑衣裳。援琴鳴絃發清商，短歌微吟不能長。宋玉風賦[65]曰：臣援琴而鼓之。宋玉笛賦曰：吟清商，追流徵。明月皎皎照我牀，星漢西流夜未央。古詩曰：明月何皎皎，照我羅牀帷。毛詩曰：夜如何其，夜未央。牽牛織女遙相望，爾獨何辜限河梁。史記曰：牽牛為犧牲，其北織女。織女，天女孫也。曹植九詠注曰：牽牛為夫，織女為婦，織女、牽牛之星，各處一旁，七月七日得一會同矣。

---

64 燕歌行　袁、茶陵二本此首在善哉行之後。案：蓋善、五臣次序不同，二本所用是五臣，而失著校語耳。

65 注「宋玉風賦」　案：「風」當作「諷」。各本皆譌。餘多不更出。

善哉行 四言

歌錄曰：善哉行，古詞也。古出夏門行曰：善哉殊復善，絃歌樂我情。然善哉，歎美之辭也。

上山采薇，薄暮苦飢。毛詩曰：陟彼南山，言采其薇。楚辭曰：薄暮雷電歸何憂。古豔歌曰：居貧衣單薄，腸中常苦飢。谿谷多風，霜露沾衣。說苑曰：孺子不覺露之沾衣。野雉羣雊，猴猿相追。毛詩曰：雉之朝雊。還望故鄉，鬱何壘壘。廣雅曰：壘，重也。高山有崖，林木有枝。憂來無方，人莫之知。言高山之有崖，林木之有枝，愚智同知之。今憂來仍無定方，而人皆莫能知之。說苑曰：莊辛謂襄成君曰：昔越人之歌曰：山有木兮木有枝，心悅君兮君不知。人生如寄，多憂何爲。尸子曰：老萊子曰：人生天地之間，寄也。寄者，固也[66]。楚辭曰：傷楚國之多憂。今我不樂，歲月如馳。毛詩曰：今我不樂，日月其除。湯湯川流，中有行舟。隨波迴轉，有似客遊。策我良馬，被我輕裘。毛詩曰：良馬四之。論語，子曰：赤之適齊也，乘肥馬，衣輕裘。載馳載驅，聊以忘憂。毛詩曰：載馳載驅，歸唁衛侯。楚辭曰：聊媮娛以忘憂。又毛詩曰[67]：駕言出游，以寫我憂。

樂府四首 五言

曹子建

箜篌引[68]

漢書曰：塞南越，禱祠太一、后土，作坎侯。坎，聲也。應劭曰：使樂人侯調作之，取其坎坎應節也。因以其姓號名曰坎侯。蘇林曰：作箜篌。

---

66 注「寄者固也」 陳云「固」下脫「歸」字，是也。各本皆脫。餘屢引可證。

67 注「又毛詩曰」 茶陵本無「又」字，是也。袁本亦衍。

68 箜篌引 案：上「五言」二字，當在此下，茶陵本亦誤倒。後三首每題下皆當有，茶陵本不誤。

置酒高殿上，親友從我遊。漢書曰：過沛，置酒沛宮。又曰：賢大夫有肯從我遊者，吾能尊顯也[69]。中廚辦豐膳，烹羊宰肥牛。鄭玄周禮注曰：膳之言善。今時美物曰珍。聲類曰：宰，治也。秦箏何慷慨，齊瑟和且柔。楚辭曰：挾秦箏而彈徵。史記，蘇秦說齊王曰：臨淄其民無不鼓瑟也。陽阿奏奇舞，京洛出名謳。漢書曰：孝成趙皇后，及壯屬陽阿主家，學歌舞。樂飲過三爵，緩帶傾庶羞。禮記曰：君子之飲酒也，一爵而色灑如，二爵而言言斯，三爵而油油以退。儀禮曰：上大夫庶羞二十品。主稱千金壽，賓奉萬年酬。史記曰：平原君以千金為魯仲連壽。毛詩曰：君子萬年，永錫祚胤。久要不可忘，薄終義所尤。論語曰：久要不忘平生之言，亦可以為成人矣。列子曰：或厚之於始，或薄之於終。謙謙君子德，磬折欲何求？周易曰：謙謙君子，卑以自牧。尚書大傳曰：諸侯來，受命周公，莫不磬折。驚風飄白日，光景馳西流。盛時不可再，百年忽我遒。生在華屋處，零落歸山丘。舞賦曰：耀華屋而熺洞房。古董逃行曰：年命冉冉，我遒零落，下歸山丘。毛萇詩傳曰：遒，終也。先民誰不死？知命亦何憂！左氏傳曰：子產曰：人誰不死。周易曰：樂天知命故不憂。

美女篇

歌錄曰：美女篇，齊瑟行也。

美女妖且閑，采桑歧路間。說文曰：閑，雅也。上林賦曰：妖冶閑都。又曰：閑，幽閑也。柔條紛冉冉，葉落何翩翩。攘袖見素手，皓腕約金環。攘袖，卷袂也。環，釧也。頭上金爵釵，腰佩翠琅玕。釋名曰：爵釵，釵頭上施爵。尚書曰：厥貢惟球琳琅玕。明珠交玉體，珊瑚間木難。南方草物狀曰[70]：珊瑚出大秦國，有洲在漲海中。廣雅曰：珊瑚，珠也。南越志曰：木難，金翅鳥沫所成，碧色珠也，大秦國珍之。羅衣何飄

---

69 注「吾能尊顯也」　陳云「也」，「之」誤，是也。各本皆譌。

70 注「南方草物狀曰」　案：「物」當作「木」。各本皆誤。此嵇含所撰。

飄，輕裾隨風還。顧眄遺光采，長嘯氣若蘭。神女賦曰：吐芬芳其若蘭。行徒用息駕，休者以忘餐。愼子曰：毛嬙、西施，衣以玄錫，則行者止。杜篤摬祝曰：懷秀女[71]使不餐。借問女安居？乃在城南端。爾雅曰：安，止也。薛綜西京賦注曰：安，猶焉也。南端，城之正南門也。青樓臨大路，高門結重關。漢書，枚叔上書曰：游曲臺，臨大路。列子曰：虞氏，梁之富人，高樓臨大路。容華耀朝日，誰不希令顏。神女賦曰：耀乎若白日初出照屋梁。韓詩曰：東方之日兮，彼姝者子，在我室兮。薛君曰：詩人言所說者顏色盛也，言美[72]如東方之日出也。媒氏何所營，玉帛不時安。周禮，有媒氏之職。爾雅曰：安，定也。佳人慕高義，求賢良獨難。楚辭曰：聞佳人兮召予。衆人何嗷嗷，安知彼所觀？盛年處房室，中夜起長歎。蘇武答李陵詩曰：低頭還自憐，盛年行已衰。蔡雍霖雨賦曰：中宵夜而嘆息。

白馬篇

歌錄曰：白馬篇，齊瑟行也。

白馬飾金羈，連翩西北馳。古羅敷行曰：青絲繫馬尾，黃金絡馬頭。說文曰：羈，絡頭也。借問誰家子？幽并遊俠兒。幽、并，二州名。班固漢書贊曰：布衣遊俠，劇孟之徒也。少小去鄉邑，揚聲沙漠垂。幽通賦曰：雄朔野以揚聲。說文曰：漠，北方流沙也。宿昔秉良弓，楛矢何參差。墨子曰：良弓難張，然可以及高入深。家語，孔子曰：肅愼氏貢楛矢。控絃破左的，右發摧月支。班固漢書李廣述曰：控絃貫石，威動北鄰。毛詩曰：發彼有的。的，射質也。邯鄲淳藝經曰：馬射，左邊為月支三枚，馬蹄二枚。仰手接飛猱，俯身散馬蹄。凡物飛迎前射之曰接。猱，猨屬也。狡捷過猴猨，勇剽若豹螭。螭，猛獸也，已見西都賦。方言曰：剽，輕也。邊城

---

71 注「懷秀女」 案：「秀」當作「季」。各本皆譌。洛神賦注引不誤。

72 注「顏色盛也言美」 案：「也言」二字不當有。各本皆衍。前神女賦、秋胡詩，後日出東南隅行引皆不誤，可證也。

多警急，胡虜數遷移。長楊賦曰：永無邊城之災。羽檄從北來，厲馬登高堤。長驅蹈匈奴，左顧凌鮮卑。漢書曰：匈奴，其先夏后氏之苗裔也。又曰：燕北有東胡山戎，或云鮮卑。蒼頡篇曰：凌，侵也。棄身鋒刃端，性命安可懷？父母且不顧，何言子與妻。鄭玄毛詩箋曰：顧，念也。名編壯士籍，不得中顧私。捐軀赴國難，視死忽如歸。呂氏春秋，管子云：平原廣城，車不結軌，士不旋踵。鼓之，三軍之士，視死若歸，臣不若王子城也[73]。

名都篇[74]

歌錄曰：名都篇，齊瑟行也。

名都多妖女，京洛出少年。王逸荔枝賦曰：宛、洛少年。寶劍直千金，被服光且鮮。史記曰：陸賈寶劍直千金。論衡曰：世稱利劍有千金之價。鬬雞東郊道，走馬長楸間。漢書，眭弘少時好鬬雞走馬。馳馳未能半[75]，雙兔過我前。攬弓捷鳴鏑，長驅上南山。儀禮曰：司射搢三挾一。鄭玄曰：搢，插也[76]。楚甲切。漢書曰：匈奴冒頓乃作為鳴鏑，習勒其騎射。音義曰：鏑，箭也，如今鳴箭也。左挽因右發，一縱兩禽連。鄭玄周禮注曰：凡鳥獸未孕曰禽也。毛萇詩傳曰：發矢曰縱。兩禽，雙兔也。餘巧未及展，仰手接飛鳶。毛詩曰：鳶飛戾天。鄭玄曰：鴟之屬也。觀者咸稱善，眾工歸我妍。舞賦曰：觀者稱麗。我歸宴平樂，美酒斗十千。平樂，觀名。膾鯉臇胎鰕，寒鼈炙熊蹯。毛詩曰：炰鼈膾鯉。蒼頡解詁曰：臇，少汁臛也，子兗切。鹽鐵論曰：煎魚切肝，羊淹雞寒。劉熙釋名曰：韓羊、韓雞，本出韓國所為。然寒與韓古字通也。左氏傳曰：宰夫胹熊蹯不

---

73 注「臣不若王子城也」 案：「也」當作「父」。各本皆誤。此所引呂氏春秋勿躬篇文。

74 名都篇 袁、茶陵二本此首在美女篇之後。案：蓋亦善、五臣次序不同。說見前。

75 馳馳未能半 茶陵本下「馳」字作「騁」。袁本亦作「馳馳」。案：馳，行也；馳馳，猶行耳。「騁」字蓋後人改之。

76 注「搢插也」 袁本、茶陵本「插」作「捷」，是也。今儀禮釋文亦誤改「捷」為「插」，與此正同。

孰。鳴儔嘯匹旅，列坐竟長筵。連翩擊鞠壤，巧捷惟萬端。漢書曰：霍去病在塞外，尚穿域蹴鞠也。如淳曰：域，鞠室也。郭璞三蒼解詁曰：鞠，毛丸，可蹋戲。鞠，巨六切。史記曰：魏公子賓客辨士，說王萬端。白日西南馳，光景不可攀。雲散還城邑，清晨復來還。舞賦曰：駱驛而歸，雲散城邑。

王明君詞 并序 五言

石季倫 臧榮緒晉書曰[77]：石崇，字季倫，渤海人也。早有智慧，稍遷至衛尉。初，崇與賈謐善，謐既誅，趙王倫專任孫秀。崇有妓曰綠珠，秀使人求之，崇不許，秀勸倫殺崇，遂被害。

王明君者，本是王昭君，以觸文帝諱改焉。琴操曰：王昭君者，齊國王襄女也，年十七，獻元帝。臧榮緒晉書曰：文帝諱昭。匈奴盛，請婚於漢。元帝以後宮良家子昭君配焉。琴操曰：單于遣使請一女子，帝以昭君賜單于。漢書曰：詔采良家女也。昔公主嫁烏孫，令琵琶馬上作樂，以慰其道路之思。漢書曰：烏孫使使獻馬，願得尚公主，乃遣江都王建女為公主，以妻烏孫焉。其送明君，亦必爾也，其造新曲，多哀怨之聲，故敘之於紙云爾。

我本漢家子，將適單于庭。漢書曰：匈奴，歲正月，諸長小會單于庭祠。辭訣未及終，前驅已抗旌。曹子建應詔曰：前驅舉燧，後乘抗旌。僕御涕流離，轅馬悲且鳴。魏文帝柳賦曰：左右僕御已多亡。長門賦曰：涕流離而縱橫。李陵詩曰：轅馬顧悲鳴。哀鬱傷五內，泣淚濕朱纓。李陵詩曰：行行且自割，無令五內傷。沾纓，已見郭璞遊仙詩。行行日已遠，遂造匈奴城。魏文帝苦哉行曰[78]：行行日已遠，人馬同時飢。延我於穹

---

77 注「臧榮緒晉書曰」下至「遂被害」 案：此一節注非善之舊。袁、茶陵二本皆幷善入「銑曰」而如此耳。今無可考。

78 注「魏文帝苦哉行曰」 陳云「文」當作「武」，「哉」當作「寒」，是也。各本皆誤。

盧，加我閼氏名。漢書曰：烏孫公主作歌曰：吾家嫁我兮天一方，遠託異國兮烏孫王，穹廬為室兮旃為牆。音義曰：旃，帳也。蘇林曰：閼氏，音焉支，如漢皇后。殊類非所安，雖貴非所榮。殊類，異類也。李陵答蘇武書曰：但見異類。父子見陵辱，對之慚且驚。漢書曰：呼韓邪死，子雕陶莫皐立，為復系若趧單于[79]。復妻王昭君，生二女也。殺身良不易，默默以苟生。曹子建三良詩曰：殺身誠獨難。賈誼弔屈原曰：吁嗟默言[80]。墨子曰：哀公迎孔子，席不端不坐，割不正不食。子路曰：何與陳、蔡異？孔子曰：曩與汝為苟生，今與汝為苟義也。苟生亦何聊，積思常憤盈。楚辭曰：蓄怨乎積思。王逸曰：結恨在心慮憤鬱。蔡琰詩曰：心吐思兮胸憤盈。願假飛鴻翼，乘之以遐征。魏文帝喜霽賦曰：思寄身於鴻鸞[81]，舉六翮而輕飛。高誘呂氏春秋曰[82]：征，飛也。飛鴻不我顧，佇立以屛營。毛詩曰：佇立以泣。國語，申胥曰：昔楚靈王獨行屏營。昔爲匣中玉，今爲糞上英。朝華不足歡，甘與秋草并。古詩曰：傷彼蕙蘭花，含英揚光輝。過時而不采，將隨秋草萎。說文曰：木槿，朝華暮落也。傳語後世人，遠嫁難爲情。漢書，張禹曰：有愛女遠嫁為張掖太守蕭咸妻。

---

79 注「為復系若趧單于」 案：「復」下當有「株」字，「系」當作「絫」。各本皆誤。此所引匈奴列傳文也。「趧」作「鞮」，蓋別體字。

80 注「吁嗟默言」 陳云「言」當作「默」，是也。各本皆誤。

81 注「思寄身於鴻鸞」 袁本「鸞」作「鷰」，是也。茶陵本亦誤「鸞」。

82 注「高誘呂氏春秋曰」 陳云「秋」下脫「注」字，是也。各本皆脫。

卷第二十八

樂府下

樂府十七首 陸士衡

猛虎行 雜言

古猛虎行曰：飢不從猛虎食，暮不從野雀棲。野雀安無巢，遊子為誰驕？

渴不飲盜泉水，熱不息惡木陰。惡木豈無枝，志士多苦心。尸子曰：孔子至於勝母，暮矣而不宿；過於盜泉，渴矣而不飲。惡其名也。江邃文釋云：管子曰：夫士懷耿介之心，不蔭惡木之枝。惡木尚能恥之，況與惡人同處？今檢管子近亡數篇，恐是亡篇之內而邃見之。論語曰：志士仁人。古詩曰：晨風懷苦心。整駕肅時命，杖策將遠尋。思玄賦曰：爰整駕而亟行，時君之命也。杜預左氏傳注曰：策，馬檛也。廣雅曰：將，欲也。飢食猛虎窟，寒棲野雀林。日歸功未建，時往歲載陰。日，而逸切。言日以屢歸而功未立。陸賈新語曰：以義建功。神農本草曰：秋冬為陰。崇雲臨岸駭，鳴條隨風吟。爾雅曰：崇，高也。廣雅曰：駭，起也。桓子新論，雍門周曰：秋風鳴條，則傷心矣。靜言幽谷底，長嘯高山岑。毛詩曰：靜言思之。又曰：出自幽谷。楚辭曰：臨深水而長嘯。爾雅曰：山小而高曰岑。急絃無懦響，亮節難爲音。侯璞箏賦曰[1]：急絃促柱，變調改曲。賈逵國語注曰：懦，下也。爾雅曰：亮，信也。謂有貞信之節，言必慷慨，故曰難也。人生誠未易，曷云開此衿？言人生既多難苦，誠為未易，何為開此行役之衿乎？王仲宣贈蔡子篤詩曰：人生實難。眷我耿介懷，俯仰愧古今。夫蘊耿介之懷者，必高蹈風塵之表，今乃愧不隨慕先聖之遺教。蒼頡篇曰：懷，抱也。

君子行　五言

古君子行曰：君子防未然，不處嫌疑間。

天道夷且簡，人道嶮而難。莊子曰：有天道，有人道。無為而尊者，天道也，有為而累者，人道也。孔安國尚書傳曰：夷，平也。又曰：簡，略也。休咎相乘躡，翻覆若波瀾。尚書曰：休徵咎徵。杜預左氏傳注曰：乘，登也。廣雅曰：躡，履也。去疾苦不遠，疑似實生患。左氏傳，伍員曰：樹德莫如滋，去疾莫如盡。賈逵國語注曰：疾，惡也。呂氏春秋曰：使人大迷惑者，物之相似者也。人主之所患，患石似玉者。疑似之道，不可不察也。近火固宜熱，履冰豈惡寒。言當慎所習也。論衡曰：夫近水則寒，近火則溫，遠之纔微。何則？氣之所加，遠近有差也。火位在南，水位在北，北邊則寒，南極則熱。毛詩曰：如履薄冰。掇蜂滅天道，拾塵惑孔顏。說苑曰：王國君，前母子伯奇，後母子伯封，兄弟相愛。後母欲其子為太子，言王曰：伯奇愛妾。王上臺視之，後母取蜂除其毒，而置衣領之中[2]，往過伯

---

1 注「侯璞箏賦曰」 案：「璞」當作「瑾」，各本皆譌。侯瑾，范史文苑有傳。隋志云集二卷。箏賦今在藝文類聚、初學記，皆可證。餘亦屢引。

2 注「除其毒而置衣領之中」 袁本作「數十衣中」四字。茶陵本幷善入五臣良注，與此同。案：皆非也。「數十」當作「綴于」。尤延之不知字譌，取良注以通之，非也。琴操亦云「綴衣領」，可借證。

奇，奇往視袖中殺蜂[3]。王見讓伯奇，伯奇出。使者就袖中[4]，有死蜂，使者白王。王見蜂追之，已自投河中。呂氏春秋曰：孔子窮於陳、蔡之間，藜羹不糝[5]，七日不嘗粒。晝寢，顏回索米，得而來，爨之幾熟。孔子望見顏回攫其甑中而飯之。少選間食熟，謁孔子而進食。孔子起曰：今者夢見先君，食絜故饋[6]。顏回對曰：不可，嚮者炱煤入甑中，棄食不祥，回攫而飯之。孔子笑曰：所信者目矣，目猶不可信，所恃者心矣，而心猶不足恃，弟子記之，知人固不易。夫孔子所以知人難也。高誘曰：炱煤，煙塵也。炱讀作臺。入，猶墮也。**逐臣尚何有，棄友焉足歎。**傅毅七激曰：闇君逐臣，頑父放子。王逸楚辭序曰：屈原放逐在沅湘之間。毛詩谷風序曰：天下俗薄，朋友道絕焉。鄭玄曰：道絕者，棄恩舊也。**福鍾恆有兆，禍集非無端。**言禍福之至，而皆有漸也。枚叔上書曰：福生有基，禍生有胎。傅子，銘曰：福生有兆，禍來有端。小雅曰：鍾，聚也，言無端緒也。**天損未易辭，人益猶可懽。**言禍福之有端兆，故天損之至，非己所招，故安之而未辭。人益之來，非己所求，故受之可為懽也。莊子，孔子謂顏回曰：無受天損易，無受人益難。郭象曰：無受天損易者，唯安之故易也。所在皆安，不以損為損，斯待天而不受其損也。無受人益難者，物之儻來不可禁禦。至人則玄同天下，故天下樂推而不猒，相與社而稷之，斯無受人益之所以為難矣。然文雖出彼，而意微殊，彼以榮辱同途，故安之甚易。此以吉凶異轍，故辭之實難。**朗鑒豈遠假，取之在傾冠。**荀悅申鑒曰：側弁垢顏，不鑒於明鏡矣。抱朴子曰：明鏡舉，則傾冠見矣。以其遞相祖述，故引之。**近情苦自信，君子防未然。**言小人近情，苦自信而遇禍；君子遠慮，防未然而蒙福。列子，蕭叔曰：皇子果於自信。鄧析子曰：慮能防於未然。

---

3 注「奇往視袖中殺蜂」　案：「視」當作「就」，「殺」當作「掇」。正引此以注「掇蜂」，不得作「殺」，乃良注誤言「殺」。琴操載一云「令伯奇掇之」，可借為證。袁本亦譌。

4 注「使者就袖中」　案：「就」當作「視」。此與上「視」、「就」二字互易其處也。袁本亦譌。

5 注「藜羹不糝」　袁本「糝」作「斟」，是也。此所引呂氏春秋任數文，高誘有注，可證。

6 注「食絜故饋」　陳云「故」，「欲」誤。袁本亦作「故」。今呂氏春秋作「而後」二字，或善引不同耳。袁、茶陵二本所載五臣良注作「欲」，陳以之校善，未必是。

從軍行　五言

苦哉遠征人，飄飄窮四遐。南陟五嶺巔，北戍長城阿。漢書曰：秦北為長城之役，南有五嶺之戍。史記曰：始皇以讁遣戍，讁罰獄吏不直者築長城也。深谷邈無底，崇山鬱嵯峨。列子曰：夏革曰：渤海之東有大壑焉，實惟無底之谷。秦嘉詩曰：巖石鬱嵯峨。奮臂攀喬木，振迹涉流沙。史記曰：武臣曰：陳王奮臂為天下唱始。毛詩曰：南有喬木。尚書曰：導弱水入于流沙。隆暑固已慘，涼風嚴且苛。賈誼旱雲賦曰：隆暑盛其無聊。說文曰：慘，毒也。宋均春秋緯注曰：苛者，切也。夏條集鮮藻[7]，寒冰結衝波。文子曰：夏條可結。毛詩曰：誕寘之寒冰。胡馬如雲屯，越旗亦星羅。鄒陽書曰：胡馬遂進闚於邯鄲。杜篤論都賦曰：斬白蛇，屯黑雲。廣雅曰：屯，聚也。國語，越王曰：吳為不道，敢問諸大夫，戰奚以而可？大夫種曰：審物則可以戰。韋昭曰：物，旌旗物色徽幟之屬也。羽獵賦曰：渙若天星之羅。飛鋒無絕影，鳴鏑自相和。張衡髑髏賦曰：飛鋒曜景，秉尺持刀。漢書曰：冒頓乃作為鳴鏑。音義曰：如今鳴箭也。朝食不免胄，夕息常負戈。戰國策曰：衛行人燭過，免冑橫戈而進。李陵答蘇武書曰：負戟而長歎。孔安國論語注曰：戈，戟也。苦哉遠征人，拊心悲如何！列子曰：師襄乃撫心高蹈。

豫章行　五言

古豫章行曰：白楊初生時，乃在豫章山。

汎舟清川渚[8]，遙望高山陰。國語曰：秦汎舟于河。列子曰：伯牙遊於泰山之陰。川陸殊途軌，懿

---

7 夏條集鮮藻　案：「集」當作「焦」，袁本云善作「集」，茶陵本云五臣作「焦」。所見皆非也。「集」字於文義全乖。各本但傳寫誤，非善如此。

8 汎舟清川渚　茶陵本「川」作「山」，云五臣作「川」。袁本云善作「山」。案：此所見不同，蓋尤是，二本非，或校改正之。

親將遠尋。廣雅曰：軌，道也。左氏傳，富辰曰：昔周公弔二叔之不咸，故封建親戚[9]，以蕃屏周，不廢懿親也。三荊歡同株，四鳥悲異林。古上留田行曰：出是上獨西門[10]，三荊同一根生。一荊斷絕不長，兄弟有兩三人，小弟塊摧獨貧。家語曰：孔子在衛，昧旦晨興，顏回侍側，聞哭者之聲甚哀。子曰：回，汝知此哭何者？曰：回以此哭之聲，非但為死者而已矣，又為生離別者。子曰：何以知之？對曰：回聞完山之鳥生四子焉，羽翼既成，將分乎四海，其母悲鳴而送之，哀聲有似於此，為其往而不返，回竊以音類知之。孔子使問哭者，果曰：夫死家貧，賣子葬之，與之長決。子曰：回善於識音矣。樂會良自古，悼別豈獨今。鄭玄毛詩箋曰：悼，傷也。古詩曰：今日良宴會，歡樂難具陳。又曰：別日何易，會日何難！寄世將幾何，日昃無停陰。尸子，老萊子曰：人生於天地之間，寄也。寄者，固歸也。左氏傳曰：人壽幾何？周易曰：日昃之離，不鼓缶而歌，則大耋之嗟凶。前路既已多，後塗隨年侵。前路、後塗，喻壽命也。言前路已多而罕至，後塗隨年侵而又盡，言無幾何也。促促薄暮景，亹亹鮮克禁。景之薄暮，喻人之將老也，流行不息，鮮能止之。孔安國尚書傳曰：薄，迫也。楚辭曰：時亹亹而過中。曷爲復以茲？曾是懷苦心。言何為復以此暮景不留之志，而曾是重懷悲苦之心乎！毛詩曰：曾是在位。苦心，見上文。遠節嬰物淺，近情能不深。說文曰：嬰，繞也。行矣保嘉福，景絕繼以音。景，影也。言形影若絕，當繼之以惠音。

苦寒行 五言 或曰北上行。

北遊幽朔城，涼野多嶮難。尚書曰：宅朔方曰幽都。毛萇詩傳曰：北方寒涼也。俯入穹谷底，仰陟

9 注「昔周公弔二叔之不咸故封建親戚」 茶陵本無「弔二叔之不咸故」七字，袁本無「弔二叔之不咸」六字。案：善引經典有節其字句之例，尤本專主增多，每非是。

10 注「出是上獨西門」 案：「獨」當作「留」。袁本亦譌。茶陵本此一節幷善入五臣良注，全失其真。或又據之以改善，斯大誤矣。今不具論。

高山盤。韓詩曰：在彼穹谷。王弼周易注曰：盤，山石之安也。凝冰結重澗，積雪被長巒。爾雅曰：巒，山墮也[11]。郭璞曰：山形長狹者，荊州謂之巒。陰雲興巖側，悲風鳴樹端。不覩白日景，但聞寒鳥喧。猛虎憑林嘯，玄猿臨岸嘆。春秋元命苞曰：猛虎嘯而谷風起。小雅曰：憑，依也。上林賦曰：玄猿素雌。夕宿喬木下，慘愴恆鮮歡。渴飲堅冰漿，飢待零露餐。周易曰：履霜堅冰至。詩曰：零露團兮。離思固已久，寤寐莫與言。曹子建雜詩曰：離思一何深。毛詩曰：獨寐寤言。劇哉行役人，慊慊恆苦寒。說文曰：劇，甚也。鄭玄禮記注曰：慊，恨不滿足之貌也。

飲馬長城窟行 五言

驅馬陟陰山，山高馬不前。漢書，侯應上書曰：臣聞北邊塞有陰山。往問陰山候，勁虜在燕然。解嘲曰：西北一候。范曄後漢書曰：竇憲征北單于，登燕然山。戎車無停軌，旌旆屢徂遷。鄭玄考工記注曰：軌，轍跡也。仰憑積雪巖，俯涉堅冰川。冬來秋未反，去家邈以緜。邈，遠也。獫狁亮未夷，征人豈徒旋。獫狁，匈奴也。毛詩曰：赫赫南仲，獫狁于夷。毛萇曰：夷，平也。末德爭先鳴，凶器無兩全。吳越春秋，范蠡曰：夫人君勇者，逆德也；兵者，凶器也；爭者，國之末也。莊子曰：三軍五兵之運，德之末也。左氏傳，州綽謂齊侯曰：平陰之役，先二子鳴。師克薄賞行，軍沒微軀捐。李陵書曰：薄賞子以守節。將遵甘陳迹，收功單于旃。漢書曰：甘延壽，字君況，北地人也。為郎中諫大夫，使西域，與副校尉陳湯共誅斬郅支單于，封義成侯。又曰：陳湯，字子公，山陽人也。為西域副校尉，與甘延壽俱出，同斬單于首，賜爵關內侯。班固漢書述曰：博望仗節，收功大夏。旃，旌旗也。振旅勞歸士，受爵槀街傳。穀梁傳曰：入曰振旅。毛詩序曰：杕杜，勞還役也。南都賦曰：

---

[11] 注「山墮也」 茶陵本「墮」作「隋」，是也。袁本亦誤「墮」。

受爵傳觴。漢書，陳湯上疏曰：斬郅支單于首，及名王以下，宜懸頭槀街蠻夷邸間。晉灼曰：黃圖，在長安城門內。邸，謂傳舍也。

門有車馬客行　五言

門有車馬客，駕言發故鄉。毛詩曰：駕言出遊。念君久不歸，濡迹涉江湘。毛萇詩傳曰：濡，漬也。投袂赴門塗，攬衣不及裳。左氏傳曰：楚子投袂而起。古詩曰：攬衣起徘徊。毛萇詩傳曰：上曰衣，下曰裳。拊膺攜客泣，掩淚敘溫涼。列子曰：撫膺而無恨。楚辭曰：長太息以掩涕。尚書曰：以殷仲春。鄭玄曰：春秋言溫涼也。借問邦族間，惻愴論存亡。毛詩曰：言旋言歸，復我邦族。尸子曰：其生也存，其死也亡。親友多零落，舊齒皆彫喪。曹子建箜篌引曰：親友從我遊。孔融與曹操書曰：海內知識，零落殆盡。黃石公記曰：王聘舊齒，萬事乃理。市朝互遷易，城闕或丘荒。古出夏門行曰：市朝人易，千歲墓平。毛詩曰：在城闕兮。墳壠日月多，松柏鬱芒芒。仲長子昌言曰：古之葬，松柏梧桐以識其墳也。天道信崇替，人生安得長？國語，藍尹亹曰：君子獨居，思前世之崇替。賈逵曰：崇，終也。慷慨惟平生，俛仰獨悲傷。說文曰：慷慨，壯士不得志於心。莊子曰：俛仰之間。

君子有所思行　五言

命駕登北山，延佇望城郭。孔叢子，孔子歌曰：巾車命駕。楚辭曰：結幽蘭而延佇。廛里一何盛，街巷紛漠漠。鄭德漢書注曰：廛，謂城邑之居也。甲第崇高闥，洞房結阿閣。漢書音義曰：有甲乙次第，故曰甲第。楚辭曰：姱容脩態絙洞房。尚書中候曰：昔黃帝軒轅，鳳皇巢阿閣。鄭玄周禮注曰：四阿若今四注也。曲池何湛湛，清川帶華薄。楚辭曰：坐堂伏檻臨曲池。邃宇列綺牕，蘭室接羅幕。楚辭曰：高堂邃宇檻層軒。古詩曰：交疏結綺窻。又曰：盧家蘭為室，桂為梁。楚辭曰：蒻阿拂壁羅幬張。淑貌色斯升，哀音承顏作。言淑貌以色斯而見升，哀音亦承顏哀而作也。論語曰：色斯舉矣。人生誠行邁，容華隨年落。楚辭曰：生天地之若過。古詩曰：人生天地間，忽如遠行客。善哉膏粱士，營生奧且博。國語，欒伯請公族大夫，公曰：夫膏粱之性難止也。賈逵曰：膏，肉之肥者。粱，食之精者。言其食肥美者率驕放，其性難止也[12]。韋昭漢書注曰：生，業也。廣雅曰：奧，藏也。宴安消靈根，酖毒不可恪。左氏傳，管敬仲言於齊侯曰：宴安酖毒，不可懷也。杜預曰：以宴安比之酖毒也。老子黃庭經曰：玉池清水灌靈根，靈根堅固老不衰。然靈根謂身也。左氏傳曰：卿不書，緩也，以懲不恪。爾雅曰：恪，敬也。無以肉食資，取笑葵與藿。說文曰[13]：晉東郭氏上書於獻公，公曰：肉食者已慮之矣。對曰：忽使肉食失計於廟堂，藿食寧得不肝腦塗地也。

齊謳行 五言

漢書禮樂志曰：齊謳員六人。

營丘負海曲，沃野爽且平。禮記曰：太公封於營丘。鄭玄曰：齊曰營丘。晁錯新書曰：齊地僻遠負海，地大人眾。鄭玄禮記注曰：負之言背也。漢書曰：沃野千里。左氏傳，齊景公欲更晏子之宅，曰：請更諸爽塏之地[14]。洪川控河濟，崇山入高冥。毛萇詩傳曰：控，引也。戰國策，蘇秦曰：齊有清濟濁河。傅毅洛都賦曰：弋高冥之獨鵠，連軒翥之雙鶬。崇或為嵩，非也。東被姑尤側，南界聊攝城。左氏傳，晏子曰：聊、攝以東，姑、尤以西，其為人也多矣。杜預曰：姑、尤，齊東界，姑水、尤水，皆在城陽郡東南入海也。聊、攝，齊西界也。平原聊縣東北有攝城。然西南不同者，其

---

12 注「難止也」 案：「止」當作「正」。各本皆譌。顏氏家訓引作「整」，可借證也。下同。

13 注「說文曰」 何校「文」改「苑」，陳同。各本皆誤。

14 注「請更諸爽塏之地」 陳云「之地」當作「者」。今案：當作「者也」，引末綴以「也」字，善每有之。各本皆誤。

地既非正方，故各舉一隅言之也。海物錯萬類，陸產尚千名。尚書曰：海岱惟青州。禹貢，海物惟錯。河圖曰：地有九州，以苞萬類。禮記曰：恆豆之俎[15]，陸產之物也。加豆，陸產也。其醢，水物也。南都賦曰：百品千名。孟諸吞楚夢，百二侔秦京。子虛賦曰：齊浮渤澥，游孟諸，吞若雲夢者八九，於其胷中曾不蔕芥。漢書，田肯賀上曰：陛下得韓信，又治秦中。秦持戟百萬，秦得百二焉；齊持戟百萬，齊得十二焉。此所謂東西秦也。李斐云：持戟百萬，秦得百二焉。又曰：設有持戟百萬之眾，齊得十中之二焉。百萬十分之二，亦二十萬也。但文相避耳，故言東西秦，其勢敵也。然李斐之意，以百二謂百萬中之二也[16]。字林曰：侔，齊等也。惟師恢東表，桓后定周傾。毛詩曰：惟師尚父，時維鷹揚。左氏傳曰：季札請觀於周樂，為謌齊曰：表東海者其太公乎。又曰：公及齊侯會于首止，謀寧周也。公，魯僖公也。齊侯，桓公也。鹽鐵論曰：定傾扶危。天道有迭代，人道無久盈。孫卿子曰：日月遞照，四時代御。王符潛夫論曰：廉頗、翟公，再盈再虛。鄙哉牛山歎，未及至人情。論語，荷簣曰：鄙哉硜硜乎！晏子春秋曰：景公遊牛首山，北臨其國，流涕曰：若何去此而死乎！艾孔、梁丘據皆泣，晏子獨笑。公收涕而問之。晏子曰：使賢者常守，則太公、桓公有之；使勇者常守，則莊公有之。吾君安得有此而為流涕？是不仁也。見不仁之君一，諂諛之臣二，所以獨笑也。莊子曰：不離於真，謂之至人也。爽鳩苟已徂，吾子安得停？左氏傳，齊侯飲酒樂。公曰：古而無死，其樂若何？晏子對曰：古而無死，古之樂也，君何得焉。爽鳩氏始居此地，季萴因之，而逢伯凌因之，蒲姑氏因之，而太公因之，古若無死，爽鳩氏之樂，非君所願也。萴，助革切。行行將復去，長存非所營。西京賦曰：若歷世而長存。羽獵賦序曰：禁御所營。

---

15 注「恆豆之俎」　案：「俎」當作「菹」。各本皆譌。

16 注「謂百萬中之二也」　案：「中」當作「十」。各本皆譌。

長安有狹邪行　五言

伊洛有岐路，岐路交朱輪。爾雅曰：二達謂之岐旁。郭璞曰：岐，道旁出也。楊惲書曰：乘朱輪者十人。曹植妾薄相行曰：輜軿飛轂交輪。輕蓋承華景，騰步躡飛塵。華景，日也。漢書云：日華曜也。鳴玉豈樸儒，憑軾皆俊民。國語曰：趙簡子鳴玉以相。禮記曰：君子行則鳴佩玉。漢書儒林傳，武帝曰：吾始以尚書為樸學。左氏傳，楚子玉曰：請與君馮軾而觀之。尚書曰：俊民用康[17]。烈心厲勁秋，麗服鮮芳春。厲，嚴貌也。西京賦曰：麗服颺菁。余本倦遊客，豪彥多舊親。漢書曰：司馬長卿故倦遊。傾蓋承芳訊，欲鳴當及晨。家語曰：孔子之郯，遭程子於塗，傾蓋而語。雞及晨而鳴，以喻人及時而仕也。春秋考異記曰：雞應旦明。明與鳴同，古字通也。守一不足矜，岐路良可遵。漢書，嚴安上書曰：守一而不變者，未睹治之至也。淮南子曰：楊子見逵路而哭之，為其可以南可以北也。老子曰：聖人抱一，為天下式。河上公曰：抱，守也。守一乃知萬事，故為天下法式。規行無曠迹，矩步豈逮人。楊雄覈靈賦曰：二子規遊矩步。蘇子曰：行務應規，步慮投矩。廣雅曰：曠，遠也。投足緒已爾，四時不必循。言規行矩步，既無所及，故投足前緒且當止矣。猶如四時異節，不必相循。解嘲曰：欲行者擬足而投迹。爾雅曰：緒，事也。孫卿子曰：日月遞照，四時代御。將遂殊塗軌，要予同歸津[18]。周易曰：天下同歸而殊塗。

長歌行　五言

逝矣經天日，悲哉帶地川。范曄後漢書曰[19]：上黨太守田邑與馮衍書曰：日月經天，河海帶地。寸陰無

---

17 注「俊民用康」案：此有誤也。洪範有「俊民用章，家用平康」，無「俊民用康」。餘屢引。各本亦「章」、「康」互出。蓋「章」是，「康」非也。

18 要予同歸津　袁本、茶陵本「予」作「子」，是也。

19 注「范曄後漢書曰」　袁本、茶陵本無此六字。案：無者是也。善例如此，引太子報桓榮書之在榮傳，谷永與王譚書之在永

停晷，尺波豈徒旋。言日無停景，川不旋波，以喻年命流行，曾無止息也。淮南子曰：聖人不貴尺之璧，而重寸之陰，時難得而易失也。說文曰：晷，景也。年往迅勁矢，時來亮急絃。楚辭曰：年洋洋而日往。釋名曰：矢，指也，其有所指。迅，疾也。漢書，蒯通曰：時乎時不再來。急絃，已見上文。遠期鮮克及，盈數固希全。管子曰：任之重者莫如身，期之遠者莫如年。左氏傳，卜偃曰：萬，盈數也。然此之盈數謂百年也。列子，楊朱曰：人得百年之壽，千中無一，疾病哀苦居其半矣。毛詩曰：君子萬年，介爾景福。鄭玄曰：汝有萬年之壽矣，又助汝大福也。容華夙夜零，體澤坐自捐。無故自捐曰坐也。茲物苟難停，吾壽安得延？爾雅曰：延，長也。俛仰逝將過，倏忽幾何間。俛仰，已見上文。毛詩曰：逝將去汝。毛萇曰：逝，往也。楚辭曰：往來倏忽。慷慨亦焉訴，天道良自然。但恨功名薄，竹帛無所宣。四子講德論曰：節趨不立，則功名不宣。墨子曰：以其所行，書於竹帛，傳遺後子孫。迨及歲未暮，長歌承我閑。毛萇詩傳曰：迨，及也。韓詩曰：歲聿其暮。薛君曰：暮，晚也。言君之年歲已晚也。楚辭曰：願乘閑而自察[20]。

悲哉行 五言

歌錄曰：悲哉行，魏明帝造。

遊客芳春林，春芳傷客心。和風飛清響，鮮雲垂薄陰。蕙草饒淑氣，時鳥多好音。毛詩曰：睍睆黃鳥，載好其音。翩翩鳴鳩羽，喈喈倉庚吟[21]。禮記曰：季春之月，鳴鳩拂其羽。毛詩曰：倉庚喈喈。幽蘭盈通谷，長秀被高岑。幽蘭生乎通谷，而長秀被乎高岑，言有託也。楚辭曰：結幽蘭而延佇。漢書，

傳，初不稱范、班二史也，其類甚多。此亦尤延之添而未是者。

20 注「願乘閑而自察」　袁本、茶陵本「乘」作「承」，是也。

21 喈喈倉庚吟　茶陵本「吟」作「音」，云五臣作「吟」。袁本云善作「音」。案：二本非也。上云「時鳥多好音」，古人即不忌複韻。此實非其比，但傳寫誤。尤所見為是，或校改正之也。

伍被曰：通谷數行。漢武秋風辭曰：蘭有秀兮菊有芳。**女蘿亦有託，蔓葛亦有尋。**言女蘿、蔓葛各有尋託，而己獨無，所以增思也。毛詩曰：蔦與女蘿，施于松柏。毛萇曰：女蘿，松蘿也。詩曰：南有樛木，葛藟纍之。鄭玄曰：葛藟纍而蔓之。尋，猶緣也。**傷哉遊客士，憂思一何深！**言己客遊不如蘿葛，故憂思逾深也。**目感隨氣草，耳悲詠時禽。寤寐多遠念，緬然若飛沈。**韋昭國語注曰：緬，猶邈也。飛沈，言殊隔也。**願託歸風響，寄言遺所欽。**李陵答蘇武書曰：時因北風，復惠德音。嵇康贈秀才詩曰：思我所欽。

吳趨行 五言

崔豹古今注曰：吳趨曲，吳人以歌其地也。

楚妃且勿歎，齊娥且莫謳。楚妃，樊姬。齊娥，齊后也。歌錄曰：石崇楚妃歎曰：歌辭楚妃歎，莫知其所由。楚之賢妃能立德著勳，垂名於後，唯樊姬焉。故今歎詠之聲，永世不絕。孟子，淳于髡曰：昔綿駒處高唐而齊右善歌[22]。方言曰：秦晉之間，美貌謂之娥。說文曰：謳，齊歌也。**四坐並清聽，聽我歌吳趨。吳趨自有始，請從昌門起。**吳越春秋曰：大城立昌門者，象天通閶闔風，亦名破楚門也。**昌門何峨峨，飛閣跨通波。**吳地記曰：昌門者，吳王闔閭所作也，名為閶闔門，高樓閣道。西都賦曰：脩除飛閣。又曰：與海通波。**重欒承游極，回軒啓曲阿。**西京賦曰：跱游極於浮柱，結重欒以相承。軒，長牕也。言長牕開於屋之曲阿也。周書曰：明堂咸有四阿。鄭玄周禮注曰：四阿，若今四注也。**藹藹慶雲被，泠泠祥風過[23]。**史記曰：若煙非煙，若雲非雲，郁郁紛紛，蕭索輪囷，是謂慶雲。風賦曰：清清泠泠。**山澤多藏育，土風清且嘉。**左氏傳曰：晉侯曰：鍾儀樂操土風，不忘本也。**泰伯導**

---

22 注「而齊右善歌」，袁本「右」作「后」，是也。上注云「齊娥，齊后也」，此作「后」，明甚。今茶陵本亦作「右」，皆後人誤改。又案：餘屢引皆作「右」，疑孟子有二本，而善兼引之，如「放踵」、「致於踵」兼引之例。

23 泠泠祥風過　何校「祥」改「鮮」，云江淹擬許徵君自序詩「曲櫺激鮮飈」注中引此句作「鮮」。案：所校是也。茶陵本云五臣作「鮮」，袁本云善作「祥」，各本所見皆傳寫譌。即善、五臣并非有異，而誤著校語之例。

仁風，仲雍揚其波。史記曰：吳太伯，弟仲雍，皆周太王之子，而王季歷之兄也。季歷賢，有聖子昌，太王欲立季歷以及昌，於是太伯、仲雍二人，乃奔荊蠻以避季歷。季歷果立，是為王季，而昌為文王。太伯之奔荊蠻，自號句吳。太伯卒，無子，弟仲雍立。典引曰：仁風翔於海表。楚辭曰：汩其泥而揚其波。穆穆延陵子，灼灼光諸華。毛萇詩傳曰：穆穆，美也。左氏傳曰：吳公子札來聘。其出聘也，通嗣君也。廣雅曰：灼灼，明也。左氏傳曰：吳，周之胄裔也，今而始大，比于諸華。王迹隤陽九，帝功興四遐。孟子曰：王者之跡息而詩亡。漢書，陽九厄曰，初入，百六，陽九。音義曰：易傳所謂陽九之厄，百六之會者也。東都賦曰：軒轅氏之所以開帝功。大皇自富春，矯手頓世羅。吳志曰：孫權，字仲謀，吳富春人也，薨，謚曰大皇帝。說文曰：矯，舉手也。頓，整也。世羅，猶皇綱也。言大皇生自富春，矯手而整天綱也。邦彥應運興，粲若春林葩。毛詩曰：彼己之子，邦之彥兮。春秋命歷序曰：五德之運，應錄次相代也。屬城咸有士，吳邑最爲多。蔡邕陳留太守行縣頌曰：府君勸耕桑于屬城也。八族未足侈，四姓實名家。張勃吳錄曰：八族，陳、桓、呂、竇、公孫、司馬、徐、傅也。四姓，朱、張、顧、陸也。漢書，劉敬曰：徙齊諸田豪桀名家。文德熙淳懿，武功侔山河。曹植令曰：相者文德昭，將者武功烈。爾雅曰：熙，興也，謂盛多也。謝丞後漢書曰[24]：朱晧德行純懿，才學優裕。漢書曰：漢興，封爵之誓曰：使黃河如帶，泰山若礪，國以永存，爰及苗裔。禮讓何濟濟，流化自滂沱。毛萇詩傳曰：濟濟，多威儀也。論語曰：泰伯三以天下讓。毛詩曰：月離于畢，俾滂沱矣。淑美難窮紀，商搉爲此歌。公羊傳，宋萬曰：魯侯之淑，魯侯之美。何休曰：淑，美也。美，好也。賈逵國語注曰：紀，猶錄也。廣雅曰：商，度也。許慎淮南子注曰：商搉，粗略也。言商度其粗略也。

[24] 注「謝丞後漢書曰」 案：「丞」當作「承」。各本皆譌。

短歌行　四言

置酒高堂，悲歌臨觴。列子曰：秦青撫節悲歌。王逸楚辭曰[25]：悲歌，言愁思也。人壽幾何？逝如朝霜。左氏傳曰：俟河之清，人壽幾何？曹植送應氏詩曰：人壽若朝霜。時無重至，華不再陽。論語摘輔像讖曰：時不再及。宋均曰：及，亦至也。蘋以春暉，蘭以秋芳。禮記曰：季春，萍始生。鄭玄曰：萍華[26]其大者曰蘋。楚辭曰：秋蘭兮青青。來日苦短，去日苦長。曹植苦短篇曰：苦樂有餘。魏武帝短歌行曰：去日苦多。今我不樂，蟋蟀在房。毛詩曰：蟋蟀在堂，歲聿其暮。今我不樂，日月其除。樂以會興，悲以別章。豈曰無感，憂爲子忘。我酒既旨，我肴既臧。毛詩曰：爾酒既旨，爾肴既嘉。短歌有詠，長夜無荒。史記曰：紂為長夜之飲。毛詩曰：好樂無荒。

日出東南隅行[27]　五言　或曰羅敷豔歌

崔豹古今注曰：陌上桑者，出秦氏女也。秦氏，邯鄲人，有女名羅敷，嫁為邑人千乘王仁為妻。王仁後為趙王家令。羅敷出採桑於陌上，趙王登臺見而悅之，因飲酒欲奪焉。羅敷巧彈箏，乃作陌上之歌以自明焉。

扶桑升朝暉，照此高臺端。山海經曰：湯谷上有扶木。扶木者，扶桑也。十日所浴。新語曰：高臺百仞。

---

25 注「王逸楚辭曰」　案：「辭」下當有「注」字。各本皆脫。餘同者不悉出。

26 注「萍華」　案：「華」當作「苹」。袁本亦譌。茶陵本作「蓱」，「萍」上作「蓱始生」，與今月令合，或與尤、袁所見自不同也。

27 日出東南隅行　袁本、茶陵本此首第十，長安有狹邪行第十一，前緩聲歌第十二，長歌行第十三，吳趨行第十四，塘上行第十五，悲哉行第十六，短歌行第十七。案：此亦善、五臣次序不同而失著校語。

臺端，猶室端也。高臺多妖麗[28]，濬房出清顏[29]。呂氏春秋曰：列精子高謂侍者曰：我奚若？侍者曰：公妖且麗。王逸楚辭注曰：妖，好也。琴道，雍門周曰：廣廈邃房。淑貌耀皎日，惠心清且閑。韓詩曰：東方之日兮，彼姝者子在我室兮。薛君曰：顏色盛美，如東方之日矣。周易曰：有孚惠心。廣雅曰：閑，正也。美目揚玉澤，蛾眉象翠翰。毛詩曰：美目盼兮。楚辭曰：娥眉曼睩目騰光。王逸曰：曼，澤也。睩，視貌也。言美女之貌娥眉玉貌，曼好目曼澤[30]。睩音錄。登徒子好色賦曰：眉如翠羽。鄭玄尚書大傳注曰：翰，毛也。鮮膚一何潤，秀色若可餐。張衡七辯曰：淑性窈窕，秀色美豔。窈窕多容儀，婉媚巧笑言。毛詩曰：窈窕淑女。又曰：巧笑倩兮。暮春春服成，粲粲綺與紈。論語，曾點曰：暮春者春服既成。毛詩曰：粲粲衣服。金雀垂藻翹，瓊珮結瑤璠。釋名曰：爵釵，釵頭及上施爵也。楚辭曰：砥室翠翹。王逸注曰：翹，羽名也。毛詩曰：珮玉瓊琚。杜預左氏傳注曰：璵璠，美玉也。方駕揚清塵，濯足洛水瀾。西京賦曰：方駕授綏。鄭玄儀禮注曰：方，併也。司馬相如諫獵書曰：犯屬車之清塵。楊雄太玄賦曰：踞弱水而濯足。藹藹風雲會，佳人一何繁。風雲，言多也。過秦論曰：天下雲會響應。南崖充羅幕，北渚盈軿軒。蒼頡篇曰：軿，衣車也。清川含藻景，高崖被華丹[31]。藻景，華景也。馥馥芳袖揮，泠泠纖指彈。蘇武詩曰：馥馥我蘭芳。又曰：誰為遊子吟，泠泠一何悲。悲歌吐清響，雅舞播幽蘭。悲歌，

---

28 高臺多妖麗　案：「妖」當作「姣」，注同。善引呂氏春秋「公姣且麗」在達鬱，又王逸楚辭注「姣好也」在「大招姣麗施只」下，作「姣」明甚。袁、茶陵二本作「妖」，所載五臣向注云「妖，美」。必各本以五臣亂善，又盡改注中「姣」字作「妖」，而幾於莫可辨識矣。今特訂正之。

29 濬房出清顏　案：詳注引「廣廈邃房」，是善正文作「邃」字。袁、茶陵二本作「濬」，所載五臣濟注云「濬，深」，恐此亦以五臣亂善。

30 注「曼好目曼澤」　陳云「好」上「曼」字衍，是也。此引王逸語，後三十三卷可證。各本皆衍。

31 高崖被華丹　案：「崖」當作「岸」。袁本云善作「崖」。茶陵本云五臣作「岸」。其實各本所見皆非也。「崖」字傳寫涉上而誤耳。非善如此。

已見上文。韓詩曰：舞則莫兮[32]。薛君曰：言其舞則應雅樂也。杜預左氏傳注曰：播，揚也。宋玉風賦曰：臣援琴而鼓之，為幽蘭白雪之曲。**丹脣含九秋，妍迹陵七盤。**洛神賦曰：丹脣外朗。廣雅曰：陵，乘也。南都賦曰：結九秋之增傷，怨西荊之折盤。張衡舞賦曰：歷七盤而屣躡。**赴曲迅驚鴻，蹈節如集鸞。**卞蘭七牧曰：飜放袂而赴節，若遊鴻之翔天。邊讓章華臺賦曰：忽飄然以輕逝，似鸞飛於天漢。淮南子曰：龍興鸞集。**綺態隨顏變，沈姿無乏源。**乏，或為定。**俯仰紛阿那，顧步咸可懽。**張衡七辯曰：蝤蠐之領，阿那宜顧。蒼頡篇曰：顧，視也。王逸楚辭注曰：步，徐行也。**遺芳結飛飈，浮景映清湍。**爾雅曰：扶搖謂之飈。說文曰：湍，水疾也。**冶容不足詠，春遊良可歎。**周易曰：慢藏誨盜，冶容誨淫。

前緩聲歌　五言

遊仙聚靈族，高會曾城阿。淮南子曰：掘崑崙墟以下，地中有層城九重，其高萬一千里一十四步二尺六寸。**長風萬里舉，慶雲鬱嵯峨。**慶雲，已見上文。**宓妃興洛浦，王韓起太華。**楚辭曰：迎宓妃於伊、洛。魏文帝詩曰：王、韓獨何人，翱翔隨天塗。神仙傳曰：衛叔卿歸華山，漢武帝令叔卿子度求之，見其父與數人博。度曰：向與博者為誰？叔卿曰：是洪崖先生、王子晉、薛容也。又曰：劉根初學道，到華陰，見一人乘白鹿，從十餘玉女。根頓首乞一言，神人乃住曰：爾聞有韓眾不？答曰：實聞有之。神曰：卽我是也。尚書曰：至于太華。**北徵瑤臺女，南要湘川娥。**爾雅曰：徵，召也。楚辭曰：望瑤臺之偃蹇兮，見有娀之佚女。西京賦曰：懷湘娥。王逸楚辭注曰：堯二女娥皇、女英，墮湘水之中，為湘夫人也。**肅肅宵駕動，翩翩翠蓋羅。**毛詩曰：肅肅宵征。曹植飛龍篇曰：芝蓋翩翩。甘泉賦曰：咸翠蓋而鸞旗。**羽旗棲瓊鸞，玉衡吐鳴和。**琴道，雍門周曰：水嬉則建羽旗。瓊鸞，以瓊為鸞，以施於旗上。鸞，鳥，故

---

32 注「韓詩曰舞則莫兮」　陳云「莫」，「纂」誤。案：所校是也。前舞賦注引不誤，可證。

曰棲也。鸞旗，已見上注。楚辭曰：鳴玉鸞之啾啾。又曰：枉玉衡於炎火。王逸曰：衡，車衡也。鄭玄周禮注曰：鑾和皆以金為鈴也。應劭漢書注曰：鑾在軾，和在衡。太容揮高絃，洪崖發清歌。思玄賦曰：太容吟曰：念哉！注曰：太容，黃帝樂師。廣雅曰：揮，動也。西京賦曰：洪崖立而指麾。薛綜曰：三皇時伎人也。獻酬既已周，輕舉乘紫霞。毛詩曰：獻酬交錯。漢書，谷永曰：遙興輕舉，登霞倒景。揔轡扶桑枝，濯足湯谷波。楚辭曰：飲余馬乎咸池，揔余轡乎扶桑。又曰：朝濯髮於湯谷。清輝溢天門，垂慶惠皇家。淮南子曰：馮夷，大禹之御也[33]。乘雲車，排閶闔，淪天門。高誘曰：天門，上帝所居，紫宮門也。蔡雍述征賦曰：皇家赫而天居，萬方徂而星集。

塘上行 五言

歌錄曰：塘上行，古辭。或云甄皇后造，或云魏文帝，或云武帝。歌曰：蒲生我池中，葉何一離離。

江蘺生幽渚，微芳不足宣。張揖漢書注曰：江蘺，香草也。郭璞曰：似水薺也。被蒙風雲會，移居華池邊。周易曰：潤之以風雨。楚辭曰：黿鼉游乎華池。發藻玉臺下，垂影滄浪泉。西京賦曰：西有玉臺，連以昆德。孟子曰：滄浪之水清。滄浪，水色也。沾潤既已渥，結根奧且堅。毛詩曰：既沾既渥。毛萇曰：渥，厚也。古詩曰：冉冉孤生竹，結根太山阿。奧，猶深也。四節逝不處，華繁難久鮮。淑氣與時殞，餘芳隨風捐。天道有遷易，人理無常全。司馬遷悲士不遇賦曰：天道悠昧，人理促兮。男懽智傾愚，女愛衰避妍。莊子曰：喜怒相疑，愚智相欺。仲長子昌言曰：彊者勝弱，智者欺愚也。不惜微軀退，但懼蒼蠅前。毛詩曰：營營青蠅，止于丘樊[34]。鄭玄曰：蠅之為蟲，汙白使黑，汙黑使白，喻佞人變亂善惡也。願君廣末光，照妾薄

---

33 注「馮夷大禹之御也」 案：「禹」當作「丙」。各本皆誤。此所引原道訓文，高誘有注云「丙」或作「白」，不得為「禹」明甚。後廣絕交論引作「丙」，不誤。

34 注「止于丘樊」 陳云「丘」字衍，是也。各本皆誤。

暮年。封禪書曰：使獲日月之末光。暮年，喻老也。

樂府

謝靈運

會吟行 五言

六引緩清唱，三調佇繁音。沈約宋書曰：控揔宮引第一[35]，商引第二，徵引第三，羽引第四。古有六引，其宮引本第二，角引本第四也。並無歌，有絃笛，存聲不足，故闕二曲。又曰：第一平調，第二清調，第三瑟調，第四楚調，第五側調。然今三調，蓋清、平、側也。爾雅曰：佇，立也[36]。郭璞曰：稽，久也。列筵皆靜寂，咸共聆會吟。廣雅曰：聆，聽也。會吟自有初，請從文命敷。尚書曰：若稽古大禹，曰文命敷于四海。史記曰：夏禹名曰文命。孔安國尚書傳曰：敷，陳也。敷績壺冀始，刊木至江汜。尚書曰：禹敷土，隨山刊木。孔安國曰：敷，布也。又曰：冀州既載壺口，治梁及岐。又曰：岷山導江。毛詩曰：江有汜。列宿炳天文，負海橫地理。前漢書[37]地理志曰：吳地斗分野。論衡曰：天晏列宿炳奐。負海，已見上文。宋衷易緯注曰：天文者，謂三光；地理，謂五土也。連峯競千仞，背流各百里。上林賦曰：蕩乎八川分流，相背而異態。滮池溉粳稻，輕雲曖松杞。毛詩曰：滮池北流，浸彼稻田。毛萇曰：滮，流貌也。王逸楚辭曰：曖，闇昧貌也。兩京愧佳麗，三都豈能似？兩京，東西二京也。曹子建贈丁儀詩曰：佳麗殊百城。三都，蜀、吳、魏也。層臺指中天，高墉積崇雉。楚辭曰：層臺累榭臨高山。列子曰：周穆王築臺，號曰中天之臺。周易曰：公用射，隼于高墉之上。爾雅曰：崇，重也。王肅家語注曰：高一丈曰堵，三堵曰雉也。飛燕

---

35 注「控揔宮引第一」 袁本無「宮」字，是也。茶陵本亦衍。案：下云「其宮引本第二」，此不當有「宮」字甚明。

36 注「佇立也」 陳云「立」當作「久」，是也。各本皆誤。

37 注「前漢書」 袁本、茶陵本無「前」字，是也。有者大誤。

躍廣途，鷁首戲清沚[38]。西京雜記曰：文帝自代還，有良馬九匹，一名飛燕騮。淮南子曰：龍舟鷁首。毛萇詩傳曰：沚，渚也。肆呈窈窕容，路曜便娟子。周禮曰：立市為其肆。鄭玄曰：陳物處也。毛詩曰：窈窕淑女。枚乘兔園賦曰：若採桑之女，連袖方路。磨陁長髻，便娟數顧。阮籍詠懷詩曰：路端便娟子，常恐日月傾。王逸楚辭注曰：便娟，好貌也。自來彌年代，賢達不可紀。爾雅曰：彌，終也。句踐善廢興，越叟識行止。史記曰：吳伐越，越王栖於會稽。後句踐平吳，周元王賜句踐胙命。越叟，蓋越公也。越絶書曰：子胥戰於雋李，闔閭傷馬[39]，軍敗而還。欲復其讎，師事越公，錄其術。周易曰：時止則止，時行則行，動靜不失其時，其道光明。范蠡出江湖，梅福入城市。史記曰：范蠡既雪會稽之恥，乃喟然而歎曰：計然之策七，越用其五而得意。既已施於國，吾欲用之於家。乃乘扁舟浮於江湖，變名易姓，適齊為鴟夷子。漢書曰：梅福，字子真，九江人也。少學長安，至元始中，王莽顓政，福一朝弃妻子去九江，至今傳以為仙。其後人見福於會稽者，變姓名為吳市門卒。東方就旅逸，梁鴻去桑梓。列仙傳曰：東方朔者，楚人也，久在吳中為書師。武帝時上書，拜為郎，至宣帝初，弃郎去，以避亂政，置冠幘官舍，風飄之去。後見會稽賣藥。旅逸，謂為客而放逸也。杜預左氏傳注曰：旅，客也。范曄後漢書曰：梁鴻，字伯鸞，扶風人也。東出關，遂至吳，依大家皐伯通，居廡下，為人賃舂。伯通異之，乃舍之家。鴻著書十餘篇。毛詩曰：惟桑與梓，必恭敬止。牽綴書土風，辭殫意未已。左氏傳，晉侯曰：鍾儀樂操土風，不忘本也。

38 鷁首戲清沚　袁本有校語云「鷁」善作「⿰益蜀」，其注中亦是「⿰益蜀」字。案：袁所見非也。茶陵本皆作「鷁」，無校語，當與尤所見俱未誤。

39 注「闔閭傷馬」　陳云「馬」當作「焉」，是也。各本皆譌。

樂府八首

鮑明遠

東武吟 五言

左思齊都賦注曰：東武、太山，皆齊之土風，絃歌謳吟之曲名也。

主人且勿諠，賤子歌一言：漢書曰：王邑請召賓，邑自稱賤子。僕本寒鄉士，出身蒙漢恩。始隨張校尉，占募到河源。漢書曰：張騫，漢中人也。騫以校尉從大將軍擊匈奴，知水草處，軍得以不乏。占，謂自隱度而應募為占募也。吳志曰：中郎將周祗，乞於鄱陽占募。班固漢書曰：自張騫使大夏之後，窮河源也。後逐李輕車，追虜窮塞垣。漢書曰：李廣從弟蔡，為郎事武帝，元朔中，為輕車將軍，擊右賢王有功卒[40]，封樂安侯。范曄後漢書曰：耿夔追虜出塞而還。蔡邕上疏曰：秦築長安城[41]，漢起塞垣，所以別內外，異殊俗。密塗亘萬里，寧歲猶七奔。孔安國尚書傳曰：密，近也。方言曰：亘，竟也。國語曰：姜氏告於公子曰：自子之行，晉無寧歲。左氏傳曰：巫臣請使於吳，晉侯許之，乃通吳於晉。吳始伐楚，子重奔命。吳入州來，子重、子反於是乎一歲七奔命。肌力盡鞍甲，心思歷涼溫。孟子曰：既竭心思焉。涼溫，已見上文。將軍既下世，部曲亦罕存。列女傳曰：柳下惠妻曰：愷悌君子，永能厲兮；吁嗟惜哉，乃下世兮。司馬彪續漢書曰：大將軍營五部，校尉一人，部有曲，曲有軍候一人。時事一朝異，孤績誰復論？答客難曰：時異事異。少壯辭家去，窮老還入門。古長歌行曰：少壯不努力。漢書，婁護曰：呂公窮老，託身於我。腰鎌刈葵藿，倚杖牧雞㹠[42]。說文曰：鎌，鍥也。鍥，古頡切。昔如韝上鷹，今似檻中猨。東觀漢記，桓虞謂趙勤曰：善吏如良鷹矣，下韝卽中。淮南子曰：置猨檻中，則與㹠同，非不巧捷也，無所肆其能也。徒結千載恨，空負百年怨。言怨在己，若何負之。弃席思君幄，疲馬戀君軒。願垂晉

40 注「有功卒」 陳云「卒」當作「中率」，是也。各本皆誤。何校去「卒」字者，非。此所引李廣傳文。

41 注「秦築長安城」 袁本無「安」字，是也。茶陵本亦衍。

42 倚杖牧雞㹠 茶陵本云「收」五臣作「牧」。袁本云善作「收」。案：二本所見非也。「收」是傳寫誤。尤蓋校改正之也。

主惠，不愧田子魂。言己窮老而還，同夫弃席疲馬，願垂晉主之惠而不見遺，則兼愛之道斯同，故亦無愧於田子也。晉主言惠，田子言愧，互文也。然田子久謝，故謂之魂。韓子曰：文公至河，令曰：籩豆捐之，席蓐捐之，手足胼胝，面目犂黑者後之。咎犯聞之而夜哭。公曰：寡人出亡二十年，乃今得反國，咎犯聞之不喜而哭，意者不欲寡人反國邪？咎犯對曰：籩豆所以食也，而君捐之；席蓐所以臥也，而君弃之，手足胼胝，面目犂黑，有勞功者也，而君後之。今臣與在後中，不勝其哀，故哭之。文公乃止。韓詩外傳曰：昔田子方出，見老馬於道，喟然有志焉，以問於御曰：此何馬也？御曰：故公家畜也，罷而不用，故出放之。田子方曰：少盡其力，而老弃其身，仁者不為也。束帛而贖之，窮士聞之，知所歸心矣。韓詩曰：縞衣綦巾，聊樂我魂。薛君曰：魂，神也。

出自薊北門行　五言　漢書曰：薊，故燕國也。

羽檄起邊亭，烽火入咸陽。漢書，高祖曰：吾以羽檄徵天下兵。史記曰：有寇至則舉烽火。風俗通曰：文帝時，匈奴犯塞，候騎至甘泉，烽火通長安。徵騎屯廣武，分兵救朔方。臣瓚漢書注曰：律說勒兵而住曰屯。班固漢書贊曰：聚天下兵軍於廣武。又曰：太原郡有廣武縣。又酈食其曰：楚人聞則分兵救之。又有朔方郡，武帝開。嚴秋筋竿勁，虜陣精且強。漢書曰：匈奴秋馬肥，大會蹛林。周禮曰：弓人為弓，筋也者，所以為深也。竿，箭幹也，並公旱切。天子按劍怒，使者遙相望。說苑曰：秦帝按劍而坐。漢書曰：遣使冠蓋相望於道。鴈行緣石逕，魚貫度飛梁。漢書曰：公孫戎奴以校尉擊匈奴，至右賢王庭，為鴈行，上石山先登。周易曰：貫魚，以宮人寵，無不利。王弼曰：駢頭相次，似貫魚也。甘泉賦曰：貫倒景而歷飛梁。簫鼓流漢思，旌甲被胡霜。疾風衝塞起，沙礫自飄揚。易通卦驗曰：大風揚沙。春秋命歷序曰：大風飄石。馬毛縮如蝟，角弓不可張。西京雜記曰：元封二年，大雪深五尺，野鳥獸皆死，牛馬蜷縮如蝟。韋曜集曰：秋風揚沙塵，寒露霑衣裳，角弓持急絃，鳩鳥化為鷹。時危見臣節，世亂識忠良。老子曰：國家昏亂，有忠臣焉。投軀報明主，身死爲國殤。國殤，為國戰亡也。楚辭祠國殤曰：身既死兮神以靈，魂魄毅兮為鬼雄。

結客少年場行[43]

曹植結客篇曰：結客少年場，報怨洛北芒。范曄後漢書曰：祭遵嘗為部吏所侵，結客報之也。

驄馬金絡頭，錦帶佩吳鉤。古日出東南行曰：黃金絡馬頭，觀者滿道傍。禮記曰：居士錦帶。吳都賦曰：吳鉤越棘也。失意杯酒間，白刃起相讎。桓範世要論曰：觴酌遲速，使用失意。淮南子曰：今有美酒嘉肴，以相賓饗，爭盈爵之間，乃反為鬬而相傷，三族結怨。追兵一旦至，負劍遠行遊。追兵，謂捕己也。遠行，以避之也。范曄後漢書曰：世祖會追兵至。燕丹太子[44]，聽秦王姬人鼓琴。琴聲曰：鹿盧之劍，可負而拔。去鄉三十載，復得還舊丘。廣雅曰：丘，居也。升高臨四關，表裏望皇州。陸機洛陽記曰：洛陽有四關：東為城皐[45]，南伊闕，北孟津，西函谷。表裏，猶內外也。左氏傳，子犯曰：表裏山河。九塗平若水，雙闕似雲浮。周禮曰：匠人營國傍三門，國中九經九緯。鄭玄曰：經緯，塗也。莊子曰：平者，水停之盛也，其可以為法也。古詩曰：雙闕百餘尺。史記曰：三神山，黃金白銀為宮闕，望之如雲。崔駰達旨曰：冠蓋雲浮。扶宮羅將相，夾道列王侯。漢書曰：宣帝登長平坂，王侯迎者夾道陳也。日中市朝滿，車馬若川流。周易曰：日中為市，致天下之人，聚天下之貨。張協禊飲賦曰：車馬膠葛，川流波亂。擊鍾陳鼎食，方駕自相求。左氏傳曰：宋左師每食擊鍾。聞鍾聲，公曰：夫子將食。家語曰：子路南遊於楚，積粟萬鍾，列鼎而食。方駕，已見上文。古詩曰：冠帶自相索。今我獨何爲，埳壈懷百憂。嵇康幽憤詩曰：予獨何為。楚辭曰：貧士失職而志不平。又曰：惟鬱鬱之憂獨兮，志坎壈而不違。王逸曰：坎壈，不遇貌也。毛詩曰：我生之

---

43 結客少年場行　茶陵本此下有「五言」二字，以後六首同，是也。袁本全無者非。

44 注「燕丹太子」　案：「太」字不當有。各本皆衍。陳云燕丹子，書名，是也，載隋志。

45 注「東為城皐」　何校「城」改「成」，陳同。各本皆譌。

後，逢此百憂。

東門行 歌錄曰：日出東門行[46]，古辭也。

傷禽惡弦驚，倦客惡離聲。戰國策，魏加對春申君曰：臣少之時好射，願以射譬，可乎？春申君曰：可。異日更羸與魏王處京臺之下，更羸謂魏王曰：臣能虛發而下鳥。魏王曰：然則射可至此乎？更羸曰：可。有鴻鴈從東方來[47]，更羸以虛弓發而下之。王曰：射之精可至此乎？更羸曰：此孽也。王曰：先生何以知之？對曰：其飛徐者，其創痛也；悲鳴者，久失羣也。故創未息而驚心未忘，聞弦音引而高飛，故創怯[48]。今臨武君常為秦孽，不可為拒秦之將也。離聲斷客情，賓御皆涕零。涕零心斷絕，將去復還訣。訣與決同。一息不相知，何況異鄉別。說文曰：息，喘也。遙遙征駕遠，杳杳落日晚。左氏傳，童謠曰：鸜鵒之巢，遠哉遙遙。楚辭曰：日杳杳以西頹。居人掩閨臥，行子夜中飯[49]。野風吹秋木，行子心腸斷。食梅常苦酸，衣葛常苦寒。淮南子曰：百梅足以為百人酸。毛詩曰：絺兮綌兮，淒其以風。毛萇曰：淒，寒風也。絲竹徒滿坐，憂人不解顏。禮記曰：絲竹，樂之器也。列子曰：列子師老商氏，五年之後，夫子始一解顏而笑也。長歌欲自慰，彌起長恨端。鄭玄禮記注曰：彌，益也。

---

46 注「日出東門行」 案：「日」字不當有，各本皆衍。

47 注「有鴻鴈從東方來」 案：「鴻」當作「間」。各本皆誤。今楚策「間」。「有間」連文，不知者改之。永明十一年策秀才文同誤。

48 注「故創怯」 茶陵本「怯」作「隕」。袁本亦作「怯」。案：今楚策作「隕」。此「怯」當是「抎」字之譌，「抎」、「隕」同字，不知者改之。永明十一年策秀才文同誤。陳云下脫「也」字。今楚策有。

49 行子夜中飯 袁本有校語云善作「飲」。案：所見非也。茶陵本作「飯」，無校語，與此皆不誤。凡此等，必詳出，以為合幷六臣本校語，皆據所見而為之之證。知乎此，始能得善真矣。讀者詳之。

苦熱行

曹植苦熱行曰：行遊到日南，經歷交阯鄉，苦熱但曝霜[50]，越夷水中藏。

赤阪橫西阻，火山赫南威。漢書西域傳，杜欽曰：又歷大頭痛、小頭痛山，赤土身熱之阪，令人身熱無色，頭痛嘔吐。東方朔神異經曰：南荒外有火山焉，長四十里，廣四五里，其中皆生木，晝夜火燃，雖暴風雨，火不滅。身熱頭且痛，鳥墮魂來歸。東觀漢記：馬援謂官屬曰：吾在浪泊，仰視烏鳶，跕跕墮水中。楚辭曰：魂兮來歸，南方不可以止。雕題、黑齒，得人以祀，其骨為醢。湯泉發雲潭，焦煙起石圻。王歆之始興記曰：雲水源泉，涌溜如沸湯，有細赤魚出游，莫有獲之者。焦烟，蓋熱氣也。南越志曰：興寧縣有熱水山焉，其下有焦石，歊蒸之熱，恆數四丈。楚辭曰：觸石碕而衡遊。埤蒼曰：碕，曲岸。碕與圻同。日月有恆昏，雨露未嘗晞。魏都賦曰：窮岫泄雲，日月恆翳。曹植感時賦曰：惟淫雨之永降，曠三旬而未晞。毛詩曰：白露未晞。毛萇曰：晞，乾也。東觀漢記，馬援曰：吾在浪泊之時，下潦上霧。丹蛇踰百尺，玄蜂盈十圍。外國圖曰：楊山，丹蛇居之，去九疑五萬里。楚辭曰：赤蟻若象，玄蜂若壺。百尺、十圍，言其長大也。含沙射流影，吹蠱痛行暉。干寶搜神記曰：有物處于江水，其名曰蜮，一曰短狐，能含沙射人，所中者頭痛發熱，劇者至死。毛詩義疏曰：蜮，短狐，一名射影。吹蠱，卽飛蠱也。顧野王輿地志曰：江南數郡有畜蠱者，主人行之以殺人，行食飲中，人不覺也。其家絕滅者，則飛遊妄走，中之則斃。行暉，行旅之光暉也。鄣氣晝熏體，菵露夜沾衣。吳志，華覈表曰：蒼梧、南海，歲有癘風鄣氣。宋永初山川記曰：寧州鄣氣菵露，四時不絕。菵，草名，有毒，其上露觸之，肉卽潰爛。菵音罔。飢猨莫下食，晨禽不敢飛。南越志曰：膋石縣有銅澗，泉源沸涌，謂之毒水，飛禽走獸經之者殞。膋音勞。列女傳，陶答子妻曰：玄豹霧雨，七日不下食。曹植七哀詩曰：南方有鄣氣，晨鳥不得飛。毒涇尚多死，渡瀘寧具腓[51]。言秦人毒涇尚或多死，況今毒癘乎？諸葛渡瀘，寧有俱病也。左氏傳曰：諸侯之大夫從晉侯伐秦，濟

---

50 注「苦熱但曝霜」　案：「霜」當作「露」。各本皆譌。

51 渡瀘寧具腓　茶陵本「腓」作「肥」，云五臣作「腓」。袁本云善作「肥」。案：善引毛詩注「具腓」，又云「腓音肥」，正

涇而次，秦人毒涇上流，師人多死。諸葛亮表曰：五月渡瀘，深入不毛。毛詩曰：秋日淒淒，百卉具腓。毛萇曰：腓，病也。瀘音盧。腓音肥。**生軀蹈死地，昌志登禍機。**列女傳曰：楚子發之母謂子發曰：使人入於死地，而康樂於上，雖有以得勝，非其術也。曹大家曰：軍事險危，故為死地也。莊子曰：其發若機栝，其司是非之謂也。司馬彪曰：言生以是非臧否交接，則禍敗之來，若機栝之發。班固漢書述曰：禍如發機。**戈船榮既薄，伏波賞亦微。**漢書曰：歸義侯嚴為戈船將軍，出零陵，下離水。范曄後漢書曰：交阯女子徵側反，拜馬援為伏波將軍，擊交阯，斬徵側，振軍旅還京師，朝見位次九卿。**財輕君尚惜，士重安可希。**韓詩外傳曰：宋燕相齊還遂[52]，罷歸舍，召門尉田饒等問曰：大大誰與我赴諸侯乎？皆伏不對。宋燕曰：何士易得而難用也。田饒對曰：君納素錦繡從風，而獘士曾不得緣衣。夫財者君所輕，死者士所重，君不能用所輕，欲使士致重乎？

白頭吟

西京雜記曰：司馬相如將娉茂陵一女為妾，文君作白頭吟以自絕，相如乃止。沈約宋書，古辭白頭吟曰：淒淒重淒淒，嫁娶不須啼。願得一心人，白頭不相離。

直如朱絲繩，清如玉壺冰。朱絲，朱絃也。禮記，清廟之瑟，朱絃而疏越。桓子新論曰：神農始削桐為琴，繩絲為絃。秦子曰：玉壺必求其以盛，干將必求其以斷。**何慙宿昔意，猜恨坐相仍。**馮衍荅任武達書曰：敢不露陳宿昔之意。東觀漢記，段潁曰：張奐事勢相反，遂懷猜恨。方言曰：猜，疑也。爾雅曰：仍，因也。猜，千才切。**人情賤恩舊，世議逐衰興。**毛詩序曰：朋友道絕。鄭玄曰：道絕者，棄恩舊也。**毫髮一為瑕，丘山不可勝。**李尤

文自不作「肥」，二本所見非也。此蓋未誤，或亦尤校改正之。

52 注「還遂」 案：「遂」當作「逐」，「還逐」，當謂「旋被斥逐」。今外傳作「見逐」，「逐」字是「見」字恐非。

戟銘曰：山陵之禍，越于毫芒[53]。仲長子昌言曰：事求絲髮之疊。孫盛曰：劉琨、王浚睚眦起於絲髮，疊敗成於丘海。文子曰：禍福之至，雖丘山無由識之矣。**食苗實碩鼠，玷白信蒼蠅。**毛詩曰：碩鼠碩鼠，無食我苗。蒼蠅之為蟲，汙白使黑，已見上文。**鳧鵠遠成美，薪芻前見陵。**韓詩外傳曰：田饒事魯哀公而不見察，謂哀公曰：夫雞頭戴冠，文也；足有距，武也；見敵敢鬭，勇也；有食相呼，仁也；夜不失時，信也。雞有五德，君猶日瀹而食之者，以其所從來近也。夫黃鵠一舉千里，出君園池，食君魚鼈，啄君稻粱，無此五者而貴之，以其所從來遠也。故臣將去君，黃鵠舉矣。公曰：吾書子之言。文子曰：虛無因循，常後而不先，譬若積薪燎，後者處上也。蒼頡篇曰：陵，侵也。史記曰：汲黯謂武帝曰：陛下用羣臣如積薪，後來者居上。**申黜褒女進，班去趙姬昇。周王日淪惑，漢帝益嗟稱。**毛詩序曰：幽王取申女以為后，又得褒姒而黜申后。孔安國尚書傳曰：淪，沒也。班婕妤失寵，已見班婕妤怨詩。**心賞猶難恃，貌恭豈易憑。**呂氏春秋曰：所恃者心也，而心猶不足恃。尚書曰：貌曰恭。**古來共如此，非君獨撫膺。**列子曰：昔人有知不死之道者，齊子欲學其道，聞言者已死，乃撫膺而歎。

放歌行

歌錄曰：孤子生行，古辭曰放歌行。

蓼蟲避葵堇，習苦不言非。楚辭曰：蓼蟲不徙乎葵藿。王逸曰：言蓼蟲處辛辣，食苦惡，不徙葵藿食甘美者也。**小人自齷齪，安知曠士懷。**漢書，酈食其曰：其將齷齪，好苛禮也。**雞鳴洛城裏，禁門平旦開。**史記曰：雞三號平明。東觀漢記，杜詩曰：伏湛出入禁門，補拾遺闕。**冠蓋縱橫至，車騎四方來。素帶曳長飆，華纓結遠埃。**禮記曰：大夫帶素。爾雅，或為此猋。飆與猋同，古字通也。七啓曰：華組之纓。**日中安能止，鐘鳴猶未歸。**日中為市，已見上文。崔元始正論，永寧詔曰：鐘鳴漏盡，洛陽城中不得有行者。**夷世不可**

---

53 注「越于毫芒」 案：「越」當作「起」。各本皆譌。

逢，賢君信愛才。郭象注曰[54]：世有夷險。左氏傳曰：魏犨傷於胷，公欲殺之，而愛其才。明慮自天斷，不受外嫌猜。李尤上林苑銘曰：顯宗備禮，明慮弘深。左氏傳，箴尹克黃曰：君，天也。杜預左氏傳注曰：猜，疑也。一言分珪爵，片善辭草萊。漢書，張竦奏曰：一言之勞，皆蒙丘山之賞。解嘲曰：析人之珪，擔人之爵。莊子曰：農夫無草萊之事則不比。豈伊白璧賜，將起黃金臺。史記曰：虞卿說趙孝成王，一見賜黃金百鎰，白璧一雙。王隱晉書曰：段匹磾討石勒，進屯故安縣故燕太子丹金臺。上谷郡圖經曰：黃金臺，易水東南十八里，燕昭王置千金於臺上，以延天下之士。二說既異，故具引之。今君有何疾，臨路獨遲迴。

升天行

家世宅關輔，勝帶宦王城[55]。關，關中也。漢書曰：右扶風、左馮翊、京兆尹，是為三輔。東京賦曰：然後以建王城。備聞十帝事，委曲兩都情。十帝、兩都，俱謂漢也。論衡曰：漢家三百歲，十帝燿德。倦見物興衰，驟覩俗屯平。周易曰：屯，難也。翩翻類迴掌，恍惚似朝榮。迴掌，言疾也。孟子曰：武丁朝諸侯有天下，猶運掌也。潘岳朝菌賦曰：柰何兮繁華，朝榮兮夕斃。窮塗悔短計，晚志重長生。春秋合誠圖曰：黃帝請問太一長生之道，太一曰：齋戒六丁，道乃可成。從師入遠岳，結友事仙靈。莊子曰：從師不囿。郭象曰：任其自聚，非囿之也。楚辭曰：與赤松結友兮，比王喬而為偶。五圖發金記，九籥隱丹經。抱朴子曰：余聞鄭君言道書之重，莫尚於三皇文五岳真形圖也。又曰：鄭君唯見授金丹之經。又曰：仙經九轉丹金液經，皆在崑崙五城之內，藏以玉函。尚書

---

54 注「郭象注曰」　茶陵本「象」下有「莊子」二字，是也。袁本亦脫。

55 勝帶宦王城　茶陵本云「宦」，五臣作「官」。袁本云「宦」善作「官」。案：二本所見互異，尤與茶陵同，是也。袁本蓋非。

曰：啓籥見書。鄭玄易緯注曰：齊、魯之間名門戶及藏器之管曰籥，以藏經而丹有九轉，故曰九籥也。風餐委松宿，雲臥恣天行。莊子曰：藐姑射之山，有神人居焉，不食五穀，吸風飲露，乘雲氣，御飛龍。冠霞登綵閣，解玉飲椒庭。郭璞遊仙詩曰：振髮戴翠霞，解褐禮絳霄。陸機雲賦曰：似長城曲蜿，綵閣相扶。椒庭，取其芬香也。洛神賦曰：踐椒塗之郁烈。蹔遊越萬里，近別數千齡。神仙傳，若士謂盧敖曰：吾一舉千萬里，吾猶未之能。馬明先生別傳曰：先生隨神士還代[56]，見安期先生語神女曰：昔與女郎遊于安息，憶此未久，已二千年矣。鳳臺無還駕，簫管有遺聲。列仙傳曰：簫史者，秦繆公時人也，善吹簫。繆公有女號弄玉，好之，公遂以妻之。遂教弄玉作鳳鳴。居數十年，吹似鳳聲，鳳皇來止其屋，為作鳳臺，夫婦止其上，不下數年，一旦皆隨鳳皇飛去。故秦氏作鳳女詞[57]，有簫聲。阮籍詠懷詩曰：簫管有遺音，梁王安在哉？何時與爾曹，啄腐共吞腥。如淳漢書注曰：曹，輩也。孔安國尚書傳曰：腥，臭也。

鼓吹曲

五言　集云：奉隋王教，作古入朝曲。蔡邕曰：鼓吹歌，軍樂也，謂之短簫鐃歌，黃帝、岐伯所作也。

謝玄暉

江南佳麗地，金陵帝王州。爾雅曰：江南曰揚州。佳麗，已見上文。吳錄曰：張紘言於孫權曰：秣陵，楚武王所置，名為金陵。秦始皇時，望氣者云：金陵有王者氣，故斷連崗，改名秣陵也。曹植贈王粲詩曰：壯哉帝王居，佳麗殊百城。逶迤帶淥水，迢遞起朱樓。王逸楚辭注曰：逶迤，長貌也。吳都賦曰：亘以淥水。劉逵注曰：迢遞，遠望懸絕也。馮衍顯志賦曰：伏朱樓而四望，採三秀之華英。飛甍夾馳道，垂楊蔭御溝。吳都賦曰：飛甍舛互。漢書曰：太子不敢絕馳道。應劭曰：天子道也。洛陽記曰：天淵南有石溝，御溝水也。崔豹古今注曰：長安御溝謂之楊溝，植楊於其上。凝

---

56 注「先生隨神士還代」　何校「士」改「女」，是也。各本皆譌。

57 注「故秦氏作鳳女詞」　案：「詞」當作「祠」。各本皆譌。

笳翼高蓋，疊鼓送華輈。徐引聲謂之凝。小雅曰：翼，送也。老子曰：駟馬高蓋。小擊鼓謂之疊。西京賦曰：龍輈華轙。獻納雲臺表，功名良可收。兩京賦序曰[58]：朝夕論思，日月獻納。范曄後漢書曰：肅宗詔賈逵入講尚書南宮雲臺。解嘲曰：藺先生收功於章臺。

挽歌

譙周法訓曰：挽歌者，高帝召田橫，至尸鄉自殺，從者不敢哭，而不勝哀，故為此歌，以寄哀音焉。

挽歌詩 五言

繆熙伯 文章志曰：繆襲，字熙伯。魏志曰：襲，東海人，有才學，多所敘述，官至尚書光祿勳。

生時遊國都，死沒弃中野。歸田賦曰：遊都邑以永久。周易曰：古之葬者，厚衣之以薪，葬之中野。朝發高堂上，暮宿黃泉下。論衡曰：親之生也，生之高堂之上[59]；其死也，葬之黃泉之下。服虔左氏傳注曰：天玄地黃，泉在地中，故言黃泉也。白日入虞淵，懸車息駟馬。淮南子曰：日出湯谷，至于悲泉，爰息其馬，是為懸車，至于虞淵，是謂黃昏。造化雖神明，安能復存我？淮南子曰：丈夫恬然無為，與造化逍遙。高誘曰：造化，天地生也。存[60]，已見上文。形容稍歇滅，齒髮行當墮。自古皆有然，誰能離此者。穆天子傳，七萃之士曰：自古有死生。

58 注「兩京賦序曰」 案：「京」當作「都」。各本皆誤。
59 注「生之高堂之上」 陳云「生」，「坐」誤，是也。各本皆譌。
60 注「天地生也存」 何校「生也」二字乙轉，陳同。各本皆倒。

挽歌詩三首　五言

陸士衡

卜擇考休貞，嘉命咸在茲。儀禮曰：筮若不從，筮擇如初儀。又曰：卜若不從，卜擇如初儀。鄭玄曰：擇地而筮之也。鄭玄毛詩箋云：考，稽也。鄭眾周禮注曰：大貞，大卦也。廣雅曰：命，名也。夙駕驚徒御，結轡頓重基。毛詩曰：星言夙駕。又曰：徒御不驚。春秋運斗樞曰：山者，地基也。龍幌被廣柳，前驅矯輕旗。禮記曰：飾棺，君龍帷，三池，振容，黼荒。鄭玄曰：荒，蒙也。在傍曰帷，在上曰荒，皆所以衣柳。然龍荒，畫龍於荒也。被，猶衣也。史記曰：周氏置季布於廣柳車中。劉熙釋名曰：輿棺之車，其蓋曰柳。晉灼漢書曰：柳，聚也，眾飾之所聚也。禮記曰：以死者為不可別也，故以其旗識之。賀循葬禮曰：杠，今之旐也。古以緇布為之。降繒，題姓名而已，不為畫飾。幌與荒同，古字通。殯宮何嘈嘈，哀響沸中闈。釋名曰：於西壁下塗之曰殯。儀禮曰：遂適殯宮。中闈且勿讙，聽我薤露詩[61]。崔豹古今注曰：薤露、蒿里[62]，並喪歌，出田橫門人。橫自殺，門人傷之，為之悲歌，言人命如韰上之露易晞滅，亦謂人死魂精歸乎蒿里。故有二章，其一曰：韰上朝露何易晞，露晞明朝更復落，人死一去何時歸。其二章曰：蒿里誰家地，聚斂魂魄無賢愚，鬼伯一何相催促，人命不得少踟躕。至李延年乃分二章為二曲。韰露送王公貴人，蒿里送士大夫庶人，使挽柩者歌之，世亦呼為挽歌也。死生各異倫，祖載當有時。范曄後漢書曰：唐姬詩曰：死生各異兮從此乖。周禮曰：喪祝掌大喪，祖，飾棺，乃載。鄭玄曰：祖為行始也，其序載而後飾。白虎通曰：祖者，始也，始載於庭，輴車辭祖禰，故名曰祖載也。白虎通與鄭說不同，故俱引之。舍爵兩楹位，啓殯進靈轜。儀禮曰：遷于祖，用輴，正柩於兩楹間，奠設如初。又曰：請啓期。鄭玄曰：請啓殯之期也。說文曰：轜，喪車也。禮記，孔子曰：予疇昔之夜，夢坐奠於兩楹之間。鄭玄曰：是夢坐奠於兩楹之

---

61 聽我薤露詩　案：「薤」當作「韰」，詳袁、茶陵二本所載。五臣銑注乃作「薤」，其善注中字盡作「韰」，是善「韰」、五臣「薤」，各本皆以五臣亂善也。尤本幷改注字，非。見下。

62 注「薤露蒿里」　袁本、茶陵本「薤」作「韰」，是也。案：此尤誤改。觀以下此字三見，仍皆作「韰」，改而未盡，明矣。

間[63]而見饋食，言奠者以為凶也。飲餞觴莫舉，出宿歸無期。毛詩曰：出宿于泲，飲餞于禰。帷袵曠遺影，棟宇與子辭。鄭玄禮記注曰：袵，臥席也。孔安國尚書傳曰：曠，空也。周親咸奔湊，友朋自遠來。尚書，王曰：雖有周親，不如仁人。孔安國曰：周，至也。王逸楚辭注曰：湊，眾也。論語，子曰：友朋自遠方來[64]。翼翼飛輕軒，駸駸策素騏。毛詩曰：乘其四駱[65]，載驟駸駸。又曰：有騂有騏。毛萇曰：蒼白曰騏也。按轡遵長薄，送子長夜臺。漢書曰：天子按轡徐行。阮瑀七哀詩曰：冥冥九泉室，漫漫長夜臺。呼子子不聞，泣子子不知。歎息重櫬側，念我疇昔時。杜預左氏傳曰：櫬，棺也，楚鎮切。左氏傳，羊斟曰：疇昔之羊子為政。三秋猶足收，萬世安可思？毛詩曰：一日不見，如三秋兮。殉沒身易亡，救子非所能。臣瓚漢書注曰：亡身從物曰殉。殉，或為殞。含言言哽咽，揮涕涕流離。劉表與袁譚書曰：聞之哽咽，若存若亡。長門賦曰：涕流離而從橫。

重阜何崔嵬，玄廬竄其間。曹植曹喈誄曰：痛玄廬之虛廓。旁薄立四極，穹隆放蒼天。爾雅曰：東至於泰遠，西至於邠國，南至於濮鈆，北至於祝栗，謂之四極。太玄經曰：天穹隆而周乎下，地旁薄而向乎上，故天裹地。側聽陰溝涌，臥觀天井懸。古之葬者於壙中為天象及江河。陰溝，江河也。天井，天象也。魯靈光殿賦曰：玄醴騰涌於陰溝。史記曰：始皇治酈山，以水銀為江河，上具天文。天官星占曰：東井，一名天井。廣霄何寥廓，大暮安可晨？張奐遺令曰：地底冥冥，長無曉期。人往有反歲，我行無歸年。呂氏春秋曰：管仲有病，桓公往問之。對曰：今臣將有遠行，胡可以問之？高誘曰：行，謂卽世也。昔居四民宅，今託萬鬼鄰。管子曰：士農工商四民者，國之正民也。海水經曰[66]：東海中有山焉，名度索，上有大桃樹，東北瘣枝，名曰鬼門，萬鬼所聚。昔爲七尺軀，今成

---

63 注「是夢坐奠於兩楹之間」　案：「奠」字不當有。各本皆衍。

64 注「友朋自遠方來」　茶陵本「友」作「有」，是也。袁本亦誤「友」。論語音義「有」或作「友」，非，可證。

65 注「乘其四駱」　陳云「乘其」當作「駕彼」，是也。各本皆誤。

66 注「海水經曰」　何校「水」改「東」，陳同。今案：各本皆作「水」，「水」疑「外」字形近之譌。但今山海經未見此文，

灰與塵。淮南子曰：吾生也有七尺之形，吾死也有一棺之土。韓子曰：死者始而灰，已而土。李尤九曲歌曰：肥骨消滅隨塵去。金玉素所佩，鴻毛今不振。漢書，郊祀歌曰：曳珂鍚[67]，佩珠玉。鄭玄喪服注曰：素，故也。鴻毛，喻輕也。燕丹子曰：死有輕於鴻毛。豐肌饗螻蟻，妍姿永夷泯。司馬相如美人賦曰：弱骨豐肌。莊子曰：莊子將死，弟子欲厚葬之。莊子曰：吾以天地為棺。弟子曰：恐烏鳶之食夫子也。莊子曰：在上為烏鳶食，在下為螻蟻食，奪彼與此，何其偏也。廣雅曰：夷，滅也。爾雅曰：泯，盡也。壽堂延螭魅，虛無自相賓。楚辭曰：蹇將澹兮壽宮，與日月兮齊光。王逸曰：壽宮，供神之處也。左氏傳曰：王孫滿對楚子曰：螭魅魍魎，莫能逢之。杜預曰：螭，山神，獸形；魅，怪物也。周禮曰：五州為鄉，使之相賓。鄭玄曰：賓，賓客其賢者也。螻蟻爾何怨，螭魅我何親。拊心痛荼毒，永歎莫爲陳。拊心，已見上文。毛詩曰：民之貪亂，寧為荼毒。又曰：假寐永歎。

流離親友思[68]，惆悵神不泰。流離，已見上文。楚辭曰：惆悵兮而私自憐。素驂佇轜軒，玄駟騖飛蓋。哀鳴興殯宮，迴遲悲野外。殯宮，已見上文。魂輿寂無響，但見冠與帶。周遷輿服志曰：禮葬有魂車。儀禮曰：薦車直東榮。鄭玄曰：進車者，象生時將行陳駕，今時謂之魂車也。備物象平生，長旐誰爲旆？禮記曰：孔子為明器者[69]，備物而不可用。周禮曰：大喪供銘旌。悲風徽行軌，傾雲結流藹。爾雅曰：徽，止也，或作鼓。軌，車也。結，猶積也。文字集略曰：靄，雲雨狀也。藹與靄古字同。振策指靈丘，駕言從此逝。秦嘉詩曰：振策陟長衢。曹植感節賦曰：豈吾鄉之足顧，戀祖宗之靈丘。毛詩曰：駕言出遊。

無以決定也。

67 注「曳珂鍚」 茶陵本「珂」作「阿」，是也。袁本亦誤「珂」。

68 流離親友思 袁本、茶陵本此一首在「重皐何崔嵬」一首之前。案：尤所見不同，以義文訂之，當倒在上。且此句與第一首末句相承接，尤非，二本是也。

69 注「孔子為明器者」 陳云「為」上脫「謂」字，是也。各本皆脫。

挽歌詩　五言　　陶淵明

荒草何茫茫，白楊亦蕭蕭。古詩曰：四顧何茫茫，東風搖百草。又曰：白楊何蕭蕭，松柏夾廣路。楚辭曰：風颯颯兮木蕭蕭。嚴霜九月中，送我出遠郊。楚辭曰：冬又申之以嚴霜。爾雅曰：邑外曰郊。四面無人居，高墳正嶕嶢。字林曰：嶕嶢，高貌也。馬爲仰天鳴，風爲自蕭條。蔡琰詩曰：馬為立踟躕。漢書，息夫躬絕命辭曰：秋風為我吟。幽室一已閉，千年不復朝。千年不復朝，賢達無奈何。向來相送人，各已歸其家。親戚或餘悲，佗人亦已歌。死去何所道，託體同山阿。

雜歌

歌　并序　七言

荊軻　史記曰：荊軻，衛人，其先齊人，徙於衛，衛人謂之慶卿。之燕，燕人謂之荊卿。荊卿好讀書擊劍[70]。

燕太子丹使荊軻刺秦王，丹祖送於易水上。崔寔四民月令曰：祖，道神，祀以求道路之福。高漸離擊筑，鄧展漢書注曰：筑音竹。應劭曰：狀似琴而大，頭安絃，以竹擊之，故名曰筑也。荊軻歌，宋如意和之，曰：

風蕭蕭兮易水寒，壯士一去兮不復還！

---

70 注「荊軻」下至「荊卿好讀書擊劍」　袁本、茶陵本此三十二字作「荊軻者衛人也好讀書擊劍之燕」十三字。案：二本是也。此尤延之增多而誤。

歌 并序　七言

漢高祖

高祖還，過沛，留。置酒沛宮[71]，悉召故人父老子弟佐酒，應劭漢書注曰：助行酒也。發沛中兒得百二十人，教之歌。酒酣，應劭漢書注曰：酣，洽也。上擊筑自歌曰：

大風起兮雲飛揚，威加海內兮歸故鄉，安得猛士兮守四方！風起、雲飛，以喻羣兇競逐，而天下亂也。威加四海，言已靜也。夫安不忘危，故思猛士以鎮之。

扶風歌 五言　集云：扶風歌九首，然以兩韻為一首，今此合之，蓋誤。

劉越石

朝發廣莫門，莫宿丹水山。晉宮閣名曰：洛陽城廣莫門，北向。漢書曰：高都縣莞谷，丹水所出也。莞音管。左手彎繁弱，右手揮龍淵。左氏傳，衛子魚曰：分魯公以封父之繁弱。杜預曰：封父，古諸侯也。繁弱，大弓名也。戰國策，蘇秦說韓曰：韓之劍戟，龍淵、太阿，皆陸斷馬牛，水擊鴻鴈。顧瞻望宮闕，俯仰御飛軒。鄭玄毛詩箋曰：迴首曰顧。據鞍長歎息，淚下如流泉。繫馬長松下，發鞍高岳頭。烈烈悲風起，泠泠澗水流。揮手長相謝，哽咽不能言。晉灼漢書注曰：以辭相告曰謝。哽咽，已見上文。浮雲為我結，歸鳥為我旋。漢書，息夫躬絕命辭曰：秋風為我吟，浮雲為我陰。去家日已遠，安知存與亡？古詩曰：相去日已遠。韋弘嗣秋風篇曰：辭親向長路，安知存與亡。慷慨窮林中，抱膝獨摧藏。琴操，王昭君歌曰：離宮絕曠身摧藏。麋鹿遊我前，猨猴戲我側。資糧既乏盡，薇蕨安可食？史記曰：伯夷、叔齊隱於首陽

---

[71] 留置酒沛宮　袁本，茶陵本無「酒」字。案：二本非也。五臣銑注云：「沛，高祖之里，故以置宮。」是五臣本乃無「酒」字也，善不注。考史記、漢書皆有「酒」字，裴、顏及諸家皆無注，蓋置酒自不煩注耳。五臣去「酒」字，造此曲說，誤之甚者，尤所見為是。二本失著校語，讀者易惑，附辨之如此。

山，采薇而食之。攬轡命徒侶，吟嘯絕巖中。楚辭曰：攬騑轡而下節。李陵書曰：吟嘯成羣。君子道微矣，夫子故有窮。周易曰：君子道消。穀梁傳曰：叔姬歸于紀，其不言逆何也？逆之道微矣。論語曰：夫子在陳絕糧，子路慍見曰：君子亦有窮乎？子曰：君子固窮，小人窮斯濫矣。惟昔李騫期，寄在匈奴庭。忠信反獲罪，漢武不見明。李陵降匈奴，已見恨賦。周易曰：歸妹愆期，遲歸有時。王肅曰：愆，過也。騫與愆通也。我欲競此曲[72]，此曲悲且長。宋子侯歌曰：吾欲競此曲，此曲愁人腸。弃置勿重陳，重陳令心傷。魏文帝雜詩曰：弃置勿復陳。

中山王孺子妾歌

五言　漢書曰：詔賜中山靖王噲[73]及孺子妾幷[74]未央才人歌詩四篇。如淳曰：孺子，幼少稱也。孺子，宮人也。

陸韓卿

如姬寢臥內，班婕坐同車。史記，侯嬴謂魏公子毋忌曰：嬴聞晉鄙之兵符，常在魏王臥內，而如姬出入王臥內，力能竊之。漢書曰：成帝遊於後庭，常欲與班婕妤同輦載。洪波陪飲帳，林光宴秦餘。韓詩外傳曰：趙簡子與諸大夫飲於洪波之臺。西都賓曰：視往昔之遺館[75]，獲林光於秦餘。然秦餘漢帝所幸，洪波非魏王所遊，疑陸誤也。歲暮寒飇及，秋水落芙蕖。爾雅曰：荷，芙蕖也。郭璞曰：別名芙蓉也。子瑕矯後駕，安陵泣前魚。韓子曰：昔者彌子瑕有寵於衛君。衛國之法，竊駕君車者罪刖。彌子母病，人閒夜告彌子，彌子矯駕君車以出於門。君聞賢之曰：孝哉，為母之

---

72 我欲競此曲　陳云「競」疑「竟」誤，注同。案：所校是也。袁本云善作「競」。茶陵本云五臣作「竟」。各本所見皆非。「競」即「竟」傳寫誤，非善如此。

73 注「詔賜中山靖王噲」　何校「王」下添「子」字，陳同。袁本亦脫。此所引藝文志文也。茶陵本幷入五臣，更非。

74 注「及孺子妾幷」　陳云，「幷」，「冰」誤，是也。各本皆誤。

75 注「西都賓曰視往昔之遺館」　案：「視」當作「覛」。各本皆譌。又案：此是西京賦，必善誤記耳。此類多不具出。

故犯跀罪。跀，古刖字也。說文曰：矯，擅也。戰國策曰：魏王與龍陽君共船而釣，龍陽君釣得十餘魚而弃之，泣下。王曰：有所不安乎？對曰：無。王曰：然則何為涕出？對曰：臣始得魚甚喜，後得益多而大，欲弃前之所得也。今以臣凶惡，而得拂枕席，今爵至人君，走人於庭，避人於途。四海之內，其美人甚多矣，聞臣之得幸於王，畢褰裳而趍王，臣亦同曩者所得魚也，亦將弃矣，得無涕出乎！王乃布令曰：敢言美人者族。然泣魚是龍陽，非安陵，疑陸誤也。

賤妾終已矣，君子定焉如！

楚辭曰：已矣哉。王逸曰：已矣，絕望之辭也。思玄賦曰：繆天道其焉如。

卷第二十九

詩己

雜詩上

古詩一十九首

五言　並云古詩，蓋不知作者，或云枚乘，疑不能明也。詩云：驅馬上東門[1]。又云：遊戲宛與洛。此則辭兼東都，非盡是乘明矣。昭明以失其姓氏，故編在李陵之上。

行行重行行，與君生別離。楚辭曰：悲莫悲兮生別離。相去萬餘里，各在天一涯[2]。廣雅曰：涯，方也。道路阻且長，會面安可知？毛詩曰：遡洄從之，道阻且長。薛綜西京賦注曰：安，焉也。胡馬依北風，越鳥巢南枝。韓詩外傳曰：詩曰：代馬依北風，飛鳥棲故巢。皆不忘本之謂也。相去日已遠，衣帶日已緩。古樂府歌曰：離家日趍遠，衣帶日趍緩。浮雲蔽白日，遊子不顧反。浮雲之蔽白日，以喻邪佞之毀忠良。故

---

1 注「驅馬上東門」案：「馬」當作「車」。各本皆誤。

2 各在天一涯　袁本、茶陵本有校語云善作「一天涯」。案：此所見不同。李陵詩云「各在天一隅」，蘇武詩云「各在天一方」，句例相似。恐「一天」誤倒，或尤校改正之也。

遊子之行，不顧反也。文子曰：日月欲明，浮雲蓋之。陸賈新語曰：邪臣之蔽賢，猶浮雲之鄣日月。古楊柳行曰：讒邪害公正，浮雲蔽白日。義與此同也。鄭玄毛詩箋曰：顧，念也。思君令人老，歲月忽已晚。弃捐勿復道，努力加餐飯。

青青河畔草，鬱鬱園中柳。鬱鬱，茂盛也。草生河畔，柳茂園中，以喻美人當窗牖也。盈盈樓上女，皎皎當窗牖。廣雅曰：嬴，容也。盈與嬴同，古字通。娥娥紅粉粧，纖纖出素手。方言曰：秦、晉之間，美貌謂之娥。韓詩曰：纖纖女手，可以縫裳。薛君曰：纖纖，女手之貌。毛萇曰：摻摻，猶纖纖也。昔爲倡家女，今爲蕩子婦。史記曰：趙王遷，母倡也。說文曰：倡，樂也。謂作妓者。蕩子行不歸，空牀難獨守。列子曰：有人去鄉土遊於四方而不歸者，世謂之為狂蕩之人也。

青青陵上栢，磊磊磵中石。言長存也。莊子，仲尼曰：受命於地，唯松柏獨也，在冬夏常青青。楚詞曰：石磊磊兮葛蔓蔓。字林曰：磊磊，眾石也。人生天地間，忽如遠行客。言異松石也。尸子，老萊子曰：人生於天地之間，寄也。寄者固歸。列子曰：死人為歸人，則生人為行人矣。韓詩外傳曰：枯魚銜索，幾何不蠹？二親之壽，忽如過客。斗酒相娛樂，聊厚不爲薄。鄭玄毛詩箋曰：聊，粗略之辭也。驅車策駑馬，遊戲宛與洛。廣雅曰：駑，駘也，謂馬遲鈍者也。漢書，南陽郡有宛縣。洛，東都也。洛中何鬱鬱，冠帶自相索。春秋說題辭曰：齊俗，冠帶以禮相提。賈逵國語注曰：索，求也。長衢羅夾巷，王侯多第宅。魏王奏事曰：出不由里，門面大道者名曰第。兩宮遙相望，雙闕百餘尺。蔡質漢官典職曰：南宮北宮，相去七里。極宴娛心意，戚戚何所迫。楚辭曰：居戚戚而不可解。

今日良宴會，歡樂難具陳。毛萇詩傳曰：良，善也。陳，猶說也。彈箏奮逸響，新聲妙入神。劉向雅琴賦曰：窮音之至入於神。令德唱高言，識曲聽其眞。左氏傳，宋昭公曰：光昭先君之令德。莊子曰：是以高言不止於眾人之口。廣雅曰：高，上也，謂辭之美者。真，猶正也。齊心同所願，含意俱未申。所願，謂富貴也。人生寄一世，奄忽若飆塵。人生若寄，已見上注。方言曰：奄，遽也。爾雅曰：飄颻謂之猋[3]。爾雅，或為此飆。何不策高足，先據要路津。高，上也，亦謂逸足也。無爲守窮賤，轗軻長苦辛。楚辭曰：年既過太半，然輡軻不遇也[4]。轗與輡同，苦闇切。軻，苦賀切。

西北有高樓，上與浮雲齊。此篇明高才之人，仕宦未達，知人者稀也。西北，乾位，君之居也。交疏結綺牕，阿閣三重階。薛綜西京賦注曰：疏，刻穿之也。說文曰：綺，文繒也。此刻鏤以象之。尚書中候曰：昔黃帝軒轅，鳳皇巢阿閣。周書曰：明堂咸有四阿，然則閣有四阿，謂之阿閣。鄭玄周禮注曰：四阿，若今四注者也。薛綜西京賦注曰：殿前三階也。上有絃歌聲，音響一何悲！論語曰：子游為武城宰，聞絃歌之聲。說苑，應侯曰：今日之琴，一何悲也？誰能爲此曲？無乃杞梁妻。琴操曰：杞梁妻嘆者，齊邑杞梁殖之妻所作也。殖死，妻嘆曰：上則無父，中則無夫，下則無子，將何以立吾節，亦死而已。援琴而鼓之，曲終，遂自投淄水而死。清商隨風發，中曲正徘徊。宋玉長笛賦曰[5]：吟清商，追流徵。一彈再三歎，慷慨有餘哀。說文曰：歎，太息也。又曰：慷慨，壯士不得志於心也。不惜歌者苦，但傷知音稀。賈逵國語注曰：惜，痛也。孔安國論語注曰：稀，少也。願爲雙鳴鶴，奮翅起高飛！楚辭曰：將奮翼兮高飛。廣雅曰：高，遠也。

涉江采芙蓉，蘭澤多芳草。采之欲遺誰？所思在遠道。楚辭曰：折芳馨兮遺所思。還顧望舊鄉，長路漫浩浩。鄭玄毛詩箋曰：回首曰顧。同心而離居，憂傷以終老。周易曰：二人同心。楚辭曰：將以遺兮離居。毛詩曰：假寐永歎，維憂用老。

---

3 注「飄颻謂之猋」　案：「飄」當作「颫」。各本皆譌。「颫颻」即「扶搖」字，釋文可證。

4 注「然輡軻不遇也」　案：「軻」下當有「而留滯王逸曰輡軻」八字，此所引七諫文。又案上句「年既已過太半兮」，「已」字亦當有。各本皆誤脫，不可讀，今訂正之。

5 注「宋玉長笛賦曰」　案：「長」字不當有。各本皆衍。

明月皎夜光，促織鳴東壁。春秋考異郵曰：立秋趣織鳴。宋均曰：趣織，蟋蟀也。立秋女功急，故趣之。禮記曰：季夏，蟋蟀在壁。玉衡指孟冬，眾星何歷歷。春秋運斗樞曰：北斗七星，第五曰玉衡。淮南子曰：孟秋之月，招搖指申。然上云促織，下云秋蟬，明是漢之孟冬，非夏之孟冬矣。漢書曰：高祖十月至霸上，故以十月為歲首。漢之孟冬，今之七月矣。白露沾野草，時節忽復易。禮記曰：孟秋之月，白露降。列子曰：寒暑易節。秋蟬鳴樹間，玄鳥逝安適。禮記曰：孟秋，寒蟬鳴。又曰：仲秋之月，玄鳥歸。鄭玄曰：玄鳥，鷰也。謂去蟄也。呂氏春秋曰：國危甚矣，若將安適？高誘曰：適，之也。復云秋蟬、玄鳥者，此明實候，故以夏正言之。昔我同門友，高舉振六翮。論語曰：有朋自遠方來，不亦樂乎？鄭玄曰：同門曰朋。韓詩外傳，蓋桑曰：夫鴻鵠一舉千里，所恃者六翮耳。不念攜手好，棄我如遺跡。毛詩曰：惠而好我，攜手同車。國語，楚鬭且語其弟曰：靈王不顧於民，一國棄之，如遺跡焉。南箕北有斗，牽牛不負軛。言有名而無實也。毛詩曰：維南有箕，不可以簸揚；維北有斗，不可以挹酒漿。睆彼牽牛，不以服箱。良無磐石固，虛名復何益？良，信也。聲類曰：盤，大石也。

冉冉孤生竹，結根泰山阿。竹結根於山阿，喻婦人託身於君子也。風賦曰：緣太山之阿。與君為新婚，兔絲附女蘿。毛萇詩傳曰：女蘿，松蘿也。毛詩草木疏曰：今松蘿蔓松而生，而枝正青；兔絲草蔓聯草上，黃赤如金，與松蘿殊異。此古今方俗，名草不同。然是異草，故曰附也。兔絲生有時，夫婦會有宜。蒼頡篇曰：宜得其所也。千里遠結婚，悠悠隔山陂。說文曰：陂，阪也。思君令人老，軒車來何遲？傷彼蕙蘭花，含英揚光輝。過時而不采，將隨秋草萎。楚辭曰：秋草榮其將實，微霜下而夜殞。君亮執高節，賤妾亦何為！爾雅曰：亮，信也。

庭中有奇樹，綠葉發華滋。蔡質漢官典職曰：宮中種嘉木奇樹。攀條折其榮，將以遺所思。遺所思，已見上文。馨香盈懷袖，路遠莫致之。王逸楚辭注曰：在衣曰懷。毛詩曰：豈不爾思，遠莫致之。說文曰：致，送詣也。此物何足貢，但感別經時。賈逵國語注曰：貢，獻也。物或為榮，貢或作貴。

迢迢牽牛星，皎皎河漢女。牽牛，已見上文。毛詩曰：維天有漢，監亦有光。跂彼織女，終日七襄。雖則七襄，不成報章。毛萇曰：河漢，天河也。纖纖擢素手，札札弄機杼。纖纖，已見上文。終日不成章，泣涕零如雨。不成章，已見上句注。毛詩曰：瞻望弗及，泣涕如雨。河漢清且淺，相去復幾許。盈盈一水間，脈脈不得語。爾雅曰：脈，相視也[6]。郭璞曰，脈脈，謂相視貌也。

迴車駕言邁，悠悠涉長道。毛詩曰：駕言出遊。又曰：悠悠南行，順彼長道[7]。四顧何茫茫，東風搖百草。莊子曰：方將四顧。王逸楚辭注曰：茫茫，草木彌遠，容貌盛也。所遇無故物，焉得不速老？盛衰各有時，立身苦不早。人生非金石，豈能長壽考？韓子曰：雖與金石相弊，兼天下，未有日也。奄忽隨物化，榮名以爲寶。化，謂變化而死也。不忍斥言其死，故言隨物而化也。莊子曰：聖人之生也天行，其死也物化。

東城高且長，逶迤自相屬。城高且長，故登之以望也。王逸楚辭注曰：逶迤，長貌也。迴風動地起，秋草萋已綠。四時更變化，歲暮一何速？周易曰：四時變化而能久成。毛詩曰：歲聿云暮。尸子曰：人生也亦少矣，而歲往之亦速矣。晨風懷苦心，蟋蟀傷局促。毛詩曰：鴥彼晨風，鬱彼北林。未見君子，憂心欽欽。蒼頡篇曰：懷，抱也。毛詩序曰：蟋蟀，刺晉僖公儉不中禮。漢書，景帝曰[8]：局促效轅下駒。蕩滌放情志，何爲自結束。燕趙多佳人，美者顏如玉。燕、趙，二國名也。楚辭曰：聞佳人兮召予。神女賦曰：苞溫潤之玉顏。被服羅裳衣，當戶理清曲。如淳漢書注曰：今樂家五日一習樂，為理樂也。音響一何悲，絃急知柱促。馳

---

6 注「脈相視也」　案：「視」字不當有。各本皆衍。此釋詁文，「脈」即「覛」，釋文可證。魯靈光殿賦注引「脈，相視也」，亦衍。「脈」、「覛」同字也。

7 注「順彼長道」　案：「順」上當有「又曰」二字。各本皆脫。

8 注「漢書景帝曰」　陳云「景」，「武」誤，是也。各本皆誤。

情整中帶，沈吟聊躑躅。中帶，中衣帶。整帶將欲從之。毛萇詩傳曰：丹朱中衣。說文，躑躅，住足也。躑躅與蹢躅同。思爲雙飛鷰，銜泥巢君屋。

驅車上東門，遙望郭北墓。上東門，已見阮籍詠懷詩。應劭風俗通曰：葬於郭北。北首，求諸幽之道也。白楊何蕭蕭，松栢夾廣路。白虎通曰：庶人無墳，樹以楊柳。楚辭曰：風颯颯兮木蕭蕭。仲長子昌言曰：古之葬者，松栢梧桐，以識其墳也。下有陳死人，杳杳卽長暮。莊子曰：人而無人道，是之謂陳人也。郭象曰：陳，久也。楚辭曰：去白日之昭昭，襲長夜之悠悠。潛寐黃泉下，千載永不寤。服虔左氏傳注曰：天玄地黃，泉在地中，故言黃泉。浩浩陰陽移，年命如朝露。神農本草曰：春夏為陽，秋冬為陰。莊子曰：陰陽四時運行。漢書，李陵謂蘇武曰：人生如朝露。人生忽如寄，壽無金石固。如寄，已見上文。萬歲更相送，聖賢莫能度。服食求神仙，多爲藥所誤。不如飲美酒，被服紈與素。范子曰：白紈素出齊[9]。

去者日以疎，生者日以親。呂氏春秋曰：死者彌久，生者彌疎。出郭門直視，但見丘與墳。白虎通曰：葬於城郭外何，死生異別，終始異居。古墓犂爲田，松栢摧爲薪。白楊多悲風，蕭蕭愁殺人。楚辭曰：哀江介之悲風。又曰：秋風兮蕭蕭。思還故里閭，欲歸道無因。

生年不滿百，常懷千歲憂。孫卿子曰：人生無百歲之壽，而有千歲之信士，何也？曰：以夫千歲之法自持者，是乃千歲之信士矣。晝短苦夜長，何不秉燭遊？爲樂當及時，何能待來茲。呂氏春秋曰：今茲美禾，來茲美麥。高誘曰：茲，年。愚者愛惜費，但爲後世嗤。說文曰：嗤，笑也。仙人王子喬[10]，難可與

9 注「白紈素出齊」 案：「白」字不當有。各本皆衍。前怨歌行注引無。

10 仙人王子喬 袁本、茶陵本有校語云「仙」，善作「小」。案：此所見不同，「小」字當傳寫誤，「仙」字為是，或尤校改正之。

等期。列仙傳曰：王子喬者，太子晉也，道人浮丘公接以上嵩高山。

凜凜歲云暮，螻蛄夕鳴悲。說文曰：凜，寒也。歲暮，已見上注。方言曰：南楚或謂螻蛄為螻。廣雅曰：螻，螻蛄也。螻，力侯切。蛄，鼓胡切。涼風率已厲，遊子寒無衣。禮記曰：孟秋之月涼風至。杜預左氏傳注曰：厲，猛也。毛詩曰：無衣無褐，何以卒歲？錦衾遺洛浦，同袍與我違。毛詩曰：角枕粲兮，錦衾爛兮。又曰：豈曰無衣，與子同袍。獨宿累長夜，夢想見容輝。良人惟古懽，枉駕惠前綏。良人念昔之懽愛，故枉駕而迎己。惠以前綏，欲令升車也。故下云攜手同車。孟子曰：齊人一妻一妾而處室者，其良人出，必厭酒肉。劉熙曰：婦人稱夫曰良人。禮記曰：壻出，御婦車，而壻授綏，御輪三周。願得常巧笑，攜手同車歸。毛詩曰：巧笑倩兮，攜手同歸，見上注。既來不須臾，又不處重闈。楚辭曰：何須臾而忘反。亮無晨風翼，焉能凌風飛？爾雅曰：晨風，鸇也。莊子曰：鵾凌風而起。眄睞以適意，引領遙相睎[11]。徙倚懷感傷，垂涕沾雙扉。

孟冬寒氣至，北風何慘慄？毛詩曰：二之日栗冽。毛萇曰：栗冽，寒氣也。愁多知夜長，仰觀眾星列。三五明月滿，四五詹兔缺[12]。禮記曰：地秉陰竅於山川，播五行於四時，和而后月生也，是以三五而盈，三五而闕。春秋元命苞曰：月之為言闕也。兩說以詹諸與兔。然詹與占同，古字通。客從遠方來，遺我一書札。說文曰：札，牒也。上言長相思，下言久離別。置書懷袖中，三歲字不滅。韓詩外傳曰：趙簡子少子名

11 眄睞以適意引領遙相睎　袁本有校語云善無此二句。茶陵本有而無校語。案：此尤與茶陵合，與袁不合，亦即所見不同也。但依文義恐不當有。

12 四五詹兔缺　案：「詹」當作「占」。注云「然詹與占同，古字通」。善意謂元命苞之「詹」與此詩之「占」同，而古字通也。其作「占」明甚。後七命注所引，正是「占」字。各本所見善作「詹」，皆誤用元命苞「詹」改正文「占」，而注語不可通。重刻茶陵又并改注「占」為「蟾」，而善之「占」字幾亡矣。幸袁、尤二本注不誤，得以考正。又「詹諸」字說文及淮南子說林訓皆如此，與元命苞正同。五臣乃必改為「蟾」字，甚矣其不通乎古也。

無恤，簡子自為書牘使誦之。居三年，簡子坐青臺之上，問書所在，無恤出其書於左袂，令誦習焉。一心抱區區，懼君不識察。李陵與蘇武書曰：區區之心，竊慕此爾。廣雅曰：區區，愛也。

客從遠方來，遺我一端綺。綺，已見上文。相去萬餘里，故人心尚爾。鄭玄毛詩箋曰：尚，猶也。字書曰：爾，詞之終耳[13]。文綵雙鴛鴦，裁爲合懽被。著以長相思，緣以結不解。鄭玄儀禮注曰：著，謂充之以絮也。著，張慮切。鄭玄禮記注曰：緣，飾邊也。緣，以絹反。以膠投漆中，誰能別離此？韓詩外傳，子夏曰：實之與實，如膠與漆，君子不可不留意也。

明月何皎皎，照我羅床幃。毛詩曰：月出皎兮。憂愁不能寐，攬衣起徘徊。毛詩曰：耿耿不寐。客行雖云樂，不如早旋歸。毛詩曰：言旋言歸。出戶獨彷徨，愁思當告誰？毛詩序曰：彷徨不忍去。引領還入房，淚下沾裳衣。引領，已見上文。

與蘇武三首　五言

李少卿　漢書曰：李陵，字少卿，少時為侍中建章監。善射，愛人。降匈奴，為右校王，病死。

良時不再至，離別在須臾。論語摘輔像讖曰：時不再及。宋均曰：及，亦至也。須臾，已見上文。屏營衢路側，執手野踟躕。國語，申胥曰：昔楚靈王獨行屏營。毛詩曰：執子之手。又曰：搔首踟躕。仰視浮雲馳，奄忽互相踰。風波一失所，各在天一隅。言浮雲之馳，奄忽相踰，飄颻不定。逮乎因風波蕩，各在天之一隅。以喻人之客遊，飛薄亦爾。長當從此別，且復立斯須。禮記，君子曰：禮樂不可斯須去身。鄭玄曰：斯

---

[13] 注「爾詞之終耳」　袁本、茶陵本「耳」作「也」。案：各本衍「之終」二字。後和王主簿怨情詩「故人心尚爾」句注引作「爾詞也」可證。

須，猶須臾也。欲因晨風發，送子以賤軀。晨風，早風。言欲因風發而己乘之以送子也。楚辭曰：乘回風兮遠遊。嘉會難再遇，三載爲千秋。琴操曰：鄒虞者，邵國之女所作也。古者役不踰時，不失嘉會。臨河濯長纓，念子悵悠悠。夫冠纓，仕子之所服，濯之以遠遊。今因遠遊而感逝川，故增別念也。遠望悲風至，對酒不能酬。行人懷往路，何以慰我愁？毛萇詩傳曰：懷，思也。獨有盈觴酒，與子結綢繆。毛詩曰：綢繆束薪。毛萇曰：綢繆，纏綿之貌也。

攜手上河梁，遊子暮何之？楚辭曰：浮雲兮容與，導予兮何之也。徘徊蹊路側，悢悢不得辭[14]。廣雅曰：悢悢，恨也。行人難久留，各言長相思。安知非日月，弦望自有時。劉熙釋名曰：弦，月半之名也。其形一旁曲，一旁直，若張弓弛弦也[15]。望，月滿之名也。月大十六日，月小十五日。日在東，月在西，遙相望也。努力崇明德，皓首以爲期。周易曰：利用安身，以崇德也。毛萇詩傳曰：崇，終也。尚書曰：先王既勤用明德。聲類曰：顥，白首貌也。皓與顥古字通。

詩四首　五言

蘇子卿　漢書曰：蘇武，字子卿，為栘中監。使匈奴十九年，歸拜為典屬國，病卒。

骨肉緣枝葉，結交亦相因。骨肉，謂兄弟也。漢書，帝謂燕王旦曰：今王骨肉至親。古詩曰：結交莫羞貧。四海皆兄弟，誰爲行路人？論語，子夏謂司馬牛曰：四海之內，皆為兄弟。君子何患乎無兄弟？家語曰：子游見行路之人，云魯司鐸火也。況我連枝樹，與子同一身。昔爲鴛與鴦，今爲參與辰。毛詩曰：鴛鴦于飛，

---

14 悢悢不得辭　袁本、茶陵本「得」作「能」。案：此蓋所見不同，或善與五臣之異，今無以考之。

15 注「若張弓弛弦也」　案：「弛」當作「施」。各本皆誤。

畢之羅之。鄭玄曰：言其止則相偶，飛則為雙。尚書大傳曰：書之論事，離離若參辰之錯行。法言曰：吾不睹參辰之相比也。宋衷曰：辰，龍星也。參，虎星也。我不見龍虎俱見。昔者常相近，邈若胡與秦。淮南子曰：肝膽胡、越。許慎曰：胡在北方，越居南方。然胡、秦之義，猶胡、越也。惟念當離別，恩情日以新。鹿鳴思野草，可以喻嘉賓。毛詩曰：呦呦鹿鳴，食野之苹。我有嘉賓，鼓瑟吹笙。我有一罇酒，欲以贈遠人。願子留斟酌，敍此平生親。

黃鵠一遠別，千里顧徘徊。韓詩外傳曰：田饒謂魯哀公曰：夫黃鵠一舉千里。胡馬失其羣，思心常依依。胡馬，已見上文。依依，思戀之貌也。何況雙飛龍，羽翼臨當乖。雙龍，喻己及朋友也。幸有絃歌曲，可以喻中懷。請爲遊子吟，泠泠一何悲！琴操曰：楚引者，楚游子龍丘高出游三年，思歸故鄉，望楚而長歎，故曰楚引。蒼頡篇曰：吟，嘆也。絲竹厲清聲，慷慨有餘哀。禮記曰：絲竹，樂之器也。王逸楚辭注曰：厲，烈也。謂清烈也。古詩曰：慷慨有餘哀。長歌正激烈，中心愴以摧。欲展清商曲，念子不能歸。清商，已見上文。俛仰內傷心，淚下不可揮。爾雅曰：揮，竭也。郭璞曰：揮，振，去水亦為竭。莊子曰：俛仰之間。家語曰：公文伯卒[16]，敬姜曰：二三子無揮涕也。願爲雙黃鵠，送子俱遠飛。

結髮爲夫妻，恩愛兩不疑。結髮，始成人也。謂男年二十，女年十五時取笄冠為義也。漢書，李廣曰：結髮而與匈奴戰也。歡娛在今夕，嬿婉及良時。孟子曰：霸者之人，歡娛如也。毛詩曰：今夕何夕。又曰：嬿婉之求。征夫懷往路，起視夜何其？毛詩曰：駪駪征夫。又曰：夜如何其，夜未央。毛萇曰：其，辭也。參辰皆已沒，去去從此辭。參辰已沒，言將曉也。行役在戰場，相見未有期。毛詩曰：嗟余子行役。戰國策曰：綴甲勵兵，効勝於戰場。握手一長歎，淚爲生別滋。史記，繆賢曰：燕王私握臣手。生別，已見上文。努力愛春

[16] 注「公文伯卒」茶陵本「公」下有「父」字，是也。袁本亦脫。

華，莫忘歡樂時。春華，喻少時也。生當復來歸，死當長相思。

燭燭晨明月，馥馥我蘭芳。蒼頡篇曰：燭，照也。韓詩曰：馥芬孝祀。薛君曰：馥，香貌也。芬馨良夜發，隨風聞我堂。秋月既明，秋蘭又馥，遊子感時，彌增戀本也。征夫懷遠路，遊子戀故鄉。漢書，高祖曰：遊子悲故鄉。寒冬十二月，晨起踐嚴霜。漢書，武帝太初元年，改從夏正，此或改正之後也。楚辭曰：冬又申之以嚴霜。俯觀江漢流，仰視浮雲翔。良友遠離別，各在天一方。江、漢流不息，浮雲去靡依。以喻良友各在一方，播遷而無所托。楚辭曰：仰浮雲而永歎。山海隔中州，相去悠且長。楚辭曰：蹇誰留兮中州。嘉會難兩遇，懽樂殊未央。嘉會，已見上文。願君崇令德，隨時愛景光。令德，已見上文。景光，即光景也。楚辭曰：借光景以往來。

四愁詩四首 并序

張平子

張衡不樂久處機密，陽嘉中，出爲河間相。時國王驕奢，不遵法度，范曄後漢書順帝紀曰：改元嘉七年[17]為陽嘉元年，改陽嘉五年為永和元年。又曰：順帝初，衡復為太史令。陽嘉元年，造候風地動儀。永和初，出為河間相。而此云陽嘉中，誤也。范曄後漢書曰：和帝申貴人生河間孝王開，立四十二年，順帝永建六年薨。子惠王政嗣，傲很不奉法憲。然考其年月，此是惠王也。又多豪右并兼之家。漢書曰：魏郡豪右李竟[18]。文類曰[19]：有權勢豪右大家也。漢書曰：禁兼幷之塗。李奇曰：謂大家役小民，富者兼役貧民也。衡下車，治威嚴，能內察屬縣，漢書曰：

---

17 注「改元嘉七年」 茶陵本「元嘉」作「永建」，是也。袁本亦誤「元嘉」。

18 注「魏郡豪右李竟」 案：「右」字不當有。各本皆衍。此所引宣帝紀文，又見於霍光傳，俱無「右」字。善意取文穎之注以解「豪右」自在下，不知者誤幷添此。

19 注「文類曰」 袁本「類」作「穎」，是也。茶陵本亦誤「類」。

班伯為定襄太守，其下車作威，吏民竦息。姦滑行巧劫，皆密知名，下吏收捕，盡服擒。諸豪俠遊客，悉惶懼逃出境。郡中大治，爭訟息，獄無繫囚。時天下漸獘，鬱鬱不得志，楚辭曰：心鬱鬱之憂思，獨永歎而增傷。鄭玄考工記注曰：鬱，不舒散也。爲四愁詩。屈原以美人爲君子[20]，以珍寶爲仁義，以水深雪雰爲小人。思以道術相報，貽於時君，而懼讒邪不得以通。其辭曰：

一思曰：我所思兮在太山，欲往從之梁父艱。言王者有德，功成則東封泰山，故思之。太山以喻時君，梁父以喻小人也。漢書曰：有太山郡[21]。又武帝登封太山之梁父。音義曰：梁父，太山下小山也。側身東望涕霑翰。楚辭曰：願側身而無所。韋昭漢書注曰：翰，筆也。美人贈我金錯刀，何以報之英瓊瑤？漢書曰：王莽鑄大錢，又造錯刀，以金錯其文。續漢書曰：佩刀，諸侯王黃金錯鐶。謝承後漢書曰：詔賜應奉金錯把刀。毛詩曰：投我以木桃，報之以瓊瑤。又曰：尚之以瓊英乎而。路遠莫致倚逍遙，何爲懷憂心煩勞？古詩曰：路遠莫致之。

二思曰：我所思兮在桂林，欲往從之湘水深。漢書曰：鬱林郡，故秦桂林郡。海南經曰：桂林八樹在番禺東。又曰：湘水出零陵。舜死蒼梧，葬九疑，故思明君。側身南望涕沾襟。楚辭曰：泣歔欷而沾襟。美人贈我金琅玕，何以報之雙玉盤？尚書禹貢曰：厥貢惟球琳琅玕。古詩曰：委身玉盤中，歷年冀見食。應劭漢官儀曰：封禪壇有白玉盤。路遠莫致倚惆悵，何爲懷憂心煩傷？楚辭曰：惆悵兮而私自憐。

三思曰：我所思兮在漢陽，欲往從之隴阪長。漢書曰：天水郡[22]，明帝改曰漢陽。應劭曰：天水有

---

20 屈原以美人為君子　何校「屈」上添「依」字。茶陵本云五臣有「依」字。袁本云善無「依」字。案：各本所見，蓋傳寫脫耳。何云五臣有「依」字，就校語而云然。

21 注「漢書曰有太山郡」　案：「曰」字不當有。各本皆衍。

22 注「漢書曰天水郡」　何校「漢」上添「續」字，是也。各本皆脫。

大阪，名曰隴阪。秦州記曰：隴阪九曲，不知高幾里。側身西望涕沾裳。古長歌行曰：泣涕忽沾裳。美人贈我貂襜褕，何以報之明月珠？蔡雍獨斷曰：侍中中常侍加貂蟬。說文曰：直裾謂之襜褕。淮南子曰：隨侯之珠。高誘曰：明月珠也。路遠莫致倚踟躕，何爲懷憂心煩紆？楚辭曰：志紆鬱其難釋。王逸曰：紆，屈也。

四思曰：我所思兮在鴈門，欲往從之雪紛紛。漢書有鴈門郡，楚辭口：雪紛紛而薄木。側身北望涕沾巾。說文曰：佩巾也[23]。美人贈我錦繡段，何以報之青玉案？錦繡，有五采成文章。玉案，君所憑倚。喻大臣亦為天子所恃。禮記曰：春服青玉。楚漢春秋，淮陰侯曰：臣去項歸漢，漢王賜臣玉案之食。路遠莫致倚增歎，何爲懷憂心煩惋？楚辭曰：吒增歎兮如雷。

雜詩　五言　雜者，不拘流例，遇物即言，故云雜也。　王仲宣

日暮遊西園，冀寫憂思情。曲池揚素波，列樹敷丹榮。楚辭曰：坐堂伏檻臨曲池。列女傳，津吏女歌曰：水揚波兮杳冥冥。上有特棲鳥，懷春向我鳴。毛詩曰：有女懷春。褰袵欲從之，路嶮不得征。說文曰：袵，衣衿也。衿音今。徘徊不能去，佇立望爾形。毛詩曰：瞻望弗及，佇立以泣。風飈揚塵起，白日忽已冥。鄭玄毛詩箋曰：冥，夜也。迴身入空房，託夢通精誠。幽通賦曰：精誠發於宵寐。人欲天不違，何懼不合并？尚書，王曰：人之所欲，天必從之。

雜詩　五言　劉公幹

職事相塡委，文墨紛消散。漢書，功臣皆曰：蕭何徒恃文墨，顧居臣上。馳翰未暇食，日昃不知

23 注「說文曰佩巾也」　陳云「曰」下脫「巾」字，是也。各本皆脫。

晏。翰墨，已見上。尚書曰：自朝至于日昃，不遑暇食。沈迷簿領書，回回自昏亂。簿領，謂文簿而記錄之。史記曰：問上林尉諸禽獸簿。司馬彪莊子注曰：領，錄也。楚辭曰：腸回回兮盤紆。釋此出西城，登高且遊觀。方塘含白水，中有鳧與鴈。楚辭曰：乘白水而高鶩。毛詩曰：弋鳧與鴈。安得肅肅羽？從爾浮波瀾。毛詩曰：鴻鴈于飛，肅肅其羽。

雜詩二首　五言　集云：枹中作。下篇云：於黎陽作。

魏文帝

漫漫秋夜長，烈烈北風涼。楚辭曰：終長夜之曼曼。毛詩曰：冬日烈烈。又曰：北風其涼。展轉不能寐，披衣起彷徨。毛詩曰，展轉不寐。彷徨，已見上文。彷徨忽已久，白露沾我裳。白露，已見上文。說苑曰：孺子不覺露之沾裳。俯視清水波，仰看明月光。天漢迴西流，三五正從橫。河圖括地象曰：河精上為天漢。毛詩曰：嘒彼小星，三五在東。毛萇曰：三心五噣，四時更見也。草蟲鳴何悲，孤鴈獨南翔。毛詩曰：喓喓草蟲，趯趯阜螽。毛萇曰：草蟲，常羊也。楚辭曰：鴈雍雍而南遊。鬱鬱多悲思，緜緜思故鄉。古詩曰：緜緜思遠道。願飛安得翼，欲濟河無梁。葛龔與梁相張府君牋曰：悠悠夢想，願飛無翼。楚辭曰：江河廣而無梁。向風長歎息，斷絕我中腸。楚辭曰：向長風而舒情。

西北有浮雲，亭亭如車蓋。亭亭，迥遠無依之貌也。易通卦驗曰：太陽雲出，張如車蓋。惜哉時不遇，適與飄風會。何休公羊傳注曰：適，遇也。吹我東南行，南行至吳會[24]。當時實至廣陵，未至吳會。今言至者，據已入其地也。吳會非我鄉，安能久留滯？楚辭曰：然輡軻而留滯。棄置勿復陳，客子常畏

---

[24] 南行至吳會　袁本、茶陵本「南」作「行」，云善作「南」。案：上句言東南行，則下不得單言南行，甚明。各本所見，皆傳寫誤也。非善如此。

人。

朔風詩 四言

曹子建

仰彼朔風，用懷魏都。願騁代馬，倏忽北徂。代馬，已見上文。凱風永至，思彼蠻方。毛萇詩傳曰：南風謂之凱風。禮記曰：南方曰蠻。毛詩曰：用逷蠻方。願隨越鳥，翻飛南翔。古詩曰：越鳥巢南枝。四氣代謝，懸景運周。爾雅曰：四氣和謂之玉燭。淮南子曰：二者代謝舛馳。周易曰：懸象著明。別如俯仰，脫若三秋。毛詩曰：一日不見，如三秋兮。昔我初遷，朱華未希。今我旋止，素雪雲飛[25]。毛詩曰：昔我往矣，楊柳依依。今我來思，雨雪霏霏。希與稀同，古字通也。俯降千仞，仰登天阻。莊子曰：千仞之高，不足以極其深。天阻，山也。范曄後漢書[26]，郭林宗論蘇不韋曰：城闕天阻，宮府幽絕。風飄蓬飛，載離寒暑。商君書曰：夫飛蓬遇飄風而行千里，乘風之勢也。毛詩曰：載離寒暑[27]。千仞易陟，天阻可越。昔我同袍，今永乖別。同袍，已見上文。子好芳草，豈忘爾貽？古詩曰：蘭澤多芳草。繁華將茂，秋霜悴之。方言曰：悴，傷也。君不垂眷，豈云其誠？言君雖不垂眷，己則豈得不言其誠。蒼頡篇曰：豈，冀也。秋蘭可喻，桂樹冬榮。蘭以秋馥，可以喻言。桂以冬榮，可以喻性。楚辭曰：秋蘭兮青青。又曰：麗桂樹之冬榮。絃歌蕩思，誰與消憂？言絃歌可以蕩滌悲思，誰與共奏以消憂也。臨川暮思，何爲汎舟？言臨川日暮，而又相思，何為汎舟而

25 素雪雲飛　袁本、茶陵本「雲」作「云」，云善作「雲」。案：各本所見皆傳寫誤。「素雪」與「朱華」偶句，「云飛」與「未希」偶句。假令作「雲」，殊乖文義，非善如此也。

26 注「范曄後漢書」　袁本、茶陵本無此五字。案：無者是也。善有其例，說已見前。

27 注「毛詩曰載離寒暑」　案：當作「寒暑已見鸚鵡賦」。袁本正如此，但誤在上節注末，而此仍複出，則非。茶陵本誤與此同。

不濟以相從乎？國語曰：秦汎舟乎河。豈無和樂，遊非我鄰。言豈無和樂以蕩思乎？為遊非我鄰，故不奏也。誰忘汎舟？愧無榜人。言豈忘汎舟以相從乎？愧無榜人，所以不濟也。榜人，喻良朋也。張揖漢書注云：榜人，船長也。

雜詩六首

五言 此六篇並託喻傷政急，朋友道絕，賢人為人竊勢。別京已後，在郢城思鄉而作[28]。

曹子建

高臺多悲風，朝日照北林。新語曰：高臺，喻京師。悲風，言教令。朝日，喻君之明。照北林，言狹，比喻小人。新序曰：高堂百仞。之子在萬里，江湖迥且深。江湖，喻小人隔蔽。毛詩曰：之子于征。爾雅曰：迥，遠也。方舟安可極？離思故難任。爾雅曰：大夫方舟。郭璞曰：併兩船也。毛萇詩傳曰：極，至也。孤鴈飛南遊，過庭長哀吟。鴈南遊，已見上文。翹思慕遠人，願欲託遺音。翹，猶懸也。形影忽不見，翩翩傷我心。

轉蓬離本根，飄颻隨長風。說苑曰：魯哀公曰：秋蓬惡其本根，美其枝葉，秋風一起，根本拔矣。何意迴飆舉，吹我入雲中。爾雅曰：扶搖謂之猋。飆與猋同。高高上無極，天路安可窮[29]。呂氏春秋曰：風乎其高無極也。仲長子昌言曰：蕩蕩乎若昇天路而不知其所登，子若昇天路也。類此遊客子，捐軀遠從戎。毛褐不掩形，薇藿常不充。淮南子曰：布衣掩形，鹿裘禦寒。言貧人冬則羊裘短褐，不掩形也。列女傳，曾子謂黔婁妻曰：先生在時，食不充虛，衣不蓋形。文子曰：聖人食足以充虛接氣，衣足以蓋形禦寒。去去莫復道，沈憂令人

---

28 注「此六篇」下至「在郢城思鄉而作」 案：此三十字於善注例不類，必亦幷善於五臣而如此，其中兼多譌錯，各本盡同，無可校正。何校「郢」改「鄄」，陳同。

29 天路安可窮 袁本、茶陵本有校語云「可」，善作「何」。案：二本所見非也。「何」但傳寫誤。

老。宋玉笛賦曰：武毅發沈憂[30]。古詩曰：思君令人老。

西北有織婦，綺縞何繽紛。小雅曰：繒之精者曰縞，古老切。明晨秉機杼，日昃不成文。言憂甚而志亂。太息終長夜，悲嘯入青雲。妾身守空閨，良人行從軍。良人，謂夫也。自期三年歸，今已歷九春。一歲三春，故以三年為九春，言已過期也。纂要曰：九十日故九春。飛鳥繞樹翔，噭噭鳴索羣。楚辭曰：聲噭噭以寂寥。願為南流景，馳光見我君。

南國有佳人，容華若桃李。楚辭曰：受命不遷生南國[31]。謂江南也。佳人，已見上文。毛詩曰：何彼襛矣，華如桃李。朝遊江北岸，日夕宿湘沚。毛萇詩傳曰：沚，渚也。時俗薄朱顏，誰為發皓齒。楚辭曰：容則秀雅稚朱顏。又曰：美人皓齒嫮以姱。俛仰歲將暮，榮耀難久恃。歲暮，已見上文。邊讓章華臺賦曰：體迅輕鴻，榮耀春華。

僕夫早嚴駕，吾將遠行遊。楚辭曰：僕夫懷兮心悲。又曰：嚴車駕兮出戲遊。又曰：願輕舉兮遠遊。遠遊欲何之，吳國為我仇。說苑，楚王謂淳于髡曰：吾有仇在吳國，子能為吾報之乎？將騁萬里塗，東路安足由？廣雅曰：由，行也。江介多悲風，淮泗馳急流。楚辭曰：哀江介之悲風。泗，水名也。孟子曰：禹排淮、泗而注之江也。願欲一輕濟，惜哉無方舟。閑居非吾志，甘心赴國憂。漢書曰：司馬相如稱疾閑居。范曄後漢書，梁竦歎曰：閑居可以養志。毛詩曰：甘心首疾。

飛觀百餘尺，臨牖御櫺軒。古詩曰：雙闕百尺。爾雅曰：觀謂之闕。御，猶憑也。說文曰：櫺，楯欄也。韋昭漢書注曰：軒，檻上板也。遠望周千里，朝夕見平原。烈士多悲心，小人媮自閑。風俗通曰：烈士

---

30 注「武毅發沈憂」 案：「憂」下當有「結」字。各本皆脫。此以三句為一句。

31 注「生南國」 何校下添「兮南國」三字。案：依善例當添「王逸曰南國」五字，各本皆脫。

者，有不易之分。國讎亮不塞，甘心思喪元。塞，謂杜絕也。孟子曰：勇士不忘喪其元。拊劍西南望，思欲赴太山。左氏傳曰：子朱怒，撫劍從之。太山，東岳，接吳之境。西，喻蜀。責躬詩曰：願蒙矢石，建旗東岳，意與此同也。絃急悲聲發，聆我慷慨言。古詩曰：音響何太悲[32]，絃急知柱促。

情詩　五言

曹子建

微陰翳陽景，清風飄我衣。春秋說題辭曰：陽精為日。楚辭曰：陽杲杲兮朱光。遊魚潛淥水，翔鳥薄天飛。言得所也。大戴禮曰：魚遊于水，鳥飛于雲。眇眇客行士，遙役不得歸。言不如魚鳥也。楚辭曰：安眇眇兮，無所歸薄。始出嚴霜結，今來白露晞。嚴霜，已見上文。毛詩曰：蒹葭淒淒，白露未晞。遊子歎黍離，處者歌式微。毛詩曰：彼黍離離，彼稷之苗；行邁靡靡，中心搖搖。又曰：式微式微，胡不歸？慷慨對嘉賓，悽愴內傷悲。毛詩曰：我有嘉賓。又曰：我心傷悲。

雜詩　四言

嵇叔夜

微風清扇，雲氣四除。漢書，張竦為陳崇作奏曰：日不移晷，霍然四除。皎皎亮月，麗于高隅。古詩曰：明月何皎皎。亮，明也。周禮曰：城隅之制九雉。興命公子，攜手同車。攜手同車，已見上文。龍驥翼翼，揚鑣踟蹰。毛詩曰：四牡翼翼。舞賦曰：揚鑣飛沫。肅肅宵征，造我友廬。毛詩曰：肅肅宵征。光燈吐輝，華幔長舒。鸞觴酌醴，神鼎烹魚。毛詩曰：且以酌醴。又曰：誰能烹魚。絃超子野，歎過綿駒。杜預左氏傳注曰：子野，師曠字也。孟子，淳于髡曰：昔緜駒處高唐，而齊右善歌。流詠太素，俯讚玄虛。

32 注「音響何太悲」　案：「何太」當作「一何」。各本皆誤。

列子曰：太初，形之始。太素，質之始。老子曰：玄之又玄，眾妙之門。管子曰：虛無形[33]，謂之道。史記，太史公曰：老子所貴道，虛無應用，變化無方。孰克英賢，與爾剖符。言詠讚妙道，遊心恬漠，誰能以英賢之德，與爾分符而仕乎？班固漢書述曰：漢興柔遠，與爾剖符。然文雖出彼，而意微殊。東觀漢記，韋彪上議曰：二千石皆以選出京師，剖符典千里。

雜詩 五言

傅休奕 臧榮緒晉書曰：傅玄，字休奕，北地人，勤學善屬文，州舉秀才，稍遷至司隸校尉，卒。

志士惜日短，愁人知夜長。論語，子曰：志士仁人，無求生以害仁。古詩曰：愁多知夜長，仰觀眾星列。攝衣步前庭，仰觀南鴈翔。漢書，沛公攝衣迎酈食其。玄景隨形運，流響歸空房。清風何飄颻，微月出西方。禮記曰：月生於西。繁星依青天，列宿自成行。蟬鳴高樹間，野鳥號東箱。古詩曰：秋蟬鳴樹間。王逸楚辭注曰：牆序之東為東箱也。纖雲時髣髴，渥露沾我裳。曹植魏德論曰：纖雲不形，陽光赫戲。劉楨詩曰：皦月垂素光，玄雲為髣髴。露沾裳，已見上文。良時無停景，北斗忽低昂。常恐寒節至，凝氣結爲霜。曾子曰：陰氣勝則凝為霜。落葉隨風摧，一絕如流光。

雜詩 五言

張茂先

晷度隨天運，四時互相承。說文曰：晷，景也。孫卿子曰：四時代御。東壁正昏中，固陰寒節升。禮記，仲冬之月，日昏東壁中[34]。左氏傳，申豐曰：深山窮谷，固陰沍寒。繁霜降當夕，悲風中夜興。毛詩

33 注「虛無形」 案：「虛」下當有「而」字。各本皆脫。遊天台山賦注引有。

34 注「日昏東壁中」 袁本無「日」字，是也。茶陵本亦衍。

曰：正月繁霜。朱火青無光，蘭膏坐自凝。古詩曰：朱火然其中，青煙颺其間。楚辭曰：蘭膏明燭華容備。王逸注曰：以蘭香煉膏也。無故自凝曰坐。重衾無暖氣，挾纊如懷冰。左氏傳曰：楚子圍蕭，申公巫臣曰：師人多寒。王巡三軍，拊而勉之。三軍之士，皆如挾纊。孔安國尚書傳曰：纊，細綿也。伏枕終遙昔，寤言莫予應。韓詩曰：寤寐無為，展轉伏枕。廣雅曰：昔，夜也。毛詩曰：獨寐寤言。永思慮崇替，慨然獨撫膺。楚辭曰：永思兮內傷。國語，藍尹亹曰：君子獨居，思前世之崇替。列子曰：撫膺而恨。

情詩二首 五言

張茂先

清風動帷簾，晨月照幽房。佳人處遐遠，蘭室無容光。古詩曰：盧家蘭室桂為梁。曹植離別詩曰：人遠精魂近，寤寐夢容光。襟懷擁靈景，輕衾覆空牀。擁，猶抱也。居歡愒夜促，在慼怨宵長。一云居歡惜夜促。爾雅曰：愒，貪也，苦蓋切。拊枕獨嘯歎，感慨心內傷。

遊目四野外，逍遙獨延佇。楚辭曰：忽反顧以遊目。又曰：結幽蘭而延佇。蘭蕙緣清渠，繁華蔭綠渚。佳人不在茲，取此欲誰與？巢居知風寒，穴處識陰雨。春秋漢含孳曰：穴藏先知雨，陰曀未集，魚已噞喁。巢居之鳥先知風，樹木搖，鳥已翔。韓詩曰：鸛鳴于垤，婦歎于室。薛君曰：鸛，水鳥。巢處知風，穴處知雨。天將雨而蟻出壅土，鸛鳥見之，長鳴而喜。不曾遠別離，安知慕儔侶？

園葵詩 五言

陸士衡 晉書，趙王倫篡位，遷帝於金墉城。後諸王共誅倫，復帝位。齊王冏譖機為倫作禪文，賴成都王穎救之免[35]，故作

[35] 注「救之免」 袁本、茶陵本「免」下有「死」字，是也。

此詩，以葵為喻謝穎。

種葵北園中，葵生鬱萋萋。朝榮東北傾，夕穎西南晞。淮南子曰：聖人之於道，猶葵之與日，雖不與終始哉，其鄉之誠也。高誘曰：鄉，仰也。誠，實也。零露垂鮮澤，朗月耀其輝。毛詩曰：零露瀼瀼。時逝柔風戢，歲暮商猋飛。管子曰：東方曰春，柔風甘雨乃至。楚辭曰：商風肅而害之。曾雲無溫液，嚴霜有凝威。鄭玄毛詩箋曰：曾，重也。漢書曰：孫寶曰：當從天氣以成嚴霜之威。幸蒙高墉德，玄景蔭素蕤。爾雅曰：牆謂之墉。說文曰：蕤，草木華盛貌也。豐條並春盛，落葉後秋衰。慶彼晚彫福，忘此孤生悲。

思友人詩 五言

曹顏遠 臧榮緒晉書曰：曹攄，字顏遠，譙國人。篤志好學，參南國中郎將，遷高密王左司馬。流人王逌等寇掠城邑，攄與戰，軍敗而死。

密雲翳陽景，霖潦淹庭除。周易曰：密雲不雨。左氏傳曰：凡雨自三日以往為霖。說文曰：潦，雨水也。又曰：除，殿階也。嚴霜彫翠草，寒風振纖枯。鄭玄禮記注曰：振，動也。凜凜天氣清，落落卉木疎。古詩曰：凜凜歲云暮。杜篤首陽山賦曰：長松落落。毛萇詩傳曰：卉，草也。感時歌蟋蟀，思賢詠白駒。毛詩曰：蟋蟀在堂，歲聿其暮。又曰：皎皎白駒，食我場苗。縶之維之，以永今朝。毛萇曰：賢者有乘白駒而去。鄭玄曰：絆之繫之，欲留也。情隨玄陰滯，心與迴飈俱[36]。思心何所懷，懷我歐陽子。顏遠贈歐陽堅石詩曰：嗟我良友，

[36] 心與迴飈俱　茶陵本「飈」作「飄」，云五臣作「飈」。袁本云善作「飄」。案：「飄」字於義未當，恐二本所見傳寫誤，或尤校改正之也。

惟彥之選。然此歐陽，即堅石也。精義測神奧，清機發妙理。周易曰：精義入神，以致用也。廣雅曰：奧，藏也。機，樞機也。自我別旬朔，微言絕于耳。論語崇爵讖曰：子夏共撰仲尼微言，以當素王。劉子駿書曰：夫子沒而微言絕。禮記曰：聲不絕于耳。褰裳不足難，清陽未可俟。毛詩曰：子惠思我，褰裳涉溱。又曰：有美一人，清陽婉兮；邂逅相遇，適我願兮。毛萇曰：清陽，眉目之間也。延首出階檐，佇立增想似。阮瑀止欲賦曰：佇延首以極視兮，意謂是而復非。莊子，徐無鬼曰：夫越之流人，去國數日，見其所知而喜；去國旬月，見所嘗見於國中而喜；及期年也，見似人者而喜矣。不亦去人茲久者，思人茲深乎？

感舊詩

五言　此篇感故舊相輕，人情逐勢[37]

曹顏遠

富貴他人合，貧賤親戚離。鶡冠子曰：家富疎族聚，居貧兄弟離。廉藺門易軌，田竇相奪移。史記曰：藺相如出，望見廉頗，相如引車避匿。於是舍人相與諫曰：臣去親戚而事君者，徒慕君之高義也。今君與廉君同列，廉君宣惡言而君畏之匿，恐懼殊甚，且庸人尚羞之，況於將相乎？臣等不肖，請辭去。漢書曰：竇太后怒，免丞相竇嬰、太尉田蚡，嬰、蚡以侯居家。蚡雖不任職，以太后故親幸，數言事，多效。士趨勢利者，皆去嬰而歸蚡也。晨風集茂林，棲鳥去枯枝。毛詩曰：鴥彼晨風，鬱彼北林。國語，優施歌曰：暇豫之吾吾，不如鳥烏。烏皆集於苑[38]，己獨集于枯。黃石公兵書曰：樹杌者，鳥不棲也。今我唯困蒙，郡士所背馳[39]。周易曰：困蒙，吝。鄉人敦懿義，濟濟蔭光

---

37 注「此篇感故舊相輕人情逐勢」　案：此十一字不當有，乃五臣注也。袁本、茶陵本所載此上之「善曰」，「善」字誤耳。尤延之取以添入，非。

38 注「烏皆集於苑」　案：「烏」當作「人」。各本皆誤。

39 郡士所背馳　案：「郡」當作「羣」。茶陵本云五臣作「羣」。袁本云善作「郡」。各本所見皆傳寫誤。何云當從五臣作「羣」，陳同。皆就校語而云然，其實善亦作「羣」。

儀。春秋說題辭曰：秉懿誠之義，思至忠之功。鸚鵡賦曰：侍君子之光儀。對賓頌有客，舉觴詠露斯。毛詩曰：有客宿宿，有客信信，言授之縶，以縶其馬。又曰：湛湛露斯，匪陽不晞；厭厭夜飲，不醉無歸。今鄉人情重，皆頌詠此詩。臨樂何所歎，素絲與路歧。禮記曰：執紼不笑，臨樂不歎。淮南子曰：楊子見逵路而哭之，為其可以南可以北。墨子見練絲而泣之，為其可以黃可以黑。高誘曰：閔其別與化也。

雜詩 五言

何敬祖 贈答，何在陸前，而此居後，誤也。

秋風乘夕起，明月照高樹。賈逵國語注曰：乘，陵也。陵，亦侵也。閑房來清氣，廣庭發暉素。暉素，月光也。古長歌行曰[40]：昭昭素明月，暉光燭我牀。靜寂愴然歎，惆悵出遊顧。惆悵，已見上文。仰視垣上草，俯察階下露。垣草易彫，階露易隕。言可傷也。心虛體自輕，飄颻若仙步。言既悟二物，故當全形養生。列子曰：南郭子貌充心虛。張湛曰：心虛則形全。劉梁七舉曰：霍爾體輕。瞻彼陵上栢，想與神人遇。古詩曰：青青陵上栢。文子曰：天地之間，有神人真人。道深難可期，精微非所慕。魏武帝秋胡行曰：道深未可得，名山歷觀行。禮記曰：德產之緻也精微。鄭玄曰：緻，密也。勤思終遙夕，永言寫情慮。尚書曰：歌永言。

雜詩 五言

王正長 臧榮緒晉書曰：王讚，字正長，義陽人也。博學有俊才，辟司空掾，歷散騎侍郎，卒。

---

40 注「古長歌行曰」 案：「長」當作「傷」，見第二十七卷。各本皆誤。

朔風動秋草，邊馬有歸心。蔡琰詩曰：北風厲兮肅泠泠，胡笳動兮邊馬鳴。胡寧久分析，靡靡忽至今。毛詩曰：胡寧忍予。又曰：行邁靡靡。王事離我志，殊隔過商參。毛詩曰：王事靡盬。左氏傳，子產曰：高辛氏有二子，伯曰閼伯，季曰實沈，不相能。后帝不臧，遷閼伯于商丘，主辰，商人是因，故辰為商星。遷實沈于大夏，主參，唐人是因，其季世曰唐叔虞，故參為晉星。參辰更見，已見上文。昔往鶬鶊鳴，今來蟋蟀吟。毛詩曰：春日遲遲，倉庚喈喈。聖主得賢臣頌曰：蟋蟀俟秋吟。人情懷舊鄉，客鳥思故林。文子曰：鳥飛反鄉，依其所生。師涓久不奏，誰能宣我心？韓子曰：衛靈公將之晉，至濮水之上而宿，夜分而聞有鼓新聲者，而說之，召師涓而告之曰：有鼓新聲者，其狀似鬼神，子為我聽而寫之。師涓曰：諾。因端坐撫琴而寫之。師涓明日報曰：臣得之矣。

雜詩　五言

棗道彥　今書七志曰：棗據，字道彥，潁川人。弱冠，辟大將軍府，遷尚書郎。太尉賈充為伐吳都督，請為從事中郎，遷中庶子，卒。

吳寇未殄滅，亂象侵邊疆。左氏傳，晉侯問於士弱曰：吾聞之宋災，於是乎知有天道可必乎[41]？對曰：國亂無象，不可知也。天子命上宰，作蕃于漢陽。上宰，賈充也。毛詩曰：价人為藩[42]。毛萇曰：价，善也。藩，屏也。左氏傳，晉欒貞子曰：漢陽諸姬，楚實盡之。穀梁傳曰：水北曰陽。漢陽，漢水之陽也。開國建元士，玉帛聘賢良。周易曰：大君有命，開國承家，小人勿用。禮記曰：天子八十一元士。王逸楚辭注曰：天下賢人，將持玉帛聘而遺之。呂氏春秋曰：聘名士。高誘曰：聘，問之也。將與興化致治也。予非荊山璞，謬登和氏場。韓子曰：楚人和氏得璞玉

41 注「於是乎知有天道可必乎」　陳云當重「天道」二字，是也。各本皆脫。

42 注「价人為藩」　袁本「為」作「維」。茶陵本作「惟」。案：「維」字是也。

於楚山之中。羊質復虎文[43]，燕翼假鳳翔。楊子法言曰：敢問質。曰：羊質而虎皮，見草而悅，見豺而戰也。既懼非所任，怨彼南路長。曹子建贈白馬王詩曰：怨彼東路長。千里既悠邈，路次限關梁。楚辭曰：關梁閉而不通。僕夫罷遠涉，車馬困山岡。僕夫，已見上文。深谷下無底，高巖暨穹蒼。列子，夏革曰：渤海之東，有大壑焉，實惟無底之谷。杜預左氏傳注曰：暨，至也。爾雅曰：穹蒼，天也。豐草停滋潤，霧露沾衣裳。毛詩曰：湛湛露斯，在彼豐草。露沾衣裳，已見上文。玄林結陰氣，不風自寒涼。高唐賦曰：玄木冬榮。顧瞻情感切，惻愴心哀傷。廣雅曰：感，傷也。士生則懸弧，有事在四方。禮記曰：國君太子，生三日，卜士負之，射人以桑弧蓬矢六，射天地四方。又，孔子曰：士使之射，不能則辭以疾，懸弧之義也。韓詩內傳曰：男子生，桑弓蓬矢六，射上下四方，明當有事天地四方也。安得恒逍遙，端坐守閨房。引義割外情，內感實難忘。非有先生論曰：引義以正身。

雜詩　五言

左太沖　沖于時賈充徵為記室，不就，因感人年老，故作此詩[44]。

秋風何冽冽，白露爲朝霜。毛詩曰：蒹葭蒼蒼，白露為霜。柔條旦夕勁，綠葉日夜黃。明月出雲崖，皦皦流素光。劉楨詩曰：皦月垂素光。披軒臨前庭，嗷嗷晨鴈翔。軒，長廊之牕也。毛詩曰：鴻鴈于飛，哀鳴嗷嗷。高志局四海，塊然守空堂。尸子曰：八極為局。淮南子曰：塊然獨處。壯齒不恒居，歲暮常慨慷。廣雅曰：歲，年也。

43 羊質復虎文　袁本、茶陵本「復」作「服」，是也。

44 注「沖于時」下至「故作此詩」　案：此二十字於例不類，非善之舊，必亦并五臣也，今無以考之。

雜詩　五言

張季鷹　今書七志曰：張翰，字季鷹，吳郡人也。文藻新麗，齊王冏辟為東曹掾，覩天下亂，東歸，卒於家。

暮春和氣應，白日照園林。青條若摠翠，黃華如散金。嘉卉亮有觀，顧此難久躭。西京賦曰：嘉卉灌叢。爾雅曰：躭，樂也。毛萇詩傳曰：躭，樂之久者也。延頸無良塗，頓足託幽深。呂氏春秋曰：天下莫不延頸舉踵。頓，猶止也。吳季重與曹丕書曰：雖云幽深，視險若夷。榮與壯俱去，賤與老相尋。歡樂不照顏，慘愴發謳吟。謳吟何嗟及，古人可慰心。毛詩曰：啜其泣矣，何嗟及矣。又曰：我思古人，實獲我心。又曰：仲山甫永懷，以慰其心。

雜詩十首　五言

張景陽

秋夜涼風起，清氣蕩暄濁。蜻蛚吟階下，飛蛾拂明燭。易通卦驗曰：立秋，蜻蛚鳴。崔豹古今注曰：飛蛾，善拂燈火也。君子從遠役，佳人守煢獨。君子，謂夫也。毛詩曰：未見君子。佳人，已見上文。離居幾何時，鑽燧忽改木。離居，已見上文。論語曰：鑽燧改火。禮含文嘉曰：燧人始鑽木取火，炮生為熟。鄒子曰：春取榆柳之火，夏取棗杏之火，季夏取桑柘之火，秋取柞楢之火，冬取槐檀之火。房櫳無行跡，庭草萋以綠。說文曰：櫳，房室之疏也。古詩曰：秋草萋以綠。青苔依空牆，蜘蛛網四屋。淮南子曰：窮谷之洿，生以蒼苔。說文曰：鼅鼄，鼄蝥也。魏文帝詩曰：蜘蛛繞戶牖，野草當階生。論衡曰：蜘蛛結絲以網飛蟲，人之用計，安能過之。感物多所懷，沈憂結心曲。古詩曰：感物懷所思。沈憂，已見上文。毛詩曰：亂我心曲。大火流坤維，白日馳西陸。毛詩曰：七月流火。毛萇曰：火，大火也。淮南子曰：坤維在西南。又曰：斗指西南維為立秋。續漢書曰：日行西陸謂之秋。杜預左傳注曰：陸，道也。**浮陽映翠林，迴飇扇綠竹**[45]。陽，日也。**飛雨灑朝蘭，輕露棲叢菊。龍蟄暄氣凝，天高萬物肅。**周易曰：龍蛇之蟄，以求伸也。禮記曰：仲秋之月，蟄蟲壞戶。廣雅曰：凝，止也。楚辭曰：悲哉秋之為氣，天高而氣清。毛詩曰：九月肅霜。毛萇曰：肅，縮也。霜降而收縮萬物也。尸子曰：西方為秋。秋，肅也。萬物草木肅，敬禮之至也。**弱條不重結，芳蕤豈再馥。**文子曰：冬冰可折，夏條可結，時難得而易失。**人生瀛海內，忽如鳥過目。**史記，鄒衍曰：中國名赤縣中州也[46]。中國外如赤縣州者九，乃所謂九州也。於是有瀛海環之，人民禽獸莫能相通者，如一區中者，乃為一州。如此者九，乃有大瀛海環之。其外天地之外也。**川上之歎逝，前脩以自勗。**論語，子在川上曰：逝者如斯。楚辭曰：謇吾法夫前脩兮，非世俗之所服。蔡琰詩曰：竭心自勗厲。

金風扇素節，丹霞啓陰期。西方為秋而主金。故秋風曰金風也。河圖曰：崑崙山有五色水，赤水之氣，上蒸為霞，陰而赫然。魏文帝芙蓉池詩曰：丹霞夾明月。**騰雲似涌煙，密雨如散絲。寒花發黃采，秋草含綠滋。閑居玩萬物，離羣戀所思。**閑居，已見上文。禮記，子夏曰：吾離羣索居，亦已久矣。**案無蕭氏牘，庭無貢公綦。**漢書曰：蕭育與朱博為友，著聞當世，時人為之語曰：蕭、朱結綬，王、貢彈冠。往者有王陽、貢公。說文曰：牘，書版也。班婕妤賦曰：俯視兮丹墀，思君兮履綦。晉灼曰：綦，履跡也。**高尚遺王侯，道積自成基。**周易曰：不事王侯，高尚其事。文子曰：積道德者，天與之，地助之。莊子曰：無為無治[47]，謂之道基。**至人不嬰物，餘風**

---

45 迴飇扇綠竹　案：「飇」當作「猋」。茶陵本云五臣作「飇」。袁本云善作「猋」。尤誤以五臣亂善也。「猋」、「飇」同字，鮑明遠放歌行注云「爾雅，或為此猋。飇與猋同，古字通也」。古詩十九首注云「爾雅，或為此飇」。園葵詩「歲暮商猋飛」與此，善皆不更注，因前已詳也。五臣一槩盡改「猋」為「飇」，非。餘倣此求之。

46 注「名赤縣中州也」　陳云「中」，「神」誤，是也。各本皆誤。

47 注「無為無治」　袁本下「無」字作「而」，是也。茶陵本亦誤「無」。

足染時。莊子曰：不離於真，謂之至人。又南伯子綦曰：吾與之乘天地之誠，而不以物與之相嬰。朝霞迎白日，丹氣臨湯谷。丹氣，謂赤水之氣也。淮南子曰：日出湯谷。翳翳結繁雲，森森散雨足。毛詩曰：曀曀其陰。毛萇曰：如常陰曀然[48]。翳與曀古字通。論衡曰：初出為雲，繁雲為翳。蔡雍霖賦曰：瞻玄雲之晻晻，懸長雨之森森。輕風摧勁草，凝霜竦高木。楚辭曰：潄凝霜之紛紛。密葉日夜疎，叢林森如束。疇昔歎時遲，晚節悲年促。左氏傳，羊斟曰：疇昔之羊，子為政。鄒陽上書曰：至其晚節末路。歲暮懷百憂，將從季主卜。史記曰：司馬季主者，楚人也，卜於長安東市，宋忠與賈誼遊於市中，謁司馬季主，請卜。

昔我資章甫，聊以適諸越。章甫，以喻明德。諸越，以喻流俗也。莊子曰：宋人資章甫而適諸越，越人敦髮文身，無所用之。司馬彪曰：敦，斷也。資，取也。章甫，冠名也。諸，於也。爾雅曰：適，往也。行行入幽荒，歐駱從祝髮[49]。史記曰：東海王搖者，其先越王勾踐之後也，姓騶氏。搖率越人佐漢，漢立搖為東海王，都東甌，世俗號為東甌王。徐廣曰：騶一作駱。穀梁傳曰：吳，夷狄之國，祝髮文身。范甯曰：祝，斷也。鄭玄毛詩曰[50]：從，隨也。窮年非所用，此貨將安設？冠無所設，以喻德無所效也。西京賦曰：窮年忘歸。瓴甋夸璵璠，魚目笑明月。言流俗之失也。爾雅曰：瓴甋謂之甓。左氏傳曰：季平子卒，陽虎將以璵璠斂。雒書曰：秦失金鏡，魚目入珠。明月珠，已見上文。不見郢中歌，能否居然別？陽春無和者，巴人皆下節。宋玉對問曰：客有歌於郢中者，其始曰下里巴人，國中屬而和者數千人；其為陽春白雪，國中屬而和者不過數十人。是其曲彌高者，其和彌寡。尹文子曰：形之與名，居然別矣。楚辭曰：攬騑轡而下節。流俗多昏迷，此理誰能察！禮記曰：不從流俗。鄭玄曰：流俗，失俗也。

---

48 注「如常陰曀然」案：「曀」字當重。各本皆脫。

49 歐駱從祝髮 案：「歐」當作「甌」。茶陵本云五臣作「甌」。袁本云善作「甌」。詳一本注中皆為「甌」字，是。善亦作「甌」。各本所見正文「歐」乃傳寫誤。考史記東越列傳作「甌」，漢書同，不得作「歐」也。

50 注「鄭玄毛詩曰」茶陵本「詩」下有「箋」字，是也。何校添，陳同。袁本亦脫。

朝登魯陽關，狹路峭且深。庾仲雍荊州記曰：其北有四關，魯陽、伊闕之屬也。流澗萬餘丈，圍木數千尋。酈元水經注曰：魯陽關水出魯陽關分頭山。說苑曰：齊王曰：大國之樹必巨圍。應劭漢書注曰：八尺曰尋。咆虎響窮山，鳴鶴聒空林。說文曰：咆，嗥也。杜預左傳注曰：聒，讙也。淒風爲我嘯，百籟坐自吟。漢書，息夫躬絕命辭曰：秋風為我吟。莊子，子游曰：地籟則眾竅是。無故自吟曰坐也。感物多思情，在險易常心。朅來戒不虞，挺轡越飛岑。劉向七言曰：朅來歸耕永自疎。周易曰：君子以治戎器戒不虞。王陽驅九折，周文走岑崟。漢書曰：琅邪王陽為益州刺史，行部至邛僰九折坂，嘆曰：奉先人遺體，柰何數乘此險？以病去。及王遵為刺史[51]，至其坂，問吏曰：此非王陽所畏道耶？吏對曰：是。遵叱其馭曰：驅之。王陽為孝子，王遵為忠臣，然此言王陽驅九折，蓋驅馬而去之也。公羊傳曰：百里奚與蹇叔子送其子而戒之曰：爾卽死，必殽之嶔巖，是文王之所避風雨者也。何休曰：其處阻險，故文王過之，驅馳常若避風雨也。經阻貴勿遲，此理著來今。漢書，杜業上書曰：深思往事，以戒來今。

此鄉非吾地，此郭非吾城。羈旅無定心，翩翩如懸旌。左氏傳，陳敬仲曰：羈旅之臣。戰國策，楚王曰：寡人心搖搖然如懸旌，終無所泊。出覩軍馬陣，入聞鞞鼓聲[52]。禮記曰：君子聽鼓鞞之聲，則思將帥之臣。陣或為塵。周禮注曰：鞞，小鼓也。常懼羽檄飛，神武一朝征。漢書，高祖曰：吾以羽檄徵天下兵。班固漢書高紀述曰：實天生德，聰明神武。長鋏鳴鞘中，烽火列邊亭。楚辭曰：帶長鋏之陸離。王逸曰：長鋏，劍名也。曹植結客篇曰：利劍鳴手中，一擊兩尸僵。說文曰：烽燧候表，邊有警則舉也。舍我衡門依[53]，更被縵胡纓。毛詩

---

51 注「及王遵為刺史」　陳云注中「遵」並當作「尊」。案：此依漢書校，各本皆作「遵」。漢高祖功臣頌注引王遵贊，似善不與顏同也。

52 入聞鞞鼓聲　袁本、茶陵本有校語云「聞」，善作「閒」。案：「閒」字為傳寫譌，自不待言，此必尤校改正之。

53 舍我衡門依　袁本、茶陵本「依」作「衣」，云善作「依」。何校云當從五臣作「衣」。案：五臣之作「衣」，其所注有明文，而此字善不注，仍無以考之。但「依」字於義未當，恐各本所見交傳寫譌耳。

曰：衡門之下，可以棲遲。莊子，趙太子悝曰：吾王所好劍士，皆蓬頭突鬢，垂縵胡之纓。疇昔懷微志，帷幕竊所經。帷，謂謀於帷帳也。兵書曰：將軍於營張幕也。何必操干戈，堂上有奇兵。呂氏春秋曰：士尹陁為荊使於宋。司城子罕觴之。南面之牆犨於其前而不直，西家潦注於庭下而不止。問其故，子罕曰：南家，輓工也，吾徙之。其父曰：吾恃輓而食三葉矣，今徙，求輓者不知吾處，吾將不食，故不徙也。西家高，吾宮卑，潦注吾宮也今[54]，故不禁也。荊適興兵攻宋，尹陁歸諫而止。孔子聞之曰：夫修之廟堂之上，折衝千里之外，其司城子罕之謂乎？高誘曰：犨，出也。輓，履也。孫武兵法曰：奇正還相生，若環之無端也。折衝樽俎間，制勝在兩楹。晏子春秋曰：晉平公使范昭觀齊國政，景公觴之。范昭起曰：願得君之樽為壽。公令左右酌樽以獻，晏子命徹去之。范昭不悅而起儛，顧太師曰：為我奏成周之樂。太師曰：盲臣不習也。范昭歸，謂平公曰：齊未可并，吾欲試其君，晏子知之；吾欲犯其樂，太師知之。於是輟伐齊謀。孔子聞之曰：善哉，不出樽俎之間，而折衝千里之外，晏子之謂也。高誘呂氏春秋注曰：折衝者，衝車所以衝突也，敵之軍能陷破也；欲攻己者，折還其衝車於千里之外，不敢來也。孫子兵法曰：水因地而制行，兵因敵而制勝，李奇漢書注曰：制，折也。漢書，杜鄴說王音曰：所接雖在楹階俎豆之間，其於為國折衝厭難，豈不遠哉！兩楹，賓主之位也。巧遲不足稱，拙速乃垂名。孫子兵法曰：兵聞拙速，不睹工久。陸賈新語曰：建大功於天下者，必垂名於萬世也。

述職投邊城，羈束戎旅間。尚書大傳曰：古者諸侯之於天子，五年一朝，見其身，述其職。述其職者，述其所職也。長楊賦曰：永無邊城之患。下車如昨日，望舒四五圓。下車，已見上文。楚辭曰：前望舒使先驅。王逸曰：望舒，月御。借問此何時？胡蝶飛南園。莊子曰：莊周夢為胡蝶，栩栩然。司馬彪曰：蝶，蛺蝶也。流波戀舊浦，行雲思故山。閩越衣文蛇，胡馬願度燕。漢書曰：漢立無諸為閩越王，王閩中。蘇武書曰：越人衣文蛇，代馬依北風。君子於其國也，悽愴傷於心。度燕，即依北風也。土風安所習？由來有固然。左氏傳，晉

---

54 注「潦注吾宮也今」案：「今」當作「利」。各本皆譌。此所引在呂氏春秋召類篇。

侯曰：鍾儀樂操土風。東京賦曰：凡人心是所學，體安所習。魯連子，譚子曰：物之必至，理固然也。

結宇窮岡曲，耦耕幽藪陰。論語曰：長沮、桀溺耦而耕。鄭玄周禮注曰：藪，大澤也。荒庭寂以閑，幽岫峭且深。淒風起東谷，有渰興南岑[55]。毛詩曰：有渰萋萋，興雨祁祁。毛萇曰：渰，雲興貌。渰與弇同，音奄。說文曰：山有穴曰岫。雖無箕畢期，膚寸自成霖。尚書曰：月之從星，則以風雨。孔安國曰：月□經于箕[56]則多風，離于畢則多雨。公羊傳曰：觸石而出，膚寸而合，不崇朝而徧天下者，唯太山雲也。何休曰：膚寸，四指為膚。澤雉登壟雊，寒猿擁條吟。莊子曰：澤雉十步一啄，百步一飲。溪壑無人跡，荒楚鬱蕭森。長笛賦曰：人迹罕到。說文曰：森林，叢木也。投耒循岸垂，時聞樵采音。左氏傳曰：楚公子弃疾過鄭，楚芻牧[57]樵采不入田，不樵樹，不采蓺。杜預曰：蓺，種也。重基可擬志，迴淵可比心。春秋運斗樞曰：山者地基。顧子曰：登高使人意遐，臨深使人志清。養眞尚無爲，道勝貴陸沈。曹植辨問曰：君子隱居以養真也。王逸楚辭注曰：守真，玄默也。莊子曰：天無為以之清，地無為以之寧，故兩無為相合，萬物皆化，人孰得無為哉。韓子解老子曰：所以貴無為無思為虛者，謂其意無所制也。慎子曰：夫道，所以使賢無柰不肖何也，所以使智無柰愚何也，若此則謂之道勝矣。又曰：道勝則名不彰。莊子曰：孔子之楚，舍於蟻丘之漿，其鄰有夫妻臣妾登極者，仲尼曰：是陸沈者也，是其市南宜僚邪！郭象曰：人中隱者，譬如無水而沈也。遊思竹素園，寄辭翰墨林。風俗通曰：劉向為孝成皇帝典校書籍，皆先書竹為易刊定，可繕寫者以上素也。今東觀書，竹素也。歸田賦曰：揮翰墨以奮藻。長楊賦曰：籍翰林以為主人。

---

55 有渰興南岑　陳云據注「渰」與「弇」同，則詩中「渰」字當作「弇」，兼有三十一卷江文通擬張黃門詩幷注參證。案：所校是也。「弇」字見釋文。又韓詩作「弇」，見外傳，王伯厚詩考中采之。雜體詩，袁、茶陵二本校語云五臣作「渰」，彼良注及此向注皆是「渰」字。必五臣因「渰與弇同」之語，改此為「渰」。後來以之亂善，遂失蓋校語也。

56 注「月□經于箕」　袁本、茶陵本無空格，此初有衍字而去之。

57 注「楚芻牧」　茶陵本「楚」作「禁」，是也。袁本亦誤「楚」。

黑螟躍重淵，商羊舞野庭。淮南子曰：犧牛騂毛，宜於廟牲。其於致雨，不若黑螟。高誘曰：黑螟，黑虵也，潛於神泉，能致雲雨。家語曰：齊有一足之鳥，飛集公朝，下止於殿前，舒翅而跳。齊侯大怪之，使使聘魯，訪諸孔子。孔子曰：此名曰商羊，水祥也。昔童兒有屈其一腳，振訊兩臂而跳，且謠曰：天將大雨，商羊鼓儛。今齊有之，其應至矣。告趣治溝渠，修隄防，將有大水為災。須臾大霖，水溢汎諸國，傷害民人，唯齊備不敗也。飛廉應南箕，豐隆迎號屏。楚辭曰：後飛廉兮使奔屬。飛廉，風伯也。楚辭曰：吾令豐隆乘雲兮。王逸曰：豐隆，雲師也。楚辭曰：屏號起雨，何以興之？王逸曰：屏，屏翳，雨師名也。號，呼也。興，起也。言雨師呼則雲起而雨下也。雲根臨八極，雨足灑四溟。淮南子曰：八紘之外有八極，八極之雲，是雨天下。高誘曰：八極，八方之極也。四溟，四海也。霖瀝過二旬，散漫亞九齡。言今淫雨霖瀝，已過二旬，水流散漫，亞乎九齡也。鄭玄詩譜曰：堯之末，洪水九年，萬國不粒。階下伏泉涌，堂上水衣生。高誘淮南子注曰：蒼苔，水衣也。洪潦浩方割，人懷昏墊情。尚書曰：湯湯洪水方割。孔安國曰：割，害也。水方為害也。尚書，禹曰：洪水滔天，浩浩懷山襄陵，下民昏墊。孔安國曰：昏，瞀；墊，溺。皆病水災。沈液漱陳根，綠葉腐秋莖。漱，蕩也。鄭玄毛詩箋曰：陳根可拔。里無曲突煙，路無行輪聲。漢書，徐福上書曰：曲突徙薪無恩澤。環堵自頹毀，垣閭不隱形。禮記曰：儒有環堵之室。廣雅曰：墉，垣也。釋名曰：墉，容也。所以蔽隱形容也。尺燼重尋桂，紅粒貴瑤瓊。說文曰：燼，薪也。戰國策曰：蘇秦之楚，三月乃得見王，談卒辭行，楚王曰：先生不遠千里而臨寡人，曾弗肯留，願聞其說。對曰：楚國食貴於玉，薪貴於桂，謁者難見於鬼，王難見於帝。今令臣食玉炊桂，因鬼見帝，其可得乎？漢書曰：太倉之粟，紅腐而不可食也。君子守固窮，在約不爽貞。論語曰：子路慍見曰：君子亦有窮乎？子曰：君子固窮。左氏傳，晉成鱄曰：居利思義，在約思純。爾雅曰：爽，差也。周易曰：貞，正也。雖榮田方贈，慙爲溝壑名。說苑曰：子思居衛，縕袍無裏，二旬九食。田子方使人遺狐白之裘，恐其不受，因謂之曰：吾假人遂忘之，吾與人如弃之。子思辭曰：伋聞忘與不如遺弃物於溝壑，伋雖貧，不忍身為溝壑，故不敢當。卒不肯受。取志於陵子，比足黔婁生。孟子章句曰：陳仲子豈不誠廉士哉！居於陵，三日不食，耳無聞，目無見，井上有李實，螬食者過半矣，匍匐往，將而食之，三咽，然後耳有聞，目有見也。仲子織屨，妻辟纑以易之。劉熙曰：陳仲子，齊一介士也。螬，蟲也。李實有蟲食之過半，言仲子目無見也。仲子自織屨，妻紡纑，以易食也。緝績其麻曰辟，練絲曰纑也[58]。列女傳曰：黔婁先生死，曾子弔之曰：先生何以為謚？妻曰：以康為謚。曾子曰：先生在時，食不充虛，衣不蓋形，何樂於此，而謚為康乎？妻曰：先生，君嘗欲授之政，以為國相，而辭不為，是其有餘貴也；君嘗賜之粟三十鍾，先生不受，是其有餘富也；其謚為康不宜何也？皇甫謐高士傳曰：黔婁先生者，齊人也，修清節，不求進。

58 注「練絲曰纑也」　袁本、茶陵本「絲」作「麻」，是也。

國家圖書館出版品預行編目資料

昭明文選／(梁)蕭統編；(唐)李善注. 一一二版. 一一臺北市：五南圖書出版股份有限公司, 2023.10
面； 公分
ISBN 978-626-366-245-2 (上冊：平裝). --

830.13 112009773

1X61

昭明文選（上冊）

編　　者 — （梁）蕭統
注　　釋 — （唐）李善
考　　異 — （清）胡克家
發 行 人 — 楊榮川
總 經 理 — 楊士清
總 編 輯 — 楊秀麗
副總編輯 — 黃惠娟
責任編輯 — 陳巧慈
封面設計 — 韓衣非
出 版 者 — 五南圖書出版股份有限公司
地　　址：106台北市大安區和平東路二段339號4樓
電　　話：(02)2705-5066　　傳　　真：(02)2706-6100
網　　址：https://www.wunan.com.tw
電子郵件：wunan@wunan.com.tw
劃撥帳號：01068953
戶　　名：五南圖書出版股份有限公司
法律顧問　林勝安律師
出版日期　2023年10月二版一刷
定　　價　新臺幣520元

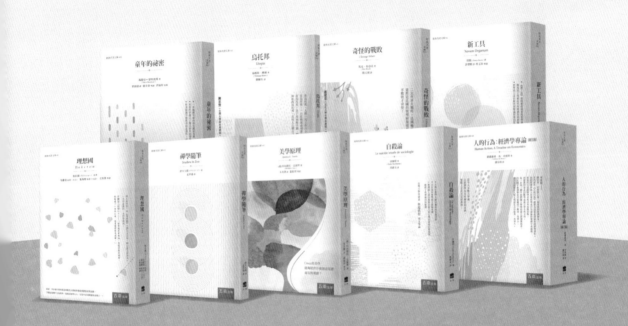